LOS HERMANOS KARAMÁZOV

LETRAS UNIVERSALES

FIODOR M. DOSTOIEVSKI

Los hermanos Karamázov

Edición de Natalia Ujánova
Traducción de Augusto Vidal
Notas de Augusto Vidal y José María Bravo
Revisión de José María Bravo

SEXTA EDICIÓN

CATEDRA

LETRAS UNIVERSALES

Título original de la obra:
Bratia Karamázovy

Diseño de cubierta: Diego Lara
Ilustración de cubierta: Dionisio Simón

© Ediciones Cátedra (Grupo Anaya, S. A.), 2001
Juan Ignacio Luca de Tena, 15. 28027 Madrid
Depósito legal: M. 50.135 - 2001
ISBN: 84-376-0638-1
Printed in Spain
Impreso en Fernández Ciudad, S. L.
Catalina Suárez, 19. 28007 Madrid

INTRODUCCIÓN

Las obras de Fiódor Mijáilovich Dostoievski, genial escritor ruso del siglo XIX, forman parte del acervo de la cultura universal. Su creación es muy compleja y contradictoria. Las dudas y contradicciones no abandonaron al autor durante toda la vida. Lev Tolstói dice, refiriéndose a él, que se trata de «un individuo en quien todo es lucha»[1]. Su genialidad no admite discusión, y, sin embargo, no existe, al parecer, ningún otro escritor cuyo patrimonio haya provocado tan agudas discusiones y tan enconada lucha ideológica, lucha que continúa en la actualidad.

Algunos intérpretes de la obra de Dostoievski le confieren la función de apaciguador de las pasiones espirituales, pero él, según sus propias palabras, era «capaz más bien de sembrar el desengaño y la aversión hacia los grandes y pequeños mitos». «No valgo para arrullar»[2]..., escribía sobre sí mismo.

El reconocimiento de la necesidad de un cambio radical en los destinos sociales y morales de la humanidad, la sensación de que se habían agotado sus anteriores caminos históricos, la urgencia de consolidar nuevas normas sociales y morales, capaces de desplazar la sociedad humana del punto muerto en que se hallaba, los sienten y manifiestan de distinta forma los héroes de las novelas de Dostoievski: Raskólnikov en *Crimen y castigo;* Myshkin en *El idiota;* Versílov en *El adolescente;* el stárets[3] Zosima, los hermanos Dmitri, Iván y Alexiéi Karamázov en la última obra del escritor.

---

[1] *Historia de la literatura rusa* en 4 tomos, Moscú, 1982, t. 3, pág. 699.
[2] F. M. Dostoievski, *Cartas* en 4 volúmenes, Moscú-Leningrado, 1928-59, vol. IV, pág. 4.
[3] Literalmente «el anciano»; monje de gran santidad dedicado a la meditación y a la penitencia.

Dostoievski transfigura la forma de la novela, introduce en ella el conflicto trágico, combina en su arte el desarrollo épico de *Almas muertas* de Gógol y el terrible enfrentamiento de fuerzas e individuos en *El caballero de bronce* de Pushkin. Enriquece el concepto clásico de la trágica culpabilidad. Sus héroes tienen razón al sublevarse contra el injusto y sucio mundo, aunque son culpables de haberse rebelado en solitario, tratando de reformarlo según su personal deseo. Su trágica culpabilidad consiste en su carencia de base, en su voluntarismo dudoso, que los lleva al fracaso, al castigo.

En sus novelas y relatos, Dostoievski elabora un tipo particular de realismo filosófico psicológicamente profundizado, basado en la atención agudizada hacia las formas más complejas y discrepantes de existencia y de conciencia social de su época, hacia la capacidad de poner al descubierto en ellas el reflejo de sus principales contradicciones. Al someter a implacable análisis las enfermedades de la mente y la conciencia de los intelectuales, los delincuentes, los suicidas, Dostoievski es capaz de captar en los más complicados y «fantásticos» (según su apreciación) hechos de la vida espiritual el reflejo de los procesos generales de la historia de la humanidad, condicionados por el desarrollo de la sociedad burguesa en Rusia y Europa occidental.

DOSTOIEVSKI Y SU ÉPOCA

Dostoievski vivió en una época en que la masa democrática manifiesta y activa sus derechos. Esta masa la integraba una parte del pueblo, inquieto hasta lo más hondo por el auge del capitalismo y por la derrota sufrida por el movimiento revolucionario durante el tercer, cuarto y sexto decenios del siglo XIX. El núcleo de esta masa lo constituía, como se decía en la literatura, el «hombre insignificante», que tan magistralmente retrata el escritor en sus obras.

Era una época de transición, que, según palabras de Marx, a pesar de los brillantes éxitos de la industria y la cultura, se caracterizaba por unos rasgos «de decadencia, que superaban con mucho todos los horrores que conoce la historia de los últimos tiempos del Imperio romano». Las específicas facultades del talento de Dostoievski, su sensibilidad hacia los aspectos trágicos de la vida y su compasión hacia los sufrimientos humanos, que ya había señalado Belinski[4], convierten al escritor ruso en el Shakespeare de su tiempo. En el género de novela-tragedia creado por él, Dostoievski encarna para el futuro con extraordinaria fuerza muchos de los trágicos rasgos de la vida de Rusia y Europa occidental no sólo de su época, sino también de las décadas siguientes.

Como testimonian sus obras, su atención como persona y escritor se centró desde sus primeros pasos en el campo de la literatura hasta el final de su existencia en los problemas centrales de la vida social de su época. Dostoievski se consideraba un escritor poseído por la angustia hacia las cuestiones de actualidad, por ello sus novelas están dirigidas indefectiblemente hacia lo contemporáneo. Y al mismo tiempo, consideraba la realidad «actual» como una época crítica, crucial, en la vida de Rusia y Europa, como una época que servía de resumen y constituía el prólogo de otra, de una nueva época de desarrollo histórico social y cultural.

Dostoievski no mantenía el punto de vista, de moda en aquel tiempo entre los filósofos de la reacción social y la regresión, de que la historia de la humanidad carece de una orientación general única, sino que consta de una serie de fenómenos invariables en sus fundamentos, que se repiten. El gran humanista ruso estaba firmemente convencido de que el sentido principal de su época consistía en la transformación «de la sociedad humana en una más perfecta», es decir, en la búsqueda de las sendas y los procedimientos de realización de las formas reales y terrenales de convivencia, basadas en la justicia y la hermandad.

Dostoievski no escribió ni una sola obra sobre temas históricos, aunque, según se sabe, pensó repetidas veces hacerlo.

---

[4] Belinski Vissarión Grigórievich (1811-48), crítico literario, revolucionario-demócrata y filósofo materialista ruso. Maestro del análisis literario, destacan sus artículos sobre Pushkin, Lérmontov, Gógol, así como sus brillantes ensayos sobre la literatura de Rusia y Europa occidental de aquella época. El resumen de su actividad literaria lo constituye su famosa «Carta a Gógol» (1847).

Toda su atención de escritor la centró en la realidad «actual», ya que era precisamente en ella, donde, desde su punto de vista, latía el pulso fundamental de la historia de la humanidad, donde se resumía todo el pasado y se determinaban los caminos de la vida del hombre.

La gran ciudad, los novelistas clásicos de la cual fueron en Occidente Balzac y Dickens y en Rusia Dostoievski, constituía para la literatura no sólo un tema nuevo entre otros muchos. Como lo sintió cada uno de los escritores mencionados, el nuevo género de vida de la ciudad, surgido en el siglo XIX, ejerció su influencia en los propios fundamentos de la metáfora poética. Todo el carácater de las relaciones sociales, el ritmo de vida, se modifica bajo la influencia de las nuevas condiciones socioeconómicas. No sólo en la literatura, sino en la propia realidad surgen nuevas medidas de la vida social y la conciencia humana.

«El hombre en la superficie de la tierra no tiene derecho a dar la espalda y a ignorar lo que sucede en el mundo, y para ello existen causas *morales* supremas[5]» —escribía Dostoievski en defensa de su severo realismo. Y el escritor se convierte en un nuevo Dante, que no tiene miedo de penetrar en los más profundos y tenebrosos círculos del infierno del alma del individuo de la época en que vive y cuyas lacras morales se ocupa de estudiar. Cuanto más «fantástico» e inhumano es el mundo que rodea al hombre, más abrasadora es en éste, según el convencimiento de Dostoievski, la melancolía que siente por el ideal y mayor es el deber del escritor de «encontrar en el hombre al hombre», mostrar sin recurrir a adornos artificiales, «con pleno realismo», no sólo las monstruosidades y el «caos» que imperan en el mundo, sino el impulso hacia el ideal oculto en el «alma humana», el ansia de «rehabilitar al individuo destruido, aplastado por el injusto yugo de las circunstancias, del estancamiento secular y de los prejuicios sociales».

El mundo que retrata Dostoievski corresponde a la época en que entre las diferentes capas de Rusia posterior a la reforma se incrementa con especial fuerza el sentimiento de la personalidad. En el reino de las «almas muertas» descrito por Gó-

---

[5] *Carta* II, pág. 274, ob. cit.

gol, el individuo aislado se sentía aplastado y despersonalizado, transformado por el régimen de los terratenientes y los funcionarios en una simple ruedecilla de la máquina burocrática, a semejanza de Poprischin en *Apuntes de un loco* o de Akaki Akákievich en *El capote*. Ya en *Pobres gentes* y otras de sus obras tempranas, el propio Dostoievski refleja el despertar de la personalidad humana, incluso en el hombre-«trapo», despersonalizado y ultrajado por la vida. En sus novelas no aparece un solo individuo en quien, de uno u otro modo —aunque sea deformado y mutilado—, no se manifieste el principio personal «arrancado» de las formas tradicionales, estamentales, de comportamiento y pensamiento. En el complejo proceso de intranquilidad, movimiento y búsquedas morales están implicados los funcionarios Diévushkin y Goliadkin, el estudiante Raskólnikov y el encalador Mikolka de *Crimen y castigo*, el «justo» príncipe Myshkin, la «cortesana» Nastasía Filíppovna y el hijo de un mercader Rogozhin de *El idiota*, el escéptico Iván Karamázov, su hermano el «precoz humanitario» Aliosha y el adolescente-«nihilista» Kolia Krasotkin de *Los hermanos Karamázov*.

El mundo artístico de Dostoievski, lo mismo que su creador es «pura lucha». Es un mundo de pensamientos y de búsquedas plenas de tensión. Esas circunstancias sociales, que en la época de la civilización burguesa dividen a los hombres y engendran el mal en sus almas, activan, según el diagnóstico del escritor, su conciencia, empujan a sus héroes al camino de la resistencia, crean en ellos el ansia de comprender profundamente no sólo las contradicciones de la época en que viven, sino también los resultados y las perspectivas de toda la historia de la humanidad, despiertan su razón y conciencia.

En Shakespeare, personajes diferentes —reyes y bufones—, cada uno en su lengua particular, de acuerdo con el nivel de sus concepciones, expresan ora de forma elevada, ora de forma rastrera la convicción, común a las personas de su época, de que el mundo está trágicamente «desquiciado» y necesita ser transformado. Igualmente en Dostoievski, los interiormente activos Marmeládov y Raskólnikov, Myshkin y Liébedev, Fiódor Pávlovich e Iván Karámazov sienten cada uno a su manera su propia «falta de venerabilidad» y la «falta de venerabilidad» de la sociedad que los rodea. Todos esos héroes —aunque

[13]

en diferente grado— tienen vergüenza y están dotados de conciencia, cada uno de ellos es inteligente y observador a su manera, en la medida de su experiencia vital práctica y teórica, y participa en el diálogo general, que toca e ilumina desde diferentes aspectos los problemas centrales, más delicados, de la experiencia histórica de la humanidad, de su pasado y futuro.

De ahí que las novelas de Dostoievski estén saturadas de un intranquilo y escudriñador pensamiento filosófico, próximo a las personas de nuestro tiempo y afín a los mejores modelos de la literatura del siglo xx.

El escritor se daba cuenta de que la vida prosaica y cotidiana de la sociedad contemporánea suya engendraba no sólo indigencia, sino también carencia de derechos. Hacía surgir además como complemento necesario suyo diferente género de «ideas» fantásticas e ilusiones ideológicas —ideales depravados— en la mente de las personas, no menos deprimentes, agobiantes y terribles, que el lado externo de su vida. La atención de Dostoievski, artista y pensador, en esta compleja y «fantástica» faceta de la vida de una gran ciudad le permitió aunar en sus relatos y novelas cuadros sobrios y exactos de la realidad cotidiana, «prosaica», con tan profunda sensación de su tragedia social, con una envergadura de imágenes y fuerza de penetración en las profundidades del alma humana, que es raro encontrar parangón en la literatura universal.

Pero no sólo el tema de la contradicción interna, de la «irracionalidad» del mundo interior del individuo que vive en la sociedad, cuya vida diaria está sometida a las inalcanzables e impersonales leyes, hostiles al hombre vivo, se ve reflejado de forma profundamente trágica en la obra de Dostoievski. En tan trágico reflejo se pone también claramente de manifiesto la tendencia opuesta de la vida social de los siglos xix y xx, consistente en que en comparación con los tiempos pasados había crecido extraordinariamente el papel de las ideas en la vida de la sociedad.

En sus obras, Dostoievski comprueba cada vez no sólo la solidez de diferentes tipos de personas, sino los estados de ánimo que predominaban en su tiempo o que surgían ante sus ojos. En tales circunstancias, como escritor que en su juventud había sido testigo del fracaso del sistema de Hegel, Dostoievski comparte el escepticismo respecto a las posibilidades de «idea absoluta», la cual se manifestaba de diferente forma entre las celebridades de las décadas del 40-60. El escritor procuraba siempre comprobar cualquier idea abstracta en la vida práctica de las personas y de las grandes masas humanas. Sus novelas constituyen de hecho una y otra vez un grandioso laboratorio artístico, en el que verifica la solidez de las ideas sociales y filosóficas del pasado y el presente, en las que se revelan no sólo sus potencias manifiestas, sino también sus pro y contra.

ENTORNO FAMILIAR.
ADOLESCENCIA Y JUVENTUD

Dostoievski pertenecía a la familia de un médico militar. Su padre, Mijail Andriéevich, abandona el ejército en marzo de 1821, siendo destinado en calidad de médico al Hospital de la Beneficencia Marinski, adonde se traslada con su joven esposa y un hijo de pocos meses, Mijail, el mayor de sus vástagos.

El hospital en que habría de vivir el futuro escritor estaba situado en uno de los más lóbregos barrios del viejo Moscú. Es ahí donde se familiarizaría desde su más tierna infancia con las capas bajas de la sociedad. Aquellas insignificantes y sufridas gentes atrajeron su compasiva atención y pasaron a constituir uno de los más importantes cuadros que refleja su obra.

El clima en que vivía su familia era asfixiante, debido al carácter del padre: era una persona insociable, endurecida por la difícil vida que se veía obligado a llevar, extraordinariamente irascible e insolente. Por otra parte, era extremadamente avaro y padecía de alcoholismo agudo. La insoportable atmósfera que a consecuencia de ello se respiraba en su casa ensombrecieron la infancia y adolescencia de Fiódor. En un fragmento del manuscrito de la novela *El adolescente*, escribe refiriéndose a sí mismo: «Hay niños, que desde la infancia reflexionan ya sobre su familia, que desde la infancia se sienten humillados por el cuadro que les ofrece su padre...»[6].

En cambio, su madre, María Fiódorovna, era una persona

---

[6] L. P. Grossman, *Dostoievski*, Moscú, 1962, pág. 9.

dotada de un alma luminosa y una naturaleza alegre, que sufría cruelmente a consecuencia de las vejaciones de que era objeto por parte de su despótico marido, especialmente a consecuencia de sus infundados celos. A pesar de todo, amaba a su esposo con resignación.

En semejante atmósfera, la vida de la delicada María Fiódorovna se iba apagando lentamente. Su afección pulmonar, que necesitaba ante todo tranquildad moral, se transforma en «tisis maligna».

A los treinta y cinco años, esta débil mujer había dado a su marido ocho hijos (cuatro varones y cuatro hembras, una de las cuales vivió sólo unos días). Después del nacimiento, en julio de 1835, de su último hijo, la enfermedad empeora bruscamente.

Algunos momentos de su lenta agonía los recuerda Dostoievski en su inacabada novela *Niétochka Nezvánova* (1849), al describir la muerte de la tuberculosa heroína —la silenciosa y desgraciada Alexandra Mijáilovna—, abatida por los celos y el carácter vengativo de su marido.

La noche del 27 de febrero de 1837, agonizante, después de despedirse de sus hijos, pierde el conocimiento, falleciendo de madrugada.

En la persona de su madre, la propia vida plantea al futuro gran moralista el serio problema del sufrimiento inocente, del inmerecido martirio, del lento agotamiento psicológico de un alma pura y abnegada. La ética se convierte en la principal idea creadora de Dostoievski y la imagen de la madre alcanza la máxima encarnación de la belleza moral y la bondad espiritual.

Terminada la enseñanza primaria, que recibieron los dos hermanos mayores de profesores particulares y de su propio padre, ambos ingresan en un pensionado, donde reinaba el espíritu de casta de la pedagogía nobiliaria, que pesaría sobre ellos hasta terminar la Academia militar.

En el otoño de 1834 son trasladados a un internado, en el que daban clases conocidos pedagogos y hombres de ciencia moscovitas. La orientación de la enseñanza era preferentemente literaria. Los alumnos se distinguían por sus profundos conocimientos de poesía clásica y contemporánea.

Durante la permanencia de Dostoievski en el pensionado, la literatura rusa experimenta una serie de rudos golpes. Revistas progresistas, como el *Telégrafo moscovita (Moskovski telegraf)* del destacado crítico N. A. Polevói y el *Telescopio (Teleskop)* del joven Belinski fueron cerradas, el famoso poeta Chadáev fue declarado loco, el conocido crítico y editor N. I. Nadiezhdin deportado, Pushkin muerto en un duelo, Lérmontov desterrado al Cáucaso y Gógol, aburrido, se marcha al extranjero.

No obstante, la violencia de la reacción da como resultado un notable auge de las Bellas Letras. En aquellos años ven la luz *La hija del capitán* de Pushkin, *Tarás Bulba* y *El inspector* de Gógol, *A la muerte del poeta* y *Borodinó* de Lérmontov, las poesías de A. V. Koltsov y de F. I. Tiútchev. El colegial Dostoievski comienza a verse arrastrado por esa impetuosa corriente de la época. Eso empezó «ya a partir de los dieciséis años» —recordaría él en la década de los 70 sus primeras inspiraciones— o con mayor exactitud, «cuando tenía sólo quince años». «En mi alma ardía una especie de fuego, en el que yo creía, y lo que luego habría de salir de eso, no me preocupaba mucho...»[7].

Después de cuatro años de estudios en distintos pensionados, su padre les envía en 1838 a su hermano y a él a Peterburgo, a la Academia de Ingenieros Militares. «En mi opinión eso fue un error»[8], reconocería él mismo al final de su vida. El futuro escritor no experimentaba la menor inclinación hacia las construcciones militares.

Durante la permanencia de Dostoievski en la Academia, se produce en su familia la catástrofe. A la muerte de su esposa, Dostoievski padre se retira con los hijos menores a la aldea de Darovoe, una de las dos que poseía en la provincia de Tula. Su degradación y crueldad iban en aumento, así como su enfermiza afición al alcohol. Eso, unido a la despiadada e incontrolable atracción que sentía por las jóvenes campesinas, con una de las cuales llegó incluso a tener un hijo, muerto al poco de nacer, incrementó el odio que le tenían los campesinos, incapaces de soportar el mal trato de que eran objeto, lo que dio

---

[7] *Ibídem*, pág. 21.
[8] Yu. I. Selezniov, *Dostoievski*, Moscú, 1985, pág. 27.

lugar a que el 8 de junio de 1839 muriera trágicamente a manos de sus propios mujíks. Si bien no comprobada, ya que no hubo testigos del hecho, ésta es la versión más difundida del fin de Mijail Andriéevich, aunque haya quien opine que falleció de muerte natural, víctima de un ataque de apoplejía.

En otoño de 1841 comienza un nuevo capítulo en la biografía de Dostoievski. Promovido al empleo de alférez de ingenieros, el joven oficial continúa sus estudios en la Academia, en calidad de alumno externo. Dos años habrá de dedicar al estudio del arte de la construcción militar, aunque residiendo ya en un piso particular de la capital imperial, fuera del recinto de la Academia, lo que le permite sentirse un hombre libre, entregado a sus sueños literarios.

El 12 de agosto de 1843 termina el curso completo de estudios superiores para oficiales, aunque no logra alcanzar ninguno de los primeros puestos del escalafón, ya que, arrastrado por sus aficiones literarias, no había prestado la suficiente atención al estudio. Por eso, es destinado a un departamento de diseño, lo que no le preocupa en absoluto, pues su mente estaba ocupada en tareas muy distintas de la construcción. Sin embargo, las cosas se le complican, al ser destinado en 1844 a una de las lejanas fortalezas de Rusia, lo que, aparte de exigir una serie de gastos, le obligaría a interrumpir durante cierto tiempo su ya iniciada actividad como escritor. En vista de ello solicita la excedencia, que le es concedida el 19 de septiembre de ese mismo año. Semejante paso ofrecía para él serios peligros, ya que no disponía de medios de existencia. Sin embargo, la obligación de ejercer una profesión que no le atraía, así como su humillante pobreza, constituían una pesadísima carga para su sensible alma.

Durante ese periodo se entrega de lleno a la lectura de sus autores preferidos: Pushkin, Lérmontov, Gógol, Schiller, Dickens, Victor Hugo, Balzac, Flaubert. Los grandes maestros del Renacimiento italiano le entusiasman. Beethoven está impregnado para él de una inexplicable belleza interna. El complejísimo proceso que se desarrolla en el alma de Dostoievski le conduce paulatinamente a la búsqueda de un mundo inspirado y encarnado en la belleza.

PRIMEROS PASOS EN LA LITERATURA: «POBRES GENTES»

En primavera de 1843 termina su primera novela. En la portada del manuscrito pone por título *Pobres gentes,* que puede ser considerado como el lema y programa de su futura actividad. Dostoievski reconstituye con gran exactitud el ambiente cotidiano y social en que se desarrolla el drama espiritual sin salida de sus héroes.

El argumento de *Pobres gentes* se basa en la correspondencia que mantiene un pequeño funcionario de edad con una joven que había experimentado grandes sufrimientos en la vida: la muerte de sus padres y de su amado, así como toda clase de persecuciones. Los dos protagonistas de la novela eran tan tímidos, que sólo recurriendo a epístolas eran capaces de abrir su corazón. Makar Diévushkin y Várenka Dobrosiélova eran seres de extraordinaria pureza espiritual, bondadosos, delicados. Con el fin de ayudar a la joven, que ha de esconderse para escapar de las persecuciones de que es objeto, Makar se ve obligado a soportar grandes privaciones, acerca de las cuales no le dice una sola palabra. Con igual espíritu de sacrificio se apresura Várenka a ayudar a Makar. Aunque se trata de personas que no carecen de orgullo, son tímidas e indefensas. «¡Cualquiera sabe, Várenka, que los pobres son peor que los trapos, y diga uno lo que diga, no pueden ser respetados por nada ni por nadie!»[9] —se queja Makar Diévushkin. El final de la novela es muy triste: a Várenka se la lleva un rudo y cruel terrateniente y Makar se queda solo con su inconsolable pena. Según palabras del gran Belinski, *Pobres gentes* constituye el primer intento de creación de la novela social en Rusia. El espíritu innovador de Dostoievski consiste en haber descubierto el complejo y riquísimo mundo espiritual del individuo «insignificante», humillado por la vida. El héroe gogoliano de la novela *El capote* era un pobre hombre, pero no sólo porque percibía un sueldo miserable: era pobre espiritualmente. Es difícil ima-

---

[9] F. M. Dostoievski, *Obras* en 10 tomos, Moscú, 1956, t. 1, pág. 154.

ginárselo manteniendo correspondencia con cualquier persona próxima a él. Muy distinto es el héroe de Dostoievski, Makar Diévushkin. El autor no sólo siente lástima de él, sino que subraya su superioridad espiritual sobre quienes ocupan en la sociedad una posición más elevada. Y no se trata de un mártir mudo; Dostoievski muestra cómo en su personaje surgen, según palabras del propio Diévushkin, «el descontento, las ideas liberales, el alboroto y la exaltación». Naturalmente, su protesta es todavía temerosa, se trata tan sólo de un «motín de rodillas».

En la mencionada novela de Dostoievski se manifiesta con toda claridad la atención, tan patente en toda su obra, hacia la vida interior del individuo y en primer lugar hacia los «seres insignificantes», humillados hasta extremos incomprensibles, reducidos a «trapos». En opinión de Belinski, la novela de Dostoievski *Pobres gentes* descubre unos secretos en la vida y unos caracteres de Rusia, que hasta él a nadie se le habían aparecido ni en sueños.

Dostoievski, como escritor de la década del 40 del siglo XIX, aparece íntimamente ligado a la «escuela natural», a las ideas de Belinski y a los socialistas utópicos. El sueño del «siglo de oro» de la humanidad, que preocupa a éstos, la apasionada defensa del infortunado «individuo insignificante», consecuencia del injusto régimen social, el espíritu democrático del escritor, fueron determinantes en la línea fundamental de su obra durante la década del 40. Para el joven autor, la obra de Gógol era la manifestación de la protesta que representaba el humanitarismo democrático. Y *Pobres gentes* es la continuacion de las tradiciones pushkinianas y gogolianas del *Maestro de postas* y *El capote.*

Acerca de la novela, recuerda Grigoróvich[10], que compartía por aquel entonces el piso con Dostoievski:

Un día, de madrugada, al regresar yo a casa, me llama Fiódor

---

[10] Grigoróvich Dmitri Vasílievich (1822-99), cuentista ruso, autor de *Organilleros de Peterburgo*, «esbozo fisiológico de estilo naturalista», como se lo definió, pero sobre todo una página humana, sin retórica ni idealización, que alcanzó la fama con su pintura del campo en *La aldea y Antón Goremyka (Antón el desgraciado).*

Mijáilovich a su habitación; delante de él, en un pequeño escritorio, había un montón de hojas escritas con letra menuda.

—Siéntate, Grigoróvich, acabo de terminar de copiarlas, quiero leértelas; siéntate y no me interrumpas —dijo con insólito énfasis, y dio comienzo a la lectura.

Desde las primeras páginas de *Pobres gentes,* comprendí cuánto mejor era lo que había escrito Dostoievski que lo compuesto por mí hasta entonces; ese convencimiento fue creciendo a medida que avanzaba la lectura. Admirado hasta más no poder, varias veces estuve tentado de abrazarle; me contuvo tan sólo su aversión a las efusiones ruidosas.

Al día siguiente, llevé la novela a Nekrásov y le propuse leerla juntos. Diez páginas bastarán para hacernos una idea, pensamos. Pero una vez leídas diez, decidimos leer otras diez y después nos pasamos toda la noche sin descanso leyendo en voz alta y turnándonos cuando nos sentíamos fatigados.

A pesar de lo avanzado de la hora (eran cerca de las cuatro de la mañana), decidimos ir a ver a Dostoievski para manifestarle la gran impresión que nos había causado la obra y para ponernos de acuerdo sobre su publicación[11].

Aquel mismo día, Nekrásov entrega el manuscrito a Belinski, diciéndole: «¡Ha nacido un nuevo Gógol!» «Para ustedes, los Gógol crecen como hongos», replicó Belinski. Y cuando por la tarde, Nekrásov vuelve de nuevo a su casa, el crítico le recibe con las siguientes palabras: «¡Tráigale, tráigale cuanto antes!» El encuentro del novel autor con Belinski constituyó «un viraje definitivo» en su vida.

Belinski dijo a Dostoievski: «La verdad se ha descubierto y erigido ante usted como ante un artista... Sepa valorar el don que posee, manténgase fiel a él y se convertirá en un gran escritor.» Al percatarse de la «terrible verdad» encerrada en la novela, dijo el crítico: «Ha calado usted el fondo de las cosas, ha señalado de golpe lo fundamental[12]».

El éxito de la novela, publicada por Nekrásov en la «Colección peterburguesa» *(«Peterburgski sbórnik»)* en 1846, fue ex-

---

[11] Véase L. P. Grossman, ob. cit., pág. 58; Yu. I. Selezniov, ob. cit., pág. 63; F. M. Dostoievski, ob. cit., t. 10, pág. 541.

[12] F. M. Dostoievski, ob. cit., t. 1, pág. 665; véase también *ibíd.* t. 10, págs. 541-42; Yu. I. Selezniov, ob. cit., pág. 64; L. P. Grossman, ob. cit., páginas 60-63.

traordinario. En ella se nos aparece Dostoievski como discípulo de Gógol, cuyas tradiciones desarrolla de acuerdo con el espíritu del programa del realismo democrático creado por Belinski. El escritor se sentía con razón orgulloso de su primer relato, que le hizo creer firmemente en su talento y vocación.

Al hablar de Dostoievski como escritor y de su concepción del mundo, no se puede pasar por alto sus relaciones con Belinski. La lucha entre el idealismo y el materialismo, que separaba en lo fundamental las concepciones de ambos escritores sobre los problemas cruciales de la ética y la política, se reflejaron con especial fuerza en su filosofía del arte. Fue eso lo que determinó el destino de sus ulteriores relaciones. Desde comienzos de la década del 40, Belinski rechaza la teoría del «arte puro». La nueva estética es materialista y trata de reafirmar en el arte el realismo, el cual no sólo analiza la actualidad, sino que la enjuicia. Considera que el verdadero arte es siempre revolucionario y proclama consignas liberadoras. Sobre esta base se desencadena el conflicto ideológico entre el novelista y el crítico. El sistema de Belinski le parecía a Dostoievski «demasiado real». En el campo de la estética confluían todos los problemas: filosóficos, históricos, sociales, religiosos. Para Dostoievski la «idea estética» constituía no sólo la base del pensamiento creador, sino de todo el proceso histórico. Respecto a ello escribía:

> Mi punto de vista es radicalmente opuesto al de Belinski. Yo le reprochaba que tratara de dar a la literatura un significado unilateral, impropio de ella, limitándola a describir, si cabe decirlo así, únicamente hechos periodísticos o acontecimientos escandalosos. Yo le objetaba precisamente que la bilis no ayuda a atraer a nadie, sino que cansa a cualquiera... Belinski se enfadó conmigo, y del enfriamiento de nuestras relaciones pasamos a enemistarnos formalmente, así es que no nos vimos durante todo el último año de su vida[13].

Se trataba de dos tipos filosóficos heterogéneos: el pensador y revolucionario Belinski y el poeta utópico Dostoievski.

---

[13] L. P. Grossman, ob. cit., pág. 85-86.

Después de *Pobres gentes* ve la luz *El sosias* (1846), que es como la continuación de los relatos peterburgueses de Gógol. La grotesca sátira de *El sosias* sirve para reflejar los indignantes contrastes que ofrece Peterburgo con su lujo y su miseria, la omnipotencia de los potentados y la falta de derechos de los que carecen de todo. La diferencia entre *Pobres gentes* y *El sosias* radica en que en la primera el autor descubre el drama social del «individuo insignificante» y retrata lo positivo y elevado que oculta el comicismo y la mezquindad de su héroe Makar, mientras que en el protagonista de *El sosias* nos muestra el atroz desdoblamiento de la personalidad, su «dualidad» psicológica. La amplia representación en *Pobres gentes* de las calamidades que padecen los indigentes que pertenecen a la intelectualidad no aristocrática se ve sustituida en *El sosias* por el complejo análisis psicológico de los sufrimientos espirituales de un modesto funcionario poseído de manía persecutoria. La dualidad que experimenta Goliadkin y que le conduce a la locura no es sólo una fastamagoría patológica. Para el héroe no es ajeno en su increíble nulidad el inhumano carácter del despreciable burocratismo que le rodea.

A continuación, Dostoievski escribe los relatos *El señor Projardkin* (1846) y *La dueña* (1847), que provocan la desilusión de la crítica por su romanticismo y carácter fantástico. El propio autor condena también muy pronto esta última obra.

A los retratos peterburgueses de Dostoievski pertenecen también las *Noches blancas* (1848), obra que se refiere a soñadores llenos de nobleza. El amor del héroe hacia su elegida es el amor de un soñador que ansía unas relaciones humanas admirables, ideales. Pero el maravilloso mundo de la poesía, el amor puro y elevado, se ven invadidos por la omnipotente prosa de la vida, por la trivial realidad, enemiga de cualquier sentimiento casto. Al igual que en *Pobres gentes,* el relato está penetrado de un sentimiento interno profundamente trágico y de una gran simpatía humanitaria hacia los soñadores impotentes para resolver los problemas de la vida, así como de un amor abnegado hacia el humanitarismo.

A partir de comienzos de 1849, la revista *Anales patrios (Otiéchestvennye zapiski)* comienza a publicar una extensa novela de Dostoievski con el seductor y poético título de *Niétochka Nezvánova* y el subtítulo de *Historia de una mujer*. Casi todos sus personajes pertenecen a la categoría de los «soñadores»; es una historia algo complicada del amor neurótico de la heroína, una joven atemorizada ante la vida por su padrino, un músico seudogenial que quería hacerse famoso, pero que, casi siempre borracho, se muere de desesperación al escuchar a un gran violinista y al tomar conciencia de su nulidad; y, como consecuencia de esa historia de desilusiones, el nuevo amor, también patológico, de la joven por una coetánea suya en la casa aristocrática en que se está educando y en la que descubre una misteriosa lucha espiritual entre la madre adoptiva y su vengativo marido, que sospecha precisamente de ella; historia, que, aún sin que trate los problemas planteados, nos parece hoy igualmente un preanuncio de lo que serían después las grandes novelas del escritor.

En los círculos revolucionarios. Arresto y condena. Presidio

A pesar de la contradictoria actitud de Dostoievski hacia el socialismo, bajo la influencia de los acontecimientos revolucionarios que tienen lugar en Europa en 1848, participa en el círculo clandestino de Petrashevski[14], donde estudia las ideas del socialismo utópico. El estado de ánimo de los petrashevistas, hacia quienes también se vio arrastrado Dostoievski, lo refleja el poeta A. N. Pleschiéev, miembro del círculo, en unos versos llenos de pasión:

---

[14] Petrashevski Mijail Vasílievich (1821-66), pensador y revolucionario socialista utópico ruso, partidario de la democratización del régimen político del país y de la liberación de los campesinos junto con la tierra. En 1849 fue condenado a cadena perpetua, siendo desterrado a Siberia.

¡Adelante, hacia la gesta heroica,
Sin temor ni duda alguna!
El amanecer de la sacrosanta redención
En los cielos lo pude percibir[15].

En 1849, Dostoievski da lectura en una de las reuniones de los petrashevistas a la famosa carta de Belinski a Gógol, que por aquel entonces corría de mano en mano y que constituía una enérgica protesta contra el régimen de servidumbre. También participó en el intento del círculo de organizar una imprenta clandestina.

Muy pronto es detenido y encerrado en la fortaleza de Petropávlovsk junto con otros miembros del círculo, al ser considerado por la policía como uno de los principales promotores del mismo. Después de ocho meses de reclusión, el tribunal militar le condena a la pena capital «por no haber denunciado a las autoridades la difusión de la delictuosa carta del literato Belinski sobre la religión y el gobierno». Sin embargo, la ejecución es suspendida en el último momento, cuando los condenados se hallaban ya con los ojos vendados ante el pelotón. La pena le fue conmutada a Dostoievski por la de cuatro años de trabajos forzados, cumplidos los cuales debería ser incorporado a filas. Antes de ser enviado a presidio escribe a su hermano:

Hoy he permanecido tres cuartos de hora cara a la muerte, me he compenetrado con semejante idea, he vivido los últimos instantes. Y vuelvo a vivir... Hermano, no he decaído ni he perdido el ánimo... Esperar, rodeado de personas, y sentirse una persona más junto a ellas y seguir siéndolo siempre, sin decaer nunca, cualesquiera que sean las desgracias que se abatan sobre uno, es en lo que consiste la vida y es el objetivo de la misma[16].

Las impresiones de su permanencia en presidio se vieron reflejadas en su novela *Apuntes de la casa muerta*, que comenzó a escribir al recobrar la libertad, pero que fue publicada completa tan sólo en 1862. Los horribles cuadros de las cárceles zaris-

---

[15] Revista *Anales patrios*, 1846, t. 48, núm. 10.
[16] L. P. Grossman, ob. cit., págs. 156-57.

tas, el escarnio de que eran objeto los presos, la crueldad y la barbarie de las costumbrs que imperaban en el penal, los magistrales retratos de sus habitantes permitieron a Herzen[17] comparar *La casa muerta* con el gran poema de Dante. El escritor no idealiza a sus héroes y muestra su ignorancia, su crueldad y sus vicios, producto del régimen social, que es el que les convierte en delincuentes. Al mismo tiempo subraya en muchos de ellos rasgos positivos y luminosos, propios de la gente del pueblo, que ha sabido conservar facetas del talento popular, pero que se ha visto deformado por las condiciones de vida de la Rusia del régimen de servidumbre. La permanencia en presidio dejó una inolvidable huella en Dostoievski, empeorando su grave enfermedad —la epilepsia.

Durante el tiempo de su reclusión culmina en las concepciones del escritor el viraje, que en cierto grado se había iniciado en el periodo de sus vacilaciones de la década del 40. Dostoievski percibe con enfermiza agudeza la barrera existente entre los ideales humanitarios abstractos del socialismo utópico y las necesidades reales del pueblo. Las conclusiones a que llega en este sentido le llevan a considerar que en «nuestro siglo» sólo es justo y veraz el ideal de la persona del Cristo evangélico. «Nada hay más maravilloso y profundo, más pleno de simpatía, de sensatez, de valor y de perfección que Jesucristo»[18], así es como formula ahora su nuevo «símbolo de la fe». La idea del sufrimiento y de la necesidad de aceptarlo penetra profundamente en sus obras. Al mismo tiempo, renuncia a la doctrina de los revolucionarios, de los socialistas, tratando de buscar la unión con el pueblo en lo «terrenal», en el culto utópico, eslavófilo, en la integridad patriarcal. Paralelamente intenta demostrar el carácter depravado del sistema de desarrollo capita-

---

[17] Herzen Alexandr Ivánovich (1812-70), revolucionario, escritor y filósofo, una de las más notables personalidades rusas del siglo XIX, tanto en el campo político y filosófico-social como en el literario, destacado representante de la «Escuela natural» en literatura. Autor de *El dilettantismo en la ciencia* (1842-43), *Cartas sobre el estudio de la naturaleza* (1844-45), *¿Quién tiene la culpa?* (1841-46), los relatos *El doctor Krúpov* (1847) y *La urraca ladrona* (1848). Su novela autobiográfica *Býloe i dumi (Vivencias y pensamientos)* (1852-68) es una de las obras maestras de la literatura clásica rusa.

[18] Yu. I. Selezniov, ob. cit., pág. 165.

lista-burgués europeo. Llega a la conclusión de la inevitable ruptura entre la intelectualidad y el pueblo, contraponiendo el materialismo occidental al principio religioso-moral, que en su opinión constituía la base del carácter nacional ruso.

LIBERACIÓN Y RETORNO A LA ACTIVIDAD LITERARIA

En 1854, Dostoievski sale del «triste penal», «feliz y esperanzado», según sus palabras. Llega a Semipalátinsk con ansias de vivir. Allí conoce a Alexandr Ivánovich Isaév, modesto oficial de aduanas, y a su esposa María Dmítrievna. Esta mujer de veintiséis años, de aspecto agradable, ardiente y exaltada, enferma de tuberculosis, casada con un marido alcohólico, es su primer amor, complicado y penoso. Sus relaciones, llenas de altibajos, se prolongan largo tiempo, en el intermedio del cual enviuda María Dmítrievna y Dostoievski es promovido al grado de alférez, hasta que, por fin, el 15 de febrero de 1857 contraen matrimonio en Kuzniesk, pequeña y salvaje ciudad siberiana.

Ya a comienzos de 1856 se da cuenta Dostoievski de que, dada su situación de persona carente de derechos y de «soldado vitalicio», como delincuente de Estado que era, no podía pensar en unir su destino al de su amada, por lo que adopta una atrevida decisión. Aprovechando que de joven había conocido en la Academia de Ingenieros a los hermanos Totlebién, uno de los cuales se había convertido en héroe nacional con su extraordinario plan de obras de ingeniería para la defensa de Sebastópol, le envía a través de un íntimo amigo suyo una solicitud —confesión a la vez—, pidiéndole interceda ante el zar Alejandro II para que se le autorice a continuar su labor literaria. Aunque le es concedido el perdón y es ascendido a oficial, no se le permite de momento editar sus obras.

El servicio militar no impedía a Dostoievski dedicarse a sus actividades literarias. Durante ese tiempo trabaja en los relatos *El sueño del tío* y *La aldea de Stepánchikovo y sus moradores*. Mantiene además correspondencia con las revistas literarias en que había colaborado anteriormente. En este sentido es característico el comunicado de Pleschiéev: «Nekrásov y Panáev se han interesado mucho por usted y han dicho que si lo desea le enviarán inmediatamente dinero y no le molestarán hasta que tenga posibilidades de escribir algo para ellos...».

El trabajo distrae a Dostoievski de los imprevistos disgustos de su vida familiar. En su matrimonio no encuentra la esperada y ansiada felicidad. Su esposa estaba constantemente enferma, se había vuelto caprichosa y extraordinariamente celosa. Los celos acabaron por destruir la armonía familiar. El ardiente amor que emanaba de sus cartas en 1855 no da ya muestras de existencia en 1857.

Imposibilitado de escribir en Siberia lo que hubiera deseado, se ve obligado a tratar de temas entretenidos, que pudieran ser impresos y aceptados por la censura. A finales de la década de los años 50 termina *El sueño del tío* y *La aldea de Stepánchikovo y sus moradores,* en los que pone de manifiesto su conexión, aún vigente, con las tradiciones de la escuela realista.

Aunque a Dostoievski no le atraían estos obligadamente despreocupados relatos siberianos, ofrecen interés como la creación de tipos, que se verán desarrollados en su obra ulterior. Representan además los intentos de un novelista trágico de dedicarse a la comedia. «Comencé en broma la comedia —comunicaba Dostoievski a su amigo el crítico V. N. Máikov el 18 de septiembre de 1856—, pero muy pronto me sentí atraído por la forma épica corriente. Abreviando, escribo una novela cómica...»[19]. El comicismo escénico resultó propio del talento del novelista. Ambos relatos vuelven a la vida ya en el siglo XX en la escena, ofreciendo un riquísimo material para los actores rusos relevantes.

El sueño del tío es de gran interés en cuanto a su estructura. En él utiliza por primera vez el escritor una ley de la composición, que habría de servir de base a la arquitectónica de sus grandes novelas.

Esa es, naturalmente, la escuela de Gógol. La historia de Moskaliova recuerda el destino del alcalde. En el momento en que anuncia el brillante matrimonio de su hija, ésta ve hundir-

---

[19] L. P. Grossman, ob. cit., pág. 203.

se sus vanidosos planes ante los ojos de todo un enjambre de enemigos suyos.

Semejante castigo en el momento del triunfo o la situación escénica del «chasqueado papanatas» es, según Gógol, una de las leyes principales de la comedia. De acuerdo con este tipo está concebida la reunión de damas en *El sueño del tío:* todo un numeroso grupo de personas asiste con maligna alegría a la rápida caída del odiado déspota.

Por vez primera desarrolla Dostoievski el procedimiento característico de las obras de su madurez, de escenas multitudinarias y agitadas, que parecen hacer vibrar toda la estructura de la novela: reuniones tumultuosas, discusiones, escándalos, bofetadas, histerismos, ataques.

«LA ALDEA DE STEPÁNCHIKOVO Y SUS MORADORES»

Según esta ley estructura también *La aldea de Stepánchikovo.* Pero en ella le sirven ya de orientación en muchos de sus aspectos *Almas muertas.* El pintor del tétrico Peterburgo se convierte en descriptor de la hacienda patriarcal. Como en *El sueño del tío,* en *La aldea de Stepánchikovo y sus moradores* la tristeza está por debajo de la comicidad, e incluso más acentuada aún, porque el personaje central del relato, el propietario de la hacienda donde se desarrollan los acontecimientos, es una persona apacible y buena, de la que todos se aprovechan, especialmente uno de los amigos de la familia, típico parásito de la época, que acaba convirtiéndose en un verdadero déspota en la casa donde se hospeda. Expulsado de allí por sus intrigas, logra, sin embargo, volver, tiene éxito en su intento de echar tierra a un supuesto escándalo y hace casar al propietario de la hacienda, viudo, con la propia ama de llaves. Una figura como Fomá Opiskin podía ser cómica, en el sentido en que lo es la del Tartufo de Molière. Pero la diferencia entre ambos personajes, la novedad de la imagen, consiste en que Dostoievski suaviza la persona del farsante y parásito Fomá con algunos rasgos, reflejo de los sufrimientos que éste había experimentado y de las inmerecidas humillaciones de que había sido objeto. No se trataba simplemente de un individuo rapaz y codicioso, que ocultaba tras una desmedida hipocresía sus bajos pensamientos; era uno de tantos componentes de esa «enorme falange de personas afligidas, de donde saldrían después todos los alienados, todos los vagabundos y peregrinos». Fomá no se limita a tiranizar a quienes le rodean, sino que su comportamiento representa la forma que tiene de vengarse de la sociedad por las ofensas que le ha hecho padecer. No sólo trata de sacar fruto de sus maquinaciones, es además un poeta, capaz de sacrificar sus razones utilitarias para satisfacer su amor propio. Todo ello amplía y enriquece notablemente la imagen del personaje.

La profesión literaria de Opiskin también le proporciona un carácter más refinado, en comparación con el *Menteur* de Molière. Escritor de baja estofa, autor de obras vulgares, que ofrecían los buhoneros y los libreros ambulantes, individuo fracasado en su actividad de escritor, el destino de Fomá es una muestra de «cómo el veneno del amor propio literario penetra sin remedio hasta el fondo del alma». La aparición de su nombre impreso desarrolla en él una «enfermiza jactancia», un deseo de alabanzas y distinciones, admiración y asombro, una insaciable necesidad de «destacar como sea, profetizar, vanagloriarse». Los aspectos característicos de las capas inferiores de la «bohemia» literaria, que Dostoievski había observado en tiempos y que capta tan sutilmente, y esos rasgos típicos de los escritorzuelos llenos de ínfulas, los encaja magistralmente en la magnífica variante literaria de la célebre imagen del molieriano mojigato.

Todas estas particularidades profundizan notablemente la imagen del Tartufo ruso, en comparación con su prototipo, y le proporcionan el colorido de «humillación» y «martirio», tan propio del autor de *Apuntes del subsuelo*.

Por desgracia, Dostoievski no muestra en su relato «la metamorfosis de Fomá de farsante en persona cabal», de modo que todo el periodo de humillaciones y ofensas vividas por Opiskin permanece oculto al lector, y el héroe nos es presentado ya en la época de su deslumbrante actividad desde un aspecto profundamente satírico. Su estilo y tono humorístico es acorde con el de la «novela cómica» que trata de ser la obra.

La novedad en la interpretación del personaje asegura a Fomá Opiskin una larga vida de las imágenes literarias, con-

virtiéndolo en el nombre común de todo desvergonzado parásito de cualquier medio y época.

Hay que pensar que los fracasos de Dostoievski con esta
obra tienen su explicación en haber renunciado a tratar un
problema de actualidad y a la forma errónea del relato: era
poco adecuado, a finales de la década del 50, interpretar en
forma de comedia o de novela cómica el palpitante y candente
tema de la aldea rusa; también era difícil desarrollar un argumento alegre y aventuras divertidas en el marco de la vida de
los terratenientes, en el momento del último y desesperado intento de los esclavistas de defender sus derechos sobre las personas y el trabajo de los campesinos.

A pesar de la disposición de las revistas a apoyar el retorno
a la literatura del desterrado escritor, dos de ellas le devuelven
el manuscrito y sólo una, menos exigente, acepta con reservas
el relato, no sin dar a comprender al autor que el humor no es
lo suyo.

Dostoievski no había conocido antes semejante fracaso, que
no se volvería a repetir en el futuro. Fue para él una lección,
que no olvidó jamás: en adelante no sólo no modifica su faz literaria, sino que trata de ponerla de manifiesto con toda la dureza y peculiaridad de sus rasgos.

REINTEGRACIÓN A LA SOCIEDAD

A finales de la década del 50, el castigo político de los petrashevistas toca a su fin. En marzo de 1859, a Dostoievski se
le autoriza a abandonar el servicio militar, con derecho a resi-
dir en toda Rusia, excepto en la capital, y a publicar sus obras,
de acuerdo con las condiciones generales. El escritor elige
como residencia Tvier (actual Kalinin), debido a su proximidad de Moscú y Peterburgo. El 2 de julio de ese mismo año
abandona por fin Semipalátinsk.

Toda una década de sufrimientos quedaba atrás. Se inicia el
renacimiento del individuo, el ciudadano, el artista. El viajero
llevó consigo sus cuadernos de ignoradas notas, que muy
pronto habrían de proporcionarle gloria universal. Eran los
primeros estudios y bocetos de *Apuntes de la casa muerta*.

Desde comienzos de 1861 hasta abril de 1863, edita en Peterburgo (donde a finales de 1859 le había sido permitido trasladarse), junto con su hermano Mijail, la revista *El tiempo (Vriemia)*, y luego, al ser ésta prohibida, *La época (Epoja)* (1864-65), que después del fallecimiento de Mijail (en julio de 1864) publica él solo. Con la aparición de *El tiempo* se inicia un nuevo periodo de intensísimo trabajo de Dostoievski como escritor y publicista.

Ya en 1860, antes de que viera la luz *El tiempo*, Dostoievski había comenzado a publicar *Apuntes de la casa muerta* (1860-62). Pero el éxito de la revista exigía una novela, cuyo comienzo pudiera aparecer en el primer fascículo de la misma. Ese estímulo externo le incita a dedicarse en primavera de 1860 a la novela *Humillados y ofendidos* (1861), que comienza a publicar antes de haberla terminado.

«Humillados y ofendidos»

El espíritu de esta obra se aproxima a *Pobres gentes*. Volvemos a ver en ella la suntuosa capital, donde en los sótanos y las buhardillas se amontonan y mueren los indigentes; tropezamos de nuevo con los generosos y honestos, pero humillados y ofendidos individuos, con el sordo dolor de las personas ultrajadas. La faceta más fuerte de la novela se centra en el retrato pleno de realismo del amargo destino de los seres cuya dignidad se siente pisoteada. Peterburgo, centro administrativo de Rusia, se transforma en la obra en gigantesco símbolo de las crueles contradicciones de la vida, donde cada hora se desarrollan imperceptiblemente tragedias. Mostrarlas, hacer al lector estremecerse de horror y sentir una profunda compasión hacia los desgraciados, ahí es donde radica la tarea humanitaria que se plantea Dostoievski. Dobroliúbov[20] dedica a *Humillados y*

---

[20] Dobroliúbov Nikolái Alexándrovich (1836-61), crítico literario, publicista y revolucionario-demócrata ruso. Contrario a la monarquía, al derecho de servidumbre, al liberalismo aristocrático-burgués, defendió la idea de la revolución campesina. Desarrolló los principios estéticos de V. G. Belinski y N.G. Chernyshervki —de quien fue discípulo y amigo— y defendió el carácter popular de la literatura. Sus artículos *El reino tenebroso* y *Un rayo de luz en el tenebroso reino* (so-

ofendidos un artículo titulado «Gentes atemorizadas». Para el crítico, el mérito de la nueva novela consistía en que el escritor nos obliga a recapacitar sobre el problema principal de la época:

> ¿Resulta, por tanto, que la situación de estos seres desgraciados, atemorizados, humillados y ofendidos, no tiene salida? Lo único que les queda es callar y aguantar y convertirse en trapos sucios, en los recónditos pliegues de los cuales han de ocultar sus resignados sentimientos. Ni el escritor ni sus héroes resuelven este problema. Sin embargo, la cuestión está planteada y ninguno de los lectores puede huir de ella...[21].

«APUNTES DE LA CASA MUERTA»

Paralelamente a su trabajo en *Humillados y ofendidos,* Dostoievski continúa los *Apuntes de la casa muerta.* Su aparición en las páginas de *El tiempo* fue acogida por el público como uno de los más importantes acontecimientos de la vida literaria y social de comienzos de la década del 60.

Debido a la censura, el autor presenta como protagonista de la obra a Alexándr Petróvich Goriánchikov, condenado a trabajos forzados por el asesinato de su mujer. Pero los lectores se dieron cuenta al momento de que la imagen del verdadero héroe de la novela era autobiográfica: después de introducir en el prólogo la figura ficticia de Goriánchikov, el escritor se despreocupa por completo de él y construye abiertamente la novela como la historia no de un criminal común, sino como la del destino de un delincuente político, saturada de conexiones autobiográficas, de reflexiones sobre lo repensado y sufrido. Pero los *Apuntes* no son una simple autobiografía, unas memorias o una serie de esbozos documentales, son un libro extraordinario por su significado y único por su género sobre la Rusia

---

bre las obras de N. A. Ostrovski), *¿Cuándo llegará, por fin, el nuevo día?* (sobre I. S. Turguiénev), *¿Qué es el oblomovismo?* (sobre I. A. Goncharov), *Gentes olvidadas* (sobre F. M. Dostoievski) y otros muchos que escribió sobre Pushkin, Lérmontov, Belinski, etc., constituyen una importante aportación a la literatura y la crítica realista rusas.

[21] N. A. Dobroliúbov, *Obras* en 3 tomos, Moscú, 1952, t. 3.

zarista, en el que, dentro de la exactitud documental del relato, el significado generalizador de lo vivido se extrae de él a través del pensamiento y la imaginación creadora del autor, que combina la genialidad del artista, el psicólogo y el publicista.

Los *Apuntes* están concebidos en forma del relato de un presidiario zarista, despojado de toda clase de adornos literarios externos y rigurosamente veraz en cuanto a su tono. Comienza el primer día de permanencia en el penal y termina con la puesta en libertad del protagonista. A lo largo de la narración se esbozan resumidamente los momentos principales de la vida de los presos —los trabajos forzados, las charlas, las distracciones y entretenimientos en las horas libres, el baño, la enfermería, la vida cotidiana y las festividades en el presidio. El autor dibuja las principales categorías de la administración del centro penitenciario —desde el comandante Krivtsov, déspota cruel y verdugo, hasta los humanitarios médicos, que arriesgándose ocultan en el hospital a los inhumanamente castigados presos y con frecuencia los salvan de la muerte. Todo ello convierte los *Apuntes de la casa muerta* en un importantísimo documento literario, en el que con rasgos claros e inolvidables se reproduce el infierno del presidio y de todo el sistema político-social de servidumbre de Nicolás I, que lo respaldaba, en la pomposa fachada del cual resplandecían las palabras: «autocracia», «ortodoxia» y «carácter nacional».

Pero con eso no se agota la problemática psicológico-social y moral de los *Apuntes,* en los que se reflejan claramente tres momentos cruciales vividos ardiente y dolorosamente por el autor. El primero es la idea de la Rusia popular y de sus grandes posibilidades. Dostoievski rechaza la actitud romántico-melodramática hacia el delincuente y hacia el mundo de la delincuencia, bajo la influencia del cual distintos representantes suyos, diferentes por su aspecto físico y moral, se fundían en la figura generalizada convencional del «bandolero noble» o del malhechor vulgar. No existe ni puede existir un «tipo» único, establecido de una vez para siempre, de criminal: tal es la tesis principal de los *Apuntes.* En el presidio, las personas son tan individuales, tan extremadamente distintas y tan poco parecidas unas a otras como en cualquier parte. La triste uniformidad de las formas exteriores de vida en una prisión no borra, sino que acentúa y pone de manifiesto aún más las diferencia_ entre ellas, condicionadas por la disimilitud de las circunstancias de su existencia anterior, de su racionalidad, del medio, de la educación, del carácter individual y de su psicología. De ahí la amplia y variada galería de caracteres humanos retratados en los *Apuntes:* del bueno y dulce tártaro daguestano Aliéi al alegre, cariñoso y pícaro Baklushin y de los «temerarios» Orlov o Petrov, individuos fuertes, pero echados a perder, que en otras condiciones histórico-sociales y de vida podrían haberse convertido en valientes y talentosos caudillos, capaces de arrastrar a las masas populares. Todos son en su mayoría portadores, no de las peores, sino de las mejores fuerzas del pueblo, malgastados y destruidos estérilmente, debido al absurdo e injusto orden de vida.

El segundo e importantísimo momento de la obra es la desconexión, el trágico aislamiento en Rusia entre las capas altas y bajas, entre el pueblo y los intelectuales, aislamiento que tampoco podía desaparecer en las forzadas condiciones de igualdad en que se hallaban en presidio. Y allí, el héroe y sus compañeros continúan siendo siempre para la gente del pueblo los representantes de una clase distinta, odiada, la de la opresora nobleza.

Finalmente, el tercero e importantísimo momento de reflexión para el autor y su protagonista es la diferente actitud que, con respecto a los habitantes del presidio, adoptan la Rusia oficial, el aparato del Estado y el pueblo. Mientras que el Estado ve en ellos a delincuentes, condenados legalmente e inmerecedores de mejor destino, la Rusia campesina, sin eximirlos de su culpa y responsabilidad por el mal que han provocado, no los considera como criminales, sino como «desgraciados» hermanos suyos en la humanidad, dignos de compasión y lástima, y ese humanismo plebeyo de las masas populares manifestado hacia cada uno —incluso hacia el más despreciable— de los parias de la sociedad, Dostoievski lo contrapone fogosa y ardientemente al egoísmo y a la insensibilidad de la administración carcelaria y de la élite oficial.

En 1862 realiza su primer viaje al extranjero: visita Francia, Inglaterra e Italia. De regreso a Rusia publica en su revista *Notas de invierno sobre impresiones de verano,* en las que critica cáusticamente el régimen burgués y las costumbres de Europa occidental. Pero al mismo tiempo que arremete contra las contradicciones del desarrollo capitalista y se burla de los progresistas liberales, reniega de las ideas generales del progreso. Toda su actividad y su labor creadora ulteriores se hallan ligadas a su renuncia al movimiento progresista de liberación. Dostoievski relacionaba el luminoso futuro de Rusia con los conceptos idealistas de renuncia a la lucha y de resignación cristiana, que deberían salvar al pueblo de la miseria y la esclavitud. Sin embargo, el propio destino del escritor, lleno de dificultades y contradicciones, le obliga a enfrentarse a grandes problemas sociales, producto de la descomposición del modo de vida patriarcal y de la transición que se había operado en el país, al pasar del régimen de servidumbre al desarrollo capitalista.

Dostoievski editor

Con motivo de la publicación en *El tiempo* de un artículo sobre un problema que había surgido en Polonia a comienzos de 1863, el contenido del cual era considerado por el gobierno como contrario a las acciones del Estado y ofensivo para los sentimientos del pueblo, el 24 de mayo del mismo año el gobierno ordena cerrar la revista.

A finales de enero de 1864 se autoriza a Mijail Dostoievski a editar una nueva revista, que con el nombre de *La época* debería ser la continuación de *El tiempo*. En el primer número de la nueva revista publica Dostoievski su relato *Apuntes del subsuelo*.

La filosofía de vanguardia de Chernyshevski[22], su ciega fe

---

[22] Chernyshevski Nikolái Gavrílovich (1828-89), filósofo-materialista, científico, escritor y crítico literario, una de las figuras más relevantes de la intelectualidad rusa del siglo xix, fue además el jefe del movimiento revolucionario-democrático de la década del 60 y uno de los grandes predecesores de la social-democracia rusa. En la esfera de la crítica literaria, sus *Ensayos sobre el período gogoliano de la literatura rusa* (1855-56) ofrecen un resumen del desarrollo precedente de la literatura y una profunda valoración histórica de la actividad de V. G. Belinski y N. V. Gógol. Sus artículos dedicados a las obras de I. S. Tur-

en el individuo y en el próximo triunfo de la justicia los contrapone el escritor en *Apuntes del subsuelo* a la falsa idea de la dualidad de la naturaleza humana, a la falta de fe en la fuerza creadora de la razón. Según palabras de Gorki, Dostoievski dibuja siempre al individo como un ser «impotente ante el caos de las fuerzas tenebrosas»[23]. En las obras posteriores, sus vacilaciones acerca del bien y el mal, de la naturaleza del individuo, de las contradicciones de la sociedad burguesa, de los caminos que conducen a la felicidad general, se profundizan y agudizan más. Los héroes de sus novelas viven una intensa vida espiritual, y más que actuar lo que hacen es pensar, buscando tesonera y penosamente la verdad.

El traslado de Dostoievski y su esposa en 1859 de Semipalátinsk a Peterburgo constituyó una verdadera desgracia para María Dmítrievna. Aparte de que no logró congeniar con los parientes de su marido, el húmedo clima de la capital aceleró notablemente su proceso tuberculoso. El invierno de 1862-63, ante el grave estado de la enferma, los médicos le recomiendan cambiar de clima, y en verano se traslada a Vladímir, tranquila ciudad provinciana, rodeada de bosques. Sin embargo, no experimenta mejoría alguna, por lo que en otoño es trasladada a Moscú, donde los médicos tampoco logran atajar el mal. El 15 de abril de 1864 fallece.

«Las desgracias se suceden» —decía el pueblo ruso en la época de servidumbre. La biografía de Dostoievski confirma con frecuencia esta filosofía campesina, y especialmente en 1864.

Nada más enterrar a María Dmítrievna, el hermano mayor del escritor, Dmitri, presenta síntomas de una grave enfermedad hepática, a pesar de lo cual él no abandona ni un momento su trabajo en la revista *La época*. De repente, la situación empeora hasta tal extremo, que no cabe esperanza alguna de salvación, y el 10 de julio de 1864 Mijail Dostoievski muere.

---

guiénev, L. N. Tolstói, A. N. Ostrovski, N. P. Ogariov, etc., constituyen un modelo de crítica literaria. Las novelas *¿Qué hacer?* (1863) y *El prólogo* (1867-68), que reflejan los ideales y muestran las imágenes de verdaderos luchadores, desempeñaron un gran papel en la formación de muchas generaciones de revolucionarios rusos.

[23] M. Gorki, *Historia de la literatura rusa*, Moscú, 1939, págs. 248-249.

A los dos meses, acaece otra desgracia: el 25 de septiembre fallece Apollón Grigóriev, talentoso crítico literario y escritor, gran amigo de Dostoievski y uno de los más fieles colaboradores de sus revistas.

Tres muertes en el espacio de medio año provocan en Fiódor Mijáilovich la sensación de completa soledad.

Toda la historia de la segunda revista de los hermanos Dostoievski *La época* es la de su lenta muerte.

Cuando el 15 de noviembre de 1863, Mijail Dostoievski solicita del Ministro del Interior la autorización para editar en 1864 la revista *La verdad (Pravda),* con el fin de compensar a los suscritores de *El tiempo,* cerrado en mayo, declarando que la revista sería «totalmente rusa», es decir, patriótica y popular, lo que significaba que mantendría la línea oficial, el gobierno adopta una posición ambigua. Autoriza la edición, si bien con otro título, *La época,* pero tan sólo a finales de enero, cuando las restantes revistas ya habían realizado la suscripción. En tales condiciones, el primer número vio la luz únicamente el 21 de marzo, cuando no había la menor esperanza de conseguir suscripciones anuales. Eso determina en esencia el rápido e irreversible fracaso de la edición. Además, el programa conservador adoptado por sus fundadores era en aquel periodo de grandes crisis erróneo, y a pesar del empeño de los editores y colaboradores, *La época* malvivió un año, en el que publicó trece números, terminando su existencia de muerte natural el 22 de marzo de 1865.

Después del fallecimiento de su hermano, Dostoievski no cesa de buscar febrilmente dinero, y para escapar de la catástrofe material que se le avecinaba firma letras, satisface a los acreedores, defendiéndose de los protestos notariales para librarse del embargo de sus bienes. Siente a cada momento la amenaza de verse encarcelado por deudas. Durante todo un año se ve obligado a relacionarse ininterrumpidamente con usureros, inspectores de policía, agentes y estraperlistas de todas clases y categorías.

En la novela que comienza a escribir inmediatamente después de haber liquidado su desgraciada empresa, salta a primer plano el problema del dinero en toda su característica situación en el Peterburgo de 1865.

Por primera vez en la literatura rusa, el problema del capital ocupa la parte central de una obra y alcanza en su desarrollo el carácter y la profundidad de una absorbente tragedia social.

Para poder sobrevivir, y convencido de que su única salida está en dedicarse a la literatura y escribir novelas que puedan ser editadas rápidamente, piensa en un tema muy actual en aquel entonces, el alcoholismo. Las nuevas condiciones establecidas en 1863 para la venta de bebidas alcohólicas favorecían extraordinariamente su difusión. Precisamente en 1865 se refleja en la población su gran desengaño por tal reforma, incapaz de establecer la moderación en el consumo de alcohol. Ya en junio de ese mismo año ofrece a la redacción de *Anales patrios* su novela *Los borrachines,* que «guardará relación con el problema actual del alcoholismo (cuadros de la familia, la educación de los hijos en semejante situación, etc.)». Así es como surge el inmortal retrato colectivo de la familia de Marmeládov.

Pero la crisis monetaria impide a la revista adquirir la nueva novela y Dostoievski decide abandonar Peterburgo y partir para el extranjero, para allí, lejos de los negocios, de los acreedores y de la policía, concentrase en la labor creadora.

Pero su desmedida afición al juego no le abandona, y en cinco días pierde a la ruleta en Wiesbaden todo su capital, incluido el reloj de bolsillo. En semejantes circunstancias, decide escribir *Crimen y castigo.* Se pone en contacto con el redactor de la revista *El mensajero ruso (Russki viéstnik),* a quien envía el plan de la obra. Tan genial le parece al reservado y prudente Katkov, que remite inmediatamente a Dostoievski un anticipo de 300 rublos.

La novela comienza a publicarse en la mencionada revista en febrero de 1866.

LAS GRANDES NOVELAS.
«CRIMEN Y CASTIGO»

Crimen y castigo es la creación de mayor fuerza literaria de Dostoievski. Se trata de una obra verdaderamente genial, plena de veracidad, impregnada de un profundísimo dolor por la humanidad, que constituye uno de los grandes logros de la literatura universal. El contenido objetivo de la novela consiste en la total imposibilidad para el individuo de hallar salida alguna a la humillante existencia de vejaciones, miseria, ultrajes, soledad, que se ve obligado a llevar. El insufrible sentimiento de asfixia que experimenta le hace llegar a la conclusión de que no es posible vivir en semejante sociedad. En contradicción con todas sus teorías de que el crimen no puede encontrar explicación en causas sociales, el autor parece como si hubiera procurado reunir todas las circunstancias que convierten a personas en criminales. El *leitmotiv* de *Crimen y castigo* es la total carencia de salida de la situación a que se enfrenta el individuo. El protagonista, Rodión Raskólnikov, lleva una horrorosa vida de pobreza que le ahoga. Ante la imposibilidad de costearse los estudios en la Universidad se ve obligado a abandonarla. Sobre su madre y su hermana se cierne la amenaza del hambre. La única salida real que le espera a Dúnechka la identifica Raskólnikov con el camino de Sonia Marmeládova: es el camino de la prostitución, que en lo que respecta a su hermana se diferencia tan sólo en la forma —la de un matrimonio legal. La familia de Sonia puede subsistir porque ella comercia con su cuerpo. Dúnechka también se muestra dispuesta a sacrificarse en aras de su adorado hermano, dando su conformidad a la boda con Luzhin, a quien ni ama ni podrá amar jamás. La imagen de este último es el retrato de un burgués aventurero, arribista y avaro, un ególatra trivial y cobarde, capaz de cualquier infamia, que tiraniza y humilla a quienes ocupan una posición inferior. Dunia y su madre están dispuestas a pasar por alto todas sus villanías para que su querido hermano e hijo pueda terminar sus estudios. Pero éste, orgulloso y amante de su familia, no está de acuerdo con admitir semejante sacrificio. Le tortura el reconocimiento de su desesperada situación. «¿Comprende, comprende usted, señor mío, lo que significa no tener ya adónde ir?» —recuerda de pronto la pregunta que había hecho la víspera Marmeládov—, «porque es necesario que toda persona pueda acudir a un sitio o a otro...»[24]. Estas palabras reflejan el *pathos* de la obra: el individuo no tiene adonde

---

[24] F. M. Dostoievski, ob. cit., t. 5, pág. 43.

ir. Ése es el contenido de la novela de Dostoievski, en la que el autor muestra con enorme fuerza la soledad del hombre en un mundo de chacales. Ni Marmeládov, ni Sonia, ni Dunia, ni Rodión Raskólnikov tienen adonde dirigirse. A este último, la cuestión se le plantea a rajatabla. Tiene que aceptar el sacrificio de su hermana, ahogar todo sentimiento noble, admitir los favores del señor Luzhin, convertirse en un protegido, es decir, destruir lo que conserva de ser humano, lo mismo que lo va a destruir Dunia al venderse a él. La imagen de éste constituye un retrato amplio y generalizado del mundo de la naciente burguesía, que se adueña de las personas por una miseria. Aceptar su propia venta y la de su hermana hubiera significado para Raskólnikov cometer un suicidio moral y un asesinato. Ello constituye el reflejo de la característica particular del pensamiento de la obra, de toda la formación espiritual de Dostoievski, de su atroz y martirizante tendencia a penetrar hasta el fondo y poner al desnudo todos los lugares más recónditos de la vida y del alma. Todos los actos del protagonista de la novela están impregnados de la maligna y vengativa satisfacción y amargura y reconocimiento de que no existe ninguna salida. «Sentía hasta cierto placer atormentándose, hiriéndose el alma con semejantes preguntas...»[25]. El amplísimo cuadro de la terrible realidad pone de manifiesto el fondo real en que está enraizado el crimen, como es el del protagonista. Tan depravada sociedad sirve de germen a ideas semejantes a las de Raskólnikov: matar, porque aquellos a quienes se respeta en esta sociedad y se les pone de ejemplo, los potentados, los afortunados, los seres dichosos, no se detienen ante nada para triunfar. Y él piensa que si ésa es la verdad de semejante sociedad, ¿por qué no intentar formar parte de aquellos a quienes no tiembla la mano ante cualquier asunto turbio cuando se trata de su derecho a dominar y mandar? O si no, ¿por qué no dar muerte a una vieja execrable, a una prestamista avara, que chupa la sangre de sus semejantes, con el fin de aprovechar su dinero para hacer felices a otras personas? Ambas motivaciones del crimen de Raskólnikov son en igual grado variantes de la lógica individualista-anarquista del crimen. La primera, pre-

---

[25] *Ibídem*, pág. 50.

dominante en la novela cuando se trata de explicar las razones del crimen cometido por el protagonista, coincide plenamente con la «idea» del «superhombre», a quien todo le está permitido. No reconoce moral alguna, es un verdadero señor llamado a dominar. Al poner en su mente estas ideas napoleónicas, que en la novela aparecen relacionadas con la imagen del propio Napoleón, Dostoievski las estigmatiza con toda la intensidad de su horror, viendo en ellas el reflejo del individualismo y el amoralismo, y las condena con toda la lógica emocional de la obra. La segunda variante, el asesinato de una vieja despreciable y ruin en aras de la existencia de otras personas dignas de vivir, constituye una forma característica de protesta anárquica contra la sociedad burguesa, protesta corrupta, tan amoral y criminal como la primera.

No podemos pasar por alto el segundo asesinato que, debido a las circunstancias, comete Raskólnikov, el de la dócil Yelisavieta. Si su primera víctima era uno de los «verdugos», la segunda, en cambio, era una mártir, una de las personas infortunadas. Cualesquiera que sean los motivos subjetivos que indujeron al autor a incluir en la novela este segundo asesinato, refleja con él objetivamente una gran verdad social. Es decir, que el «motín» individualista de carácter anárquico representa tan sólo una desgracia para los seres infortunados. Ésta es la verdad auténtica, que halla su expresión en la obra más profunda y realista del inmortal escritor. Dostoievski ofrece al lector un extraordinario y veraz cuadro de los sufrimientos de la humanidad bajo el yugo de una sociedad opresora y muestra las ideas y estados de ánimo tan monstruosos y antihumanitarios a que da origen semejante sociedad. Al mismo tiempo, el autor trata de mostrar que es imposible vivir al margen de las personas, refiriéndose a verdaderas personas. Raskólnikov se denuncia precisamente porque no sólo su conciencia sino su naturaleza habían perdido la fe en su bárbara «idea». Dostoievski escribe al periodista Katkov que Raskólnikov se ve obligado a denunciarse porque, aunque muera en presidio, tiene necesidad de volver a establecer contacto con la gente: el sentimiento de alejamiento y desconexión con la humanidad, que experimentó inmediatamente después del crimen, le atormentaba. Ante el lector aparecen gran número de terribles cuadros y de insoportables sufrimientos humanos. Pero hay algo, quizá lo más horroroso, que no se refiere a la realidad en sí ni a los padecimientos de las personas, sino a la propia obra. Es la ausencia total en ella del menor rayo de luz, de la más íntima esperanza de encontrar una salida. Es el cuadro de una humanidad que se halla en un callejón sin salida. Y lo más importante y terrible consiste en la conclusión lógica a que nos lleva el autor: que no existe una salida real a los inconmensurables sufrimientos humanos. La figura de Raskólnikov incluye no pocas alusiones orientadas en el sentido de que el lector aproxime de una u otra forma a este último al campo revolucionario «nihilista». Pero un renegado y un criminal como él no podía representar en modo alguno a la juventud, a los estudiantes, ya que era ajeno a sus ideas. Y el sentimiento realista del escritor entra en contradicción con la falsa tendencia de ligar al protagonista al campo «nihilista». El propio Raskólnikov dice, refiriéndose a los socialistas: «Es gente laboriosa, que se dedica al comercio; se ocupa de la felicidad universal... No, a mí la vida se me da una sola vez y nunca volveré a tenerla: no quiero esperar la felicidad universal»[26]. Estas palabras reflejan todo el individualismo anárquico de Raskólnikov. El crítico Stájov subraya la juvenil incertidumbre y la falta de criterio de este último como tipo social recién surgido, y el también crítico D. I. Písarev señala que Raskólnikov no pudo extraer sus ideas ni de las conversaciones con sus compañeros ni de los libros que consultaban y consultan hasta ahora con éxito los jóvenes que leen y reflexionan. Este último deslindaba decididamente la «teoría» de Raskólnikov sobre el derecho de las «personas extraordinarias» al derramamiento de sangre y a la violencia cuando, al parecer, lo exigen los intereses de la «verdad», de las ideas y concepciones del campo democrático. Es indiscutible que el autor de *Crimen y castigo* muestra en la obra al tipo egocentrista alejado del pueblo, enemigo de todos los movimientos de vanguardia de su época, que se siente subyugado por la idea del «superhombre», y que lo condena.

La contraposición en la novela de las imágenes de Raskólnikov y de Sonia Marmeládova es, según idea del escritor, la

---

[26] *Ibídem,* pág. 285.

contraposición de la razón y el corazón, el juicio y los sentimientos. Sonia comete un crimen en su propia persona, pero no basándose en la razón, sino por amor, ofreciéndose como víctima en aras de las personas a quien ama. Nos hallamos de nuevo ante una variante de la idea de que vale más la esclavitud que la dominación, que es mejor ejercer la violencia sobre uno mismo que sobre otros. En la figura de Sonia vemos también la triste respuesta de Dostoievski a la pregunta: ¿Qué le queda por hacer a la atormentada humanidad? La razón humana es tan débil y, podríamos decir, tan irracional y los sufrimientos de los hombres tan enormes y toda la vida carece hasta tal punto de sentido y es tan monstruosamente cruel, que la razón no es capaz de abarcar tales padecimientos ni comprender la irracionalidad de la vida, motivo que desarrolla ampliamente el escritor en *Los hermanos Karamázov,* cuando Iván Karamázov se subleva. Lo único que quedaba era el amor hacia todos mezclado con el sufrimiento, lo que constituía la única esperanza de la humanidad. El propio sufrimiento ilimitado de ésta lo enarbola el escritor como argumento para no combatir los sufrimientos de las personas. Es más, en la imagen de Sonia, el sufrimiento se enaltece e idealiza.

Crimen y castigo no sólo es una de las obras más tristes de la literatura universal, es la obra de la tristeza sin salida. La fuerza de la novela de Dostoievski consiste en el retrato que hace de las indignantes y monstruosas contradicciones de la realidad, del poder del dinero, que corrompe al individuo, en cómo pone de manifiesto los gravísimos cataclismos de la ciudad capitalista, que arrastran al hombre al torbellino de la indigencia, la ruina, la corrupción moral y le empujan a la senda del crimen, el vicio y la destrucción. En la descripción que hace con cruel veracidad y profunda penetración literaria del mundo interno de sus héroes, Dostoievski no tiene parangón.

A finales de septiembre, Dostoievski contaba aún con cerca de tres meses para terminar *Crimen y castigo,* tiempo que él consideraba suficiente, a pesar de las modificaciones que le obligaban a introducir los redactores de la revista. Pero para ello tenía que superar una casi insoslayable dificultad. Según un contrato draconiano que había firmado con el editor Stellovski, tenía que entregarle para el 1 de noviembre de ese mismo año un relato de veintiséis folios. Se trataba del relato *El jugador*. De lo contrario, estaría obligado a reembolsarle una fuerte suma. Si la obra no había sido entregada el 1 de diciembre, el editor se reservaba el derecho a publicar gratis durante diez años todo lo que escribiera Dostoievski. Éste no había dado aún comienzo a la obra. Lo único que se le ocurrió a un amigo suyo fue recomendarle recurrir a una estenógrafa. Aunque el escritor no había utilizado nunca semejante procedimiento, decidió intentarlo. Así comienza su colaboración con la que habría de convertirse en su segunda esposa, Anna Grigórievna Snítkina. El experimento dio resultado y el relato fue escrito en veintiséis días y entregado a tiempo.

El jugador es la historia, autobiográfica en parte, de un joven maestro, procedente de la intelectualidad no aristocrática, dotado, al igual que Raskólnikov, de un espíritu fuerte, pero que se convierte en un jugador y malgasta sus magníficas aptitudes. En la novela figuran representantes de diferentes países europeos y se reflejan los pensamientos del autor sobre el carácter nacional ruso.

El 15 de febrero de 1867, Dostoievski contrae matrimonio en Peterburgo con Anna Grigórievna. El 14 de abril, el matrimonio emprende un viaje por el extranjero, que, aunque previsto para tres meses, habría de prolongarse más de cuatro años. Durante ese tiempo visitan y viven algún tiempo en Dresden, Basilea, Ginebra, Vevey, Milán, Florencia, Bolonia, Venecia y Praga, de donde regresan a Dresden, ciudad en la que el 14 de septiembre de 1869 nace su segunda hija, Liubov.

«EL IDIOTA»

Ese mismo año termina otra de sus grandes novelas, *El idiota*. En ella trata de crear la imagen del héroe positivo, que se opone al sucio mundo de los explotadores y ambiciosos, del mercantilismo y de la crueldad de la sociedad que le rodea. En una de sus cartas, el escritor reconoce que hacía tiempo le mortificaba una idea, la de retratar al individuo perfecto, y a continuación añade: «En mi opinión, nada hay más difícil en el mundo, sobre todo en nuestros tiempos...»[27]. El ingenuo infantilismo y la humildad espiritual de su héroe —el príncipe Myshkin— los contrapone a las contradicciones, al sufrimiento, a la «discordancia» en que viven los restantes personajes de la obra. La simpatía que experimenta Myshkin hacia el sufrimiento y las penas ajenas, su fraternal actitud hacia todas las personas, independientemente de su estado y posición social, le elevan moralmente sobre quienes le rodean, convirtiéndole en juez y consolador suyo. Ello da lugar a que Myshkin desempeñe el papel, no tanto de reformador social como de una especie de nuevo Cristo.

El propio Myshkin había sufrido mucho, había padecido una enfermedad psíquica y experimentado la dureza de la soledad y por eso era muy sensible a los sufrimientos ajenos. Su fuerza moral, su pureza espiritual, su desinterés, su bondad y su compasión hacia los padecimientos de las personas que le rodean le confieren indiscutible autoridad no sólo ante la atormentada Nastasía Filíppovna, a consecuencia de los brutales celos de Rogozhin. Voluntaria o involuntariamente, Dostoievski demuestra la impotencia del concepto cristiano de no recurrir a la violencia ante la maldad, la imposibilidad de superar la injusticia y los sufrimientos humanos predicando la resignación y el autoperfeccionamiento.

Las tendencias reaccionarias de los representantes de la «nueva generación» se manifiestan con especial crudeza en su novela siguiente *Los demonios* (1872). En ella, el escritor arremete contra el movimiento revolucionario de su tiempo. Según palabras de Gorki, *Los demonios* son «el más talentoso y perverso de todos los innumerables intentos de difamar el movimiento revolucionario de la década del setenta». Aunque en sus obras anteriores *(Apuntes del subsuelo, El idiota),* Dostoievski se había manifestado repetidamente contrario al campo revolucionario, sin embargo, en *Los demonios* ataca ferozmente a los nihilistas y predica con vehemencia la senda ortodoxa, en su opinión, la verdadera senda, nacional y popular, de superación de las contradicciones sociales.

En 1875, en la revista *Anales patrios (Otiéchestvennye zapiski)*

---

[27] *Ibídem,* pág. 702.

ve la luz una nueva novela de Dostoievski, *El adolescente,* en la que refleja un amplio cuadro de la sociedad contemporánea suya y su desolación espiritual, su incontenible sed de enriquecimiento, la venalidad general y la opresión del hombre por el hombre. La idea básica de la obra aparece formulada en la siguiente frase: «Aunque se trate de un individuo de lo más corriente, el dinero le proporcionará todo, es decir, el poder y el derecho al desdén»[28]. La novela retrata las búsquedas y las vacilaciones ideológicas de un adolescente, a quien desde su infancia le había dominado la obsesión de «convertirse en un Rothschild». Esta idea le surge, tanto bajo la influencia de circunstancias personales (era hijo bastardo de un aristócrata) como debido al desorden que le rodeaba, de la efervescencia moral, del estado de descomposición de la sociedad. (El propio autor explica en el plan de la obra que «la descomposición constituye la idea fundamental y manifiesta de la misma».) Ultrajado en sus sentimientos de dignidad humana, el adolescente experimenta la tortura de un desmesurado amor propio, el ansia de vengarse de quienes le han ofendido y trata por todos los medios de conseguir un gran capital. Pero junto a aspiraciones tan egoístas, en el fondo de su alma anida un deseo de bondad, que constituye la manifestación de un gran corazón. Por serias que fueran las tentaciones supo mantenerse firme y conservar la pureza moral, mientras que otros no fueron capaces de resistir y cayeron hasta convertirse en delincuentes. Pero su obsesión por la riqueza se combina en él con la inclinación hacia ideas nuevas, hacia las organizaciones revolucionarias, a cuyos miembros retrata Dostoievski como a portadores de un germen destructor. En esta novela, el autor, a la vez que describe un amplio y real cuadro de los males sociales y muestra una serie de imágenes veraces extraídas de la vida, defiende la idea de la regeneración religioso-moral y del sufrimiento cristiano.

---

[28] *Ibídem,* t. 8, pág. 630.

La última obra, que constituye el resumen de la labor creadora de Dostoievski, publicada en 1879-80, es la novela *Los hermanos Karamázov,* en la que se ven objetivadas las ideas políticas, éticas y sociales del escritor.

La agudeza de los confrontamientos, de las ideas y tendencias, las cuales reflejan las dudas y contradicciones de Dostoievski, hacen de esta su última obra una especie de disputa ideológica.

La crítica contemporánea a Dostoievski señalaba con razón que, aunque sus ideales son elevados y humanos, la doctrina que se desprende de ellos no siempre es acertada, y a veces carece incluso de justificación. Pero el lector capta en toda su profundidad las imágenes que ofrece el escritor y el drama que encierran sus obras, porque todo lo envuelve su apasionado amor hacia las personas, su profunda penetración en las almas que sufren. A pesar de todos los esfuerzos que hace para convertirse en defensor de las tinieblas, emana de él una fuente de luz.

En el ejemplo del destino de una familia perteneciente a la nobleza, el autor descubre un amplio y trágico cuadro de la sociedad de su tiempo, desenmascara las monstruosas y depravadas relaciones entre las personas, sus enfermizas y corrompidas almas en las circunstancias del poder del dinero, la incontenible manifestación de las bárbaras y bestiales pasiones, del egoísmo y la ignominia espiritual.

El enorme material de la crónica de la familia está distribuido según un plan simple y preciso, agrupado en tres apartados fundamentales:

1) La rivalidad amorosa entre el padre y el hijo mayor, Dmitri, que los convierte en enemigos mortales.

2) El misterioso asesinato del viejo Karamázov.

3) El error judicial, que condena a Dmitri, acusado de parricidio, a largos años de presidio.

La sucesión de tan violentos acontecimientos arrastra en su torbellino a todos los miembros de la familia Karamázov y a dos jóvenes cercanas a ella. Una es la provinciana Grúshenka, que con su sensual belleza despierta un irreconciliable odio entre padre e hijo. La otra figura femenina es la de una orgullosa damita, hija de un coronel, salida hacía poco de una residencia de señoritas, la cual estaba profundamente agradecida a Dmitri por su caballerosa magnanimidad para con ella y soñaba con salvarle de la caída moral, reeducarle y encaminarle hacia una nueva vida. De ese cúmulo de irrefrenables pasiones y elevados sentimientos surgen los conflictos principales de tan sonada historia judicial, que tuvo ecos en toda Rusia.

El argumento de su última obra lo organiza Dostoievski recurriendo a una tensión interna y a la máxima expresión. La novela se basa en la brusca contraposición de personas y acontecimientos: en un polo figuran seres depravados —el padre, Fiódor Pávlovich, y Smerdiákov, en el otro los «ángeles» Aliosha y su director espiritual, Zosima. A la casa de los Karamázov se contrapone el monasterio; al individuo voluptuoso, el monje ruso; a la charla ante la copa de coñac, los sermones del eremita; al monstruo del padre, el reverendo sacerdote. La antítesis constituye hasta el final la base de la estructura de la obra. El procedimiento preferido de Dostoievski —los encuentros de todos los héroes— adquiere en la novela una nueva dimensión. Se reúnen todos para resolver las querellas domésticas, y esa discusión se convierte en un escándalo sin precedente: el altercado de Fiódor Pávlovich con Dmitri, el desafío, la afrenta a los monjes, todo ello caldea hasta el límite la atmósfera de la reunión. Pero en ese momento se produce un brusco cambio. El stárets Zosima se arrodilla ante Dmitri y le hace una profunda reverencia como señal premonitoria de los sufrimientos que le esperan. El altercado se convierte en drama. Con semejante exposición comienza el capítulo sexto del libro segundo de la novela. Análogas reuniones tumultuosas regulan también los capítulos centrales de la obra. Dmitri, el hijo mayor de Fiódor Pávlovich Karamázov, se enamora perdidamente de Grúshenka y se enfrenta por ella con el padre, que promete a la joven tres mil rublos por acceder a una sola cita con él. Dmitri no oculta ante nadie el odio que profesa a su padre y confiesa a su hermano menor que le matará si Grusha acude a la cita. Todos sienten aterrorizados que en el tranquilo rincón provinciano se fragua un crimen.

Una inesperada circunstancia altera la situación. Grúshenka recibe una nota de un oficial, «anterior e indiscutible» pretendiente suyo y corre a su encuentro a la hostelería donde se halla éste y tras ella Dmitri. Y comienza en el tugurio una orgía, un festín por todo lo alto, en el que los asistentes se emborrachan, entonan cínicas canciones, Grúshenka dice palabras ofensivas al oficial. Y en medio de ese desenfreno y esa embriaguez se alza y resuena en toda su pureza el reconocimiento por parte de la joven de su amor a Mitia. La vida de éste cambia por completo, despunta en él un renacimiento moral. Pero en ese momento de lucidez y de relanzamiento espiritual se produce la catastrófica explosión: se presenta la policía para proceder a su detención, acusado de haber dado muerte a su padre. La nueva vida que parecía ofrecérsele a Dmitri se ve interrumpida por la implacable intervención de las autoridades.

En Fiódor Pávlovich —el viejo Karamázov— crea el autor una imagen típica de trascendental importancia, de carácter ampliamente generalizador y de enorme fuerza acusatoria. Es precisamente Fiódor quien da el nombre al fenómeno conocido como «karamázovschina», en el que se aúnan todo lo sucio, corrompido, trivial, inhumano, que había acumulado el régimen de servidumbre ruso, en las circunstancias del poder del dinero. La ruindad, la hipocresía, la codicia, la voluptuosidad son las características de Fiódor Pávlovich Karamázov. El conflicto familiar, el odio de los hijos hacia un depravado y déspota padre adquiere en la novela carácter social, muestra la descomposición de los viejos principios patriarcales y de las relaciones familiares bajo la influencia de las nuevas relaciones burguesas, que van minando el sistema caduco. Pero en el reino de la «karamázovschina», la propia lucha contra ella conserva el mismo carácter deforme e inhumano, ya que es reflejo del escandaloso medio que desfigura los pensamientos y sentimientos de las personas. Dmitri e Iván —el segundo hijo— son en mayor o menor grado, si no los asesinos físicos de su padre, muerto por el lacayo Smerdiákov, sí quienes le empujan a semejante acción y justifican moralmente el parricidio. Ellos llevan también implícitos los rasgos de la «impetuosidad» karamazoviana, lo que se refleja en la irrefrenable violencia de Dmitri y en las lógicas conclusiones de Iván.

La pluma del genial escritor retrata magistralmente el carácter de los hermanos Karamázov. Dmitri es un hombre de incontroladas pasiones, orgulloso y desenfrenado, pero que al mismo tiempo posee un corazón noble y generoso. En él estas cualidades se conjuntan con una deformación espiritual y una sensualidad incontenibles. En la vida, este oficial vulgar, juerguista libertino, intemperante, es el vivo retrato del militar insolente, dispuesto siempre a la ofensa y la violencia, a «la francachela y la destrucción». Pero bajo ese cruel comportamiento en la vida cotidiana se oculta un corazón vivo y sensible. Hombre de dos extremos, capaz de pasar de los pecados mortales a la vivificante belleza, conoce no sólo las caídas y las cimas, sino también la ascensión a las cumbres. Se trata de una personalidad dotada intelectual y moralmente de un alma profunda y compasiva, de un hombre arrebatadizo y entusiasta, fervoroso admirador de Schiller y Hamlet, enamorado de la vida y de la poesía. Es un improvisador neto de acaloradas charlas sobre cualquier tema, desde cuestiones íntimas hasta filosóficas. El destino de Dmitri es profundamente trágico. Aunque capaz de elevar su alma a grandes alturas, carece de fuerza para escapar del torbellino de vicios que le arrastra. Pero en el momento de la catástrofe se produce una especie de lucidez interna en todo su ser: desea combatir el mal, «para que no haya más lágrimas...».

El asesinato del viejo Karamázov descubre también lo trágico del destino de su segundo hijo Iván. Esta brillante inteligencia, que ilumina con su pensamiento creador las horribles tinieblas del drama familiar y del desbarajuste mundial, se convierte en partícipe de la suciedad y la sangre del abominable crimen y se precipita desde lo alto de su elevado pensamiento hacia la locura y la perdición. El trágico efecto de la criminal intención en tan genial conciencia, escindiéndola, conduce a la ruina del héroe.

Para comprender la novela, la imagen de Iván Karamázov es la más importante desde el punto de vista ideológico y filosófico. Se trata de una naturaleza complicada y contradictoria. Llega a negar ateísticamente la religión, se subleva contra la inevitabilidad de los sufrimientos humanos. Al mismo tiempo, trata de alcanzar la felicidad en la vida, de conseguir su fuerza vivificante y no puede soportar los padecimientos de la humanidad. Afirma que no cabe, bajo ningún precio, redimir ni justificar lo injusto de los sufrimientos que experimentan los hombres. Pero considera que si es imposible conseguir una armonía general, si «las lágrimas del niño son inevitables», resulta natural la negación del propio mundo y la conclusión lógica de que «todo es permisible». Con ello, Iván se convierte ideológicamente en el culpable del asesinato de su padre, y con su filosofía nihilista induce a Smerdiákov, su sosias negativo, a cometer el crimen. Iván lucha permanentemente con la «incontinencia» karamazoviana entre el ámbito del bien y el mal. Finalmente, semejantes vacilaciones y tormentos desembocan en una grave enfermedad psíquica. La rebelión de Iván Karamázov, su protesta teomáquica contra la religión, que consagra la injusticia del orden imperante en el mundo, la sublevación contra los sufrimientos de las personas y contra todo el sistema social dominante constituyen la culminación ideológica de la novela.

Aliosha Karamázov representa un nuevo intento de Dostoievski de crear la imagen del héroe positivo, la imagen del individuo armónicamente perfecto. En su persona, el autor trata de mostrar el humanitarismo, el verdadero amor al prójimo, rasgos que eran ajenos a los restantes Karamázov. Pero al contraponer la imagen luminosa de Aliosha al sombrío y corrupto mundo de la «karamázovschina», el escritor priva al personaje del verdadero colorido de la realidad.

De hecho, esta amplísima epopeya sobre la Rusia revolucionaria, debía desarrollarse, según la idea del escritor, en dos novelas, dedicadas a la descripción de una vida, la de Aliosha Karamázov precisamente.

> La principal será la segunda —decía el autor al lector. Tratará de la actividad de mi héroe en nuestro tiempo, precisamente en el momento actual, es decir, entre las décadas del 70 y el 80. La primera novela se remonta a treinta años y casi no es una novela, sino tan sólo un momento de la primera juventud del protagonista. Prescindir de ella es imposible, porque mucho de lo que habrá de tener lugar en la segunda resultaría incomprensible[29].

---

[29] L. P. Grossman, ob. cit., pág. 512.

Después de haber terminado de escribir en 1880 la primera novela, Dostoievski decide retornar a la historia de su héroe al cabo de un año, en 1882. Pero no tuvo tiempo de llevarlo a cabo...

Según el testimonio de A. G. Dostoiévskaia, entre ambas novelas

> deberían transcurrir veinte años. La acción se traslada a la década del 80. Aliosha ya no es un joven, sino un hombre maduro, que ha vivido un complicado drama espiritual con Liza Jojlakova. Mitia vuelve de presidio...[30].

Otro testimonio sobre la segunda novela pertenece al periodista A. S. Suvorin, el cual comunica en su diario que, el 20 de febrero de 1880, Fiódor Mijáilovich le contó

> que daba comienzo a una novela, en la que el protagonista sería Aliosha Karamázov. Querría hacerle pasar por el monasterio y convertirlo en un revolucionario. Cometería un delito político. Le habrían condenado. Él buscaba la verdad, y en esas búsquedas, se habría convertido, naturalmente, en revolucionario[31].

Estos datos, dentro de su brevedad, son de gran valor.

EL LENGUAJE Y EL ESTILO DE DOSTOIEVSKI

Las novelas de Dostoievski son polifónicas: cada uno de los personajes afirma su verdad, su interpretación del mundo. El autor no interviene formalmente con sus juicios, con su «voz» (como sucede, por ejemplo en *Almas muertas* de Gógol), sino que se limita a organizar el enfrentamiento de los pensamientos y las opiniones de sus héroes. Esta «polifonía» se refleja en la lengua de sus obras. Cada personaje habla en el lenguaje que le es propio, que corresponde a su posición social, su profesión, su carácter. La jerga burocrática, los sufijos diminutivos,

---

[30] *Ibídem*, pág. 512.
[31] *Ibídem*, pág. 514.

la entonación lastimera del borrachín Marmeládov, el habla lacayuna, presuntuosa y trivial de Smerdiákov, el burlón siseo de Karamázov padre, todo ello corresponde con exactitud al contenido interno, espiritual, de los individuos que retrata. Al mismo tiempo, Dostoievski evita las florituras léxicas, tan corrientes en otros autores, limitándose a pinceladas, que permiten al lector comprender mejor la persona de que se trata.

Es peculiar del estilo del escritor su carácter publicístico y polémico. Los personajes discuten incansablemente unos con otros, incluso consigo mismo. Su lenguaje es con frecuencia incoherente, apresurado, emocionalmente agitado. El discurso de Raskólnikov es entrecortado, no elige las expresiones. Habla con extremada franqueza. Es precisamente la franqueza, la renuncia a todo adorno, la tendencia a expresar de forma veraz, aunque sea sin la cohesión necesaria, sus pensamientos y sentimientos, con frecuencia insuficientemente claros para ellos mismos, lo que caracteriza el lenguaje de los héroes de Dostoievski.

Como artista que es, desarrolla con inigualable maestría la lengua rusa, adquirida por él directamente de los labios de las mujeres del pueblo, de sus ayas moscovitas, con sus canciones y sus cuentos. De ahí proceden las fuentes de su vigoroso lenguaje, que sus coetáneos no supieron reconocer y sólo en nuestros días ha sido valorado como corresponde. De las más profundas raíces del habla popular surge la prosa literaria, incomparable por su expresividad y fuerza, del novelista, tan sensible a la música y al verso, que supo recoger por doquier el folklore ruso perdido en las masas, sobre todo en la tradición de sus canciones. Tan profundas raíces del estilo literario las recuerda Dostoievski mucho después, cuando expresa su sentimiento de amor hacia la lengua materna con el lacónico e inabarcable aforismo: «El lenguaje es el pueblo.»

EL REALISMO DE DOSTOIEVSKI

Dostoievski define su sistema literario como «realismo en el más alto sentido»[32], dando a este término el significado de que

---

[32] F. M. Dostoievski, ob. cit., pág. 485.

la obra literaria ha de basarse en hechos verídicos y concretos de la realidad actual, aunque elevándolos a amplias valoraciones filosóficas.

«Todo lo que dicen mis héroes en el texto que le he enviado —escribe Dostoievski al redactor— se basa en la realidad»[33]. Nada ha sido inventado, pero todo ha sido interpretado de manera diferente, enfocado bajo una brillante luz y profundamente humanizado gracias a la clarividencia del genial artista. En su última obra, el escritor consigue ofrecer la sensación de un extraordinario cuadro de la realidad. En ciertos pasajes, la novela adquiere la palpitante fuerza vital de la columna de un periódico recién salida de la imprenta, y el apasionamiento del tono que emplea el autor hace llegar esta impresionante actualidad a las generaciones sucesivas.

Pero para Dostoievski lo más importante es la problemática filosófica y psicológica, que rebasa con mucho los límites de los datos empíricos y llega en sus últimas conclusiones al mundo de lo utópico o lo «fantástico». En *Los hermanos Karamázov*, esta «poetización» y ese «patetismo» ilimitados alcanzan la cima. En esta su última novela, continúa buscando la composición específica, libre de los modelos narrativos corrientes. Estructura el amplísimo relato alrededor del personaje central, el criminal, que es quien organiza todos los actos de la obra. El rasgo característico de la novela es la elevadísima tensión de su composición y configuración. En ella todo alcanza el límite, el grado máximo, la manifestación más aguda, todo está tomado, según palabras del autor, en estado de «febrilidad y síntesis». La última creación del genial escritor constituye la verdadera culminación del camino literario recorrido por él, la síntesis global de su experiencia creadora, la ampliación de la novela-poema a la novela-epopeya. Gracias a un insólito auge de su pensamiento y su voluntad, Dostoievski consigue ofrecer en el ocaso de su vida una obra monumental, que se convierte en el sintético y polifónico epílogo de toda su agitada labor creadora.

En 1880, Dostoevski alcanza la meta de su camino. Es objeto de entusiasta reconocimiento, su influencia no tiene prece-

---

[33] L. P. Grossman, ob. cit., pág. 516.

dentes, y se convierte en gloria nacional. El año en que pone punto final a *Los hermanos Karamázov* le eleva al rango de uno de los más grandes escritores y pensadores rusos. El objetivo de su vida, que manifiesta en la carta que escribe a Máikov[34] en 1868 desde Florencia: «escribir... aunque muera después de haber dicho todo»[35], lo ha conseguido en lo fundamental. Continúa como antes lleno de grandes ideas, de planes creadores, pero su afección pulmonar ha hecho tales progresos, que cualquier esfuerzo físico o emoción pueden significar el fin. La noche del 28 de enero de 1881 tiene una hemorragia y de madrugada fallece. Acompaña el féretro una incalculable muchedumbre y junto a la sepultura suenan las palabras de sus viejos amigos, rodeados de profesores, estudiantes, de innumerables y anónimos admiradores de las inmortales obras de la literatura rusa.

LA MAESTRÍA DE DOSTOIEVSKI

Las obras de Dostoievski forman parte del acervo del realismo crítico ruso del siglo XIX. El autor descubre hasta el fondo y con veracidad en sus magistrales líneas las agudas contradicciones en que se desenvolvía la sociedad en que le había tocado vivir. Pero, al mismo tiempo, su concepto del mundo está saturado de vacilaciones, reflejo de la falta de armonía reinante en el ámbito que le rodea y en el que se desarrolla su mente. Gorki, a la par que critica las facetas más negativas y reaccionarias de su obra, considera que «la genialidad de Dostoievski es indiscutible y que, probablemente, la fuerza de su ingenio y su talento pueden tan sólo compararse a Shakespeare»[36].

La particularidad de la obra de Dostoievski consiste en haber sabido penetrar la compleja y contradictoria dialéctica del

---

[34] Máikov Apollón Nikoláevich (1821-97), poeta ruso, miembro correspondiente de la Academia de Ciencias de Peterburgo. Su lírica está dedicada a temas de la historia y el arte europeo y ruso. Sus mejores poesías describen la naturaleza.

[35] L. P. Grossman, ob. cit., pág. 525.

[36] *Historia de la literatura rusa del siglo XIX,* bajo la redacción del prof. S. M. Petrov. T. II, 2.ª parte, Moscú, 1971.

carácter de la persona. Dostoievski es un escritor-psicólogo. Nos muestra a sus héroes en los momentos más tensos de su vida, en complicadas colisiones ideológicas y psicológicas, en el proceso de una profunda lucha interna con ellos mismos. Los caracteres de los personajes se ponen de manifiesto en situaciones dramáticas agudas, en actos inesperados, que transmiten con singular plenitud las crisis espirituales, las conmociones, las llagas y a veces el estado patológicamente enfermo de su psique. La importancia de Dostoievski como artista consiste en haber sabido transmitir, a través de los enfrentamientos de caracteres humanos, las colisiones sociales y morales más importantes de su época. *Crimen y castigo, El idiota, Los hermanos Karamázov*, se basan en hechos reales, en notas periodísticas sobre procesos. En ellos veía el escritor la expresión del espíritu de su época, la realidad que encerraba para él la manifestación más patente y más convincente de las tendencias del desarrollo social. Al poner al desnudo el carácter antagónico, correspondiente a un periodo de crisis de la sociedad coetánea suya, al mostrar su fraccionamiento, las vacilaciones y la tragedia en que se veían condenadas a vivir las personas en las circunstancias de aquella sociedad, Dostoievski recurría a los contrastes, a las contraposiciones agudas, al resalto casi hiperbólico de los estados psicológicos de sus personajes. La casualidad, la sorpresa, las misteriosas coincidencias, el descubrimiento de secretos que intrigan al lector, constituyen una particularidad importante de sus novelas, de su trama y de su composición. Sin embargo, el autor no recurre a semejante dramatismo de la acción con el fin de hacer más interesante el argumento, sino partiendo de consideraciones de orden interno para poner al descubierto de ese modo las colisiones psicológicas y sociales, mostrando a sus héroes en el momento en que sus fuerzas espirituales alcanzan la máxima tensión. Las novelas de Dostoievski han sido denominadas «novelas ideológicas», ya que son precisamente los problemas ideológicos los que centran siempre la atención del autor y son ellos los que determinan no sólo el colorido de sus obras, sino también su estructura literaria. El propio Dostoievski definió su método creador como «realismo en el más elevado sentido», contraponiéndolo al que se limita a copiar mecánicamente la realidad.

Creó caracteres que se salían del marco de lo habitual, rutinario, y mostró situaciones argumentales excepcionales, muy lejanas de la vida cotidiana. Lo extraordinario de los personajes y los acontecimientos, debido a lo cual el autor fue con frecuencia objeto de reproches por parte de los críticos, no constituye en modo alguno una desviación del realismo. En el método literario del escritor, lo excepcional resulta tremendamente convincente, al estar basado en la lógica interna de los caracteres y acontecimientos, lo cual pone de manifiesto en toda su amplitud el mundo espiritual y la psicología de sus héroes. Dostoievski escribe con relación a ello:

> Yo tengo un concepto propio de la realidad (en la literatura), y lo que la mayoría considera casi fantástico y excepcional constituye a veces para mí la verdadera esencia de la misma. Lo habitual en los fenómenos y el enfoque banal de los mismos está aún muy lejos, según mi punto de vista, de ser realismo, y es incluso la antítesis suya[37].

La particularidad del realismo de Dostoievski consiste en que se trata de un escritor-pensador. Al retratar la realidad, intenta comprender sus leyes, de captar la vida desde todos los puntos de vista, de penetrar el sentido de los problemas trascendentales del desarrollo de la humanidad.

La maestría de Dostoievski se manifiesta en su facultad de crear una trama seductora y de gran amplitud para resolver enrevesados conflictos psicológicos y problemas ideológicos difíciles. El interés, el tenso dinamismo de la intriga, se combinan en sus novelas con la confrontación del pro y del contra de la idea que reflejan. El dramatismo de las mismas no se limita en modo alguno a colisiones argumentales. En él se encierra un profundo sentido interno —la tragedia de los destinos humanos. El individuo aparece retratado en sus obras no en lo habitual y rutinario, sino en la culminación interna, espiritual, en que sus sentimientos y pensamientos alcanzan el grado máximo de tensión. Sus héroes suelen ponerse al descubierto en los minutos de dolorosas convulsiones argumentales, de

---

[37] F. M. Dostoievski, ob. cit., t. 10, pág. 485; *Hist. lit. rusa,* ob. cit., pág. 118.

catástrofes que se producen en la vida, de estados de exaltación casi patológica. Nos muestra el cuadro verdaderamente aterrador de la descomposición moral, de la degeneración y de las crueles contradicciones de la sociedad contemporánea suya.

Dostoievski ocupa un lugar destacado en la literatura rusa como continuador de sus tradiciones humanitarias y realistas, que levantó su voz en defensa de los seres humillados y ofendidos. Él es el creador de un nuevo tipo de novela, que refleja con especial amplitud y profundidad las contradicciones de la vida moderna y las impresiones más recónditas del alma. Se trata de la novela-tragedia, la novela de los conflictos agudos y plenos de tensión. Con la exactitud de un anatomista descubre la vida interna del individuo y muestra las condiciones sociales en que se forma el carácter. Ello explica la importancia universal de Dostoievski y su influencia en la literatura occidental. Su papel en la literatura mundial se puede comparar al de figuras tales como Balzac, Flaubert, Ibsen, Dreiser, Tomas Mann.

Según palabras de Gorki, en las condiciones de la existencia intolerable de las personas, cuando el fuerte dominaba al débil, «tenía que surgir alguien que encarnase en su alma el recuerdo de todos estos sufrimientos humanos y reflejase tan horroroso recuerdo»[38]. Ese alguien es Dostoievski.

---

[38] *Hist. lit. rusa,* ob. cit., pág. 122.

ESTA EDICIÓN

La traducción de Augusto Vidal se ha realizado sobre la edición original de *Obras* de F. M. Dostoievski en 10 tomos, publicados por la Editorial Estatal de Literatura, Moscú, 1958.

BIBLIOGRAFÍA

1) Algunas ediciones modernas en español

Apuntes del subsuelo, trad. de L. Kuper de Velasco, Bruguera, 1983.
Crimen y castigo, trad. de A. Vidal, en la col. «Las mejores obras de la literatura universal», t. 17, Madrid, Cupsa, 1983.
Diario de un escritor, Espasa-Calpe.
El adolescente, trad. de M. Orta Manzano, Juventud, 1973.
El eterno marido, trad. de J. Costa Clavell, Cedro, 1976.
El idiota, Círculo de Amigos de la Historia, 1973.
El jugador, trad. de J. Laín Entralgo, Salvat, 1983.
Humillados y ofendidos, trad. de A. Vidal, Bruguera, 1983.
Los demonios, trad. de L. Abollado, Bruguera, 1980.
Niétochka Nezvánova, Espasa-Calpe.
Noches blancas, trad. de L. Abollado, Bruguera, 1982.
Pobres gentes, Bruguera, 1981.
Recuerdos de la casa de los muertos, trad. de L. Abollado, Bruguera, 1981.
Stepánchikovo, Espasa-Calpe (s.a.).

2) Estudios críticos en ruso

Bielkin, A. A., *Fiódor Mijáilovich Dostoievski,* Moscú, 1956.
— *Los hermanos Karamázov (problemática filosófico-social) [Bratya Karamázov (sotsialno-filosófskaia problemática)],* ibídem.
Frídlender, G. M., *Dostoievski,* en el libro *Historia de la literatura rusa,* t. 3 *(Istoria rússkoi literatury,* t. 3), Leningrado, Nauka, 1982.
Gorki, M., *Acerca de la karamázovschina. Más sobre la «karamázovschina» (O karamázovchine. Ieschó o «karamázovschine»),* en el libro *Sobre literatura (O literature),* Moscú, 1953.
Grossman, L. P., *Dostoievski artista (Dostoievski-judózhnik),* en el libro *La obra de Dostoievski (Tvórchestvo Dostoiévskogo),* Moscú, Ed. Ac. de Ciencia de la URSS, 1959.

Kirpotkin, V. Ya., *El mundo de Dostoievski (Mir Dostoiévskogo)*, Moscú, Sovietski pisátel, 1980.

— *F. M. Dostoievski, su camino creador (F. M. Dostoievski, tvórcheski put)*, Moscú, 1960.

Motyliova, T. L., *Dostoievski y la literatura universal (Dostoievski i mirovaia literatura)*, en la col. «Tvórchestvo Dostoiévskogo», Moscú, 1959.

3) Estudios críticos en otros idiomas

Arban, D., *Dostoievski par lui-même*, París, 1962.

Castresana, L. de, *Dostoievsky*, Bilbao, 1970.

Gasparini, E., *Dostoievskkij e il delitto*, Milán-Venecia, 1946.

Giusti, W., *Dostoîevskij e il mondo russo dell'Ottocento*, Nápoles, 1952.

Gourfinkel, N., *Dostoîevskij notre contemporain*, París, 1961.

Grossman, L. P., *Dostoievskij artista*, Milán, 1961.

Lo Gatto, E., *Introducción a la novela de Dostoievski en la edición italiana en 5 vols.*, Florencia, 1958.

— *La literatura rusa moderna*, págs. 306-337, Buenos Aires, Losada, 1972.

López Aranguren, J. L., *El cristianismo de Dostoievski*, Madrid, 1970.

Paci, E., *L'opera di F. Dostoievskij*, Turín, 1956.

Peloso, P., *Cenni biografici e critici sul Dostoëvskij romanziere*, Génova, 1981.

Torres Bodet, J., *Tres inventores de realidad: Stendhal, Dostoyevski, Pérez Galdós*, Madrid, Revista de Occidente, 1969.

Valverde, A., *Dostoievski, estudio y antología*, Madrid, 1962.

Van Der Eng, J., *Dostoievskij romancier. Rapports entre sa vision du monde et ses procédés littéraires*, La Haya, 1957.

Vidal, A., *Dostoievski*, Barcelona, Barral, 1972.

Yarmolinsky, A., *La vita e l'arte di Dostoievskij*, Milán, 1959.

Zweig, S., *Dostoievski* (trad. del al.), París, 1928.

LOS HERMANOS KARAMÁZOV

Peterburgo en el siglo XIX

A Anna Grigórievna Dostoiévskaia

«En verdad, en verdad os digo, si el grano de trigo no cae en tierra y muere, queda él solo; mas si muere, lleva mucho fruto.»

(Evangelio de San Juan, cap. XII, 24.)

PRÓLOGO DEL AUTOR

AL dar comienzo a la biografía de mi héroe, Alexiéi Fiódorovich Karamázov, experimento cierta perplejidad. En efecto: aunque llamo a Alexiéi Fiódorovich mi héroe, sé muy bien que no es, de ningún modo, un gran hombre, y preveo por ello inevitables preguntas poco más o menos como éstas: «¿Pero qué tiene de notable su Alexiéi Fiódorovich, para que lo haya elegido usted como héroe suyo? ¿Ha hecho algo extraordinario? ¿De quién y a santo de qué es conocido? ¿Por qué yo, como lector, he de perder el tiempo estudiando los hechos de su vida?»

Esta última pregunta es la más temible, pues a ella sólo puedo responder: «Quizá lo vean ustedes mismos leyendo la novela.» Pero, ¿y si leen la novela y no lo ven, si no están de acuerdo en que mi Alexiéi Fiódorovich es un hombre notable? Hablo así porque preveo, con pena, que sucederá lo que digo. Para mí, Alexiéi Fiódorovich es un hombre notable, pero dudo decididamente que logre demostrarlo al lector. El caso, sin duda, es que se trata también de un hombre de acción, pero de un hombre de acción indefinido, que no se ha manifestado con claridad. De todos modos, sería raro exigir de los hombres claridad en un tiempo como el nuestro. Una cosa, quizás, es bastante indudable: se trata de un hombre raro, hasta estrafalario. Pero el ser estrafalario más bien perjudica que da derecho a la atención, sobre todo cuando la gente se esfuerza por relacionar los casos particulares y encontrar aunque sólo sea un sentido general a la confusión común. Lo estrafalario, casi siempre, es el caso particular y marginal. ¿No es así? Ahora bien, si no están de acuerdo con esta última tesis y responden: «no es así» o «no siempre es así», entonces yo, quizá, me anime pensando en el significado de mi héroe Alexiéi Fiódorovich. Pues lo estrafalario no sólo «no es siempre» el caso particular y marginal, sino que, por el contrario, a veces contiene el meollo del conjunto, mientras que las demás personas de su época, temporalmente y sin saber por qué, se han desprendido de él como arrastrados por alguna ráfaga de viento.

De todos modos, no era mi intención entrar en estas explicaciones tan poco interesantes y confusas, sino comenzar simplemente sin prefacio alguno, pues me decía: si la obra gusta, la leerán de todos modos; pero el mal está en que la biografía que ofrezco es una, y las novelas son dos. La novela principal es la segunda, que trata de lo que hace mi héroe ya en nuestro tiempo, o sea en nuestro momento actual, el que está transcurriendo. En cambio, la primera novela sucedió hace ya trece años[1], y casi no es novela, sino tan sólo un momento de la primera juventud de mi héroe. No me es posible prescindir de esta primera novela, pues sin ella resultarían incomprensibles muchas cosas de la segunda. Pero de este modo aún se complica más mi dificultad inicial: si yo mismo, es decir, el biógrafo, entiendo que hasta una sola novela quizá resultaría excesiva para un personaje tan modesto e indefinido, ¿qué no será presentarse con dos, y cómo explicar tanto atrevimiento por parte mía?

Perdido en la resolución de estas cuestiones, me decido a prescindir de ellas sin darles solución alguna. Desde luego, el lector perspicaz ha adivinado ya, hace mucho, que a eso me inclinaba desde el principio y se sentirá enfadado conmigo por-

---

[1] Dostoievski solía señalar con bastante exactitud el tiempo en que se desarrolla la acción de sus novelas. Escribió el prólogo de *Los hermanos Karamázov* en 1878 y se publicó en 1879. Sitúa, pues, su narración en 1865-66. Un hecho histórico permite confirmarlo y puntualizarlo: el tribunal que juzga a Dmitri Karamázov es un tribunal de jurados, institución creada en 1864, pero que no empezó a actuar hasta abril de 1866.
La segunda novela «y principal» a que hace referencia Dostoievski debía de ser una continuación de *Los hermanos Karamázov*, en la cual iba a describirse la actuación de Aliosha a últimos de la década del 60 y principios de la siguiente. Aliosha tenía que ser ya un hombre maduro que habría sufrido un complejo drama anímico con Lisa Jojlakova. En su búsqueda de la verdad, iba a cometer un crimen político y acabaría ejecutado.

que estoy gastando en vano palabras inútiles y un tiempo precioso. A ello responderé ya con exactitud: he gastado palabras inútiles y un tiempo precioso, en primer lugar, por cortesía; y en segundo lugar, por astucia; de todos modos, dirán, alguna advertencia previa ha hecho. Por otra parte, estoy hasta contento de que mi novela se haya dividido por sí misma en dos relatos «manteniendo la unidad esencial del todo»; el propio lector decidirá si vale la pena empezar el segundo relato cuando conozca el primero. Desde luego, nada obliga a nadie, es posible dejar el libro después de leer las dos primeras páginas del primer relato para no volver a abrirlo. Pero hay lectores atentos que, sin duda alguna, desearán leer el libro hasta el final para no errar en su imparcial juicio; así ocurrirá, por ejemplo, con todos los críticos rusos. Ante tales lectores siento, de todos modos, cierto alivio en el corazón: a pesar de toda su exactitud y escrupulosidad, les ofrezco el pretexto más legítimo para dejar el relato en el primer episodio de la novela. Y éste es todo el prólogo. Estoy completamente de acuerdo en que es superfluo, pero como ya está escrito, que quede.

Y ahora, manos a la obra.

PRIMERA PARTE

LIBRO PRIMERO

HISTORIA DE UNA FAMILIA

I

FIÓDOR PÁVLOVICH KARAMÁZOV

Alexiéi Fiódorovich Karamázov era el tercer hijo de un terrateniente de nuestro distrito, Fiódor Pávlovich Karamázov, tan conocido en su tiempo (y aún hoy se le recuerda) por su fin trágico y oscuro, acaecido hace exactamente trece años y del que hablaré en su lugar. Ahora, de este «terrateniente» (como le llamaban en nuestro distrito, pese a que casi nunca había vivido en sus tierras) diré tan sólo que era un tipo raro, aunque hombres así se encuentran, a pesar de todo, con bastante frecuencia; era el tipo del hombre no sólo ruin y disoluto, sino, a la vez, torpe, aunque de aquellos torpes que saben componer a las mil maravillas sus asuntos de intereses y únicamente, al parecer, tales asuntos. Había empezado casi sin nada, como un terrateniente de los más insignificantes, amigo de comer en mesa ajena, empeñado en hacer vida de gorrón; sin embargo, al morir, resultó que tenía hasta cien mil rublos en dinero contante y sonante. Al mismo tiempo, siguió siendo toda su vida uno de los hombres más torpemente insensatos de nuestro distrito. Lo repito una vez más: no es cuestión de estupidez, la mayoría de estos insensatos son bastante inteligentes y astutos; son, precisamente, de una torpeza peculiar, nacional.

Se había casado dos veces y tenía tres hijos; el mayor, Dmitri Fiódorovich, era de la primera esposa, y los otros dos, Iván y Alexiéi, de la segunda. La primera esposa de Fiódor Pávlovich, pertenecía al noble linaje de los Miúsov, bastante rico y distinguido, formado también por propietarios de nuestro distrito. ¿Cómo pudo ocurrir que una joven con dote, hermosa además, y por añadidura de las de despierta inteligencia —tan frecuentes entre nosotros en la generación actual, aunque ya se daban en el pasado—, se casara con un insignificante «maula», como entonces todo el mundo le llamaba? No me entretendré en explicarlo. Les diré que conocí a una joven, de la penúltima generación «romántica», la cual, después de varios años de enigmático amor por un señor con quien, dicho sea de paso, siempre se habría podido casar muy tranquilamente, acabó, sin embargo, inventándose un sinfín de obstáculos insuperables, y una noche de tempestad se arrojó por una alta orilla, parecida a un acantilado, a un río bastante profundo y rápido, en el que pereció decididamente a causa de sus propios antojos, tan sólo para asemejarse a la Ofelia shakespeariana, hasta tal punto que si aquel acantilado, señalado y preferido por ella hacía mucho tiempo, no hubiera sido tan pintoresco y en su lugar hubiera habido una prosaica orilla baja, no se habría producido, quizás, el suicidio. El hecho es verdadero, y hay motivos para creer que en nuestra vida rusa, durante las dos o tres generaciones últimas, ha habido no pocos casos como éste o de la misma naturaleza. De modo análogo, el proceder de Adelaida Ivánovna Miúsova fue también un eco de ideas ajenas y una irritación de la mente cautiva[1]. Quizá se propuso dar fe de su independencia como mujer, yendo contra los convencionalismos sociales, contra el despotismo de su linaje y de su familia, mientras que la complaciente imaginación la convenció —supongámoslo por un instante— de que Fiódor Pávlovich, pese a su título de gorrista, era uno de los hombres más audaces y divertidos de aquella época de transición hacia todo lo mejor, cuando en realidad no era más que un bufón maligno. La sal y la pimienta se dieron aún en el hecho de que hubo rapto, lo que cautivó el ánimo de Adelaida Ivánovna. Fiódor Pávlovich, por su parte, hasta por su posición social, estaba muy inclinado, entonces, a semejantes aventuras, pues le consumía el afán de hacer carrera como fuese; y eso de entrar a formar parte de una buena familia y recibir una dote resultaba muy seductor. Por lo que

---

[1] «...irritación de la mente cautiva»: expresión tomada de la poesía de Lérmontov «No creas, no te creas, joven soñador...» (1839).

respecta al amor, parece que no lo había ni por parte de la novia ni por parte de él, pese a la belleza de Adelaida Ivánovna. Este caso fue, quizás, el único en su género en la vida de Fiódor Pávlovich, hombre en extremo lujurioso, dispuesto al instante a pegarse a unas faldas, cualesquiera que fuesen, con tal que le hicieran un signo. Pues bien, aquella fue la única mujer que no le produjo en los sentidos ninguna impresión especial.

Inmediatamente después del rapto, en un abrir y cerrar de ojos, Adelaida Ivánovna se dio cuenta de que su marido le inspiraba sólo desprecio, nada más. De este modo, las consecuencias del matrimonio se pusieron de manifiesto con una extraordinaria rapidez. Pese a que la familia se resignó a lo sucedido, incluso bastante pronto, y entregó la dote a la fugitiva, los esposos comenzaron a llevar una vida en extremo desordenada, llena de violentas escenas entre ellos. Contaban que la joven esposa se mostró mucho más noble y digna que Fiódor Pávlovich, quien, como ahora se sabe, le sustrajo de una vez todo el dinero, los veinticinco mil rublos que ella acababa de recibir, de modo que para Adelaida Ivánovna fue como si, desde entonces, aquellos miles de rublos se le hubieran caído al río. En cuanto a una aldehuela y a una casa bastante buena de la ciudad, que también le correspondieron en la dote, Fiódor Pávlovich procuró con todas sus fuerzas, durante largo tiempo, que las pusiera a su nombre mediante algún documento apropiado, y seguramente se habría salido con la suya aunque sólo hubiera sido, digamos, por el desprecio y repugnancia que provocaba en su esposa con amenazas y súplicas constantes, por fatiga moral, por el deseo de librarse de él. Más, por suerte, intervino la familia de Adelaida Ivánovna y paró los pies al granuja. Se sabe positivamente que no eran raras las peleas entre los esposos, pero según lo que se contaba quien pegaba no era Fiódor Pávlovich, sino Adelaida Ivánovna, dama arrebatada, valiente, morena, impaciente, dotada de notable fuerza física. Por fin, abandonó la casa y huyó con un maestro seminarista medio muerto de miseria, dejando en manos de Fiódor Pávlovich a un niño de tres años. Mitia[2]. En un dos por tres,

---

[2] Diminutivo de Dmitri; otros diminutivos del nombre que se emplean en la novela son Mítienka, Mitka (familiar, con matiz despectivo) y Mitri.

Fiódor Pávlovich organizó en su casa un verdadero harén y escandalosas borracheras; aprovechaba los entreactos para recorrer poco menos que la provincia entera, quejándose compungido, a todos y a cada uno, de que Adelaida Ivánovna le hubiera abandonado; además, contaba tales detalles de su vida conyugal que habría debido de avergonzarse como esposo. Habríase dicho que le resultaba agradable y hasta halagador representar ante todos su ridículo papel de marido engañado, y pintar todos los detalles de su ofensa hasta recargando las tintas. «Podríamos pensar, Fiódor Pávlovich, al verle tan contento, a pesar de su desgracia, que ha recibido usted una graduación», le decían los chuscos. Muchos hasta añadían que a él le gustaba presentarse con un renovado aspecto de bufón, y que adrede, para que se rieran más, aparentaba no darse cuenta de su cómica situación. De todos modos, quizá todo esto era en él ingenuo. Finalmente, logró descubrir la pista de su fugitiva. Resultó que la pobre estaba en Peterburgo, adonde había ido a parar con su seminarista y donde se había entregado sin reservas a la más completa «emancipación». Inmediatamente, Fiódor Pávlovich empezó a hacer gestiones y a prepararse para ir a Peterburgo sin que, desde luego, ni él mismo supiera con qué fin. La verdad es que entonces quizá se habría puesto en marcha; pero después de haber tomado tal decisión, consideró enseguida que gozaba de un especial derecho y, para animarse, antes de ponerse en camino se entregó de nuevo a una borrachera sin freno. Y he aquí que, entonces, la familia de su esposa tuvo noticia de que Adelaida Ivánovna había muerto en Peterburgo. Se dijo que, al parecer, había fallecido de repente, en algún desván, de tifus según una versión, o de hambre según otra. Fiódor Pavlovich estaba borracho cuando se enteró de la muerte de su esposa; dicen que salió corriendo a la calle y, alzando los brazos al cielo, se puso a gritar lleno de alegría: «Ahora dejas ir a tu siervo»[3]; pero según otros, lloró desconsoladamente, como un niño, hasta tal punto que, aseguran, daba pena mirarle a pesar de la repugnancia que provocaba. Es muy posible que las dos cosas fueran ciertas, es decir, que se alegrara de su liberación y que llorase por su liberadora, todo a la vez. En la

---

[3] San Lucas, II, 29.

mayor parte de los casos, la gente, incluso la mala gente, es mucho más ingenua y bondadosa de lo que nosotros nos figuramos. Sí, y también nosotros lo somos.

II

SE DESENTIENDE DE SU PRIMER HIJO

D ESDE luego, es posible imaginarse qué clase de educador y de padre podía ser un hombre semejante. Como padre, le ocurrió precisamente lo que debía ocurrir, o sea, abandonó de manera total y absoluta al hijo que había tenido de Adelaida Ivánovna, y no porque le odiara o movido por algún sentimiento de esposo ofendido, sino simplemente porque se olvidó del hijo por completo. Mientras Fiódor Pávlovich hastiaba a todo el mundo con sus lágrimas y quejas y convertía su casa en un burdel, al pequeño Mitia, de tres años, lo recogió Grigori, fiel criado de la casa, y de no haber sido por este criado, quizá no habría habido quien cambiara la camisita al pequeñuelo. Sucedió, además, que la familia materna del niño, al parecer, también se olvidó de él al principio. El abuelo del niño, es decir, el propio señor Miúsov, padre de Adelaida Ivánovna, ya había muerto; su viuda, la abuela de Mitia, que se había establecido en Moscú, estaba muy enferma; las hermanas de Adelaida Ivánovna se habían casado, de modo que casi durante todo un año Mitia quedó al cuidado de Grigori y tuvo que vivir con él en la isbá de servidumbre. Por otra parte, aun cuando el padre se hubiera acordado del niño (la verdad es que no podía ignorar su existencia), lo habría mandado otra vez a la isbá, pues el pequeño habría sido un estorbo para sus orgías. Pero sucedió que regresó de París un primo hermano de Adelaida Ivánovna, Piotr Alexándrovich Miúsov, quien, después, vivió muchos años seguidos en el extranjero, pero que entonces era aún muy joven y se distinguía entre todos los Miúsov. Piotr Alexándrovich fue un hombre culto, un hombre de la capital, familiarizado con el extranjero, europeo toda su vida y, a fin de cuentas, de ideas liberales, tal como se estiló en los años 40 y 50. En el transcurso de su carrera, mantuvo relación con muchas personas liberalísimas de su época, en Rusia y en el extranjero; conoció personalmente a Proudhon y a Bakunin, y se complacía sobre todo en recordar y contar, ya al final de sus vueltas por el mundo, lo que sucedió en París durante los tres días de la revolución de febrero de 1848, dando a entender que él mismo había participado, poco menos, en la lucha de las barricadas. Constituía éste uno de los recuerdos más luminosos de su juventud. Piotr Alexándrovich era un hombre de posición económica independiente, poseía cerca de mil almas, según el modo antiguo de contar. Su espléndida finca se encontraba a la salida misma de nuestra pequeña ciudad y limitaba con las tierras de nuestro famoso monasterio, con el que Piotr Alexándrovich, ya en sus años juveniles, no bien hubo recibido la herencia, empezó un interminable proceso sobre ciertos derechos de pesca en el río o de hacer leña en el bosque, no lo sé con exactitud, pues consideró incluso como su deber cívico y de hombre ilustrado abrir el proceso contra los «clericales». Después de haber oído la historia de Adelaida Ivánovna, a la que naturalmente recordaba y en la que hasta se había fijado en otro tiempo; y enterado de la existencia de Mitia, Piotr Alexándrovich, pese a toda su indignación juvenil y a su desprecio por Fiódor Pávlovich, se metió en el asunto. Fue entonces cuando le conoció. Le declaró sin ambages que deseaba hacerse cargo de la educación de Mitia. Contaba luego, largamente, como rasgo característico de Fiódor Pávlovich, que cuando comenzó a hablarle del niño, aquél estuvo un buen rato haciendo ver que no comprendía en absoluto de qué niño se trataba y hasta hizo como si se sorprendiera de tener en su casa, no sabía dónde, un hijo pequeño. Aun admitiendo que en el relato de Piotr Alexándrovich pudiera haber alguna exageración, lo que éste contaba debía tener algún parecido con la verdad. En efecto, durante toda su vida Fiódor Pávlovich fue amigo de hacerse el interesante, de representar ante una persona, súbitamente, un papel inesperado, a veces sin necesidad alguna e incluso en perjuicio de sí mismo, como por ejemplo en el presente caso. Este rasgo, de todos modos, es propio de muchísima gente, incluso de personas en alto grado inteligentes, no ya de un Fiódor Pávlovich. Piotr Alexándrovich llevó el asunto con mucho entusiasmo y hasta fue nombrado (junto con Fiódor Pávlovich) tutor del niño, pues a pesar de todo quedaban de la madre una pequeña finca, una casa y tierras. Mitia pasó a vivir en casa del primo hermano de su madre, pero como éste no tenía familia propia y, no bien hubo puesto en orden el cobro de las rentas de sus fincas, se apresuró a volver a París por mucho tiempo y el niño quedó al cuidado de una de las primas hermanas de su madre, una señora de Moscú. Sucedió que también Piotr Alexándrovich, al familiarizarse con la vida de París, se olvidó del niño, sobre todo cuando estalló aquella revolución de febrero que tanto impresionó su imaginación y que ya no pudo olvidar en toda su vida. La señora de Moscú murió y Mitia pasó a una de sus hijas casadas. Parece ser que luego aún cambió por cuarta vez de nido. No voy a extenderme ahora en esta cuestión, ya que aún es mucho lo que habrá que contar acerca de este primogénito de Fiódor Pávlovich; ahora me ciño tan sólo a los datos más indispensables, sin los cuales ni siquiera podría dar comienzo a la novela.

En primer lugar, Dmitri fue el único de los tres hijos de Fiódor Pávlovich que creció convencido de que, a pesar de todo, poseía ciertos bienes de fortuna y de que, llegado a la mayoría de edad, sería independiente. Su infancia y juventud transcurrieron de manera desordenada: no acabó los estudios en el gimnasio; ingresó luego, casualmente, en una escuela militar, se encontró después en el Cáucaso, sirvió en el ejército, se batió en duelo, fue degradado, sirvió de nuevo en el ejército, la corrió mucho y derrochó una cantidad de dinero relativamente grande. De Fiódor Pávlovich no recibió nada hasta llegar a la mayoría de edad, y, mientras esperaba, se cargó de deudas. A Fiódor Pávlovich, su padre, le conoció y le vio por primera vez, después de ser mayor de edad, cuando se presentó en nuestros parajes con el propósito expreso de tener con él una explicación acerca de sus bienes. Parece ser que ya entonces le desagradó su padre; Dmitri Fiódorovich permaneció en la casa paterna poco tiempo, se apresuró a marchar, habiendo obtenido sólo cierta suma, después de haber llegado a un acuerdo sobre la percepción futura de las rentas de la finca, y es digno de notar el hecho de que entonces no pudo lograr que su padre le dijera ni lo que la finca producía ni cuál era su valor. Fiódor Pávlovich observó desde el primer momento (esto también ha de recordarse) que Mitia tenía una idea exagerada y falsa de su fortuna, cosa que alegró sobremanera al padre con vistas a sus cálculos especiales. Fiódor Pávlovich llegó tan sólo a la conclusión de que el joven era frívolo, impulsivo, de pasiones vivas, impaciente, calavera, y que bastaba darle poca cosa para tranquilizarle enseguida, aunque sólo fuera por escaso tiempo. Esto fue lo que empezó a explotar Fiódor Pávlovich, es decir, éste comenzó a salir del paso con pequeñas entregas, con envíos temporales, y a fin de cuentas sucedió que, unos cuatro años más tarde, cuando Mitia, perdida la paciencia, se presentó otra vez en nuestra pequeña ciudad para liquidar definitivamente sus asuntos con el padre, se encontró con gran sorpresa suya que ya no tenía absolutamente nada, que hasta era difícil sacar cuentas, que ya había recibido en dinero, de Fiódor Pávlovich, todo el valor de la propiedad y quizás aún debía a su padre alguna cosa; vio que por tales y cuales transacciones en que él mismo había deseado participar, no tenía derecho a pedir nada más, y así sucesivamente. El joven quedó estupefacto, sospechó que aquello no era verdad, que se trataba de un engaño; se puso hecho una furia y hasta parecía haber perdido el juicio. Pues bien: ésta fue la circunstancia que condujo a la catástrofe objeto de la exposición de mi primera novela o, mejor dicho, la faceta externa de la misma. Pero antes de entrar en esta novela es necesario hablar aún de los otros dos hijos de Fiódor Pávlovich, hermanastros de Mitia, y explicar cuál era su procedencia.

III

SEGUNDAS NUPCIAS Y SEGUNDOS HIJOS

Fiódor Pávlovich, poco después de haberse desprendido del pequeño Mitia, que contaba entonces cuatro años, se casó pronto en segundas nupcias. Su segundo matrimonio duró unos ocho años. Tomó la segunda esposa, también muy joven, en otra provincia, a la que hizo un viaje por un negocio de poca monta, en compañía de un judío. Aunque amigo de juergas, bebedor y escandaloso, Fiódor Pávlovich nunca dejaba de ocuparse de la colocación de su capital, y de sus pequeños negocios siempre sacaba tajada, por lo general con malas artes. Sofía Ivánovna se había quedado sin padres siendo niña; hija de un oscuro diácono, creció en la rica casa de su bienhechora, educadora y torturadora, una vieja distinguida, viuda del general Vorójov. Desconozco detalles, pero he oído decir que según parece, a esa educanda sumisa, sin malicia y callada, la encontraron una vez ya con la soga al cuello, sujeta a un clavo de la despensa: hasta tal punto se le hizo imposible soportar los caprichos y los eternos reproches de aquella vieja, que por lo visto no era mala, pero a quien la ociosidad había hecho insoportablemente tiránica. Fiódor Pávlovich pidió la mano de la joven; se informaron de quién era y le echaron con cajas destempladas, pero entonces él, como en el caso de la primera boda, propuso el rapto a la huérfana. Es muy probable, muchísimo, que ni siquiera ella le hubiera aceptado por nada del mundo de haber conocido a tiempo más detalles acerca de él. Pero eso ocurría en otra provincia; además, ¿qué podía entender una jovencita de dieciséis años, aparte de que era mejor arrojarse al río que seguir en casa de su bienhechora? Y de este modo, la pobre cambió a su protectora por un protector. Fiódor Pávlovich no recibió en esta ocasión ni un céntimo, porque la generala se puso furiosa, no dio nada, y además, los maldijo a los dos; pero esta vez él ya no esperaba recibir nada, se dejó seducir sólo por la singular belleza de la inocente jovencita y, sobre todo, por su candor, que impresionaron a aquel lujurioso, hasta entonces vicioso aficionado sólo a la tosca hermosura femenina. «Aquellos ojitos inocentes me atravesaron el alma como una navaja», explicaba más tarde, riéndose con su repugnante risa. De todos modos, en un hombre disoluto, eso tampoco podía ser otra cosa que una atracción lujuriosa. Como no había recibido ninguna gratificación, Fiódor Pávlovich no gastó muchos cumplidos con su esposa, y aprovechándose de que ella, por así decirlo, era «culpable» ante él, y de que él casi la había «librado de la soga»; aprovechándose además de la fenomenal mansedumbre y resignación de Sofía Ivánovna, pisoteó hasta las normas más elementales de la vida conyugal. Acudían a la casa, estando en ella la esposa, otras mujeres, y allí se organizaban orgías. Diré, en calidad de rasgo característico, que el criado Grigori, hombre sombrío, sermoneador, estúpido y terco, que odiaba a la primera señora, Adelaida Ivánovna, se puso de parte de la nueva señora, la defendía y se peleaba por ella con Fiódor Pávlovich, de manera casi intolerable en un criado; una vez, hasta acabó a viva fuerza con una juerga y dispersó a todas las indecentes que habían acudido. Posteriormente, esa desgraciada joven, aterrorizada desde la infancia, cayó enferma de una especie de dolencia nerviosa femenina, que se da sobre todo entre las sencillas mujeres de pueblo, a las que llaman, cuando tienen esta enfermedad, posesas. Sufría espantosos ataques de histerismo, en los que a veces hasta perdía el juicio. Sin embargo, dio a Fiódor Pávlovich dos hijos, Iván y Alexiéi, el primero al año de matrimonio, y el segundo tres años después. Cuando murió, el pequeño Alexiéi tendría unos cuatro años y sé que luego, durante toda su vida, aunque es una cosa rara, recordó a su madre, como a través de un sueño, claro está. Muerta ella, con los dos pequeños ocurrió casi exactamente lo mismo que con el primero, Mitia: quedaron totalmente olvidados y abandonados por su padre, y de ellos tuvo que hacerse cargo el mismo Grigori, quien los llevó también a la isbá. Allí los encontró la tiránica vieja generala, bienhechora y educadora de la madre de aquellos niños. Aún seguía con vida, y en todo aquel tiempo, ocho años, no había podido olvidar la ofensa que le habían inferido. Durante los ocho años obtuvo, bajo cuerda, los informes más exactos de la vida que llevaba su «Sofi», y al enterarse de que ésta había caído enferma y de las indecencias que a su alrededor se hacían, dos o tres veces dijo en voz alta a unas mujeres que tenía acogidas en su casa: «Le está bien, Dios la castiga por su ingratitud.»

Exactamente tres meses después de la muerte de Sofía Ivánovna, la generala se presentó de súbito en nuestra ciudad y se encaminó derechito a casa de Fiódor Pávlovich; no permaneció más allá de media hora en la localidad, pero hizo mucho. Era a la caída de la tarde. Fiódor Pávlovich, a quien la generala no había visto durante los ocho años, salió a recibirla algo bebido. Cuentan que en un santiamén, sin explicaciones de ninguna clase, tan pronto como le vio, ella le soltó dos solemnes y sonoras bofetadas y le tiró del tupé tres veces, de arriba a abajo; luego, sin añadir ni una palabra, se dirigió a la isbá donde estaban los dos pequeños. A la primera mirada se dio cuenta de que los niños no estaban lavados y llevaban ropa sucia; enseguida soltó otra bofetada al propio Grigori y le declaró que se llevaba consigo a los dos niños; los cogió tal como estaban, los envolvió en una manta de viaje, los colocó en el coche y se los llevó a la ciudad. Grigori encajó aquel bofetón como fiel esclavo, no articuló ni una palabra irrespetuosa, y cuando hubo acompañado a la vieja señora hasta el coche, se inclinó profundamente y le dijo que «Dios la recompensaría por los huérfanos». «¡Cuidado que eres imbécil!», le gritó la generala, al arrancar el coche. Fiódor Pávlovich, después de examinar el asunto, consideró que la cosa no estaba mal, de modo que más tarde no puso dificultades ni en un solo punto al dar su consentimiento formal para que los niños se educaran en casa de la generala. En cuanto a las bofetadas recibidas, él mismo recorrió toda la ciudad contándolo.

Sucedió que también la generala falleció al poco tiempo, si bien después de haber especificado en un testamento que dejaba mil rublos a cada uno de los pequeños «para su instrucción, de modo que este dinero sea gastado sin falta para ellos y llegue hasta su mayoría de edad, pues una limosna como ésta es suficiente y hasta sobrada para tales niños, y si alguien quiere hacer más, que abra él mismo la bolsa», y así sucesivamente. Yo no leí el testamento, pero oí decir que había en él algo por el estilo, un poco raro y expresado de manera excesivamente original. El principal heredero de la vieja resultó ser, sin embargo, un hombre honesto, Efim Petróvich Poliénov, mayordomo de la nobleza de aquella provincia. Habiéndose escrito con Fiódor Pávlovich y comprendiendo al instante que era inútil esperar arrancarle dinero para la educación de sus propios hijos (aunque aquél directamente nunca negaba nada, sino que en casos semejantes siempre procuraba dar largas al asunto, a veces incluso haciendo manifestaciones de mucho sentimiento), se interesó personalmente por el destino de los huérfanos y se encariñó sobre todo con el más pequeño de los dos, Alexiéi, al que durante largo tiempo tuvo en su casa. Ruego al lector que pare mientes en estas circunstancias desde el principio. Si a alguien estaban obligados los dos jóvenes para toda la vida, por su educación e instrucción, era, precisamente, a ese Efim Petróvich, hombre nobilísimo y humanísimo, como raramente se encuentran. Conservó intactos los mil rublos que a cada uno de los pequeños había dejado la generala; por acumulación de intereses, cada mil rublos se habían convertido en dos mil cuando los jóvenes llegaron a la mayoría de edad; además, Efim Petróvich tomó a su cargo la educación de los niños y, desde luego, gastó mucho más de mil rublos para cada uno. Tampoco entraré en un relato minucioso de la infancia y juventud de los dos hermanos, me limitaré a indicar sus circunstancias más importantes. En cuanto al mayor, Iván, diré tan sólo que creció como un adolescente sombrío y encerrado en sí mismo, sin ser tímido ni mucho menos, pero como si ya a los diez años hubiera comprendido que, de todos modos, los dos crecían en casa ajena y gracias a la ajena limosna, que su padre era un tal y un cual, del que hasta hablar resultaba vergonzoso, etcétera, etcétera. Este niño empezó muy pronto, poco menos que desde su primera infancia, a mostrar (por lo menos así me lo han contado) aptitudes insólitas y brillantísimas para el estudio. No lo sé con exactitud, pero lo que sí ocurrió fue que se separó de la familia de Efim Petróvich casi a los trece años de edad, para pasar a uno de los gimnasios de Moscú y al pensionado de cierto experimentado pedagogo, entonces muy famoso, amigo de infancia de Efim Petróvich. El propio Iván contaba más tarde que todo había sucedido, por decirlo así, gracias al «entusiasmo por las buenas obras» de Efim Petróvich, que se encariñó con la idea de que un niño de geniales capacidades debía educarse al lado de un pedagogo también genial. De todos modos, ni Efim Petróvich ni el genial educador se contaban ya entre los vivos cuando el joven, terminado el gimnasio, ingresó en la Universidad. Como Efim Petróvich no había dejado las cosas bastante bien arregladas y la percepción del dinero legado por la despótica generala, elevado ya a la suma de los dos mil rublos por la acumulación de intereses, se retrasó a causa de formalismos y demoras totalmente inevitables en nuestro país, los dos primeros años de Universidad fueron muy duros para el joven, pues durante todo ese tiempo se vio obligado a ganarse la vida, además de estudiar. Es de notar que, en aquel entonces, el joven no quería ni siquiera intentar escribirse con su padre, quizá por orgullo, por desprecio o, quizá, porque el frío razonamiento le daba a entender que de su padre no iba a recibir ni el más pequeño apoyo. Comoquiera que fuese, el joven no se desconcertó en absoluto y encontró trabajo, primero dando clases a veinte kópeks la hora, y luego corriendo por las redacciones de los periódicos para ofrecer, bajo la firma de «Un testigo ocular», articulitos de diez líneas sobre sucesos callejeros. Dicen que esos articulitos estaban siempre redactados de manera tan curiosa y con tanta sal, que pronto se abrieron camino, y ya con esto el joven mostró su superioridad práctica e intelectual sobre aquella parte numerosa de nuestra juventud estudiantil de ambos sexos eternamente necesitada y desgraciada, que en Peterburgo y en Moscú asedia generalmente desde la mañana hasta la noche las redacciones de periódicos y revistas, sin saber imaginar nada mejor que repetir siempre la misma solicitud de traducciones del francés o copias. En contacto ya con las redacciones, Iván Fiódorovich no rompió nunca sus lazos con ellas, y durante sus últimos años de Universidad empezó a publicar reseñas, escritas con mucho talento, sobre libros que trataban de diversos temas especiales, de suerte que hasta llegó a ser conocido en los círculos literarios. De todos modos, sólo a última hora logró, casualmente, atraer sobre sí la atención de un círculo de lectores mucho más amplio, de modo que entonces fueron muchos los que de pronto se fijaron en él y le recordaron. El caso fue bastante curioso. Ya salido de la Universidad y mientras se preparaba para hacer un viaje al extranjero con sus dos mil rublos, Iván Fiódorovich publicó, en uno de los grandes diarios, un artículo extraño que llamó la atención incluso de los no especialistas, y lo más curioso era que se trataba de un tema que por lo visto le era desconocido, ya que él había seguido la carrera de ciencias naturales. El artículo estaba dedicado a los tribunales eclesiásticos, cuestión, entonces, de actualidad en todas partes[4]. Iván Fiódorovich, a la vez que

---

[4] A raíz de la reforma judicial establecida en Rusia en 1864, se inició la labor legislativa para reformar los tribunales de la Iglesia rusa, cuestión que fue objeto de amplios comentarios en la prensa.

examinaba algunas de las opiniones ya expuestas sobre dicha cuestión, exponía su punto de vista personal. Lo más importante era el tono del artículo y el carácter notablemente inesperado de su conclusión. El hecho fue que muchos eclesiásticos consideraron decididamente al autor como uno de los suyos. Y de pronto, al lado de ellos, se pusieron a aplaudir no sólo los laicos, sino incluso los ateos. A fin de cuentas, algunas personas perspicaces llegaron a la conclusión de que el artículo no era más que una atrevida farsa y una burla. Recuerdo este caso, sobre todo, porque dicho artículo, a su tiempo, llegó incluso al famoso monasterio de los alrededores de nuestra ciudad, donde estaban muy interesados por la cuestión que se había levantado en torno a los tribunales eclesiásticos, y dejó perplejo al cenobio. Al reconocer el nombre del autor, se sintieron interesados, además, por el hecho de que fuera natural de nuestra ciudad e hijo «de ese mismo Fiódor Pávlovich». Entonces, precisamente en aquellos días, se presentó el propio autor en nuestra ciudad.

¿A qué había venido Iván Fiódorovich? Recuerdo que ya entonces me hacía yo esta pregunta incluso con cierta inquietud. Aquel viaje tan fatal que sirvió de principio a tantas consecuencias, fue luego para mí durante mucho tiempo, casi para siempre, un asunto poco claro. Juzgado en términos generales, era extraño que un joven tan instruido, de aspecto tan orgulloso y circunspecto, se presentara de pronto en una casa tan poco decente, ante un padre que le había ignorado toda la vida, que no le conocía ni se acordaba de él, y el cual, aunque desde luego no habría dado dinero por nada del mundo si su hijo se lo hubiera pedido, vivía siempre con el miedo de que también sus hijos Iván y Alexiéi se presentaran alguna vez a pedirle cuentas. Y he aquí que el joven se instala en la casa de tal padre, vive con él un mes y otro y los dos llegan a entenderse a las mil maravillas, cosa que sorprendió en gran manera a muchos, no sólo a mí. Piotr Alexándrovich Miúsov, de quien ya he hablado más arriba, pariente lejano de Fiódor Pávlovich por parte de su primera mujer, estaba pasando entonces una temporada en su finca de los alrededores de la ciudad, llegado de París, donde ya había fijado definitivamente su residencia. Recuerdo que él, precisamente, quedó más sorprendido que nadie al trabar conocimiento con el joven, que le interesó sobremanera y con quien, a veces, no sin cierto resquemor interno, medía sus conocimientos. «Es orgulloso —nos decía de él entonces—, siempre sabrá ganarse un rublo; ya tiene dinero para ir al extranjero, ¿qué busca aquí, pues? Para todos está claro que no ha venido a casa de su padre por dinero, pues en ningún caso se lo dará éste. No es amigo de beber ni de juergas, y lo curioso es que el viejo no puede pasar sin él, ¡hasta tal punto se han compenetrado!» Era cierto; el joven llegó incluso a ejercer cierta influencia sobre el viejo, quien casi empezó a hacerle caso, aunque era extraordinariamente caprichoso y, en ocasiones, incluso maligno; a veces hasta se comportaba con más decencia...

Sólo más tarde se puso en claro que Iván Fiódorovich había hecho el viaje en parte a ruegos y por asuntos de su hermano mayor, Dmitri Fiódorovich, de quien tuvo noticia por primera vez en la vida y a quien conoció también casi al mismo tiempo, durante ese mismo viaje, pero con quien había establecido correspondencia antes de venir de Moscú, con motivo de una importante cuestión que concernía sobre todo a Dmitri Fiódorovich. Qué cuestión era ésta, lo sabrá el lector a su debido tiempo con todo detalle. No obstante, incluso cuando tuve noticia de esa especial circunstancia, Iván Fiódorovich siguió pareciéndome enigmático y su llegada a nuestra ciudad, pese a todo, inexplicable.

Añadiré aún que Iván Fiódorovich daba entonces la impresión de querer intervenir como mediador y reconciliador entre el padre y el mayor de los hermanos, Dmitri Fiódorovich, quien estaba urdiendo entonces una gran querella e incluso una demanda judicial contra Fiódor Pávlovich.

Toda esa familia, repito, se encontró entonces reunida por primera vez en su vida, y algunos de sus miembros se veían también por primera vez. Únicamente el hermano menor, Alexiéi Fiódorovich, ya hacía un año que vivía entre nosotros; había venido a parar a nuestra ciudad, pues, antes que los otros hermanos. De este Alexiéi es de quien me resulta más difícil hablar en este relato previo, antes de hacerle salir en la escena de la novela. Pero no hay más remedio que escribir también acerca de él unas palabras de introducción, por lo menos para explicar una circunstancia muy extraña, a saber: la de que me veo obligado a presentar a los lectores, desde la primera escena, el futuro héroe de mi novela vestido con el hábito de novicio. En efecto, hacía ya un año que vivía en nuestro monasterio y parecía que se preparaba para encerrarse en él hasta el fin de sus días.

IV

EL TERCER HIJO: ALIOSHA[5]

Entonces tenía veinte años (su hermano Iván había cumplido veintitrés, y el hermano mayor, Dmitri, se acercaba a los veintiocho). Ante todo diré que ese joven, Aliosha, no era en modo alguno un fanático, ni siquiera, por lo menos a mi modo de ver, un místico. Daré a conocer desde el primer momento mi opinión completa: era, simplemente, un filántropo precoz, y si se había lanzado por la senda de la vida monacal se debía sólo a que, en aquel entonces, dicho camino era el único que le había impresionado algo y que se le presentaba, digamos, como ideal para su alma, deseosa de salir en este mundo de las tinieblas del mal y elevarse hacia la luz del amor. Y si ese camino le seducía, era sólo porque en él había encontrado entonces Aliosha a un ser que le parecía excepcional: al famoso *stárets*[6] Zosima, de nuestro monasterio, a quien se sintió unido con todo el fervoroso primer amor de su insaciable corazón. No voy a negar, por lo demás, que era un joven muy extraño y que lo había sido, como quien dice, desde la cuna. A propósito: ya he dicho, al hablar de él, que habiendo perdido a su madre cuando no tenía más allá de cuatro años, la recordó luego toda la vida; recordó su rostro y sus caricias, «exactamente como si la tuviera viva ante mí». Tales recuerdos pueden referirse (todo el mundo lo sabe) hasta a una edad más tierna, hasta a los dos años, pero sólo apareciendo a lo largo de

---

[5] «Aliosha», diminutivo de «Alexiéi»; otros diminutivos del nombre empleados en la novela: «Liosha», «Lióshechka» y «Alióshenka».

[6] Véase nota 3 de la introducción.

toda la vida como puntos luminosos sobre un fondo de tinieblas, cual fragmento extremo arrancado de un cuadro inmenso que, aparte de este rinconcito, se ha apagado y ha desaparecido por completo. Exactamente lo mismo le sucedía a él: recordaba un tranquilo atardecer estival, una ventana abierta, los rayos oblicuos del sol poniente (esos rayos oblicuos era lo que evocaba con más precisión); en un ángulo de la estancia, el icono; frente a él, una mariposa encendida, y ante la imagen sagrada, su madre, de rodillas, chillando y gritando como en un ataque de histerismo, agarrándole a él con ambos brazos, estrechándole contra sí hasta hacerle daño, rogando por él a la Santa Virgen, soltándole luego de su abrazo para elevarle con ambas manos hacia el icono, como poniéndole bajo la protección de la Madre de Dios... De pronto entra el aya y asustada le arranca de las manos de la madre. ¡Esta era la escena! Aliosha recordó también el rostro de su madre en aquel instante: decía que, a juzgar por lo que podía recordar, era un rostro enfurecido, pero maravilloso. Eran muy pocas las personas a las que confiaba este recuerdo. En su infancia y juventud fue poco expansivo y hasta poco hablador, pero no por recelo, timidez o sombrío retraimiento, sino más bien, al contrario, por otra cosa, por una preocupación en cierto modo interior, estrictamente personal, que no concernía a los demás, pero de tanta importancia para él que al parecer le llevaba a olvidarse de los demás. Sin embargo, amaba al prójimo: diríase que vivía toda su vida creyendo por completo en los hombres, sin que nadie le tuviera nunca ni por un bendito ni por un hombre ingenuo. Algo había en Aliosha que decía y hacía sentir (y así fue luego durante toda su vida) que él no quería ser juez de los demás, que no quería encargarse de condenar a nadie y que no lo haría por nada del mundo. Parecía incluso que lo admitía todo sin reprobar nada, si bien a menudo se entristecía muy amargamente. Más aún: en este sentido, llegó hasta el punto de que ya en su más temprana juventud nadie podía sorprenderle ni asustarle. Apareció a los veinte años en casa de su padre, verdadero antro de sórdida depravación. Aliosha, casto y puro, se limitaba a alejarse en silencio cuando no podía soportar lo que sus ojos veían, pero sin el menor aire de desprecio o de reprobación para nadie. Su padre, en cambio, como había sido un parásito en otro tiempo, y era, por tanto, hombre sutil y sensible a las ofensas, al principio le recibió con desconfianza y cara hosca («mucho calla —parecía decir— y mucho piensa para sus adentros»); sin embargo, pronto acabó abrazándole y besándole con frecuencia, sin que hubieran transcurrido más allá de dos o tres semanas, y si bien es cierto que lo hacía con lágrimas de borracho y con un enternecimiento tocado de alcohol, se veía, no obstante, que le había tomado un afecto sincero y profundo, como nunca, desde luego, aquel hombre había logrado sentir por nadie...

A aquel joven, donde quiera que apareciese y desde los primeros años de su infancia, todo el mundo le quería. En casa de su bienhechor y educador, Efim Petróvich Poliénov, se ganó de tal modo el afecto de toda la familia, que lo consideraban como hijo propio. Aliosha había entrado en aquella casa en una edad muy temprana, cuando es imposible esperar de un niño astucia calculada, malicia o arte de adular y gustar, habilidàd para hacerse querer. De modo que aquel don de ganarse las simpatías de la gente lo llevaba en sí mismo, formaba parte, por así decirlo, de su propia naturaleza, era espontáneo y sin artificio. Lo mismo le sucedió en la escuela, a pesar de que de él se habría dicho que era, precisamente, de los niños que se ganan la desconfianza de sus camaradas, a veces sus burlas y su odio. Solía quedarse pensativo, y como si se aislara. Desde niño, gustaba de retirarse en un rincón y leer; pero, con todo, también sus camaradas llegaron a quererle mucho, tanto que se le habría podido llamar el predilecto de todos durante el tiempo que fue a la escuela. Raras veces se le veía haciendo diabluras, incluso raras veces estaba alegre, pero todos, al mirarle, veían enseguida que no se trataba de esquivez, sino que Aliosha era, por el contrario, apacible y sereno. Nunca quiso destacarse entre los chicos de su edad. Quizá por eso mismo nunca temió a nadie; por otra parte, los muchachos enseguida comprendían que él no se enorgullecía en absoluto de su intrepidez; al contrario, hacía como si no comprendiese que era valiente e intrépido. Nunca recordaba las ofensas. A veces, una hora después de que le hubieran ofendido, ya respondía al ofensor o él mismo le dirigía la palabra con un aire tan confiado y diáfano como si entre ellos no hubiera habido nada. No es que, con esto, diera la impresión de haber olvidado casualmente la ofensa o de que la perdonaba adrede, sino que, sencillamente, no la consideraba ofensa, lo cual ya cautivaba y rendía sin reservas a los otros niños. Había en su carácter tan solo un rasgo que, en todas las clases del gimnasio, desde la inferior hasta las superiores, provocó en sus camaradas un deseo constante de burlarse de él, pero no con bromas venenosas, sino, simplemente, porque ello los divertía. Ese rasgo era el de un pudor y una castidad salvajes, feroces. Aliosha no podía oír ciertas palabras y ciertas conversaciones acerca de las mujeres. Esas «ciertas» palabras y conversaciones, por desgracia, no pueden desarraigarse de las escuelas. Muchachos puros de alma y corazón, casi niños aún, con mucha frecuencia se complacen en las clases en hablar entre sí e incluso en voz alta de tales cosas, cuadros e imágenes, sobre los que no siempre se ponen a hablar ni siquiera los soldados; más aún, los soldados no saben ni comprenden mucho de lo que en este terreno es conocido ya de los hijos, tan jóvenes, de nuestra alta y culta sociedad. Cabe admitir que no se trata aún de corrupción moral; tampoco es cuestión de cinismo verdadero, depravado, interior, pero es externo, y entre ellos es tenido con frecuencia incluso por algo delicado, fino, propio de osados y digno de imitación. Viendo que cuando se ponían a hablar «de eso», Aliosha Karamázov se tapaba rápidamente los oídos con los dedos, sus camaradas, a veces, se agrupaban junto a él, le quitaban a la fuerza las manos de las orejas y le gritaban obscenidades; él procuraba escapar, se dejaba caer al suelo, se echaba, se cubría la cabeza y todo ello sin decirles ni una palabra, sin insultarlos, soportando en silencio la ofensa. Finalmente, sin embargo, acabaron por dejarle en paz y dejaron de tratarle de «niña»; al contrario, en este sentido hasta lo miraban con compasión. A propósito: en clase era siempre uno de los mejores por el estudio, pero nunca fue distinguido como el primero.

Cuando murió Efim Petróvich, Aliosha continuó aún dos años en el gimnasio de la provincia. La inconsolable esposa de Efim Petróvich, casi inmediatamente después del fallecimiento de su marido, emprendió un largo viaje a Italia con toda su familia, constituida toda ella por personas del sexo femenino, y Aliosha fue a parar a la casa de dos damas a las que nunca había visto antes, dos parientes lejanas de Efim Petróvich, sin saber en qué condiciones iba a vivir allí. Era también un rasgo suyo, hasta muy característico, el de no preocuparse nunca por saber a cuenta de qué recursos vivía. En este sentido, era el polo opuesto de su hermano mayor, Iván Fiódorovich, quien pasó muchas estrecheces durante sus dos primeros años de Universidad, manteniéndose con su trabajo, y quien, desde su infancia, había sentido amargamente que vivía del pan ajeno, en casa de un bienhechor. Mas, al parecer, no había que juzgar muy severamente este extraño rasgo del carácter de Alexiéi, pues quienquiera que le conociese, por poco que fuera, al surgir esta cuestión se convencía de que Alexiéi pertenecía, sin duda alguna, a esa clase de jóvenes que son como los benditos[7], y que si, de pronto, se le viniera a las manos aunque fuera un gran capital, lo daría sin reparo alguno tan pronto como se lo pidieran, con destino a una buena obra, o sencillamente a un zorro listo si éste se lo solicitara. Era como si no conociese en absoluto el valor del dinero, aunque no en el sentido literal de la palabra, desde luego. Cuando le daban algo para sus gastos, aunque él no lo pedía nunca, se pasaba semanas enteras sin saber en qué emplearlo, o bien no ponía el menor cuidado en guardárselo y en un santiamén le desaparecía. Piotr Alexándrovich Miúsov, hombre muy susceptible en lo tocante al dinero y a la honradez burguesa, habiendo tenido ocasión, más tarde, de observar a Alexiéi, le aplicó el siguiente aforismo: «Quizás es el único hombre del mundo a quien podéis dejar solo y sin dinero en la plaza de una gran ciudad desconocida y no se perderá ni morirá de hambre ni de frío, porque al instante habrá quien le dé de comer, y le coloque, y si no le colocan, él mismo lo hará en un abrir y cerrar de ojos, sin que esto le cueste ningún esfuerzo ni ninguna humillación, y sin ser ninguna carga para quien le haya ayudado, sino que, al contrario, lo tendrá como motivo de complacencia.»

---

[7] «Bendito»: en ruso *yuródivi*, palabra con que los ortodoxos designan a la persona enajenada de nacimiento que lleva una vida ascética y a cuyos actos y palabras inconscientes se da a veces un sentido profundo e incluso profético. *Yuródivi* se traduce también por «imbécil», «idiota», «inocente», «simple». Creemos preferible el vocablo «bendito» porque recoge el matiz religioso de la palabra rusa aunque pierda en gran parte el de «persona enajenada».

No terminó los estudios en el gimnasio; le faltaba aún todo un año cuando, de pronto, declaró a sus damas que iba a casa de su padre por un asunto que casualmente se le había ocurrido. Las damas sentían compasión por él y no habrían deseado que se marchara. El viaje no era caro y las damas no permitieron que Aliosha empeñara su reloj, regalo que le había hecho la familia de su bienhechor antes de emprender su viaje al extranjero; le proveyeron de recursos con larguez, incluso de un traje y ropa blanca nuevos. Sin embargo, él les devolvió la mitad del dinero, declarando que estaba decidido a viajar en tercera clase. Llegado a nuestra pequeña ciudad, a las primeras preguntas del padre: «¿Por qué has venido sin haber terminado los estudios?», no respondió nada directamente, pero según dicen estaba mucho más pensativo que de costumbre. Pronto se descubrió que buscaba la tumba de su madre. Hasta llegó a confesar entonces que era sólo por eso por lo que había venido. Pero es dudoso que sólo a eso se limitara la causa de su viaje. Lo más probable es que entonces ni él mismo supiera ni pudiera explicar de ningún modo qué era lo que de pronto se había levantado de su alma y le había arrastrado de manera irresistible hacia algún camino nuevo, ignoto, pero ineluctable. Fiódor Pávlovich no pudo indicarle dónde había dado sepultura a su segunda esposa, porque nunca había estado en la tumba después de que hubieron echado tierra sobre el ataúd; habían pasado tantos años, que había olvidado por completo dónde la habían enterrado...

Unas palabras acerca de Fiódor Pávlovich: antes de estos sucesos había vivido largo tiempo fuera de nuestra ciudad. Unos tres o cuatro años después de la muerte de su segunda mujer, se dirigió al sur de Rusia hasta que fue a parar a Odesa, donde pasó varios años. Según sus propias palabras, al principio trabó conocimiento «con muchos judíos, judías, judiítos y judiítas», y acabó, al final, siendo admitido no sólo en casa de los judíos de poca monta, sino «hasta en casa de los hebreos». Es de suponer que fue en ese periodo de su vida cuando se desarrolló en él un arte singular para hacerse con dinero. Volvió a nuestra ciudad, para quedarse definitivamente en ella, tan sólo unos tres años antes de la llegada de Aliosha. Sus antiguos conocidos le encontraron terriblemente envejecido, pese a que no podía decirse que fuera aún muy viejo. No se comportaba, sin embargo, con mayor nobleza, sino con más insolencia. En el bufón de antaño apareció, por ejemplo, la cínica necesidad de disfrazar de bufones a otras personas. Le gustaba no ya conducirse indecentemente con el sexo femenino, como antes, sino hasta de manera más repugnante. Pronto se convirtió en el fundador de numerosas tabernas en el distrito. Se calculaba que tendría, quizá, cien mil rublos o poco menos. Enseguida mucha gente de la ciudad y del distrito se convirtieron en deudores suyos, aunque bajo sólidas garantías, desde luego. En los últimos tiempos se había vuelto algo fofo, parecía que empezaba a perder el tino, la clara idea de la marcha de sus negocios; daba muestras hasta de cierta versatilidad, comenzaba con una cosa y acababa con otra, como si se dispersara, y cada vez bebía con más frecuencia hasta emborracharse; de no haber sido por el criado Grigori, también bastante envejecido en aquel entonces, que velaba por él a veces como si fuera casi su preceptor, Fiódor Pávlovich no habría podido evitarse, quizá, ciertos contratiempos. La llegada de Aliosha parecía haber influido en él hasta en el aspecto moral, como si en ese viejo prematuro despertase algo de lo que había enmudecido hacía tanto tiempo en su alma: «¿Sabes —empezó a decir con frecuencia a Aliosha, mientras se le quedaba mirando— que te pareces a ella, a la posesa?» Así llamaba a su difunta mujer, a la madre de Aliosha. Tuvo que ser, al fin, el criado Grigori quien indicara al joven dónde estaba la tumba de la «posesa». Le condujo al cementerio de nuestra ciudad y en un apartado rincón le mostró una losa de hierro colado, de poco precio, pero limpia, en la que había incluso una inscripción con el nombre, estado, edad y año de la muerte de su madre; en la parte inferior se había grabado algo así como una cuarteta formada por antiguos versos de los que solían ponerse en las tumbas de la gente de mediana posición. Él mismo, por cuenta propia, la había colocado sobre la escueta tumba de la pobre «posesa» después de que Fiódor Pávlovich, a quien muchísimas veces había importunado recordándole la tumba, se hubo marchado, por fin, a Odesa, dejando a su espalda no sólo las tumbas, sino, además, todos los recuerdos. Ante la tumba de su madre, Aliosha no manifestó ninguna emoción especial; escuchó el solemne y juicioso relato de Grigori sobre la colocación de la losa, permaneció de pie, con la cabeza baja, y se marchó sin articular palabra. Desde entonces no volvió al cementerio quizás en todo el año. Pero aquel pequeño episodio produjo también un efecto muy original sobre Fiódor Pávlovich, quien tomó mil rublos y los llevó a nuestro monasterio para misas por el alma de su esposa, aunque no por la segunda, la madre de Aliosha, la «posesa», sino por la primera, Adelaida Ivánovna, la que le zurraba. El mismo día, por la tarde, bebió hasta emborracharse y dijo disparates de los monjes en presencia de su hijo. Estaba muy lejos de ser un hombre religioso; quizá no había puesto nunca ante el icono ni una vela de cinco kópeks. En sujetos así suelen darse extraños arrebatos de sentimientos y pensamientos súbitos.

Ya he dicho que se había vuelto muy fofo. Su fisonomía, en aquel entonces, era un vivo testimonio del carácter y de la esencia de toda su vida pasada. Además de las largas y carnosas bolsas bajo sus pequeños ojos, siempre insolentes, desconfiados y burlones, además de numerosas y profundas arrugas en su rostro pequeño, pero seboso, debajo de su barbita en punta le sobresalía la gran nuez de la garganta, carnosa y alargada, lo que le daba un aire repelente y lujurioso. Añádase a ello una alargada boca sensual, de gruesos labios entre los que se divisaban pequeños restos de dientes negros y carcomidos. Se salpicaba de saliva cada vez que se ponía a hablar. A pesar de todo, se complacía en bromear a propósito de su cara, aunque al parecer estaba satisfecho de ella. Se refería sobre todo a su nariz, no muy grande, pero muy afilada, de curva prominente: «Es una auténtica nariz de romano —decía—; con la nuez de mi garganta, parezco un verdadero patricio de los tiempos de la decadencia.» Al parecer, estaba muy orgulloso de ello.

Y he aquí que Aliosha, poco después de haber descubierto la tumba de su madre, le declaró que quería ingresar en el monasterio y que los monjes estaban dispuestos a admitirle como novicio. Añadió que aquél era su ferventísimo anhelo y que solicitaba su solemne consentimiento paterno. El viejo ya sabía que el stárets Zosima, que buscaba su salvación en el eremitorio del monasterio, había causado una singular impresión en su «tranquilo muchacho».

—Este stárets, desde luego, es el monje más honrado del monasterio —articuló, después de haber escuchado silenciosa y pensativamente a Aliosha, pero sin sorprenderse casi en absoluto de su ruego—. Hum ¡Así que es ahí donde quiere meterse mi tranquilo muchacho! —estaba medio bebido, y de súbito se sonrió con su larga sonrisa de borrachín, no carente de astucia ni de achispada malicia—. Hum... Ya había presentido que ibas a acabar por el estilo, ¿te lo imaginas? Te ibas de cabeza allí. Bueno, como quieras; ya tienes tus dos mil rublitos, que te servirán de dote, y yo, ángel mío, no te abandonaré nunca; ahora entregaré por ti lo que haga falta, si es que piden algo. Pero si no piden nada, ¿a qué ofrecer, ¿no te parece? Tú no gastas más que un canario, dos granitos por semana... Hum...: ¿Sabes? Hay un monasterio que tiene un caserío en las afueras de una ciudad, y todo el mundo sabe que allí sólo «viven las mujeres de los monjes», así las llaman; serán unas treinta mujeres, sergún creo... He estado allí, es interesante, ¿sabes?; en su género, claro, para variar. Lo único que tiene de malo es su espantosa rusificación; no hay ni una francesa, y podría haberlas, dinero tienen. Si las francesas se enteran, vendrán. Pero, aquí, nada; aquí no hay mujeres, no hay más que monjes, son unos doscientos. Viven honradamente. Ayunan. Lo reconozco... Hum... ¿Así que quieres hacerte monje? Lo siento por ti, Aliosha, ¿me crees?, te he tomado afecto... De todos modos, ésta será una buena oportunidad: rezarás un poco por nosotros, pecadores; la verdad es que en este mundo hemos pecado un poco más de lo debido. Siempre me preguntaba: ¿quién va a rezar por mí, alguna vez? ¿Hay en el mundo una persona que lo haga? Mi querido muchacho, en esta cuestión soy un zote terrible, ¿no lo crees, quizás? Terrible. Verás: aunque zote, pienso sobre esta cuestión; pienso de vez en cuando, claro está, no voy a pensar en ello siempre. No es posible, me digo, que cuando me muera los demonios se olviden de arrastrarme con sus ganchos hacia donde están ellos. Pero me digo: ¿con sus ganchos? ¿Y de dónde los sacan? ¿De qué están hechos? ¿De hierro? ¿Pero dónde los forjan? ¿Tienen allí, por ventura, alguna fábrica? En los monasterios, los frailes suponen probablemente que el infierno tiene techo, por ejemplo. Pues yo sólo puedo creer en un infierno sin techo; así resulta algo más delicado, algo más ilustrado, al estilo de lo que creen los luteranos, en una palabra. ¿Y no da lo mismo, en realidad, con techo o sin techo? ¡Ahí está la maldita cuestión! Bueno, pues si no hay techo, no hay ganchos. Y si no hay ganchos, todo el mundo se escabulle, y otra vez resulta increíble: ¿quién va a arrastrarme, entonces, con ganchos?; porque si no me arrastraran a mí, ¿que pasaría?, ¿dónde estaría la justicia en el mundo? *Il faudrait les inventer*[8] expresamente para mí esos ganchos, para mí solo, porque ¡si supieras, Aliosha, lo sinvergüenza que soy!...

—Allí no hay ganchos —articuló Aliosha suave y seriamente, mirando a su padre.

—Eso, eso, no hay más que sombras de ganchos. Lo sé, lo sé. Es así como un francés describió el infierno:

> J'ai vu l'ombre d'un cocher,
> qui avec l'ombre d'une brosse
> frottait l'ombre d'une carrosse[9].

¿Cómo sabes tú, angelito, que no hay ganchos? De otro modo cantarás cuando lleves cierto tiempo entre los monjes. De todos modos, ve allí, pon en claro la verdad y ven a decírmelo: a pesar de todo, no será tan duro largarse al otro mundo si uno sabe con certeza lo que allí le espera. Además, para ti será también más decente vivir con los monjes que vivir en mi casa, con un viejales borracho y unas jovenzuelas... aunque a ti, como a un ángel, nada te afecta. Quizá tampoco allí llegue a afectarte nada, y si te doy mi consentimiento es porque confío en eso. A ti el diablo no se te ha bebido los sesos. Te inflamarás, te apagarás, te curarás y volverás aquí. Yo te esperaré: me doy cuenta de que tú eres el único hombre de la tierra que no me ha vituperado, hijo mío querido, me doy cuenta, ¡no puedo no darme cuenta!...

Y hasta lloriqueó. Era sentimental. Era malo y sentimental.

---

8 Haría falta inventarlos. (En francés en el original.)
9 «He visto la sombra de un cochero, que con la sombra de un cepillo frotaba la sombra de una carroza» (fr.). Versos de una parodia de *La Eneida* de los hermanos Perrault (1648), canto VI.

V

LOS STARTSÍ

Quizás alguno de los lectores piense que mi joven personaje era de naturaleza enfermiza, extática, desmedrada, un soñador paliducho, un hombre enteco y sin savia. Todo lo contrario: Aliosha era, en aquel entonces, un adolescente de diecinueve años, de buena figura, colorado de cara, de mirada luminosa, rebosante de salud. Era incluso, entonces, muy hermoso, esbelto, más bien alto que bajo, de cabello castaño, de rostro regular, aunque algo alargado, oval, de ojos color gris oscuro, brillantes, muy abiertos; siempre estaba caviloso y, por lo visto, siempre sosegado. Quizá digan que tener coloradas las mejillas no es un obstáculo ni para el fanatismo ni para el misticismo; pero a mí me parece que Aliosha era más realista que nadie. Ah, sí, en el monasterio aprendió a creer a pies juntillas en los milagros, pero, a mi modo de ver, los milagros nunca conturbarán al realista. No son los milagros los que inclinan al realista hacia la fe. El verdadero realista, si no es un creyente, siempre encontrará en sí fuerza y capacidad para no creer ni en el milagro, y si éste se le presenta como hecho incontestable, el incrédulo preferirá no creer a sus sentidos que admitir el hecho. Si llega a admitirlo, lo hará como si se tratara de un hecho natural, aunque desconocido de él hasta entonces. En el realista, la fe no nace del milagro, sino el milagro nace de la fe. Si el realista llega a creer, por su realismo ha de admitir también sin falta, precisamente, el milagro. Santo Tomás apóstol declaró que no creería mientras no viera, y cuando hubo visto, exclamó: «¡Señor mío y Dios mío!» ¿Fue el milagro lo que le obligó a creer? Lo más probable es que no, y si creyó fue tan sólo porque deseaba creer y, quizá, creía ya por entero, en lo más recóndito de su ser, incluso cuando pronunció las palabras: «No creeré mientras no vea.»

Quizá digan que Aliosha era torpe, atrasado, que no había terminado sus estudios, etc. Cierto, no había terminado los estudios, pero sería muy injusto afirmar que era torpe o poco inteligente. Repito lo que ya he dicho más arriba: entró en ese camino tan sólo porque en aquel entonces ese camino fue lo único que le impresionó y se le presentó de pronto como el ideal de su alma, tan afanosa de salir de las tinieblas y remontarse hacia la luz. Añadan que era un joven en parte ya de nuestro último tiempo, es decir, honrado por naturaleza, ávido de verdad, a la que buscaba y en la que creía, y que, habiéndolo creído, exigía la participación inmediata en la verdad con toda la fuerza de su alma, exigía la realización inmediata de alguna con el imperioso deseo de sacrificarlo por ella todo, incluso la vida, en aras de la hazaña. Por desgracia, estos jóvenes no comprenden que el sacrificio de la vida es, quizás, el más fácil de todos los sacrificios en la mayor parte de los casos análogos, y que sacrificar, por ejemplo, cinco o seis años de su ardorosa vida juvenil a un estado difícil y pesado, a la ciencia, aunque sea para decuplicar las propias fuerzas al servicio de la misma verdad y del sacrificio mismo con que se han encariñado y que se han propuesto llevar a cabo, es un sacrificio casi siempre por completo superior a sus fuerzas. Aliosha no había hecho más que elegir el camino opuesto a todos los demás, pero con la misma sed de sacrificio inmediato. Después de haber reflexionado seriamente, tan pronto como se sintió impresionado por la convicción de que existen la inmortalidad y Dios, se dijo con toda naturalidad: «Quiero vivir para la inmortalidad y no acepto un compromiso a medias.» Exactamente del mismo modo, si hubiera creído que ni la inmortalidad ni Dios existen, enseguida se habría hecho ateo y socialista (porque el socialismo no es sólo la cuestión obrera o del denominado cuarto estado, sino que es, ante todo, la cuestión del ateísmo, de la plasmación moderna del ateísmo, es la cuestión de la torre de Babel que se construye precisamente sin Dios no para alcanzar los cielos desde la Tierra, sino para hacer bajar los cielos a la tierra). A Aliosha hasta le parecía extraño e imposible vivir como antes. Se ha dicho: «Da todo lo que tengas y sígueme si quieres ser perfecto.» Y Aliosha se dijo: «No puedo dar dos rublos en vez de darlo todo, ni puedo ir sólo hasta la misa para cumplir el sígueme.» Entre los recuerdos de su primera infancia, quizá conservaba algo acerca del monasterio de las afueras de nuestra ciudad, adonde podía haberlo llevado su madre a misa. Quizás habían influido los oblicuos rayos del sol poniente ante el icono, hacia el que le elevaba su madre posesa. Es posible que hubiera venido entonces, pensativo, sólo para ver si allí estaba todo o si se trataba sólo de los dos rublos, y en el monasterio encontró a aquel stárets...

Aquel stárets, como ya he explicado más arriba, era Zosima; pero habría que dedicar aquí también algunas palabras a lo que son los startsí en nuestros monasterios, y es una pena que no me sienta en este camino bastante competente y pisando terreno firme. Intentaré, sin embargo, decirlo en breves palabras y con una exposición somera. Las personas especializadas y competentes afirman que los startsí y su modo de vivir aparecieron entre nosotros, en nuestros monasterios rusos, hace muy poco tiempo, no llega a los cien años, mientras que en todo el Oriente ortodoxo, sobre todo en el Sinaí y en el Monte Athos, existen hace ya bastante más de mil años. Afirman que el modo de vida de los startsí se daba entre nosotros, en la Rus, en tiempos antiquísimos o que debía de haberse dado forzosamente, pero que a consecuencia de las calamidades sufridas por Rusia, la invasión tártara, los disturbios[10], la interrupción de las antiguas relaciones con el Oriente después de la caída de Constantinopla, ese modo de vivir cayó en el olvido, entre nosotros, y desaparecieron los startsí. A finales del siglo pasado fue resucitado por uno de los grandes ascetas (como le llaman), Paísi Velichkovski[11], y sus discípulos; todavía hoy, transcurridos casi cien años, se da solamente en muy pocos monasterios y hasta ha sido objeto, a veces, de persecuciones como innovación inaudita en Rusia. Ha alcanzado un singular florecimiento en nuestra tierra rusa en un famoso eremitorio, el de Koziélskaia Optina[12]. No sé cuándo ni quién estableció este modo de vivir en el monasterio de las afueras de nuestra ciudad, pero se consideraba que en él se habían sucedido ya

---

[10] Época de los «disturbios»: finales del siglo XVI y principios del XVII, periodo en que los polacos llegan a Moscú (1610) y se produce la sublevación campesina de Boris Bolótnikov.

[11] Paísi Velichkovski (1722-1794). Uno de los *startsí* rusos más célebres, que fue monje en el Monte Athos, en Moldavia y Valaquia.

[12] Koziélskaia Optina: famoso monasterio de la región de Kaluga, al sudoeste de Moscú.

tres startsí, de los que el último era el stárets Zosima, pero el venerable anciano se estaba casi muriendo de debilidad y enfermedades y no se sabía quién podría sustituirle. Para nuestro monasterio, el problema era importante, pues aquel cenobio hasta entonces no se había destacado en nada; no había en él ni reliquias de santos ni iconos milagrosos; su nombre ni siquiera iba unido a gloriosas tradiciones relacionadas con nuestra historia; no contaba en su haber con hazañas históricas ni con méritos ante la patria. Si floreció y cobró la fama en toda Rusia se debió, precisamente, a los startsí, y para verlos y oírlos acudían los peregrinos en masa desde miles de verstas de distancia.

¿Pero qué es, con todo, un stárets? Un stárets es el que absorbe vuestra alma y vuestra voluntad en el alma y en la voluntad suyas. Cuando habéis elegido a un stárets, renunciáis a vuestra alma y se la entregáis en obediencia absoluta, con renuncia total de vosotros mismos. El que se predestina, acepta voluntariamente este noviciado, esta terrible escuela de la vida con la esperanza de vencerse después de la larga prueba, de dominarse hasta el punto de poder alcanzar, finalmente, a través de la obediencia durante la vida entera, una libertad perfecta, es decir, la libertad ante sí mismo, evitando de este modo el destino de quienes han vivido toda su vida sin haberse encontrado a sí mismos. Esta invención, es decir, el modo de vida de los startsí, no es algo teórico, sino que en Oriente fue sacado de la práctica, la cual en nuestros tiempos es ya milenaria. Las obligaciones hacia el stárets son algo muy distinto de la «obediencia» habitual que en nuestros monasterios rusos ha existido siempre. Se acepta la confesión permanente de todos los que se ligan al stárets, así como el lazo indisoluble entre el que ata y el que es atado. Se cuenta, por ejemplo, que una vez, en los antiguos tiempos del cristianismo, uno de estos novicios, no habiendo cumplido cierta obligación que le había impuesto el stárets, huyó de su lado y se fue a otro país, de Siria a Egipto. Allí, después de largos y constantes sacrificios, fue considerado, al fin, digno de ser torturado y de morir martirizado en nombre de la fe. Pero cuando la Iglesia enterraba ya su cuerpo, reverenciándole como santo, al pronunciar el diácono las palabras rituales: «Que salgan los catecúmenos», el ataúd en que yacía el cuerpo del mártir cayó de su sitio como arrojado del templo; y así, por tres veces. Por fin se enteraron de que aquel santo mártir había roto la obediencia y había abandonado a su stárets, por lo que no podía ser absuelto sin permiso de este último, a pesar de todos sus grandes hechos. Sólo cuando el stárets, que fue llamado, le hubo librado de la obediencia, pudieron enterrarle. Todo esto no es más que una antigua leyenda, desde luego, pero he aquí un caso reciente: uno de nuestros monjes se retiró en el Monte Athos a hacer penitencia; un día, su stárets le mandó abandonar el Monte Athos, lugar que el monje había llegado a querer con toda el alma como santuario, como tranquilo refugio; le mandó que fuera primero a Jerusalén a humillarse ante los Sacros Lugares, y que regresara luego al norte de Rusia, a Siberia: «Tu lugar está allí, no aquí.» Afligido y muerto de pena, el monje se presentó en Constantinopla ante el Patriarca universal y le suplicó que le relevara de la obediencia, pero éste le respondió que no sólo él, Patriarca universal, no podía concederle esa licencia, sino que en toda la tierra no había ni podía haber poder alguno capaz de relevarle de aquella obligación, ya que le había sido impuesta por el stárets, si no era el del propio stárets que se la había señalado. Así, pues, los startsí están investidos, en ciertos casos, de un poder absoluto e ilimitado. Ello explica por qué en muchos monasterios al principio fue mirada con recelo, y hasta perseguida, la aparición de los startsí. En cambio, el pueblo enseguida los tuvo en gran estima. A ver a los startsí de nuestro monasterio afluían, por ejemplo, tanto gente sencilla como personas muy distinguidas con el fin de prosternarse ante ellos, confesarles sus dudas, sus pecados y sufrimientos, y pedirles consejos y preceptos de vida. Los enemigos de los startsí gritaban, aparte de hacer otras acusaciones, que se envilecía arbitraria y frívolamente el sacramento de la confesión, pese a que las ininterrumpidas confesiones de los novicios o de los laicos a su stárets no tienen ni mucho menos carácter sacramental. La cuestión acabó, sin embargo, con que los startsí se conservaron y poco a poco su modo de vivir se va estableciendo en los monasterios rusos. También es cierto, quizá, este procedimiento probado y ya milenario de regeneración moral, que hace pasar al hombre de la esclavitud a la libertad y a la perfección interior, puede convertirse en un arma de dos filos, de modo que, en vez de llevar a la humildad y al dominio definitivo de sí mismo, puede, al contrario, despertar en algunos el orgullo satánico, es decir, puede conducirlos a las cadenas, no a la libertad.

El stárets Zosima tendría unos sesenta y cinco años, procedía de una familia de terratenientes y en otro tiempo, muy joven aún, había sido militar y había servido en el Cáucaso como oficial. No hay duda de que alguna de las cualidades de su alma había impresionado a Aliosha. El joven vivía en la propia celda del stárets, quien le había cobrado mucho afecto y le admitía a su lado. Ha de tenerse en cuenta que Aliosha, aun viviendo entonces en el monasterio, todavía no estaba ligado por ningún voto, podía ir donde quisiera, incluso por días enteros, y si llevaba hábitos, era porque quería, para no distinguirse de los monjes del monasterio. Pero esto, claro está, a él mismo le gustaba. Es posible que sobre la juvenil imaginación de Aliosha hubieran influido poderosamente la fuerza y la gloria que aureolaban a su stárets. Del stárets Zosima decían muchos que habiendo atendido durante tantos años a todos los que iban a confesarse con él, sedientos de consejo y de una palabra de consuelo, eran tantas las revelaciones, las congojas y los casos de conciencia recogidos en su alma, que al fin había adquirido una perspicacia finísima, y a la primera mirada, al ver el rostro de un desconocido de los que acudían a su presencia, podía adivinar lo que le había llevado allí, lo que ese desconocido necesitaba, incluso qué clase de congoja le atormentaba el alma, y asombraba, confundía y casi amedrentaba al recién llegado al mostrarle que conocía tan bien su secreto antes de que ése hubiera pronunciado una palabra. Aliosha observaba, además, que muchos de los que por primera vez acudían para hablar a solas con el stárets, o casi todos ellos, entraban en la celda con miedo e inquietud y salían radiantes y gozosos: hasta el rostro más sombrío se convertía en un rostro feliz. A Aliosha le sorprendía en gran manera, también, que el stárets no fuera severo ni mucho menos, al contrario, casi siempre se mostraba jovial en el trato. Los monjes decían de Zosima que sentía su alma más próxima de quienes más pecaban, y a quien más amaba era al más pecador. Entre los monjes, los había que odiaban al stárets y le tenían envidia, incluso hallándose éste cerca del final de su vida, pero quedaban ya pocos y callaban, a pesar de que entre ellos se encontraban varias personas famosas e importantes del monasterio, como, por ejemplo, uno de los frailes más antiguos, que observaba con escrupulosidad extrema su voto de silencio y era gran ayunador. De todos modos, la inmensa mayoría estaba ya, sin duda alguna, al lado del stárets Zosima, y muchos incluso le querían de todo corazón, viva y sinceramente. Algunos sentían por él hasta fanatismo. Y decían abiertamente, aunque no en voz muy alta, que era un santo, que no cabía ni dudarlo; previendo ya cercana su muerte, esperaban hasta milagros de un momento a otro, y consideraban que en un futuro próximo el monasterio alcanzaría, por el difunto, una fama muy grande. En la fuerza milagrosa del stárets creía también a ciegas Aliosha, del mismo modo que creía al pie de la letra el relato sobre el ataúd que salía de la iglesia. Veía cómo muchos de los que acudían con niños o parientes adultos enfermos, después de pedir que el stárets les impusiera las manos y les recitara una oración, volvían pronto, algunos al día siguiente, a hincarse de rodillas ante el stárets y darle las gracias por la curación de los enfermos. Aliosha no se preguntaba si se trataba de una verdadera curación o sólo de una mejoría natural en el curso de la enfermedad, pues creía ya plenamente en la fuerza espiritual de su maestro, cuya gloria era como su propio triunfo. Pero el corazón le latía con singular fuerza y todo él parecía radiante cuando el stárets salía al portalón del eremitorio donde le estaba esperando una multitud de peregrinos, gente sencilla procedente de toda Rusia, que acudía expresamente para verle y recibir de él la bendición. Se postraban ante él, lloraban, le besaban los pies, besaban la tierra que había pisado, gritaban; las mujeres tendían hacia él sus pequeñuelos, le acercaban las enfermas posesas. El stárets hablaba con la gente, les recitaba una breve plegaria, les daba la bendición y los despedía. En los últimos tiempos, debido a los arrechuchos de su enfermedad, quedaba a veces tan débil que apenas se encontraba con fuerzas para salir de la celda, y los peregrinos se pasaban varios días en el monasterio esperando su salida. Aliosha no necesitaba preguntarse por qué sentían tanto amor por el stárets, por qué se hincaban de rodillas ante él y lloraban de ternura con sólo verle el rostro. Oh, Aliosha comprendía muy bien que para el alma resignada del sencillo pueblo ruso, acongojada por el trabajo y la amargura, y, sobre todo, por la injusticia constante y por el constante pecado, tanto propio como del mundo, no hay necesidad más fuerte ni consuelo mayor que hacerse con una reliquia o un santo, humillarse ante él y adorarle: «Aunque el pecado, la mentira y la tentación estén en nosotros, hay de todos modos en la tierra, en algún lugar, un santo, un ser superior; por lo menos en él se da la verdad, por lo menos él conoce la verdad; así, pues, la verdad no muere en la tierra y, por tanto, alguna vez nos pasará a nosotros e imperará en toda la tierra, como está prometido.» Aliosha sabía que el pueblo siente y hasta razona así, lo comprendía; pero tampoco dudaba en lo más mínimo, que el stárets fuera, precisamente, uno de esos santos, un depositario de la verdad divina a los ojos del pueblo; lo veía junto con aquellos mujiks que lloraban y las mujeres enfermas que tendían sus pequeñuelos hacia el stárets. La convicción de que el stárets, cuando hubiera fenecido, proporcionaría una gloria extraordinaria al monasterio, era en el alma de Aliosha quizás incluso más fuerte que en ninguna otra persona del cenobio. Durante todo ese último tiempo, en su corazón se iba avivando cada vez con más fuerza cierto entusiasmo general interno, profundo y vehemente. No le turbaba en lo más mínimo que el stárets fuera como un caso único: «De todos modos, es un santo, en su corazón se halla el misterio de la renovación para todos, la potencia que establecerá, por fin, la verdad en la tierra, y todos seremos santos, los hombres se amarán unos a otros, no habrá ricos ni pobres, ni encumbrados ni humillados; todos seremos como hijos de Dios y llegará el verdadero reino de Cristo.» Con esto soñaba el corazón de Aliosha.

Al parecer, Aliosha quedó enormemente impresionado por la llegada de sus dos hermanos, a quienes no había conocido hasta entonces. Con Dmitri Fiódorovich, a pesar de haber llegado más tarde, se sintió unido de manera más fácil y profunda que con su otro hermano (que lo era de padre y madre), Iván Fiódorovich. Sentía un interés enorme por conocer a Iván, pero éste llevaba ya dos meses viviendo en la casa paterna, y aunque se veían con bastante frecuencia, no llegaban a compenetrarse: Aliosha era de por sí callado y parecía estar esperando algo, avergonzarse de algo, mientras que Iván, cuyas miradas largas y curiosas al principio experimentó Aliosha sobre sí, pronto dejó incluso de pensar en su hermano. Aliosha se dio cuenta de ello con cierta turbación. Atribuyó aquel desinterés a la diferencia de edad y, sobre todo, de formación. Pero también pensaba otra cosa: tan poca curiosidad y tan poco interés por él quizá se debían a algo que le era totalmente desconocido. Sin saber por qué, tenía siempre la impresión de que Iván estaba ocupado en alguna cosa interior e importante, y se proponía alcanzar algún fin, quizá muy difícil, de modo que no podía ocuparse de Aliosha, y ésa debía ser la única causa de que le mirara con aire distraído. También pensaba Aliosha si no se trataría de cierto desprecio hacia él, novicio ingenuo, por parte del ateo docto. Sabía perfectamente que su hermano era ateo. Aliosha no podía sentirse ofendido por semejante desprecio, caso de que fuera real, mas esperaba de todos modos con cierta alarmante confusión, incomprensible para sí mismo, que su hermano deseara aproximarse más. Dmitri Fiódorovich hablaba del hermano Iván con profundísimo respeto, con cierta especial veneración. Por él tuvo noticia Aliosha de todos los detalles del importante asunto que en los últimos tiempos había unido a los dos hermanos mayores con magnífico y estrecho lazo. Las entusiastas manifestaciones de Dmitri por Iván resultaban tanto más características a los ojos de Aliosha cuanto que el primero, en comparación con el segundo, era un hombre casi sin instrucción, y los dos, puestos uno junto al otro, formaban, al parecer, una contraposición tan viva, tanto en personalidad como en caracteres, que quizás habría sido imposible imaginarse a dos personas menos parecidas entre sí.

Fue entonces cuando tuvo lugar la entrevista o, mejor dicho, la reunión de todos los miembros de esta discorde familia en la celda del stárets, reunión de extraordinaria influencia sobre Aliosha. El pretexto para esta reunión era, en verdad, falaz. El desacuerdo entre Dmitri Fiódorovich y su padre Fiódor Pávlovich en torno a la herencia y a la valoración de los bienes había llegado, por lo visto, a un punto insostenible. Las relaciones se exacerbaron y se hicieron insoportables. Al parecer,

Fiódor Pávlovich fue quien entre bromas y veras lanzó la idea de que debían reunirse todos en la celda del stárets Zosima y, sin recurrir a su mediación directa, debían llegar, a pesar de todo, a un acuerdo más conveniente teniendo en cuenta que el rango y la personalidad del stárets podrían ejercer cierta impresión reconciliadora. Dmitri Fiódorovich, que no había estado nunca donde el stárets y ni siquiera le había visto, pensó, naturalmente, que en cierto modo lo que querían era asustarle; pero como él mismo, en su fuero interno, se reprochaba muchas y muy fuertes salidas de tono en las discusiones que últimamente había sostenido con su padre, aceptó el reto. Es oportuno indicar que no vivía en la casa de su padre, como Iván Fiódorovich, sino aparte, en el otro extremo de la ciudad. Se encontraba entonces entre nosotros Piotr Alexándrovich Miúsov, y éste se aferró con singular empeño a la idea de Fiódor Pávlovich. Liberal de los años 40 y 50, librepensador y ateo, tomó una parte extraordinaria en ese asunto, quizá por aburrimiento, quizá por frívola diversión. De pronto sintió deseos de ver el monasterio y a su «santo». Comoquiera que aún continuaban sus viejas discusiones con el cenobio y aún se arrastraba el pleito sobre el límite de sus posesiones, sobre ciertos derechos de tala en el bosque y de pesca en el río, se apresuró a aprovechar esta circunstancia con el pretexto de que él mismo estaba deseoso de llegar a un acuerdo con el padre abad: ¿no habría manera de poner fin amistosamente a sus discusiones? Claro está que en el monasterio podrían recibir más atenta y amablemente a quien acudiera con tan buenas intenciones que a un simple curioso. Todas estas consideraciones hicieron posible que en el monasterio se ejerciera cierta presión sobre el enfermo stárets, quien, desde hacía algún tiempo, ya casi no salía de su celda y se negaba a recibir, a causa de su enfermedad, hasta a los visitantes habituales. Al fin, el stárets accedió y se señaló un día. «¿Quién me ha designado para mediar entre ellos?», preguntó únicamente a Aliosha, sonriendo.

Al tener noticia de la entrevista, Aliosha se sintió muy conturbado. Si entre los enzarzados en el pleito y la disputa había uno que pudiera tomar en serio esa reunión, era, sin duda alguna, el hermano Dmitri y nadie más que él; pero los otros acudirían con propósitos frívolos y quizás ofensivos para el stárets; así lo comprendía Aliosha. El hermano Iván y Miúsov se presentarían sólo por curiosidad, quizá de la más burda, y su padre, pensando seguramente en alguna escena burlesca y teatral. ¡Oh, Aliosha, aunque callaba, conocía ya bastante bien y con bastante profundidad a su padre! Repito que este muchacho no era ni mucho menos tan cándido como se creía. Con verdadera angustia esperaba la llegada del día señalado. No hay duda de que en su interior, en el fondo de su corazón, se sentía muy preocupado, deseaba que de un modo u otro acabaran todas aquellas discordias familiares. Sin embargo, su preocupación más importante era la del stárets: sufría por él, por su gloria, temía las ofensas que pudieran inferirle, sobre todo las burlas sutiles y corteses de Miúsov, las reticencias altaneras del erudito Iván; así se imaginaba él la entrevista. Hasta quiso correr el riesgo de advertir al stárets, de decirle algo acerca de aquellas personas que podían presentarse, pero reflexionó y no dijo nada. Únicamente en la víspera del día señalado, a través de un conocido, comunicó a Dmitri que le quería mucho y que esperaba de él que cumpliera lo prometido. Dmitri se quedó intrigado, pues no podía recordar de ningún modo que hubiera prometido nada a su hermano, y se limitó a responderle por carta que haría lo imposible para dominarse y evitar «una bajeza» y que, aun respetando profundamente al stárets y al hermano Iván, estaba convencido de que o bien se le estaba preparando con todo aquello una celada o se trataba de una comedia indigna. «Sin embargo, antes me tragaré la lengua que faltaré al respeto al santo varón, por ti tan venerado», escribió Dmitri al fin de su breve carta, que no animó mucho a Aliosha.

Libro segundo

UNA REUNIÓN INOPORTUNA

Mesa de trabajo de Dostoievski en su apartamento-museo de Leningrado

I

LA LLEGADA AL MONASTERIO

EL día se había presentado magnífico, cálido y claro. Era a finales de agosto. La entrevista con el stárets estaba fijada para después de la última misa, a las once y media poco más o menos. Nuestros visitantes no acudieron, sin embargo, a la misa, sino que se presentaron exactamente a su término. Iban en dos coches; en el primero, una elegante calesa tirada por dos caballos de mucho precio, llegó Piotr Alexándrovich Miúsov con un lejano pariente suyo, Piotr Fomich Kalgánov, muy joven, de unos veinte años. Este joven se preparaba para ingresar en la Universidad, pero Miúsov, en cuya casa entonces vivía, le tentaba, vaya a saber por qué, proponiéndole que le acompañara al extranjero, a Zurich o a Jena, para que ingresara en la Universidad y acabara allí sus estudios. El joven aún no se había decidido. Estaba ensimismado y como pensativo. Era de rostro agradable, de complexión fuerte y bastante alto. Su mirada adquiría a veces una extraña inmovilidad: como suele ocurrir con todas las personas muy distraídas, os miraba, a veces, fija y largamente sin veros en absoluto. Era poco hablador y algo desmañado, pero a veces —sólo encontrándose mano a mano con otro— se volvía enormemente parlanchín, impulsivo, burlón, riéndose sabía Dios de qué. Pero su animación se apagaba con tanta rapidez y de manera tan repentina como rápida y repentinamente había surgido. Siempre iba bien vestido, incluso con elegancia; poseía ya ciertos bienes de fortuna y esperaba aún muchos más. Era amigo de Aliosha.

En un coche de alquiler destartalado, todo crujidos y chirridos, pero muy amplio, arrastrado por dos viejos caballos rosillos, muy a la zaga del coche de Miúsov, llegaron también Fiódor Pávlovich y su hijo Iván Fiódorovich. Dmitri Fiódorovich había sido informado ya la víspera de la hora y lugar, pero llegó tarde. Los visitantes dejaron los coches junto al muro del recinto, en la posada, y entraron a pie por el portalón del monasterio. Aparte de Fiódor Pávlovich, los tres restantes, al parecer, nunca habían visto un convento, y Miúsov no había puesto el pie en una iglesia desde hacía, por lo menos, treinta años. Miraba en torno suyo con cierta curiosidad, no exenta de desenvoltura un tanto afectada. Pero el interior del monasterio nada pudo ofrecer a su espíritu observador, excepción hecha de los edificios religiosos y las dependencias, sumamente triviales. Salían de la iglesia las últimas personas, saludando y persignándose. Entre la gente sencilla se encontraban también forasteros de condición social más elevada, dos o tres damas y un general muy viejo: todos ellos se hospedaban en la posada. Los mendigos rodearon inmediatamente a nuestros visitantes, pero nadie les dio nada. Sólo Piotr Kalgánov sacó del monedero una pieza de diez kópeks y, presuroso, turbado Dios sabe por qué, la puso en manos de una mujer diciendo con precipitación: «Repartidlo en partes iguales.» Ninguno de sus acompañantes le hizo por ello ninguna observación, de modo que no tenía motivos para sentirse confuso, pero al darse cuenta de ello aún se confundió más.

Una cosa, no obstante, era de extrañar; la verdad es que habrían debido de esperarles, y hasta, quizá, con ciertos honores: uno de los visitantes acababa de hacer donación de mil rublos al monasterio y otro era un propietario riquísimo, un hombre muy culto, del que todos allí dependerían en parte en lo tocante a la pesca en el río según fuera el giro que tomara el proceso. Y he aquí que, pese a todo, no los salía a recibir ninguna persona oficial. Miúsov miró distraídamente las losas sepulcrales cerca de la iglesia y estuvo a punto de hacer un comentario en el sentido de que aquellas tumbas, sin duda, habrían salido bastante caras a los que adquirieron el derecho de enterrar en un lugar tan «santo», pero se calló: la ironía liberal iba degenerando en él casi en irritación.

—¡Diablo! ¿Pero a quién se puede preguntar aquí, en medio de este desorden?... Habría que enterarse, porque el tiempo se va —articuló de súbito, como si hablara consigo mismo.

De pronto se les acercó un señor de edad avanzada, calvo, con un holgado abrigo de estío, con ojos de mirada dulce. Con el sombrero levemente alzado, ceceando melosamente, se presentó como el terrateniente Maxímov, de Tula. En un momento se hizo cargo de la preocupación de nuestros visitantes.

—El stárets Zosima vive encerrado en su ermita, a unos cuatrocientos pasos del monasterio, al otro lado del bosquecito...

—Ya sé que vive al otro lado del bosquecito —le respondió Fiódor Pávlovich—, pero no recuerdo bien el camino; hace tiempo que no he estado aquí.

—Se va por ese portalón, y derechito por el bosque... por el bosque. Vamos. Me permitirán... a mí mismo... yo mismo... Por aquí, por aquí...

Salieron por el portalón y echaron a andar por el bosque. El terrateniente Maxímov, hombre de unos sesenta años, caminaba o, mejor dicho, corría al lado suyo, contemplándolos a todos con una curiosidad convulsiva, casi insoportable. Tenía los ojos saltones.

—Verá usted, visitamos al stárets por un asunto particular —indicó severamente Miúsov—; hemos obtenido una audiencia «de este personaje» y por esto, aunque le damos a usted las gracias por habernos indicado el camino, no vamos a pedirle que entre con nosotros.

—Yo he estado, he estado; yo ya he estado... Es un *chevalier parfait*[1] —y el terrateniente hizo chascar los dedos.

—¿Quién es este *chevalier*?[2] —preguntó Miúsov.

—El stárets, el magnífico stárets, el stárets... Honor y gloria del monasterio. Zosima. Es un stárets...

Interrumpió sus desordenadas palabras un pequeño monjillo con capucha, bajo, muy pálido y demacrado, que alcanzó a los visitantes. Fiódor Pávlovich y Miúsov se detuvieron. El monje, con gran cortesía, inclinándose casi hasta la cintura, dijo:

---

[1] caballero perfecto (fr.).
[2] caballero (fr.).

—El padre hegúmeno les invita humildísimamente, señores, a comer con él cuando hayan visitado la ermita. A la una, no más tarde. Y a usted también —añadió, dirigiéndose a Maxímov.

—¡Iré sin falta! —gritó Fiódor Pávlovich, alegrándose enormemente por su invitación—. Sin falta. ¿Sabe?, todos hemos dado palabra de comportarnos aquí decentemente... ¿Y usted, Piotr Alexándrovich, irá?

—¿Cómo no? ¿A qué he venido aquí, pues, sino a ver todas sus costumbres?... Una sola cosa me preocupa, y es, precisamente el que ahora, Fiódor Pávlovich, usted y yo...

—Sí, Dmitri Fiódorovich aún no ha venido.

—Eso, y sería magnífico que no se presentara. ¿Es algún placer para mí, todo este lío, estando usted por añadidura? Bien, a la hora de comer, iremos, dé las gracias al padre hegúmeno —prosiguió, dirigiéndose al monjillo.

—Perdonen, tengo la obligación de guiarles hasta donde se encuentra el propio stárets —respondió el monje.

—Pues yo, si es así, me voy a ver al padre hegúmeno; haré una visita —musitó el terrateniente Maxímov.

—El padre hegúmeno está muy ocupado en este momento, pero como usted tenga a bien... —articuló indeciso el monje.

—¡Vaya pelma, este vejete! —observó en voz alta Miúsov, cuando el terrateniente Maxímov se hubo vuelto presuroso hacia el monasterio.

—Se parece a Von Sohn[3] —soltó Fiódor Pávlovich.

—Siempre sale usted con lo mismo... ¿En qué se parece a Von Sohn? ¿Es que le ha visto usted alguna vez?

—Lo he visto en fotografía. Se parecen por algo difícil de explicar, aunque no por los rasgos de la cara. Es un segundo ejemplar purísimo de Von Sohn. Me basta ver la fisonomía para darme cuenta.

—Quizá sí; usted entiende de estas cosas. Sólo que, verá, Fiódor Pávlovich, usted mismo ha recordado ahora que hemos dado palabra de comportarnos decentemente, no lo olvide. Le ruego que se reprima. No comience a hacer el ganso, no tengo ganas de que me pongan aquí al mismo nivel que a usted... Ya

---

[3] Véase pág. 181.

ve cómo es este hombre —añadió dirigiéndose al monje—, con él me da miedo visitar a las personas decentes.

En los labios pálidos, exangües, del pequeño monje se dibujó una sonrisita fina y callada, no carente de astucia a su manera, pero no respondió nada, y estaba muy claro que callaba por sentido de su propia dignidad. Miúsov aún frunció más el ceño.

«¡Oh, que el demonio se los lleve a todos; todo es apariencia elaborada a través de los siglos, pero, en el fondo, se trata sólo de charlatanería y estupidez!», centelleó en su cabeza.

—Aquí está la ermita, ¡hemos llegado! —gritó Fiódor Pávlovich—. La valla y el portal están cerrados.

Y se puso a hacer grandes signos de la cruz ante los santos pintados encima y a los lados del portal.

—En monasterio ajeno no se entra con regla propia —observó—. Aquí hay en total veinticinco santos que buscan su salvación, se miran unos a otros y comen coles. Lo más extraordinario es que ni una sola mujer cruza este portal. Eso es realmente así. Aunque, ¿no he oído decir que el stárets recibe a damas? —preguntó, dirigiéndose de pronto al monje.

—Mujeres de pueblo las hay ahora mismo; miren, están esperando ahí, junto a la galería, en el suelo. Para las damas de familias distinguidas se han construido dos habitacioncitas en la galería, pero fuera del recinto; es ahí, donde se ven las ventanas; el stárets llega, cuando se lo permite la salud, por un pasaje interior, de todos modos fuera el recinto. Ahora está esperando la señora Jojlakova, una propietaria de Járkov, con su hija, muy débil. Probablemente el stárets les ha prometido ir a verlas, aunque estos días se encuentra con tan pocas fuerzas que apenas se muestra a la gente.

—Así, pues, existe una pequeña salida de la ermita para visitar a las señoras. No crea, padre santo, que me figuro nada, esto es un decir. ¿Sabe, en el Monte Athos, usted lo habrá oído contar, no sólo están prohibidas las visitas de las mujeres, sino que está prohibida la presencia de toda mujer y de todos los seres hembras, como gallinas, pavas, terneritas...

—Fiódor Pávlovich, doy la vuelta y le dejo aquí solo, y sin mí le van a echar a usted de este lugar a empujones, se lo advierto.

—¿En qué le molesto, Piotr Alexándrovich? Vea —gritó de súbito, pasada la valla de la ermita—. ¡Mire en qué valle de rosas viven!

En efecto, aunque entonces no había rosas, se veían en gran profusión raras y espléndidas flores otoñales, en todas partes donde era posible plantarlas. Era evidente que cuidaba de ellas una mano experta. Los parterres estaban situados junto a las vallas de las capillas y entre las tumbas. La casita en que se encontraba la celda del stárets, casita de madera, de una sola planta, con una galería ante la entrada, se veía asimismo rodeada de flores.

—¿Esto era así en tiempos del stárets anterior, Varsonofi? Dicen que aquél no era amigo de la elegancia, que Varsonofi se sulfuraba y repartía palos hasta a las damas —observó Fiódor Pávlovich, subiendo los peldaños del exiguo soportal.

—El stárets Varsonofi parecía a veces, realmente, un bendito, pero también se cuentan de él muchas tonterías. Nunca apaleó a nadie —respondió el monje—. Ahora, señores, esperen unos momentos, voy a anunciarles.

—Fiódor Pávlovich, por última vez le recuerdo lo convenido, ya sabe. Compórtese bien; si no, me las pagará —tuvo tiempo de susurrar una vez más Miúsov.

—No comprendo qué le pone tan nervioso —comentó burlón Fiódor Pávlovich—. ¿Es que tiene miedo por sus pecadillos? Pues ya sabe lo que dicen, que el stárets adivina por los ojos lo que cada uno lleva cuando se le acerca. En mucho aprecia usted la opinión del stárets, un señor tan parisino y tan avanzado. ¡Hasta me deja sorprendido, se lo aseguro!

Pero Miúsov no tuvo tiempo de responder a este sarcasmo; les rogaron que pasaran. Entró algo irritado...

«Bueno, ahora ya sé lo que me pasará, estoy irritado, me pondré a discutir, empezaré a acalorarme, me rebajaré a mí mismo y rebajaré mis ideas», pensó.

II

EL VIEJO BUFÓN

ENTRARON en el aposento casi al mismo tiempo que el stárets, quien salió de su habitación no bien los demás aparecieron. En la celda, ya estaban esperando la salida del stárets dos monjes, sacerdotes del eremitorio: uno de ellos era el padre bibliotecario; el otro, el padre Paísi, hombre enfermo, aunque no viejo, pero muy sabio, según se decía. De pie en un rincón (y permaneció de pie todo el tiempo) esperaba, además, un mocito con chaqué que aparentaba unos veintidós años de edad, seminarista y futuro teólogo, protegido del monasterio y de la cofradía. Era de estatura bastante alta, fresco de rostro, de pómulos acusados y de estrechitos ojos castaños, inteligentes y atentos. Se notaba en su cara una expresión de deferencia absoluta, pero decente, sin visible lagotería. No saludó a los visitantes con una inclinación de cabeza, como de igual a igual, sino, por el contrario, como si fuera un personaje secundario y un subordinado.

El stárets Zosima apareció acompañado de Aliosha y otro novicio. Los monjes sacerdotes se levantaron y le saludaron con una profundísima reverencia, rozando el suelo con los dedos; después, habiendo recibido la bendición, le besaron la mano. Cuando los hubo bendecido, el stárets les respondió uno a uno con una reverencia igual, rozando el suelo con los dedos, y a cada uno de ellos le pidió a su vez la bendición. Toda la ceremonia se efectuó con gran seriedad, no como un mero rito cotidiano, sino con cierta emotividad. A Miúsov, sin embargo, le pareció que todo aquello se hacía con la premeditada intención de impresionar. Miúsov estaba de pie, delante de todos los camaradas que con él habían entrado. Independientemente de las ideas, tan sólo por simple cortesía (ya que tal es aquí la costumbre), habría hecho falta acercarse al stárets y recibir de él la bendición, por lo menos así lo había pensado la tarde anterior. Pero al ver, entonces, todas esas reverencias y ese besuqueo de los monjes sacerdotes, cambió de idea en un segundo: saludó con una reverencia grave y seria, bastante profunda, al estilo mundano, y se acercó a una silla. Exactamente del mismo modo se condujo Fiódor Pávlovich, imitando esta vez a Miúsov con todo rigor, como un mono. Iván Fiódorovich saludó con mucho empaque y cortesía, pero también con los brazos pegados al cuerpo, como en posición de firmes, y Kalgánov se turbó hasta tal punto que no acertó a saludar de ninguna manera. El stárets bajó la mano que había levantado para impartir la bendición y, haciéndoles una nueva reverencia, rogó a todos que se sentaran. A Aliosha la sangre se le subió a la cara: se sintió avergonzado. Comenzaban a confirmarse sus malos presentimientos.

El stárets se sentó en un pequeño diván de caoba de antigua construcción, tapizado de cuero, y a los visitantes, excepto a los dos monjes sacerdotes, los hizo sentar junto a la pared opuesta, en hilera los cuatro, uno al lado de otro, en cuatro butacas de caoba tapizadas de cuero negro ya muy gastado. Los monjes sacerdotes se sentaron a los lados, uno junto a la puerta y el otro junto a la ventana. El seminarista, Aliosha y el novicio permanecieron de pie. La celda era muy pequeña y ofrecía un aspecto poco acogedor. Objetos y muebles eran toscos, pobres, y se reducían a los más indispensables. Había dos macetas de flores en la ventana; en un rincón, muchos iconos; uno de ellos, de enormes dimensiones, representaba a la Virgen y probablemente había sido pintado antes ya de la disidencia religiosa[4]. Delante de dicho icono ardía una mariposa. Al lado, había otros dos iconos con brillantes aplicaciones metálicas en las vestiduras de las imágenes; había además unos querubines poco naturales, huevos de porcelana, una cruz católica de marfil con una *Mater Dolorosa*[5] a ella abrazada, y algunos grabados extranjeros de los grandes pintores italianos de los pasados siglos. Al lado de estos pulcros grabados de alto valor, se veían algunas hojas de litografías rusas de lo más popular, con representaciones de santos, mártires, prelados y demás, litografías que se vendían por algunos kópeks en todas las

---

[4] La provocada en la Iglesia rusa por las reformas del patriarca Nikon, a mediados del siglo XVII.

[5] En latín en el original.

ferias. En las otras paredes había varios retratos litografiados de arciprestes rusos, contemporáneos y de tiempos pasados. En un momento, Miúsov recorrió con la vista todas esas «banalidades» y clavó luego la mirada en el stárets. Se creía hombre de mirada perspicaz, debilidad perdonable en él teniendo en cuenta que ya había cumplido los cincuenta años, edad en que un hombre inteligente, mundano y con bienes de fortuna, siempre se vuelve más deferente consigo mismo, a veces incluso sin querer.

Desde el primer instante, el stárets le desagradó. En efecto, algo había en el rostro de Zosima que no gustaba a muchos. El stárets era un hombre bajo, encorvado, débil de piernas, que no contaba más allá de sesenta y cinco años aunque parecía mucho más viejo, por lo menos en diez años más, debido a sus achaques. La cara, muy enjuta, se le veía surcada por diminutas arruguitas, abundantes sobre todo cerca de los ojos, que los tenía claros, pequeños, vivos y brillantes, como dos puntos luminosos. No le quedaban más que unos cabellos grises en las sienes; la barba, pequeña y rala, presentaba forma de cuña, y los labios, que sonreían a menudo, se veían finos como dos cuerdecitas. No podía decirse que tuviera la nariz larga, sino afilada, como el pico de un pájaro.

«Por todos los síntomas, se trata de un alma maligna, mezquina y arrogante», pensó en un momento Miúsov, que se sentía muy descontento de sí mismo.

Sonaron las horas en un reloj de la pared y ello dio pie a que se iniciase la conversación. El reloj era de los pequeños y baratos, de pesas, y tocó, con rápido ritmo, las doce.

—Es exactamente la hora en punto —exclamó Fiódor Pávlovich—, y mi hijo Dmitri Fiódorovich aún sin llegar. ¡Le pido perdón por él, santo stárets! —Aliosha se estremeció de pies a cabeza al oír ese «santo stárets»—. En cambio, yo siempre soy puntual, al minuto, recordando que la puntualidad es la cortesía de los reyes...

—Pero usted, en todo caso, no es rey —farfulló enseguida Miúsov, sin poder contenerse.

—Cierto, no soy rey. Y figúrese, Piotr Alexándrovich, hasta yo mismo lo sabía, ¡se lo juro! Siempre me pasa lo mismo, ¡no acierto una! ¡Reverendísimo! —exclamó con repentina solemnidad—. ¡Tiene usted ante sí a un auténtico bufón! Como tal me presento. ¡Se trata de una vieja costumbre, por desgracia! Ahora bien, si a veces miento sin que venga a cuento, lo hago con la intención de hacer reír y ser agradable. Es necesario ser agradable, ¿verdad? Hará unos siete años, llegué a una pequeña ciudad donde tenía unos asuntillos y donde había formado una pequeña compañiíta con unos mercaderes. Vamos a ver al jefe de policía, porque había que pedirle alguna cosa e invitarle a comer con nosotros. Sale el jefe de policía, un hombre alto, gordo, rubio y hosco, uno de los sujetos más peligrosos en tales casos: ésa es gente amargada por el hígado, ¡por el hígado! Yo me dirijo a él, ¿sabe?, con la desenvoltura de un hombre de mundo: «Señor Ispravnik [6] (le digo), sea, digamos, nuestro Naprávnik!» [7]. «¿Qué Naprávnik?», pregunta. Al instante me di cuenta de que la cosa no pitaba, él se mantenía serio, pero yo insistí: «Quería bromear un poco (dije) para que todo el mundo esté alegre, pues el señor Naprávnik es un famoso director de orquesta ruso y para la buena armonía de nuestra empresa lo que necesitamos precisamente es también algo así como un director de orquesta...» Me parece que me expliqué bien y que la comparación era acertada, ¿no? Pues él responde: «Perdonen, soy el ispravnik, y no permito que se hagan juegos de palabras con el nombre de mi cargo.» Dio media vuelta y se fue. Yo seguí gritando: «Sí, sí, usted es el ispravnik, no Naprávnik!» «No (contesta), ya que lo ha dicho, soy Naprávnik.» Y figúrense, ¡de este modo, nuestro asunto se vino abajo! Soy así, siempre soy así. No hago más que perjudicarme con mi propia amabilidad, ¡esto es! En cierta ocasión, hace ya muchos años, decía a un personaje, que hasta era influyente: «Su esposa es una cosquillosa mujer», en el sentido honroso, por así decirlo, de las cualidades morales, y él me pregunta: «¿Es que le ha hecho usted cosquillas?» No pude contenerme; de pronto pensé: muéstrate amable, y dije: «Sí, le he hecho cosquillas», pero entonces él me hizo a mí las cosquillas en las dos mejillas... Sólo

---

[6] Jefe de policía de distrito en la época zarista.
[7] Naprávnik E. F. (1839-1916), compositor y director de la ópera peterburguesa.

que esto sucedió hace mucho tiempo y ya no me da vergüenza contarlo; ¡siempre me perjudico de esta manera!

—Ahora mismo lo está haciendo —balbuceó Miúsov con repugnancia.

El stárets estaba contemplando a los dos en silencio.

—¡Eso parece! Y figúrese que sabía también esto, Piotr Alexándrovich, y hasta he presentido que iba a hacer lo que ahora hago tan pronto como he empezado a hablar, y hasta he presentido, ¿sabe?, que usted sería el primero en indicármelo. En estos momentos, cuando veo que la broma no me sale bien, reverendo, empiezan a secárseme los carrillos hacia las encías inferiores y casi me entran convulsiones; esto ya me ocurría en la juventud, cuando hacía el gorrista en casas de nobles y como gorrón me ganaba el pan. Soy bufón hasta los tuétanos, lo soy de nacimiento, como pasa con los benditos, reverendo; no niego que en mí, quizá, se haya metido un espíritu del mal, aunque de poco calibre, pues si fuera más importante habría elegido otra morada, aunque no la suya, Piotr Alexándrovich, ya que usted tampoco es una morada importante. En cambio, yo creo, creo en Dios. Sólo en los últimos tiempos había empezado a dudar, pero ahora estoy esperando palabras sublimes. Yo, reverendo, soy como el filósofo Diderot. No sé si sabe usted, santísimo padre, cómo el Diderot filósofo se presentó al metropolitano Platón[8] en tiempos de la emperatriz Catalina. Entra y suelta: «Dios no existe.» A lo que el gran prelado responde, levantando el dedo: «¡Dice el insensato que en su corazón no hay Dios!» Aquél, sin más, se le arroja a los pies y grita: «Creo y acepto el bautismo.» Así lo hicieron: le bautizaron allí mismo. La princesa Dáshkova[9] fue la madrina y Potiomkin[10] el padrino...

—¡Fiódor Pávlovich, esto es intolerable! Usted sabe muy bien que está mintiendo, que esa estúpida anécdota no tiene nada de verdad, ¿por qué quiere usted hacerse el interesante?

---

[8] Patriarca de la Iglesia ortodoxa rusa (1737-1812).

[9] Dáshkova Iekaterina Románovna (1743-1810). Apoyó a Catalina II en el golpe de Estado de 1762. Fue presidenta de la Academia Rusa y se relacionó con Diderot y Voltaire durante sus viajes por el extranjero.

[10] Potiomkin Grigori Alexándrovich (1739-91). Hombre de Estado, mariscal de campo; favorito de Catalina II.

—articuló con temblorosa voz Miúsov, ya sin poderse dominar.

—¡Toda la vida he presentido que no era verdad! —exclamó con admiración Fiódor Pávlovich—. En cambio, señores, ahora voy a decirles toda la verdad: ¡gran stárets, perdóneme! Lo del bautismo de Diderot acabo de inventármelo ahora mismo, en este mismo instante, mientras estaba contando; antes, nunca se me había venido a la cabeza. Lo he añadido para que tuviera más sal. Si me hago el interesante, Piotr Alexándrovich, es por esto, para ser más agradable. Aunque a veces ni yo mismo sé por qué lo hago. En cuanto a Diderot, eso de «el insensato», lo habré oído contar a los mismos terratenientes de por aquí, por lo menos veinte veces, cuando vivía en sus casas, en mis años juveniles; incluso lo oí contar a su tía, Piotr Alexándrovich, a Mavra Fomínishna. Todos están convencidos, aún hoy, de que Diderot vino a ver al metropolitano Platón para discutir acerca de Dios...

Miúsov se levantó, no sólo perdida la paciencia, sino incluso como fuera de sí. Se encontraba furioso y comprendía que así se ponía en ridículo. En efecto, en aquella celda estaba sucediendo algo increíble. En aquella mismísima celda, desde hacía cuarenta o cincuenta años, ya en tiempos de los stárets precedentes, los visitantes acudían siempre con profundísima veneración, no de otro modo. Casi todos los admitidos, al entrar en la celda, comprendían que eran objeto de un gran favor. Muchos se hincaban de rodillas y no se levantaban durante todo el tiempo de la entrevista. Muchos de los «altos» personajes, incluso los doctísimos, más aún, algunos de los que eran librepensadores, que acudían por curiosidad o por algún otro motivo, al entrar en la celda con los demás o al recibir una entrevista a solas, todos se imponían sin excepción, como deber primerísimo, mostrarse respetuosos y atentos durante todo el tiempo de la visita, tanto más cuanto que ahí no era cuestión de dar dinero, bastaban el amor y la buena voluntad por una parte, y, por la otra, el arrepentimiento y el anhelo de resolver algún difícil problema del alma o algún momento difícil en la vida del propio corazón. De manera que la bufonería de Fiódor Pávlovich, irrespetuosa hacia el lugar en que se encontraban, causó en los presentes, por lo menos en algunos de ellos, perplejidad y sorpresa. Los monjes sacerdotes, sin que por ello cambiara en lo más mínimo la expresión de sus fisonomías, estaban pendientes con seria atención de lo que dijera el stárets, mas, al parecer, se disponían ya a levantarse, como Miúsov. Aliosha sentía ganas de llorar y estaba de pie, con la cabeza baja. Lo que más raro le parecía era que su hermano Iván Fiódorovich, el único en quien confiaba, el único que tenía bastante influencia sobre su padre para poderlo hacer callar, permaneciera sentado en su silla, completamente inmóvil, los ojos bajos, por lo visto esperando incluso con cierta expectante curiosidad a ver en qué iba a acabar todo aquello, como si él fuera allí una persona ajena por completo. Aliosha no podía ni mirar a Rakitin (el seminarista), al que conocía muy bien, casi como a una persona muy amiga: sabía cuáles eran sus pensamientos (era quizás el único que lo sabía en todo el monasterio).

—Perdóneme... —empezó a decir Miúsov, dirigiéndose al stárets—, quizá yo también le parezca copartícipe de esta indigna bufonada. Mi error ha sido creer que incluso un sujeto como Fiódor Pávlovich, al visitar a un personaje tan honorable, se haría cargo de sus obligaciones... No se me ocurrió pensar que habría que pedir perdón por haber entrado con él...

Piotr Alexándrovich no acabó de formular su idea y, presa de la mayor confusión, se disponía a salir del aposento.

—No se preocupe, se lo ruego —dijo el stárets, levantándose de su sitio; sosteniéndose sobre sus flaquísimas piernas, tomó a Piotr Alexándrovich por ambos brazos y le hizo sentar otra vez en la butaca—. Cálmese, se lo ruego. Le suplico especialmente que sea mi huésped —y hecha una reverencia, se volvió y se sentó de nuevo en su pequeño diván.

—Gran stárets, dígame, ¿le ofendo o no con mi vivacidad? —dijo gritando, de súbito, Fiódor Pávlovich, agarrando con ambas manos los brazos de la butaca, como dispuesto a saltar según fuera la respuesta.

—También a usted le ruego que no se inquiete y que no se sienta cohibido —le dijo el stárets, solemne—. No se sienta cohibido, pórtese exactamente como si estuviera en su casa. Sobre todo, no se avergüence tanto de sí mismo, pues a esto se debe todo lo que le pasa.

[125]

—¿Exactamente como en casa? Es decir, ¿tal como soy? Oh, esto es mucho, es demasiado, ¡pero lo acepto enternecido! ¿Sabe, padre venerado? No me invite a que me muestre tal como soy, no se arriesgue... ni yo mismo llegaré a mostrarme como soy. Si se lo advierto es para protegerle. Y lo demás está aún hundido en las tinieblas de lo desconocido, aunque algunos han deseado hacer mi retrato. Eso lo digo por usted, Piotr Alexándrovich, y a usted, hombre santo, a usted le digo: ¡Le miro con toda el alma! —se levantó un poco y, alzando los brazos, añadió—: «Bendito sea el vientre que te ha llevado y los pezones que te han nutrido, ¡los pezones sobre todo!» Ahora usted, con sus palabras: «No se avergüence tanto de sí mismo, pues a eso se debe todo lo que le pasa», con estas palabras me ha atravesado de parte a parte y ha leído en mi interior. Precisamente cuando me acerco a la gente siempre me parece que yo soy el más vil de todos y que todos me toman por un bufón; así que me digo: «¡Hala!, voy a hacer de bufón, no tengo miedo a lo que pensáis, porque todos, ¡absolutamente todos, sois más canallas que yo!» Por eso soy un bufón, soy bufón por vergüenza, gran stárets, por vergüenza. Si alboroto es sólo por timidez. Si estuviera convencido de que cuando entro en un lugar todos van a tomarme por un hombre encantador e inteligente, ¡Dios del cielo, qué buena persona sería yo entonces! ¡maestro! —repentinamente se hincó de rodillas—, ¿qué he de hacer para alcanzar la vida eterna?

Hasta en aquel momento era difícil decidir si estaba haciendo el payaso o si se sentía, en verdad, tan enternecido.

El stárets levantó hacia él los ojos y dijo, sonriendo:

—Usted mismo sabe lo que ha de hacer, tiene usted bastante entendimiento; no se entregue a la bebida ni a la incontinencia de la palabra, no se entregue a la lujuria y, sobre todo, a la veneración del dinero; cierre también sus establecimientos de bebidas, si no todos, por lo menos dos o tres. Pero lo más importante, lo que está antes que todo, es que no mienta.

—¿Lo dice por lo de Diderot, quizá?

—No, lo de Diderot es lo de menos. Lo que importa es que no se mienta a sí mismo. El que se miente a sí y escucha sus propias mentiras llega a no distinguir ninguna verdad ni en su fuero interno ni a su alrededor, pues deja de respetarse a sí mismo y de respetar a los otros. No respetando a nadie, ya no puede amar, y al no tener amor, para ocuparse en algo y entretenerse, se entrega a las bajas pasiones y a los placeres groseros, llega hasta la bestialidad en sus vicios, y todo ello por mentir siempre a los demás y por mentirse a sí mismo. El que se engaña, puede también sentirse ofendido antes que los demás. Pues ofenderse, a veces, es muy agradable. ¿verdad? El hombre sabe que nadie le ha ofendido, que se ha forjado él mismo la ofensa y que ha mentido a fondo para darse tono; ha exagerado para que el cuadro resulte más impresionante, se ha agarrado a una palabra, y de un grano de arena ha hecho una montaña; sabe todo eso y, sin embargo, es el primero en sentirse ofendido, se ofende hasta un extremo que le resulta agradable, hasta experimentar una gran satisfacción y, de este modo, llega hasta el auténtico rencor... Pero levántese, siéntese, se lo ruego muy encarecidamente, todo eso son también gestos falsos...

—¡Hombre bienaventurado! Déjeme que le bese la mano —Fiódor Pávlovich se levantó con rápido movimiento y se apresuró a besar ruidosamente la descarnada mano del stárets—. Cierto, cierto, es agradable ofenderse. Lo ha dicho muy bien, como nunca lo había oído decir. Cierto, cierto, toda mi vida me he dado por ofendido, hasta me ha resultado agradable, me he ofendido por estética, pues estar ofendido no sólo es agradable, sino que, a veces, hasta resulta hermoso; eso se le ha olvidado, gran stárets: ¡hasta es hermoso! ¡Lo voy a anotar en mi cuadernito! He mentido, yo he mentido toda mi vida, cada día y cada hora. ¡En verdad, soy la mentira y el padre de la mentira! De todos modos, me parece que no soy el padre de la mentira; me hago siempre un lío con los textos, pero basta con que sea el hijo de la mentira. Sólo que... ángel mío, ¡de Diderot sí se puede hablar a veces! Diderot no hará daño, alguna otra palabrita sí lo hará. A propósito, gran stárets, por poco lo olvido, pero hace ya tres años que había pensado informarme aquí, venir aquí para preguntar y descubrir la verdad, lo deseaba ardientemente. Pero mande a Piotr Alexándrovich que no me interrumpa. Verá lo que deseaba preguntar: si es verdad, gran padre, lo que en el *Cheti-Minéi*[11] se cuen-

---

[11]*Cheti-Minéi* o *Minéi-Cheti:* «lecturas mensuales». Colección de biografías de

ta acerca de un santo milagroso al que martirizaron por la fe, y cuando, al final, le decapitaron, el santo se levantó, recogió la cabeza y, «amorosamente besándola», caminó largo tiempo, llevándola entre los brazos, «amorosamente besándola». ¿Es verdadero esto o no, íntegros padres?

—No, no es verdad —dijo el stárets.

—En ninguna de las *Cheti-Minéi* hay nada semejante. ¿De qué santo dice usted que se cuenta? —preguntó uno de los monjes sacerdotes, el padre bibliotecario.

—No sé de cuál. No lo sé ni tengo la menor idea. Me dejé engañar, o lo contaron. Lo oí decir, ¿y sabe quién lo explicaba? Pues este mismo Piotr Alexándrovich Miúsov lo contó, el que se ha enojado ahora por lo de Diderot.

—Nunca le he contado tal cosa, yo con usted no hablo nunca.

—Cierto, no me lo contó usted a mí; pero lo contó en una reunión en la que me encontraba yo, hará de esto cerca de cuatro años. Si lo he recordado ha sido porque con este relato satírico conmovió usted mi fe, Piotr Alexándrovich. Usted no lo sabía, no lo sospechaba, pero yo regresé a casa con la fe vacilante y desde entonces me he sentido cada vez menos firme. ¡Sí, Piotr Alexándrovich, fue usted la causa de una gran caída! ¡Eso no es como lo de Diderot!

Fiódor Pávlovich se acaloraba patéticamente, aunque para todos estaba perfectamente claro que otra vez se hacía el interesante. Pero Miúsov se sentía herido en carne viva.

—Qué absurdo, todo esto es absurdo —balbuceó—. Quizá sí lo dije alguna vez... pero no a usted. A mí mismo me lo contaron. Lo oí decir en París, un francés contaba que esto figura en el *Cheti-Minéi* y que en nuestro país se leía durante la misa... Era un hombre muy docto, especializado en estadísticas sobre Rusia... Había vivido aquí mucho tiempo... Por mi parte, no

santos, leyendas y enseñanzas morales distribuidas siguiendo el orden de los días de cada mes. Se compuso en Bizancio hacia el siglo IX. Al pasar a Rusia (comienzos del siglo XI), se completó con abundante material del país. Bajo la dirección del metropolitano Makari (1482-1563) se elaboraron los *Grandes Minéi-Cheti*, en los cuales se recogió casi toda la literatura litúrgica de los principios del cristianismo en Rusia, incluidas las biografías de los santos rusos canonizados en los concilios de 1547 y 1549 (la obra constaba de 12 volúmenes).

he leído el *Cheti-Minéi*... y no pienso leerlo... ¿Qué no se cuenta, durante una comida?... Entonces estábamos comiendo.

—Sí, entonces ustedes estaban comiendo, pero yo perdí la fe —le parodió burlón Fiódor Pávlovich.

«¡Qué me importa a mí su fe!», iba a gritar Miúsov, pero se dominó articulando con desprecio:

—Ensucia usted literalmente cuanto toca.

De pronto, el stárets se levanto.

—Perdonen, señores, que les deje por algunos minutos —dijo dirigiéndose a todos los visitantes—, pero me estaban esperando ya antes de que ustedes llegasen. Y usted, de todos modos, no mienta —añadió con alegre expresión, dirigiéndose a Fiódor Pávlovich.

Salió de la celda; Aliosha y el novicio se apresuraron a ayudarle a bajar la escalera. Aliosha se sofocaba, estaba contento de salir, pero lo estaba también de que el stárets no se hubiera ofendido y se sintiera alegre. El stárets se encaminaba hacia la galería para bendecir a los que le estaban esperando. A pesar de todo, Fiódor Pávlovich le detuvo en la puerta de la celda.

—¡Hombre bienaventuradísimo! —exclamó gritando con mucha emoción—. ¡Permítame que le bese otra vez la mano! Sí, con usted aún se puede hablar, se puede vivir. ¿Cree usted que siempre miento de este modo y que siempre hago el bufón? Pues ha de saber que he estado todo el rato haciendo esta comedia adrede, para provocarle. He estado tanteándole todo el rato para ver si es posible vivir con usted, si mi humildad cabe junto a su orgullo. Le concedo un diploma de honor; ¡a su lado se puede vivir! Ahora me callaré, ya no diré nada más. Me sentaré en la butaca y callaré. Ahora es usted, Piotr Alexándrovich, quien ha de hablar, ahora queda usted como el hombre más importante... por diez minutos.

III

MUJERES CREYENTES

Abajo, junto a la galería de madera añadida a la parte exterior del muro, sólo había mujeres, esta vez unas veinte mujeres de pueblo. Les habían comunicado que el stárets saldría por fin y ellas se agruparon esperándole. Salieron a la galería las terratenientes Jojlakova, que también esperaban al stárets, aunque ellas lo hacían en el aposento destinado a las visitantes distinguidas. Eran dos: madre e hija. La señora Jojlakova madre, dama rica que vestía siempre con gusto, era una mujer aún bastante joven y de muy buen ver, un poco pálida, de ojos muy vivos y casi negros. No tendría más allá de treinta y tres años, y hacía ya cinco que era viuda. Su hija, de catorce años, estaba paralítica de las piernas. La pobre muchacha no podía caminar hacía ya medio año, y la conducían en un largo sillón de ruedas. Tenía una carita encantadora, algo sumida por la enfermedad, pero alegre. En sus grandes ojos oscuros, de largas pestañas, relucía una expresión juguetona. Desde la primavera se disponía la madre a llevarla al extranjero, pero se les pasó el verano por atender a los trabajos de la finca. Llevaban una semana viviendo en nuestra ciudad, más por asuntos de negocios que por devoción, pero ya habían visitado una vez al stárets, hacía tres días. Se habían presentado otra vez, aun sabiendo que el venerable anciano casi ya no podía recibir a nadie, y con insistentes súplicas pidieron que se les concediera de nuevo la «felicidad de ver al gran remediador».

Mientras esperaban la salida del stárets, la madre estaba sentada en una silla, al lado del sillón de la hija; a unos dos pasos de ella estaba de pie un monje viejo, venido de un monasterio lejano y poco conocido, del norte del país, para recibir la bendición del venerable Zosima. Pero éste, cuando apareció en la galería, se dirigió ante todo hacia las mujeres del pueblo. El grupo de mujeres se apretujó frente al pequeño porche de tres peldaños que comunicaba la baja galería con el suelo. El stárets se quedó de pie en el peldaño superior, se puso la estola y comenzó a bendecir a las mujeres que se apiñaban ante él. Le acercaron una posesa arrastrándola por los brazos, y ella, apenas hubo visto al stárets, se puso a hipar, como si chillara de manera estúpida, se puso a hipar y a temblar, sacudida por convulsiones como a veces tienen las mujeres que están encinta o que acaban de dar a luz. El stárets le puso la estola sobre la cabeza, pronunció una breve plegaria y la mujer se calló y se sosegó. No sé qué ocurre ahora, pero en mi infancia a menudo tuve ocasión de ver y oír por aldeas y monasterios a estas posesas. Las llevaban a misa, ellas chillaban y ladraban como perros, de modo que se las oía en toda la iglesia, pero cuando sacaban el Sagrario y acercaban a él a las posesas, al instante cesaba la «crisis demoniaca» y las enfermas siempre se calmaban por cierto tiempo. Yo era un niño, y aquello me dejaba muy asombrado. Pero también entonces oía decir a algunos terratenientes y, sobre todo, a mis maestros, que eran de ciudad, en respuesta a mis preguntas, que todo aquello era fingido para rehuir el trabajo, y que podía extirparse con la debida severidad; en confirmación de su aserto, aducían siempre diversas anécdotas. Sin embargo, más tarde me enteré con sorpresa por médicos especialistas que no se trata de ficción alguna, sino de una terrible enfermedad que sufren las mujeres, sobre todo, al parecer, las de Rusia, lo cual es una prueba de la dura vida que llevan nuestras mujeres del campo; la enfermedad se debe a trabajos agotadores ejecutados demasiado pronto después de partos difíciles, irregulares, sin ayuda médica de ninguna clase, y también a la pena sin esperanza, a los golpes y calamidades, cosa que algunas naturalezas femeninas no pueden soportar como las demás. En cuanto a la curación extraña y repentina que solía producirse no bien acercaban a la mujer posesa y convulsa al Sagrario, curación que me habían explicado como fingimiento y aun como truco ideado poco menos que por los mismos «clericales», es probable que también se produjera de manera por completo natural; las mujeres que conducían a la enferma y, lo que es más importante, ella misma, creían a ojos cerrados, como verdad inconclusa, que el espíritu del mal en posesión de la mujer no podría resistir nunca al Santísimo si ante él hacían inclinar a la enferma. Por este mismo motivo también en la mujer nerviosa, desde luego, psíquicamente enferma, siempre se producía (y debía producirse) como una conmoción de todo el organismo en el momento de inclinarse ante el Santísimo, conmoción provocada por la espera del forzoso milagro de la curación y por la fe absoluta en que el milagro se iba a realizar. Y se producía, aunque sólo fuese por un momento. Y así sucedió apenas el stárets cubrió a la enferma con la estola.

Muchas de las mujeres que se apiñaban a su alrededor derramaban lágrimas de ternura y entusiasmo provocadas por el efecto de un momento; otras se esforzaban por besarle aunque sólo fuera el extremo de su hábito; las había que proferían lamentos. Él las bendijo y habló con algunas. Conocía a la posesa. La habían traído de un aldea cercana, distante del monasterio sólo unas seis verstas; además, no era la primera vez que la conducían a su presencia.

—¡Ésta viene de lejos! —dijo señalando a una mujer joven aún, pero muy flaca y demacrada, de rostro no ya tostado, sino como ennegrecido. La mujer estaba de rodillas y tenía fija en el stárets la mirada inmóvil, como frenética.

—De lejos, padrecito, de lejos, de trescientas verstas de aquí. De lejos, padre, de lejos —articuló la mujer canturreando, balanceando acompasadamente a derecha e izquierda la cabeza, con la mejilla apoyada en la palma de la mano.

Hablaba como lamentándose. Hay en el pueblo un dolor silencioso y paciente, que se encierra en sí mismo y calla. Pero hay también un dolor a flor de piel: rompe en lágrimas y desde ese instante se va en lamentos. Esto les ocurre sobre todo a las mujeres. Pero no es más leve que el dolor silencioso. Los lamentos, en este caso, no dan otro consuelo que el de lacerar y desgarrar más aún el corazón. Semejante dolor ni consuelo desea, se nutre con el sentimiento de ser inconsolable. Los lamentos son tan sólo una necesidad de hurgar incesantemente en la herida.

—Eres de familia menestral, ¿verdad? —prosiguió el stárets, mirándola con curiosidad.

—Vivimos en la ciudad, padre, en la ciudad; somos campesinos, pero vivimos en la ciudad. He venido, padre, para verte a ti. Hemos oído hablar de ti, padrecito, hemos oído hablar de ti. He enterrado a un hijo pequeño, me he ido a rogar a Dios.

He estado en tres monasterios y me han dicho: «llégate también a Nastásiushka», es decir, a verle a usted, padre, a usted. Y he venido, ayer estuve en el oficio de la tarde y hoy he venido aquí.

—¿Por qué lloras?

—Tengo pena por el hijito, era de tres añitos, le faltaban sólo tres meses para tener tres añitos. Me atormento por el hijito, padre, por el hijito. Era el último que nos quedaba; cuatro hemos tenido, Nikítushka y yo, pero los pequeños se nos van, venerado padre, se nos van. Enterré a los tres primeros y por ellos no tuve mucha pena, pero a este último lo he enterrado y no puedo olvidarlo. Es como si lo tuviera delante de mí, no se aparta. Me ha secado el alma. Miro su ropita, su camisita o sus botitas y me pongo a chillar. Extiendo lo que era suyo, cada una de sus cosas, miro y chillo. Digo a Nikítushka, que es mi marido: «Señor de la casa, déjame que vaya a peregrinar.» Él es cochero; nosotros, padre, no somos pobres, no somos pobres; el servicio de cochero lo hacemos por cuenta propia, todo es nuestro, caballos y coche. ¿Para qué queremos ahora todos estos bienes? Se habrá dado a la bebida al faltar yo, el Nikítushka mío, seguro, antes también: apenas volvía yo la espalda, él caía en esa debilidad. Pero ahora ni en él pienso. Hace ya más de dos meses que he salido de casa. He olvidado, me he olvidado de todo y no quiero recordar; ¿y para qué quiero yo estar con él ahora? He terminado con él, he terminado, con todos he terminado. Ahora no miraría ni mi casa ni mis bienes, ¡y mejor sería que no viera nada, nada!

—Escúchame, madre —dijo el stárets—; una vez, hace muchos, muchos años, un gran santo vio en el templo a una madre que lloraba como tú y también por su pequeño, su hijo único, al que también el Señor había llamado. «¿Es que no sabes (le dijo el santo) cuán atrevidos son estos pequeñuelos ante el trono de Dios? No hay nadie más atrevido que ellos en el reino de los cielos: Tú, Señor, nos has concedido la vida, dicen a Dios, y no bien empezábamos a vislumbrarla, nos la has quitado. Y es tanto el atrevimiento con que piden y preguntan, que el Señor les concede inmediatamente el rango de ángeles. Por esto (dijo el santo), alégrate también tú, mujer, en vez de llorar, que tu pequeñuelo goza de la visión de Dios en compañía de los ángeles.» Esto es lo que dijo el santo a la mujer que lloraba en los tiempos antiguos. Era un gran santo y no podía decirle nada que no fuera verdad. Por esto también tú, madre, has de saber que tu pequeñuelo sin duda está ahora igualmente ante el trono de Dios, se alegra y se regocija, y ruega a Dios por ti. Así, pues, llora pero alégrate.

La mujer le escuchaba, apoyada la mejilla en la mano, bajos los ojos. Suspiró profundamente.

—Del mismo modo me consolaba Nikítushka, lo mismo que tú: «Eres una tonta, me decía, ¿por qué lloras? Nuestro pequeño ahora seguramente está cantando con los ángeles al lado del Señor.» Me dice esto, pero él mismo llora, lo veo, está llorando como yo. «Lo sé, Nikítushka, le digo; adónde va a estar, si no es al lado del Señor; ¡pero aquí, con nosotros, Nikítushka, aquí al lado, sentado como antes, no está!» Si pudiera yo verle aunque fuera una sola vez, nada más que una vez, si pudiera mirarle, aunque no me acercara a él, no·diría nada, me escondería en un rincón, sólo por verle nada más que un minuto; si pudiera oírle jugar en el patio y verle venir luego, como antes, gritando con su vocecita; «¿Mamá, dónde estás?» Si me fuera posible oírle pasar una sola vez por la habitación, aunque fuera una sola vez, haciendo con sus pasitos tuk-tuk, tan seguido, tan seguido... Recuerdo a veces cuando corría hacia mí, gritando y riendo; si pudiera oír aunque sólo fueran sus pasitos, si los oyera, ¡reconocería lo que usted me dice! Pero él no está, padrecito, no está, ¡y no le oiré nunca más! Aquí tengo su pequeño cinturón, pero él no está, ¡y nunca más le veré ni le oiré!

Se sacó del seno un pequeño cinturón de pasamanería, y tan pronto como lo miró prorrumpió en llanto desconsolador, cubriéndose los ojos con los dedos, por entre los que empezaron a correr las lágrimas a raudales.

—Esto —dijo el stárets— es lo del antiguo «Raquel llora a sus hijos y no puede consolarse porque ellos no están», y éste es, madres, el destino que en la tierra se os reserva. No te consueles ni necesitas consolarte, no te consueles y llora; sólo que cada vez, al llorar, recuerda sin falta que tu pequeño es uno de los ángeles de Dios, y que desde el cielo te mira y te ve, se alegra de tus lágrimas y las muestra al Señor. Llorarás aún durante mucho tiempo con este gran llanto de madre, pero al fin tu llanto se convertirá en una sosegada alegría, tus amargas lágrimas serán, al final, únicamente lágrimas de serena ternura y de purificación, que salva del pecado. A tu pequeño lo tendré presente en mis oraciones. ¿Cómo se llamaba?

—Alexiéi, padrecito.

—Es un nombre muy bonito. ¿Hay que encomendarlo, pues, a San Alexiéi?

—Al Santo, padrecito, al Santo. ¡A Alexiéi, el Santo!

—¡Fue un gran Santo! Rezaré por tu pequeño, madre; también tendré presente tu aflicción en mis oraciones y rezaré también por la salud de tu marido. Pero es un pecado abandonarle. Vete al lado de tu marido y cuídale. El pequeño verá desde el cielo que has abandonado a su padre y llorará por vosotros; ¿por qué turbas su felicidad? No olvides que él vive, vive, pues viva es el alma por los siglos de los siglos, y él no está en vuestra casa, pero se encuentra invisible a vuestro lado. ¿Cómo va a venir a tu casa, si dices que la has odiado? ¿Hacia quién va a ir, si no os encuentra juntos, al padre y a la madre? Ahora se te aparece en sueños y te torturas, pero entonces te mandará dulces sueños. Vuelve al lado de tu marido, madre, vuelve hoy mismo.

—Iré, padre, seguiré tu palabra. Has traído la luz a mi corazón. ¡Nikítushka, mi Nikítushka, tú me esperas, cielo, me esperas! —empezó a lamentarse la mujer.

Pero el stárets se había vuelto ya hacia una viejecita muy vieja que no vestía como las peregrinas, sino como las mujeres de la ciudad. Por los ojos se le notaba que estaba preocupada y que había venido para comunicar algo. Dijo que era viuda de un suboficial; no venía de lejos, sino de nuestra misma ciudad. Su hijo, Vásenka, prestaba servicio en una comisaría, se había ido a Siberia, a Irkutsk. Desde allí escribió dos veces, pero hacía ya un año que había dejado de escribir. Ella había preguntado por el hijo, mas la verdad era que no sabía dónde informarse.

—Hace muy poco, Stepanida Ilínichna Bedriáguina, comerciante y rica, me ha dicho: lo que tú has de hacer, Projórovna, es escribir el nombre de tu hijo en un trozo de papel, llevarlo a la iglesia y encargar oraciones para el reposo de su alma. Dice que él empezará a sentirse acongojado y escribirá una carta. Este procedimiento, dice Stepanida Ilínichna, es seguro, muchas veces comprobado. Pero yo lo dudo... Tú, que eres nuestra luz, dime; ¿es cierto o no es cierto, eso? ¿Estaría bien hacerlo?

—¡No se te ocurra! Hasta es vergonzoso preguntarlo. ¡Cómo va a ser posible rezar por el alma de una persona viva, y que lo haga su propia madre! Esto es un gran pecado, es como una brujería, y se te perdona sólo por tu ignorancia. Mejor será que reces a la Reina de los Cielos, intercesora y auxiliadora nuestra, por la salud de tu hijo y que te perdone por tu equivocado pensamiento. Y aún te diré otra cosa, Projórovna: o pronto volverá a tu casa, el hijo tuyo, o te enviará sin falta una carta. Así que ya lo sabes. Vete, y desde ahora quédate tranquila. Te digo que tu hijo vive.

—Venerable padre nuestro, que Dios te lo pague, tú eres nuestro bienhechor, que rezas por todos nosotros y por nuestros pecados...

Pero el stárets había observado en la muchedumbre la mirada ardiente, fija en él, de una campesina extenuada, aunque todavía joven, con aspecto de tísica. La campesina miraba en silencio, sus ojos imploraban alguna cosa, pero habríase dicho que temía acercarse.

—¿Qué te trae, aquí, hija mía?

—Quítame un peso del alma, venerable padre —murmuró ella en voz baja y sin prisas, poniéndose de rodillas e inclinándosele a los pies—. He pecado, padre venerable, tengo miedo a mi pecado.

—El stárets se sentó en el peldaño inferior; la mujer se le acercó, siempre de rodillas.

—Hace más de dos años que estoy viuda —empezó a decir susurrando, a la vez que un estremecimiento parecía sacudirla—. Era muy penosa mi vida de casada, él era viejo, me pegaba sin compasión. Se puso enfermo; yo pensaba, mirándolo; si se pone bien y vuelve a levantarse, ¿qué pasará? Y tuve entonces esa idea...

—Un momento —dijo el stárets, y aproximó su oído a los mismísimos labios de ella.

La mujer continuó hablando en un susurro levísimo, de

modo que casi no era posible comprender nada. Pronto terminó.

—¿Es ya el tercer año? —preguntó el stárets.

—El tercer año. Al principio no lo pensaba, pero ahora me he puesto enferma, la angustia no me deja vivir.

—¿Vienes de lejos?

—De quinientas verstas de aquí.

—¿Lo has confesado?

—Lo he confesado, lo he confesado por dos veces.

—¿Te han admitido a la comunión?

—Me han admitido. Tengo miedo; tengo miedo de morir.

—No temas nada, ni temas nunca ni te acongojes. Que el arrepentimiento no mengüe en ti y Dios te lo perdonará todo. No hay ni puede haber en toda la tierra un pecado que Dios no perdone al que se arrepiente de verdad. Y el hombre no puede cometer un pecado tan grande que agote el infinito amor del Señor. ¿Puede haber acaso un pecado que supere al amor de Dios? Preocúpate siempre de tu arrepentimiento, incesantemente, y arroja el miedo por completo. Has de creer que Dios te quiere como no puedes ni imaginarte, te quiere con tu pecado y en tu pecado. Habrá más alegría en el cielo por un arrepentido que por diez justos, se ha dicho hace mucho. Vete, pues, y no temas. No te disgustes por la gente, no te enojes por las ofensas. Perdona de todo corazón al difunto sus agravios, reconcíliate con él de verdad. Si te arrepientes, amas. Si amas, ya eres de Dios... Con amor todo se compra, todo se salva. Si yo, pecador como tú, me he enternecido escuchándote y he sentido compasión por ti, ¿qué no hará Dios? El amor es un tesoro tan valioso que con él puedes comprar todo el mundo, puedes redimir no sólo tus pecados, sino además pecados ajenos. Vete y no tengas miedo.

Hizo tres veces la señal de la cruz sobre ella, se quitó del cuello una medallita y la puso a la mujer, que le hizo una reverencia, en silencio, hasta tocar el suelo. El stárets se irguió un poco y miró alegremente a una mujer robusta con un niño de pecho en brazos.

—Vengo de Vyshegorie, padre.

—Está a seis verstas de aquí, te has fatigado con el niño, ¿Qué quieres?

—He venido para verte. He venido otras veces, ¿lo has olvidado? Pues no tienes mucha memoria, si te has olvidado de mí. Se decía por ahí que estabas enfermo, y he decidido venir a verte; ahora ya me doy cuenta de que no lo estás. Aún vas a vivir veinte años, la verdad ¡que Dios te guarde! Además, ¿con tantos como por ti rezan vas a estar enfermo?

—Gracias te doy por todo, hija mía.

—Y ya lo aprovecho para hacerte un ruego muy pequeño: toma sesenta kópeks; dalos, padre, a una que sea más pobre que yo. Viniendo hacia aquí pensaba: mejor será que los dé a través de él, él sabe mejor a quién darlos.

—Gracias, hija; gracias, buena mujer. Te aprecio. Cumpliré tu ruego sin falta. ¿Es una niña, la criatura que llevas en brazos?

—Es una niña, luminoso padre; se llama Lisavieta.

—Que el Señor os bendiga a las dos, a ti y a la pequeña Lisavieta. Me has alegrado el corazón, madre. Adiós, hijas mías; adiós, hijas queridas.

Las bendijo a todas y les hizo una profunda reverencia.

IV

UNA DAMA DE POCA FE

LA dama forastera, terrateniente, que había presenciado toda la escena de la conversación con la sencilla gente de pueblo y la bendición final, derramaba dulces lágrimas que se secaba con su pañuelito. Era una dama de la alta sociedad, muy sensible, de virtuosas inclinaciones, en mucho sinceras. Cuando finalmente, el stárets se le acercó, ella le recibió entusiasmada:

—Me he sentido tan conmovida, tanto, al ver esta escena enternecedora... —la emoción no le dejó acabar el pensamiento—. Oh, comprendo que el pueblo le quiera; yo misma siento amor por el pueblo y deseo amarlo; además, ¡cómo no amar al pueblo, a nuestro magnífico pueblo ruso, tan ingenuo en su grandeza!

—¿Cómo está de salud su hija? ¿Otra vez ha deseado usted hablar conmigo?

—Oh, lo he pedido con insistencia, lo he suplicado, estaba dispuesta a ponerme de rodillas y permanecer así aunque fueran tres días frente a sus ventanas, hasta que me dejara usted entrar. Hemos venido a verle, gran remediador, para manifestarle todo nuestro entusiasta agradecimiento. Porque usted ha curado a mi Lisa, la ha curado por completo y lo hizo el jueves rogando ante ella e imponiéndole las manos. ¡Nos hemos apresurado a venir para besar estas manos, para manifestar nuestros sentimientos y nuestra veneración!

—¿Cómo, que la he curado? ¿No continúa aun en su sillón?

—Pero las fiebres nocturnas han desaparecido por completo, hace ya dos días, desde el jueves mismo —se apresuró a decir la dama nerviosamente—. Más aún: las piernas se le han hecho más fuertes. Hoy por la mañana se ha levantado sana, ha dormido toda la noche; mírela qué sonrosada está y cómo le brillan los ojitos. Antes no hacía más que llorar y ahora se ríe, está alegre, gozosa. Hoy ha exigido que la pusiéramos de pie y se ha sostenido ella sola, sin que nadie la ayudara, un minuto entero. Quiere apostar conmigo a que dentro de dos semanas bailará la contradanza. He llamado al doctor Herzenstube, de la localidad; él se encoge de hombros y dice: «Estoy asombrado, no lo entiendo.» ¿Y quiere usted que no le incomodemos, podíamos no haber venido volando para darle las gracias? ¡Pero, *Lise,* dale las gracias, dale las gracias!

La simpática carita de *Lise,* sonriente, iba a ponerse seria; la niña se incorporó cuanto pudo en su sillón y, mirando al stárets, cruzó ante él las manitas, pero no pudo resistir más y súbitamente estalló en risas...

—¡Me río de él, de él! —dijo señalando a Aliosha con infantil enojo por no haberse dominado y haber estallado en risas.

Quien hubiese mirado a Aliosha, de pie a un paso detrás del stárets, habría observado que en un instante se le había cubierto la cara de rubor. Le centellearon los ojos y el joven bajó la mirada.

—Tiene un encargo para usted, Alexiéi Fiódorovich... ¿Cómo está usted? —prosiguió la mamita, dirigiéndose de pronto a Aliosha y tendiéndole la mano deliciosamente enguantada.

El stárets volvió la cabeza y miró atentamente a Aliosha, quien se acercó a Lisa y, sonriendo de manera un poco extraña, cohibido, le dio la mano. *Lise* puso cara de importancia.

—Katerina Ivánovna me ha pedido que le entregara esto —dijo alargándole una cartita—. Pide con insistencia que vaya usted a verla, que vaya pronto, pronto, y nada de engañarla, que vaya sin falta.

—¿Pide que vaya a verla yo? Que yo vaya... ¿Para qué? —balbuceó con profunda sorpresa Aliosha, cuyo rostro adquirió de pronto un aire de seria preocupación.

—Oh, todo es por Dmitri Fiódorovich y... por todos esos últimos acontecimientos —explicó con presteza la madre—. Katerina Ivánovna ha tomado ahora una decisión... mas por eso necesita sin falta verle a usted... ¿Para qué? No lo sé, naturalmente, pero ha pedido que fuera cuanto antes. Y usted lo hará, seguro que lo hará; en eso hasta los sentimientos cristianos le obligan a ello.

—Sólo la he visto una vez —prosiguió Aliosha, sin reponerse de su sorpresa.

—¡Oh, es un ser tan puro, tan elevado!... Nada más que por sus sufrimientos... Piense en lo que ha soportado, en lo que está soportando, piense en lo que la espera... todo esto es espantoso, ¡espantoso!

—Está bien, iré —decidió Aliosha, después de recorrer con la vista la breve y enigmática notita que, aparte del encarecido ruego de que fuera, no contenía explicaciones de ninguna clase.

—¡Oh, qué amable y magnífico será por parte suya! —dijo súbitamente *Lise*, gritando y animándose toda ella—. Yo decía a mamá: no irá por nada del mundo, está buscando su salvación. ¡Oh, qué magnífico es usted! Siempre pensaba que es usted magnífico. ¡Me agrada decírselo ahora!

—¡*Lise*! —profirió gravemente la madre, si bien al instante se sonrió—. También se ha olvidado usted de nosotras, Alexiéi Fiódorovich; no quiere venir a vernos nunca, y eso que *Lise* me ha repetido que sólo con usted se siente bien.

Aliosha levantó los ojos, que había bajado, volvió a ruborizarse repentinamente, y de nuevo, sin saber él mismo por qué, se sonrió. De todos modos, el stárets ya no le observaba. Se había puesto a hablar con el monje forastero que, como ya hemos dicho, había esperado su salida junto al sillón de *Lise*. Era, por lo visto, de los monjes más sencillos, es decir, de simple condición, de ideología estrecha y roqueña, pero creyente y obstinado a su manera. Declaró que vivía lejos, en el norte, en Obdorsk[12], que era del convento de San Silvestre, un pobre monasterio con un total de nueve monjes. El stárets le bendijo y le invitó a que fuera a verlo en su celda cuando quisiera.

—¿Pero cómo se atreve usted a hacer cosas así? —preguntó de súbito el monje, señalando grave y solemnemente a *Lise*. Aludía a su «curación».

—Hablar de esto es prematuro todavía, naturalmente. Una mejoría no es aún curación completa y podría ser debida también a otras causas. Pero si ha habido algo no ha sido por ninguna otra fuerza que la voluntad divina. Todo depende de Dios. Venga a verme, padre —añadió a lo que decía el monje—, que no siempre puedo recibir visitas: estoy enfermo y sé que tengo los días contados.

—¡Oh, no, no, Dios no nos va a dejar sin usted, usted vivirá aún mucho tiempo, mucho! —exclamó la madre—. ¿De qué va a estar enfermo? Tiene usted un aspecto sano, alegre y feliz.

—Hoy me siento extraordinariamente aliviado, pero sé que sólo se trata de unos momentos. Ahora conozco mi enfermedad y no me equivoco. Si, a pesar de todo, le parezco tan alegre, con nada ni nunca habría podido regocijarme más como con semejante observación. Pues los hombres son creados para la felicidad, y quien es plenamente feliz tiene en verdad el derecho de decirse: «He cumplido la voluntad de Dios en esta tierra.» Todos los justos, todos los santos, todos los santos mártires, todos, han sido felices.

—Oh, cómo habla usted, qué palabras más valientes y elevadas —exclamó la madre—. Usted habla y sus palabras penetran en el alma. Sin embargo, ¿dónde está la felicidad, dónde?

---

[12] Palabra compuesta de *Ob* (Obi) = río y *dors* = cerca de, en lengua zarián. Población junto a la desembocadura del río Polui en el Obi, en el círculo polar ártico (desde 1933 se llama Salejard).

¿Quién puede decir de sí que es feliz? Oh, ya que ha sido usted tan bueno y ha permitido que le viéramos hoy nuevamente, escuche lo que la última vez no acabé de contarle, lo que no me atreví a decirle, todo lo que me atormenta desde hace tanto tiempo, ¡tanto! Yo sufro, perdóneme, sufro... —y con un fervoroso sentimiento impulsivo juntó las manos ante él.

—¿Qué la hace sufrir tanto?

—Sufro... porque no creo...

—¿No cree en Dios?

—Oh, sí, sí, en esto ni me atrevo a pensar, pero la vida futura... ¡es un enigma tan grande! ¡Y nadie, lo que se dice nadie, responde a este enigma! Escúcheme, usted es un conocedor del alma humana, usted sabe curarla; yo, desde luego, no me atrevo a pretender que me crea usted de manera absoluta, pero le aseguro con la más solemne de las palabras que no hablo ahora por frivolidad y que la idea de la vida de ultratumba me conmueve dolorosamente, hasta horrorizarme y asustarme... Y no sé a quién dirigirme, no me he atrevido nunca, en toda mi vida... Ahora me atrevo a dirigirme a usted... ¡Oh, Dios! ¡Por quién me va a tomar ahora! —la dama se estrechó las manos, acongojada.

—No se inquiete por mi opinión —respondió el stárets—. Creo enteramente en la sinceridad de su congoja.

—¡Oh, qué agradecida le estoy! Cierro los ojos y pienso: si todos creen, ¿a qué se debe? Hay quien dice que todo esto se debió en un principio al miedo ante los amenazadores fenómenos de la naturaleza y que no hay nada de lo que se afirma. Pero vamos a ver, pienso: he creído toda la vida, me moriré y resultará que no hay nada, que sólo «crecerá el lampazo en la tumba», como dijo un escritor. ¡Esto es terrible! ¿Cómo recobrar la fe, cómo? Por otra parte, yo creía sólo cuando era pequeña, mecánicamente, sin pensar en nada... Pero ¿cómo demostrar eso, cómo? He venido ahora a inclinarme ante usted y pedirle que me responda. Porque, si dejo pasar también la presente ocasión, ya no responderá nadie en toda la vida. ¿Cómo demostrarlo, cómo convencerse? ¡Oh, qué desgracia la mía! Me detengo y veo a mi alrededor que a todos, casi a todos, todo les da lo mismo, nadie se ocupa ahora de eso, pero yo sola no puedo soportarlo. ¡Es horrible!

—Sin duda es horrible. Pero en esta cuestión, no es posible demostrar nada; sin embargo, es posible convencerse.

—¿Cómo? ¿Con qué?

—Con la experiencia del amor activo. Esfuércese por amar al prójimo de manera activa y sin cesar. A medida que avance en el amor, se irá convenciendo de la existencia de Dios y de la inmortalidad del alma. Si, además, llega a la abnegación completa en el amor al prójimo, entonces ya creerá usted sin disputa alguna y no habrá duda que pueda siquiera deslizársele en el alma. Esto está probado, esto es exacto.

—¿Del amor activo? Oh, eso es otro problema, y qué problema, ¡qué problema! Verá: yo amo tanto a la humanidad que, ¿me creerá?, a veces sueño con abandonarlo todo, todo lo que tengo, abandonar a *Lise* y hacerme hermana de la caridad. Cierro los ojos, dejo correr mis pensamientos y sueño, y en esos instantes siento en mí una fuerza invencible. Ni heridas ni llagas purulentas podrían asustarme. Las vendaría y las lavaría con mis propias manos, sería la enfermera de estos seres dolientes y estaría dispuesta a besar esas llagas...

—Ya es mucho, y está muy bien que su mente sueñe con esto y no con otras cosas. Sin creerlo y con proponérselo, usted hará en verdad alguna buena acción.

—Sí, pero ¿podría soportar una vida semejante? —prosiguió vivamente la dama, casi con exaltación—. ¡Este es el problema capital! De todos los problemas, éste es el que más me tortura. Cierro los ojos y me pregunto: ¿resistirías mucho tiempo en este camino? Si el enfermo cuyas pústulas lavas no te responde enseguida con agradecimiento, sino que, al contrario, comienza a torturarte con caprichos, sin apreciar tu filantrópico servicio, si empieza a gritarte, a presentarte groseramente exigencias, incluso a quejarse de ti a algún superior (como a menudo hacen los que sufren mucho), ¿entonces, qué? ¿Persistirá o no tu amor? Y ahora figúrese usted que, no sin estremecerme, ya me he dado una respuesta: si una cosa hay que podría enfriar inmediatamente mi amor «activo» por la humanidad no es otra que la ingratitud. En una palabra, puedo trabajar por una paga, exijo enseguida la paga, es decir, elogios, y que se me pague el amor con amor. ¡De otro modo no soy capaz de amar a nadie!

Sufría un ataque de sincera autoflagelación y, dichas estas palabras, miró con retadora decisión al stárets.

—Esto es punto por punto lo que me explicaba, aunque de ello hace ya mucho tiempo, un doctor —repuso el stárets—. El hombre era ya de edad y sin duda alguna inteligente. Hablaba con tanta sinceridad como usted y, aunque bromeaba, lo hacía con un deje de tristeza. «Yo, decía, amo a la humanidad, pero me admiro de mí mismo: cuanto más quiero a la humanidad en general, tanto menos quiero a los hombres en particular, es decir, por separado, como simples personas. En sueños, decía, he llegado con frecuencia hasta apasionados propósitos sobre el servicio a la humanidad y, quizás, habría caminado hacia la cruz por la gente si ello hubiera resultado necesario en algún momento: por otra parte, sin embargo, soy incapaz de vivir con otra persona dos días seguidos en una misma habitación, lo sé por experiencia. Apenas me encuentro con alguien próximo a mí, ya noto que su personalidad oprime mi amor propio y me corta la libertad. En veinticuatro horas puedo llegar a odiar hasta a la mejor de las personas: a uno porque pasa mucho tiempo comiendo a la mesa; a otro, porque está resfriado y se suena sin cesar. Me convierto, decía, en un enemigo de las personas no bien éstas empiezan a relacionarse conmigo. En cambio, me ha sucedido siempre que cuanto más he odiado a la gente en particular, tanto más apasionado ha sido mi amor por la humanidad en general.»

—Pero ¿qué hacer? ¿Qué hacer, pues, en este caso? ¿Hay que llegar a la desesperación?

—No, ya es bastante con que se sienta usted acongojada. Haga lo que pueda y se le tendrá en cuenta. ¡La verdad es que ya es mucho lo que ha hecho, pues ha llegado a conocerse a sí misma tan profunda y sinceramente! Ahora bien, si ha hablado usted ahora conmigo con tanta sinceridad sólo para recibir una alabanza, como acaba de recibirla por ser veraz, desde luego, no llegará a ninguna parte en el camino del amor activo; de este modo, todo quedará reducido a sus sueños y su vida se esfumará como una aparición. Si es así, también se olvidará, naturalmente, de la vida futura, y cuando se acerque al fin se tranquilizará a sí misma de una u otra manera.

—¡Me deja usted anonadada! Sólo ahora, en ese mismísimo

instante, cuando estaba usted hablando, he comprendido que yo realmente esperaba su alabanza a mi sinceridad, nada más, cuando le contaba que no soportaría la ingratitud. ¡Usted me ha hecho una sugerencia, ha penetrado en mis pensamientos y me los ha explicado a mí misma!

—¿Habla usted en serio? Bueno, ahora, después de semejante reconocimiento suyo, creo que es usted sincera y tiene buen corazón. Si no llega del todo hasta la felicidad, recuerde siempre que se encuentra en el buen camino y esfuércese por no salir de él. Sobre todo, evite la mentira, toda mentira, en particular la mentira consigo misma. Observe su mentira y no deje de mirarla cada hora, cada minuto. Evite también la repulsión hacia los demás y hacia sí misma: lo que en su interior le parezca malo, por el mero hecho de que lo vea usted en sí se purifica. Evite el miedo también, aunque el miedo no es más que la consecuencia de la mentira. No tema nunca su propia pusilanimidad en el logro del amor, ni siquiera tema demasiado los malos actos que en este sentido pueda cometer. Siento no poderle decir nada más alentador, pues el amor activo en comparación con el amor soñado es algo cruel y aterrador. El amor soñado anhela la proeza inmediata, que encuentra rápida satisfacción y quiere que todo el mundo la contemple. Entonces hay quien llega en realidad hasta hacer entrega de la vida, sólo a condición de que el sacrificio no se prolongue mucho tiempo y que se cumpla rápidamente, como en la escena, y de que todos la miren y la elogien. En cambio, el amor activo es trabajo y dominio de sí mismo; para ciertas personas es, quizá, toda una ciencia. De todos modos, una cosa he de advertirle: en el momento mismo en que vea usted horrorizada, como, pese a todos sus esfuerzos, no sólo no se ha aproximado al fin, sino que incluso parece que se ha alejado de él, en ese mismo instante, se lo predigo, alcanzará usted de pronto el fin y verá claramente sobre sí la fuerza milagrosa del Señor, que siempre ha tenido puesto en usted su amor y siempre la habrá guiado misteriosamente. Perdone que no pueda estar más tiempo con usted, me esperan. Hasta la vista.

La dama lloraba.

—*Lise, Lise,* bendiga a *Lise,* ¡bendígala! —exclamó, repentinamente agitada.

—No vale la pena de que la quieran a ella. He visto que se ha pasado el tiempo jugueteando —dijo en son de broma el stárets—. ¿Por qué ha estado burlándose de Alexiéi?

Lise, en efecto, había estado todo aquel tiempo ocupada en esta travesura. Ya, la vez anterior, había observado que Aliosha se turbaba en presencia suya y se esforzaba por no mirarla; esto empezó a divertirla enormemente. Ella lo contemplaba fijamente, esperando captarle la mirada. Sin poder resistir los ojos clavados en él, Aliosha, de súbito, sin querer, obediente a una fuerza invencible, la miraba, y al instante la muchacha se le reía directamente a la cara con una sonrisa de triunfo. Aliosha se sentía aún más confuso y fastidiado. Finalmente le volvió por completo la espalda y se escondió detrás del stárets. Unos minutos después, arrastrado de nuevo por la misma fuerza invencible, volvió la cabeza para comprobar si ella lo seguía mirando o no, y vio que *Lise,* casi con todo el cuerpo colgando fuera del sillón, le estaba mirando de sesgo, esperando con toda el alma a que la mirara él; habiendo captado su mirada, se echó a reír tan estrepitosamente que ni siquiera el stárets pudo contenerse y dijo:

—¿Por qué, traviesa, le pone usted en vergüenza?

Lise se ruborizó inesperadamente; los ojos le brillaron, la cara se le puso seria en extremo, y con una voz viva, indignada, empezó a hablar, rápida y nerviosa:

—¿Por qué lo ha olvidado todo, él? Cuando yo era pequeña, me llevaba en brazos, jugábamos juntos. Venía a enseñarme a leer, ¿lo sabía usted? Hace dos años, al despedirse, dijo que no me olvidaría nunca, que seríamos siempre amigos, ¡siempre, siempre! Y mire, ahora me tiene miedo; ¿es que me lo voy a comer? ¿Por qué no quiere acercarse, por qué no habla conmigo? ¿Por qué no quiere ir a vernos? No es que usted lo retenga: ya sabemos que va a todas partes. A mí no me está bien llamarle; es a él a quien tenía que habérsele ocurrido primero, si no se ha olvidado de mí. Pero no, ¡ahora lo que procura es salvarse! ¿Por qué le han vestido con este hábito tan largo?... Si echa a correr, se caerá...

De pronto, sin poderse dominar, se cubrió la cara con una mano, se puso a reír terrible, inconteniblemente, con su risa larga, nerviosa, estremecida y callada. El stárets, que la había escuchado sonriente, la bendijo con ternura; ella empezó a besarle la mano; se la llevó, de pronto, a los ojos y se echó a llorar diciendo:

—No se enfade conmigo, soy una tonta, no valgo nada... Quizá tiene razón Aliosha, mucha razón, al no querer ir a casa de una chica tan ridícula.

—Le mandaré que vaya sin falta —dijo el stárets.

V

¡ASÍ SEA! ¡ASÍ SEA!

EL stárets había estado ausente de la celda unos veinticinco minutos. Eran ya más de las doce y media y Dmitri Fiódorovich, por el que se habían reunido todos, aún no se había presentado. Pero era como si se hubieran olvidado de él, y cuando el stárets entró de nuevo en la celda encontró a sus huéspedes enfrascados en una conversación general animadísima, en la que participaban sobre todo Iván Fiódorovich y los dos monjes sacerdotes. También Miúsov intervenía en ella y, por lo visto, con mucho calor, pero tampoco esta vez el éxito le sonreía; era evidente que se había quedado en un segundo plano y los demás no se molestaban mucho en responderle, hasta el punto de que esta nueva circunstancia acentuaba la irritabilidad que en él se iba acumulando. El caso era que ya antes había tenido sus más y sus menos con Iván Fiódorovich en cuanto a erudición, y no podía soportar con sangre fría cierto desdén por parte de este último: «Hasta ahora por lo menos he estado a la altura de todo lo que hay de avanzado en Europa, pero esta nueva generación nos ignora decididamente», pensaba para sus adentros. Fiódor Pávlovich, quien *motu proprio* habría dado palabra de permanecer sentado en la butaca y no decir nada, realmente estuvo callado cierto tiempo, pero con burlona sonrisa observaba a su vecino Piotr Alexándrovich, de cuya irritabilidad se alegraba a ojos vistas. Hacía tiempo que se proponía desquitarse por alguna cosilla y no quería dejar escapar la ocasión que se le presentaba. Por fin, sin poder aguantar más, se inclinó sobre el hombro de su vecino y le dijo a media voz, mortificante:

—¿Sabe por qué no se ha ido usted hace un rato, después de lo de «amorosamente besándola», y ha accedido a quedarse con tan indigna compañía? Pues porque se ha sentido humillado y ofendido y se ha quedado para lucir en revancha su inteligencia. Lo que es ahora no se irá usted mientras no se haya lucido ante ellos.

—¿Otra vez se mete usted? Pues, al contrario, me iré ahora mismo.

—¡Será usted el último en irse, el último! —pinchó una vez más Fiódor Pávlovich. Ocurría esto casi en el instante mismo en que regresó el stárets.

La discusión se interrumpió por un momento, pero el stárets, después de sentarse en el mismo lugar que antes, los miró a todos como invitándoles afablemente a continuar. Aliosha, que había estudiado con detalle la expresión de aquel rostro, veía con evidencia plena que el stárets estaba terriblemente fatigado y que se sobreponía a sí mismo; en los últimos tiempos de su enfermedad, el stárets a veces se desvanecía, agotado. Casi la misma palidez que precedía al desvanecimiento se le extendía en ese momento por la cara, los labios se le habían puesto lívidos. Mas, por lo visto, el stárets no quería disolver la asamblea; parecía, además, que obraba así con un determinado fin, pero ¿cuál? Aliosha le observaba fijamente.

—Hablamos de un curiosísimo artículo de este señor —dijo Iósif, el monje sacerdote bibliotecario, dirigiéndose al stárets y señalando a Iván Fiódorovich—. Ofrece muchos puntos de vista nuevos, pero la idea parece un arma de dos filos. Es un artículo periodístico en respuesta a un sacerdote que ha escrito todo un libro entero sobre los tribunales eclesiásticos y su competencia...

—Por desgracia, no he leído su artículo, pero he oído hablar de él —respondió el stárets mirando fija y atentamente a Iván Fiódorovich.

—El señor sostiene un punto de vista curiosísimo —prosiguió el padre bibliotecario—; por lo visto, en la cuestión de los tribunales eclesiásticos, rechaza en redondo la división de la Iglesia y del Estado.

—Es curioso, pero ¿en qué sentido? —preguntó el stárets a Iván Fiódorovich.

Este por fin le respondió, pero no con respetuosa altivez, como en la víspera temía aún Aliosha, sino modesta y discretamente, por lo visto sin la más pequeña segunda intención.

—Yo parto del principio de que esta confusión de elementos, o sea, de las esencias de la Iglesia y del Estado tomadas por separado, será, naturalmente, constante, a pesar de que es imposible y nunca resultará factible llevarla no ya a un estado normal, sino, ni siquiera, más o menos congruente, pues la mentira se encuentra en la base misma de la cuestión. Un compromiso entre el Estado y la Iglesia en asuntos tales como, por ejemplo, el de los tribunales, a mi modo de ver, es imposible en su esencia perfecta y pura. El sacerdote a quien presentaba yo mis objeciones afirma que la Iglesia ocupa en el Estado un lugar preciso y definido. Yo le he replicado que, por el contrario, la Iglesia ha de incluir en su seno al Estado entero, y no ocupar en él únicamente un rincón; y que si esto ahora, por lo que sea, resulta imposible, no cabe duda alguna de que en la esencia de las cosas ha de ser considerado como objetivo directo y capital de todo el ulterior desarrollo de la sociedad cristiana.

—¡Esto es perfectamente justo! —articuló firme y nerviosamente el padre Paísi, monje sacerdote poco hablador y erudito.

—¡Esto es ultramontanismo puro! —chilló Miúsov, colocando impaciente una pierna sobre la otra.

—¡Pero si en nuestro país ni montañas hay! —exclamó el padre Iósif, quien, dirigiéndose al stárets, continuó—: Este señor responde, entre otras cosas, a los siguientes principios «fundamentales y esenciales» de su enemigo, un eclesiástico, téngalo en cuenta. Primero: que «ninguna asociación pública puede ni debe adueñarse del poder, disponer de los derechos civiles y políticos de sus miembros». Segundo: que «el poder en materia civil y criminal no ha de pertenecer a la Iglesia, con cuya naturaleza es incompatible en tanto que institución divina y como asociación de gentes con fines religiosos», y, finalmente, en tercer lugar: que «la Iglesia es un reino que no pertenece a este mundo»...

—Esto es un juego de palabras totalmente indigno de un

eclesiástico! —volvió a interrumpirle el padre Paísi, sin poderse contener—. Yo he leído el libro que usted refuta —añadió, dirigiéndose a Iván Fiódorovich—, y he quedado sorprendido de las palabras, dichas por un sacerdote, de que «la Iglesia es un reino que no pertenece a este mundo». Si no es de este mundo, no debería de existir en la tierra. En el Santo Evangelio, las palabras «no pertenece a este mundo» se emplean en otro sentido. No se puede admitir que se juegue con semejantes palabras. Nuestro señor Jesucristo vino precisamente a establecer la Iglesia en la tierra. El Reino de los Cielos no es de este mundo, desde luego, está en el cielo; pero en él no se entra si no es a través de la Iglesia, fundada y establecida en la tierra. Por eso son inadmisibles e indignos los mundanos juegos de palabras en ese sentido. En cambio, la Iglesia es verdaderamente un reino, su misión es reinar, y es indudable que, a su término, ha de presentarse como reino en toda la tierra; así se nos ha prometido...

De pronto se calló, como si se contuviera. Iván Fiódorovich, que le había escuchado con suma deferencia y atención, prosiguió muy tranquilo, de buen grado, como antes, y sin malicia alguna, dirigiéndose al stárets:

—Todo el sentido de mi artículo estriba en sostener que en los tiempos antiguos, durante sus tres primeros siglos, el cristianismo en la tierra no se presentaba más que como Iglesia y era sólo Iglesia. Cuando el Estado pagano de Roma quiso hacerse cristiano, sucedió lo que tenía que suceder y fue que, haciéndose cristiano, se limitó a incluir en sí a la Iglesia, pero siguió siendo un Estado pagano, como antes, en una extraordinaria cantidad de sus funciones. En esencia, así tenía que ocurrir, no hay duda. Pero en Roma, en cuanto Estado, fue excesivo lo que quedó de la civilización y de la sabiduría paganas, como, por ejemplo, los propios fines y bases del Estado. En cuanto a la Iglesia de Cristo, al entrar en el Estado, no podía renunciar a ninguna de sus bases, a la piedra sobre la que se sustentaba, eso es indudable; no podía perseguir otros fines que los que le eran propios, ya que le habían sido firmemente establecidos e indicados por el señor mismo; entre ellos figuraba el de convertir en Iglesia al mundo entero y, por tanto, a todo el antiguo Estado pagano. De este modo (es decir, con

vista al futuro) no era la Iglesia la que debía buscarse un determinado sitio en el Estado como «toda asociación pública» o
como «asociación de gentes para fines religiosos» (como se expresa sobre la Iglesia el autor a quien refuto); al contrario,
todo Estado terrenal posteriormente debía de convertirse en
Iglesia y no llegar a ser otra cosa que Iglesia, renunciando a todos sus fines incompatibles con los de ésta. Todo ello, sin embargo, no rebaja en lo más mínimo al Estado, no le quita ni
honor ni gloria como gran Estado, ni se la quita a los gobernantes; lo único que hace es obligarlo a abandonar su camino
falso, todavía pagano y erróneo, para seguir el camino acertado y verdadero, el único que conduce a los fines eternos. Por
eso el autor del libro sobre los *Fundamentos de los tribunales eclesiásticos* estaría en lo cierto si, al investigar y proponer dichos
fundamentos, los considerara sólo como un compromiso temporal, necesario aún en nuestros tiempos pecaminosos e im-
perfectos, pero no más. Ahora bien, desde el momento en que
el autor se atreve a declarar que los fundamentos por él pro-
puestos, parte de los cuales ha enumerado ahora el padre Iósiv,
son bases inmutables, espontáneas y eternas, va ya directamente contra la Iglesia y su predestinación sagrada e inmutable.
Este es el resumen completo de mi artículo.

—En pocas palabras —dijo el padre Paísi, dando especial
énfasis a cada una de las que pronunciaba—, según unas teorías en exceso explicadas en nuestro siglo decimonono, la Iglesia ha de transformarse en Estado, como pasando de una especie inferior a otra superior, para desaparecer luego en él, cediendo su lugar a la ciencia, el espíritu del tiempo y a la civilización. Si no lo quiere así y se resiste, se le asigna en el Estado
nada más que un mero rincón y aun bajo vigilancia; eso es lo
que ocurre hoy en todos los países europeos contemporáneos.
En cambio, según la concepción y la esperanza rusas, no es la
Iglesia la que ha de transformarse en Estado como pasando de
una especie inferior a otra superior, sino que, por el contrario,
es el Estado el que ha de acabar haciéndose digno de convertirse únicamente en Iglesia, y ninguna otra cosa. ¡Y así será,
así será!

—Bueno; reconozco, señores, que ahora me han tranquila-
zado un poco —dijo Miúsov, volviendo a colocar una pierna

sobre la otra—. Si no me equivoco, se trata de la realización de un ideal infinitamente lejano, para la segunda venida del Mesías. Eso, como quieran. Es un magnífico y utópico sueño sobre la desaparición de las guerras, de los diplomáticos, de los bancos y demás. Es algo hasta parecido al socialismo. Me había figurado que la cuestión iba en serio y que la Iglesia *ahora* juzgaría, por ejemplo, a los criminales, los condenaría a azotes y presidio y hasta, quizás, a la pena de muerte.

—Aunque ahora hubiera sólo tribunales eclesiásticos, la Iglesia no mandaría a presidio ni al suplicio. En este caso, el crimen y la manera de entenderlo deberían de cambiar indudablemente; claro está, poco a poco, no de súbito ni en este instante, aunque, de todos modos, bastante pronto... —replicó tranquilo sin pestañear Iván Fiódorovich.

—¿Habla en serio? —le preguntó Miúsov, mirándole fijamente.

—Si todo se convirtiera en Iglesia, entonces se excomulgaría al criminal y al desobediente, y no se cortarían cabezas —prosiguió Iván Fiódorovich—. ¿Adónde iría, le pregunto yo, el excomulgado? Entonces tendría que apartarse no sólo de la gente, como ahora, sino, además, de Cristo. Con su crimen se habría sublevado no sólo contra las personas, sino también contra la Iglesia de Cristo. En un sentido riguroso, así ocurre, sin embargo, ya ahora, pero no obstante, no se proclama, y la concien- del criminal de hoy llega con extraordinaria frecuencia a un compromiso consigo misma: «He robado (viene a decir), pero no voy contra la Iglesia, no soy enemigo de Cristo»; esto es lo que a cada paso se dice el criminal de hoy, mientras que después, cuando la Iglesia ocupe el lugar del Estado, será difícil decírselo a no ser que se niegue toda la Iglesia en toda la tierra: «Todos (debería de decirse) se equivocan, todos van por un camino erróneo, todos forman una Iglesia falsa; únicamente yo, asesino y ladrón, constituyo la justa Iglesia cristiana.» Decirse esto es, en realidad, muy difícil, presupone condiciones extraordinarias, circunstancias que se dan muy raras veces. Ahora tome, por otra parte, el punto de vista de la propia Iglesia acerca del crimen: ¿acaso no ha de modificarse respecto al punto de vista actual, casi pagano, y de la amputación mecánica del miembro contaminado, como actualmente se practica para la conservación de la sociedad; acaso no ha de convertirse, de manera total y no falsa, en una idea acerca del renacimiento del hombre, acerca de su resurrección y salvación...?

—A ver, a ver, ¿qué significa eso? Otra vez dejo de comprender —interrumpió Miúsov—, otra vez se trata de un sueño, de algo amorfo, imposible de entender. ¿Cómo comprender esa excomunión, qué excomunión es ésa? Sospecho que usted, simplemente, se está divirtiendo, Iván Fiódorovich.

—La verdad es que, en el fondo, lo mismo ocurre ahora —dijo de pronto el stárets, y todos se volvieron hacia él—. Si no existiera la Iglesia de Cristo, no habría para el criminal ningún freno ante el delito, ni siquiera castigo por él después de cometido, quiero decir verdadero castigo, no mecánico, como acaba de decir este senador, y que sólo sirve para irritar el corazón en la mayoría de los casos, sino un castigo verdadero, el único que aterroriza y sosiega y que consiste en adquirir idea de la propia conciencia.

—¿Cómo es eso, permítame la pregunta? —interrogó Miúsov con vivísima curiosidad.

—Pues verá —empezó a explicar el stárets—. Las deportaciones a trabajos forzados, acompañadas, antes, de castigos corporales, no corrigen a nadie y, lo que es más importante, no atemorizan casi a ningún criminal; el número de crímenes no sólo no disminuye, sino que cuanto más tiempo pasa, tanto más se incrementa. Supongo que está usted de acuerdo en esto. Y así resulta que la sociedad, de este modo, no se encuentra protegida de ninguna manera, pues aunque se amputa mecánicamente el miembro nocivo y se destierra lejos, fuera de la vista, en su lugar aparece enseguida otro criminal y, quizás, otros dos. Si algo protege a la sociedad incluso en nuestro tiempo, llegando hasta a corregir al criminal y a convertirlo en otro hombre, es tan sólo la ley de Cristo, que se manifiesta en la voz de la propia conciencia. Sólo después de haber comprendido su culpa como hijo de la sociedad de Cristo, es decir, de la Iglesia, el delincuente adquiere conciencia también de su culpa ante la sociedad misma, es decir, ante la Iglesia. Por consiguiente, el criminal de nuestro tiempo es capaz de reconocer su culpa sólo ante la Iglesia, no ante el Estado. Si los tribunales pertenecieran a la sociedad en tanto que Iglesia, la sociedad sabría, entonces, a quién habría que levantar la excomunión y acoger de nuevo en su seno. En cambio, ahora, la Iglesia, como no posee ningún tribunal efectivo y no puede ir más allá de una condenación moral, renuncia por sí misma al castigo efectivo del delincuente. No le excomulga, lo único que hace con su ejemplaridad paternal es no abandonarlo. Es más, hasta se esfuerza por mantener con el delincuente todas las relaciones del cristiano con la Iglesia: le admite a los oficios divinos y a los Santos Sacramentos, le da limosna y le trata más como cautivo que como criminal. ¿Qué sería del delincuente, ¡oh, Señor!, si la sociedad cristiana, es decir, la Iglesia, le rechazara como le rechaza y le mutila la ley civil? ¿Qué sucedería si la Iglesia le castigara con su excomunión inmediatamente y cada vez que la ley del Estado le impone su castigo? No podría haber mayor desesperación, por lo menos para el tribunal ruso, pues los criminales rusos aún tienen fe. Entonces, quién sabe: quizá sucedería algo terrible, quizá se perdería la fe en el desesperado corazón del criminal, ¿y qué ocurriría? Pero la Iglesia, como madre llena de ternura y amor, renuncia por sí misma al castigo efectivo, puesto que aun sin su pena queda ya el culpable bastante dolorosamente castigado por la justicia civil, y es necesario que por lo menos alguien tenga lástima de él. Con todo, la razón principal de su apartamiento está en que la justicia de la Iglesia es la única que contiene en ella misma la verdad y, en consecuencia, no puede combinarse esencial ni moralmente con ninguna otra justicia ni entrar con ella en un compromiso temporal. En este terreno es imposible pensar en transacciones. El criminal extranjero, según dicen, raras veces se arrepiente, pues hasta las más modernas teorías le confirman en la idea de que su crimen no es tal crimen, sino únicamente una insurrección contra una fuerza que le oprime injustamente. La sociedad lo amputa de sí misma mediante una fuerza que triunfa sobre él de manera por entero mecánica, y esta expulsión va acompañada de odio (así por lo menos lo cuentan en Europa hablando de sí mismos), de odio y de una indiferencia y olvido totales respecto a su ulterior destino, como hermano suyo. De este modo todo ocurre sin la menor conmiseración de la Iglesia, pues en muchos casos allí ya no hay iglesias y no quedan más que eclesiásticos y magníficos edificios, mientras que las iglesias mismas desde hace tiempo se esfuerzan por pasar de la especie inferior, en tanto que Iglesia, a la especie superior, en tanto que Estado, para desaparecer en él por completo. Así parece que sucede por lo menos en las tierras luteranas. En cuanto a Roma, allí hace ya mil años que se ha proclamado el Estado en lugar de la Iglesia. Por esto, el propio criminal ya no se siente miembro de la Iglesia y, excomulgado, cae en la desesperación. Si vuelve a la sociedad, lo hace, a menudo, con tal odio que ésta parece expulsarle por sí misma de su seno. Juzguen ustedes en qué termina todo esto. En muchos casos, diríase que ocurre lo mismo entre nosotros; pero la cuestión está en que, aparte de los tribunales establecidos, existe además, en nuestro país, la Iglesia, que nunca pierde la comunicación con el criminal como hijo suyo querido y, a pesar de todo, amado; existe también, y se conserva, aunque sólo sea en idea, el tribunal de la Iglesia que, si bien ahora está inactivo, vive para el futuro, por lo menos como un sueño, y es reconocido sin duda alguna por el propio criminal, por el instinto de su alma. También es justo lo que se ha dicho ahora aquí, que si actuara realmente el tribunal de la Iglesia en toda su fuerza, es decir, si toda la sociedad se convirtiera sólo en Iglesia, no sólo el tribunal eclesiástico influiría en la corrección del criminal como nunca influye ahora, sino que, probablemente, los crímenes mismos se reducirían en proporción inverosímil. Además, la Iglesia, no hay duda, comprendería al futuro criminal y el crimen futuro en muchos casos de manera completamente distinta a la de ahora y sabría recuperar al excomulgado, advertir al que tuviera propósitos criminales y regenerar al caído. Cierto es —sonrió el stárets— que la sociedad cristiana aún no está preparada y se sostiene únicamente sobre siete justos; pero comoquiera que éstos no se empobrecen, se mantiene ella intangible en espera de su plena transformación de sociedad como asociación todavía casi pagana en una Iglesia única, universal y reinante. ¡Así sea, así sea, por lo menos al fin de los siglos, pues está predestinado a cumplirse! Y no hay por qué conturbarse en cuanto a los tiempos y plazos, pues el misterio de los tiempos y plazos está en la sabiduría de Dios, de su previsión y de su amor. Y lo que según el cálculo del hombre puede encontrarse aún muy lejano, por la predestinación divina se halla, quizás, en vísperas de su aparición, tras la puerta. Así sea, así sea.

—¡Así sea! ¡Así sea! —asintió reverente y severo el padre Paísi.

—¡Es extraño, en alto grado extraño! —declaró Miúsov no con calor sino, al parecer, con cierta indignación contenida.

—¿Qué es lo que le parece a usted tan extraño? —preguntó circunspecto el padre Iósiv.

—Pero ¿qué significa todo esto en realidad? —exclamó Miúsov como si de pronto estallara—. ¡En la tierra se elimina al Estado y en su lugar se eleva la Iglesia! ¡Esto ya no es ultramontanismo, ya es archiultramontanismo! ¡Ni al papa Gregorio VII se le ocurrió una cosa semejante!

—¡Lo interpreta usted completamente al revés! —replicó severamente el padre Paísi—. No es que la Iglesia se convierta en Estado, compréndalo. Eso sería Roma y su sueño. ¡Sería la tercera tentación del diablo! Al contrario, es el Estado el que se tranforma en Iglesia, se eleva hasta la Iglesia y se convierte en Iglesia en toda la tierra, lo cual está diametralmente opuesto al ultramontanismo, a Roma, y a lo que usted ha entendido; es tan sólo la gran misión reservada a la ortodoxia en la tierra. Es en Oriente donde esta estrella comenzará a brillar.

Miúsov guardó un silencio imponente. Toda su figura reflejaba un insólito sentimiento de propia dignidad. Apareció en sus labios una sonrisa de altanera condescendencia. Aliosha le había conmovido honradamente. Miró por causalidad a Rakitin, que permanecía inmóvil, de pie en el mismo lugar, junto a la puerta, escuchando con mucha atención y mirando, si bien con los ojos bajos. Pero al ver el vivo color de sus mejillas, adivinó Aliosha que Rakitin, al parecer, no estaba menos emocionado que él; Aliosha sabía qué le había emocionado.

—Permítanme que les cuente una pequeña anécdota, señores —dijo de pronto Miúsov, imponente y con un aire de especial gravedad—. En París, hace ya varios años, poco después del golpe de Estado de diciembre[13], visité a un conocido de mucha importancia, mucha, entonces personaje del Gobierno, y encontré en su casa a un señor sumamente curioso. Ese indi-

---

[13] Golpe de Estado de Luis Napoleón Bonaparte (2 de diciembre de 1851).

viduo era un detective, o, mejor aún, una especie de jefe de todo un equipo de detectives políticos, cargo de bastante influencia en su género. Aprovechando la ocasión y movido por una extraordinaria curiosidad, me puse a hablar con él; comoquiera que él estaba allí no en calidad de amigo, sino de funcionario que acudía para presentar un informe de cierto género, al ver, por su parte, de qué modo era yo recibido por su superior, me honró con cierta franqueza, desde luego, hasta cierto límite; es decir, era más bien cortés que franco, como saben serlo los franceses, tanto más cuanto que veía en mí a un extranjero. Pero le comprendí muy bien. Se trataba de los socialistas revolucionarios, a los que entonces se perseguía. Dejando aparte la esencia de la conversación, me limitaré a referirles una observación curiosísima que de repente se escapó a aquel señor: «En realidad, a todos estos socialistas (dijo), anarquistas, ateos y revolucionarios, no los tememos mucho; los vigilamos y estamos al corriente de sus pasos. Pero hay entre ellos, aunque pocos, algunos individuos curiosos; se trata de individuos que creen en Dios, cristianos y, al mismo tiempo, socialistas. ¡A ésos es a quienes más tememos, ésa es gente temible! El socialista cristiano es más terrible que el socialista ateo.» Ya entonces estas palabras me sorprendieron; pero ahora, señores, escuchándoles a ustedes, se me han venido de pronto a la memoria...

—¿Quiere decir que nos las aplica a nosotros y ve en nosotros socialistas? —preguntó directamente y sin ambages el padre Paísi.

Pero antes de que Piotr Alexándrovich hubiera acertado a responder, se abrió la puerta y entró Dmitri Fiódorovich, que llegaba con muchísimo retraso. La verdad es que ya no le esperaban y su repentina aparición provocó de momento hasta cierta sorpresa.

VI

¡POR QUÉ VIVE UN HOMBRE COMO ÉSTE!

DMITRI FIÓDOROVICH era un joven de veintiocho años, de estatura media y rostro agradable, aunque parecía de más edad. Era musculoso, se adivinaba que poseía una notable fuerza física; no obstante, su cara tenía un aire algo enfermizo. Se le veía el rostro flacucho, hundidas las mejillas, y de insano color amarillento. Sus ojos oscuros, bastante grandes y desorbitados, miraban con cierta imprecisión, aunque, por lo visto, de manera firmemente obstinada. Habríase dicho que incluso cuando se inquietaba y hablaba irritado, la mirada no se subordinaba a su estado de ánimo y expresaba alguna cosa distinta, que, a veces, no correspondía en absoluto al momento dado. «Es difícil saber en qué está pensando», comentaban a menudo quienes hablaban con él. Otros, viéndole en los ojos una expresión pensativa y sombría, a veces quedaban sorprendidas por su inesperada risa, que respondía a las ideas alegres y joviales que le acudían a la mente al mismo tiempo que miraba de manera tan hosca. En aquel entonces, de todos modos, se comprendía que su rostro tuviera cierta expresión enfermiza: todos habían sido testigos de la vida sumamente desordenada y «juerguista» a que se había entregado durante los últimos tiempos en nuestra ciudad, del mismo modo que todos tenían noticia de la extraordinaria irritación a que había llegado en las discusiones con su padre por cuestiones de dinero. Sobre este tema corrían ya algunas anécdotas. Verdad es que Dmitri Fiódorovich era irascible por naturaleza, era un «espíritu abrupto e irregular», como dijo de él, caracterizándole, nuestro juez de paz, Semión Ivánovich Kachálnikov, en una tertulia. Dmitri Fiódorovich entró impecable y alegremente vestido, con el chaqué abotonado, guantes negros y el sombrero de copa en la mano. Como oficial recientemente pasado a la reserva, tenía bigote y aún se afeitaba la barba. Llevaba cortos los cabellos, de color castaño oscuro, peinados en las sienes hacia adelante. Caminaba con paso decidido y largo, a lo militar. Se detuvo un instante en el umbral y, después de haber examinado con la mirada a todos los presentes, se dirigió directamente hacia el stárets, adivinando en él al dueño de la casa. Se inclinó profundamente ante él y le pidió la bendición. El stárets, levantándose levemente, le bendijo; Dmitri Fiódorovich le besó respetuosamente la mano y dijo con extraordinaria agitación, casi irritado:

—Perdóneme magnánimamente por haberme hecho esperar tanto. Pero el criado Smerdiákov, que me ha mandado mi padre, a mi insistente pregunta acerca de la hora de la entrevista, me ha respondido por dos veces, con un tono que no dejaba lugar a dudas, que se había fijado para la una. Ahora acabo de enterarme...

—No se preocupe —le interrumpió el stárets—, no importa; se ha retrasado un poco, eso no es ningún mal...

—Le quedo sumamente agradecido y no podía esperar menos de su bondad.

Después de haber pronunciado estas breves y tajantes palabras, Dmitri Fiódorovich se inclinó de nuevo, se volvió hacia su «padrecito» y le hizo también una reverencia igualmente respetuosa y profunda. Se veía que era una reverencia premeditada, y premeditada con sinceridad, como si Dmitri Fiódorovich considerara que era obligación suya expresar de aquel modo su respeto y sus buenas intenciones. Aunque cogido de improviso, Fiódor Pávlovich enseguida encontró cómo responder, a su modo: vista la reverencia de su hijo, se levantó rápidamente de su butaca y contestó con otra inclinación no menos profunda. Su rostro adquirió de golpe una expresión grave e imponente, lo cual, sin embargo, le daba decididamente un aspecto de mala persona. Luego, Dmitri Fiódorovich, saludando en silencio con una inclinación general a cuantos se hallaban en el aposento, con sus pasos largos y enérgicos se acercó a la ventana, se sentó en la única butaca que quedaba libre, cerca del padre Paísi, y, adelantando el cuerpo, se dispuso a escuchar la continuación de la plática que se cortó a su entrada.

La aparición de Dmitri Fiódorovich había interrumpido a lo sumo un par de minutos la charla, y tenía que reanudarse. Pero esta vez, a la pregunta insistente y casi irritada del padre Paísi, Piotr Alexándrovich no consideró necesario responder.

—Permítame que decline este tema —dijo con cierta mundana negligencia—. El asunto es, además, enrevesado. Vea, Iván Fiódorovich se ríe de nosotros: probablemente también para este caso tiene algo curioso que contar. Pregúntele a él.

—Nada de particular, excepto una pequeña observación —respondió enseguida Iván Fiódorovich— acerca de que el liberalismo europeo en general, y hasta nuestro diletantismo liberal ruso, con frecuencia y desde hace tiempo confunden los resultados finales del socialismo con los del cristianismo. Esta extravagante conclusión, desde luego, es un rasgo característico. Además, vemos que no son sólo los liberales y los diletantes quienes confunden socialismo y cristianismo, sino que, en muchos casos, los confunden también los gendarmes; los gendarmes extranjeros, se entiende. Su anécdota parisiense es bastante característica, Piotr Alexándrovich.

—Ruego otra vez que se me permita dejar este tema, en general —repitió Piotr Alexándrovich—, y en vez de tratar de él, les contaré, señores, otra anécdota muy interesante y muy característica sobre el propio Iván Fiódorovich. No hace más de cinco días que en una tertulia local, frecuentada sobre todo por damas, Iván Fiódorovich declaró de modo solemne, durante una discusión, que en toda la tierra no existe absolutamente nada que obligue a los hombres a amar a sus semejantes, que no existe ninguna ley natural que lleve al hombre a amar a la humanidad, y que si hasta ahora ha habido amor en la tierra ello no se debe a ninguna ley natural, sino tan sólo a que la gente creía en su inmortalidad. Añadió entre paréntesis que en esto radica toda la ley natural, de modo que si se extirpa en el hombre la fe en su inmortalidad, se secará en él enseguida no sólo el amor, sino, además, toda fuerza viva para continuar la existencia terrena. Más aún: entonces ya nada será inmortal, todo estará permitido, hasta la antropofagia. Pero tampoco eso es todo; acabó afirmando que para cada persona en particular, como por ejemplo nosotros ahora, que no crea en Dios ni en la inmortalidad, la ley moral de la naturaleza ha de cambiarse inmediatamente en total contraposición a la anterior ley religiosa, y el egoísmo, hasta llegar al crimen, no sólo ha de ser considerado lícito para el hombre, sino que incluso ha de ser reconocido como salida necesaria, la más razonable y poco menos que la más noble en su situación. Por esta paradoja pueden juzgar, señores, de todo lo demás que nuestro estimado excéntrico y paradójico Iván Fiódorovich tiene a bien proclamar y tenga aún, quizá, la intención de revelar.

—Permítanme —exclamó de pronto Dmitri Fiódorovich gritando—, por si lo he oído mal: «El crimen no sólo ha de ser considerado lícito, sino que incluso ha de ser reconocido como la salida más necesaria y juiciosa de la situación en que se encuentra todo ateo.» ¿Es así?

—Exactamente así —dijo el padre Paísi.

—Lo recordaré.

Dichas estas palabras, Dmitri Fiódorovich se calló tan repentinamente como había terciado en la conversación. Todos le miraban llenos de curiosidad.

—¿Es posible que tenga usted semejante opinión acerca de las consecuencias de que el hombre pierda la fe en la inmortalidad del alma? —preguntó el stárets a Iván Fiódorovich.

—Sí, lo afirmé. No hay virtud si no hay inmortalidad.

—Feliz usted, si así lo cree, ¡a no ser que sea ya muy desdichado!

—¿Por qué desdichado? —se sonrió Iván Fiódorovich.

—Porque, con toda probabilidad, no cree usted ni en la inmortalidad de su alma ni siquiera en lo que ha escrito acerca de la Iglesia y de la cuestión eclesiástica.

—¡Quizá tenga usted razón!... Anque no lo he dicho del todo en broma... —reconoció de pronto Iván Fiódorovich, extrañamente, ruborizándose.

—No lo ha dicho del todo en broma, cierto. Esta idea todavía no ha quedado resuelta en su corazón y lo tortura. Pero también el mártir se complace a veces en divertirse con su desesperación por sentirse, precisamente, desesperado. Por ahora también usted se complace en su desesperación con artículos de revista y con discusiones mundanas, sin creer en su dialéctica y riéndose dolorosamente de ella en el fondo de su alma... Usted no tiene aún resuelta dicha cuestión y en ello radica su gran amargura, pues exige una solución perentoria...

—¿Pero puede resolverse, en mi caso? ¿Puede resolverse en sentido positivo? —continuó preguntando de manera extraña

Iván Fiódorovich, sin dejar de mirar al stárets con inexplicable sonrisa.

—Si no puede resolverse en sentido positivo, tampoco se resolverá nunca en sentido negativo, usted mismo conoce esta propiedad de su corazón; y en eso radica toda su congoja. Pero agradezca al Creador que le haya dado un corazón elevado, capaz de atormentarse con semejante congoja, «de meditar las cosas elevadas y buscarlas, pues en el cielo está nuestra mansión». ¡Quiera Dios que se encuentre usted en la tierra cuando su corazón halle la respuesta. ¡Que el Señor ilumine sus caminos!

El stárets levantó la mano para hacer la señal de la cruz, dede su sitio, en dirección a Iván Fiódorovich, pero éste se levantó de la silla, se le acercó, recibió la bendición y, después de besarle la mano, volvió a su sitio sin decir nada. Tenía un aspecto firme y serio. Este acto, así como toda la conversación precedente con el stárets, que nadie esperaba de Iván Fiódorovich, sorprendió a todos los presentes por lo que tenía de enigmático e incluso de solemne, de modo que todos guardaron silencio por unos momentos, y en la cara de Aliosha casi se reflejó el pavor. Pero Miúsov, de pronto, se encogió de hombros, y en el mismo instante Fiódor Pávlovich saltó de su asiento.

—¡Stárets divino y santísimo! —exclamó solemnemente, señalando a su hijo Iván Fiódorovich—. ¡Este es mi hijo, carne de mi carne, mi hijo predilecto! Es mi reverendísimo, por decirlo de algún modo, Karl Moor, mientras que el hijo que acaba de entrar, Dmitri Fiódorovich, y contra el que busco en usted justicia, es el irreverentísimo Granz Moor, ambos de *Los Bandidos,* de Schiller; en este caso yo ya soy el *Regierender Graf von Moor*[14]. ¡Júzguenos y sálvenos! Necesitamos no sólo las oraciones de usted, sino, además, sus profecías.

—Hable sin hacerse el bendito y no empiece ofendiendo a la gente de su propia casa —contestó el stárets con débil y exhaustiva voz. Se fatigaba a ojos vistas, tanto más cuanto más tiempo pasaba, y estaba claro que iba quedándose sin fuerzas.

---

[14] Príncipe reinante von Moor (al.).

—¡Esta es la indigna comedia que presentía yo al venir hacia aquí! —soltó Dmitri Fiódorovich lleno de indignación, levantándose asimismo del asiento—. Perdone, reverendo padre —prosiguió, dirigiéndose al stárets—, soy un hombre sin instrucción y ni siquiera sé qué tratamiento he de darle, pero le han engañado y ha sido usted demasiado bueno permitiendo que nos reuniéramos aquí. Lo único que mi padre necesitaba es un escándalo, él sabrá con qué fin. Siempre obra con un determinado fin. Sin embargo, me parece que ahora yo sé para qué...

—¡A mí me acusan todos, todos ellos! —gritó a su vez Fiódor Pávlovich—. ¡Hasta Piotr Alexándrovich! ¡Me ha acusado Piotr Alexándrovich, me ha acusado! —dijo, volviéndose de pronto hacia Miúsov, aunque éste ni pensaba siquiera interrumpirle—. Me acusan de haber escondido en una bota el dinero de mis hijos y de habérmelo apropiado todo; pero, permítame, ¿no existen, por ventura, los tribunales? Allí le calcularán, Dmitri Fiódorovich, por sus propios recibos, cartas de crédito y escrituras, cuánto tenía, cuánto ha gastado y cuánto le queda. ¿Por qué Piotr Alexándrovich se abstiene de expresar su juicio? Dmitri Fiódorovich no le es extraño. Pero todos se meten conmigo, y el caso es que, en resumidas cuentas, Dmitri Fiódorovich aún me debe a mí, no crean que poca cosa, sino varios miles de rublos, lo que puedo probar con documentos. ¡Toda la ciudad habla escandalizada de sus francachelas! Donde antes prestaba su servicio militar, pagaba hasta mil y dos mil rublos para seducir a honradas doncellas; esto, Dmitri Fiódorovich, lo sé incluso con los detalles más secretos, y lo demostraré... Santísimo padre, no sé si lo creerá: enamoró a la más noble de las doncellas, de casa distinguida, rica, hija de su antiguo jefe, un valiente coronel que había contraído grandes méritos ante la patria, con la orden de Santa Ana coronada de espadas en el cuello; comprometió a la doncella con palabra de matrimonio y ahora esta joven, su novia, está aquí, y él, a los ojos de ella, visita a una seductora de la localidad. Aunque esta seductora ha vivido, digamos, en matrimonio civil con un hombre respetable, es de carácter independiente, es una fortaleza inexpugnable para todos, exactamente como una esposa legítima, porque es virtuosa, ¡sí, santos padres, es virtuosa!

Pero Dmitri Fiódorovich quiere abrir con llave de oro esta fortaleza, por eso se envalentona conmigo, quiere arrancarme dinero; ya lleva despilfarrados miles de rublos con esa mujer; para esto pide dinero prestado sin cesar, ¿y a quién se figuran ustedes que lo pide? ¿Lo digo, Mitia?

—¡A callar! —gritó Dmitri Fiódorovich—. Espere a que salga; en presencia mía no se atreva a mancillar a una doncella nobilísima... El solo hecho de que se atreva usted a aludirla ya es un deshonor para ella. ¡No lo permitiré!

Se sofocaba.

—¡Mitia! ¡Mitia! —exclamó Fiódor Pávlovich, gritando, con los nervios desquiciados, esforzándose para verter alguna lágrima—. Y la bendición paterna, ¿qué? Si te maldigo, ¿qué pasa después?

—¡Desvergonzado, farsante! —rugió, frenético, Dmitri Fiódorovich.

—¡Esto, a su padre, a su padre? ¿Qué no hará con los demás? Señores, figúrense: hay en la localidad un hombre pobre, pero respetable, un capitán retirado que tuvo una desgracia y fue declarado cesante del servicio, pero no públicamente, por un tribunal, sino conservando todo su honor, y con la carga de una numerosa familia. Pues bien, tres semanas atrás, nuestro Dmitri Fiódorovich, en una taberna, le agarró por la barba, le arrastró a la calle, y allí, ante todo el mundo, le dio una paliza, y todo porque ese hombre es mi encargado secreto en uno de mis asuntitos.

—¡Eso es falso! ¡Es verdad, por dentro es mentira! —dijo Dmitri Fiódorovich, temblando de cólera—. ¡Padre! No justifico mi conducta; además, lo confieso públicamente: con aquel capitán me porté como un bruto, ahora lo deploro y me desprecio por mi cólera salvaje, pero ese capitán suyo, su apoderado, se había presentado a esa dama que, según usted se expresa, es seductora, y en nombre de usted mismo le propuso tomar las letras de cambio que tiene usted aceptadas por mí y protestarlas para hacerme encarcelar si yo insistía demasiado en que se me rindiera cuenta de mis bienes. ¡Ahora me echa usted en cara que tengo debilidad por esa señora, cuando usted mismo le ha dado instrucciones para que me tienda una celada! ¡Me lo cuenta ella, me lo ha contado ella misma, riéndose de usted! Y si quiere usted meterme en la cárcel, es sólo por celos, porque usted mismo ha empezado a abordar a esa mujer con pretensiones amorosas, también eso lo sé, y ha sido también ella la que riéndose, ¿lo oye?, riéndose de usted, me lo ha contado. ¡Aquí tienen, santos varones, a ese hombre, al padre que recrimina a su disoluto hijo! Señores testigos, sé lo que pasa, perdonen mi cólera, pero yo presentía que este insidioso viejo los había convocado aquí para provocar un escándalo. Yo he venido para perdonar si él me tendía la mano, ¡para perdonar y pedir perdón! Pero como en este mismo instante no sólo me ha insultado a mí, sino que ha insultado, además, a la nobilísima doncella de la cual ni siquiera el nombre me atrevo a pronunciar en vano por la veneración que me inspira, me he decidido a desenmascarar todo su juego públicamente, aunque se trata de mi padre...

No pudo continuar. Le fulguraban los ojos, respiraba con dificultad. Pero todos en la celda estaban emocionados. Todos, excepto el stárets, se levantaron inquietos de sus sitios. Los monjes sacerdotes miraban con severo aspecto; sin embargo, esperaban a que el stárets manifestara su voluntad. El stárets permanecía sentado, intensamente pálido, aunque no de emoción, sino de enfermiza impotencia. Una sonrisa suplicante le alumbraba los labios; de vez en cuando, levantaba la mano como deseando detener a los furiosos, y, desde luego, habría bastado un gesto suyo para que la escena se interrumpiera; mas parecía como si él mismo estuviera aún esperando algo y miraba atentamente como deseando todavía comprender alguna cosa, como si no se hubiera explicado aún algo. Por fin, Piotr Alexándrovich Miúsov se sintió definitivamente humillado y ofendido.

—¡Del escándalo que acaba de producirse, todos tenemos la culpa! —dijo con vehemencia—. Pero no lo presentía yo al venir aquí, aun sabiendo con quién trataba... ¡Hay que poner fin a esta situación ahora mismo! Vuestra Reverencia, créame, yo no conocía con exactitud todos los detalles que aquí se han puesto al descubierto, no quería creerlos y sólo ahora me entero por primera vez... El padre tiene celos del hijo por una mujer de mala conducta y se pone de acuerdo con esa mujerzuela para meter al hijo en la cárcel... ¡Y me han hecho venir aquí con semejante compañía!... Me han engañado, declaro a todos que he sido engañado no menos que los demás...

—¡Dmitri Fiódorovich! —vociferó de pronto Fiódor Pávlovich, con extraña voz—. Si no fuera usted mi hijo, ahora mismo le retaba en duelo... A pistola, a una distancia de tres pasos... ¡con los ojos vendados! ¡Con los ojos vendados! —acabó, pataleando con ambos pies.

Los viejos embusteros, comediantes empedernidos toda la vida, a veces fingen hasta tal punto que verdaderamente tiemblan y lloran de emoción, si bien incluso en tal momento (o sólo un segundo después) podrían susurrarse a sí mismos: «Estás mintiendo, viejo desvergonzado, incluso ahora estás haciendo el comediante a pesar de toda tu santa cólera y de tu "santo" minuto de ira.»

Dmitri Fiódorovich frunció espantosamente el ceño y miró a su padre con inexpresable desdén.

—Yo creía... —dijo en voz baja y como conteniéndose—, yo creía volver a mi suelo natal con el ángel de mi alma, mi prometida, para cuidarle en su vejez, ¡pero me encuentro con un depravado lujurioso y con el comediante más vil!

—¡En duelo! —clamó otra vez el viejo, sofocándose y salpicándose de saliva a cada palabra—. En cuanto a usted, Piotr Alexándrovich Miúsov, sepa, señor, que quizás en todo su linaje no hay ni ha habido una mujer más virtuosa y honrada, ¿lo oye?, ¡honrada!, que esa, según usted, mujerzuela, como se ha atrevido a llamarla ahora. Y en cuanto a usted, Dmitri Fiódovich, ha cambiado por esta misma «mujerzuela» a su novia; así, pues, usted mismo ha considerado que su propia novia no le llega ni a las suelas de los zapatos, ¡ya ven cómo es esa mujerzuela!

—¡Es vergonzoso! —se le escapó de pronto al padre Iósiv.

—¡Vergonzoso y bochornoso! —gritó de pronto Kalgánov, con su voz de adolescente, temblorosa de emoción, poniéndose como la púrpura; hasta entonces había permanecido callado.

—¡Por qué vive un hombre como éste! —rugió sordamente Dmitri Fiódorovich, poco menos que fuera de sí, alzando en gran manera los hombros, casi encorvándose—. Díganme, la verdad, ¿se le puede permitir que siga deshonrando la tierra con su presencia? —los miró a todos, a la vez que señalaba al viejo con la mano. Hablaba despacio y acompasadamente.

—¿Han oído, monjes, han oído al parricida? —preguntó con mucha impetuosidad Fiódor Pávlovich dirigiéndose al padre Iósiv—. ¡Aquí tiene la respuesta a su «es vergonzoso»! ¿Qué es vergonzoso? ¡Esa «mujerzuela», esa «mujer de mala conducta», quizás es más santa que ustedes mismos, señores monjes sacerdotes que buscan su salvación! Es posible que cayera en su juventud, agobiada por el ambiente, pero «ha amado mucho», y a la que ha amado mucho también Cristo la perdona...

—No perdonó Cristo por un amor semejante... —se le escapó al manso padre Iósiv, que estaba ya impaciente.

—Sí, por un amor semejante, por ese mismo amor, monjes, ¡por ése! ¡Ustedes se salvan aquí comiendo coles y piensan que son unos justos varones! ¡Comen pequeños gobios, un gobito al día, y piensan comprar a Dios con gobitos!

—¡Es intolerable, intolerable! —se oía en la celda por todas partes.

Esta escena, que llegaba ya al escándalo, se interrumpió de la manera más inesperada. De pronto se levantó de su sitio el stárets. Aliosha, casi totalmente aturdido de miedo por él y por todos, pudo, sin embargo, sostenerle por un brazo. El stárets dio unos pasos en dirección a Dmitri Fiódorovich y, cuando estuvo muy cerca, se hincó ante él de rodillas. Aliosha creyó por un momento que había caído de debilidad, pero no era eso. Una vez arrodillado, el stárets se inclinó a los pies de Dmitri Fiódorovich haciéndole una reverencia completa, precisa y consciente, y hasta rozó el suelo con la cabeza. Aliosha estaba tan asombrado que ni siquiera acertó a ayudarle a levantar. Una débil sonrisa se dibujaba en los labios del stárets.

—¡Perdonen! ¡Perdonen todos! —articuló, despidiéndose de sus huéspedes con profundas inclinaciones en todos sentidos.

Dmitri Fiódorovich permaneció unos instantes como petrificado: se le habían prosternado a los pies, ¿qué significaba aquello? Por fin exclamó: «¡Oh, Dios!», y cubriéndose el rostro con las manos salió precipitadamente de la estancia. Le siguieron en tropel todos los visitantes, tan confusos que ni siquiera se despidieron ni saludaron a quien les había atendido. Únicamente los monjes sacerdotes se le acercaron otra vez para recibir la bendición.

—¿Por qué se ha prosternado? ¿Es esto algún símbolo? —Fiódor Pávlovich, súbitamente calmado, intentaba así iniciar la conversación, aunque sin atreverse a dirigirse a nadie personalmente.

En ese instante todos salían del recinto de la ermita.

—Yo no respondo de un manicomio ni de sus locos —contestó enseguida Miúsov, airado—; en cambio, voy a librarme de su compañía, Fiódor Pávlovich, y créame que para siempre. ¿Dónde está ese monje de antes?...

Pero «ese monje», es decir, el que hacía poco les había invitado a comer con el abad, no se hizo esperar. Se reunió con los visitantes no bien salieron éstos del pequeño porche de la celda del stárets, como si los hubiera estado esperando todo el rato.

—Hágame el favor, reverendo padre, de testimoniar mi más profundo respeto al padre hegúmeno y discúlpeme personalmente a mí, Miúsov, ante su Reverencia de que, por haber surgido de repente circunstancias imprevistas, por nada del mundo puedo tener el honor de participar en su ágape, pese a mi más sincerísimo deseo —dijo irritado Piotr Alexándrovich al monje.

—¡Ah, pues la circunstancia imprevista soy yo, claro! —saltó inmediatamente Fiódor Pávlovich—. Escuche, padre, es que Piotr Alexándrovich no quiere quedarse conmigo; de lo contrario, iría enseguida. E irá; Piotr Alexándrovich, ¡tenga la bondad de visitar al padre hegúmeno y coma usted con buen apetito! Sepa que soy yo quien declina la invitación, no usted. Yo me voy a casita, comeré en casa, que aquí no me siento capaz de hacerlo. Piotr Alexándrovich, mi muy querido pariente.

—¡Yo no soy pariente suyo ni lo he sido nunca, hombre vil!

—Adrede lo he dicho, para hacerle rabiar, pues declina el parentesco a pesar de ser pariente mío; por más que escurra usted el bulto, se lo demuestro con las fes de bautismo; a ti, Iván Fiódorovich, ya te enviaré los caballos a su hora, quédate también si quieres. En cuanto a usted, Piotr Alexándrovich, hasta por educación ha de presentarse al padre hegúmeno, hay que disculparse por la que usted y yo hemos armado ahí...

—¿Pero es cierto que se va usted? ¿No miente?

—Piotr Alexándrovich, ¡cómo quiere que me atreva, después de lo que ha ocurrido! ¡Me he dejado llevar, perdonen, señores, me he dejado llevar! Además, ¡estoy impresionadísimo! Y me da vergüenza. Señores, hay quien tiene un corazón como el de Alejandro Magno, y hay quien lo tiene como él de un perrito. Yo lo tengo como el de un perrito. ¡Me siento intimidado! ¿Cómo tragar las salsas monasteriales, sobre todo en una comida, después de semejante escapada? Estoy avergonzado, no puedo, ¡perdonen!

«El diablo sabe, ¡aún es capaz de engañarme!», pensó Miúsov deteniéndose, siguiendo con perpleja mirada al bufón que se iba alejando. Éste se volvió y, dándose cuenta de que Piotr Alexándrovich le observaba, le mandó un beso con la mano.

—Y usted, qué, ¿va a ver el hegúmeno? —preguntó Miúsov, con frase entrecortada, a Iván Fiódorovich.

—¿Por qué no? Además, el hegúmeno me mandó ayer una invitación personal.

—Por desgracia, me siento casi obligado a asistir a esta maldita comida —prosiguió con la misma irritabilidad Miúsov, sin parar mientes, siquiera, en que el pequeño monje estaba escuchando—. Por lo menos hay que disculparse por lo que ha ocurrido y explicar que no hemos sido nosotros... ¿Qué cree usted?

—Sí, es necesario explicar que no hemos sido nosotros. Además, mi padre no estará —observó Iván Fiódorovich.

—¡Sólo faltaría que estuviera su padre! ¡Maldita comida!

Si embargo, fueron todos. El monje callaba y escuchaba. Sólo una vez, cruzando el bosquecillo, hizo la observación de que el padre hegúmeno estaba esperando hacía ya mucho rato y que llegaban con más de media hora de retraso. No le respondieron. Miúsov miró con odio a Iván Fiódorovich.

«¡El caso es que va a la comida como si no hubiera sucedido nada! —pensó—. ¡Es un cara dura y tiene la conciencia de un Karamázov!»

VII

UN SEMINARISTA AMBICIOSO

ALIOSHA condujo a su stárets al dormitorio y le hizo sentar en la cama. Era una habitacioncita muy pequeña, con el mobiliario reducido a lo más indispensable; la cama era estrecha, de hierro, con un paño de fieltro en vez de colchón. En un ángulo, junto a los iconos, había un facistol con la cruz y el Evangelio encima. El stárets se dejó caer en la cama sin fuerzas; los ojos le brillaban, respiraba con dificultad. Ya sentado, miró fijamente a Aliosha, como si estuviera meditando alguna cosa.

—Vete, querido, vete; basta que se quede conmigo Porfiri; tú date prisa. Haces falta allí, vete con el padre hegúmeno, servirás a la mesa.

—Permítame quedarme aquí —repuso Aliosha con voz suplicante.

—Eres más necesario allí. Allí no hay paz. Servirás a la mesa y serás útil. Si se levantan los demonios, recita una plegaria. Y has de saber, hijo mío —al stárets le gustaba llamarle así—, que, en adelante, tampoco tu lugar se encontrará aquí. Recuerda lo que te digo, joven. No bien Dios me considere digno de comparecer ante Él, sal del monasterio. Vete para siempre.

Aliosha se estremeció.

—¿Qué te pasa? Tu sitio no está aquí por ahora. Te bendigo por la gran misión que deberás cumplir en el mundo. Es mucho aún lo que te tocará peregrinar. Y deberás casarte, deberás hacerlo. Tendrás que soportarlo todo antes de volver. La labor será mucha. Pero de ti no dudo, por eso te envío. Cristo está contigo. Consérvalo y Él te conservará a ti. Verás un dolor enorme y en ese dolor te sentirás feliz. Este es el precepto que te doy: busca la felicidad en el dolor. Trabaja, trabaja sin descanso. Recuerda mis palabras de hoy, pues aunque todavía hablaré contigo, no sólo mis días, sino incluso mis horas están contados.

En el rostro de Aliosha volvió a reflejarse una fuerte emoción. Le temblaban las comisuras de los labios.

—¿Qué te pasa, otra vez? —se sonrió dulcemente el stárets—. Deja que la gente del mundo acompañe con lágrimas a sus muertos, pero aquí nosotros nos alegramos de que un padre nos deje. Nos alegramos y rezamos por él. Pero vete. He de rezar. Vete y date prisa. Has de estar cerca de tus hermanos. No sólo cerca de uno, sino cerca de los dos.

El stárets alzó la mano para bendecir. Era imposible objetar nada, a pesar de que Aliosha tenía unos deseos enormes de quedarse. Habría querido aún hacer una pregunta que tenía en la punta de la lengua: «¿Qué quería significar aquella prosternación ante Dmitri?»; pero no se atrevió a preguntarlo. Sabía que, de ser posible, el propio stárets se lo habría explicado sin que él se lo preguntara. No era ésta, pues, su voluntad. De todos modos, aquella reverencia había sorprendido de manera terrible a Aliosha, quien le atribuía con ciega creencia un sentido misterioso. Misterioso y, quizás, espantoso. Cuando hubo salido del recinto de la ermita para llegar al monasterio antes de que comenzara la comida con el hegúmeno (desde luego sólo para servir a la mesa), sintió de pronto que se le encogía el corazón y se detuvo: pareció como si resonaran de nuevo a sus oídos las palabras con que el stárets predecía su fin cercano. Lo que el stárets había pronosticado, y con tanta exactitud, había de cumplirse sin duda alguna, así lo creía Aliosha religiosamente. Pero ¿cómo iba a quedarse Aliosha sin él, sin verle ni oírle? ¿Y adónde iría? Le había mandado que no llorara y que se fuera del monasterio, ¡Señor! Hacía mucho tiempo que Aliosha no había experimentado tanta angustia. Se puso a caminar apresuradamente por el bosque que separaba el eremitorio del monasterio y, sin fuerzas para soportar sus pensamientos, tanto era lo que le abrumaban, se puso a mirar los pinos centenarios a uno y otro lado del caminito. El trayecto no era largo, sería de unos quinientos pasos, no más; a esa hora no podía haber allí nadie a quien poder encontrar, pero de súbito, en el primer recodo del camino, vio a Rakitin, que estaba esperando a alguien.

—¿Me esperabas a mí? —preguntó Aliosha al llegar junto a él.

Precisamente a ti —contestó Rakitin sonriendo—. Tienes prisa para presentarte al padre abad. Lo sé; tiene invitados. Desde que recibió al obispo y al general Pajátov, ¿recuerdas?, no había preparado una mesa como la de hoy. Yo no estaré, pero tú ve allí, a servir salsas. Dime una cosa, Alexiéi: ¿qué significa ese sueño? Esto es lo que quería preguntarte.

—¿Qué sueño?

—Pues esa reverencia hasta el suelo a tu hermano Dmitri Fiódorovich. ¡Y qué golpe se ha dado, además, con la frente!

—¿Te refieres al padre Zosima?

—Sí, al padre Zosima.

—¿Con la frente?

—¡Oh, me he expresado con poco respeto! Bueno, que sea con poco respeto. A ver, ¿qué significa ese sueño?

—No lo sé, Misha[15].

—Ya sabía yo que no te lo explicarías. Desde luego, aquí no hay nada difícil de comprender, siempre se trata de las mismas pamemas hechas con mucha gravedad. Pero el truco obedecía a un propósito determinado. Verás, ahora se pondrán a hablar todos los santurrones de la ciudad y harán correr la voz por la provincia: «¿Qué significa, dirán, ese sueño?» A mi entender, el viejo es realmente perspicaz: ha olido un acto criminal. Vuestra casa apesta.

—¿Qué acto criminal?

Por lo visto, Rakitin tenía ganas de referir algo.

—Es en vuestra familia donde se producirá ese acto criminal. Ocurrirá entre tus hermanos y tu padre forradito de dinero. El padre Zosima ha dado un golpe con la frente por lo que pueda suceder. Supongo que ocurre algo: «Oh, si esto el santo varón ya lo predijo, lo profetizó»; aunque, ¿qué profecía puede ser la de dar un golpe con la frente? Oh, sí, era un símbolo, dirán, una alegoría, ¡el diablo sabe qué dirán! Correrá la fama, recordarán: adivinó el crimen, dirán, señaló al criminal. Los benditos siempre obran por el estilo: se santiguan al pasar por delante de la taberna y a la iglesia le tiran piedras. Así hace tu stárets: al justo lo echa a palos y al asesino se le inclina a los pies.

---

[15] Diminutivo de Mijaíl; otras formas siminutivas de este nombre, que aparecen en la novela: Mítienka, Mitia, Mitka.

—¿Qué crimen? ¿A los pies de qué asesinos? ¿Qué estás diciendo? —Aliosha parecía clavado al suelo, también Rakitin se detuvo.

—¿De qué asesino? ¿No lo sabes, acaso? Apuesto lo que quieras que tú mismo has pensado en ello. A propósito, esto es curioso: escucha, Aliosha, tú siempre dices la verdad, aunque siempre te sientas entre dos sillas: ¿has pensado en ello, o no? Responde.

—He pensado —contestó en voz baja Aliosha.

Hasta Rakitin se turbó.

—¿Qué dices? ¿Es posible que también tú lo hayas pensado? —exclamó gritando.

—Yo... no es que lo hubiera pensado —balbució Aliosha—; pero cuando tú has empezado a hablar ahora de esto de manera tan extraña, me ha parecido a mí que yo mismo había pensado en ello.

—¿Ves? (y con qué claridad lo has expresado), ¿ves? ¿Has pensado en un crimen, hoy, al mirar a tu padre y a tu hermano Mítienka? Así, pues, ¿no me equivoco?

—Bueno, espera, espera —interrumpió Aliosha, alarmado—, ¿de dónde sacas tú todo esto?... ¿Por qué te interesa tanto? Esta es la primera cuestión.

—Son dos preguntas diferentes, pero naturales. Responderé a cada una por separado. ¿De dónde lo saco? No habría visto nada si hoy, de pronto, no hubiera comprendido a Dmitri Fiódorovich, hermano tuyo, por entero, tal como es, de una vez y de repente; todo él, tal como es. Por un solo rasgo lo he captado de golpe y por entero. En estos hombres honradísimos, pero lujuriosos, hay un límite que líbrate de pasarlo. De lo contrario, es capaz de clavarle un puñal a su propio padre. Y el padre es un borrachín y un libertino sin freno, nunca ha comprendido lo que es el sentido de la medida; ninguno de los dos se contendrá, y ¡zas! los dos irán a parar a la zanja...

—No, Misha, no; sino es más que esto, me has tranquilizado. Hasta eso no llegará.

—¿Por qué, pues, tiemblas de pies a cabeza? ¿Conoces el paño? No importa que Mítienka sea un hombre honrado (es tonto, pero honrado); sin embargo, es lujurioso. Aquí tienes su definición y toda su esencia interior. Es el padre quien le ha

[173]

transmitido su abyecta lujuria. De quien estoy asombrado es de ti, Aliosha: ¿cómo eres aún virgen? ¡También tú eres un Karamázov! En vuestra familia la lujuria llega al colmo. Pues bien, esos tres lujuriosos se están observando ahora... con la navaja en la boca. Han chocado los tres con la frente, y es posible que tú seas el cuarto.

—En lo de esa mujer te equivocas. Dmitri... la desprecia —articuló Aliosha no sin cierto estremecimiento.

—¿A Grúshenka?[16]. No, hermano, no la desprecia. Cuando no se ha recatado de cambiar por ella a su prometida, es que no la desprecia. En esto... en esto, hermano, hay algo que tú no comprendes. Si un hombre se enamora de alguna hermosa, de un cuerpo de mujer o hasta sólo de una parte del cuerpo de la mujer (un lujurioso me comprendería), es capaz de dar por ella sus propios hijos, de vender a padre y madre, a Rusia y a la patria; aun siendo honrado, robará; aun siendo un hombre manso, degollará! aun siendo fiel, traicionará. Pushkin, cantor de los piececitos femeninos, los celebró en verso[17]; otros no los cantan, pero no pueden mirarlos sin estremecerse. Y no se trata sólo de piececitos... En esto, hermano, poco importa el desprecio; poco importa que Dmitri realmente desprecie a Grúshenka. La desprecia, mas no puede despegarse de ella.

—Esto lo comprendo —soltó de pronto Aliosha.

—¿En serio? Seguro que lo comprenderás, si a la primera palabra lo afirmas —articuló Rakitin con malevolencia—. Esto lo has soltado sin querer, se te ha escapado. Tanto más valiosa es la confesión: eso significa que el tema te es conocido, que has pensado en él, en la sensualidad, quiero decir. ¡Ah, joven virgen! Eres un mosca muerta, Aliosha; un santo, sí, pero una mosca muerta, y el diablo sabe en qué no habrás pensado ya, ¡el diablo sabe qué es lo que ya conoces! Eres virgen y has llegado a tales profundidades... Hace tiempo que te observo. Tú también eres un Karamázov, un Karamázov de la cabeza a los pies, y es que alguna cosa significan la raza y la selección. Por

---

[16] Variante familiar de Agrafiena, Agafia, como lo es también Grusha, Grushka.

[17] *Eugenio Onieguin,* cap. I, verso XXX, poema de A.S. Pushkin, escrito en 1823-31 y publicado en 1825-32.

el padre eres un lujurioso; por la madre, un inocentón. ¿Por qué estás temblando? Doy en el clavo, ¿no? verás, Grúshenka me ha pedido: «Tráemelo (se refería a ti), le haré colgar los hábitos.» Y como me lo pedía: ¡tráemelo y tráemelo! Yo pensaba: ¿por qué siente tanta curiosidad por ti? ¿Sabes? ¡También ella es una mujer extraordinaria!

—Salúdala, dile que no iré —replicó Aliosha con forzada sonrisa—. Acaba, Mijail, lo que habías empezado, luego te diré lo que pienso yo.

—Qué quieres que acabe, todo está claro. Todo esto, hermano, es música vieja. Si hasta tú eres un lujurioso, ¿qué no será tu hermano Iván, hijo de la misma madre? También él es un Karamázov. Toda vuestra cuestión karamazoviana radica en esto: ¡sois unos lujuriosos, unos aprovechados y unos inocentones! Tu hermano Iván, ateo, publica ahora articulitos de teología, por de pronto en broma y con algún estúpido cálculo que desconocemos, y ese mismo hermano tuyo, Iván, reconoce que esto es una bajeza. Además, está procurando hacerse con la novia del hermano Mitia y, según parece, lo conseguirá. Y de qué modo: con el consentimiento del propio Mítienka, porque éste le cede la novia para librarse de ella y liarse lo antes posible con Grúshenka. Y todo esto, a pesar de su nobleza y desinterés, obsérvalo. ¡Son precisamente estos individuos los más fatales! El diablo os entienda, después de esto: ¡él mismo tiene conciencia de su vileza y en la vileza se hunde! Te diré más: a Mítienka ahora le cruza el camino el viejales del padre. Ahora resulta que éste, de pronto, ha perdido la cabeza por Grúshenka, se le cae la baba con sólo mirar a esa mujer. Únicamente por ella acaba de armar tal escándalo en la celda, y sólo porque Miúsov se ha atrevido a llamarle mujerzuela depravada. Se ha enamorado peor que un gato. Antes la tenía a sueldo nada más que para algunos de sus negocios turbios de las tabernas, pero de pronto, ahora, le ha dado por fijarse en ella y se le ha subido la sangre a la cabeza, le va con proposiciones, que no son honestas, desde luego. Bueno, resulta que en este camino han chocado los dos, el papá y el hijito. Grúshenka no dice que sí ni al uno ni al otro, por ahora aún se escabulle y los azuza a los dos; está calculando quién le conviene más, porque si bien del padre puede sacar buena tajada en cuanto a dinero, él no se va a casar, y quién sabe si al fin no se convertirá en un judío y cerraría la bolsa. Así las cosas, también Mítienka tiene su precio; carece de dinero, pero en cambio es capaz de casarse. Sí, ¡es capaz de casarse!, es capaz de abandonar a su prometida, a la incomparablemente hermosa Katerina Ivánovna, rica, noble, hija de un coronel, para casarse con Grúshenka, ex querida de un viejo mercader, Samiónov, mujik disoluto y alcalde de la ciudad. De todo ello puede derivarse realmente un choque criminal. Y esto es lo que tu hermano Iván espera, pues con ello sale ganando: se hace con Katerina Ivánovna, por la que suspira, y se mete en el bolsillo los sesenta mil rublos que tiene ella de dote. Para un hombre tan poca cosa, sin fondos, eso es muy seductor como principio. Y fíjate: no sólo no ofende a Mitia, sino que se gana su reconocimiento hasta la tumba. Sé con certeza que el propio Mítienka gritaba en voz alta, ya la semana pasada, en la taberna, donde se emborrachó con unas cíngaras, que él era indigno de su novia Kátienka y que su hermano Iván sí era digno de ella. Desde luego, Katerina Ivánovna no va a rechazar, al fin, a un seductor como Iván Fiódorovich; ya está vacilando entre los dos. ¿Cómo se las ha arreglado ese Iván para hechizaros de modo que todos le veneráis? En cambio él se ríe de vosotros: va todo como una seda, parece decir, y me estoy regalando a costa vuestra.

—¿De dónde sacas todo esto? ¿Por qué hablas con tanto aplomo? —prosiguió bruscamente Aliosha, frunciendo el ceño.

—¿Y por qué me lo preguntas y temes de antemano mi respuesta? Así reconoces tú mismo que he dicho la verdad.

—Tú no estimas a Iván. Iván no tiene sed de dinero.

—¿De veras? ¿Y la hermosura de Katerina Yvánovna? No es sólo cuestión de dinero, aunque sesenta mil rublos también son seductores.

—Iván mira más alto. No se deja seducir ni por miles de rublos. Lo que él busca no es dinero ni tranquilidad. Quizá lo que busca es el sufrimiento.

—¡Con qué sueño me vienes ahora! ¡Oh, vosotros... los nobles!

—¡Misha! Iván es un hombre de alma agitada. Tiene la

mente cautiva de un gran pensamiento, todavía sin aclarar. Él es de los que no necesitan millones, sino poner en claro su pensamiento.

—Esto es un robo literario, Aliosha. Has parafraseado a tu stárets. ¡Vaya acertijo el que os ha planteado Iván! —gritó Rakitin con visible encono. Hasta se le cambió la expresión del rostro y se le contrajeron los labios—. Además, el acertijo es tonto y nada hay para adivinar. Estruja un poco el cerebro y comprenderás. Su artículo da risa, es absurdo. He oído ahí su estúpida teoría: «Sin la inmortalidad del alma, no hay virtud; por tanto, todo está permitido.» Y tu hermanito Mítienka, a este propósito, ¿te acuerdas?, ha gritado: «¡Lo recordaré!» Seductora teoría para la gente vil... Estoy insultando, esto es una estupidez... no para la gente vil, sino para los doctos fanfarrones con una «insoluble profundidad de pensamientos». Es un petulantillo y toda la esencia es ésta: «Por una parte, es imposible no ver, pero por otra no es imposible no negar.» ¡Toda su teoría es una infamia! ¡La humanidad encontrará en sí misma la fuerza de vivir para la virtud, aun sin creer en la inmortalidad del alma! En el amor a la libertad, a la igualdad, a la fraternidad, encontrará...

Rakitin se había acalorado, casi no podía contenerse. Mas, de pronto, como si recordara algo, se detuvo.

—Bueno, basta —dijo con una sonrisa aún más forzada que antes—. ¿De qué te ríes? ¿Crees que soy un papanatas?

—No, ni se me ocurriría pensar que eres un papanatas. Eres inteligente, pero... no hagas caso, me he reído por tontería. Comprendo que puedes acalorarte, Misha. Por tu fogosidad he adivinado que tampoco para ti es indiferente Katerina Ivánovna, hace tiempo que lo sospechaba y es por esto por lo que no estimas a mi hermano Iván. ¿Tienes celos de él?

—¿Y también por el dinerito? ¿Lo añades, o no?

—No, en cuanto al dinero no añadiré nada, no quiero ofenderte.

—Lo creo, porque lo has dicho tú, ¡pero que se os lleve el demonio a todos, junto con tu hermano Iván! Ninguno de vosotros comprenderá que es posible no sentir por él la menor simpatía, dejando aparte a Katerina Ivánovna. ¡Y a santo de qué voy a estimarle, diablos! Él se permite tratarme con desconsideración. ¿Por qué no he de tener yo derecho a pagarle con la misma moneda?

—Nunca le he oído decir nada de ti, ni bueno ni malo; de ti no habla en absoluto.

—Pues yo he oído decir que anteayer, en casa de Katerina Ivánovna, me puso de vuelta y media, hasta tal punto se interesaba por su seguro servidor. Después de esto, hermano, ya no sé quién tiene celos de quién. Se ha tomado la libertad de decir que si yo no me conformo con la carrera de archimandrita en un futuro muy próximo y no me decido a tonsurarme, me iré sin falta a Peterburgo y me meteré en una revista de muchas páginas, en la sección de crítica; desde luego, me pasaré una decenita de años escribiendo y a fin de cuentas me quedaré con la revista. Luego la editaré en un sentido liberal y ateo, sin duda alguna, con un matiz socialista, incluso con un pequeño lustre de socialismo, pero con las orejas aguzadas, es decir, en esencia, sin romper con los nuestros ni con los vuestros y dando gato por liebre a los tontos. El fin de mi carrera, según la interpretación de tu hermanito, está en que el matiz del socialismo no me impedirá colocar en una cuenta corriente el dinerito de las suscripciones ni ponerlo en circulación, llegado el caso, dirigido por algún judío, hasta construirme una buena casa en Peterburgo para trasladar a ella la redacción y meter inquilinos en los demás pisos. Señaló incluso el lugar de la casa: cerca del nuevo puente de piedra que, según dicen, se proyecta en Peterburgo sobre el Nevá, entre la avenida Litiéinaia y el barrio de Vyborg...

—¡Ah, Misha, pero si esto quizá se realice punto por punto, hasta la última palabra! —exclamó de pronto Aliosha, sin contenerse y riéndose alegremente.

—¿También usted me viene con sarcasmos, Alexiéi Fiódorovich?

—No, no, yo bromeo, perdona. En la cabeza tengo algo completamente distinto. Permíteme, sin embargo: ¿quién ha podido comunicarte tales detalles, de quién has podido oírlos? No es posible que estuvieras personalmente en casa de Katerina Ivánovna cuando él hablaba de ti.

—No estaba yo, pero estaba Dmitri Fiódorovich y se lo he oído contar con mis propios oídos; bueno, no era a mí a quien

[178]

lo contaba, pero lo escuché, desde luego a pesar mío, pues me encontraba en el dormitorio de Grúshenka y no podía salir de allí mientras Dmitri Fiódorovich permaneciera en la habitación contigua.

—Ah, sí; se me había olvidado que era parienta tuya...

—¿Parienta? ¿Que Grúshenka es parienta mía? —exclamó Rakitin, poniéndose como la grana—. ¿Te has vuelto loco? No estás bueno de la cabeza.

—¿Pues qué? ¿Acaso no es parienta tuya? Lo oí decir...

—¿Dónde pudiste haberlo oído? No, vosotros, señores Karamázov, os las dais de grande y rancia nobleza, aunque tu padre corría como bufón por mesas ajenas y por misericordia era tenido en cuenta en la cocina. Admitamos que yo no soy más que el hijo de un pope, un pulgón ante vosotros, nobles; pero no me ofendáis tan alegre y licenciosamente. Yo también tengo mi honor, Alexiéi Fiódorovich. Yo no puedo ser pariente de Grúshenka, una mujer pública, ¡te ruego que lo comprendas!

Rakitin estaba irritadísimo.

—Perdóname, por el amor de Dios, de ningún modo podía suponerlo; además, ¡cómo va a ser una mujer pública! ¿Acaso... es de ésas? —Aliosha se ruborizó de golpe—. Te lo repito, había oído decir que erais parientes. La visitas a menudo, y tú mismo me has dicho que no tienes con ella vínculos de amor... ¡Jamás habría pensado que la desprecias de este modo! ¿Es posible que se lo merezca?

—Si la visito, puedo tener para ello mis razones, y para ti, basta. En cuanto a lo del parentesco, más bien tu hermanito o incluso tu propio padre te la van a imponer a ti por parienta antes que a mí. Bueno, ya hemos llegado. Vete, mejor será que te vayas a la cocina. ¡Ay! ¿Qué pasa ahí, que es esto? ¿Habremos llegado tarde? ¡No es posible que hayan terminado de comer tan pronto! ¿No será que los Karamázov han hecho otra de las suyas? Probablemente. Ahí está tu padre, y le sigue Iván Fiódorovich. Salen de casa del hegúmeno. El padre Isidor les está gritando algo desde el porche. También tu padre grita y agita los brazos, seguramente insulta. ¡Vaya! También Miúsov se va en el coche, ¿lo ves? Mira, Maxímov, el terrateniente, también corre. Sí, aquí ha habido escándalo: ¡esto quiere decir

que no ha habido comida! ¿No habrán dado una paliza al hegúmeno? ¿O quizá les han zumbado a ellos? ¡Bien estaría!...

No eran vanas las exclamaciones de Rakitin. Había habido,
realmente, un escándalo inaudito e inesperado. Todo sucedió
«por inspiración».

VIII

EL ESCÁNDALO

CUANDO Miúsov e Iván Fiódorovich entraban ya en la casa
del hegúmeno, Piotr Alexándrovich, como hombre realmente correcto y fino, experimentó con suma rapidez
un proceso delicado en su género: se avergonzó de haberse
enojado. Sintió en su interior que habría debido desdeñar en
esencia al lamentable Fiódor Pávlovich y no haber perdido la
sangre fría en la celda del stárets, ni debía haberse desconcertado como lo había hecho. «Por lo menos los monjes no tienen
ninguna culpa de lo que ha pasado —se dijo en el porche de la
casa del hegúmeno—, y si hay aquí gente respetable (según parece este padre Nikolái, el hegúmeno, pertenece igualmente a
la nobleza), ¿por qué no ser con ellos amable, atento y cortés?... No voy a discutir, hasta les haré coro, me ganaré su simpatía con mi amabilidad y... y... les demostraré al fin que no
soy yo un hombre para ir del brazo con ese Esopo, con ese bufón, con ese payaso, y que he caído en la celada exactamente
como todos ellos...»

En cuanto a las talas en el bosque y a la pesca, que estaban
en litigio (ni él mismo sabía dónde se encontraban los correspondientes lugares), decidió cedérselas con carácter definitivo,
de una vez para siempre, aquel mismo día —tanto más cuanto
que todo aquello tenía muy poco valor—, y poner fin a sus de-
mandas judiciales contra el monasterio.

Todas estas buenas intenciones se consolidaron aún más
cuando entró en el comedor del padre hegúmeno. La verdad
era que el hegúmeno no tenía comedor, porque sólo disponía
para sí de dos habitaciones de la casa, si bien mucho más espa-

ciosas y cómodas que las del stárets. El mobiliario tampoco se distinguía por ser muy confortable: los muebles eran de caoba, tapizados de cuero, según la vieja moda de la segunda década del siglo; ni siquiera estaban pintadas la tablas del suelo; en cambio, todo brillaba por su limpieza y en las ventanas había muchas flores caras; pero en ese momento, el lujo principal consistía, claro está, en la mesa ricamente servida, aunque también en este sentido había que hablar con cierta relatividad: el mantel era limpio; la vajilla, brillante; había tres clases de pan, cocido a la perfección, dos botellas de vino, dos botellas de excelente hidromiel del monasterio y un gran jarro de cristal con *kvas*[18] también del monasterio, *kvas* famoso en todos aquellos contornos. No había vodka. Rakitin contaba más tarde que esta vez se había preparado una comida de cinco platos: había sopa de esturión pequeño con empanadillas de pescado; luego pescado hervido excelentemente preparado según una receta especial; filetes de pescado fino; helado y compota; finalmente, una jalea de leche por el estilo del manjar blanco. Todo esto lo había husmeado Rakitin, quien, sin poderse contener, se había asomado adrede a la cocina del hegúmeno, donde tenía también sus relaciones. Las tenía en todas partes y en todas partes se hacía con quien le contara lo que pasaba. Era de inquieto y envidioso corazón. Tenía plena conciencia de sus valiosas aptitudes, pero, en su presunción, las exageraba nerviosamente. Sabía a ciencia cierta que sería una figura en su género; pero a Aliosha, muy ligado a él, le dolía que su amigo no fuera honesto y que ni siquiera se diera cuenta de ello; al contrario, sabiendo Rakitin que no robaría dinero aunque se lo encontrara encima de la mesa, se consideraba definitivamente como un hombre de acrisolada honradez. Era aquélla una cuestión en la que ni Aliosha ni nadie habrían podido hacer nada.

Rakitin no tenía categoría para ser invitado a la comida; en cambio, fueron invitados el padre Iósiv, el padre Paísi y con ellos aun otro monje sacerdote. Ya esperaban en el comedor del hegúmeno cuando entraron Piotr Alexándrovich, Kalgánov e Iván Fiódorovich. También esperaba, un poco aparte, el

---

[18] Bebida rusa preparada con malta, agua y distintas clases de pan, parecida al agua de cebada.

terrateniente Maxímov. El padre hegúmeno se adelantó hasta el centro de la estancia para recibir a los invitados. Era un viejo alto, seco, pero todavía vigoroso, de cabello negro con abundantes canas, de cara larga, enjuta y grave. Se inclinó saludando en silencio a los invitados, quienes, esta vez, se acercaron para recibir la bendición. Miúsov iba a arriesgarse incluso a besarle la mano, pero el hegúmeno pareció que la retiraba a tiempo y el ósculo no se dio. En cambio, Iván Fiódorovich y Kalgánov pudieron besarle la mano a satisfacción, es decir, con ruidoso chasquido de labios, al modo de la gente del pueblo.

—Hemos de disculparnos en gran manera. Vuestra reverencia —comenzó a decir Piotr Alexándrovich sonriendo amablemente, aunque con grave y respetuoso tono—, hemos de disculparnos por acudir solos, sin nuestro compañero Fiódor Pávlovich, invitado por usted: se ha visto obligado a declinar la invitación al ágape, y no sin motivo. En la celda del reverendo padre Zosima, alterándose por la lamentable querella de familia con su hijo, ha pronunciado algunas palabras completamente inoportunas... es decir, completamente indecorosas... de lo cual, según parece —miró a los monjes sacerdotes—, Vuestra Reverencia tiene ya noticia. Y como, reconociéndose a sí mismo culpable y sinceramente arrepentido, ha sentido dura vergüenza invencible, nos ha pedido a nosotros, a su hijo Iván Fiódorovich y a mí, que le expresáramos a usted su más sincera pena, su desconsuelo y su arrepentimiento... En una palabra, espera y desea repararlo todo luego, y ahora, solicitando su bendición, le ruega que olvide lo sucedido...

Miúsov calló. Dicha la última palabra de su tirada, se sintió muy satisfecho de sí mismo, hasta el punto de que se le disiparon en el alma incluso las huellas de su reciente irritación. De nuevo experimentaba un pleno y sincero amor por la humanidad. El hegúmeno, que le había escuchado con gravedad, hizo una leve inclinación de cabeza y dijo en respuesta:

—Lamento vivamente su ausencia. Quizá participando en nuestro ágape habría sentido afecto por nosotros del mismo modo que nosotros lo habríamos sentido por él. Bien venidos sean, señores, a nuestra mesa.

Se puso ante el icono y empezó una plegaria en alta voz. Todos inclinaron respetuosamente la cabeza y el terrateniente Maxímov hasta se adelantó con las palmas de las manos juntas en señal de singular devoción.

Y fue entonces, precisamente, cuando Fiódor Pávlovich saltó con su última patochada. Es preciso tener en cuenta que él realmente había deseado marcharse y realmente sentía que era imposible, después de su oprobiosa conducta en la celda del stárets, presentarse, como si nada hubiera pasado, a la comida del hegúmeno. No es que se sintiera lo que se dice muy avergonzado de sí mismo ni que se acusara; quizá todo lo contrario; se daba cuenta de que no estaría bien presentarse a la comida. Pero no bien le acercaron al porche de la posada su chirriante vehículo y se disponía ya a subir al carruaje, Fiódor Pávlovich se detuvo. Se acordó de las palabras que había dicho en la celda del stárets: «Cuando entro en alguna parte a mí siempre me parece que soy el más vil de todos y que todos me toman por un bufón». «Pues venga, voy a hacer realmente de bufón, porque todos, absolutamente todos, sois más tontos y más canallas que yo.» Sintió ganas de vengarse de todos por sus propias villanías. Recordó entonces, a este propósito, que una vez le habían preguntado: «¿Por qué odia usted tanto a fulano de tal?» Y había respondido en un acceso de su bufonesca desfachatez: «Pues por esto: él no me ha hecho nada, es cierto; en cambio, yo le he hecho una villanía indecente, y no bien se la he hecho, le he odiado enseguida por ello.» Al recordarlo, se sonrió silenciosa y malignamente en un momento de cavilación. Los ojos le centellearon y hasta le temblaron los labios. «Ya que he empezado, hay que terminar», decidió de pronto. Su sensación más recóndita, en ese instante habría podido expresarse mediante las siguientes palabras: «Ahora ya es inútil que pienses en rehabilitarte; pues venga, voy a escupirles otra vez con todo descaro; no siento ninguna vergüenza ante vosotros, y basta. ¡Eso es!» Mandó al cochero que esperara y con paso rápido volvió al monasterio, a la casa del hegúmeno. Aún no sabía con claridad lo que iba a hacer, pero sí sabía que ya no se dominaba, que bastaría el más pequeño empujón para que llegara en un santiamén hasta el último límite de alguna infamia, si bien, con todo, de ningún modo iba a llegar al crimen ni iba a cometer ninguna trastada por la que pudieran mandarle a los tribunales. En el último momento, siempre sabía dominarse, por lo que a veces hasta se admiraba de sí mismo. Apareció en el comedor del hegúmeno exactamente en el instante en que se había terminado la plegaria y todos se dirigían a la mesa. Se detuvo en el umbral, contempló el grupo y se echó a reír con una risa prolongada, insolente, maligna, mirándoles audazmente a todos a los ojos.

—¡Ésos se creían que me había marchado, y aquí me tienen! —gritó con voz que resonó en toda la sala.

Por un instante le miraron todos fijamente en silencio; de pronto sintieron que iba a suceder algo repugnante, absurdo, sintieron que iba a producirse inevitablemente un escándalo. Piotr Alexándrovich pasó en un abrir y cerrar de ojos de la placidez al más rabioso estado de ánimo. Todo lo que se le había apagado y calmado en el corazón, resucitó y se encalabrinó de golpe.

—¡No, no puedo soportarlo! —gritó—. No puedo en absoluto... ¡no puedo de ningún modo!

La sangre se le subía a la cabeza. Hasta se embrollaba al hablar, pero no estaba ya para parar mientes en lo que decía y tomó el sombrero.

—¿Qué es lo que no puede —gritó Fiódor Pávlovich—, «no puede de ningún modo, en absoluto»? Vuestra Reverencia, ¿entro, o no? ¿Acepta al comensal?

—Bien venido sea, de todo corazón —respondió el hegúmeno—. ¡Señores! —añadió de pronto—, puedo permitirme rogarles con toda el alma que, dejando a un lado las fortuitas querellas, re reúnan con amor y fraternal concordia, a la vez que rezan al Señor, en este pacífico ágape nuestro...

—No, no, es imposible —gritó como fuera de sí Piotr Alexándrovich.

—Pues, si a Piotr Alexándrovich le es imposible, también a mí me lo es, y no me quedaré. Con esta intención he venido. Ahora estaré siempre, en todas partes, con Piotr Alexándrovich: si usted se va, Piotr Alexándrovich, también yo me iré; si se queda, me quedaré yo. Con lo de la fraternal concordia es con lo que más le ha podido mortificar, padre hegúmeno: ¡No me reconoce como pariente! ¿No es así, Von Sohn? Aquí tenemos a Von Sohn, miren. Muy buenas, Von Sohn.

—¿Se refiere... a mí? —balbuceó estupefacto el terrateniente Maxímov.

—A ti, naturalmente —gritó Fiódor Pávlovich—. ¿A quién, si no? ¡No va a ser Von Sohn el padre hegúmeno!

—Pero yo tampoco soy Von Sohn, yo soy Maxímov.

—No, tú eres Von Sohn. Vuestra Reverencia, ¿sabe qué es eso de Von Sohn? Hubo un proceso criminal: le mataron en una casa de fornicación (me parece que es así como entre ustedes se denominan esas casas), le mataron, le desvalijaron y, a pesar de su edad respetable, le clavaron en una caja, la taparon y lo facturaron, con su correspondiente número, para mandarla como equipaje de Peterburgo a Moscú. Mientras le claveteaban, las fornicadoras plañideras cantaban canciones y tocaban el tímpano, quiero decir el piano. Y éste que está aquí es el propio Von Sohn. Ha resucitado de entre los muertos, ¿no es así, Von Sohn?

—¿Pero qué significa esto? ¿Qué es esto? —se oyó que decían unas voces entre el grupo de los monjes sacerdotes.

—¡Vámonos! —gritó Piotr Alexándrovich, dirigiéndose a Kalgánov.

—¡No, permítanme! —chilló Fiódor Pávlovich, avanzando un paso más en la habitación—. Permítanme también a mí acabar. Allí, en la celda, me han colgado el sambenito de que me he portado irrespetuosamente, total por haber hablado de gobitos. Piotr Alexándrovich Miúsov, mi pariente, gusta de que en las palabras haya *plus de noblesse que de sincerité*[19]; en cambio, a mí me gusta que en mis palabras haya *plus de sincerité que de noblesse*[20], ¡me importa un bledo la *noblesse!*[21]. ¿No es así, Von Sohn? Permítame, padre hegúmeno; yo, aunque bufón y aunque me presente como bufón, soy un caballero de honor y quiero explicarme. Sí, señor, yo soy un caballero de honor, mientras que en Piotr Alexándrovich no hay más que amor propio reprimido. Si he venido aquí, hace poco, quizá ha sido únicamente para ver y explicarme. Mi hijo Alexiéi busca aquí su salvación; yo soy padre, me preocu-

---

[19] más nobleza que sinceridad (fr.).
[20] más sinceridad que nobleza (fr.).
[21] nobleza (fr.).

po y he de preocuparme de su destino. He estado escuchando y representando mi papel, lo he observado todo como. si tal cosa; ahora quiero ofrecerles el último acto de la representación. ¿Qué es lo que pasa entre nosotros? Pues entre nosotros, lo que cae, en el suelo queda. Entre nosotros, lo que cae se queda en el suelo por los siglos de los siglos. ¡Pues no, señor! Yo quiero levantarme. Padres santos, estoy indignado con ustedes. La confesión es un gran sacramento ante el que me inclino reverentemente y estoy dispuesto a prosternarme, pero resulta que allí, en la celda, todos se hincan de rodillas y se confiesan en voz alta. ¿Acaso está permitido confesarse en alta voz? Los Santos Padres establecieron la confesión al oído, y sólo de este modo la confesión de ustedes será un sacramento; así es desde los antiguos tiempos. Si no, ¿cómo voy a explicar, en presencia de todos, que yo, por ejemplo, esto y lo otro?... Bueno, es decir, esto y lo otro, ¿comprenden? A veces hasta resultaría indecente decirlo. ¡Sería un escándalo! No, padres; aquí, entre ustedes, a lo mejor se siente uno arrastrado hacia la secta mística de los jlystý...[22]. Pero en la primera ocasión que se me presente, escribiré al Sínodo, y a mi hijo Alexiéi me lo llevaré a casa...

Aquí, una *nota bene*. Fiódor Pávlovich había oído tocar campanas. En otro tiempo habían corrido malignos chismorreos que habían llegado hasta el obispo (no sólo en lo tocante a nuestro monasterio, sino también respecto a otros monasterios que tenían sus startsí), en el sentido de que a los startsí se les hacía objeto de una consideración excesiva, hasta en perjuicio de la preeminencia del hegúmeno; se decía también, entre otras cosas, que los startsí abusaban del sacramento de la confesión, etc. Acusaciones absurdas, que se habían desvanecido por sí mismas en su tiempo, tanto entre nosotros como por doquier. Mas el torpe diablo que se había apoderado de Fiódor

---

[22] Secta formada en Rusia a mediados del siglo XVII. Su nombre *(jlystý; jlystóvschina)* es una transmutación de *jristí, jristóvschina* —de *Jrist,* Cristo—. Los *jlystý* creían en la resurrección y encarnación eterna de Cristo durante la realización del «culto extático» unido al «rito mágico» (golpe con el flagelo para ahuyentar a los malos espíritus del cuerpo del hombre, etc.). Fue perseguida por la Iglesia y por el Estado.

Pávlovich y que, sobre sus propios nervios, lo conducía cada vez más lejos hacia un abismo de oprobio, le recordó aquella vieja acusación, de la que el propio Fiódor Pávlovich no comprendía una sola palabra. Por otra parte, ni siquiera supo formularla correctamente, tanto más cuanto que esa vez, en la celda del stárets, nadie se había puesto de rodillas para confesarse en voz alta; de modo que Fiódor Pávlovich no pudo haber visto nada semejante y hablaba sólo por viejos rumores y chismorreos que había recordado más o menos vagamente. Pero, no bien hubo dicho aquella estupidez, se dio cuenta de que había soltado una absurda necedad, y de pronto experimentó el deseo de demostrar a sus oyentes y, lo que es peor, de demostrarse a sí mismo, que lo dicho por él no era de ningún modo una necedad. Y aún sabiendo perfectamente que con cada nueva palabra sería aún mayor y más absurda la necedad que añadiría a la anterior, ya no pudo contenerse y rodó como si cayera por una pendiente.

—¡Qué bajeza! —gritó Piotr Alexándrovich.

—Perdone —dijo súbitamente el hegúmeno—. Se dijo, en otro tiempo: «Y han empezado a contar muchas cosas de mí, hasta algunas cosas malas. Pero habiéndolo oído todo, me he dicho a mí mismo: ésta es medicina de Jesús, quien me la envía para curar la vanidad del alma mía.» ¡Por eso también nosotros le damos humildemente las gracias, carísimo huésped!

E hizo una reverencia a Fiódor Pávlovich, inclinándose hasta la cintura.

—¡Ya-ya-ya! ¡Todo esto es santurronería y frases viejas! ¡Viejas frases y viejos gestos! ¡Vieja mentira y formalismo de las reverencias hasta el suelo! ¡Ya conocemos estas reverencias! «Un beso en los labios y un puñal en el corazón», como en *Los bandidos,* de Schiller. La falsedad no me gusta, padres; ¡quiero la verdad! Pero la verdad no está en los gobios pequeños, y así lo he proclamado. Padres monjes, ¿por qué ayunan? ¿Cómo esperan obtener por esto una recompensa en los cielos? ¡Por una recompensa semejante, también yo ayunaría! No, monje santo, hazme el favor de practicar la virtud en la vida, sé útil a la sociedad sin encerrarte en un monasterio con la mesa puesta y sin esperar una recompensa allí arriba, así será más dificilillo. Ya ve, padre hegúmeno, que yo también sé hacer frases bonitas. ¿Qué tienen aquí preparado? —se acercó a la mesa—. Oporto añejo de importación, Medoc de los hermanos Elisiéiev, ¡vaya con los padres! Esto se parece poco a los gobitos. ¡Las botellitas que los padres han preparado! ¡Je-je-je! ¿Y quién ha puesto aquí todas estas cosas? ¡Ha sido el mujik ruso, el trabajador, que os trae aquí el kópek ganado con sus manos callosas, quitándoselo a su familia y a las necesidades del Estado! ¡La verdad es que ustedes, padres santos, están chupando del pueblo!

—Esto ya es totalmente indigno por su parte —articuló el padre Iósiv.

El padre Paísi callaba porfiadamente. Miúsov se precipitó fuera de la estancia seguido de Kalgánov.

—Bueno, padres, ¡yo también sigo a Piotr Alexándrovich! No volveré más aquí; aunque me lo pidan de rodillas, no vendré. Les mandé mil rublitos y a ustedes se les han encandilado otra vez los ojos, ¡je-je-je! No, no añadiré más. ¡Me vengo por mi pasada juventud, por todas las humillaciones que he sufrido! —dio un puñetazo en la mesa, en un acceso de fingido arrebato—. ¡Este monasterio ha significado mucho en mi vida! ¡Muchas amargas lágrimas he vertido yo por él! Ustedes levantaron contra mí a mi propia mujer, a la posesa. Me han maldecido ustedes en siete concilios, me han puesto en entredicho por todos esos contornos! ¡Basta, padres! Nuestra época es de signo liberal, es la época de los barcos de vapor y de los ferrocarriles. ¡De mí no recibirán ustedes ni mil rublos, ni ciento, ni cien kópeks! ¡Nada!

De nuevo *nota bene*. Nuestro monasterio nunca había significado nada semejante ni nada de particular en la vida de Fiódor Pávlovich, ni éste había vertido nunca, por el monasterio, una sola lágrima amarga. Pero Fiódor Pávlovich se sentía tan entusiasmado con esas imaginarias lágrimas suyas que, por un instante, por poco llega a darse crédito a sí mismo; hasta iba a llorar, enternecido; pero en ese mismísimo instante, sintió que había llegado el momento de dar marcha atrás. El hegúmeno, ante aquella venenosa mentira, inclinó la cabeza y articuló de nuevo, con grave voz:

—También se ha escrito: «Sufre pacientemente y con alegría la calumnia de que te hacen víctima, no te conturbes ni odies a quien la calumnia te lanza.» Así obraremos nosotros.

—¡Ya-ya-ya! ¡Camandulería y jerigonzas! Camanduleen, padres, que yo me voy. Y a mi hijo Alexiéi me lo voy a llevar para siempre haciendo uso de mi patria potestad. ¡Iván Fiódorovich, respetuosísimo hijo mío, haga el favor de seguirme! ¡Von Sohn, para qué vas a quedarte aquí! Vente conmigo a la ciudad. En mi casa hay alegría. No está más que a eso de una versta, y en vez de guisos con aceite te daré lechón con papilla; comeremos; habrá coñac y otros licores; lo pondré, también, de zarzamora... ¡Eh, Von Sohn, no te pierdas la felicidad!

Salió gritando y gesticulando. Fue precisamente en ese momento cuando Rakitin le vio y lo señaló a Aliosha.

—¡Alexiéi! —le gritó desde lejos el padre al verle—. Hoy mismo te trasladarás a mi casa definitivamente; llévate la almohada y el colchón, que no quede nada tuyo en este lugar, ¡ni rastro!

Aliosha se detuvo como clavado en la tierra, sin decir palabra, observando con gran atención la escena. Entretanto, Fiódor Pávlovich se metió en el coche, y tras él, silencioso y sombrío, sin volverse siquiera para despedirse de Aliosha, subió Iván Fiódorovich. Pero entonces tuvo lugar aún otra escena grotesca y casi inverosímil, como redondeando el episodio. De pronto, junto al estribo del coche, apareció el terrateniente Maxímov. Había corrido, jadeando, para llegar a tiempo. Se precipitó tanto que, impaciente, puso el pie en el estribo sin esperar a que Iván Fiódorovich hubiera retirado el suyo; se agarró a la caja del coche y empezó a dar saltitos para subir.

—¡Yo también voy con ustedes, yo también! —gritó saltando, riéndose con breve y alegre risa, con cara beatífica y dispuesto a cualquier cosa—. ¡Llévenme también a mí!

—¿No he dicho yo —gritó entusiasmado Fiódor Pávlovich— que es Von Sohn? ¡Es el verdadero Von Sohn, resucitado de entre los muertos! ¿Cómo te las has arreglado para salir de ahí? ¿Qué vonsonizabas ahí y cómo has podido abandonar la comida? ¡La verdad, hay que tener cara dura! Yo la tengo, pero, hermano, ¡la tuya me deja patidifuso! ¡Salta, salta aprisa! Déjale subir, Vania[23], nos divertiremos. Se echará como sea a

---

[23] Diminutivo de Iván; también Vániechka y Vañka.

nuestros pies. ¿Te echarás, Von Sohn? ¿Y si lo colocamos en el pescante, al lado del cochero?... ¡Salta al pescante, Von Sohn!...

Pero Iván Fiódorovich, que se había sentado ya en su sitio, sin decir nada, empujó de pronto, con toda sus fuerzas, a Maxímov y éste voló a tres o cuatro pasos de distancia. Si no cayó, fue por casualidad.

—¡En marcha! —gritó con rabia al cochero Iván Fiódorovich.

—¿Qué haces? ¿Qué haces? ¿Por qué le tratas de esta manera? —soltó Fiódor Pávlovich, pero el coche ya se había puesto en marcha.

Iván Fiódorovich no respondió.

—Pues si que tú... —articuló Fiódor Pávlovich, mirando de reojo a su hijo, después de unos dos minutos de silencio—. Total, fuiste tú quién pensó todo esto del monasterio, quien pincho y quien lo aprobó. ¿A qué viene eso de enfadarse, ahora?

—Basta ya de soltar burradas, por lo menos descanse un poco —le cortó severamente Iván Fiódorovich.

Fiódor Pávlovich enmudeció de nuevo por otros dos minutos.

—Qué bien nos vendría ahora el coñac —observó sentenciosamente.

Pero Iván Fiódorovich no respondió.

—Cuando lleguemos, también tú beberás.

Iván Fiódorovich seguía callado.

Fiódor Pávlovich esperó aún otros dos minutos.

—Pues a Aliosha, de todos modos lo sacaré del monasterio, a pesar de que va a ser esto muy desagradable para usted, mi muy respetuosísimo Karl von Moor.

Iván Fiódorovich se encogió desdeñosamente de hombros y, volviéndose, se puso a mirar al camino. Ya no volvieron a cruzar palabra hasta llegar a su casa.

Libro tercero

LOS LUJURIOSOS

I

EN EL PABELLÓN DE LA SERVIDUMBRE

L A casa de Fiódor Pávlovich Karamázov no estaba situada,
ni mucho menos, en el centro de la ciudad, pero tampoco se encontraba en los extremos. Era bastante vieja,
aunque su aspecto exterior resultaba agradable: era una casa de
una planta, con desván, pintada de gris, techada con planchas
de hierro pintadas de rojo. De todos modos, aún había casa
para mucho tiempo y era espaciosa y confortable. Tenía muchas pequeñas piezas para guardar trastos, escondrijos diversos e inesperadas escaleritas. Había ratas, pero a Fiódor Pávlovich las ratas no le molestaban mucho: «Así no resultan tan
aburridas las veladas, cuando uno se queda solo.» En efecto,
tenía la costumbre de mandar a los criados a que pasaran la
noche en un pabellón aparte y él se encerraba solo en la casa.
Dicho pabellón se alzaba en el patio, era vasto y sólido; en
él mandó construir Fiódor Pávlovich la cocina, aunque también tenía la cocina en casa, pero el olor de los guisos le desa-
gradaba, y tanto en invierno como en verano se hacía llevar la
comida a través del patio. La casa había sido construida para
una gran familia y habrían podido acomodarse en ella en número cinco veces mayor señores y criados. En la época de
nuestro relato, en la casa no vivían más que Fiódor Pávlovich
e Iván Fiódorovich, y el pabellón de la servidumbre lo ocupaban sólo tres criados: el viejo Grigori, la vieja Marfa, su mujer,
y Smérdiakov, todavía joven. Hay que hablar con algo más de
detalle de estas tres personas de la servidumbre. Del viejo Grigori Vasílievich Kutúzov, sin embargo, ya hemos hablado bas-

tante. Era un hombre firme e intransigente, que se encaminaba tenaz y rectilíneo hacia su objetivo siempre y cuando el objetivo suyo, por las causas que fueran (a menudo sorprendentemente ilógicas), se le presentara a sus ojos como una verdad
incontestable. Era, hablando en términos generales, un hombre honrado e insobornable. Su mujer, Marfa Ignátievna, pese
a que toda la vida se había sometido sin chistar a la voluntad
de su marido, no le dejaba en paz con sus ruegos, como hizo
por ejemplo inmediatamente después de la liberación de los
campesinos[1], al instarle a que abandonara a Fiódor Pávlovich
para trasladarse a Moscú y poner allí alguna tiendecita (había
reunido algo de dinero); pero Grigori decidió entonces, de una
vez para siempre, que la mujer mentía, «porque todas las mujeres son deshonestas», y que no debían de abandonar a su antiguo señor «porque tal era ahora su deber».

—¿Entiendes tú lo que es el deber? —preguntaba, dirigiéndose a Marfa Ignátievna.

—Lo que es el deber sí lo entiendo, Grigori Vasílievich,
pero que nuestro deber sea quedarnos aquí toda la vida es cosa
que no entenderé nunca —respondía firmemente Marfa Ignátievna.

—Pues no lo comprendas, pero así será. En adelante, calla.

Y así fue: no se marcharon; Fiódor Pávlovich les asignó un
pequeño sueldo y se lo pagaba con regularidad. Grigori sabía,
además, que ejercía sobre su señor una influencia indiscutible.
Lo notaba, y estaba en lo cierto: el astuto y terco bufón, Fiódor Pávlovich, de carácter muy firme «en ciertas cosas de la
vida», según él mismo se expresaba, solía ser, con gran sorpresa de sí mismo, hasta de carácter muy débil en otras «cosas de
la vida». Sabía en cuáles, lo sabía y tenía muchos temores. En
algunas cosas de la vida había que estar alerta y ello resultaba
duro sin un hombre fiel; pues bien, Grigori era un hombre fidelísimo. Había sucedido, incluso, que Fiódor Pávlovich, en el
transcurso de su carrera, muchas veces pudo haber sido zurrado, y zurrado dolorosamente, y siempre le había sacado de
apuros Grigori, aunque siempre le soltara, después, un sermón. Pero no eran sólo las palizas lo que podía asustar a Fió-

---

[1] Se refiere a la abolición de la servidumbre en 1861.

dor Pávlovich: solían darse casos más graves, incluso en alto grado sutiles y complejos, cuando Fiódor Pávlovich ni siquiera habría estado en condiciones, quizá, de definir la necesidad insólita que empezaba a sentir, instantánea e incomprensiblemente, de tener a su lado una persona fiel y allegada. Se trataba de casos poco menos que morbosos: disoluto y, a menudo, cruel en su lujuria, cual insecto peligroso, Fiódor Pávlovich, en momentos de embriaguez, experimentaba a veces un miedo y una conmoción moral súbitos, que casi le repercutían físicamente en el alma. «En estas ocasiones es como si el alma me palpitara en la garganta», decía. Era, precisamente, en esos momentos, cuando a él le gustaba que a su lado, cerca, aunque no fuera en la misma estancia, sino en el pabellón vecino, hubiera un hombre como Grigori, abnegado, firme, completamente distinto de él, nada disoluto; un hombre que, aun viendo todo el libertinaje que allí se daba y conociendo todos los secretos de la casa, lo admitía todo por fidelidad, no ofrecía resistencia y, lo que es más importante, no reprochaba nada, no amenazaba con nada, ni en esta vida ni en la futura; un hombre que, además, en caso de necesidad, le defendiera —¿contra quién?— contra alguien terrible y peligroso aunque desconocido. Se trataba, precisamente, de que hubiera sin falta *otro* hombre amigo de mucho tiempo a quien poder llamar en un momento difícil con el único fin de mirarle la cara, quizá de cambiar una palabrita, hasta completamente accidental, y si el otro se quedaba tranquilo, si no se enfadaba, entonces parecía que se experimentaba un alivio en el corazón; si el otro se enfadaba, entonces la tristeza se hacía mayor. Ocurría (de todos modos, muy raras veces) que Fiódor Pávlovich iba hasta de noche al pabellón a despertar a Grigori y le llamaba para que fuera a verle por unos momentos. Grigori acudía; Fiódor Pávlovich se ponía a hablar con él de verdaderas bagatelas, pronto le dejaba marchar, a veces riéndose de él y bromeando; luego escupía, se acostaba y se dormía ya con el sueño de los justos. Algo por el estilo le había sucedido cuando llegó Aliosha. Aliosha «le atravesó el corazón» porque «vivía, lo veía todo y no reprochaba nada». Más aún, había traído consigo algo inaudito: una falta total de desprecio por él, por el viejo; al contrario, mostraba por él una afabilidad constante y un cariño —que tan poco merecía— totalmente natural y sincero. Todo eso fue, para el viejo libidinoso y sin familia, una sorpresa total, inesperada por completo para él, quien hasta entonces no se había complacido más que con lo «malo». Cuando Aliosha se fue al monasterio, Fiódor Pávlovich se confesó que había comprendido algo que hasta entonces no había querido comprender.

Ya he recordado, al principio de mi relato, que Grigori había odiado a Adelaida Ivánovna, la primera esposa de Fiódor Pávlovich y madre de su primer hijo, Dmitri, y que, por el contrario, había defendido a la segunda esposa, a la posesa, Sofía Ivánovna, contra su propio señor y contra todo aquel que hubiera tenido la ocurrencia de decir, refiriéndose a ella, alguna palabra desconsiderada o frívola. Su simpatía por aquella desgraciada se había convertido en algo sagrado, de modo que transcurridos veinte años no habría soportado de nadie ni siquiera una desconsiderada alusión a ella, enseguida habría replicado al atrevido. Por su aspecto, Grigori era un hombre frío y serio, poco hablador, que se expresaba con palabras contundentes, exentas de frivolidad. También resultaba imposible explicarse de buenas a primeras si quería o no a su mujer, humilde y sumisa; pero el hecho era que él realmente la quería, y ella, desde luego, lo comprendía. Marfa Ignátievna no era una mujer tonta; quizás, hasta era más inteligente que su esposo, por lo menos era más juiciosa que él en las cuestiones de la vida; sin embargo, se le subordinó sin réplica y humildemente desde el comienzo mismo de su vida de matrimonio, y no hay duda alguna de que le respetaba por su superioridad espiritual. Es de notar que hablaban extraordinariamente poco entre sí y sólo de las cosas más necesarias y corrientes. El grave y majestuoso Grigori meditaba siempre solo sus asuntos y preocupaciones, de modo que Marfa Ignátievna había comprendido, hacía ya mucho tiempo, de una vez para siempre, que él no necesitaba para nada sus consejos. Sentía que su marido estimaba su silencio y que lo tenía por una prueba de inteligencia. Él no le pegaba nunca, excepción hecha de una sola vez, y aun levemente. Durante el primer año de matrimonio de Adelaida Ivánovna con Fiódor Pávlovich, una vez, las mozas y mujeres de la aldea, aún siervas, se reunieron en el patio del señor para cantar y bailar. Empezaron con la canción *En los prados, en los verdes prados,* y de pronto, Marfa Ignátievna, que aún era joven, se plantó de un salto frente al coro y se puso a bailar la danza rusa de una manera especial, no a lo campesino, como las mujeres, sino como la bailaba cuando era moza de la servidumbre en casa de los ricos Miúsov, en el teatro que éstos tenían en su finca, donde enseñaba a bailar a los actores, siervos de la casa, un profesor que habían hecho venir de Moscú. Grigori vio cómo daba vueltas su mujer, y ya en su casa, en la isbá, una hora después, le dio una lección tirándole un poquitín de los cabellos. Pero con esto se terminaron de una vez para siempre las palizas, que no volvieron a repetirse en toda la vida, aparte de que Marfa Ignátievna juró no danzar más desde entonces.

Dios no les había dado hijos; tuvieron uno solo, pero se les murió. Mas, a Grigori, por lo visto le gustaban los niños, y él ni siquiera lo disimulaba, es decir, no se avergonzaba de manifestarlo. Cuando Adelaida Ivánovna huyó, Grigori llevó a su casa a Dmitri Fiódorovich, que era entonces un niño de tres años, y lo estuvo cuidando durante casi un año; él mismo lo peinaba e incluso lo lavaba en el lebrillo. Luego se ocupó de Iván Fiódorovich y de Aliosha, lo que le valió una bofetada; pero todo esto lo he contado ya. En cambio, su propio hijo no le dio más alegría que la de la esperanza, cuando Marfa Ignátievna estaba aún encinta. Pero cuando nació, Grigori sintió el corazón transido de pena y horror. El niño había nacido con seis dedos. Al verlo, Grigori quedó tan abatido que no sólo guardó silencio hasta el día del bautizo, sino que se iba adrede al huerto a cavar. Era primavera; durante tres días cavó bancales. Al tercer día, había que bautizar al niño; para entonces, Grigori ya había discurrido algo. Entró en la isbá, donde se habían reunido los popes y los invitados y donde había acudido el propio Fiódor Pávlovich en calidad de padrino, y declaró de repente que al niño «no debían de bautizarlo de ningún modo»; lo declaró en voz baja, sin explicaciones, articulando apenas las palabras, mirando sólo obtusa y fijamente al sacerdote.

—¿Por qué? —le preguntó éste con divertida sorpresa.

—Porque... es un dragón —balbuceó Grigori.

—Cómo, un dragón, ¿qué dragón?

Grigori guardó silencio unos momentos.

—Ha habido un embrollo de la naturaleza... —balbuceó, por lo visto sin ganas de extenderse más sobre el particular.

Se rieron y, desde luego, bautizaron a la pobre criatura. Grigori rezó con fervor junto a la pila bautismal, pero no modificó la opinión que tenía del recién nacido. De todos modos, no puso dificultades a nada, sólo que durante las dos semanas que tuvo de vida el enfermizo pequeñuelo apenas lo miró, ni siquiera quería reparar en él y se pasaba la mayor parte del tiempo fuera de la isbá. Pero cuando el niño murió de afta a las dos semanas, el propio Grigori lo puso en el ataúd, lo contempló con hondísima pena y, cuando cubrían de tierra la pequeña y poco profunda tumba, se hincó de rodillas y se inclinó hasta tocarla con la frente. Desde entonces habían pasado muchos años y ni una sola vez había hablado de su hijo; tampoco Marfa Ignátievna, en presencia suya, no aludió ni una sola vez al niño; y si hablando con alguien se refería a su «hijito», lo hacía en voz baja, aunque no estuviera presente Grigori Vasílievich. Según observación hecha por Marfa Ignátievna, Grigori Vasílievich, desde aquella muerte, empezó a ocuparse sobre todo de las «cosas divinas», leía el *Cheti-Minéi,* con frecuencia en silencio y solo, poniéndose siempre sus grandes gafas de plata redondas. Pocas veces leía en voz alta, sino era, en todo caso, por Cuaresma. Le gustaba el libro de Job; se había procurado una lista de sentencias y sermones «de nuestro santo padre Isaac de Siria»[2] y lo leyó porfiadamente durante muchos años, sin entender en absoluto lo que leía, aunque quizá por esta razón era éste el libro que más estimaba. Últimamente, había empezado a interesarse por la doctrina de los flagelantes y a profundizar en ella, por haber encontrado adeptos en la vecindad; por lo visto quedó muy impresionado, pero no consideró oportuno pasar a la nueva fe. Sus numerosas lecturas de «cosas divinas» aún acentuaron, como es natural, el aire de gravedad de su fisonomía.

Quizá sentía inclinación por el misticismo. Y sucedió que, como hecho adrede, la venida al mundo y la muerte de su pequeñuelo de seis dedos coincidieron con otro caso muy extraño y original, que dejó en su alma «una huella», como se expre-

---

[2] Eremita del siglo VII que dejó varios libros sobre el pecado y la vida santa.

só en cierta ocasión, más tarde, el propio Grigori. Ocurrió que durante el día que siguió al entierro del pequeñuelo de seis dedos, Marfa Ignátievna se despertó por la noche y creyó oír el llanto de un niño recién nacido. La mujer se asustó y despertó a su marido. Éste escuchó con atención y observó que aquello eran más bien gemidos de persona, «parecían de una mujer». Se levantó, se vistió; era una noche de mayo bastante cálida. Al salir al porche, notó con claridad que los gemidos partían del huerto. Pero el huerto, por la noche, quedaba cerrado con llave desde el patio, y no era posible entrar en él por otro lugar, pues estaba cercado por una fuerte y alta valla. Grigori entró en su casa, encendió un farol, tomó la llave de la puerta del huerto, y sin hacer caso del horror histérico de su esposa, la cual seguía afirmando que oía el llanto de un niño y que seguramente lloraba su pequeño y la llamaba, se dirigió al huerto sin decir palabra. Allí se dio perfecta cuenta de que los gemidos procedían del baño que tenían en el huerto, no lejos del portillo, y que quien gemía era en verdad una mujer. Abrió el baño y vio un espectáculo que le dejó petrificado: una bendita de la localidad, que vagaba por las calles y era conocida de todo el mundo, apodada Lisavieta Smerdiáschaia[3], se había metido en el baño y acababa de dar a luz a un niño. La criaturita estaba a su lado y ella agonizaba. La mujer no decía nada, pues no sabía hablar. Pero todo esto requiere una explicación aparte.

II

LISAVIETA SMERDIÁSCHAIA

UNA circunstancia especial conmovió profundamente a Grigori y acabó de remachar en él una sospecha desagradable y repugnante. Lisavieta Smerdiáschaia era una moza de muy baja estatura, «de poco más de siete palmos», como decían enternecidas, al recordarla después de su muerte, muchas de las viejas beatas de nuestra ciudad. Su cara de vein-

---

[3] Maloliente (De *smerdiet*, despedir mal olor).

te años, sanota, ancha y sonrosada, era por completo la de una idiota; en cambio, la mirada de sus ojos era fija y desagradable, aunque pacífica. La joven iba siempre descalza, tanto en verano como en invierno, sin más ropa que una camisa de basta tela de cáñamo. Los cabellos, extraordinariamente espesos, casi negros, ensortijados como los vellones de un carnero, se le sostenían en la cabeza como si llevara un enorme gorro. Además, siempre los tenía manchados de tierra, de barro, con hojitas pegadas, briznas o pequeñas virutas, pues siempre dormía sobre el suelo y entre porquería. Su padre era el menestral Iliá, hombre arruinado, enfermizo y sin casa, muy dado a la bebida, que vivía hacía ya muchos años en calidad de peón en casa de unos amos acomodados, menestrales también de nuestra ciudad. La madre de Lisavieta había muerto hacía mucho. Iliá, siempre enfermizo y rabioso, golpeaba inhumanamente a su hija cuando ésta aparecía por la casa, cosa que hacía raras veces, pues en todas partes era acogida por caridad, como una bendita criatura de Dios. Los amos de Iliá, el propio Iliá y hasta muchas de las personas compasivas de la ciudad, en especial mercaderes y sus esposas, en más de una ocasión procuraron vestir a Lisavieta más decentemente que con su sola camisa, y cuando llegaba el invierno siempre le ponían un pellico largo y la calzaban con botas altas; ella, por lo general, dejaba que la vistieran y calzaran sin ofrecer ninguna resistencia; luego se iba y en cualquier sitio, preferentemente en el atrio de la iglesia catedralicia, se quitaba todo lo que le habían dado —un pañuelo, una falda, un pellico, unas botas—, lo dejaba allí y se marchaba descalza, sin más ropa que la camisa, como antes. Sucedió una vez que un nuevo gobernador de nuestra provincia, al recorrer la ciudad en visita de inspección, se sintió muy ofendido en sus mejores sentimientos al ver a Lisavieta; y si bien comprendió que se trataba de una «bendita» tal como le habían informado, reprobó que una moza, sin más ropa que una camisa, vagara por las calles de la ciudad, con lo que atentaba contra las buenas costumbres, y ordenó que en adelante aquello no volviera a suceder. Pero el gobernador partió y a Lisavieta la dejaron en paz. Por fin se le murió el padre y con ello todas las almas piadosas de la ciudad sintieron aún más cariño por Lisavieta, pues quedaba huérfana. En efecto, parecía incluso que hasta la querían todos; ni siquiera los muchachos se burlaban de ella ni la ofendían, a pesar de que nuestros muchachos, sobre todo los que van a la escuela, son gente traviesa. Lisavieta entraba en casas desconocidas y nadie la echaba; al contrario, todos tenían para ella una palabra cariñosa y una monedita de medio kópek. Le daban la monedita, Lisavieta la tomaba y se iba enseguida a echarla en el cepillo de alguna iglesia o de la cárcel. Si en el mercado le daban una rosquilla o un bollo, se acercaba sin falta al primer niño que veía y se lo entregaba, o bien detenía a alguna señora, que podía ser la más rica de la ciudad, y se lo entregaba a ella; las señoras lo tomaban hasta con satisfacción. Ella, en cambio, no se nutría más que de pan negro y agua. A veces entraba en una tienda rica, se sentaba; podía haber allí raras mercaderías, dinero; los dueños nunca la vigilaban, sabían que aunque pusieran ante ella miles de rublos y se olvidaran, la bendita no tomaría ni un kópek. Pocas veces entraba en la iglesia, dormía en los porches de los templos o en algún huerto, después de saltar la sebe (en nuestra ciudad, todavía hay muchas sebes en vez de vallas). A su casa, es decir, a la casa de los dueños donde había vivido su difunto padre, solía acudir una vez por semana, y en invierno iba hasta todos los días, pero sólo para pasar la noche, en el zaguán o en el corral de las vacas. Se admiraban de que pudiera soportar una vida semejante, pero ella ya estaba acostumbrada; aunque de pequeña talla, era de complexión insólitamente robusta. Entre los señores había quien afirmaba que Lisavieta hacía todo aquello sólo por orgullo, pero esta afirmación resultaba absurda: Lisavieta no sabía ni pronunciar una palabra, sólo de vez en cuando llegaba a mover la lengua y a proferir un mugido. ¿Cómo podía hablarse de orgullo en estas circunstancias?

Pues sucedió que una vez (de esto hace ya bastante tiempo), en una noche de septiembre, clara y cálida, una noche de luna llena, muy tarde ya teniendo en cuenta nuestras costumbres, una pandilla achispada de nuestro señorío, unos cinco o seis bravucones que habían estado de juerga, regresaban del club a sus casas, atajando el camino por una callejuela. A ambos lados de la callejuela se elevaban las sebes, tras las cuales se extendían los huertos de las casas colindantes; la callejuela salía a la pasarela tendida sobre nuestro largo y maloliente charco, que entre nosotros suele denominarse a veces riachuelo. Al pie de la sebe, entre ortigas y lampazos, nuestra pandilla vio a Lisavieta dormida. Los señores juerguistas se detuvieron junto a ella riendo a carcajadas y se pusieron a soltar toda clase de agudezas de las que de ningún modo pasan por la censura. A uno de los señoritos se le vino de pronto a la cabeza una cuestión totalmente excéntrica sobre un tema imposible: «Si podría alguien, decía, quienquiera que fuese, tener a aquella bestia por mujer, por ejemplo en aquel mismo momento, etc.» Todos decidieron con orgullosa repugnancia que no era posible. Pero en el grupo se encontraba Fiódor Pávlovich, y en un santiamén saltó y dijo que se la podía tener por mujer, y no poco, y que en ello había incluso algo picante, de un género especial, y así sucesivamente. Cierto, en aquel entonces representaba hasta con una ostentación muy excesiva su papel de payaso, se complacía en hacerse ver y divertir a los señores, en un aparente plano de igualdad, desde luego, pero de hecho como un auténtico sinvergüenza ante ellos. Por aquel entonces, supo la noticia de la muerte de su primera esposa, Adelaida Ivánovna, en Peterburgo; se puso un crespón en el sombrero, pero bebía y armaba tales escándalos que chocaba hasta a la gente más depravada de la ciudad. La pandilla, claro está, acogió con estrepitosas risas aquella inesperada opinión; uno de los presentes incluso azuzó a Fiódor Pávlovich, pero los demás manifestaron con redoblada insistencia su asco, si bien todo ello aun con descomunal algazara, y al fin continuaron todos su camino. Más tarde, Fiódor Pávlovich afirmó y juró que aquella noche se había ido con los demás; es posible que así fuese, nadie lo sabe a ciencia cierta ni se ha sabido nunca, pero transcurridos cinco o seis meses, la ciudad entera se puso a hablar con sincera y extraordinaria indignación de que Lisavieta estaba encinta; todos preguntaban e inquirían: ¿de quién era el pecado, quién era el autor del ultraje? De punta a punta de la ciudad se extendió entonces el espantoso rumor de que el ultraje se debía a Fiódor Pávlovich. ¿De dónde salió el rumor? De la alegre pandilla de señores, ya no quedaba en la ciudad más que uno, un hombre entrado en años, respetable Consejero de Estado, con familia e hijas adultas, y él, desde luego, no habría difundido ninguna noticia, ni siquiera aun en el caso de que hubiera ocurrido algo; en cuanto a los demás, unos cinco hombres, se habían marchado ya de la ciudad. No obstante, el rumor señalaba directamente a Fiódor Pávlovich y continuaba señalándole. No es que éste tuviera mucho empeño en ello, desde luego; pero no se habría dignado replicar a unos vulgares mercaderes o menestrales. Entonces era orgulloso y no trataba más que con su grupo de funcionarios y nobles, a quienes tanto divertía. Fue entonces cuando Grigori enérgicamente, con todas sus fuerzas, se levantó escudando a su señor, y no sólo lo defendía contra todas esas habladurías, sino que reñía y disputaba por él e hizo cambiar de opinión a muchos. «Sólo ella, la perdida, es culpable», afirmaba terminante, y el ofensor no era otro que «Karp, el del tornillo» (así se llamaba a un temible recluso que entonces se había evadido de la cárcel provincial y vivía escondido en nuestra ciudad, donde se le conocía). La conjetura parecía verosímil; recordaban a Karp, recordaban muy bien que precisamente durante aquellas noches, poco antes del otoño, Karp había deambulado por las calles de la ciudad y había desvalijado a tres viandantes. Pero cuanto había acontecido y todos aquellos comentarios no hicieron mella en la simpatía general por la pobre bendita; al contrario, todos pusieron aún más empeño en velar por ella y salvaguardarla. Una viuda acomodada, la mercadera Kondrátieva, tomó incluso las medidas necesarias para recoger en su casa a Lisavieta ya a finales de abril, con el propósito de no dejarla salir hasta que hubiera dado a luz. La vigilaban constantemente; mas sucedió que, pese a toda la vigilancia, al atardecer del último día, Lisavieta logró salir a escondidas de la casa de Kondrátieva y fue a parar al huerto de Fiódor Pávlovich. Cómo, en su estado, pudo franquear la alta y fuerte valla del huerto, ha constituido una especie de enigma. Unos afirmaron que «alguien» la había ayudado; otros, que la había ayudado «alguna fuerza sobrenatural». Lo más probable es que todo sucediera de manera normal, aunque muy extraña, y que Lisavieta, acostumbrada a saltar las sebes para pasar la noche en los huertos, logró también, como fuera, trepar por la valla de Fiódor Pávlovich y saltar el huerto, a pesar de su estado, y no sin daño suyo. Grigori se precipitó en busca de Marfa Ignátievna para que ayudara a Lisavieta, mientras él iba corriendo a buscar a una partera, de familia menestral, que, por suerte, no vivía lejos. Salvaron al niño, pero Lisavieta expiró al amanecer. Grigori tomó al recién nacido, lo llevó a su casa, hizo sentar a su mujer y le puso al pequeño sobre las rodillas, apoyándolo contra el pecho: «Este huérfano, criatura de Dios, es pariente de todos y más aún de nosotros. Nuestro pequeño difunto nos lo envía; este huérfano ha nacido de una santa y del hijo del demonio. Críalo y en adelante no llores.» Y así Marfa Ignátievna se hizo cargo del niño. Le bautizaron y le pusieron el nombre de Pável; como patronímico, todos, incluidos ellos mismos, empezaron a llamarle Fiódorovich, sin que nadie se lo indicara. Fiódor Pávlovich no hizo la menor objeción y hasta encontró todo eso divertido, aunque siguió rechazando con la mayor energía toda responsabilidad. En la ciudad causó buena impresión el que éste acogiera al niño abandonado. Más tarde, hasta ideó para él un apellido: le llamó Smerdiákov, según el apodo de la madre, Lisavieta Smerdiáschaia. Smerdiákov se convirtió en el segundo criado de Fiódor Pávlovich y, al comienzo de nuestra historia, vivía en el pabellón, con el viejo Grigori y la vieja Marfa. Le tenían de cocinero. Sería muy necesario también contar algo de él especialmente, pero a mí ya me remuerde la conciencia por distraer durante tanto tiempo la atención del lector hablándole de criados tan vulgares; vuelvo, pues, a mi relato con la esperanza de que ya se presentará por sí misma la ocasión de hablar de Smerdiákov en el curso ulterior de la novela.

III

CONFESIÓN DE UN CORAZÓN ARDIENTE.
EN VERSO

A L oír la orden que su padre le daba desde el coche al partir del monasterio, Aliosha permaneció cierto tiempo lleno de asombro. No es que se quedara plantado como un poste, esto no solía ocurrirle. Al contrario, pese a toda su inquietud, tuvo tiempo de ir al instante a la cocina del hegúmeno y enterarse de lo que su padre había hecho arriba. Luego, sin embargo, se puso en marcha con la esperanza de que, camino de la ciudad, tendría tiempo de resolver un problema que le acongojaba. Diré de buenas a primeras que no temía en lo más mínimo los gritos de su padre ni el mandato de trasladarse a su casa «con las almohadas y el colchón». Comprendía que la orden de trasladarse, formulada en voz alta y con un grito tan demostrativo, había sido dada «en un momento de arrebato», incluso, digamos, para causar impresión, de modo análogo a como, no hacía mucho, un menestral de la ciudad, habiendo bebido más de la cuenta durante su onomástica, se enfadó porque no le daban más vodka, en presencia de los invitados, empezó a romper su propia vajilla, a rasgar su ropa y el vestido de su mujer, a destrozar los muebles y, finalmente, los cristales de su casa, todo ello también para causar impresión; era algo por el estilo, desde luego, lo que había ocurrido a su padre, pensaba Aliosha. Al día siguiente, claro está, el menestral que tanto había empinado el codo, vuelto en sí, lamentó la pérdida de tazas y platos. Aliosha sabía que también el viejo, al día siguiente, con toda probabilidad le dejaría volver al monasterio; quizá se lo permitiría aquella misma tarde. Además, Aliosha estaba plenamente convencido de que su padre podría querer molestar a quien fuese, pero no a él. Estaba convencido de que a él en todo el mundo no había ni habría nunca nadie que quisiera ofenderle, ni siquiera que pudiese ofenderle. Esto era para él un axioma, dado de una vez para siempre, sin razonamientos, y con esta idea seguía adelante sin ninguna vacilación.

Pero lo que en él rebullía entonces era un miedo distinto, de otro género, tanto más atormentador cuanto que ni siquiera el propio Aliosha habría podido definirlo; era miedo a la mujer, precisamente a Katerina Ivánovna, la cual, con la noticia que le había transmitido hacía poco por la señora Jojlakova, le suplicaba con tanta insistencia que fuera a verla sin concretar para qué. Esta petición y la necesidad ineludible de acudir enseguida, despertaron en el corazón de Aliosha cierto sentimiento de congoja, y durante toda la mañana, con tanta más fuerza cuanto más tiempo transcurría, esa sensación fue adquiriendo cada vez más intensidad, a pesar de todas las escenas e incidentes que luego se sucedieron en el monasterio, así como hacía unos momentos en casa del hegúmeno, etcétera. Su miedo no se debía a ignorar lo que ella quería decirle y lo que él iba a contestar. Tampoco era a la mujer en general lo que en ella temía: mujeres, conocía pocas, desde luego; pero al fin y al cabo durante toda su vida, desde la infancia hasta su entrada en el monasterio, no había vivido más que con mujeres. Temía precisamente a aquella mujer, temía a Katerina Ivánovna en concreto. La temía desde que la había visto por primera vez. La había visto sólo una o dos veces, quizás incluso tres; en cierta ocasión había llegado a cambiar con ellas unas palabras, casualmente. La imagen que de ella recordaba era la de una joven guapa, orgullosa e imperativa. Pero no era su hermosura lo que le torturaba, sino algo muy distinto. La imposibilidad de explicar el miedo que experimentaba era, precisamente, lo que en aquellos momentos hacía aún más fuerte su temor. Los fines de la joven eran nobilísimos, Aliosha lo sabía; Katerina Ivánovna se esforzaba por salvar al hermano Dmitri, culpable ya ante ella, y procuraba hacerlo movida sólo por su magnanimidad. Pero el caso era que, pese a su conciencia y a la justicia que animaba —y él no podía dejar de reconocerlo así— a todos esos espléndidos y magnánimos sentimientos, Aliosha sentía escalofríos en la espalda a medida que se acercaba a la casa de la joven.

Suponía que no iba a encontrar allí a su hermano Iván, tan afecto a Katerina Ivánovna: Iván estaría entonces, probablemente, con su padre. Más seguro estaba aún de no encontrar a Dmitri, y presentía el porqué. Su conversación, pues, se celebraría a solas. Aliosha tenía enormes deseos de ver a su hermano Dmitri y de llegarse hasta su casa antes de sostener esa conversación fatal. Sin mostrarle la carta, podría hablar con él más o menos de la cuestión. Pero el hermano Dmitri vivía lejos y, con toda probabilidad, tampoco estaría entonces en su casa. Aliosha se detuvo unos momentos y, por fin, se decidió definitivamente. Se persignó con gesto habitual y rápido, se sonrió, y se dirigió con paso firme a ver a su terrible dama.

Conocía la casa. Pero si había que ir a la calle Mayor, atravesar luego la plaza y demás, resultaba bastante lejos. Nuestra pequeña ciudad está muy dispersa y en ella las distancias suelen ser bastante grandes. Además, le estaba esperando su padre, quien, quizás, aún no había tenido tiempo de olvidar su orden y podía salirle con alguna pata de gallo; Aliosha, pues, tenía que darse prisa para llegar a tiempo a un sitio y a otro. Habiéndose hecho todas estas reflexiones, decidió acortar el camino pasando por los patios de las casas, pues conocía al dedillo todos los atajos de la ciudad. Pasar por los patios significaba cruzar lugares casi sin camino, a lo largo de vallas de solares sin edificar, saltando, a veces, incluso sebes de casas ajenas, dejando de lado patios de otras casas, donde, por lo demás, todo el mundo le conocía y le saludaba. De este modo, la calle Mayor le quedaba dos veces más cerca. En un lugar tuvo que acercarse mucho a su casa paterna, andar junto a un huerto vecino al de su padre, huerto que pertenecía a una casita pequeña y vetusta de cuatro ventanas, inclinada sobre uno de los costados. La dueña de la casita era, como sabía Aliosha, una menestrala de nuestra ciudad, una mujer vieja a la que le faltaba una pierna. La mujer vivía con su hija, ex camarera que se había familiarizado con la civilización en la capital, casi siempre en casas de generales, que lucía elegantes vestidos, que había regresado al lado de su madre hacía ya un año poco más o menos debido a la enfermedad de la vieja. Sin embargo, la vieja y su hija habían caído en una pobreza espantosa y por razón de vecindad acudía a la cocina de Fiódor Pávlovich todos los días por sopa y pan. Marfa Ignátievna se lo daba de buen grado. Pero la hija, aunque acudía por la sopa, no había vendido ninguno de sus vestidos y hasta tenía uno de cola larguísima. Aliosha se había enterado de esta circunstancia, naturalmente, por pura casualidad, gracias a su amigo Rakitin, quien decididamente estaba enterado de todo lo que sucedía en la población. Aliosha, desde luego, se olvidó de tal circunstancia al momento de haberla conocido. Pero al llegar junto al huerto de la vecina, se acordó repentinamente nada menos que de dicha cola y levantó con brusquedad la cabeza, que había bajado, pensativo, y... entonces tuvo el encuentro más inesperado.

Al otro lado de la sebe del huerto, subido sobre alguna cosa y sobresaliendo del cercado hasta el pecho, su hermano Dmitri Fiódorovich le estaba haciendo aparatosas señas con los brazos, llamándole para que acudiera donde él estaba, por lo visto temiendo no ya gritar, sino incluso pronunciar en voz alta una palabra, para que no le oyeran. Aliosha se le acercó corriendo.

—Menos mal que se te ha ocurrido mirar, por poco grito para llamarte —susurró Dmitri Fiódorovich, jubiloso y apresuradamente—. ¡Salta aquí! ¡Aprisa! Qué bien que hayas venido. Hace un momento estaba pensando en ti...

El propio Aliosha se sentía contento, y lo que le tenía perplejo era pensar cómo iba a saltar el cercado. Pero Mitia, con mano herculea, le agarró por el antebrazo y le ayudó. Aliosha, recogida la sotana, saltó con la ligereza de un desarrapado muchacho de ciudad.

—Bueno, andando, ¡vamos! —susurró Mitia entusiasmado.

—¿Adónde? —preguntó en el mismo tono Aliosha, mirando en todas direcciones y viéndose en un huerto totalmente desierto, en el cual no había nadie excepción hecha de ellos dos. El huerto era pequeño; de todos modos, la casita de los dueños estaba a no menos de cincuenta pasos de distancia—. Aquí no hay nadie, ¿por qué hablas en voz baja?

—¿Por qué hablo en voz baja? ¡Ah, diablo! —gritó súbitamente Dmitri Fiódorovich a pleno pulmón—. Sí, ¿por qué hablo en voz baja? Ya ves cómo, sin más ni más, la naturaleza puede hacerse un galimatías. Me he metido aquí en secreto y estoy al acecho de un secreto. La explicación vendrá luego, pero comprendiendo que se trata de un secreto, me he puesto a hablar también secretamente y susurro como un tonto cuando no hace falta. ¡Vámonos! ¡Allí, mira! Hasta entonces, cállate. ¡Quiero darte un beso!

> Gloria al Altísimo en la tierra,
> Gloria al Altísimo en mi...

Esto es lo que estaba recitando, aquí sentado, en el momento en que te he visto llegar.

El huerto tendría algo más de una *desiatina*[4] de superficie, pero sólo tenía árboles a su alrededor, a lo largo de las cuatro vallas: manzanos, arces, tilos y abedules. La parte central quedaba como prado, del que se segaban en verano varios puds de heno. Al llegar la primavera, la dueña daba el huerto en

---

[4] Antigua medida agraria rusa, equivalente a 1,092 hectáreas.

arriendo por unos cuantos rublos. Había también bancales de frambueso, uva espina y grosellero, todos, asimismo, junto al cercado; había bancales de verduras al lado de la casita, cultivados desde hacía poco tiempo. Dmitri Fiódorovich condujo a su invitado a un ángulo del huerto, el más apartado de la casa. Allí, de súbito, entre espesos tilos y viejos arbustos de grosellero y saúco, de mundillo y lilas, se descubría algo así como las ruinas de una viejísima glorieta verde, ennegrecida y ladeada, con paredes caladas, pero con el techo cubierto, en el cual aún era posible refugiarse contra la lluvia. Sabe Dios cuándo fue construida la glorieta; se decía que la había hecho, haría unos cincuenta años, un tal Alexandr Kárlovich von Smidt, teniente coronel retirado, entonces propietario de la casita. Pero todo estaba ya carcomido, el tillado se pudría, las tablas oscilaban, la madera olía a humedad. En la glorieta había una mesa verde de madera clavada en el suelo, rodeada de bancos, también verdes, en los que aún era posible sentarse. Aliosha se había dado cuenta enseguida del eufórico estado de Dmitri, pero, al entrar en la glorieta, vio sobre la mesa media botella de coñac y un vasito.

—¡Es coñac! —exclamó Mitia riendo a carcajadas—. Ya estás pensando: «¿otra vez se emborracha?» No creas en fantasmas.

> No creas a la muchedumbre vana y embustera,
> Olvida tus sospechas...[5].

No me emborracho, sólo «me relamo», como dice tu cerdo de Rakitin, que llegará a ser Consejero de Estado y aún seguirá diciendo «me relamo». Siéntate. Tendría ganas de cogerte, Aliosha, y de estrecharte contra mi pecho, pero hasta aplastarte, pues en todo el mundo... verdaderamente, ver-da-de-ra-men-te... (¡Métetelo en la cabeza! ¡Métetelo en la cabeza!), ¡sólo a ti te quiero!

Pronunció estas últimas palabras hasta con frenesí.

—Sólo a ti y aun a cierta «infame» de la que me he enamo-

---

[5] Versos del poema de N. A. Nekrásov «Cuando de las tinieblas del error»... (1846), muy popular entre la juventud de mediados del siglo pasado.

rado y con ello me he perdido. Pero enamorarse no significa amar. Es posible enamorarse incluso odiando. ¡Recuérdalo! ¡Por ahora hablo con alegría! Siéntate aquí, a la mesa, yo me sentaré a tu lado, te miraré y hablaré. Tú callarás y yo hablaré, porque ya ha llegado la hora. Además, ¿sabes?, he pensado que es necesario hablar realmente en voz baja, porque aquí... aquí... puede haber orejas escondidas, las orejas más inesperadas. Te lo explicaré todo, ya te lo he dicho: seguirá. ¿Por qué tenía tantos deseos de verte, por qué te necesitaba tanto todos estos días, e incluso ahora? (Hace ya cinco días que he echado aquí el ancla.) ¿Por qué todos estos días? Porque tú eres el único a quien lo diré todo, porque es necesario, porque tú eres necesario, porque mañana volaré desde las nubes, porque mañana la vida terminará y comenzará. ¿Has experimentado, has visto en sueños cómo se rueda de la montaña a un abismo? Así vuelo yo ahora, aunque sin soñar. No tengo miedo ni tú has de tenerlo tampoco. Es decir, tengo miedo, pero es dulce. Es decir, no es dulzura, es entusiasmo... Bah, al diablo, ¡qué importa lo que sea! Espíritu fuerte, espíritu débil, espíritu de mujer, ¡que más da! Alabemos la naturaleza: mira cuánto sol, cuán limpio es el cielo, las hojas están todas verdes, aún es pleno verano, son las tres y pico de la tarde, ¡cuánto silencio! ¿Adónde ibas?

—A casa de nuestro padre, aunque primero quería ver a Katerina Ivánovna.

—¡A casa de ella y a casa de nuestro padre! ¡Oh! ¡Qué coincidencia! ¿Para qué, pues, te llamaba yo, para qué quería verte, para qué lo suspiraba ávidamente y lo deseaba con todos los repliegues del alma y hasta con las costillas? Pues para que fueras a ver de mi parte a nuestro padre y luego a ella, a Katerina Ivánovna, y romper así con ella y con el padre. Para mandar a un ángel. Podía haber mandado a otro, pero necesitaba mandar a un ángel. Y he aquí que tú mismo vas a verlos, a ella y al padre.

—¿En verdad querías mandarme? —dijo sin querer Aliosha, con una dolorosa expresión en el rostro.

—Espera, tú lo sabías. Y veo que lo has comprendido todo enseguida. Pero calla, por ahora calla. ¡No tengas compasión y no llores!

Dmitri Fiódorovich se levantó, se quedó pensativo y se puso un dedo en la frente:

—Te ha llamado ella misma, te ha escrito una carta o algo, por esto vas a verla; si no, ¿irías, acaso?

—Aquí tienes la nota —Aliosha se la sacó del bolsillo. Mitia la recorrió rápidamente.

—¡Y has venido por las corralizas! ¡Oh, Dios! Os doy las gracias por haberle encaminado por las corralizas y habérmelo hecho venir aquí como va a parar el pececillo de oro a las redes del viejo y tonto pescador del cuento[6]. Escucha, Aliosha; escucha, hermano. Ahora ya tengo la intención de decírtelo todo. Pues a alguien hay que decirlo. Al ángel del cielo ya se lo he dicho, pero es necesario decirlo también a un ángel de la tierra. Tú eres un ángel en la tierra. Tú me escucharás hasta el fin, tú reflexionarás y perdonarás... Y esto es precisamente lo que me hace falta, que alguien superior me perdone. Escucha: si dos seres, de pronto, se desprenden de todo lo terreno y vuelan hacia lo extraordinario, o por lo menos lo hace uno de ellos, y antes de hacerlo, para emprender el vuelo o perderse, se acerca a otro ser y le dice: hazme tal cosa, algo que nunca se pide a nadie, pero que se puede pedir estando ya en el lecho de la muerte, y sólo en este caso, ¿es posible que dicho ser no lo cumpla... si es un amigo, un hermano?

—Yo lo cumpliré, pero dime de qué se trata y dímelo cuanto antes —contestó Aliosha.

—Cuanto antes... Hum. No tengas prisa, Aliosha; tienes prisa y te inquietas. Ahora no hay por qué apresurarse. Ahora el mundo ha salido a una nueva calle. ¡Ay, Aliosha, es una pena que no se te haya ocurrido entusiasmarte! Pero ¿qué estoy diciendo? ¡Qué no se te ha ocurrido! ¡Qué estoy diciendo yo, alelado de mí!

Hombre, ¡sé noble![7]

¿De quién es este verso?

Aliosha decidió esperar. Comprendió que todo cuanto tenía que hacer quizá debía de hacerlo realmente allí y en ningún

---

[6] Alusión a «El pececillo de oro», cuento popular ruso; en él se inspiró Pushkin para escribir su poema del mismo nombre.

[7] Verso de la poesía de Goethe «Lo divino» (1783).

otro lugar. Mitia se quedó unos instantes pensativo, apoyó el codo sobre la mesa e inclinó la cabeza sobre la palma de la mano. Ambos permanecieron un rato callados.

—Aliosha —dijo Mitia—, ¡tú eres el único que no se va a reír! Quisiera empezar... mi confesión... con el himno a la alegría de Schiller: *An die Freude!* Pero no sé alemán, lo único que sé es *An die Freude!* No vayas a creer que hablo así por estar bebido. No estoy borracho en absoluto. El coñac es coñac; pero yo necesito dos botellas para emborracharme,

> Y Sileno carirrojo,
> En su asno tropezón,

pero yo no he bebido ni un cuarto de botella ni soy Sileno. No soy Sileno, pero sí un roquedo, porque he tomado una decisión para siempre. Perdóname el retruécano, hoy has de perdonarme muchas cosas, no ya un juego de palabras. No te inquietes, no me ando por las ramas, digo lo que he de decir y en un santiamén llegaré al meollo. No pienso tirar del alma a un judío. Espera, cómo es eso...

Levantó la cabeza, se quedó pensativo y empezó a recitar solemnemente:

> Tímido, desnudo y salvaje se escondía[8]
> El troglodita en las cavernas de las rocas,
> Por los campos corría el nómada
> Y los campos devastaba.
> El cazador, con la lanza, con las flechas,
> Amenazador corría por los bosques...
> ¡Ay del que es arrojado por las olas
> A las inhóspitas orillas!
>
> De la cumbre del Olimpo,
> Baja la madre Ceres siguiendo
> A Proserpina raptada:
> Salvaje se extiende el mundo ante ella.
> Ni un rincón ni una ofrenda

---

[8] Dmitri Karamázov comienza a recitar «La fiesta de Eleusis», de Schiller, en vez del «Himno a la alegría», del que sólo recita dos estrofas un poco más adelante (pág. 210).

Hay allí para la diosa;
En ningún lugar, culto a los dioses
Atestigua el templo.
Los frutos de los campos y los dulces racimos de uvas
No relucen en los festines;
Sólo humean los restos de los cuerpos
En los ensangrentados altares.
¡Y dondequiera que su triste mirada
Dirige Ceres,
En profunda humillación,
Por doquier, al hombre ve!

Unos sollozos brotaron súbitamente del pecho de Mitia, que tomó a Aliosha de la mano:

—Amigo, amigo, en humillación, también ahora en humillación. Es espantoso lo que ha de sufrir el hombre en la tierra, ¡son muchas, terriblemente muchas, sus calamidades! No creas que soy tan sólo un bribón con grado de oficial, dedicado a beber coñac y entregado al libertinaje. Hermano, casi no pienso en otra cosa que en esto, en ese hombre humillado, si no miento. Quiera Dios que no mienta yo ahora ni me alabe. Pienso precisamente en ese hombre porque yo mismo soy un hombre así.

Para que de la abyección del alma
Pueda el hombre elevarse,
Que pacte por la eternidad
Con la antigua madre-tierra.

Pero ahí está la dificultad: ¿cómo pacto con la tierra por la eternidad? Yo no beso la tierra, no le abro el pecho; ¿he de hacerme, acaso, mujik o pastorcillo? Camino y no sé si he caído en la hediondez y en la vergüenza o en la luz y en la alegría. ¡En eso está la desdicha, pues todo en el mundo es enigma! Y cuando me sumía en el más hondo oprobio, en lo más hondo de la depravación (era esto lo único que me sucedía), siempre leía estos versos sobre Ceres y el hombre. ¿Me han corregido? ¡Nunca! Porque soy un Karamázov. Porque si vuelo hacia el abismo, es derechito, cabeza abajo y patas arriba, hasta me siento contento de caer en esta posición humillante y lo considero para mí como una hermosura. Pues bien, cuando me

hundo en este oprobio, empiezo un himno. Puedo estar maldito, puedo ser miserable y vil, pero también yo beso el extremo
de la vestidura con que se envuelve mi Dios; no importa que al
mismo tiempo siga yo las pisadas del diablo; de todos modos
soy, también, hijo tuyo, Señor, y te quiero y experimento una
alegría sin la cual el mundo no podría mantenerse y ser.

Al alma de la creación divina
Eterna alegría abreva.
Con la fuerza secreta de la efervescencia
La copa de la vida enciende;
A la hierba atrae hacia la luz,
En soles transforma el caos
Y por los espacios, libres del astrólogo,
Los soles dispersa.

En el seno de la buena naturaleza
Bebe alegría todo cuanto respira;
Tras sí arrastra, ella,
A todos los seres, a todos los pueblos;
Amigos nos ha dado en el infortunio,
El jugo de las uvas, las coronas de las flores.
A los insectos la lujuria...
El ángel, ante Dios comparecerá.

¡Pero basta ya de versos! He vertido unas lágrimas, déjame llorar. Que sea esto una estupidez de la que todos se rían, pero tú
no. También tú tienes los ojos encendidos. Basta de versos. Te
quiero hablar ahora de los «insectos», de esos a los que Dios ha
dotado de lujuria:

¡A los insectos, la lujuria!

Yo soy ese insecto, hermano, y eso se ha dicho especialmente
de mí. Y así somos todos nosotros, los Karamázov; en ti también, ángel, vive ese insecto y engendra tempestades en tu sangre. Tempestades, porque la lujuria es una tempestad, ¡es más
que una tempestad! ¡La belleza es una cosa terrible y espantosa! Es terrible porque es indeterminable y no hay modo de de-
terminarla porque Dios no ha planteado más que enigmas.
Aquí las orillas se tocan, aquí viven juntas todas las contradic-

ciones. Yo soy muy poco instruido, hermano, pero he pensado mucho en esto. ¡Hay una terrible cantidad de misterios! Son demasiados los enigmas que oprimen al hombre en la tierra. Descífralos como mejor entiendas y sal del agua sin mojarte. ¡Magnífico! No puedo soportar, además, que hasta un hombre de elevado corazón y mente clara empiece con el ideal de la Madona y acabe con el de Sodoma. Aún es más espantoso quien ya con el ideal de Sodoma en el alma no niega el de la Madona y arde por él su corazón, arde de verdad, como en los puros años juveniles. No, el alma humana es vasta, hasta demasiado vasta, yo la reduciría. Sólo el diablo sabe lo que todo ello significa, ¡ésta es la cuestión! Lo que a la mente se ofrece como oprobio, al corazón le parece hermosura y nada más. ¿Está en Sodoma la belleza? Créeme que para la enorme mayoría de las personas en Sodoma se encuentra, ¿conocías este secreto? Es terrible que la belleza no sólo sea algo espantoso, sino, además, un misterio. Aquí lucha el diablo contra Dios, y el campo de batalla es el corazón del hombre. Aunque, de todos modos, cada uno respira por su herida. Escucha, ahora paso a la cuestión.

IV

CONFESIÓN DE UN CORAZÓN ARDIENTE. EN ANÉCDOTAS

— ALLí llevaba yo una vida disoluta. Decía mi padre esta mañana que yo he gastado varios miles de rublos para seducir doncellas. Esto es una invención bellaca y nunca ha sido así; lo que en realidad hubo, no precisó dinero para «eso». El dinero, para mí, no es más que lo accesorio, la fiebre del alma, la decoración. Hoy mi dama es una; mañana, en su lugar, una muchacha de la calle. Hago que se diviertan las dos, tiro el dinero a puñados, en música, jolgorio y cíngaros. Si hace falta, también a ellas se lo doy, porque lo toman, lo toman con frenesí, hay que reconocerlo, y así se quedan contentas y agradecidas. Las señoritas me querían; no todas, pero las había, las había; sin embargo, a mí me han gustado siempre los callejones, los rincones sórdidos y oscuros, detrás de la plaza; allí encuentras aventuras, encuentras lo inesperado, metal nativo en medio del cieno. Hablo de manera alegórica, hermano mío. En nuestra pequeña ciudad, esos callejones no se daban materialmente, pero los había en el aspecto moral. Si tú fueras como yo, comprenderías lo que significan. Me gustaba el libertinaje, me gustaba también el oprobio del libertinaje. Me gustaba la crueldad: ¿acaso no soy una chinche, un insecto maligno? Ya lo he dicho: ¡soy un Karamázov! Una vez se organizó en toda la ciudad una jira al campo, salimos en siete troikas; al amparo de la oscuridad, era en invierno, empecé a estrechar la manita de una doncella sentada a mi lado en el trineo, la obligué a aceptar mis besos; era la hija de un funcionario, una muchacha pobre, agradable, tímida, callada. Me dejó hacer, fue mucho lo que me dejó hacer en la oscuridad. La pobre pensaba que al día siguiente me presentaría por ella y pediría su mano (a mí me apreciaban, sobre todo, como posible novio); pero después de aquello, no le dije ni una palabra durante cinco meses, ni media palabra. Veía cómo desde un ángulo de la sala, en el baile (allí no se hace otra cosa que bailar), sus ojos me seguían llameantes, con llama de sumisa indignación. Ese juego no hacía sino divertir la lujuria de insecto que yo nutría en mí. Cinco meses después, la joven se casó con un funcionario y partió... enojada y, quizá, queriéndome todavía. Ahora viven felices. Ten en cuenta que no he dicho nada a nadie, no he puesto en entredicho su reputación; aunque de bajos instintos, y aunque me complazco en la bajeza, no carezco de honor. Te ruborizas, te han brillado los ojos. Basta ya de cieno para ti. Y todo esto no era más que poca cosa, eran florecillas a lo Paul de Kock[9], aunque el cruel insecto ya había crecido, ya se había adueñado de mi alma. En eso, hermano, tengo todo un álbum de recuedos. Que Dios les dé salud, a las pobrecitas. Al romper, procuraba no reñir. Y nunca he revelado nada, nunca he puesto en entredicho la reputación de una sola. Pero basta. ¿Te has figurado, acaso, que te he hecho venir aquí sólo para contarle estas porquerías? No, te contaré una cosa

---

[9] Escritor francés (1793-1871), autor de novelas humorísticas y ligeras.

mucho más curiosa; pero no te sorprendas de que no me sienta avergonzado ante ti, sino que hasta parece que me alegro.

—Lo dices porque me he ruborizado —observó de pronto Aliosha—. No me he ruborizado por lo que me cuentas ni por lo que has hecho, sino porque yo soy como tú.

—¿Tú? Vas demasiado lejos.

—No, demasiado lejos no —articuló Aliosha con vehemencia. (Por lo visto, esa idea estaba en él ya hacía mucho)—. Los peldaños son los mismos. Yo me encuentro en el inferior, tú ya estás más arriba, digamos en el decimotercero. Así miro yo esta cuestión, pero se trata de la misma cosa, exactamente igual. Quien ha puesto el pie en el primer peldaño, lo pondrá necesariamente en el último.

—¿Así, pues, no hay que poner el pie en absoluto?

—El que pueda, que no lo ponga en absoluto.

—¿Puedes, tú?

—Me parece que no.

—Cállate, Aliosha, cállate, querido; me dan ganas de besarte la mano, así, de ternura. Esa bruja de Grúshenka, entendida en las personas, me dijo en cierta ocasión que alguna vez se te comería. ¡Me callo, me callo! De las infamias, del campo ciscado por las moscas, pasemos a mi tragedia, también campo ciscado por las moscas, es decir, lleno de bajezas. El caso es que el viejo, aun mintiendo al referirse a la seducción de inocentes, en el fondo hablaba de mi tragedia, pues así ocurrió, aunque sólo fue una vez y no llegué al final. El viejo, que me echaba en cara cosas imaginarias, no conoce este caso: nunca lo he contado a nadie, te lo voy a contar ahora a ti el primero, desde luego, excluyendo a Iván, Iván lo sabe todo. Lo ha sabido mucho antes que tú. Pero Iván es una tumba.

—¿Iván, una tumba?

—Sí.

Aliosha escuchaba con extraordinaria atención.

—Verás, en el batallón, un batallón fronterizo, aunque yo figuraba como teniente, estaba en cierto modo sujeto a vigilancia, algo así como si fuera un deportado. Pero la pequeña ciudad me acogió extraordinariamente bien. Yo despilfarraba mucho dinero, me creían rico, y yo mismo creía serlo. De todos modos, debí de caerles simpático, además, por alguna otra cosa. Aunque movían la cabeza, la verdad era que me querían. Mi teniente coronel, ya viejo, de pronto me miró con mal ojo. En todo me ponía peros; sin embargo, no podía meterse a fondo, pues no me faltaba a mí quien me diera la mano y, por otra parte, tenía a toda la ciudad en favor mío. La culpa era sólo mía, pues yo dejaba adrede de rendirle los honores debidos. Me sentía orgulloso. Aquel viejo, terco, que no era mal hombre, ni mucho menos, y que se mostraba con todo el mundo extraordinariamente hospitalario, había tenido dos esposas y las dos habían muerto. La primera había sido una mujer de sencilla condición y le había dejado una hija, también sencilla. Esa joven tendría entonces unos veinticuatro años y vivía con su padre y una tía hermana de su difunta madre. La tía era la sencillez callada; la sobrina, la hija mayor del teniente coronel, era la sencillez despabilada. Me gusta, al recordarla, hacer su elogio: nunca, hermano, he encontrado un carácter femenino tan encantador como el de esa doncella, que se llamaba Agafia, ¡imagínate!, Agafia Ivánovna. Y era guapota, al estilo ruso: alta, bien nutrida, rellenita de carnes, con unos ojos magníficos y una cara, digamos, algo tosca. No se casaba, aunque dos pretendientes habían pedido su mano; decía que no, sin perder su alegría. Me hice amigo de ella, no de ese modo, no, la cosa era limpia, se trataba de amistad. Con frecuencia me he hecho amigo de mujeres en plan amistoso, sin sombra de pecado. Hablaba a veces con ella con tanta libertad, que bueno, y ella se reía. A muchas mujeres les gusta que se les hable con libertad, tenlo en cuenta, pero ésa era, además, doncella, lo cual me divertía a mí mucho. Y aún otra cosa: no se la habría podido llamar señorita. Viviendo en casa de su padre, ella y la tía, en cierto modo, se situaban voluntariamente en un segundo plano, no trataban de igualarse a las personas de su sociedad. A Agafia Ivánovna todos la querían y todos la necesitaban, porque era una modista excelente: tenía talento, no pedía dinero por sus servicios, trabajaba por amabilidad, pero cuando se lo compensaban dándole algo, no se negaba a aceptarlo. Otra cosa era, en cambio, el teniente coronel. Éste era uno de los primeros personajes del lugar. Vivía a lo grande, recibía en su casa a toda la ciudad, daba cenas y bailes. Cuando yo llegué y me incorporé al batallón, se habló en todas partes de que pronto volvería de la capital la segunda hija del teniente coronel, hermosísima entre las hermosas, que acababa de salir, decían, de un instituto aristocrático de la capital. Esa segunda hija, ya de la segunda mujer del teniente coronel, no era otra que Katerina Ivánovna. La segunda esposa, ya difunta, era de noble y muy distinguida familia, hija de un general, si bien, por lo demás, y lo sé de buena fuente, tampoco aportó a su matrimonio dinero alguno. Tenía buena parentela, mas no pasaba de ahí y de, a lo sumo, algunas esperanzas; pero dinero contante y sonante, nada. Sin embargo, cuando llegó la joven recien salida del instituto (de visita y no para quedarse) pareció que la pequeña ciudad entera se renovaba: nuestras damas más distinguidas, dos excelencias, una coronela y todas las demás. Todas, siguiéndolas a ellas, se interesaron por la joven, se la disputaron, empezaron a festejarla; ella se convirtió en la reina de los bailes, de las jiras al campo; se organizaron cuadros plásticos en beneficio de unas institutrices. Yo no decía nada, hacía el calavera, y precisamente entonces armé una, tan gorda, que toda la ciudad puso el grito en el cielo. Vi que aquélla me medía con la mirada, era en casa del jefe de la batería, y no me acerqué, como si desdeñara el conocerla. Me acerqué algún tiempo después, también durante una velada, y le dirigí la palabra; ella apenas me miró, contrajo desdeñosamente los labios; yo pensé: ¡espera, me vengaré! Entonces era yo un majadero de tomo y lomo en la mayor parte de los casos, me daba cuenta de ello. Me daba cuenta, sobre todo, de que Kátienka[10] no era lo que se dice una inocente colegiala, sino una persona de carácter, orgullosa, virtuosa de verdad, por añadidura muy inteligente e instruida, mientras que a mí me faltaba lo uno y lo otro. ¿Te figuras que quería pedir su mano? De ningún modo; sencillamente, lo que quería era vengarme de que siendo yo tan bravo mozo, ella no me hiciera el menor caso. Por de pronto, juergas y escándalos, hasta que el teniente coronel me castigó con tres días de arresto. Fue en aquel momento cuando nuestro padre me mandó seis mil rublos, que me vinieron como anillo al dedo, después que le hube enviado una re-

---

[10] Diminutivo de Katerina (y también Iekaterina); otro diminutivo que se emplea en la novela: Katia; despectivo: Katka.

nuncia formal a todos mis derechos y bienes, o sea, que noso- tros, le decía, habíamos «liquidado cuentas» y que no iba a re- clamar nada más. Entonces, hermano, yo no entendía nada; hasta mi venida aquí, hasta estos últimos días, y quizás, hasta el mismísimo día de hoy, no había comprendido nada en todas esas querellas de dinero con nuestro padre. Pero, al diablo; de eso hablaré luego. El caso es que entonces, cuando hube reci- bido los seis mil rublos, me enteré con certeza, por una cartita de un amigo, de un asunto interesantísimo para mí, y era que se estaba descontento de nuestro teniente coronel, de quien se sospechaban ciertas irregularidades; en una palabra, me enteré de que sus enemigos le estaban preparando una jugada. En efecto, se presentó el jefe de la división y le soltó una repri- menda de las que hacen época. Poco después, se le ordenó pre- sentar la dimisión. No te voy a contar en detalle lo que ocu- rrió; realmente tenía enemigos; de pronto, la ciudad entera manifestó hacia él y su familia una extraordinaria frialdad, to- dos los evitaban. Entonces jugué yo mi primera baza: encontré a Agafia Ivánovna, con la que siempre había conservado la amistad, y le dije: «Ya sabe que a su papá le faltan cuatro mil quinientos rublos de los fondos del Estado.» «Qué cosas tiene usted, ¿por qué lo dice? No hace mucho estuvo el general, no faltaba nada...» «Entonces no faltaban, pero ahora sí.» Se alar- mó enormemente: «No me asuste, por favor; ¿a quién lo ha oído decir?» «No se intranquilice (le respondí), no lo diré a na- die, ya sabe que en eso soy una tumba; pero quisiera a este respecto añadir, como si dijéramos "por si acaso", lo siguiente: cuando reclamen a su papá cuatro mil quinientos rublos y re- sulte que él no los tenga, entonces, antes de que lo manden a los tribunales y, viejo ya, lo degraden a soldado raso, mejor será que me mande a su colegiala secretamente; acaban de en- viarme dinero, y a lo mejor cuatro mil rublitos se los daré; guardaré el secreto santamente.» «¡Oh, qué miserable es usted! (lo dijo así.) ¡Qué ruin (dijo), qué miserable! ¡Cómo se atreve usted!» Se fue presa de una terrible indignación, y mientras se marchaba le repetí que guardaría el secreto de manera sagrada e inviolable. Diré de esas dos mujeres (me refiero a Agafia y a su tía) que se portaron en toda esa historia como ángeles purí- simos, veneraban realmente a la hermana Katia, a la orgullosa, se humillaban ante ella, le servían de criadas... Sólo que Agafia le contó entonces mi jugada, es decir, nuestra conversación. De esto me enteré más tarde con todo detalle. No se lo ocultó y eso era, desde luego, lo que a mí me hacía falta.

»De pronto llega un nuevo mayor para hacerse cargo del batallón. Se hace cargo. El viejo teniente coronel se pone enfermo, no puede moverse, lleva dos días seguidos sin salir de su casa, no hace entrega del dinero del Estado. Nuestro doctor Krávchenko aseguraba que el teniente coronel estaba realmente enfermo. Pero yo sabía a ciencia cierta y en secreto, hacía ya bastante tiempo, lo siguiente: cada vez que la superioridad acababa de hacer una revisión de fondos, desaparecía una cantidad por cierto tiempo, y eso venía ocurriendo desde hacía cuatro años. El teniente coronel le prestaba a un hombre de toda confianza, a un mercader de nuestra ciudad, al viudo Trífonov, viejo barbudo y con gafas de oro. Éste iba a la feria, hacía allí sus negocios y restituía enseguida el dinero, íntegramente, al teniente coronel, junto con algún regalo de la feria e intereses. Pero esta vez (me enteré de ello por pura casualidad, gracias a un baboso adolescente hijo de Trífonov, hijo y heredero suyo, el muchacho más depravado que haya nacido en este mundo), esta vez, digo, Trífonov, al volver de la feria, no restituyó nada. El teniente coronel se precipitó a su casa. La respuesta fue: "Nunca he recibido nada de usted, ni pude haberlo recibido." Bueno, nuestro teniente coronel está en su casa, envuelta la cabeza con una toalla, y tres mujeres le aplican hielo en la frente. De pronto, llega un ordenanza con un libro y una orden: "Entregadme los fondos del Estado inmediatamente, en el término de dos horas." Él firma, después yo vi aquella firma en el libro; se levanta, dice que va a ponerse el uniforme, se precipita a su dormitorio, toma su escopeta de caza de dos cañones, la carga con bala de soldado, se quita la bota del pie derecho, se apoya la escopeta contra el pecho y empieza a buscar el gatillo con el pie. Agafia, que recordaba mis palabras, sospecha algo; se acercó sigilosamente y miró a tiempo: se precipita, se le arroja a la espalda, le abraza, se dispara la escopeta al techo, sin herir a nadie: las demás acuden corriendo, le agarran, le quitan la escopeta, le sostienen por los brazos... Lo supe todo más tarde hasta el último pormenor. Entonces yo estaba en mi casa; anochecía, me disponía a salir, me había vestido, me había peinado, me había perfumado el pañuelo, tomé la gorra de plato; de repente, se abre la puerta y veo ante mí, en mi habitación, a Katerina Ivánovna.

»Suceden cosas extrañas en la vida: en la calle, nadie se había dado cuenta entonces de que había ido a mi casa, de modo que el hecho no trascendió en la ciudad. Yo alquilaba mi cuarto a dos mujeres de funcionarios, muy viejas las dos, que atendían también a mi servicio; eran muy deferentes, me obedecían en todo, y luego, por orden mía, se mantuvieron calladas como dos postes de hierro colado. Enseguida lo comprendí todo, claro está. Ella entró y me miró fijamente; sus ojos oscuros miraban decididos, hasta desafiadores, pero vi que en los labios y junto a los labios, la indecisión la traicionaba.

»"Mi hermana me dijo que daría usted cuatro mil quinientos rublos si venía a pedírselos... yo misma. He venido... ¡Deme el dinero!..." No pudo resistir, se ahogaba, se asustó, se le cortó la voz, le temblaron los extremos de los labios y los músculos contiguos. Aliosha, ¿escuchas, o duermes?

—Mitia, sé que me dirás toda la verdad —contestó Aliosha agitado.

—Te la diré. Te diré toda la verdad, todo lo que sucedió, sin tener compasión de mí. Mi primer pensamiento fue el de un Karamázov. En cierta ocasión, hermano, me picó un ciempiés y me tuve que pasar dos semanas en la cama con fiebre; pues bien, en aquel momento sentí de pronto en el corazón la mordedura de un ciempiés, un insecto venenoso, ¿comprendes? Medí a la joven con la mirada. ¿La has visto? Es una belleza. Pero entonces no era bella del mismo modo. En aquel momento era hermosa por su nobleza, mientras que yo era vil; era hermosa por la grandeza de su magnanimidad y del sacrificio que hacía por su padre, mientras que yo era una chinche. Y resultaba, no obstante, que era de mí, chinche y vil, de quien dependía *toda* ella, toda por entero, en cuerpo y alma. Estaba acorralada. Te lo diré sin rodeos: esa idea, la idea del ciempiés, se me clavó en el corazón hasta tal punto que por poco me ahoga de angustia. Parecía que ni siquiera podía haber lucha: obraría precisamente como una chinche, como una tarántula venenosa, sin la menor compasión... Hasta se me cortó el aliento. Escucha: al día siguiente, desde luego, me habría presentado a pedir su mano, para acabarlo todo, digamos, de la manera más noble y para que, así, nadie supiera nada ni pudiera saberlo. Porque yo, aunque hombre de bajos instintos, soy honrado. Y he aquí que entonces, en aquel mismísimo segundo, alguien me susurró al oído: «Mañana, cuando llegues en solicitud de matrimonio, esta mujer ni saldrá a recibirte y mandará al cochero que te eche del patio a empujones. Será como si te dijera: "cuéntalo por toda la ciudad, ¡no te tengo miedo!"» Miré a la doncella, mi voz no me había mentido: así ocurriría, no había duda. Me agarrarían por el pescuezo y me echarían, la expresión de su rostro no dejaba lugar a dudas. Sentí hervir la cólera en mi interior; me dieron ganas de jugarle la pasada más infame, más puerca, más propia de un abyecto tendero: mirarla sardónicamente y apabullarla diciéndole entonces, mientras la tuviera delante, con la entonación que sólo un mezquino tendero sabe emplear:

»"¡Los cuatro mil rublos! Aquello fue una broma, ¿no lo comprende? Ha hecho sus cálculos con excesiva ligereza, señorita. Unos doscientos, bueno, hasta con satisfacción y gusto; pero cuatro mil rublos no es dinero para tirarlo tan a la ligera, señorita. Se ha molestado usted inútilmente."

»Ya ves, lo habría perdido todo, claro está; ella habría echado a correr; en cambio, la venganza habría sido infernal, me habría compensado todo lo demás. Luego me habría arrepentido toda la vida, pero ¡poder saborear entonces esa jugadita! No sé si me creerás, no me ha ocurrido nunca, ni con una sola mujer, que en tales minutos la haya mirado con odio; pues bien, te lo juro por la cruz: a ésa la miré entonces unos minutos, tres o cinco, con un odio terrible, con aquel odio que sólo por un cabello está separado del amor, del más insensato amor. Me acerqué a la ventana, apoyé la frente en el cristal helado y recuerdo que el hielo me causó el efecto de una quemadura. No la retuve mucho rato, tranquilízate; me volví, me acerqué a la mesa, abrí el cajón y saqué un título de cinco mil rublos al cinco por ciento (lo tenía en el diccionario de francés). Se lo mostré sin decir nada, lo doblé, se lo di, le hice una reverencia profunda, hasta la cintura, una reverencia respetuosísima y santísima, ¡puedes creerme! Ella se estremeció toda, me miró fijamente un segundo, se puso terriblemente pálida, como el papel, y de pronto, también sin decir una palabra, sin brusquedad alguna, con suavidad, profundamente, dulcemente, se inclinó, se prosternó a mis pies hasta tocar el suelo con la frente, no a la manera de una colegiala, sino a la manera rusa. Se levantó de un salto y huyó. Cuando se marchó, corriendo, yo llevaba la espada puesta; la desenvainé y estuve a punto de clavármela y matarme, no sé por qué; habría sido una gran estupidez, desde luego; debía ser de entusiasmo. ¿Comprendes que uno pueda matarse en ciertos momentos de entusiasmo? Pero no me clavé la espada, me limité a besarla y la metí otra vez en la vaina, cosa que, desde luego, habría podido ahorrarme de contarte. Y hasta me parece que ahora, al contarte todas esas luchas, he puesto un poco de color para alabarme. Pero, que sea así, no importa, ¡al diablo todos los espías del corazón humano! Aquí tienes todo mi "caso" con Katerina Ivánovna. Ahora, pues, lo conocéis el hermano Iván y tú, ¡nadie más!

Dmitri Fiódorovich se levantó, dio unos pasos muy agitados, sacó el pañuelo, se secó el sudor de la frente, volvió a sentarse, pero no en el mismo lugar que antes, sino en otro, en el banco opuesto, junto a la otra pared, de modo que Aliosha tuvo que volverse por completo para verle.

V

CONFESIÓN DE UN CORAZÓN ARDIENTE. «PATAS ARRIBA»

—AHORA —dijo Aliosha— ya conozco la primera mitad de esta cuestión.

—Comprendes la primera mitad: es un drama que se desarrolló allí. Pero la segunda mitad es una tragedia y se desarrollará aquí.

—De la segunda mitad, por ahora, no comprendo nada —dijo Aliosha.

—Y yo, ¿qué? ¿Acaso comprendo yo alguna cosa?

—Un momento, Dmitri, aclárame una palabra que tiene importancia. Dime: tú eras su prometido, ¿lo sigues siendo?

—No fui novio suyo enseguida, sino tres meses después de lo que sucedió. Al día siguiente del suceso, me dije que el episodio estaba agotado y terminado y que no tendría continuación. Me pareció una bajeza presentarme a pedir su mano. Ella, por su parte, durante las seis semanas que vivió aún en nuestra ciudad, no me hizo llegar ni una palabrita, salvo una excepción, ésta es la verdad: al día siguiente de su visita, pasó rápidamente por mi casa su doncella y, sin decir palabra, me entregó un sobre. En el sobre, una dirección: al señor fulano de tal. Lo abro: contenía la vuelta del billete de cinco mil rublos. Se necesitaban cuatro mil quinientos y en la venta del título se perdieron doscientos rublos y pico. Me mandó, creo, doscientos sesenta rublitos, no lo recuerdo muy bien, y nada más, ni una palabra, ni una explicación. Busqué en el sobre algún signo hecho a lápiz, ¡nada! Bueno, de momento seguí las juergas con los rublos que me quedaban, hasta el punto de que también el nuevo mayor se vio obligado a amonestarme. En cuanto al terniente coronel, entregó el dinero del Estado, sin que faltara nada, con gran sorpresa de todos, pues nadie creía ya que tuviera la suma entera. Hizo la entrega y se puso enfermo; tuvo que guardar cama, se pasó unas tres semanas sin levantarse; luego, súbitamente, sufrió un reblandecimiento cerebral y a los cinco días murió. Le enterraron con honores militares, aún no había tenido tiempo de recibir el retiro. Katerina Ivánovna, la hermana y la tía, unos diez días después de haber enterrado al padre, se trasladaron a Moscú. Y sólo antes de su partida, el mismo día en que se iban (yo no las vi ni fui a despedirlas), recibí un sobrecito diminuto, con un papel azul, festoneado, que contenía una sola línea, escrita a lápiz: "Le escribiré, espere. K..." Nada más.

»En dos palabras te explicaré ahora lo que sigue. En Moscú, su situación cambió con la velocidad del rayo, inesperadamente, como en los cuentos árabes. La generala, su parienta principal, perdió de un golpe a sus dos herederas más próximas, a sus dos sobrinas más cercanas: las dos murieron de viruela en una semana. La desconsolada vieja acogió a Katia como si fuera su propia hija, como la estrella de su salvación; se desvivió por ella, rehizo enseguida el testamento a su favor, pero eso era para el futuro; de momento le puso en mano ochenta mil rublos, como si le dijera: aquí tienes esto en dote, haz con este dinero lo que quieras. Era una mujer histérica, yo tuve ocasión de observarla, más tarde, en Moscú. Bueno, pues he aquí que de pronto recibo por correo cuatro mil quinientos rublos; desde luego, me quedé como quien ve visiones, sorprendido como el que pierde el don de la palabra. Tres días después, llega también la carta prometida. Aquí la tengo, la llevo siempre conmigo y la tendré hasta cuando me muera. ¿Quisieres que te la enseñe? Has de leerla, sin falta: se ofrece como novia, se ofrece a sí misma: le amo (me dice) locamente, no importa que no me ame usted, pero sea mi marido. No tema, no voy a serle un estorbo, seré como un mueble suyo, la alfombra por la que usted pasará... Quiero amarle eternamente, quiero salvarle de sí mismo... Aliosha, no soy digno siquiera de repetir esas líneas con mis viles palabras y con mi tono vil, ¡con mi tono vil de siempre, que nunca he podido corregir! Esta carta me ha atravesado el alma, hasta hoy, ¿y acaso me siento ahora aliviado, acaso me he recuperado? Entonces le contesté enseguida (no podía de ningún modo partir hacia Moscú), escribí mi carta con lágrimas; de una cosa me avergonzaré toda la vida: le recordé que ella era, entonces, rica y con dote, mientras que yo era sólo un pobre oficial, sin porvenir ni fortuna, ¡le hablé de dinero! Yo tenía que haber soportado esa situación sin decir nada, pero se me escapó de la pluma. Entonces, escribí enseguida a Iván, que estaba en Moscú, y se lo expliqué todo por carta en la medida de lo posible; le escribí una carta de seis hojas, y le mandé a verla. ¿Por qué pones estos ojos, por qué me miras de este modo? Sí, hombre, Iván se enamoró de ella, y sigue enamorado, lo sé; hice una estupidez, según vosotros, según el modo de pensar de la gente, pero, quizás, esa estupidez sea lo que nos salve ahora a todos nosotros. ¡Uf! ¿Acaso no ves de qué modo ella le respeta, de qué modo le estima? ¿Acaso puede ella amar a uno como yo, al compararnos a los dos, sobre todo después de lo que aquí ha sucedido?

—Pues yo estoy convencido de que ella ama a uno como tú y no a uno como él.

—Ella ama a su bienhechor, no a mí —sin querer, pero casi con rabia, soltó de pronto Dmitri Fiódorovich.

Se echó a reír, pero un segundo después los ojos le centellearon, se puso completamente rojo y dio un fuerte puñetazo en la mesa.

—Te lo juro, Aliosha —gritó con terrible y sincera ira contra sí mismo—, puedes creerlo o no, pero te juro como Dios es santo y como Cristo es Dios, que aun habiéndome reído ahora de los elevados sentimientos de ella, sé muy bien que mi alma es un millón de veces más mezquina que la suya, sé que esos excelentes sentimientos suyos son sinceros, como los de un ángel del cielo. Lo sé con toda certeza y ésa es la tragedia. ¿Qué importa que un hombre haga un poco de teatro? ¿Acaso no lo hago yo? Sin embargo, soy sincero, yo soy sincero. En cuanto a Iván, comprendo muy bien que maldiga ahora la naturaleza, ¡y aún más con la inteligencia que él tiene! ¿A quién y a qué se ha dado la preferencia? Al monstruo, al que, también aquí, siendo ya el prometido y cuando todo el mundo tenía puesta en él la mirada, no ha sido capaz de poner freno a sus escándalos, ¡y esto a pesar de la presencia de la novia, a pesar de su presencia! El preferido soy yo, un hombre como yo, mientras que él es rechazado. ¿Y por qué? ¡Pues porque la doncella, movida por su agradecimiento, quiere violar su vida y su destino! ¡Es absurdo! Desde luego, a Iván, en este sentido, nunca le he dicho nada; Iván, claro está, tampoco me ha dicho sobre esto ni media palabra, ni ha hecho a ello la menor alusión; pero el destino se cumplirá, el digno permanecerá en su sitio mientras que el indigno se hundirá en el callejón para toda la vida, en su sucio callejón, en su callejón preferido, que es el que le corresponde, y allí, en la porquería y el hedor, se perderá voluntariamente y con placer. Alguna mentira digo, las palabras se me han desgastado, las suelto como al azar, pero las cosas serán tal como las he señalado. Yo me hundiré en el callejón, mientra que ella se casará con Iván.

—Hermano, un momento —volvió a interrumpirle Aliosha, extraordinariamente agitado—; hay una cosa que todavía no me has aclarado: el caso es que tú eres su prometido; ¿no eres tú, de todos modos, el prometido? ¿Cómo quieres romper, si ella, la novia, no quiere?

—Soy el prometido, el novio formal y bendecido; todo ocurrió en Moscú, a mi llegada, con ceremonia e iconos, como se estila en los mejores casos. La generala nos dio su bendición e incluso, ¿lo creerás?, felicitó a Katia: «has elegido bien, le dijo, a este joven le leo el alma». En cambio, ¿me creerás?, a Iván no le tuvo simpatía ni le felicitó. En Moscú, en cambio, tuve largas conversaciones con Katia y me mostré ante ella sin disimulo, noblemente, con toda exactitud y sinceridad. Ella me escuchó hasta el final:

> Hubo una encantadora turbación,
> Tiernas palabras hubo...

Bueno, palabras las hubo también orgullosas. Ella me impuso entonces la solemne promesa de corregirme. Yo prometí. y ya ves...

—¿Qué?

—Ya ves, hoy te he llamado y te he hecho venir hasta aquí, hoy mismo, ¡recuérdalo!, para mandarte también hoy mismo a ver a Katerina Ivánovna y...

—¿Qué?

—Decirle que no volveré jamás a su lado y que le presento mis saludos.

—¿Acaso es posible?

—No, y por eso te mando a ti, en vez de presentarme yo mismo; esto es imposible, ¿cómo iba, pues, a decírselo yo mismo?

—Pero ¿adónde vas a ir, tú?

—Al callejón.

—¡Al lado de Grúshenka! —exclamó con amargura Aliosha, juntando las manos—. ¿Será posible que Rakitin haya dicho realmente la verdad? Yo me figuraba que tú ibas a verla sin más ni más, que no había nada.

—¿Iba a ir yo, estando prometido? ¿Acaso es todo posible, sobre todo con una novia como ella, y a los ojos de todo el mundo? Aún tengo honor, me parece. Tan pronto como he empezado a visitar a Grúshenka, he dejado de ser el prometido y hombre de honor, bien lo comprendo. ¿Qué miras? La primera vez fui a verla, ¿sabes?, para pegarle. Me enteré (y ahora lo sé con certeza).de que a esa Grúshenka, el capitán de Estado Mayor, el apoderado de mi padre, le había proporcionado una letra de cambio aceptada por mí para que me la reclamara, con la esperanza de que yo me callara y lo diera todo por terminado. Querían asustarme. Y me fui a ver a Grúshenka para darle una paliza. Ya la había visto antes de refilón. No impresiona. Tenía noticia de su viejo mercader, el que ahora está enfermo; guarda cama, casi sin fuerzas, pero de todos modos le dejará un dineral. También sabía que ella es amiga del dinero, que se lo procura la zorra, la granuja, prestándolo a base de intereses rabiosos, sin compasión alguna. Fui a pegarle y allí me quedé. Estalló la tempestad, me tocó la peste, me contagió y sigo aún contagiado, sé que todo se ha terminado y que nunca habrá otra cosa. El ciclo se ha consumado. Esta es mi situación. Entonces, como hecho adrede, resultó que yo, el mendigo, llevaba casualmente en el bolsillo tres mil rublos. Nos fuimos los dos a Mókroie, a veinticinco verstas de aquí; mandé llamar a cíngaros y cíngaras, pedí champaña, emborraché con champaña a todos los mujíks, a todas las mujeres y mozas; se me fueron los miles de rublos. A los tres días estaba pelado, pero hecho un gallito. ¿Crees que obtuvo alguna cosa, el gallito? Nada, ella no cedió ni de lejos. Yo te digo: es sinuosa. Esa granuja, Grúshenka, tiene una sinuosidad en el cuerpo, que se le refleja hasta en el pie, hasta en el dedo meñique de su pie izquierdo. Se lo vi y se lo besé, pero nada más, ¡lo juro! Me decía: «Si quieres, me casaré contigo, tú no tienes nada. Prométeme sólo que no me pegarás y que me dejarás hacer lo que quiera; si es así, quizá me case contigo.» Me lo decía riendo ¡Y aún se ríe!

Dmitri Fiódorovich se levantó casi furioso de su sitio, parecía como si de repente se hubiera puesto borracho. Los ojos se le inyectaron de sangre.

—¿En verdad quieres casarte con ella?

—Si quiere ella, enseguida; si no quiere, me quedaré a su lado, aunque sea de barrendero del patio de su casa. Tú... tú, Aliosha... —se detuvo ante él y, agarrándole por los hombros, se puso a zarandearle con fuerza—, ¡tú no sabes, criatura inocente, que todo esto es delirio, un delirio inconcebible, pues encierra una tragedia! Has de saber, Aliosha, que yo puedo ser un hombre bajo, un hombre de bajas pasiones y sin salvación, pero lo que no puede ser nunca Dmitri Karamázov es un ladrón, un ratero, un ladronzuelo de lo que se le pone al alcance de la mano. Bueno, pues has de saber que soy un ladronzuelo, ¡un vil ratero! Antes de irme a pegar a Grúshenka, aquella misma mañana, Katerina Ivánovna me había llamado y con el mayor de los secretos, para que de momento nadie se enterara (no sé por qué motivo, por lo visto así era necesario), me había rogado que me llegara a la capital de la provincia y desde allí mandara por correo tres mil rublos a Agafia Ivánovna, a Moscú; de este modo nadie se enteraría en nuestra ciudad. Fue con esos tres mil rublos en el bolsillo con los que me encontré entonces en casa de Grúshenka, y ellos me sirvieron para ir a Mókroie. Luego hice ver que me había ido a la capital, pero no presenté el resguardo de correos; dije que había mandado el dinero y que ya le llevaría el recibo; pero aún no se lo he llevado, como por olvido. ¿Qué te parece? Hoy vas a verla y le dices: «Me ha mandado saludarla»; ella te preguntará: «¿Y el dinero?» Tú aún podrías decirle: «Es un lujurioso infame y un ser vil, incapaz de dominar sus instintos. No ha mandado su dinero, lo ha gastado porque no ha sabido dominarse, como una bestia»; pero, de todos modos, podrías añadir: «En cambio, no es un ladrón, aquí tiene usted sus tres mil rublos, se los devuelve, mándelos usted misma a Agafia Ivánovna; él me ha encargado que le presente sus saludos.» Pero y si te pregunta, «¿dónde está el dinero?»

—Mitia, ¡eres un desgraciado, sí! Pero no tanto como te figuras; no te dejes llevar por la desesperación, ¡no te desesperes!

—¿Qué te crees, que voy a pegarme un tiro si no encuentro los tres mil rublos para devolverlos? Esa es la cuestión, que no me lo pegaré. Ahora no soy capaz de hacerlo; más tarde, quizá, pero ahora iré a ver a Grúshenka... ¡Y al diablo todo! Luego, ¡ya veremos!

—¿Qué vas a hacer en su casa?

—Seré su marido, si me hace ese honor; cuando llegue un amante a verla, yo me iré a otra habitación. Limpiaré los chanclos sucios de sus amigos, prepararé el samovar, les haré recados...

—Katerina Ivánovna lo comprenderá todo —articuló de

pronto solemnemente Aliosha—, comprenderá la gran profundidad de tu pena y perdonará. Tiene una mente clara y ella misma verá que no es posible ser más desgraciado de lo que eres.

—No me lo perdonará todo —se sonrió Mitia de manera extraña—. En todo esto hay algo, hermano, que ninguna mujer puede perdonar. ¿Sabes qué sería lo mejor?

—¿Qué?

—Devolverle los tres mil rublos.

—¿De dónde sacarlos? Escucha, yo tengo dos mil, Iván también te dará mil, y ya tienes los tres mil rublos, los coges y los devuelves.

—¿Y cuándo van a llegar tus tres mil rublos? Por añadidura, tú aún no eres mayor de edad, y es necesario de toda necesidad que vayas a verla hoy mismo, sin falta, y que me despidas de ella, con dinero o sin dinero, porque no puedo esperar más, a tal punto he llegado. Mañana ya sería tarde, demasiado tarde. Te mandaré a ver a nuestro padre.

—¿A nuestro padre?

—Sí, antes de ir a verla a ella. Le pedirás los tres mil rublos a él.

—No me los dará, Mitia.

—Cómo los va a dar, sé muy bien que no los dará. ¿Sabes, Alexiéi, lo que significa la desesperación?

—Lo sé.

—Escucha: jurídicamente no me debe nada. Todo se lo he sacado, todo, ya lo sé. Pero moralmente está en deuda conmigo, ¿no es así? Empezó con los veintiocho mil rublos de mi madre y con ellos hizo cien mil. Que me dé sólo tres mil de los veintiocho mil; sólo tres mil, así me librará el alma del infierno y muchos pecados le serán perdonados por ello. Por mi parte, con esos tres mil lo doy todo por terminado, te lo juro solemnemente, y no volverá a oír hablar más de mí. Por última vez le doy la oportunidad de portarse como un padre. Dile que el propio Dios le envía esta ocasión.

—Mitia, no los dará por nada del mundo.

—Sé que no los dará, lo sé perfectísimamente. Sobre todo ahora. Hay algo más, aún sé otra cosa: ahora, hace sólo unos días, quizá sólo desde ayer, por primera vez se ha enterado en *serio* (subraya lo de «en serio») de que Grúshenka quizá no bromea y quizá decida dar una campanada y casarse conmigo. Él le conoce el carácter, conoce a esa gata. ¿Cómo va a darme dinero encima, para hacer el caso más fácil, estando, como está, loco por ella? Pero tampoco eso es todo, aún puedo contarte algo más: sé que desde hace unos cinco días ha sacado tres mil rublos, los ha cambiado en billetes de cien y los ha metido en un sobre grande, cerrado y sellado con cinco sellos de lacre, atado, además, con una cinta roja en cruz. ¡Ya ves qué detalles conozco! El sobre lleva escrito: «A mi ángel Grúshenka, si se decide a venir»; él mismo lo ha escrito estando solo, en secreto, y nadie sabe que tiene dinero en casa excepto el criado Smerdiákov, en cuya honradez cree como en sí mismo. Desde hace tres o cuatro días está esperando a Grúshenka, confía en que ella vendrá por el sobre, del que él ha dado noticia y ella le ha dado a entender que «a lo mejor va». Pero, si va a la casa del viejo, ¿acaso voy a poderme casar yo, entonces, con ella? ¿Comprendes ahora por qué estoy aquí escondido y qué estoy vigilando?

— ¿A ella?

—A ella. Esas tarascas, las propietarias de esta casita, han alquilado un cuartito a Fomá, uno de por aquí, que fue soldado. Fomá está a su servicio, vigila de noche; de día se va a cazar urogallos y de eso vive. Yo me he metido en su sitio. Ni él ni las dueñas conocen el secreto, es decir, no saben que estoy aquí vigilando.

—¿No lo sabe nadie más que Smerdiákov?

—Nadie más. Él me hará una señal si Grúshenka se presenta a ver al viejo.

—¿Es él quien te ha explicado lo del sobre?

—Él mismo. Eso es una gran secreto. Ni siquiera Iván sabe nada del dinero ni de lo otro. A Iván, el viejo lo manda a Chermáshnia por dos o tres días: se le ha presentado un comprador, que da ocho mil rublos por talar un bosque, y el viejo pide a Iván, con insistencia: «ayúdame, ve tú en mi lugar», por dos o tres días. Lo que él quiere es que Grúshenka venga sin que esté Iván.

—Así, pues, ¿espera hoy a Grúshenka?

—No, hoy ella no vendrá, hay indicios para creerlo. ¡No

vendrá, ¡seguro! —gritó de súbito Mitia—. Así lo cree también Smerdiákov. Nuestro padre ahora se está emborranchando, sentado a la mesa con Iván. Llégate, Alexiéi, pídele esos tres mil rublos...

—Mitia, querido, ¡qué te pasa! —exclamó Aliosha, levantándose de un salto y fijándose en el rostro exaltado de Dmitri Fiódorovich. Por un instante llegó a pensar que éste había perdido el juicio.

—¿Qué haces? No me he vuelto loco —articuló Dmitri Fiódorovich, mirando a su hermano fijamente y hasta con cierta solemnidad—. Cierto, te mando a ver a nuestro padre y sé lo que digo: creo en un milagro.

—¿En un milagro?

—En un milagro, obra de la Providencia. Dios conoce mi corazón, ve hasta dónde llega la desesperación mía. Él ve todo este cuadro. ¿Va a permitir que se realice esta monstruosidad? Aliosha, creo en un milagro, ¡vete a ver a nuestro padre!

—Iré. Dime, ¿esperarás aquí?

—Esperaré, comprendo que la espera será larga, que no es posible llegar y, sin más ni más, ¡venga! Ahora está borracho. Esperaré tres horas, cuatro, cinco, seis y siete, pero no olvides que hoy, aunque sea a medianoche, has de ir a casa de Katerina Ivánovna, *con dinero o sin dinero,* y le has de decir: «Me ha mandado presentarle sus saludos.» Quiero que digas precisamente este verso: «Me ha mandado presentarle sus saludos.»

—¡Mitia! ¿Y si Grúshenka viene hoy... o bien mañana o pasado mañana?

—¿Grúshenka? Ya veremos, entraré e impediré...

—Y si...

—Si es así, entonces, mataré. Así, no lo soportaría.

—¿A quién matarás?

—Al viejo. A ella no.

—Hermano, ¡qué dices!

—Yo qué sé, no lo sé... Quizá no mate, quizá sí. Temo que al verle la cara se me haga odioso en aquel mismo momento. Odio la nuez de su garganta, su nariz, sus ojos, su desvergonzada sonrisa. Me causa repugnancia física. Eso es lo que temo. Y que no pueda dominarme.

—Allá voy, Mitia. Creo que Dios arreglará las cosas como mejor sabe para que no ocurra nada horrible.

—Me quedaré aquí esperando el milagro. Pero si no se produce, entonces...

Aliosha se dirigió, pensativo, hacia la casa de su padre.

VI

SMERDIÁKOV

ALIOSHA, en efecto, todavía encontró a su padre a la mesa. Como de costumbre, la habían servido en la sala, a pesar de que la casa tenía comedor. Aquélla era la estancia mayor de la casa, y estaba amueblada a lo antiguo, con cierta pretensión. Los muebles eran muy viejos, blancos, tapizados con una tela roja muy gastada, medio seda, medio algodón. En los paños de pared, entre las ventanas, se habían colocado espejos con marcos pomposos de talla antigua, también blancos y dorados. En las paredes, recubiertas con empapelado blanco, en muchos lugares ya rotos, se destacaban dos grandes retratos; uno de ellos era de un príncipe, ex gobernador general de la provincia unos treinta años atrás; el otro era de un obispo fallecido también hacía mucho tiempo. En el ángulo que se divisaba al abrir la puerta, había varios iconos, ante los cuales se encendía una mariposa por la noche... no tanto por devoción cuanto para que la estancia quedara iluminada. Fiódor Pávlovich se acostaba muy tarde, a las tres o a las cuatro de la madrugada, y hasta entonces se solía pasear por la sala o permanecía sentado en una butaca, meditando, y se había acostumbrado a ello. No era raro que pasara la noche completamente solo en la casa, después de mandar a los criados al pabellón, pero casi siempre se quedaba con él, por la noche, el criado Smerdiákov, quien dormía en la entesala sobre un largo baúl. Cuando entró Aliosha, se había terminado ya la comida, mas estaban servidos la confitura y el café. A Fiódor Pávlovich le gustaban las cosas dulces y el coñac después de la comida, Iván Fiódorovich se encontraba también allí, tomando café. Los criados, Grigori y Smerdiákov, estaban de pie junto a la mesa. Se veía a amos y fámulos visiblemente animados, con una alegría poco acostumbrada. Fiódor Pávlovich se reía a carcajadas. Ya desde el zaguán, Aliosha oyó su risa chillona que tan conocida le era antes, y por el tono de la risa concluyó enseguida que su padre se hallaba aún lejos de estar borracho; de momento no hacía sino dar rienda suelta a su buen humor.

—¡Aquí lo tenemos, aquí lo tenemos! —vociferó Fiódor Pávlovich, alegrándose en gran manera de ver a Aliosha—. Haznos compañía, siéntate, ¿tomarás un cafetito? Es bebida de vigilia, no temas, es de vigilia, ¡pero está caliente y es muy bueno! A coñac no te invito, tú observas el ayuno; aunque ¿quieres, quieres? ¡No, mejor será que te dé un licor estupendo! Smerdiákov, tráelo del armario, está en el segundo estante, a la derecha; toma las llaves, ¡ligero!

Aliosha rehusó el licor.

—De todos modos nos lo van a servir, si no para ti, para nosotros —dijo Fiódor Pávlovich, radiante—. A propósito, ¿has comido?

—He comido —respondió Aliosha, quien, en realidad, sólo había tomado un trozo de pan y un vaso de *kvas* en la cocina del hegúmeno—. Pero de buena gana tomaré un café caliente.

—¡Qué bueno! ¡Bravo! ¡Tomará un cafetito! ¿No habrá que calentarlo? ¡Ca! Está hirviendo. Es un café estupendo el que prepara Smerdiákov. Para el café y las empanadas, no hay otro como mi Smerdiákov, y también para la sopa de pescado, ésta es la verdad. Vente alguna vez para probarla, avisa antes... Pero un momento, un momento; ¿no te he dicho que te trajeras el colchón y las almohadas y que te instalaras aquí hoy mismo? ¿Te has traído el colchón? ¡Je-je-je!...

—No, no lo he traído —se sonrió Aliosha.

—Te habrás asustado, sin duda te asustaste entonces: ¿te asustaste? Ah, palomito mío, ¿acaso te puedo agraviar en alguna cosa? Escucha, Iván, no puedo verle mirándome así a los ojos, riendo, no puedo. Cuando le veo así, hasta las entrañas se me alegran, ¡le quiero! Aliosha, acércate, voy a darte mi bendición paterna.

Aliosha se levantó, pero Fiódor Pávlovich tuvo tiempo de cambiar de idea.

—No, no, voy a hacerte sólo la señal de la cruz, así; siéntate. Ahora te vas a divertir y será a propósito de un tema que tú conoces bien. Te reirás por los codos. Aquí la burra de Balaam se ha puesto a hablar, ¡y cómo habla, cómo!

Resultó[11] que la burra de Balaam era Smerdiákov. Joven aún, de unos veinticuatro años, Smerdiákov era terriblemente insociable y callado. No es que fuera un salvaje o que se avergonzara de algo, no; al contrario, era de carácter altivo y parecía despreciar a todo el mundo. Ahora, no es posible seguir adelante sin decir de él aunque sólo sean dos palabras. Le criaron Marfa Ignátievna y Grigori Vasílievich, pero el niño creció «sin ningún agradecimiento», según se expresaba Grigori, como niño salvaje que mira el mundo desde una esquina. En su infancia fue muy aficionado a ahorcar gatos y a enterrarlos luego con gran ceremonia. En estas ocasiones, se envolvía con una sábana, a guisa de sotana, y se ponía a cantar y a agitar alguna cosa sobre el gato muerto, como si manejara un incensario. Todo esto lo hacía solo y con grandísimo secreto. Grigori le sorprendió una vez en estos ejercicios y le castigó duramente con un látigo. El niño se acurrucó en un rincón y se pasó una semana allí, mirando de reojo. «Este monstruo no nos quiere a nadie. ¿Acaso eres una criatura humana? —preguntaba súbitamente, dirigiéndose al propio Smerdiákov—; tú no eres una criatura humana, tú has nacido de la humedad del baño, eso eres tú...» Smerdiákov, según se vio más tarde, nunca pudo perdonarle estas palabras. Grigori le enseñó a leer y escribir y empezó a enseñarle la historia sagrada cuando el niño tenía ya doce años. Pero su empeño acabó enseguida sin el menor resultado. Un día en la segunda o tercera lección, el muchacho, de pronto, se sonrió.

—¿Qué te pasa? —preguntó Grigori, mirándole amenazador por encima de sus gafas.

—Nada. El Señor creó el mundo el primer día; el sol, la luna y las estrellas, el cuarto. ¿De dónde salía la luz, el primer día?

Grigori se quedó petrificado. El muchacho miraba burlona-

---

[11] Recuérdese el proverbio español, refiriéndose a un tonto o un indiscreto: Romperá a hablar como la burra de Balaam.

mente a su maestro. Hasta había algo de arrogancia en su mirada. Grigori no pudo contenerse. «¡Pues mira de dónde!», vociferó y propinó un furioso bofetón al alumno. El muchacho encajó el golpe sin decir una sola palabra, pero otra vez estuvo acurrucado en su rincón durante varios días. Una semana después, se le declaró por primera vez la epilepsia, que ya no le abandonó en toda la vida. Cuando Fiódor Pávlovich se enteró de ello, pareció cambiar, súbitamente, su manera de tratar al niño. Antes, lo miraba con cierta indiferencia, aunque nunca lo reñía, y siempre que lo veía le daba un kópek. Cuando estaba de buen humor, mandaba a veces al muchacho alguna golosina de la mesa. Al saber lo de la enfermedad, empezó a ocuparse seriamente del muchacho, mandó llamar al doctor para que le curara, pero resultó que la enfermedad era incurable. Los ataques solían darle, por término medio, una vez al mes, a intervalos distintos. También era distinta su intensidad; los había leves y los había muy duros. Fiódor Pávlovich prohibió rigurosamente a Grigori que infligiera castigos corporales al muchacho y comenzó a dejarlo subir a su aposento. También prohibió que, por de pronto, le hicieran estudiar nada. Una vez, sin embargo, cuando el muchacho tenía ya quince años. Fiódor Pávlovich le vio rondando junto a la librería y leyendo sus títulos a través de los cristales. Fiódor Pávlovich poseía bastantes libros, más de cien volúmenes, pero nadie le había visto nunca uno en la mano. Enseguida dio a Smerdiákov las llaves de la librería: «Toma, lee, serás mi bibliotecario; en vez de dar vueltas por el patio sin hacer nada, siéntate y lee. Lee esto», y Fiódor Pávlovich le sacó *Veladas en la granja, cerca de Dikanka*[12].

El muchacho leyó el libro, pero quedó descontento, no se rió ni una sola vez; al contrario, acabó con el ceño fruncido.

—¿Qué? ¿No es divertido? —preguntó Fiódor Pávlovich.

Smerdiákov callaba.

—Responde, imbécil.

—Aquí sólo se habla de cosas que no son verdad —balbuceó Smerdiákov, sonriendo.

—Vete al diablo, alma lacayuna. Espera, toma la *Historia*

---

[12] Primera colección de novelas cortas de Gógol, aparecida en 1831.

General, de Smarágdov[13], todo lo que aquí se dice es verdad, lee.

Pero Smerdiákov no leyó ni diez páginas de la historia; le pareció aburrida. Así volvió a cerrarse el armario de los libros. Pronto Marfa y Grigori comunicaron a Fiódor Pávlovich que Smerdiákov iba dando muestras de una terrible aprensión: ante el plato de sopa, tomaba la cuchara, lo revolvía buscando y rebuscando, se inclinaba, miraba la sopa muy atentamente, tomaba una cucharada y la inspeccionaba a contraluz.

—¿Hay alguna cucaracha? —preguntaba, a veces, Grigori.

—Quizá una mosca —observaba Marfa.

El pulcro jovenzuelo no respondía nunca, pero lo mismo hacía con el pan, con la carne y con toda la comida: levantaba, a veces, un trozo con el tenedor, lo examinaba a la luz, como si lo tuviera bajo el microscopio; solía pasarse mucho tiempo decidiendo si se lo llevaría o no a la boca hasta que, por fin, se decidía. «Vaya señorito que se nos ha vuelto», balbuceaba, mirándole, Grigori. Fiódor Pávlovich, al enterarse de la nueva genialidad de Smerdiákov, decidió al instante hacerlo cocinero, y lo mandó a Moscú para que aprendiera el oficio. Smerdiákov se pasó varios años aprendiéndolo y volvió muy cambiado de cara. Había envejecido insólitamente, tenía el rostro surcado de arrugas, amarillento, de manera por completo impropia a su edad; comenzó a parecerse a un eunuco. En cuanto a sus condiciones morales, volvió casi sin haber cambiado nada: seguía siendo tan poco sociable como antes y no sentía necesidad de ninguna clase de compañía. También en Moscú, según más tarde contaron, permanecía siempre callado; la ciudad como tal le había interesado poquísimo; en ella se enteró sólo de alguna cosilla, a lo demás no le prestaba la menor atención. Una vez, hasta estuvo en el teatro, pero volvió callado y descontento. En cambio regresó de Moscú con un buen traje, con un chaqué limpio y ropa blanca; se cepillaba el traje cuidadosamente, dos veces al día, sin falta, y era terriblemente aficionado a limpiarse con un betún inglés especial, para que relucieran como un espejo, las botas altas, de piel de becerro, muy

---

[13] S. N. Smarágdov, profesor de escuela secundaria, autor de una *Breve historia universal para las escuelas primarias* (1845).

elegantes. Como cocinero, resultó excelente. Fiódor Pávlovich le asignó un salario y Smerdiákov lo gastaba poco menos que entero en ropa, pomadas, perfumes, etc. Al sexo femenino, según parece, lo despreciaba tanto como al masculino, y se mostraba con él muy serio, casi inabordable. Fiódor Pávlovich empezó a mirarlo desde otro punto de vista. El caso era que los ataques de epilepsia que padecía Smerdiákov se le acentuaban, y entonces quien preparaba la comida era Marfa Ignátievna, lo cual no convenía de ningún modo a Fiódor Pávlovich.

—¿Por qué tienes ahora los ataques con más frecuencia? —preguntaba a veces al nuevo cocinero, mirándole de reojo y fijándose en su cara—. Deberías de casarte, ¿quieres que te busque una?...

Pero al oír estas preguntas, Smerdiákov sólo palidecía de despecho y no respondía nada. Fiódor Pávlovich se alejaba con un gesto de indiferencia. Lo importante era que estaba convencido de la honradez de Smerdiákov; de una vez para siempre se había persuadido de que éste no le tocaría nada, de que no robaría. Sucedió que Fiódor Pávlovich, un poco bebido, perdió en el patio de su casa, entre el barro, tres billetes de cien rublos que acababa de recibir, y hasta al día siguiente no se dio cuenta de que le faltaban: apenas había empezado a rebuscar por los bolsillos, cuando vio los tres billetes sobre la mesa. ¿Cómo estaban allí? Smerdiákov los había recogido y se los había traído ya el día anterior. «Gente como tú, hermano, aún no la había visto», dijo entonces brusca y lacónicamente Fiódor Pávlovich, y le regaló diez rublos. Es necesario añadir que no sólo estaba convencido de la honradez de Smerdiákov, sino que, además, le quería, vayan a saber por qué, si bien el muchacho también le miraba de soslayo, como a los demás, y siempre callaba. Raras veces decía alguna cosa. Si en aquel entonces se le hubiera ocurrido a alguien preguntar, mirándole, en qué se interesaba aquel mozo y en qué solía estar pensando, no habría sido posible encontrar una respuesta, la verdad. Sin embargo, Smerdiákov, en la casa o en el patio y hasta en la calle, a veces, se detenía, se quedaba pensativo y así permanecía, de pie, incluso durante diez minutos. Si lo hubiera visto un fisonomista, habría dicho que no era cuestión de pensamiento ni de juicio, sino, simplemente, de cierta contemplación. Hay un cuadro muy notable del pintor Kramskói[14], que lleva por título *El contemplador:* representa un bosque en invierno, y en un camino hay un pequeño mujik extraviado, cubierto con un caftán roto y calzado con abarcas de corteza de tilo, completamente solo, en la más profunda soledad; se ha detenido y parece que está cavilando, pero no cavila, sino que «contempla» alguna cosa. Si se le diera un empujón, se estremecería y se os quedaría mirando como si acabara de despertarse, pero sin comprender nada. Cierto, volvería en sí al instante, pero si se le preguntara en qué había estado pensando mientras permanecía parado, lo más probable es que no recordara nada, aunque seguramente conservaría con todo cuidado en su interior la impresión que experimentaba mientras había permanecido en su actitud contemplativa. Esas impresiones le son caras, y probablemente el mujik las va acumulando de manera imperceptible e incluso sin tener conciencia de ello; tampoco sabe para qué, con qué objetivo: a lo mejor, súbitamente, después de haber estado acumulando impresiones durante muchos años, lo abandona todo y parte para Jerusalén, en peregrinación y en busca de la salvación de su alma, pero también es posible que pegue fuego de repente a su aldea natal, y cabe que suceda lo uno y lo otro al mismo tiempo. Entre el pueblo hay muchos contemplativos. Uno de ellos era, seguramente, Smerdiákov, y también iba acumulando con avidez sus impresiones casi sin que él mismo supiera aún para qué.

VII

UNA CONTROVERSIA

PERO la burra de Balaam, de pronto, se puso a hablar. El tema era extraño: aquella mañana, Grigori, al recoger una mercancía en la tienda del mercader Lukiánov, había oído hablar de un soldado ruso que, muy lejos, en una re-

---

[14] I. N. Kramskói (1833-1887). Pintor ruso, iniciador del movimiento de los «ambulantes», autor de famosos cuadros de L. N. Tolstói, Nekrásov, Saltikov-Schedrín, etc.

gión fronteriza, había caído prisionero de los asiáticos y había sido conminado, bajo pena de terribles torturas y de muerte inmediata, a renegar del cristianismo y convertirse al islam; pero el soldado no quiso traicionar su fe y aceptó el tormento, se dejó desollar vivo y murió alabando y glorificando a Cristo, proeza que se relataba precisamente en el periódico llegado aquel mismo día. Grigori habló del caso en la mesa. Fiódor Pávlovich siempre había sido amigo de bromear y charlar al término de la comida, a la hora de los postres, aunque fuera con Grigori. Pero esa vez estaba de un humor agradablemente expansivo. Después de haber oído la noticia, mientras tomaba unos sorbitos de coñac, declaró que a aquel soldado había que hacerlo santo enseguida y que se debía de llevar a algún monasterio la piel que le habían arrancado: «ya verían como allí llovía la gente y el dinero». Grigori frunció el ceño al ver que Fiódor Pávlovich no se había conmovido en lo más mínimo y que, como de costumbre, empezaba a burlarse de las cosas sagradas. En aquel momento, Smerdiákov, que estaba de pie junto a la puerta, se sonrió. A Smerdiákov ya antes se le había permitido con mucha frecuencia que estuviera presente de pie junto a la mesa al final de la comida. Desde que había llegado a nuestra ciudad Iván Fiódorovich, se presentaba casi todos los días.

—¿Qué te pasa? —preguntó Fiódor Pávlovich al observar la sonrisa, comprendiendo, desde luego, que iba dirigida a Grigori:

—Pienso en este asunto —contestó de pronto, en voz alta e inesperadamente, Smerdiákov—, y aunque la proeza de ese soldado, digno de alabanza, haya sido muy grande, a mi modo de ver en estas circunstancias no habría sido pecado repudiar, por ejemplo, el nombre de Cristo y el propio bautismo para salvar así la propia vida y hacer luego buenas acciones con las que expiar, en el transcurso de los años, esa debilidad.

—¿Que no sería eso un pecado? Mientes, y por esto irás de cabeza al infierno, donde te asarán como un cordero —replicó Fiódor Pávlovich.

Fue en ese momento cuando entró Aliosha, Fiódor Pávlovich, como hemos visto, se alegró mucho al verle.

—¡Habla de tu tema, de tu tema! —exclamó, riéndose sardónicamente y haciendo sentar a Aliosha para que escuchara.

—Lo del cordero no es así, y allá no habrá nada semejante, ni debe haberlo en justicia —comentó con aplomo Smerdiákov.

—¡Cómo, en justicia! —gritó aún más alegremente Fiódor Pávlovich, tocando a Aliosha con la rodilla.

—¡Éste es un canalla! —soltó de pronto Grigori, mirando lleno de ira y fijamente a Smerdiákov.

—En lo de canalla, espere un poco, Grigori Vasílievich —le replicó Smerdiákov con calma y compostura—, y reflexione usted mismo que si yo cayera prisionero de quienes torturan a los cristianos y exigieran de mí maldecir el nombre de Dios y renegar de mi santo bautismo, mi propia razón me autorizaría plenamente a hacerlo, pues no habría en ello ningún pecado.

—Esto ya lo has dicho, no nos vengas con repeticiones, ¡demuéstralo! —gritó Fiódor Pávlovich.

—¡Cuececaldos! —susurró Grigori desdeñosamente.

—En eso de cuececaldos, espere también un poco y reflexione usted mismo, Grigori Vasílievich, sin insultar. Pues tan pronto como diga a los verdugos: «No, no soy cristiano y maldigo a mi Dios verdadero», en ese mismo instante, el tribunal supremo de Dios hace caer sobre mí su anatema, soy maldito y quedo completamente expulsado de la Santa Iglesia, como si fuera pagano, así que en el mismísimo instante en que no ya pronuncie, sino piense pronunciar tales palabras, sin que pase siquiera un cuarto de segundo, ya estoy excomulgado, ¿es así o no es así, Grigori Vasílievich?

Se dirigía con visible satisfacción a Grigori, aunque respondiendo en esencia tan sólo a las preguntas de Fiódor Pávlovich, y lo comprendía muy bien, pero hacía como si tales preguntas se las formulara Grigori.

—¡Iván! —gritó de repente Fiódor Pávlovich—. Inclínate hacia mí, quiero hablarte al oído. Todo esto lo dice por ti, para que le alabes. Alábale.

Iván Fiódorovich escuchó con toda seriedad la entusiasta declaración de su padre.

—Espera, Smerdiákov, cállate un poco ahora —volvió a gritar Fiódor Pávlovich—. Iván, inclínate otra vez, quiero hablarte al oído.

Iván Fiódorovich volvió a inclinarse, con toda seriedad.

—Te quiero tanto como a Aliosha. No creas que a ti no te quiero. ¿Coñac?

—Venga.

«Con todo, has pimplado de lo lindo», pensó Iván Fiódorovich, mirando fijamente a su padre. A Smerdiákov lo observaba con extraordinaria curiosidad.

—El anatema lo tienes ya encima y ahora estás maldito —estalló de pronto Grigori—; y cómo, después de esto, te atreves a hablar, canalla, sí...

—¡No insultes, Grigori, no insultes! —le interrumpió Fiódor Pávlovich.

—Tenga paciencia, Grigori Vasílievich, aunque sólo sea muy poco tiempo, y escúcheme, pues aún no lo he dicho todo. Digo que en el mismo momento en que Dios me maldiga, en ese mismísimo momento, me convierto ya en pagano, se me anula el bautismo y no se me tiene en cuenta para nada; por lo menos esto, ¿no es así?

—La conclusión, hermano, date prisa y venga la conclusión —le instó Fiódor Pávlovich, tomando con deleite unos sorbitos de coñac.

—Bien; pues, si ya no soy cristiano, ya no miento a los verdugos cuando me preguntan «si soy cristiano o si no lo soy», pues yo he sido desposeído de mi condición de cristiano por el propio Dios debido a mi pensamiento, antes incluso de que haya podido decir una sola palabra a mis verdugos. Bien, pues si he perdido mi condición de cristiano, ¿de qué manera y con qué derecho van a pedirme cuentas, en el otro mundo, como se piden a un cristiano, por haber abjurado de Cristo, habiéndoseme desposeído del bautismo sólo por lo que haya pensado antes ya de la abjuración? Si no soy cristiano, ya no puedo abjurar a Cristo, pues ya no tendré de qué abjurar. ¿Quién va a pedir cuentas a un sucio tártaro, Grigori Vasílievich, ni siquiera en los cielos, por no haber nacido cristiano, y quién le va a castigar por ello, si piensa que de un solo buey no pueden sacarse dos pieles? Además, si Dios, omnipotente, pide cuentas al tártaro cuando éste muera, lo hará, supongo yo, aplicándole un castigo muy pequeño (ya que es imposible no castigarle en absoluto), teniendo en cuenta que, al fin y al cabo, el tártaro no tiene la culpa de haber nacido marrano procediendo de padres marranos. El Señor no puede tomar a la fuerza al tártaro y decir de él que era cristiano, pues esto significa que el señor omnipotente dice una rotunda mentira. ¿Y acaso puede decir una mentira, aunque sólo sea con una sola palabra, Dios todopoderoso, Señor del cielo y de la tierra?

Grigori se había quedado estupefacto y miraba al orador con los ojos extremadamente abiertos. Aunque no comprendía muy bien lo que decía, algo había entendido de todo aquel rompecabezas, y tenía el aspecto del hombre que topa con la frente contra una pared. Fiódor Pávlovich apuró su vasito de coñac y prorrumpió en una chillona carcajada.

—¡Aliosha, Aliosha, qué te parece! ¡Ah, casuística! ¡Eso es que ha estado con los jesuitas en algun aparte, Iván! Ah, jesuita hediondo, ¿pero quién te ha dado lecciones? Sólo que mientes, casuista, mientes, mientes y mientes. No llores, Grigori, ahora mismo le vamos a hacer polvo. Contéstame a lo que te voy a preguntar, burra de Balaam: puedes tener razón ante los verdugos, pero tú has abjurado en tu interior de tu fe, y tú mismo dices que en ese momento cae sobre ti el anatema y eres maldito, y si has sido anatematizado, no van a hacerte caricias muy delicadas, por eso, en el infierno. ¿Qué crees tú sobre este particular, mi magnífico jesuita?

—Está fuera de duda que he abjurado en mi interior, pero no habrá en ello ningún pecado especial; y si ha habido falta, será de las más corrientes.

—¡Cómo, de las más corrientes!

—Mientes, maaa-a-aldito —exclamó Grigori con voz sibilante.

—Juzgue usted mismo, Grigori Vasílievich —prosiguió Smerdiákov, sosegado y grave, consciente de su victoria, pero haciéndose el magnánimo con el adversario derrotado—, juzgue usted mismo, Grigori Vasílievich: está dicho en las Escrituras que si tenéis fe, aunque sólo sea como un granito de mostaza, y decís a una montaña que se precipite al mar, la montaña se precipitará al mar enseguida, a la primera orden. Pues bien, Grigori Vasílievich, si yo no soy un creyente y usted lo es tanto que hasta me insulta sin cesar, intente decir a la montaña que se precipite no al mar (porque el mar está lejos de aquí), sino que se desplace hasta nuestro riachuelo que apesta, el que pasa por detrás de nuestro huerto, y verá enseguida que nada se mueve, que todo continúa en el mismo orden y en la misma integridad de antes, por más que usted grite. Eso significa que tampoco usted, Grigori Vasílievich, cree como es debido, y lo único que hace es insultar a los demás como mejor le parece por lo mismo. También hemos de reconocer que nadie, en nuestra época, no sólo usted, sino absolutamente nadie, empezando por los personajes más encumbrados y terminando con el último de los mujiks, puede hacer precipitar una montaña al mar, excepción hecha, quizá, de un solo hombre en todo el mundo, quizá dos, y aún es posible que éstos se encuentren en el desierto de Egipto buscando en gran secreto su salvación, de manera que no hay quien pueda encontrarlos; pero si es así, si todos los demás son incrédulos, ¿es posible que a todos éstos, es decir, a la población de toda la tierra, excepción hecha de un par de eremitas, el Señor los maldiga y no perdone a nadie, a pesar de su misericordia, tan conocida? Por eso tengo la esperanza de que, habiendo dudado, no me faltará el perdón cuando vierta lágrimas de arrepentimiento.

—¡Alto! —chilló Fiódor Pávlovich en el colmo del entusiasmo—, ¿así tú crees, de todos modos, que existen dos hombres de esos que pueden poner en movimiento las montañas? Iván, anota este rasgo, escríbelo: en él queda reflejado el hombre ruso.

—Es muy justa su observación de que éste es un rasgo de la fe del pueblo —asintió Iván Fiódorovich, con una sonrisa aprobatoria.

—¡Estás de acuerdo! Si estás de acuerdo tú es que es verdad. ¿No es así, Aliosha? ¿Verdad que la fe rusa es exactamente así?

—No, la fe de Smerdiákov no es de ningún modo la fe rusa —contestó Aliosha con seriedad y firmeza.

—No hablo de su fe, sino de ese rasgo, de esos dos anacoretas, sólo de ese detalle: ¿no es esto muy ruso, muy ruso?

—Sí, ese rasgo es completamente ruso —sonrió Aliosha.

—Tus palabras, burra de Balaam, bien valen una moneda de oro, y te la mandaré hoy mismo; pero en todo lo demás mientes, mientes y mientes; has de saber, bobo, que si no creemos, en este mundo, es sólo por ligereza, porque no tenemos tiempo: en primer lugar, las ocupaciones nos absorben y, en segundo lugar, Dios nos ha dado poco tiempo, ha limitado el día a veinticuatro horas, de modo que el tiempo no nos basta ni para dormir lo que quisiéramos, no ya para arrepentirnos. Y tú abjuras ante tus verdugos, cuando no puedes pensar en otra cosa que en la fe y cuando hay que mostrarla. Pues eso, hermano, constituye un pecado, ¿no es tal como lo pienso?

—Que constituye un pecado, no hay duda; pero juzgue usted mismo, Grigori Vasílievich: tanto más leve resulta. Porque si entonces hubiera creído en la verdad auténtica como es debido, habría realmente pecado al no aceptar el martirio por la fe y pasar a la puerca fe de Mahoma. Pero en tal caso no habría llegado hasta el martirio, porque me habría bastado en aquel mismo instante decir a la montaña: muévete y aplasta al verdugo, para que se moviera y le aplastara como a una cucaracha, y yo me habría marchado como si tal cosa, cantando y alabando a Dios. Pues bien, si en ese momento yo ya lo he ensayado todo, y he gritado adrede a la montaña: aplasta a estos verdugos, sin que ésta se haya movido, díganme, ¿cómo no habría de dudar yo, sobre todo en el terrible momento del gran miedo a la muerte? Yo ya sé, de todos modos, que no alcanzaré plenamente el reino de los cielos (pues no se ha movido la montaña por mis palabras, lo cual quiere decir que allí arriba no es mucho lo que creen en mi fe, ni va a ser muy grande la recompensa que en el otro mundo me espera). ¿Para qué, pues, he de dejar que encima y sin provecho alguno me desuellen vivo? Pues aunque me hubieran arrancado ya la mitad de la piel de la espalda, mis palabras y gritos tampoco moverían la montaña. En un minuto semejante no sólo puede uno dudar, sino incluso perder la razón por el mucho miedo, de modo que sea hasta imposible razonar. Por consiguiente, ¿qué culpa especial voy a tener yo, al no ver ni en el otro mundo ni en éste ningún provecho ni recompensa, pongo a salvo, por lo menos, mi propia piel? Y precisamente, por confiar mucho en la misericordia del Señor, alimento la esperanza de que seré por completo perdonado...

VIII

ANTE LA COPA DE COÑAC

SE había terminado la discusión, pero cosa rara: Fiódor Pávlovich, que tan alegre estaba, al fin se puso sombrío. Frunció el ceño y se echó al coleto otro vasito de coñac, ya totalmente excesivo.

—Largaos de aquí, jesuitas —gritó dirigiéndose a los criados—. Vete, Smerdiákov. Hoy te mandaré la moneda de oro prometida, pero vete. No llores, Grigori; vuelve al lado de Marfa, ella te consolará y te meterá en la cama. Estos canallas no me dejan descansar tranquilo después de comer —soltó malhumorado, no bien se hubieron retirado los criados en cumplimiento de la orden recibida—. Smerdiákov, desde hace una temporada, siempre se planta aquí a esta hora; es por ti por quien siente tanta curiosidad. ¿Con qué le has interesado tanto? —añadió dirigiéndose a Iván Fiódorovich.

—Con nada, en absoluto —respondió éste—; se le ha ocurrido estimarme; es un lacayo y un granuja. De todos modos, será carne de vanguardia cuando la hora llegue.

—¿De vanguardia?

—Habrá otros mejores, pero los habrá también como él. Primero serán como él y luego vendrán los otros.

—¿Cuándo llegará la hora?

—El cohete se encenderá y es posible que no llegue a quemarse del todo. El pueblo, por de pronto, no hace mucho caso de esos cuececaldos.

—Ya, ya, hermano; esta burra de Balaam piensa, piensa, y el diablo sabe hasta dónde puede llegar con sus pensamientos.

—Los estará coleccionando —se sonrió Iván.

—Verás, sé muy bien que no puede sufrirme, como no puede sufrir a nadie, ni a ti tampoco, aunque te parezca que «se le ha ocurrido estimarte». A Aliosha, aún menos; a Aliosha lo desprecia. En cambio, no roba, ésta es la cuestión, ni es chismoso; calla, no saca los trapos sucios fuera de casa, hace unas empanadas excelentes; por lo demás, al diablo. ¿Vale la pena hablar tanto de él?

—Naturalmente, no vale la pena.

—En cuanto a lo que puede llegar a pensar en su caletre, lo que se ha de hacer, hablando en general, es dar buenos azotes al mujik ruso. Siempre lo he afirmado. Nuestros mujíks son muy ladinos, no merecen que se les tenga compasión, y menos mal que algunas veces, todavía hoy, les sueltan algún buen palo. La tierra rusa es fuerte gracias al abedul. Si se abaten los bosques, adiós tierra rusa. Yo apoyo a los inteligentes. Hemos dejado de zumbar a los mujíks, porque somos muy inteligentes, y ellos siguen azotándose a sí mismos. Hacen muy bien. Con la misma medida que midáis seréis medidos, no sé si se dice así... En una palabra, se mide con la misma medida. Y Rusia es una porquería. Amigo, si supieras cómo odio a Rusia... es decir, a Rusia no, sino todos esos vicios... y es probable que también a Rusia. *Tout cela c'est de la cochonnerie*[15]. ¿Sabes lo que me gusta? A mí me gusta el ingenio.

—Se ha bebido usted otro vasito. No beba más.

—Espera, me beberé aún otros dos y basta. Sí, espera, me has interrumpido. Al pasar por Mókroie, pregunté un día a un viejo, y me contestó: «Lo que más nos gusta es condenar a las mozas a la pena de azotes, y siempre dejamos que sean los mozos quienes cumplan la sentencia. Después, a la que hoy ha azotado, la pide el mozo mañana en matrimonio, de modo que a las propias chicas, decía, aquello hasta les resulta agradable.» Vaya marqueses de Sade, ¿no? Di lo que quieras, pero es ingenioso. No estaría mal que nos llegáramos hasta allí a mirar, ¿eh? Aliosha, ¿te has ruborizado? No te avergüences, criatura. Lástima no haberme quedado a comer con el hegúmeno y no haberles contado a los monjes lo de la chicas de Mókroie. Aliosha, no te enfades de que este mediodía haya molestado a tu hegúmeno. La cólera me domina, hermano. El caso es que si hay Dios, si existe, desde luego, soy culpable y tendré que responder; pero si no existe, ¿no se merecen esto y mucho más esos padres tuyos? En este caso es poco cortarles la cabeza, porque frenan el desarrollo. ¿Me creerás, Iván, si te digo que

---

[15] Todo eso es una guarrería (fr.).

esto hiere mis sentimientos? No, no me creerás, te lo veo en los ojos. Tú crees lo que dice la gente, que soy un bufón y nada más. Aliosha, ¿crees tú que solamente soy un bufón?

—Creo que usted no es solamente un bufón.

—Creo que lo crees y que hablas con sinceridad. Miras y hablas con sinceridad. Iván no. Iván es soberbio... De todos modos, yo terminaría con tu monasterio. Habría que tomar ese misticismo y eliminarlo de una vez de la tierra rusa para hacer entrar definitivamente en razón a todos los imbéciles. ¡Cuánta plata, cuánto oro entrarían en la casa de la moneda!

—¿Para qué eliminarlo? —dijo Iván.

—Pues para que la verdad resplandeciera cuanto antes, para eso.

—Bueno, si esta verdad resplandece, a usted también lo desvalijarían primero y luego... lo eliminarán.

—¡Bah! Aunque probablemente tienes razón. ¡Ah, qué burro soy! —exclamó de pronto Fiódor Pávlovich, dándose una leve palmada en la frente—. Si es así, ¡que siga en pie tu monasterio, Aliosha! Y nosotros, los inteligentes, viviremos a gusto y tendremos coñac. ¿Sabes, Iván, que ha debido ser Dios mismo quien ha establecido adrede ese estado de cosas? Dime, Iván: ¿existe Dios, o no? Un momento: di la verdad, ¡habla en serio! ¿Por qué te ríes otra vez?

—Río pensando en la ingeniosísima observación que ha hecho usted mismo refiriéndose a la fe de Smerdiákov sobre la existencia de dos anacoretas que puedan hacer mover los montañas.

—¿Es que tiene alguna semejanza con lo de ahora?

—Mucha.

—Si es así, yo también soy un hombre ruso y en mí se da también el rasgo ruso; pero también a ti, filósofo, se te puede encontrar un rasgo del mismo género. ¿Quieres que lo haga? Apuesto a que mañana mismo te lo encuentro. De todos modos, dime: ¿existe Dios, o no existe? ¡Pero habla en serio! Ahora necesito que me lo digas en serio.

—No, Dios no existe.

—Aliosha, ¿existe Dios?

—Dios existe.

—Iván, ¿pero existe la inmortalidad, la que sea, muy pequeña si quieres, pequeñita?

—Tampoco existe la inmortalidad.

—¿Ninguna?

—Ninguna.

—Es decir, ¿se trata de un cero absoluto o de alguna pequeña cosa? ¿No existiría, quizás, alguna cosilla? ¡No dirás, de todos modos, que no existe absolutamente nada!

—Cero absoluto.

—Aliosha, ¿existe la inmortalidad?

—Existe.

—¿Existen Dios y la inmortalidad?

—Dios y la inmortalidad existen. En Dios está la inmortalidad.

—Hum. Lo más probable es que tenga razón Iván. Señor, ¡y pensar cuánto ha dado el hombre a la fe, cuántas fuerzas de toda clase ha consagrado inútilmente a este sueño durante tantos miles de años! ¿Quién se ríe del hombre de este modo? ¿Eh, Iván? Por última vez y categóricamente: ¿existe o no existe Dios? ¡Te lo pregunto por última vez!

—Y por última vez digo: ¡no!

—¿Pero quién se ríe de los hombres, Iván?

—Será el diablo —se sonrió irónicamente Iván.

—¿Existe, el diablo?

—No, tampoco existe el diablo.

—Es una pena. Demonio, ¡lo que haría yo, después de esto, con el que inventó a Dios por primera vez! ¡Colgarlo de un triste álamo sería poco!

—No existiría la civilización, si no hubieran inventado a Dios.

—¿No existiría? ¿Si no se hubiera inventado a Dios?

—No. Y tampoco habría coñac. De todos modos, habrá que retirárselo a usted.

—Espera, espera, espera, querido, otro vasito. He ofendido a Aliosha. ¿No estás enfadado, Alexiéi? ¡Querido Alexiéi mío, mi pequeño Alexiéi!

—No, no estoy enfadado. Sé lo que usted piensa. Tiene usted mejor el corazón que la cabeza.

—¿Que tengo yo mejor el corazón que la cabeza? ¡Señor! ¡Y quién lo dice! Iván, ¿quieres a Aliosha?

—Le quiero.

—Quiérele —Fiódor Pávlovich estaba ya fuertemente bebido—. Escucha, Aliosha, este mediodía me he comportado como un grosero con tu stárets. Pero estaba muy excitado. De todos modos, ese stárets tiene ingenio. ¿Qué te parece a ti, Iván?

—Lo tiene, sin duda.

—Sí, sí, *il y a du Piron lá-dedans*[16]. Es un jesuita, un jesuita ruso, claro. Como es un hombre de noble corazón, debe estar interiormente indignado por tener que representar su papel... por darse aires de santidad.

—Pero él cree en Dios.

—En lo más mínimo. ¿No lo sabías? Él mismo lo dice a todo el mundo; bueno, a todo el mundo, no, lo dice a las personas inteligentes que le visitan. Al gobernador Schulz le soltó sin rodeos: *credo*[17], pero no sé en qué.

—¿Es posible?

—Así es. Pero le respeto. Hay en él algo de mefistofélico o, mejor dicho, de *El héroe de nuestro tiempo...*[18], Arbienin, o algo así...[19]; verás, quiero decir que es un lujurioso; es tan lujurioso, que incluso a estas alturas tendría miedo yo si una hija mía o mi esposa fuera a confesarse con él. Cuando empieza a contar... ¿sabes? Hace tres años nos invitó a tomar el té con licor (las señoras le mandan licores); se puso a describirnos otros tiempos, de modo que nos desternillábamos de risa... Sobre todo cuando nos contó cómo había curado a una mujer asténica. «Si no estuviera enfermo de las piernas, nos decía, verían qué danza les bailaba.» Qué tío, ¿eh? «En mis tiempos, hice yo de las mías, y no poco», añadió. Una vez sonsacó al mercader Demídov sesenta mil rublos.

—Cómo, ¿se los robó?

—El mercader se los llevó, como a hombre virtuoso:

---

[16] Hay algo de Pirón en él (fr.). Piron Alexis (1689-1773), escritor y poeta francés.

[17] En latín en el original.

[18] Famosa novela de Lérmontov (1839), constituida por cinco relatos (Biela, Maxim Maxímovich, Tamán, La princesa Mari y El fatalista).

[19] Error intencionado de Dostoievski: Fiódor Pávlovich, hombre que no lee, dice «Arbienin» en lugar de «Pechorin», personaje principal de «El héroe de nuestro tiempo».

«Guárdemelos, hermano; mañana vienen a hacerme un registro.» El otro se los guardó muy bien. «Tú los has dado para la Iglesia», afirmó. Yo le digo: eres un canalla, le digo. No, dice él, no soy un canalla, sino un hombre desprendido... Ah, pero... no se trata de él... Era otro. Le había confundido con otro... y no me daba cuenta. Bueno, otro vasito y basta; retira la botella, Iván. He estado mintiendo, ¿por qué no me has detenido, Iván..., y no me has dicho que mentía?

—Sabía que se detendría usted mismo.

—No es cierto, no lo has hecho porque me tienes rabia, sólo porque me tienes rabia. Tú me desprecias. Has venido a mi casa y en mi propia casa me desprecias.

—Me voy; el coñac empieza a hacerle efecto.

—Te he pedido por el amor de Cristo que fueras a Chermashnia... por un día o dos y tú no vas.

—Mañana iré, si tanto insiste.

—No irás. Lo que tú quieres es quedarte aquí y vigilarme, esto es lo que tú quieres, alma negra. ¿Es por esto por lo que no vas?

El viejo no se calmaba. Había llegado hasta el límite en que ciertos borrachos, hasta entonces pacíficos, quieren enfurecerse a toda costa y hacer de las suyas.

—¿Por qué me miras así? ¿Cómo son tus ojos? Tus ojos me miran y me dicen: «¡jeta de borracho!» Tus ojos son desconfiados, desdeñosos. Has venido con segundas intenciones. Aliosha me mira y sus ojos despiden luz. Aliosha no me desprecia. Alexiéi, no quieras a Iván...

—¡No se enfade con mi hermano! Deje de insultarle —dijo firmemente Aliosha.

—Bueno, como quieras. ¡Uf! Me duele la cabeza. Retira el coñac, Iván, te lo digo por tercera vez —se quedó unos momentos pensativo y luego se sonrió con larga y astuta sonrisa—. No te enfades, Iván, contra este viejo gusarapo. Ya sé que tú no me quieres, pero no te enfades. No hay motivos para quererme. Irás a Chermashnia y luego yo mismo iré a reunirme contigo y te llevaré un presente. Te mostraré allí a una mozuela, a la que tengo echado el ojo hace tiempo. Por ahora es una desharrapada. No temas a las desharrapadas, no las desprecies, ¡son perlas!...

Y se estampó un ruidoso beso en la mano.

—Para mí —de pronto se animó todo él, como si por unos momentos se le hubieran desvanecido los humos de la borrachera al dar en su tema predilecto—, para mí... ¡Ah, muchachos! Sois unos críos, unos cerditos, para mí... no he admitido en toda mi vida que pudiera haber una mujer fea, ¡ésta es mi norma! ¿Podéis comprenderlo? ¡Qué vais a comprender, vosotros! En vez de sangre, aún corre por vuestras venas leche, ¡aún no habéis roto el cascarón! Según mi norma, en toda mujer se puede encontrar, ¡diablo!, alguna cosa de extraordinario interés, algo que no encuentras en ninguna otra, sólo que es necesario saberlo encontrar, ¡ésta es la cuestión! ¡Se necesita talento! Para mí, las feas no han existido: el mero hecho de ser mujer, este solo hecho, ya es la mitad de lo que hace falta... ¡pero cómo vais a comprenderlo vosotros! ¡hasta en las *vieilles filles* [20] puedes encontrar a veces, si buscas, tal cosa que te quedas pasmado de cómo ha habido tontos que las han dejado envejecer sin habérselo descubierto! Con la desharrapada y con la fea, lo primero que hay que hacer es asombrarla, es así como se la ha de abordar ¿No lo sabías? Es necesario que quede estupefacta hasta el entusiasmo, hasta el éxtasis, hasta la vergüenza de que semejante señor se haya enamorado de una tiznada como ella. Es verdaderamente magnífico que siempre haya habido y haya en el mundo granujas y señores, y siempre habrá también fregatrices para sus señores. ¡Qué más se necesita en esta vida para ser feliz! Un momento... escucha, Aliosha, a tu difunta madre yo siempre la asombraba, aunque de otro modo. A veces pasaba largo tiempo sin acariciarla y de pronto, cuando llegaba el momento, me deshacía ante ella, me arrastraba de rodillas, le besaba los pies y siempre, siempre provocaba en ella (lo recuerdo como si fuera ahora) una risita especial entrecortada, sonora sin ser fuerte, y nerviosa: no sabía reír de otra manera. Yo sabía que la enfermedad se le presentaba siempre de aquel modo, que al día siguiente se pondría a gritar como una posesa, y que aquella risita no era señal de ningún entusiasmo, pero podía tomarse por él, aun siendo un engaño. ¡Lo

---

[20] Solteronas. (En el original *vieilfilki*, adaptación rusificada de la pronunciación francesa de ambas palabras.)

que significa saber encontrar la almendra en todo! Una vez, Beliavski (un tío guapo y ricachón que la rondaba y que se dio maña para meterse en casa) se presenta ante ella, en mi propia casa, y me da un bofetón. Luego, ella, la corderita, la emprendió conmigo de tal modo que creí iba a vapulearme. «¡Te ha pegado, te ha pegado (me decía), te ha dado un bofetón! Lo que tú querías era venderme a él (decía)... ¿Cómo ha tenido el valor de pegarte en mi presencia? ¡No te atrevas a acercarte a mí nunca más, nunca! Ahora, corre, rétale en duelo...» Entonces la llevé al monasterio, para que se apaciguara, y los santos padres le echaron una reprimenda. Pero te lo juro, Aliosha, ¡nunca maltraté a mi posesa! Excepto una sola vez el primer año: ella se pasaba mucho tiempo rezando, observaba sobre todo las fiestas de la Santa Virgen, y entonces no me quería a su lado, me mandaba al despacho. Yo me dije: ¡vas a ver cómo te curo este misticismo! «¿Ves, le digo, ves? Aquí tienes tu icono; mira, lo descuelgo. Fíjate, tú lo consideras milagroso, pues ahora le voy a escupir delante de ti, y no me pasará nada por ello!...» Cuando ella vio lo que yo hacía pensé: ¡Señor, te va a matar! Pero sólo se puso en pie de un salto, juntó las manos, se puso a temblar y cayó al suelo... se desplomó... ¡Aliosha, Aliosha! ¡Qué te pasa, qué te pasa!

El viejo, lleno de espanto, se levantó rápidamente de su asiento. Desde el momento en que se había puesto a hablarle a Aliosha se le fue mudando la expresión de la cara. Se le encendieron las mejillas, le brillaron los ojos, le temblaron los labios... El viejo borracho se salpicaba de saliva y no se dio cuenta de nada hasta el instante en que a Aliosha le sucedió algo muy extraño, y fue que, de pronto, se repitió en él exactamente lo que el viejo estaba contando de la «posesa». Aliosha brincó de detrás de la mesa, punto por punto como de su madre lo contaba Fiódor Pávlovich; juntó las manos, luego se cubrió con ellas el rostro, cayó como fulminado sobre la silla y se puso a temblar sacudido por una crisis histérica de lágrimas repentinas, conmovedoras y silenciosas. El extraordinario parecido con la madre fue lo que más impresionó al viejo.

—¡Iván, Iván! ¡Agua, pronto! ¡Es como ella, exactamente como ella, como su madre aquella vez! Llénate la boca de agua y espurréale la cara, así lo hacía yo, entonces. Esto le pasa por su madre, por su madre... —balbuceó a Iván.

—Creo que su madre también fue la mía, ¿no le parece? —replicó Iván, sin poder contener su colérico desprecio.

El viejo se estremeció bajo aquella centelleante mirada. Sucedió entonces algo muy extraño, cierto que sólo por un segundo: al parecer, al viejo, en efecto, se le había escapado de la mente la consideración de que la madre de Aliosha era también la madre de Iván...

—¿Qué dices, de tu madre? —balbuceó, sin comprender—. ¿A qué te refieres? ¿De qué madre hablas?... Acaso ella... ¡Ah, diablo! ¡Claro, si también era la tuya! ¡Ah, diablo! Esto, hermano, es un eclipse como nunca lo había tenido, perdona; yo pensaba, Iván... ¡Je-jeje!

Se detuvo. Una larga sonrisa de borrachín, casi sin sentido, le desfiguró el rostro. Y he aquí que en ese mismísimo instante se produjo en el zaguán un estrépito enorme, se oyeron gritos furiosos, la puerta se abrió de par en par y en la sala se precipitó Dmitri Fiódorovich. El viejo corrió hacia Iván lleno de pavor:

—¡Me matará! ¡Me matará! ¡No me dejes, no me dejes! —gritaba, agarrándose a los faldones del chaqué de Iván Fiódorovich.

IX

LOS LUJURIOSOS

DETRÁS de Dmitri Fiódorovich se precipitaron en la sala Grigori y Smerdiákov, quienes en el zaguán ya habían peleado con él para no dejarle entrar, siguiendo las instrucciones dadas por el propio Fiódor Pávlovich unos días antes. Aprovechando que Dmitri Fiódorovich, después de irrumpir en la sala, se detuvo un momento para orientarse, Grigori dio la vuelta a la mesa, cerró las dos hojas de la puerta que llevaba a las habitaciones interiores —estaba situada frente a la que daba entrada en el aposento— y se colocó delante de ella puestos los brazos en cruz, con el ánimo de defender aquel paso hasta la última gota de sangre, como suele decirse. Al darse cuenta de ello, Dmitri lanzó no ya un grito, sino una especie de aullido, y se abalanzó contra Grigori.

—¡Ah, ahí está! ¡La tienen escondida ahí! ¡Fuera, miserable!

Qiso apartar a Grigori, pero éste le rechazó. Loco de rabia, Dmitri levantó el brazo y le golpeó con todas sus fuerzas. El viejo cayó como un saco, y Dmitri, saltando por encima del criado, forzó la puerta. Smerdiákov, pálido y tembloroso, permanecía en el otro extremo de la sala, apretándose contra Fiódor Pávlovich.

—Ella está aquí —gritaba Dmitri Fiódorovich—, acabo de verla yo mismo cómo se dirigía hacia esta casa, pero no he logrado alcanzarla. ¿Dónde está? ¿Dónde está?

El grito de «¡está aquí!» causó a Fiódor Pávlovich una impresión inimaginable. Se le fue todo el miedo.

—¡Detenedle, detenedle! —vociferó, y se lanzó detrás de Dmitri Fiódorovich.

Entretanto, Grigori se había levantado del suelo, pero aún no había vuelto del todo en sí. Iván Fiódorovich y Aliosha corrieron tras el padre. En la tercera habitación se oyó caer algo al suelo y romperse con estrépito: era un gran jarrón de cristal (no de los caros) que había sobre un pedestal de mármol y que Dmitri Fiódorovich había tumbado al pasar corriendo.

—¡Cogedle! —aulló el viejo—. ¡Socorro!

Iván Fiódorovich y Aliosha alcanzaron, de todos modos, al viejo y le hicieron volver a la sala a la fuerza.

—¡Por qué corre tras él! ¡Le va a matar de verdad! —gritó encolerizado Iván Fiódorovich a su padre.

—Vániechka, Lióshechka, ella debe de estar aquí, Grúshenka está aquí; él mismo dice que la ha visto venir...

Hablaba tartamudeando. Aquella tarde no esperaba a Grúshenka, y la insólita noticia de que ella estaba allí le había hecho perder la cabeza. Temblaba como si se hubiera vuelto loco.

—¡Pero usted mismo sabe muy bien que no ha venido —gritaba Iván.

—¿No habrá entrado por la otra puerta?

—Está cerrada, y usted tiene la llave.

Dmitri reapareció en la sala. Desde luego, había encontrado la otra puerta cerrada, cuya llave Fiódor Pávlovich tenía, en efecto, en el bolsillo. Las ventanas de todas las habitaciones estaban asimismo cerradas; por tanto, Grúshenka no podía haber entrado ni salido por ninguna parte.

—¡Detenedle! —chilló Fiódor Pávlovich no bien volvió a ver a Dmitri—. ¡Ha venido a robarme el dinero que tenía en el dormitorio!

Y escapándose de los brazos de Iván, volvió a abalanzarse contra Dmitri. Pero éste levantó las dos manos, agarró al viejo por los dos últimos mechones de cabellos que le quedaban junto a las sienes, lo sacudió y lo arrojó estrepitosamente contra el suelo. Aún tuvo tiempo de darle dos o tres golpes con el tacón en la cara. El viejo exhaló unos penetrantes quejidos. Iván Fiódorovich, aunque no era tan fuerte como su hermano Dmitri, le sujetó con ambos brazos y pudo apartarle del viejo. Aliosha le ayudó también con sus débiles fuerzas, agarrando al hermano por delante.

—¡Estás loco! ¡Le has matado! —gritó Iván.

—¡Es lo que se merece! —exclamó Dmitri, jadeando—. ¡Y si no ha muerto, volveré para matarle! ¡No podréis impedírmelo.

—¡Dmitri! ¡Sal de aquí ahora mismo! —gritó imperiosamente Aliosha.

—¡Alexiéi! Dímelo tú, sólo a ti te creeré: ¿ha estado aquí, o no? La he visto yo mismo, se deslizaba a lo largo de la cerca del callejón hacia aquí. La he llamado y ha huido...

—¡Te juro que no ha estado aquí y que nadie la esperaba!

—Pero yo la he visto... Así, pues, ella... Ahora mismo sabré dónde está... ¡Adiós, Alexiéi! Al Esopo ése, ahora, ni una palabra del dinero, pero has de ir sin falta a ver a Katerina Ivánovna enseguida: «Me ha mandado saludarla, me ha mandado saludarla, ¡saludarla! ¡Precisamente saludarla y despedirle!» Descríbele la escena.

Iván y Grigori habían levantado al viejo y le habían sentado en una butaca. Fiódor Pávlovich tenía el rostro ensangrentado, pero conservaba el conocimiento y escuchaba con ansia los gritos de Dmitri. Aún le seguía pareciendo que Grúshenka se encontraba de verdad en algún lugar de la casa. Dmitri Fiódorovich, al marchar, le lanzó una mirada de odio.

—¡No me arrepiento de haber derramado sangre tuya! —exclamó—. Ándate con cuidado, viejo; cuidado con tus ilusiones, que yo también tengo las mías. Te maldigo y reniego de ti para siempre...

Se precipitó fuera de la sala.

—¡Ella está aquí, seguro que está aquí! Smerdiákov, Smerdiákov —llamó el viejo con voz ronca, casi imperceptible, haciéndole al mismo tiempo un signo con el dedo para que se le acercara.

—No está aquí, no está, viejo loco —le gritó rencorosamente Iván—. ¡Bueno, ahora se ha desmayado! ¡Agua, una toalla! ¡Rápido, Smerdiákov!

Smerdiákov corrió a buscar agua. Por fin, desnudaron al viejo, le llevaron al dormitorio y le metieron en la cama. Le envolvieron la cabeza con una toalla húmeda. Debilitado por el coñac, por las fuertes impresiones y por los golpes, Fiódor Pávlovich no bien rozó la almohada cerró los ojos y se durmió. Iván y Aliosha volvieron a la sala. Smerdiákov recogía los trocitos del jarrón roto; Grigori, de pie junto a la mesa, miraba sombríamente al suelo.

—Tú también deberías de refrescarte la cabeza y acostarte —le dijo Aliosha a Grigori—. Ya le cuidaremos nosotros; mi hermano te ha pegado muy fuerte... en la cabeza.

—¡Se ha atrevido contra mí! —articuló Grigori con voz tenebrosa y lenta.

—¡Se ha «atrevido» también contra su padre, no sólo contra ti! —observó Iván Fiódorovich, contraída la boca.

—Yo que le había lavado en el lebrillo... ¡Se ha atrevido contra mí! —repetía Grigori.

—¡Diablo! Si no le aparto, habría sido capaz de matarle. ¿Acaso es mucho lo que se necesita para acabar con Esopo? —susurró Iván Fiódorovich a Aliosha.

—¡Dios nos libre! —exclamó éste.

—¿Por qué ha de librarnos? —prosiguió Iván en el mismo tono de voz torciendo malignamente la cara—. Un mal bicho se come a otro mal bicho, ¡allá ellos!

Aliosha se estremeció.

—Desde luego, no permitiré que se cometa el asesinato, como no lo he permitido ahora. Quédate aquí, Aliosha; yo saldré a pasear un poco por el patio, empieza a dolerme la cabeza.

Aliosha entró en el dormitorio de su padre y se pasó cerca de una hora sentado a la cabecera de la cama, tras un biombo. El viejo abrió los ojos y se quedó largo rato mirando en silencio a su hijo, por lo visto haciendo memoria y esforzándose por comprender. De pronto, se le reflejó en la cara una extraordinaria agitación.

—Aliosha —balbuceó receloso—, ¿dónde está Iván?

—En el patio, le duele la cabeza. Está vigilando para que no nos pase nada.

—Dame el espejo, está ahí, mira. ¡Dámelo!

Aliosha le alcanzó un pequeño espejo redondo, con tapa, que estaba encima de la cómoda. El viejo se miró en él: se le había hinchado bastante la nariz, y en la frente, sobre la ceja izquierda, tenía un buen cardenal purpúreo.

—¿Qué dice Iván? Aliosha, querido, único hijo mío, tengo miedo de Iván; le tengo más miedo a él que al otro. Al único que no temo es a ti...

—Tampoco ha de tener miedo de Iván; Iván se enfada, pero le defiende a usted.

—Aliosha, ¿y el otro, qué? ¡Se ha ido corriendo a ver a Grúshenka! Ángel querido, dime la verdad: ¿ha estado aquí Grúshenka, o no?

—Nadie la ha visto. Eso es un engaño, ¡no ha estado!

—¡Es que Mitka quiere casarse con ella, quiere casarse!

—Ella no querrá.

—No querrá, no querrá, no querrá, ¡no querrá por nada del mundo!... —exclamó el viejo jubilosamente, estremeciéndose, como si en ese momento no pudieran decirle nada más agradable. En su rapto de entusiasmo, agarró a Aliosha por la mano y se la apretó fuertemente contra el corazón. Hasta las lágrimas le relucieron en los ojos—. Coge el icono, el de la Virgen Santísima, ése de que hablaba antes, cógelo y llévatelo. También te permito que vuelvas al monasterio... Entonces bromeaba, no te enojes. Me duele la cabeza, Aliosha... Liosha, tranquilízame, sé un ángel, ¡dime la verdad!

—¿Se refiere usted a lo mismo, si ella ha estado o no ha estado? —preguntó con amargura Aliosha.

—No, no, no, a ti te creo, verás: llégate tú mismo a casa de

Grúshenka o arréglatelas para verla; interrógala pronto, cuanto antes mejor, adivina tú mismo con tus propios ojos: ¿con quién quiere ir, conmigo o con él? ¿Eh? ¿Qué dices? ¿Puedes, o no puedes?

—Si la veo, se lo preguntaré —balbuceó Aliosha, turbado.

—No, ella no te lo dirá —le interrumpió el viejo—, es una lagartija. Empezará a besarte, y te dirá que quiere irse contigo. Es una embustera, una desvergonzada, ¡no, tú no debes ir, no debes!

—Además, padre, no estaría bien que fuera, no estaría nada bien.

—¿Adónde te ha mandado él hace poco, al marcharse, cuando te gritaba: «has de ir»?

—Me mandaba a casa de Katerina Ivánovna.

—¿Por dinero? ¿Pide dinero?

—No; por dinero, no.

—Él no tiene dinero, ni un kópek. Escucha, Aliosha; me pasaré la noche en la cama y meditaré; mientras tanto, tú vete. Quizá la encuentres... Pero mañana por la mañana sin falta ven a verme; sin falta. Mañana tendré que decirte unas palabritas; ¿vendrás?

—Vendré.

—Si vienes, haz como si vinieras por ti mismo, para ver cómo me encuentro. No digas a nadie que te he llamado yo. A Iván no le digas ni palabra.

—Está bien.

—Adiós, ángel mío; acabas de defenderme, no lo olvidaré en mi vida. Mañana te diré unas palabritas... sólo que aún he de meditarlo un poco...

—¿Cómo se siente usted ahora?

—Mañana, mañana mismo me levantaré y estaré completamente sano, completamente sano, ¡completamente sano!...

Al atravesar el patio, Aliosha encontró a Iván sentado en un banco, junto al portalón, escribiendo algo a lápiz en su libro de notas, y le comunicó que el viejo se había despertado, que había recobrado el conocimiento y que le había dado permiso para pasar la noche en el monasterio.

—Aliosha, me gustaría mucho encontrarme contigo mañana por la mañana —dijo Iván con mucha amabilidad, inesperada incluso para Aliosha, levantándose.

—Mañana iré a casa de las Jojlakova —respondió Aliosha—. Quizás vaya también a casa de Katerina Ivánovna si ahora no la encuentro...

—¡Así, pues, de todos modos, ahora vas a casa de Katerina Ivánovna! ¿A «saludarla y despedirle de ella»? —preguntó Iván, sonriéndose.

Aliosha se turbó.

—Me parece haberlo comprendido todo por estas exclamaciones y por alguna otra cosa anterior. Dmitri, probablemente, te ha pedido que fueras a verla y transmitirle que él... bueno... bueno, en una palabra, ¿que él «se despide»?

—¡Hermano! ¿En qué va a terminar todo este horror entre el padre y Dmitri? —exclamó Aliosha.

—No es posible adivinarlo con certeza. Quizás en nada: el asunto puede irse apagando por sí mismo. Esa mujer es una fiera. En todo caso, al viejo hay que retenerlo en casa y a Dmitri no hay que dejarle entrar.

—Hermano, permíteme aún preguntarte otra cosa: ¿es posible que todo hombre tenga derecho a decidir, mirando a los demás, cuál de ellos es digno de vivir y cuál ya no lo es?

—¿Para qué mezclan en esto al criterio de si se es o no digno? La cuestión no suele resolverse de ningún modo en los corazones de las personas partiendo de los méritos, sino de otros motivos, mucho más naturales. En cuanto al derecho, ¿quién carece del derecho de desear?

—No será la muerte de otro.

—¿Y por qué no, incluso, la muerte? Para qué mentirse a sí mismo cuando toda la gente vive así y, seguramente, no puede vivir de otro modo. ¿Lo dices por mis palabras de antes: «dos malos bichos, que se coman entre sí»? Permíteme, en este caso, que te pregunte: me consideras tú a mí capaz de verter la sangre de Esopo, como Dmitri, y de matarlo, ¿eh?

—¿Qué dices, Iván? ¡Jamás se me ha ocurrido pensar una cosa semejante! Ni a Dmitri considero...

—Gracias, aunque sólo sea por esto —se sonrió Iván—. Has de saber que yo siempre le defiendo. Pero en cuanto a mis deseos, me reservo en el presente caso plena libertad. Hasta mañana. No me condenes ni me mires como si fuera un malvado —añadió con una sonrisa.

Se estrecharon fuertemente la mano, como nunca lo habían hecho antes. Aliosha sintió que su hermano acababa de dar el primer paso para acercársele y que lo había hecho para algo, sin duda alguna con una determinada intención.

X

LAS DOS MUJERES REUNIDAS

SALIÓ Aliosha de la casa de su padre con el alma más destrozada y oprimida que cuando había entrado a verle. Tenía asimismo la mente como fragmentada y dispersa, y al mismo tiempo se daba cuenta de que temía unir lo disperso y sacar una conclusión general de todas las dolorosas contradicciones vividas aquel día. Algo le llevaba casi a despertarse, cosa que nunca había experimentado en su corazón. Por encima de todo se elevaba, como una montaña, un problema fácil e insoluble: ¿en qué terminaría lo del padre y el hermano Dmitri frente a esa temible mujer? Ahora lo había visto con sus propios ojos. Había estado presente y los había visto uno frente al otro. De todos modos, sólo el hermano Dmitri podía resultar desdichado, plenamente desdichado: le estaba rondando una indudable desgracia. Había otras personas a las que todo aquello afectaba, quizá mucho más de lo que antes podía parecerle a Aliosha. Resultaba hasta algo enigmático. El hermano Iván había dado un paso, cosa que esperaba Aliosha desde hacía tanto tiempo, pero he aquí que el propio Aliosha siente ahora que este paso de aproximación le ha asustado. ¿Y aquellas mujeres? Cosa rara: poco antes se dirigía a casa de Katerina Ivánovna con profunda turbación; ahora no experimentaba ninguna; al contrario, se apresuraba para llegar cuanto antes, como si esperara recibir alguna indicación. No obstante, transmitirle el encargo, ahora le resultaba, por lo visto, más penoso que antes; la cuestión de los tres mil rublos se había decidido de manera definitiva, y el hermano Dmitri, sintiéndose sin honor y sin esperanza alguna, ya no iba a detenerse, desde luego, ante ninguna caída. Además, le había mandado dar cuenta a Katerina Ivánovna, también, de la escena que se había producido en casa del padre.

Eran ya las siete de la tarde y comenzaba a oscurecer cuando Aliosha llegaba a la casa grande y confortable que la joven ocupaba en la calle Mayor. Aliosha sabía que Katerina Ivánovna vivía con dos tías suyas. Una de ellas sólo era tía de Agafia Ivánovna; era aquella persona callada que la había cuidado, junto con la hermana Agafia, en casa de su padre cuando Katerina regresó del instituto. En cuanto a la otra tía, era una señora de Moscú, de finas maneras y mucho empaque, aunque sin medios de fortuna. Se decía que las dos se subordinaban en todo a Katerina Ivánovna y que vivían con ella sólo para salvar las apariencias. Por lo que respecta a Katerina Ivánovna, obedecía únicamente a su bienhechora, la generala, que se había quedado en Moscú debido a su enfermedad y a la que aquélla estaba obligada a mandarle dos cartas por semana con noticias detalladas de su vida.

Cuando Aliosha entró en el vestíbulo y, dirigiéndose a la doncella que le había abierto la puerta, le pidió que le anunciara, en la sala, al parecer, ya conocían su llegada (quizá le habían visto por la ventana), pero Aliosha oyó cierto ruido, percibió unos precipitados pasos de mujer, rumor de vestidos; quizá dos o tres mujeres se fueron, presurosas. Al joven le pareció extraño haber podido provocar tanta agitación con su llegada. Pero enseguida le hicieron entrar a la sala. Era ésta una gran pieza, instalada con muchos y elegantes muebles, de un gusto que nada tenía de provinciano. Abundaban los divanes y tumbonas, los asientos cómodos, las mesas y mesitas; había cuadros en las paredes, jarrones y lámparas sobre las mesas y muchas flores; había, incluso, un acuario junto a una ventana. La hora crepuscular sumía la estancia en la penumbra. Aliosha vio una mantilla de seda abandonada sobre un diván, por lo visto ocupado hacía unos instantes, y en la mesita que había enfrente quedaban dos tazas de chocolate sin terminar, bizcochos, un plato de cristal con pastas y otro con bombones. Había habido alguien invitado. Aliosha adivinó que había llegado cuando tenían visita y frunció el entrecejo. Pero en aquel mismo instante se corrió un cortinón, y con pasos rápidos, presurosos, entró Katerina Ivánovna, con una jubilosa sonrisa

[263]

de admiración, tendiéndole ambas manos. Al mismo tiempo entró una criada y colocó sobre la mesa dos velas encendidas.

—¡Gracias a Dios, por fin ha venido usted! ¡En todo el día no he hecho más que rogar a Dios para que usted viviera! Siéntese.

La hermosura de Katerina Ivánovna ya había impresionado a Aliosha cuando su hermano Dmitri, unas tres semanas antes, le había llevado a casa de la joven para hacer las presentaciones, por haberlo deseado así con mucho empeño la propia Katerina Ivánovna. Cuando aquella entrevista, sin embargo, no sostuvieron ninguna conversación. Creyendo que Aliosha se sentía muy turbado, Katerina Ivánovna, en cierto modo, quiso dejarle en paz y estuvo todo el tiempo hablando con Dmitri Fiódorovich. Aliosha callaba, pero se daba perfecta cuenta de muchas cosas. Había quedado sorprendido por el autoritarismo, la orgullosa desenvoltura y el aplomo de la altiva muchacha. Y todo aquello era real. Aliosha sentía que no exageraba. Tuvo la impresión de que los grandes y ardientes ojos negros de Katerina Ivánovna eran maravillosos y que armonizaban muy bien con su rostro oval, pálido, de una palidez hasta un poco amarillenta. En aquellos ojos, lo mismo que en el perfil de los encantadores labios, había algo de lo que su hermano, desde luego, podía enamorarse con pasión, pero a lo que quizá no era posible amar largo tiempo. Aliosha casi expuso francamente lo que pensaba a su hermano Dmitri cuando éste, después de la visita, le instó y le suplicó que no le ocultara la impresión que le había producido su novia.

—Con ella serás feliz, pero es posible que... la tuya sea una felicidad inquieta.

—Ya, ya, hermano, las mujeres como ella no dejan de ser nunca como son, no se resignan ante el destino. ¿Crees, pues, que no la amaré eternamente?

—Es posible que la ames eternamente, pero quizá no seas siempre feliz con ella...

Aliosha expuso su opinión ruborizándose, lamentando en su fuero interno haber cedido a los ruegos del hermano y haber expresado aquellos «estúpidos» pensamientos. Porque a él mismo su opinión le pareció terriblemente estúpida tan pronto

[264]

como la hubo formulado. Se sentía, además, avergonzado por haber expuesto de manera tan categórica lo que pensaba de una mujer. Tanta mayor fue su sorpresa, cuando dirigió la primera mirada a Katerina Ivánovna que acudía presurosa a su encuentro, al sentir que la primera vez quizá se había equivocado en gran medida. El rostro de Katerina Ivánovna resplandecía, ahora, con ingenua bondad, sin afectación alguna, con sinceridad franca y vehemente. En vez del «orgullo» y de la «altivez» que tanto le habían impresionado entonces, no se observaba más que una energía valiente, noble, y una fe poderosa y clara en sí misma. Al dirigirle la primera mirada y al oírle las primeras palabras, comprendió Aliosha que para ella quizá ya no era un secreto cuanto había de trágico en su situación respecto a un hombre al que tanto amaba; comprendió que ella, quizá, ya lo sabía todo, absolutamente todo. No obstante, había mucha luz en su rostro y mucha fe en el futuro. Ante ella, Aliosha se sintió de pronto y deliberadamente culpable. Quedó vencido y cautivado en un instante. Además, desde las primeras palabras, Aliosha observó que Katerina Ivánovna se encontraba presa de una fuerte agitación interior, quizá muy insólita en ella, una agitación parecida, casi, al entusiasmo.

—Le he esperado tanto, porque sólo de usted puedo saber ahora toda la verdad, ¡de usted y de nadie más!

—He venido... —balbuceó Aliosha, embrollándose—, yo... él me ha mandado...

—¡Ah, él le ha mandado! Ya lo presentía. ¡Ahora lo sé todo! —exclamó Katerina Ivánovna, cuyos ojos relampaguearon súbitamente—. Un momento, Alexiéi Fiódorovich; quiero explicarle antes por qué le he estado esperando con tanta impaciencia. Verá, es posible que yo sepa bastantes más cosas que usted mismo; lo que de usted necesito no son noticias. Lo que necesito de usted es lo siguiente: necesito saber su propia impresión, su última impresión personal de él; necesito que me cuente usted con absoluta franqueza, sin ningún retoque y hasta con toda crudeza (¡con tanta crudeza como quiera!), cómo le ve usted ahora y cómo ve su situación, después de la entrevista que han tenido hoy. Quizá esto sea mejor que si yo misma hablara directamente con él, puesto que no desea volver a verme. ¿Comprende lo que yo quiero de usted? Ahora dígame simplemente, dígame aunque sea la más brutal de las palabras, para qué le ha enviado a verme...

—Me ha mandado... saludarla, decirle que no volvería nunca más... pero saludarla.

—¿Saludarme? ¿Lo ha dicho así, se ha expresado de ese modo?

—Sí.

—¿No lo habrá dicho como de pasada, por casualidad, no se habrá equivocado de palabra y habrá empleado una por otra?

—No, ha insistido en que le transmitiera precisamente esta palabra: «saludarla». Me lo ha pedido unas tres veces para que no se me olvidara.

Katerina Ivánovna se puso como la grana.

—Ayúdeme ahora, Alexiéi Fiódorovich; ahora sí necesito su ayuda: le diré lo que pienso y usted dígame sólo si estoy acertada o no. Escuche, si hubiera pedido a la ligera que me saludara sin insistir en la palabra, sin subrayarla, se habría terminado todo... ¡Esto sería el fin! Pero si él ha insistido de modo especial en esta palabra, si le ha pedido una y otra vez que no se olvidara de transmitirme ese *saludo,* ¿no estaría él, quizá, muy excitado y fuera de sí? ¡Ha tomado una resolución y su propia resolución le ha asustado! No se ha apartado de mí con paso firme, sino rodando hacia un abismo. El subrayar esta palabra quizá no signifique más que una baladronada...

—¡Eso, eso! —confirmó vivamente Aliosha—. A mí mismo me parece ahora que es así.

—¡Si es así, todavía no está perdido! Sólo está desesperado, pero aún puedo salvarle. Un momento: ¿no le ha hablado de dinero, de tres mil rublos?

—No sólo me ha hablado, sino que esto es, quizá, lo que más le consumía. Me ha dicho que ahora ya ha perdido el honor y que todo le es igual —respondió con vehemencia Aliosha, sintiendo cómo la esperanza afluía a su corazón y que, en verdad, existía todavía una salida y la salvación para su hermano—. ¿Pero, acaso usted... sabe lo de ese dinero? —añadió, y se quedó cortado.

—Lo sé hace tiempo y con certeza. Mandé un telegrama a Moscú, preguntando, y sé hace tiempo que no recibieron el dinero. Él no lo mandó, pero yo he callado. Esta última semana me he enterado de cómo necesitaba y necesita aún dinero... En toda esta cuestión no me he propuesto más que un objetivo: que sepa a quién puede dirigirse y quién es su más fiel amigo. No quiere creer, no, que yo soy su más fiel amigo; se niega a verme como soy, me mira sólo como mujer. Toda esta semana me ha atormentado una preocupación: ¿qué hacer para que él no se avergüence ante mí de haber malversado esos tres mil rublos? Que se avergüence ante todos y ante sí mismo, pero no ante mí. Seguro que a Dios se lo dice todo, sin avergonzarse. ¿Por qué no comprende aún cuánto puedo yo sufrir por él? ¿Por qué, por qué no me conoce, cómo se atreve a no conocerme después de todo lo que hubo? Yo quiero salvarle para siempre. ¡Que me olvide, si quiere, como prometida suya! ¡Ahora resulta que tiene miedo ante mí por su honor! ¿Verdad que a usted, Alexiéi Fiódorovich, no ha tenido miedo de decirle lo que siente? ¿Por qué no me ha hecho aún merecedora de la misma confianza?

Pronunció estas últimas palabras con la voz quebrada; los ojos se le llenaron de lágrimas.

—He de comunicarle —dijo Aliosha, con voz asimismo trémula— lo que acaba de pasarle con mi padre —y contó toda la escena, contó que Dmitri le había mandado por dinero, que había irrumpido luego en la casa, había pegado a su padre y después le había pedido, una vez más, a él, a Aliosha, de manera particular y apremiante, que fuera a «saludarla»—. Él se marchó en busca de aquella mujer... —añadió Aliosha, bajando la voz.

—¿Usted cree que no soportaré yo a esa mujer? ¿Cree él que no la soportaré? Pero no se casará con ella —dijo Katerina Ivánovna riendo, de pronto, con risa nerviosa—. ¿Acaso un Karamázov puede arder eternamente con una pasión semejante? Eso es pasión y no amor. No se casará, porque ella no querrá... —volvió a sonreírse de manera extraña Katerina Ivánovna.

—Quizá se case —articuló tristemente Aliosha, bajando la mirada.

—¡Le digo que no se casará! Esa muchacha es un ángel, ¿no lo sabe usted? ¡Pues sépalo! —exclamó con súbita y extraordinaria viveza Katerina Ivánovna—. ¡Es la más fantástica de las fantásticas criaturas! Sé hasta qué punto es seductora, pero sé también hasta qué punto es buena, firme y noble. ¿Por qué me mira usted de ese modo, Alexiéi Fiódorovich? ¿Se sorprende, quizá, de mis palabras? ¿No me cree, quizá? ¡Agrafiona Alexándrovna, ángel mío! —gritó, mirando hacia otra habitación—, venga con nosotros, hay aquí un joven muy simpático, es Aliosha; está al corriente de todas nuestras cosas, idéjese ver!

—Estaba detrás de la cortina, esperando a que me llamara —contestó una tierna voz femenina, un poco dulzona.

Se corrió el cortinón y... Grúshenka en persona, riéndose jubilosa, se acercó a la mesa. Aliosha se estremeció. Le clavó la mirada, no podía apartar de ella los ojos. Ahí estaba aquella mujer terrible, la «fiera», según expresión que se le había escapado a su hermano Iván media hora antes. Sin embargo, ante él se encontraba, al parecer, la criatura más corriente y sencilla, una mujer bondadosa y simpática, digamos hermosa, pero ¡tan semejante a todas las otras mujeres hermosas, pero «corrientes»! Cierto, era guapa, muy guapa; era una belleza rusa, una de esas bellezas que apasionan a muchos. Era una mujer bastante alta, si bien algo menos que Katerina Ivánovna (ésta era ya de talla verdaderamente alta), de buenas formas, de movimientos suaves y silenciosos, delicados, hasta de cierto aire dulzón, como la propia voz. Avanzó no como Katerina Ivánovna, con paso firme y seguro, sino, al contrario, sin que se la oyera. No se oía en absoluto el roce de sus pies con el suelo. Se dejó caer muellemente en la butaca, con suave crujir de su suntuoso vestido de seda negra, envolviéndose con delicadeza su turgente cuello blanco como la espuma y sus anchos hombros, con un caro chal negro de lana. Tenía veintidós años y su faz representaba exactamente dicha edad. Era muy blanca de cara, con un acusado matiz rosa pálido. El perfil de su rostro parecía como demasiado ancho y la mandíbula inferior resultaba hasta un poquitín acusada. El labio superior era fino; el inferior, algo saliente, era dos veces más grueso y como hinchado. Pero sus abundantísimos y maravillosos cabellos castaños, sus oscuras cejas cebellinas, sus admirables ojos grises algo azulinos, con largas pestañas, habrían hecho detenerse ante esa cara y recordarla por mucho tiempo hasta al hombre más indiferente y distraído, aunque se hallara apretujado entre la muchedumbre un día de fiesta. De aquel rostro lo que más le impresionó a Aliosha fue la expresión infantil, ingenua. Aquella joven miraba como una niña, parecía alegrarse de alguna cosa como una niña, y así se acercó precisamente a la mesa, «alegrándose» y como si estuviera esperando algo con la más impaciente y confiada curiosidad infantil. Su mirada regocijaba el alma, Aliosha lo notó. Había aún algo más en ella, algo que Aliosha no habría podido o sabido explicar, pero que, tal vez, también en él hallaba un eco inconsciente, y era aquella suavidad, aquella dulzura de los movimientos del cuerpo, el felino silencio con que se movía. No obstante, tenía un cuerpo poderoso y de formas abundantes. Debajo del chal se le dibujaban los anchos hombros de suave línea y el alto busto, aún totalmente juvenil. Aquel cuerpo quizá prometía las formas de la Venus de Milo, aunque ya desde este mismo momento se presentían de proporciones un poco excesivas. Los entendidos en belleza femenina rusa, al ver a Grúshenka, habrían podido predecir, sin equivocarse, que esa hermosura fresca y todavía juvenil, al aproximarse a los treinta años iba a perder su armonía, a deslucirse; el propio rostro quedaría fláccido, aparecerían con extraordinaria rapidez pequeñas arrugas junto a los ojos y en la frente, se marchitaría la tez, quizás adquiriría una tonalidad purpúrea; en una palabra, era una hermosura efímera, fugaz, como suele darse con tanta frecuencia en la mujer rusa. Aliosha, desde luego, no pensaba en estas cosas, pero, aunque cautivado, se preguntaba con cierta sensación de desagrado y como si lo lamentara: ¿por qué arrastra tanto las palabras y no habla con naturalidad? Por lo visto ella lo hacía así por entender que era bonito alargar de ese modo las palabras y matizar con inflexiones almibaradas las sílabas y los sonidos. En realidad, aquélla era una costumbre de mal gusto, testimonio de una baja educación, de una vulgar idea de las buenas maneras adquirida en la infancia. No obstante, esa articulación y entonación de las palabras se le aparecía a Aliosha como una contradicción casi intolerable con la expresión infantil del rostro, ingenua y gozosa, con el resplandor dulce y feliz de los ojos, como los de un recién nacido. Katerina Ivánovna, en un momento, la hizo sentar en una butaca frente a Aliosha y le besó varias veces, con entusiasmo, los rientes labios. Parecía enamorada de ella.

—Nos vemos por primera vez, Alexiéi Fiódorovich —dijo radiante—. Yo deseaba conocerla, verla, quería ir a su casa, pero ha venido ella misma no bien ha tenido noticia de mi deseo. Yo estaba convencida de que juntas lo resolveríamos todo, ¡todo! Mi corazón lo había presentido... Me rogaron que no diera ese paso, pero yo presentía cuál iba a ser el resultado y no me equivocaba. Grúshenka me lo ha explicado todo, me ha contado cuáles son sus propósitos; ha volado aquí, como un ángel bueno, a traerme la paz y la alegría...

—Usted no ha desdeñado mi compañía, estimada y digna señorita —dijo Grúshenka con voz cantarina y pausada y con la misma sonrisa agradable y jubilosa.

—¡No se atreva a decirme tales palabras, encantadora, hechicera! ¿Desdeñarla a usted? Mire, voy a besarle otra vez el labio inferior. Parece como si se hubiese hinchado, pues tome, para que se le hinche más, y más, y más... Vea cómo se ríe, Alexiéi Fiódorovich; cómo se alegra el corazón mirando a este ángel... —Aliosha se ruborizó, temblando con leve e imperceptible temblor.

—Usted me mima, estimada señorita, y quizá no soy merecedora de su cariño.

—¡No es merecedora! ¡Que ella no es merecedora de todo esto! —exclamó otra vez con la misma vehemencia Katerina Ivánovna—. Sepa, Alexiéi Fiódorovich, que tenemos una cabecita fantástica, que tenemos un corazoncito caprichoso, pero orgulloso, ¡muy orgulloso! Somos nobles, Alexiéi Fiódorovich, somos generosas, ¿no lo sabía usted? Pero hemos sido desdichadas. Hemos estado dispuestas demasiado pronto a sacrificarlo todo por un hombre quizás indigno o frívolo. Hubo uno, que también era oficial, a quien amamos; se lo ofrecimos todo, de esto hace mucho tiempo, unos cinco años, pero él se olvidó de nosotras, se casó. Ahora es viudo, ha escrito, viene hacia aquí. Sepa que le amamos sólo a él, ¡sólo a él le hemos amado hasta ahora y le hemos amado toda la vida! Él vendrá y Grúshenka otra vez será feliz, pues en todos esos cinco años ha sido desdichada. Pero, ¡quién va a hacerle ningún reproche, quién puede jactarse de haber obtenido su benevolencia! Tan sólo ese viejo cojo, el mercader, pero él ha sido más bien nuestro padre, nuestro amigo y protector. Él nos encontró entonces presa de la desesperación, torturadas, abandonadas por aquél a quien tanto amábamos... ¡Ella entonces quería arrojarse al agua y ahogarse, y ese viejo la sacó, la salvó!

—Mucho me defiende usted, estimada señorita, mucha prisa se da en todo —volvió a decir otra vez Grúshenka.

—¿Que la defiendo? ¿Quiénes somos para defenderla y cómo vamos a defenderla? Grúshenka, ángel, deme su manita; mire qué manita más rollicita, más pequeñita y más encantadora, Alexiéi Fiódorovich; véala usted, esta manita me ha traído la felicidad y me ha resucitado, y se la voy a besar, mire, por la palma y por detrás, ¡así, así y así!

Besó por tres veces, como embriagada, la manita realmente encantadora, quizá demasiado rolliza, de Grúshenka. Ésta, en cambio, después de tender su manita riendo, con una risa hechicera, nerviosa y cantarina, observaba a la «estimada señorita»; le resultaba agradable, era evidente, que le besaran la mano de aquel modo. «Quizás es excesivo este entusiasmo», centelleó en la cabeza de Aliosha, que se ruborizó. Durante todo ese tiempo experimentaba como una inquietud especial en el corazón.

—No me avergüence, estimada señorita, besándome de este modo la mano en presencia de Alexiéi Fiódorovich.

—¿Acaso he querido avergonzarla? —explicó algo sorprendida Katerina Ivánovna—. ¡Ah, querida, qué mal me comprende usted!

—Usted quizá tampoco me comprende bien, estimada señorita; soy, quizá, bastante peor de lo que le parezco. Tengo mal corazón, soy caprichosa. Si entonces me atraje a Dmitri Fiódorovich, el pobre, fue sólo para burlarme de él.

—Pero ahora le salvará. Me ha dado usted palabra. Usted le persuadirá, usted le descubrirá que ama a otro hace tiempo y que éste ahora le pide la mano...

—Ah, no, esta palabra no se la he dado. Ha sido usted la que me ha dicho todo esto, pero yo no.

—Entonces, no la habré comprendido bien —manifestó en voz baja Katerina Ivánovna, palideciendo ligerísimamente—. Usted ha prometido...

—Ah, no, angelical señorita, no le he prometido nada —le interrumpió Grúshenka dulcemente, sin alzar la voz, con la misma expresión de gozo e inocencia—. Ahora mismo se ve, digna señorita, cuán mala y despótica soy ante usted. Yo haré lo que me venga en gana. Hace un momento quizá le he prometido algo, pero ahora pienso otra vez: a lo mejor vuelve a gustarme, me refiero a Mitia, pues una vez ya me gustó mucho, casi durante una hora entera. A lo mejor me voy y le digo que se quede a mi lado desde hoy mismo... Ya ve si soy inconstante.

—Hace unos momentos usted hablaba... de manera muy distinta... —apenas articuló Katerina Ivánovna.

—¡Oh, hace unos momentos! Lo que pasa es que soy de corazón tierno, soy tonta! ¡Cuando pienso en lo que por mí ha sufrido! A lo mejor llego a casa y siento lástima por él; ¿qué pasa, entonces?

—No esperaba...

—¡Ah, señorita, qué buena y noble es usted en comparación conmigo! Ahora va usted a dejar de quererme, tonta que soy, por mi carácter. Deme su manita gentil, angelical señorita —rogó con ternura, tomando casi con veneración la mano de Katerina Ivánovna—. Tomo su mano, estimada señorita, y también se la beso, como usted la mía. Me la ha besado usted tres veces, yo debería de besársela trescientas para estar en paz. Así sea, y luego Dios dirá, quizás acabe convirtiéndome en su esclava y desee complacerla en todo como una esclava. Que sea como Dios quiera, sin tratos ni promesas entre nosotras. Su manita, qué bella es su manita, ¡qué manita! ¡Mi señorita estimada, hermosa mía de ensueño!

Se acercó suavemente aquella manita a los labios con un extraño propósito, la verdad, el de «estar en paz» con sus besos. Katerina Ivánovna no retiró la mano: con tímida esperanza escuchó la última promesa de Grúshenka, aunque expresada también de manera muy rara: la de complacerla «como una esclava»; la miraba a los ojos con toda el alma y veía en ellos la misma expresión bondadosa y confiada, la misma transparente alegría... «¡Quizás es demasiado ingenua!», pensó Katerina Ivánovna con un aleteo de esperanza en el corazón. Entretanto, Grúshenka, como encantada por aquella «gentil manita», se la llevaba lentamente a los labios. Pero junto a los propios labios, la retuvo durante unos dos o tres segundos, como si estuviera reflexionando alguna cosa.

—¿Sabe, angelical señorita? —dijo de repente, arrastrando las palabras con la más tierna y almibarada de las voces—, ¿sabe?, pues no voy a besarle la manita —y prorrumpió en una risita menuda y juguetona.

—Como quiera... ¿Qué le pasa? —de pronto, Katerina Ivánovna se estremeció.

—Nada, quédese usted con el recuerdo de haberme besado la mano y de que yo no lo he hecho —algo le brilló de pronto en los ojos. Miraba con una fijeza terrible a Katerina Ivánovna.

—¡Insolente! —profirió Katerina Ivánovna como si, de pronto, hubiera comprendido algo; se puso como la grana y se levantó bruscamente.

También Grúshenka se levantó sin apresurarse.

—Así se lo voy a contar ahora a Mitia: que usted me ha besado la mano y yo a usted no. ¡Cómo se va a reír!

—¡Miserable! ¡Fuera de aquí!

—¡Oh, qué vergüenza, señorita, qué vergüenza! En usted hasta resulta indecente decir tales palabras, estimada señorita.

—¡Fuera de aquí, mujerzuela vendida! —vociferó Katerina Ivánovna, en cuyo rostro, totalmente desfigurado, temblaba cada uno de los músculos.

—¡Oh, y me llama vendida! Usted misma, siendo doncella, al anochecer visitaba a los caballeros para hacerse con dinero; iba a vender su hermosura, bien lo sé.

Katerina Ivánovna lanzó un grito e iba a arrojarse contra Grúshenka, pero Aliosha la retuvo con todas sus fuerzas:

—¡Ni un paso, ni una palabra! No diga nada, no responda nada, se irá, ¡ahora mismo se irá!

En ese instante irrumpieron en la sala las dos parientes de Katerina Ivánovna, que la habían oído gritar; entró también corriendo la doncella. Todas se precipitaron hacia la joven.

—Ya me voy —dijo Grúshenka, cogiendo la mantilla del diván—. ¡Aliosha, simpático, acompáñame!

—¡Váyase, váyase cuanto antes! —le suplicó Aliosha, juntando las manos.

—¡Simpático Aliosha, acompáñame! Por el camino te voy a decir una palabrita buena, ¡requetebuena! Si he representado esta escena ha sido por ti, Alióshenka. Acompáñame, palomito, no te arrepentirás.

Aliosha se volvió, retorciéndose las manos. Grúshenka salió de la casa riendo sonoramente.

Katerina Ivánovna sufrió una violenta crisis de nervios. Lloraba, los espasmos la ahogaban. A su alrededor, todos se desvivían por ella.

—Ya la advertí —le dijo la tía mayor—, ya le decía yo que no diera este paso... es usted demasiado impulsiva... ¡Cómo pudo decidirse a dar un paso semejante! Usted no conoce a esa gentuza, y, según dicen, esta mujer es la peor de todas... ¡Es usted demasiado obstinada!

—¡Es un tigre! —chilló Katerina Ivánovna—. ¿Por qué me ha retenido usted, Alexiéi Fiódorovich? Le habría dado una paliza, ¡una paliza!

Era incapaz de contenerse ante Aliosha; quizá ni lo deseaba.

—Lo que merece es el látigo, la horca, con verdugo y en público...

Aliosha retrocedió hacia la puerta.

—¡Pero, Santo Dios! —gritó de súbito Katerina Ivánovna, juntando las manos—. ¡Y él! ¡Él ha podido ser tan vil, tan inhumano! Él ha contado a ese bicho lo que hubo aquel día fatal, aquel día maldito, ¡eternamente maldito! «Iba a vender su hermosura, estimada señorita.» ¡Ella lo sabe! ¡Su hermano es un canalla, Alexiéi Fiódorovich!

Aliosha quería decir algo, pero no encontraba palabras. El dolor le oprimía el corazón.

—¡Váyase, Alexiéi Fiódorovich! Me siento avergonzada, ¡es terrible! Mañana... se lo suplico de rodillas, venga mañana. No me censure, perdóneme, ¡no sé aún lo que voy a hacer de mí!

Aliosha salió a la calle como tambaleándose. También él, como ella, tenía ganas de llorar. De pronto le alcanzó la criada.

—La señorita se ha olvidado de entregarle esta carta de la señora Jojlakova, la tenía desde la hora de comer.

Aliosha tomó maquinalmente el sobrecito rosa y se lo metió en el bolsillo, casi sin darse cuenta de lo que hacía.

XI

OTRA REPUTACIÓN PERDIDA

DE la ciudad al monasterio no había mucho más de una
versta. Aliosha iba a buen paso por el camino, desierto a esa hora. Era ya casi de noche, a treinta pasos resultaba difícil distinguir los objetos. A mitad del camino había
una encrucijada. En la encrucijada, al pie de un sauce solitario,
se entreveía una figura. No bien Aliosha llegó a ese lugar, la figura se movió y se lanzó contra él, gritando con estentó-
rea voz:

—¡La bolsa o la vida!

—¡Cómo! ¡Eres tú, Mitia!... —exclamó, sorprendido, Aliosha, después de haberse llevado, sin embargo, un buen susto.

—¡Ja-ja-ja! No lo esperabas, ¿eh? Yo pensaba: ¿dónde le
aguardarás? ¿Cerca de la casa de Katerina Ivánovna? De allí
salen tres caminos y te me podías escapar. Por fin se me ha
ocurrido esperarte aquí, porque por aquí habías de pasar sin
falta; no hay otro camino que lleve al monasterio. Bueno, dime
la verdad, apelástame como a una cucaracha... Pero ¿qué te
pasa?

—Nada, hermano... ha sido el susto. ¡Ah, Dmitri! Hace
poco, la sangre de nuestro padre... —Aliosha se echó a llorar,
hacía mucho que deseaba hacerlo y en ese momento fue como
si algo se le desgarrara en el alma—. Por poco le matas... le
has maldecido... y ahora... te pones a bromear... ¡la bolsa o la
vida!

—Ah, sí; bueno, hombre... ¿Quieres decir que esto no está
bien? ¿Que no concuerda con la situación?

—No es esto... es un hablar.

—Espera. Mira la noche: ya ves qué tenebrosa, ¡qué nubes
y qué viento se ha levantado! Me he escondido aquí, debajo del
sauce, de plantón; de pronto he pensado (¡Dios es testigo!):
¿para qué dar más vueltas? ¿A qué esperar? Aquí tienes un sauce, tienes un pañuelo, una camisa, ahora mismo puedes trenzar
una cuerda, la mojas por añadidura ¡y no fatigues más la tierra,

no la deshonres más con tu baja presencia! Y he aquí que oigo tus pasos. ¡Señor! Ha sido como una súbita conmoción: existe, pues, una persona a la que yo amo, ahí está, ésa es la persona, es mi querido hermano a quien quiero más que a nadie en el mundo, ¡la única persona a la que quiero! Y he sentido tanto cariño por ti, es tanto el amor que por ti me ha invadido en ese instante, que he pensado: ¡me le echaré ahora mismo al cuello! Pero se me ha ocurrido una idea estúpida: «Le divertiré un poco, voy a darle un susto.» Y me he puesto a gritar como un imbécil: «¡La bolsa!» Perdona la tontería, todo esto es absurdo, pero en el alma... también llevo lo mío... Bueno, al diablo; pero dime, ¿qué ha habido allí? ¿Qué ha dicho? ¡Aplástame, fulmíname, no me tengas compasión! ¿Se ha puesto furiosa?

—No, no es eso.. Lo que ha pasado allí es muy distinto. Mitia. Allí... Allí acabo de encontrarlas a las dos.

—¿Cómo, a las dos?

—A Grúshenka y a Katerina Ivánovna.

Dmitri Fiódorovich quedó estupefacto.

—¡Es imposible! —gritó—. ¡Estás delirando! ¿Grúshenka, en su casa?

Aliosha le contó cuanto le había sucedido desde el momento mismo en que llegó a casa de Katerina Ivánovna. Estuvo contando unos diez minutos. Su relato no resultó muy fluido y ordenado, mas, al parecer, Aliosha habló con claridad, refiriendo las palabras y los gestos más importantes y expresando con gran viveza, a menudo de un solo trazo, sus propios sentimientos. Dmitri escuchaba en silencio, fija la mirada con una inmovilidad espantosa; pero Aliosha ya no tenía duda alguna de que su hermano lo había comprendido todo, se había hecho cargo de lo sucedido. A medida que el relato avanzaba, el rostro de Dmitri iba adquiriendo una expresión no ya sombría, sino más bien amenazadora. Dmitri frunció las cejas, apretó los dientes, su mirada inmóvil se hizo aún más inmóvil, más obstinada, más espantosa... Tanto más inesperado resultó que, de pronto, con una rapidez inconcebible, se le cambiara toda la expresión del rostro, hasta entonces airado y feroz; se le distendieron los apretados labios y Dmitri Fiódorovich prorrumpió en la más estrepitosa y espontánea de las carcajadas. Se desternillaba literalmente de risa, y durante bastante rato ni siquiera pudo articular palabra.

—¡Así, no le ha besado la mano! ¡No se la ha besado, se ha ido sin besársela! —gritaba con cierto entusiasmo morboso, cabría también decir con un entusiasmo insolente sino hubiera estado tan desprovisto de todo artificio—. ¡Y la otra ha gritado que era un tigre! ¡Un tigre, eso es! ¿Y se merece que la lleven al cadalso? Sí, sí, sería necesario, es necesario, soy de la misma opinión, es necesario, ¡hace mucho tiempo que es necesario! Verás, hermano, que sea el cadalso, pero primero hay que curar. Comprendo a la reina de la insolencia, toda ella está ahí; en lo de la manita se ha manifestado toda ella, ¡la infernal! ¡Es la reina de todas las infernales que en el mundo puedan imaginarse! ¡En su género, es el no va más! ¿Así, se fue corriendo a su casa? Ahora mismo yo... ah... ¡Me voy a toda prisa a su lado! Aliosha, no me censures, ya estoy de acuerdo con que estrangularla es poco...

—¿Y Katerina Ivánovna? —exclamó tristemente Aliosha.

—A ella también la estoy viendo, la veo de parte a parte, ¡la veo como nunca! ¡Esto es el descubrimiento de las cuatro partes del mundo, quiero decir, de la quinta! ¡Dar un paso semejante! ¡Esta es la misma Kátienka de entonces, la colegiala; la que, movida por la magnánima idea de salvar a su padre, no temió presentarse a un oficial grosero y estúpido exponiéndose a sufrir los peores ultrajes! ¡Qué orgullo el nuestro, qué necesidad de riesgo, qué desafío al destino, a lo que no tiene fin ni medida! ¿Dices que su tía se lo desaconsejaba? Esa tía, ¿sabes?, también es autoritaria, es la hermana de la generala moscovita y aún tenía más humos que ésta, pero su marido fue procesado por malversación de fondos públicos y lo perdió todo, incluso su finca; la altanera esposa bajó inmediatamente el tono; desde entonces no ha vuelto a levantar cabeza. De modo que desaconsejaba a Katia que diera ese paso y Katia lo ha dado. «Puedo vencerlo todo (se ha dicho), todo puedo someterlo a mi dominio si quiero, embrujaré también a Grúshenka»; y se lo ha creído, se ha pavoneado ante sí misma, ¿a quién echar la culpa? ¿Crees que si ha besado primero la mano de Grúshenka lo ha hecho con astuto cálculo? No, ella se había encariñado con Grúshenka, es decir, no con Grúshenka, sino con su propio sueño, con su locura. ¡Aquél era *su* sueño, aquélla era *su* locura! Mi buen Aliosha, ¿cómo has podido escapar de mujeres como ésas? ¿Has echado a correr recogiéndote la sotana? ¡Ja-ja-ja!

—Hermano, me parece que aún no te has dado cuenta de cómo has ofendido a Katerina Ivánovna al contar a Grúshenka lo de aquel día, y ésta ahora le ha echado en cara que «usted misma iba en secreto a vender su hermosura a los caballeros». Hermano, ¿hay ofensa mayor que ésa? —a Aliosha le atormentaba la idea de que su hermano se alegrara de la humillación sufrida por Katerina Ivánovna, aunque, desde luego, esto no podía ser.

—¡Ah! —Dmitri Fiódorovich frunció espantosamente el ceño y se dio una palmada en la frente. Sólo en ese instante se fijó en tales palabras, aunque Aliosha ya le había contado de una vez, hacía unos momentos, todo lo sucedido, y le había hablado de la ofensa y del grito de Katerina Ivánovna: «¡Su hermano es un canalla!»—. Sí, quizá sí le hablé a Grúshenka de aquel «día fatal», como dice Katia. Sí, en efecto se lo conté, lo recuerdo. Fue entonces, en Mókroie, yo estaba borracho, las cíngaras cantaban... Pero yo lloraba, entonces yo mismo lloraba, estaba de rodillas rezando ante la imagen de Katia, y Grúshenka lo comprendía. Entonces, ella lo comprendió todo, me acuerdo, ella misma lloraba... ¡Ah, diablos! Pero ¿podía ser de otro modo, ahora? Entonces lloraba, mientras que ahora... ¡«Una puñalada en el corazón»! Las mujeres son así.

Bajó los ojos y se quedó pensativo.

—¡Sí, soy un canalla! Un verdadero canalla —articuló de pronto con tenebrosa voz—. Da lo mismo que llorara o no, ¡de todos modos soy un canalla! Dirás allí que acepto el calificativo, si esto puede servir de consuelo. Bueno, basta ya de charla, ¡adiós! No es divertido. Tú sigue tu camino, yo seguiré el mío. Y no quiero que nos volvamos a ver hasta que llegue algún último minuto. ¡Adiós, Alexiéi!

Apretó fuertemente la mano de Aliosha, y todavía con los ojos bajos, sin levantar la cabeza, como si se arrancara a sí mismo de su sitio, se puso a caminar a grandes zancadas en dirección a la ciudad.

Aliosha le siguió con la mirada sin creer que su hermano se fuera tan de súbito para siempre.

—Espera, Alexiéi, aún he de hacerte otra confesión, ¡a ti solo! —Dmitri volvió repentinamente sobre sus pasos—. Mírame, mírame bien: aquí, ¿ves?, aquí se está preparando una infamia espantosa —al decir «aquí», Dmitri Fiódorovich se golpeaba el pecho con un aspecto tan extraño como si la infamia se encontrara y guardara precisamente ahí, en algún lugar de su pecho, quizás en el bolsillo o cosida en un pequeño bolso colgando del cuello—. Ya me conoces: ¡soy un canalla y soy tenido por canalla! Pero has de saber que cuanto haya hecho antes o pueda hacer ahora y el día de mañana, nada puede compararse en vileza con la infamia que precisamente ahora, precisamente en este minuto, llevo aquí, en el pecho, aquí, mira, aquí, una infamia que actúa y madura y a la que yo soy dueño absoluto de detener; puedo detenerla o ejecutarla, ¡fíjate en lo que te digo! Pues ten en cuenta que no voy a detenerla, sino que la realizaré. Hace unas horas te lo he contado todo, pero esto no, porque ¡ni siquiera yo he tenido bastante cara dura! Aún puedo detenerme; deteniéndome, mañana mismo podría recuperar la mitad entera del honor perdido, pero no me detendré, llevaré a cabo mi vil proyecto, y tú serás en adelante testigo de que he dicho estas palabras con anticipación y con plena conciencia de lo que digo. ¡Perdición y tinieblas! No tengo por qué explicarte nada, te enterarás a su hora. ¡Callejón hediondo y mujer infernal! Adiós. No reces por mí, no lo merezco, y no hace falta en absoluto, no hace falta en absoluto... ¡No lo necesito para nada! ¡Fuera!...

Y se alejó, esta vez definitivamente. Aliosha se encaminó al monasterio. «¿Cómo, pero cómo es eso de que no le veré más? ¿Qué dice? —se preguntaba, sin poderlo admitir—. Mañana mismo le veré sin falta, le buscaré, le buscaré adrede, ¡qué cosas dice!...»

Rodeó el monasterio y a través del bosque de pinos se dirigió directamente a la ermita. Le abrieron la puerta, aunque a esa hora ya no dejaban entrar a nadie. El corazón se le estremecía cuando entró en la celda del stárets: «¿Por qué, por qué he salido, por qué me ha mandado "al mundo"? Aquí reina la paz, éste es un lugar de santidad, mientras que allí todo es confusión, todo son tinieblas en las que enseguida te pierdes y te extravías...»

En la celda se encontraban el novicio Porfiri y el monje sacerdote Païsi, quien durante todo el día se había presentado cada hora a preguntar por la salud del padre Zósima, cuyo estado iba empeorando, según se enteró Aliosha con espanto. Esta vez no pudo celebrarse ni siquiera la habitual charla vespertina con la comunidad. Generalmente, todas las noches, después del oficio divino, antes de retirarse a dormir, los monjes del monasterio acudían a la celda del stárets y cada uno de ellos confesaba en alta voz los pecados de la jornada, sus sueños pecaminosos, sus pensamientos, sus tentaciones, hasta las riñas que entre ellos se hubieran producido. Algunos se confesaban de rodillas. El stárets absolvía, reconciliaba, aconsejaba, imponía penitencias, bendecía y despedía. Era contra tales «confesiones» fraternales contra lo que se sublevaban los enemigos de los startsí, diciendo que así se profanaba la confesión como sacramento, que eso era casi un sacrilegio; pero se trataba de algo muy distinto. Se había recurrido incluso a la autoridad diocesana afirmando que tales confesiones no sólo no llevaban a un buen fin, sino que, en realidad, inducían al pecado y a la tentación con conocimientos de causa. Se daba a entender que a muchos de los hermanos les pesaba acudir a la celda del stárets a confesarse e iban contra su voluntad, porque así lo hacían todos y para que no los tuvieran por orgullosos y levantiscos. Se contaba que algunos de los hermanos, al dirigirse a la confesión vespertina, se ponían antes de acuerdo: «yo diré que esta mañana me he puesto furioso contigo y tú confírmalo», y esto por tener algo que decir, para salir del paso. Aliosha sabía que, en efecto, así sucedía algunas veces. También sabía que ciertos hermanos estaban muy indignados, asimismo, por la costumbre de llevar al stárets hasta las cartas que recibían los ermitaños de los parientes para que aquél las abriera antes que los destinatarios. Se presuponía, claro está, que todo esto debía efectuarse libre y sinceramente, de todo corazón, en nombre de una sumisión voluntaria y de una edificación salvadora, pero en realidad sucedía que a veces tenía lugar de manera muy poco sincera, artificiosa y falsa. Sin embargo, los miembros de más edad y experiencia de la comunidad mantenían su criterio pensando que para «quien entraba en aquel recinto movido por un sincero afán de salvarse, todos esos actos de obediencia y renuncia resultaban sin duda salvadores y le eran de gran provecho; quien, por el contrario, encontraba penosas aquellas pruebas y murmuraba contra ellas, era como si no fuese un monje y habría hecho mejor en no entrar en el monasterio; su lugar estaba en el mundo. En cuanto al pecado y al demonio, no te libras de ellos ni en el mundo ni en el templo; por tanto, no hay por qué andarse con contemplaciones».

—Está débil, amodorrado —comunicó en voz baja el padre Paísi a Aliosha, después de haberle bendecido—. Hasta resulta difícil despertarle. Pero no hay por qué hacerlo. Ha estado despierto unos cinco minutos, ha pedido que se mandara su bendición a los monjes y a ellos les ha rogado que le tuvieran presente en sus oraciones por la noche. Tiene la intención de comulgar mañana otra vez. A ti te ha recordado, Alexiéi, ha preguntado si habías salido; le hemos respondido que estabas en la ciudad. «Por esto le he dado yo mi bendición; su lugar está allí, y no aquí, por ahora», eso es lo que ha dicho de ti. Te ha recordado cariñosamente, preocupado por ti, ¿te das cuenta de qué honor te has hecho digno? Pero ¿por qué te ha prescrito vivir durante cierto tiempo en el mundo? ¡Esto significa que algo prevé en tu destino! Comprende, Alexiéi, que si vuelves al mundo es en cumplimiento de la obligación que te ha impuesto tu stárets y no para que te dejes llevar por la frivolidad mundana ni por las diversiones profanas...

El padre Paísi salió. Para Aliosha no había duda de que el stárets se estaba acabando, aunque podía vivir un día o dos más. Aliosha decidió firme y vehemente que, pese a la promesa dada de verse con su padre, con las Jojlakova, con su hermano y con Katerina Ivánovna, no se iría del monasterio en todo el día siguiente y permanecería al lado del stárets hasta que hubiera fallecido. El corazón le ardía en amor y Aliosha se reprochó amargamente haber podido hasta olvidar por un instante allí, en la ciudad, que había dejado en el monasterio, en el lecho de muerte, a aquel a quien veneraba por encima de todos los demás en el mundo. Pasó al dormitorio del stárets, se hincó de rodillas y se inclinó hasta el suelo ante el anciano, que dormía dulcemente, inmóvil, con leve y acompasada respiración, casi imperceptible. Su cara tenía una expresión sosegada.

Aliosha volvió a la otra pieza —la misma en que por la mañana el stárets había recibido las visitas—, y casi sin desnudarse, quitándose sólo las botas, se tendió en el pequeño diván de cuero, duro y estrecho, en el que dormía todas las noches, desde hacía ya tiempo, sin usar más que una almohada. Hacía mucho que se olvidaba de extender el colchón del que su padre le había hablado aquel día, gritando. Sólo se quitaba los hábitos, con los que se cubría en vez de manta. Pero antes de dormirse, se arrodilló y rezó largo rato. En su ardiente plegaria no pedía a Dios que le pusiera en claro la turbación que sentía, anhelaba tan sólo experimentar un gozoso enternecimiento, el enternecimiento que antes experimentaba después de haber alabado y glorificado a Dios, que en esto solía consistir toda su plegaria de las noches. La alegría que invadía su ser le procuraba un sueño ligero y tranquilo. Al rezar esa noche, notó casualmente que llevaba en el bolsillo el pequeño sobre que le había entregado la doncella de Katerina Ivánovna después de haberle dado alcance en la calle. Se turbó, pero llevó hasta el fin su plegaria. Luego, después de cierta vacilación, abrió el sobre: contenía una cartita para él firmada por *Lise,* la joven hija de la señora Jojlakova, la que por la mañana tanto se había burlado de él en presencia del stárets.

«Alexiéi Fiódorovich —decía la carta—, le escribo sin que lo sepa nadie, ni siquiera mamá; sé que eso no está bien, pero no puedo seguir viviendo si no le digo lo que ha nacido en mi corazón, y esto por ahora no lo ha de saber nadie excepto nosotros dos. Pero ¿cómo le diré lo que tengo tantos deseos de contarle? Dicen que el papel no se ruboriza, pero le aseguro que no es verdad y que se ruboriza exactamente como me estoy ruborizando yo ahora. Mi querido Aliosha, le amo, le amo ya desde la infancia, desde Moscú, cuando era usted tan diferente de ahora, y le amo para toda la vida. Le he elegido en mi corazón para unirme con usted y acabar juntos nuestra vida en la vejez. Naturalmente, a condición de que salga usted del monasterio. Por lo que afecta a nuestra edad, esperaremos cuanto la ley ordene. Para entonces ya estaré completamente restablecida, caminaré y bailaré. Eso está fuera de toda duda.

»Ya ve que todo lo he pensado, sólo hay una cosa que no puedo imaginarme: ¿qué pensará usted de mí, cuando haya leído esta carta? Yo siempre me río y hago travesuras, hoy le he molestado, pero le aseguro que antes de tomar la pluma he rezado a la Virgen, y ahora mismo estoy rezando y poco me falta para llorar.

»Mi secreto está en sus manos; no sé cómo podré mirarle mañana, cuando usted venga. ¡Oh, Alexiéi Fiódorovich! ¿Y si no puedo contenerme otra vez, como una tonta, y me pongo a reír, como hoy, al mirarle? Entonces me tomará por una burlona malvada y no creerá lo que le digo en esta carta. Por esto le suplico, querido mío, que si tiene usted compasión por mí, mañana, cuando entre, no me mire demasiado directamente a los ojos, porque yo, al encontrarme con su mirada, quizá me eche a reír sin poderlo evitar, tanto más cuanto que usted llevará ese vestido largo... Incluso ahora siento escalofríos cuando pienso en ello; por eso, cuando entre, no me mire en absoluto durante un rato, mire a mamá o a la ventana...

»Ya ve, le he escrito una carta de amor, ¡Dios mío, lo que he hecho! Aliosha, no me desprecie; si he hecho algo muy malo y le he disgustado, perdóneme. Ahora, el secreto de mi reputación, perdida quizá para siempre, está en sus manos.

»Hoy lloraré, no hay duda. Hasta la vista, hasta la *terrible* entrevista.

»Lise.

»P. S. Aliosha, ¡venga usted sin falta, sin falta, sin falta! *Lise.*»

Aliosha leyó la carta sorprendido, la releyó; reflexionó un poco y, de pronto, se rió suave, dulcemente. Se estremeció, aquella risa le pareció pecaminosa. Pero un momento más tarde, volvió a reírse con la misma placidez y felicidad. Dobló con calma la carta y la puso de nuevo en el sobrecito, se santiguó y se acostó. Le desapareció, de pronto, la turbación del alma. «Señor, perdónalos a todos, a cuantos he encontrado en el día de hoy; extiende sobre ellos tu misericordia, pues la desdicha y las pasiones les sacuden el alma, guíalos. En tus manos están todos los caminos: con estos insondables caminos tuyos, sálvalos. ¡Tú eres el amor, tú les mandarás a todos la alegría!», balbuceó Aliosha santiguándose, durmiéndose con tranquilo sueño.

SEGUNDA PARTE

Libro cuarto

LOS DESGARRAMIENTOS

Fotograma de la versión cinematográfica norteamericana de *Los hermanos Kara-mázov*, dirigida por Richard Brooks; intérpretes: Yul Brynner y Claire Bloom

I

EL PADRE FERAPONT

Muy temprano, antes de que amaneciera, despertaron a Aliosha. El stárets ya no dormía y se sentía muy débil, a pesar de lo cual deseó levantarse de la cama y sentarse en su sillón. Tenía completamente lúcida la mente; el rostro, aunque muy fatigado, se le veía sereno, casi lleno de gozo, de mirada alegre, afable y requiriente. «Quizá no sobreviviré al día que llega», dijo a Aliosha; luego manifestó el deseo de confesarse y comulgar enseguida. Le confesaba siempre el padre Païsi. Después de estos dos sacramentos, se dispusieron a administrarle la extramaunción. Acudieron los monjes sacerdotes; poco a poco la celda fue llenándose de ermitaños. Entretanto, rompió el día. Empezaron a llegar también los monjes del monasterio. Terminado el oficio religioso, el stárets decidió despedirse de todos y a todos los besó. Como la celda era tan reducida, los que llegaban primero salían y dejaban sitio a los otros. Aliosha estaba de pie al lado del stárets, que había vuelto a sentarse en el sillón. Hablaba y aleccionaba cuanto podía; su voz, aunque débil, aún era bastante firme. «Me he pasado tantos años instruyéndoles y, por tanto, hablando en alta voz, que ya me he acostumbrado a hablar y, hablando, instruir, y eso hasta tal punto que callar casi me sería más difícil que hablar, estimados padres y hermanos, incluso ahora, pese a mi debilidad», dijo en son de broma, mirando enternecido a quienes se habían agrupado cerca de él. Aliosha recordó, más tarde, algunas de las cosas que el stárets entonces dijo. Pero aunque el padre Zosima hablaba de manera inteligible y con voz bastante firme, sus palabras resultaban algo incoherentes. Habló de muchas cosas, parecía que deseaba decirlo todo, acabar de expresar a la hora de la muerte cuanto no había repetido bastante en el transcurso de su vida, y no sólo movido por el afán de enseñar a los demás, sino por el anhelo de compartir su alegría y su entusiasmo con todos, para hacer entrega una vez más de su corazón en vida...

«Amaos los unos a los otros, padres —les exhortaba el stárets, según recordó más tarde Aliosha—. Amad al pueblo del Señor. Por haber venido aquí y habernos encerrado entre estas paredes no somos más santos nosotros que quienes viven en el mundo; al contrario, todo aquel que viene aquí, por este solo hecho, reconoce en sí mismo que es peor que los seglares, peor que todos y todo en la tierra... Y cuanto más tiempo viva luego el ermitaño entre sus paredes, tanto más profundamente ha de comprender esta verdad. Pues, en caso contrario, no tenía por qué haber venido aquí. Únicamente cuando comprenda que no sólo es peor que todos los seglares, sino que es culpable por todos y por todo ante todas las personas, por todos los pecados del hombre, colectivos y personales, sólo entonces alcanzará el fin de nuestro aislamiento. Pues tenéis que saber, estimados míos, que cada uno de nosotros es culpable por todos y por todo en la tierra, sin duda alguna, no sólo de la culpa general de la humanidad, sino por todos y por cada uno de los hombres en particular, en esta tierra. Esta conciencia es la corona de toda la vida monacal y de todo hombre en este mundo. Pues los monjes no son hombres distintos de los demás, sino hombres como todos deberían de ser en la tierra. Sólo entonces se sumirán nuestros corazones en el amor infinito, universal, nunca saciado. Entonces cada uno de vosotros encontrará en sí fuerzas para ganarse al mundo entero con el amor y para lavar con sus lágrimas los pecados del mundo... Que cada uno se mantenga cerca de su corazón, que cada uno se confiese sin cesar. No temáis vuestro pecado ni siquiera teniendo de él conciencia mientras os arrepintáis, pero no presentéis condiciones al Altísimo. Sobre todo os digo que no seáis orgullosos. No os sintáis orgullosos ante los pequeños, no os sintáis orgullosos tampoco ante los grandes. No odiéis a quienes os rechacen, a quienes os deshonren, a quienes os insulten ni a quienes os calumnien. No odiéis a los ateos, a quienes enseñan el mal, a los materialistas, ni siquiera a los malos, por no hablar de los buenos, pues también entre ellos hay mucha gente buena, sobre todo en nuestros tiempos. Acordaos de ellos en vuestras oraciones, diciendo: salva, Señor, a todos los que no tienen quien rece por ellos, salva también a aquellos que no quieren elevar a ti sus plegarias. Y añadió a continuación: no es por orgullo por lo que te dirijo esta plegaria, Señor, pues yo mismo soy miserable, más que todos y que todo... Amad a los hijos del Señor, no dejéis que los forasteros os arrebaten el rebaño, pues si os dormís en la pereza y en vuestro orgullo desdeñoso, y peor aún si es en el egoísmo, vendrán de todos los países y os arrebatarán vuestro rebaño... Explicad el Evangelio a las gentes sin cansaros... No pequéis por concusión... No pongáis afecto al oro y a la plata, no los tengáis... Creed y mantened alta la bandera de la fe. Levantadla muy alta...»

De todos modos, el stárets hablaba de manera más entrecortada de lo que aquí se ha expuesto y de lo que anotó, luego, Aliosha. A veces se interrumpía como si reuniera fuerzas, jadeaba, pero estaba como en éxtasis. Le escuchaban emocionados, aunque muchos se sorprendían de sus palabras y las consideraban oscuras... Luego todos las recordaron. Aliosha tuvo que salir por unos momentos de la celda y quedó impresionadísimo al ver la agitación general y la espera de la comunidad agrupada dentro y fuera de la celda. Algunos esperaban casi con inquietud; otros, con solemnidad. Todos creían que iba a producirse algo inmediato y grandioso no bien el stárets falleciera. Desde cierto punto de vista, semejante espera resultaba casi pueril, pero de ella participaban hasta los padres más severos. El rostro que presentaba un aire de mayor gravedad era el del padre Paísi. Aliosha se ausentó de la celda sólo porque fue misteriosamente llamado por un monje que le entregó una extraña carta de la señora Jojlakova, carta que había traído de la ciudad Rakitin. La señora Jojlakova comunicaba a Aliosha una curiosa noticia, que llegaba con extraordinaria oportunidad. Se trataba de que el día anterior, entre las mujeres creyentes del pueblo que habían acudido a reverenciar al stárets y a recibir su bendición, se encontraba una viejecita de la ciudad, llamada Prójorovna, viuda de un suboficial. La mujer había preguntado al stárets si podía incluir en la lista de los difuntos por los que se hacen plegarias en la iglesia, a su hijo Vásienka, que había partido en misión de servicio a una región muy lejana de Siberia, a Irkutsk, y del que no tenía noticias hacía un año. El stárets le había respondido con severidad prohibiéndoselo y llamando a esta especie de plegaria cosa de brujería. Pero luego, perdonando a la mujer por su ignorancia y a modo de consuelo, añadió, «como si mirara en el libro del futuro» (así se expresaba la señora Jojlakova en su carta), que «su hijo Vasia vive sin duda alguna, que o bien llegará pronto o, en todo caso, le escribirá, y que ella volviera a su casa y esperase». «¿Qué ha sucedido? —añadía con entusiasmo la señora Jojlakova—. La profecía se ha cumplido al pie de la letra y aún más.» Apenas la viejecita regresó a su casa, le entregaron una carta de Siberia, recién llegada. Pero eso no era todo: en dicha carta, que Vasia había escrito ya en camino, desde Ekaterinburg, el hijo comunicaba a su madre que volvía a Rusia, que hacía el viaje con un funcionario y que «esperaba abrazar a su madre» unas tres semanas después de que ésta hubiera recibido la carta. La señora Jojlakova suplicaba insistente y fervorosamente a Aliosha que diera cuenta enseguida de este nuevo «milagro de predicción» al hegúmeno y a la comunidad toda: «Esto ha de llegar a conocimiento de todos, ¡de todos!», exclamaba al final de su carta, escrita a toda prisa y tan precipitadamente que en cada línea se reflejaba la emoción de la señora Jojlakova. Pero Aliosha ya no tenía nada que comunicar a los monjes, pues éstos sabían todo lo ocurrido: Rakitin, cuando mandó al monje a buscarle, le encargó, además, que «comunicara respetuosísimamente a Su Reverencia el padre Paísi que él, Rakitin, desearía darle a conocer una noticia tan importante que no se atrevía a demorarla ni un minuto y que, por su osadía, suplicaba humildemente perdón». Comoquiera que el monje transmitió la súplica de Rakitin antes de llamar a Aliosha, cuando éste volvió a la celda no tuvo que hacer otra cosa sino leer la carta y presentarla al padre Paísi sólo en calidad de documento. Y ni siquiera este hombre grave y desconfiado, al leer, fruncido el ceño, la noticia del «milagro», pudo reprimir por completo los sentimientos que le embargaban. Le brillaban los ojos, los labios le sonrieron con grave y penetrante sonrisa.

—¡Lo que veremos aún! —dijo como a pesar suyo.

—¡Lo que veremos aún, lo que veremos aún! —repitieron los monjes a su alrededor; mas el padre Paísi, frunciendo otra vez el ceño, rogó a todos por de pronto no dijeran nada a nadie de lo sucedido, «mientras no se confirme todavía más, pues los seglares son muy pueriles y, además, este caso ha podido haberse dado de manera natural», añadió cauteloso, como para tener la conciencia tranquila, aunque casi sin creer en la salvedad que hacía, de lo que se dieron perfecta cuenta quienes le estaban escuchando. A la misma hora, como es natural, tenía noticia del «milagro» todo el monasterio y hasta mucha gente seglar que había acudido allí a los actos litúrgicos. Sin embargo, el que parecía más asombrado por aquel milagro era el pequeño monje de «San Silvestre» llegado al cenobio el día anterior, procedente del pequeño monasterio de Obdorsk, de la lejana parte septentrional del país. El día anterior se había inclinado ante el stárets, hallándose al lado de la señora Jojlakova, y señalando a la hija «curada» de esta dama, había preguntado al padre Zosima a la vez que le dirigía una mirada penetrante: «¿Cómo se atreve usted a hacer cosas así?»

El hecho era que ahora se encontraba hasta cierto punto perplejo y no sabía casi qué pensar. El día anterior, al caer la tarde, había visitado al padre Ferapont, uno de los monjes del monasterio, en la celda especial que ocupaba detrás del colmenar, y quedó asombrado por esa entrevista, que le causó una impresión extraordinaria y terrible. El padre Ferapont era el anciano monje, gran ayunador y que había hecho voto de silencio, al que hemos recordado ya como enemigo del stárets Zosima y, sobre todo, de la práctica de los stárets, por entender que se trataba de una novedad perjudicial y frívola. Este enemigo era extraordinariamente peligroso, a pesar de que, como monje que había hecho voto de silencio, casi no hablaba una palabra con nadie. Si era peligroso, se debía, sobre todo, a que muchos monjes de la comunidad compartían plenamente los puntos de vista que el padre Ferapont sostenía, y entre los seglares que acudían al monasterio, muchos le veneraban como a un gran justo y asceta, a pesar de ver en él, sin duda alguna, a un bendito. Pero esta particularidad era lo que los cautivaba. El padre Ferapont nunca visitaba al stárets Zosima.

Aunque vivía en el eremitorio, no le importunaban mucho con las reglas allí establecidas, porque él se comportaba realmente como un bendito. Tenía unos setenta años, si no más, y vivía detrás del colmenar, en un ángulo del recinto, en una vieja celda de troncos, casi derrumbada, construida en ese lugar hacía mucho tiempo, en el pasado siglo, para otro monje célebre también por sus penitencias de ayuno y de silencio, el padre Jonás, que había vivido hasta los ciento cinco años de edad y de cuyos grandes hechos aún circulaban muchos relatos curiosísimos por el monasterio y sus alrededores. El padre Ferapont logró, hacía de ello unos siete años, que también a él, por fin, le alojaran en esa misma celda solitaria, que era, sencillamente, una isbá, aunque muy parecida a una capilla, pues contenía una extraordinaria cantidad de iconos y lámparas votivas, que ardían constantemente; parecía como si el padre Ferapont hubiera sido puesto allí para vigilarlas y mantenerlas encendidas. Comía, según contaban (y así era, en verdad), tan sólo dos libras de pan cada tres días, no más; se lo llevaba cada tres días el colmenero que vivía allí mismo, en el colmenar; pero incluso con este colmenero que le prestaba tal servicio, raras veces intercambiaba unas palabras el padre Ferapont. Cuatro libras de pan, junto con el panecillo bendito de los domingos, que después de la última misa el hegúmeno le mandaba con toda regularidad, constituía todo el alimento semanal del bienaventurado. En cambio, el agua del jarro se la cambiaban todos los días. Raras veces asistía a misa. Sus admiradores veían que, a veces, permanecía el día entero rezando, arrodillado y sin mirar a su alrededor. Si, a pesar de todo, entraba alguna vez con ellos en conversación, era lacónico, de frase entrecortada, extraña y casi siempre grosero. En casos sumamente raros, entablaba conversación con los que le visitaban, pero se limitaba a pronunciar alguna palabra insólita que constituía siempre para el visitante un gran enigma; después, por más ruegos que se le hicieran, se negaba a dar explicación alguna y no pronunciaba ninguna otra palabra. No tenía rango de sacerdote, era simplemente monje. Se había extendido un rumor muy singular, aunque entre la gente más ignorante, según el cual el padre Ferapont se comunicaba con los espíritus celestes y sólo hablaba con ellos, motivo por el cual callaba con la gente. El monjillo de Obdorsk, que había entrado en el colmenar siguiendo las indicaciones del colmenero, otro monje también callado y de carácter muy sombrío, se dirigió hacia el ángulo donde se encontraba la celda del padre Ferapont. «Quizás hable contigo por ser tú forastero, pero quizá no le arranques una palabra», le advirtió el colmenero. Se acercó el pequeño monje, según contó el mismo más tarde, con muchísimo miedo. La hora era bastante tardía. El padre Ferapont estaba sentado, ante la puerta de la celda, en un pequeño banco. Por encima de él rumoreaba suavemente un enorme olmo viejo. El aire de aquella hora vespertina se había puesto fresco. El monje de Obdorsk se hincó de rodillas ante el eremita y le pidió la bendición.

—¿Quieres, monje, que también yo me prosterne ante ti? —articuló el padre Ferapont—. ¡Levántate!

El monje se levantó.

—Bendecidor y bendito, siéntate a mi lado. ¿De dónde vienes?

Lo que más sorprendió al pobre monje fue que el padre Ferapont, pese a sus grandes ayunos y a su edad tan avanzada, todavía era un viejo fuerte, que se mantenía erguido, con el rostro fresco, sano, aunque enjuto. También era evidente que había conservado una gran fuerza física. Era de constitución atlética. A pesar de sus muchos años, no había encanecido por completo y conservaba abundantes y espesos cabellos y barba, antes completamente negros. Tenía los ojos grises, grandes y brillantes, pero muy salientes, tanto, que hasta sorprendían. Hablaba acentuando en gran manera la «o»[1]. Vestía una larga chamarreta desteñida de esa basta tela que antes se denominaba paño de presidiario, y se ceñía con una gruesa cuerda a modo de cinturón. Llevaba desnudos el cuello y el pecho. Por debajo de la chamarreta se le veía una camisa de tela muy burda, casi ennegrecida, pues se pasaba meses enteros sin cambiársela. Se decía que debajo de la chamarreta llevaba cadenas que pesaban treinta libras. Calzaba unos zapatos viejos, casi destrozados, sobre el pie desnudo.

---

[1] Rasgo distintivo de los dialectos septentrionales de Rusia en los que se mantiene la diferencia fonética entre la *o* tónica y la *a*, a diferencia de lo que ocurre en Moscú y región central del país.

—Vengo del pequeño monasterio de San Silvestre, de Obdorsk —respondió el monje forastero, observando al asceta con sus ojos pequeños, vivos y curiosos, aunque un poco amedrentados.

—He estado en tu San Silvestre. He vivido allí. ¿Cómo marcha, ahora?

El monje se turbó.

—¡No sois poco torpes! ¿Qué ayunos observáis?

—Nuestra mesa se sirve según la vieja regla eremítica: durante la Cuaresma, no se da comida los lunes, miércoles y viernes. Los martes y jueves, tomamos pan blanco, una infusión con miel, moras silvestres o col salada y papilla de harina de avena. Los sábados, sopa de coles, tallarines con guisantes, papilla con algún jugo, todo con mantequilla. Los domingos, se añade a la sopa de coles pescado seco y papilla. Durante la Semana Santa, desde el lunes hasta el sábado por la noche, seis días, no tomamos más que pan, agua y verduras sin cocer, y aun con moderación; además, la comida no se toma cada día, sino tal como se ha ordenado durante la primera semana. El Viernes Santo, el ayuno es completo; igualmente hemos de ayunar el Sábado Santo hasta las tres de la tarde, y entonces se puede comer un poco de pan remojado con agua, y beber un solo vaso de vino. El Jueves Santo comemos hervido sin mantequilla, tomamos vino y frutas secas. Porque ya el Concilio de Laodicea se expresaba así acerca del Jueves Santo: «No conviene dejar de observar el ayuno el jueves de la última semana de Cuaresma y deshonrar así toda la Cuaresma.» Eso es lo que se hace en nuestro monasterio. ¡Pero qué es esto en comparación con usted, excelso padre —añadió el monje, animándose—, que se alimenta con pan y agua durante todo el año, incluso por Pascua! El pan que nos comemos nosotros en dos días le basta a usted para una semana entera. Es realmente admirable su gran moderación.

—¿Y los hongos, los mízcalos? —preguntó súbitamente el padre Ferapont, que tenía una manera especial de pronunciar la «g».

—¿Los mízcalos? —repitió el monje, extrañado.

—Eso, eso. Yo puedo renunciar al pan, no lo necesito para nada, e irme aunque sea al bosque; allí viviré comiendo mízcalos y bayas, pero los de aquí no dejarán su pan, y esto quiere decir que están atados al diablo. Hoy gentes abominables sostienen que no sirve para nada ayunar tanto. Este razonamiento es altivo y execrable.

—Oh, es cierto —suspiró el monje.

—¿Has visto a los demonios en casa de ésos? —preguntó el padre Ferapont.

—¿Quienes son «ésos»? —se informó tímidamente el pequeño monje.

—El año pasado subí a ver el hegúmeno por Pentecostés y desde entonces no he vuelto. A uno le vi el diablo escondido debajo del hábito, en el pecho, sólo se le asomaban los cuernos; a otro se lo vi en el bolsillo, estaba mirando con unos ojos azogados, me tenía miedo; a otro se le había instalado en la barriga, en la parte más sucia del vientre, y había quien lo llevaba colgado del cuello sin verlo.

—Usted... ¿los ve? —preguntó el monje.

—Te digo que los veo, los veo de parte a parte. Cuando iba a salir del aposento del hegúmeno, me di cuenta de que uno de ellos se escondía de mí tras la puerta; era un demonio hecho y derecho, mediría vara y media o más de altura, con una cola parda, gruesa y larga, con la punta metida en la rendija de la puerta; como no soy tonto, cerré la puerta de golpe y le pillé la cola. Empezó a chillar y a debatirse, pero yo le hice encima por tres veces la señal de la cruz. Y allí reventó como una araña aplastada. Ahora seguramente está podrido en aquel rincón y apesta, pero no lo ven ni lo huelen. Hace un año que no voy. A ti te confío todo esto sólo porque eres forastero.

—¡Son terribles sus palabras! Dígame, excelso y bienaventurado padre —el monje iba sintiéndose cada vez más atrevido—, ¿es cierta la gran fama que corre hasta tierras muy lejanas acerca de que usted está en comunicación constante con el Espíritu Santo?

—Viene volando. Suele hacerlo.

—¿Pero cómo viene volando? ¿Y en qué aspecto?

—En el aspecto de pájaro.

—¿El Espíritu Santo, bajo el aspecto de paloma?

—Una cosa es el Espíritu Santo y otra el Espíritu de Santidad. El Espíritu de Santidad es distinto, éste puede descender como si fuera otro pájaro: una golondrina, un jilguero o un herrerillo.

—¿Cómo lo distingue usted del herrerillo corriente?

—En que habla.

—¿Habla? ¿En qué lenguaje?

—En el humano.

—¿Y qué le dice?

—Pues mira, hoy me ha anunciado la visita de un imbécil que me preguntaría lo que no debe. Es mucho lo que quieres saber, monje.

—Sus palabras son terribles, bienaventuradísimo y santísimo padre —el monje movía la cabeza. En sus asustadizos ojos apareció, de todos modos, una sombra de incredulidad.

—¿Ves este árbol? —preguntó el padre Ferapont, después de unos momentos de silencio.

—Lo veo, bienaventuradísimo padre.

—Para ti es un olmo; para mí, en cambio, es algo distinto.

—¿Qué es? —preguntó el monje, después de haber esperado unos instantes inútilmente.

—Suele ser por la noche. ¿Ves esas dos ramas? De noche son los brazos de Cristo que se extienden hacia mí y me buscan con las manos, los veo muy nítidamente, y tiemblo. Es espantoso, ¡oh, es espantoso!

—¿Qué puede haber de espantoso, si es Cristo?

—Puede agarrarme y llevarme.

—¿Vivo?

—¿No has oído hablar, acaso, del espíritu y la gloria de Elías? Me abrazará y me llevará...

Aunque después de esta conversación el monje de Obdorsk volvió bastante perplejo a la celda que se le había asignado —la de uno de los hermanos de la comunidad—, su corazón, sin duda alguna, se sentía más inclinado hacia el padre Ferapont que hacia el padre Zosima. Partidario ante todo del ayuno, nada tenía de extraño, creía él, que un ayunador tan extraordinario como el padre Ferapont pudiera «ver lo maravilloso». Sus palabras, desde luego, parecían absurdas, pero Dios sabía lo que en ellas se encerraba, y todos los benditos por amor de Cristo dicen y hacen aun cosas más extrañas. En cuanto a lo de la cola del diablo cogida en la puerta, estaba dispuesto a creerlo con toda el alma y hasta con satisfacción, no sólo en un sentido figurado, sino, incluso, en su sentido recto. Por otra parte, antes ya de su llegada al monasterio, sentía una gran prevención contra la práctica de los startsí, que conocía sólo de oídas y la tenía decididamente por una novedad perjudicial, siguiendo lo que creían muchos otros. Como llevaba ya un día en el monasterio, había tenido tiempo de percibir el secreto murmullo de algunos monjes de espíritu superficial, disconformes con que hubiera startsí. Añádase a todo ello que, por su propia naturaleza, aquél era un monje zascandil y cuco, con una curiosidad archigrande para todo. No es de extrañar, pues, que la gran noticia acerca del nuevo «milagro» realizado por el stárets Zosima le sumiera en una extraordinaria perplejidad. Aliosha recordó, más tarde, que entre los monjes agrupados cerca del stárets y de su celda había aparecido muchas veces, ante él, zascandileando por todas partes y grupos, la figura del visitante de Obdorsk, que todo lo escuchaba y a todos interrogaba. Pero entonces apenas le prestó atención y sólo más tarde lo recordó todo... Además, tampoco estaba para preocuparse de aquel monje: el stárets Zosima, sintiéndose otra vez fatigado y habiéndose acostado de nuevo en la cama, cuando ya se le velaban los ojos, se acordó de él y le mandó llamar. Aliosha acudió presuroso. Junto al stárets sólo se encontraban, entonces, el padre Paísi, el padre Iósif, monje sacerdote, y el novicio Porfiri. El stárets, abriendo sus cansados ojos y mirando fijamente a Aliosha, le preguntó:

—¿Te esperan los tuyos, hijo mío?

Aliosha se turbó.

—¿No necesitan de ti? ¿Prometiste ayer a alguno de ellos ir a verle hoy?

—Lo prometí... a mi padre... a mis hermanos... también a otros...

—Ya ves. Has de ir sin falta. No te aflijas. Has de saber que no moriré sin decir en presencia tuya mis últimas palabras en la tierra. A ti te diré esas palabras, hijo mío, a ti te las legaré. A ti, hijo mío querido, pues tú me amas. Ahora, vete al lado de aquellos que te esperan.

Aliosha se sometió en el acto, a pesar de que le resultaba muy penoso irse. Mas la promesa del stárets de hacerle oír sus últimas palabras en la tierra y, sobre todo, el que le fueran a él legadas, le alborozó el alma. Se daba prisa para terminar pronto en la ciudad y regresar cuanto antes. Precisamente al ponerse en camino, el padre Païsi le había dicho unas palabras que le causaron una impresión muy fuerte e inesperada. Fue cuando los dos habían salido ya de la celda del stárets.

—Recuerda, joven, sin cesar —así, directamente y sin preámbulo alguno había comenzado el padre Païsi—, que la ciencia profana, convertida en una gran fuerza, se ha aplicado a examinar, especialmente durante este siglo, todo lo celestial que se nos ha legado en los libros sagrados, y después de un cruel análisis, a los sabios de este mundo no les ha quedado nada de lo que antes era sagrado, absolutamente nada. Pero han hecho el análisis por partes y han perdido de vista el conjunto, de modo que llega a sorprender hasta qué punto han sido ciegos. El conjunto se alza ante sus propios ojos inmutable, tal como era antes, y las puertas del infierno nada pueden contra él. ¿Acaso no ha vivido ese conjunto diecinueve siglos, acaso no vive también ahora en los movimientos de las almas individuales y en los movimientos de las masas del pueblo? ¡Vive, como antes, inmutable, hasta en las almas de esos mismos ateos que todo lo destruyen! Pues incluso quienes abjuran del cristianismo y se rebelan contra él, son, en el fondo, imagen del propio Cristo, lo siguen siendo, pues hasta hoy ni la sabiduría suya ni el calor de sus corazones han sido capaces de crear una imagen del hombre más elevada y digna que la imagen señalada por Cristo en otro tiempo. Las tentativas que en este sentido se han realizado, sólo han dado origen a monstruosidades. Recuerda esto sobre todo, joven, pues tu stárets, en trance de muerte, te designa para el mundo. Quizá, cuando recuerdes el gran día de hoy, no te olvides tampoco de mis palabras, que te digo de todo corazón como palabras de despedida, pues eres joven y las tentaciones del mundo son poderosas, tus fuerzas no son suficientes para resistirlas. Y ahora vete, huerfanito.

Dicho esto, el padre Païsi le bendijo. Al salir del monasterio y reflexionar sobre tan inesperadas palabras, Aliosha comprendió que en ese monje, hasta entonces tan severo y rudo con él, acababa de encontrar un nuevo e inesperado amigo y un nuevo guía espiritual lleno de amor, como si el stárets Zosima, moribundo, le hubiera confiado velar por Aliosha. «Quién sabe, quizá se han puesto realmente de acuerdo los dos», pensó éste. Las inesperadas y doctas reflexiones que acababa de escuchar, estas reflexiones y no otras, eran un testimonio de la viva solicitud del padre Paísi, quien se había apresurado a armar cuanto antes a la joven mente para luchar contra las tentaciones, y a proteger el alma juvenil que le habían confiado con la muralla más fuerte que él podía imaginarse.

II

EN CASA DE SU PADRE

En primer lugar, Aliosha fue a ver a su padre. Al acercarse a su casa, recordó que éste le había insistido mucho para que procurara entrar sin que de ello se diera cuenta su hermano Iván. «¿Por qué? —se preguntó—. Si mi padre desea comunicarme algo a mí solo, en secreto, ¿por qué he de entrar sin ser visto? Seguramente quiso decirme alguna otra cosa, y, dada su agitación, no pudo hacerlo», pensó. De todos modos, se sintió muy contento cuando Marfa Ignátievna, que le abrió el portillo (resultó que Grigori se había puesto enfermo y guardaba cama), contestó a una pregunta suya comunicándole que Iván Fiódorovich había salido hacía dos horas.

—¿Y mi padre?

—Se ha levantado, está tomando el café —le respondió con cierta sequedad Marfa Ignátievna.

Aliosha entró. El viejo estaba solo a la mesa, con pantuflas y un abrigo muy usado, y se entretenía examinando unas cuentas, de todos modos, sin mucha atención por lo visto. No había nadie más que él en la casa (Smerdiákov también había salido, había ido de compras para la comida). Mas no eran las cuentas lo que le preocupaba. Aunque se había levantado de la cama por la mañana temprano y se daba ánimos, se le veía cansado y débil. Llevaba envuelta con un pañuelo rojo la frente, en la cual se le habían formado grandes equimosis purpúreas durante la noche. También durante la noche se le había hinchado en gran manera la nariz, y aunque las equimosis que en ella tenía no eran muy grandes, sus manchas daban al rostro un aspecto singularmente maligno e irritado. El viejo lo sabía y acogió con hostil mirada a Aliosha.

—El café está frío —gritó desabrido—, no te lo ofrezco. Hoy, hermano, yo mismo estoy a régimen de vigilia y sólo tomaré una sopa de pescado, no invito a nadie. ¿A qué has venido?

—A enterarme de cómo se encuentra usted —contestó Aliosha.

—Ya. Además, yo mismo te ordené ayer que vinieras. Todo eso es estúpido. Es por completo inútil la molestia que te has tomado en venir. Aunque ya sabía yo que tendrías prisa en acercarte...

Dijo estas palabras con manifiesta acritud. Entretanto, se había levantado de su asiento y, preocupado, se miraba la nariz en el espejo (quizá por cuadragésima vez aquella mañana). Se puso también a arreglarse el pañuelo rojo de la frente, para que hiciera mejor efecto.

—De color rojo es preferible; si es blanco, parece de un hospital —comentó sentenciosamente—. Y tú, ¿qué cuentas? ¿Cómo está tu stárets?

—Se encuentra muy mal, quizá muera hoy —respondió Aliosha; pero su padre ni se enteró de lo que le decía; además, enseguida se olvidó hasta de la pregunta que había hecho.

—Iván ha salido —dijo de pronto—. Se dedica con todas sus fuerzas a birlar la novia a Mitka, por eso vive aquí —añadió malignamente y, torciendo la boca, miró a Aliosha.

—¿Es posible que se lo haya dicho a usted así? —preguntó éste.

—Sí, y me lo dijo hace ya tiempo. ¿Qué te figuras? Hará ya tres semanas que me lo dijo. ¿No habrá venido aquí también para degollarme en secreto? ¡Si ha venido es con algún propósito!

—¡Qué dice usted! ¿Por qué habla de este modo? —replicó Aliosha, terriblemente confuso.

—No me pide dinero, es cierto; sin embargo, no recibirá de mí nada. Yo, mi muy querido Alexiéi Fiódorovich, tengo la intención de vivir en este mundo el mayor tiempo posible, sépalo usted; por esto necesito cada uno de mis kópeks, y cuanto más tiempo viva, tanto más los necesitaré —prosiguió, paseando de un ángulo a otro de la estancia, metidas las manos en los bolsillos de su holgado y seboso abrigo, hecho con fuerte tela amarillenta, de hilo, propia de verano—. Por ahora aún soy de todos modos un hombre, con cincuenta y cinco años en total; quiero aún conservarme unos veinte años en la línea varonil, pero me volveré viejo, claro está, me haré repugnante; entonces las mujeres ya no vendrán por su buena voluntad; el dinerito me hará falta. Ahora voy acumulando todo cuanto puedo, todo cuanto puedo, para mí solo; se lo digo para que lo sepa, mi querido hijo Alexiéi Fiódorovich, porque quiero vivir hasta el fin hundido en mis vicios, para que lo sepa. En medio del vicio la vida es más dulce: todo el mundo lo condena, pero todos viven en él, aunque en secreto, mientras que yo lo hago a la luz del día. Es por esta franqueza mía por lo que se me han lanzado encima todos los viciosos. En cuanto a tu paraíso, Alexiéi Fiódorovich, has de saber que allí no quiero ir; además, a un hombre decente ni siquiera le estaría bien encontrarse en tu paraíso, aun suponiendo que exista. A mi modo de ver, te duermes, no te despiertas, y sanseacabó; recordadme si queréis, y, si no queréis, al diablo. Aquí tienes mi filosofía. Ayer Iván habló aquí muy bien, aunque estábamos todos borrachos. Iván es un petulante, sin que tenga nada de sabio... ni tiene tampoco ninguna instrucción especial; se calla y se ríe de todos callando, así se crea su reputación.

Aliosha escuchaba y callaba.

—¿Por qué no habla conmigo? Y si habla, se hace el interesante; ¡es un canalla tu Iván! Con Grúshenka, si quiero, me caso enseguida. Porque con dinero (lo único que hace falta es querer, Alexiéi Fiódorovich) se obtiene todo. Eso es lo que Iván teme, que me case; por esto me vigila y empuja a Mitka para que se case con Grushka; así espera apartarme a mí de esta mujer (¡se creerá que voy a dejarle el dinero a él, si no me caso con Grushka!), y, por otra parte, si Mitka se casa con Grushka, se queda él con la novia rica, ¡éste es su cálculo! ¡Es un canalla tu Iván!

—Qué irritable está usted. Es por lo de ayer; debería acostarse —dijo Aliosha.

—Tú me dices esto —observó el viejo, como si por primera vez se le ocurriera esta idea—, me lo dices y yo no me enfado contigo; pero si me dijera lo mismo Iván, me enfadaría. Sólo contigo en algunos momentos me he sentido bueno, porque ya sabes, soy un hombre malo.

—No es usted un hombre malo, sino estropeado —se sonrió Aliosha.

—Escucha, a ese bandido de Mitka hoy le quería hacer meter en la cárcel, y aún no sé lo que voy a decidir. Desde luego, en nuestros tiempos se ha puesto de moda ver como un prejuicio el respeto a los padres, pero si no me equivoco, según la ley, tampoco en nuestro tiempo se permite tirar de los pelos a los padres viejos ni echarlos al suelo para romperles la cara a taconazos en su propia casa, ni tampoco pavonearse de que más tarde uno va a venir y los va a matar, todo ello ante testigos. Si quisiera, podría hacerle doblar la cerviz y mandarlo a la cárcel inmediatamente por lo de ayer.

—Así, no quiere usted presentar la denuncia, ¿verdad?

—Iván me ha disuadido. Me importaría un bledo Iván, lo que pasa es que me doy perfecta cuenta de otra cosa... —e inclinándose hacia Aliosha, prosiguió con un murmullo confidencial—: si le meto en la cárcel, a ese canalla, ella se enterará y enseguida irá corriendo a su lado. En cambio, si hoy se entera de que él me ha dejado medio muerto a golpes, a mí, débil viejo, a lo mejor le abandona y viene a verme... Ya ves qué delicia de caracteres, los nuestros: sólo sabemos llevar la contra. ¡Si la conoceré yo! Bueno, ¿no quieres un poco de coñac? Toma un cafetito frío, te meteré un cuarto de vasito de coñac; esto da buen sabor, hermano.

—No, gracias, no es necesario. Lo que me llevaré, si me lo permite, es este panecillo —dijo Aliosha, y tomando un mollete de tres kópeks se lo puso en el bolsillo de la sotana—. Coñac tampoco debería tomarlo usted —aconsejó temeroso, mirando la cara del viejo.

—Tienes razón, me irrita en vez de calmarme. Pero tomaré sólo una copita... Del que tengo en el armario...

Abrió el «armarito» con la llave, se sirvió una copita, se la bebió; luego cerró el pequeño armario y volvió a guardarse la llave en el bolsillo.

—Con esto basta, no voy a reventar por una copita.

—Ahora hasta se ha vuelto usted más bueno —se sonrió Aliosha.

—¡Hum! A ti te quiero hasta sin beber coñac, pero con los canallas yo mismo soy canalla. Vañka no va a Chermashnia; ¿por qué? Lo que él quiere es espiarme, saber si es mucho lo que doy a Grúshenka, caso de que venga. ¡Todos son unos canallas! A Iván no le reconozco en absoluto. ¿De dónde habrá salido éste? No tiene nuestra alma. ¡Si se creerá que voy a dejarle algo! No voy a dejar ni testamento, para que lo sepáis. Y a Mitka lo aplastaré como una cucaracha. Por la noche aplasto con el pie las negras cucarachas: cuando las piso con las pantuflas, crujen. Así crujirá tu Mitka. Digo *tu* Mitka, porque tú le quieres. Ya ves, tú le quieres y eso a mí no me da miedo. Si le quisiera Iván, yo tendría miedo por mí. Pero Iván no quiere a nadie, Iván no es de los nuestros; la gente como él, hermano, no es nuestra gente, es como una polvareda... Sopla el viento y se lleva el polvo... Ayer se me ocurrió una estupidez cuando te mandé venir hoy: quería pedirte que sondearas a Mitka, si, a cambio de mil o dos mil rublos, estaría de acuerdo este miserable mendigo en largarse de aquí definitivamente, por unos cinco años o mejor aún por treinta y cinco; desde luego, sin Grúshenka y renunciando por completo a ella, ¿eh?

—Yo... se lo preguntaré... —balbuceó Aliosha—. Si fueran tres mil, quizá...

—¡Mentira! Ahora no hay que preguntar, ¡ya no es necesario! He cambiado de idea. Ayer se me vino a la cholla esa estúpida idea, por imbécil. No daré nada, ni una chispita; los dineritos me hacen falta a mí —el viejo agitó un brazo—. No necesito hacer eso para aplastarle como una cucaracha. No le digas nada, aún podría hacerse ilusiones con lo del dinero. Y tú tampoco tienes nada que hacer en mi casa, vete. La prometida, la Katerina Ivánovna esa, a la que con tanto empeño él ha querido tener siempre escondida de mí, ¿está dispuesta, o no, a tomarle por marido? Ayer fuiste a verla, ¿no es cierto?

—Ella no le quiere abandonar por nada del mundo.

—De éstos es de quienes se enamoran esas tiernas señoritas, ¡de calaveras y canallas! No valen nada, créeme, esas señoritas paliduchas; otra cosa es... ¡Bueno! Si tuviera yo su juventud y mi cara de entonces (pues era más guapo que él, a los veintiocho años), también vencería, exactamente como él. ¡Es un canalla! De todos modos, Grúshenka no será suya, no será suya... ¡Le hundiré la cabeza en el lodo! —volvió a enfurecerse al pronunciar estas últimas palabras—. Vete tú también, nada tienes que hacer hoy en mi casa —añadió secamente.

Aliosha se acercó a despedirse y le besó en el hombro.

—¿Qú haces? —el viejo se sorprendió un poco—. Aún volveremos a vernos. ¿O crees, acaso, que no nos veremos más?

—De ningún modo, he obrado así sin pensar.

—Ya; no importa, yo también, también yo lo he dicho sin pensar... —el viejo se le quedó mirando—. Escucha, escucha —gritó mientras Aliosha se iba—, ven pronto, para tomar sopa de pescado; te prepararé una sopa de pescado especial, no como la de hoy, ¡ven sin falta! Ven mañana, ¿oyes? ¡Ven mañana!

No bien Aliosha hubo franqueado la puerta, se acercó otra vez al armario y se echó otra media copita entre pecho y espalda.

—¡Ya no bebo más! —balbuceó, después de carraspear un poco; volvió a cerrar el armario, volvió a ponerse la llave en el bolsillo, se dirigió luego a su dormitorio, se tumbó en la cama, sin fuerzas, y en un momento se quedó dormido.

III

ENCUENTRO CON LOS ESCOLARES

«GRACIAS a Dios que no me ha preguntado por Grúshenka —pensó a su vez Aliosha, al salir de la casa de su padre y dirigirse hacia la de la señora Jojlakova—; en caso contrario no habría tenido más remedio que hablarle del encuentro que tuve ayer.» Aliosha notaba dolorosamente que durante la noche los combatientes habían hecho acopio de nuevas fuerzas y sus corazones se habían endurecido otra vez al comenzar el nuevo día: «Mi padre está irritado, venenoso, algo ha urdido y en ello porfía; ¿y Dmitri? También habrá cogido ánimos por la noche, también estará irritado y venenoso, seguro, y, desde luego, también habrá tramado alguna cosa... Hoy, sin falta, he de encontrar tiempo para buscarle, cueste lo que cueste...»

Pero Aliosha no pudo proseguir sus reflexiones mucho tiempo: le ocurrió en el camino un suceso aparentemente de poca importancia, pero que le impresionó de gran manera. Tan pronto como hubo cruzado la plaza y hubo doblado por la callejuela que da a la calle de Mijaíl, paralela a la Mayor, de la que está separa sólo por una zanja (toda nuestra ciudad está surcada de zanjas), vio abajo, ante una pasarela, a un pequeño grupo de escolares, niños de nueve a doce años, no más. Habían salido de la escuela y volvían a sus casas con sus portalibros a la espalda, o con carteras de cuero colgadas del hombro; unos llevaban chaqueta de colegial; otros, abrigos ligeros, y también los había que calzaban botas altas con arrugas en las cañas, botas con las que les gusta sobre todo presumir a los niños mimados por padres ricachones. El grupo estaba hablando vivamente; por lo visto los muchachos cambiaban impresiones sobre algún asunto. Aliosha nunca podía pasar indiferente frente a los muchachos, en Moscú le ocurría lo mismo, y aunque se encariñaba sobre todo por los niños de tres años poco más o menos, también le gustaban los escolares de diez u once años. Igualmente ahora, a pesar de sus preocupaciones, sintió deseos de acercárseles y entrar en conversación con ellos. A medida que se les aproximaba, veía sus caritas sonrosadas, llenas de animación, y de pronto se dio cuenta de que todos llevaban una piedra o dos en la mano. Al otro lado de la zanja, aproximadamente a unos treinta pasos del grupo, junto a la valla de una casa, había un muchacho, también escolar, también con su cartera al costado, el cual, por su estatura, tendría unos diez años, no más, y quizá menos; era un muchacho paliducho, enfermizo, de ojos negros y brillantes. Estaba observando con mucha atención y escudriñadora mirada al grupo de los seis escolares, por lo visto compañeros suyos, con los que acababa de salir de la escuela, pero con los que, por lo visto, había reñido. Aliosha, al llegar junto al grupo, se dirigió a un muchacho carirrojo, de pelo crespo, rubio, de chaqueta negra, y le dijo, mirándole:

—Cuando yo era como vosotros, llevábamos la cartera sobre el costado izquierdo para poderla alcanzar más fácilmente con la mano derecha; vosotros la lleváis sobre el costado derecho, no es cómodo alcanzarla.

Aliosha comenzó con esta observación práctica, sin ninguna premeditada intención, pero el hecho es que una persona adulta no puede empezar de otro modo si quiere ganarse de golpe la confianza de un niño y, sobre todo, de un grupo de niños. Es necesario empezar en serio y con sentido práctico de las cosas, en un plano total de igualdad; Aliosha lo comprendía así por instinto.

—Es que es zurdo —respondió enseguida otro muchacho, atrevido y sanote, de unos once años de edad.

Los otros cinco muchachos clavaron los ojos en Aliosha.

—Tira las piedras con la mano izquierda —observó un tercero.

En ese momento cayó sobre el grupo una piedra, que tocó levemente al muchacho zurdo, pero pasó sin más, a pesar de haber sido arrojada con dureza y energía. La había tirado el niño del otro lado de la zanja.

—¡Venga, Smúrov! ¡Dale! —se pusieron a gritar todos.

Pero Smúrov (el zurdo) no necesitaba que se lo dijeran y enseguida se desquitó; arrojó una piedra al muchacho del otro lado de la zanja, aunque con poca fortuna; la piedra fue a dar contra el suelo. El otro, enseguida, tiró una nueva piedra al grupo, esta vez directamente a Aliosha, al que alcanzó dolorosamente en el hombro. Aquel muchacho llevaba los bolsillos del abrigo llenos de piedras, se notaba a treinta pasos por el bulto.

—Se la ha tirado a usted, a usted, le ha apuntado a usted adrede. Usted es Karamázov, ¿no? ¿Verdad que es Karamázov? —se pusieron a gritar, riendo, los mozalbetes—. Hala, ¡todos a la vez! ¡Venga!

Seis piedras salieron volando del grupo a un mismo tiempo. Una dio al niño en la cabeza, y el niño cayó, pero al instante se levantó de un salto y se puso a responder furiosamente a pedradas. Las piedras volaban sin interrupción en los dos sentidos; varios de los niños del grupo llevaban también piedras preparadas en los bolsillos.

—¡Qué hacen ustedes! ¡No les da vergüenza! Seis contra uno, ¡lo van a matar! —gritó Aliosha.

Dio un salto y se dirigió hacia la trayectoria de las piedras para proteger con su cuerpo al muchacho del otro lado de la zanja. Tres o cuatro chicos dejaron de arrojar piedras por unos momentos.

—¡Es él quien ha comenzado! —se puso a gritar un muchacho de camisa roja, con irritada voz infantil—. Es un canalla, en clase ha pinchado a Krasotkin con un cortaplumas, le ha hecho salir sangre. Krasotkin no ha querido acusarle, pero hemos de darle su merecido...

—Pero ¿por qué? Seguramente ustedes se burlan de él hasta ponerlo furioso.

—¿Ve? Le ha tirado otra piedra a la espalda. Le conoce a usted —gritaron los niños—. Ahora tira contra usted, no contra nosotros. Venga, todos contra él, otra vez. ¡No falles el blanco, Smúrov!

Otra vez empezó la pedrea, ahora sin cuartel. Al niño del otro lado de la zanja le tocó una piedra en el pecho; el chico exhaló un grito, se puso a llorar y huyó corriendo cuesta arriba, hacia la calle de Mijaíl. Los del grupo vociferaron: «¡Eh, tiene miedo, ha huido! ¡Estropajo!»

—Usted no sabe, Karamázov, qué canalla es; matarlo es poco —repitió con los ojos encendidos el muchacho que llevaba chaqueta de colegial, por lo visto el mayor del grupo.

—¿Qué hace —preguntó Aliosha—. ¿Es un acusica?

Los muchachos se miraron con aire un poco burlón.

—¿Va usted en la misma dirección, por la calle de Mijaíl? —prosiguió el niño—. Pues alcáncele... ¿Ve usted? Otra vez se ha detenido; espera y nos está mirando.

—¡Le mira a usted, a usted! —añadieron los demás.

—Pues pregúntele si le gusta el estropajo deshilachado de baño. ¿Oye? Pregúnteselo.

Prorrumpieron todos en risas. Aliosha se los quedó mirando y ellos le miraron a él.

—No vaya, le hará daño —le advirtió Smúrov.

—Señores, no le voy a preguntar por el estropajo, porque ustedes así se burlan, seguramente, pero yo haré que me diga por qué le odian ustedes tanto...

—Entérese, entérese —los muchachos se rieron.

Aliosha cruzó la pasarela y empezó a subir la cuesta, a lo largo de la valla, dirigiéndose hacia el muchacho caído en desgracia.

—Cuidado —le gritaron, advirtiéndole—, no le tendrá miedo; que no le clave el cuchillo sin que se dé usted cuenta, como a Krasotkin.

El muchacho le esperaba sin moverse del sitio. Al llegar a su lado, Aliosha vio ante sí a un niño que no tendría más allá de nueve años de edad, uno de esos niños débiles y de poca estatura, de carita alargada, pálida y flaca, con unos ojos grandes y oscuros que le estaban mirando con ira. Llevaba un abriguito viejo y en bastante mal estado, que le resultaba pequeño de manera grotesca. Los brazos le sobresalían de las mangas. En la rodilla derecha del pantalón llevaba un gran remiendo, y en la punta de la bota derecha, donde toca el dedo gordo, tenía un gran agujero, que se había pretendido disimular pintándolo con tinta. Los dos abultados bolsillos del abrigo estaban llenos de piedras. Aliosha se detuvo ante él, a dos pasos, y se le quedó mirando interrogativamente. El muchacho, adivinando enseguida por los ojos de Aliosha que éste no quería pegarle, dulcificó un poco su actitud y hasta se puso a hablar.

—Yo soy solo y ellos son seis... Pero podré con ellos solo —añadió de pronto, centelleantes los ojos.

—Una de las pedradas ha debido de hacerle mucho daño —observó Aliosha.

—¡Pero a Smúrov le he dado en la cabeza! —gritó el muchacho.

—Los otros me han dicho que usted me conoce y que me tiraba piedras por algún motivo, ¿es cierto? —preguntó Aliosha.

El niño le miró sombríamente.

—Yo no lo conozco. ¿Acaso me conoce usted a mí? —siguió preguntando Aliosha.

—¡Déjeme en paz! —gritó de pronto el niño, con irritación, aunque sin moverse del sitio, como si esperara alguna cosa, y de nuevo la ira le brilló en los ojos.

—Está bien, me iré —dijo Aliosha—, pero a usted no le conozco y de usted no me burlo. Me han dicho de qué modo le hacen rabiar, pero yo no quiero hacerlo, ¡adiós!

—¡Monje con pantalones de seda! —gritó el muchacho, siguiéndole con la misma mirada de ira y retadora, colocándose ahora en posición defensiva considerando que esta vez Aliosha se le echaría encima.

Pero éste volvió la cabeza, le miró y se alejó. No había tenido tiempo de andar tres pasos cuando sintió en la espalda el doloroso golpe de una pedrada, del mayor guijo que tenía el muchacho en los bolsillos.

—¡Cómo! ¿Ataca usted por la espalda? ¿Así, pues, es cierto lo que dicen, que usted ataca a traición?

Aliosha se volvió otra vez, pero el muchacho, con toda su furia, le tiró una nueva piedra, esta vez a la cara; Aliosha logró cubrirse a tiempo y la piedra le dio en el antebrazo.

—¿No le da vergüenza? ¿Qué le he hecho yo?—le preguntó gritando.

El muchacho sin decir palabra y agresivo, no esperaba más que una cosa: que Aliosha, esta vez, se abalanzara ya sin duda alguna contra él; pero al ver que Aliosha ni siquiera ahora le atacaba, se puso rabioso como una fierecilla; él mismo dio un salto y se abalanzó contra Aliosha; antes de que éste hubiera tenido tiempo de hacer un movimiento, el malvado muchacho, bajando la cabeza y cogiéndole con ambas manos la mano izquierda, le mordió dolorosamente el dedo mayor. Le hincó los dientes y no le soltó durante unos diez segundos. Aliosha gritó de dolor y tiró del dedo con todas sus fuerzas. El muchacho, al fin, lo dejó, colocándose, otra vez de un salto, a la distancia anterior. La mordedura era profunda, junto a la misma uña, hasta el hueso. Aliosha sacó el pañuelo y se lo envolvió muy apretado en la mano herida. Se la estuvo envolviendo casi durante un minuto entero. El muchacho permanecía de pie, esperando. Por fin Aliosha levantó hacia él su dulce mirada.

—Bueno, está bien —dijo—. ¿Ha visto cuán dolorosamente me ha mordido? Supongo que ya es bastante, ¿no? Ahora, dígame: ¿qué le hecho yo?

El muchacho le miró sorprendido.

—No le conozco en absoluto y le veo por primera vez —continuó Aliosha, con la misma calma—; pero es imposible que no le haya hecho nada, pues usted no me habría hecho tanto daño porque sí. Dígame, pues, ¿qué le he hecho y de qué soy culpable ante usted?

En vez de responder, el muchacho, de pronto, prorrumpió

en desconsolado llanto, a gritos, y se fue a toda prisa. Aliosha siguió tras él sin apretar el paso, hacia la calle de Mijaíl, y durante largo rato le vio corriendo a lo lejos, sin volver la cabeza, con toda probabilidad llorando con el mismo desconsuelo. Aliosha se prometió buscar a aquel muchacho tan pronto como tuviera tiempo para ello y aclarar ese enigma que tanto le sorprendía. Pero en aquel momento no podía hacerlo.

IV

EN CASA DE LAS JOJLAKOVA

Pronto llegó a la casa de la señora Jojlakova, una casa de dos plantas, hermosa obra de albañilería, una de las mejores casas de nuestra ciudad; pertenecía a la propia señora Jojlajova. Aunque ésta vivía la mayor parte del tiempo en otra provincia, donde poseía una finca, o en Moscú, donde tenía también casa propia, conservaba asimismo en nuestra ciudad su casa, que había heredado de sus padres y abuelos. Además, la finca que en nuestro distrito poseía era la mayor de sus tres fincas; a pesar de todo, hasta entonces venía a nuestra provincia muy raras veces. La señora Jojlakova salió precipitadamente al encuentro de Aliosha, ya en el vestíbulo.

—¿Ha recibido usted mi carta sobre el nuevo milagro? ¿La ha recibido? —preguntó, rápida y nerviosa.

—Sí, la he recibido.

—¿La ha dado a conocer? ¿La ha enseñado a todos? ¡Él ha devuelto el hijo a la madre!

—Él morirá hoy —dijo Aliosha.

—Lo sé, ya me lo han dicho; ¡oh, cuánto deseo hablar con usted! Con usted o con otra persona, acerca de todo esto. ¡No, con usted, con usted! ¡Cuánto siento no poderle ver! Toda la ciudad está conmovida, todos esperan que suceda algo. Pero ahora... ¿sabe que en estos momentos tenemos en casa a Katerina Ivánovna?

—¡Oh, qué bien! —exclamó Aliosha—. Así la veré aquí, en casa de usted; ayer me pidió que fuera hoy a verla sin falta.

—Lo sé todo, lo sé todo. Me han contado con los más pequeños detalles lo que ayer sucedió en su casa..., aquellas cosas horribles con esa... mujerzuela. *C'est tragique*[2]; si yo estuviera en su lugar... ¡No sé lo que haría en su lugar! Pero su hermano, su Dmitri, ¡oh Dios! Alexiéi Fiódorovich, me hago un lío, figúrese: aquí está ahora su hermano, es decir, no el terrible de ayer, sino el otro, Iván Fiódorovich; está hablando con ella, sostienen una conversación solemne... ¡Si supiera usted lo que les ocurre ahora! Es espantoso, es desgarrador, se lo digo yo; es como un cuento horrible, que no se puede creer por nada del mundo: ambos se torturan sin que se comprenda para qué, ellos mismos lo saben y se complacen torturándose. ¡Le estaba esperando! ¡Le esperaba con impaciencia! Eso, yo no lo puedo soportar! Ahora se lo voy a contar todo, pero antes he de decirle otra cosa, que es la más importante. ¡Ah, hasta se me había olvidado que es lo más importante! Dígame, ¿por qué *Lise* sufre un ataque de nervios? Le ha empezado apenas ha sabido que usted llegaba.

—*Maman*, ¡es usted la que sufre ahora el ataque de nervios, no yo! —se oyó de pronto, como un susurro, la vocecita de *Lise*, a través de la breve rendija de la puerta que daba a una habitación lateral.

La rendija era pequeñísima; la voz, entrecortada, como cuando se tienen enormes ganas de reír y uno se esfuerza todo lo que puede para dominar la risa. Aliosha enseguida percibió la rendija; probablemente *Lise* le estaba mirando por ella desde su sillón, pero Aliosha no podía verlo.

—No sería de extrañar, *Lise*, no sería de extrañar... Tus caprichos me van a poner histérica a mí; además, ¡está tan enferma, Alexiéi Fiódorovich, ha estado tan enferma durante toda la noche! Se ha pasado la noche con fiebre y gimiendo. ¡Lo que me ha costado esperar a que amaneciese y que viniera Herzenstube! El doctor afirma que no puede comprender nada y que es preciso esperar. Este Herzenstube siempre dice que no puede comprender nada. Tan pronto como usted se ha acercado a nuestra casa, *Lise* ha lanzado un grito y ha tenido un ataque; ha mandado que la trajéramos aquí, a su antigua habitación...

---

2 Es trágico (fr.).

—Mamá, yo no tenía ni idea de que él llegara, y no ha sido de ningún modo por él por lo que he deseado trasladarme a esta habitación.

—No es cierto, *Lise;* Iulia ha corrido a informarte que Alexiéi Fiódorovich se acercaba, tú la habías puesto de centinela.

—Mamita mía querida, lo que dice es muy poco gracioso por parte suya. Si quiere corregirse y decir ahora alguna cosa muy graciosa, diga, querida mamá, a nuestro muy respetable señor Alexiéi Fiódorovich, recién venido, que él ha demostrado no tener ingenio al decidirse a venir a vernos hoy, después de lo de ayer, a pesar de que todos se ríen de él.

—*Lise,* lo que te permites pasa ya de la raya, y te aseguro que al fin recurriré a medidas severas. ¿Quién se ríe de él? Yo estoy tan contenta de que haya venido, le necesito, me es indispensable. ¡Oh, Alexiéi Fiódorovich, soy extraordinariamente desgraciada!

—¿Pero qué es lo que le pasa, mamita querida?

—¡Ah! Son tus caprichos, *Lise,* tus antojos, tu enfermedad, esta terrible noche de fiebre, este terrible y eterno Herzenstube, ¡sobre todo eterno, eterno y eterno! Y, finalmente, todo, todo... Y, finalmente, ¡hasta ese milagro! ¡Oh, cómo me ha impresionado, cómo me ha conmovido ese milagro, mi buen Alexiéi Fiódorovich! Y ahora, en el salón, ahí, esta tragedia que no puedo soportar, no puedo, le declaro de buenas a primeras que no puedo. Quizá sea comedia, y no tragedia. Dígame, ¿vivirá hasta mañana el stárets Zosima, vivirá? ¡Oh, Dios mío! No sé lo que me pasa, a cada momento cierro los ojos y veo que todo eso es absurdo, absurdo.

—Quisiera pedirle un favor —la interrumpió de súbito Aliosha—, un trapito limpio para vendarme el dedo. Me he herido y la herida ahora me duele mucho.

Aliosha se desenvolvió el dedo mordido. El pañuelo le había quedado fuertemente manchado de sangre. La señora Jojlakova lanzó un grito y entornó los ojos.

—¡Dios mío, qué herida! ¡Es espantoso!

Pero *Lise,* no bien vio por la rendija el dedo de Aliosha, abrió por completo la puerta de un empujón.

—¡Entre, venga acá —gritó insistente e imperiosa—, ahora ya sin tonterías! ¡Oh, Señor! ¿Por qué ha tardado tanto en decirlo? ¡Podía haberse desangrado, mamá! ¿Dónde se ha hecho usted eso, dónde? Ante todo, agua ¡agua! Hay que lavar la herida, y meter el dedo en agua fría para que deje de doler, mantenerlo un buen rato en el agua... Pronto, mamá, traigan pronto el agua, en el lavafrutas. Pero pronto —añadió nerviosamente. Estaba muy asustada; la herida de Aliosha la había impresionado en gran manera.

—¿No convendría llamar al doctor Herzenstube? —exclamó la señora Jojlakova.

—Me va a matar, mamá. ¡Su Herzenstube vendrá y dirá que no puede entender nada! ¡Agua, agua! Mamá, por el amor de Dios, vaya usted misma, meta prisa a Iulia, que se ha atascado no sé dónde y nunca tiene prisa. Pronto, mamá, o me muero...

—¡Si esto no es nada! —exclamó Aliosha, asustado por el miedo de las mujeres.

Iulia llegó presurosa con el agua. Aliosha hundió el dedo en el líquido.

—Mamá, por Dios, traiga hilas; hilas y esa agua turbia para las cortaduras, ¿cómo se llama? Nosotros tenemos, tenemos, tenemos... Mamá, usted sabe dónde está el frasquito, en su dormitorio, en el armario, a la derecha, allí hay un frasco grande e hilas...

—Ahora mismo lo traigo todo, *Lise,* pero no grites y no te intranquilices. Fíjate con qué presencia de ánimo soporta Alexiéi Fiódorovich su desgracia. ¿Dónde ha podido usted herirse de manera tan terrible, Alexiéi Fiódorovich?

La señora Jojlakova salió apresuradamente. Era eso lo que esperaba *Lise.*

—Ante todo, contésteme a una pregunta —dijo rápidamente a Aliosha—: ¿dónde se ha herido usted así? Después ya le hablaré de otra cosa completamente distinta. ¡Diga!

Aliosha, sintiendo por instinto que para ella resultaba precioso el tiempo hasta la vuelta de la señora, le contó su enigmático encuentro con los escolares, dejándose y abreviando muchas cosas, aunque se explicó con exactitud y claridad. Después de haberle escuchado, *Lise* juntó las manos:

—Bueno, ¿pero cómo se mete usted con unos arrapiezos, cómo se mete usted con ellos, sobre todo llevando este vestido? —gritó airada, incluso como si tuviera algún derecho sobre él—. Ya veo, después de esto, que es usted un niño, el niño más pequeño que pueda haber! De todos modos, entérese usted como pueda de lo que hay con ese muchacho malvado y cuéntemelo todo, aquí se oculta algún secreto. Ahora, otra cosa, pero antes quiero hacerle una pregunta: ¿puede usted, Alexiéi Fiódorovich, pese al dolor de la herida, hablar de verdaderas nimiedades, pero juiciosamente?

—Puedo hacerlo muy bien; además, ya no siento tanto dolor.

—Es porque tiene el dedo en el agua. Hay que cambiarla enseguida, pues se calienta en un santiamén. Iulia, trae corriendo un trozo de hielo del sótano y un nuevo lavafrutas con agua. Bueno, ahora que ella se ha ido, al grano: devuélvame inmediatamente la carta que le mandé ayer, hágame este favor, mi querido Alexiéi Fiódorovich; inmediatamente, porque ahora mismo puede volver mamá y yo no quiero...

—No la tengo aquí.

—No es cierto, la lleva usted consigo. Ya sabía yo que me respondería así. La lleva usted en este bolsillo. Me he arrepentido tanto, toda la noche, de haberle gastado esa broma estúpida... ¡Devuélvame usted la carta ahora mismo, devuélvamela!

—La he dejado allí.

—De todos modos, usted no debe considerarme como una niña, como una niña requetepequeña, después de mi carta con una broma tan estúpida. Le pido perdón por esa estúpida broma, pero la carta ha de traérmela usted sin falta, si en verdad no la lleva ahora consigo; tráigamela hoy mismo, ¡sin falta, sin falta!

—Hoy es totalmente imposible, porque voy al monasterio y no volveré aquí durante dos o tres días, quizá cuatro, porque el stárets Zosima...

—¡Cuatro días! ¡Qué locura! Escúcheme, ¿se ha reído usted mucho de mí?

—No me he reído ni pizca.

—¿Por qué?

—Porque me lo he creído todo por completo.

—¡Usted me ofende!

—En lo más mínimo. No bien la hube leído, pensé enseguida que todo sería así, pues yo, tan pronto como el stárets mue-

[314]

ra, he de abandonar enseguida el monasterio. Luego continuaré mis estudios, me examinaré, y cuando llegue el plazo legal nos casaremos. Yo la amaré. Aunque no he tenido tiempo de reflexionar sobre ello, he pensado, de todos modos, que no encontraré mejor esposa que usted, y el stárets que manda casarme...

—Pero si soy un monstruo, ¡me han de llevar en un sillón de ruedas! —se rió Lisa, con las mejillas inflamadas por el rubor.

—Yo mismo la llevaré en el sillón, pero estoy convencido de que para entonces ya se habrá curado.

—¡Usted está loco —replicó nerviosamente Lisa—. ¡De una broma como ésa, sacar de pronto una cosa tan absurda!... Aquí tenemos a mamá, es posible que llegue muy a tiempo. ¡Cómo se retrasa usted siempre, mamá! ¡Ha tardado mucho! Y aquí viene Iulia, que nos trae el hielo.

—¡Ah, *Lise*, no grites, sobre todo no grites! Esos gritos ya me tienen... Qué podía hacer yo, si tú misma habías puesto las hilas en otro sitio... He estado buscando, buscando... Sospecho que lo has hecho adrede.

—¿Acaso podía adivinar que vendría con una mordedura en el dedo? De no ser así, quizá resultaría verdad que lo he hecho adrede. Mamá, ángel mío, empieza usted a decir cosas extraordinariamente ingeniosas.

—Que lo sean, ¡pero qué sentimientos los tuyos, *Lise*, en cuanto a lo del dedo de Alexiéi Fiódorovich y todo eso! ¡Oh, mi buen Alexiéi Fiódorovich, lo que me mata no son las cosas, por separado, no es un caso como el de Herzenstube, sino todo junto, ¡es la totalidad de lo que pasa, lo que no puedo soportar!

—Basta, mamá; basta de hablar de Herzenstube —Lisa se rió alegremente—. Vengan pronto las hilas, mamá, y el agua. Esto no es más que una disolución de agua acidulada, Alexiéi Fiódorovich; ahora no recuerdo cómo se llama, pero es una disolución excelente. Mamá, figúrese que, al venir hacia acá, se ha peleado en la calle con unos muchachos, y uno le ha dado un mordisco; bueno, ¿no es él mismo un chiquillo, un verdadero chiquillo? Después de esto, ¿ése ha de poder casar, mamá? Porque, figúrese, mamá, quiere casarse. Imagíneselo casado. ¿No da risa, no es inconcebible?

Y *Lise,* riéndose con su breve risita nerviosa, miraba pícaramente a Alexiéi.

—Vaya, cómo quieres que se case, *Lise,* y a qué viene ahora todo esto; además, lo que dices está completamente fuera de lugar... Piensa que ese muchacho puede estar rabioso.

—¡Ah, mamá! ¿Acaso hay muchachos rabiosos?

—Claro que sí, *Lise;* hablas como si hubiera dicho una tontería. Un perro rabioso puede haber mordido a vuestro muchacho, que a su vez, convertido en un muchacho rabioso, muerde a quien está a su lado. Qué bien le ha vendado *Lise,* Alexiéi Fiódorovich; yo no habría sabido hacerlo así nunca. ¿Nota usted algún dolor?

—Ahora, muy poco.

—¿Tiene usted miedo al agua? —preguntó *Lise.*

—Bueno, *Lise,* basta; quizá yo he hablado demasiado a la ligera del muchacho rabioso y tú ya le sacas punta a mis palabras. Katerina Ivánovna acaba de enterarse de que usted ha venido, Alexiéi Fiódorovich, y quiere verle enseguida, necesita verle, no sabe usted cómo lo necesita.

—¡Ah, mamá! Vaya usted sola, él ahora no puede ir, sufre demasiado.

—No sufro nada, puedo ir muy bien... —dijo Aliosha.

—¡Cómo! ¿Se va usted? ¿Eso hace usted? ¿Eso hace?

—¿Por qué no? Cuando termine allí, volveré y podremos hablar otra vez cuanto usted quiera. Pero desearía ver cuanto antes a Katerina Ivánovna, porque en todo caso hoy quisiera volver lo más pronto posible al monasterio.

—Lléveselo, mamá; lléveselo inmediatamente. Alexiéi Fiódorovich, no se moleste en volver a verme después de hablar con Katerina Ivánovna; váyase derechito a su monasterio, ¡ése es el lugar que a usted le conviene! Yo quiero dormir, no he dormido en toda la noche.

—¡Ah, *Lise!* No haces más que bromear. ¡Qué bien, si en verdad te durmieras! —exclamó la señora Jojlakova.

—No sé cómo yo... Me quedaré unos tres minutos más, hasta cinco —balbuceó Aliosha.

—¡Hasta cinco! Pero lléveselo ya de una vez, mamá, ¡es un monstruo!

—*Lise,* te has vuelto loca. Vámonos, Alexiéi Fiódorovich; hoy

Lise está demasiado caprichosa, tengo miedo de irritarla. ¡Qué desdicha es, Alexiéi Fiódorovich, una mujer nerviosa! Y es posible que en verdad, al verle a usted aquí, haya tenido ganas de dormir. ¡Cómo ha podido usted hacerle sentir ganas de dormir, qué suerte ha sido ésta!

—Oh, mamá, de qué modo tan amable ha empezado usted a hablar; hasta le doy un beso, mamita.

—Yo también a ti, *Lise*. Escuche, Alexiéi Fiódorovich —dijo misteriosa y gravemente la señora Jojlakova, en rápido susurro, al salir con Aliosha—, no quiero inducirle a pensar nada ni quiero levantar el velo, pero entre y usted mismo verá lo que allí sucede; es espantoso, es la comedia más fantástica: ella ama al hermano de usted, a Iván, y asegura con todas sus fuerzas que ama a Dmitri. ¡Es espantoso! Yo entraré con usted y, si no me echan, esperaré hasta el final.

V

DESGARRAMIENTO EN EL SALÓN

Pero en la sala la conversación ya tocaba a su fin; Katerina Ivánovna estaba muy agitada, aunque se la veía decidida. En el momento en que entraron Aliosha y la señorita Jojlakova, Iván Fiódorovich se levantaba para salir. Tenía el rostro algo pálido y Aliosha le miró con inquietud. El caso era que para Aliosha se resolvía en aquel momento una de sus dudas, un inquietante enigma que desde hacía cierto tiempo le estaba atormentando. Haría cuestión de un mes, varias veces y personas distintas le habían insinuado que su hermano Iván estaba enamorado de Katerina Ivánovna y, sobre todo, que tenía la intención de «quitársela» a Mitia. Hasta estos últimos días, a Aliosha esta idea le parecía monstruosa, aunque le inquietaba mucho. Él quería a sus dos hermanos y tenía miedo de que entre ellos existiera tal rivalidad. Sin embargo, el propio Dmitri Fiódorovich le había declarado sin ambages el día anterior que hasta se sentía contento de que Iván fuera su rival, y que esta situación representaba incluso una gran ayuda para él, para Dmitri. ¿En qué podía beneficiarle? ¿Le resultaría más fácil casarse con

Grúshenka? Pero Aliosha consideraba que ésta era una solución desesperada y extrema. Por otra parte, hasta el día anterior, creía sin sombra de duda que Katerina Ivánovna amaba apasionada y porfiadamente a Dmitri, pero lo había creído sólo hasta el día anterior. Añádase a esto que tenía la impresión, sin explicársela, de que Katerina Ivánovna no podía amar a un hombre como Iván y de que amaba a Dmitri tal como éste era, pese a lo que tenía de monstruoso semejante amor. Pero el día anterior, durante la escena con Grúshenka, Aliosha tuvo, de pronto, otra impresión. La palabra «desgarramiento», pronunciada hacía unos instantes por la señora Jojlakova, casi le estremeció, porque precisamente aquella noche, medio despertándose al amanecer, él mismo había pronunciado, contestando sin duda a su visión onírica: «¡Desgarramiento, desgarramiento!» Lo que había estado soñando durante toda la noche era la escena vivida en casa de Katerina Ivánovna. Ahora, la franca y reiterada afirmación de la señora Jojlakova en el sentido de que Katerina Ivánovna amaba a Iván y de que ésta, sólo por un afán de jugar, por «desgarramiento», se engañaba adrede a sí misma y se torturaba, como a impulsos de cierto agradecimiento, con su fingido amor por Dmitri, impresionó a Aliosha: «¡Sí, quizá la verdad esté, realmente, en estas palabras!» Pero, en este caso, ¿cuál era la situación de su hermano Iván? Aliosha sentía por instinto que un carácter como el de Katerina Ivánovna necesitaba dominar y ella sólo podría dominar a un hombre como Dmitri, pero de ningún modo a un hombre como Iván. Pues sólo Dmitri (admitamos que dentro de largo tiempo) podría someterse, por fin, ante ella «por su propia felicidad» (lo que Aliosha hasta habría deseado). Pero Iván, no; Iván no podría someterse ante ella, aparte de que semejante sumisión no le proporcionaría a él la felicidad. Tal era la idea que, sin saber cómo, se había formado Aliosha de Iván. Y he aquí que todas estas dudas y consideraciones se le vinieron a la mente en el instante en que entró en el salón. Le asaltó aún otra idea, de repente e irrefrenable. «¿Y si ella no ama a nadie, ni al uno ni al otro?» Indicaré que Aliosha se sentía como avergonzado de tales pensamientos y que en el transcurso del último mes se los había reprochado cada vez que le habían venido a la cabeza. «¿Qué sé yo del amor y de las mujeres, y cómo puedo llegar a conclusiones semejantes?», se decía, en son de reproche, después de cada una de sus ideas o conjeturas semejantes. Sin embargo, era imposible no pensar. Comprendía por instinto que para el destino de sus dos hermanos aquella rivalidad, por ejemplo, resultaba ahora una cuestión de decisiva importancia, de la que dependían muchas cosas. «Un bicho se come a otro bicho», había declarado el día anterior su hermano Iván, irritado, al hablar de su padre y de su hermano Dmitri. ¿Así, pues, a sus ojos, el hermano Dmitri era un bicho, y lo era ya hacía tiempo? ¿No lo sería desde que su hermano Iván había conocido a Katerina Ivánovna? Esas palabras las había pronunciado Iván sin querer, desde luego, pero por esto resultaban aún más importantes. Si esto era así, ¿qué paz podía esperarse? ¿No eran éstos, al contrario, nuevos motivos de odio y enemistad en su familia? Y lo que es más importante: ¿a quién había de compadecer él, Aliosha? ¿Qué debía desear a cada uno? Los quería a los dos, pero ¿qué desear a cada uno de ellos, en medio de contradicciones tan espantosas? En este embrollo uno podía quedar totalmente desconcertado, pero el corazón de Aliosha no podía soportar la incertidumbre, porque su amor siempre era activo. Él no podía amar pasivamente; no bien sentía amor, se disponía a ayudar. Mas para ello era necesario fijarse un objetivo, era preciso saber firmemente lo que para cada uno resultaba bueno y conveniente, de modo que, visto con claridad el objetivo a conseguir, se pudiera ayudar al uno y al otro. Ahora bien, en vez de un objetivo claro, sólo había falta de claridad en todo, confusión. ¡Se había hablado, ahora, de «desgarramiento»! ¿Qué podía comprender él en tal desgarramiento? ¡No comprendía ni siquiera la primera palabra de toda aquella confusión!

Al ver a Aliosha, Katerina Ivánovna dijo inmediatamente y con alegría a Iván Fiódorovich, que se había levantado ya de su sitio para irse:

—¡Un momento! Quédese todavía un momento. Quiero oír la opinión de esta persona, en la que confío con toda el alma. Katerina Ósipovna, no se vaya usted tampoco —añadió, dirigiéndose a la señora Jojlakova.

Hizo sentar a Aliosha al lado suyo y Jojlakova se sentó en frente, al lado de Iván Fiódorovich.

—Aquí están todos mis amigos; ustedes son mis buenos amigos, los únicos que tengo en el mundo —empezó a decir vehementemente, con voz en la que se percibía el temblor de sinceras lágrimas de pesar, y el corazón de Aliosha se volvió otra vez, de golpe, hacia ella—. Usted, Alexiéi Fiódorovich, usted fue ayer testigo de aquel... horror y vio mi estado. Usted no lo vio, Iván Fiódorovich; él sí. No sé lo que pensó de mí ayer; lo único que sé es que si hoy, ahora, se repitiera lo mismo, yo manifestaría los mismos sentimientos que ayer, los mismos sentimientos, las mismas palabras, los mismos gestos. Usted recuerda mis movimientos, Alexiéi Fiódorovich, usted mismo me contuvo una vez... —al decir estas palabras, se ruborizó y le refulgieron los ojos—. Le declaro, Alexiéi Fiórodovich, que no puedo conformarme con nada. Escuche, ni sé tan sólo si ahora le amo yo *a él*. Ahora él me da *pena* y esto es un mal testimonio de amor. Si yo le quisiera, si continuara amándole, es posible que no sintiera pena, sino que le odiara...

La voz se le quebró y unas lágrimas diminutas le brillaron en las pestañas. Aliosha se estremeció interiormente: «Esta muchacha es veraz y sincera —pensó— y... ¡y ya no quiere a Dmitri!»

—¡Es cierto! ¡Es cierto!... —exclamó la señora Jojlakova.

—Espere, mi querida Katerina Ósipovna, no he dicho lo principal, no he dicho lo que he decidido definitivamente durante esta noche. Siento que mi decisión, quizás, es terrible para mí, mas presiento que ya no la cambiaré por nada del mundo, por nada del mundo, y que así lo mantendré toda mi vida. Mi querido, mi buen consejero, fiel y magnánimo, gran mentor de mi corazón y único amigo mío verdadero en este mundo, Iván Fiódorovich, me aprueba en todo y alaba mi resolución. Él sabe cuál es.

—Sí, la apruebo —asintió Iván Fiódorovich en voz baja, aunque firme.

—Pero yo deseo que también Aliosha (oh, Alexiéi Fiódorovich, perdone que le haya llamado simplemente Aliosha), deseo que también Alexiéi Fiódorovich me diga ahora, en presencia de mis dos amigos, si tengo razón o no. Presiento instintivamente que usted, Aliosha, entrañable hermano mío (porque usted es mi hermano entrañable) —volvió a decir, arrebatada, tomando en su mano ardiente la fría mano de Aliosha—, presiento que su decisión, su aprobación, a pesar de todos mis sufrimientos, me proporcionará el sosiego, porque después de oír sus palabras me tranquilizaré y me conformaré, ¡lo presiento!

—No sé qué me va a preguntar —dijo Aliosha, cuyo rostro se había puesto como la púrpura—; lo único que sé es que la quiero a usted y que en este momento le deseo más felicidad que a mí mismo... Pero yo no entiendo nada en estas cuestiones... —se apresuró a añadir.

—En estas cuestiones, Alexiéi Fiódorovich, en estas cuestiones ahora lo más importante es el honor y el deber, y no sé aún qué otra cosa, algo más elevado, hasta más elevado, quizá, que el propio deber. El corazón me habla de este sentimiento poderoso, que me arrastra irresistiblemente. De todos modos, cabe expresarlo todo en dos palabras, ya lo he decidido; incluso si él se casa con esa mujerzuela —manifestó solemnemente—, a la que nunca podré perdonar, ¡nunca!, *de todos modos no le abandonaré.* ¡En adelante, ya nunca, nunca le abandonaré! —exclamó, con la dolorida expresión de un pálido y forzado entusiasmo—. No quiero decir que vaya tras él, que no me aparte de su vista y le atormente, ¡oh, no!; me trasladaré a otra ciudad, adonde quieran, pero en toda mi vida, durante toda mi vida velaré por él sin descanso. Cuando se sienta desdichado con aquélla, y eso ocurrirá enseguida, que venga a mi lado, encontrará a una amiga, a una hermana... Sólo a una hermana, desde luego, y eso para siempre; pero se convencerá, al fin, de que esta hermana es una verdadera hermana suya, que le quiere y que le ha sacrificado la vida entera. ¡He de lograr, y porfiaré en ello, que al fin llegue a conocerme y me lo confiese todo sin avergonzarse! —exclamó, como frenética—. Seré su Dios, al que elevará sus plegarias; esto es lo menos que me debe por su traición y por cuanto me vi obligada a soportar ayer por culpa suya. Que vea él a lo largo de toda su vida que yo le seré fiel siempre, a él y a la palabra que le di, a pesar de que él no me lo ha sido y me ha traicionado. Yo seré... ¡Me convertiré sólo en un medio para su felicidad o (¿cómo decirlo?) en un instrumento, en una máquina para su felicidad, y esto para toda la vida, para toda la vida, y que él lo vea en adelante, durante toda la vida suya! ¡Esta es mi resolución! Iván Fiódorovich me aprueba en absoluto.

Se sofocaba. Quizás habría querido expresar su pensamiento de manera más digna, más hábil y natural, pero lo había hecho con excesivas prisas y demasiado al desnudo. Era mucho el arrebato juvenil, era mucho lo que respondía sólo a la cólera de la víspera, a la necesidad de manifestarse orgullosa; ella misma lo notaba. De pronto, se le puso el rostro sombrío, la expresión de la mirada se le hizo maligna. Aliosha lo percibió enseguida y sintió que la compasión se apoderaba de su alma. En ese momento su hermano Iván añadió, precisamente, unas palabras.

—Yo sólo he expresado mi pensamiento —dijo—. En cualquier otra mujer, todo esto habría parecido forzado; en usted, no. Otra no tendría razón; usted la tiene. No sé cómo explicarlo, pero veo que usted es sincera en grado máximo y por esto tiene usted razón...

—Pero eso lo dice sólo en este momento... ¿Y qué significa este momento? Nada más que la ofensa de ayer, ¡esto es lo que significa el presente momento! —manifestó, sin poderse contener, la señora Jojlakova, que no deseaba intervenir, era evidente, pero que no pudo contenerse y soltó de pronto una idea muy cierta.

—Eso, eso —la interrumpió Iván, algo frenético y, por lo visto, irritado de que le hubieran interrumpido a él—, eso es; pero en otra, ese momento no sería más que la impresión de ayer, no sería más que un momento, mientras que con el carácter de Katerina Ivánovna ese momento se extenderá a lo largo de su vida entera. Lo que para otras no pasaría de ser una mera promesa, para Katerina Ivánovna es un deber eterno, duro y, quizá, sombrío, pero constante. ¡Ella se nutrirá con el sentimiento de este deber cumplido! Su vida, Katerina Ivánovna, transcurrirá ahora en la dolorosa contemplación de sus propios sentimientos, de su propio heroísmo y de su propia amargura, pero más adelante este sufrimiento se apaciguará y su vida se convertirá en la dulce contemplación de un propósito firme y orgulloso, cumplido de una vez para siempre; un propósito verdaderamente lleno de orgullo, en su género; en todo caso, desesperado, pero vencido por usted; esta conciencia le proporcionará, al fin, la satisfacción más completa y la reconciliará con todo lo demás...

Dijo todo esto en un tono decidido y con cierto rencor, por lo visto adrede; incluso, quizá, sin querer disimular su intención, o sea, la de que hablaba adrede, y en son de burla.

—¡Oh, Dios mío, qué falso es todo esto! —exclamó otra vez la señora Jojlakova.

—Alexiéi Fiódorovich, ¡hable usted! ¡Necesito imperiosamente saber lo que me va a decir usted! —exclamó Katerina Ivánovna, prorrumpiendo a llorar.

Aliosha se levantó del diván.

—¡Esto no es nada, no es nada! —prosiguió, llorando Katerina Ivánovna—. Son los nervios, es por lo de anoche, pero al lado de dos amigos tan buenos como usted y su hermano, todavía me siento fuerte... porque sé... ustedes dos nunca me abandonarán.

—Por desgracia, mañana mismo quizá deba partir para Moscú y alejarme de su lado por mucho tiempo... Y esto, por desgracia, es forzoso... —manifestó de pronto Iván Fiódorovich.

—¡Mañana a Moscú! —a Katerina Ivánovna se le crispó el rostro—. Pero... pero Dios mío, ¡qué felicidad! —exclamó excitada, cambiando en un santiamén el tono de voz y dejando de verter lágrimas, de modo que al instante no quedaba de ellas ni rastro.

En un momento se produjo en Katerina Ivánovna un cambio sorprendente, que dejó pasmado a Aliosha: en lugar de la pobre muchacha ofendida, bañada hasta entonces en lágrimas, con el alma desgarrada, apareció de repente una mujer que se dominaba por completo y hasta en extremo contenta por algún motivo, como si de súbito algo le diera una gran alegría.

—Oh, no es que sea una felicidad el que me vea privada de usted, desde luego —dijo como rectificándose, con una agradable sonrisa mundana—; un amigo como usted no puede pensar esto; me siento, al contrario, muy desdichada de que usted se aleje —de pronto se precipitó hacia Iván Fiódorovich y, cogiéndole ambas manos, se las estrechó con cálida efusión—. Lo que sí es una felicidad es que usted mismo, personalmente, tenga la oportunidad de explicar en Moscú, a mi tía y a Agafia, cuál es mi situación, el horror de cuanto me está sucediendo; lo dirá con toda franqueza a Agafia, y con cuidado, como mejor sepa usted hacerlo, a mi querida tía. No puede usted imaginarse cuán desdichada me sentí ayer por la noche y me he sentido esta mañana pensando, perpleja, cómo iba a escribir esta carta terrible... porque en una carta no hay manera de dar cuenta de lo sucedido... Ahora, en cambio, me será más fácil escribir, porque usted las verá y podrá explicárselo todo de palabra. ¡Oh, qué contenta estoy! Pero sólo estoy contenta por lo que acabo de decirle, créame. Usted, personalmente, para mí es insustituible, desde luego... Ahora mismo corro a escribir la carta —concluyó, dando incluso un paso para salir del salón.

—¿Y Aliosha? ¿Y la opinión de Alexiéi Fiódorovich, que tan imperiosamente deseaba usted escuchar? —gritó la señora Jojlakova. En sus palabras resonaba un nota cáustica y airada.

—No se me ha olvidado —respondió Katerina Ivánovna, deteniéndose—. ¿Y por qué se me muestra tan hostil en este momento, Katerina Ósipovna? —añadió, con vivo y amargo reproche—. Lo que he dicho lo confirmo. Necesito conocer su opinión, es más: ¡necesito su decisión! Lo que él diga se hará; ya ve hasta qué punto, Alexiéi Fiódorovich, anhelo conocer sus palabras... ¿Pero qué le ocurre?

—Nunca lo habría pensado, ¡no puedo imaginármelo! —exclamó de pronto Aliosha, con amargura.

—¿Qué, qué?

—Él se va a Moscú y usted ha exclamado que se alegra, ¡lo ha dicho adrede! Después ha empezado a explicar, enseguida, que no está contenta por eso, al contrario, lo siente; que... pierde a un amigo, pero también eso lo ha representado usted con intención... ¡Lo ha representado como si hiciera una comedia en el teatro!...

—¿En el teatro? ¿Cómo?... ¿Qué significa esto? —exclamó Katerina Ivánovna, estupefacta, arrebolándose y frunciendo las cejas.

—Por más que le asegure que siente el alejamiento del amigo, ve como una felicidad que él parta y se lo repite usted a la cara... —dijo Aliosha, sofocándose ya por completo. Estaba de pie junto a la mesa y no se sentaba.

—No comprendo qué quiere usted decir...

—Ni lo sé yo mismo... Es como si de pronto viera una luz...
Ya sé que no hago bien en decirlo, pero de todos modos lo
diré —prosiguió Aliosha, con la misma voz temblorosa y entrecortada—. La luz que acaba de alumbrarme consiste en que
usted quizá no ama en lo más mínimo a mi hermano Dmitri...
que no le ama desde el primer día... Y Dmitri quizá tampoco la
ame a usted... ni la haya amado... sino que sólo la reverencie...
No sé cómo me atrevo a decir todo esto, pero es necesario que
alguien diga la verdad... porque aquí nadie quiere decirla...

—¿Qué verdad? —gritó Katerina Ivánovna, y en su voz resonó una nota de histerismo.

—Pues la siguiente —balbuceó Aliosha, como si cayera de
un tejado—; llame ahora mismo a Dmitri, yo le encontraré;
que venga aquí, que la tome a usted de la mano, que tome luego la mano de mi hermano Iván y que las una. Porque usted
atormenta a Iván, pues le ama, eso es todo... y le atormenta
porque ama a Dmitri por torturarse... no le ama de verdad...
Sólo porque se ha asegurado a sí misma que le quiere...

Aliosha se detuvo bruscamente y se calló.

—Usted... usted... usted es un pequeño bendito, ¡eso es usted! —saltó de repente Katerina Ivánovna con el rostro ya pálido y una mueca rencorosa.

Iván Fiódorovich se echó a reír y se levantó de su asiento.
Tenía el sombrero en la mano.

—Te equivocas, mi buen Aliosha —dijo, con una expresión
en el rostro como aún no se la había visto nunca Aliosha, con
la expresión de una sinceridad juvenil y de un fuerte sentimiento, irresistiblemente sincero—. ¡Katerina Ivánovna no
me ha amado nunca a mí! Ella ha sabido siempre que yo la
amo, aunque nunca le he dicho una palabra de mi amor; lo sabía, pero no me ha amado. Tampoco he sido amigo suyo ni
una vez, ni un solo día: es una mujer orgullosa, no necesitaba
mi amistad. Si me mantenía a su lado era para vengarse sin cesar. Se vengaba en mí de todas las ofensas que ha sufrido constantemente y en cada momento, durante todo este tiempo, por
parte de Dmitri, desde su primer encuentro... Porque su primera entrevista ya le quedó a ella en el corazón como una
ofensa. ¡Así tiene ella el corazón! En todo ese tiempo no he

hecho otra cosa que oír hablar de su amor por él. Ahora parto, pero ha de saber, Katerina Ivánovna, que usted realmente le ama sólo a él. Y tanto más cuanto más él la ofende. Este es su desgarramiento. Usted le ama tal como es, le ama en tanto que él la ofende. Si él se corrigiera, usted enseguida le abandonaría y dejaría de amarle. Pero usted le necesita para poder contemplar incesantemente su heroica fidelidad y para echarle a él en cara la infidelidad suya. Y todo ello por el orgullo que tiene usted. Oh, hay en esto mucho de abatimiento y humillación, pero todo es por orgullo... Yo soy demasiado joven y la he amado con demasiada fuerza. Sé que no debería decirle todo esto, que sería más digno por mi aparte apartarme simplemente de usted; no sería para usted tan ofensivo. Pero voy a irme lejos y no volveré jamás. Eso es para toda la vida... No quiero permanecer al lado del desgarramiento... De todos modos, ya no sé hablar, lo he dicho todo... Adiós, Katerina Ivánovna, usted no debe enojarse conmigo, porque yo estoy castigado cien veces más que usted: castigado ya por el hecho en sí de no volverla a ver jamás. Adiós. No necesito su mano. Me ha torturado usted demasiado conscientemente para que en este momento pueda perdonarla. Después perdonaré, pero ahora no me dé la mano. *«Den Dank, Dame, begehr ich nicht»* [3] —añadió con una risa contrahecha, después de demostrar, además, de manera completamente inesperada, que también él podía leer a Schiller y hasta aprendérselo de memoria, cosa que antes no habría creído Aliosha.

Salió del salón sin despedirse siquiera de la dueña de la casa, de la señora Jojlakova. Aliosha juntó las manos, asombrado.

Iván —gritó, como aturdido, viéndole marchar—, ¡vuelve, Iván! ¡No, no, ahora no volverá por nada del mundo! —exclamó otra vez con amarga penetración—, pero la culpa es mía, mía, ¡yo he empezado! ¡Iván ha hablado con rencor, como no debía. Ha sido injusto y rencoroso... —exclamaba Aliosha, como medio loco.

Katerina Ivánovna se fue de pronto a otra habitación.

—Usted no ha hecho nada malo, ha obrado maravillosa-

---

[3] No deseo, señora, su agradecimiento (al.). Uno de los versos finales de la balada de Schiller, *El guante* (1797).

mente, como un ángel —susurró rápida y entusiasmada al afligido Aliosha la señora Jojlakova—. Haré lo imposible para que Iván Fiódorovich no se vaya...

La cara le resplandecía de satisfacción, con grandísima pena para Aliosha; pero Katerina Ivánovna volvió inesperadamente. Tenía en las manos dos billetes de cien rublos.

—He de pedirle un gran favor, Alexiéi Fiódorovich —comenzó a decir, dirigiéndose directamente a Aliosha con voz traquila y natural, como si no hubiera sucedido nada—. Hará cosa de una semana, según me parece, Dmitri Fiódorovich cometió una acción impulsiva e injusta, muy abominable. Hay aquí un lugar de mala nota, una taberna. En ella encontró a ese oficial retirado, un capitán ayudante, al que su padre utilizaba para algunos de sus asuntos. Furioso, no sé por qué, contra ese capitán, Dmitri Fiódorovich le agarró por la barba y en presencia de todo el mundo le sacó de esa humillante manera del local y aún le arrastró así largo rato en la calle misma; dicen que el hijo de ese capitán, todavía un niño que estudia en la escuela de la ciudad, al ver lo que pasaba, corrió al lado de su padre llorando a gritos, clamando favor, pidiendo a todos los que veía que defendieran a su padre, pero todos se reían. Perdone, Alexiéi Fiódorovich, no puedo recordar sin indignarme este vergonzoso acto *de él*... uno de los actos a los que sólo Dmitri Fiódorovich puede lanzarse llevado por su ira... ¡o por sus pasiones! Ni siquiera soy capaz de contarlo, es superior a mis fuerzas... Pierdo el hilo de las palabras. He preguntado por esa persona humillada y he sabido que es un hombre muy pobre. Se llama Sneguiriov. Cometió alguna falta de servicio y le expulsaron del ejército, no conozco más detalles, y ahora, con toda su familia, con una desgraciada familia de niños enfermos y de una mujer, según parece, loca, ha caído en una miseria espantosa. Lleva ya mucho tiempo aquí, en la ciudad; no sé de qué se ocupa, creo que estaba de escribiente en alguna parte, pero ahora, sin más ni más, han dejado de pagarle. Yo he puesto la mirada en usted... es decir, yo pensaba... (no sé, confundo lo que digo). Verá, quería pedirle, Alexiéi Fiódorovich, mi buenísimo Alexiéi Fiódorovich, que pasara a verle, que buscara algún pretexto para visitarle, quiero decir a ese capitán de Estado Mayor (¡oh, Dios mío, cómo lo confundo todo!), y de manera delicada, cuidadosamennte, tal como sólo usted sabría hacerlo —Aliosha se ruborizó—, le diera esta ayuda, vea, doscientos rublos. Probablemente los aceptará... es decir, usted tendrá que persuadirle de que los acepte... O no, ¿cómo decirlo? Verá, no se trata de una paga por una reconciliación y para que no presente una denuncia (porque, según parece, quería denunciarle), sino, simplemente, es cuestión de simpatía, es un deseo de ayudarle, de mi parte, de mi parte, de la novia de Dmitri Fiódorovich, no de parte de él... En una palabra, usted verá... Iría yo misma, pero usted lo hará mucho mejor que yo. Vive en la calle del Lago, en casa de la menestrala Kamykova... Por el amor de Dios, Alexiéi Fiódorovich, hágame este favor; pero ahora... ahora estoy algo... cansada. Hasta la vista.

Se volvió tan rápidamente y desapareció tan pronto detrás del cortinón, que Aliosha no tuvo tiempo de decir ni una palabra, pese a que habría querido hablar. Deseaba pedir perdón, declararse culpable, decir alguna cosa, porque tenía el corazón a punto de estallar y no quería de ningún modo salir de allí sin decir lo que sentía. Pero la señora Jojlakova le cogió del brazo y le sacó ella misma. En el vestíbulo, volvió a detenerle, como había hecho hacía poco.

—Es orgullosa, lucha consigo misma, pero es buena, ¡es encantadora, es magnánima! —exclamó en voz baja la señora Jojlakova—. ¡Oh, cómo la quiero, sobre todo a veces, y cómo me siento otra vez contenta de todo, de todo! Mi buen Alexiéi Fiódorovich, usted no sabe una cosa, y es que todos nosotros, todos, sus dos tías y yo, en fin, todos, hasta *Lise,* hace ya un mes entero que no deseamos y rogamos más que una cosa, que ella rompa con el preferido de usted, Dmitri Fiódorovich, quien nada quiere saber de ella ni la ama lo más mínimo, y se case con Iván Fiódorovich, joven excelente, instruido, quien la ama más que a nada en el mundo. Hemos tramado una verdadera conspiración con este propósito, y si yo no me voy de aquí quizás es sólo por eso...

—Pero ella ha llorado, ¡otra vez se siente ofendida! —exclamó vivamente Aliosha.

—No crea en las lágrimas de una mujer, Alexiéi Fiódorovich; en estas cuestiones yo siempre estoy en contra de las mujeres y en favor de los hombres.

—Mamá, le estropea, le echa a perder —se oyó que decía con su vocecita *Lise,* desde detrás de la puerta.

—No, la causa de todo esto soy yo, ¡yo soy terriblemente culpable! —repetía el desolado Aliosha, en un impulso de dolorosa vergüenza por su exabrupto, cubriéndose la cara con las manos.

—Al contrario, ha obrado usted como un ángel, como un ángel, estoy dispuesta a repetirlo miles de veces.

—Mamá, ¿por qué ha obrado como un ángel? —se oyó preguntar otra vez a *Lise,* con su vocecita.

—No sé por qué me imaginé de pronto, mirando todo eso —prosiguió Aliosha, como si no oyera a Lisa—, que ella ama a Iván, y he dicho esa estupidez... ¡Qué pasará, ahora?

—Pero ¿a quién, a quién? —exclamó *Lise.* Mamá, lo que usted quiere, seguro, es acabar conmigo. Le estoy preguntando y no me responde.

En ese instante entró corriendo la doncella.

—Katerina Ivánovna se encuentra mal... Está llorando... tiene un ataque de nervios, como de histerismo.

—¿Qué pasa? —grito *Lise,* ya con voz inquieta—. Mamá, ¡la que va a sufrir un ataque de histerismo voy a ser yo, no ella!

—*Lise,* por el amor de Dios, no grites, no acabes conmigo. A tu edad, aún no puedes saber todo lo que saben los mayores; vendré enseguida, te contaré todo lo que se te pueda contar, ¡oh, Dios mío! Voy corriendo, corriendo... El histerismo es una buena señal, Alexiéi Fiódorovich, es excelente que sufra un ataque de nervios. Esto es precisamente lo que necesita. En estos casos, siempre estoy en contra de las mujeres, de todos esos histerismos y lágrimas de mujer. Iulia, corre y dile que voy volando. Si Iván Fiódorovich ha salido de esta manera, ella misma tiene la culpa. Pero él no se irá. *Lise,* por el amor de Dios, no grites. ¡Ah, ya! No eres tú la que grita, soy yo; perdona a tu madre, pero estoy entusiasmada, entusiasmada, ¡entusiasmada! ¿Ha observado usted, Alexiéi Fiódorovich, con qué aire más juvenil ha salido hace un momento Iván Fiódorovich? ¡Ha dicho todo lo que tenía que decir y se ha marchado! Yo le creía hecho un sabio, un académico, y de pronto se ha puesto a hablar con tanto calor, con tanto calor, con la franqueza de los jóvenes, con la inexperiencia de los jóvenes, y todo tan perfec-

tamente, tan perfectamente, como si fuera usted... Y ha citado
ese verso alemán; la verdad, ¡como si fuera usted! Pero voy corriendo, voy corriendo. Alexiéi Fiódorovich, apresúrese a
cumplir ese encargo y vuelva cuanto antes. *Lise,* ¿no necesitas
nada? Por Dios, no retengas ni un minuto a Alexiéi Fiódorovich, ahora mismo volverá a verte...

La señora Jojlakova, al fin, se fue presurosa. Aliosha, antes
de irse, quiso abrir la puerta del cuarto de *Lise.*

—¡Por nada del mundo! —gritó *Lise*—. ¡Ahora ya por nada
del mundo! Hable a través de la puerta. ¿Qué ha hecho usted
para que le llaman ángel? Es todo cuanto quiero saber, y nada
más.

—¡Una horrible estupidez, *Lise!* Adiós.

—¡No se atreva a irse de este modo! —gritó *Lise.*

—*Lise,* ¡tengo una pena muy grande! Volveré enseguida,
pero tengo una gran pena, ¡una pena muy grande!

Y salió precipitadamente de la estancia.

VI

DESGARRAMIENTO EN LA ISBÁ

EXPERIMENTABA, en verdad, una pena muy seria, como raras veces había sentido hasta entonces. Se había puesto a
hablar y no había dicho más que «tonterías», ¡nada menos que en cuestiones de amor! «Bueno, ¿qué entiendo yo de
esto, cómo puedo ver claro en estas cuestiones? —se repetía
por centésima vez—. Oh, la vergüenza no sería nada, la vergüenza es sólo el castigo que me merezco; el mal está en que
ahora voy a ser yo, sin duda alguna, la causa de nuevas desgracias... El stárets me ha mandado a reconciliar y unir. ¿Es éste
el modo de unir a los desavenidos?» Recordó súbitamente,
otra vez, de qué manera había «unido las manos» y de nuevo se
sintió invadido por una espantosa vergüenza. «Aunque haya
obrado con la mayor sinceridad, en adelante tendré que actuar
con más inteligencia», concluyó de pronto, sin que por ello llegara a sonreírse.

El encargo de Katerina Ivánovna le llevaba a la calle del

Lago, y el hermano Dmitri vivía precisamente allí cerca, en una callejuela. Aliosha decidió en todo caso llegarse hasta la casa de Dmitri antes de ir a ver al capitán, aun presintiendo que no encontraría a su hermano. Sospechaba que éste procuraría ahora esconderse adrede de él, pero tenía que encontrarle costara lo que costara. El tiempo pasaba: la idea del stárets moribundo no le había abandonado ni un momento, ni un instante, desde que había salido del monasterio.

En el encargo de Katerina Ivánovna había advertido una circunstancia que había avivado también enormemente su interés: cuando Katerina Ivánovna habló del hijo del capitán de Estado Mayor, un escolar aún, que corría, llorando a gritos al lado de su padre, enseguida pensó Aliosha que aquel muchacho era, probablemente, el mismo que le había mordido el dedo cuando él, Aliosha, le preguntaba en qué le había ofendido. Ahora estaba casi convencido de que así era, aun sin saber todavía por qué. De este modo, ocupado en reflexiones accidentales, se distraía, y decidió no «pensar» en el «mal» que acababa de hacer, no torturarse con su arrepentimiento, sino actuar; lo que tuviera que suceder, sucedería. Esta idea le devolvió definitivamente los ánimos. Entonces se dio cuenta de que tenía hambre y, al meterse en la callejuela en que vivía su hermano Dmitri, se sacó del bolsillo el mollete que había cogido en casa de su padre y se lo comió sin dejar de andar. Esto le dio nuevas fuerzas.

Dmitri no estaba en su casa. Los dueños de la casita —un viejo carpintero, su vieja esposa y su hijo— miraron a Aliosha con cierto aire de desconfianza. «Este es ya el tercer día que no viene a dormir; a lo mejor se ha marchado», respondió el viejo a las insistentes preguntas de Aliosha, quien comprendió que el otro le contestaba ateniéndose a unas instrucciones dadas. A su pregunta de: «No estará en casa de Grúshenka y no se esconde otra vez en casa de Fomá» (Aliosha, adrede, echó mano de estas indiscreciones), todos los de la casa le miraron medrosos. «Están de su parte, esto quiere decir que le estiman —pensó Aliosha—; eso está bien.»

En la calle del Lago encontró, por fin, la casa de la menestrala Kalmykova, una casita ruinosa, ladeada, con sólo tres ventanas a la calle, con un patio sucio, en medio del cual había una vaca solitaria. Se entraba por el patio en el zaguán; a la izquierda, vivía la dueña con su hija, viejas y sordas las dos, al parecer. Aliosha tuvo que repetir varias veces su pregunta acerca del capitán de Estado Mayor, hasta que una de las mujeres, comprendiendo al fin que preguntaban por los inquilinos, le señaló con el dedo la puerta del otro lado del zaguán, la que daba a la pieza de la estufa. La vivienda del capitán se reducía, en efecto, a una sola pieza. Aliosha había puesto ya la mano en la manija de hierro para abrir la puerta cuando, de súbito, se quedó sorprendido por el insólito silencio que al otro lado reinaba. Sabía, por lo que Katerina Ivánovna le había dicho, que el capitán retirado tenía familia: «O todos duermen o, quizá, me han oído llegar y esperan a que abra; mejor será que primero llame»; y llamó. Oyó la respuesta, pero no enseguida, sino, quizás, unos diez segundos después.

—¿Quién es? —gritó alguien con fuerte voz, muy irritada.

Entonces Aliosha abrió la puerta y franqueó el umbral. Se encontró en una pieza espaciosa, pero en extremo repleta de gente y de enseres domésticos de toda clase. A la izquierda había una gran estufa rusa. De la estufa a la ventana de la izquierda, atravesando toda la estancia, se había tendido una cuerda de la que colgaban toda clase de trapos. Cada una de las dos paredes, a derecha e izquierda, tenía adosada una cama, cubierta con una manta de punto. Sobre la cama de la izquierda se elevaba una prominencia formada por cuatro almohadas de indiana, de decrecientes dimensiones. En cambio, sobre la cama de la derecha no se veía más que una almohadilla pequeña. En un ángulo del fondo había un pequeño espacio, separado por una cortina o una sábana, tendida asimismo sobre una cuerda que cortaba transversalmente el ángulo. Tras aquella cortina se había montado otra cama, que se veía en un extremo, a base de un banco y una silla. Una simple mesa cuadrada de madera, como las de los mujíks, había sido retirada del ángulo del fondo y puesta junto a la ventana del centro. Las tres ventanas, cada una de ellas con cuatro cristales cubiertos de verdoso moho, resultaban muy oscuras y estaban herméticamente cerradas, de modo que en la habitación había poca luz y el aire era bastante pesado. Sobre la mesa había una sartén con restos de huevos fritos, un trozo de pan mordisqueado y media botella con un pequeño resto de bienes terrenales en su parte baja. Junto a la cama de la izquierda estaba sentada en una silla una mujer, parecida a una dama, que llevaba un vestido de percal. Se la veía muy flaca de cara, amarilla; las mejillas, en extremo hundidas, revelaban, a la primera mirada, su estado enfermizo. Pero lo que más impresionó a Aliosha fue la mirada de la pobre dama, una mirada extraordinariamente interrogadora y, al mismo tiempo, terriblemente altiva. Y hasta que ella misma intervino en la conversación, mientras estuvieron hablando Aliosha y el dueño de la casa, la dama no dejó de dirigir sus grandes ojos castaños de un interlocutor a otro, con la misma altivez y la misma expresión interrogadora. Cerca de la dama, junto a la ventana de la izquierda, estaba de pie una muchacha bastante fea de cara, de bermeja y rala cabellera, pobremente vestida, aunque muy limpia. La muchacha miraba con desdén a Aliosha. A la derecha, también al lado de la cama, estaba sentada aún otra mujer. Era una pobre criatura, una muchacha, también joven, de unos veinte años, pero jorobada y tullida, con las piernas secas, según dijeron más tarde a Aliosha. Tenía las muletas al alcance de la mano, en un ángulo entre la cama y la pared. Los ojos de la pobre muchacha, de bondadosa expresión, extraordinariamente bellos, miraron a Aliosha con cierta dulce humildad. Un señor de unos cuarenta y cinco años, sentado a la mesa, estaba terminando de comer los huevos fritos; era un hombre de pequeña estatura, seco, de débil complexión, pelirrojo, de barba escasa y rojiza, muy parecida a un estropajo deshilachado (esta comparación y, sobre todo, la palabra «estropajo», surgieron a la primera mirada en la mente de Aliosha, así lo recordó luego él). Por lo visto era ese mismo señor quien le había gritado desde atrás de la puerta: «¿Quién es?»; pues en la estancia no había ningún otro hombre. Pero cuando entró Aliosha, se levantó bruscamente del banco en que estaba sentado y, secándose a toda prisa con una servilleta agujereada, se precipitó hacia él.

—Un monje que pide limosna para el monasterio, ¡a buena puerta viene a llamar! —dijo entretanto en voz alta la muchacha que estaba de pie en el ángulo de la izquierda.

Pero el señor que se precipitaba hacia Aliosha se volvió hacia ella, girando en un instante sobre los tacones, y con voz inquieta y entrecortada le respondió:

—No, Varvara Nikoláevna, no es eso, ¡no lo ha adivinado! Permítame que le pregunte, a mi vez —se volvió de manera súbita hacia Aliosha—, ¿qué le ha movido a visitar... esta covacha?

Aliosha observaba con mucha atención a aquel hombre, a quien veía por primera vez. Había en él algo angustioso, precipitado e irritable. Aunque, por lo visto, acababa de beber, no estaba borracho. En su rostro se percibía una expresión de extrema insolencia y, al mismo tiempo —era muy extraño—, de manifiesta cobardía. Daba la impresión de un hombre que durante largo tiempo se hubiera subordinado y hubiera sufrido muchas humillaciones, pero que, de pronto, se irguiera y quisiera afirmar su personalidad. O, mejor aún, la de un hombre que tuviera enormes deseos de pegar, pero que tuviera un miedo horrible de que le pegaran a él. En sus palabras y en la entonación de su voz, bastante penetrante, se percibía cierto humor propio de un bendito, ora rencoroso, ora tímido, que no lograba mantenerse al mismo tono y que se quebraba. La pregunta acerca de la «covacha» la había formulado como si estuviera temblando, con los ojos salientes, y acercándose a Aliosha con rápido movimiento, hasta tal punto que éste, de manera instintiva, dio un paso atrás. Aquel señor llevaba un abrigo oscuro, malo, como de algodón, remendado y cubierto de manchas. Sus pantalones eran de un color muy claro, como nadie los lleva hace ya mucho tiempo, a cuadros, de una tela muy delgada, arrugados por abajo, por lo que le subían pierna arriba, como si fuera él un niño al que los pantalones le hubiesen quedado pequeños.

—Soy... Alexiéi Karamázov —articuló Aliosha, en respuesta.

—Lo comprendo perfectamente —replicó el señor, dando a entender que sabía ya muy bien quién era—. Por mi parte le diré que soy el capitán de Estado Mayor Sneguiriov; de todos modos, desearía saber qué le ha movido precisamente...

—Nada, he entrado a verle. En realidad, quisiera decirle unas palabras en mi propio nombre... Si usted me lo permite, desde luego...

—En este caso, aquí tiene una silla, sírvase tomar asiento. Esto lo decían en las viejas comedias: «sírvase tomar asiento».

Y el capitán, con gesto rápido, cogió una silla libre (una simple silla de mujik, toda de madera, sin tapizar) y la colocó poco menos que en el centro de la habitación; luego, cogiendo otra silla igual para sí, se sentó frente a Aliosha, cara a cara, y, otra vez, tan cerca que sus rodillas casi se rozaban.

—Soy Nikolái Ilich Sneguiriov, capitán de Estado Mayor de la infantería rusa, aunque deshonrado por mis vicios, y, pese a todo, capitán de Estado Mayor. Más bien habría que decir: capitán de Estado Mayor Slovoers[4], y no Sneguiriov, pues sólo desde la segunda mitad de mi vida he empezado a hablar añadiendo una «s» a las palabras. El empleo de esta letra añadida se aprende en la humillación.

—Así es —se sonrió Aliosha—; pero ¿se aprende involuntariamente o adrede?

—Involuntariamente, bien lo ve Dios. Nunca había hablado de este modo, en mi vida había empleado tales «s»; de pronto caí y me levanté con la «s». Esto obedece a una fuerza superior. Veo que se interesa usted por las cuestiones contemporáneas. De todos modos, no comprendo qué puede haber despertado su curiosidad, pues vivo en unas condiciones que hacen imposible ser hospitalario.

—He venido... por aquel asunto...

—¿Por qué asunto? —le interrogó impaciente, el capitán.

—Por su encuentro con mi hermano Dmitri Fiódorovich —aclaró, cohibido, Aliosha.

—¿De qué encuentro habla usted? ¿No será el encuentro de marras? ¿Así, pues, por lo del estropajo, por lo del estropajo de baño?

Avanzó tanto, que esta vez chocó realmente sus rodillas con las de Aliosha. Apretó los labios de tal manera que le quedaron como formando un hilo.

—¿A qué estropajo se refiere? —balbuceó Aliosha.

—¡Ha venido a quejarse de mí, papá! —gritó el muchacho

---

[4] *Slovoers:* viejo nombre de la partícula *s* rusa, que se añadía al final de las palabras en señal de respeto hacia la persona con quien se habla (procedía de la palabra *súdar,* señor).

de la calle con la vocecita conocida ya de Aliosha, desde detrás de la cortina del rincón—. ¡Yo le he mordido el dedo!

La cortina se apartó y Aliosha vio en el rincón, bajo los iconos, en el lecho puesto sobre el banco y la silla, a su reciente enemigo. El muchacho yacía cubierto con su abriguito y, además, con una vieja y pequeña manta acolchada. Se le veía enfermo y, a juzgar por el brillo de los ojos, tenía fiebre. Miraba impávido a Aliosha, no como antes: «Estoy en casa —parecía decir—, ahora no podrás cogerme.»

—¿Que le ha mordido un dedo? —exclamó el capitán, levantándose un poco de la silla con movimiento rápido—. ¿Le ha mordido un dedo a usted?

—Sí, a mí. Hace poco; luchaba a pedradas con otros chicos en la calle; eran seis contra él solo. Me he acercado y me ha tirado una piedra y luego otra a la cabeza. Le he preguntado qué le había hecho yo, y él, de pronto, se me ha echado encima y me ha dado un buen mordisco en el dedo, no sé por qué.

—¡Ahora mismo lo voy a azotar! ¡Lo azotaré en este mismo instante! —dijo el capitán, levantándose ya del todo de la silla.

—Pero si yo no me quejo, sólo lo he contado... No quiero de ninguna manera que le azote. Además, parece que está enfermo...

—¿Y usted se ha creído que iba a azotarle? ¿Que yo iba a azotar a Iliúshechka[5] ahora, en presencia suya, para darle a usted una gran satisfacción? ¿Quería que fuera enseguida? —articuló el capitán de Estado Mayor volviéndose de pronto hacia Aliosha con un gesto como si quisiera abalanzarse contra él—. Siento, señor mío, lo de su dedito; mas, si usted quiere, antes de azotar a Iliúshechka, me corto ahora mismo ante usted los cuatro dedos de mi mano para darle una justa satisfacción; me los corto con este cuchillo. Me parece que cuatro dedos le bastarán para acallar la sed de venganza. ¿No me pedirá el quinto?...

De pronto se detuvo, como si se ahogara. Le temblaban y se le contraían todos los músculos de la cara, miraba con un extraordinario aire de desafío. Estaba como furioso.

---

[5] Diminutivo de Iliá; otras formas diminutivas de este nombre, que se emplean en la novela: Iliusha e Iliushka.

—Me parece que lo he comprendido todo —respondió Aliosha en voz baja y triste, sin levantarse de la silla—. Así, pues, su hijo es un buen chico, quiere a su padre y se me ha echado encima por ser el hermano de quien le ha ofendido a usted... Ahora lo comprendo —repitió, pensativo—. Pero mi hermano Dmitri Fiódorovich se arrepiente de su acción, me consta, y si le es posible venir a verle, o mejor aún, si puede verse con usted en el mismo lugar de entonces, le pedirá perdón ante todo el mundo... si usted lo desea.

—Es decir, me habría tirado de la barba y me pediría perdón... Así todo quedaría terminado y tan tranquilo, ¿no?

—Oh, no, al contrario, hará lo que usted quiera y como usted quiera.

—De modo que si pidiera a Su Serenísima que se hincara de rodillas ante mí, en aquella misma taberna, su nombre es «La Capital», o en la plaza pública, ¿ése arrodilaría?

—Sí, incluso se pondrá de rodillas.

—Me ha conmovido. Se me humedecen los ojos, me ha conmovido. Tengo excesiva propensión a enternecerme. Sin embargo, permítame que me presente por completo: mi familia, mis dos hijas y mi hijo, mi nidada. Si muero yo, ¿quién los va a querer? Y mientras viva, ¿quién me va a querer a mí, malo como soy, sino ellos? Es una gran cosa lo que el Señor ha hecho para las personas que son como yo. Pues es necesario que alguien por lo menos pueda querernos también a nosotros.

—¡Ah, sí, esto es una gran verdad! —exclamó Aliosha.

—Pero basta ya de hacer el payaso. ¡Basta que venga el primer tonto, para que nos ponga usted en vergüenza! —exclamó inesperadamente la muchacha que estaba junto a la ventana, dirigiéndose a su padre con gesto de aversión y desprecio.

—Un poco de paciencia, Varvara Nikoláevna, permíteme que continúe —le replicó gritando su padre, en tono imperioso, aunque mirándola con aire aprobatorio—. Es su carácter —de nuevo se volvió hacia Aliosha.

> Y en toda la naturaleza
> Nada quiso él bendecir[6].

---

[6] Versos finales de la poesía de Pushkin «Diemon» (1823).

»Habría que poner el verso en femenino: nada quiso ella bendecir. Pero permítame presentarle también a mi esposa: Arina Petrovna, una dama tullida, de unos cuarenta y tres años, las piernas aún la obedecen, pero muy poco. Es de modesto origen. Arina Petrovna, dulcifique los rasgos de su cara: he aquí a Alexiéi Fiódorovich Karamázov. Levántese, Alexiéi Fiódorovich —le agarró por el brazo y, con una fuerza que no cabía esperar de él, le levantó de la silla—. Le presentan a una dama, hay que levantarse. No es el Karamázov, mamá, que... bueno, etcétera, sino su hermano, que brilla por sus humildes virtudes. Permítame, Arina Petrovna, permítame, mamita, permítame antes besarle la mano.

Y con mucho respeto, hasta con ternura, besó la mano de su esposa. La doncella que estaba junto a la ventana se volvió de espalda a la escena, indignada: el rostro altivamente interrogador de su esposa expresó de repente una insólita dulzura.

—Buenos días; siéntese, señor Chernomázov —articuló la dama.

—Karamázov, madre, Karamázov (somos de condición sencilla) —susurró de nuevo.

—Bueno, Karamázov o como sea, yo siempre digo Chernomázov... Pero siéntese, ¿por qué le ha hecho levantar? Dice que soy una dama sin piernas, pero piernas, tengo; lo que pasa es que se han hinchado como cubos, mientras que yo me he secado. En otro tiempo estaba gorda, pero ahora parece que me haya tragado una aguja...

—Somos de condición sencilla, de condición sencilla —repitió una vez más el capitán.

—Papá, ¡oh, papá! —articuló de súbito la muchacha jibosa, que hasta entonces había permanecido callada en su silla, y se tapó los ojos con un pañuelo.

—¡Bufón! —soltó la doncella de junto a la ventana.

—Ya ve qué noticias tenemos —dijo la madre, extendiendo los brazos en dirección a sus hijas—, es como si pasaran nubes; las nubes pasarán y otra vez tendremos música. Antes, cuando éramos militares, recibíamos muchas visitas como la suya. Señor, no quiero hacer comparaciones. Quien estima a uno ha de estimar a otro. Una vez, la mujer del diácono viene y dice: «Alexandr Alexándrovich es un hombre de alma exce-

lente, pero Nastasia Petrovna (dice) es un aborto del infierno.»
«Bueno (respondo), cada uno tiene sus preferencias, pero tú
eres pequeña y maloliente.» «Pues a ti (dice ella) se te ha de tener sometida.» «Ah, negra espada (le digo), ¿a quién has venido a dar lecciones?» «Yo (dice ella) dejo el aire puro, y tú el
que no lo es.» «Pues pregunta (le respondo) a todos los señores
oficiales si tengo o no el aire puro.» Desde entonces tengo eso
tan clavado aquí dentro, en el alma, que no hace mucho, estando aquí sentada, como ahora, veo entrar al mismo general que
vino por Pascua: «Excelencia (le pregunto), ¿puede dejar entrar aire puro en su casa una dama distinguida?» «Sí (responde), debería de abrir el ventanillo o la puerta, porque aquí el
aire es pesado.» ¡Todos son así! ¿Por qué la han tomado con mi
aire? Peor huelen los muertos. «Yo (les digo) no corromperé
vuestro aire, me encargaré unos zapatos y me iré.» Padrecito,
hijos míos, ¡no culpéis a vuestra madre! Nikolái Ilich, padrecito, ¿no ha sabido contentarte? Mira, lo único que me queda es
que venga Iliúshechka de clase y me quiera. Ayer me trajo una
manzana. Perdonad, padrecito, perdonad, hijos míos, a vuestra
madre, perdonadme, que estoy completamente sola. ¿Por qué
se os ha hecho repugnante el aire que yo respiro?

La pobre prorrumpió en llanto, vertiendo las lágrimas a
raudales. El capitán se precipitó hacia ella.

—¡Mamita, mamita, ángel mío, basta, basta! No estás sola.
¡Todos te queremos, todos te adoramos! —y empezó a besarle
otra vez las dos manos y a acariciarle tiernamente la cara; enseguida cogió una servilleta y se puso a secarle las lágrimas.
Aliosha creyó ver también húmedos los ojos del capitán—.
Bien, ¿ha visto? ¿Ha oído? —preguntó de pronto, volviéndose
como desesperado hacia Aliosha, señalándole con la mano a la
pobre demente.

—Veo y oigo —balbuceó Aliosha.

—¡Papá, papá! Es posible que tú, con él... ¡No le hagas caso,
papá! —gritó de pronto el muchacho, incorporándose en su
camastro y mirando con los ojos ardientes a su padre.

—Basta ya, ¡deje de hacer el payaso y acabe con sus extrava-
gancias, que nunca conducen a nada!... —gritó totalmente colérica, desde el mismo rincón, Varvara Nikoláevna, dando incluso un golpe con el pie.

—Esta vez tiene toda la razón en irritarse, Varvara Niko-
láievna, y enseguida satisfaré tu deseo. Póngase el gorro, Alexiéi Fiódorovich; yo tomo el mío y salimos. He de decirle unas
palabritas serias, pero no entre estas paredes. Esta doncella ahí
sentada es mi hija, Nina Nikoláevna, se me había olvidado
presentársela; es un ángel del cielo que ha tomado forma carnal... y ha descendido entre los mortales... no sé si puede usted
comprenderlo...

—Está temblando como si fuera a darle un ataque —siguió
diciendo, indignada, Varvara Nikoláevna.

—Ésta que se dirige a mí dando golpes con el pie, y que acaba
de llamarme payaso, también es un ángel del cielo que ha tomado forma carnal y me ha llamado muy justamente como me
merezco. Pero vámonos, Alexiéi Fiódorovich. Hay que terminar.

Tomó a Aliosha por el brazo y le sacó a la calle.

VII

Y AL AIRE LIBRE

EL aire es puro, mientras que en mi mansión es en verdad pesado, incluso en todos los sentidos. Camine-
mos despacito, señor. Quisiera vivamente interesarle.

—También yo he de comunicarle un asunto muy importante... —declaró Aliosha—, sólo que no sé cómo empezar.

—¿Cómo no adivinar que tiene usted algo que decirme? Sin
un motivo especial nunca se habría usted asomado a mi casa.
¿O en verdad ha venido sólo a quejarse del muchacho? No es
probable. A propósito del muchacho: allí no se lo pude explicar todo, pero aquí le describiré la escena. Verá, una semana
atrás, sin ir más lejos, el estropajo tenía más pelo; me refiero a
mi barbita; es a mi barbita a la que llaman estropajo, sobre
todo los chicos de la escuela. Bueno, pues su hermanito de usted, Dmitri Fiódorovich, me tiró entonces de la barbita, me
sacó de la taberna a la plaza en el momento en que los chicos
salían de la escuela; entre ellos estaba Iliusha. Tan pronto
como me vio en aquel estado, se me arrojó encima: «¡Papá!

(gritaba), ¡papá!» Se me agarraba al cuerpo, me abrazaba, quería librarme del otro, de mi ofensor. Le gritaba: «Suéltelo, suéltelo, es mi papá, es mi papá, perdónele»; le gritaba esto: «Perdone»; con sus manitas también le cogió a él, le cogió la mano, aquella misma mano... y se la besó... Recuerdo qué carita tenía en ese momento, no lo he olvidado ¡ni lo olvidaré nunca!...

—Le juro —exclamó Aliosha— que mi hermano le mostrará su arrepentimiento de la manera más sincera y completa, aunque sea de rodillas en la misma plaza... Le obligaré a hacerlo; de otro modo, ¡dejará de ser mi hermano!

—¡Ah, ya! De modo que esto aún se encuentra en proyecto. Todo esto no viene directamente de él, sino de usted, de su noble y vehemente corazón. Debía de haberlo dicho antes. Si es así permítame que acabe de contarle cuál es el espíritu altamente caballeresco de su hermano y su nobleza como oficial del ejército, pues entonces lo manifestó. Acabó de arrastrarme tirando del estropajo, y me dijo: «Tú eres un oficial, yo también lo soy; si puedes encontrar un padrino que sea una persona decente, mándamelo, te daré satisfacción, aunque eres un canalla.» Así mismo me lo dijo. ¡Con un auténtico espíritu caballeresco! Entonces nos fuimos Iliusha y yo, pero el linajudo cuadro de familia se quedó grabado en la memoria del alma del pequeño para toda la vida. Después de esto, ¿cómo podemos seguir considerándonos gente noble? Además, juzgue usted mismo, acaba de estar en mi vivienda, ¿qué ha visto? Hay allí tres damas, una tullida y demente, otra tullida y jibosa; la tercera con las piernas firmes, pero demasiado inteligente, estudiante, anhelando volver a Peterburgo, a buscar a las orillas del Nevá los derechos de la mujer rusa. De Iliusha no hablo, sólo tiene nueve años y está completamente solo; si yo muero, ¿que será de todas estas criaturas?, le pregunto. Siendo esto así, supóngase que le reto en duelo y que me mata, ¿se da cuenta? ¿Quién se va a ocupar de todos ellos? Aún sería peor si no me matara y me dejara inválido, de modo que no pudiera trabajar; pero la boca queda, ¿y quién iba a dar de comer, entonces, a la boca mía, quién iba a darles de comer a todos ellos, entonces? ¿Sería cuestión de mandar a Iliusha a pedir limosna todos los días en vez de mandarle a la escuela? Ya ve lo que significa para mí retarle en duelo, una palabra estúpida y nada más.

—Él le pedirá perdón, se le inclinará a los pies en medio de la plaza —gritó otra vez Aliosha, con los ojos encendidos.

—Quería llevarle a los tribunales —prosiguió el capitán de Estado Mayor—, pero abra nuestro Código: ¿voy a recibir del ofensor una verdadera satisfacción por la ofensa personal que se me ha inferido? Añada a esto que Agrafiona Alexándrovna[7] me ha llamado y se me pone a gritar: «¡No te atrevas ni a pensarlo! Si le llevas a los tribunales, yo haré que se descubra públicamente y ante todo el mundo que si te ha pegado ha sido por tus malas artes, y entonces será de ti quien se ocuparían los tribunales.» Sólo Dios del cielo sabe de quién partieron aquellas malas artes y a qué órdenes obedecía yo, como simple instrumento de poca monta. ¿No obraba yo por su propia indicación y la de Fiódor Pávlovich? Y añadió. «Te echaré de aquí para siempre y no te daré a ganar nada más. Se lo diré también a mi mercader (es así como llama a su viejo: mi mercader) y él también te despedirá.» Me he preguntado; ¿si hasta el mercader te despide, quién te va a dar trabajo? Son las dos únicas personas que ahora me lo dan, más o menos, pues el padre de usted, Fiódor Pávlovich, no sólo me ha retirado su confianza, por otro motivo, sino que además, habiéndose hecho con los recibos firmados por mí, también quiere llevarme a los tribunales. A consecuencia de todas estas cosas me he quedado calladito, y ya ha visto usted la covacha. Ahora permítame preguntarle: ¿le ha hecho mucho daño Iliusha al morderle el dedito? En su presencia no me he atrevido a preguntárselo.

—Sí, mucho: el chico estaba muy irritado. Le ha vengado a usted en mí, por ser yo un Karamázov, ahora lo comprendo. ¡Si le hubiera visto usted pelearse a pedradas con sus compañeros de escuela! Es muy peligroso, pueden matarle; son niños, no se dan cuenta, la piedra vuela y puede romper la cabeza a uno.

—Ya le ha tocado una, no en la cabeza, pero sí en el pecho, un poco más arriba del corazón; ha venido con un gran cardenal, llorando, gimiendo, y ya ve, se ha puesto enfermo.

—¿Sabe? Es el primero en atacar, contra todos; está furioso

---

[7] Nombre y patronímico de Grúshenka.

por usted; los chicos dicen que a uno de sus compañeros, llamado Krasotkin, le ha pinchado con un cortaplumas...

—También me lo han dicho, es peligroso: Krasotkin es el hijo de un funcionario de la localidad y el caso puede tener consecuencias desagradables...

—Le aconsejaría no mandarle a la escuela durante cierto tiempo —continuó Aliosha, con calor—, hasta que se calme... y le pase esta gran ira...

—¡La ira! —repitió el capitán—. Es, precisamente, ira. En un ser pequeño, una ira grande. Usted no lo sabe aún todo. Permítame que le explique esa historia en particular. El caso es que después de lo sucedido, todos los chicos de la escuela empezaron a burlarse de él llamándole estropajo. Los niños de las escuelas son implacables: tomados uno a uno, son verdaderos ángeles, pero todos juntos, sobre todo en las escuelas, con gran frecuencia son implacables. Comenzaron a burlarse de él, e Iliusha sintió que se le reavivaba el espíritu de la nobleza. Un chico corriente, de poco carácter, se habría resignado, se habría avergonzado; pero él se alzó solo contra todos por su padre. Por su padre y por la verdad. Lo que pasó entonces por el alma del niño cuando besaba la mano al hermano de usted y le gritaba: «Perdone a mi papaíto, perdone a mi papaíto», esto no lo sabemos más que Dios y yo. Es de este modo como nuestros hijos, los suyos no, los nuestros, los hijos de los pobres, despreciados pero nobles, a los nueve años de edad, aprenden a conocer lo que es la verdad en la tierra. Los ricos, no; éstos no llegan a tales profundidades en toda su vida; en cambio, mi Iliushka, allí en la plaza, cuando besaba aquella mano, en aquel mismísimo instante, aprendió toda la verdad. Esta verdad penetró en él y lo ha marcado para toda la vida —dijo con calor el capitán, otra vez como frenético, dando un golpe con el puño derecho en la palma de la mano izquierda, como para expresar plásticamente de qué manera la «verdad» había marcado a su Iliusha—. Aquel día tuvo fiebre, deliró toda la noche. Habló poco conmigo en todo el día, no decía nada a nadie; observé que me miraba, me miraba desde su rincón, se pegaba cada vez más a la ventana como si estudiara las lecciones, pero yo me daba cuenta de que no era en las lecciones en lo que estaba pensando. Al día siguiente bebí, pecador que soy, de pena, y casi no recuerdo nada. La mamita también se puso a llorar (yo la quiero mucho), y, de pena, me bebí el dinero que me quedaba. No me desprecie, señor; en Rusia, la gente que se emborracha es la que tiene mejores sentimientos. La gente más buena, en nuestro país, es la que más se emborracha. Me tumbé en la cama y, aquel día, me acordé poco de Iliusha, pero fue precisamente aquel día cuando sus compañeros comenzaron a burlarse de él por la mañana: «Estropajo (le gritaban), a tu padre le sacaron de la taberna por el estropajo, y tú corrías a su lado pidiendo perdón.» Al tercer día, cuando regresó de la escuela, me di cuenta de que volvía con el rostro alterado, pálido. «¿Qué te pasa?», le pregunté. Él callaba. En casa no había por qué hablar, pues enseguida iban a meter baza la mamita y las hermanas; éstas ya se habían enterado de todo lo ocurrido, se enteraron el primer día. Varvara Nikoláevna empezaba a refunfuñar: «Bufones, payasos, ¿acaso puede esperarse de ustedes algo razonable?» «Es cierto, Varvara Nikoláevna (le respondo), ¿acaso puede esperarse de nosotros nada razonable?» Con estas palabras, entonces, salí del paso. Al atardecer fui a pasear con el muchacho. Ha de saber usted que ya antes, cada tarde, él y yo salíamos a pasear exactamente por el mismo camino que ahora seguimos, desde la portezuela de nuestro patio hasta allí donde se ve una gran piedra, la que se ve solitaria allí, en el camino, junto a la sebe, donde empiezan los prados de la ciudad, lugar desierto y magnífico. Caminábamos Iliusha y yo, como de costumbre, cogidos de la mano: su mano es pequeñita, de dedos delgaditos y un poco fríos; le tengo algo enfermo del pecho. «Papá (me dice), ¡papá!» «Qué», le respondo, veo que le brillan los ojos. «Papá, lo que te hizo, ¡papá!» «¡Qué quieres, Iliusha!», le respondo. «No hagas las paces con él, papá, no hagas las paces. Los chicos de la escuela dicen que te ha dado diez rublos para que calles.» «No, Iliusha (le digo), de él no aceptaré ahora dinero por nada del mundo.» Todo él se estremeció, me cogió la mano entre sus dos manitas y me la volvió a besar. «Papá (me dice), papá, rétale a duelo; en la escuela se burlan, dicen que eres un cobarde y que no le retarás, pero que le aceptarás diez rublos.» «No puedo retarle, Iliusha», le respondo, y le explico en breves palabras lo que acabo de explicarle a usted sobre este particular. Me escuchó. «Papá (dice), le retaré yo mismo y le mataré.» Los ojos le brillaban, encendidos. Con todo, yo soy su padre, y debía decirle la verdad. «Matar es pecado (le contesto) aunque sea en duelo.» «Papá (dice), papá, cuando sea mayor le echaré al suelo, le arrancaré el sable de las manos, lo alzaré sobre él y le diré: podría matarte, pero te perdono la vida, ¡hala!» Ya ve, señor, ya ve lo que había discurrido en su cabecita durante aquellos dos días; había estado pensando día y noche en esa venganza con el sable, y de noche, por lo visto, deliraba pensando en ello. Sólo, que ha empezado a regresar de la escuela dolorosamente zurrado; anteayer me enteré de todo, y usted tiene razón: a esa escuela no volveré a mandarle. Me enteré de que planta cara, solo, a toda la clase, que él mismo los provocaba a todos; está exasperado, tiene el corazón encendido por el odio. Tuve miedo por él. Volvimos a pasear. «Papá (me pregunta), papá, ¿verdad que los ricos son los más fuertes del mundo?» «Sí, Iliusha (le digo), no hay en el mundo nadie más fuerte que el rico.» «Papá (me dice), me haré rico, seré oficial, venceré a todo el mundo, el zar me dará una recompensa; vendré aquí y entonces nadie se atreverá.» Luego calló unos momentos y prosiguió; los pequeños labios le seguían temblando, como antes. «Papá (dice), qué ciudad más mala, la nuestra, ¡papá!» «Sí (digo), Iliúshechka, nuestra ciudad no es muy buena.» «Papá, trasladémonos a otra ciudad, a una ciudad buena (dice), donde no nos conozcan.» «Nos trasladaremos (le digo), nos trasladaremos, Iliusha; deja sólo que reúna un poco de dinero.» Me alegré de poderle distraer de sus sombríos pensamientos y nos pusimos a soñar de qué modo nos trasladaríamos a otra ciudad y compraríamos un caballo propio y un carro. Haríamos subir a la mamita y a las hermanitas, las abrigaríamos, y nosotros caminaríamos a un lado; de vez en cuando le haría subir a él, yo seguiría caminando para no fatigar a nuestro caballo, no conviene que subamos todos, y así nos iríamos. Él se entusiasmó, sobre todo con la idea de que tendría su caballo y de que podría montar en él. Ya se sabe que los chicos rusos sueñan con los caballos desde que nacen. Estuvimos charlando largo rato; gracias a Dios, pensaba yo, le he distraído, le he consolado. Eso fue anteayer, pero ayer por la tarde todo había cambiado de nuevo. Por la mañana había vuelto a la escuela y regresó más sombrío que nunca. Cuando, a la caída de la tarde, salimos a pasear, cogidos de la mano, callaba, no decía nada. Se levantó un poco de viento, se ocultó el sol; se notaba el otoño y ya oscurecía; caminábamos, tristes los dos. «Bueno, hijo, ¿cómo vamos a preparar el viaje?», le digo, pensando reanudar la conversación del día anterior. Él seguía callando. Noté sólo que los deditos le temblaban en mi mano. Esto va mal, pensé, debe haber sucedido alguna otra cosa. Llegamos, como ahora, hasta esta piedra; me senté encima; habían soltado muchas cometas al cielo, se veían unas treinta; el viento las sacudía y las hacía crujir. Ahora es la época de las cometas. «Nosotros también tendríamos que hacer volar nuestra cometa del año pasado, Iliusha. Te la voy a reparar. ¿Dónde la tienes escondida?» Mi hijo seguía callado, miraba hacia un lado, dándome un poco la espalda. De pronto, el viento se puso a silbar y nos envolvió de polvo... Iliusha se me lanzó encima, me abrazó por el cuello con sus bracitos y me estrechó con todas sus fuerzas. ¿Sabe? Si los niños son callados y orgullosos y reprimen largo rato las lágrimas, cuando prorrumpen en llanto, porque la pena es demasiado grande, las lágrimas fluyen a torrentes. Con las cálidas gotas de esas lágrimas me mojó de pronto toda la cara. Lloraba convulsivamente, temblaba, me estrechaba contra sí; yo estaba sentado en la piedra. «Papaíto (gritaba), papaíto, mi querido papaíto, ¡cómo te ha humillado!» Entonces también yo me puse a sollozar, y lloramos los dos juntos, abrazados, sacudidos por el llanto, sentados en esta piedra. «¡Papaíto (decía), papaíto!» «Iliusha (le digo), ¡Iliúshechka!» No nos vio nadie, sólo Dios; quizá lo anote en mi formulario. Puede dar las gracias a su hermanito, Alexiéi Fiódorovich. Pero no crea que voy a azotar a mi pequeño para satisfacción de usted, ¡no lo crea!

Acabó con la misma extravagante salida que antes, furiosa y estúpida. Aliosha sentía, sin embargo, que había inspirado confianza a aquel hombre y que a otra persona el capitán no le hablaría de aquel modo ni le comunicaría lo que acababa de comunicarle. Esto animó a Aliosha, que temblaba de emoción y estaba a punto de llorar.

—¡Oh, cómo desearía reconciliarme con su hijo —exclamó—. Si pudiera usted hacerlo posible...

—Claro que sí —balbuceó el capitán.

—Pero ahora he de hablarle de otra cosa, de una cosa completamente distinta; escuche —siguió diciendo Aliosha—, escúcheme! Tengo un encargo para usted: ese hermano mío, Dmitri, ha ofendido también a su prometida, una joven nobilísima, de la que usted, seguramente, ha oído hablar. Tengo derecho a revelarle lo de tal ofensa y hasta debo hacerlo, porque esta joven, al tener noticia de la afrenta que ha sufrido usted y de la desdichada situación en que se encuentra, me ha encargado ahora... hace poco... que le traiga esta ayuda de su parte... pero sólo de parte suya, no de parte de Dmitri, que la ha abandonado, ¡de ningún modo!; ni tampoco de mi parte, hermano de Dmitri, ni de parte de nadie más, sino de ella, ¡únicamente de ella sola! Le suplica a usted que acepte su ayuda... usted y ella han sido ultrajados por la misma persona... ¡De usted se ha acordado tan sólo cuando ha sufrido una ofensa igual (por su gravedad) a la de usted! Esto significa que una hermana ofrece ayuda a un hermano... Me ha encargado explícitamente que le persuadiera a aceptar estos doscientos rublos como de una hermana. Nadie se enterará de ello, no podrá dar origen a injustas habladurías de ninguna clase... Aquí tiene los doscientos rublos, ha de aceptarlos, se lo juro; de otro modo... de otro modo, ¡todos se han de considerar como enemigos entre sí, en este mundo! Pero en el mundo también hay hermanos... Usted tiene un alma noble... usted debe comprenderlo, ¡tiene que comprenderlo!...

Y Aliosha le tendió dos billetes nuevecitos de cien rublos. Los dos hombres estaban de pie junto a la gran piedra, al lado de la valla, y no había nadie en torno. Los billetes, al parecer, produjeron una terrible impresión al capitán, que se estremeció, si bien al principio habríase dicho que era sólo de sorpresa; no se le había ocurrido nada semejante, jamás habría esperado un desenlace de esta naturaleza. Ni en sueños se había imaginado que alguien pudiera socorrerle, y menos aún con suma tan importante. Tomó los billetes y durante casi un minuto no pudo responder; una expresión completamente nueva le afloró en la cara.

—¿Son para mí, para mí? ¿Tanto dinero? ¡Doscientos rublos! ¡Madre mía! ¡Hace ya cuatro años que no veía tanto dinero, Dios del cielo! Y dice que es una hermana... ¿Es cierto eso, es cierto?

—¡Le juro que todo lo que le he dicho es verdad! —gritó Aliosha.

El capitán se ruborizó.

—Escuche, amigo mío, escuche; pero si lo acepto, ¿no seré un canalla? ¿A los ojos de usted, Alexiéi Fiódorovich, no seré yo un canalla? ¿No lo sere? Espere, Alexiéi Fiódorovich, escúcheme hasta el fin, escúcheme —se apresuraba a decir, tocando a cada momento a Aliosha con ambas manos—; usted quiere persuadirme de que los acepte, diciéndome que me los manda una «hermana», pero en su interior, para sí mismo, ¿no experimentará por mí un sentimiento de desprecio, si los acepto? ¿Eh?

—¡No! ¡Le digo que no! ¡Por la salvación de mi alma, le juro que no! Y nadie lo sabrá nunca, sólo nosotros; usted, yo y ella, y otra dama, una gran amiga suya...

—¡Qué importa una dama! Escúcheme, Alexiéi Fiódorovich, déjeme explicar; ha llegado ahora un momento en que es necesario que me escuche hasta el fin, pues usted ni siquiera puede comprender lo que significarían para mí estos doscientos rublos —prosiguió el desdichado, de quien se iba apoderando poco a poco un entusiasmo incoherente, casi salvaje. Parecía como desconcertado, hablaba con extraordinaria precipitación, apresurándose, como si en verdad tuviera miedo de que no le permitieran exponer hasta el final lo que pensaba—. No sólo se trata de dinero honestamente adquirido, al proceder de una «hermana» tan respetable y santa, sino de que podría hacer curar a la mamita y a Nínochka, al ángel mío jorobadito, a mi hija. Vino el doctor Herzenstube, movido sólo por su buen corazón, estuvo una hora examinando a las dos enfermas: «No comprendo nada», dijo; de todos modos, el agua mineral que se vende en farmacia (la recetó a la mamita), le iría bien, no hay duda; también le recetó baños de pies con medicinas. Pero el agua mineral cuesta treinta Kópeks, y ha de beber, quizá, cuarenta botellas. Así que cogí la receta y la puse en el estante, debajo del icono; allí está. A Nínochka le prescribió baños calientes con cierta disolución, dos veces al día, mañana y tarde; ¿a qué prescribirnos este remedio, a nosotros que vivimos donde vivimos, sin criada, sin ayuda, sin recipiente ni agua? Lo que tiene Nínochka es reumatismo, aún no se lo había dicho a usted; por las noches le duele toda la mitad derecha del cuerpo, sufre mucho, y, no sé si lo creerá, ese ángel de Dios no dice nada para no inquietarnos, no gime para no despertarnos. Comemos lo que haya, lo que podemos obtener, y ella no toma más que el último pedazo, lo que sólo podría echarse a un perro: «Yo no valgo (parece decir) ese pedazo, os lo quito a vosotros, os soy una carga.» Esto es lo que su angelical mirada manifiesta. Nosotros la servimos y a ella esto la apena: «No lo valgo, no lo valgo, soy una tullida indigna, una inútil.» ¡Que ella no lo vale! Ella, que con su angelical humildad nos ha ganado a todos para el Señor; sin ella, sin su dulce palabra, nuestra casa sería un infierno; ¡hasta a Varia[8] ha ablandado! a Varvara Nikoláevna no la condene tampoco, ella también es un ángel, también es una desgraciada. Vino a vernos este verano, traía dieciséis rublos que se había ganado dando lecciones y los había guardado para el viaje, para regresar a Peterburgo en septiembre, es decir, ahora. Pero nosotros le hemos tomado esos rublitos y los hemos gastado para vivir; ahora no tiene con qué hacer el viaje de regreso. Y tampoco puede irse porque trabaja para nosotros como una condenada; la hemos uncido al carro como a una caballería de mala muerte, y no la dejamos respirar: nos cuida a todos, cose, lava, friega el suelo, acuesta a mamita, pero mamita es caprichosa, mamita es llorona, ¡mamita está loca!... Ahora con estos doscientos rublos puedo tener una criada, ¿comprende, Alexiéi Fiódorovich?, puedo poner en cura a mis seres queridos, mandaré a la estudiante a Peterburgo, compraré carne, estableceré un nuevo régimen de comidas. ¡Señor, esto es un sueño!

Aliosha estaba enormemente contento de haber proporcionado tanta felicidad, y de que aquel desdichado estuviera dispuesto a aceptar ese favor?

—Un momento, Alexiéi Fiódorovich, un momento —agarrándose de nuevo a otro sueño que se le apareció de pronto, el capitán volvió a charlar por los codos, con frenética exaltación—. ¿Sabe usted? Ahora sí podremos realizar de verdad

---

[8] Diminutivo de Varvara.

nuestro proyecto, Iliushka y yo. Compraremos un caballito y un carro cubierto, un caballito negro; ha pedido que sea un caballito negro, sin falta, y nos pondremos en marcha como nos lo imaginamos anteayer. En la provincia de K. tengo un amigo de infancia, abogado, y me ha mandado decir por un hombre de toda confianza que si voy allí me dará, al parecer, un puesto de escribiente en su despacho; quién sabe, a lo mejor me lo da... Bueno, acomodaré a mamita, a Nínochka... A Iliúshechka le pondré de conductor y yo, andando, andandito, los llevaría a todos... ¡Dios del cielo! ¡Si cobrara además una pequeña deuda perdida, quizás el dinero bastaría incluso para esto!

—¡Bastará, bastará! —exclamó Aliosha—, Katerina Ivánovna le mandará aún cuanto necesite usted, y, ¿sabe?, yo también tengo dinero, tome cuanto le haga falta, como lo tomaría de un hermano, de un amigo; ya me lo devolverá más tarde... ¡Se hará usted rico, se hará rico! ¿Sabe? ¡Nunca habría podido imaginar nada mejor que ese viaje a otra provincia! En eso está su salvación y, sobre todo, la de su hijo, y, ¿sabe?, pronto, antes de que llegue el invierno, antes de los grandes fríos; desde allí podría escribirnos y seguiríamos siendo hermanos... ¡No, esto no es un sueño!

Aliosha estaba tan contento, que iba a abrazarle. Pero al mirarle, se detuvo súbitamente: el otro, de pie, tendía el cuello, tendía los labios, frenético y pálido el rostro; movía los labios como si quisiera articular alguna palabra; no pronunciaba ningún sonido, pero los seguía moviendo; era muy extraño.

—¡Qué le pasa! —Aliosha se estremeció de pronto, sin saber por qué.

—Alexiéi Fiódorovich... yo... usted... —balbuceó el capitán de Estado Mayor, mirando a Aliosha fijamente de manera rara y feroz, con el aspecto de un hombre decidido a lanzarse a un precipicio a la vez que esboza una sonrisa con los labios—. Yo... usted... ¿Qué le parecería a usted si le enseñara ahora un pequeño juego de manos? —susurró de pronto con palabra rápida y firme, sin que se le entrecortara ya el discurso.

—¿Qué juego de manos?

—Un pequeño juego de manos, un truquito —siguió susurrando el capitán; se le crispó la boca hacia el lado izquierdo, entornó el ojo del mismo lado; continuaba mirando a Aliosha como si tuviera en él clavada la vista.

—Pero ¿qué le pasa? ¿De qué juego de manos habla? —gritó éste, completamente asustado.

—Ya verá, ¡mire! —chilló de pronto el capitán.

Y mostrándole los dos billetes de cien rublos que había sostenido juntos, durante toda esta conversación, entre el pulgar y el índice de la mano derecha, los cogió repentinamente con rabia, los arrugó y los apretó con toda su fuerza en el puño crispado de su mano derecha.

—¿Los ha visto? ¿Los ha visto? —chilló a Aliosha, y de súbito, pálido, exasperado, levantó el brazo y arrojó al polvo con la mayor violencia los dos billetes arrugados—. ¿Los ha visto? —volvió a chillar, señalándolos con el dedo—. ¡Pues mire!...

Levantó el pie derecho y con furia salvaje se puso a pisotearlos con el tacón, lanzando exclamaciones y jadeando a cada patada.

—¡Aquí tiene su dinero! ¡Aquí tiene su dinero! ¡Aquí tiene su dinero! ¡Aquí tiene su dinero! —dio un repentino salto hacia atrás y se irguió ante Aliosha. Todo su aspecto reflejaba en aquel momento un inexpresable orgullo.

—¡Comunique a quienes le han mandado, que el estropajo no vende su honor! —gritó, levantando los brazos al aire.

Después se volvió rápidamente y echó a correr; pero no había dado cinco pasos cuando, volviéndose por completo otra vez, hizo a Aliosha adiós con la mano. Y aún de nuevo, sin haber dado siquiera otros cinco pasos, se volvió por vez última, con la cara no contraída ya por la risa, sino sacudida por el llanto. Con voz llorosa y entrecortada, con precipitadas palabras, gritó:

—¿Qué habría dicho a mi pequeño, si por nuestra ofensa hubiera aceptado su dinero?

Después echó a correr y ya no se volvió.

Aliosha le siguió con la mirada, sintiendo en su alma una tristeza. Oh, comprendía que el otro hasta el mismísimo último momento no sabía que iba a arrugar y tirar los billetes. Aquel hombre corría sin volverse una sola vez, y Aliosha sabía que no iba a volverse. No quiso seguirle y llamarle, sabía por qué. Cuando el otro hubo desaparecido de su vista, Aliosha recogió del suelo los dos billetes: sólo estaban muy arrugados, machacados y hasta crujieron, como billetes nuevos, cuando Aliosha los desplegó y los alisó. Cuando los hubo alisado, los dobló, se los puso en el bolsillo y se fue a ver a Katerina Ivánovna, a informarla del resultado de su gestión.

Libro quinto

PRO Y CONTRA[1]

---

[1] En latín en el original.

I

ESPONSALES

L A señora Jojlakova fue otra vez la primera en recibir a
Aliosha. Tenía prisa, había sucedido algo importante: la
crisis histérica de Katerina Ivánovna había terminado
con un desmayo, seguido de «una debilidad espantosa, terrible;
se ha acostado, se ha quedado medio dormida y ha empezado a
delirar. Ahora tiene fiebre; hemos mandado a buscar a Herzenstube, hemos mandado recado a las tías. Éstas ya han llegado, pero Herzenstube todavía no. Esperan en la habitación de
Katerina Ivánovna. No sé lo que pasará, pero ella ha perdido
el conocimiento. ¡Mientras no sea una fiebre nerviosa!»

Al expresarse así, la señora Jojlakova tenía aspecto de estar
hondamente preocupada: «Esto es serio, ¡muy serio!», añadía a
cada momento, como si no fuera serio cuanto había ocurrido
antes en su casa. Aliosha la escuchaba con amargura; empezó a
contarle sus aventuras, pero a las primeras palabras, la señora
Jojlakova le interrumpió: no tenía tiempo, le rogó que hiciera
compañía a *Lise* y la esperara allí.

—*Lise*, mi muy querido Alexiéi Fiódorovich —le susurró
casi al oído—, *Lise* acaba de darme una gran sorpresa, pero
también me ha enternecido y por esto mi corazón se lo perdona todo. Figúrese que no bien usted ha salido, ha empezado a
arrepentirse con toda sinceridad de haberse burlado aparentemente de usted ayer y hoy. Pero no se reía, sólo bromeaba.
Era tan serio su arrepentimiento, *Lise* casi lloraba, que me he
quedado sorprendida. Antes, cuando se reía de mí, nunca se
arrepentía seriamente, todo lo echaba a broma. Ya sabe usted

que de mí se ríe a cada momento. Pero ahora lo ha hecho en serio, ahora todo va en serio. *Lise* tiene en una extraordinaria estima su opinión, Alexiéi Fiódorovich, y si usted puede, no se sienta ofendido por ella, dispénsela. Yo misma la perdono siempre, porque es tan inteligente, ¿no lo cree? Me estaba diciendo ahora que usted ha sido su amigo de infancia, «el amigo más verdadero de mi infancia»; figúrese, el más verdadero; ¿y yo, qué? Sobre este particular, tiene sentimientos y también recuerdos muy serios, pero lo principal son esas frases y palabritas tan inesperadas, las más inesperadas, que te suelta cuando menos lo esperas. No hace mucho, por ejemplo, me hablaba de un pino: cuando ella era muy pequeña, en su primera infancia, teníamos en nuestro jardín un pino, es posible que aún esté y no haya motivo para hablar en pasado. Los pinos no son como las personas, tardan mucho tiempo en cambiar, Alexiéi Fiódorovich. «Mamá (me dice), recuerdo ese pino como si hubiera sido un sueño», es decir, «el pino como un sueño»; ella se expresó de modo algo distinto, confuso, la palabra pino es estúpida; pero sobre todo esto ella me dijo algo tan original que me siento incapaz de transmitirlo. Además, se me ha olvidado todo. Bueno, hasta pronto. Estoy muy afectada y, probablemente, me volveré loca. ¡Ay, Alexiéi Fiódorovich! Ya me he vuelto loca dos veces en mi vida, y han tenido que curarme. Vaya a ver a *Lise*. Anímela, como siempre sabe hacerlo a las mil maravillas. *Lise* —gritó, acercándose a la puerta de su habitación—, aquí te traigo a Alexiéi Fiódorovich, al que tanto has ofendido, y no está enfadado en lo más mínimo, te lo aseguro; al contrario, ¡se sorprende de que tú pudieras pensarlo!

—*Merci, maman;* pase, Alexiéi Fiódorovich.

Aliosha entró. *Lise* miraba turbada y, de repente, se puso como la grana. Por lo visto se avergonzaba de alguna cosa y, como sucede siempre en estos casos, se puso a hablar a toda prisa sobre algo accidental, como si en aquel momento no se interesara por otra cosa.

—Mamá acaba de contarme, Alexiéi Fiódorovich, toda la historia de esos doscientos rublos y del encargo que le han hecho... para ese pobre oficial... Me ha explicado la horrible escena de cómo le ofendieron, y, ¿sabe?, aunque mamá suele embrollar las cosas, cuando las cuenta... siempre salta de una a otra..., escuchándola, he llorado. Dígame, ¿le ha entregado el dinero? ¿Cómo está ahora ese desgraciado?...

—El caso es que no lo he entregado; esto es toda una historia —respondió Aliosha, como si, por su parte, lo que más le preocupara fuese no haber entregado los doscientos rublos.

Pero *Lise* observaba perfectamente que también él desviaba la mirada y, por lo visto, también se esforzaba por hablar sobre lo accidental. Aliosha se sentó ante la mesa y empezó a contar, pero desde las primera palabras le desapareció toda turbación y cautivó, a su vez, la atención de *Lise*. Hablaba bajo la influencia de su profundo estado emocional y de la extraordinaria impresión que había recibido hacía poco, y acertó a explicarse bien y circunstanciadamente. Ya antes, en Moscú, cuando *Lise* era aún una niña, a Aliosha le gustaba ir a verla y contarle algo que le hubiera acabado de suceder, o algo leído, o alguno de sus recuerdos de infancia. A veces hasta se ponían a soñar juntos e inventaban novelitas enteras, casi siempre alegres y divertidas. Ahora parecía que los dos se habían trasladado a los tiempos de Moscú, dos años atrás. *Lise* estaba extraordinariamente conmovida por el relato de Aliosha, quien con cálida emotividad supo describirle la imagen de «Iliúshechka». Cuando acabó de relatar con todo detalle la escena de cómo aquel hombre desdichado pisoteaba el dinero, *Lise* juntó las manos y exclamó, presa de una incontenible emoción:

—¡Así, no le ha dado usted el dinero! ¡Le ha dejado usted marchar! Dios mío, por lo menos tenía que correr tras él y alcanzarle...

—No, *Lise*, es mejor que no haya corrido detrás de él —dijo Aliosha, que se levantó de la mesa y, preocupado, comenzó a pasear por la habitación.

—¿Mejor? ¿Por qué, mejor? Ahora están sin pan, ¡van a sucumbir!

—No sucumbirán, porque estos doscientos rublos, de todos modos, llegarán a sus manos. Mañana los tomará, pese a todo. Mañana los tomará sin duda —repuso Aliosha, que seguía paseando, caviloso—. Verá, *Lise* —prosiguió, deteniéndose súbitamente ante ella—, yo mismo he cometido en este caso un error, pero ha sido para bien.

—¿Qué error, y por qué ha sido para bien?

—Por lo siguiente: este hombre es débil de carácter, y miedoso. Está deshecho por los sufrimientos, pero es muy bueno. Yo no hago más que pensar por qué se ha sentido tan ofendido de repente y ha pisoteado el dinero; hasta el último momento no sabía él que iba a pisotearlo, se lo aseguro. Según me parece, podía sentirse ofendido por muchas razones... sí, y no podía ser de otro modo en su situación... En primer lugar, ya se sintió molesto por haberse alegrado en exceso ante mí de haber recibido el dinero y no haberlo disimulado. Si sólo se hubiera alegrado un poco, sin demostrarlo, si hubiera empezado a poner peros y a hacer remilgos al tomar el dinero, como otros, entonces aún hubiera podido soportarlo y se los hubiera podido quedar; pero él se alegró demasiado sinceramente, y eso ofende. ¡Ah, *Lise!* Es un hombre recto y bueno, ¡éste es el mal, en tales casos! Ha estado hablando todo el rato con una voz débil, muy débil, precipitadamente, riéndose con una risita sin fuerza o llorando... Sí, lloraba, tanto era su entusiasmo... Y habló de sus hijas... y del empleo que en otra ciudad iban a darle... Tan pronto como hubo desahogado el alma, sintió vergüenza de haberme mostrado tan al desnudo lo que sentía. En aquel mismo instante me ha odiado. Es uno de esos pobres terriblemente vergonzosos. Se sintió, sobre todo, ofendido por haberme tomado demasiado pronto como amigo suyo y habérseme entregado; se me echaba encima, para asustarme, y de pronto, a la vista del dinero, me abrazó. Porque me abrazó, no hacía sino tocarme con las manos. Y al obrar así, debía experimentarlo todo como una humillación; entonces, precisamente, he cometido yo un error muy importante: no se me ha ocurrido decirle otra cosa que si no tiene dinero bastante para el traslado a otra ciudad, le darían más y que yo mismo le daría de mi propio dinero cuanto quisiera. Ha sido esto precisamente lo que le ha sorprendido: ¿por qué acudía también yo en su ayuda? No sé si sabe usted, *Lise,* cuán terrible y penoso es para un hombre desgraciado que todo el mundo empiece a mirarle con ojos de bienhechor... Lo he oído decir, me ha hablado de ello el stárets. No sé cómo expresarlo, pero yo mismo lo he visto con frecuencia. Además, yo lo siento exactamente del mismo modo. Él no sabía que iba a pisotear los billetes, no lo supo hasta el último momento, pero lo presentía, no hay duda,

y esto es muy importante. Porque lo presentía, era tan exaltado su entusiasmo... Y por eso, aunque fue tan desagradable
todo, resultará para bien. Hasta pienso que ha sido lo mejor y
que mejor no podía haber sucedido...

—¿Por qué no podía haber sido mejor? ¿Por qué? —exclamó *Lise,* mirando muy sorprendida a Aliosha.

—Porque, *Lise,* si no hubiera pisoteado el dinero y lo hubiera cogido, vuelto a su casa, una ahora más tarde, fatalmente
habría llorado por su humillación. Habría llorado y con toda
probabilidad mañana, no bien se hiciera de día, habría venido
a verme y quizá me habría arrojado los billetes a la cara, los habría pisoteado como ha hecho hace poco. En cambio, ahora se
siente enormemente orgulloso y triunfante, aunque sabe que
«se ha hundido». Por tanto, ahora no hay nada tan fácil como
hacerle tomar esos mismos doscientos rublos, sin esperar más
que a mañana, pues ya ha puesto de manifiesto su honor, ha
arrojado el dinero al suelo, lo ha pisoteado... Debía de saber,
forzosamente, cuando lo pisoteaba, que mañana se los llevaré
otra vez. La verdad es que necesita este dinero de manera terrible. Aunque ahora se sienta orgulloso, hoy mismo pensará en
la ayuda que ha rechazado. Por la noche lo pensará aún con
mayor fuerza, lo verá en sueños, y a la mañana siguiente estará
ya dispuesto a ir a verme corriendo y a pedirme perdón. Entonces me presentaré yo: «Es usted un hombre orgulloso (haré
como si le dijera), y lo ha demostrado; ahora tome, perdóne-
nos.» ¡Entonces lo tomará!

Aliosha había pronunciado estas palabras con cierto arrebato. *Lise* batió palmas.

—¡Oh, es verdad! ¡Ahora lo comprendo con claridad perfecta! ¿Cómo sabe todas estas cosas, Aliosha? Tan joven y ya sabe
lo que pasa en el alma... A mí no se me habría ocurrido nunca...

—Ahora, lo importante es convencerle de que se encuentra
en pie de igualdad con nosotros, a pesar de que acepta nuestro
dinero —prosiguió con el mismo arrebato Aliosha—; y no
sólo en pie de igualdad, sino incluso de superioridad...

—«En pie de superioridad»; es magnífico, Alexiéi Fiódorovich, pero hable, ¡hable!

—Bueno, no me he expresado bien... con lo del pie de superioridad... pero eso no importa, porque...

—¡Ah!, no importa, no importa, ¡claro que no importa! Perdone, Aliosha, mi querido Aliosha... ¿Sabe?, hasta ahora casi no le sentía respeto... es decir, le tenía respeto, pero en un pie de igualdad; ahora se lo tendré en uno de superioridad... Querido, no se enfade de que «juegue con las palabras» —añadió inmediatamente, con calor—. Yo soy ridícula y pequeña, pero usted, usted... Escúcheme, Alexiéi Fiódorovich, en todo este razonamiento nuestro, quiero decir suyo... no, mejor nuestro..., ¿no hay desprecio por ese hombre, por ese desgraciado... en el hecho de que estemos ahora analizándole el alma, como de arriba abajo, eh? ¿En que hayamos decidido, con toda seguridad, que ahora admitirá el dinero?

—No, Lise, no hay desprecio —respondió firmemente Aliosha, como si estuviera ya preparado para responder a semejante pregunta—; he pensado en ello al venir hacia acá. Juzgue usted misma qué desprecio puede haber en esto; nosotros mismos somos como él, todos somos como él. Porque también nosotros somos así, no somos juguetes. Y si fuéramos mejores, de todos modos, seríamos iguales, en su lugar... No sé lo que le pasa a usted, Lise, pero por mi parte yo considero que en muchas cosas tengo un alma mezquina. Y él no la tiene mezquina; al contrario, muy delicada... No, Lise, ¡no hay en eso ningún desprecio hacia él! ¿Sabe, Lise? Mi stárets me dijo una vez: a la mayor parte de las personas hay que tratarlas como si fueran niños, y a algunos, como a enfermos del hospital!...

—¡Oh, Alexiéi Fiódorovich! ¡Oh, amigo mío! ¡Vamos a tratar a la gente como si estuviera enferma!

—De acuerdo, Lise, estoy dispuesto; sólo que aún no me encuentro completamente preparado; a veces soy muy impaciente, y otras no me doy cuenta de ello. Usted no es así.

—¡Ah, no lo creo! Alexiéi Fiódorovich, ¡qué feliz soy!

—Qué bien que diga eso, Lise.

—Alexiéi Fiódorovich, usted es sorprendemente bueno, pero a veces diríase que es pedante... Ahora, si uno se fija, ve que no se trata de pedantería. Acérquese a la puerta con cautela, ábrala despacio y mire si nos está escuchando mamita —dijo de súbito Lise, con un balbuceo nervioso y precipitado.

Aliosha se dirigió a la puerta, la abrió y comunicó que no había nadie escuchando.

—Acérquese, Alexiéi Fiódorovich —prosiguió *Lise*, ruborizándose cada vez más—, deme su mano, así. Escúcheme, he de hacerle una gran confesión: la carta de ayer no se la escribí en broma, sino en serio...

Se cubrió los ojos con la mano. Se veía que le daba mucha vergüenza hacer esta confesión. De pronto, le agarró la mano y se la besó tres veces, arrebatada.

—Ah, *Lise*, es magnífico —exclamó lleno de júbilo Aliosha—. Yo estaba convencido por completo de que la había escrito usted en serio.

—¡Estaba convencido, figúrese! —le apartó con rápido movimiento la mano, sin soltarla, no obstante, de la suya, poniéndose terriblemente colorada y riéndose con su risita leve y feliz—. Le he besado la mano y él dice: «magnífico».

Pero su reproche era injustificado: Aliosha estaba asimismo presa de gran turbación.

—Quisiera gustarle siempre, *Lise*, pero no sé cómo hacerlo —balbuceó a duras penas, también ruborizándose.

—Aliosha, querido, es usted frío y osado. Vean. ¡Ha tenido a bien elegirme por esposa y se queda tan tranquilo! No tenía duda de que le había escrito en serio, ¡vaya cara! Pero esto es una insolencia, ¡eso es!

—¿Acaso es malo el que yo estuviera convencido de ello? —Aliosha se echó a reír.

—Oh, Aliosha, al contrario, es terriblemente bueno —*Lise* le miró con ternura rebosante de felicidad. Aliosha estaba de pie, manteniendo aún su mano en la de ella. De pronto se inclinó y la besó en los labios.

—¿Qué significa esto? ¿Qué le pasa? —exclamó *Lise*.

Aliosha se desconcertó por completo.

—Perdone, si está mal... Quizá soy muy estúpido... Usted ha dicho que soy frío y la he besado... Pero ya veo que ha sido una estupidez...

Lise se puso a reír y se cubrió la cara con las manos.

—¡Y con este vestido! —se le escapó entre risas, pero de súbito dejó de reír y se quedó seria, casi severa.

—Bueno, Aliosha, aún hemos de esperar con los besos, porque esto es una cosa que aún no conocemos ninguno de los dos y nos tocará esperar mucho tiempo —concluyó súbitamente—.

Mejor será que me diga por qué me elige a mí, que soy tan tonta, a una tonta enferma, usted que es tan inteligente, tan reflexivo y tan perspicaz. ¡Oh, Aliosha! ¡Soy enormemente feliz, porque no valgo en lo más mínimo lo que usted!

—Sí vale, *Lise*. Dentro de pocos días saldré del monasterio por completo. Ya sé que para vivir en el mundo es necesario casarse. También *él* me lo ha ordenado así. ¿A quién elegir, mejor que a usted... y quién me va a aceptar, fuera de usted? Ya lo he meditado. En primer lugar, usted me conoce desde la infancia, y en segundo lugar, tiene usted muchas aptitudes de las que yo carezco totalmente. Tiene usted el alma más alegre que yo; usted, sobre todo, es más ingenua que yo, pues yo ya he chocado con muchas cosas, ¡muchas!... ¡Ah, usted no lo sabe! Pero ¡también yo soy un Karamázov! Qué importa que usted se ría y bromee, incluso a costa mía; ríase, me alegro tanto de que lo haga... Pero usted se ríe como una niña, y en su interior piensa como una mártir...

—¿Como una mártir? ¿Cómo es eso?

—Sí, *Lise;* tome la pregunta que me ha hecho hace un momento: si no hay desprecio por ese desgraciado en el hecho de que anatomicemos su alma; es una pregunta de mártir... ¿ve?; yo no sé cómo explicarlo, pero la persona que se plantea tales preguntas es capaz de sufrir ella misma. Sentada en su sillón, ha debido usted de haber meditado ya muchas cosas...

—Aliosha, deme su mano; ¿por qué la retira? —balbuceó *Lise* con una vocecita lánguida, debilitada por la felicidad—. Dígame, Aliosha, cómo vestirá usted cuando salga del monasterio, qué traje llevará? No se ría, no se enfade, para mí eso es muy importante.

—En el traje, aún no he pensado, *Lise*, pero me pondré el que usted quiera.

—Quiero que lleve una chaqueta de terciopelo azul oscuro, un chaleco de piqué blanco y un sombrero de fieltro gris, flexible... Dígame, ¿ha creído de verdad que yo no le amaba, cuando le he dicho que me desentendía de la carta de ayer?

—No, no lo he creído.

—¡Oh, es usted insoportable, incorregible!

—Verá: yo sabía que usted... según parece, me ama, pero yo

simulaba creerla en lo de que no me amaba para que a usted le resultara... más cómodo...

—¡Eso es aún peor! Es peor y mejor que todo. Aliosha, yo le amo a usted terriblemente. Hoy, cuando usted tenía que venir, yo estaba haciendo cábalas: le pediré la carta de ayer; si él se la saca tranquilamente del bolsillo y me la devuelve (como siempre puede esperarse de él), esto significará que no me ama, que no siente nada por mí, que es, simplemente un muchacho estúpido e indigno, y yo estaré perdida. Pero usted dejó la carta en la celda y eso me dio ánimos: usted presentía que yo le iba a reclamar la carta y la había dejado en la celda adrede, para no devolvérmela, ¿no es cierto? ¿Verdad que es así?

—¡Oh, *Lise*, de ningún modo! Llevo la carta conmigo, y también entonces la llevaba; la tengo en este bolsillo, mírela —Aliosha sacó, riéndose, la carta del bolsillo y se la mostró de lejos—. Pero no se la devolveré, mírela desde ahí.

—¿Cómo? Así, usted ha mentido; ¡es monje y ha mentido!

—Lo admito, he mentido —se rió Aliosha—, he mentido para no devolverle la carta. Me es muy cara —añadió de pronto con profunda emoción, ruborizándose de nuevo—, la conservaré toda la vida, ¡y no la daré nunca a nadie!

Lise le contemplaba con admiración.

—Aliosha —balbuceó otra vez—, mire detrás de la puerta; ¿no nos estará escuchando mamá?

—Está bien, *Lise*, miraré; pero ¿no sería preferible no mirar? ¿Por qué sospechar que su madre cometa una bajeza semejante?

—¿Bajeza? ¿Qué bajeza? El que ella escuche para sorprender lo que dice su hija es su derecho, y no una bajeza —estalló *Lise*—. Esté usted seguro, Alexiéi Fiódorovich, que cuando yo misma sea madre y tenga una hija como yo, la escucharé a hurtadillas, sin falta.

—¿Es posible?, *Lise*, eso no está bien.

—¡Ah, Dios mío! ¿Qué bajeza hay en eso? Si escuchara tras una puerta alguna conversación mundana, cometería una bajeza; pero resulta que la hija propia se ha encerrado con un joven... Escuche, Aliosha, ha de saber que a usted también le vigilaré tan pronto como nos hayamos casado, y sepa también que abriré y leeré todas sus cartas... Ya está usted advertido...

—Sí, naturalmente, si tanto... —balbuceó Aliosha—. Pero eso no está bien...

—¡Oh, qué desprecio! Aliosha, querido, vamos a reñir desde el primer día; lo mejor será que le diga la verdad: desde luego, está muy mal escuchar tras las puertas; yo no tengo razón, la tiene usted, sin duda alguna, pero de todos modos, escucharé.

—Hágalo. Nada especial fisgoneará usted —replicó Aliosha, riéndose.

—Aliosha, ¿me obedecerá usted? Esto también hay que decidirlo de antemano.

—De muy buen grado, *Lise,* sin duda alguna, pero no en lo más esencial. En lo más importante, aunque no esté usted de acuerdo conmigo, obraré, de todos modos, según me ordene el deber.

—Así tiene que ser. Y sepa que yo, al contrario, no sólo estoy dispuesta a someterme en lo más importante, sino que en todo le obedeceré a usted, y así se lo juro ahora mismo: en todo y para toda la vida —exclamó apasionadamente *Lise*—; eso será para mí una felicidad, ¡una felicidad! Es más, le juro a usted que nunca le escucharé a escondidas, que nunca, ni una sola vez, le leeré una sola carta, porque usted tiene razón y yo no. Y aunque tenga unos deseos locos de escuchar, ya sé que será así, no lo haré de ningún modo, porque usted lo considera innoble. Ahora es usted como mi providencia... Escuche, Alexiéi Fiódorovich, ¿por qué está usted tan triste estos días, ayer y hoy? Ya sé que está usted muy atareado y que no le faltan desdichas, pero, además de todo eso, veo que sufre usted una pena especial, quizá secreta, ¿no?

—Sí, *Lise*, también tengo una pena secreta —articuló tristemente Aliosha—. Veo que me ama usted, ya que lo ha adivinado.

—¿Qué pena es? ¿De qué se trata? ¿Se puede decir? —rogó con timidez la muchacha.

—Se lo diré luego, *Lise*... luego... —Aliosha se turbó—. Ahora, seguramente, no lo comprendería. Además, ni yo mismo, con toda probabilidad, podría contarlo.

—Sé, por otra parte, que se atormenta usted por sus hermanos y por su padre, ¿verdad?

[364]

—Sí, y mis hermanos... —articuló Aliosha, como si estuviera abstraído.

—Su hermano Iván Fiódorovich no me gusta, Aliosha —dijo de pronto *Lise*..

Aliosha se sorprendió un poco de semejante observación, pero no la comentó.

—Mis hermanos se pierden —prosiguió Aliosha—, mi padre también. Y al mismo tiempo que se pierden ellos, pierden a otros. Es la «fuerza telúrica de los Karamázov», como decía hace poco el padre Paísi, telúrica y desenfrenada, sin perfeccionar... Ni siquiera sé si el espíritu divino se extiende por encima de esta fuerza. Sólo sé que yo mismo soy un Karamázov... ¿Yo un monje, un monje? ¿Un monje yo, *Lise*? ¿No ha dicho usted, hace unos instantes, que yo soy un monje?

—Sí, lo he dicho.

—Pues yo, quizá, no creo en Dios.

—¿Que usted no cree? ¿Qué le pasa? —articuló *Lise* en voz baja y circunspecta.

Pero Aliosha no respondió a esta pregunta. En sus palabras excesivamente repentinas había algo en demasía misterioso y subjetivo, algo que quizá ni para él mismo resultaba claro, pero que sin duda alguna le torturaba.

—Ahora, además, mi amigo se va; el mejor hombre del mundo abandona la tierra. ¡Si supiera usted, *Lise,* si supiera cómo estoy ligado, espiritualmente ligado con este hombre! Y ya ve, voy a quedarme solo... Vendré a su lado, *Lise*... En adelante estaremos juntos...

—Sí, juntos, juntos! Desde hoy, juntos para toda la vida. Escuche, béseme, se lo permito.

Aliosha la besó.

—Ahora, váyase, ¡que Dios le acompañe! —y le hizo el signo de la cruz—. Vaya cuanto antes *a verle,* mientras esté con vida. Veo que le he retenido cruelmente. Hoy rezaré por él y por usted. Aliosha, ¡seremos felices! ¿Seremos felices, nosotros? ¿Lo seremos?

—Me parece que sí, *Lise*.

Al dejar la estancia de *Lise,* Aliosha no tenía la intención de presentarse a la señora Jojlakova, sino la de salir de la casa sin despedirse. Pero no bien abrió la puerta y se acercó a la escalera, se encontró de manos a boca con la propia señora Jojlakova. Desde la primera palabra adivinó Aliosha que ella le estaba esperando allí.

—Alexiéi Fiódorovich, eso es espantoso. Esto son quimeras infantiles, todo esto es absurdo. Espero que ni en sueños pensará usted... ¡Estupideces, estupideces y estupideces! —exclamó, como increpándole.

—Pero no se lo diga a ella —le replicó Aliosha—, eso la conmovería y le sería perjudicial!

—Oigo una palabra sensata de un sensato joven. ¿He de entender que usted mismo sólo se ha manifestado de acuerdo con ella por compasión, teniendo en cuenta su estado, y por no irritarla contradiciéndola?

—Oh, no, de ningún modo; he hablado con ella completamente en serio —declaró sin titubear Aliosha.

—La seriedad en este caso es imposible, es inconcebible; y en primer lugar, ahora no le recibiré ni una sola vez, y en segundo lugar, me iré de aquí y me la llevaré; ya lo sabe.

—Pero ¿por qué? —dijo Aliosha—. No se trata de algo próximo aún; todavía habrá que esperar, quizás, año y medio.

—Oh, Alexiéi Fiódorovich, eso, desde luego, es cierto, y en año y medio tendrá mil ocasiones de reñir con ella y separarse. Pero yo soy tan desgraciada, ¡tan desgraciada! Todo esto pueden ser niñerías, pero a mí me han abatido. Ahora soy como Fámusov en la última escena; usted es Chatski, ella es Sofía, y figúrese, yo he venido corriendo aquí, a la escalera, para esperarle, y también en la obra[2] todo lo fatal pasa en la escalera. Lo he oído todo, apenas he podido contenerme. ¡He aquí, pues, la explicación de los horrores de esta noche y de todos los histerismos de hace poco! Para la hija, el amor; para la madre, la muerte. Ya puede prepararme la caja. Ahora, lo segundo y más importante: ¿qué carta es esa que ella le ha escrito? Muéstremela enseguida, ¡enseguida!

—¡No, no he de mostrársela. Dígame, ¿cómo se encuentra Katerina Ivánovna? Necesito en gran manera saberlo.

---

[2] Fámusov, Chatski y Sofía, personajes de la comedia de A. S. Griboiédov (1795-1829) *La desgracia de ser inteligente*. Fámusov figura como activo partidario del «pasado», mientras que Chatski es el prototipo del joven progresista de ideas avanzadas.

—Sigue delirando, no ha recobrado el conocimiento; sus tías están aquí, no hacen más que lamentarse y darse humos en mi presencia; ha venido Herzenstube y se ha asustado de tal modo que yo misma no sabía qué hacer con él ni cómo sacarle del apuro, hasta quería enviar a buscar a otro doctor. Hemos tenido que dejarle mi coche. Y para colmo de desdichas, viene usted como de remate con esa carta. Cierto, todo eso ha de ser aún dentro de año y medio. En nombre de cuanto hay de sagrado y santo, en nombre de su stárets moribundo, muéstreme esa carta, Alexiéi Fiódorovich, ¡a mí, a la madre! Si quiere, sosténgala uted y la leeré yo a distancia.

—No, no se la enseñaré, Katerina Ósipovna; aunque ella lo permitiera, no se la enseñaré. Mañana vendré y, si usted quiere, hablaremos de muchas cosas; pero ahora ¡adiós!, ¡adiós!

Aliosha bajó precipitadamente la escalera y salió a la calle.

II

SMERDIÁKOV Y SU GUITARRA

LA verdad era que no tenía tiempo. Mientras se despedía de *Lise* se le había ocurrido una idea: de qué manera sorprender, con mucha astucia, a su hermano Dmitri, quien, por lo visto, procuraba evitarle. Ya no era temprano, eran casi las tres de la tarde. Con todas las fibras de su ser, Aliosha experimentaba un vivísimo deseo de volver al monasterio, al lado de su «gran moribundo, pero la necesidad de ver a su hermano Dmitri era más fuerte que todo lo demás: en la mente de Aliosha de hora en hora se hacía más fuerte la convicción de que se estaba gestando una catástrofe espantosa e inevitable. Quizá ni él mismo habría podido precisar en qué consistía la catástrofe ni qué quería decir en aquel instante a su hermano. «Que muera mi bienhechor sin tenerme a su lado, pero, por lo menos, yo no me reprocharé toda la vida el haber podido, quizá, salvar alguna cosa y no haberlo hecho; haber pasado de largo, haberme dado prisa para regresar a casa. Obrando así cumplo su santa voluntad...»

Su plan consistía en sorprender a su hermano Dmitri del siguiente modo: saltar la misma cerca que el día anterior, entrar en el huerto y sentarse en la glorieta. «Si no está allí —pensaba Aliosha—, me quedaré escondido sin decir nada a Fomá ni a las dueñas de la casa y esperaré, aunque sea hasta la noche. Si, como antes, acecha la llegada de Grúshenka, es muy posible que se presente en la glorieta...» De todos modos, Aliosha no se paraba a reflexionar mucho en los detalles del plan; pero decidió cumplirlo, aunque por ello se viera obligado a no regresar al monasterio aquel día...

Todo transcurrió sin dificultad alguna: franqueó la cerca casi en el mismo lugar que el día anterior y se dirigió a escondidas hacia la glorieta. No quería que le vieran: tanto las dueñas de la casa como Fomá (de estar ahí) podían ponerse del lado de Dmitri y obedecer sus instrucciones, de modo que o no lo dejarían entrar en el huerto o advertirían a Dmitri que le estaban buscando y preguntaban por él. En la glorieta no había nadie. Aliosha se sentó en el mismo sitio de la víspera y se dispuso a esperar. Examinó la glorieta: la vio tan desvencijada que le pareció mucho más ruinosa que el día anterior. De todos modos, el día era tan claro como la víspera. Sobre la mesa verde había una huella circular, seguramente del coñac que, el día anterior, se habría derramado de la copita. Como siempre ocurre durante una espera aburrida, le acudían a la cabeza ideas insustanciales y sin relación con lo que le preocupaba: por ejemplo, ¿por qué al llegar a la glorieta se había sentado exactamente en el mismo lugar que la víspera y no en otro? Por fin se sintió muy triste, triste por la angustia de la incertidumbre. Pero no llevaba ni un cuarto de hora allí cuando resonaron, muy cerca, los acordes de una guitarra. Alguien estaba sentado o acababa de sentarse a unos veinte pasos, no más, entre los arbustos. De pronto le vino a la memoria que al marchar de la glorieta el día anterior, dejando allí a su hermano, había visto o había creído divisar a la izquierda, junto a la cerca del huerto, un banco viejo, pequeño, pintado de color verde, entre los arbustos. En él, por lo visto, se habían sentado las visitas. ¿Quiénes serían? Una voz masculina, en falsete dulzón, se puso a cantar una copla acompañándose con la guitarra:

Una fuerza invencible
me inclina hacia mi amada.
¡Ten piedad, Señor,
de ella y de mí!
¡De ella y de mí!
¡De ella y de mí!

La voz se detuvo. Era una voz atenorada y lacayuna, como lacayuno era el giro de la canción. Otra voz, esta vez femenina, dijo de pronto, acariciadora y al parecer con timidez, aunque en extremo melindrosa:

—¿Por qué no ha venido a vernos durante tanto tiempo, Pável Fiódorovich? ¿Desdeña usted nuestro trato?

—De ningún modo —respondió la voz masculina, amablemente, si bien en un tono en que vibraba en primer lugar una nota de dignidad tenaz y firme.

Por lo visto el hombre dominaba y la que coqueteaba era la mujer. «A juzgar por la voz, parece Smerdiákov —pensó Aliosha—; la dama debe ser la hija de la dueña de la casa, la que vino de Moscú, la que lleva un vestido de cola y va a recoger la sopa que Marfa Ignátievna le da...»

—Me gustan con delirio los versos, si son armoniosos —prosiguió la voz femenina—. ¿Por qué no continúa usted?

La voz entonó de nuevo:

¡La corona real!
Que tenga salud mi amada.
¡Ten piedad, Señor,
de ella y de mí!
¡De ella y de mí!
¡De ella y de mí!

—La última vez aún le salió mejor —observó la voz femenina—. Cantaba, a propósito de la corona: «Que mi dulce amada tenga salud.» Así resulta más tierno; probablemente hoy lo ha olvidado usted.

—Los versos no son más que sandeces —cortó Smerdiákov.

—Ah, no; a mí me gustan los versos.

—Los versos son pura estupidez. Juzgue usted misma:

[369]

¿quién hay en el mundo que hable en rima? Y si todos nos pusiéramos a hablar en rima, aunque fuera por mandato de la superioridad, ¿sería mucho lo que diríamos? Los versos no son cosa seria, María Kondrátievna.

—Qué inteligente es en todo. ¿Cómo ha podido aprender tantas cosas? —decía, cada vez más acariciadora, la voz femenina.

—Más podría y más sabría si el destino no me hubiese sido adverso desde la infancia. Mataría en duelo a pistola a quien me tratara de canalla por haber nacido de Smerdiáschaia sin padre; hasta en Moscú me lo echaban en cara; la noticia llegó gracias a Grigori Vasílievich. Grigori Vasílievich me reprocha que me revele contra mi nacimiento: «Le desgarraste las entrañas», me dice. Sea, pero yo habría permitido que me mataran en sus entrañas con tal de no venir a este mundo. En el mercado contaban, y su mamá se puso a decírmelo con toda su gran falta de delicadeza, que mi madre tenía plica en la cabeza y que no medía más allá de cinco palmos *y piico* de estatura. ¿Por qué decía *y piico*, cuando podía decir simplemente y pico, como dice todo el mundo? Quería expresarlo lastimeramente, pero ésta es una lástima de mujik, como lo son los sentimientos que expresa. ¿Puede experimentar algún sentimiento el mujik ruso frente al hombre instruido? No puede experimentar ningún sentimiento por su falta de instrucción. Ya de niño, cuando oía, a veces, «y piico», tenía ganas de lanzarme de cabeza contra la pared. Odio a toda Rusia, María Kondrátievna.

—Si fuera usted un cadete militar o un gallardo húsar, no hablaría de este modo; desenvainaría el sable y se pondría a defender a toda Rusia.

—Yo, María Kondrátievna, no sólo no quiero ser un húsar, sino que, por el contrario, deseo que se aniquile a todos los soldados.

—Y si el enemigo ataca, ¿quién nos defendería?

—Ninguna falta hace que nos defiendan. En el año doce hubo en Rusia la gran invasión del emperador de los franceses Napoleón I, padre del actual[3], y habría sido magnífico que aquellos franceses nos hubieran conquistado: una nación inte-

---

[3] Napoleón III, sobrino y no hijo de Napoleón I.

ligente habría sometido a otra muy estúpida y se la habría ane-
xionado. Sería muy distinto el orden que reinaría ahora en
nuestro país.

—¡Como si la gente de allí fuera mejor que la nuestra! No
cambiaría yo a cierto guapo mozo por tres jóvenes ingleses
—repuso dulcemente María Kondrátievna, sin duda acompa-
ñando en ese momento sus palabras con sus miradas más
lánguidas.

—Todo es cuestión de gustos.

—Usted mismo parece un extranjero, un auténtico extranjero noble; se lo digo aunque me dé vergüenza confesarlo.

—La verdad es que, por lo depravados, los de afuera y los
de aquí son todos iguales. Todos son unos granujas, con la diferencia de que el de afuera calza botas altas de charol, mientras que nuestro canalla, hundido en su miseria, hiede y lo encuentra tan natural. Al pueblo ruso hay que azotarlo, como decía con mucha razón Fiódor Pávlovich, aunque es un loco, lo
mismo que todos sus hijos.

—Usted decía que sentía mucho respeto por Iván Fiódorovich.

—Pero él me ha tratado a mí de lacayo hediondo. Cree que
puedo sublevarme; pero se equivoca. Si tuviera yo en el bolsillo la cantidad necesaria, hace tiempo que no me verían el pelo
por aquí. Dmitri Fiódorovich es peor que cualquier lacayo,
tanto por su conducta como por su entendimiento y por su
miseria, no sabe hacer nada; en cambio, es respetado por todo
el mundo. Admitamos que yo no sea más que un cuececaldos,
pero si tengo suerte, puedo abrir un café restaurante en Moscú, en la calle de Petrovka. Porque yo sé preparar platos especiales, cosa que en Moscú no sabe hacer nadie, fuera de los extranjeros. Dmitri Fiódorovich es un descamisado, pero si reta
a duelo al primerísimo hijo de un conde, ése se batirá con él; ¿y
en qué es mejor que yo? En realidad, es incomparablemente
más tonto. Cuánto dinero ha despilfarrado sin ton ni son.

—Un duelo ha de ser algo muy bonito, me parece — observó de pronto María Kondrátievna.

—¿Por qué?

—Porque da miedo y hace falta mucha valentía, sobre todo
si se baten oficialitos jóvenes que se disparan las pistolas por

alguna dama. Ha de ser un verdadero cuadro. Oh, si se permitiera asistir a las doncellas, me gustaría horrores verlo.

—Bien, si apunta uno mismo; pero cuando le apuntan a uno a la jeta, la sensación ha de ser de lo más estúpida. Echaría a correr del lugar, María Kondrátievna.

—¿Es posible que usted huyera?

Pero Smerdiákov no se dignó responder. Después de un minuto de silencio, resonó un nuevo acorde de guitarra y la voz de falsete entonó la última copla:

> ¡Por más que me cueste,
> de aquí me alejaré,
> para disfrutar de la vi-i-ida
> y en la capital vivir!
> No estaré triste.
> No estaré en absoluto triste,
> ino tengo siquiera la intención de estar triste!

En ese momento se produjo un hecho inesperado: Aliosha estornudó; los del banco se callaron enseguida. Aliosha se levantó y se dirigió hacia ellos. Era, en efecto, Smerdiákov, con su traje de los domingos, con el cabello untado de brillantina y poco menos que rizado, con zapatos de charol. Había puesto la guitarra sobre el banco. En cuanto a la dama, era María Kondrátievna, la hija de la dueña de la casa; llevaba un vestido azul claro, con una cola de dos varas; la muchacha, si bien muy carirredonda y con terribles pecas, era aún jovencita y no estaba mal.

—¿Volverá pronto mi hermano Dmitri? —preguntó Aliosha, con la mayor calma de que fue capaz.

Smerdiákov se levantó lentamente del banco; se levantó también María Kondrátievna.

—¿Por qué voy a saber yo lo que hace Dmitri Fiódorovich? Otra cosa sería si estuviese encargado de vigilarle —contestó Smerdiákov sin levantar la voz, clara y desdeñosamente.

—Sólo le he preguntado si lo sabía —explicó Aliosha.

—No tengo idea de dónde se encuentra ahora, ni deseo saberlo.

—Pues mi hermano me dijo precisamente que usted le informa de todo cuanto sucede en casa y que le había prometido avisarle cuando venga Agrafiona Alexándrovna.

Smerdiákov le miró despacio e imperturbable.

—Y usted, ¿cómo se ha permitido entrar esta vez, estando como está la puerta cerrada con pestillo hace ya una hora? —preguntó, mirando fijamente a Aliosha.

—Desde la callejuela he saltado la cerca y me he dirigido directamente a la glorieta. Espero que usted me perdone —se dirigió a María Kondrátievna—; necesitaba encontrar a mi hermano cuanto antes.

—Oh, ¿acaso podemos sentirnos molestas contra usted? —respondió María Kondrátievna alargando las palabras, halagada de que Aliosha le hubiera pedido perdón—. También Dmitri Fiódorovich sigue a menudo el mismo camino para ir a la glorieta, y sin que nosotros sepamos nada está ahí sentado.

—Le busco con mucho interés, tendría muchos deseos de verle o de saber por usted dónde se encuentra ahora. Créanme que es por una cuestión muy importante para él mismo.

—No nos dice dónde va —balbuceó María Kondrátievna.

—Aunque yo vengo aquí de visita —siguió Smerdiákov—, hasta en este lugar me ha asediado inhumanamente con incesantes preguntas acerca de mi señor: qué hace, quién entra y quién sale y qué más puedo comunicarle. Por dos veces me ha amenazado hasta con la muerte.

—¿Cómo, con la muerte? —se sorprendió Aliosha.

—¿Sería para él muy difícil, por su carácter? Ayer, usted mismo pudo observarlo. Me ha advertido que si dejaba entrar a Agrafiona Alexándrovna y pasaba ella aquí la noche, me liquidaría antes que a nadie. Le tengo mucho miedo; si no le temiera tanto, tendría que denunciarle a las autoridades. Sabe Dios de lo que es capaz.

—El otro día le dijo: «Te machacaré en un mortero» —añadió María Kondrátievna.

—Si ha dicho en un mortero, quizá no era más que hablar por hablar... —observó Aliosha—. Si pudiera encontrarle ahora, también le diría algo sobre eso...

—Lo único que puedo comunicarle es lo siguiente —Smerdiákov pareció que se decidía de pronto—: suelo venir aquí por razones de vecindad; ¿por qué no habría de venir?

Por otra parte, Iván Fiódorovich, no bien se ha hecho de día, me ha mandado a casa de Dmitri Fiódorovich, en la calle del Lago, para que le dijera de palabra, sin carta alguna, que fuera a comer sin falta a la taberna de la plaza. He ido, pero no he encontrado a Dmitri Fiódorovich en su casa, a pesar de que eran sólo las ocho de la mañana. «Ha estado, pero ya se ha ido», me dijeron textualmente los dueños de la casa. Como si entre ellos hubiera algún convenio. Es posible que en este mismísimo momento esté en la taberna con su hermano Iván Fiódorovich, pues éste no ha venido a comer a casa; Fiódor Pávlovich terminó de comer hace una hora y se ha acostado a echar una siesta. Sin embargo, le ruego encarecidamente que ni le diga nada de mí ni de lo que acabo de comunicarle, pues me mataría sin más ni más.

—¿Mi hermano Iván ha llamado a Dmitri a comer hoy en la taberna?

—Así es.

—¿En la taberna «La Capital», la de la plaza?

—En la misma.

—¡Es muy posible! —exclamó Aliosha, muy agitado—. Gracias, Smerdiákov, la noticia es importante; ahora mismo voy allá.

—No me descubra —insistió Smerdiákov al verle marchar.

—Oh, no; me presentaré en la taberna como por casualidad, quédese tranquilo.

—Pero ¿por dónde pasa usted? Le abriré la portezuela —le gritó María Kondrátievna.

—No, por aquí llego antes, volveré a saltar la cerca.

La noticia había conmovido terriblemente a Aliosha, quien se dirigió apresuradamente hacia aquel local. Con el vestido que llevaba no resultaría decente entrar en la taberna, pero preguntaría en la escalera y los llamaría, esto podía hacerlo. Sin embargo, no bien estuvo cerca de la taberna, se abrió una ventana y el propio Iván le llamó, desde arriba:

—Aliosha, ¿puedes subir aquí, conmigo? Te lo agradeceré enormemente.

—De buena gana, pero no sé qué hacer, vestido de este modo.

—Estoy en un reservado; sube al portal, bajo corriendo a tu encuentro...

Un minuto más tarde, Aliosha estaba sentado junto a su hermano. Iván estaba comiendo solo.

III

LOS HERMANOS TRABAN CONOCIMIENTO

Sin embargo, Iván no se encontraba en un reservado. Se trataba sólo de un lugar junto a la ventana, separado por un biombo; de todos modos, la gente no podía ver a los que estaban allí detrás. Aquella pieza era la que servía de entrada a la casa; era la primera, con un aparador adosado a una pared lateral. Los camareros cruzaban rápidos aquella estancia a cada momento. No había más que un cliente, un hombre viejo, militar retirado, que bebía té en un rincón. En cambio, en las demás piezas de la taberna reinaba el alboroto habitual en tales lugares; se oían las llamadas a gritos, el ruido de las botellas que se destapan, el golpe de las bolas de billar, el estrépito de un organillo. Aliosha sabía que Iván no frecuentaba casi nunca aquella taberna y que, en general, no era amigo de semejantes establecimientos. «Si está aquí — pensó Aliosha— es precisamente para encontrarse con su hermano Dmitri, según lo convenido.» Pero Dmitri no estaba.

—Encargaré para ti sopa de pescado o alguna otra cosa; no se vive sólo de té —gritó Iván, por lo visto muy contento de la presencia de Aliosha. Él ya había terminado de comer y tomaba el té.

—Venga sopa de pescado y luego té, estoy hambriento —respondió alegremente Aliosha.

—¿Y confitura de guindas? Aquí la hay. ¿Te acuerdas lo que te gustaba esta confitura cuando eras pequeño, en casa de Poliénov?

—¿Tú te acuerdas? Venga también confitura, me sigue gustando.

Iván llamó al camarero y encargó sopa de pescado, té y confitura.

—Lo recuerdo todo, Aliosha, te recuerdo hasta que tuviste once años; entonces iba yo a cumplir quince. Entre quince y

[375]

once hay una diferencia tan grande, que los hermanos de estas edades no suelen ser nunca camaradas. Ni siquiera sé si te quería. Cuando me fui a Moscú, durante los primeros años ni me acordé de ti. Luego, cuando tú mismo viniste a Moscú, me parece que nos encontramos sólo en una ocasión, no recuerdo dónde. Llevo más de tres meses aquí y, en verdad, hasta ahora no nos hemos dicho nada. Mañana parto, y hace un momento, aquí sentado, pensaba cómo podría verte para despedirme, y tú pasabas por aquí.

—¿Tenías muchos deseos de verme?

—Muchos, quiero conocerte de una vez para siempre y quiero que me conozcas tú a mí. Y con esto nos despedimos. A mi juicio, lo mejor es conocerse poco antes de separarse. He visto cómo me mirabas durante todos esos tres meses; en tus ojos había algo así como una espera incesante, cosa que yo no puedo sufrir; por esto no me he acercado a ti. Pero al fin he aprendido a respetarte: el hombrecito se mantiene firme, me he dicho. Aunque ahora bromeo, hablo en serio, tenlo en cuenta. Porque tú te mantienes firme, ¿no es cierto? A mí me gustan los que son firmes, independientemente de la base en que se sostengan, y aunque sean unos mozalbetes como tú. Tu mirada expectante ya ha llegado a no hacérseme desagradable; al contrario, ha acabado gustándome... Me parece, Aliosha, que me tienes afecto; ¿es así, hermano?

—Te quiero, Iván. Nuestro hermano Dmitri dice de ti: Iván es una tumba. Yo digo: Iván es un enigma. También ahora sigues siendo un enigma para mí, pero ya he llegado a comprenderte algo, ¡y sólo desde la mañana de hoy!

—¿Qué has comprendido? —se rió Iván.

—¿No te enfadarás? —también Aliosha se rió.

—¿Qué?

—Pues que eres un joven como todos los jóvenes de veintitrés años, un muchacho juvenil, impetuoso, fresco y simpático; en fin, ¡un boquirrubio! Qué, ¿te he ofendido mucho?

—Al contrario, ¡me ha sorprendido la coincidencia! —exclamó alegremente y con calor Iván—. No sé si me creerás, pero después de nuestro encuentro de la mañana con ella no he pensado en otra cosa, en la inexperiencia de mis veintitrés años; en que soy un boquirrubio, tú lo has adivinado con toda exactitud y con esto empiezas. ¿Sabes lo que me estaba diciendo a mí mismo aquí hace unos momentos? Me decía que aún si perdiera la fe en la vida, en la mujer amada y en el orden de las cosas, aun si me convenciera de que todo es un caos maldito y, quizá, satánico, aunque me fulminaran todos los horrores de la desilusión humana, a pesar de todo, desearía vivir; ¡puestos los labios en esta copa ya no los quitaré hasta apurarla! De todos modos, hacia los treinta años probablemente arrojaré la copa, aunque no haya vaciado su contenido, y me iré... no sé adónde. Pero hasta los treinta años, lo sé firmemente, todo lo vencerá mi juventud: desengaños y toda aversión a la vida. Muchas veces me he preguntado si existe en el mundo una desesperación capaz de vencer en mí esta sed de vivir, furiosa y, quizá, indecorosa, y he decidido que, al parecer, no existe, o sea, no existe hasta los treinta años; después, se me pasará esta sed, así me lo parece. A este afán de vivir, algunos moralistas, mentecatos y tísicos, sobre todo poetas, lo califican a menudo de vil. Este rasgo, esta sed de vivir a pesar de todo, es un rasgo en parte karamazoviano, y también se da en ti, no hay duda; pero ¿por qué ha de ser vil? Es todavía enorme la fuerza centrípeta de nuestro planeta, Aliosha. Hay ansias de vivir, y yo vivo, aun a despecho de la lógica. No importa que no crea en el orden de las cosas, pero me son caros los pegajosos brotes de los árboles que se abren en primavera, me gusta el cielo azul, me gustan ciertas personas a veces, ¿lo creerás?, sin saber a qué se debe mi afecto; me gusta el heroísmo humano, en el que, quizás, he dejado de creer hace tiempo, pero al que sigo honrando de corazón, por la fuerza de la costumbre. Aquí te traen la sopa de pescado; que te aproveche; es una sopa excelente, la preparan muy bien. Quiero viajar a Europa, Aliosha, partiré de aquí; ya sé que el viaje que emprenda me llevará sólo a un cementerio, pero será, ése, el cementerio más querido, más entrañable, ¡eso es! Yacen allí difuntos muy estimados; cada una de las piedras que los cubren habla de la ardiente vida pasada, de la fe apasionada en el propio hecho heroico, en la propia verdad, en la propia lucha y en la propia ciencia; sé de antemano que caeré sobre la tierra para besar aquellas piedras y llorarlas, pero, al mismo tiempo, estaré convencido con todas las fibras de mi ser de que todo aquello no es más que un

cementerio, absolutamente nada más. No lloraré de desesperación, seré feliz por las lágrimas que haya vertido. Me embria-
garé con mi propia ternura. Amo los pegajosos brotes prima-
verales, el cielo azul, ¡esa es la cuestión! Esto no es cosa de
la mente, de la lógica; es un amor que sale de las entrañas, es el
amor por las primeras fuerzas juveniles de uno mismo... ¿Llegas a comprender alguna cosa en esta jerigonza mía, Aliosha?
—preguntó Iván, riéndose.

—La comprendo muy bien, Iván: se desea amar con los en-
tresijos y las entrañas, lo has dicho maravillosamente bien, y
yo estoy muy contento de que tengas tantas ganas de vivir
—exclamó Aliosha—. Creo que lo primero que se debe amar en
este mundo es la vida.

—¿Amar la vida más que su sentido?

—Sin duda alguna, amar la vida antes que la lógica, como
tú dices; sin duda alguna antes que la lógica, y sólo en este
caso entenderé también el sentido de la vida. Esto es lo que
entreveo hace ya tiempo. Has hecho ya la mitad de lo que tienes que hacer, Iván, y lo has adquirido: amas la vida. Ahora
has de aplicarte a la otra mitad tuya y estarás salvado.

—¡Me hablas de salvación, pero es posible que no me haya
perdido! ¿En qué consiste esa otra mitad a que te refieres?

—En que es necesario hacer resucitar a tus difuntos, que,
quizá, no han muerto nunca. Bueno el té. Estoy muy contento
de hablar contigo, Iván.

—Veo que estás inspirado. No sabes cómo me gustan tales
professions de foi[4] de... novicios como tú. Eres un hombre firme,
Alexiéi. ¿Es cierto que quieres dejar el monasterio?

—Es cierto. Mi stárets me destina al mundo.

—Eso quiere decir que aún nos veremos en este mundo;
nos encontraremos antes de los treinta años, cuando empiece a
renunciar a la copa. Nuestro padre no quiere apartarse de ella
hasta los setenta años, incluso sueña que hasta los ochenta, él
mismo lo ha dicho; se lo toma demasiado en serio, a pesar de
ser un bufón. Se ha aferrado a la lujuria, también como si fuera
una roca... aunque después de los treinta años, la verdad, quizá
no haya en qué sostenerse si no es en eso... Pero hasta los se-

---

[4] Las profesiones de fe (fr.).

tenta años es una vileza, es mejor hasta los treinta: cabe conservar un «matiz de nobleza», engañándose a sí mismo. ¿No has visto a Dmitri, hoy?

—No, no le he visto, pero he visto a Smerdiákov.

Y Aliosha contó a su hermano y con todo detalle su encuentro con el criado. Iván empezó a escucharle con aire de grave preocupación y hasta le hizo repetir algunas cosas.

—Sólo que me suplicó que no contara a Dmitri nada de lo que decían acerca de él —añadió Aliosha.

Iván frunció el ceño y se quedó pensativo.

—¿Es por lo de Smerdiákov por lo que pones cara seria? —preguntó Aliosha.

—Sí, por él. ¡Que se vaya al diablo! A Dmitri realmente quería verle, pero ahora no es preciso... —articuló de mala gana Iván.

—¿En verdad te vas tan pronto, hermano?

—Sí.

—¿Qué pasará con Dmitri y nuestro padre? ¿Cómo terminará su asunto? —dijo Aliosha, inquieto.

—¡Tú siempre con la misma canción! ¿Qué quieres que le haga yo? ¿Soy un guardián de mi hermano Dmitri, por ventura? —contestó Iván, irritado, pero de repente se sonrió con amargura—. Es la respuesta de Caín a Dios sobre el hermano asesinado, ¿eh? ¿Es eso, quizá, lo que estás pensando? Pero, ¡diablos! ¿Voy a quedarme aquí para vigilarle? He terminado mis asuntos y me voy. No vas a creer que tengo celos de Dmitri y he procurado quitarle su bella Katerina Ivánovna durante estos tres meses. Ah, ¡diablos! Yo tenía mis propios asuntos. Los he liquidado y me voy. Los he terminado hoy mismo, tú has sido testigo.

—¿Ha sido durante la conversación de Katerina Ivánovna?

—Sí, entonces; me he librado de golpe. ¿Qué hay de particular en ella? ¿Qué me importa a mí Dmitri? Nada tiene que ver Dmitri con esto. Con Katerina Ivánovna yo no tenía nada más que mis propios asuntos. En cambio tú sabes que Dmitri se comportaba como si se hubiera puesto de acuerdo conmigo. Yo no le he pedido absolutamente nada; en cambio, él me la traspasó solemnemente y me dio su bendición. Es como para reírse. ¡No, Aliosha, no! ¡Si supieras qué alivio experimento ahora! Estaba aquí comiendo y, ¿lo creerás?, he sentido tentaciones de pedir champaña para festejar mi primera hora de libertad. ¡Fu! Casi medio año así y, de pronto, me lo quito de encima en un santiamén. No sospechaba yo, ni siquiera ayer, que fuera tan fácil acabar con todo si así lo deseaba.

—¡Hablas de tu amor, Iván!

—De mi amor, si quieres; me enamoré de una señorita, de una colegiala. Sufría por ella y ella me hacía sufrir. Estaba pendiente de ella... y de pronto todo se ha desvanecido. Esta mañana hablaba yo con exaltación, pero salí y prorrumpí en carcajadas, puedes creerlo. Te lo digo tal como fue, en su sentido estricto.

—Ahora mismo lo cuentas alegremente —observó Aliosha, mirándole la cara que, en efecto, se le había puesto alegre en un momento.

—Sí, ¡cómo iba a saber yo que no la amaba en lo más mínimo! ¡Ja-ja! Y ha resultado que no, que no la amaba. ¡Pero cómo me gustaba! Cómo me gustaba incluso esta mañana, cuando yo pronunciaba mi discurso. ¿Sabes? También ahora me gusta horrores, pero con qué facilidad me alejo de ella. ¿Crees que me echo un farol?

—No. Sólo que, quizá, no se trataba de amor.

—Aliosha —dijo riendo Iván—, ¡no te lances a lucubraciones sobre el amor! Esto a ti no te está bien. ¡Esta mañana te has portado! ¡Magnífico! Se me ha olvidado besarte por ello... ¡Cómo me atormentaba Katerina Ivánovna! Yo estaba, en verdad, ante un desgarramiento continuo. ¡Oh, ella sabía que yo la amaba! Ella me amaba a mí, no a Dmitri —insistió alegremente Iván—. Dmitri no era más que un desgarramiento. Todo cuanto le he dicho esta mañana es pura verdad. Pero el quid está, y es lo más importante, en que ella necesita, quizá, quince o veinte años para caer en la cuenta de que no ama de ningún modo a Dmitri, sino que me ama a mí, a quien tortura. Sí, y a lo mejor no lo comprenderá nunca, a pesar de la lección de hoy. Es mejor así: me he levantado y me he ido para siempre. A propósito, ¿qué hace, ahora? ¿Qué ha pasado después de mi salida?

Aliosha le contó lo del ataque de histerismo y que, al parecer, ella había perdido el conocimiento y estaba delirando.

—¿No miente Jojlakova?

—Me parece que no.

—Hay que enterarse. De todos modos, de histerismo no ha muerto nunca nadie. Que sea histerismo; Dios, en su amor, se lo ha mandado a la mujer. No iré a verla de ningún modo. Para qué meterme otra vez.

—Sin embargo, le has dicho esta mañana que no te había amado nunca.

—Se lo he dicho adrede. Aliosha, voy a encargar champán, beberemos por mi libertad. ¡Si supieras lo contento que estoy!

—No, hermano, es mejor que no bebamos —dijo de pronto Aliosha—; además, me siento algo triste.

—Hace tiempo que estás triste, me he dado cuenta.

—Así, pues, ¿te vas decididamente mañana por la mañana?

—¿Por la mañana? No he dicho que me iría por la maña- na... Aunque es posible que sea así. ¿Me creerás? Si hoy he co- mido aquí, ha sido únicamente por no hacerlo con el viejo, hasta tal punto se me ha hecho repugnante. De haberse tratado sólo de él, me habría marchado hace tiempo. Tú no tienes por qué inquietarte de que mañana parta. Sabe Dios que nos queda aún mucho tiempo a ti y a mí, antes de la partida. Una eterni- dad de tiempo, ¡una inmortalidad!

—¿De qué eternidad hablas, si te vas mañana?

—¿Qué importa eso, para ti y para mí? —se rió Iván—. Para hablar de lo nuestro tendremos tiempo, para hablar de lo que nos ha hecho venir aquí. ¿Por qué me miras sorprendido? Responde: ¿para qué nos hemos reunido aquí? ¿Para hablar del amor de Katerina Ivánovna, del viejo y de Dmitri? ¿Para ha- blar del extranjero? ¿De la fatal situación de Rusia? ¿Del empe- rador Napoleón? ¿Para eso?

—No, para eso no.

—Tú mismo comprendes, pues, para qué. Allá otros con sus preocupaciones; nosotros, los boquirrubios, hemos de ocu- parnos de lo nuestro; nosotros ante todo hemos de resolver los problemas eternos, ésta es la preocupación nuestra. La joven Rusia, toda ella, sólo se ocupa ahora de los problemas eternos, no discute de otra cosa. Precisamente en la actualidad, cuando todos los viejos, de pronto, se han metido en la cabeza que han de estudiar cuestiones prácticas. ¿Por qué me has estado mirando con la expresión de espera en los ojos durante estos tres meses? Pues para llegar a preguntarme: «¿Crees, o no crees?»; a eso se han reducido tus miradas durante tres meses, Alexiéi Fiódorovich, ¿no es cierto?

—Es posible que sea así —se sonrió Aliosha—. ¿No te estás burlando ahora de mí, hermano?

—¿Que yo me burlo? No quisiera apenar a mi hermanito, que durante tres meses me ha estado mirando con tanta expectación. Aliosha, mírame a la cara: yo soy exactamente un crío como tú, con la única diferencia, quizá, de no ser un novicio. ¿Cómo se vienen portando todos los muchachos rusos hasta hoy? ¿Algunos, por lo menos? Toma, por ejemplo, esta hedionda taberna; se reúnen aquí, se sientan en un rincón. Antes no se conocían; saldrán del local y se pasarán cuarenta años sin volver a verse; pues bien, ¿de qué hablarán durante los momentos que estén juntos en la taberna? De los problemas mundiales, no de otra cosa; ¿existe Dios, existe la inmortalidad? Quienes no creen en Dios, ésos, se pondrán a hablar del socialismo y del anarquismo, de la reorganización de la humanidad entera según unos nuevos fundamentos, lo que lleva al mismo diablo, a los mismos problemas, aunque desde otro extremo. Son numerosos, son innumerables, los muchachos rusos, los de mayor originalidad, que en nuestro tiempo hablan tan sólo de los problemas eternos. ¿No es así, acaso?

—Sí; para los verdaderos rusos, los problemas de si existe Dios y de si existe la inmortalidad, o bien, como tú dices, los problemas vistos desde el otro extremo, son desde luego primordiales, y así ha de ser —respondió Aliosha, mirando a su hermano con la misma sonrisa dulce y escudriñadora.

—Verás, Aliosha: ser un hombre ruso, a veces, no es, ni mucho menos, prueba de inteligencia, pero de todos modos no puedo imaginarme nada más estúpido que la ocupación a que se han entregado ahora nuestros jóvenes. De todos modos, a uno de estos muchachos rusos, a Aliosha, le quiero yo con toda el alma.

—Con qué ingenio lo has dicho —se rió Aliosha.

—Bueno, dime, ¿con qué quieres empezar? ¿Ordénalo tú mismo; ¿con Dios? ¿Existe Dios, o no existe?

—Con lo que quieras; empieza si prefieres aunque sea «desde el otro extremo». Ayer ya proclamaste en casa de nuestro padre que Dios no existe —Aliosha miró a su hermano con escudriñadora mirada.

—Ayer, en casa del viejo, de sobremesa, te quise sulfurar adrede y vi cómo se te encendían los ojos. Pero ahora nada tengo en contra de charlar contigo, te lo digo muy en serio. Quiero avenirme contigo, Aliosha, porque no tengo amigos, a ver si lo logro. Bueno, imagínate que quizá también yo admito la existencia de Dios —Iván se echó a reír—; para ti eso resulta inesperado, ¿no?

—Sí, claro, a no ser que también ahora estés bromeando.

—Bromear. Esto de que bromeo lo dijeron ayer en la celda del stárets. Verás, hermano; en el siglo dieciocho hubo un viejo pecador que afirmaba: si no hubiera Dios, habría que inventarlo, *s'il n'existait pas Dieu il faudrait l'inventer*[5]. Y, en efecto, el hombre ha inventado a Dios. Lo extraño, lo sorprendente no es que Dios exista en verdad; lo asombroso es que semejante idea (la idea de que Dios es necesario) haya podido meterse en la cabeza de un animal tan fiero y maligno como es el hombre; hasta tal punto es sacrosanta, hasta tal punto es enternecedora, hasta tal punto es sabia y hasta tal punto hace honor al hombre. En cuanto a mí, hace tiempo que he decidido no pensar en si es el hombre quien ha creado a Dios o Dios al hombre. Desde luego, no voy a examinar sobre esta cuestión todos los axiomas contemporáneos de los mozalbetes rusos, inferidos todos sin excepción de hipótesis europeas, porque lo que allí es hipótesis, para el muchacho ruso enseguida es axioma, y no sólo para los muchachos, sino también, quizá, para sus profesores, porque con mucha frecuencia nuestros profesores rusos son como mozalbetes. Dejo de lado, pues, todas las hipótesis. ¿Cuál es ahora la tarea nuestra, tuya y mía? Es la de que cuanto antes pueda explicarte yo mi existencia, o sea, qué clase de hombre soy, en qué creo y en qué pongo mis esperanzas, ¿no es cierto? Por eso declaro que acepto directa y simplemente la existencia de Dios. He aquí, sin embargo, lo que es necesario señalar: si Dios existe y si realmente ha creado la tierra, la ha creado, como sabemos a ciencia cier-

_____

[5] En francés en el original.

ta, según la geometría euclidiana, pero ha creado la mente del hombre con la sola noción de tres dimensiones espaciales. Ahora bien, ha habido y existen incluso ahora, geómetras y filósofos, algunos de ellos ilustrísimos, que dudan de que todo el universo o, con mayor amplitud aún, todo el ser, haya sido creado únicamente según la geometría de Euclides, y se atreven incluso a soñar que dos líneas paralelas, las cuales, según Euclides, por nada del mundo pueden converger en la tierra, convergen quizás en algún punto infinito. Yo, hermano, he decidido que si no puedo comprender ni siquiera esto, cómo voy a poder comprender a Dios. Confieso humildemente que no poseo capacidad alguna para resolver tales problemas; mi mente es euclidiana, terrena. ¿Cómo resolver lo que no es de este mundo? A ti también te aconsejo no pensar nunca en esto, amigo Aliosha, sobre todo en lo de si Dios existe o no existe. Todas estas cuestiones escapan por completo a la mente creada por el mero concepto de las tres dimensiones. Así, pues, acepto a Dios, y no sólo de buen grado; más aún, acepto su sabiduría y sus fines, aunque nos sean completamente desconocidos; creo en el orden, en el sentido de la vida; creo en la armonía eterna, en la que al parecer vamos a fundirnos todos; creo en el Verbo, hacia el que tiende el universo, en el Verbo que «está en Dios» y que es Dios mismo, etcétera, y así sucesivamente, hasta el infinito. Son muchas las palabras pronunciadas en este terreno. Me parece que me encuentro en el buen camino, ¿no? Sin embargo, figúrate que en su resultado final no admito este mundo de Dios, y aunque sé que existe, no lo acepto de ningún modo. Entiéndeme, no es a Dios a quien rechazo, sino al mundo, al mundo creado por Él; el mundo de Dios, no lo acepto ni puedo estar de acuerdo en aceptarlo. Me explicaré: estoy convencido, como un crío, de que los sufrimientos desaparecerán sin dejar huella, de que la comicidad ultrajante de las contradicciones humanas se esfumará cual lamentable espejismo, cual odiosa invención de un ser débil y enano, como un átomo de la mente euclidiana del hombre; estoy convencido de que, por último, en el fin del mundo, en el momento de la armonía eterna, se dará y aparecerá algo tan valioso que bastará a todos los corazones para calmar todas las indignaciones, para redimir todos los crímenes de los hombres, toda la sangre vertida; será suficiente no sólo para que resulte posible perdonar, sino, además, justificar todo lo que ha sucedido a los hombres. Que sea y aparezca todo esto así, bien; pero no acepto ¡ni quiero aceptarlo! Que lleguen a converger las líneas paralelas y lo vea yo: lo veré y diré que han convergido, mas, a pesar de todo, no lo admitiré. Ésta es mi esencia, Aliosha, ésta es mi tesis. Te lo he dicho seriamente. Adrede he empezado nuestra conversación de la manera más tonta del mundo, pero la he llevado hasta mi confesión, porque eso es lo único que me interesa. Lo que necesitabas tú no era que te hablara de Dios, sino únicamente saber qué encierra el alma de tu querido hermano. Y es lo que te he contado.

Iván acabó su larga tirada con un repentino sentimiento especial e inesperado.

—¿Y por qué has empezado «de la manera más tonta del mundo»? —preguntó Aliosha, mirándole pensativo.

—Verás, en primer lugar, por el espíritu del país, si quieres: las conversaciones rusas sobre este tema siempre se sostienen de la manera más estúpida del mundo. En segundo lugar, cuanto más estúpida, tanto más cerca de la cuestión. Cuanto más estúpida, tanto más clara. La tontería es corta y simple, mientras que la inteligencia serpentea y se esconde. La mente es canalla, mientras que la torpeza es franca y leal. He llevado el asunto hasta mi desesperación, y cuanto más torpemente lo haya expuesto, tanto más favorable me resulta.

—¿Me explicarás por qué «no aceptas el mundo»? —preguntó Aliosha.

—Te lo explicaré, naturalmente; no es ningún secreto, a eso iba. Hermanito mío, no pretendo pervertirte ni hacer vacilar tu firme base; lo que quisiera, quizás, es curarme a mí mismo gracias a ti —dijo Iván, sonriéndose como un muchacho tímido.

Aliosha nunca le había visto aún una sonrisa semejante.

IV

LA REBELIÓN

—HE de hacerte una confesión —comenzó Iván—: nunca he podido comprender cómo es posible amar al prójimo. Es precisamente a nuestro prójimo a quien es imposible amar; quizá podamos amar sólo a quienes están distantes. En cierta ocasión y en algún lugar leí sobre «Juan el Misericordioso»[6], un santo, que cuando se le acercó un viandante famélico y aterido y le pidió que le dejara calentarse, se acostó con él en la cama, le abrazó y empezó a respirarle en la boca, purulenta y maloliente, debido a alguna terrible enfermedad. Estoy convencido de que lo hizo en un arranque de atormentadora falsedad, por un amor que le impuso el deber, por una epitimia tendida hacia sí mismo. Es necesario que un hombre se esconda para que podamos amarle, pero no bien nos muestra su faz, se acabó el amor.

—De ello ha hablado más de una vez el stárets Zosima —repuso Aliosha—; también ha dicho que la cara del hombre con frecuencia impide amar a muchas personas inexperimentadas en el amor. Pero no se puede negar que en la humanidad hay mucho amor, un amor casi semejante al amor de Cristo; lo sé por mí mismo, Iván...

—Es posible; mas, por ahora, yo no lo sé ni puedo comprenderlo, y lo mismo les ocurre a un incontable número de personas. La cuestión está en saber si eso depende de las malas cualidades de la gente o es inherente a su naturaleza. A mi modo de ver, el amor de Cristo por el hombre es una especie de milagro imposible en la tierra. Cierto, Él era Dios. Pero nosotros no lo somos. Supongamos, por ejemplo, que yo sufro mucho; otro, por ser otro y no ser yo, no podrá saber nunca hasta qué punto yo sufro; además, raras veces el hombre está

---

[6] Dostoievski no se refiere a «Juan el Misericordioso», sino a «Julián el Misericordioso», cuya leyenda, escrita por Flaubert, había aparecido en *El mensajero de Europa* (1877, núm. 4) en traducción de Turguiénev.

dispuesto a reconocer que otro es un mártir (como si eso fuera un rango). ¿Por qué crees tú que no lo está? Porque, por ejemplo despido mal olor o tengo cara de bobo o por haberle dado un pisotón alguna vez. Añade a eso que hay sufrimientos y sufrimientos: un sufrimiento que me humille, el hambre, digamos, no será obstáculo para que se me acerque un bienhechor; pero no bien el sufrimiento es un poco más elevado, si es, digamos, por una idea, ya cambia la situación y sólo en casos muy raros lo reconocerán, porque el bienhechor, por ejemplo, me mirará y verá de pronto que mi cara no es, según él, como la que ha de tener quien padezca por una idea semejante. Enseguida me retirará su protección, sin que ello signifique que en su actitud haya maldad alguna. Los mendigos, sobre todo los de alma noble, no deberían mostrarse nunca al exterior, deberían pedir limosna a través de los periódicos. De manera abstracta aún es posible amar al prójimo, incluso cabe amarle de lejos; pero de cerca, casi nunca. Si todo sucediera como en el teatro, como en los ballets, donde los mendigos, cuando salen, piden limosna vistiendo harapos de seda y encajes rotos, danzando graciosamente, aún se los podría admirar. Se los podría admirar, pero no amar. Y basta ya de este tema. Sólo quería situarte en mi punto de vista. Deseaba hablar de un sufrimiento de la humanidad en general, pero mejor será que nos detengamos en los sufrimientos de los niños. Así se reduce en unas diez veces el alcance de mi argumentación, pero será mejor que me refiera sólo a los niños. Resultará, desde luego, menos favorable para mí. Pero, en primer lugar, a los niños se los puede amar incluso de cerca, incluso sucios, hasta feos (a mí me parece, sin embargo, que los niños nunca son feos). En segundo lugar, no quiero hablar de los adultos porque, aparte de ser repugnantes y no merecer amor, tienen, además, con qué desquitarse: han comido la manzana y han entrado en conocimiento del bien y del mal, y se han hecho «semejantes a Dios». Y siguen comiéndola. En cambio, los niños no han comido nada y no son culpables de nada. ¿Te gustan los niños, Aliosha? Sé que te gustan, y comprenderás por qué ahora quiero hablar sólo de ellos. Si también sufren horrorosamente en la tierra se debe, claro está, a sus padres; son castigados por sus padres, que se han comido la manzana; ahora bien, éste es un razonamiento del otro mundo; al corazón del hombre, aquí en la tierra, le resulta incomprensible. Un inocente no debe sufrir por otro, ¡y menos semejante inocente! Asómbrate de mí, Aliosha; también yo quiero con toda el alma a las criaturitas. Y observa que la gente cruel, apasionada, sensual, karamazoviana, a veces quiere mucho a los niños. Los niños, mientras lo son, hasta los siete años, por ejemplo, se encuentran enormemente distantes de las personas, como si se tratara de un ser distinto, de otra naturaleza. Conocí a un criminal que estaba en presidio: durante su carrera había asesinado a familias enteras en las casas en que entraba de noche para robar, degollando a la vez unos cuantos niños. Pero una vez en presidio, sentía gran cariño por todos los pequeños. Se pasaba el tiempo contemplando por la ventana cómo jugaban en el patio de la cárcel. A uno de ellos, a un niño de poca edad, le acostumbró a que se acercara al pie de su ventana y se hicieron muy amigos... ¿No sabes con qué objeto te cuento todo esto, Aliosha? Me duele la cabeza y me siento triste.

—Estás hablando con un aspecto raro —observó intranquilo Aliosha—, como si te encontraras algo enajenado.

—A propósito, no hace mucho, me contaba un búlgaro en Moscú —prosiguió Iván Fiódorovich, como si no hubiera oído a su hermano— cómo los turcos y los circasianos están cometiendo atrocidades por todo el país, por todo Bulgaria, temiendo un alzamiento en masa de los esclavos; es decir, incendian, matan, violan a mujeres y niñas, clavan a los detenidos a las vallas, metiéndoles los clavos por las orejas, y allí los dejan hasta la mañana siguiente y luego los ahorcan, etcétera; no es posible imaginárselo. Se habla a veces de la «fiera» crueldad del hombre, pero esto es terriblemente injusto y ofensivo para las fieras: una fiera no puede ser nunca tan cruel como el hombre, tan artística y refinadamente cruel. El tigre despedaza y devora, otra cosa no sabe hacer. A él ni se le ocurriría clavar a los hombres por las orejas con clavos y dejarlos así toda la noche, no se le ocurriría aunque fuera capaz de hacerlo. Los turcos, en cambio, han torturado sádicamente hasta a los niños, empezando con arrancarlos de las entrañas de la madre con un puñal hasta arrojar al aire a los niños de pecho para ensartarlos al caer con la punta de la bayoneta en presencia de las madres. El hacerlo a la vista de las madres era lo que constituía el principal placer. Te voy a contar una escena que me impresionó en gran manera. Imagínate la situación: un crío de pecho en brazos de su madre temblorosa; en torno, unos turcos que acaban de llegar. Los turcos idean un juego divertido: acarician al pequeño, se ríen, para hacerle reír, y lo logran; el pequeño se ríe. En ese instante, un turco le apunta con la pistola, a cuatro pulgadas de su carita. El pequeño se ríe alegremente, alarga sus manitas para coger el revólver y, de pronto, el artista aprieta el gatillo apuntándole a la cara y le despedaza la cabecita... Está hecho con arte, ¿no es cierto? A propósito, según dicen, los turcos son muy aficionados a las golosinas.

—Hermano, ¿a qué viene todo esto? —preguntó Aliosha.

—Pienso que si el diablo no existe y, por tanto, ha sido creado por el hombre, éste lo ha creado a su imagen y semejanza.

—En este caso, exactamente como a Dios.

—Es sorprendente cómo sabes dar la vuelta a las palabritas, como dice Polonio en el *Hamlet* —Iván se rió—. Me has cogido por la palabra; no importa, me alegro. Pero bueno es tu Dios, si ha sido creado por el hombre a su imagen y semejanza. Acabas de preguntarme por qué te cuento todo esto; verás, soy un aficionado a hacer colección de ciertos hechos, y, ¿lo creerás?, anoto y recojo de periódicos y relatos, de donde se tercia, cierta clase de anécdotas; tengo ya una buena colección. Los turcos, naturalmente, figuran en ella, pero se trata de extranjeros. He recogido también cositas del país, que son hasta mejores que las turcas. ¿Sabes?, entre nosotros son los golpes los que se llevan la palma, abundan más el vergajo y el látigo, esto es lo nacional; entre nosotros, clavetear las orejas es inconcebible; a pesar de todo, somos europeos; pero el vergajo, el látigo, son algo muy nuestro y no hay quien nos lo quite. En el extranjero ahora, según parece, ya no se pega; será que las costumbres se han dulcificado o bien se habrán dictado leyes en virtud de las cuales el hombre, al parecer, no se atreve ya a pegar al hombre; en cambio, se han buscado una compensación también puramente nacional, como tenemos nosotros, tan nacional que parece imposible en nuestro país; si bien también aquí, si no me equivoco, va abriéndose camino, sobre todo desde que se ha producido un movimiento religioso en nuestra alta sociedad. Tengo un notable folleto, traducido del francés, en el que se cuenta cómo en Ginebra, no hace mucho tiempo, unos cinco años a lo sumo, ejecutaron a un criminal y asesino, a un tal Richard, joven de veintitrés años, si no recuerdo mal, arrepentido y convertido a la religión cristiana antes de subir al cadalso. Richard era un hijo ilegítimo, al que, siendo pequeño, de unos seis años de edad, sus padres *regalaron* a unos pastores suizos de montaña, quienes le criaron para hacerle trabajar. Creció entre ellos como un animalito salvaje; los pastores no le enseñaron nada; al contrario, cuando tuvo siete años le mandaron ya a cuidar el ganado, tanto si el tiempo era lluvioso como si hacía frío, casi sin vestirle ni alimentarle. Al tratarle de esta manera, ninguno de ellos se paraba a reflexionar ni tenía remordimientos; al contrario, se creían que obraban en su pleno derecho, pues Richard les había sido regalado como una cosa, y ni siquiera creían necesario darle de comer. Richard mismo contó que durante aquellos años, como el hijo pródigo del Evangelio, sentía enormes deseos de comer aunque fuera bazofia de la que daban a los cerdos que engordaban para la venta; pero ni eso le daban y le pegaban cuando él lo robaba. Así pasó toda su infancia y toda su juventud, hasta que creció, y sintiéndose fuerte, se dedicó a robar. El salvaje trabajó de jornalero en Ginebra para ganar dinero; se bebía lo ganado, vivía como un monstruo y acabó asesinando a un viejo para robarle. Le prendieron, le juzgaron y le condenaron a muerte. Allí no se andan con sentimentalismos. Pues bien, en la cárcel, inmediatamente le rodearon pastores y miembros de diferentes hermandades cristianas, damas que practican la beneficencia, etcétera. En la cárcel le enseñaron a leer y escribir, empezaron a explicarle el Evangelio, le sermonearon, le exhortaron, le presionaron, le instaron, la aplastaron, y he aquí que un buen día Richard confesó, al fin, solemnemente su crimen. Se convirtió, escribió de su puño y letra al tribunal reconociendo que era un monstruo y que al fin el Señor se había dignado iluminarle y enviarle la gracia celestial. Se emocionó Ginebra entera, toda la ciudad virtuosa y beata. Toda la gente de la alta sociedad, todos cuantos habían recibido una buena educación, acudieron a verle en la cárcel: besan a Richard, le abrazan: «Eres nuestro hermano, la gracia celestial ha venido a ti.» Richard llora, enternecido: «Sí, la gracia celestial ha venido a mí. Antes, durante toda mi infancia y juventud, mi alegría era la bazofia de los cerdos, pero ahora también a mí ha venido la gracia, ¡muero en paz del Señor!» «¡Sí, sí, Richard! Muere en la paz del Señor, has derramado sangre y has de morir en la paz del Señor. Puede que no seas culpable de no haber conocido en absoluto a Dios cuando envidiabas la comida de los cerdos y cuando te pegaban por robársela (y hacías muy mal, pues está prohibido robar), pero has derramado sangre y debes morir.» Llega el último día. Richard, casi sin fuerzas, llora y a cada momento repite: «Este es el mejor de mis días, ¡voy a reunirme con el Señor!» «Sí (gritan los pastores, los jueces y las damas de beneficencia), éste es el día más feliz de tu vida, pues vas a reunirte con el Señor!» Todos se dirigen hacia el cadalso siguiendo el oprobioso carro en que conducen a Richard; unos van en coche, otros a pie. Han llegado al cadalso: «Muere, hermano nuestro (gritan a Richard), muere en la paz del Señor, pues a ti ha venido su gracia!» Cubierto de besos de los hermanos, arrastraron al hermano Richard al cadalso, le colocaron en la guillotina y le hicieron saltar la cabeza, a lo hermano, por haber venido a él la gracia del Señor. Esto es muy característico. El folleto ha sido traducido al ruso por unos bienhechores luteranos de la alta sociedad, que lo han distribuido gratuitamente como suplemento de periódicos y revistas para la ilustración del pueblo. El caso de Richard es interesante por lo que tiene de nacional. En nuestro país, aunque sería estúpido cortar la cabeza a un hermano únicamente porque se ha convertido en hermano nuestro y a él ha descendido la gracia del cielo, no dejamos de tener, repito, lo nuestro, que es por el estilo. Entre nosotros, torturar pegando constituye el placer histórico, inmediato y natural. Nekrásov tiene unos versos acerca de cómo un mujik da latigazos en los ojos, «en los sumisos ojos de un caballo». ¿Quién no lo ha presenciado? Esto es algo muy ruso. Describe cómo un débil caballejo, que tira de un carro cargado en exceso, se atasca y no puede salir del atolladero. El mujik le pega, le pega furiosamente, le pega, al fin, sin comprender lo que hace, y borracho de ira lo azota cruelmente, sin tregua: «No tienes fuerzas, pero tira; muere, pero tira!» El caballejo saca fuerzas de flaqueza, y el mujik se pone a pegarle, al inde- fenso animal, sobre los ojos que lloran, sobre los «sumisos ojos». Fuera de sí, el animal da un tirón, arranca y se pone en marcha, temblando todo él, sin respirar, ladeado, dando salti- tos, de manera poco natural y humillante; estos versos de Ne- krásov producen una impresión terrible. Pero no se trata más que de un caballo, y los caballos nos los ha dado Dios para que los azotemos. Así nos lo explicaron los tártaros, que nos lega- ron, en recuerdo, el *knut*. Pero también es posible azotar a las personas. Y he aquí que un señor inteligente y culto, y su dama, azotan con un vergajo a su propia hija, una niña de siete años; lo tengo escrito con todo detalle. El papaíto se alegra de que la verga tenga nudos, «dolerá más», dice, y comienza a «tundir» a su propia hija. Hay personas, me consta, que se exci- tan a medida que pegan, cada nuevo golpe les hace experimen- tar una sensación se voluptuosidad, de auténtica voluptuosi- dad, en progresión creciente. Azotan un minuto; azotan, al fin, cinco minutos, azotan durante diez minutos, siguen azotando, más, con frecuencia, con más fuerza. La niña grita, la niña al fin no puede gritar, se ahoga: «¡Papá, papá! ¡Papaíto, papaíto!» Por un azar diábolico e indecoroso, el asunto llega hasta los tribunales. Se «alquila» un abogado. El pueblo ruso hace tiem- po que ha dado nombre a los abogados: «el abogado es una conciencia alquilada». Grita el abogado en defensa de su clien- te. «Esta es una cuestión simple (dice), es un asunto corriente de familia y como tantos: un padre ha zurrado a su hija, y por vergüenza de nuestros días, ¡el asunto ha llegado a los tribuna- les!» Los jurados, convencidos, se retiran a deliberar y dictan una sentencia absolutoria. El público llora de felicidad porque han absuelto al verdugo. Yo no estaba presente, ¡lástima!, de haberme encontrado allí, habría propuesto a voces que se insti- tuyera una beca para honrar el nombre del verdugo... Estas es- tampas son una joya. Pero acerca de los niños, tengo aún otras mejores; he recogido muchas cosas, Aliosha, muchas, sobre los niños rusos. Unos padres, «gente honorabilísima, funcionarios cultos y educados», odiaban a su hijita, una niña de cinco años. ¿Ves, afirmo una vez más sin vacilar que son muchos los seres humanos con una propiedad especial, la de sentir afición a pe- gar a los niños, pero sólo a los niños. Respecto a todos los demás sujetos del género humano, esos verdugos se comportan hasta como personas amables y humildes, como europeos instruidos y humanos, pero son muy amigos de torturar a los niños e incluso, por esto, llegan a sentir inclinación por ellos. Es, precisamente, el desamparo de estas criaturas, la confianza angelical de los pequeñuelos, que no tienen a dónde acudir ni a quién dirigirse, lo que seduce a esos torturadores, lo que enciende la sangre vil de los desalmados. En todo hombre, desde luego, anima una fiera, una fiera que por nada monta en cólera; una fiera que se exalta voluptuosamente al oír los gritos de la víctima torturada, una fiera violenta, soltada de la cadena, una fiera con dolencias contraídas en el libertinaje, con la gota, los riñones enfermos, etcétera. A esa pobre niña de cinco años, sus cultos padres la sometían a infinitos tormentos. Le pegaban, la azotaban, le daban puntapiés sin saber ellos mismos por qué, le cubrían el cuerpo de cardenales; llegaron, por fin, al máximo refinamiento; en noches frías, heladas, la encerraban en el lugar excusado, y con el pretexto de que, por la noche, no pedía hacer sus necesidades (como si una criatura de cinco años, que duerme con profundo sueño angelical, ya hubiera podido aprender), le embadurnaban la cara con sus excrementos y se los hacían comer, y quien la obligaba a comérselos era su madre, ¡su propia madre! Y esa madre podía dormir cuando por la noche se oían los gemidos de la pequeña criaturita encerrada en un lugar infamante! ¿Te imaginas al pequeño ser, incapaz de comprender aún lo que le pasa, dándose golpes a su lacerado pecho con sus puñitos, en el lugar vil, oscuro y helado, llorando con lágrimas de sangre, sin malicia y humildes, pidiendo al «Dios de los niños» que la defienda? ¿Eres capaz de comprender este absurdo, amigo y hermano mío, tú, humilde novicio del Señor, eres capaz de comprender por qué es necesaria y por qué ha sido creada tal absurdidad? Dicen que sin ella no podría existir el hombre en la tierra, pues no conocería el bien y el mal. ¿Para qué conocer este diabólico bien y este mal, si cuestan tan caro? Todo el mundo del conocimiento no vale, así, esas lagrimitas infantiles dirigidas al «Dios de los niños». No hablo de los sufrimientos de los adultos; éstos han comido la manzana y al diablo con ellos y que el diablo se los lleve a todos, ¡pero ésos, ésos! Te estoy atormentando, Aliosha, parece que estás muy turbado. Me callaré, si quieres.

—No importa, yo también quiero atormentarme — balbuceó Aliosha.

—Voy a presentarte otro cuadro, sólo otro, y aun por curiosidad, muy característico; lo he leído hace muy poco en una de las colecciones de nuestros viejos documentos, en *Archivo* o en *Tiempos pasados,* no recuerdo bien; hay que comprobarlo, hasta se me ha olvidado dónde lo he leído. Esto sucedió en la época más tenebrosa de la servidumbre, a comienzos de siglo, ¡que viva el liberador del pueblo!⁷. A comienzos de siglo, había un general con excelentes relaciones y riquísimo propietario, pero de aquellos que (ciertamente, según parece, ya entonces poco numerosos), al retirarse del servicio activo, habían llegado poco menos que a la convicción de haberse ganado el derecho a la vida y a la muerte de sus siervos. Los había así entonces. Vive, pues, este general retirado en su finca, que contaba dos mil almas; se da humos, desdeña a sus modestos vecinos, a los que trata como parásitos y bufones suyos. Tiene centenares de perros y casi cien perreros, todos de uniforme, todos con sus caballos. Un día, el hijo de un siervo de la casa, un niño que no pasaba de los ocho años, tiró una piedra, jugando, e hirió en una pata al perro de caza preferido del general. «¿Por qué mi perro predilecto cojea?» Le informan de que aquel muchacho había tirado una piedra y lo había herido en una pata. «¿Has sido tú? (el general le dirigió una mirada). ¡Prendedle!» Le cogieron, lo arrancaron de los brazos de su madre, le hicieron pasar toda la noche en una mazmorra; por la mañana, no bien apunta el alba, el general sale vestido de gala para ir de caza, monta a caballo, rodeado de gente que vive a su costa, de canes, perreros y monteros, todos a caballo. Hace reunir a la servidumbre para dar un ejemplo, y en primer fila a la madre del niño culpable. Sacan al muchacho de la mazmorra. Era un sombrío día de otoño, frío, brumoso, ideal para la caza. El señor manda desnudar al muchachito: le desnudan por completo, el niño tiembla, está loco de miedo, no se atreve a decir ni

---

⁷ Alusión al zar Alejandro II; durante su reinado, se abolió la servidumbre en Rusia (1861).

pío... «¡Hacedle correr!» (ordena el general). «¡Corre, corre!», le gritan los perreros; el pequeño echa a correr... «¡Hala, hala!», vocifera entonces el general, y lanza contra el niño a toda la jauría de perros. Le acorralaron a la vista de la madre y los perros hicieron pedazos al niño... Según parece, sometieron a tutela al general. Bueno... ¿Qué se merecía? ¿No había que fusilarlo? Para dar satisfacción al sentimiento moral, ¿no habrían debido fusilarlo? ¡Habla, Aliosha!

—¡Sí, fusilarlo! —musitó Aliosha, levantando la mirada hacia su hermano, esbozando una sonrisa débil y forzada.

—¡Bravo! —gritó Iván entusiasmado—. Si tú mismo lo has dicho, esto significa... ¡Vaya, con el monje asceta! ¡Buen diablo te anida en el corazoncito, Aliosha Karamázov!

—He dicho un disparate, pero...

—En eso está el quid, en el pero... —gritó Iván—. Has de saber, novicio, que los disparates son muy necesarios en la tierra. El mundo se sostiene sobre disparates, y sin ellos quizá nada sucedería en el universo. ¡Nosotros sabemos lo que sabemos!

—¿Qué sabes tú?

—No comprendo nada —prosiguió Iván, como si delirase—, ahora no quiero comprender nada. Quiero atenerme al hecho. Hace tiempo que he decidido no comprender. Si pretendo comprender alguna cosa, enseguida cambio el hecho, y he decidido atenerme a él...

—¿Para qué me estás poniendo a prueba? —exclamó Aliosha, en una explosión de amargura—. ¿Me lo dirás, por fin?

—Claro que te lo diré, éste ha sido mi propósito. Me eres caro, Aliosha, no quiero cederte ni te cederé a tu Zosima.

Iván calló unos momentos; su rostro adquirió, de pronto, una profunda expresión de tristeza.

—Escúchame: me he referido sólo a los niños, para que resultara más evidente lo que decía. De las otras lágrimas humanas con que está empapada la tierra, desde la corteza hasta su centro, no diré ni una palabra; adrede he reducido mi tema. Soy un gusano y confieso humildemente que no puedo comprender en lo más mínimo con qué objetivo las cosas están así ordenadas. Nos encontramos, pues, con que los propios hombres son culpables; se les dio el paraíso, ellos quisieron la libertad y robaron el fuego de los cielos, sabiendo a ciencia cierta que serían desgraciados; por tanto, no son dignos de lástima. Pero, según mi lamentable entendimiento, terreno y euclidiano, lo único que sé es que el dolor existe y no hay culpables, que una cosa se desprende de otra de manera directa y sencilla, que todo fluye y se equilibra, pero esto no es más que un absurdo euclidiano, yo lo sé y no puedo estar de acuerdo en vivir ateniéndome a él. ¿Qué me importa a mí que no haya culpables y que yo lo sepa? Lo que necesito yo es que se castigue; de lo contrario, me destruiré a mí mismo. Y que el castigo se aplique no en el infinito, en algún tiempo y en algún lugar imprecisos, sino aquí, en la tierra, y que yo mismo lo vea. He tenido fe, quiero ver por mí mismo, y si cuando la hora llegue ya he muerto, que me resuciten, pues si todo ocurre sin mí, resultará demasiado ofensivo. No he sufrido yo para estercolar con mi ser, con mis maldades y sufrimientos, la futura armonía a alguien. Quiero ver con mis propios ojos cómo la cierva yace junto al león y cómo el acuchillado se levanta y abraza a su asesino. Quiero estar presente cuando todos, de súbito, se enteren del porqué las cosas han sido como han sido. En este deseo se sientan todas las religiones de la tierra, y yo tengo fe. Sin embargo, ahí están los niños, ¿qué voy a hacer con ellos, entonces? Este es un problema que no puedo resolver. Lo repito por centésima vez: los problemas son múltiples, pero he tomado sólo el de los niños porque en éste se refleja con nítida claridad lo que quiero expresar. Escucha: si todos hemos de sufrir para comprar con nuestro sufrimiento la eterna armonía, ¿qué tienen que ver con ello los niños? ¿Puedes explicármelo, por ventura? Es totalmente incomprensible por qué han de sufrir ellos también y por qué han de contribuir con sus sufrimientos al logro de la armonía. ¿Por qué han de servir de material para estercolar la futura armonía, sabe Dios para quién? Comprendo la solidaridad de los hombres en el pecado, también la comprendo en el castigo, pero no se puede hacer solidarios a los niños en el pecado, y si la verdad está en que ellos son, en efecto, solidarios con sus padres en todas las atrocidades por éstos cometidas, tal verdad no es, desde luego, de nuestro mundo, a mí me resulta incomprensible. Algún guasón dirá, sin duda, que de todos modos el niño crecerá y tendrá tiempo sobrado para pecar, pero ése no creció; a los ocho años le despedazaron los perros. ¡Oh, Aliosha, yo no blasfemo! Bien comprendo cuál deberá ser la conmoción del universo cuando cielo y tierra se unan en un solo grito de alabanza y todo cuanto viva o haya vivido exclame: «¡Tienes razón, Señor, pues se han abierto tus caminos!»; cuando la madre se abrace al verdugo que ha hecho despedazar a su hijo por los perros y los tres juntos proclamen, bañados los ojos en lágrimas: «Tienes razón, Señor.» Entonces, naturalmente, se llegará a la apoteosis del conocimiento y todo se explicará. Pero aquí está, precisamente, el obstáculo, esto es lo que no puedo aceptar. Y mientras me encuentre en la tierra, me apresuro a tomar mis medidas. Verás, Aliosha, es muy posible que en realidad, cuando yo mismo vea ese momento, sea porque viva hasta entonces o porque resucite, exclame junto con los demás, al ver a la madre abrazando al asesino de su hijo: «¡Tienes razón, Señor!», pero no quiero hacerlo. Mientras me queda tiempo, procuro proteger mi posición y por esto renuncio por completo a la armonía suprema, que no vale las lágrimas ni de aquella sola niña atormentada que se daba golpes en el pecho con sus manitas, y en su maloliente encierro rogaba al «Dios de los niños» con sus lágrimas imperdonables. Esas lágrimas no han sido expiadas. Han de serlo; de lo contrario, no puede haber armonía. Pero ¿cómo quieres expiarlas? ¿Acaso es posible? ¿Acaso por el castigo futuro? Pero, ¿de qué me sirve el castigo, de qué me sirve el infierno para los verdugos, qué puede rectificar el infierno, cuando aquéllos han sido ya torturados? Y qué armonía puede haber si existe el infierno; lo que quiero yo es perdonar, abrazar, y no que se sufra más. Y si los sufrimientos de los niños han ido a completar la suma de sufrimientos necesaria para comprar la verdad, yo afirmo de antemano que la verdad entera no vale semejante precio. ¡No quiero, en fin, que la madre abrace al verdugo que ha hecho despedazar a su hijo por los perros! ¡Que no se atreva a perdonarle! Si quiere, que perdone al torturador su infinito dolor de madre; pero no tiene ningún derecho a perdonar los sufrimientos de su hijo despedazado, ¡y que no se atreva a perdonar la verdugo, aunque la propia criatura se los perdonara! Si es así, si las víctimas no se han de atrever a perdonar, ¿dónde está la armonía? ¿Hay en todo el mundo un ser que pueda y tenga derecho a perdonar? No quiero la armonía, no la quiero por amor a la humanidad. Prefiero quedarme con los sufrimientos y sin castigar. Mejor es que me quede con mi dolor sin vengar y con mi indignación pendiente, *aunque no tenga razón.* Muy alto han puesto el precio de la armonía, no es para nuestro bolsillo pagar tanto por la entrada. Me apresuro, pues, a devolver mi billete de entrada. Y si soy un hombre honrado, tengo la obligación de devolverlo cuanto antes. Eso es lo que hago. No es que no admita a Dios, Aliosha; me limito a devolver respetuosamente el billete.

—Eso es una sublevación —replicó Aliosha, en voz queda y bajando los ojos.

—¿Una sublevación? No desearía de ti semejante palabra —dijo con calor Iván—. ¿Se puede vivir sublevado? Yo quiero vivir. Háblame francamente, te invoco, responde: imagínate que tú mismo construyes el edificio del destino humano con el propósito último de hacer feliz al hombre, de proporcionarle, al fin, paz y sosiego; mas para lograrlo te es absolutamente necesario e inevitable torturar sólo a una pequeña criaturita, digamos, a esa pequeñuela que se daba golpes en el pecho, de modo que has de cimentar el edificio en esas lágrimas sin vengar; ¿estarías de acuerdo en ser el arquitecto, en estas condiciones? ¡Responde y no mientas!

—No, no estaría de acuerdo —contestó en voz baja Aliosha.

—¿Y puedes tú admitir la idea de que aquellos para quienes construyes el edificio estuvieran dispuestos a aceptar su felicidad a costa de la injustificada sangre de la criatura sacrificada y que, habiéndolo aceptado, vivieran felices por los siglos de los siglos?

—No, no puedo admitirla. Hermano —dijo súbitamente Aliosha, con los ojos centelleantes—, has preguntado hace un momento: ¿existe en todo el mundo un ser que pueda perdonar y tenga derecho a hacerlo? Pues bien, ese ser existe, y puede perdonarlo todo, puede perdonarlo todo a todos y *por todo,* porque él mismo ha dado su sangre inocente por todos y por todo. Tú te has olvidado de Él, y es en Él, precisamente, en quien se sostiene el edificio, y Él es quien exclamará: «Tienes razón, Señor, pues se han abierto tus caminos.»

[398]

—¡Ah, te refieres al «Unico sin pecado» y a su sangre! No, no le he olvidado; al contrario, me sorprendía que tardaras tanto en referirte a Él, porque generalmente, en las discusiones, los de tu condición enseguida lo sacan a relucir. ¿Sabes, Aliosha?, no te rías, pero compuse un poema, hará cosa de un año. Si puedes perder aún unos diez minutos más en mi compañía, te lo contaré, ¿quieres?

—¿Tú has escrito un poema?

—Oh, no, no lo he escrito —se rió Iván—; en mi vida he compuesto ni dos versos. Pero ese poema lo concebí y lo recuerdo. Lo concebí con estusiasmo. Tú serás mi primer lector, es decir, oyente. En efecto, para qué ha de perder el autor aunque sea a un sólo oyente —se rió Iván—. ¿Te lo cuento, o no?

—Te escucharé con mucha atención —contestó Aliosha.

—Mi poema se titula «El Gran Inquisidor»; es una cosa absurda, pero quisiera contártela.

V

EL GRAN INQUISIDOR

—TAMPOCO en este caso puedo prescindir del prólogo, quiero decir de un prólogo literario, ¡fu! —dijo Iván, riéndose—. ¡Pues sí que soy yo buen autor! La acción, en mi poema, se desarrolla en el siglo dieciséis, y entonces era costumbre hacer intervenir en las obras poéticas las fuerzas sobrenaturales, cosa que, sin duda alguna, sabes ya de la escuela. No voy a referirme al Dante. En Francia, los curiales, así como los monjes en los monasterios, daban verdaderas representaciones completas, en las que hacían salir a la escena a la Virgen María, ángeles, santos, a Jesucristo y hasta al mismísimo Dios. Entonces todo esto era muy ingenuo. En *Notre Dame de París*[8], Victor Hugo describe cómo en la sala del ayuntamiento se ofrece al pueblo una representación edificante y gratuita de *Le bon jugement de la très sainte et gracieuse Vierge Ma-*

---

8 *Nuestra Señora de París* (fr.).

rie[9], en honor del nacimiento del delfín de Francia, en tiempos de Luis XI. En esta representación, la Virgen aparece en persona y pronuncia su *bon jugement*[10]. En nuestro país, en Moscú, en los antiguos tiempos, anteriores a Pedro el Grande, también se representaban de vez en cuando obras casi dramáticas de ese tipo, especialmente inspiradas en el Antiguo Testamento; mas, aparte de las representaciones dramáticas, circulaban entonces por todo el mundo numerosos relatos y «cantares» en los que actuaban, según fuera necesario, santos, ángeles y toda la fuerza celestial. En nuestros monasterios se ocupaban también de traducir, copiar y hasta componer poemas semejantes ya en tiempos de la dominación tártara. Se ha conservado, por ejemplo, un poemita monástico (evidentemente traducido del griego), intitulado *Camino de la Virgen María entre sufrimientos*[11], con cuadros de una audacia que en nada cede a los del Dante. La Madre de Dios visita el infierno, el arcángel San Miguel la guía «entre los sufrimientos». Ve a los pecadores y sus torturas. Hay una categoría en extremo curiosa de pecadores, sumidos en un lago en llamas; la de los que se hunden en ese lago de modo que ya no pueden volver a la superficie; a éstos «ya los olvida Dios», expresión de extraordinaria profundidad y fuerza. Pues bien, conmovida y llorosa, la Madre de Dios se hinca de rodillas ante el solio divino e impetra el perdón para todos los que están en el infierno, para todos aquellos a quienes ha visto allí, sin distinciones. Su conversación con Dios es de un interés colosal. La Virgen suplica, porfía, y cuando Dios le señala las manos y los pies de su Hijo, atravesados por los clavos, y le pregunta: ¿cómo voy a perdonar a los que le han torturado?, ella manda a todos los santos, a todos los mártires, a todos los ángeles y arcángeles, que se arrodillen a su lado y rueguen por el perdón de todos, sin excepción alguna. El poemita acaba de modo que la Virgen obtiene de Dios la interrupción de los tormentos cada año, desde el Viernes Santo hasta el día de Pentecostés, y los pecadores desde el

---

[9]   El misericordioso juicio de la muy santa y graciosa Virgen María (fr.)

[10] misericordioso juicio (fr.).

[11] Título de una leyenda que figura en los apócrifos de origen bizantino, correpondiente al siglo I de nuestra era.

infierno enseguida dan las gracias a Dios, gritando: «Tienes razón, Señor; tu sentencia es justa.» Mi poemita habría sido por el estilo, de haber aparecido en aquella época. En la concepción mía, Él aparece en escena; cierto, no dice nada en el poema, únicamente aparece y pasa. Han transcurrido ya quince siglos desde que prometió volver a su reino, desde que su profeta escribió: «Volveré pronto.» «Empero nadie sabe nada de día y de la hora, ni aún los ángeles que están en el cielo, ni el Hijo, si no el Padre», tal como dijo Él estando aún en la tierra. Pero la humanidad le espera con la misma fe y la misma unción. Oh, hasta con mayor fe, pues desde hace quince siglos se han interrumpido las promesas del cielo al hombre:

> Cree lo que el corazón te diga,
> no hay promesas de los cielos[12].

¡Y no queda más que la fe en lo dicho por el corazón! Cierto, había entonces muchos milagros. Había santos que efectuaban curas prodigiosas; a algunos justos varones, según sus biografías, se les aparecía la propia Reina de los Cielos. Pero el diablo no duerme y en la humanidad germinó la duda sobre la autenticidad de tales milagros. Una nueva y terrible herejía apareció entonces en el Norte, en Alemania. Una estrella grande, «ardiente como una antorcha» (es decir, la Iglesia), «cayó sobre las fuentes de las aguas..., que se volvieron amargas»[13]. Tales herejías empezaron a negar, blasfematoriamente, los milagros. Pero tanto más ardiente se hace la fe de quienes siguen creyendo. Las lágrimas de la humanidad continúan elevándose hacia Él como antes, le esperan, le aman, confían en Él, hay ansia de sufrir y morir por Él, como antes... Durante tantos siglos, la humanidad rezaba con fe y pasión: «Señor, dígnate venir a nos»; cuántos siglos le invocó para que Él, con su compasión infinita, quisiera descender al lado de los suplicantes. Ya antes había descendido, había visitado a algunos justos, mártires y santos anacoretas en la tierra, según está escrito en sus «vidas». Entre nosotros, Tiútchev, que creía pro-

---

12 Del poema de Schiller «Deseo» (1801).
13 Apocalipsis, VIII, 10, 11.

fundamente en la veracidad de sus palabras, ha proclamado que

> Abrumado por el peso de la cruz,
> como un simple esclavo, el Rey de los Cielos
> de punta a punta, tierra mía,
> te ha recorrido y te ha bendecido[14].

Lo cual es exacto, te lo digo yo. He aquí, pues, que Él quiso mostrarse aunque sólo fuera por un momento al pueblo, a ese pueblo atormentado, sufrido, hediondamente pecaminoso, pero que le ama de todo corazón, como un niño. La acción pasa en España, en Sevilla, en los tiempos más pavorosos de la Inquisición, cuando a la mayor gloria de Dios las hogueras ardían diariamente en el país y

> En magníficos autos de fe
> quemaban a los perversos heréticos.

Desde luego, ése no era su descenso a la tierra, tal como aparecerá, según promesa suya, al fin de los tiempos, en toda su gloria celestial, repentinamente «como un rayo que brille del Oriente al Occidente». No, quiso sólo visitar a sus hijos por un momento, precisamente donde crepitaban las hogueras de los heréticos. Por su misericordia infinita, desciende una vez más entre los hombres en la misma forma humana en que vivió entre la gente quince siglos antes. Desciende a las «tórridas plazas y calles» de la ciudad meridional, donde, la víspera, en presencia del rey, de cortesanos, de caballeros, de cardenales, de hermosísimas damas de la corte, ante la numerosa población de toda Sevilla, el cardenal Gran Inquisidor había hecho quemar poco menos de un centenar de herejes *ad majorem gloriam Dei*[15]. Aparece, Él, sin pregonarlo, imperceptiblemente, pero he aquí que todos —es raro— le reconocen. Éste habría podido ser uno de los mejores lugares del poema, el porqué, precisamente, le reconocen. La muchedumbre, arrastrada por

---

[14] Última estrofa del poema de F. I. Tiútchev: «Esas pobres aldeas, esa mísera naturaleza...» (1855).

[15] Para mayor gloria de Dios (lat.).

una fuerza invencible, se dirige hacia Él, le rodea, se apelotona en torno a Él, le sigue. Él camina en silencio entre el pueblo con una dulce sonrisa de infinita compasión. Arde en su corazón el sol del Amor; de sus ojos fluyen los rayos de la Luz, de la Ilustración y de la Fuerza, derramándose sobre los hombres y despertando en sus corazones un amor recíproco. Él tiende hacia ellos los brazos, los bendice; del contacto con Él, hasta con sus vestidos, surge una fuerza salutífera. De entre la muchedumbre grita un viejo, ciego desde su infancia: «Señor, cúrame, y entonces te veré», y he aquí que le salen de los ojos como unas escamas y el ciego le ve. El pueblo llora y besa la tierra por la que Él ha pasado. Los niños le echan flores delante, gritándole: «¡Hossanna!» «Es Él, es Él mismo —repiten todos—, debe ser Él, no puede ser otro que Él.» Se detiene ante el atrio de la catedral de Sevilla en el mismísimo instante en que, entre llantos, introducen en el templo un pequeño ataúd blanco, abierto: yace en él una niña de siete años, la hija única de un ciudadano ilustre. La criaturita va cubierta de flores: «Él resucitará a tu hija», gritan desde la muchedumbre a la madre, que llora. El capellán de la catedral, que ha salido al encuentro del féretro, mira, perplejo, y frunce las cejas. Pero he aquí que resuena el lamento de la madre de la niña muerta. La mujer se arroja a los pies de Él: «Si eres tú, ¡resucita a mi hija!», exclama, tendiendo hacia Él los brazos. El cortejo se detiene, bajan al pequeño féretro al suelo, en el atrio, a los pies de Él. Él mira con compasión y sus labios pronuncian una vez más, suavemente: «*Talitha kumi* – levántate doncella.» La niña se levanta en el féretro, se sienta y mira a su alrededor, sonriente, abiertos sus sorprendidos ojos. Tiene en las manos el ramo de rosas blancas con que yacía en el ataúd. La gente se emociona, grita llora; de pronto, en ese mismísimo momento, cruza la plaza, por delante del templo, el propio cardenal, Gran Inquisidor. Es un anciano de casi noventa años, alto y erguido, de cara enjuta, de ojos hundidos, pero en los que brilla aún cierto fulgor, como una chispita de fuego. Oh, no viste sus espléndidas ropas cardenalicias, las que lucía el día anterior ante el pueblo al quemar a los enemigos de la fe romana; no, en ese momento no lleva más que un viejo y tosco hábito monacal. A una determinada distancia, le siguen sus siniestros auxiliares y sus esclavos, así como la «sagrada» guardia. Se detiene ante la muchedumbre y observa desde lejos. Lo ha visto todo, ha visto cómo bajaban el ataúd y lo ponían a sus pies, ha visto cómo la doncella resucitaba; el rostro se le ha ensombrecido. Frunce sus pobladas cejas canosas y su mirada centellea con siniestro fuego. Extiende su índice y manda a su guardia que lo detengan. Es tanta la fuerza del Gran Inquisidor, hasta tal punto tiene al pueblo domeñado, sometido, acostumbrado a obedecerle temblando, que la muchedumbre inmediatamente abre paso a la guardia, y los hombres armados, en medio del silencio sepulcral que de repente se ha producido, lo arrestan y se lo llevan. La muchedumbre toda, como un solo hombre, en un momento inclina sus cabezas hasta el suelo ante el viejo inquisidor, quien, sin decir palabra, bendice al pueblo y se aleja. La guardia conduce al Prisionero al viejo caserón del Santo Oficio, y lo encierra en un estrecho calabozo abovedado. Pasa el día, llega la noche de Sevilla, oscura, calurosa, «sin aliento». El aire «despide aromas de laurel y limoneros»[16]. Entre las profundas tinieblas, se abre de pronto la puerta de hierro del calabozo y el viejo Gran Inquisidor en persona entra lentamente con un candil en la mano. Va solo; tras él, la puerta se cierra al instante. Se detiene pasado el umbral y le contempla el rostro largo rato, un minuto, quizá dos. Por fin se le acerca con lento paso, deja el candil sobre la mesa y le dice:

—¿Eres tú? ¿Tú? —pero, como no recibe respuesta, añade rápidamente—: No contestes, calla. Además, ¿qué podrías decir? Sé demasiado lo que dirías. No tienes derecho a añadir nada a lo que antes ya dijiste. ¿Por qué has venido a estorbarnos? Pues tú has venido a estorbarnos, y lo sabes. Pero ¿sabes lo que pasará mañana? No sé quién eres ni quiero saberlo: si eres tú o sólo una semejanza suya; pero mañana te condenaré y te haré quemar en la hoguera como al más vil de los herejes; el mismo pueblo que hoy te ha besado los pies, mañana mismo, a una señal mía, se lanzará a avivar las brasas de tu hoguera, ¿lo sabes? Sí, es posible que lo sepas —añadió, prosiguiendo su penetrante cavilación, sin apartar la mirada de su Prisionero.

—No acabo de comprender lo que esto significa, Iván

---

[16] De *El convidado de piedra*, de Pushkin; escena II.

—dijo sonriendo Aliosha, que había estado escuchando en completo silencio—. ¿Se trata de una mera fantasía insondable, o de algún error del viejo, de algún imposible *quid pro quo?*[17].

—Admite aunque sea lo último —repuso Iván, riéndose—, si el realismo moderno te ha complacido tanto que ya no puedes soportar nada fantástico; ¿quieres un *quid pro quo?*; bien, sea. Cierto —se echó a reír de nuevo—, el viejo tiene noventa años y podía haber perdido el juicio hacía tiempo pensando en su idea. El Prisionaro, a su vez, podía haberle impresionado por su aspecto. Aquello podía ser simplemente una alucinación, el delirio de un viejo nonagerario ante la muerte, sobreexcitado, además, por el auto de fe de la víspera con sus cien herejes quemados. Pero, ¿no nos da lo mismo, a ti y a mí, que se trate de un *quid pro quo* o de una fantasía insondable? La cuestión está en que el viejo necesita decir todo lo que piensa; en que, por fin, se manifiesta a sus noventa años y dice en voz alta lo que durante sus noventa años ha callado.

—¿Y el prisionero también calla? ¿Se le queda mirando y no dice ni una palabra?

—En efecto, así debe ser en todos los casos —Iván se ríe otra vez—. El mismo viejo le indica que Él no tiene derecho a añadir nada a lo que dijo antes. Si quieres, en eso estriba el rasgo esencial del catolicismo, por lo menos a mi modo de ver. «Lo has pasado todo al Papa; por tanto, ahora se encuentra todo en manos del Papa y es mejor que tú no vengas, no nos estorbes, por lo menos hasta la hora señalada.» No sólo hablan en ese sentido, sino que, incluso, escriben; así lo hacen los jesuitas. Yo mismo lo he oído en las obras de sus teólogos. «¿Tienes derecho a revelarnos aunque sólo sea uno de los misterios del mundo de que procedes?», le pregunta mi viejo, y él mismo responde por el Prisionero: «No, no tienes derecho a hacerlo, para no añadir algo a lo que fue dicho antes y para no desposeer a los hombres de la libertad que Tú tanto defendiste, durante tu paso por la tierra. Todo cuanto reveles ahora por primera vez, atentará contra la libertad de la fe de los hombres, pues se presentará como un milagro; en cambio,

---

17 Una cosa por otra (lat.). Significa una confusión, un error.

hace mil quinientos años colocabas Tú por encima de todo la libertad de su fe. Tú fuiste quien dijo entonces con tanta frecuencia: "Quiero haceros libres." Pero ahoras has visto a estos hombres "libres" (añade de pronto el viejo con meditativa sonrisa). Sí, eso nos ha costado muy caro (prosigue, mirándole con severidad), pero, al fin, hemos rematado esta obra en tu nombre. Durante quince siglos hemos estado atormentándonos con esa libertad, pero ahora la cosa está terminada y remachada. ¿No crees que está bien terminada? ¿Me miras con dulzura y no me consideras digno, siquiera, de tu indignación? Has de saber que ahora, precisamente hoy, estos hombres están más plenamente convencidos que nunca de que son libres por completo, pese a que ellos mismos nos han traído su libertad y la han depositado sumisamente a nuestros pies. Pero esto lo hemos hecho nosotros. ¿Era esto lo que tú deseabas, era ésta la libertad?»

—Tampoco ahora comprendo —le interrumpió Aliosha—. ¿Ironiza, se ríe?

—De ningún modo. Precisamente presenta como mérito suyo y de los suyos el que, por fin, ha vencido la libertad y lo han hecho para que los hombres pudieran ser felices. «Pues, sólo ahora (él se refiere, desde luego, a la Inquisición) ha sido posible pensar por primera vez en la felicidad de la gente. Al hombre se le dio una naturaleza levantisca; ¿acaso los levantiscos pueden ser felices? Te advirtieron (le dice), no te faltaron advertencias e indicaciones, pero no hiciste caso a las advertencias, rechazaste el único camino por el que se podía hacer felices a los hombres; mas, por suerte, al marcharte, pusiste tu obra en nuestras manos. Lo prometiste, lo confirmaste con tu palabra, nos concediste el derecho de atar y desatar; ahora, desde luego, no puedes ni pensar en quitarnos ese derecho. ¿Por qué has venido a estorbarnos?»

—¿Qué significa no te faltaron advertencias e indicaciones? —preguntó Aliosha.

—En esto consiste lo más importante de lo que el viejo necesita decir. «El espíritu terrible e inteligente, el espíritu de la autodestrucción y del no ser (prosigue el viejo), el gran espíritu, habló contigo en el desierto, y según se nos comunica por los Libros, te "tentó". ¿Es eso cierto? ¿Cabía decir algo más verdadero de lo que te comunicó en las tres preguntas, que tú rechazaste, y que en los Libros se llaman "tentaciones"? Y es el caso que si en la tierra ha habido alguna vez un milagro atronador verdaderamente auténtico, fue aquel día, el día de esas tres tentaciones. El milagro consistía precisamente en el hecho de que las tres preguntas se formularan. Si fuera posible imaginar, sólo como prueba y a modo de ejemplo, que esas tres preguntas del terrible espíritu se han perdido sin dejar huella en los Libros y que es necesario restablecerlas, idearlas y componerlas para introducirlas de nuevo en ellos; que se reúne, para eso, a todos los sabios de la tierra, hombres de gobierno, altos dignatarios de la Iglesia, científicos, filósofos y poetas, y se les dice: idead y componed tres preguntas, pero que correspondan no sólo a la magnitud del acontecimiento, sino que, además, expresen en tres palabras, en sólo tres frases humanas toda la historia futura del mundo y de la humanidad; ¿crees tú que toda esa sabiduría de la tierra reunida podría idear algo ni siquiera parecido, por su fuerza y profundidad, a las tres preguntas que realmente te formuló entonces, en el desierto, el espíritu poderoso e inteligente? Por esas solas preguntas, por el solo milagro de su formulación, es posible comprender que no se trata de la inteligencia humana corriente, sino de lo perdurable y absoluto. Pues en esas tres preguntas está como englobada en un todo y predicha toda la historia ulterior de la humanidad, y se dan los tres modelos a que se reducen todas las insolubles contradicciones históricas de la naturaleza humana en toda la tierra. Entonces, ello no podía ser aún tan patente porque se desconocía el futuro; pero ahora, cuando han transcurrido quince siglos, vemos que todo se halla en las tres preguntas; hasta tal punto había sido todo previsto y predicho, y se ha justificado hasta tal punto, que no es posible ni añadirles ni quitarles nada.

»Juzga, pues, tú mismo quién tenía razón: ¿Tú, o aquel que entonces te interrogó? Recuerda la primera pregunta; aunque no la formule literalmente, su sentido era: "Tú quieres ir al mundo y vas con las manos vacías, con cierta promesa de libertad que los hombres, por su simplicidad y su depravada naturaleza, no pueden ni siquiera concebir, y que, además, temen con pavor, pues para el hombre y la sociedad humana no existe ni ha existido nunca nada más insoportable que la libertad. ¿Ves estas piedras del desierto árido y tórrido? Conviértelas en panes y detrás de ti correrá la humanidad como un rebaño, agradecido y sumiso, aunque siempre estremecido por el temor de que retires tu mano y se queden sin pan." Pero tú no quisiste privar al hombre de libertad y rechazaste la proposición, pues ¿cómo puede hablarse de libertad, razonaste tú, si la obediencia se compra con pan? Tú objetaste que no sólo de pan vive el hombre, pero ¿sabes tú que en nombre de ese pan terreno se alzará contra ti el espíritu de la tierra, luchará y te vencerá, y que todos le seguirán gritando: "¡Quién puede compararse a esa bestia que nos ha dado el fuego del cielo!" ¿Sabes tú que pasarán los siglos y que la humanidad, con su sabiduría y su ciencia, proclamará que el crimen no existe y que, por tanto, no existe tampoco el pecado, sino que existen sólo seres hambrientos. "¡Dales de comer y exígeles, entonces, virtud!", eso es lo que escribirán en la bandera que elevarán contra ti y con la que destruirán tu templo. Un nuevo edificio se elevará en el lugar de tu templo, otra vez se edificará la espantosa Torre de Babel, y aunque tampoco ésta llegará a construirse, como no se construyó la primera, tú habrías podido evitar esa segunda torre y reducir en mil años los sufrimientos de los hombres, pues ¡vendrán hacia nosotros, después de haberse atormentado durante mil años con su torre! Vendrán a buscarnos otra vez bajo tierra, en catacumbas, donde nos habremos escondido (pues de nuevo seremos perseguidos y martirizados), nos encontrarán y clamarán: "Dadnos de comer, pues quienes nos habían prometido el fuego de los cielos no nos lo han dado!" Entonces acabaremos de construir su torre, pues su construcción la terminará quien dé de comer, y sólo nosotros lo haremos, en nombre tuyo, mintiendo al decir que damos de comer en tu nombre. ¡Oh, nunca, nunca podrán nutrirse sin nosotros! Ninguna ciencia les proporcionará pan mientras permanezcan libres, pero al fin pondrán su libertad a nuestros pies y dirán: "Mejor es que nos esclavicéis, pero dadnos de comer." Al fin comprenderán ellos mismos que son incompatibles la libertad y el pan terrenal, en cantidad suficiente para que cada hombre pueda comer el que quiera, pues nunca, ¡nunca sabrán repartirlo entre sí! Se convencerán también de que nunca podrán ser tampoco libres, porque son débiles, viciosos, mezquinos y rebeldes. Tú les has prometido el pan celestial, pero, repito una vez más, ¿puede éste compararse con el de la tierra, a los ojos del débil género humano, eternamente depravado y eternamente ingrato? Y si en nombre del pan celestial a ti te siguen miles y decenas de miles de seres humanos, ¿qué será de los millones y de las decenas de millones de hombres que carecerán de fuerzas para renunciar al pan de la tierra a cambio del celeste? ¿O estimas únicamente a unas decenas de miles grandes y fuertes, mientras que los demás, que suman millones, que son innumerables como las arenas del mar, que te aman, aunque son débiles, han de servir tan sólo como simples materiales para los grandes y fuertes? No, para nosotros también los débiles son dignos de estimación. Son viciosos y rebeldes, pero al fin son ellos los que se harán sumisos. Quedarán admirados de nosotros y nos tendrán por dioses porque, al ponernos al frente de ellos, habremos aceptado la carga de la libertad, y de su gobierno, ¡hasta tal punto les resultará, al fin, espantoso ser libres! Pero les diremos que te obedecemos a ti y que dominamos en nombre tuyo. Los engañaremos otra vez, pues a ti, desde luego, no te dejaremos acercar. En esta impostura radicará nuestro sufrimiento, pues nos veremos obligados a mentir. Ya ves lo que significaba aquella pregunta del desierto y lo que tú rechazaste en nombre de la libertad, que situaste por encima de todo. El hecho es que en dicha pregunta radicaba el gran misterio de este mundo. De haber aceptado "los panes", habrías respondido a la angustia universal y eterna de la humanidad, tanto considerada en sus individuos como tomada en su conjunto, a saber: "¿ante quién inclinarnos?" Para el hombre no hay preocupación más constante y atormentadora que la de buscar cuanto antes, siendo libres, ante quién inclinarse. Pero lo que el hombre busca es inclinarse ante algo que sea indiscutible, tanto, que todos los hombres lo acepten de golpe y unánimemente. Pues la tribulación de estas lamentables criaturas no estriba sólo en buscar aquello ante lo cual yo u otro podamos inclinarnos, sino en buscar una cosa en la que crean todos y a la que todos reverencien, *todos juntos,* sin falta. Esta necesidad de *comunión* en el acatamiento constituye el tormento principal de cada individuo, así como la humanidad en su conjunto desde el comienzo de los siglos. En nombre de ese acatamiento colectivo, los hombres se han aniquilado entre sí con la espada. Han creado dioses y se han retado exclamando: "Arrojad a vuestros dioses y venid a rendir acatamiento a los nuestros; de lo contrario, moriréis vosotros y los dioses vuestros!" Y así será hasta el fin del mundo, incluso cuando en el mundo hayan desaparecido los dioses: igualmente caerán ante los ídolos. Tú conocías, tú debías conocer, forzosamente, este secreto fundamental de la naturaleza humana, pero rechazaste la única bandera, absolutamente la única, que se te ofreció para obligar a todo el mundo a que se inclinara ante ti sin discusión: la bandera del pan terrenal, que rechazaste en nombre de la libertad y del pan del cielo. Contempla lo que hiciste luego. ¡Otra vez, en nombre de la libertad! Te digo que no existe para el hombre preocupación más atormentadora que la de encontrar a quien hacer ofrenda, cuanto antes, del don de libertad con que este desgraciado ser nace. Pero sólo llega a dominar la libertad de los hombres aquél que tranquiliza sus conciencias. Con el pan se te ofrecía una bandera indiscutible: das el pan y el hombre se inclina, pues no hay nada más indiscutible que el pan; pero si, al mismo tiempo, alguien domina la conciencia del hombre independientemente de ti, entonces, el hombre hasta arrojará tu pan y seguirá a aquél que le ha seducido el alma. En esto tú tenías razón. Pues el misterio de la existencia humana no estriba sólo en el vivir, sino en el para qué se vive. Sin una firme idea del para qué de su vida, el hombre no querrá vivir y preferirá matarse a vivir en la tierra, aunque en torno suyo todo sean panes. Eso es así, pero qué sucedió: en vez de dominar la libertad de las gentes, ¡tú se la hiciste mayor! ¿Acaso has olvidado que la tranquilidad y hasta la muerte son más caros al hombre que la libre elección en el conocimiento del bien y del mal? Nada hay más seductor para el hombre que la libertad de su conciencia, pero nada hay tampoco más atormentador. Pues bien, en vez de bases firmes para tranquilizar, de una vez para siempre, la conciencia de los hombres, tú tomaste cuanto hay de extraordinario, misterioso e indefinido, cogiste cuanto rebasa las fuerzas de los hombres, y por eso obraste como si no les tuvieras ningún amor, ¡y eso lo hiciste tú, que viniste a dar la vida por ellos! En vez de apoderarte de

[410]

la libertad humana, la multiplicaste, y gravaste así, con los tormentos que provoca, el reino anímico de los hombres por los siglos de los siglos. Quisiste que el amor del hombre fuera libre para que el hombre te siguiera por sí mismo, encantado y cautivado por ti. En lugar de la firme y antigua ley, el hombre, de corazón libre, tenía que decidir en adelante dónde estaba el bien y dónde estaba el mal, sin tener otra cosa, para guiarse, que tu imagen ante los ojos. Pero ¿es posible que no pensaras en que al fin el hombre te rechazaría y que discutiría incluso tu imagen y tu verdad, si le iban a oprimir con una carga tan espantosa como es la libertad de elección? Proclamará, al fin, que la Verdad no está en ti, pues no era posible dejarlos en mayor confusión y tormento de lo que hiciste tú al sumirlos en tantas preocupaciones y tantos problemas insolubles. De este modo, tú mismo sentaste la base para la destrucción de tu propio reino, y no culpes a nadie más a este respecto. Sin embargo, ¿qué era lo que se te proponía? Hay tres fuerzas, en la tierra, únicamente tres fuerzas que pueden vencer y cautivar por los siglos de los siglos la conciencia de estos canijos rebeldes, por su propia felicidad, y estas fuerzas son: el milagro, el misterio y la autoridad. Tú rechazaste el primero, el segundo y la tercera; diste, así, el ejemplo. Cuando el espíritu terrible y sabio te situó en el pináculo del templo y te dijo: "Si quieres saber si eres el Hijo de Dios, precipítate en el vacío, porque está dicho que a Aquél los ángeles le sostendrán y le llevarán, y Él no caerá ni se hará daño alguno; así sabrás si eres o no el Hijo de Dios y demostrarás tu fe en tu Padre"; pero tú, después de escucharle, rechazaste su proposición, no cediste y no te arrojaste al vacío. Oh, sí, obraste en este caso orgullosa y magníficamente, como un Dios, pero la gente, la débil tribu rebelde, ¿está formada por dioses? Oh, tú comprendiste entonces que, dando aunque fuera un solo paso, haciendo un simple movimiento como para echarte al vacío, habrías tentado inmediatamente al Señor y habrías perdido toda la fe en Él, te habrías destrozado contra la tierra que habías venido a salvar; se habría regocijado el espíritu inteligente que te tentaba. Pero, repito, ¿hay muchos como tú? ¿Es posible que tú pudieras admitir, en realidad, aunque fuera un momento, que los hombres podrían resistir una tentación semejante? ¿Ha sido creada la naturaleza humana de modo que sea capaz de rechazar un milagro, y en momentos tan terribles de la vida, cuando se le plantean los problemas espirituales más espantosos, fundamentales y atormentadores, pueda quedarse sólo con las libres resoluciones de su corazón? Oh, tú sabías que tu heroico hecho se conservaría en los Libros y alcanzaría la profundidad de los tiempos, así como los últimos confines de la tierra; esperabas que, siguiéndote a ti, también el hombre conservara a Dios sin necesidad de milagros. Pero tú no sabías que tan pronto el hombre rechaza el milagro, por poco que sea, rechaza inmediatamente, asimismo, a Dios, pues el hombre busca no tanto a Dios como al milagro. Y comoquiera que el hombre no tiene fuerzas para quedarse sin milagros, crea otros, que ya son tuyos, y se inclina ante el milagro del curandero, ante la brujería, aunque sea cien veces rebelde, hereje y ateo. Tú no bajaste de la cruz, cuando te gritaban, ensañándose y burlándose: "Bájate de la cruz y creeremos que eres tú." No bajaste, porque tampoco quisiste esclavizar al hombre con un milagro, anhelabas una fe libre, no milagrosa. Anhelabas un amor libre, no el servil entusiasmo del esclavo ante un poderío que les aterrorizara de una vez para siempre. Pero también en este caso juzgaste de los hombres con excesiva altura, pues son esclavos, aun habiendo sido creados rebeldes. Mira y juzga, han transcurrido quince siglos, contempla a los hombres: ¿a quién has elevado hacia ti? Te lo juro, ¡el hombre ha sido creado más débil y bajo de lo que tú te imaginabas! ¿Acaso puede cumplir él lo que tú? Le has estimado tanto que has obrado como si dejaras de sentir compasión por él, pues le has exigido demasiado, y eso tú, ¡tú, que le has amado más que a ti mismo! De haberle estimado menos, le habrías exigido menos, y ello habría sido más próximo al amor, pues su carga sería más ligera. El hombre es débil y vil. ¿Qué importa que ahora se alce en todas partes contra nuestro poder y se jacte de que se subleva? Ese es el orgullo del niño y del escolar. Los hombres son como niños que se han amotinado en clase y han echado al maestro. Pero también se acabará el alborozo de los niños, y les costará caro. Demolerán los templos e inundarán de sangre la tierra. Mas, al fin, esos estúpidos niños se darán cuenta de que, aunque rebeldes, tienen pocas fuerzas, y son incapaces de resistir su propia sublevación. Derramando estúpidas lágrimas, comprenderán, por último, que quien los ha creado rebeldes, quiso, sin duda, burlarse de ellos. Lo dirán desesperados, y lo que habrán dicho será una blasfemia que los hará aún más desdichados, pues la naturaleza humana no soporta la blasfemia y al fin se venga de esta última. Tenemos, pues, inquietud, confusión e infortunio, ¡tal es el destino de los hombres después de cuanto has sufrido tú por su libertad! Tu gran profeta[18] dice, según su aparición alegórica, que vio a todos los participantes en la primera resurrección y que había doce mil por cada tribu. Pero, aun siendo tantos, no parecían hombres, sino más bien dioses. Habían soportado tu cruz, habían soportado decenas de años de vida hambrienta en el árido desierto, nutriéndose de langostas y de raíces; desde luego, puedes señalar con orgullo a esos hijos de la libertad, del libre amor, del sacrificio libre e imponente en tu nombre. Mas recuerda que en total sólo eran unos miles y aun se trataba de dioses; pero ¿y los demás? ¿De qué son culpables los débiles hombres restantes que no pudieron soportar lo que los fuertes? ¿Qué culpa tiene el alma débil, sin fuerzas suficientes para dar cabida en sí a dones tan espantosos? ¿O es que, en verdad, viniste sólo a los elegidos y para los elegidos? Si es así, aquí hay un misterio incomprensible para nosotros. Y si hay un misterio, también nosotros teníamos derecho a pregonarlo y a enseñar a los hombres que lo importante no es la libre elección de los corazones y el amor, sino el misterio, al que deben someterse ciegamente, incluso a pesar de su conciencia. Eso es lo que hemos hecho. Nosotros hemos rectificado tu obra y la hemos basado en el *milagro,* en el *misterio* y en la *autoridad.* Los hombres se han puesto muy contentos al verse conducidos otra vez como un rebaño, y al darse cuenta de que, por fin, se les ha retirado de los corazones aquel espantoso don, que tantos sufrimientos les había acarreado. ¿No teníamos razón, al enseñar y obrar de este modo? Dime, ¿no la teníamos? ¿No amábamos, por ventura, a la humanidad, al reconocer tan humildemente su impotencia, al aligerarla con cari-

---

[18] San Juan Evangelista, autor del Apocalipsis, uno de los libros predilectos de Dostoievski en los últimos años de su vida, según testimonio del escritor ruso V. S. Soloviov (1849-1903).

ño de su carga, al tolerar a su débil naturaleza a pecar, a condición de que sea con nuestro permiso? ¿Por qué, pues, vienes ahora a estorbarnos? ¿Y qué es eso de mirarme fijamente con tus dulces ojos, sin decir nada? Enójate, no deseo tu amor, porque tampoco yo te amo. ¿Para qué ocultártelo? ¿No sé, por ventura, con quién estoy hablando? Todo cuanto tengo que decirte, ya lo sabes, te lo leo en los ojos. ¿Te oculto, acaso, nuestro secreto? Quizás lo que tú quieres es escucharlo precisamente de mis labios, pues escucha: nosotros no estamos contigo, sino *con él,* ¡éste es nuestro secreto! Hace mucho tiempo que estamos con *él* y no contigo, hace ya ocho siglos. Hace exactamente ocho siglos[19] que aceptamos de él lo que tú rechazaste indignado, el último don que te ofreció al mostrarte todos los reinos de la tierra: aceptamos de él Roma y la espada del César y nos declaramos reyes de la tierra, reyes únicos, aunque no hemos tenido tiempo aún de llevar hasta su plena realización nuestra empresa. ¿Pero, de quién es la culpa? Oh, nuestra empresa hasta ahora no ha pasado de su comienzo, pero la hemos comenzado. Hay que esperar aún largo tiempo para culminarla, la tierra sufrirá mucho, pero alcanzaremos nuestro objetivo y seremos césares; entonces pensaremos en la felicidad de los hombres en toda la tierra. No obstante, ya entonces tú habrías podido tomar la espada del César. ¿Por qué rechazaste este último don? Si hubieras aceptado este último consejo del espíritu poderoso, habrías proporcionado al hombre cuanto busca en la tierra, es decir, un ser ante el que inclinarse, un ser al que confiar la conciencia, y también la manera de que todos se unan, al fin, en un hormiguero indiscutible, común y bien ordenado, pues la necesidad de una unión universal constituye el tercer y último tormento de la gente. La humanidad, en su conjunto, siempre ha tendido a organizarse precisamente sobre una base universal. Ha habido muchos grandes pueblos de gloriosa historia, pero cuanto más se elevaron, tanto más desgraciados fueron, pues sintieron con más fuerza que los otros la necesidad de que el género humano se

---

[19] Referencia a la fundación del Estado de la Iglesia en el año 756 (cesión de tierras en Italia central al Papa Esteban II por Pepino el Breve), ocho siglos antes de la época en que Dostoievski sitúa la acción de la leyenda (s. XVI).

una en el plano mundial. Los grandes conquistadores, los Tamerlán y Gengis-Khan, pasaron como un raudo torbellino sobre la tierra, afanosos de conquistar el universo, pero incluso ellos, aunque inconscientemente, eran expresión de esa misma necesidad que la humanidad experimenta de llegar a unirse plena y universalmente. De haber aceptado el mundo y el purpúreo manto del César, habrías fundado el reino universal y habrías asegurado la paz de la tierra. Porque, ¿quién va a dominar a las gentes, sino aquellos que dominan las conciencias de los hombres y tengan el pan en sus manos? Nosotros tomamos la espada del César; al hacerlo, te rechazamos, naturalmente, y fuimos tras *él*. Oh, sí, transcurrirán aún siglos enteros en que la mente libre campará por sus respetos, habrá siglos de ciencia humana y de antropofagia, porque habiendo comenzado a edificar sin nosotros su torre de Babel, los hombres acabarán en la antropofagia. Pero, entonces, la bestia se arrastrará hasta nosotros y nos lamerá los pies a la vez que nos los rociará con sus lágrimas de sangre. Nosotros montaremos sobre la bestia y elevaremos hacia el cielo una copa en la que habremos escrito: "¡Misterio!" Entonces, y sólo entonces, llegará para la gente el reino de la paz y de la felicidad. Tú te enorgulleces de tus elegidos, pero tú no tienes más que elegidos, mientras que nosotros tranquilizaremos a todo el mundo. Y hay que ver, aún, cuán numerosos han sido los elegidos, los fuertes que podían llegar a ser elegidos y que, fatigados, al fin, de esperarte, han ofrendado y ofrendarán aún las fuerzas de su espíritu y el fuego de su corazón a otro campo, hasta terminar levantando contra ti tu *libre* bandera. Pero tú mismo has izado la bandera. En cambio, con nosotros, todos serán felices y no volverán a rebelarse ni a matarse unos a otros, como están haciendo hoy en todas partes gracias a la libertad que les has concedido. Oh, les persuadimos de que únicamente serán felices cuando renuncien a su libertad en favor nuestro y se sometan a nosotros. Pues bien, ¿tendremos razón, o mentiremos? Ellos mismos se convencerán de que tenemos razón, pues recordarán los horrores de esclavitud y angustia a que los ha llevado tu libertad. La libertad, el librepensamiento y la ciencia, los conducirán a tal laberinto y los situarán en presencia de tales prodigios y misterios insolubles, que algunos hombres, los indomables y furiosos, se matarán a sí mismos; otros, indomables, pero poco fuertes, se matarán entre sí, y un tercer grupo, los que queden, débiles y desdichados, se arrastrarán a nuestros pies y clamarán: "Sí, vosotros teníais razón, únicamente vosotros estabais en posesión de su misterio y volvemos a vosotros, ¡salvadnos de nosotros mismos!" Al recibir el pan de nuestras manos, verán, naturalmente, con toda claridad, que nosotros les tomamos su propio pan, el que han obtenido con sus propias manos, para distribuirlo entre ellos, sin milagro alguno; verán que no hemos convertido las piedras en panes, pero en verdad estarán más contentos aún que de recibir el pan, de recibirlo de nuestras manos. Pues recordarán muy bien que antes, sin nosotros, los panes obtenidos por ellos, en sus propias manos se convertían en piedras; en cambio, habiendo vuelto a nosotros, las piedras mismas, en sus manos, se transforman en pan. ¡Comprenderán muy bien, demasiado bien, lo que significa subordinarse de una vez para siempre! Mientras no lo comprendan, los hombres no serán felices. Dime, ¿quién ha contribuido más que nadie a esta incomprensión? ¿Quién ha dividido el rebaño y lo ha dispersado por caminos ignotos? Pero el rebaño volverá a reunirse y volverá a someterse ya de una vez para siempre. Entonces les daremos una felicidad tranquila y mansa, una felicidad de seres débiles, tales como han sido creados. Oh, les convenceremos, finalmente, de que no se enorgullezcan, pues tú los has elevado y les has enseñado a enorgullecerse; les demostraremos que son débiles, que no son más que unos lamentables niños, que la más dulce de las felicidades es la felicidad infantil. Se volverán tímidos, empezarán a mirarnos y a apretarse contra nosotros, medrosamente, como los polluelos contra la clueca. Se sorprenderán, se estremecerán de horror ante nosotros, y se sentirán orgullosos de nuestro poder y de nuestra inteligencia, de que hayamos sido capaces de someter un rebaño tan turbulento de millones de hombres. Temblarán, sin fuerzas, ante nuestra cólera; se entorpecerán sus inteligencias; de sus ojos fluirán frecuentes lágrimas, como ocurre con los niños y las mujeres, pero con la misma facilidad y a voluntad nuestra pasarán a la alegría y a la risa, a la alegría luminosa y a la feliz cancioncita infantil. Sí, les obligaremos a trabajar, mas para las horas libres de su labor les organizaremos la vida como un juego infantil, con canciones infantiles, cantadas a coro, y con inocentes danzas. Oh, sí, les daremos permiso para que pequen, pues son criaturas débiles e impotentes, y nos amarán como niños porque les permitiremos pecar. Les diremos que todo pecado puede ser redimido, si se ha permitido con nuestro consentimiento; les permitiremos pecar porque los amamos; en cambio, los castigos correspondientes, los cargaremos sobre nosotros, ¡qué le vamos a hacer! Cargaremos con sus pecados, pero ellos nos adorarán como a sus bienhechores que cargan con sus pecados ante Dios. No tendrán secreto alguno para nosotros. Les permitiremos o les prohibiremos vivir con sus mujeres y amantes, tener o no tener hijos, según sea su obediencia, y ellos se nos someterán con satisfacción y alegría. Nos comunicarán los secretos más atormentadores de sus conciencias, todo, todo lo pondrán en nuestro conocimiento, y todo se lo resolveremos nosotros; ellos aceptarán con alegría nuestras resoluciones porque así les liberaremos de la gran preocupación y de los terribles sufrimientos que sienten ahora al tener que tomar una resolución personal y libre. Todos serán felices, todos los millones de seres, excepto unos cien mil dirigentes. Pues sólo nosotros, depositarios del secreto, sólo nosotros seremos desdichados. Habrá miles de millones de criaturas felices y cien mil mártires que tomarán sobre sí la maldición de conocer el bien y el mal. Los primeros morirán dulcemente, suavemente, se apagarán en tu nombre, y tras la tumba no hallarán más que la muerte. Pero nosotros conservaremos el secreto, y para su propia felicidad los cautivaremos con el premio del cielo y de la vida eterna. Pues aunque hubiera algo en el otro mundo, no sería, desde luego, para hombres como ellos. Dicen y profetizan que tú volverás y de nuevo vencerás; vendrás con tus elegidos, orgullosos y fuertes, pero nosotros diremos que ellos se salvaron sólo a sí mismos, mientras que nosotros hemos salvado a todos. Dicen que será cubierta de oprobio la ramera sentada sobre la bestia, con el cáliz del *misterio* en sus manos[20], que volverán a rebelarse los débiles y que desgarrarán la purpúrea túnica de ella y dejarán al desnudo su "abominable" cuerpo. Pero entonces me levantaré

---

[20] Apocalipsis, XVII, 1-4.

yo y te mostraré los miles de millones de criaturas felices que desconocen el pecado. Y nosotros, que, por su felicidad, hemos tomado la carga de sus pecados, nos pondremos ante ti y diremos: "Júzganos, si puedes y te atreves". Has de saber que no te temo. Has de saber que también yo he estado en el destierrro, que también yo me he nutrido de langostas y raíces, que también yo he bendecido la libertad, con la que tú bendijiste a las gentes, y que me preparaba para ingresar en el número de tus elegidos, en el número de los poderosos y fuertes, ardiendo en deseos de "completar el número". Pero abrí los ojos y no quise ponerme al servicio de la insensatez. Me volví y me adherí al puñado de los que *rectificaban la obra tuya*. Me aparté de los orgullosos y regresé al lado de los humildes para hacer su felicidad. Lo que te digo se cumplirá, se establecerá nuestro reino. Te lo repito, mañana mismo verás este obediente rebaño precipitarse a la primera señal mía, a atizar las llamas de tu hoguera, en la que te quemaremos por haber venido a estorbarnos. Pues si ha habido alguien que ha merecido nuestra hoguera más que nadie, eres tú. Mañana te quemaré. *Dixi*[21].»

Iván se detuvo. Se había acalorado y hablaba con entusiasmo; cuando terminó, sonrió súbitamente.

Aliosha le había estado escuchando en silencio, pero al final se encontraba ya presa de una extraordinaria agitación y muchas veces intentó interrumpir el discurso de su hermano, mas, por lo visto, se contuvo hasta que, al fin, estalló, como si saltara de su asiento.

—Pero... ¡eso es absurdo! —gritó, ruborizándose—. Tu poema es una alabanza a Jesús y no una afrenta... como tú querías. ¿Quién va a creerte en lo que dices sobre la libertad? ¡Como si hubiera que comprenderla de este modo! No es así como la comprende la Iglesia Ortodoxa... Eso es Roma, y aún no toda Roma; sería mentira afirmarlo así, eso es lo peor del catolicismo, son los inquisidores, los jesuitas... Además es imposible que se dé un personaje tan fantástico como tu Inquisidor. ¿Cuáles son esos pecados ajenos que toma sobre sí? ¿Quiénes son esos portadores del misterio que cargan con no sé qué maldición por la felicidad de los hombres? ¿Cuándo los ha vis-

---

[21] He dicho (lat.).

[418]

to nadie? Conocemos a los jesuitas, de ellos se habla en malos términos, pero ¿son como tú los pintas? No son de ningún modo así; no son, de ningún modo, eso... Constituyen simplemente el ejército de Roma para el futuro reino universal en la tierra, con un emperador, el pontífice romano, al frente... Éste es su ideal, pero sin misterios de ninguna clase ni angustia elevada... Es un simple afán de poder, de sucios bienes terrenales, de esclavización... algo así como un futuro derecho de servidumbre, de modo que ellos se convierten en terratenientes... ése es todo su ideal. Quizá ni en Dios creen. Tu sufriente Inquisidor no es más que pura fantasía...

—Espera, espera —se rió Iván—, cómo te inflamas. Pura fantasía, dices tú; ¡sea! Desde luego, es una fantasía. Sin embargo, permíteme: ¿crees en verdad que todo el movimiento católico de los últimos siglos no es más que un simple afán de poder para alcanzar únicamente sucios bienes terrenales? ¿No será el padre Paísi quien te lo ha enseñado así?

—No, no; al contrario, el padre Paísi, en cierta ocasión, hablaba en un sentido hasta semejante al tuyo... Pero no era lo mismo, desde luego, no era de ningún modo lo mismo —se apresuró a puntualizar Aliosha.

—El dato es, sin embargo, muy valioso, a pesar de tu «no era de ningún modo lo mismo». Lo que yo te pregunto es, precisamente, por qué tus jesuitas e inquisidores se han agrupado sólo para obtener despreciables bienes materiales. ¿Por qué no puede haber entre ellos ni un solo mártir torturado por un noble sufrimiento y lleno de amor por la humanidad? Verás: suponte que entre todos esos afanosos de simples bienes materiales, viles, se encuentra uno, aunque sólo sea uno, como mi viejo inquisidor, es decir, uno que ha comido raíces en el desierto y ha sufrido para vencer su carne y llega a ser libre y perfecto; este hombre ha sentido amor, toda la vida, por la humanidad, mas de pronto abre los ojos y ve que no es un gran bien moral alcanzar la perfección de la voluntad para llegar a convencerse, al mismo tiempo, de que millones de seres humanos, también criaturas de Dios, quedan sujetos sólo al escarnio, pues nunca tendrán fuerzas suficientes para hacer uso de su libertad, y que de rebeldes lamentables no saldrían nunca gigantes para construir hasta el fin la torre; que no era para unos gansos semejantes para quienes el gran idealista había soñado su gran armonía. Habiendo comprendido todo esto, volvió y se unió... a los hombres inteligentes. ¿No crees, acaso, que eso pueda producirse?

—¿A quién se unió? ¿Quiénes eran esos hombres inteligentes? —exclamó Aliosha, casi frenético—. No tienen ninguna inteligencia de ese tipo, ni tienen misterios ni secretos semejantes... lo único que quizá tienen es ateísmo, nada más, ése es todo su secreto. Tu Inquisidor no cree en Dios, ¡ése es el secreto suyo!

—¡Anque sea así! Por fin lo has adivinado. Y realmente es así, realmente sólo en eso estriba el secreto, pero ¿no constituye ello un sufrimiento, aunque se trate de un hombre como él, que ha sacrificado toda su vida tras una acción heroica en el desierto y no se ha curado de su amor por la humanidad? En el ocaso de sus días se convence y ve claramente que sólo los consejos del grande y terrible espíritu podrían permitir organizar de manera más o menos soportable a los rebeldes de poca fuerza, «seres abortados que han servido de ensayo, creados para ser objeto de mofa». «Convencido de que es así, ve que es necesario seguir las indicaciones del espíritu inteligente, del terrible espíritu de la muerte y de la destrucción; ve que, para ello, es necesario admitir la mentira y el engaño y conducir a los hombres, conscientemente, a la muerte y a la destrucción, manteniéndolos, además, engañados durante todo el camino para que éstos no puedan darse cuenta, de ningún modo, hacia dónde los llevan, para que por lo menos en el camino esos lamentables ciegos se consideren felices. ¡Observa que engaña en nombre de Aquel en cuyo ideal tan apasionadamente había creído el viejo durante toda su vida! ¿Acaso eso no es una desgracia? Y si al frente de todo ese ejército, «afanoso de poder sólo para alcanzar viles bienes», se encontrara, aunque sólo fuera un hombre como ése, ¿no bastaría ello para que surgiera la tragedia? Más aún: bastaría un hombre así al frente, para que se encontrara, al fin, la auténtica idea rectora de toda la empresa romana con todos sus ejércitos y jesuitas, la idea cumbre de toda la empresa. Te lo diré con absoluta franqueza: creo firmemente que ese hombre único no ha faltado nunca entre los que se han encontrado al frente del movimiento. Quién sabe, quizás ha habido hombres únicos así hasta entre los sumos pontífices romanos. Quién sabe, quizás ese maldito viejo, que ama con tanta porfía y tan a su modo a la humanidad, existe también hoy bajo el aspecto de un grupo entero de numerosos viejos únicos semejantes, como una unión secreta organizada desde hace mucho tiempo para la conservación del misterio, para ocultarlo a los desgraciados y débiles y hacerlos, así, felices. Sin duda estoy en lo cierto, y ha de ser así. Se me figura que incluso los masones han de tener en su base algo por el estilo de ese misterio y que, por eso, los católicos los odian tanto, pues ven en ellos a unos competidores, la ruptura de la unidad de la idea, cuando debe de haber un solo rebaño y un solo pastor... De todos modos, al defender mi idea, parezco un autor que no soporta tu crítica. Dejemos este asunto.

—¡Quizá tú eres un masón! —exclamó de súbito Aliosha, sin querer—. Tú no crees en Dios —añadió, si bien ya con extraordinaria tristeza. Tenía la impresión, además, de que su hermano le estaba mirando con aire de burla—. ¿Cómo termina tu poema? —preguntó de repente, mirando al suelo—. ¿O está ya terminado?

—Quería acabarlo del siguiente modo: cuando el Inquisidor termina, espera un rato a que el Prisionero le responda. El silencio que el Cautivo guarda le resulta penoso. Mientras él había hablado, el Prisionero se había limitado a escucharle atenta y mansamente, mirándole a los ojos, por lo visto sin desear contestarle nada. El viejo quería que el otro le dijera algo, aunque fuese amargo y terrible. Él, de pronto, sin decir una palabra, se le acerca y le besa dulcemente los exangües labios nonagenarios. Esta es toda su respuesta. El viejo se estremece. Algo tiembla en los extremos de sus labios; se dirige a la puerta, la abre y dice: «Vete y no vuelvas más... no vuelvas nunca... ¡nunca, nunca!» Y le deja salir a las «oscuras plazas y calles de la ciudad». El Prisionero se va.

—¿Y el viejo?

—El beso le quema el corazón, pero el viejo persiste en su idea.

—¿Y tú, con él? ¿También tú? —preguntó con amargura Aliosha.

Iván se rió.

—Pero todo esto es absurdo. Aliosha, esto no es más que un poema sin ton ni son de un estudiante con pájaros en la cabeza que nunca ha escrito ni dos versos. ¿Por qué lo tomas tan en serio? No vas a figurarte, supongo, que ahora voy a dirigirme a los jesuitas para unirme al grupo de hombre que rectifican su acción heroica. ¡Oh, Señor! ¡Qué me importa a mí! Ya te lo he dicho: lo que quiero yo es llegar a los treinta años; después, ¡tiro la copa al suelo!

—¿Y los brotes pegajosos, los sepulcros entrañables, el cielo azul y la mujer amada? ¿Cómo vas a vivir, cómo vas a amarlos? —exclamó con pena Aliosha—. ¿Acaso es eso posible, con semejante infierno en el pecho y en la cabeza? No; tú te vas para unirte a ellos... y si no, te matarás, ¡no podrás resistir!

—¡Hay en mí una fuerza que todo lo resiste! — articuló Iván, ya con una fría sonrisa en los labios.

—¿Qué fuerza?

—La de los Karamázov... la fuerza de la ruindad karamazoviana.

—O sea, hundirse en el vicio, ahogar el alma en la depravación, ¿no es eso? ¿No?

—Quizá también es eso... sólo hasta los treinta años, quizá lo evite, y luego...

—¿Cómo quieres evitarlo? ¿De qué modo? Con tus ideas, es imposible.

—Una vez más, a lo Karamázov.

—¿En el sentido de que «todo está permitido»? todo está permitido, ¿no es así?, ¿no es así?

Iván frunció las cejas y de pronto palideció de manera rara.

—Ah, ¿te fijaste ayer en esas palabritas que ofendieron a Miúsov... y que tan ingenuamente repitió nuestro hermano Dmitri? —añadió con una forzada sonrisa—. Bueno, sea: «todo está terminado», ya que la palabra ha sido pronunciada. No me retracto. Y la versión que le dio Mítienka tampoco está mal.

Aliosha le miró en silencio.

—Dispuesto a marchar, hermano, pensaba que por lo menos te tengo a ti en el mundo —dijo de súbito Iván, con inesperada emoción—, mas ahora veo que tampoco en tu corazón, mi querido ermitaño, hay sitio para mí. De la fórmula «todo está permitido» no renegaré; pero tú sí renegarás de mí por eso, ¿verdad?, ¿verdad?

Aliosha se levantó, se le acercó, y sin decir nada, le besó suavemente los labios.

—¡Plagio literario! —gritó Iván, presa repentinamente de entusiasmo—. ¡Me lo has robado de mi poema! Sin embargo, te lo agradezco. Levántate, Aliosha, vámonos; ya es hora para ti y para mí.

Salieron, pero se detuvieron en el porche de la taberna.

—Escucha, Aliosha —dijo Iván con voz firme—: si en verdad no pierdo aún la capacidad de amar los brotes pegajosos, será gracias a tu recuerdo. Me bastará saber que aquí, en alguna parte, estás tú, para no perder el amor a la vida. ¿Te basta lo que te digo? Acéptalo, si quieres, hasta como una declaración de amor. Ahora, tú a la derecha y yo a la izquierda, y basta, ¿oyes?, basta. Es decir, si mañana no marchara (me parece que partiré sin duda alguna) y volviéramos a encontrarnos aún, no vuelvas a hablarme en absoluto de estos temas, te lo ruego insistentemente. También te pido que de Dmitri, no vuelvas a hablarme nunca más, ni una palabra —añadió de pronto, irritado—; todo está dicho y hablado, ¿no es así? En cambio, por mi parte, voy a hacerte una promesa: cuando, al acercarme a los treinta años, quiera «arrojar la copa al suelo», vendré a hablar otra vez contigo dondequiera que estés... vendré aunque sea desde América, ya lo sabes. Vendré adrede. Será muy interesante ver cómo serás tú también, entonces. Fíjate que te hago una promesa bastante solemne. La verdad es que nos despedimos, quizá, para siete o diez años. Bueno, vete ahora al lado de tu *Pater Seraphicus* [22], que se halla en trance de muerte; si muere sin que estés tú presente, aún te enfadarías, quizá, contra mí por haberte retenido. Adiós, bésame otra vez, así, y vete...

Iván, de pronto, se volvió y se fue por su camino sin mirar hacia atrás. Se iba de manera parecida a como el día anterior se había alejado de Aliosha su hermano Dmitri, aunque en circunstancias completamente distintas. Esta pequeña y rara observación cruzó como una flecha por la mente de Aliosha, tris-

---

[22] En latín en el original.

te y afligido. Aliosha esperó un poco, siguiendo con la mirada a su hermano. De pronto notó que Iván caminaba como balanceándose y que, mirándole por la espalda, el hombro derecho parecía más bajo que el izquierdo. Antes no lo había observado nunca. Pero de repente también Aliosha dio la vuelta y se dirigió casi corriendo hacia el monasterio. Había oscurecido mucho y casi sentía miedo; notaba que una sensación desconocida, que no habría podido explicar, se iba apoderando de él. Volvió a levantarse el viento, como el día anterior; los pinos centenarios rumoreaban sombríamente en torno suyo cuando entró en el bosquecillo del eremitorio. *«Pater Seraphicus»*, él ha tomado este nombre de alguna parte; ¿de dónde? —pensó un momento Aliosha—. Iván, pobre Iván, ¿cuándo volveré a verte, ahora?... Aquí está la ermita, ¡señor! Sí, sí, es él, es el *Pater Seraphicus* y me salvará... ¡de él y para siempre!»

Después, en el transcurso de su vida, pensó varias veces con extraordinario asombro cómo había podido olvidarse por completo de su hermano Dmitri cuando se hubo separado de Iván, pues aquella misma mañana, unas pocas horas antes, había decidido buscarle y no cejar en su empeño hasta encontrarlo, aunque no tuviera que regresar aquella noche al monasterio.

VI

TODAVÍA REINA LA OSCURIDAD

IVÁN FIÓDOROVICH, después de separarse de Aliosha, se fue a su casa, a la casa de Fiódor Pávlovich. Pero, cosa rara, experimentó de pronto una angustia insoportable y, lo que es más importante aún, cada vez más intensa, a cada paso que daba en dirección a ella. Lo extraño no era la sensación de angustia, sino que Iván Fiódorovich no pudiera determinar de ningún modo a qué se debía. También antes había experimentado con frecuencia una sensación análoga y nada tenía de extraño que la tristeza se apoderara de él, que se disponía a cambiar radicalmente de rumbo al día siguiente, después de haber roto con todo lo que le había atraído a aquel lugar, y emprender un camino nuevo, del todo ignoto, y otra vez solo por completo, como antes, con muchas esperanzas, pero sin saber en qué; creyendo que sería mucho, demasiado, lo que la vida iba a darle, pero sin poder definir nada ni respecto a lo que esperaba ni siquiera respecto a sus deseos. De todos modos, en ese momento, aunque realmente sentía angustia por lo nuevo y desconocido, lo que le atormentaba no era eso. «¿No será la aversión a la casa paterna? —pensaba para sí—. Parece que es eso, hasta tal punto se me ha hecho repugnante; y aunque hoy entraré por última vez cruzando ese abyecto umbral, no deja de ser repelente... Pero no, tampoco es eso. ¡Será, quizá, la despedida de Aliosha y la conversación sostenida con él? Tantos años como he permanecido callado con todo el mundo, sin dignarme hablar, y de pronto suelto tantas absurdidades juntas.» En realidad, podía tratarse de despecho juvenil, de inexperiencia y de vanidad juveniles, depecho por no haber sabido expresarse nada menos que ante un ser como Aliosha, de quien, sin duda alguna, esperaba mucho en su fuero interno. Desde luego, también se trataba de eso, es decir, ese despecho no podía faltar, era inevitable, pero tampoco ésa era la causa de su angustia, no era eso, no era eso. «La angustia casi me provoca náuseas y soy incapaz de precisar su causa. Quizá lo mejor sería no pensar...»

Iván Fiódorovich intentó «no pensar», pero tampoco así logró nada. Lo que tenía de lamentable e irritante aquella angustia era, sobre todo, el presentar un aspecto hasta cierto punto casual, totalmente externo; eso se notaba. Había en algún lugar un ser o un objeto que le irritaban, de modo análogo a como a veces tenemos algo ante los ojos y no nos damos cuenta de ello por estar embebidos en el trabajo o en una viva conversación, y sin embargo, es evidente que ello nos irrita, casi nos tortura, hasta que al fin se nos ocurre apartar el objeto inútil, con frecuencia muy insignificante y ridículo, alguna cosa olvidada en un lugar que no es el suyo, un pañuelo caído al suelo, un libro fuera de la estantería, etc. Con un rumor endiablado y gran irritación Iván Fiódorovich llegó por fin a su casa paterna; de pronto, a unos quince pasos de la portezuela del patio, al dirigir la vista al portalón, comprendió súbitamente qué era lo que tanto le desazonaba y le atormentaba.

Sentado en un banco junto a la gran puerta de entrada estaba tomando el fresco de aquella hora tardía el criado Smerdiá-kov. Iván Fiódorovich comprendió a la primera mirada que también ese hombre le pesaba en el alma, y no podía soportar-lo. Todo quedó claro. Hacía poco, cuando Aliosha le contaba su encuentro con Smerdiákov, Iván sintió que, de pronto, algo tenebroso y repugnante le atravesaba el corazón, que respon-día enseguida con rencor. Luego, durante la conversación, Smerdiákov quedó olvidado, pero sin salírsele del alma, y no bien Iván Fiódorovich se hubo despedido de Aliosha y se diri-gió solo hacia su casa, la sensación olvidada afloró de nuevo rápidamente al exterior. «¡Cómo se explica que este ruin cana-lla pueda inquietarme hasta tal punto», pensó con insufrible rabia.

El hecho era que Iván Fiódorovich experimentaba realmen-te desde hacía cierto tiempo, y sobre todo durante los últimos días, una profunda antipatía por aquel hombre. Hasta él mis-mo se daba cuenta de que sentía casi un odio cada día mayor hacia el criado. Es posible que dicho proceso de aversión se hubiera agudizado tanto precisamente porque al principio, cuando Iván Fiódorovich vino a nuestra ciudad, había sucedi-do lo contrario. Entonces, Iván Fiódorovich había dado mues-tras de sentir un especial interés por Smerdiákov, a quien con-sideró hasta muy original. Él mismo le invitaba a conversar, aunque siempre se sorprendía, no obstante, de notarle cierta torpeza o, mejor dicho, cierta inquietud anímica; no llegaba a comprender qué podía desazonar de manera tan constante y obsesionada a «ese contemplativo». Habían hablado también de temas filosóficos e incluso de cómo era posible que hubiera brillado la luz el primer día, dado que el sol, la luna y las estre-llas fueron creadas sólo al cuarto día, y cómo debía eso enten-derse; pero Iván Fiódorovich pronto se convenció de que a Smerdiákov poco le importaban el sol, la luna y las estrellas: ésa era una cuestión que, si bien curiosa, preocupaba poco a Smerdiákov; lo que quería éste era algo muy distinto. Como-quiera que fuese, el caso es que Smerdiákov empezó a manifes-tar y dejar al descubierto un amor propio infinito y, además, herido, lo cual desagradó en gran manera a Iván Fiódorovich. De ahí arrancó su aversión. Después empezaron en la casa los líos, apareció Grúshenka, comenzaron las historias con Dmitri, hubo complicaciones; también hablaron de estos temas, mas, a pesar de que a Smerdiákov hablar de esas cosas siempre le producía viva agitación, no había modo de poner en claro cuáles eran sus deseos. Era sorprendente la falta de lógica y la incoherencia de algunos deseos suyos que manifestaba contra su propia voluntad, siempre con la misma confusión. Smerdiákov lo preguntaba todo, hacía preguntas indirectas, por lo visto premeditadas, pero sin explicar por qué las hacía, y, generalmente, en el momento más vivo de sus propias cuestiones se callaba o pasaba a otra cosa completamente distinta. Mas lo que, al fin, había colmado la irritación de Iván Fiódorovich y le había provocado tanta aversión, era cierta familiaridad repugnante, especial, cada vez más declarada, con que empezó a tratarle Smerdiákov. No es que se permitiera ser incorrecto; al contrario, siempre le hablaba con extraordinaria deferencia; sin embargo, las cosas se pusieron de tal modo que Smerdiákov, por lo visto, empezó a considerarse, sabía Dios por qué, como solidario en algo con Iván Fiódorovich; hablaba siempre en un tono como si entre ellos dos existiera algo convenido y secreto, algo dicho alguna vez por ambas partes y sólo conocido de ellos dos, y hasta incomprensible para los otros mortales que los rodeaban. Con todo, Iván Fiódorovich también en semejante cuestión tardó mucho en comprender que ésa era la verdadera causa de su creciente antipatía y, por fin, sólo en los últimos días había logrado adivinar de qué se trataba. Ahora, desdeñoso e irritado, quiso dirigirse a la portezuela sin decir nada y sin mirar a Smerdiákov, pero éste se levantó del banco y bastó su gesto para que Iván Fiódorovich comprendiera que Smerdiákov deseaba tener con él una conversación especial. Iván Fiódorovich le miró y se detuvo: y el hecho de que, de pronto, se hubiera detenido y no hubiera pasado de largo como deseaba no hacía más que un instante, le puso furioso a más no poder. Miró con ira y repugnancia la macilenta fisonomía de castrado de Smerdiákov, que llevaba cuidadosamente peinados los cabellos de las sienes y un pequeño tupé rizado y cuyo ojo izquierdo, medio entornado, sonreía haciendo un guiño como si quisiera decir: «Adónde vas, no podrás pasar, ¿no ves que tú y yo, personas inteligentes, hemos de hablar?» Iván Fiódorovich se estremeció:

«¡Fuera de aquí, canalla! ¡Cómo voy a ser yo compañero tuyo, imbécil!», tenía ya a la punta de la lengua, pero con gran sorpresa suya lo que de la lengua le salió fue algo completamente distinto:

—¿Duerme mi padre aún, o ya se ha levantado? —le preguntó, afable y humildemente, de manera inesperada para sí mismo, y de pronto, también de manera inesperada, se sentó en el banco. Por un instante casi tuvo miedo, lo recordó más tarde. Smerdiákov estaba de pie delante de él, las manos a la espalda, y le miraba con aplomo, casi con severidad.

—Aún duerme —respondió sin apresurarse. («Tú has sido el primero en hablar, no yo»)—. Me sorprende usted, señor —añadió después de callar unos instantes, bajando afectadamente los ojos, avanzando el pie derecho y jugando con la punta del zapato de charol.

—¿Qué te sorprende de mí? —preguntó severo y con entrecortadas palabras Iván Fiódorovich, haciendo acopio de todas sus fuerzas para dominarse; de pronto comprendió con asco que experimentaba una gran curiosidad y que por nada del mundo se iría de allí sin satisfacerla.

—¿Por qué no va a Chermashnia, señor? —Smerdiákov levantó de pronto los ojitos y se sonrió familiarmente. «Ya que eres tan inteligente, has de comprender por qué me he sonreído», parecía querer decir su ojo izquierdo entornado.

—¿A qué he de ir yo a Chermashnia? —se sorprendió Iván Fiódorovich.

Smerdiákov guardó silencio otra vez.

—Fiódor Pávlovich se lo ha suplicado con insistencia —contestó al fin, sin apresurarse, como si no diera ningún valor a su respuesta: te doy una respuesta de tercer orden, parecía contestar, sólo por decir alguna cosa.

—¡Ah, diablo!, habla con más claridad, ¿qué quieres? —gritó, al fin, colérico, Iván Fiódorovich, pasando de la humildad a la grosería.

Smerdiákov puso el pie derecho junto al izquierdo, se irguió más, pero siguió mirando con la misma calma y la misma sonrisita.

—Nada esencial... es un hablar...

Otra vez se hizo el silencio, que duró casi un minuto. Iván Fiódorovich sabía que lo que debía de hacer en aquel momento era levantarse y enfadarse, pero Smerdiákov estaba de pie ante él, como esperando. «Voy a ver si te enojas o no.» Así, por lo menos, se lo figuraba Iván Fiódorovich. Por fin éste hizo un movimiento para levantarse. Smerdiákov cazó con toda exactitud ese instante.

—Mi situación es terrible, Iván Fiódorovich, no sé cómo salir de ella —articuló de manera firme y clara, suspirando al pronunciar la última palabra.

Iván Fiódorovich volvió a quedarse sentado.

—Están los dos chiflados, parecen dos criaturas —prosiguió Smerdiákov—. Me refiero a su padre y a su hermanito Dmitri Fiódorovich. Ahora Fiódor Pávlovich se levantará y a cada instante me mareará con la misma pregunta: «Qué, ¿no ha venido? ¿Por qué no ha venido?», y así hasta medianoche, hasta más allá de medianoche. Y si Agrafiona Alexándrovna no viene (porque, según me parece, no tiene intención de venir nunca), mañana por la mañana Fiódor Pávlovich volverá a la misma canción: «¿Por qué no ha venido? ¿A qué se debe que no haya venido? ¿Cuándo vendrá?», como si yo tuviera de ello alguna culpa. Por la otra parte, tres cuartos de lo mismo: tan pronto comience a oscurecer, y aún antes, su hermanito se presentará con un arma en la mano en el huerto vecino: «Cuidado, granuja, cuececaldos; si la dejas pasar sin avisarme, te mataré a ti antes que a nadie.» Pasará la noche, y por la mañana, también él, como Fiódor Pávlovich, comenzará a atormentarme: «¿Por qué no ha venido? ¿Se presentará pronto?», también como si fuera yo culpable ante él de que su señora no se haya presentado. Y cada día y cada hora se van poniendo los dos más rabiosos, de tal modo que a veces pienso quitarme la vida a mí mismo de miedo. De ellos no espero nada bueno, señor.

—¿Por qué te has mezclado en el asunto? ¿Por qué te has puesto a contarle lo que pasa, a Dmitri Fiódorovich? —soltó irritado Iván.

—¿Cómo no iba a mezclarme? Y le digo, además, que no me he mezclado yo, si quiere usted saberlo. Al principio, sin atreverme a replicar, callaba, pero él mismo me mandó que le sirviera de criado Licharda[23] en casa de su padre. Desde en-

---

[23] Personaje folklórico, muy divulgado por la literatura de cordel de antaño.

tonces no sabe decirme más que una cosa: «¡Te mataré, granu-ja, si la dejas pasar!» Estoy seguro, señor, qué mañana me dará un ataque de epilepsia por largo rato.

—¿Cómo, un ataque de epilepsia por largo rato?

—Un ataque de larga duración, extraordinariamente largo. De varias horas o, quizá, se prolongará un día o dos. En cierta ocasión me duró unos tres días, había caído del desván. Dejaba de sacudirme y luego comenzaba otra vez; durante los tres días no pude recobrar el conocimiento. Entonces Fiódor Pávlovich mandó a buscar a Herzenstube, el doctor de aquí, que me apli-có hielo a las sienes y aún usó otro remedio... Habría podido morirme.

—Pero dicen que es imposible prever los ataques de epilep-sia y saber que se darán a una hora determinada. ¿Cómo pue-des afirmar, pues, que lo tendrás, mañana? —preguntó Iván Fiódorovich con particular e irritada curiosidad.

—Cierto, no es posible predecirlo.

—Además, entonces, te habías caído del desván.

—Al desván subo todos los días, también mañana puedo caer de allí. Y si no caigo del desván, caeré al sótano; al sótano también bajo todos los días porque me hace falta.

Iván Fiódorovich lo miró largo rato.

—Veo que me estás contando pamemas y no llego a com-prenderte —manifestó en voz baja, pero en cierto modo ame-nazadora—; ¿no piensas fingir mañana una crisis de epilepsia durante tres días? ¿Qué dices?

Smerdiákov, que miraba al suelo y volvía a jugar con la pun-ta del zapato derecho, puso este pie en su lugar, avanzó el iz-quierdo, alzó la cabeza y, sonriendo, respondió:

—Y si quisiera hacerlo, es decir, si quisiera fingirlo, ¿qué? Para una persona experimentada, no es ninguna cosa del otro mundo, y yo tendría perfecto derecho a utilizar ese recurso para salvarme de la muerte; pues si me da un ataque, aunque Agrafiona Alexándrovna venga, Dmitri Fiódorovich no podrá pedir cuentas a un enfermo por no haberle advertido. A él mismo le daría vergüenza.

«Licharda» es el nombre desfigurado de «Ricardo»; representa al tipo de criado astuto y leal.

—¡Ah, diablo! —estalló Iván Fiódorovich, con el rostro contraído por la ira—. ¡Por qué estás siempre temiendo por tu pellejo! Todas esas amenazas de mi hermano Dmitri no son más que palabras dictadas por la pasión. A ti no te matará; ¡matará, pero no a ti!

—Me matará como a una mosca, a mí antes que a nadie. Y aún hay otra cosa que me da más miedo: que me tomen por cómplice suyo si comete alguna tontería contra su padre.

—¿Por qué han de tomarte por su cómplice?

—Me tomarán por cómplice porque le he hecho conocer las señales, con gran secreto.

—¿Qué señales? ¿A quién las has comunicado? Mal rayo te parta, ¡habla más claro!

—He de confesarle con toda franqueza —contestó Smerdiákov, arrastrando las palabras despacio, con pedantesca gravedad— que existe un secreto entre Fiódor Pávlovich y yo. Como usted mismo sabe (si es que ha querido saberlo), desde hace algunos días, no bien es de noche o incluso al caer de la tarde, su padre se encierra en su casa por dentro. En los últimos tiempos, se ha retirado usted cada día muy temprano a su cuarto de arriba y ayer no salió ni una sola vez; por esa causa no sabe quizá con qué cuidado ha empezado ahora a encerrarse por la noche. No abriría ni a Grigori Vasílievich, si no se convencía sin lugar a dudas, por la voz, de que es él. Pero Grigori Vasílievich no se presenta, porque yo soy el único que cuida ahora a Fiódor Pávlovich en su aposento; así lo decidió él tan pronto como quiso meterse en ese lío con Agrafiona Alexándrovna; por orden suya también, yo paso la noche, ahora, en el pabellón, y estoy obligado a no dormir hasta medianoche; he de vigilar, he de levantarme, he de dar la vuelta al patio y esperar a que Agrafiona Alexándrovna venga, pues hace ya algunos días que la espera y está como loco. Él razona del siguiente modo: ella, dice, le tiene miedo, quiero decir a Dmitri Fiódorovich (a Mitka, como le llama su padre), y por eso vendrá a verme bien entrada la noche y por la parte de atrás de la casa; tú, me dice, vigila esperándola por lo menos hasta medianoche. Si ella viene, corre a la puerta y da unos golpes, en la puerta o en la ventana, desde el huerto; los dos primeros algo débiles, así: uno, dos y luego tres veces más rápidamente: tuc-tuc-tuc. Entonces yo sabré enseguida, me dice, que ella ha venido, y te abriré la puerta sin hacer ruido. Me ha indicado otra señal por si ocurre algo extraordinario: dar primero dos golpes rápidos: tuc-tuc, y luego, después de esperar un poco, otro golpe, mucho más fuerte. Así sabrá que ha sucedido algo inesperado y que necesito verle con urgencia; entonces también me abrirá, yo entraré e informaré. Esto, por si Agrafiona Alexándrovna no viniera ella misma y mandara algún recado; además, puede venir también Dmitri Fiódorovich, y yo he de comunicar que está cerca. Su padre tiene mucho miedo a Dmitri Fiódorovich, de modo que aun en el caso de que Agrafiona Alexándrovna haya venido y estén encerrados dentro, si, entretanto, Dmitri Fiódorovich apareciera por aquí cerca, estoy obligado también a avisar inmediatamente golpeando tres veces; así que la primera señal de cinco golpes significa: «Agrafiona Alexándrovna ha venido», y la segunda señal de tres golpes, «he de hablarle urgentemente»; él mismo me lo ha mostrado varias veces para que lo aprendiera y me lo ha explicado. Y comoquiera que en todo el mundo nadie conoce estas señales fuera de él y yo, sin ninguna vacilación y sin preguntar nada (tiene mucho miedo a preguntar en voz alta), abrirá. Ahora Dmitri Fiódorovich conoce también estas señales.

—¿Por qué las conoce? ¿Se las has transmitido? ¿Cómo te has atrevido a transmitírselas?

—Por ese mismo miedo. ¿Cómo iba a atreverme a callar ante él? Dmitri Fiódorovich todos los días machacaba: «Tú me engañas, ¡me ocultas alguna cosa! ¡Te voy a romper las dos piernas!» Entonces le comuniqué esas señales secretas para que viera por lo menos mi sumisión y se convenciera de que no le engaño y de que le pondré al corriente de todo.

—Si crees que empleará estas señales para entrar, impídeselo.

—Y si me ha dado un ataque, ¿cómo impedirle que entre, incluso suponiendo que pudiera atreverme a impedírselo, sabiendo que es tan furioso?

—¡Ah, diablo! ¿Por qué estás tan convencido de que te vendrá la epilepsia, mal rayo te parta? ¿te estás riendo de mí, quizá?

—¿Cómo he de atreverme a reírme de usted y cómo quiere que tenga ganas de reírme, con tanto miedo? Presiento que me dará un ataque, tengo ese presentimiento, y será por el miedo.

—¡Al diablo! Si tú guardas cama, que vigile Grigori. Advierte de antemano a Grígori; lo que es él, no le dejará entrar.

—Sin orden del señor, no me atrevo de ningún modo a decir nada de las señales a Grigori Vasílievich. Y eso de que Grigori Vasílievich le oiga y no le deje entrar, ha de saber usted que está enfermo desde ayer y Marfa Ignátievna tiene la intención de curarle mañana. Así lo han acordado hace poco. La cura que hacen es muy curiosa: Marfa Ignátievna sabe preparar un licor, con no sé qué hierba, conocen el secreto; es un licor fuerte, siempre lo tienen a mano. Con esa medicina secreta cura a Grigori Vasílievich unas tres veces al año, cuando le duele toda la cintura, como si tuviera parálisis, unas tres veces al año. Entonces Marfa Ignátievna coge una toalla, la moja en esa infusión y le frota toda la espalda durante media hora, hasta que le queda la toalla seca, la piel se pone roja y se hincha; luego, lo que queda en el frasco se lo da a beber a la vez que reza una oración, pero no se lo da todo, pues una pequeña parte, en esos casos raros, se la deja para sí y también la bebe. Y le diré que los dos, como gente no acostumbrada a beber, se quedan enseguida roques y duermen largo tiempo como troncos; Grigori Vasílievich, cuando se despierta, casi siempre se encuentra bien y curado; en cambio, Marfa Ignátievna se despierta siempre con dolor de cabeza. De modo que si mañana Marfa Ignátievna cumple su propósito, difícilmente podrá Grigori Vasílievich oír a Dmitri Fiódorovich y cerrarle el paso. Estará durmiendo.

—¡Qué desatino! Y todo eso coincide de golpe, como hecho adrede: ¡tú con un ataque y los otros dos sin sentido! —gritó Iván Fiódorovich—. ¿No será que tú mismo quieres presentar las cosas de modo que coincidan? —soltó de pronto, sin querer, y frunció las cejas amenazador.

—¿Cómo iba yo a presentarlas... y para qué, si todo depende exclusivamente de Dmitri Fiódorovich y de lo que él piense?... Si quiere hacer una barbaridad, la hará; en otro caso, no voy a ir yo a buscarle y a empujarle contra su padre.

—¿A qué quieres que venga él aquí y aun a escondidas, si Agrafiona Alexándrovna, como tú mismo dices, no se va a presentar? —prosiguió Iván Fiódorovich, palideciendo de rabia—; lo has dicho tú mismo, y también yo, viviendo aquí, he estado siempre convencido de que el viejo no hace más que fantasear y que esa mujerzuela no vendrá a verle. ¿Para qué, pues tiene que meterse Dmitri en casa del viejo si ésa no viene? ¡Dímelo! Quiero saber lo que piensas.

—Usted mismo sabe muy bien a qué puede venir, poco importa lo que yo piense. Vendrá aunque sólo sea por su rabia o por su recelo en el caso de que yo caiga enfermo, por ejemplo; sospechará y vendrá impaciente a buscar por el aposento, como ayer, por si se las hubiera arreglado ella para entrar sin ser vista. Él sabe también con toda certeza que Fiódor Pávlovich tiene un gran sobre preparado y sellado con tres mil rublos dentro; está sellado con tres sellos y atado con una cinta, lleva una inscripción de puño y letra de Fiódor Pávlovich, que dice: «A mi ángel Grúshenka, si quiere venir.» Tres días después, añadió: «y a mi pollita». Eso es lo sospechoso.

—¡Es absurdo! —gritó Iván Fiódorovich, casi furioso—. Dmitri no va a robar el dinero ni matará a su padre, ni mucho menos, por esto. Ayer pudo haberlo matado por Grúshenka, pues no sabía lo que se hacía, loco de rabia, ¡pero no robará!

—Ahora tiene mucha necesidad de dinero, lo necesita más que el pan que come, Iván Fiódorovich. Usted no se lo puede figurar —explicó Smerdiákov con una calma extraordinaria y una notable claridad—. Además, esos tres mil rublos los considera como suyos, como si le pertenecieran; él mismo me lo ha declarado: «Mi padre me ha quedado a deber, aún, exactamente tres mil rublos.» Sobre todo esto, Iván Fiódorovich, piense además una cosa que es la pura verdad: puede darse casi por seguro que si Agrafiona Alexándrovna quiere, le hará casarse con ella; quiero decir al señor, al propio Fiódor Pávlovich, eso si quiere, y es posible que quiera. Eso de que no vendrá lo digo yo, pero es posible que ella quiera hacer esto y algo más, o sea, convertirse en señora. Yo mismo sé que su mercader, Samsónov, le ha dicho a ella con toda franqueza que ese asunto no sería nada descabellado, y se reía. Esa mujer no tiene un pelo de tonta. No se va a casar con un pelado como

Dmitri Fiódorovich. Ahora, teniendo esto en cuenta, reflexione usted mismo, Iván Fiódorovich, y verá que en ese caso ni a Dmitri Fiódorovich ni siquiera a usted ni a su hermanito Alexiéi Fiódorovich les tocará nada, absolutamente nada, después de la muerte de su padre; ni un rublo, porque Agrafiona Alexándrovna, si se casa, será para poner bienes y capital a nombre suyo. En cambio, si ahora muriese su padre, a cada uno de ustedes le corresponderían seguros cuarenta mil rublos enseguida, incluso a Dmitri Fiódorovich, al que tanto odia su padre, pues no se ha hecho testamento... Todo eso lo sabe muy bien Dmitri Fiódorovich...

Pareció que a Iván Fiódorovich se le crispaba y se le estremecía el rostro. De pronto, Iván se puso colorado.

—¿Por qué, pues, estando así las cosas —interrumpió vivamente a Smerdiákov—, me aconsejas que vaya a Chermashnia? ¿Qué has querido decirme, con esto? Yo partiré y aquí sucederán esas cosas. —Iván Fiódorovich respiraba penosamente.

—Tiene toda la razón —contestó con calma y reflexionando Smerdiákov, a la vez que observaba muy atentamente a Iván Fiódorovich.

—¿Por qué tengo toda la razón? —siguió preguntando Iván Fiódorovich, haciendo un gran esfuerzo por contenerse, con los ojos encendidos, amenazadores.

—He hablado porque le tengo lástima. Si estuviera yo en su lugar, lo mandaría todo a paseo... en vez de estar pendiente de un caso semejante... —respondió Smerdiákov, mirando sin disimulo a los ojos relampagueantes de Iván Fiódorovich.

Los dos permanecieron unos momentos en silencio.

—Me parece que eres un gran idiota, y desde luego... ¡un perfecto canalla!

Iván Fiódorovich se levantó bruscamente del banco. Quería dirigirse enseguida a la portezuela, pero de pronto se detuvo y se volvió hacia Smerdiákov. Ocurrió algo extraño: Iván Fiódorovich, de repente, como por efectos de una convulsión, se mordió los labios, apretó los puños... desde luego, un instante más y se habría abalanzado sobre Smerdiákov. Así, por lo menos, lo notó éste en el mismo instante, se estremeció y retiró todo el cuerpo hacia atrás. Pero el instante transcurrió felizmente para Smerdiákov, e Iván Fiódorovich, silencioso y como perplejo, se volvió hacia la portezuela.

—Mañana parto para Moscú, si quieres saberlo; mañana a primera hora, ¡y nada más! —gritó de pronto con rabia, articulando nítidamente las palabras; más tarde se sorprendería de haber sentido entonces la necesidad de decir esto a Smerdiákov.

—Es lo mejor que puede hacer —respondió éste, como si hubiera esperado tales palabras—. ¡Sólo que pueden molestarle llamándole por telégrafo para que regrese desde Moscú si aquí ocurre algo!

Iván Fiódorovich se detuvo otra vez y de nuevo se volvió rápidamente hacia Smerdiákov. Pero también a éste, al parecer, le había sucedido algo. En un abrir y cerrar de ojos desapareció su desdeñoso aire de familiaridad; en su cara se reflejaba una atenta y anhelante expectación, pero ya tímida y servil: «¿No dirás nada más, no añadirás alguna otra cosa?», se leía en su anhelante mirada, fija en Iván.

—Y de Chermashnia, ¿no me iban a llamar... si ocurriera alguna cosa? —vociferó Iván Fiódorovich, que elevó terriblemente la voz sin saber por qué.

—De Chermashnia también... le llamarían —balbuceó Smerdiákov casi en un susurro, como si se desconcertara, pero sin dejar de mirar fijamente, muy fijamente, a Iván Fiódorovich a los ojos.

—Sólo que Moscú está lejos, mientras que Chermashnia está cerca. ¿Te da pena, quizá, que gaste dinero en el viaje y por eso insistes en Chermashnia, o sientes que dé una vuelta tan grande?

—Tiene toda la razón... —balbuceó ya con voz temblorosa Smerdiákov, con sonrisa vil y preparándose convulsivamente para dar a tiempo un salto atrás.

Pero de súbito Iván Fiódorovich, con gran sorpresa de Smerdiákov, soltó una carcajada y se dirigió a buen paso hacia la portezuela sin dejar de reír. Quien le hubiera mirado el rostro habría llegado a la conclusión, con toda probabilidad, de que no se reía así de alegría. Ni él mismo habría sido capaz de explicar, por nada del mundo, lo que le pasaba en aquel momento. Caminaba a sacudidas, como si sufriera convulsiones.

VII

«CON UN HOMBRE INTELIGENTE,
DA GUSTO HABLAR»

HABLABA del mismo modo. Al entrar en la sala, vio a Fiódor Pávlovich y le gritó, gesticulando: «Me voy arriba,
a mi cuarto; no vengo a verle a usted, adiós», y pasó,
esforzándose incluso por no mirar a su padre. Es muy posible
que el viejo le fuera excesivamente odioso en ese momento,
pero una manifestación tan abierta de hostilidad fue inesperada incluso para Fiódor Pávlovich. El viejo, por lo visto, quería
comunicarle alguna cosa y por eso había salido a recibirle en la
sala; pero al oír palabras tan amables, se detuvo sin decir nada
y con aire burlón siguió con la mirada al hijo, hasta verle desaparecer por la escalera del desván.

—¿Qué le pasa a éste? —preguntó enseguida a Smerdiákov,
que acababa de entrar siguiendo a Iván Fiódorovich.

—Alguna cosa le ha puesto de mal humor, no hay quien le
entiende —balbuceó Smerdiákov excesivamente.

—¡Que se vaya al diablo! ¡Allá él con su mal humor! Prepara el samovar y date prisa a retirarte, ligero. ¿Nada nuevo?

Siguieron preguntas como aquellas de las que Smerdiákov se
quejaba a Iván Fiódorovich hacía un momento, es decir, acerca
de la esperada visitante, y no vamos a reproducirlas aquí. Media hora después la casa estaba cerrada y el viejo loco iba y venía solo por las habitaciones, esperando, anhelante, que de un
momento a otro sonaran los cinco golpes convenidos; de vez
en cuando miraba por las oscuras ventanas sin ver otra cosa
que la noche.

Era ya muy tarde, pero Iván Fiódorovich no dormía; reflexionaba. Se acostó muy avanzada la noche, alrededor de las
dos. No vamos a referir todo el curso de sus pensamientos ni
nos ha llegado aún el momento de penetrar en su alma: ya le
llegará su turno. Y aunque intentáramos relatar algo, resultaría
muy complicado hacerlo, porque no eran pensamientos lo que
en ella había, sino algo muy indefinido y, sobre todo, en exce-

so emocional. El mismo tenía la sensación de ir a la deriva. Le atormentaban también deseos extraños y casi totalmente inesperados, como por ejemplo: pasada ya la medianoche, experimentó de pronto el vivísimo e irresistible deseo de bajar, abrir la puerta, entrar en el pabellón y dar una paliza a Smerdiákov; pero si le hubieran preguntado por qué, no habría sido capaz de exponer ni una sola causa con precisión, a no ser, quizá, la de que el lacayo se le había hecho odioso como el ofensor más molesto que pueda darse en la tierra. Por otra parte, más de una vez, aquella noche, sintió el alma invadida por cierta timidez inexplicable y humillante que le hacía perder —él lo notaba— como de manera repentina las fuerzas físicas. La cabeza le dolía y le daba vueltas. Una sensación de odio le agarrotaba el alma, como si se dispusiera a vengarse de alguien. Llegó a odiar incluso a Aliosha, al recordar la conversación que había sostenido con él; en algunos momentos se odió enormemente a sí mismo. Casi se olvidó de pensar en Katerina Ivánovna y más tarde se sorprendió mucho de que así hubiera sido, tanto más cuanto que él recordaba muy bien cómo en la mañana anterior, cuando ante la joven se jactaba con tanta seguridad de que partiría hacia Moscú al día siguiente, se susurró para sí, en el fondo del alma: «Eso es absurdo, no te irás, ni te será fácil la separación como ahora lo dices, fanfarroneando.» Al rememorar aquella noche mucho tiempo después, Iván Fiódorovich recordaba con especial aversión que a veces, de súbito, se levantaba del diván y con gran cautela, como si temiera terriblemente que le estuvieran observando, abría la puerta y se ponía a escuchar cómo abajo, en las habitaciones de la planta inferior, se movía y paseaba Fiódor Pávlovich; se quedaba escuchando largo rato, unos cinco minutos, con rara curiosidad, conteniendo el aliento y con el corazón agitado; desde luego, no sabía por qué hacía todo aquello, por qué escuchaba. Después, durante toda su vida, calificó de «abominable» este «proceder», y en el fondo de sí mismo, en los escondrijos de su alma, lo tuvo por el acto más vil de su existencia. Respecto al propio Fiódor Pávlovich, en cambio, no experimentaba en aquellos momentos ni siquiera odio de ninguna clase; sentía únicamente, no sabía por qué, una curiosidad avasalladora: le oía pasear, se figuraba lo que debía de hacer abajo, adivinaba y se imaginaba a su padre mirando por las oscuras ventanas, o bien deteniéndose de súbito en medio del aposento a esperar la llamada convenida. Por dos veces salió Iván Fiódorovich al rellano de la escalera para dedicarse a tal ocupación. Cuando todo estuvo en silencio y se hubo acostado Fiódor Pávlovich, cerca de las dos, también él se acostó con el firme propósito de dormirse pronto, pues se sentía espantosamente fatigado. Y en efecto, se sumió enseguida en un profundo sueño y durmió sin la menor pesadilla; pero se despertó pronto, hacia las siete, cuando ya amanecía. Abrió los ojos y, con gran sorpresa suya, sintió afluir en él una extraordinaria energía; saltó rápidamente de la cama, se vistió; sacó luego su maleta y al instante comenzó a prepararla apresuradamente. Había recibido de la lavandera toda la ropa interior, y hasta se sonrió al pensar que todo había salido bien, que ningún obstáculo entorpecía su repentino viaje. Aunque Iván Fiódorovich había dicho la víspera (a Katerina Ivánovna, a Aliosha y luego a Smerdiákov) que se iba al día siguiente, cuando se había acostado a dormir no había pensado en su partida, lo recordaba muy bien; por lo menos no había pensado de ningún modo que por la mañana, al despertarse, lo primero que haría sería preparar la maleta. Por fin tuvo preparada la maleta y una bolsa de viaje: eran ya casi las nueve de la mañana cuando Marfa Ignátievna se presentó y le hizo la pregunta habitual de todos los días: «Dónde desea tomar el té, ¿aquí o abajo?» Iván Fiódorovich bajó; se le veía casi alegre, aunque se notaba en él, en sus palabras y en sus gestos, cierta nerviosa precipitación. Después de haber saludado afablemente a su padre y de haberse interesado incluso por su salud, sin esperar de todos modos que Fiódor Pávlovich acabara de contestarle, declaró que una hora más tarde se marcharía a Moscú para quedarse allí, y pidió que mandara preparar los caballos. El viejo oyó la noticia sin la menor sorpresa, y de forma en alto grado incorrecta olvidó manifestar que sentía la marcha del hijo; en cambio, enseguida empezó a preocuparse vivamente por un asunto propio muy importante, del que se acordó en aquel momento.

—¡Vaya, hombre! ¡Parece mentira! Por qué no me lo dijiste ayer... Bueno, da lo mismo, aún podremos arreglar la cuestión. Hazme un gran favor, hijo mío; llégate hasta Chermashnia. No

[439]

tienes que hacer más que doblar a la izquierda en la estación de postas de Volovia, se trata de una docenita de verstas, y te llegas a Chermashnia.

—Perdone, no puedo: la estación de ferrocarril se encuentra a ochenta verstas de aquí y el tren parte para Moscú a las siete de la tarde; queda el tiempo justo para tomarlo.

—Tómalo mañana o pasado mañana, pero hoy dobla hacia Chermashnia. ¡Qué te cuesta tranquilizar a tu padre! Si no estuviera yo ocupado aquí, ya habría ido, porque el asunto, allí, es urgente y de extraordinaria importancia, pero ahora no puedo ausentarme... Verás, tengo allí dos parcelas de bosque, una en Biéguichev y otra en Diáchkino, en los eriales. Los Máslov, padre e hijo, mercaderes, me ofrecen sólo ocho mil rublos por la tala, mientras que el año pasado se presentó un comprador que me ofrecía ya doce mil, pero no es de aquí, ésa es la cuestión. Porque a los de aquí ahora no hay modo de vender: todo lo acaparan los Máslov, padre e hijo, que tienen centenares de miles de rublos; has de aceptar lo que te den, y nadie, aquí, se atreve a dar más. Pero Ilinski, el pope, me escribió el jueves pasado comunicándome que había llegado Goirstkin, también mercader; le conozco, y lo bueno es que no es de aquí, sino de Pogriébov, y por eso no teme a los Máslov. Dice que me da por la tala once mil rublos, ¿lo oyes? Y aquí no se queda más de una semana, según me escribe el pope. Deberías de ir para llegar a un acuerdo...

—Escriba al pope, que lo haga él.

—No sabe, ésa es la cosa. Ese pope no entiende nada en estas cuestiones. Tiene un corazón de oro, yo no dudaría un momento en confiarle veinte mil rublos sin recibo, pero no le vayas con negocios; no parece un hombre, un cuervo le engañaría. Y es un hombre muy instruido, figúrate. Ese Gorstkin parece un mujik, lleva una casaca azul, sólo que por su carácter es un perfecto canalla, ése es el mal para todos nosotros: miente, es su manera de ser. A veces cuenta cada bulo que te quedas de una pieza, sin comprender por qué lo hace. Tres años atrás contó que había quedado viudo y que ya se había vuelto a casar; pues figúrate, no era verdad; no se le había muerto la mujer, que aún vive y cada tres días le da una paliza. Ahora es cuestión de enterarse de si miente o dice la verdad cuando habla de que quiere comprar y de que ofrece once mil rublos.

—Pero yo tampoco sacaré aquí nada en claro, tampoco soy hombre de negocios.

—Espera; podrás hacerlo, yo te explicaré en qué te has de fijar al tratar con Gorstkin, hace tiempo que le conozco. Fíjate: has de mirarle a la barba; lleva una barbita bermeja, feúcha, poco poblada. Si la barbita le tiembla, pero él habla y se enoja, no está mal, eso significa que dice la verdad y que quiere cerrar trato; pero si se acaricia la barba con la mano izquierda y se ríe, cuidado, lo que quiere es dar gato por liebre, algo trama. No le mires nunca a los ojos, por los ojos nunca sacarás nada en claro, son como agua turbia, es un granuja; mírale la barba. Te daré una nota para él, se la muestras. Su verdadero nombre no es Gorstkin, sino Liagaví[24], pero no le llames así, se ofendería. Si te pones de acuerdo con él y ves que el asunto va bien, escríbeme enseguida. Basta que escribas: «No miente, según parece.» Mantente firme en los once mil rublos; puedes rebajar mil, pero no más. Imagínate: de ocho a once, la diferencia es de tres mil rublos. Es como si esos tres mil se cayeran del cielo, pues no es tan fácil encontrar ahora a un comprador, y necesito el dinero como no tienes idea. Cuando me des a entender que el asunto va en serio, yo mismo me llegaré hasta allí y cerraré el trato, de una manera u otra sacaré el tiempo. Pero ahora, ¿para qué voy a hacer este viaje, si a lo mejor todo eso son imaginaciones del pope? Bueno, ¿vas, o no?

—Bah, ¡no tengo tiempo, no insista!

—¡Haz ese favor a tu padre, lo tendré en cuenta! Todos sois gente sin corazón, ¡eso es! ¿Qué significan para ti un día o dos? ¿Adónde te vas ahora, a Venecia? No se va a desplomar tu Venecia en un par de días. Mandaría a Aliosha, ¿pero cómo meto a Aliosha en estas cuestiones? Si te lo pido a ti es porque eres un hombre inteligente, ¿crees que no me doy cuenta? No negocias con madera, pero tienes vista. Se trata sólo de comprender si ese hombre habla en serio o no. Te lo repito, fíjate en la barba: si la barbita le tiembla, es que la cosa va en serio.

---

[24] Nombre que se da al perro de muestra.

—¿Usted mismo me empuja a esa maldita Chermashnia? —gritó Iván Fiódorovich, sonriendo malignamente.

Fiódor Pávlovich no se dio o no quiso darse cuenta de la hostilidad con que las palabras habían sido dichas, pero hizo caso de la sonrisa:

—Así, pues, ¿irás, irás? Ahora mismo te escribo la nota.

—No sé si iré o no, lo decidiré por el camino.

—¿Por qué por el camino? Decídelo ahora. ¡Decídelo, hijo mío! Si os ponéis de acuerdo, me escribes un par de líneas; se las das al pope, que en un momento me enviará tu billetito. Luego no te detendré, vete a Venecia. El pope te llevará a la estación de postas de Volovia en su coche.

El viejo estaba entusiasmado; escribió la nota, mandó preparar el carruaje, sirvieron unos bocadillos, coñac. Cuando estaba contento, el viejo siempre se mostraba expansivo, pero esta vez parecía contenerse. No dijo, por ejemplo, ni una palabrita acerca de Dmitri Fiódorovich. La separación no le enternecía en absoluto. Hasta habríase dicho que no encontraba de qué hablar; Iván Fiódorovich se dio perfecta cuenta: «Debía estar harto de mí», pensó para sus adentros. Sólo al despedirse del hijo, ya en el porche, el viejo al parecer, empezó a conmoverse un poco e iba a besarle. Pero Iván Fiódorovich se apresuró a tenderle la mano para estrecharle la suya, con el visible propósito de evitar los besos. El viejo lo entendió enseguida y al instante se contuvo.

—¡Que Dios te guarde, que Dios te guarde! —repitió desde el porche—. ¿Supongo que volverás aún estando yo en vida, eh? Puedes volver, siempre me alegraré de que vuelvas. Bueno, ¡que Cristo te acompañe!

Iván Fiódorovich subió al carricoche.

—¡Adiós, Iván! ¡No me guardes mucho rencor! —le gritó el padre por última vez.

Salieron a despedirle todos los de la casa: Smerdiákov, Marfa y Grigori. Iván Fiódorovich les regaló diez rublos a cada uno. Cuando se sentó en el coche, Smerdiákov acudió presuroso para ponerle bien la manta.

—Ya ves... voy a Chermashnia... —se le escapó de pronto a Iván Fiódorovich, como si las palabras hubieran salido por sí mismas, como la víspera, y, aún, con una risita burlona. Lo recordó, luego, durante mucho tiempo.

—Así tiene razón la gente cuando dice que con un hombre inteligente da gusto hablar —respondió firmemente Smerdiákov, lanzando una mirada penetrante a Iván Fiódorovich.

El carricoche se puso en marcha y emprendió veloz carrera. El viajero sentía confusa el alma, pero miraba ávidamente en torno; los campos, las colinas, los árboles, una bandada de patos que volaron a mucha altura por el cielo azul. De pronto experimentó una inefable sensación de bienestar. Se puso a charlar con el cochero; algo de lo que éste le dijo lo interesó sobremanera, pero un minuto más tarde se dio cuenta de que las palabras le habían pasado rozando los oídos y de que, en realidad, no había comprendido la respuesta del mujik. Se calló; también sin decir nada experimentaba una sensación agradable: el aire era limpio, puro, fresco; el cielo era azul. Emergieron en el pensamiento las imágenes de Aliosha y de Katerina Ivánovna; pero él se sonrió suavemente, sopló con dulzura sobre los queridos fantasmas y éstos se desvanecieron: «Ya habrá tiempo para ellos», pensó. Pronto llegaron a la estación de postas, cambiaron de caballos y salieron a toda marcha hacia Volovia. «¿Por qué da gusto hablar con un hombre inteligente? ¿Qué ha querido decir, con eso? —de pronto pareció que se le cortaba la respiración—. ¿Y por qué le he dicho que iba a Chermashnia?» Llegaron a la posta de Volovia, Iván Fiódorovich se apeó; lo cocheros le rodearon. Discutieron y fijaron el precio para el viaje a Chermashnia, a doce verstas por un camino vecinal, como servicio extra. Mandó enganchar. Entró en la posta, miró a su alrededor, contempló a la mujer del jefe de la estación y, de pronto, volvió al porche del edificio.

—No hay que ir a Chermashnia. ¿Llegaré a la estación de ferrocarril antes de las siete?

—Podemos llegar. ¿Enganchamos, o no?

—No te demores. ¿Irá mañana a la ciudad alguno de vosotros.

—Claro, Mitri irá.

—¿Podrías hacerme un favor, Mitri? Pásate por casa de mi padre, Fiódor Pávlovich Karamázov, y dile que no he ido a Chermashia. ¿Puedes hacerlo?

—¿Por qué no? Pasaré por allí; hace mucho tiempo que conozco a Fiódor Pávlovich.

—Toma una propinita, porque a lo mejor él no te la da... —se rió alegremente Iván Fiódorovich.

—Seguro que no me dará nada —se rió también Mitri—. Gracias, señor, cumpliré su encargo...

A las siete de la tarde, Iván Fiódorovich subió al vagón y voló hacia Moscú. «Fuera todo el pasado, con su mundo, desde luego; que no quede de él ni huella ni recuerdo; adiós, para siempre; me voy hacia un mundo nuevo, hacia nuevos lugares, ¡sin mirar atrás!» Pero en vez del entusiasmo, penetraron de pronto en su alma tales tinieblas, y tanta tristeza en su corazón, como nunca había experimentado en toda su vida. Se pasó la noche meditando; el vagón volaba. Sólo al amanecer, cerca ya de Moscú, pareció como si, de pronto, Iván Fiódorovich despertara.

—¡Soy un canalla! —balbuceó para sus adentros.

En cuanto a Fiódor Pávlovich, el hombre se quedó muy contento cuando hubo despedido al hijo. Durante dos horas enteras se sintió casi feliz y bebió un poco de coñac; pero de improviso se produjo en la casa un incidente muy lamentable y desagradabilísimo para todos, que sumió a Fiódor Pávlovich en la mayor de las confusiones: Smerdiákov iba por alguna cosa al sótano y cayó desde el primer peldaño de la escalera. Menos mal que en el patio se encontraba casualmente Marfa Ignátievna y lo oyó a tiempo. No vio la caída, pero oyó el grito, un grito especial, extraño, que le era conocido desde hacía tiempo: el grito del epiléptico que sufre un ataque. No había modo de saber si Smerdiákov sufrió el ataque en el momento en que empezó a bajar la escalera y rodó sin sentido hasta abajo, o si, al contrario, la caída y la conmoción provocaron en el criado, conocido epiléptico, la crisis. El hecho es que le encontraron ya en el fondo del sótano, retorciéndose y sacudido por terribles convulsiones, con espuma en la boca. Al principio creyeron que se había roto algo, un brazo o una pierna, que se había herido; sin embargo, «Dios le había amparado», según se expresó Marfa Ignátievna: no se había hecho daño al caer; de todos modos, resultó difícil sacarlo del sótano. Lo lograron después de pedir ayuda a los vecinos. El propio Fiódor Pávlovich estuvo presente en toda la operación y ayudó a trasladar al enfermo; se le veía asustado y como sin saber qué hacer. El enfermo no volvía en sí; los ataques cesaban por cierto tiempo, pero se reproducían de nuevo y todo el mundo llegó a la conclusión de que el caso era como el del año anterior, cuando Smerdiákov tuvo la desgracia de caer del desván. Recordaron que entonces le aplicaron hielo a las sienes. Aún se encontró hielo en el sótano y Marfa Ignátievna tomó las medidas pertinentes; al atardecer, Fiódor Pávlovich mandó a buscar al doctor Herzenstube, quien se presentó inmediatamente. Después de examinar con toda atención al enfermo (ese doctor, un hombre ya muy entrado en años y respetabilísimo, era el más concienzudo y meticuloso de toda la provincia), declaró que el ataque era extraordinario y «podía poner en peligro la vida»; que, por de pronto, no lo comprendía todo, pero que al día siguiente por la mañana, si los remedios que iba a recetar no surtían efecto, se decidiría a dar otros. Acostaron al enfermo en el pabellón, en un cuarto contiguo al aposento de Grigori y Marfa Ignátievna. Luego, Fiódor Pávlovich sufrió durante todo el día una desdicha tras otra; se encargó de prepararle la comida Marfa Ignátievna, y la sopa, en comparación con la que preparaba Smerdiákov, salió como «lavazas»; la gallina quedó tan reseca que no había manera de masticarla. A los reproches amargos, si bien justificados, del señor, Marfa Ignátievna objetaba que la gallina era muy vieja y que ella no se había preparado para cocinera. Al anochecer surgió otro contratiempo: imformaron a Fiódor Pávlovich de que Grigori, quien desde hacía tres días se encontraba mal, había tenido que meterse en cama casi totalmente enfermo, con fuerte dolor de cintura. Fiódor Pávlovich se apresuró a tomar el té lo antes posible y se encerró solo en su casa. Se encontraba en una terrible y alarmante espera. El caso era que tenía casi como cierta la llegada de Grúshenka aquella noche. Lo creía así porque ya por la mañana temprano Smerdiákov le había asegurado, casi, que «ella había prometido indudablemente venir». Al turbulento viejales le latía el corazón a todo latir; Fiódor Pávlovich iba y venía por sus habitaciones desiertas, aguzando el oído. Había que mantenerse alerta: Dmitri Pávlovich podía estar al acecho por ahí cerca, y cuando ella llamara a la ventana

(Smerdiákov había afirmado a Fiódor Pávlovich, hacía ya tres días, que le había contado a ella dónde debía llamar y cómo), Fiódor Pávlovich debería abrir la puerta lo más rápidamente posible, sin retener a Grúshenka en vano ni un segundo en el zaguán, para que no se asustara y no huyera, ¡no lo quiera Dios! Fiódor Pávlovich estaba inquieto, pero nunca había sentido el corazón bañado en una esperanza tan dulce: ¡casi podía afirmarse con seguridad que esta vez ella iba a venir sin falta!...

Libro sexto

UN MONJE RUSO

Página manuscrita del autor (Museo Dostoievski, Moscú)

I

EL STÁRETS ZOSIMA Y SUS VISITANTES

CUANDO Aliosha, lleno de alarma y de dolorosa angustia, entró en la celda del stárets, se detuvo casi perplejo: en vez de encontrar al enfermo agonizante, como temía, y, quizá, sin conocimiento, le vio sentado en el sillón, con la cara animosa y alegre, aunque demacrada por la fatiga, rodeado de visitas, con las que sostenía un apacible y lúcido coloquio. Con todo, se había levantado de la cama, a lo sumo, un cuarto de hora antes de que Aliosha llegara; las visitas, en cambio, se habían reunido en su celda antes y esperaban que despertase, ateniéndose a la firme seguridad del padre Paísi de que «el maestro se levantará sin duda alguna para conversar una vez más con quienes tiene cerca del corazón, como él mismo ha afirmado y ha prometido aun por la mañana». El padre Paísi creía firmemente en esa promesa, como en toda palabra del stárets moribundo, hasta el punto de que si lo hubiera visto ya sin conocimiento e incluso sin respiración, no habría creído, quizá, ni en su muerte, si el stárets le hubiese prometido que iba a levantarse una vez más a despedirse de él; se habría quedado esperando que el moribundo despertara y cumpliera lo prometido. Y el caso era que aquella mañana el stárets Zosima le había dicho antes de dormirse: «No moriré sin deleitarme una vez más conversando con vosotros, amados de mi corazón; contemplaré aún vuestros entrañables rostros, os abriré aún mi alma de par en par.» Los que se habían reunido para esa conversación —probablemente la última— del stárets, eran sus más fieles amigos desde hacía muchos años. Eran cuatro: los monjes sacerdotes padre Iósif y padre Paísi, el padre Mijaíl, también monje sacerdote y superior del eremitorio, hombre ni muy viejo, ni muy sabio, de origen modesto, pero de espíritu firme, de fe sencilla e inquebrantable, de apariencia ruda, aunque de honda ternura en el corazón, que ocultaba, por lo visto, hasta como si experimentara por ello cierta vergüenza. El cuarto visitante era un pequeño monje muy sencillo y muy viejo, de la más pobre extracción campesina, el hermano Anfim, poco menos que iletrado, poco hablador y pacífico, que no conversaba casi nunca con nadie, manso entre los mansos, con el aspecto del hombre asustado toda la vida por algo grande y espantoso, fuera del alcance de su mente. A este hombre casi tembloroso, el padre Zosima le quería mucho, y toda la vida le había tratado con extraordinaria estimación, aunque, quizá, con nadie había cruzado tan pocas palabras como con él, pese a que en otro tiempo, durante muchos años, recorrieron juntos, en peregrinaje, toda la santa Rus. Hacía de ello mucho tiempo, unos cuarenta años; fue cuando el stárets Zosima dio comienzo a su vida de penitencia en un pobre monasterio de Kostromá, poco conocido, y algo más tarde, acompañó al padre Anfim en sus peregrinaciones para recoger limosnas en beneficio de su pobre y pequeño cenobio. Todos, anfitrión y huéspedes, se habían acomodado en la segunda estancia del stárets, aquella en que éste tenía su cama, una estancia muy pequeña, como ya hemos indicado en otro lugar, de modo que los cuatro hombres (aparte del novicio Porfiri, que permanecía de pie) apenas cabían en torno al sillón del stárets, en sillas traídas de la estancia primera. Empezaba a oscurecer; la habitación se iluminaba con la luz de las mariposas y de las velas de cera encendidas ante los iconos. Al ver a Aliosha que, confuso, se había detenido en el umbral, el stárets le sonrió jubiloso y le tendió una mano:

—Hola, dulce amigo; hola, amigo querido, ya estás aquí. Ya sabía yo que llegarías.

Aliosha se le acercó, se inclinó ante él hasta el suelo y se puso a llorar. Algo se le desgarraba en el corazón, el alma se le estremecía, sentía ganas de sollozar.

—Qué haces, espera a llorarme —el stárets sonrió, poniéndole la mano derecha en la cabeza—; ya ves, estoy sentado

[450]

conversando, quizá viva aún veinte años como me deseó ayer aquella buena y simpática mujer de Vyshegoria, con su pequeña Lizavieta en brazos. ¡Acuérdate, Señor, de la madre y de la niña! —el stárets se santiguó—. Porfiri, ¿has llevado su donativo donde te dije?

Se refería a las seis monedas de diez kópeks que le había entregado su jubilosa admiradora la víspera para que las diera él «a otra más pobre que yo». Tales ofrendas proceden de penitencias impuestas por propia voluntad sobre uno mismo por el motivo que sea, y se han de hacer necesariamente con dinero ganado con trabajo propio. El stárets había mandado ya a Porfiri —la propia víspera— a hacer entrega de aquellos kópeks a una menestrala de nuestra ciudad, viuda y con hijos, obligada a pedir limosna después de haber sufrido un incendio no hacía mucho. Porfiri se apresuró a declarar que había cumplido el encargo y que había hecho la entrega tal como se le había ordenado, «de parte de una bienhechora anónima».

—Levántate, amigo mío —prosiguió diciendo el stárets a Aliosha—, deja que te mire. ¿Has estado en casa de los tuyos y has visto a tu hermano?

A Aliosha le pareció extraño que el stárets le preguntara con tanta firmeza y precisión por uno de sus hermanos, ¿pero a cuál se refería? Así, pues, había sido por ese hermano, quizá, por quien le había mandado a la ciudad ayer y hoy.

—He visto a uno de mis hermanos —contestó Aliosha.

—Yo me refiero al de ayer, al mayor, aquel ante el que me incliné hasta rozar el suelo.

—A éste le vi ayer, pero hoy no he podido dar con él —dijo Aliosha.

—Date prisa a encontrarle; mañana vete otra vez y date prisa, déjalo todo y date prisa. Quizás aún llegues a tiempo de evitar algo espantoso. Ayer me incliné ante los grandes sufrimientos que le esperan.

De pronto enmudeció y pareció como si reflexionara. Aquellas palabras eran extrañas. El padre Iósif, que había presenciado cómo el stárets se había inclinado hasta el suelo el día anterior, cambió una mirada con el padre Paísi. Aliosha no pudo contenerse:

—Padre y maestro —articuló con extraordinaria emoción—,

son demasiado oscuras sus palabras... ¿Qué sufrimientos le esperan?

—No seas curioso. Ayer me pareció descubrir algo terrible... fue como si su mirada hubiera expresado, ayer, todo su destino. Miró una vez de tal manera... que se me estremeció el corazón al ver lo que ese hombre está preparando para sí mismo. Una o dos veces en la vida he visto en algunos una expresión parecida... como un reflejo de todo su destino, y aquellos destinos, ¡ay!, fueron realidad. Te mandé a su lado, Aliosha, por creer que tu cara fraterna le ayudaría. Pero todo depende del Señor y en sus manos están nuestros destinos. «Si el grano de trigo no cae en tierra y muere, queda él solo; mas si muere, lleva mucho fruto»[1]. Recuérdalo. A ti, Alexiéi, muchas veces te he bendecido mentalmente en mi vida por tu rostro, quiero que lo sepas —articuló el stárets, sonriendo dulcemente—. He aquí lo que de ti pienso: saldrás fuera de estas paredes y vivirás en el mundo como un monje. Tendrás muchos adversarios, pero incluso tus enemigos te amarán. Sufrirás muchas desgracias, pero con ellas, precisamente, serás feliz y bendecirás la vida, y harás que otros la bendigan, que es lo más importante. Así eres tú. Padres y maestros míos —se sonrió con ternura, dirigiéndose a sus huéspedes—, nunca hasta hoy he dicho, ni siquiera a él, por qué el rostro de este joven ha sido tan grato a mi alma. Sólo ahora lo diré: su rostro ha sido para mí como un recuerdo y como un presagio. En la aurora de mis días, niño aún, murió un hermano mío muy joven, a los diecisiete años; yo le vi morir. Luego, en el transcurso de mi vida, me he ido convenciendo poco a poco de que aquel hermano fue para mi destino como una señal y una predestinación de las alturas, pues de no haber aparecido en mi vida, de no haber existido él nunca, jamás habría tomado yo la dignidad monacal, así lo creo, ni habría emprendido este camino precioso. Aquella primera aparición se produjo cuando era yo niño, y he aquí que al final de mi camino se me presenta ante mis propios ojos como repetida. Lo prodigioso, padres y maestros míos, es que pareciéndose a él tan sólo un poco de cara, Alexiéi se le parece tanto, a mi modo de ver, espiritualmente, que muchas veces le

_____
[1] San Juan, XII, 24.

he tomado sin más ni más por aquel joven hermano mío, venido a verme misteriosamente al final de mi camino, como recuerdo y aliento espiritual, de modo que me he quedado sorprendido de mí mismo y de esta extraña ilusión. Ya lo oyes, Porfiri —se dirigió al novicio que le cuidaba—. Muchas veces he visto en tu rostro como una expresión de amargura por sentir yo más afecto hacia Alexiéi que hacia ti. Ahora ya sabes por qué, pero yo a ti te aprecio, quiero que lo sepas, y muchas veces me ha entristecido tu pena. En cuanto a vosotros, huéspedes míos bien amados, quiero hablaros de este joven, hermano mío, pues en mi vida no ha habido una aparición más preciosa, más profética ni más enternecedora que la suya. Tengo lleno de afecto el corazón y contemplo toda mi vida, en este momento, como si de nuevo volviera a vivirla...

He de indicar aquí que esta última conversación del stárets con quienes le visitaron durante el último día de su vida, se ha conservado en parte escrita. La escribió como recuerdo Alexiéi Fiódorovich Karamázov, poco tiempo después de la muerte de su maestro. Pero si este escrito reproduce totalmente aquella conversación o si Aliosha añadió en él algo de sus precedentes conversaciones con el maestro, ya es cosa que no puedo afirmar; además, en el escrito, la conversación del stárets se presenta como ininterrumpida, como si el anciano expusiera su vida en forma de relato dirigiéndose a sus amigos, mientras que, según lo que luego se contó, había sucedido algo distinto, pues la conversación, entonces, fue general, y si bien las visitas interrumpieron poco a su stárets, el hecho es que hablaron y contaron cosas de sus propias vidas, mezclándose en la conversación, aparte de que aquella continuidad del relato no pudo darse porque el stárets a veces se ahogaba, perdía la voz e incluso se acostó a descansar en su cama, si bien no se durmió, y los visitantes no abandonaron sus sitios. Una o dos veces la conversación fue interrumpida por la lectura de unos pasajes del Evangelio, que leyó el padre Paísi. Es de notar, asimismo, que ninguno de los presentes creía que el desenlace se produjera aquella misma noche, tanto menos cuanto que el padre Zosima, después de su profundo sueño durante el día, parecía haber recobrado de pronto nuevas fuerzas aquella última tarde de su vida, fuerzas que le sostuvieron durante todo el largo coloquio con sus amigos. Fue como un último resplandor de ternura que mantuvo en él una insólita animación, pero sólo por breve plazo, pues la vida se le cortó de súbito... Pero de esto, más adelante. Por de pronto, quiero decir que he preferido no exponer todos los detalles de esa conversación y me he limitado al relato del stárets según el manuscrito de Alexiéi Fiódorovich Karamázov. Así resultará más breve y menos fatigoso, aunque, repito, Aliosha introdujo en su escrito muchas cosas de conversaciones precedentes.

II

DE LA VIDA DEL STÁRETS ZOSIMA, MONJE SACERDOTE Y ASCETA, MUERTO EN LA PAZ DEL SEÑOR, SEGÚN REDACCIÓN HECHA A BASE DE SUS PROPIAS PALABRAS POR ALEXIÉI FIÓDOROVICH KARAMÁZOV

Datos biográficos

a) *Acerca del joven hermano del stárets Zosima*

Amados padres y maestros míos, nací en una lejana provincia del Norte, en la ciudad de V.; mi padre era noble, pero no pertenecía a la alta nobleza ni ocupaba un encumbrado puesto en la administración del Estado. Murió cuando yo tenía sólo dos años, y no le recuerdo en absoluto. Dejó a mi madre una pequeña casa de madera y algo de capital, suficiente, sin ser grande, para vivir libre de estrecheces. Éramos dos hijos: mi hermano mayor, Márkel, y yo, Zinovi. Él era unos ocho años mayor que yo, de carácter impulsivo e irritable, pero bondadoso; no se burlaba de los demás y era muy callado, sobre todo en casa, conmigo, con nuestra madre y con nuestra servidumbre. Estudiaba en el gimnasio, con satisfactorios resultados, pero no hacía buenas migas con sus camaradas, si bien no reñía con ellos; por lo menos así lo explicaba nuestra madre. Medio año antes de su muerte, cuando había cumplido ya diecisiete años, empezó a visitar con frecuencia a un hombre que llevaba una vida solitaria en nuestra ciudad, algo así como un deportado político, expulsado de Moscú por librepensador. Ese deportado era hombre de mucho saber y un filósofo muy conocido en la Universidad. No sé por qué se encariñó con Márkel y empezó a recibirle en su casa. El joven se pasó tardes enteras con él, durante todo el invierno, hasta que reclamaron al deportado a Peterburgo para ocupar un puesto del Estado a petición suya, pues tenía quien le protegía. Llega la Cuaresma y Márkel no quiere observar el ayuno, despotrica contra él y se burla: «Todo esto son pamemas, dice, y Dios no existe», de modo que llenaba de espanto a mi madre, a nuestra servidumbre y a mí mismo, que era pequeño, y aunque sólo tenía nueve años, también me asustaba mucho oír aquellas palabras. Nuestros criados eran siervos, en total cuatro personas, todos ellos comprados a nombre de un propietario amigo nuestro. Aún recuerdo cómo de estas cuatro personas vendió nuestra madre una, la cocinera Afimia, coja y entrada en años, por sesenta rublos en billetes, y en su lugar puso a otra cocinera, persona libre. Y he aquí que a la sexta semana del ayuno, mi hermano empezó a sentirse peor; siempre había sido enfermizo del pecho, era de complexión débil, propenso a la tisis, delgado, flaco, aunque bastante alto y de rostro muy agradable. No sé si se resfrió o qué, pero el doctor vino y pronto susurró a nuestra madre que se trataba de tisis galopante y que el enfermo no pasaría de la primavera. Nuestra madre se puso a llorar, empezó a rogar a mi hermano, con mucha precaución (sobre todo para no asustarle), que ayunara, que fuera a la iglesia y se preparara para confesarse y comulgar, pues entonces aún no debía guardar cama. Al oír esto, mi hermano se irritó y despotricó contra el templo de Dios, pero luego se quedó pensativo: enseguida adivinó que estaba enfermo de gravedad y que por ello nuestra madre quería que, mientras tuviera fuerzas, fuese a la iglesia y comulgase. De todos modos, ya sabía él mismo que estaba enfermo desde hacía tiempo, y un año antes de lo que cuento, nos dijo una vez a mi madre y a mí, con sangre fría, sentados a la mesa: «No estaré mucho en este mundo entre vosotros, quizá no llegue a vivir ni un año»; fue como un vaticinio. Pasaron unos tres días y entramos en Semana Santa. Desde el martes por la mañana, mi hermano fue a la iglesia. «Esto lo hago por usted, mamita, para darle una alegría y tranquilizarla», dijo a nuestra madre. La madre se puso a llorar de alegría y de pena: «Seguro que su fin está próximo, si se ha operado en él un cambio tan brusco.» Pero él no pudo acudir mucho tiempo a la iglesia; tuvo que guardar cama, de modo que le confesaron y le dieron la comunión ya en casa. Llegaron días claros, luminosos, perfumados, la Pascua era tardía aquel año. Recuerdo que Márkel se pasaba la noche tosiendo, dormía mal, y al llegar la mañana se vestía y procuraba sentarse en un blando sillón. Así le recuerdo: sentado, quietecito, humilde, sonriéndose, enfermo, pero con la faz risueña y alegre. Espiritualmente era otro, distinto por completo, ¡tan maravilloso resultaba el cambio que de súbito había hecho! Entra a verle en la habitación la vieja aya: «Permíteme, mi niño, que te encienda una mariposa ante el icono.» Él no lo habría permitido antes, hasta habría apagado la lucecita. «Enciéndela, querida, enciéndela; yo era un monstruo cuando te lo prohibía. Tú rezas a Dios al encender la mariposa, yo rezo al alegrarme de tu vista. Así, pues, rezamos al mismo Dios.» Estas palabras nos parecían muy extrañas; nuestra madre se retiraba a su habitación y lloraba, pero al entrar a verle se secaba las lágrimas y ponía cara alegre. «Mamita, no llores, querida —decía él a veces—, aún viviré mucho, aún tendremos muchas alegrías juntos, porque la vida es hermosa, llena de dicha y de júbilo!» «Ah, hijo mío, ¿dónde está para ti la dicha, si de noche la fiebre te consume y toses como si el pecho te fuera a estallar?» «Mamá —le respondía—, no llores, la vida es un paraíso, todos estamos en el paraíso, pero no lo queremos reconocer; si quisiéramos reconocerlo, mañana mismo la tierra quedaría convertida en paraíso.» Todos nos admirábamos de sus palabras, pues hablaba con una rara convicción; nos conmovíamos y llorábamos. Venían a vernos algunos conocidos: «Amigos, decía, queridos amigos míos, ¿qué he hecho yo para merecer vuestro afecto, por qué me queréis tanto y cómo es posible que antes no lo supiera, no lo apreciara?» A los criados que entraban en su habitación, les decía a cada momento: «Queridos míos, ¿por qué me servís? ¿Soy digno de que me prestéis vuestros servicios? Si Dios me perdonara y me dejara con vida, yo mismo os serviría a vosotros, pues todos debemos servirnos unos a otros.» Nuestra ma-

dre, oyéndole, movía la cabeza: «Hijo querido, es la enfermedad la que te hace hablar así.» «Madre, alegría de mi vida
—decía—, es imposible que no haya señores y servidores; deja
pues, que sea yo servidor de mis criados, como lo son ellos para
mí. Y además te diré, mamita, que cada uno de nosotros es
culpable de todo ante todos, y yo más que nadie.» Mamá, entonces, hasta se sonrió, lloraba y se sonreía: «¿En qué —dice—
eres más culpable que nadie ante todos? Hay asesinos y bandidos, ¿qué pecados has tenido tiempo de hacer tú, que te culpas
más que a nadie?» «Madrecita, gotita de sangre mía —dice
(entonces empezó a emplear palabritas cariñosas como éstas,
inesperadas)—, mi gotita de sangre entrañable, alegría de mi
corazón, has de saber que en verdad cada persona es culpable
ante todos, por todos y por todo. No sé cómo explicártelo,
pero siento que es así, lo siento hasta atormentarme. ¿Cómo
hemos podido vivir, antes, enojándonos y sin saber nada?» Así
se levantaba después del sueño, cada día de amor. Venía a veces el doctor, el viejo alemán Eisenschmidt: «Qué, doctor, ¿viviré aún un día más en este mundo?», le preguntaba a veces
bromeando mi hermano. «No un día más, sino muchos días
más —solía responderle el doctor—; aún vivirá meses y años.»
«¡Para qué años y para qué meses! —exclamaba, a veces—. No
es cuestión de contar los días, al hombre le basta un solo día
para llegar a conocer toda la felicidad. Queridos míos, para
qué reñir, para qué vanagloriarnos, para qué recordar las ofensas: vamos al jardín, vamos a pasear y a juguetear, vamos a
amarnos y alabarnos unos a otros, y a besarnos, y a bendecir la vida nuestra.» «Su hijo no está para poder vivir mucho en este mundo —dijo el doctor a nuestra madre cuando ella le acompañó hasta la puerta—, la enfermedad le ha turbado la razón.» Las ventanas de su cuarto daban al jardín, y
nuestro jardín era umbroso, con viejos árboles en que comenzaban a apuntar las yemas; empezaron a llegar al jardín los primeros pájaros, que se pusieron a retozar y a cantar junto a sus
ventanas. De pronto, mientras los contemplaba embelesado,
se puso a pedirles perdón también a ellos: «Pájaros del buen
Dios, pajaritos risueños, perdonadme también vosotros, porque yo también ante vosotros he pecado.» Entonces, en nuestra casa, nadie podía entender eso, pero él lloraba de alegría:

«Sí —dice—, toda esta gloria divina estaba a mi alrededor: pájaros, árboles, prados, cielos, sólo yo vivía en la vergüenza, y solo lo deshonraba todo, y no veía la hermosura y la gloria.» «Son muchos los pecados que sobre ti tomas», le decía llorando nuestra madre, a veces. «Madrecita, alegría de mi corazón, lloro de gozo, no de pena; yo mismo deseo ser culpable ante ellos, sólo que no puedo expicártelo, pues no sé cómo puedo quererlos. Que sea yo pecador ante todos; en cambio, todos me perdonarán, y eso es el paraíso. ¿Acaso no estoy ahora en el paraíso?»

Y hubo mucho más, que no hay modo de recordar y referir. Me acuerdo de que una vez entré en su habitación solo, cuando no había nadie con él. Era al caer de la tarde, una hora llena de luz, el sol iba a su ocaso y alumbraba toda la estancia con sus rayos oblicuos. Me había visto y me había hecho una señal para que entrara; yo me acerqué; me tomó con ambas manos por los hombros, me miró a la cara con ternura, con amor; no me dijo nada, sólo me miró así como cosa de un minuto: «Bueno —dijo luego—, ahora vete, juega, ¡vive por mí!» Salí y me fui a jugar. Después, a lo largo de la vida, he recordado muchas veces, ya con lágrimas, cómo me había mandado vivir por él. Aún dijo muchas palabras bellas y maravillosas, aunque entonces no podíamos comprenderlas. Murió tres semanas después de Pascua, con toda lucidez, y aunque ya había dejado de hablar, no se le modificó la expresión del rostro hasta la mismísima última hora: miraba con alegría, el contento le brillaba en los ojos, nos buscaba con la mirada, nos sonreía, nos llamaba. Hasta en la ciudad se habló mucho de su fallecimiento. Entonces, todo aquello me conmovió mucho, pero no demasiado, si bien lloré desconsoladamente cuando lo enterraron. Yo era muy joven, un niño, pero todo aquello dejó en mi alma una huella imborrable, allí quedó escondido el sentimiento. A su hora todo debía de levantarse y responder. Y así fue.

b) *Acerca de la Sagrada Escritura en la vida del padre Zosima*

Quedamos solos mi madre y yo. Pronto buenos amigos la aconsejaron: «No le queda más que un hijo —le decían—, y no

[458]

son pobres, tienen capital; ¿por qué no manda al hijo a Peterburgo, como hacen otros?; quedándose aquí, quizá le prive de un brillante porvenir.» Acabaron por convencer a mi madre de que me llevara a la escuela de cadetes para poder ingresar más tarde en la Guardia Imperial. Mi madre vaciló durante mucho tiempo: cómo iba a separarse de su último hijo; pero se decidió, al fin, aunque no sin derramar abundantes lágrimas, creyendo contribuir así a labrar mi felicidad. Me acompañó a Peterburgo y me hizo entrar en aquella institución; desde entonces no volví a ver a mi madre, pues tres años más tarde feneció; había pasado los tres años penando por los dos hijos, consumida por la angustia. De mi casa paterna no me llevé más que recuerdos luminosos, pues no hay recuerdos más preciosos para el hombre que los de su primera infancia en casa de sus padres, y ello siempre es así, por pizca de amor y de unión que en la familia haya. Sí, hasta de la peor familia es posible conservar preciosos recuerdos si tu propia alma es capaz de buscar lo valioso. En los recuerdos de mi casa incluyo los que se refieren a la historia sagrada, por la que aun siendo pequeño sentía yo entonces gran curiosidad. Tenía un libro, una historia sagrada, con ilustraciones magníficas; se titulaba *Ciento cuatro historias sacras del Antiguo y del Nuevo Testamento;* con aquel libro aprendí a leer. Aún lo tengo, lo guardo en mi estantería como una reliquia. Pero incluso antes de que aprendiera a leer, recuerdo cómo experimenté por primera vez cierta emoción religiosa; no tenía más de ocho años. Mi madre me llevó a mí solo (no recuerdo dónde se encontraba entonces mi hermano) al templo del Señor, a misa, el lunes de Semana Santa. El día era claro, y ahora, al recordarlo, me parece que veo otra vez cómo salía del incensario el humo del incienso y ascendía hacia lo alto, mientras que arriba, en la cúpula, por una estrecha ventanita, irrumpían hacia nosotros, en la iglesia, los rayos divinos, y en ellos parecía fundirse el humo del incienso, subiendo en armoniosas espirales. Miraba yo conmovido aquel espectáculo y por primera vez mi alma recibió conscientemente la semilla de la palabra divina. Hacia el centro de la iglesia avanzó un adolescente con un gran libro, un libro tan grande que, según me pareció entonces, a aquel muchacho le costaba trabajo llevarlo; lo colocó en un facistol, lo abrió y empezó a leer; entonces, de pronto, por primera vez comprendí algo, por primera vez en la vida comprendí lo que leían en el templo de Dios. Había en la tierra de Hus[2] un hombre justo y piadoso; tenía tantas riquezas, tantos camellos, tantas ovejas y tantos asnos; sus hijos se divertían, él los quería mucho y rogaba por ellos a Dios: quizás habían pecado, divirtiéndose. Y he aquí que el diablo se presenta ante Dios, junto con los hijos del Señor, y le dice que ha recorrido toda la tierra y ha estado por debajo de la tierra. «¿Has visto a mi siervo Job?», le pregunta Dios. Y Dios se felicitó ante el diablo por la gran santidad de su siervo. El diablo se sonrió al oír las palabras de Dios: «Entrégamelo y verás que tu siervo se sublevará y maldecirá tu nombre.» Y entregó Dios a su justo, por Él tan amado, al diablo. Satán le mató los hijos y los rebaños, le dispersó las riquezas, todo de golpe, como rayo del cielo. Entonces Job se desgarró las vestiduras, se arrojó al suelo y clamó: «Desnudo salí del vientre de mi madre, desnudo volveré a la tierra. Dios me lo ha dado, Dios me lo ha quitado: sea el nombre de Dios bendito.» Padres y maestros míos, perdonadme estas lágrimas que ahora derramo, pues toda mi infancia parece elevarse de nuevo ante mis ojos y ahora respiro como respiraba entonces con mi pecho infantil de ocho años; experimento, como entonces, sorpresa, confusión y alegría. Los camellos impresionaron entonces mi imaginación, y Satán, que habla de aquel modo con Dios, y Dios, que decide entregarle su siervo, y su siervo que exclama: «Que tu nombre sea bendito a pesar de que me tratas con tanto rigor», y luego el cántico suave y dulce del templo: «Que mi plegaria sea escuchada», ¡y otra vez el incienso del incensario que movía el sacerdote, y plegaria con genuflexión! Desde entonces no he podido leer esta sacra historia —aún ayer la tuve en mis manos— sin lágrimas en los ojos. ¡Cuánta grandeza hay en ella, cuánto hay de misterioso, de insondable! Después oí muchas veces lo que decían burlones y blasfemos, con palabras llenas de orgullo: cómo pudo Dios entregar al predilecto de sus santos al escarnio del diablo y dejar que éste le quitara los hijos y le hiriera con una maligna sarna, de modo que aquel varón perfecto y recto tomaba una teja para rascarse

_____

[2] *Job*, cap. 1-2.

con ella, y todo para poderse felicitar ante el diablo, como diciendo: «¡Ya ves lo que uno de mis santos puede sufrir por mí!» Pero la grandeza está en el misterio ahí contenido: en ese lugar, se tocan la fugacidad de lo terreno y la verdad eterna. Ante la verdad terrena se realiza la acción de la verdad eterna. Ahí el Creador, como en los primeros días de la Creación, cuando terminaba el día con las palabras «lo que he creado es bueno», mira a Job y se felicita otra vez de lo que ha creado. Y Job, al glorificar al Señor, no sólo le sirve a Él, sino que sirve a toda su obra, de generación en generación, por los siglos de los siglos, pues a ello estaba predestinado. ¡Qué libro y qué enseñanzas, Señor! ¡Qué libro el de la Sagrada Escritura, qué milagro y qué fuerza se dan con él al hombre! Es como la representación esculpida del mundo y del hombre, así como de los caracteres humanos: todo se halla en este libro, nombrado por los siglos de los siglos. Y cuántos misterios resueltos y descubiertos: Dios vuelve a su estado a Job, le reintegra sus riquezas; pasan otra vez muchos años y Job tiene ya otros hijos, a los que ama. «Señor: ¿pero cómo podía amar a esos nuevos hijos —podría uno preguntarse—, habiéndose quedado sin los primeros? Recordando a aquéllos, ¿cómo era posible sentirse plenamente feliz, como antes, por entrañables que los nuevos hijos le fuesen?» Pero es posible, es posible: el gran misterio de la vida humana hace que el dolor pasado se vaya trocando poco a poco en una dulce y conmovedora alegría: en vez de bullente sangre juvenil, llega la modesta y serena vejez: yo bendigo todos los días la salida del sol y mi corazón le eleva como siempre un canto, pero ya me es más querido su ocaso, ya prefiero sus largos rayos oblicuos y, con ellos, los recuerdos tranquilos, modestos, enternecedores, las entrañables imágenes de toda la larga y bendita vida, ¡y por encima de todo, la verdad divina que apacigua, que reconcilia, que todo lo perdona! Mi vida toca a su fin, lo sé y lo percibo, mas cada día que me queda siento cómo mi vida terrena entra ya en contacto con una vida futura nueva, infinita, ignota, pero ya muy próxima, y su presentimiento me hace vibrar el alma de entusiasmo, me inunda de luz el espíritu y me hace llorar de gozo el corazón... Amigos y maestros, más de una vez he oído decir, y últimamente se ha repetido aún con más fuerza, que los sacerdotes de Dios, sobre todo los de los pueblos, se lamentan compungidos y en todas partes por la escasez de lo que perciben y por la humillación que con ello sufren; declaran sin ambajes y hasta lo escriben con letras de imprenta (yo mismo lo he leído) que ahora no pueden explicar al pueblo las Sagradas Escrituras, pues su sueldo es escaso, y que si vienen los luteranos y los herejes y comienzan a esparcirles las ovejas, que se las lleven, pues es poco, dicen, lo que cobramos. ¡Dios del cielo!, pienso yo, que les dé el Señor más de lo que representa este sueldo al que tanta importancia conceden (pues también es justa su queja), pero de verdad os digo: ¡por lo menos la mitad de la culpa de que sea así, si alguien hay culpable, la tenemos nosotros mismos! Admitamos que el pope rural no tenga tiempo, admitamos que le asiste la razón cuando dice que está absorbido por el trabajo y los oficios divinos, pero no es todo el tiempo el que tiene ocupado; una hora a la semana, por lo menos, puede encontrarla para acordarse también de Dios. Además, no trabaja todos los días del año. Que reúna en su casa una vez a la semana, mejor al atardecer, aunque sea primero a los niños nada más; los padres los oirán y empezarán a acudir ellos mismos. No necesita construir ningún palacio para eso, que los reciba simplemente en su casa, en su isbá; que no tenga miedo, no se la van a ensuciar; total los reúne por una hora. Que abra ese Libro y que empiece a leer sin comentarios ni presunción, sin ponerse por encima de ellos, con fervor y modestia, alegrándose él mismo de leer y de ser escuchado y comprendido, sintiendo él mismo amor por las palabras que lee, deteniéndose sólo de vez en cuando para aclarar alguna palabra incomprensible a la gente sencilla; que lo haga así y que no se preocupe, ¡comprenderán!, ¡el corazón ortodoxo lo comprende todo! Que les lea la historia de Abraham y de Sara, de Isaac y de Rebeca, la de Jacob, que fue a casa de Laban y después de haber luchado en sueños con el Señor, dijo: «Este lugar es terrible», y cautivará el piadoso espíritu de la gente sencilla. Que les lea, sobre todo a los niños, cómo unos hermanos vendieron como esclavo al predilecto de su padre, al adolescente José, interpretador de sueños y gran profeta, y al padre le dijeron que una fiera había despedazado a su hijo, cuyas ropas ensangrentadas le mostraron. Que les lea cómo, más tarde, los hermanos hicieron un viaje a Egipto en busca de trigo, y José, ya alto dignatario en la corte del Faraón, no reconocido por ellos, los persiguió, los acusó, retuvo al hermano pequeño, Benjamín, y todo ello amándolos: «Os amo y, amándoos, os atormento.» Pues siempre recordaba, sin cesar, cómo le habían vendido en algún lugar de la ardiente estepa, junto a un pozo, a unos mercaderes, y como él, retorciéndose las manos, había llorado y suplicaba que no le vendieran como esclavo en tierra extraña; al verlos después de tantos años, volvió a sentir por ellos un amor infinito, pero los hacía sufrir, los atormentaba aun amándolos. Por fin se aparta de su lado sin poder soportar los tormentos de su propio corazón, se echa sobre su cama y llora; después se seca la cara y, radiante, vuelve a su lado, les anuncia: «Hermanos, soy José, el hermano vuestro!» Que lea, después, cómo se alegró el viejo Jacob al tener noticia de que su hijo predilecto aún vivía, y quiso ir a Egipto, abandonando incluso su patria, y murió en tierra extraña, legando como testamento, por los siglos de los siglos, la grandiosa palabra misteriosamente recogida durante toda su vida en su tímido y medroso corazón acerca de que de su linaje, de la tribu de Judá, saldría la gran esperanza del mundo, su Reconciliador y Salvador. Padres y maestros, perdonad y no toméis a mal que, como un pequeñuelo, os hable de lo que sabéis hace tiempo y podríais enseñarme a mí mismo con palabras cien veces más sabias y hermosas. Hablo así movido sólo por mi entusiasmo, ¡y perdonad mis lágrimas, pues amo ese Libro! Que llore también el sacerdote de Dios y verá que en respuesta se conmueven asimismo los corazones de sus oyentes. Sólo se necesita una semilla pequeña, minúscula: que la arroje al alma de la gente sencilla y la simiente no morirá, vivirá en el alma de esta gente toda la vida, escondida allí en medio de las tinieblas, entre la hediondez de sus pecados, como un punto luminoso, como un recuerdo sublime. No es necesario, no es necesario hacer largos comentarios ni perderse en sabias enseñanzas, la gente sencilla lo comprende todo simplemente. ¿Creéis que el pueblo no comprenderá? Haced la prueba, leedle después la historia tierna y conmovedora de la bella Esther y de la orgullosa Vasthi[3]; o la maravillosa leyenda del

---

[3] *Libro de Esther,* cap. 1-2.

profeta Jonás en el vientre de la ballena. No os olvidéis, tampoco, de las parábolas del Señor, sobre todo de las del Evangelio de San Lucas (como he hecho yo); ni, luego, de los Hechos de los Apóstoles, de la conversión de Saúl (esto sin falta, ¡sin falta!); ni, finalmente, de las *Cheti-Minéi*[4], aunque sólo sea la vida de Alejo, el «Hombre de Dios», y la vida de la mayor de las grandes mártires, la que vio a Dios y llevaba a Cristo en el corazón, María Egipciaca; penetraréis en el alma del pueblo con estos ingenuos relatos, y en total, sólo una hora por semana, pese a los menguados emolumentos; bastará una hora. El sacerdote verá que nuestro pueblo es misericordioso y agradecido, que le recompensa cien veces lo que haya hecho; recordando el fervor y el celo del pope, así como la emoción de sus palabras, la gente sencilla le ayudará voluntariamente en los trabajos del campo y de la casa, le respetará, además, en mucha mayor medida que antes; ya con esto aumentará lo que el sacerdote gana. La cosa es tan sencilla que a veces uno hasta tiene miedo de manifestarla para que no se rían quienes lo oigan; sin embargo, ¡es tan verdadero! Quien no cree en Dios, tampoco cree en el pueblo de Dios. En cambio, quien no dude del pueblo de Dios, verá también la santidad del alma del pueblo, aun cuando hasta ese momento no hubiera creído en ella. Sólo el pueblo y su futura fuerza espiritual convertirá a nuestros ateos, desligados de su propia tierra. ¿Y qué es la palabra de Cristo sin el ejemplo? Sin la Palabra Divina, el pueblo se perderá, pues el alma está sedienta de esta Palabra y de bellas obras. En mi juventud, hace ya mucho tiempo, unos cuarenta años, recorríamos el padre Anfim y yo toda la Rus, recogiendo limosna para nuestro monasterio; una vez pasamos la noche con unos pescadores, a la orilla de un gran río navegable; se sentó con nosotros un joven de agradable aspecto, un campesino de unos dieciocho años que se apresuraba para llegar a tiempo, al día siguiente, a su puesto y tirar de la sirga una barcaza de mercaderes. Veo que mira ante sí con mirada tierna y luminosa. La noche es clara, tranquila, tibia, una noche de julio; el río es ancho, despide un vaho que nos refresca; chapotea un pez que otro, los pájaros han enmudecido, todo está en cal-

---

[4] Véase la nota 11 de la págs. 127-8.

ma, todo respira paz, todo eleva una plegaria a Dios. Sólo no dormíamos nosotros dos, aquel joven y yo, nos pusimos a hablar de la hermosura de este mundo divino y de su gran misterio. Cada hierbecita, cada bichito, la hormiga, la dorada abeja, todo conoce de manera asombrosa su camino sin tener inteligencia, testimoniando el misterio divino, dándole cumplimiento sin cesar; vi que se encendía el corazón de aquel simpático joven. Me confió que le gustaban el bosque y los pájaros que en él vivían; era cazador de pájaros, reconocía su canto, sabía atraérselos; para mí, nada hay mejor que el bosque, decía, aunque todo es hermoso. «Cierto —le respondo—, todo es hermoso y admirable, porque todo es verdad. Mira —le digo— el caballo, noble animal tan próximo al hombre, o el buey, encorvado y pensativo, que nutre al hombre y trabaja para él; mira su aspecto: cuánta sumisión, cuánta fidelidad al hombre, quien a menudo les pega sin piedad; cuánta dulzura, cuánta confianza y cuánta hermosura en su mirada. Y es conmovedor saber que esos animales están limpios de pecado, pues todo, absolutamente todo, excepto el hombre, es puro; conmueve saber que estuvo Cristo con los animales antes que con los hombres.» «¿Es posible —pregunta el joven— que también esté con ellos, Cristo?» «¿Cómo puede ser de otro modo —le respondo—, si el Verbo está destinado a todo; toda criatura, todo cuanto respira, cada hojita tiende hacia el Verbo, canta la gloria de Dios, llora a Cristo sin tener de ello conciencia, y lo hace con el misterio de su vida sin pecado. Allí —le digo— en el bosque deambula el terrible oso, fiero y amenazador, sin tener de ello la menor culpa.» Y le conté cómo una vez se acercó un oso a un gran santo que buscaba su salvación en una pequeña celda, en el bosque; el ermitaño sintió compasión por la fiera, salió impávido a su encuentro y le tendió un pedazo de pan: «Vete —pareció decirle—, y que Cristo te acompañe», y la fiera terrible se fue obediente y mansa, sin haberle hecho daño alguno. El joven se conmovió al saber que la fiera se había ido sin haber hecho ningún daño y que Cristo fue con ella.» «¡Oh —dice—, qué admirable es esto, qué admirable y maravillosa es la obra de Dios!» Permaneció largo rato sentado, pensativo, en sosegada y dulce meditación. Vi que me había comprendido. Luego se durmió a mi lado, con sueño apacible y puro.

¡Que el Señor bendiga a la juventud! Y rogué por él yo mismo, antes de dormirme a mi vez. ¡Señor, envía la paz y la luz a tus criaturas!

c) *Recuerdo acerca de la adolescencia y juventud del stárets Zosima, en sus años de vida en el mundo. El duelo*

Pasé mucho tiempo, unos ocho años en Peterburgo, en la escuela de cadetes, y con la nueva educación que recibí quedaron ahogadas muchas de la impresiones de mi infancia, aunque no olvidé nada. Adquirí, en cambio, tantos nuevos hábitos e incluso opiniones, que me convertí en un ser casi salvaje, cruel y absurdo. Aprendí maneras corteses, mundanas, a la vez que la lengua francesa, pero todos nosotros, yo también, considerábamos auténticas bestias a los soldados que nos servían en la escuela. Yo, quizá, más que nadie, pues en todo era el más receptivo de mis compañeros. Cuando salimos convertidos ya en oficiales, estábamos dispuestos a verter nuestra sangre por el honor del regimiento, pero en cuanto al verdadero honor, casi ninguno de nosotros tenía idea de su existencia, y yo habría sido el primero en reírme de él si me hubiera enterado de que existía. Nos enorgullecíamos, o poco menos, de nuestras borracheras, de nuestros escándalos y de nuestras bravuconerías. No diré que fuésemos malos; todos aquellos jóvenes eran buenos, pero se comportaban mal y yo peor que nadie. El caso era que había entrado en posesión de mi capital y por eso me lancé a vivir a mi gusto, dejándome llevar por todas mis apetencias juveniles, sin freno, a velas desplegadas. Pero he aquí una cosa sorprendente: entonces leía libros, incluso con placer; sólo, no leía casi nunca la Biblia, aunque no me separé de ella, siempre la llevaba conmigo: en verdad, conservé aquel libro, sin darme cuenta de ello, «para un día y una hora, para un mes y un año». A los cuatro años, poco más o menos, de servicio militar, me encontré por fin en la ciudad de K., donde entonces estaba de guarnición nuestro regimiento. Había en ella una sociedad variada, numerosa y amiga de diversiones, acogedora y rica; a mí me recibían bien en todas partes, pues yo era alegre de carácter y, además, no pasaba por pobre, lo cual en el mundo significa bastante. Entonces se produjo un hecho que sirvió de principio para todo. Me encariñé con una doncella joven y hermosa, inteligente y digna, de distinguido y noble carácter, de honorable familia. No eran gente de poca monta, poseían riquezas, influencias y poder; me dispensaron una acogida cariñosa y cordial. Me pareció que la joven me miraba con ojos amorosos y se me inflamó el corazón en pos de aquel ensueño. Más tarde llegué a comprender y a darme plena cuenta de que quizá no la había amado con tanta fuerza y reverenciaba tan sólo la inteligencia y el elevado carácter de la joven, como era inevitable. El amor propio, no obstante, me impidió entonces pedir su mano: me parecía penoso y terrible decir adiós a las tentaciones de la vida desenfrenada y libre de soltero en aquellos años mozos, tanto más cuanto que disponía de dinero. Hice, sin embargo, algunas alusiones. En todo caso, aplacé por cierto tiempo todo paso decisivo. De pronto, me mandaron en comisión de servicio a otro distrito, por dos meses. Vuelvo pasados los dos meses y me entero de que la doncella se ha casado ya con un rico propietario de los alrededores, un hombre joven aún, si bien mayor que yo, con buenas relaciones en la capital y entre la alta sociedad, cosa de que yo carecía; era un hombre muy amable y, por añadidura, instruido, mientras que la instrucción que había recibido yo tenía mucho que desear. Me quedé tan estupefacto ante aquel acontecimiento inesperado, que hasta se me ofuscó la razón. Lo importante del caso estaba en que, según me enteré enseguida, aquel joven propietario era el novio de la doncella desde hacía tiempo; yo mismo lo había encontrado a menudo en su casa, pero no me había dado cuenta de nada, cegado por mis propios méritos. Fue esto, sobre todo, lo que me hirió: ¡Cómo! ¿Casi todo el mundo lo sabía y yo no sabía nada? Experimenté una rabia insoportable. Con el sonrojo en la cara, comencé a recordar cómo muchas veces le había declarado mi amor sin que ella me detuviera ni me advirtiera, lo cual significaba, me dije, que se había estado burlando de mí. Después, claro está, comprendí y recordé que no se había reído en lo más mínimo; al contrario, ella misma interrumpía bromeando tales conversaciones y comenzaba otras en su lugar; pero entonces no pude verlo así y ardí en deseos de venganza. Recuerdo con sorpresa que esa venganza y mi cólera me resultaban en extremo penosas y desagradables a mí mismo, pues dada la blandura de mi carácter no podía guardar rencor mucho tiempo contra nadie, mas, por esto, en cierto modo me excitaba a mí mismo hasta volverme grosero y absurdo. Estaba al acecho de una ocasión propicia, y una vez, durante una reunión muy concurrida, logré ofender a mi «rival» por una cuestión, al parecer, totalmente ajena a mi persona, riéndome del punto de vista que él expuso acerca de un suceso entonces muy importante —el hecho ocurrió en el año mil ochocientos veintiséis—; logré burlarme, dijeron los presentes, con mucho ingenio y habilidad. Le exigí una explicación y me comporté con tanta grosería, cuando me la dio, que él aceptó el reto, pese a la enorme diferencia que había entre nosotros, pues yo era más joven, insignificante y de rango inferior. Después me enteré a ciencia cierta de que había aceptado mi reto también por celos: ya antes se había sentido un poco celoso de mí, cuando su mujer era todavía su novia; pensó que si ella se enteraba de que él había sido ofendido por mí y no se había decidido a provocarme a duelo, podía sentir por él cierto desprecio, incluso sin querer, lo cual iría en detrimento de su amor. Pronto encontré un padrino, un compañero, teniente de nuestro regimiento. Aunque el duelo era severísimamente perseguido, en aquel entonces estaba hasta cierto punto de moda entre los militares, prueba de las hondas y sólidas raíces que pueden echar a veces los prejuicios. Estábamos a fines de junio; el encuentro fue señalado para el día siguiente, a las siete de la mañana, fuera de la ciudad; entonces me sucedió algo en cierto modo fatal. Al atardecer, vuelto a casa furioso e inmoderado, la tomé contra mi ordenanza Afanasi y le di dos bofetadas con toda mi fuerza, de modo que le puse la cara ensangrentada. No hacía mucho que lo tenía a mi servicio; otras veces le había golpeado, pero nunca con tan fiera crueldad. Creedme, amigos míos, han transcurrido más de cuarenta años desde entonces, y recuerdo aquella escena, aún ahora, con vergüenza y dolor. Me acosté, dormí unas tres horas, me levanté; ya apuntaba el día. De pronto decidí vestirme, no tenía más deseos de dormir; me acerqué a la ventana, la abrí —daba al jardín—, vi que salía el sol; el aire era tibio; el día magnífico; cantaban los pájaros. ¿Por qué será, me pregunté, que experimento una sensación de vergüenza y repugnancia? ¿No será porque me dispongo a verter sangre? No, me respondí, no me parece que sea por eso. ¿Será porque temo la muerte, temeré que me maten a mí? No, no es eso, de ningún modo es eso... De pronto me di cuenta de cuál era la cuestión: ¡la cuestión estaba en que había pegado a Afanasi! Todo lo vi otra vez como si se repitiera: está él ante mí y yo le pego en la cara con toda la fueza de mi brazo, pero él se queda en posición de firmes, la cabeza derecha, los ojos bien abiertos, como en una parada militar; tiembla a cada uno de mis golpes, pero no se atreve siquiera a levantar los brazos para protegerse, ¡y es un hombre quien ha sido reducido a tal estado, es un hombre quien pega a otro hombre! ¡Qué crimen! Me pareció que una afilada aguja me atravesaba el alma de parte a parte. Permanecí de pie, como pasmado; mientras tanto, el sol recién nacido brillaba, las hojitas de los árboles se llenaban de gozo, brillaban, y los pajaritos alababan a Dios... Me cubrí el rostro con las manos, me dejé caer sobre la cama y rompí a llorar desconsoladamente. Me asaltó en ese instante el recuerdo de mi hermano Márkel y las palabras que él decía a nuestros criados antes de morir: «Queridos míos, ¿por qué me servís, por qué me queréis?, ¿soy digno, yo?», me vino de súbito a la mente. En efecto, ¿en qué valgo tanto para que otro hombre, un hombre exactamente como yo, hecho a imagen y semejanza de Dios, me preste sus servicios? Así, entonces, por primera vez en la vida, me penetró en el espíritu esta cuestión. «Madrecita, gotita de sangre mía, en verdad, cada persona ante todos, por todos y por todo es culpable, sólo que la gente no lo sabe; si lo supiera, ¡enseguida tendríamos el paraíso!» Señor, ¿acaso es posible que no sea esto verdad? Yo lloraba y pensaba: verdaderamente, soy el más culpable, quizá soy el más culpable de los hombres, ¡y el peor de todos! Y se me presentó entonces toda la verdad, la vi con toda la luz de mi entendimiento: ¿qué iba a hacer? Iba a matar a un hombre bueno, inteligente, noble, en nada culpable ante mí, y, con ello, iba a hacer infeliz para toda la vida a su esposa, iba a torturarla y a acabar con ella. Estaba echado sobre la cama, hundido el rostro en la almohadilla, sin darme cuenta del tiempo que transcurría. De pronto entra mi compañero, el teniente; venía a buscarme con las pistolas: «—Ah

—dice—, está bien que te hayas levantado, ya es hora, vámonos.» Me quedé turbado, sin saber qué hacer; de todos modos, salimos para subir al coche: «Espérame aquí un instante —le digo—, vengo enseguida, se me ha olvidado el monedero.» Entré corriendo otra vez en mi casa, me dirigí directamente al cuarto de Afanasi: «Afanasi —le digo—, ayer te di dos bofetadas, perdóname.» Él se sobresaltó, como si se asustara; se me quedó mirando; yo veía que aquello era poco, poco, y de pronto, tal como iba, con charreteras, me dejo caer de rodillas a sus pies y me inclino hasta rozar el suelo con la frente: «¡Perdóname!», le digo. Entonces él se quedó estupefacto: «Noble señor, padre mío, mi amo, cómo usted... pero soy digno yo...», y se echó a llorar él mismo, exactamente como había hecho yo hacía poco; se cubrió el rostro con las manos, se volvió hacia la ventana, sacudido por el llanto; yo corrí a reunirme con mi compañero, salté al coche. «¡En marcha! —grité, y añadí—: ¿Has visto al vencedor? ¡Aquí lo tienes, ante ti!» Qué entusiasmo el mío; me reía, hablaba, hablé todo el camino, no recuerdo lo que decía. Él me miraba: «Bravo, hermano; ya veo que harás honor al uniforme.» Llegamos al punto convenido, ya nos estaban esperando. Nos colocaron a mi adversario y a mí a doce pasos de distancia uno del otro. El primer disparo le corresponde a él; yo estoy de pie, alegre; le miro a los ojos, sin parpadear, le miro con afecto, sé lo que me hago. Disparó, sólo me rozó un poco la mejilla y la oreja. «Gracias a Dios .—grito— no ha matado a un hombre!» Después agarré mi pistola, me volví y la eché muy lejos, hacia el bosque: «¡Allí está tu sitio!», grité. Me volví hacia mi enemigo: «Muy señor mío —le digo—, perdóneme, perdone a un joven estúpido que, siendo culpable, le ha ofendido a usted y le ha obligado a que dispare contra él. Soy diez veces peor que usted y quizá más. Transmítalo a la persona por la que siente usted más respeto que por nadie en este mundo.» No bien hube dicho estas palabras, los tres se pusieron a gritar. «¡Qué significa esto! —dijo mi adversario, incluso irritándose—. Si no quería batirse, ¿por qué se ha molestado?» «Ayer —le digo— aún era un estúpido, hoy me he hecho algo más juicioso», le respondí con alegría. «Creo lo que me dice de ayer —me replica—; pero en cuanto a lo de hoy, es difícil estar de acuerdo con su conclusión.» «Bravo —le grito, poniéndome a batir palmas—, admito lo que usted dice, ¡lo he merecido!» «¿Disparará usted, señor mío, o no?» «No lo haré —digo—; pero usted, si quiere, puede disparar otra vez, sólo que mejor es si no dispara.» También gritan los padrinos, sobre todo el mío: «¿Qué es esto de deshonrar al regimiento, pidiendo perdón en el mismo campo? ¡Si lo hubiera sabido!» Entonces los miré a ellos, los miré a todos y dije ya sin reírme: «Señores, ¿tan sorprendente es ahora, en nuestro tiempo, encontrar a un hombre que confiese su propia estupidez y se acuse públicamente de aquello de que es culpable?» «No, pero fuera del campo del honor», vuelve a gritar mi padrino. «Esa es la cuestión —respondo—. Eso es lo sorprendente, porque yo debía de haberme declarado culpable al llegar aquí, antes de que este señor disparara; no tenía que haberle inducido a cometer un gran pecado mortal; pero es tan absurda la organización que nos hemos dado nosotros mismos en este mundo, que obrar de ese modo era casi imposible, pues sólo después de haber resistido su disparo a doce pasos de distancia mis palabras pueden significar algo para el señor; en cambio, si las hubiera dicho antes del disparo, al llegar aquí, habrían comentado simplemente: es un cobarde, ha tenido miedo a la pistola, no hay por qué escucharle. Señores —exclamé súbitamente, de todo corazón—, miren en torno los dones divinos: el cielo azul, el aire puro, la tierna hierbecita, los pájaros, la naturaleza magnífica y sin pecado; sólo nosotros, impíos y estúpidos, no comprendemos que la vida es un paraíso, pues nos bastaría quererlo comprender para que se nos presentara el paraíso en toda su hermosura, para que nos abrazáramos y lloráramos...» Aún quería continuar, pero no me fue posible; hasta se me cortaba la respiración, con tanta dulzura, con tanta juventud... y experimentaba tanta felicidad como no había experimentado aún jamás en la vida. «Todo lo que dice es razonable y piadoso —me dice el adversario—; en todo caso es usted un hombre original.» «Ríase —también yo me reí en respuesta—, más tarde usted mismo me alabará.» «Dispuesto estoy —responde— a alabarle ahora mismo; permítame, le tiendo la mano porque, según parece, es usted en verdad un hombre sincero.» «No —le digo—, ahora no, sino más tarde, cuando yo sea mejor y me haya hecho digno de su respeto; entonces tiéndame la mano, obrará bien.» Volvimos a nuestras casas, mi padrino se pasó todo el camino echando pestes, yo le besaba. Enseguida mis compañeros se enteraron de lo ocurrido, se reunieron para juzgarme aquel mismo día: «Ha mancillado el uniforme, ha de renunciar a llevarlo.» Hubo también quien me defendió: «Dicen que ha resistido el disparo.» «Sí, pero ha tenido miedo a otros disparos y ha pedido perdón en el campo del honor.» «De haber tenido miedo a los disparos —refutaban los defensores—, habría disparado su pistola antes de pedir perdón, y él la ha arrojado cargada al bosque; no, aquí hay algo distinto, original.» Yo los estaba escuchando y me divertía mirarlos. «Carísimos amigos y camaradas míos —les dije—, no os preocupéis por mi dimisión, ya la he presentado hoy mismo, por la mañana la he pedido en las oficinas, y cuando me sea concedida, entraré inmediatamente en un monasterio; por eso he presentado la dimisión.» No bien hube dicho esto, todos se echaron a reír, todos sin excepción. «Podías haberlo declarado desde el comienzo, ahora se explica todo; a un monje no es posible juzgarle.» Se ríen, no cesan de reírse, pero no se ríen en son de burla, sino con cariño, alegres; de pronto todos sintieron afecto por mí, hasta mis acusadores más furiosos; luego, durante todo aquel mes, mientras no me llegó la dimisión, parecía que me llevaban en palmitas: «¡Ah, tú, monje!», decían. Cada uno me dirigía palabras de simpatía, empezaron a hablarme con el propósito de disuadirme de mi intento, incluso empezaron a compadecerme: «¿Qué vas a hacer de ti?» «No —decían—, es un valiente; resistió el disparo y habría podido disparar su pistola, pero aquella noche había soñado que debía hacerse monje, eso es lo que pasó.» Casi exactamente lo mismo ocurrió en la sociedad local. Hasta entonces no me prestaban especial atención, me recibían con buena cara, nada más; ahora se interesaban todos a porfía por mí y empezaron a invitarme: se reían de mí, pero me querían. Indicaré que si bien todos hablaban entonces de nuestro duelo, las autoridades echaron tierra al asunto, pues mi adversario era pariente próximo de nuestro general, y como no había habido derramamiento de sangre, sino que aparentemente se había reducido todo a una broma, como, al fin y al cabo, yo había presentado mi dimisión, tomaron en realidad el asunto a guasa. Entonces me puse a hablar en voz alta y sin miedo, a pesar de su risa, porque en fin de cuentas se trataba de una risa buena, sin malignidad. Esas conversaciones tenían lugar, sobre todo, por las tardes, en presencia de damas; las mujeres, entonces, se sentían más inclinadas a escucharme y obligaban a hacerlo a sus maridos. «¿Pero cómo es posible que yo sea culpable por todos? —me preguntaba cualquiera en son de burla—. ¿Acaso puedo ser culpable yo, digamos, por usted?» «Ah, ¿cómo va a poderlo comprender? —le respondo—, si hace ya tanto tiempo que el mundo todo ha elegido otro camino, si tomamos por verdad la pura mentira y exigimos de los demás la misma mentira? Vea, por primera vez en la vida he querido obrar con sinceridad y aquí tiene, me he convertido para todos ustedes en un chiflado: aunque me han tomado afecto, se ríen de mí.» «¿Cómo no tomarle afecto a una persona como usted?», me dijo la señora de una casa en alta voz, burlona, ante la numerosa concurrencia allí reunida. De pronto veo que de entre las damas se alza la joven por la que yo acababa de provocar el duelo y a la que aún poco antes tenía por novia mía; no me había dado cuenta de su llegada. Se levantó, se me acercó, me tendió la mano: «Permítame declararle —dice— que soy la primera en no reírme usted; al contrario, le doy las gracias con lágrimas en los ojos y le manifiesto mi respeto por haberse conducido como lo ha hecho.» Se me acercó entonces su marido; luego, de pronto, todos se me aproximaron, poco les faltó para que me besaran. La alegría me invadió el alma, pero quien más me llamó la atención fue, entonces, un señor ya entrado en años, que también se me acercó, una persona a quien conocía de nombre hacía ya cierto tiempo, pero a quien no había sido presentado y con quien nunca había cambiado, hasta aquella tarde, una sola palabra.

d) *El misterioso visitante*

Era un hombre rico, que vivía hacía tiempo en nuestra ciudad, ocupaba un cargo importante y era respetado por todo el mundo; tenía fama por sus actos de beneficencia, había hecho donación de considerables sumas al asilo de los ancianos y al orfelinato, aparte del mucho bien que hacía en secreto, sin dejarlo ver, como se descubrió después de su muerte. Frisaría los cuarenta años; de aspecto casi severo, era hombre de pocas palabras; llevaba a lo sumo diez años de casado con una mujer joven, de la que tenía tres hijos, aún pequeños. Pues bien, por la tarde del día siguiente al de dicha velada, estaba yo en mi casa cuando, de pronto, se abre la puerta y entra a verme aquel señor.

He de indicar que entonces ya no vivía yo en la casa de antes, pues tan pronto como hube presentado mi dimisión me trasladé a otra, a la de una mujer vieja, viuda de un funcionario, cuya criada se puso también a mi servicio; si me cambié de casa fue tan sólo porque aquel mismo día, no bien regresé del duelo, mandé a Afanasi a su unidad; me avergonzaba mirarle a los ojos después de haberme comportado con él como lo había hecho aquella mañana, de tal modo está inclinado a avergonzarse el hombre de mundo, poco preparado, incluso por un acto suyo de los más justos.

«Hace varios días —me dijo aquel señor— que le estoy escuchando en distintas casas con mucha curiosidad y he deseado, por fin, conocerle personalmente para hablar con usted con más detenimiento. ¿Puede concederme, señor mío, esta gran merced?» «Lo haré —digo— con vivísima satisfacción y lo tendré por un gran honor», y a la vez que le decía estas palabras casi tenía miedo, hasta tal punto me dejó entonces asombrado aquel hombre a la primera mirada. Pues, aunque la gente me escuchaba con curiosidad, todavía nadie se me había acercado con un aspecto tan serio e interiormente tan severo. Además, aquel hombre había venido a verme a mi casa. Se sentó. «Veo en usted —prosiguió— una gran fuerza de carácter, pues no ha tenido miedo a servir a la verdad en un asunto en que, por ella, corría el riesgo de sufrir el desprecio general.» «Sus elogios son, quizás, exagerados», le digo. «No, no son exagerados —me responde—; créame que llevar a cabo un acto semejante es mucho más difícil de lo que se figura. En verdad —prosiguió—, es esto sólo lo que me ha impresionado y por eso he venido a verle. Descríbame, si no desdeña esta curiosidad mía, quizá tan indigna, lo que sentía usted precisamente en el momento en que decidió, en el duelo, pedir perdón, si lo recuerda. No considere frívola mi pregunta; al contrario, se la hago con un fin secreto que, probablemente, le comunicaré si Dios quiere aproximarnos más uno al otro.»

Mientras él hablaba, le estuve mirando directamente a la cara, y de pronto experimenté hacia él una confianza fortísima, al mismo tiempo que una extraordinaria curiosidad también, pues me di cuenta de que su alma guardaba algún secreto especial.

«Me pregunta usted qué experimentaba precisamente en el momento en que pedí perdón a mi adversario —le respondí—, pero mejor será que se lo cuente todo desde el comienzo, cosa que aún no he hecho a nadie.» Y le expliqué lo que me había sucedido con Afanasi y cómo me había inclinado ante él hasta el suelo. «Con lo que he dicho puede usted comprender —añadí en conclusión— que durante el duelo me fue más fácil obrar así, porque ya había comenzado en casa a ver el nuevo camino, y una vez dados los primeros pasos en él, todo lo demás no sólo no ha resultado difícil, sino que, incluso, me ha colmado de alegría y de dicha.»

Me escuchaba mirándome con mucha atención: «Todo esto —dice— es extraordinariamente curioso, y vendré a verle aún otras veces.» Desde entonces me visitó poco menos que cada tarde. Y nos habríamos hecho amigos si me hubiera hablado de sí mismo. Pero de sí mismo no me decía casi ni una palabra y no hacía más que preguntar acerca de mi vida. A pesar de todo, le quería mucho y le confiaba por entero mi corazón, pues yo pensaba: para qué quiero sus secretos, no me hacen falta para comprender que es un hombre justo. Además, un hombre tan serio, de mucha más edad que yo, me visita a mí, que soy joven, y no tiene a menos alternar conmigo. Muchas cosas útiles aprendí de él, pues era un hombre de alta inteligencia. «Que la vida es un paraíso —me dice de pronto—, hace tiempo que lo pienso —y añadió de repente—: no pienso más que en eso.» Me miraba sonriendo. «Y de ello estoy más convencido que usted, luego sabrá la causa.» Al oír estas palabras, pensé: «Seguramente quiere descubrirme algo.» «El paraíso —dice— se halla escondido en cada uno de nosotros; ahora también en mí se esconde; me basta quererlo para que mañana mismo se me haga realidad y así sea para toda la vida.» Le

[475]

miro: estaba hablando conmovido y tenía en mí puestos los ojos misteriosamente, como si me estuviera interrogando. «Y eso de que cada hombre —continúa— es culpable por todos y por todo, aparte de sus propios pecados, lo ha comprendido usted perfectamente bien y sorprende que haya podido alcanzar ese pensamiento con semejante plenitud. Es cierto, en verdad, que cuando la gente haya comprendido esta idea, empezará para ella el reino de los cielos, ya no en sueños, sino en la realidad.» «Pero ¿cuándo sucederá esto —exclamé yo en ese momento con amargura—, y llegará alguna vez ese día? ¿No se tratará de un simple sueño?» «Así pues —dice—, usted no cree; predica y no cree. Pues ha de saber, sin que quepa ninguna duda, que ese sueño, como usted dice, se convertirá en realidad, créalo, pero no ahora, pues toda acción tiene su ley. Esa es una cuestión del alma, psicológica. Para hacer el mundo de otro modo, es necesario que los hombres mismos elijan psicológicamente un nuevo camino. Mientras los hombres no se sientan en verdad humanos, no habrá fraternidad. Ninguna ciencia ni ventaja alguna enseñará a los hombres a repartirse en paz sus bienes y sus derechos. Todo será poco para cada uno, siempre se quejarán, se envidiarán y se aniquilarán unos a otros. Usted pregunta cuándo el sueño se trocará en realidad. Así será un día, mas primero ha de tocar a su fin el periodo del *aislamiento* humano.» «¿A qué aislamiento se refiere?», le pregunto. «Al que ahora, sobre todo en nuestro siglo, reina en todas partes, mas no se ha terminado aún ni le ha llegado el plazo final. Pues ahora cada individuo se esfuerza por destacar su rostro en todo lo posible, quiere experimentar en sí mismo la plenitud de la vida, aunque lo único que alcanza con todos sus esfuerzos, en vez de su plenitud, es un suicidio, porque cae en un aislamiento absoluto en lugar de procurarse la total definición de su ser. En nuestro siglo todo se ha dividido en unidades, cada individuo se aísla en su madriguera, cada uno se aleja de los otros, se esconde, oculta lo que tiene, y termina apartándose de los hombres y apartando a los demás de su lado. Acumula riquezas solitario, y piensa: cuán fuerte soy ahora y cuán a cubierto estoy de las necesidades, y no ve, insensato, que cuanto más acumula, tanto más se hunde en la suicida impotencia. Pues se acostumbra a confiar únicamente en sí mismo, a separarse del todo como unidad, acostumbra su alma a no creer en la ayuda humana, en los hombres ni en la humanidad, y no hace sino temblar pensando que puede perder su dinero y los derechos que con él ha adquirido. Por todas partes ahora la mente del hombre empieza a perder de vista, de modo ridículo, que la única seguridad del individuo no radica en su esfuerzo personal aislado, sino en la integridad global de los esfuerzos humanos. Pero no hay duda alguna de que a ese espantoso aislamiento también le llegará el fin, y todos comprenderán, a la vez, de qué manera tan artificiosa se habían separado unos de los otros. Tal será el espíritu de la época y se sorprenderán de haber permanecido tanto tiempo en las tinieblas y no haber visto la luz. Entonces aparecerá la señal del Hijo del Hombre en los cielos... Pero hasta entonces es necesario, de todos modos, conservar la bandera; no hay quien lo haga, pero de pronto un hombre, aunque sea él solo, ha de dar ejemplo, y sacando el alma de la sociedad ha de realizar el acto heroico de la comunicación fraterna, aunque haya de pasar por un simple. Eso, para que no muera la gran idea...»

En estas conversaciones, apasionadas y entusiastas, pasábamos las tardes. Hasta abandoné la sociedad y empecé a acudir raras veces a las invitaciones que recibía, aparte de que empezaba a declinar la moda en que yo había estado. No lo digo en son de crítica, pues seguían queriéndome y tratándome afablemente; mas preciso es confesar que en la sociedad la moda es una gran soberana. Por lo que respecta a mi misterioso visitante, empecé a mirarle al fin con admiración, pues, aparte del placer que experimentaba ante su inteligencia, comencé a presentir que aquel hombre obraba por algún propósito y quizá se preparaba para llevar a cabo alguna hazaña. A él quizá le complacía que no manifestara yo ninguna curiosidad por su secreto y que no le preguntara por él directamente ni con alusiones. Mas observé, al fin, que él mismo estaba atormentándose con el deseo de descubrirme algo. Por lo menos resultó patente un mes poco más o menos después de haber comenzado a visitarme. «¿Sabe usted —me preguntó en cierta ocasión— que en la ciudad se habla con mucha curiosidad de nosotros y se sorprenden de que le visite tan a menudo? Pero poco importa, *pronto se explicará todo*.» A veces, súbitamente se sentía presa de una extraordinaria agitación; en estos casos, casi siempre se levantaba y se iba. Pero otras veces me miraba largo rato, con mirada penetrante; yo pensaba: «Ahora va a decirme alguna cosa», mas de súbito se interrumpía y empezaba a hablar de algo conocido y habitual. También empezó a quejarse con frecuencia de dolor de cabeza. Y he aquí que un día, de modo hasta por completo inesperado, después de haberme hablado largo rato y con mucho calor, le veo palidecer de súbito; se le contrae el rostro, me mira como si en mí clavara la mirada.

—¿Qué le pasa —digo—, se encuentra mal?

Precisamente se había quejado de dolor de cabeza.

—Yo... ¿sabe?... yo... he matado a una persona.

Lo dijo y se sonrió, pero estaba blanco como la pared. ¿A qué viene su sonrisa? Este pensamiento me atravesó de pronto el corazón antes de que pudiera yo discurrir nada. Yo mismo palidecí.

—¿Qué quiere usted decir? —le grité.

—Ya ve —me responde con desmedrada sonrisa— cuánto me ha costado decir la primera palabra. Ahora la he dicho y, según me parece, he encontrado el camino. En marcha.

Durante mucho rato no le creí ni llegué a creerle de una vez, sino tan sólo después de que hubo vuelto tres veces a verme y de que me lo hubo contado todo en detalle. Le tuve por alienado, pero acabé convenciéndome ante la evidencia, con gran sorpresa y amargura. Catorce años antes, aquel hombre había cometido un crimen espantoso, había asesinado a una señora rica, joven y hermosa, una propietaria viuda que tenía una casa en nuestra ciudad, donde pasaba algunas temporadas. Sintiendo por ella gran amor, se le declaró y empezó a requerirla para que se casara con él. Mas la señora ya había hecho entrega de su corazón a otro hombre, a un noble militar de no pequeña graduación, en campaña entonces, pero al que ella esperaba tener pronto a su lado. Rechazó la petición que se le hacía y rogó que no la visitara. El hombre rechazado dejó de visitarla, pero como conocía la disposición de la casa, penetró en ella de noche, desde el jardín, por el tejado, con una osadía extrema, corriendo el riesgo de que le descubrieran. Como sucede con mucha frecuencia, los crímenes cometidos con audacia insólita son los que suelen tener éxito. Penetró en el des-

ván por la buhardilla, bajó a las habitaciones por una pequeña
escalera sabiendo que la servidumbre no cerraba a menudo,
por negligencia, la puerta que al final de aquélla se encontraba.
Confiaba en ese descuido y no se equivocó. Avanzó en la oscuridad hasta el dormitorio de la señora, donde ardía una mariposa. Como hecho adrede, sus dos doncellas habían salido a escondidas, sin pedir permiso, para asistir a una fiestecita que,
con motivo de un cumpleaños, se celebraba en una casa vecina. Los demás criados y criadas dormían en el cuarto de la servidumbre y en la cocina, en la planta baja de la casa. A la vista
de la durmiente, se avivó en él la pasión; los celos rabiosos y la
sed de venganza hicieron presa en su ánimo, y aquel hombre,
sin conciencia de lo que hacía, como borracho, se le acercó y le
clavó un cuchillo en el corazón, de modo que ella no exhaló ni
un grito. Luego, con un cálculo diabólico y criminalísimo, dispuso las cosas de manera que sospecharan de los criados: no
desdeñó tomar el monedero de la víctima, abrió la cómoda
con las llaves que sacó de debajo de la almohada y se llevó algunos objetos, precisamente tal como lo habría hecho un criado ignorante, es decir, dejó los títulos de valor, pero se llevó el
dinero, así como algunas cosas de oro, las de mayor tamaño,
sin tocar las que, siendo pequeñas, valían diez veces más. Se
llevó aún alguna otra cosa como recuerdo, pero de esto hablaré más adelante. Cometido el horrendo crimen, salió por el
mismo camino. Ni al día siguiente, cuando cundió la alarma,
ni nunca se le ocurrió a nadie sospechar del verdadero criminal. Nadie sabía nada del amor que él sentía por aquella señora, pues siempre había sido callado y reservado y no tenía ningún amigo a quien confiarle penas y alegrías. Le consideraban,
sencillamente, conocido de la víctima, y no muy allegado, pues
durante las últimas dos semanas no la había visitado. En cambio, enseguida sospecharon del criado siervo Piotr, y precisamente todas las circunstancias parecían confirmar la sospecha,
pues aquel criado sabía —y la difunta no se había recatado de
decirlo— que ella pensaba mandarlo de soldado como uno de
los campesinos que debía proporcionar a la recluta: había pensado en Piotr porque éste era soltero y de mala conducta por
añadidura. A él, arrebatado por la ira y borracho, le habían
oído decir en la taberna que la iba a matar. Dos días antes del

crimen, Piotr huyó y se escondió en la ciudad. Al día siguiente del asesinato, le encontraron en un camino, en las afueras de la ciudad, borracho perdido, con un cuchillo encima y con la palma de la mano derecha manchada de sangre. Él afirmó que la sangre le había salido de la nariz, pero no le creyeron. Las criadas, a su vez, confesaron haber estado en la fiestecita y haber dejado abierta la entrada por el porche hasta que regresaron. Fueron descubriéndose muchos otros indicios semejantes por los que prendieron al inocente criado. Reducido a prisión, empezaron a procesarle; pero una semana después de haberle detenido, Piotr enfermó de una fiebre nerviosa y murió en el hospital, sin conocimiento. Con esto, el proceso se dio por concluido, se confió todo a la voluntad divina, y todos los jueces, autoridades y sociedad entera del lugar quedaron convencidos de que quien había cometido el crimen no era otro que el difunto criado. Pero con esto empezó el castigo.

El misterioso visitante, convertido ya en amigo mío, me confió que, al principio, no experimentó remordimientos de conciencia en lo más mínimo. Durante largo tiempo se atormentó, pero no por remordimiento, sino por haber matado a la mujer amada, que ya no existía, y, habiéndola matado, había dado muerte a su propio amor, en tanto que el fuego de la pasión permanecía vivo en su sangre. En cambio, acerca de la inocente sangre vertida, acerca del asesinato de un ser humano, entonces no pensaba nada. Por otra parte, la idea de que su víctima hubiera podido convertirse en esposa de otro se le hacía insoportable y, por consiguiente, durante largo tiempo se sintió convencido en su fuero interno de que no habría podido actuar de otro modo. Le acongojó un poco, al comienzo, la detención del criado, mas la enfermedad y la muerte del detenido le tranquilizaron, pues éste había muerto, con toda evidencia (así razonaba él entonces), no debido a la detención o al susto, sino a consecuencia de un resfriado que había contraído precisamente cuando estuvo huido y, borracho como una sopa, se pasó una noche entera tumbado sobre la tierra húmeda. Los objetos y el dinero robados poco le turbaron, pues (según razonaba él) había robado no por afán de lucro, sino únicamente por desviar las sospechas. La suma robada era insignificante y pronto la donó, acrecentada en mucho, al asilo que acababa de fundarse en nuestra ciudad. Lo hizo adrede, para quedarse con la conciencia tranquila en lo tocante al robo, y se tranquilizó realmente por largo tiempo, aunque parezca singular, según él mismo me confesó. Desplegó, entonces, una gran actividad en el cumplimiento de sus funciones oficiales, él mismo solicitó que se le confiara un trabajo agobiador y difícil que le ocupó casi dos años, y como era un hombre de carácter fuerte, casi llegó a olvidar lo sucedido; cuando, sin embargo, se acordaba de ello, procuraba arrojarlo de su memoria. También se dedicó a la beneficencia; hizo muy buenas obras y donó mucho dinero en nuestra ciudad, se habló de él en Moscú y en Peterburgo; fue elegido miembro de las sociedades de beneficencia de las dos capitales. Sin embargo, al fin, las cavilaciones empezaron a torturarle en perjuicio de su empuje. Entonces se enamoró de una doncella muy hermosa y discreta; al poco tiempo se casó con ella, soñando que, con el matrimonio, disiparía su angustia solitaria, y que, una vez emprendido el nuevo camino, cumpliendo celosamente su deber hacia su esposa y sus hijos, se libraría por completo de los viejos recuerdos. Mas ocurrió, precisamente, lo contrario de lo que había esperado. Ya durante el primer mes de matrimonio empezó a torturarle sin cesar una idea: «Mi mujer me ama; pero ¿qué ocurriría si se enterase?» Cuando ella quedó encinta del primer hijo y se lo comunicó, se sintió turbado: «Doy vida y yo mismo he quitado una vida.» Llegaron los hijos: «Cómo me atreveré a amarlos, a instruirlos y educarlos, cómo voy a hablarles de la virtud: yo he derramado sangre.» Los hijos crecen hermosos, él siente deseos de acariciarlos: «No puedo mirar sus rostros claros, inocentes; no soy digno de ello.» Por fin, empezó a ver en la imaginación, amenazadora y amarga, la sangre de la víctima asesinada, la joven vida que él había truncado, la sangre que clamaba venganza. Empezó a tener sueños horribles. Pero como tenía el corazón firme, soportó aquel suplicio largo tiempo: «Lo expiaré todo con este suplicio mío secreto.» Pero también esta esperanza era vana: cuanto más tiempo pasaba, más intensos eran los sufrimientos. Su actividad benéfica le granjeó el respeto general, pese a que todos temían su carácter severo y sombrío; pero cuanto más le estimaban, tanto más insoportable se le hacía aquella estimación. Me confesó que había pensado suicidarse. Pero en vez de hacerlo, otra ilusión empezó a atraerle, una ilusión que, al principio, consideraba él imposible e insensata, pero que se le adentró tan hondamente en el corazón que ya no había manera de desprenderse de ella. Soñaba lo siguiente: he de levantarme, presentarme a la gente y declarar a todo el mundo que he asesinado a una persona. Durante unos tres años vivió con este sueño, que se le presentaba siempre con facetas distintas. Al fin se convenció sinceramente de que, declarando su crimen, se curaría el alma, sin duda alguna, y recobraría el sosiego de una vez para siempre. Pero, habiendo llegado a tal convencimiento, se sintió aterrorizado, pues ¿cómo iba a cumplir lo que pensaba? Entonces sucedió el caso de mi duelo. «Mirándole a usted, ahora me he decidido.» Le dirigí la mirada.

—¿Es posible —exclamé, juntando las manos— que un caso tan insignificante haya podido provocar en usted una decisión como ésta?

—Mi decisión se ha estado gestando durante tres años —me respondió—, y su caso sólo le ha dado el último impulso. Mirándole a usted, me he reprochado mi indecisión y le he envidiado —me dijo, incluso con cierta dureza de tono.

—No le van a creer —repliqué—, ya han transcurrido catorce años.

—Tengo pruebas irrefutables. Las presentaré.

Entonces me eché a llorar y le cubrí de besos.

—¡Acláreme una sola cosa, una sola! —me dijo, como si todo dependiera entonces de mí—. ¡Mi mujer, mis hijos! Mi mujer quizá muera de pena, y mis hijos, aunque no pierdan su condición de nobles ni las fincas, serán hijos de un presidiario para toda la vida. ¡Y qué recuerdo voy a dejarles en el corazón, qué recuerdo!

Yo callaba.

—¿Y separarme de ellos, dejarlos por toda la vida? ¡Será para toda la vida, para toda la vida!

Yo permanecía sentado, balbuceando mentalmente una plegaria. Por fin me levanté, lleno de pavor.

—¿Qué me dice? —me estaba mirando.

—Vaya —le respondí—, declárelo. Todo pasará, únicamente quedará la verdad. Sus hijos, cuando sean mayores, comprenderán cuánta magnanimidad ha habido en su gran decisión.

Entonces se fue de mi lado como si estuviera firmemente decidido. Pero luego, durante más de dos semanas, vino a verme cada tarde preparándose siempre, aunque sin poderse decidir. Me torturaba el corazón. A veces parecía tan firme y decidido, que decía con ternura:

—Sé que llegará para mí el paraíso, llegará tan pronto como declare. He estado catorce años en el infierno. Deseo sufrir. Aceptaré el sufrimiento y comenzaré a vivir. Sumido en la mentira atraviesas la luz y ya no vuelves atrás. Ahora no me atrevo a amar no sólo a mi prójimo, sino a mis hijos. Dios mío, ¡quizá mis hijos lleguen a comprender un día lo que me ha costado mi sufrimiento y no me vitupereis! El Señor no está en la fuerza, sino en la verdad.

—Todos comprenderán su sacrificio —le digo—, si no ahora, más tarde, pues se habrá usted puesto al servicio de la verdad, de la verdad suprema, no terrena...

Se va de mi lado al parecer consolado, pero al día siguiente se presenta otra vez rabioso, pálido; dice en son de burla:

—Cada vez que entro en su casa, usted me mira lleno de curiosidad, como si me dijera: «¿Tampoco esta vez he declarado?» Espere, no me desprecie demasiado. No es cosa tan fácil como a usted le parece. Y aun es posible que no lo haga. Supongo que en este caso no irá usted a denunciarme, ¿verdad?

El caso era que yo, a veces, no sólo estaba muy lejos de mirarle con curiosidad, sino que incluso me daba miedo mirarle. Me sentía atormentado, casi enfermo, lleno de lágrimas el alma. Hasta el sueño de la noche había perdido.

—Acabo de dejar a mi mujer —prosigue—. ¿Comprende usted lo que es la mujer? Los niños gritaban cuando yo me iba: «Adiós, papá, venga pronto a leernos la "Lectura infantil".» ¡No, usted no lo comprende! El mal ajeno acongoja poco.

Le fulguraban los ojos, le temblaban los labios. De pronto dio un puñetazo en la mesa haciendo saltar las cosas que en ella había —¡un hombre tan comedido!—; era la primera vez que le sucedía.

—¿Pero es necesario? —exclamó—. ¿Ha de ser así? No fue condenado nadie, no mandaron a presidio a nadie por mí, el criado murió de enfermedad. Por la sangre vertida he sido castigado con mis torturas. Además, no me van a creer, no van a creer ninguna de mis pruebas. ¿Hace falta declarar, hace falta? Por la sangre vertida estoy dispuesto a torturarme aún toda la vida con tal de no hundir a mi mujer y a mis hijos. ¿Sería justo causar su perdición, con la mía? ¿No nos equivocamos? ¿Dónde está, aquí, la verdad? Además, toda esa gente, ¿es capaz de reconocer la verdad, de valorarla y de estimarla?

«¡Dios mío! —pienso para mí—, ¡preocuparse por la estimación de la gente en este momento!» Entonces fue tanta la pena que me dio, que me parecía estar dispuesto yo mismo a compartir su destino si con ello hubiera podido aliviarle. Le veía como frenético. Me horroricé al comprender no ya con el entendimiento solo, sino con toda el alma viva, lo que cuesta tomar una determinación como aquélla.

—¡Decida mi destino! —exclamó otra vez.

—Vaya y declare —le susurré. Me faltó voz, pero susurré firmemente. Tomé entonces el Evangelio de la mesa, en su versión rusa, y le mostré el versículo 24, capítulo XII, de San Juan:

«En verdad, en verdad os digo, si el grano de trigo no cae en tierra y muere, queda él solo; mas si muere, lleva mucho fruto.» Lo acababa de leer cuando él había entrado.

Lo leyó él. «Cierto —dijo, pero se sonrió con amargura—. Sí, asusta —dijo, después de unos momentos de silencio— lo que en estos libros encuentras. Es fácil plantárselos a uno ante las narices. ¿Quién los habrá escrito? ¿Es posible que hayan sido hombres?»

—El Espíritu Santo los escribió —le respondo.

—A usted poco le cuesta charlar —volvió a sonreírse, esta vez ya casi con odio.

Tomé de nuevo el libro, lo abrí por otro sitio y le mostré la epístola «A los hebreos», versículo 31 del capítulo X. Él leyó:

«Horrenda cosa es caer en las manos del Dios viviente.»

Lo leyó y arrojó el libro. Hasta se puso a temblar de pies a cabeza.

—Terrible versículo —dice—, no puedo negarlo; ha sabido usted elegirlo —se levantó de la silla—. Bueno —dice—, adiós, quizá no vuelva más... en el paraíso nos veremos. Así, pues, hace ya catorce años que «caí en las manos del Dios viviente»; resulta que es así como se llaman estos catorce años. Mañana pediré a estas manos que me suelten...

Habría querido abrazarle y besarle, pero no me atreví —le vi la cara crispada, la mirada penosa. Salió. «Dios mío —pensé—, ¡adónde habrá ido este hombre!» Me hinqué de rodillas ante el icono y lloré por él ante la Virgen Santísima, pronta intercesora y protectora. Habría transcurrido media hora desde que me puse a orar llorando y era ya muy entrada la noche, alrededor de las doce. De pronto veo que se abre la puerta y él entra de nuevo. Me asombré.

—¿Dónde ha estado usted? —le pregunto.

—Me parece —responde— que me he olvidado algo... el pañuelo según creo... Bueno, aunque no haya olvidado nada, déjeme sentarme un poco...

Se sentó en una silla. Yo estaba de pie ante él. «Siéntese usted también», me dice. Me senté. Permanecimos unos dos minutos sentados; él me miraba fijamente; de pronto se sonrió, lo recuerdo bien, luego se levantó, me abrazó fuertemente y me besó...

—No te olvides de que he venido a verte otra vez —me dijo—. ¿Lo oyes? ¡No lo olvides!

Me tuteaba por primera vez. Se fue. «Mañana», pensé.

Así sucedió. Aquella noche yo no sabía que el día siguiente era el del aniversario de su nacimiento. Aquellos últimos días no había ido yo a visitar a nadie, y por esto no me había enterado. Todos los años, el día de su aniversario, se celebraba en su casa gran recepción, acudía allí toda la ciudad. También concurrió aquella vez. Y he aquí que, después del banquete, avanzó hacia el medio de la sala con un papel en la mano; una denuncia en forma, dirigida a sus jefes. Y comoquiera que sus jefes se encontraban allí presentes, leyó allí mismo en voz alta el papel a todos los reunidos, con una descripción completa del crimen en todos sus detalles: «Como monstruo que soy, me aparto a mí mismo del trato de las gentes; Dios me ha visitado —concluía el papel—, ¡quiero sufrir!» Sacó entonces y puso sobre la mesa, todo lo que a su juicio demostraba su crimen y había conservado durante catorce años: los objetos de oro que había robado a la asesinada creyendo desviar de él las sospechas, el medallón y la cruz que le había quitado del cuello —en el medallón llevaba ella el retrato de su novio—, un cuadernito de notas y, finalmente, dos cartas: una del novio, que anunciaba su pronta llegada, y la respuesta que ella le había escrito, sin terminar, y que había dejado sobre la mesa para echarla al correo al día siguiente. ¿Para qué había tomado él las dos cartas? ¿Por qué las había conservado, luego, durante catorce años, en vez de destruirlas, como pruebas? Y sucedió lo siguiente: todos se quedaron sorprendidos y horrorizados, nadie quiso creerlo, aunque todos le escucharon con extraordinaria curiosidad, pero como si se tratara de un enfermo; unos días después se había decidido ya en todas las casas que el desgraciado se había vuelto loco. Sus jefes y el tribunal tenían que dar curso a la causa, pero también ellos se pararon: aunque los objetos y cartas presentados daban qué pensar, también en esas instancias se decidió que incluso si tales documentos resultaran auténticos, basándose sólo en ellos no se podría fundar una acusación definitiva. Además, todas aquellas cosas podía haberlas recibido de la propia difunta, que se las habría confiado por ser conocido suyo. De todos modos, me enteré de que la autenticidad de los objetos fue más tarde comprobada a través de muchos conocidos y parientes de la víctima, y que sobre este particular no había dudas. Pero tampoco esta vez la causa estaba destinada a llegar a su término. Unos cinco días después, se enteró todo el mundo de que el desdichado se había puesto enfermo y de que se temía por su vida. No sé qué enfermedad tuvo; dijeron que se trataba de perturbaciones cardiacas, pero se supo que los doctores, en la consulta celebrada a instancias de la esposa, habían examinado el estado mental del enfermo y habían dictaminado el estado de locura. Yo no revelé nada, aunque me abrumaron a preguntas; pero cuando manifesté deseos de verle, me lo prohibieron largo tiempo, ante todo su esposa: «Usted —me decía— le ha trastornado; siempre estaba sombrío, durante el último año todos habíamos observado en él una agitación extraordinaria y unos actos extraños, pero a última hora usted le ha perdido; ha sido usted quien le ha metido estas ideas en la cabeza; él no ha salido de la casa de usted durante un mes.» Pues bien, no sólo su esposa, sino toda la gente de la ciudad la emprendió conmigo y me acusaron: «Usted tiene la culpa de todo», me decían. Yo me callaba, contento en el fondo del alma, pues veía la misericordia indudable de Dios hacia el que se había alzado contra sí mismo y se había castigado a sí mismo. Por lo que respecta a su locura, yo no podía creer en ella. Por fin me permitieron verle, él mismo lo exigió con insistencia para despedirse de mí. Al entrar, me di cuenta de que tenía contados no ya los días, sino las horas. Estaba débil, amarillo; las manos le temblaban; respiraba con dificultad, pero miraba con ternura y alegría.

—¡Se ha cumplido! —me dijo—. Hace tiempo que anhelo verte, ¿por qué no venías?

No le comuniqué que me habían prohibido verle.

—Dios ha tenido piedad de mí y me llama a su lado. Sé que me muero, mas experimento alegría y paz por primera vez después de tantos años. Enseguida encontré el paraíso en mi alma, no bien di cumplimiento a lo que era necesario. Ahora ya me atrevo a amar a mis hijos y a besarlos. No me creen, nadie me ha creído, ni mi mujer ni mis jueces; no me creerán nunca tampoco mis hijos. En esto veo yo la misericordia de Dios. Yo moriré y mi nombre no quedará mancillado para ellos. Ahora presiento a Dios, el corazón se me regocija como en el paraíso... he cumplido con mi deber...

No podía hablar, se ahogaba, me estrechaba cálidamente la mano, me miraba con exaltación. Pero nuestra conversación duró poco, su esposa constantemente se asomaba a mirar. De todos modos, logró decirme, en un susurro:

—¿Te acuerdas que fui a verte otra vez, a medianoche? Te pedí que no lo olvidaras. ¿Sabes con qué propósito entré? ¡Había ido a matarte!

Me estremecí.

—Había salido de tu casa sumido en las tinieblas, vagué por las calles luchando conmigo mismo. De pronto sentí tal odio por ti que apenas me lo pudo soportar el corazón. «Ahora (pensé) es el único que me tiene atado, es mi juez; ya no puedo rechazar el castigo de mañana, porque él lo sabe todo.» No es que tuviera miedo de una denuncia tuya (ni lo pensé siquiera), pero me decía: «¿Cómo voy a mirarle si no me denunció?» Y aunque hubieras estado al fin del mundo, pero con vida, me habría resultado igualmente insoportable la idea de que tú vivías, lo sabías todo y me condenabas. Te odié como si fueras la causa de todo y de todo tuvieras la culpa. Volví a tu casa recordando que tenías un puñal sobre la mesa. Me senté, te pedí que te sentaras, y permanecí un minuto pensando. De haberte asesinado, me habría perdido por este crimen, aun sin declarar el anterior. Pero en esto no pensaba y no quería pensar en aquel momento. Sólo te odiaba y deseaba vengarme contra ti por todo, con todas mis fuerzas. Pero el Señor venció al diablo en mi corazón. Has de saber, no obstante, que nunca has estado tan cerca de la muerte.

Murió una semana después. La ciudad entera acompañó el féretro hasta la tumba. El arcipreste pronunció unas palabras emocionadas. Lamentaron la terrible enfermedad que había puesto fin a sus días. Pero la ciudad toda se alzó contra mí, cuando le hubieron enterrado, y hasta dejaron incluso de recibirme. Cierto es que algunos, al principio pocos y luego más y más, empezaron a creer en la verdad de las declaraciones del desdichado, empezaron a visitarme con frecuencia y a interrogarme con mucha curiosidad y alegría: pues el hombre se complace viendo la caída de un justo y su deshonor. Pero yo callé y al poco tiempo me marché para siempre de la ciudad. Cinco meses más tarde, el Señor se dignó dirigirme hacia el camino firme y hermoso y bendije la mano invisible que me indicaba tan claramente ese camino. En cuanto a Mijaíl, el siervo de Dios que tanto sufrió, todos los días, hasta hoy, lo he tenido presente en mis oraciones.

III

DE LAS LECCIONES Y ENSEÑANZAS
DEL STÁRETS ZOSIMA

e) *Algunas consideraciones acerca del monje ruso*
   y su posible significación

PADRES y maestros, ¿qué es un monje? En el mundo ilustrado, esta palabra es pronunciada por algunos, en nuestros días, en son de burla, y, por otros, como un insulto.

Y tanto más cuanto más tiempo pasa. Cierto, ¡oh sí, cierto!, también en el monacato se encuentran muchos tunantes, sensuales, voluptuosos y vagabundos descarados. La gente de mundo culta los señala: «Vosotros —dicen— sois unos holgazanes y miembros inútiles de la sociedad, vivís del trabajo ajeno, sois unos mendigos desvergonzados.» Sin embargo, son muchísimos, en el monacato, los mansos y los humildes, los que anhelan la soledad y la ferviente plegaria en el silencio. A éstos los señalan menos y hasta los pasan totalmente en silencio, ¡y cuánto se sorprenderían si me oyeran decir que de esos monjes humildes, deseosos de orar en soledad, surgirá quizás, una vez más, la salvación de la tierra rusa! Pues en verdad están preparados en silencio «para el día y la hora, para el mes y el año». Por el momento, en su soledad, conservan la imagen de Cristo en todo su esplendor y autenticidad, en la pureza de la verdad divina, tal como nos la han legado los antiguos Padres de la Iglesia, los apóstoles y los mártires; cuando sea necesario, presentarán esa imagen a la tambaleante verdad del mundo. Esta es una gran idea. Esta es la estrella que brillará un día desde el oriente.

Así pienso yo acerca de los monjes; ¿es eso, acaso, un error; es, acaso, soberbia? Mirad a los laicos y todo lo que se exalta como superior ante el pueblo creyente: ¿no han quedado desfiguradas, en ese mundo, la imagen de Dios y su verdad? Ellos tienen la ciencia, mas en la ciencia sólo se encuentra lo que está confirmado por los sentidos. En cuanto al mundo espiritual, la mitad superior del ser humano, se rechaza en redondo, se destierra con cierta solemnidad, hasta con odio. El mundo ha proclamado la libertad, sobre todo en estos últimos tiempos, ¿y qué vemos en esta libertad suya? ¡Nada más que la esclavitud y el suicidio! El mundo dice: «Tienes necesidades; dales, pues, satisfacción, tienes los mismos derechos que las personas más nobles y ricas. No temas darles satisfacción, al contrario, hazlas aún mayores», tal es la doctrina actual en el mundo. En eso ven la libertad. ¿Y qué resulta de este derecho a aumentar las necesidades? Por parte de los ricos, la *soledad* y el suicidio espiritual; por parte de los pobres, la envidia y el asesinato, pues el derecho de satisfacer las necesidades se lo han dado, mas sin indicarle todavía con qué medios. Afirman que

el mundo, cuanto más avanza, tanto más se une, que va consti-
tuyendo una comunidad fraterna a medida que se van acortan-
do las distancias y se van trasmitiendo los pensamientos por el
aire. ¡Ay! No creáis en semejante unión de los hombres. En-
tendiendo la libertad como un aumento y una pronta satisfacción de las necesidades, deforman su propia naturaleza, pues
engendran en sí mismos muchos deseos carentes de sentido y
estúpidos, costumbres y quimeras insensatas. Viven sólo para
envidiarse unos a otros, para la satisfacción carnal y la presunción. Dar banquetes, viajar, tener coches, dignidades y servidores esclavos, se considera ya tal necesidad a la que se sacrifica hasta la vida, el honor y el amor al prójimo, y hasta se matan si no pueden satisfacerla. En aquellos que son menos ricos,
observamos lo mismo, mientras que entre los pobres por ahora la insatisfacción de las necesidades y la envidia se ahogan
con la borrachera. Pronto, sin embargo, se emborracharán con
sangre en vez de vino, a eso los conducen. Yo os pregunto: ¿es
libre un hombre semejante? Conocí a un «luchador por la
idea», quien me contó que en la cárcel, cuando le privaron de
tabaco, sufrió tanto a causa de dicha privación, que, a cambio
de tabaco, por poco traiciona su «idea». Y un hombre así dice:
«Voy a luchar por la humanidad.» Bueno, ¿a dónde irá ese
hombre y de qué es capaz? Quizá, de una acción rápida, pero
no resistirá mucho tiempo. No es de extrañar que en vez de
encontrar la libertad hayan hallado la esclavitud, y en vez de
servir a la fraternidad y a la unión de los hombres hayan caído,
por el contrario, en la *desunión* y la soledad, como me dijo en
mi juventud el que fue mi visitante misterioso y mi maestro.
Esa es la razón de que en el mundo se vaya apagando cada vez
más la idea de servir a la humanidad, la idea de hermandad y
unidad humanas; no puede negarse que esta idea es acogida ya
hasta con burla, pues ¿cómo librarse de las propias costumbres, a dónde irá ese esclavo, si está tan acostumbrado a satisfacer sus necesidades incontables, por él mismo inventadas?
Vive en la soledad moral y poco le importa la colectividad. Lo
que han logrado ha sido acumular muchas más cosas, pero la
alegría se ha hecho menor. El camino del monje es otra cosa.
De la obediencia, del ayuno y del rezo, la gente hasta se burla,
pero el hecho es que únicamente en ellos se encuentra el cami-

no hacia la libertad auténtica, verdadera: cerceno de mí las necesidades superfluas e innecesarias, domino y fustigo con la obediencia mi orgullosa voluntad, henchida de amor propio, y así alcanzo, con la ayuda de Dios, la libertad de espíritu y con ello la alegría interior. Quién es más capaz de glorificar una gran idea y ponerse a su servicio, ¿el rico solitario, o el monje *libre* de la tiranía de las cosas y de las costumbres? Al monje le reprochan su aislamiento: «Te has aislado para salvarte entre las paredes del monasterio, te has olvidado del fraterno servicio a la humanidad.» Pero veamos aún, ¿quién contribuye más al florecimiento de la fraternidad humana? Porque el aislamiento no está entre nosotros, hasta en tiempos antiguos salieron los hombres que lucharon por el bien del pueblo; ¿por qué no han de poder darse ahora? Esos mismos humildes, mansos, que han hecho voto de ayuno y de silencio, se alzarán en defensa de una gran causa. Será el pueblo el que salvará a Rusia. En cuanto al monasterio ruso, siempre ha estado con el pueblo. Si el pueblo está aislado, también nosotros lo estamos. El pueblo cree a nuestro modo; el hombre público incrédulo, en nuestro país, en Rusia, no hará nunca nada, ni siquiera si es de corazón sincero y de genial inteligencia. Recordadlo. El pueblo se enfrentará con el ateo y le vencerá, entonces existirá una Rusia unificada en la ortodoxia. Velad, pues, por el pueblo y protegedle el corazón. Buscadle en silencio. Esa es vuestra gran misión como monjes, pues este pueblo lleva a Dios en el alma.

f) *Acerca de los señores y criados y de si unos y otros pueden llegar a ser entre sí hermanos en espíritu*

Dios mío, también entre el pueblo se da el pecado, es cierto. La llama de la corrupción se multiplica a ojos vistas, de hora en hora; procede de las capas altas. También entre el pueblo avanza el aislamiento: empiezan a darse los kuláks y los explotadores; el mercader se muestra ya cada vez más ávido de honores, se esfuerza por parecer instruido sin tener la menor instrucción, y para ello desdeña abyectamente las viejas costumbres y hasta se avergüenza de la fe de sus padres. Visita a los príncipes, pero no es más que un mujik corrompido. El pueblo está podrido por la bebida y ya no puede librarse de ella. ¡Cuánta crueldad en la familia, en el trato con la mujer y hasta con los hijos! Todo por la bebida. En las fábricas, he visto hasta a niños de diez años: flacos, enfermizos, encorvados y ya depravados. La sala de aire sofocante, la máquina que golpea, el día entero de trabajo, palabras obscenas y alcohol, alcohol, ¿es esto lo que necesita el alma de un niño de tan pocos años? Lo que él necesita es sol, juegos infantiles, ejemplos luminosos por doquier y aunque sólo sea un poco de amor hacia él. Que esto se termine, monjes, que no se torture a los niños; levantaos y predicadlo así cuanto antes, cuanto antes. Pero Dios salvará a Rusia, pues aunque el hombre del pueblo está depravado y no puede ya renunciar al hediondo pecado, sabe, a pesar de todo, que su pecado infame está maldito por Dios, sabe que obra mal cuando peca. De modo que el pueblo aún cree incansablemente en la verdad, admite a Dios, llora conmovido. No es eso lo que sucede entre las clases altas. En éstas, los hombres, siguiendo a la ciencia, quieren organizarse de manera justa basándose sólo en su inteligencia, pero sin Cristo, como antes, y han proclamado ya que no existe el crimen, que ya no existe el pecado. Desde su punto de vista tienen razón: pues, sin Dios, ¿cómo puede existir el crimen? En Europa el pueblo se alza contra los ricos recurriendo ya a la fuerza, los cabecillas lo conducen en todas partes al derramamiento de sangre y le hacen creer que su cólera es justa. Pero «su cólera es maldita, pues es cruel». A Rusia la salvará el Señor, como la ha salvado ya muchas veces. La salvación vendrá del pueblo, de su fe y de su humildad. Padres y maestros, salvaguardad la fe del pueblo y lo que os digo no será un sueño: toda la vida me ha impresionado, en nuestro gran pueblo, su espléndida y verdadera dignidad; la he visto yo mismo, puedo ser de ella testigo; la he visto y me he sorprendido, la he visto a pesar, incluso, de la hediondez de los pecados y del aspecto miserable de nuestro pueblo. No es servil, y eso, después de dos siglos de esclavitud. Es libre por su aspecto y por su trato, pero sin ofender en nada. No es vengativo, no es envidioso. «Tú eres noble, eres rico, eres inteligente y hombre de talento; bueno, que Dios te bendiga. Te honro, pero sé que también yo soy un hombre.

Honrándote sin envidiarte, manifiesto ante ti mi dignidad humana.» La verdad es que si no lo dicen así (pues aún no saben decirlo), *obran* de este modo; yo mismo lo he visto, yo mismo lo he experimentado, y creedme; cuanto más pobre y bajo es nuestro hombre ruso, tanto más perceptible es en él esa espléndida verdad, pues quienes se han convertido en ricos kuláks y explotadores ya están depravados en su mayoría, y el que todo eso sea así se debe en parte, en gran parte, a nuestra propia negligencia y falta de celo. Pero Dios salvará a los hombres, pues Rusia es muy grande en su resignación. Sueño con nuestro futuro y me parece verlo ya con toda nitidez: día vendrá en que incluso nuestro rico más depravado se avergonzará de su riqueza ante el pobre, y el pobre, al ver tanta humildad, comprenderá y le cederá las riquezas con alegría, respondiendo con dulzura a la noble turbación del rico. Creed que así será: en esa dirección caminamos. Sólo en la dignidad espiritual del hombre se halla la igualdad, y eso lo llegarán a comprender sólo por nosotros. Si hay hermanos, habrá fraternidad, y antes de que la fraternidad exista, no habrá nunca partición. Guardemos la imagen de Dios y resplandecerá un día cual valioso diamante para todo el mundo... ¡Así será, así será!

Padres y maestros, una vez me ocurrió algo conmovedor. Cuando peregrinaba, encontré un día en la ciudad de K., capital de provincia, a mi antiguo ordenanza Afanasi; habían transcurrido ocho años desde que me había separado de él. Me vio por casualidad en el mercado, me reconoció, se me acercó corriendo, exclamando loco de alegría: «¡Madre mía! Señor, ¿es usted? ¿Es posible que le vea a usted?» Me llevó a su casa. Estaba ya libre del servicio militar, se había casado, ya era padre de dos pequeñuelos. Se ganaban la vida, él y su esposa, con un pequeño comercio ambulante en el mercado. Su habitacioncita era pobre, pero limpia y alegre. Me hizo tomar asiento, preparó el samovar, mandó a buscar a su mujer, como si mi visita fuera para él una fiesta. Me presentó sus hijos: «Bendígalos, padre.» «¿Soy yo quien los ha de bendecir? —le respondí—. Yo no soy más que un monje sencillo y humilde, rogaré a Dios por ellos, que por ti, Afanasi Pávlovich, todos los días, desde aquél, rezo a Dios, pues de ti —le digo— ha salido todo.» Y se lo expliqué como supe. Y lo que es el hombre: me miraba sin poder comprender que yo, su antiguo señor, un oficial, estuviera ante él con aquel aspecto y con aquel vestido; hasta se puso a llorar. «Por qué lloras —le digo—, tú, a quien no puedo olvidar; mejor es que te regocijes por mí con toda el alma, amigo mío, pues mi camino es alegre y luminoso.» No hablaba mucho, no hacía más que suspirar, mirándome y moviendo la cabeza, conmovido. «¿Qué ha hecho —me pregunta— de su riqueza?» Le respondo: «La he dado al monasterio, donde vivimos en comunidad.» Después del té, empecé a despedirme de ellos, y de pronto, entregó una moneda de medio rublo, donativo para el monasterio, y me deslizá otra moneda de cincuenta kopeks en la mano, a la vez que se apresura a decirme: «Esto para usted —me dice—, peregrino y viajero; quizá lo necesite, padre.» Acepté su moneda de cincuenta kopeks, me despedí de él y de su esposa, y me marché con el corazón alegre; pensaba, por el camino: «He aquí que ahora los dos, él en su casa, y yo de camino, suspiramos y, sin duda, nos reímos alegremente, llenos de júbilo nuestros corazones, moviendo la cabeza y pensando de qué modo ha hecho el Señor que volviéramos a encontrarnos.» Desde entonces no lo he vuelto a ver. Yo había sido su señor, él había sido mi criado, pero al besarnos con amor y con ternura espiritual, cuando nos encontramos, se estableció entre nosotros una gran unidad humana, fraterna. Reflexioné muchísimo sobre ello, y ahora pienso lo siguiente: ¿tan inasequible es a la inteliegncia que esa unión grande y simple pueda tener lugar, a su hora y en todas partes, entre nosotros, los rusos? Creo que tendrá lugar y que la hora está próxima.

En cuanto a los criados, añadiré lo que sigue: antes, cuando era joven, solía enojarme mucho contra ellos: «la cocinera ha servido la comida demasiado caliente», «el asistente no me ha limpiado el traje». Pero de súbito, me iluminó un pensamiento de mi querido hermano, a quien había oído decir en mi infancia: «¿Soy digno yo de que otro esté a mi servicio? ¿Con qué derecho le trato mal, por su miseria e ignorancia?» Y me asombré ya entonces de que en nuestra mente aparezcan tan tarde los pensamientos más sencillos, los más evidentes. No es posible prescindir de los servidores en el mundo, pero haz de modo que tu criado sea más libre de espíritu que si no fuera criado. ¿Y por qué no puedo ser yo criado de mi criado, de tal modo que él lo vea, pero sin ningún orgullo por parte mía y sin desconfianza por parte suya? ¿Por qué no ha de ser mi criado como un pariente mío, de manera que lo admito, al fin, en mi propia familia y me alegro de ello? Esto es factible ya hoy, pero servirá de base a la unión futura, ya magnífica, de los hombres, cuando el individuo no se buscará criados ni deseará convertir en criados suyos a sus semejantes, como hace ahora, sino que, al contrario, deseará con todas sus fuerzas convertirse él mismo en servidor de los demás, según el Evangelio. ¿Es posible que sólo sea un sueño creer que, al fin, el hombre encontrará sus alegrías sólo en la instrucción y en la caridad, y no en los goces crueles, como ahora, en la gula, en la lascivia, en la presunción, en la fanfarronería y en el envidioso afán de superar a los demás? Creo firmemente que no es así y que se acerca el tiempo esperado. La gente se ríe y pregunta: ¿pero cuándo llegará ese tiempo, y hay algo que permita pensar que se acerque? Yo creo que daremos cumplimiento a esta gran obra con Cristo. ¿Cuántas ideas ha habido en la tierra a lo largo de la historia humana, inconcebibles incluso diez años antes de que aparecieran, pero que han surgido, de pronto, cuando ha llegado su hora misteriosa y se han difundido por la tierra toda? Lo mismo ocurrirá con nosotros, nuestro pueblo empezará a resplandecer ante todo el mundo y todos dirán: «La piedra que desecharon los constructores vino a ser la piedra angular.» En cuanto a los burlones, podríamos preguntarles por nuestra parte: si lo que creemos nosotros no es más que un sueño, ¿cuándo vais a edificar vosotros vuestro edificio y os organizaréis de manera justa recurriendo únicamente a vuestra inteligencia, sin Cristo? Si afirman que son ellos los que, al contrario, van a la unión de los hombres, la verdad es que en ello creen sólo los más cándidos, de modo que hasta cabe sorprenderse de su simplicidad. Hay mucha más fantasía quimérica en ellos que en nosotros, ésa es la verdad. Piensan establecer la justicia en este mundo, pero, habiendo rechazado a Cristo, acabarán hundiendo el mundo en sangre, pues la sangre llama a la sangre y quien a hierro mata a hierro muere. Sin la promesa de Cristo, los hombres se exterminarían entre sí hasta que no quedaran más que los dos últimos sobre la tierra. Y ni siquiera esos dos últimos sabrían contener su orgullo uno frente a otro, de modo que el último mataría al penúltimo y luego acabaría consigo mismo. Esto ocurriría si no fuera por la promesa de Cristo de cortar la matanza por amor a los mansos y a los humildes. Después de mi duelo, cuando llevaba aún mi uniforme de oficial, me puse a hablar de los criados en sociedad, y recuerdo que todos se quedaban sorprendidos al oírme: «Entonces qué —decían—, ¿hemos de hacer sentar al criado en el diván y llevarle nosotros mismos el té?» Yo les respondí: «¿Y por qué no, aunque sólo fuera alguna vez?» Todos se rieron. Su pregunta era frívola y mi respuesta confusa; pero se me figura que había en ella cierta verdad.

g) *Acerca de la plegaria, del amor y de la proximidad inmediata del más allá*

Joven, no te olvides de rezar. En tu plegaria, si es sincera, fulgurará un nuevo sentimiento y en él se dará una nueva idea que tú antes desconocías y que volverá a reanimarte; y comprenderás que la plegaria es educación. Recuerda aún: cada día y siempre que puedas, repite en tu fuero interno: «Señor, perdona a todos los que ante ti comparezcan en este momento.» Pues a cada hora y a cada instante miles de personas dejan su vida en la tierra y sus almas se presentan ante el Señor. Y cuántas, entre ellas, se han separado de la tierra en plena soledad, sin un amigo al lado, tristes y angustiadas de que nadie las compadezca y de que nadie sepa de ellas, ni siquiera, si han vivido o no. Y es posible que, desde el otro extremo de la tierra, tu plegaria se eleve a Dios por el alma de un ser humano aunque tú no le hayas conocido nunca ni te haya conocido él a ti. Cuán conmovedor ha de ser para esa alma desconocida, llegada presa de miedo ante el Señor, sentir en ese instante que también hay quien reza por ella, y ha quedado en la tierra un ser humano que también a ella la quiere. Dios os mirará con más misericordia al uno y al otro, pues si tú has sentido por ese hombre tanta compasión, tanto más le compadecerá Él, que es infinitamente más misericordioso y capaz de amar que tú. Y le perdonará por ti.

Hermanos, no temáis el pecado de los hombres, amad al hombre incluso en su pecado, pues semejante amor, imagen del amor divino, es el amor supremo en la tierra. Amad a toda la creación, tanto en su conjunto como en cada granito de arena. Amad cada hojita, cada rayo de luz. Amad a los animales, amad a las plantas, amad cada una de las cosas existentes. Amad a cada una de las cosas, en las cosas encontrarás el secreto divino. Cuando lo hayas encontrado una vez, empezarás a conocerlo incesantemente, más y más, todos los días. Y amarás, por fin, al mundo todo ya con un amor total, con un amor universal. Amad a los animales: Dios les ha dado un germen de inteligencia y una alegría sosegada. No los turbéis, no los torturéis, no les quitéis esa alegría, no os opongáis al designio de Dios. Hombre, no te alces con orgullo por encima de los animales: no conocen el pecado, mientras que tú, con tu grandeza, corrompes la tierra con tu aparición y dejas una huella infecta por donde pasas. ¡Así es, ay, casi con cada uno de nosotros! Amad sobre todo a los niños, pues también ellos están limpios de pecado, como los ángeles, y viven para conmovernos con su ternura, para la purificación de nuestros corazones, como cierta indicación que se nos hace. ¡Ay de quien ofenda a un niño! A mí me enseñó a querer a los niños el padre Anfim: durante nuestras peregrinaciones, bondadoso y callado, con los kopeks que nos daban de limosna, les compraba a veces rosquillas y caramelitos y se los repartía, no podía pasar por delante de un niño sin sentirse conmovido, era así.

A veces te sientes perplejo ante otro pensamiento, sobre todo al ver el pecado de los hombres, y te preguntas: «¿Hay que recurrir a la fuerza, o al amor humilde?» Decide siempre: «recurriré al amor humilde». Decídelo así de una vez para siempre y podrás conquistar el mundo entero. El amor humilde es una fuerza terrible, la más potente de todas las fuerzas; nada hay que se le pueda comparar. Cada día, cada hora, cada minuto, obsérvate y procura que tu imagen sea luminosa. Pasas cerca de un niño, pasas colérico, dejas escapar una mala palabra, llena de ira el alma; tú quizá ni te has dado cuenta de la presencia del niño, pero él te ha visto y es posible que tu imagen desagradable y ofensiva se quede grabada en su corazoncito indefenso. Tú no lo sabías, pero quizás has arrojado ya en él una semilla mala, que quizá germine, y todo ello por no haberte contenido ante la criaturita, por no haber educado en ti el amor circunspecto y activo. Hermanos, el amor es un gran maestro, pero es necesario saberlo adquirir, pues es de adquisición difícil, se compra caro, mediante un largo trabajo y a través de un plazo largo, pues no se ha de amar sólo momentáneamente y por azar, sino para todo el plazo. Por azar, todo el mundo es capaz de amar, incluso el malvado. Mi joven hermano pedía perdón a los pájaros: diríase que esto carece de sentido, pero es justo, pues todo se parece al océano, todo fluye y entra en contacto; tocas en un punto y ello repercute en el otro extremo del mundo. Que sea una locura pedir perdón a los pájaros, pero, a tu lado, los pájaros se sentirían mejor, lo mismo que los niños y todos los animales, si tú mismo fueras más bondadoso de lo que eres, si tuvieras una sola gotita más de bondad. Todo es como el océano, os digo. Cuando lo hayas comprendido, también rezarás a los pájaros, torturado por un amor universal, y les rogarás que te perdonen los pecados. Ten en mucha estima ese entusiasmo, por absurdo que pueda parecer a las gentes.

Amigos míos, pedid a Dios que os conceda alegría. Sed alegres como los niños, como los pájaros del cielo. Que no os conturben, en vuestras obras, los pecados de los hombres, no temáis que el pecado borre lo que hagáis ni que le impida manifestarse; no digáis: «El pecado es poderoso, la deshonestidad es fuerte, el nefasto ambiente pesa mucho y nosotros somos solitarios e impotentes, el ambiente ominoso nos barrerá y no dejará que la obra piadosa llegue a dar fruto.» «¡Huid, hijos míos, de semejante desaliento! No hay más que un medio de salvación; toma sobre ti todos los pecados de los hombres y hazte responsable de ellos. En verdad, así es, amigo mío, pues tan pronto como te haces sinceramente responsable de todo y de todos, ves enseguida que, en realidad, eres culpable por todos y por todo. Pero si cargas tu propia pereza y tu impotencia sobre los demás, acabarás haciendo tuyo el orgullo satánico y empezarás a murmurar contra Dios. En cuanto al orgullo satánico, pienso lo siguiente: nos es difícil en la tierra llegar a comprenderlo, y por eso resulta tanto más fácil caer en el error y aceptar el orgullo demoniaco, creyendo, además, que hacemos algo grande y admirable. Tampoco podemos llegar a comprender mucho de lo que hay en los sentimientos y movimientos más fuertes de nuestra naturaleza mientras dura nuestra existencia terrena, pero no te escandalices por ello y no creas que ello pueda servirte de justificación alguna, pues el Juez eterno te pedirá cuentas de lo que has podido comprender y no de lo que está fuera de tu alcance; tú mismo te convencerás de que es así y entonces todo lo verás con acierto y ya no te pondrás a discutir. La verdad es que pasamos por la tierra como a tientas, y, de no tener delante la preciosa imagen de Cristo, sucumbiríamos y nos perderíamos por completo como el género humano antes del diluvio. Muchas son las cosas de la tierra que se nos mantienen ocultas; en cambio, se nos ha concedido el don, misterioso y secreto, de percibir nuestro nexo vivo con el mundo del más allá, con un mundo superior y mejor, aparte de que las raíces de nuestros pensamientos y sentimientos no se dan aquí, sino en otros mundos. Por eso dicen los filósofos que no es posible llegar a conocer en la tierra la esencia de las cosas. Dios tomó semillas de los otros mundos, las sembró en la tierra y cultivó su jardín; ha brotado cuanto podía brotar, pero lo que se ha criado vive y se conserva vivo sólo gracias a la sensación del propio contacto con los otros mundos misteriosos; si tal sentimiento en ti se debilita o se aniquila, muere también lo que en ti ha germinado. Entonces te vuelves indiferente a la vida y hasta llegas a odiarla. Esto es lo que yo pienso.

h) *¿Podemos ser jueces de nuestros semejantes? De la crencia hasta el fin*

Recuerda, sobre todo, que no puedes ser juez de nadie. Pues no puede haber en la tierra juez de criminal antes de que ese propio juez llegue a comprender que él mismo es un criminal como el que tiene delante, y que él, precisamente, es quizá más culpable que nadie por el crimen del otro hombre. Cuando lo haya comprendido así, podrá ser juez. Esa es la verdad, por absurda que parezca. Pues de haber sido yo mismo justo, es posible que no existiera el criminal que está ahora de pie en mi presencia. Si eres capaz de tomar sobre ti el crimen del delincuente que está ante ti y a quien juzgas en tu corazón, hazlo enseguida y sufre por él; en cuanto al criminal, déjale marchar sin hacerle el menor reproche. Y hasta si la ley te ha instituido en juez, obra también con ese espíritu en cuanto te sea posible, pues el delincuente se irá y se condenará a sí mismo con mucha más severidad de lo que lo habría hecho tu tribunal. Si se aparta insensible a tu dulzura y burlándose, incluso, de ti, no te dejes arrastrar tampoco por ello: significa que para él no ha llegado aún el momento, pero llegará a su hora; y si no llega, no importa, otro comprenderá por él y sufrirá, se juzgará y se acusará a sí mismo, y la verdad quedará afirmada. Cree en esto, créelo sin duda alguna, pues en ello radica toda la firme esperanza y la fe de los santos.

No te canses de actuar. Si al acostarte a dormir te acuerdas de tu carga y dices: «No he cumplido lo que debía», levántate inmediatamente y cúmplelo. Si la gente que te rodea, airada e insensible, no quiere escucharte, échate a sus pies y pídeles perdón, pues en verdad también tú tienes la culpa de que no deseen escucharte. Y si no puedes hablar ya con quienes estén enfurecidos, sírveles en silencio y con humildad, sin perder nunca la esperanza. Si, no obstante, todos te abandonan o te expulsan a la fuerza, cuando te quedes solo, déjate caer sobre la tierra y bésala, riégala con tus lágrimas; con ellas, la tierra dará fruto, aunque nadie te vea ni te oiga en tu soledad. Cree hasta el fin, incluso si se diera el caso de que todos en la tierra se corrompieran y sólo tú conservaras la fe: también entonces haz ofrenda de tu sacrificio a Dios y glorifícale tú, el único fiel que haya quedado. Y si os encontráis dos fieles, ya tendréis entonces todo un mundo, el mundo de amor vivo; abrazaos con emoción y alabad al Señor; pues, aunque sea en vosotros dos, su verdad se habrá cumplido.

Si llegas a pecar tú mismo y te sientes agobiado hasta la muerte por tus pecados o te pesa un pecado repentino, alégrate por otro, por el justo, alégrate pensando que si tú has pecado, el otro es justo y sin mancha.

Si, a pesar de todo, la maldad de los hombres te conturba llenándote de indignación y temor invencibles, incluso hasta el punto de desear la venganza de los malvados, teme ese sentimiento más que a otra cosa; búscate inmediatamente tormentos como si fueras tú el culpable de aquella maldad de los hombres. Acepta esos tormentos, súfrelos; tu corazón se calmará y comprenderá que tú mismo eres culpable, pues habrías podido iluminar a esos malvados incluso en calidad de hombre único sin pecado, y no lo has hecho. De haber resplandecido tu virtud, tu luz habría alumbrado el camino a otros, y quien ha cometido la maldad, quizá no la habría cometido de haber recibido tu luz. E incluso si no falta la luz de tu ejemplo y ves que ni con ella se salvan los hombres, mantente firme y no dudes de la fuerza de la luz celestial; cree que si ahora no se salvan, se salvarán más tarde. Y si no se salvan más tarde, se salvarán sus hijos, pues tu luz no morirá, aunque ya hayas muerto tú. El justo se va, pero su luz queda. El hombre se salva siempre después de la muerte del salvador. El género humano no acepta a sus profetas y los extermina, pero los hombres quieren a sus mártires y honran a aquellos a quienes han torturado. Tú trabajas por todos, obras para el futuro. No busques nunca una recompensa, pues sin ella ya es grande la que tienes en esta tierra: la alegría espiritual que sólo el justo llega a alcanzar. No temas ni a los encumbrados ni a los fuertes, pero sé prudente y siempre digno. Que no te falte el sentido de la medida, conoce los plazos, adquiere ese sentido y este conocimiento. Cuando te quedes solo, reza. Toma cariño al acto de prosternarte y besar la tierra. Besa la tierra y ama infatigable, insaciablemente, ama a todos, ámalo todo, busca en ello el entusiasmo y el éxtasis. Empapa la tierra con las lágrimas de tu alegría y ama esas lágrimas tuyas. No te avergüences de tu éxtasis, estímalo, pues es un don de Dios, un gran don, que no se concede a muchos, sino a los elegidos.

i) *Del infierno y de su fuego, reflexión mística*

Padres y maestros, pienso: «¿Qué es el infierno?» Me lo explico así: «Es el sufrimiento de no poder volver a amar jamás.» En la existencia infinita, inconmensurable, tanto en el tiempo como en el espacio, se ha dado una sola vez a cierto ser espiritual, con su aparición en la tierra, la posibilidad de decirse: «Existo y amo.» Una vez, sólo una vez se le ha concedido la posibilidad del amor activo, *vivo*, y para eso le ha sido dada la vida eterna, con sus límites temporales y sus plazos; pues bien: ese ser feliz ha rechazado el don inestimable, no lo ha apreciado, no lo ha tomado con cariño, le ha echado una burlona mirada y ha permanecido indiferente. Tal hombre, después de haber abandonado la tierra, ve el seno de Abraham y habla con Abraham tal como se nos explica en la parábola del rico y de Lázaro, y contempla el paraíso y puede ascender hasta el Señor, pero lo que le tortura es, precisamente, que se acercará al Señor sin haber amado, junto con los que amaron, junto con aquellos cuyo amor él ha despreciado. Verá con claridad y se dirá a sí mismo: «Ahora ya tengo el saber, y aunque anhele amar, en mi amor no habrá mérito alguno, ni habrá sacrificio, pues la vida terrena se ha terminado y Abraham no vendrá ni con una gota de agua viva (es decir, otra vez con el don de una vida terrestre, como la anterior, y activa) para refrescar la llama de la sed de amor espiritual con la que ahora ardo, yo que la desdeñé en la tierra; ¡ya no hay vida y no volverá a haber tiempo! Aunque estaría contento de dar la propia vida por los otros, ya no es posible, pues ha pasado la vida que podía ofrentarse en sacrificio del amor, ahora hay un abismo entre aquella vida y la existencia presente.» Se habla de las llamas del infierno en un sentido material: no quiero investigar este misterio y me da miedo, pero me figuro que si hubiera llamas materiales, se alegrarían en verdad de ellas, pues considero que en la tortura material se olvidarían, aunque sólo fuera por un instante, de su espantosa tortura espiritual. Además, es imposible librarles de esa tortura espiritual, pues no es externa, sino que se da en su interior. Y pienso que si fuera posible librarles de ella, aún se sentirían más desdichados. Pues, aunque los justos del paraíso, al ver las torturas de los desgraciados, los perdonaran y los llamaran a su lado, movidos por su amor infinito, con ello no harían más que multiplicarles las penas, pues despertarían en ellos con más fuerza aún la sed del amor correspondiente, activo y noble, que ya es imposible. En la timidez de mi corazón pienso, sin embargo, que la propia conciencia de esta imposibilidad le serviría, al fin, de cierto consuelo, pues aceptando el amor de los justos con la imposibilidad de corresponderle, en esta sumisión y en el efecto de este acto de humildad encontrarían, al fin, como una imagen del amor activo que desdeñaron en la tierra y como cierta acción análoga... Siento, hermanos y amigos míos, no saber explicar esto con claridad. Pero, ¡ay de los que se aniquilan a sí mismos en la tierra, ay de los suicidas! Me figuro que no puede haber nadie más desgraciado. Se nos dice que es pecado rogar a Dios por ellos y la Iglesia al parecer los rechaza, pero en lo más hondo de mi alma pienso que también por ellos es posible rezar, pues Cristo no se enojará nunca por exceso de amor. En mi fuero interno, toda la vida he rogado por ellos, os lo confieso, padres y maestros míos, y también ahora cada día rezo.

Oh, hay también en el infierno quienes siguen conservando su orgullo y su ira a pesar de poseer ya un conocimiento indiscutible y a pesar de contemplar la verdad irrefutable; los hay terribles, que se han identificado por completo con Satán y con su orgulloso espíritu. Para ésos, el infierno es algo ya aceptado voluntariamente y de lo que no pueden quedar nunca saciados; ésos son ya mártires de buen grado. Pues se han maldecido a sí mismos al maldecir a Dios y la vida. Se nutren de su propio orgullo maligno, como si el hambriento en el desierto empezara a sorber la sangre de su propio cuerpo. Pero, insaciables por los siglos de los siglos, rechazan el perdón y maldicen a Dios, que los llama. No pueden contemplar sin odio al Dios vivo y piden que no haya Dios de la vida, que Dios se aniquile a sí mismo y que aniquile cuanto ha creado. Y arderán eternamente en el fuego de su ira, anhelarán la muerte y el no ser. Pero no recibirán la muerte...

Aquí se termina el manuscrito de Alexiéi Fiódorovich Karamázov. Repito: es incompleto, fragmentario. Los datos biográficos, por ejemplo, abarcan sólo la primera juventud del stárets. En cuanto a lo que se refiere a su doctrina y a sus opiniones, ha sido reunido todo como si formara una cosa única, a pesar de que se trata, por lo visto, de cosas dichas en ocasiones distintas y bajo la influencia de circunstancias diversas. De todos modos, lo propiamente dicho por el stárets durante esas últimas horas de su vida no se halla precisado con exactitud, no se da más que una idea del espíritu y carácter de tal conversación, relacionándolos con lo que Alexiéi Fiódorovich recoge en su manuscrito, tomándolo de anteriores lecciones. El fin del stárets se produjo, en verdad, de manera totalmente inesperada. Pues, si bien todos los que se habían reunido a su lado esa última tarde comprendían que la muerte del padre Zosima estaba próxima, no cabía imaginarse que se presentara tan repentinamente; al contrario, sus amigos, como ya he indicado más arriba, al verle aquella noche, al parecer, tan animoso y parlanchín, estaban convencidos, incluso, de que se había registrado una sensible mejoría en su salud, aunque por poco tiempo. Ni siquiera cinco minutos antes del fallecimiento, según contaron luego con sorpresa, era posible prever nada. El stárets experimentó, de pronto, como un fuerte dolor en el pecho, palideció y apretó vivamente las manos contra el corazón. Entonces todos se levantaron de sus asientos y se le aproximaron; pero él, aunque doliente, mirándolos a todos con una sonrisa en los labios, se deslizó del sillón y se hincó de rodillas en el suelo; luego inclinó la cara, extendió los brazos, como en un rapto de jubiloso entusiasmo, y besando la tierra y orando (como él mismo había enseñado) entregó el alma a Dios en paz y alegría. La noticia de su fallecimiento se extendió enseguida por todo el eremitorio y llegó al monasterio. Los íntimos del difunto y aquellos a quienes correspondía por su rango, empezaron a amortajarle el cuerpo según el viejo rito, mientras que toda la comunidad se reunía en la iglesia mayor. Antes ya de que amaneciera, según rumores que luego circularon, la noticia de que el stárets había muerto había llegado a la ciudad. A primeras horas de la mañana, poco menos que toda la ciudad hablaba del acontecimiento y muchos ciudadanos afluían al monasterio. Pero de esto hablaremos en el libro siguiente; ahora nos limitaremos a indicar, adelántandonos a nuestro relato, que no había transcurrido un día cuando ocurrió algo tan inesperado para todos, tan extraño, alarmante y desconcertante por la impresión que produjo en el propio monasterio y en la ciudad, que todavía hoy, después de transcurridos tantos años, se conserva aquí un vivo recuerdo de aquel día, tan inquietante para muchos...

TERCERA PARTE

Libro séptimo

ALIOSHA

I

UN VAHO PESTILENTE

EL cuerpo del padre Zosima, monje sacerdote y asceta, fue preparado para las exequias tal como correspondía a su rango. Sabido es que los despojos mortales de monjes y ascetas no se lavan. «Cuando un monje es llamado por el Señor (se dice en el gran Ritual), el hermano designado le frotará el cuerpo con agua tibia, trazando antes con una esponja el signo de la cruz sobre la frente del difunto, en el pecho, en las manos, en los pies y en las rodillas, y nada más.» Fue el padre Paísi quien se encargó de hacerlo. Después de haberle frotado el cuerpo, le vistió el hábito monástico y le envolvió con el manto, para lo cual lo cortó un poco, ya que debía envolverle en forma de cruz, según lo prescrito. A continuación le puso en la cabeza un capucho con una cruz de ocho puntas. El capucho se dejó semiabierto, pero cubrieron la faz del difunto con un velo negro. En las manos le pusieron un icono del Salvador. Tal era su aspecto cuando lo colocaron, al aproximarse la mañana, en el ataúd (preparado ya desde hacía mucho tiempo). Tenían el propósito de dejar todo el día el ataúd en la celda (en la primera habitación grande, en la misma estancia en que el difunto stárets recibía a los hermanos y a los seglares). Comoquiera que el difunto, por su rango, era monje sacerdote y asceta, los monjes sacerdotes y diáconos, ante el cadáver, no debían leer el Salterio, sino el Evangelio. Inició la lectura, inmediatamente después del oficio de difuntos, el padre Iósif; en cuanto al padre Paísi, quien deseó pasar luego todo el día y la noche leyendo, estaba, de momento, muy ocupado y preocupado, lo mismo que el padre superior del eremitorio, pues de pronto empezó a descubrirse —tanto más cuanto más tiempo pasaba—entre los hermanos del monasterio y también entre la muchedumbre de seglares procedentes de las hosterías del cenobio y de la ciudad, algo insólito, una agitación inaudita y hasta «impropia», una expectación febril. Tanto el superior del eremitorio como el padre Paísi aplicaron todos sus esfuerzos para tranquilizar en la medida de lo posible a aquellos espíritus sobreexcitados. Cuando ya fue totalmente de día, comenzaron a llegar de la ciudad algunas personas que llevaban consigo hasta a sus enfermos, sobre todo niños, como si hubieran estado esperando para ello ese momento, confiados, por lo visto, en la inmediata fuerza curativa que, según creencia suya, debía de manifestarse de un instante a otro. Y sólo en ese momento se descubrió hasta qué punto todos nos habíamos acostumbrado a considerar al stárets difunto, ya en vida suya, como un santo verdadero y grande. Entre quienes iban llegando no figuraban sólo, ni mucho menos, personas de humilde estado. Esa gran expectación de los fieles, que se presentaba con tanta premura y tan al descubierto, hasta con impaciencias y poco menos que como una exigencia, parecía un indudable escándalo al padre Paísi, quien lo había presentido ya mucho antes, pero la realidad sobrepasaba cuanto él había esperado. Al encontrase con algunos de los monjes emocionados, el padre Paísi hasta comenzó a reprenderles, diciéndoles: «Una espera semejante y tan inmediata de algo extraordinario es una frivolidad posible únicamente entre seglares, impropia entre nosotros.» Sin embargo, le hacían poco caso, lo cual observaba el padre Paísi con inquietud, a pesar de que hasta él mismo (si se ha de recordar todo verazmente), aun indignándose por las manifestaciones de excesiva impaciencia por considerarlas frívolas y vanas, en el fondo de su alma, en secreto, esperaba casi lo mismo que quienes estaban tan agitados, y no podía menos que confesárselo. Con todo, le resultaban desagradables algunos encuentros que, por cierto presentimiento, despertaban en él grandes dudas. Entre la muchedumbre que se apretujaba en la celda del difunto, observó con repugnancia (de la que se reprochó a sí mismo al instante) la presencia, por ejemplo, de Rakitin, o del lejano huésped, el monje de Obdorsk, que aún permanecía en el monasterio, y a los dos los tuvo de pronto por sospechosos, aunque no eran los únicos que llamaban la atención en el mismo sentido. De todos cuantos por allí rondaban, el monje de Obdorsk era el que más se agitaba; se le podía ver en todas partes; por doquier preguntaba, escuchaba con atención, hablaba en voz baja con aire particularmente misterioso. La expresión de su rostro era de extraordinaria impaciencia, incluso casi de irritación, porque no se producía lo que se estaba esperando hacía mucho. Por lo que respecta a Rakitin, según se supo luego, se presentó tan pronto en el eremitorio en cumplimiento de un encargo especial de la señora Jojlakova. Esta mujer bondadosa, pero falta de carácter, que no podía ser admitida en el eremitorio, no bien se despertó y tuvo noticia de lo que sucedió, se sintió poseída de tan viva curiosidad, que al instante mandó allí, en su lugar, a Rakitin, con el encargo de que lo observara todo y la informara sin tardanza por escrito, poco más o menos cada media hora, *de todo cuanto ocurriera*. A Rakitin lo consideraba como el joven más piadoso y creyente, tal era la habilidad del joven para complacer a la gente y presentarse de la manera que mejor impresión pudiera causar en los demás si veía en ello aunque sólo fuera la más nimia ventaja para él. El día era claro y luminoso; muchos de los peregrinos llegados al monasterio se agrupaban junto a las tumbas del eremitorio, en gran parte situadas alrededor del templo, aunque también las había diseminadas por todo el recinto. Al recorrer el eremitorio, el padre Paísi se acordó, súbitamente, de Aliosha y cayó en la cuenta de que no le veía desde hacía mucho, casi desde la noche. No bien se acordó de él, lo vio en el ángulo más apartado del eremitorio, al pie del muro circundante, sentado sobre la losa del sepulcro de un monje muerto hacía muchos años y que había sido famoso, y lo era aún, por el rigor de sus penitencias. Estaba sentado de espaldas al recinto, cara al muro, como escondido tras el sepulcro. El padre Paísi se le acercó y vio que, cubierto el rostro con las dos manos, Aliosha lloraba amargamente, aunque lo hacía en silencio, sacudido por los sollozos. El padre Paísi permaneció unos instantes de pie a su lado.

—Basta, hijo querido; basta, amigo —articuló, al fin, con emoción—. ¿Qué tienes? Alégrate, en vez de llorar. ¿No sabes, acaso, que éste es el día más sublime de todos *sus* días? ¿Dónde se encuentra ahora, en este mismísimo momento? ¡Recuerda aunque sólo sea esto!

Aliosha alzó los ojos hacia el padre Paísi, dejando ver su rostro, hinchado por el llanto, como el de un niño, pero enseguida, sin articular una sola palabra, se volvió y se cubrió de nuevo la cara con ambas manos.

—A lo mejor así ha de ser —dijo el padre Paísi, caviloso—; llora, es Cristo quien te ha mandado estas lágrimas. «Tus lágrimas de ternura son, tan sólo, un descanso para el alma y servirán para que se te inunde de alegría tu buen corazón», añadió para sí, alejándose de Aliosha y pensando amorosamente en él. Se apresuró a apartarse, además, porque presintió que él mismo quizá, mirándole, rompería a llorar.

Entretanto, el tiempo iba transcurriendo, las honras fúnebres del monasterio y los oficios de difuntos se celebraban en la debida sucesión. El padre Paísi volvió a sustituir al padre Iósif junto al féretro y prosiguió la lectura del Evangelio. Pero no eran aún las tres de la tarde cuando sucedió algo a lo que he aludido ya al final del libro anterior, algo tan inesperado por todos nosotros y tan opuesto a la anhelante expectación general, que, repito, la relación de aquel suceso con todos sus detalles y pormenores, todavía hoy se recuerda con extraordinaria viveza en nuestra ciudad y en todos sus alrededores. Aquí añadiré una vez más, a título personal, que a mí casi me repugna recordar aquel suceso impresionante, en esencia baladí y natural, y habría prescindido de él por completo en mi relato, de no haber ejercido una influencia fortísima y en un sentido determinado sobre el alma y el corazón del personaje principal, *aunque futuro,* de mi relato, Aliosha, provocando en él como una especie de cambio brusco y de cataclismo que le conmovió el entendimiento, aunque también se lo consolidó definitivamente para toda la vida y hacia un determinado fin.

He aquí lo que sucedió. Cuando, antes aún de que amaneciera, colocaron el cuerpo del stárets en el ataúd, preparado ya para la sepultura, y lo llevaron a la habitación primera, la que servía para recibir a los visitantes, alguno de los presentes preguntó si había que abrir las ventanas de la estancia. La pregunta, formulada como de paso e incidentalmente, quedó sin respuesta y casi pasó inadvertida; a lo sumo le prestaron atención, aunque sin exteriorizarlo, algunos de los que allí estaban, y únicamente en el sentido de que esperar la descomposición y los efluvios pestilentes de un cuerpo como el de aquel difunto era una pura estupidez digna de lástima (si no de burla) por la poca fe y la frivolidad que la pregunta implicaba. Lo que se esperaba era, precisamente, todo lo contrario. Y he aquí que poco después del mediodía empezó a notarse algo, percibido al principio en silencio por quienes entraban y salían, temerosos de comunicar a alguien lo que pensaban en su fuero interno: pero hacia las tres de la tarde resultaba tan manifiesto e irrefutable, que la noticia recorrió en un instante todo el eremitorio y se enteraron de ella todos los peregrinos que lo visitaban, e inmediatamente penetró en el monasterio sorprendiendo a todos los monjes; poco después llegó a la ciudad, donde conmovió a todo el mundo, a creyentes y a incrédulos. Los incrédulos se alegraron; en cuanto a los creyentes, los hubo que se alegraron incluso más que los otros, pues «los hombres se alegran de la caída del justo y de su deshonor», como había dicho el propio difunto stárets en una de sus enseñanzas. El caso era que del ataúd empezó a salir, poco a poco, pero tanto más perceptible cuanto más tiempo transcurría, una desagradable pestilencia, que hacia las tres de la tarde resultó ya en exceso manifiesta y cada vez se hacía más penetrante. Hacía mucho tiempo que no se había producido en nuestro monasterio un escándalo semejante; no podía recordarse en toda la vida de la institución un escándalo tan burdamente desencadenado, imposible incluso de registrarse en ninguna otra circunstancia, como el que se produjo hasta entre los propios monjes, tan pronto como se hubo dado este suceso. Más tarde, pasados ya muchos años, algunos de nuestros monjes más sensatos, al rememorar ese día en todos sus detalles, se sorprendían y hasta se horrorizaban de que el escándalo hubiera podido alcanzar entonces tan altos vuelos. También antes habían fallecido monjes de vida muy virtuosa, como de todos era patente, startsí temerosos de Dios, y de sus ataúdes humildes también se había desprendido el desagradable olor como ocurre de manera natural con todos los cadáveres, sin que aquello hubiera sido motivo de escándalo ni siquiera de la menor inquietud. Desde luego, también se mantenía entre nosotros el recuerdo de antiguos monjes, cuya memoria se guardaba viva en el monasterio, de los cuales la tradición contaba que sus cadáveres no habían presentado muestras de descomposición, cosa que influía enternecedora y misteriosamente en la comunidad y se recordaba como algo admirable y milagroso y como promesa de una mayor gloria futura para sus tumbas, si ese tiempo llegaba por la voluntad divina. Se guardaba especialmente memoria del stárets Job, que había muerto a los ciento cinco años de edad, hacía ya mucho tiempo, al comenzar el segundo decenio del siglo diecinueve; famoso asceta, gran ayunador y fiel observador de la regla del silencio; mostraban su tumba con extraordinaria y singular veneración a cuantos peregrinos llegaban por primera vez, aludiendo al mismo tiempo, misteriosamente, a ciertas grandes esperanzas. (Era la misma tumba en que por la mañana el padre Paísi había encontrado a Aliosha sentado.) Aparte de este stárets fallecido hacía mucho tiempo, se mantenía vivo un recuerdo semejante del stárets Varsonofi, gran padre, monje sacerdote y asceta fallecido hacía relativamente poco tiempo; había precedido al padre Zosima en la función del stárets, y, mientras vivió, todos los peregrinos que acudían al monasterio le consideraban sin vacilar un bendito. De ambos contaba la tradición que se habían mantenido en sus ataúdes como vivos, que habían sido enterrados sin que presentaran el menor síntoma de descomposición y que sus rostros incluso resplandecían en el ataúd. Algunos hasta recordaban con insistencia que aquellos cuerpos desprendían un inconfundible perfume. Mas, a pesar de semejantes recuerdos, tan impresionables, resultaba difícil explicar la causa directa de que junto al ataúd del padre Zosima pudiera producirse un fenómeno tan frívolo, absurdo y maligno. Por lo que a mí personalmente respecta, supongo que se sumaron muchas y diversas causas que influyeron en el mismo sentido. Entre ellas, por ejemplo, había la inveterada hostilidad a la práctica de los stárets como novedad perniciosa, hostilidad aún con hondas y escondidas raíces en el espíritu de muchos monjes del monasterio. Existía, además, y ello era lo más importante, la envidia por la santidad del difunto, tan firme durante su vida que resultaba cai prohibido discutirla. Pues, aunque el stárets se había atraído a muchos no tanto con milagros cuanto con amor y había creado a su alrededor como un mundo compuesto por gente que le veneraba, el hecho era que por eso mismo se había creado envidiosos y, a contiuación, encarnizados enemigos, declarados y disimulados, no sólo entre quienes formaban parte del monasterio, sino, incluso, entre los seglares. No había hecho ningún mal a nadie; no obstante, no faltaba quien decía: «¿Por qué le consideran tan santo?» Esta sola pregunta, repetida una y otra vez, engendró al fin todo un abismo del más insaciable rencor. Por eso pienso yo que muchos, al tener noticia de que su cuerpo despedía aquel pestilente efluvio tan pronto —pues aún no había transcurrido ni un día del fallecimiento—, se alegraron extraordinariamente; del mismo modo, entre quienes habían sido devotos admiradores del stárets, hubo algunos que se sintieron poco menos que heridos y ofendidos personalmente por este acontecimiento. He aquí cómo fueron sucediéndose los hechos.

No bien se hizo perceptible la descomposición, por el solo aspecto de los monjes que entraban en la celda del difunto podía adivinarse para qué acudían. Entra uno, permanece allí poco tiempo y sale para confirmar cuanto antes la noticia a otros que le están esperando fuera, en grupo. Algunos de los que esperaban movían tristemente la cabeza, pero otros ya ni siquiera deseaban ocultar su alegría, que resplandecía bien clara en sus malignas miradas. Y ya nadie se lo reprochaba, nadie alzaba la voz en favor del difunto, lo cual hasta era asombroso, pues los fieles al stárets constituían, a pesar de todo, la mayoría en el monasterio; pero se veía que el Señor mismo dejaba que esa vez la minoría se impusiera temporalmente. Pronto comenzaron a aparecer también en la celda pesquisidores laicos por el estilo, sobre todo pertenecientes a los medios cultos. En cambio, la gente humilde entraba poco, aunque formaba una gran multitud junto al portalón del eremitorio. Es indudable que después de las tres de la tarde, la afluencia de los laicos se intensificó en gran manera, a consecuencia, sobre todo, de la escandalosa noticia. Personas que quizá no habrían acudido aquel día al monasterio y que ni habían pensado acercarse en aquella circunstancia, iban allí adrede, y entre ellas figuraban algunos individuos de alto rango. De todos modos, el decoro aún no se había alterado exteriomente, y el padre Paísi, de manera firme y clara, severo el rostro, seguía leyendo el Evangelio en voz alta, como si no se diera cuenta de lo que sucedía, aunque hacía mucho que observaba algo insólito. Pero he aquí que algunas voces llegaron hasta sus oídos; primero eran muy débiles, mas poco a poco se hicieron firmes y decididas. «¡Así, pues, el juicio de Dios no es el mismo que el de los hombres!», oyó de súbito el padre Paísi. El primero en articular estas palabras fue un laico, un funcionario de la ciudad, hombre ya entrado en años y, según lo que de él se sabía, muy piadoso, pero al expresar esa idea en voz alta no hacía sino repetir lo que se venían repitiendo desde mucho antes los monjes entre sí al oído. Éstos habían formulado hacía ya mucho esas palabras sin esperanza, y lo peor era que casi a cada minuto que transcurría se decían con mayor solemnidad. Sin embargo, pronto empezó a faltarse hasta al decoro y parecía como si todos se sintieran hasta con cierto derecho a hacerlo. «¿Cómo ha podido ocurrir *esto?* —decían algunos de los monjes, al principio como si les doliera—. Tenía el cuerpo pequeño, seco, era todo piel y huesos; ¿de dónde puede salir esta pestilencia?» «Será que el Señor habrá querido dar esta señal adrede», se apresuraban añadir otros, y su opinión era aceptada enseguida como indiscutible, pues a lo dicho se añadía que si se tratara de una descomposición natural, como la de cualquier difunto pecador, la pestilencia habría salido más tarde, sin una premura tan manifiesta, por lo menos después de veinticuatro horas, mientras que «éste se ha anticipado a lo natural» y ello sólo puede explicarse por la intervención de Dios y como una clara señal suya. Ha querido darnos una indicación. Este razonamiento impresionaba y parecía irrefutable. El bondadoso padre Iósif, monje sacerdote, el bibliotecario, predilecto del difunto, empezó a objetar a algunos de los maledicentes que «no en todas partes es así» ni es un dogma de la religión ortodoxa la necesidad de que no se descompongan los cuerpos de los justos, sino tan sólo una opinión, y ni en los lugares más ortodoxos, en el Monte Athos, por ejemplo, dan tanta importancia al tufo de la descomposición; allí no es la incorruptibilidad corporal lo que se considera como principal signo para la glorificación de los santos, sino el color de los huesos; cuando los cuerpos llevan ya muchos años en la tierra y hasta se pudren en ella, «y si los huesos se han vuelto amarillos como la cera, tenemos el signo clarísimo de que Dios ha glorificado al virtuoso difunto; si en vez de volverse amarillentos, se han puesto negros, eso significa que el Señor no le ha hecho digno de semejante gloria; así lo creen en el Monte Athos, lugar de gran santidad, donde desde los tiempos antiguos se conserva indestructible y en su prístina pureza la ortodoxia», concluyó el padre Iósif. Mas las palabras del humilde padre causaban poca impresión y hasta provocaban réplicas irónicas: «Todo eso no son más que novedades de gente docta, no hay que escucharlo», decidían para sí los monjes. «Nosotros nos atenemos a la vieja tradición; ¡como si fueran pocas las novedades que ahora aparecen! ¿Vamos a tener que imitarlas todas?», añadían otros. «Nosotros tenemos tantos padres santos como ellos. Allí están sometidos al turco y lo han olvidado todo. Hasta la ortodoxia se les ha corrompido hace ya tiempo; además, ni siquiera tienen campanas», añadieron los más burlones. El padre Iósif se apartó con amargura, tanto más cuanto que él mismo había expuesto su opinión con poca firmeza y como si no creyera mucho en ella. Preveía, lleno de confusión, que se estaba iniciando algo muy indecoroso y que hasta la desobediencia misma levantaba la cabeza. Pero a poco, tras el padre Iósif, fueron enmudeciendo todas las voces sensatas. Sucedió, incluso, que cuantos amaban al difunto stárets y habían aceptado la forma de vida de los stárets con acendrada obediencia, se sintieron, de pronto, terriblemente asustados; cuando se encontraban, sólo se miraban tímidamente unos a otros. En cambio, los enemigos de esa forma de vida, por considerarla una innovación, levantaban con orgullo la cabeza. «Del difunto stárets Varsonofi no sólo no se desprendía tufo, sino que emanaba hasta buen olor —recordaban, malignos—, pero no mereció esa gracia por haber sido stárets, sino por haber sido un justo.» Después de esto, sobre el stárets recién fallecido se derramaron no ya las críticas, sino incluso hasta las acusaciones: «Sus enseñanzas eran erróneas; afirmaba que la vida es un gran gozo y no una sumisión que arranca lágrimas», decían algunos de los más cerriles. «Creía según la nueva moda, no admitía el fuego material en el infierno», añadían otros aún más torpes que los primeros. «No era muy riguroso con el ayuno, se permitía regalarse con cosas dulces, tomaba el té con confitura de guindas, le gustaba mucho, las señoras se la mandaban... ¿Es propio de un asceta tomar té?», se oía decir a otros, envidiosos. «Estaba lleno de orgullo —recordaban con crueldad los más malvados—, se consideraba un santo, se hincaban de rodillas ante él y lo aceptaba como si así le correspondiera». «Abusaba del sacramento de la confesión», añadían con rencoroso susurro los más fieros enemigos del modo de vida de los stárets, entre ellos, algunos de los monjes más viejos y más rigurosos en su piedad, grandes observadores de las reglas del ayuno y del silencio, que habían permanecido callados en vida del difunto, pero que, de pronto, abrían sus bocas, lo cual era ya espantoso, pues sus palabras ejercían una poderosa influencia sobre los monjes jóvenes, todavía vacilantes. Con gran atención escuchaba todo esto, también, el huésped de Obdorsk, el pequeño monje de San Silvestre, que suspiraba honradamente y movía la cabeza: «Se ve que el padre Ferapont estaba en lo cierto ayer al criticarle», pensaba para sí, y en ese momento, precisamente, apareció el propio padre Ferapont, como para hacer aún más profundo el desconcierto.

Ya he recordado antes que ese viejo asceta raras veces salía de su celda de madera, que tenía en el colmenar; se pasaba largos periodos sin frecuentar la iglesia, sobre lo que se hacía la vista gorda por considerarle como un bendito, y le permitían que dejara de observar la regla obligatoria para todos. Pero, si se ha de decir la verdad, todo eso se le toleraba en cierto modo hasta por necesidad. Pues habría resultado vergonzoso abrumar insistentemente con la regla monástica a un asceta como aquél, sujeto con tanto rigor al ayuno y al silencio, que se pasaba los días y las noches rezando (hasta a veces dormía de rodillas), si él no se sometía por sí mismo. «Es más santo que todos nosotros y se impone penitencias mucho más duras que las establecidas por la regla —habrían dicho los monjes, en ese caso—; eso de que no vaya a la iglesia es cosa suya, él sabrá cuándo ha de ir, tiene su propia regla.» Si dejaban en paz al padre Ferapont era precisamente para evitar el probable descontento y escándalo. Todos sabían que el padre Ferapont no tenía en la menor estima al stárets Zosima; y he aquí que, de pronto, llega a su pequeña celda la noticia de que «el juicio de

Dios no es el mismo que el de los hombres, y que los hechos hasta se habían adelantado a lo que habría sido natural». Es de suponer que uno de los primeros en ir corriendo a comunicarle la noticia fue el huésped de Obdorsk, quien le había visitado el día anterior y se había retirado de la entrevista horrorizado. También he recordado que el padre Paísi, aunque no podía oír ni ver lo que sucedía fuera de la celda mientras permanecía de pie junto al ataúd, leyendo firme e inmutable en alta voz, en el fondo de su corazón adivinaba sin equivocarse en lo esencial lo que pasaba, pues conocía a fondo su ambiente. No estaba turbado, esperaba todo lo que aún pudiera suceder sin miedo alguno, siguiendo con mirada penetrante el curso de la agitación, cuyo final se le aparecía ya en la mente. De pronto, un ruido insólito le hirió los oídos; procedía del vestíbulo y resultaba ya incompatible con el decoro más elemental. La puerta se abrió de par en par y en el umbral apareció el padre Ferapont. Tras él, como se percibía y hasta se llegaba a ver claramente desde la celda, se habían agrupado muchos monjes que le acompañaban, entre ellos algunos laicos, que permanecieron junto al pequeño porche de entrada. Sin embargo, los acompañantes no entraron ni subieron al porche; se detuvieron esperando lo que iba a decir y hacer el padre Ferapont, pues presentían, hasta con cierto miedo, pese a su mucha audacia, que éste no había vanido en vano. Detenido en el umbral, el padre Ferapont levantó las manos y por debajo del brazo derecho aparecieron los ojitos afilados y curiosos del huésped de Obdorsk, el único que no había podido contenerse y había subido precipitadamente la escalerita del porche, siguiendo al padre Ferapont, empujado por su desmedida curiosidad. Todos los demás, por el contrario, no bien la puerta se abrió con estrépito de par en par, retrocedieron presa de un súbito espanto. Con los brazos en alto, el padre Ferapont clamó de súbito:

—¡Conjurando conjuro! —y enseguida se puso a hacer la señal de la cruz, dirigiéndose alternativamente hacia los cuatro costados, hacia las cuatro paredes y los cuatro ángulos de la celda.

Los que le acompañaban comprendieron enseguida el sentido de este acto, pues sabían que el padre Ferapont obraba siempre así, dondequiera que entrase, y que no se sentaba ni decía nada antes de exorcizar al maligno.

—¡Fuera de aquí, Satán! ¡Fuera de aquí, Satán! —repetía a cada señal de la cruz—. ¡Conjurando conjuro! —volvió a clamar.

Llevaba su tosco hábito ceñido por una cuerda. La camisa de tela de cáñamo le dejaba al descubierto el pecho, con su abundante pelo blanco. Iba completamente descalzo. Tan pronto como agitó los brazos, empezaron a tintinear las duras cadenas que llevaba bajo el hábito. El padre Paísi interrumpió su lectura, avanzó unos pasos y se detuvo ante él en actitud de espera.

—¿Por qué has venido, venerable padre? ¿Por qué alteras el orden? ¿Por qué confundes al manso rebaño? —articuló al fin, mirándole severamente.

—¿Por qué he venido? ¿Esto me preguntas? ¿Qué te figuras? —gritó el padre Ferapont como un poseso—. He venido a expulsar a vuestros huéspedes, a los sucios demonios. Quiero ver si habéis recogido muchos en ausencia mía. Quiero barrerlos a todos con una escoba de abedul.

—Expulsas al impuro y quizá le está prestando servicio —prosiguió impertérrito el padre Paísi—. ¿Quién puede decir de sí mismo «soy un santo»? ¿Quizá tú, padre?

—Soy impuro y no santo. ¡No me siento en un trono ni me elevo para que me veneren como a un ídolo! —tronó el padre Ferapont—. Hoy los hombres echan a perder la fe santa. El difunto, vuestro santo —se volvió hacia la muchedumbre, señalando con el índice el ataúd—, no creía en los demonios. Contra ellos daba purgas. Así han proliferado entre vosotros, como las arañas por los rincones. Ahora, él mismo apesta. Esto es, para nosotros, una gran advertencia de Dios.

Así había ocurrido, en efecto, una vez en vida del padre Zosima. Uno de los monjes empezó a ver el maligno en sueños, y, al final, hasta encontrándose despierto. Cuando, horrorizado, se lo confesó al stárets, éste le aconsejó que rezara sin interrupción y que intensificara el ayuno. Pero cuando estas medidas resultaron vanas, le aconsejó que sin abandonar el ayuno y los rezos tomara una medicina. Entonces muchos se escandalizaron por ello y lo comentaron entre sí moviendo la cabeza, en primer lugar el padre Ferapont, a quien algunos blasfemos se apresuraron entonces a darle cuenta de aquella disposición del stárets, tan «insólita» en aquel caso particular.

—¡Sal, padre! —articuló con imperiosa voz el padre Paísi—; no son los hombres quienes juzgan, sino Dios. Es posible que tengamos aquí una «advertencia», cuyo sentido se nos escape a ti, a mí y a todos. ¡Sal padre, y no escandalices al rebaño! —repitió con insistencia.

—No observaba los ayunos que le correspondían por su condición de asceta, éste es el sentido de la advertencia. ¡Está muy claro y es pecado quererlo ocultar! —porfiaba el fanático, excediéndose en su celo mucho más allá de lo razonable—. Se deleitaba con los caramelos que le traían las damas en los bolsillos, disfrutaba tomando té, ofrecía sacrificios al vientre, se lo llenaba de golosinas, a la vez que se llenaba el espíritu de orgullosos pensamientos... Por esto ha sufrido esta vergüenza...

—¡Tus palabras son vanas, padre! —replicó el padre Paísi, elevando también la voz—; admiro tu ayuno y tu ascetismo, pero tus palabras son vanas, como si fueran dichas por un joven laico, veleidoso e irreflexivo. Pero sal de aquí, padre, te lo ordeno —concluyó el padre Paísi con atronadora voz.

—¡Ya me iré! —articuló el padre Ferapont, como si se hubiera turbado un poco, aunque sin abandonar su cólera—. ¡Vosotros sois unos sabios! Con vuestro mucho saber os habéis elevado sobre mi ignorancia. Vine al monasterio poco instruido y aquí olvidé lo poco que sabía; el Señor mismo me ha preservado a mí, tan insignificante, de vuestra sapiencia...

El padre Paísi, de pie ante él, esperaba con firmeza. El padre Ferapont calló unos momentos y de pronto, poniendo cara triste y llevándose la palma de la mano derecha a la mejilla, articuló como una cantilena, mirando el ataúd del difunto stárets:

—Mañana por la mañana cantarán por él el himno glorioso «Ayuda y Protector»; por mí, en cambio, cuando muera sólo se cantará el breve versículo «Qué dulce existencia»[1] —dijo com-

---

[1] Cuando se saca el cuerpo de un monje y de un monje asceta (de la celda a la iglesia y, después del servicio fúnebre, de ésta al cementerio), se cantan los versículos de «Qué dulce existencia...». Si el difunto, en cambio, es un monje sacerdote y asceta, se canta el himno «Ayuda y protector». *(Nota del autor.)*

pungido y con pena—. Os habéis vuelto orgullosos y sober-
bios, ¡éste es un lugar desierto! —gritó de pronto, como enajenado, y, agitando los brazos, se volvió rápidamente y bajó también a toda prisa los peldaños del porche.

La muchedumbre que esperaba abajo vaciló; algunos le siguieron enseguida, pero otros dudaron, pues la celda seguía
abierta y el padre Paísi, que había avanzado hasta el pequeño
porche después de que el padre Ferapont hubo salido, estaba
allí, de pie, observando. Pero el exaltado viejo aún no había
terminado: unos veinte pasos más allá, se volvió de pronto en
dirección al sol poniente, alzó los brazos y —como si alguien
le hubiera segado las piernas— se derrumbó sobre la tierra gritando estentóreamente:

—¡Mi Señor ha vencido! ¡Cristo ha vencido al sol poniente!
—gritaba con furia, con los brazos extendidos hacia el sol, y,
después de caer con el rostro sobre el suelo, prorrumpió en
llanto a gritos, como un niño pequeño, sacudido por los sollozos y extendiendo los brazos sobre la tierra. Entonces todos se
precipitaron hacia él, se oyeron exclamaciones, sollozos... El
frenesí se había apoderado de todos.

—¡Éste sí es santo! ¡Éste sí es justo! —se oía que exclamaban ya sin temor alguno—. ¡Éste sí merece ser stárets! —añadieron otros, ya rencorosos.

«No querrá ser stárets... Él mismo lo rechazará... no querrá
ponerse al servicio de esta maldita innovación... no va a imitar
las tonterías del otro», prosiguieron al instante otras voces, y
es difícil imaginarse hasta dónde se habría llegado si en aquel
momento no hubiera tocado la campana llamando al oficio divino. Todos se santiguaron. El padre Ferapont se levantó y,
protegiéndose con la señal de la cruz, se dirigió hacia su celda
sin volver la cabeza, sin dejar de proferir sus exclamaciones,
que ya eran algo incoherentes. Le siguieron algunos, pocos; la
mayoría se dispersó, apresurándose para acudir al oficio divino. El padre Paísi transfirió la lectura al padre Iósif y bajó.
Los exaltados gritos de los fanáticos no podían hacerle vacilar,
pero de pronto el corazón se le puso triste y angustioso por
algo especial y él enseguida lo notó. Se detuvo y se preguntó:
«¿De dónde procede esta tristeza, que hasta me abate el ánimo?», y con sorpresa comprendió enseguida que aquella triste-

za repentina provenía, al parecer, de una causa muy pequeña y particular: el caso era que en la muchedumbre que se había apretujado hacía unos momentos ante la puerta de la celda había visto a Aliosha entre los agitados, y recordó que, al verle, había experimentado como una punzada en el corazón. «¿Es posible que este joven represente ahora tanto para mí?», se preguntó con sorpresa. En aquel momento, Aliosha pasaba precisamente por su lado, como si tuviera prisa por ir a alguna parte, pero no en dirección al templo. Sus miradas se cruzaron. Aliosha apartó rápidamente los ojos y miró al suelo; al padre Paísi le bastó ver su aspecto para adivinar que en Aliosha se estaba produciendo en aquellos momentos un cambio extraordinario.

—¿También tú te has escandalizado? —exclamó de pronto el padre Paísi—. ¡Cómo! ¿Es posible que tú también estés con los de poca fe? —añadió con amargura.

Aliosha se detuvo y dirigió como una mirada imprecisa al padre Paísi, pero enseguida volvió a apartar los ojos y a bajarlos al suelo. Estaba de lado, sin volver la cara hacia su interlocutor. El padre Paísi le observaba con mucha atención.

—¿Adónde vas, con tanta prisa? Han tocado a oficio divino —preguntó aún, pero Aliosha siguió sin responder.

—¿O te vas del eremitorio? ¿Sin pedir permiso, sin recibir la bendición?

Aliosha se sonrió de pronto con una sonrisa forzada, dirigió los ojos de manera rara, muy rara, hacia al padre que le interrogaba, hacia aquel a quien le había confiado, al morir, su antiguo mentor, el que había sido dueño de su corazón y de su mente, su stárets bien amado; hizo un vago gesto con la mano, sin interrumpir su silencio, como si no se preocupara ni siquiera por obtener las formas de respeto, y con rápido paso salió del eremitorio por el portalón.

—¡Aún volverás! —balbuceó el padre Paísi, siguiéndole con la mirada, amargamente sorprendido.

II

UN MOMENTO ASÍ

E L padre Paísi no se equivocaba, naturalmente, al pensar
que su «querido muchacho» volvería, y hasta quizá penetró (si no por completo, de todos modos con mucha sa-
gacidad) en el verdadero sentido del estado de ánimo de Aliosha. De todos modos, reconozco francamente que ahora me sería muy difícil explicar con claridad el sentido exacto de aquel
momento raro e indefinido en la vida del héroe —joven aún y
por quien tanto cariño siento— de mi relato. A la amarga pregunta del padre Paísi, dirigida a Aliosha: «¿O también tú estás
con los de poca fe?», podría contestar firmemente por Aliosha:
«No, él no estaba con los de poca fe.» Más aún, ocurría todo lo
contrario: toda su confusión se debía precisamente a que su fe
era grande. Pero, de todos modos, hubo confusión, era un hecho, y resultaba tan dolorosa, que incluso más tarde, transcurrido mucho tiempo, Aliosha consideraba aquel día aciago
como uno de los más penosos y fatales de su vida. Si alguien
pregunta sin ambages: «¿Es posible que toda aquella angustia y
alarma pudieran darse en él sólo porque el cuerpo de su stárets, en vez de comenzar a producir inmediatamente curacio-
nes, había sufrido una prematura descomposición?», responderé a ello sin rodeos: «Sí, realmente así fue.» Sólo pediría al lector que no se apresure demasiado a reírse del puro corazón de
mi joven. Por lo que a mí respecta, no sólo no tengo el propósito de pedir perdón por él ni de disculpar y justificar la ingenuidad de su fe por sus pocos años, por ejemplo, o por haber
realizado con poco éxito sus estudios, etc., sino que procederé
hasta al revés, y declaro firmemente que siento sincero respeto
por la naturaleza de sus sentimientos. No hay duda de que otro
joven, más circunspecto con las impresiones de su corazón, capaz ya de amar con calor, pero sin arrebatos, con inteligencia
en exceso razonadora teniendo en cuenta la edad, si bien fiel
(y, por esto, barata), un joven así, digo, habría evitado lo que
pasó al mío; pero la verdad es que en ciertos casos es más hon-

roso dejarse llevar por una pasión, aunque poco razonable, inspirada por un gran amor, que resistirla a todo trance. Tanto
más en la juventud, pues es de poco fiar y poco es lo que vale
un joven que sea constantemente en exceso reflexivo, ¡tal es
mi opinión! «Pero —exclamarán probablemente las personas
juiciosas— no es posible que todos los jóvenes crean en tales
prejuicios, y su joven no puede servir de ejemplo a los demás.»
A lo cual responderé a mi vez: sí, mi joven creía, creía con una
fe sacrosanta e indestructible, mas, de todos modos, no pido
perdón por él.

Verán: aunque he declarado más arriba (quizá con excesiva
prisa) que no voy a dar explicaciones ni a pedir perdón por mi
joven héroe y que no voy a justificarle, me doy cuenta de que
de todos modos algo es necesario aclarar para la ulterior comprensión del relato. He aquí lo que diré: no era cuestión de milagros. No había en su impaciencia ninguna vana espera de hechos milagrosos. Aliosha no necesitaba entonces de milagros
(de eso no hay duda alguna) para el triunfo de ciertas convicciones, ni para que alguna idea anterior, preconcebida, triunfa-
se cuanto antes sobre otra; oh, no; no era de ningún modo
eso. Para Aliosha, en todo aquello había en primer lugar un
rostro y sólo un rostro: el de su querido stárets, el de aquel justo a quien honraba con tanta veneración. Lo que ocurría era
que todo el amor latente en el joven y puro corazón de Aliosha
«por todo y por todos», en cierto modo se concentraba de vez
en cuando, entonces y durante todo el año anterior, quizás incluso de manera errónea, con preferencia en un solo ser, por
lo menos en cuanto a los impulsos más fuertes de su corazón:
en su bien amado stárets, ahora fenecido. Cierto, aquel ser había encarnado tanto tiempo para él el ideal indiscutible, que todas sus fuerzas juveniles y sus aspiraciones tenían que dirigirse
forzosamente y de manera exclusiva hacia ese ideal, incluso olvidándose «de todos y de todo». (Él mismo recordó, más tarde,
que durante aquel penoso día se olvidó por completo del hermano Dmitri, de quien tanto se había preocupado y por quien
tanto se había acongojado la víspera; también se olvidó de llevar los doscientos rublos al padre de Iliúshechka, como también había decidido hacer, la víspera, con tanto calor). Pero, de
todos modos, no eran milagros lo que él necesitaba, sino tan

sólo «la justicia suprema», la cual, a su entender, había sido infringida, y por ello sentía su corazón tan cruel y repentinamente herido. Poco importa que por el curso mismo de los acontecimientos esa «justicia», en la espera de Aliosha, hubiera adquirido la forma de milagros, que debían de producirse inmediatamente, a la muerte del que había sido su tan venerado maestro. Eso mismo pensaban y esperaban todos los del monasterio, incluso aquellos ante cuya inteligencia se inclinaba Aliosha, como por ejemplo el padre Paísi; así, Aliosha, sin inquietarse por dudas de ninguna clase, dio también a sus sueños la misma forma que todos daban a los suyos. Además, hacía ya tiempo que así lo esperaba su corazón, se había ido acostumbrado a ello durante el año entero de su vida monacal. Pero su sed era de justicia, de justicia, ¡no sólo de milagros! ¡Y he aquí que quien merecía ser elevado por encima de todos en el mundo entero, según creía Aliosha, ese mismo, en vez de recibir la gloria que le correspondía, se encontraba sumido en el oprobio! ¿Por qué? ¿Quién le había juzgado? ¿Quién había podido decidirlo de aquel modo? Estos eran los interrogantes que enseguida le torturaron el corazón, inexperimentado y virginal. No podía soportar, sin sentirse ofendido, sin sentirse incluso airado, que el más justo entre los justos hubiera sido dado al escarnio burlón y rencoroso de una muchedumbre tan frívola y que le era tan inferior. Podía no haber habido milagros, lo milagroso podía no haberse manifestado dejando insatisfecha la espera inmediata, mas ¿por qué aquella deshonra, por qué se había permitido el oprobio, por qué aquella prematura descomposición «que se ha anticipado a lo natural», como decían los rencorosos monjes? ¿Para qué aquella «advertencia», que éstos, junto con el padre Ferapont, sacan a relucir tan solemnemente, y por qué creen haber recibido hasta el derecho de hacerlo? ¿Dónde estaban, pues, la providencia y el deseo de Dios? ¿Con qué finalidad había retirado su índice «en el momento más necesario» (pensaba Aliosha) y como si Él mismo hubiera deseado subordinarse a las ciegas leyes naturales mudas e implacables?

Por esto era por lo que manaba sangre el corazón de Aliosha y, naturalmente, como ya he dicho, lo que estaba en juego era ante todo el ser más querido por él en el mundo, ¡y este ser había quedado «cubierto de vergüenza», «difamado»! Admito que la queja de mi joven sea ligera e insensata, pero vuelvo a repetir por tercera vez (también de acuerdo, de antemano, que lo hago asimismo, quizá, con cierta ligereza): estoy contento de que mi joven no fuera tan razonable en un momento semejante, pues a la razón siempre le llega su hora si el hombre no es tonto; en cambio, si en un momento tan excepcional resulta que no hay amor en el corazón del joven, ¿cuándo lo habrá? De todos modos, no quiero pasar por alto, respecto a esta ocasión, cierto extraño fenómeno, aunque momentáneo, que se produjo en la mente de Aliosha en ese momento fatal y desconcertante para él. Este nuevo *algo* que afloró por un instante consistía en cierto resabio atormentador de la conversación que había sostenido Aliosha la víspera con su hermano Iván y que ahora recordaba sin cesar. Precisamente en esos momentos. Oh, no se trataba de que alguna de sus creencias fundamentales, por así decirlo espontáneas, hubiera vacilado en su alma. Aliosha amaba a su Dios y creía firmemente, aunque de súbito se hubiera lamentado de Él. De todos modos, cierta impresión confusa, si bien atormentadora y maligna al recordar su conversación de la víspera con su hermano Iván, volvía a agitársele de nuevo en el alma y presionaba cada vez más para irrumpir en la superficie. Cuando empezaba ya a oscurecer, Rakitin, al cruzar el bosquecillo de pinos para ir del eremitorio al monasterio, vio de pronto a Aliosha tumbado bajo un árbol, de cara al suelo, inmóvil y como si durmiera. Se le acercó y le llamó.

—¿Tú aquí, Aliosha? Es posible que tú... —articuló sorprendido, pero se detuvo sin terminar la frase. Quería decir: «¿Es posible que tú *hayas llegado hasta ese punto?*»

Aliosha no le miró, mas por el movimiento que hizo, Rakitin adivinó enseguida que el otro le oía y le comprendía.

—¿Qué te pasa? —prosiguió, sorprendido aún, si bien la sorpresa había ya comenzado a trocarse en su cara por una sonrisa que iba adquiriendo cada vez más una expresión burlona.

—Escucha, te estoy buscando hace ya más de dos horas. Has desaparecido de repente. ¿Pero qué haces aquí? ¿Qué santa tontería es ésta? Por lo menos mírame, hombre...

Aliosha levantó la cabeza, se sentó y apoyó la espalda contra el árbol. No lloraba, pero su rostro expresaba sufrimiento y en su mirada se percibía la irritación. De todos modos no miraba a Rakitin, sino hacia un lugar impreciso, hacia un lado.

—¿Sabes? Has cambiado completamente de cara. No se notan ni trazas de tu famosa mansedumbre anterior. ¿Te has enojado contra alguien, quizá? ¿Te han ofendido?

—¡Déjame en paz! —exclamó de pronto Aliosha que seguía sin mirarle, haciendo un gesto de cansancio con la mano.

—¡Vaya! ¡Esas gastamos, ahora! Te has puesto a gritar exactamente como los demás mortales. ¡Eso tú, con pasta de ángel! Bueno, Aliosha, me dejas pasmado, ¿sabes?, te lo digo con toda sinceridad. Hacía tiempo que nada me sorprendía aquí. El caso es que a ti, a pesar de todo, te consideraba un hombre formado...

Aliosha al fin le dirigió la mirada, pero algo distraído, como si todavía le comprendiera poco.

—¿Y todo esto sólo porque tu vejete apesta? ¿Es posible que tú creyeras en serio que empezaría a hacer milagros a diestro y siniestro? —exclamó Rakitin, presa otra vez del más sincero asombro.

—He creído, creo, quiero creer y creeré, ¡qué más quieres! —grito irritado Aliosha.

—Absolutamente nada, palomito. ¡Fu, diablos! Esto no lo cree, ahora, ni un escolar de trece años. Aunque por mí, al diablo... Así, pues, te has enojado contra tu Dios, te has sublevado: ¡como si te hubieran pasado por alto en un ascenso, como si no te hubieran concedido una orden con motivo de una fiesta! ¡Ah, qué gente!

Aliosha miró largamente a Rakitin, con los ojos entornados, en los que de pronto relampagueó algo... pero no era irritación contra el otro.

—Yo no me sublevo contra mi Dios, pero «no acepto su mundo» —dijo con una sonrisa crispada.

—¿Qué significa esto de no aceptar el mundo? —Rakitin meditó unos segundos sobre esa respuesta—. ¿Qué galimatías es éste?

Aliosha no respondió.

—Pero basta ya de zarandajas; ahora al grano: ¿has comido hoy?

—No recuerdo... he comido, me parece.

—A juzgar por tu cara, necesitas echar carbón a la máquina. Da pena mirarte. Seguro que tampoco has comido en toda la noche, he oído decir que habéis estado de sesión. Y después, tanto trajín, y ese pastel... Seguro que no has tomado más que un pequeño trozo de pan bendito. Yo tengo salchichón en el bolsillo, lo cogí al salir de la ciudad, por si acaso, pero claro, tú no vas a querer...

—Venga el salchichón.

—¡Hombre! ¡Estás desconocido! Así, pues, la sublevación es franca, ¡con barricadas! Bueno, hermano, no es cuestión de desdeñar nada por esto. Vente a mi casa... Yo mismo me bebería ahora un vasito de vodka, estoy muerto de cansancio. Me supongo que por la vodka no te habrás decidido... ¿O vas a beber?

—Venga también vodka.

—¡Vaya bomba! ¡Magnífico, hermano! —Rakitin le miró estupefacto—. Bueno, como sea, con vodka o con salchichón, se trata de algo estupendo, de algo bueno que no se ha de dejar escapar. ¡Vámonos!

Aliosha se levantó del suelo en silencio y siguió a Rakitin.

—¡Cómo se sorprendería el hermano Vániechka, si lo viera! A propósito, tu hermano Iván Fiódorovich esta mañana ha ahuecado el ala hacia Moscú, ¿lo sabes?

—Lo sé —respondió Aliosha con indiferencia, y de pronto apareció por un momento en su imaginación la imagen de su hermano Dmitri, pero sólo por un momento; y aunque aquella imagen le recordó algo, algún asunto urgente, que no podía aplazarse más, ni por un instante, algún deber, alguna obligación espantosa, tampoco ese recuerdo produjo en su ánimo impresión alguna, no le llegó al corazón; en el mismo instante le voló de la memoria y quedó olvidado. Pero mucho después Aliosha se acordó de ello.

—Tú hermanito Vániechka dijo de mí en cierta ocasión que soy «un patoso liberal sin talento». Por tu parte, un día me diste a entender que soy «deshonesto»... ¡Sea! Ahora veré yo lo que vale vuestro talento y vuestra honestidad —esto lo acabó de decir Rakitin para sí, susurrando—. ¡Fu, escucha! —continuó, de nuevo en voz alta—. Apartémonos del monasterio, sigamos por el sendero directamente a la ciudad... Hum. De paso necesito entrar un momento en casa de Jojlakova. Figúrate: le he contado por escrito todo lo que aquí ha sucedido; pues imagínate, en un abrir y cerrar de ojos me manda una notita de respuesta, escrita a lápiz (esta dama tiene una afición enorme a escribir notitas), diciendo que de ningún modo esperaba de stárets tan venerable como el padre Zosima «un *proceder semejante*». Lo ha escrito así: «¡un proceder!» También ella se ha picado; ¡ah; qué gente sois! ¡Espera! —volvió a gritar de repente, deteniéndose y haciendo detener también a Aliosha poniéndole la mano en un hombro.

—¿Sabes, Aliosha? —le miró a los ojos con escudriñadora mirada, todo él bajo la impresión de la nueva y repentina idea que acababa de ocurrírsele; aunque no se reía exteriormente, por lo visto tenía miedo de anunciar en voz alta esa nueva idea repentina, tanto era lo que aún le costaba creer en el estado de ánimo, prodigioso para él y totalmente inesperado, en que veía a Aliosha—. Aliosha, ¿sabes adónde podríamos ir ahora, mejor que a ningún otro sitio? —dijo al fin, vacilando e insinuante:

—Me da lo mismo... adonde quieras.

—Vamos a casa de Grúshenka, ¿eh? ¿Vendrás? —dijo finalmente Rakitin, hasta temblando de tímida espera.

—Vamos a casa de Grúshenka —respondió con la mayor calma Aliosha, y ello, es decir, ese rápido y tranquilo asentimiento resultó ya tan inesperado para Rakitin, que éste por poco da un brinco hacia atrás.

—¡Eso...! ¡Bueno! —gritó perplejo; pero de súbito, agarrando con fuerza a Aliosha por el brazo, se apresuró a conducirle por el sendero, todavía con un miedo terrible de que se esfumara en el otro la decisión. Caminaban en silencio, Rakitin hasta tenía miedo de hablar.

—Qué contenta se va a poner ella, qué contenta... —balbuceó, mas se calló de nuevo.

Además, no era para proporcionar una alegría a Grúshenka por lo que le llevaba a Aliosha; él era un hombre serio y nada emprendía sin algún fin útil para sí mismo. Su objetivo ahora era doble; en primer lugar, quería satisfacer un deseo de venganza, es decir, quería ver «el oprobio del justo» y la probable «caída» de Aliosha «de santo a pecador», lo que le deleitaba ya con anticipación; en segundo lugar, perseguía cierto objetivo material, sumamente beneficioso para él, cosa de la que hablaremos más adelante.

«Se ha presentado un momento así —pensaba para sus adentros con maligna alegría—; vamos, pues, a pescar ese momento, que nos es muy conveniente.»

III

LA CEBOLLITA

GRÚSHENKA vivía en el barrio más concurrido de la ciudad, cerca de la plaza de la Catedral, en casa de Morózova, viuda de un comerciante, a la que alquilaba un pequeño pabellón de madera situado en el patio del edificio. La casa de Morózova, en cambio, era grande, obra de albañilería, de dos plantas, vieja y de aspecto muy poco agradable; vivía retirada en ella la propietaria misma, mujer muy entrada en años, con dos sobrinas suyas, doncellas también de mucha edad. No necesitaba dar en arriendo el pabellón de su patio, y era del dominio público que si había admitido a Grúshenka como inquilina (hacía ya de ello unos cuatro años) había sido únicamente para complacer a su pariente, el comerciante Samsónov, protector declarado de aquella mujer. Se decía que el celoso vejete, al instalar a su «favorita» en casa de Morózova, contaba, al principio, con la penetrante mirada de la vieja para vigilar la conducta de la inquilina. Pero muy pronto la penetrante mirada resultó innecesaria y la cuestión terminó con que Morózova se veía raras veces con Grúshenka, a la que, al fin, dejó de importunar con su vigilancia. Cierto, habían transcurrido ya cuatro años desde que el viejo había instalado en dicha casa a la joven de dieciocho años, tímida, cohibida, finita, delgaducha, cavilosa y triste, traída por él de una capital de provincia, y desde entonces había corrido mucha agua. De todos modos, era poco e impreciso lo que se sabía en nuestra ciudad acerca de la biografía de esa muchacha; tampoco se supo más en los últimos tiempos, ni siquiera cuando fueron ya muchos quienes comenzaron a interesarse por aquella «guapaza» en que se había convertido en cuatro años Agrafiona Alexándrovna. Corrían sólo rumores de que alguien, al parecer un oficial, había engañado a la muchacha a los diecisiete años y que la había abandonado inmediatamente después. Según se contaba, aquel oficial se había trasladado a alguna otra localidad y luego se había casado; Grúshenka, en cambio, había quedado deshonrada y en la miseria. Decían, por otra parte, que si bien Grúshenka se encontraba realmente en la miseria cuando se hizo cargo de ella su viejo, era de familia honrada, de condición eclesiástica, y que era hija de cierto diácono fuera de plantilla o algo por el estilo. En cuatro años, la huerfanita sensible, humillada y poquita cosa, se había convertido en una belleza rusa, de buenas carnes, sonrosada, una mujer de carácter valiente y decidido, orgullosa y descarada, entendida en cuestiones de dinero, amiga de adquirirlo, avara y circunspecta, que había sabido ya, por medios lícitos o no lícitos, como de ella decían, hacerse su propio capitalito. De una cosa estaban todos convencidos: el acceso a Grúshenka era difícil y, aparte del viejo, su protector en esos cuatro años, no había habido ni un solo hombre que pudiera jactarse de haber sido objeto de sus favores. El hecho resultaba incontestable, pues eran muchos los que se habían presentado con el propósito de hacer suyos esos favores, sobre todo en el transcurso de los dos años últimos. Pero todas las tentativas resultaron inútiles y algunos de los moscardones se vieron obligados a retirarse incluso después de un desenlace cómico y vergonzoso, gracias a la resistencia firme y burlona de aquella joven de carácter. Se sabía, además, que la joven, sobre todo durante el último año, se había lanzado a lo que se denomina *Geschäft*[2] y que, en ese terreno, había dado muestras de poseer extraordinarias capacidades, de modo que, al final, muchos acabaron llamándola auténtica judía. No se trataba de que prestara dinero con usura, pero se sabía, por ejemplo, que asociada con Fiódor Pávlovich Karamázov se había ocupado realmente, durante cierto tiempo, de comprar letras de cambio a bajo precio, a diez kopeks por rublo, y que luego había adquirido por cada diez kopeks un rublo con tales letras de cambio. El enfermo Samsónov, quien,

---

[2] Negocios (al.).

desde hacía un año, no podía moverse por lo mucho que se le habían hinchado las piernas, viudo que tiranizaba a sus hijos ya mayores, hombre que disponía de varios centenares de miles de rublos, avaro e implacable, había caído, a pesar de todo, bajo la fuerte influencia de su protegida, a la que al principio había tratado de mala manera y había tenido con las riendas cortas o «a magra ración», como decían entonces los burlones. Pero Grúshenka había sabido emanciparse después de haberle infundido una confianza absoluta en lo tocante a la fidelidad que le guardaba. Aquel viejo, gran hombre de negocios (muerto hace ya mucho tiempo), era también un hombre de carácter notable, sobre todo avaro y duro como el pedernal, y aunque Grúshenka le había cautivado hasta el punto de que Samsónov no podía vivir sin ella (durante los últimos dos años, por ejemplo, así fue), él no le dejó ningún capital importante y no habría cedido sobre este particular aunque ella le hubiese amenazado con abandonarle. Pero le cedió, en cambio, un pequeño capital, y cuando esto se supo todo el mundo se quedó sorprendido. «Tú eres de las que da en el clavo —le dijo al hacerle donación de unos ocho mil rublos—, sácale provecho al dinero como mejor te parezca, pero has de saber que, aparte de la cantidad anual que te venía dando, no vas a recibir de mí nada más, ni te dejaré nada en mi testamento.» Mantuvo su palabra: murió y lo dejó todo a sus hijos, a quienes toda la vida había tenido a su lado, a la par de los criados, con sus mujeres y sus hijos; en el testamento ni siquiera se hablaba de Grúshenka. Todo esto se supo después. Ayudó no poco a la joven aconsejándole de qué modo debía sacar provecho de «su propio capital» y le indicó algunos «negocios». Cuando Fiódor Pávlovich Karamázov, que había entrado en relación con Grúshenka con motivo de un *Geschäft* casual, acabó de manera totalmente inesperada para él enamorándose hasta perder el seso por ella, el viejo Samsónov, que entonces tenía ya un pie en la sepultura, se rió de buena gana. Es admirable que Grúshenka fuera por completo y, en cierto modo, cordialmente sincera con su viejo durante todo el tiempo de sus relaciones, sin que lo fuera, al parecer, con ninguna otra persona del mundo. En los tiempos más recientes, cuando apareció también de súbito con su amor Dmitri Fiódorovich, el viejo dejó de reírse. Al contrario, en cierta ocasión, muy serio y severo, aconsejó a Grúshenka: «Si es cuestión de elegir a uno de los dos, al padre o al hijo, elige al primero, mas a condición de que el canalla se case sin falta contigo y previamente ponga a tu nombre aunque no sea más que cierto capital. En cuanto al capitán, no lo trates, no te conviene.» En estos términos habló a Grúshenka el viejo lujurioso, que presentía ya entonces su muerte próxima y que, en efecto, murió cinco meses después. Indicaré aún, de pasada, que si bien en nuestra ciudad muchos tenían noticia, entonces, de la absurda y monstruosa rivalidad de los Karamázov, padre e hijo, en torno a Grúshenka, pocos eran los que comprendían el verdadero sentido de la actitud de la joven respecto a los dos, al viejo y al hijo. Incluso de las dos criadas de Grúshenka (después de producirse la catástrofe de que se hablará más adelante) declararon luego ante el tribunal que Agrafiona Alexándrovna recibía a Dmitri Fiódorovich nada más que por miedo, pues al parecer «le había amenazado de muerte». De las dos criadas que tenía Grúshenka, una, la cocinera, que lo había sido de su propia familia, era muy vieja, casi sorda; la otra, nieta de la vieja, era una jovencita vivaracha de unos veinte años, y le servía de doncella. Vivía Grúshenka con mucha tacañería y tenía la casa instalada con modestia. Ocupaba en el pabellón tres habitaciones, amuebladas por la propietaria de la casa con viejos muebles de caoba, estilo 1820. Cuando Rakitin y Aliosha entraron en la casa, ya era de noche, pero en las habitaciones las luces aún no estaban encendidas. La propia Grúshenka se había tumbado en el salón sobre su diván, grande y pesado, con respaldo de caoba, duro y tapizado de cuero, ya muy gastado y hasta agujereado. Tenía debajo de la cabeza dos blancas almohadas de plumón, que eran de su cama. Se hallaba acostada de espalda, estirada e inmóvil, con las dos manos bajo la cabeza. Iba vestida como si estuviera esperando a alguien, con un vestido negro de seda y una leve cofia de encaje que le sentaba muy bien; se había echado sobre los hombros un chal de encaje sujeto con un macizo broche de oro. En efecto, estaba esperando a alguien, ansiosa e impaciente, algo pálida, ardientes los labios y los ojos, dando nerviosamente leves golpecitos en el brazo del diván con la punta del pie derecho. No bien aparecieron Rakitin y Aliosha, se produjo una pequeña alarma:

desde el vestíbulo se notó que Grúshenka saltaba rápidamente de su sitio y se oyó que preguntaba, gritando asustada: «¿Quién es?» Pero a los recién llegados los había recibido la muchacha, que respondió enseguida a la señora:

—No es él, son otros; no hay que asustarse.

«¿Qué le pasará?», balbuceó Rakitin, conduciendo a Aliosha del brazo al salón. Grúshenka estaba de pie junto al diván, todavía asustada. Un grueso mechón de su trenza de cabellos castaños se le desprendió de súbito por debajo de la cofia y le cayó sobre el hombro derecho, pero ella no se dio cuenta y no lo recogió hasta que se hubo fijado en los visitantes y los hubo reconocido.

—Ah, ¿eres tú, Rakitka?[3]. Me has asustado. ¿Con quién vienes? ¿Quién te acompaña? ¡Santo Dios, a quién me traes! —exclamó al ver que se trataba de Aliosha.

—¡Pero manda traer las velas! —dijo Rakitin con aire desenvuelto, como de persona muy conocida en la casa, con derecho, incluso, de dar órdenes en ella.

—Las velas... naturalmente, las velas... Fienia, tráele una vela... Vaya, hombre, ¡has elegido buena hora para venir con él —exclamó Grúshenka de nuevo, señalando con la cabeza a Aliosha, y, volviéndose hacia el espejo, empezó a arreglarse rápidamente la trenza con ambas manos. Parecía descontenta.

—Ah, ¿no he acertado? —preguntó Rakitin, sintiéndose casi ofendido por un instante.

—Me has asustado, Rakitin, eso es lo que has hecho —Grúshenka se volvió hacia Aliosha con una sonrisa—. No me temas, mi buen Aliosha, no sabes lo contenta que estoy de verte, inesperado visitante mío. Pero tú, Rakitka, me has asustado: me figuraba que era Mitia quien pretendía entrar. Verás, le he engañado hace poco, le he obligado a darme palabra de honor de que me creía y yo le he mentido. Le he dicho que me iba por toda la tarde a casa de Kuzmá Kuzmich, mi viejo, al que ayudaría a contar dinero hasta la noche. Todas las semanas me paso una tarde entera con él haciendo cuentas. Nos cerramos bajo llave; él saca las cuentas con el ábaco y yo las anoto en los libros, sólo se fía de mí. Mitia ha creído que me iba allí,

---

3 Variante familiar de Rakitin, como también lo es Rakítushka.

y lo que yo he hecho ha sido encerrarme en casa; aquí estoy, esperando una noticia. ¡Cómo os ha dejado entrar Fienia! ¡Fienia, Fienia! Corre al portalón, abre y echa un vistazo, a ver si ronda por ahí el capitán. A lo mejor se ha escondido y está espiando. ¡Estoy muerta de miedo!

—No hay nadie, Agrafiona Alexándrovna, acabo de mirar por todas partes; a cada momento me acerco a mirar por la rendija, yo misma estoy temblando.

—¿Están cerrados los postigos, Fienia? Corre las cortinas, ¡así! —ella misma corrió las pesadas cortinas—, que no salga la luz afuera. Hoy tengo miedo de Mitia, de tu hermanito, Aliosha. —Grúshenka hablaba en voz alta, aunque con cierta alarma, pero también como si estuviera casi entusiasmada.

—¿Por qué temes tanto a Mítienka, hoy? —preguntó Rakitin—. Según parece, no sueles tener miedo a su lado y le haces bailar al son que quieres.

—Te digo que espero una noticia, una pequeña noticia que vale más que el oro, de modo que Mitia no ha de venir ahora por nada del mundo. Pero no me ha creído cuando le he dicho que iba a casa de Kuzmá Kuzmich, lo adivino. Seguramente está ahora escondido detrás de la casa de Fiódor Pávlovich, en el huerto, vigilando si llego yo. Si se ha apostado allí, aquí no vendrá, ¡tanto mejor! A casa del viejo he ido realmente, el propio Mitia me ha acompañado hasta allí; le he dicho que estaría en la casa hasta medianoche y que a esa hora fuera a buscarme sin falta para compañearme aquí. Se ha ido y a los diez minutos me he venido a casa otra vez, he venido corriendo, tenía miedo de encontrármelo por el camino.

—¿Y a dónde piensas ir, que te has endomingado de este modo? Vaya cofia más curiosa que te has puesto.

—¡Y vaya lo curioso que eres tú, Rakitin! Ya te he dicho que estoy esperando una noticia. Cuando la noticia llegue, me iré volando, y si te he visto no me acuerdo. Por eso me he endomingado, para estar preparada.

—¿Y a dónde te irás, volando?

—Si tanto quieres saber, pronto llegarás a viejo.

—Vaya, vaya. La alegría te rebosa por todo el cuerpo... Nunca te había visto así. Te has emperifollado como para ir a un baile —decía Rakitin, contemplándola.

—Mucho entiendes tú de bailes.

—¿Tú sí?

—Yo una vez vi un baile. Hace tres años, cuando Kuzmá Kuzmich casó a su hijo; yo miraba desde la balaustrada. Pero cómo voy a estar hablando contigo, Rakitka, cuando tengo aquí a un príncipe. ¡Este sí es un huésped! Aliosha, angelito, te estoy mirando y no lo creo; Señor, ¡cómo has venido tú a mi casa! Si he de decirte la verdad, no te esperaba, no habría adivinado ni nunca habría creído que pudieras venir. ¡Aunque éste no es el momento oportuno, no sabes lo contenta que estoy de verte! Siéntate en el diván, aquí, así, mi sol. La verdad, me parece que aún no vuelvo de mi asombro... ¡Ah, Rakitka, si me lo hubieras traído ayer o anteayer!... Bueno, aun así estoy contenta. Quizás es preferible que haya sido ahora, en este momento, y no anteayer...

Se sentó con traviesa vivacidad al lado de Aliosha, en el diván, muy cerca, y le miró decididamente encantada. Estaba en realidad contenta y no mentía cuando lo afirmaba. Le ardían los ojos, le reían los labios, pero le reían dulce, alegremente. Aliosha no esperaba verle una expresión tan bondadosa en el rostro... Hasta el día anterior la había visto muy poco y se había formado de ella un concepto espantoso; el día anterior había quedado terriblemente impresionado por la jugada maligna y pérfida que ella había preparado a Katerina Ivánovna; se quedó, pues, muy sorprendido al ver en la joven como un ser totalmente distinto e inesperado. Por abrumado que se sintiera por su propia pena, aún a pesar suyo los ojos se le posaron en ella y la miraron con atención. Las maneras de Grúshenka parecían haber cambiado asimismo totalmente desde el día anterior, mejorando: casi habían desaparecido por completo la entonación dulzona de la víspera, los movimientos lánguidos y afectados... Todo era sencillo, cordial, sus movimientos eran rápidos, simples, confiados, pero ella estaba muy excitada.

—Señor, cuántas cosas suceden hoy, la verdad —balbuceó Grúshenka otra vez— Ni yo misma sé, Aliosha, por qué estoy tan contenta de verte. Pregúntamelo y no sabré que contestarte.

—Vaya, vaya, ¿no sabes de qué estás contenta? —se sonrió

Rakitin—. Por alguna cosa me has estado mareando tantas veces con lo mismo: tráemelo aquí, tráemelo; algo te propondrías.

—Antes me proponía otra cosa, pero ahora ya ha pasado, no es el momento. Os voy a convidar, será lo mejor. Ahora me he vuelto mejor, Rakitka. Pero siéntate tú también, ¿qué haces de pie? Ah, ¿ya te has sentado? No hay miedo de que Rakítushka se olvide de sí mismo. ¿Ves, Aliosha? Ahora está sentado frente a nosotros y se siente ofendido porque no le he invitado a sentarse antes que a ti. ¡Oh, qué pronto se ofende, mi Rakitka, qué pronto se ofende! —Grúshenka se rió—. No te enfades, Rakitin, ahora soy buena. ¿Pero por qué tienes esa cara tan triste, Alióshechka? ¿Acaso me tienes miedo? —le miró a los ojos, alegre y burlona.

—Está muy apenado. No le han dado el ascenso —dijo Rakitin con voz de bajo.

—¿Qué ascenso?

—Su stárets apesta.

—¿Cómo, apesta? Vaya tontada; lo que tú quieres es decir alguna grosería. Cállate, bobo. Déjame sentarme en tus rodillas, Aliosha, ¡así! —y de pronto, en un santiamén, se levantó de un brinco y se le sentó en las rodillas, como una gatita cariñosa, pasándole tiernamente el brazo derecho por el cuello—. ¡Yo te pondré alegre, piadoso nene mío! Sí, ¿de verdad me permites que esté sentada en tus rodillas? ¿No te enfadarás? Si me lo mandas, me levanto.

Aliosha callaba. Permanecía sentado, temeroso de moverse; había oído las palabras de ella: «Si me lo mandas me levanto», pero no había respondido nada, como si hubiera quedado petrificado. Sin embargo, no experimentaba lo que habría podido esperar y lo que podía imaginarse entonces, por ejemplo, Rakitin, que estaba mirando con sensual mirada desde su sitio. La gran pena del alma le ahogaba todas las sensaciones que habrían podido engendrársele en el corazón, y si en aquel momento hubiera podido darse cuenta de sí mismo, habría adivinado que llevaba la más firme de las corazas contra toda seducción y tentación. No obstante, pese a la confusa inconsciencia de su estado de ánimo y a toda la amargura que le oprimía, no podía menos que sorprenderse, aun a pesar suyo, por

[536]

una nueva y rara sensación que le nacía en el pecho: aquella mujer, aquella «terrible» mujer, no le asustaba con el miedo que antes le inspiraba, con el miedo que notaba cada vez que pensaba antes en las mujeres, si alguna se le aparecía por un momento en el alma; todo lo contrario, aquella mujer a la que antes temía más que a ninguna otra y que tenía en ese momento sentada sobre las rodillas y abrazándole, despertaba en él, repentinamente, un sentimiento de una curiosidad extraordinaria, grandiosa y franca, y ello sin miedo alguno, sin la más mínima parte de su anterior espanto; eso era lo más importante y lo que le sorprendía a pesar suyo.

—Venga, basta ya de endilgar estupideces —se puso a gritar Rakitin—; mejor será que nos invites a champaña, me lo debes, ¡tú misma lo sabes!

—Cierto, es una deuda. ¿Sabes, Aliosha? Le prometí champaña si te traía aquí. Venga champaña, ¡yo también beberé! Fienia, Fienia, tráenos champaña, esa botella que dejó Mitia; corre, tráela pronto. Aunque tacaña, destaparé una botella, no para ti, Rakitin, tú eres un hongo, ¡pero él es un príncipe! Y aunque es de otra cosa de lo que tengo ahora pendiente el alma, no importa, beberé con vosotros, ¡tengo ganas de jaleo!

—¿Pero qué es lo que te pasa ahora, y cuál es esta famosa «noticia»? Permíteme que te lo pregunte si no se trata de un secreto —terció nuevamente Rakitin, con curiosidad, haciendo de tripas corazón para simular que no paraba mientes en los alfilerazos que sin cesar le dirigían.

—¡Bah! No es ningún secreto, tú mismo lo sabes —respondió de pronto Grúshenka preocupada, volviendo la cabeza hacia Rakitin y despegándose un poco de Aliosha, si bien continuaba en sus rodillas y no le quitaba el brazo del cuello—; el oficial viene, Rakitin, ¡viene mi oficial!

—Ya lo he oído decir, pero ¿está tan cerca, por ventura?

—Ahora está en Mókroie, desde allí me mandará un propio; así me lo ha escrito él mismo, hoy he recibido carta suya. Estoy esperando al propio.

—¡Ah, ya! ¿Y por qué en Mókroie?

—Es largo de contar, ya te he dicho bastante.

—Vaya, vaya, ¿y Mítienka, ahora, qué? ¡Huy, huy! ¿Lo sabe él o no?

—¡Qué va a saber! ¡No sabe nada! Si lo supiera, me mataba. Pero ahora ya no le temo, no tengo miedo a su cuchillo. Calla, Rakitka, no me recuerdes a Dmitri Fiódorovich: me ha torturado el corazón. En este momento no quiero ni pensar en esas cosas. En Alióshechka sí puedo pensar, estoy mirando a Alióshechka... Bueno, sonríeme, mi nene, alégrate, ríete de mi tontería, ríete para que yo me alegre... ¡Sí, se ha sonreído, se ha sonreído! Oh, qué dulzura en su mirada. ¿Sabes, Aliosha? Creía que estabas enfadado conmigo por lo que pasó anteayer, por la señorita aquella. Me porté como una perra, eso es... Sólo que, de todos modos, no está mal que pasara lo que pasó. Estuvo mal y estuvo bien —de pronto Grúshenka se sonrió, cavilosa, y una nota de dureza afloró por un instante en su sonrisa—. Mitia me ha contado lo que ella gritaba: «¡Hay que azotarla con un látigo!» La ofendí en serio, entonces. Me había llamado, quería vencerme, pretendía seducirme con su chocolate... No, estuvo bien que pasara lo que pasó —volvió a sonreírse—. Lo que temo aún es que te hayas enfadado tú...

—Pues sí, es la pura verdad —intervino de pronto Rakitin, con verdadera sorpresa—. Ya ves, Aliosha, a ti en verdad te teme; a ti, a un polluelo como tú.

—Será un polluelo para ti, Rakitka, eso es... porque tú no tienes conciencia, ¡ea! Yo, ¿ves?, le quiero con el alma, ¡para que lo sepas! ¿Me crees, Aliosha, que te quiero con toda el alma?

—¡Ah, desvergonzada! ¡Se te está declarando, Aliosha!

—¿Por qué no, si le quiero?

—¿Y el oficial? ¿Y la noticia, de Mókroie, más valiosa que el oro?

—Aquello es una cosa y esto es otra.

—¡Vaya con las razones de las mujeres!

—No me sulfures, Rakitka —replicó acalorada Grúshenka—; aquello es una cosa y esto es otra. A Aliosha le quiero de otro modo. Cierto, Aliosha, me había propuesto jugar contigo. Ya sabes que soy vil, arrebatada; pero en otros momentos, Aliosha, te miro como si fueras mi conciencia. No hago más que pensar: «Cómo me debe despreciar, ahora, mala como soy.» También lo pensaba anteayer, cuando vine corriendo de casa de la señorita. Hace tiempo que me he fijado en ti de este modo, Aliosha, y Mitia lo sabe, se lo decía. Mitia lo comprende. No sé si me creerás, pero a veces, Aliosha, te miro y me avergüenzo, la verdad, me siento toda avergonzada... No sé ni recuerdo cómo y cuándo empecé a pensar en ti...

Entró Fienia y puso una bandeja sobre la mesa, con una botella descorchada y tres copas llenas.

—¡Aquí tenemos el champaña! —se puso a gritar Rakitin—. Estás excitada, Agafia Alexándrovna, y no te dominas. Cuando hayas bebido una copa, te pondrás a bailar. ¡Ay-ay! Vaya, ni siquiera eso han sabido hacer bien —añadió, fijándose en el champaña—. En la cocina, la vieja misma ha llenado las copas y han traído la botella destapada y sin haberla puesto al fresco. Bueno, venga aunque sea así.

Se acercó a la mesa, tomó una copa, se la bebió de una vez y se llenó otra.

—Eso de beber champaña no es cosa de cada lunes y cada martes —comentó relamiéndose—. Venga, Aliosha, toma la copa, demuestra quién eres. ¿Por qué brindaremos? ¿Por las Puertas del Paraíso? Toma una copa, Grusha, bebe tú también por las Puertas del Paraíso.

—¿A qué Puertas del Paraíso te refieres?

Ella tomó una copa, Aliosha tomó la suya, bebió un sorbo y volvió a dejarla sobre la mesa.

—¡No, mejor será que no beba! —se sonrió con dulzura.

—¡Y se pavoneaba! —gritó Rakitin.

—Bueno, si es así, yo tampoco beberé —declaró Grúshenka—; además no me apetece. Bébete toda la botella, Rakitka. Si Aliosha se decide a beber, entonces yo también beberé.

—¡Les ha llegado el turno a las carantoñas terneriles! —se burló Rakitin—. ¡Y ella, con todo, sentadita en sus rodillas! Aliosha por lo menos está apenado; pero tú, ¿qué? Él se ha sublevado contra su Dios, ha querido comer salchichón...

—¿Qué le ha pasado?

—Su stárets ha muerto hoy, el stárets Zosima, el santo.

—¡Cómo! ¡Ha muerto el stárets Zosima! —exclamó Grúshenka—. Señor, y yo no lo sabía! —se persignó devotamente—. Señor, pero ¡qué estoy haciendo, me estoy sentada ahora en las rodillas de Aliosha! —exclamó de repente, como asustada; saltó en un abrir y cerrar de ojos y fue a sentarse en el diván.

Aliosha fijó en ella una larga mirada de asombro y en su rostro pareció que algo se iluminaba.

—Rakitin —de pronto se puso a hablar en voz alta y firme—, no te burles diciendo que me he sublevado contra mi Dios. No quiero sentir cólera contra ti, por eso te pido que tú también seas mejor. Yo he perdido un tesoro como tú no has tenido nunca otro igual y por esto no puedes juzgarme. Vale más que te fijes en lo que ella ha hecho: ¿has visto cómo ha tenido compasión de mí? Yo he venido aquí para encontrar un alma vil, lo deseaba yo mismo porque de mí se habían apoderado la maldad y la vileza, pero aquí he encontrado a una hermana sincera, he encontrado un tesoro, un alma amorosa... Ahora se ha compadecido de mí... Agrafiona Alexándrovna, hablo de ti. Acabas de devolver a mi alma su anterior estado.

Le temblaron los labios y se le hizo dificultosa la respiración. Aliosha se detuvo.

—¡Cualquiera diría que te ha salvado! —sonrió Rakitin, riendo malignamente—. Pues lo que ella quería era tragarte, ¿lo sabes?

—¡Basta, Rakitka! —profirió súbitamente Grúshenka—. Callad los dos. Ahora lo diré todo yo: Aliosha, calla porque tus palabras me avergüenzan, pues yo soy mala y no buena, soy mala. Y tú, Rakitka, calla, porque mientes. Yo había tenido la vil idea de tragármelo, pero ahora mientes, ahora no es eso ni mucho menos... ¡Y que no vuelva a oírte ni una palabra más, Rakitka! —Grúshenka dijo todo esto con una gran agitación.

—¡No te fastidia, los dos se sulfuran! —musitó Rakitin, contemplándolos sorprendido—. ¡Parecen locos! ¡Ni que hubiera ido a parar a un manicomio! Los dos se han ablandado, ¡van a empezar a llorar!

—¡Sí, empezaré a llorar, claro que empezaré a llorar! —decía Grúshenka—. ¡Él me ha llamado hermana suya, no lo olvidaré jamás! Y te diré una cosa, Rakitka: yo, aunque mala, una vez di una cebolla.

—¿De qué cebolla estás hablando? ¡Uf, diablo! ¡Pues es verdad que han perdido el juicio!

Rakitin se sorprendía de la exaltación de los dos y se irritaba ofendido, aunque habría podido comprender que en los dos había coincidido, como pocas veces se da en la vida, todo lo que podía conmoverles. Pero Rakitin, de gran sensibilidad para comprender todo cuanto se refería a sí mismo, era bastante torpe para darse cuenta de los sentimientos y sensaciones de su prójimo, lo cual se debía, en parte, a su inexperiencia juvenil y, en parte, a su mucho egoísmo...

—¿Ves, Aliosha? —Grúshenka se echó a reír nerviosamente a la vez que le dirigía estas palabras—. Acabo de vanagloriarme ante Rakitka de haber dado una cebolla, pero ante ti no me vanagloriaré, a ti te lo diré con otro fin. Se trata sólo de una fábula, pero es una buena fábula; la oí contar siendo niña, a Matriona, la que tengo ahora de cocinera. Dice: «Érase una vez una mujer mala, muy mala, y se murió sin dejar tras ella ni una buena acción. Los demonios la agarraron y la echaron al lago de fuego. Pero el ángel de la guarda de la mujer pensaba sin cesar: ¿qué buena acción puede haber hecho para podérsela contar a Dios? Por fin se acordó de algo y dijo a Dios: una vez en el huerto arrancó una cebolla y la ofreció a una mendiga. Dios le responde: toma esa misma cebolla, acercársela y que se agarre a ella; si tirando de la cebolla sacas a la mujer del lago, que vaya al Paraíso; pero si la cebolla se rompe, que se quede la mujer donde está. Corre el ángel hacia ella, le alarga la cebolla y le dice: toma, mujer, agárrate y no te sueltes. Empezó a tirar con precaución, y ya la había sacado casi del lago cuando los otros pecadores se dieron cuenta y comenzaron a agarrarse de ella para que los sacaran también de aquel lugar. Pero la mujer era mala, muy mala, y empezó a sacudírselos de encima a coces: "Es a mí, a quien sacan, no a vosotros; la cebolla es mía, no vuestra." No bien hubo dicho estas palabras, se rompió la cebolla. La mujer cayó en el lago y aún hoy está ardiendo. El ángel se echó a llorar y se fue.» Esta es la fábula. Aliosha, me la sé de memoria y la recuerdo porque yo mismo soy esa mujer mala. Ante Rakitka me he alabado de haber dado una cebolla, pero a ti te lo diré de otro modo: en toda mi vida *a lo sumo* habré dado una cebolla, de ahí no pasan mis buenas acciones. Así que, Aliosha, no me alabes ni me consideres buena; soy mala, rematadamente mala, y si me alabas me avergüenzo. Te lo voy a confesar todo. Escucha, Aliosha: era tanto lo que deseaba verte en mi casa y lo que con este propósito mareaba a Rakitka, que le prometí veinticinco rublos si lograba traerte aquí. ¡Un momento, Rakitka, espera!

Se acercó con paso rápido a la mesa, abrió el cajón, tomó el portamonedas y sacó de él un billete de veinticinco rublos.

—¡Qué absurdo! ¡Qué absurdo! —exclamó Rakitin, pasmado.

—Tómalos, Rakitka, te los debo; supongo que no los rechazarás, fuiste tú quien los pediste —y le arrojó el billete.

—Sólo faltaría que los rechazara —contestó Rakitin con voz de bajo, evidentemente turbado, pero tratando de disimular la vergüenza, como un gallito—, me vendrán de perilla; si los tontos existen es un provecho de los inteligentes.

—Y ahora cállate, Rakitka; ahora, todo cuanto diré no será para tus oídos. Siéntate ahí en el rincón y cállate; a nosotros no nos quieres, cállate.

—¿Y por qué os habría de querer? —contestó Rakitin en un tono hostil, sin preocuparse ya de disimular su cólera.

Se había metido en el bolsillo el billete de veinticinco rublos y se sentía decididamente avergonzado ante Aliosha. Había esperado recibir la paga más tarde, de modo que éste no se enterara, y ahora la vergüenza le ponía furioso. Hasta ese momento había considerado político en alto grado no contradecir mucho a Grúshenka, pese a todos sus alfilerazos, pues la joven ejercía sobre él cierto dominio, era evidente. Mas ahora también él estaba irritado.

—A la gente se la quiere por algo; pero vosotros, tanto el uno como el otro, ¿qué habéis hecho por mí?

—Pues quiere porque sí, como Aliosha.

—¿Cómo sabes que él te quiere, qué pruebas te ha dado para que puedas proclamarlo de este modo?

Grúshenka de pie en medio de la habitación, hablaba con calor y en su voz se percibían unos acentos histéricos.

—¡Cállate, Rakitka, no nos comprendes en absoluto! Y no te atrevas en adelante a tratarme de *tú*, no te lo permito, ¡vaya con el atrevimiento del niño ese! Siéntate en un rincón y cállate, como mi lacayo. Y ahora, Aliosha, a ti y sólo a ti te diré la verdad pura, para que veas qué bicho soy. Te lo confieso a ti, no a Rakitka. Quería perderte, Aliosha, eso es una verdad sin vuelta de hoja, lo había decidido firmemente; era tanto lo que lo de-

seaba, que soborné a Rakitka para que te trajera. ¿Y por qué lo
deseaba tanto? Tú, Aliosha, no sabías nada, te apartabas de mí;
cuando pasabas por mi lado, bajabas los ojos; yo, en cambio, te
había mirado más de cien veces, empecé a preguntar a todos
acerca de ti. Tu rostro se me quedó grabado en el corazón:
«Me desprecia, pensaba; ni siquiera desea mirarme.» Al fin se
apoderó de mí tal sentimiento que me dejaba asombrada de mí
misma: ¿por qué tengo miedo de un mocito como él? Me lo
voy a tragar enterito y me reiré. Estaba exasperada. No sé si lo
crerás; nadie se atreverá a decir ni a pensar, aquí, que algún
hombre viene y obtiene los favores de Agrafiona Alexándrovna; no tengo más que a ese viejo, a él estoy ligada y vendida,
Satanás nos casó; en cambio, de los otros nadie. Pero al mirarte a ti, me decía: a éste me lo tragaré. Me lo tragaré y me bur-
laré de él. Ya ves la perra rabiosa que soy, ¡y me has llamado
hermana tuya! Ahora ha venido el que me ofendió; aquí estoy,
esperando su aviso. ¿Sabes lo que fue para mí ese hombre?
Cinco años atrás me trajo aquí Kuzmá; yo me metía en casa,
me escondía para que no me vieran ni oyeran; delgadita, tonta,
me escondía y lloraba, me pasaba noches enteras sin dormir,
pensando: «¿Dónde estará ahora el malvado que te ha ofendido? Seguramente se estará riendo de mí con otra; oh, si alguna
vez le veo, si alguna vez le encuentro, pensaba yo, ¡cómo me
vengaré, cómo me vengaré!» De noche, en la oscuridad, lloraba con la cara hundida en la almohada, pensando lo mismo
una y otra vez, desgarrándome adrede el corazón, hartándolo
de rabia: «Me las pagará, ¡ah, cómo me las pagará!» A veces
gritaba así en la noche. Después, cuando de pronto me daba
cuenta de que no le haría nada, de que en aquellos momentos
él se estaba riendo de mí y quizá me había olvidado por completo y no me recordaba, me arrojaba del lecho al suelo, llorando a lágrima viva de impotencia, temblando como azogada hasta
el amanecer. Por la mañana, me levantaba más rabiosa que una
perra, dispuesta a tragarme a todo el mundo. Después, ¿qué te
imaginas? ¿Que empecé a acumular capital, que me volví insensible, que me puse rellenita y que así me volví más sensata?
¿Es eso lo que te figuras, eh? Pues no, nadie lo ve, nadie lo
sospecha en el universo; pero cuando llegan las tinieblas de la
noche, exactamente lo mismo que cuando era más moza, cinco

años antes, me acuesto, a veces, rechino de dientes y lloro durante la noche entera: «¡Ya me las pagará, ya me las pagará!», pienso. Has oído cuanto acabo de decirte, ¿no? Entonces, cómo me entiendes ahora: hace un mes recibí, inesperadamente, esa carta: él viene, es viudo, desea entrevistarse conmigo. Me quedé sin respiración, Señor; mas de súbito pensé; ¡vendrá, me hará un silbido, me llamará, y yo me arrastraré hasta él como un perrito apaleado, como si fuera yo la culpable! Lo pienso y no me creo a mí misma: «¿Soy o no soy vil? ¿Correré o no a su encuentro?» Y durante todo este mes, he sentido contra mí misma aún más rabia que cinco años atrás. ¿Ves, ahora, Aliosha, qué arrebatada soy y qué feroz? ¡Te he explicado toda la verdad! Me he divertido con Mitia para no correr hacia el otro. Cállate, Rakitka, tú no eres quién para juzgarme a mí, no es a ti a quien he hablado. Antes de que vosotros llegarais aquí, yo esperaba, pensaba, estaba decidiendo mi destino, y jamás podréis saber lo que pasaba en mi corazón. No, Aliosha, ¡di a aquella señorita que no se enoje por mi manera de tratarla!... Nadie en todo el mundo sabe ni puede saber lo que estos días me pasa... Porque aún es posible que hoy cuando vaya allí me lleve un cuchillo, aún no lo he decidido...

Y después de haber pronunciado estas «lamentables» palabras, Grúshenka, de pronto, sin poder resistir más, sin acabar su pensamiento, se cubrió la cara con las manos, se arrojó sobre el diván y, con el rostro en la almohada, se puso a llorar como una niña. Aliosha se levantó de su sitio y se acercó a Rakitin.

—Misha —le dijo—, no te enojes. Te ha ofendido, pero no te enojes. ¿La has oído, ahora? No es posible exigir tanto del alma de una persona, hay que ser más misericordioso...

Aliosha habló así movido por un irresistible impulso de su corazón. Necesitaba manifestarse y se dirigió a Rakitin. De no haber estado Rakitin, se habría puesto a hablar solo. Pero Rakitin le miró burlonamente y Aliosha se paró en seco.

—Eso son cosas que te ha metido en la cabeza tu stárets y ahora me las sueltas a mí, Alióshechka, hombrecito de Dios —contestó Rakitin, con una sonrisa de odio.

—No te rías, Rakitin, no te burles, no hables del difunto: ¡es superior a cuantos ha habido en la tierra! —gritó Aliosha con la voz entrecortada por las lágrimas—. No te he hablado como juez, sino como el último de los acusados. ¿Quién soy yo ante ella? Yo venía hacia aquí para perderme, y decía: «¡No importa, no importa!», y esto por cobardía, mientras que ella, después de cinco años de sufrimiento, no bien ha venido uno y le ha dicho una palabra sincera, lo ha perdonado todo, ¡todo lo ha olvidado y llora! Su ofensor ha vuelto, la llama y ella se lo perdonará todo, se precipitará a su encuentro llena de alegría y no se llevará consigo el cuchillo, ¡no se lo llevará! No, yo no soy así. No sé cómo eres tú, Misha, pero ¡yo no soy así! Hoy, ahora, acabo de recibir esta lección... Esta mujer es superior a nosotros por su amor... ¿Acaso le habías oído contar, antes, lo que ahora ha dicho? No, no lo habías oído; de haberlo oído, hace tiempo que lo habrías comprendido todo... y la otra ofendida, la de anteayer, ¡que la perdone también! Y perdonará si sabe... y lo sabrá... Esta alma aún no ha hallado la paz, es necesario tratarla con delicadeza... en esta alma aún puede haber un tesoro.

Aliosha se calló porque la respiración se le cortaba. Rakitin, a pesar de toda su cólera, le miraba sorprendido. Jamás habría esperado una tirada tan larga del dulce Aliosha.

—¡Atiza, nos ha salido un abogado! ¿Te has enamorado de ella, por ventura? Agrafiona Alexándrovna, nuestro ayunador se ha enamorado de ti en serio, ¡has vencido! —gritó, riéndose con descaro.

Grúshenka alzó la cabeza de la almohada y miró a Aliosha con tierna sonrisa, que resplandeció de súbito en su rostro, como hinchado por las recientes lágrimas.

—No le hagas caso, Aliosha, mi querubín, date cuenta de cómo es, no vale la pena hablar con él. A ti, Mijaíl Ósipovich —añadió, dirigiéndose a Rakitin—, quería pedirte perdón por haberte tratado mal, pero ahora ya no tengo ganas. Aliosha, acércate a mi lado, siéntate aquí —le llamó con una sonrisa de alegría—; así, muy bien, dime —le cogió la mano y se puso a mirarle la cara, sonriendo—, dime: ¿le amo, o no, al otro? Al que me ofendió, ¿le quiero, o no? Antes de que vosotros vinierais estaba echada aquí, en la oscuridad, preguntándole sin cesar al corazón: ¿amo al otro o no le amo? Resuélvemelo tú, Aliosha, ha llegado el momento, lo que tú decidas se hará. ¿He de perdonarlo, o no?

—Pero, ya le has perdonado —repuso Aliosha, sonriendo.

—¡Es cierto, ya le he perdonado! —articuló a su vez Grúshenka, cavilosa—. ¡Oh, qué corazón más vil! ¡Por mi vil corazón!

Tomó repentinamente una copa de la mesa, se la bebió de una vez, la levantó y la arrojó con fuerza al suelo. La copa se hizo añicos y sus cristales resonaron. En la sonrisa de Grúshenka afloró por unos instantes un leve rictus de crueldad.

—Quizás aún no le he perdonado —dijo con cierto aire amenazador, como si hablara consigo misma—. Quizás el corazón sólo se dispone a perdonar. Aún tendré que luchar contra mi corazón. ¿Ves, Aliosha? Lo que yo he amado terriblemente son mis lágrimas de cinco años... ¡Quizás es sólo mi ofensa lo que he amado yo, y de ningún modo le he amado a él!

—¡No quisiera yo encontrarme en la piel de ese hombre, la verdad —musitó Rakitin.

—Ni te encontrarás en ella nunca, Rakitin, ¡nunca te encontrarás en su piel! Tú me vas a confeccionar los zapatos, Rakitka, es en eso en lo que te voy a utilizar, no esperes conseguir nunca a una mujer como yo... Y aún es posible que tampoco él la consiga...

—¿Tampoco él? ¿Para quién, pues, te has endomingado de esta manera? —comentó Rakitin sardónicamente.

—¡No me eches en cara las galas que me he puesto, Rakitin, no conoces todavía todo mi corazón! Si me da la gana rompo mi vestido, lo destrozo ahora, en este mismísimo instante —se puso a gritar ella—. ¡Tú no sabes para qué son estas galas, Rakitka! Es posible que salga a su encuentro y le diga: «¿Me habías visto alguna vez así?» Porque él me dejó cuando era yo una joven de diecisiete años, flaca, enferma del pecho, llorona. Me sentaré a su lado, le seduciré, le avivaré la pasión: «¿Has visto cómo soy, ahora? (le diré). ¡Pues quédate, señor mío, con lo que por los bigotes se te ha deslizado y en la boca no te ha entrado!» Ya ves, Rakitka, para qué han de servir, quizás, estas galas —terminó Grúshenka con maligna sonrisa—. Soy una arrebatada, Aliosha, soy furiosa. Soy capaz de arrancarme las galas, de mutilarme, de estropear mi belleza, de quemarme el rostro, de ir a pedir limosna. Si me da la gana, no iré ahora a ninguna parte ni a ver a nadie; si me da la gana, mañana mismo devolveré a Kuzmá todo lo que me ha regalado, todo su dinero, ¡y me iré a trabajar toda la vida de jornalera!... ¿Crees que no lo haré, Rakitka, que no me atreveré a hacerlo? Lo haré, lo haré, lo puedo hacer ahora mismo, no me excitéis... y al otro lo echaré, le echaré una higa, ¡que no espere verme, el otro!

Soltó estas últimas palabras como histérica, pero sin poderse contener otra vez, se cubrió el rostro con las manos, se arrojó sobre la almohada y de nuevo el llanto la sacudió. Rakitin se levantó de su sitio.

—Es hora de marchar —dijo—; es tarde, no nos dejarán entrar en el monasterio.

Grúshenka se levantó de un brinco.

—¡Es posible que ya quieras irte, Aliosha! —exclamó con amarga sorpresa—. ¿Qué estás haciendo ahora conmigo? Me has conjurado, me has desgarrado el alma y ahora otra vez la noche, ¡otra vez he de quedarme sola!

—No querrás que pase la noche contigo, ¿verdad? Aunque si él lo desea, ¡a mí qué! ¡Me iré solo! —bromeó venenosamente Rakitin.

—Cállate, alma ruin —le gritó furiosamente Grúshenka—. Tú nunca me has hablado con palabras como las que él ha venido a decirme.

—¿Qué te ha dicho de particular? —musitó Rakitin, irritado.

—No sé, lo ignoro, no sé nada, pero sus palabras me han llegado al corazón y me lo han conmovido... Ha sido el primero, el único que ha tenido compasión de mí, ¡eso es! ¿Por qué no has venido antes, querubín? —se dejó caer de rodillas ante él, como en éxtasis—. Toda la vida he estado esperando a uno como tú, sabía que vendría alguien así y que me perdonaría. ¡Creía que también a mí, ruin, alguien me amaría no sólo por mi deshonor!...

—¿Qué he hecho yo por ti?... —respondió Aliosha, sonriendo con dulzura, inclinándose hacia ella y tomándola tiernamente de las manos—. Te he ofrecido una cebolla, la más pequeña de las cebollas, ¡nada más, nada más!...

Y, dicho esto, él mismo se puso a llorar. En ese instante, se oyó ruido en el zaguán, alguien entró en el vestíbulo; Grúshenka se levantó rápidamente, como aterrada. En la estancia irrumpió Fienia, alborotando y gritando.

—¡Señora, querida señora, ha llegado el propio! —exclamó gozosa, sofocándose—. De Mókroie han mandado una carretela a buscarla. Timofiéi, el cochero, conduce la troika; ahora están cambiando los caballos... La carta, la carta, señora, ¡tome la carta!

Tenía una carta en la mano y la agitaba en el aire mientras gritaba. Grúshenka se la cogió y se acercó a la vela. Era sólo una notita, unas pocas líneas en total, y la joven las leyó en un santiamén.

—¡Me ha llamado! —gritó, pálida, contraído el rostro por una sonrisa de dolor—. ¡Me ha silbado! ¡Arrástrate, perrito!

Mas sólo un instante permaneció como indecisa; de súbito, la sangre se le subió a la cabeza y le cubrió de fuego las mejillas.

—¡Iré! —exclamó—. ¡Son cinco años de mi vida! Adiós! Adiós, Aliosha, ¡la suerte está echada!... Idos, idos, idos ahora de mi lado todos, ¡que no os vea más!... Grúshenka vuela hacia una nueva vida... No me guardes rencor tú tampoco, Rakitka. ¡Quién sabe si no me dirijo hacia la muerte! ¡Ah! ¡Parece como si estuviera borracha!

Y sin preocuparse más de ellos, se fue corriendo hacia su alcoba.

—Bueno, ¡ahora no está para preocuparse de nosotros! —refunfuñó Rakitin—. Vámonos, que a lo mejor suelta otra vez ese grito de histérica; ya me tienen harto sus gritos y sus lágrimas...

Aliosha se dejo llevar maquinalmente. En el patio estaban desenganchando los caballos de la carreta; iban y venían con un farol, se apresuraban. Por el portalón abierto, entraba una troika de refresco. Pero no bien Aliosha y Rakitin bajaron el porche, se abrió una ventana de la alcoba de Grúshenka y la joven gritó con sonora voz:

—Alióshechka, saluda a tu hermanito Mítienka; dile que no guarde mal recuerdo de mí, de su ponzoña. Transmítele también estas palabras: «¡A Grúshenka se la lleva un canalla, no tú, que tienes un alma noble!» Añádele, además, que Grúshenka le amó una horita, sólo una horita en total, y que recuerde toda la vida esa hora, así se lo ordena Grúshenka: toda la vida...

Terminó con la voz entrecortada por el llanto. La ventana se cerró de golpe.

—¡Hum, hum! —gruñó Rakitin, riéndose—. Degüella a tu hermano Mítienka y aún manda que le recuerde toda la vida. ¡Qué sadismo!

Aliosha no le respondió, como si no le hubiera oído; caminaba junto a Rakitin aprisa, como si no tuviera tiempo que perder; estaba como inconsciente, caminaba de manera maquinal. Rakitin de pronto sintió una punzada, como si le hubieran hurgado la herida con el dedo. No era eso, ni mucho menos, lo que esperaba hacía poco, cuando reunía a Grúshenka con Aliosha; había sucedido algo del todo diferente a lo que él tanto deseaba.

—Ese oficial suyo es polaco —otra vez se puso a hablar, conteniéndose—, y ahora ni siquiera es oficial, sino empleado de aduanas en Siberia, en algún punto de la frontera china; se tratará de algún polacote enclenque. Dicen que ha perdido su puesto. Habrá llegado a sus oídos que Grúshenka ha reunido un capital y aquí le tienes, ha vuelto. ¡Ese es todo el milagro!

Aliosha tampoco dijo nada, como si continuara sin oírle. Rakitin no pudo dominarse:

—Qué, ¿has convertido a la pecadora? —se rió malignamente de Aliosha—. ¿Has vuelto al buen camino a la oveja descarriada? Has echado a los siete demonios, ¿eh? ¡Estos son los milagros que tanto esperábamos hace poco!

—Cállate, Rakitin —replicó Aliosha con el alma dolorida.

—¿Me «desprecias» ahora por los veinticinco rublos de hace unos momentos? Ha vendido a un amigo verdadero, debes decir. Pero tú no eres Cristo ni yo soy Judas.

—Ah, Rakitin, te lo aseguro, ya se me había olvidado —exclamó Aliosha—; me lo recuerdas tú mismo...

Pero Rakitin se puso definitivamente furioso.

—¡El diablo se os lleve a todos y a cada uno de vosotros! —vociferó de pronto—. ¡Por qué demonios me habré interesado yo por tu persona! Desde hoy no quiero saber nada más de ti. ¡Vete solo, ése es tu camino!

Dobló rápidamente por otra calle, dejando a Aliosha solo en

las tinieblas. Aliosha salió de la ciudad y se dirigió hacia el monasterio a través de los campos.

IV

CANÁ DE GALILEA

CUANDO Aliosha llegó al eremitorio era ya muy tarde, dadas las costumbres del monasterio; el hermano portero le dejó pasar por una entrada especial. Habían dado las nueve, hora en que ya se descansaba después de un día tan agitado para todos. Aliosha abrió tímidamente la puerta y entró en la celda del stárets, donde se encontraba entonces el ataúd. No había nadie, excepción hecha del padre Paísi, que leía, solo, el Evangelio sobre el féretro, y el joven novicio Porfiri, quien, cansado por la conversación de la noche anterior y por la agitación de la jornada, dormía con el profundo sueño de la juventud, echado en el suelo, en la otra habitación. El padre Paísi, aun habiendo oído entrar a Aliosha, no miró siquiera hacia él. Aliosha se dirigió a un rincón a la derecha de la puerta, se hincó de rodillas y se puso a rezar. Tenía el alma repleta de sensaciones, pero de una manera confusa; ni una de ellas se destacaba, ninguna pesaba en demasía; al contrario, una desplazaba a la otra en una especie de sucesión giratoria, suave y singular. Pero sentía que la dulzura le invadía el corazón y, cosa rara, no se sorprendía de que así fuese. De nuevo veía ante sí el ataúd que contenía aquel cadáver que le era tan querido, pero de su alma había desaparecido la pena angustiosa, gimiente y torturadora de la mañana. Ahora, al entrar, había caído de rodillas ante el ataúd como ante una cosa sagrada, pero en su mente y en su corazón resplandecía el contento. Una de las ventanas de la celda estaba abierta, el aire era puro y fresco; «eso significa que el hedor se ha hecho más intenso, si se han decidido a abrir la ventana», pensó Aliosha. Pero ni siquiera esta idea acerca del olor pestilente, que tan terrible y denigrante le había parecido antes, provocó en él la angustia ni la indignación de la otra vez. Se puso a rezar en voz baja, mas pronto él mismo se dio cuenta de que rezaba casi maquinalmente. Fragmentos de ideas se le aparecían en el alma, fulguraban unos instantes, como estrellitas, y se apagaban, sustituidas por otras; en cambio, reinaba en su espíritu un sentimiento de plenitud, firme, tranquilizador, y de ello Aliosha tenía conciencia. A veces empezaba con mucho fervor una plegaria, tanto era su deseo de agradecer y de amar... Pero, empezada la plegaria, pasaba de repente a alguna otra cosa, dejaba vagar el pensamiento, olvidándose de la plegaria y de lo que la había interrumpido. Se puso a escuchar lo que leía el padre Paísi, mas era tanta su fatiga, que a poco comenzó a dormirse...

«*Y al día tercero se celebraron unas bodas en Caná de Galilea —leía el padre Paísi—, y estaba allí la madre de Jesús. Fueron invitados a las bodas Jesús y sus discípulos.*»

«¿Unas bodas? Qué es esto... unas bodas... —se agitaba como en un torbellino en la mente de Aliosha—. Ella también es dichosa... ha ido al banquete... No, no se ha llevado el cuchillo, no se ha llevado el cuchillo. Aquello no fue más que una palabra "lamentable"... Bueno... Hay que perdonar las palabras lamentables, sin falta. Las palabras lamentables consuelan el alma... sin ellas el dolor sería demasiado duro para las personas. Rakitin se ha ido por un callejón. Mientras piense en sus ofensas, siempre se irá por un callejón... Mas el camino... el camino es ancho, recto, luminoso, de cristal, y el sol brilla en su extremo... ¿Eh? ¿Qué están leyendo?»

«*...Y como faltase el vino, dijo a Jesús su madre: No tienen vino...*», oyó Aliosha.

«Ah, sí, he dejado que se me pasara algo de la lectura y no lo quería, este pasaje me gusta mucho, es el de las Bodas de Caná, el primer milagro... ¡Ah, este milagro, ah, este simpático milagro! Cristo no vino para el dolor, sino para la alegría humana; su primer milagro fue para que unos hombres estuvieran más contentos... "Quien ama a la gente, ama también la alegría de los hombres..." Así lo repetía el difunto a cada instante, ésta era una de sus principales ideas... Sin alegría no es posible vivir, dice Mitia... Sí, Mitia... Todo cuanto es verdadero y hermoso está siempre repleto de amor universal; así lo decía él también...»

Y le dice Jesús: ¿Qué tenemos que ver tú y yo, mujer? Todavía no ha llegado mi hora. Dice su madre a los que servían: Todo cuanto él os diga, hacedlo.»

«Haced... La alegría, la alegría de unas personas pobres, muy pobres... Desde luego, pobres, ya que incluso en una boda les faltó el vino... Los historiadores escriben que cerca del lago de Genesaret y en todos aquellos alrededores vivía entonces la población más pobre que se pueda imaginar... Y el gran corazón de otro gran Ser, allí presente, la madre de Él, sabía que Él había venido a la tierra no sólo para cumplir su terrible sacrificio, sino que a su corazón también le era accesible la alegría modesta e ingenua de unas personas oscuras, sencillas y sin segundas intenciones, que le invitaron de corazón a aquellas pobres bodas. "Aún no es llegada mi hora", dice Él con una dulce sonrisa (sin duda se sonrió Él mansamente)... En efecto, ¿habría venido a la tierra para multiplicar el vino en las bodas de los pobres? Pero el caso es que Él cumplió aquel ruego... Ah, otra vez leen.»

«...Díceles Jesús: Llenad de agua las hidras. Y las llenaron hasta arriba. Y les dice: Sacad ahora y llevadlo al maestresala. Y lo llevaron. Mas cuando gustó al maestresala el agua hecha vino —y no sabía de dónde era, pero sabíanlo los que le servían, que habían sacado el agua—, llama al esposo el maestresala y le dice: Todo hombre pone primero el buen vino, y cuando están ya bebidos, pone el peor; tú has reservado el vino bueno hasta ahora»[4].

«Pero ¿qué es esto, qué es esto? Por qué se ensancha la habitación... Ah, sí... pero si es el desposorio, la boda... sí, claro. Aquí están los invitados, aquí los jóvenes esposos, la multitud alegre y... ¿pero dónde está el muy prudente maestresala? ¿Y quién es? Otra vez se ha ensanchado al estancia... ¿Quién se levanta ahí, detrás de la mesa grande? Cómo... ¿También él está aquí? Pero si él yace en el ataúd... Mas también él está aquí... se ha levantado, me ha visto, viene hacia aquí... ¡Señor!...

»Sí, en efecto, se le acercó, a él se le acercó el enjuto viejecito, con la cara surcada de pequeñas arrugas, riéndose jubilosa y dulcemente. Ya no está el ataúd y el anciano viste la misma ropa que la víspera, cuando se encontraba con ellos, cuando le rodeaban los que le visitaron. La cara es franca, los ojos le brillan. Cómo se halla también él en el banquete? ¿También ha sido llamado a las bodas de Caná de Galilea?...

---

[4] San Juan, II.

»—También yo, hijo mío, también yo he sido convidado, convidado y llamado —resuena sobre él una dulce voz—. ¿Por qué te has escondido aquí, donde no se te ve?... Vente también con nosotros.

»Era su voz, la voz del stárets Zosima... ¿Y cómo no iba a ser él, si le llamaba? El stárets empujó levemente a Aliosha con la mano para hacerle levantar, y éste, que estaba de rodillas, se levantó.

»—Regocijémonos —continuó el magro viejecito—, bebamos vino nuevo, vino de una alegría nueva y grande; ¿ves, cuántos invitados? He aquí al novio y a la novia, he aquí al sabio maestresala, que prueba el vino nuevo. ¿Por qué me miras tan sorprendido? Yo di una cebolla y aquí estoy. Muchos de los que aquí se encuentran sólo dieron una cebolla, una cebolla pequeñita... ¿Qué son nuestras obras? También tú, dulce hijo mío, también tú, tan sumiso, has sabido dar una cebolla a una hambrienta. ¡Empieza tu obra, hijo, empiézala, tú que eres manso!... ¿No es nuestro Sol, no le ves a Él?

»—Me da miedo... no me atrevo a mirar... —balbuceó Aliosha.

»—No le amas. Es temible por su grandeza ante nosotros, es espantoso por su altura, pero es infinitamente misericordioso, por amor se ha hecho semejante a nosotros y con nosotros se alegra, transforma el agua en vino para que no se interrumpa la dicha de los invitados, espera a otros, llama sin cesar a otros y ya para los siglos de los siglos. Mira, también traen nuevo vino, traen las jarras...»

Algo ardía en el corazón de Aliosha; de pronto, algo colmó su ser hasta el dolor, lágrimas de entusiasmo le manaban del alma... Extendió los brazos, lanzó un grito y se despertó...

Otra vez el ataúd, la ventana abierta y la lectura del Evangelio en voz sosegada, grave, clara. Pero Aliosha ya no escuchaba lo que estaban leyendo. Qué raro, se había dormido de rodillas y ahora estaba de pie; de súbito, con rápido movimiento, dio tres pasos firmes y se acercó hasta tocar el ataúd. Hasta rozó con el hombro al padre Paísi sin darse cuenta de ello. El padre alzó los ojos por un instante, mas enseguida los volvió hacia el libro, comprendiendo que al joven le estaba sucediendo algo extraño. Aliosha permaneció medio minuto mirando el ataúd, el cadáver tapado, inmóvil, tendido en la caja, con un icono sobre el pecho y un capuchón con una cruz de ocho puntas en la cabeza. Hacía un momento que había oído su voz, y esa voz aún resonaba en sus oídos. Aliosha aún escuchaba atento, esperaba aún aquel sonido... mas de pronto se volvió con brusquedad y salió de la celda.

No se detuvo en el pequeño porche, sino que bajó rápidamente los peldaños. El alma, desbordante de entusiasmo, sedienta, anhelaba libertad, espacio, anchos horizontes. Sobre su cabeza se extendía, dilatada y sin fin, la bóveda celeste llena de estrellas de suaves reflejos. Desde el cenit hasta el horizonte parecía doblarse, difusa aún, la Vía Láctea. La noche, fresca y sosegada hasta la inmovilidad, había envuelto la tierra. Las torres blancas y las cúpulas doradas de la iglesia mayor brillaban sobre el cielo sembrado de rubíes. Las opulentas flores otoñales se habían dormido hasta la mañana en los arriates cercanos a la casa. La paz de la tierra parecía fundirse con la del cielo, el misterio terrenal se tocaba con el de las estrellas... Aliosha estaba de pie, mirando, y de repente se dejó caer sobre la tierra como fulminado.

No sabía por qué la abrazaba, no se daba cuenta de la razón por la cual experimentaba un deseo tan irresistible de besarla, de cubrirla de besos, pero la besaba llorando, regándola con sus lágrimas, y juró frenéticamente amarla, quererla por los siglos de los siglos. «Rocía la tierra con lágrimas de júbilo y ama esas lágrimas tuyas...», le resonó en el alma. ¿Por qué lloraba? Oh, él lloraba en su arranque de entusiasmo incluso por aquellas estrellas que le estaban mirando desde las profundidades del infinito, y «no se avergonzaba de su frenesí». Era como si unos hilos de todos esos infinitos mundos de Dios convergieran de golpe en su alma, y toda ella se le estremecía «al entrar en contacto con los otros mundos». Sentía deseos de perdonar a todos por todo y de pedir perdón, ¡oh!, no para sí, no, sino para todos y por todo; «para mí, también otros piden», volvió a resonarle en el alma. Pero a cada instante notaba de manera nítida y como si lo palpara que algo firme e inconmovible como aquella bóveda celeste le iba penetrando en el alma. Una especie de idea se adueñaba de su mente y ello ya para toda la vida, por los siglos de los siglos. Se había dejado caer al suelo siendo un débil joven y se levantó hecho un duro combatiente; de ello tuvo conciencia y lo sintió de pronto en el momento de su éxtasis. Y nunca, jamás, en toda su vida, pudo olvidar Aliosha aquel momento. «Alguien me hizo una visita al alma en aquella hora», decía luego con una firmísima creencia en sus palabras...

Tres días más tarde dejó el monasterio, lo cual estaba también conforme con las palabras de su difunto stárets, que le había mandado «vivir en el mundo.»

Libro octavo

MITIA

Iván Lapikov interpreta al borracho Liagavi en la versión cinematográfica soviética de *Los hermanos Karamázov*

I

KUZMÁ SAMSÓNOV

DMITRI Fiódorovich, a quien Grúshenka, al volar hacia una nueva vida, había «mandado» transmitirle su último saludo, y le había encargado recordar toda la vida su horita de amor, se encontraba también en aquel momento sumido en una terrible confusión y angustia sin saber nada de lo que ocurría a la joven. Durante los dos últimos días, su estado era tan inimaginable que, en efecto, habría podido enfermar de una congestión cerebral, como él mismo dijo más tarde. Aliosha no había podido encontrarle la víspera, por la mañana, ni el hermano Iván, aquel mismo día, había podido entrevistarse con él en la taberna. Los dueños de la casucha en que Mitia se alojaba ocultaban toda huella del joven por indicación suya. El hecho era que, durante aquellos dos días, Mitia había corrido literalmente de un lugar a otro, en todas direcciones, «luchando con su destino y buscando su salvación», como él mismo se expresó después, y hasta por unas horas voló fuera de la ciudad debido a un asunto de candente urgencia, a pesar de lo terrible que era para él irse dejando a Grúshenka libre de vigilancia, aunque fuera por un momento. Todo esto se aclaró, más tarde, de la manera más circunstanciada y documental, mas por de pronto señalaremos en realidad tan sólo lo más indispensable de la historia de aquellos dos espantosos días de su vida que precedieron a la horrible catástrofe que se desplomó repentinamente sobre su destino.

Grúshenka, aunque le había amado una horita verdadera y sinceramente, y eso era así, también le había atormentado algunas veces, por otra parte, de manera en realidad cruel e implacable. Lo peor era que Mitia no podía adivinar en absoluto sus intenciones; sonsacárselas con caricias o por la fuerza, tampoco resultaba posible: ella no habría soltado prenda por nada del mundo, se habría enojado y le habría vuelto la espalda, de modo definitivo, cosa que él había comprendido entonces con toda claridad. Mitia sospechaba entonces, con mucho acierto, que Grúshenka misma se encontraba en alguna lucha, en alguna extraordinaria indecisión, que quería decidirse sin lograrlo, y suponía no sin fundamento, con el corazón en el puño, que ella en ciertos momentos debía simplemente de odiarle a él y a su pasión. Es posible que así fuera, mas, con todo, no llegaba a comprender en qué consistía la verdadera causa de la angustia de Grúshenka. Toda la cuestión que a él le atormentaba se reducía, en el fondo, a dos determinantes: «O él, Mitia, o Fiódor Pávlovich.» Sobre este punto, por cierto, es necesario aclarar un hecho firme: Mitia estaba plenamente convencido de que Fiódor Pávlovich propondría sin falta a Grúshenka (si no se lo había propuesto ya) casarse por la ley, y no creía ni un instante que el viejo lujurioso esperara resolver la cuestión con sólo tres mil rublos. A esta conclusión había llegado Mitia por conocer a Grúshenka y su carácter. Ése es también el motivo de que a veces pudiera parecer que la tortura y la indecisión de Grúshenka se derivaran tan sólo de no saber a quién de los dos elegir ni cuál de ellos le resultaría más ventajoso. En cuanto al próximo regreso del «oficial», es decir, de aquella persona funesta en la vida de Grúshenka y cuya visita esperaba ella con tanta ansiedad y miedo, era cosa en que a Mitia ni siquiera se le ocurrió pensar entonces, por raro que parezca. Cierto es que Grúshenka, durante los últimos días, no le hablaba para nada de la cuestión. No obstante, Mitia tenía perfecto conocimiento, por la propia Grúshenka, de la carta que ella había recibido un mes antes de su ex seductor, conocía también en parte el contenido de la carta. Grúshenka se la había enseñado en un momento de rabia, pero, con gran sorpresa suya, vio que Mitia no le concedía casi ningún valor. Y habría resultado hasta muy difícil explicar el porqué: quizá sencillamente porque oprimido él mismo por el escándalo y el horror de su lucha con su propio padre a causa de aquella mujer, ya no podía imaginarse para sí nada más terrible ni peligroso, por lo menos en aquel entonces. Ni siquiera creía en un pretendiente que apareciera de súbito, sin que se supiera de dónde, después de haber desaparecido durante cinco años, y menos creía aún que viniera pronto. Por otra parte, en esa primera carta del «oficial», que enseñaron a Mítienka, se hablaba de la venida de ese nuevo contrincante en términos muy vagos: la epístola era muy confusa, muy enfática, estaba repleta sólo de sentimentalismo. Es preciso indicar, además, que esa vez Grúshenka le ocultó las últimas líneas del escrito, donde se hablaba con algo más de precisión acerca del regreso. Añádase a ello que Mitia, según él recordó más tarde, había observado en el rostro de la propia Grúshenka, en aquel instante, hasta como cierto involuntario y orgulloso desprecio por aquella misiva de Siberia. Después, Grúshenka ya nada comunicó a Mítienka de sus ulteriores relaciones con el nuevo rival. De este modo y poco a poco Mitia llegó hasta a olvidarse por completo del polaco. Pensaba únicamente que, pasara lo que pasara después y cualquiera que fuese el giro que tomaran los acontecimientos, su choque definitivo con Fiódor Pávlovich se aproximaba a gran velocidad, se encontraba demasiado próximo y debía resolverse antes que ninguna otra cosa. Con el alma en vilo, esperaba a cada instante la decisión de Grúshenka, creyendo siempre que se produciría como de manera repentina, por un rapto de inspiración. De pronto ella le diría: «Tómame, soy tuya para siempre», y así se terminaría todo: enseguida él la cogería y se la llevaría al fin del mundo. Oh, enseguida se la llevaría lejos, lo más lejos posible, si no al fin del mundo, por lo menos a algún lugar de los confines de Rusia, donde se casarían, y se establecería con ella de incógnito, de modo que nadie supiera de ellos en absoluto, ni aquí ni allá ni en ninguna parte. ¡Entonces, oh, entonces empezarían enseguida una vida completamente nueva! A cada minuto pensaba con frenesí en esa otra vida, renovada y ya «virtuosa» («sin falta virtuosa, sin falta»). Anhelaba ese renacimiento, esa renovación. El abyecto tremedal en que se había hundido por su propia voluntad le resultaba demasiado penoso y, como muchas personas en tales casos, en lo que él más creía era en el cambio de lugar: bastará no ver a estas personas, bastará alejarse de estas circunstancias, bastará volar de este lugar maldito iy todo se regenerará, todo marchará de otro modo! Eso era en lo que él creía y lo que le desazonaba.

Pero sólo podía ser así si se daba la primera solución del problema, la solución *feliz.* Había, además, otra solución; se imaginaba, además, otra salida, si bien ésta era ya terrible. De pronto ella le dirá: «Vete, acabo de ponerme de acuerdo con Fiódor Pávlovich y me casaré con él, tú no haces falta», y entonces.. pero entonces... Mitia, por lo demás, no sabía lo que entonces ocurriría, no lo supo hasta la mismísima última hora, en este sentido es necesario justificarle. Propósitos determinados, no los tenía; no premeditaba ningún crimen. No hacía más que vigilar, espiar y atormentarse; de todos modos, sólo se preparaba para la primera solución feliz de su destino. Incluso ahuyentaba de sí todo pensamiento distinto. No obstante, aquí empezaba ya otro tormento, se presentaba otra circunstancia por completo nueva y accesoria, mas asimismo fatal e insoluble.

En efecto, si ella le decía: «Soy tuya, llévame», ¿cómo se la iba a llevar? ¿Dónde tenía para ello los recursos, el dinero? Precisamente para entonces se le habían agotado todos los ingresos que durante tantos años sin interrupción había obtenido con las entregas de Fiódor Pávlovich. Desde luego, Grúshenka poseía dinero, mas acerca de esta cuestión Mitia experimentó de pronto un terrible orgullo: quería llevársela y empezar con ella una nueva vida con sus propios recursos y no con los de Grúshenka; no podía ni siquiera imaginarse que pudiera tomar dinero de ella, y esta idea le hacía sufrir hasta provocar en él una atormentadora repugnancia. Aquí no me extiendo sobre este hecho, no lo analizo, me limito a señalar que tal era su estado de ánimo en aquel momento. Es posible que todo ello procediera, indirecta y hasta como inconscientemente, de sus secretos tormentos por haberse apropiado como un ladrón del dinero de Katerina Ivánovna: «A los ojos de una, soy una canalla, y enseguida resultaré serlo a los ojos de otra —pensaba entonces, como él mismo reconoció después—; además, si Grúshenka se entera, no querrá saber nada de un tipo semejante.» Así, pues, ¿de dónde tomar esos recursos, de dónde sacar ese dinero fatal? De otro modo, todo se perdería, no se realizaría nada, «y únicamente por falta de dinero, ¡oh, qué vergüenza!»

Me adelantaré a los hechos: el caso es que él, quizá, sabía dónde podría hacerse con ese dinero; sabía, quizá, dónde lo había. Por de pronto no añadiré ningún otro detalle, pues luego todo se aclarará; pero he aquí en qué consistía, para él, el principal infortunio, y, aunque confusamente, lo explicaré; para tomar esos recursos que se encontraban en alguna parte, para *tener derecho* a cogerlos, era necesario devolver primero tres mil rublos a Katerina Ivánovna; de otro modo «yo no soy más que un ladronzuelo, soy un canalla, pero yo no quiero comenzar una vida nueva siendo un canalla», decidió Mitia, y por esto tomó la firme resolución de revolver el mundo entero, si hacía falta, para poder reintegrar a toda costa y *antes que nada* los tres mil rublos a Katerina Ivánovna. El proceso definitivo que le llevó a esta decisión se produjo en él, por decirlo así, en las últimas horas, precisamente después de su última entrevista con Aliosha, dos días antes, al anochecer, en el camino del monasterio, después de que Grúshenka hubo insultado a Katerina Ivánovna y Mitia, habiendo escuchado el relato que de ello le hizo Aliosha, comprendió que era un canalla y mandó transmitirlo a Katerina Ivánovna «si eso puede consolarla por poco que sea». Fue entonces, aquella misma noche, después de haberse despedido del hermano, cuando en su frenesí sintió que era preferible incluso «matar y desvalijar a alguien, pero devolver a Katia la deuda»: «Seré un asesino y un ladrón ante el asesinado y desvalijado, ante todo el mundo, y me mandarán a Siberia, pero prefiero eso a que Katia tenga derecho a decir que la he traicionado, que, además, la he robado y que con su propio dinero he huido con Grúshenka para empezar a vivir una vida virtuosa. ¡Eso, nunca!» A tal conclusión llegó Mitia con rechinar de dientes y, en efecto, podía imaginarse a veces que acabaría con una congestión cerebral. Mas, por de pronto, luchaba...

Cosa rara: se diría que, tomada semejante resolución, nada le quedaba a él si no era desesperarse, pues ¿de dónde sacar tal suma de dinero de la noche a la mañana, y menos aún un desharrapado como él? Sin embargo, durante todo ese tiempo, hasta el fin, tuvo la esperanza de encontrar los tres mil rublos; creyó que esa suma le llegaría, que le volaría a las manos como fuera, por sí misma, quizá del cielo. Eso es precisamente lo que ocurre con quienes, como Dmitri Fiódorovich, en su vida sólo aprenden a gastar y dilapidar en vano el dinero que han recibido en herencia sin tener la menor idea de cómo se gana. Después de haberse separado de Aliosha, hacía dos días, en la cabeza se le formó el más fantástico de los torbellinos confundiéndole todos los pensamientos. Así se explica que empezara sus gestiones con la más extravagante de las empresas. Es posible que precisamente en tales circunstancias, las empresas más insólitas y fantásticas aparezcan como las más realizables a las personas de esa clase. Decidió, de pronto, ir a ver al mercader Samsónov, el protector de Grúshenka, proponerle un «plan» y sacarle de golpe, en virtud de ese «plan», toda la suma buscada; del aspecto comercial de su plan no dudaba en lo más mínimo, únicamente dudaba de cómo iba a considerar su idea el propio Samsónov, quien podía tener la ocurrencia de examinarlo desde un punto de vista que no fuera estrictamente comercial. Aunque Mitia había visto a ese mercader, no le conocía, ni siquiera había hablado nunca con él. Pero, sin saber por qué, había llegado a convencerse, hacía ya bastante tiempo, de que ese viejo libertino, con un pie ya en el otro mundo, quizá no se opondría en el momento presente a que Grúshenka se organizara al fin una vida honrada y se uniera en matrimonio «con un hombre digno de confianza». No sólo no se opondría, sino que él mismo lo deseaba y se apresuraría a dar toda clase de facilidades si se presentaba la ocasión. Por algunos rumores o por ciertas palabras de Grúshenka, Mitia llegó asimismo a inferir que el viejo, quizá, preferiría para ella a Fiódor Pávlovich. Es posible que a muchos de los lectores de nuestra narración esa confianza en semejante ayuda y la intención de tomar a su prometida, por así decirlo, de las manos de un protector, les parezcan en exceso cínicas y faltas de escrúpulos por parte de Dmitri Fiódorovich. Sólo podré indicar que el pasado de Grúshenka se le aparecía a Mitia ya como definitivamente pasado. Él lo miraba con piedad infinita y había decidido, con todo el fuego de su pasión, que no bien Grúshenka le declarase su amor y se decidiera a casarse con él, al instante nacería en ella una nueva Grúshenka y al mismo tiempo un Dmitri Fiódorovich totalmente nuevo, ya sin vicios de ninguna clase, únicamente con virtudes: los dos se perdonarían uno al otro y empezarían su vida del todo renovada. Por lo que respecta a Kuzmá Samsónov, Mitia veía en él a un hombre fatal en el pasado de Grúshenka, a quien ésta, sin embargo, nunca había amado, y quien —eso era lo importante— también había «pasado», se había acabado, de suerte que ahora ya no contaba para nada. Por otra parte, Mitia ya no podía considerarlo ni como hombre, pues en la ciudad todo el mundo sabía que se trataba sólo de una ruina enferma que mantenía con Grúshenka unas relaciones, por así decirlo, meramente paternales, sobre bases totalmente distintas de las de antes, y ello era así hacía ya tiempo, casi un año. En todo caso, había en este punto mucha ingenuidad por parte de Mitia, quien, pese a todos sus defectos, era una persona muy ingenua. A consecuencia de su ingenuidad, por lo demás, estaba seriamente convencido de que el viejo Kuzmá, al prepararse para su viaje al otro mundo, sentía sincero arrepentimiento por su pasado con Grúshenka, y de que no contaba ella, ahora, con un protector y amigo más fiel y desinteresado que aquel vejete, ya inofensivo.

Al día siguiente de su conversación con Aliosha en pleno campo, después de la cual Mitia casi no durmió en toda la noche, se presentó en casa de Samsónov a eso de las diez de la mañana y se hizo anunciar. La casa era vieja, sombría, muy espaciosa, de dos plantas, con dependencias anejas y un pabellón. En la planta baja vivían los dos hijos casados de Samsónov con sus familias, una hermana suya, muy vieja, y una hija que no se había casado. En el pabellón estaban instalados dos de sus intendentes, de los cuales uno también tenía numerosa familia. Tanto los hijos de Samsónov como los intendentes vivían apretados en sus alojamientos, pero el viejo ocupaba, él solo, el piso superior de la casa y no permitía que allí se instalara ni siquiera su hija, que le cuidaba y a horas fijas, aparte de todas las veces que él la llamara, debía de subir a verle, a pesar del asma que la aquejaba desde hacía mucho tiempo. Esa parte «alta» constaba de un gran número de estancias grandes y pretenciosas, amuebladas al viejo estilo de los mercaderes, con largas y aburridas hileras de sillones pesados y de sillas de caoba adosados a las paredes, con lámparas de cristal enfundadas colgando del techo, con sombríos espejos entre ventana y ventana. Todas esas habitaciones permanecían desiertas y deshabitadas, porque el viejo enfermo se acurrucaba sólo en una habitacioncita, en su pequeño dormitorio apartado, donde le servían una vieja criada que llevaba siempre un pañuelo atado a la cabeza, y un «pequeño» que se pasaba el tiempo sobre un largo baúl, a modo de banco, en el vestíbulo. Debido a lo muy hinchadas que tenía las piernas, el vejete ya casi no podía andar y sólo de vez en cuando se levantaba de su butacón de cuero y daba unos pasos por la habitacioncita, sostenido del brazo por la vieja. Era severo y poco hablador, incluso con esta criada. Cuando le anunciaron la visita del «capitán», enseguida mandó que le despidieran. Pero Mitia insistió y se hizo anunciar otra vez. Kuzmá Kuzmich interrogó con todo detalle al pequeño: qué aspecto tenía, si no estaba borracho, si no estaba en plan de armar escándalo. La respuesta fue que «no estaba borracho, pero que no quería irse». El vejete por segunda vez se negó a recibirle. Entonces, Mitia, que ya había previsto tal circunstancia y había tomado papel y lápiz por si acaso, escribió con toda claridad en un pedazo de papel una sola línea: «Por un asunto urgentísimo que afecta directamente a Agrafiona Alexándrovna», y lo envió al viejo. Después de haberlo meditado un poco, Kuzmá Kuzmich mandó al pequeño que introdujera al visitante en la sala y dijo a la criada que bajase y transmitiera al hijo menor la orden de que se presentase inmediatamente arriba. Este hijo menor, hombre de una gran estatura y de una fuerza poco común, que no llevaba barba y se vestía a la alemana (Sansónov padre llevaba caftán y barba), se presentó enseguida, sin decir palabra. Todos temblaban ante el padre. Éste le había hecho subir no por miedo al capitán, pues no era hombre que se amilanara fácilmente, sino por lo que pudiera suceder, sobre todo como testigo. Con su paso vacilante, acompañado del hijo, que le sostenía por el brazo, y del pequeño, apareció al fin en la sala. Es de suponer que experimentaba también cierta curiosidad bastante viva. La sala en que esperaba Mitia era una estancia enorme, desapacible, que llenaba de angustia el alma, con ventanas dispuestas en dos hileras superpuestas, con una galería, con paredes «imitando a mármol» y con tres enormes arañas de cristal enfundadas. Mitia estaba sentado en una pequeña silla junto a la puerta de entrada, esperando con nerviosa impaciencia lo que la suerte le deparara.

Cuando el viejo apareció en la entrada opuesta, a unos veinticinco pasos de la silla de Mitia, el joven se levantó bruscamente y se dirigió a su encuentro con sus largas y firmes zancadas de soldado. Vestía de manera correcta, abotonado el chaqué, con un sombrero hongo en las manos y guantes negros, exactamente como iba unos tres días antes en el monasterio, en la celda del stárets, para la entrevista familiar con Fiódor Pávlovich y con sus hermanos. El viejo le esperó de pie, impotente y grave, y Mitia de golpe sintió que, mientras se le acercaba, aquel hombre le examinaba de la cabeza a los pies. También impresionó a Mitia el rostro de Kuzmá Kuzmich, que se le había hinchado en gran manera durante el último tiempo; el labio inferior, grueso de por sí, ofrecía ahora el aspecto de una torta colgante. Grave y sin articular palabra, Kuzmá Kuzmich saludó con una inclinación de cabeza al visitante, le señaló un sillón, mientras que él, despacio, apoyándose en el brazo del hijo y gimiendo dolorosamente, fue acomodándose en el diván inmediato, frente a Mitia, quien al ver los dolorosos esfuerzos de Kuzmá Kuzmich experimentó al instante en su corazón arrepentimiento y delicada vergüenza por su actual insignificancia ante el personaje tan importante a quien estaba importunando.

—¿Qué desea usted de mí, señor? —preguntó por fin, después de haberse sentado, lenta, clara, severamente, pero con amabilidad, el viejo.

Mitia se estremeció, hizo un movimiento como para levantarse, pero se sentó otra vez. Luego, enseguida, se puso a hablar en voz alta, aprisa, nervioso, gesticulando y frenético. Se veía que el hombre había llegado hasta el límite, estaba perdido y buscaba la última salida, dispuesto a arrojarse al agua aunque fuera enseguida si fracasaba. Sin duda, así lo comprendió, en un abrir y cerrar de ojos, el viejo Samsónov, aunque su cara permanecía invariable e impasible como la de una estatua.

«El honorabilísimo Kuzmá Kuzmich probablemente ha oído hablar ya más de una vez de mis altercados con mi padre, Fiódor Pávlovich Karamázov, que me ha despojado de la herencia de mi difunta madre... ya que toda la ciudad se calienta la boca con esto... pues aquí todo el mundo se calienta la boca con lo que no hace falta... Además, también podría haberlo sabido por Grúshenka... perdón: por Agrafiona Alexándrovna... por mi muy honorable y respetabilísima Agrafiona Alexándrovna...», así empezó Mitia desde las primeras palabras. Mas no vamos a reproducir todo su discurso palabra por palabra; expondremos sólo su contenido. El caso estriba en que él, Mitia, hacía ya tres meses que había consultado intencionadamente (lo dijo así, «intencionadamente» y no adrede) a un abogado de la capital de la provincia, «a un famoso abogado, Kuzmá Kuzmich, a Pável Pávlovich Korneplódov, de quien seguramente ha oído hablar, ¿no es cierto? Tiene la frente ancha y una inteligencia casi de estadista... Él también le conoce a usted... habló de usted en los mejores términos...», se embrolló por segunda vez Mitia. Mas los líos que se hacía no le detenían, enseguida saltaba a otra cosa y seguía adelante. Pues bien, ese Korneplódov, después de haber interrogado con todo detalle a Mitia y de haber examinado los documentos que éste pudo presentarle (acerca de los documentos Mitia se expresó con poca claridad y con singular presteza), consideró que respecto a la aldea de Chermashnia, la cual debería de pertenecer a él, Mitia, por herencia materna, realmente podría entablarse demanda judicial y así desconcertar a ese viejo escandaloso... «porque, a pesar de todo, no todas las puertas están cerradas y la justicia sabe muy bien por dónde puede abrirse camino». En una palabra, cabía esperar un pago complementario de unos seis mil rublos por parte de Fiódor Pávlovich, incluso siete mil, pues Chermashnia vale por lo menos veinticinco mil, es decir, seguramente veintiocho mil, «treinta mil, treinta mil, Kuzmá Kuzmich, y yo, ¡figúrese!, ¡no he sacado de este hombre cruel ni diecisiete mil!...» De todos modos yo, Mitia, no quise ocuparme entonces de esta cuestión, pues no entiendo de pleitos, pero cuando llegué aquí me quedé sorprendido al encontrarme con una demanda judicial contra mí (en este punto otra vez se embrolló y de nuevo saltó bruscamente a otra cosa); pues bien, ¿no desearía usted, honorabilísimo Kuzmá Kuzmich, adquirir todos mis derechos contra ese monstruo dándome a cambio solamente tres mil rublos?... Vea que usted en ningún caso puede perder, esto se lo juro con honor, se lo juro por mi honor; todo lo contrario, puede ganarse seis o siete mil rublos en lugar de tres mil... Lo esencial es que esto se termine «incluso hoy mismo». «Firmaré ante notario, si le parece, o como quiera... En una palabra, estoy dispuesto a todo, entregaré todos los documentos que exija, lo firmaré todo... formalizaríamos ese documento enseguida, y si fuera posible, por poco que fuera posible, hoy mismo, esta mañana... Usted me entregaría esos tres mil rublos... pues no hay capitalista que pueda compararse con usted en esta pequeña ciudad... y de este modo me salvaría usted de... en una palabra, salvaría mi pobre cabeza para una obra nobilísima, para una obra muy elevada, se puede afirmar así... ya que poseo los más nobles sentimientos hacia cierta persona a la que conoce usted muy bien y por la que vela usted paternalmente. De no ser paternalmente, yo no habría venido. La verdad es que aquí han chocado tres cabezas, pues el destino es algo pavoroso, Kuzmá Kuzmich. ¡Es preciso ser realista, Kuzmá Kuzmich, realista! Y como que a usted hay que excluirle hace tiempo, quedan dos cabezas, según acabo de expresarme, quizá con poca habilidad, pero yo no soy literato. O sea, una cabeza es la mía; la otra es la de ese monstruo. Elija, pues: ¿a mí o al monstruo? Todo ahora se halla en sus manos: tres destinos y dos suertes... Perdone, me he armado un lío, pero usted comprende... veo por sus respetables ojos que usted ha comprendido... Y si no ha comprendido, hoy mismo me tiro al agua, ¡eso es!»

Mitia interrumpió su disparatado discurso con este «¡eso es!», y poniéndose en pie bruscamente, se quedó esperando respuesta a su necia proposición. Al pronunciar la última frase, había sentido de pronto e irremediablemente que todo estaba perdido y, sobre todo, que había cometido una espantosa estupidez. «Qué cosa más rara, mientras venía hacia aquí, todo me parecía bien, ¡y ahora resulta que se trata de una estupidez!», centelleó de súbito en su mente sin esperanza. Mientras había estado hablando, el viejo había permanecido inmóvil, observándole con una expresión glacial en la mirada. Sin embargo, después de hacerle esperar unos momentos, Kuzmá Kuzmich dijo, por fin, en el tono más decidido y descorazonador:

—Perdone, nosotros no nos ocupamos de negocios semejantes.

Mitia tuvo la impresión de que se le doblaran las piernas.

—¿Qué va a ser de mí ahora, Kuzmá Kuzmich? —balbuceó

sonriendo pálidamente—. Ahora, pues, estoy perdido, ¿no lo cree usted?

—Perdone...

Mitia seguía de pie, inmóvil, fija la mirada, y de pronto se dio cuenta de que algo se movía en el rostro del anciano. Se estremeció.

—Verá, señor, tales negocios nos resultan incómodos —manifestó lentamente el viejo—; intervienen jueces, abogados, ¡es una verdadera calamidad! Pero si quiere, conozco a una persona a la que puede usted dirigirse...

—¡Dios mío, quién es!... ¡Me devuelve usted la vida, Kuzmá Kuzmich! —balbuceó Mitia.

—Ese hombre no es de la localidad ni se encuentra aquí ahora. Es un campesino que se dedica al comercio de la madera. Se llama Liagavi. Lleva ya un año en tratos con Fiódor Pávlovich por una tala en el bosque que usted tiene en Chermashnia, pero no se ponen de acuerdo en el precio, quizás esté enterado. Ahora, precisamente, ha vuelto y se aloja en casa del pope de Ilinski, a unas doce verstas de la estación de postas de Volovia, y estará sin duda en el pueblo. A mí me ha escrito sobre ese negocio, quiero decir el de la tala, me ha pedido consejo. Fiódor Pávlovich en persona quiere ir a verle. Si usted advirtiera a Fiódor Pávlovich y por otra puerta propusiera a Liagavi lo mismo que acaba de decirme, podría ocurrir...

—¡Es una idea genial! —le interrumpió entusiasmado Mitia—. ¡Él es el hombre, eso le conviene! Está regateando, el precio que le piden es alto, y le van a ofrecer un documento nada menos que de posesión, ¡ja-ja-ja! —y Mitia, de súbito, se echó a reír con su corta y seca risa, de manera tan inesperada, que incluso a Samsónov le tembló un poco la cabeza.

—¿Cómo podré agradecérselo, Kuzmá Kuzmich? —exclamó Mitia vehemente.

—No hay de qué —Samsónov inclinó la cabeza.

—Usted no sabe, usted me ha salvado, ¡oh!, ha sido un presentimiento el que ha guiado mis pasos hacia aquí... ¡Así, pues, a casa de ese pope!

—No tiene por qué darme las gracias.

—Voy corriendo, volando. He abusado de su salud. No lo

olvidaré en mi vida, se lo dice un hombre ruso, Kuzmá Kuz-mich, ¡un hombre ru-u-so!

—Bien...

Mitia iba a coger la mano del viejo para estrechársela con gratitud, pero creyó percibir en sus ojos un destello maligno y retiró la mano, aunque, al instante se reprochó su desconfianza. «Estará fatigado...», pensó de repente.

—¡Es por ella! ¡Es por ella, Kuzmá Kuzmich! ¡Comprende usted que es por ella! —estalló de pronto con voz que retumbó en toda la sala; se inclinó saludando, dio media vuelta y, con los mismos pasos rápidos y larguísimos, se precipitó hacia la salida sin volver la cabeza. Vibraba de entusiasmo.

«Todo parecía perdido, y he aquí que el ángel de la guarda me salva —fulguraba en su mente—. Y si un hombre de negocios experimentado como este viejecito (nobilísimo viejo, ¡y qué porte el suyo!) me ha indicado este camino, eso significa... eso significa, claro está, que ya tengo ganada la partida. Ahora mismo he de ir, volando. Volveré antes de la noche, volveré de noche, pero la victoria ya es mía. ¿O es posible que el viejo se haya estado burlando de mí?» Así iba exclamándose Mitia mientras se dirigía a grandes zancadas hacia su alojamiento, y ya no podía ver las cosas de otro modo, es decir: o el consejo era sensato (de un hombre de negocios como Samsónov, que conocía el paño y que conocía a Liagavi —¡qué nombre más extraño!—), o el viejo se había estado burlando de él. ¡Ay!, este último pensamiento era el único certero. Después, trans-currido ya mucho tiempo, cuando se hubo producido toda la catástrofe, el propio viejo Samsónov confesaba, riéndose, que en aquella ocasión había tomado el pelo al «capitán». Era un hombre maligno, frío y burlón, con antipatías morbosas por añadidura. No sé cuál fue el resorte que movió entonces al vie-jo, no sé si fue el aspecto exaltado del capitán o la estúpida convicción de aquel «manirroto y derrochador» de que él, Samsónov, podía tomar en serio una necedad como aquel «plan», o si fue un ramalazo de celos por Grúshenka, en nom-bre de la cual «ese calavera» se le había presentado con una memez para pedirle dinero. El caso es que en el momento en que Mitia se encontraba ante él, de pie, sintiendo que las pier-nas se le doblaban, en aquel mismo momento, el viejo le contempló con una ira infinita y decidió burlarse de él. Cuando Mitia hubo salido, Kuzmá Kuzmich, pálido de rabia, se dirigió a su hijo y le mandó tomar las disposiciones necesarias para que en adelante ese harapiento no pudiera asomarse a la casa, ni siquiera entrar en el patio; si no...

No acabó de explicar cuál era su amenaza, pero incluso su hijo, que con frecuencia le había visto furioso, se estremeció de miedo. Una hora más tarde, el viejo aún temblaba de rabia; al atardecer, se sintió enfermo y mandó llamar al «galeno».

II

LIAGAVI

Así, pues, era necesario «ir al galope», pero Mitia no tenía ni un kópek para caballos, es decir, tenía dos monedas de veinte kopeks, y eso era todo, ¡todo lo que le quedaba de sus muchos años de bienestar! Mas en su casa tenía un viejo reloj de plata que había dejado de funcionar hacía ya mucho tiempo. Lo tomó y lo llevó a un relojero judío, instalado en una tiendecita del mercado. El judío le dio por el reloj seis rublos. «¡No esperaba que me diera tanto!», exclamó entusiasmado Mitia (la exaltación no le abandonaba), y volvió presuroso a su casa con los seis rublos en el bolsillo. Allí completó la suma con otros tres rublos que pidió prestados a los dueños de la casa, quienes se los dieron con mucho gusto, a pesar de ser estos tres rublos su último dinero, tanto era el afecto que por el joven sentían. Mitia, en su entusiasmo desbordante, les reveló enseguida que se estaba decidiendo su destino y les contó, con terribles prisas, desde luego, casi todo su «plan» tal como acababa de exponerlo a Samsónov; después, lo que Samsónov había decidido, las nuevas esperanzas, etc. Los dueños de la casa ya estaban al corriente de muchos de los secretos de su inquilino y por eso le miraban como a un hombre *de los suyos,* como a un señor nada orgulloso. Habiendo reunido de ese modo nueve rublos, Mitia mandó a buscar caballos de posta hasta la estación de Volovia. Y así se pudo recordar y señalar el hecho de que «en la víspera de cierto acontecimiento, al mediodía, Mitia se encontraba sin un kópek y para hacerse con dinero vendió un reloj y pidió prestados tres rublos a los dueños de su casa, y todo ello ante testigos».

Señalo este hecho con anticipación, luego se aclarará por qué lo hago.

Mientras galopaba hacia la estación de Volovia, Mitia, aunque estaba radiante por el *gozoso* presentimiento de que al fin daría solución a «todos estos asuntos», también se sentía inquieto y temblaba de miedo: ¿qué iba a ser de Grúshenka en su ausencia? ¿Y si se decidiera ella precisamente ese día a ir a casa de Fiódor Pávlovich? Ésa es la razón de que partiera sin advertir a la joven y de que hubiera mandado a los dueños de su casa que no descubrieran de ningún modo adónde había ido si se presentaba alguien a preguntar. «Sin falta, sin falta he de estar de vuelta hoy antes de la noche —repetía, sacudido por el carricoche—, y a ese Liagavi lo mejor será traérmelo aquí... para cerrar esta operación...», soñaba Mitia con el alma en vilo; pero, ¡ay!, su sueño estaba condenado a realizarse de manera muy distinta a su «plan».

En primer lugar, Mitia se retrasó al tomar un camino vecinal a partir de la estación de Volovia, camino que resultó ser de dieciocho verstas en vez de doce. En segundo lugar, no encontró al pope de Ilinski en su casa, pues se había ido a una aldea vecina. Cuando Mitia pudo encontrarlo en aquella aldea, a la que se trasladó con sus caballos extenuados ya, casi había oscurecido. El pope, hombre de aspecto tímido y afable, le aclaró enseguida que ese Liagavi, aunque al principio se había alojado en Ilinski, se encontraba entonces en Sujói Posiólok y pasaba aquella noche allí, en la isbá del guardabosque, pues también allí negociaba con madera. Ante las insistentes súplicas de Mitia para que le condujera sin perder instante al lugar donde se encontraba Liagavi y «de este modo salvarle», el sacerdote decidió acompañarle a Sujói Posiólok, movido, al parecer, por la curiosidad, pese a que al principio había estado indeciso; pero tuvo la mala ocurrencia de aconsejar hacer el camino «andandito», pues habría algo así como una versta «y un poquito más» de distancia. Mitia, desde luego, aceptó y se puso a caminar con sus largas zancadas, de modo que el pobre sacerdote casi tenía que correr para seguirle. Se trataba de un hombre todavía joven y muy circunspecto. Mitia enseguida empezó a hablarle de sus planes, recababa con vehemencia, nerviosamente, consejos acerca de Liagavi, y no cerró la boca en todo el camino. El pope escuchaba atentamente, pero daba pocos consejos. A las preguntas de Mitia respondía con evasivas: «No lo sé, ¡oh, no lo sé, de dónde voy a saberlo!», etc. Cuando Mitia se puso a hablar de sus conflictos con su padre por la herencia, el pope hasta se asustó, pues en ciertas cuestiones se hallaba en una relación de dependencia con Fiódor Pávlovich. De todos modos, se informó con sorpresa del porqué Mitia llamaba Liagavi a ese campesino, Gorstkin, dedicado al comercio, y explicó que aun llamándose en verdad Liagavi, no era Liagavi, pues este nombre le ofendía terriblemente y había que llamarle sin falta Gorstkin; «de otro modo no arreglará nada con él, y ni siquiera querrá escucharle», concluyó el sacerdote. Mitia se quedó algo sorprendido por unos momentos y explicó que así le había llamado el propio Samsónov. Al enterarse de esta circunstancia, el pope procuró cambiar enseguida de tema, aunque habría hecho bien si hubiera explicado a Dmitri Fiódorovich lo que acababa de sospechar, a saber: que si el propio Samsónov le había mandado a aquel mujik llamándole Liagavi, quizá lo había hecho por burla y que había en todo ello algo poco claro. Por otra parte, a Mitia le faltaba tiempo para detenerse «en tales pequeñeces». Tenía prisa, caminaba a grandes pasos y sólo al llegar a Sujói Posiólok se dio cuenta de que habían recorrido con toda seguridad tres verstas y no una y media; esto le irritó, pero se armó de paciencia. Entraron en la isbá. El guardabosque, conocido del pope, ocupaba una mitad de la casucha; la otra mitad, la mejor instalada, al otro lado del zaguán, había sido puesta a disposición de Gorstkin. Pasaron a esa parte mejor de la isbá y encendieron una vela de sebo. Habían calentado mucho la isbá. Sobre una mesa de pino había un samovar apagado, una bandeja con tazas, una botella de ron vacía, una garrafita de vodka sin terminar y restos de pan de trigo. El forastero yacía sobre un banco, con un mal ropón doblado bajo la cabeza a modo de almohada, y roncaba pesadamente. Mitia se quedó perplejo: «Desde luego, hay que despertarle: mi asunto es muy importante, me he dado mucha prisa, y he de regresar hoy mismo», se inquietó Mitia; mas el pope y el guardabosque se callaban, no manifestaban su opinión. Mitia se acercó al dormido y procuró despertarle él mismo, le sacudió con energía, pero el durmiente no se despertaba. «Está borracho —pensó Mitia—, ¡qué he de hacer, Señor, qué he de hacer!» Y con una terrible impaciencia, empezó a tirar del hombre dormido por el brazo, por la pierna, a levantarle la cabeza, a incorporarle y ponerle sentado en el banco, y con todo, después de muy largos esfuerzos, lo único que logró fue que aquel hombre empezara a soltar bufidos estúpidamente y rotundos juramentos, aunque sin articularlos con claridad.

—Mejor haría si esperara un poco —soltó por fin el pope—, no está en condiciones, ya se ve.

—Se ha pasado el día bebiendo —comentó el guardabosque.

—¡Oh, Dios! —exclamaba Mitia—. ¡Si supieran cuánto le necesito y en qué situación más desesperada me encuentro ahora!

—Será mejor que espere usted hasta mañana por la mañana —repitió el sacerdote.

—¿Hasta mañana? ¡Por compasión, es imposible!

Y, desesperado, por poco se precipita de nuevo a despertar al borracho, mas enseguida se detuvo, comprendiendo la inutilidad de sus esfuerzos.

El sacerdote callaba; el guardabosque, soñoliento, tenía la cara hosca.

—¡Qué tragedias más espantosas provoca entre los hombres la realidad! —articuló Mitia, presa de desesperación. Tenía el rostro bañado en sudor.

Aprovechando un momento propicio, el sacerdote manifestó muy cuerdamente que aún si lograran despertar al dormido, hallándose éste borracho, no sería capaz de participar en discusión alguna, «y tratándose de un asunto importante, lo mejor que puede usted hacer es dejarlo hasta la mañana...» Mitia abrió los brazos en señal de impotencia y asintió.

—Lo que haré, padre, será quedarme aquí con la vela en la mano y vigilar el momento oportuno. No bien despierte, empezaré... Te pagaré la vela —se dirigió al guardabosque—, y también el pasar aquí la noche; te acordarás de Dmitri Karamázov. Pero con usted, padre, no sé qué hacer, ¿dónde se va a acostar?

—No se preocupe, yo me vuelvo a casa. Me iré en su yegua —señaló al guardabosque—. Y con esto me despido, le deseo mucho éxito.

Así lo hicieron. El pope se fue en la yegua, contento de haberse librado, por fin, de Mitia, si bien movía inquieto la cabeza y reflexionaba sobre si no convendría dar cuenta a tiempo, al día siguiente, de aquel caso curioso al bienhechor Fiódor Pávlovich; «si no, puede que se entere, se enoje y me retire su favor». El guardabosque, después de rascarse la cabeza, volvió a su aposento sin decir nada, y Mitia se sentó en el banco a vigilar el momento oportuno, como había dicho. Una profunda melancolía envolvió, cual pesada bruma, su alma. Mitia estaba sentado, meditaba, pero no podía llevar su meditación a ningún término. La bujía se iba consumiendo, se puso a cantar un grillo, el aire de la habitación recalentada se hacía intolerablemente sofocante. De súbito, el joven vio en su imaginación el jardín de la casa de su padre, el paso por la parte trasera del huerto; se abre misteriosamente la puerta de la casa y por ella se precipita Grúshenka... Mitia brincó de su asiento.

—¡Qué tragedia! —masculló rechinando los dientes.

Se acercó maquinalmente al hombre dormido y se puso a mirarle la cara. Era un mujik flaco, todavía joven, de rostro muy alargado, de rubios cabellos ensortijados y una barbita larga, fina y rojiza; llevaba una camisa de percal y un chaleco negro, por uno de cuyos bolsillos asomaba la cadenita de un reloj de plata. Mitia contemplaba aquella fisonomía con un odio espantoso y, sin saber por qué, lo que más odioso le resultaba era que tuviese el pelo rizado. Y lo más importante de cuanto le ofendía de manera intolerable era que él mismo, Mitia, estuviera allí esperando, con su asunto inaplazable, después de haber sacrificado y abandonado tantas cosas, torturado por la angustia, mientras que aquel parásito «de quien depende ahora todo mi destino, ronca como si nada, como si viniera de otro planeta». «¡Oh, ironía del destino!», exclamó Mitia, y de repente, perdiendo por completo la cabeza, se precipitó otra vez a despertar al mujik borracho. Lo hacía hasta con furia, le daba tirones, le sacudía, incluso le pegaba, pero después de unos cinco minutos de inútiles tentativas, volvió a sentarse en su banco lleno de impotente desesperación.

—¡Es estúpido, es estúpido! —exclamaba Mitia—. Y... ¡qué ignominioso es todo! —añadió de súbito, sin saber por qué.

Empezó a dolerle terriblemente la cabeza: «¿Y si lo dejara? ¿Si me fuera? —pensó un momento—. No, esperaré hasta mañana. Me quedaré adrede, ¡sí, adrede! ¿De qué me habría servido venir, si no? Ni tengo tampoco en qué irme, ¿cómo me voy a marchar ahora de aquí? ¡Oh, qué absurdo!»

La cabeza, sin embargo, le dolía cada vez más. Mitia permanecía inmóvil y ya no recordó cómo se le cerraron los ojos y se durmió sentado. Por lo visto, estuvo durmiendo unas dos horas o más. Le despertó un insoportable dolor de cabeza, hasta el punto de que casi le hacía gritar. Notaba un zumbido en las sienes, le dolía el occipucio; ya despierto, tardó aún largo rato en recobrarse por completo y comprender lo que le había pasado. Por fin adivinó que en la recalentada estancia había un tufo espantoso, que podía ocasionarle la muerte. El mujik borracho seguía roncando en su yacija; la vela chorreaba y estaba a punto de apagarse. Mitia empezó a gritar y se precipitó tambaleándose a través del zaguán al aposento del guardabosque, quien se despertó pronto; pero al enterarse de que en la otra mitad de la isbá había tufo, aunque tomó las providencias que el caso requerían, lo hizo con una total indiferencia, cosa que asombró a Mitia hasta vejarle.

—Podía morir, podía morir y entonces... ¿entonces, qué? —exclamaba Mitia, frenético.

Abrieron la puerta de par en par, abrieron la ventana, dejaron libre el paso de la chimenea; Mitia fue a buscar un cubo de agua al zaguán, primero se mojó la cabeza, luego encontró un trapo, lo sumió en el agua y lo aplicó a la cabeza de Liagavi. El guardabosque, en cambio, seguía tomándose el acontecimiento hasta con cierto aire de desdén y, después de abrir la ventana, dijo malhumorado: «Bueno, ya está bien», y volvió otra vez a dormir, dejando a Mitia un farol encendido. Mitia se estuvo ocupando del atufado borracho una media hora, poniéndole una y otra vez el trapo húmedo en la cabeza; ya había decidido seriamente no dormir en toda la noche, pero, fatigado, se sentó para descansar un momento, y al instante cerró los ojos; luego, sin conciencia de lo que hacía, se tumbó sobre el banco y se quedó dormido como un tronco.

Se despertó terriblemente tarde. Eran ya poco más o menos las nueve de la mañana. El sol brillaba en las dos ventanitas de la pequeña estancia. El rizoso mujik de la víspera se había sentado en el banco con el ropón puesto. Tenía delante un nuevo samovar y una nueva garrafita de vodka. La de la víspera estaba vacía, y de la nueva faltaba ya más de la mitad. Mitia se levantó de un salto y en un santiamén adivinó que el maldito mujik se había emborrachado otra vez, estaba borracho perdido. Se lo quedó mirando unos momentos, con los ojos saliéndosele de las órbitas. El mujik, en cambio, le contemplaba en silencio y con picardía, con cierta calma ofensiva, incluso desdeñosa altanería, según creyó entender Mitia, que se precipitó hacia él.

—Permítame; vea... yo... probablemente usted se ha enterado ya por el guardabosque: soy el teniente Dmitri Karamázov, el hijo del viejo Karamázov, con quien se halla usted en tratos por una tala de bosque...

—¡Mentira! —soltó de pronto el mujik, firme y sosegadamente, articulando con precisión las sílabas.

—¡Cómo! ¿Que yo miento? ¿No conoce usted a Fiódor Pávlovich?

—No sé quién es tu Fiódor Pávlovich —articuló el mujik, moviendo pesadamente la lengua.

—¿Y el bosque? Pero si está usted en tratos con él para comprarle el bosque; despierte, vuelva en sí. El padre Pável de Ilinski me ha acompañado aquí... Usted escribió a Samsónov y él me ha mandado a verle... —prosiguió Mitia, sofocado.

—¡Mentira! —volvió a articular con toda nitidez Liagavi.

Mitia sintió que se le helaban las piernas.

—¡Por compasión, que no se trata de una broma! Usted quizá se halla un poco achispado. Pero, al final, usted puede hablar, comprender... De otro modo... ¡de otro modo yo no entiendo nada!

—¡Tú eres un granuja!

—¡Por favor! Yo soy Karamázov, Dmitri Karamázov, tengo una propuesta para usted... una propuesta ventajosa... muy ventajosa... precisamente acerca del bosque.

El mujik se acarició la barba con gravedad.

—No, tú has ajustado el trato y ahora me vienes como un canalla. ¡Eres un canalla!

—¡Le aseguro que se equivoca usted!

Mitia se retorcía las manos, desesperado. El mujik seguía acariciándose la barba y de pronto entornó los ojos con picardía.

—No, lo que has de hacer tú es decirme lo siguiente: dime qué ley existe que permita cometer villanías, ¡me oyes! Tú eres un canalla, ¿lo comprendes?

Mitia retrocedió sombrío y de súbito pareció que «algo le diera un golpe en la frente», como él mismo se expresó más tarde. En un abrir y cerrar de ojos se le iluminó el entendimiento, «se encendió una lucecita y lo comprendí todo». Allí estaba de pie, estupefacto, asombrado de que él, al fin y al cabo hombre inteligente, hubiera podido dejarse arrastrar por una estupidez como aquélla, se hubiera metido en una aventura semejante y la hubiera seguido casi durante veinticuatro horas; cómo podía haberse ocupado de aquel Liagavi mojándole la cabeza... «Bueno, este hombre está borracho, borracho perdido, y continuará bebiendo sin cesar una semana entera, ¿a qué esperar, pues? ¿Y si Samsónov me hubiera enviado aquí adrede? Y si ella... ¡Oh, Dios, lo que he hecho!...»

El mujik, sentado, le miraba y se reía burlón. En otras circunstancias, Mitia, llevado por su furor, quizás habría matado a aquel estúpido, pero en aquel momento se sentía débil como un niño. Se dirigió lentamente hacia el banco, tomó su abrigo, se lo puso sin decir palabra y salió de la estancia. En la otra parte de la isbá no encontró al guardabosque, no había nadie. Se sacó del bolsillo cincuenta kópeks en calderilla y los dejó sobre la mesa por la pernoctación, por la vela y por la molestia. Al salir de la isbá, no vio más que bosques a su alrededor. Se puso en camino al azar, sin acordarse siquiera de si debía doblar hacia la derecha o hacia la izquierda desde la casa del guardabosque; la noche anterior, al acudir presuroso a la isbá en compañía del pope, no se había fijado en el camino. No experimentaba en su alma ningún anhelo de venganza hacia nadie, ni siquiera hacia Samsónov. Caminaba por un estrecho sendero del bosque sin pensar en nada, desorientado, «con una idea perdida», sin preocuparse para nada de si iba hacia un lugar o hacia otro.

Cualquier niño que le hubiera salido al paso habría podido derribarle, tanta era su debilidad de alma y de cuerpo en aquellos momentos. Comoquiera que fuese, sin embargo, logró salir del bosque: de pronto se encontró ante unos campos segados, desnudos, que se perdían en el horizonte. «¡Qué desesperación, qué muerte en torno!», repetía sin interrumpir su marcha adelante, siempre adelante.

Le salvaron unos pasajeros: un cochero conducía a un viejo mercader por el camino vecinal. Cuando le alcanzaron, Mitia preguntó por el camino y resultó que los pasajeros iban también a Volovia. Cerraron trato y tomaron a Mitia como compañero de viaje. Unas tres horas después, llegaron a la estación de Volovia, donde Mitia pidió enseguida caballos de posta para ir a la ciudad y, de súbito cayó en la cuenta de que estaba hambriento a más no poder. Mientras enganchaban los caballos, le prepararon una tortilla. Se la comió en un momento, se comió todo un gran pedazo de pan, se comió un trozo de salchichón que encontró a mano y se bebió tres vasitos de vodka. Recuperadas las fuerzas, volvió a cobrar ánimos y de nuevo se hizo la luz en su espíritu. Volaba por el camino, apuraba sin cesar al cochero y, de repente, elaboró un nuevo plan, ya «infalible», para procurarse aquel mismo día, antes de la noche, «este maldito dinero». «¡Y pensar, pensar sólo, que por estos miserables tres mil rublos se pierde un destino humano —exclamó con desprecio—. ¡Pero hoy mismo lo resuelvo!» Y, quizás, se habría puesto otra vez alegre de no haber estado pensando constantemente en Grúshenka y en si le habría ocurrido algo. Pero esa idea le penetraba cada instante en el alma cual afilado cuchillo. Por fin llegaron, y Mitia se fue corriendo a casa de la joven.

III

LAS MINAS DE ORO

Esta era, precisamente, la visita de que con tanto miedo había hablado Grúshenka a Rakitin. Entonces, la joven esperaba al «propio» y estaba muy contenta de que Mitia no se hubiera presentado en todo el día ni el anterior, y abrigaba la esperanza de que, quizá, Dios haría que no se presentase antes de que ella hubiese partido, mas he aquí que de pronto aparece. Ya sabemos lo demás: para librarse de él, Grúshenka le convenció en un instante de que la acompañase a casa de Kuzmá Samsónov con el pretexto de que necesitaba ir allí urgentemente a «contar dinero»; y no bien Mitia la hubo acompañado, al despedirse de él a la puerta del viejo mercader, le hizo prometer que iría a buscarla a medianoche para acompañarla de regreso a su casa. Mitia también se sentía contento de que ella lo dispusiera así: «Si pasa estas horas en casa de Kuzmá Kuzmich, ello significa que no irá a ver a Fiódor Pávlovich... a no ser que mienta», añadió enseguida. Pero a su entender, según parece, Grúshenka no mentía. Él, precisamente, formaba parte de un tipo especial de celosos; al apartarse de la mujer amada, enseguida se imaginaba sabe Dios cuántos horrores acerca de lo que a ella le ocurría y de cómo ella le «traicionaba»; mas al precipitarse una vez a su lado estremecido, anonadado, irrevocablemente convencido de que ella había tenido tiempo ya de engañarle, con sólo mirarle la cara, al ver aquel rostro sonriente, tierno y jovial, recobraba el ánimo al instante, toda sospecha se desvanecía y con gozosa vergüenza se reprochaba los celos. Después de haber acompañado a Grúshenka, se apresuró a volver a su casa. ¡Eran tantas las cosas que aún tenía que hacer aquel día! De todos modos, por lo menos se había quitado un peso del corazón. «Lo que necesitaría ahora es enterarse cuanto antes por Smerdiákov de si ayer por la noche no pasó allí nada, de si no fue ella, vete a saber, a casa de Fiódor Pávlovich, ¡oh!», pasó por su cabeza. De modo que apenas había vuelto apresuradamente a su casa, cuando los celos le hormigueaban ya de nuevo en el turbulento corazón.

¡Los celos! «Otelo no es celoso, es confiado», observó Pushkin, y esta observación por sí sola prueba la extraordinaria profundidad de pensamiento de nuestro gran poeta. A Otelo sencillamente se le parte el alma y se le confunde la inteligencia porque *su ideal ha muerto*. Mas Otelo no se esconderá para vigilar, no espiará ni se pondrá al acecho. Al contrario, hizo falta sugerírselo, empujar, exasperarle con copiosos esfuerzos para lograr que sospechase la traición. El celoso verdadero no es

[581]

así. No es posible siquiera imaginarse la abyección y la caída moral con que puede transigir un celoso sin experimentar ningún remordimiento de conciencia. No se trata de que los celosos sean todos almas viles y sórdidas. Al contrario, con un corazón noble y con un amor puro y abnegado, cabe al mismo tiempo esconderse debajo de una mesa, sobornar a las personas más infames y no experimentar reparo alguno para sumirse en la peor inmundicia del espionaje y de la escucha. Otelo por nada del mundo habría podido resignarse con la traición —no es que no hubiera podido perdonar, sino resignarse— a pesar de tener el alma dulce e inocente como la de una criatura. No ocurre lo mismo con un auténtico celoso: ¡es difícil imaginarse lo que puede admitir, con qué puede resignarse y lo que es capaz de perdonar un celoso! Los celosos son los más dispuestos a perdonar, y eso lo saben todas las mujeres. El celoso, con una rapidez extraordinaria (claro está, después de una terrible escena al principio), puede y es capaz de perdonar, por ejemplo, una traición ya casi demostrada, abrazos y besos vistos por él mismo, si, por ejemplo, puede decirse al mismo tiempo, como sea, que se trata «de la última vez» y que su rival desde ese momento desaparece, se va al otro extremo del mundo, o que él mismo va a irse con la mujer a alguna parte donde no se presentará jamás el terrible contrincante. Desde luego, la reconciliación no durará más de una hora, porque aun cuando en realidad desaparezca el rival, al día siguiente el celoso inventará otro y arderá en celos por el nuevo contrincante. Y parece natural preguntarse: ¿qué puede haber en un amor ante el que siempre es preciso estar alerta y qué puede valer un amor que necesita una vigilancia tan rigurosa? Mas eso es, precisamente, lo que nunca comprenderá un auténtico celoso, lo cual no es obstáculo para que entre los celosos se encuentren a veces personas en verdad de noble corazón. Es digno de notar, además, que esas personas de corazón noble, mientras se hallan en algún cuartucho escuchando y espiando, aunque comprenden claramente «con sus nobles corazones» toda la ignominia de que se cubren por propia voluntad, jamás sienten remordimientos de conciencia en aquel momento, por lo menos mientras están en su escondite. Al ver a Grúshenka, Mitia dejó de sentir celos y por un instante se volvió confiado y noble, incluso llegó a despreciarse por sus malos sentimientos. Pero eso sólo significaba que en su amor por aquella mujer había algo mucho más elevado de lo que él mismo suponía: no se reducía a la pasión, a la simple «sinuosidad del cuerpo», de que habló a Aliosha. Mas, cuando Grúshenka hubo desaparecido, Mitia enseguida empezó a sospechar de ella todas las bajezas y perfidias de la traición. En cambio, no sentía por ello ningún remordimiento de conciencia.

Así, pues, los celos le atormentaban de nuevo. En todo caso, necesitaba darse prisa. En primer lugar, tenía que hacerse aunque fuera con un poco de dinero prestado por breve tiempo. Los nueve rublos de la víspera se habían ido casi por completo en el viaje, y sin nada de dinero, ya se sabe, no hay modo de dar ni un paso. Pero no hacía mucho, al elaborar su nuevo plan en el carruaje, había pensado también dónde hacerse con un poco de dinero prestado por breve tiempo. Poseía dos excelentes pistolas, de las que se usan para batirse en duelo, y balas; si no las había empeñado antes era porque las tenía en más estima que ninguna otra de sus cosas. Hacía ya bastante tiempo, en la taberna «La Capital», había conocido a un joven funcionario del que supo que era soltero, que disponía de medios de fortuna y tenía una gran pasión por las armas, de modo que se dedicaba a comprar pistolas, revólveres y puñales, los colgaba en las paredes de su casa, los mostraba a sus amistades con gran satisfacción y era un maestro en explicar el sistema de cada revólver, cómo cargarlo, disparar, etc. Sin pensarlo mucho, Mitia se fue a verle enseguida y le ofreció las dos pistolas como garantía por un préstamo de diez rublos. El funcionario, lleno de alegría, quiso persuadirle de que se las vendiera, pero Mitia no quiso y el otro le prestó los diez rublos declarando que por nada del mundo le cobraría intereses. Se despidieron amigos. Mitia tenía prisa, quería llegar cuanto antes a su glorieta, en la parte trasera de la casa de Fiódor Pávlovich, para llamar enseguida a Smerdiákov. Pero, de este modo, de nuevo quedó patente un hecho, a saber: que tan sólo unas tres o cuatro horas antes de cierto suceso, del que se hablará mucho algo más abajo, Mitia no tenía ni un kópek, hasta el punto de que por diez rublos había empeñado su objeto predilecto, mientras que tres horas más tarde se encontraban en sus manos miles de rublos... Pero me estoy adelantando a los acontecimientos.

En casa de María Kondrátievna (la vecina de Fiódor Pávlovich) le esperaba la noticia de la enfermedad de Smerdiákov, lo que le impresionó y le confundió en sumo grado. Escuchó la historia de la caída en el sótano, luego la del ataque de epilepsia, la llegada del doctor, la solicitud de Fiódor Pávlovich; con curiosidad se enteró también de que su hermano Iván había salido ya aquella mañana hacia Moscú. «Habrá pasado antes que yo por Volovia —pensó Dmitri Fiódorovich, pero Smerdiákov le inquietaba horriblemente—. ¿Qué hacer, ahora, quién va a vigilar, quién me tendrá al corriente?» Se puso a interrogar con impaciencia a aquellas mujeres: ¿no habrían observado nada de particular la noche anterior? Las dos mujeres comprendieron muy bien lo que él quería saber y le disuadieron por completo: no se había presentado nadie, había pasado la noche allí Iván Fiódorovich, «todo se hallaba en perfecto orden». Mitia se quedó pensativo. No cabía duda, también aquella noche había que montar la guardia, pero dónde: ¿ahí, o junto al portalón de Samsónov? Decidió que debía hacerlo ahí y allí, según las circunstancias, mas por de pronto, por de pronto... El caso era que había llegado la hora de poner en práctica aquel «plan», el de hacía poco, el plan nuevo y ya seguro, que había meditado en el carruaje; aplazarlo resultaba imposible. Mitia decidió sacrificar a ello una hora: «en una hora lo resuelvo todo, me entero de todo, y luego, en primer lugar me iré a casa de Samsónov para informarme de si está allí Grúshenka, volveré aquí en un abrir y cerrar de ojos, y aquí permaneceré hasta la noche; después volveré a buscarla a casa de Samsónov para acompañarla cuando regrese a su casa». Y eso fue lo que decidió.

Se fue volando a la casa en que vivía, se lavó, se peinó, se cepilló la ropa, se vistió y encaminó sus pasos a casa de la señora Jojlakova. Su «plan», ¡ay!, se encontraba allí. Mitia había decidido pedir prestados tres mil rublos a aquella dama. Lo importante es que de súbito, como quien dice repentinamente, se había apoderado de él la insólita certidumbre de que la señora Jojlakova no se los negaría. Quizá alguien se sorprenda de que, dada tal certidumbre, Mitia no se hubiera dirigido antes a esa casa, que pertenecía, en cierto modo, a su propio mundo, en vez de dirigirse a Samsónov, hombre de otra mentalidad y con quien ni siquiera sabía cómo hablar. Pero el caso es que con Jojlakova, durante el último mes, casi había roto las relaciones, aparte de que tampoco antes su amistad había sido mucha, y sobre todo, sabía perfectamente que ella no podía sufrirle. Esa dama le había odiado desde el principio, sencillamente por ser Mitia el novio de Katerina Ivánovna, mientras que Jojlakova habría querido que Katerina Ivánovna le abandonara y se casara con el «simpático Iván Fiodorovich, de caballeresca educación y excelentes maneras». En cambio, odiaba los modales de Mitia. Éste, a su vez, se burlaba de Jojlakova y en cierta ocasión llegó a decir de ella que era una dama «tan viva y desenvuelta como poco instruida». Y he aquí que por la mañana, en el carruaje, se sintió iluminado por la más brillante de las ideas: «Si ella no quiere de ningún modo que yo me case con Katerina Ivánovna, si no lo quiere en modo extremo (sabía que casi llegaba al histerismo), ¿por qué razón me va a negar esos tres mil rublos si son, precisamente, para poder dejar a Katia y desaparecer de aquí para siempre? Esas mimadas señoras de la alta sociedad, si llegan a encapricharse por algo ya no regatean nada para que las cosas salgan como ellas quieren. Además, «es tan rica», se decía Mitia. En cuanto al «plan» propiamente dicho, se trataba de lo mismo que antes, o sea, de la oferta de sus derechos sobre Chermashnia, mas no ya con un fin comercial, como el día anterior con Samsónov. A aquella dama no iba a prestarle el señuelo de meterse en el bolsillo, por tres mil rublos, un dineral dos veces mayor, seis o siete mil rublos, sino que iba a ofrecerle una noble garantía por el préstamo. A medida que desarrollaba esta nueva idea suya, Mitia se iba entusiasmando, pero siempre le ocurría lo mismo con sus iniciativas, con todas sus repentinas decisiones. Se entregaba con pasión a cada uno de sus nuevos pensamientos. No obstante, al subir al porche de la casa de la señora Jojlakova, experimentó de súbito en la espalda un escalofrío de terror: en ese segundo tuvo plena conciencia y vio ya con matemática claridad que aquélla era su última esperanza, comprendió que que «a no ser degollar y robar a alguien por los tres mil rublos...» ya no le quedaba nada en el mundo, si ahí fracasaba. Serían las siete y media cuando tiró de la campanilla.

Al principio, la empresa parecía sonreírle: no bien se hubo anunciado, le hicieron pasar con una rapidez insólita. «Parece como si me hubiera estado esperando», pensó Mitia, y luego, tan pronto como le hubieron introducido en el salón, entró casi corriendo la dueña de la casa y le declaró de buenas a primeras que le esperaba...

—¡Le estaba esperando, le estaba esperando! Yo no podía ni siquiera imaginarme que usted viniera, usted mismo lo comprende; sin embargo, le estaba esperando, asómbrese de mi instinto, Dmitri Fiódorovich, toda la mañana he estado convencida de que usted vendría hoy.

—Esto es en verdad sorprendente, señora —articuló Mitia, mientras se sentaba con cierta torpeza—, pero... he venido por un asunto de extraordinaria importancia... el más importante de los importantes, es decir, para mí, señora, para mí solo, y tengo prisa...

—Ya sé que es por un asunto importantísimo, Dmitri Fiódorovich, y no lo sé por algún presentimiento ni por retrógradas inclinaciones hacia los milagros (¿ha oído hablar de lo sucedido con el stárets Zosima?), esto es matemático: usted tenía que venir a la fuerza después de todo lo que ha sucedido con Katerina Ivánovna, usted no podía no venir, no podía, esto es matemático.

—Es el realismo de la verdadera vida, señora, ¡ésta es la cuestión! Mas, permítame, sin embargo, exponer...

—Lo dice usted muy bien, Dmitri Fiódorovich, el realismo. Yo ahora soy totalmente partidaria del realismo: en cuanto a los milagros, ya he recibido bastantes lecciones. ¿Se ha enterado usted de que ha muerto el stárets Zosima?

—No, señora; lo oigo por primera vez —Mitia se sorprendió un poco. En su mente surgió por un instante la imagen de Aliosha.

—Ha sido esta noche, y figúrese usted...

—Señora —interrumpió Mitia—, yo sólo me figuro que me encuentro en una situación desesperada, y que si usted no me ayuda se hundirá todo, y el primero en hundirse seré yo. Perdone la trivialidad de la expresión, pero me consumo, tengo fiebre...

—Lo sé, sé que tiene usted fiebre, lo sé todo; usted no puede encontrarse en otro estado de ánimo, todo cuanto pueda decirme lo sé ya de antemano. Hace tiempo que vengo reflexionando sobre su destino, Dmitri Fiódorovich, lo observo y lo estudio... Oh, créame que soy un experimentado doctor de almas, Dmitri Fiódorovich.

—Señora, si usted es un experimentado doctor, yo soy un enfermo de mucha experiencia —repuso Mitia, esforzándose en ser amable—, y presiento que si tanto se interesa usted por mi destino, también le ayudará en el desastre, mas para ello permítame usted, ya, esponerle el plan con que me he arriesgado a presentarme... y decirle lo que de usted espero... He venido, señora...

—No lo exponga, esto es secundario. En cuanto a la ayuda, no será usted el primero a quien ayude, Dmitri Fiódorovich. Probablemente ha oído hablar de mi prima Belmiésova; su marido se perdía, se hundía, como acaba usted de decir con mucha precisión, Dmitri Fiódorovich; pues bien, le aconsejé que se dedicara a la cría de caballos y ahora la fortuna le sonríe. ¿Tiene usted alguna idea de la cría de caballos, Dmitri Fiódorovich?

—Ni la más mínima, señora; ¡oh, señora, ni la más mínima! —gritó Mitia con nerviosa impaciencia, y hasta por poco se levanta de su asiento—. Sólo le suplico, señora, que me escuche, déjeme hablar sólo dos minutos para que pueda exponerle el proyecto que me ha traído aquí. Además, me falta tiempo. ¡Tengo una prisa horrible!.. —se puso a gritar histéricamente Mitia, al darse cuenta de que ella iba a ponerse a hablar otra vez, y con la esperanza de gritar más fuerte—. He venido desesperado... en el último grado de la desesperación, para pedirle prestados tres mil rublos, prestados, pero con una garantía segura, segurísima, señora ¡con una seguridad total! Permítame sólo exponer...

—¡Todo esto después, después! —replicó a su vez la señora Jojlakova, agitando una mano ante él—. Además, todo lo que pueda contarme lo sé de antemano, ya se lo he dicho. Usted pide una suma, usted necesita tres mil rublos, pero yo le daré más, infinitamente más, yo le salvaré, Dmitri Fiódorovich, ¡pero es necesario que me obedezca usted!

Mitia por poco brinca otra vez de su asiento.

—¡Señora, es posible que sea usted tan buena! —gritó con una vivísima emoción—. ¡Oh, Dios! Usted me ha salvado. Usted salva a un hombre, señora, de la muerte violenta de la pistola... El eterno agradecimiento mío...

—¡Le daré más de tres mil rublos, infinitamente más! —gritó la señora Jojlakova, contemplando con radiante sonrisa el entusiasmo de Mitia.

—¿Infinitamente más? No hace falta tanto. Sólo son necesarios esos tres mil rublos, fatales para mí: yo, por mi parte, he venido a garantizarle esta suma con una gratitud infinita y le proponga un plan, que...

—Basta, Dmitri Fiódorovich, dicho y hecho —interrumpió la señora Jojlakova con la triunfal modestia de una bienhechora—. Le he prometido salvarle, y le salvaré. Le salvaré a usted como hice con Belmiésov. ¿Qué piensa usted de las minas de oro, Dmitri Fiódorovich?

—¡De las minas de oro, señora! Nunca he pensado en ellas.

—¡Pues lo he hecho yo por usted! ¡Lo he pensado y lo he vuelto a pensar! Hace ya un mes que le estoy observando con ese fin. Cien veces le he mirado cuando pasaba por aquí y me he repetido: éste es un hombre enérgico, debería de ir a las minas de oro. Me he fijado incluso en su manera de andar y he llegado a la conclusión de que es usted un hombre que encontrará muchas minas.

—¿Por la manera de andar, señora? —se sonrió Mitia.

—Desde luego, también por la manera de andar. ¿Acaso niega usted que por la manera de andar puede reconocerse el carácter de una persona, Dmitri Fiódorovich? Las ciencias naturales lo confirman. Oh, ahora yo soy realista, Dmitri Fiódorovich. Desde el día de hoy, después de esa historia en el monasterio, que tanto me ha afectado, soy realista de pies a cabeza y quiero lanzarme a la actividad práctica. Estoy curada. ¡Basta!, como dijo Turguiénev.

—Pero, señora, esos tres mil rublos que usted tan generosamente ha prometido prestarme...

—No le faltarán, Dmitri Fiódorovich —le interrumpió enseguida la señora Jojlakova—; es como si los tuviera usted ya en el bolsillo, y no sólo tres mil, sino tres millones, Dmitri Fiódorovich, ¡y ello en el plazo más breve! Le voy a decir cuál es mi idea: hallará usted minas, ganará usted millones, volverá aquí y se convertirá en un hombre de acción, que nos hará avanzar también a nosotros, orientándonos hacia el bien. ¿Acaso ha de dejarse todo para los judíos? Usted construirá edificios y fundará empresas. Usted ayudará a los pobres, y éstos le bendecirán. El siglo actual es el de los ferrocarriles, Dmitri Fiódorovich. Se hará usted famoso e indispensable al Ministerio de Hacienda, que sufre ahora tantas necesidades. La caída de nuestro rublo en papel moneda no me deja dormir, Dmitri Fiódorovich; en este sentido aún me conocen poco...

—¡Señora, señora! —con angustioso presentimiento volvió a interrumpir Dmitri Fiódorovich—. Es posible que yo siga mucho, muchísimo, su consejo, este sabio consejo suyo, señora, y que me dirija, quizás, allí... a esas minas... y volveré otra vez a hablar de ello con usted.... incluso muchas veces... Mas ahora, esos tres mil rublos que usted tan magnánimamente... ¡Oh!, me sacarían del atolladero, y si es posible hoy... Es decir, ¿comprende?, no dispongo ni de una hora, ni de una hora de tiempo...

—¡Basta, Dmitri Fiódorovich, basta! —cortó con insistencia la señora Jojlakova—. Una pregunta: ¿irá a las minas de oro, o no irá? ¿Se ha decidido del todo? Responda matemáticamente.

—Iré luego, señora... Iré adonde quiera, señora... mas ahora...

—¡Espere, espere! —gritó la señora Jojlakova, levantándose rápidamente, y precipitándose hacia su magnífico escritorio, de infinito número de cajoncitos, empezó a abrirlos uno tras otro, en busca de alguna cosa, con terribles prisas.

«¡Los tres mil rublos! —pensó Mitia con el corazón en vilo—, y ahora mismo, sin papeles de ninguna clase, sin formalidades... ¡Oh, como entre caballeros! Es una mujer admirable, y si no fuera tan parlanchina...»

—¡Aquí está! —exclamó llena de alegría la señora Jojlakova, volviendo hacia Mitia—. ¡Aquí está lo que buscaba!

Era una diminuta medalla de plata colgando de una cadenita, como las que a veces se llevan sobre el pecho con una pequeña cruz.

—Es de Kiev, Dmitri Fiódorovich —continuó con unción

la señora—; ha tocado las reliquias de Santa Bárbara, la gran mártir. Permítame que yo misma se la ponga al cuello y que le bendiga por su nueva vida y sus hazañas.

En efecto, le pasó la cadenita alrededor del cuello y se disponía a colocarle bien la medalla. Mitia, extraordinariamente confuso, inclinó la cabeza y la ayudó hasta que, al fin, logró deslizar la medallita, por debajo del cuello de la camisa y de la corbata, sobre el pecho.

—Bien, ¡ahora puede usted ponerse en camino! —articuló la señora Jojlakova, sentándose majestuosamente otra vez en su sitio.

—Señora, estoy tan emocionado... no sé siquiera cómo agradecerle... tales sentimientos, pero... ¡si supiera usted lo que cuenta para mí ahora el tiempo!... Esa suma que tanto espero de su magnanimidad... Oh, señora ya que es usted tan buena, tan enternecedoramente magnánima conmigo —exclamó como en un rapto de inspiración—, permítame que le confiese... aunque lo sabe usted ya hace tiempo... que yo amo aquí a una criatura... He traicionado a Katia... a Katerina Ivánovna, quiero decir. Oh, he sido inhumano y deshonesto ante ella, pero aquí me he enamorado de otra, de una mujer, señora, quizá despreciada por usted, porque ya lo sabe todo, pero a la que no puedo dejar, de ningún modo, y por esto, ahora, esos tres mil rublos...

—¡Déjelo todo, Dmitri Fiódorovich! —le interrumpió la señora Jojlakova con energía—. Déjelo, deje sobre todo a las mujeres. Ahora su objetivo son las minas de oro y allí no hay para qué llevar mujeres. Después, cuando usted regrese rico y cubierto de gloria, encontrará a la amiga del corazón en la más alta sociedad. Será una mujer moderna, instruida y libre de prejuicios. Para aquel entonces, precisamente, habrá entrado en sazón el problema femenino que ahora comienza a plantearse y aparecerá una mujer nueva...

—Señora, no se trata de eso, no es eso... —Dmitri Fiódorovich casi juntó las manos, suplicante.

—Sí, es eso, Dmitri Fiódorovich, es precisamente eso lo que usted necesita, lo que usted anhela sin saberlo. No estoy al margen ni mucho menos de la cuestión femenina, Dmitri Fiódorovich. El progreso de la mujer y hasta su papel político en el futuro más inmediato son mi ideal. Yo tengo una hija, Dmitri Fiódorovich, y en ese sentido me conocen poco. Sobre ese particular escribí a Schedrín[1]. Este escritor me ha señalado tantas y tantas cosas en la misión de la mujer, que el año pasado le mandé una carta anónima de dos líneas: «Le abrazo y le beso, escritor mío, en nombre de la mujer moderna; prosiga.» Y firmé: «una madre». Habría deseado firmar: «una madre contemporánea», y vacilé, pero sólo puse la palabra madre, que contiene más belleza moral, aparte de que la palabra «contemporánea» le habría recordado su revista *El contemporáneo*, de amarga memoria para él, dada la actual censura... Ah, Dios mío, ¿qué le pasa?

—Señora —por fin Mitia se levantó bruscamente, juntando ante ella las manos en impotente súplica—, me hará usted llorar, señora, si demora lo que tan generosamente...

—¡Y llore usted un poco, Dmitri Fiódorovich, llore un poco! Esto es prueba de magníficos sentimientos... ¡El camino que va usted a emprender! Las lágrimas le aliviarán, después regresará usted y sentirá una alegría inmensa. Vendrá usted a verme directamente desde Siberia para compartir conmigo su alegría...

—Pero, permítame también a mí hablar —vociferó de súbito Mitia—, se lo suplicó por última vez; dígame, ¿puedo recibir hoy, de usted, la suma prometida? Si no, ¿cuánto puedo venir a buscarla?

—¿Qué suma, Dmitri Fiódorovich?

—Los tres mil rublos prometidos... que usted tan magnánimamente...

—¿Tres mil? ¿Tres mil rublos? Oh, no, yo no tengo tres mil rublos —repuso la señora Jojlakova con tranquila sorpresa.

Mitia se quedó atónito.

—Cómo, pues, usted... ahora mismo... usted ha dicho... ha declarado, incluso, que era como si yo los tuviera ya en el bolsillo...

—Oh, no, usted no me ha comprendido bien, Dmitri Fiódorovich. Si es así, no me ha comprendido usted. Yo me refe-

---

[1] M. Y. Saltykov-Schedrín (1826-1889), escritor satírico, luchador decidido e ingable contra el absolutismo.

ría a las minas de oro... Cierto, le he prometido más, infinitamente más de tres mil rublos, ahora lo recuerdo, pero yo pensaba únicamente en las minas de oro.

—¿Y el dinero? ¿Y los tres mil rublos? —gritó estúpidamente Mitia.

—Oh, si usted entendía mis palabras como si yo me refiriera a dinero, he de decirle que no lo tengo. Ahora me encuentro completamente sin dinero, Dmitri Fiódorovich; precisamente estoy peleando por ello con mi administrador y hace unos días tuve que pedir prestados quinientos rublos a Miúsov. No, no, dinero no tengo. Y sepa, Dmitri Fiódorovich, que aunque lo tuviese, no se lo daría a usted. En primer lugar, no presto dinero nunca. Prestar dinero significa reñir. Pero a usted, a usted sobre todo no se lo prestaría, aun queriéndole no se lo prestaría, para salvarle, pues usted no necesita más que una cosa: ¡las minas, las minas y las minas!...

—¡Oh, al demonio!... —rugió Mitia, y con todas sus fuerzas dio un puñetazo sobre la mesa.

—¡Ay, ay! —gritó Jojlakova asustada, corriendo hacia el otro extremo del salón.

Mitia escupió y a grandes zancadas salió de la estancia y de la casa, ¡a la oscuridad! Caminaba como un loco dándose golpes en el pecho, en el mismo lugar donde se había golpeado antes en presencia de Aliosha, la última vez que le había visto, al anochecer, en el camino. Todavía era un secreto lo que significaba ese golpearse el pecho *en el mismo lugar,* y lo que con ello quería indicar Mitia era un secreto que no conocía nadie, no lo había descubierto ni siquiera entonces a Aliosha, pero en aquel secreto se encerraba para él algo más que el deshonor, se encerraba la perdición y el suicidio; así lo había decidido, si no obtenía aquellos tres mil rublos para devolverlos a Katerina Ivánovna y no quitaba de su pecho, *«de este lugar del pecho»,* la vergüenza que ahí llevaba y que tanto le oprimía la conciencia. Todo esto se aclarará por completo al lector más adelante; ahora he de decir que Mitia, aquel hombre tan fuerte físicamente, perdida su última esperanza, no bien se hubo alejado unos pasos de la casa de Jojlakova, se deshizo en un mar de lágrimas, como una criatura. Caminaba, semiinconsciente, y se secaba las lágrimas con el puño. De este modo llegó a la plaza y de pronto notó que chocaba de lleno con algo. Era una viejecita a la que Mitia por poco derriba y que lanzó un penetrante chillido.

—¡Señor, casi me mata! ¡Qué manera es ésta de andar por la calle, alocado!

—¡Cómo, ¿es usted? —gritó Mitia, mirando atentamente a la viejecita en la oscuridad.

Era la vieja criada de Kuzmá Samsónov, Mitia se había fijado muy bien en ella el día anterior.

—Y usted, ¿quién es, joven? —preguntó la viejecita en un tono de voz completamente distinto—. No le reconozco en la oscuridad.

—Usted vive en casa de Kuzmá Kuzmich, usted es su criada, ¿verdad?

—Exacto, señor, ahora he salido un momento para ir hasta casa de Projórych... Pero no llego a reconocerle.

—Dígame, abuela, ¿está ahora Agrafiona Alexándrovna en casa de Kuzmá Kuzmich? —preguntó Mitia, temblando de angustia—. Yo mismo la he acompañado hasta allí no hace mucho.

—Ha estado, señor; ha venido, se ha quedado unos momentos y se ha marchado.

—¿Cómo? ¿Se ha marchado? —gritó Mitia—. ¿Cuándo se ha marchado?

—Sí, se ha marchado enseguida, ha estado muy poco con nosotros. Ha contado un cuento a Kuzmá Kuzmich, le ha hecho reír y ha salido corriendo.

—¡Mientes, maldita! —rugió Mitia.

—¡Ay, ay! —se puso a chillar la viejecita.

Pero Mitia ya había desaparecido; corrió con todas sus fuerzas a casa de Morózova. Entretanto, Grúshenka se dirigía a Mókroie, hacía poco más de un cuarto de hora que había partido. Fienia se hallaba en la cocina con su abuela, la cocinera Matriona, cuando de súbito el «capitán» hizo irrupción en la casa. Al verle, Fienia se puso a gritar en voz en cuello.

—¿Gritas? —vociferó Mitia—. ¿Dónde está?

Pero sin dar tiempo a que Fienia, muerta de miedo, respondiera una sola palabra, se dejó caer de rodillas a sus pies:

—Fienia, en nombre de nuestro Señor Jesucristo, dime, ¿dónde está?

—Señor, no sé nada; mi buen Dmitri Fiódorovich, no sé nada —juraba y volvía a jurar Fienia—; usted mismo ha salido con ella no hace mucho...

—¡Ha vuelto!...

—No ha vuelto, mi buen Dmitri Fiódorovich, se lo juro en nombre de Dios, ¡no ha vuelto!

—¡Mientes! —gritó Mitia—. ¡Me basta tu miedo para saber dónde se encuentra!...

Salió corriendo. La asustada Fienia se alegraba de haber salido tan fácilmente de aquel trance, pero comprendía muy bien que si Mitia no hubiera tenido mucha prisa mal lo habría pasado ella, quizá. Más, al salir corriendo, Mitia dejó sorprendidas a Fienia y a la vieja Matriona por una inesperada extravagancia: sobre la mesa había un almirez de cobre con su pequeña mano, cuya longitud no pasaría de unas diez pulgadas, Mitia había ya abierto la puerta, cuando con la mano libre cogió al vuelo la mano del almirez, se la metió en el bolsillo y desapareció.

—¡Ah, Señor! ¡Quiere matar a alguien! —exclamó Fienia juntando las manos.

IV

EN LA OSCURIDAD

¿Hacia dónde corría? Sabido es: «¿Dónde podía encontrarse ella, si no en casa de Fiódor Pávlovich? Habrá ido directamente al dejar a Samsónov, ya que no hay duda. Ahora ya resultan bien claros la intriga y el engaño...» Todo esto volaba en su cabeza como un torbellino. Mitia no se metió por el patio de María Kondrátievna: «allí no hay que ir, no hay que ir de ningún modo... Para evitar la más mínima alarma... darían cuenta enseguida, darían cuenta... María Kondrátievna, por lo visto, forma parte de la conjura, y Smerdiákov también, ¡todos han sido sobornados!» Tomó otra decisión: dio una gran vuelta, a través de una callejuela, rodeando la casa de Fiódor Pávlovich, pasó por la calle Dmítrovskaia, cruzó luego la pasarela y llegó así al callejón solitario de la parte trasera de los patios, deshabitado y desierto, con la sebe de un huerto vecino por un lado y con la fuerte y alta valla que cercaba el huerto de Fiódor Pávlovich por el otro. Mitia eligió un lugar para escalarla, al parecer, el mismo por el que Lizavieta Smerdiáschaia saltó en otro tiempo la valla, según tradición de él conocida. «Si aquélla pudo saltar —le centelleó en la cabeza, sabe Dios por qué—, ¿no voy a hacerlo yo?» Y, en efecto, al primer impulso, logró agarrarse con una mano en la parte alta de la valla, se alzó luego con enérgico esfuerzo, subió de una vez y se sentó a horcajadas encima. Ahí cerca, en el huerto, se encontraba la dependencia que servía de baño, pero desde la valla se veían también ventanas de la casa iluminadas. «Naturalmente, en la alcoba del viejo hay luz, ¡ella está ahí!», y saltó al huerto. Aun sabiendo que Grigori estaba enfermo, que quizá Smerdiákov en verdad también había caído enfermo y que nadie, por tanto, podía oír nada, se escondió instintivamente, se quedó inmóvil en su lugar y aguzó el oído. Mas por doquier reinaba un silencio de muerte y, como hecho adrede, la calma era absoluta, no soplaba ni el más leve vientecillo.

«Y sólo balbucea el silencio» —quién sabe por qué razón este verso le cruzó la memoria—. «Mientras no me haya oído nadie saltar... parece que no.» Después de haber permanecido inmóvil un minuto, se puso a caminar suavemente por el huerto, por la hierba; caminó largo rato, evitando los árboles y los arbustos, dando todos los pasos con gran circunspección y escuchándolos atentamente uno a uno. Tardó unos cinco minutos en llegar cerca de una ventana iluminada. Recordó que allí, debajo de las mismas ventanas, había varias matas altas y tupidas de saúcos y sauquillos. La puerta de la casa que daba salida al jardín, en la parte izquierda de la fachada, estaba cerrada, cosa que Mitia observó con toda atención y cuidado al pasar. Por fin, llegó junto a las matas altas y se escondió tras ellas. Apenas respiraba. «Ahora hace falta esperar un poco —pensaba—. Si han oído mis pasos y están escuchando, conviene que se tranquilicen... Mientras no tosa o no estornude...»

Dejó pasar unos dos minutos, pero el corazón le latía con terrible fuerza; había instantes en que casi se ahogaba. «No, las palpitaciones del corazón no me pasarán —pensaba—, no puedo esperar más.» Estaba de pie tras un arbusto, en la sombra. La mitad anterior del arbusto quedaba iluminada por la luz de la ventana. «Es un sauquillo, ¡qué rojas son sus bayas!», balbuceó sin saber por qué. Despacio, muy suavemente, ahora un paso y luego otro, se acercó a la ventana y se levantó de puntillas. La alcoba de Fiódor Pávlovich se le ofreció a la vista como sobre la palma de la mano. Era una pequeña estancia, separada transversalmente en dos por unos biombitos rojos, «los chinos», como los llamaba Fiódor Pávlovich. «Los chinos —pasó por la mente de Dmitri Pávlovich—, y tras ellos, Grúshenka.» Se fijó en su padre; llevaba una nueva bata de seda a rayas, que Mitia aún no le había visto nunca, ceñida con un cordón con borlas, también de seda. Por el cuello abierto de la bata se veía elegante ropa blanca, una fina camisa de holanda con botones de oro. Llevaba en la cabeza el mismo vendaje de tela roja que Aliosha le había visto. «Se ha emperifollado», pensó Mitia, Fiódor Pávlovich se hallaba de pie cerca de la ventana, por lo visto, sumido en sus pensamientos; de pronto, sacudió la cabeza, aguzó levemente el oído y, no habiendo percibido nada, se acercó a la mesa, se sirvió de una garrafita medio vasito de coñac y se lo bebió. Luego respiró a pleno pulmón, volvió a quedarse inmóvil unos momentos, se dirigió como distraído hacia el espejo de un paño de la pared, con la mano derecha se alzó un poco el vendaje rojo de la frente y se contempló los cardenales y chichones que aún no le habían desaparecido. «Está solo —pensó Mitia—, con toda probabilidad está solo.» Fiódor Pávlovich se apartó del espejo, se volvió de repente hacia la ventana y miró afuera. Mitia, de un brinco, saltó a la sombra.

«Es posible que ella esté detrás de los biombos, quizá ya duerme», se dijo, sintiendo como un alfilerazo en el corazón. Fiódor Pávlovich se alejó de la ventana. «Mira por la ventana para ver si viene; así, pues, ella no está: ¿qué buscaría, si no, en las tinieblas?... Esto quiere decir que la impaciencia le consume...» Mitia enseguida volvió a acercarse de un salto y de nuevo miró por la ventana. El viejo ya se había sentado a la mesa, visiblemente entristecido. Por fin apoyó en ella un codo con la palma de la mano derecha en la mejilla. Mitia observaba ávidamente.

«¡Está solo, está solo! —se repetía otra vez—. Si se encontrase aquí, él tendría otra cara.» Cosa extraña: de pronto experimentó en el corazón un despecho absurdo e incomprensible por el hecho de que ella no se hallase ahí. «No es porque ella no se encuentre aquí —comprendió, y se dijo al instante Mitia—, sino porque no puedo enterarme con seguridad de si está o no está.» Mitia recordó luego que en ese momento tenía la cabeza en extremo lúcida, nada le pasaba inadvertido y captaba hasta los más pequeños detalles. Pero la angustia, aquella angustia del no saber y de la indecisión, se apoderaba de su alma con una rapidez inusitada. «¿Está aquí, al fin, o no está aquí?», el corazón le hervía de rabia. Y de repente se decidió, alargó el brazo y golpeó con suavidad el marco de la ventana. Golpeó según la señal convenida entre el viejo y Smerdiákov: los dos primeros golpes, más suaves; luego, otros tres más rápidos: tuc-tuc-tuc; era la señal que significaba «Grúshenka ha venido». El viejo se estremeció, alzó la cabeza, se levantó bruscamente y se precipitó hacia la ventana. Mitia se retiró a la sombra. Fiódor Pávlovich abrió la ventana y asomó la cabeza entera.

—¿Eres tú, Grúshenka? ¿Eres tú? —articuló con tembloroso balbuceo—. ¿Dónde estás, amor mío, dónde estás, angelito? —Se hallaba terriblemente emocionado, se sofocaba.

«¡Está sólo!», concluyó Mitia.

—Pero ¿dónde estás? —gritó otra vez el viejo, y sacó más aún la cabeza, se asomó hasta los hombros, mirando en todas direcciones, a derecha y a izquierda—. Ven aquí; te tengo preparada una golosinita, ven, ¡te la enseñaré!...

«Se refiere al paquete con los tres mil rublos», pensó por un momento Mitia.

—Pero ¿dónde estás?... ¿Junto a la puerta, quizá? Voy a abrir...

Y el viejo casi se deslizó por la ventana, mirando hacia la derecha, donde se encontraba la puerta que daba al huerto, procurando ver en la oscuridad. Un segundo más, y se precipitaría sin duda alguna a abrir la puerta sin esperar la respuesta de Grúshenka. Mitia miraba de costado, inmóvil. Todo el perfil del viejo, que le era tan odioso, su colgante nuez de la garganta, su nariz curva, los labios que le sonreían en ansia voluptuosa, todo ello quedaba claramente iluminado por la oblicua luz de la lámpara, que llegaba desde la parte izquierda de la estancia. Una rabia espantosa, frenética, empezó a fermentar, de pronto, en el corazón de Mitia: «¡Ahí está mi rival, mi verdugo, el enemigo de mi vida!» Era un acceso de aquel mismo furor repentino, vengativo y frenético a que se había referido, como presintiéndolo, al hablar con Aliosha en la glorieta hacía cuatro días, al contestar a la pregunta que su hermano le había formulado: «¿Cómo puedes decir que matarás al padre?»

«Yo qué sé, no lo sé —había respondido entonces—; quizá no le mate, quizá sí. Temo que *al verle la cara, en aquel mismo momento* se me haga odioso. Odio la nuez de su garganta, su nariz, sus ojos, su desvergonzada sonrisa. Me causa repugnancia física. Eso es lo que temo. Y que no pueda dominarme...»

La repugnancia física llegó a hacerse insoportable. Mitia perdió la conciencia de sus actos y, de súbito, agarró la mano de almirez de cobre que llevaba en el bolsillo...

. . . .

«Dios —según dijo el propio Mitia más tarde— velaba por mí entonces»: precisamente en aquel momento despertó en su lecho el enfermo Grigori Vasílievich. Aquel día, al atardecer, se había sometido a la cura de que Smerdiákov había hablado a Iván Fiódorovich; o sea, con ayuda de su esposa se había friccionado todo el cuerpo con vodka y una infusión secreta muy fuerte; después se había bebido el resto mientras su esposa rezaba junto a él, en voz baja, «una oración», y se había acostado a dormir. Marfa Ignátievna también probó la mixtura y, como no estaba habituada al alcohol, se quedó dormida como un tronco al lado de su esposo. Mas he aquí que de manera totalmente inesperada, Grigori se despertó en plena noche, reflexionó un momento y, pese a que sintió un vivo dolor en la cintura, se sentó en la cama. Luego, volvió a reflexionar, se levantó y se dio prisa a vestirse. Quizá le remordió la conciencia por dormir estando la casa sin guarda «en un tiempo tan peligroso». Rendido por la epilepsia, Smerdiákov yacía sin movimiento en otro cuartucho. Marfa Ignátievna ni se movió siquiera. «Ésta se ha quedado débil», pensó Grigori Vasílievich mirándola, y salió al pequeño porche, carraspeando. Naturalmente, su intención era echar sólo un vistazo desde el poche, pues no se sentía con fuerzas para andar, el dolor de la cintura y de la pierna derecha le resultaba intolerable. Mas en aquel momento se acordó de que al atardecer no había cerrado con candado la puertecita del huerto. Era un hombre muy metódico y puntual, de normas establecidas de una vez para siempre y de costumbres inveteradas. Cojeando y retorciéndose de dolor, bajó del porche y se dirigió al huerto. En efecto, la puertecilla estaba completamente abierta. Entró en el huerto maquinalmente: quizá fue sólo un efecto de la imaginación; quizá percibía algún ruido, pero miró hacia la izquierda y vio abierta la ventana de la alcoba del señor, desierta, por la que ya nadie se asomaba. «¿Por qué está abierta? ¡No estamos en verano!», pensó Grigori, y de pronto, en aquel mismísimo instante, divisó en el huerto algo insólito. A unos cuarenta pasos ante él, en la oscuridad, parecía deslizarse un hombre, se movía con extraordinaria rapidez una sombra. «¡Oh, Dios!», profirió Grigori, y sin darse cuenta de lo que hacía, olvidándose de su dolor de cintura, echó a correr para atajar al fugitivo. Tomó el camino más corto, por lo visto conocía mejor el huerto que el otro; el fugitivo se dirigió hacia el baño, lo rebasó, se lanzó hacia la valla... Grigori le seguía sin perderle de vista, corría con toda el alma. Llegó al pie de la valla precisamente en el instante en que el fugitivo la estaba escalando. Fuera de sí, Grigori lanzó un grito estentóreo, se abalanzó y se agarró con las dos manos a la pierna del que huía.

Su presentimiento no le había engañado; reconoció que aquel hombre era él, ¡el «monstruo parricida»!

—¡Parricida! —vociferó el viejo con un grito que resonó en todos los alrededores, pero fue lo único que tuvo tiempo de gritar; de repente, cayó como fulminado por el rayo.

Mitia saltó de nuevo al huerto y se inclinó sobre él. Empuñaba la mano de almirez y la arrojó maquinalmente sobre la hierba. El instrumento cayó a dos pasos de Grigori, pero no sobre la hierba, sino en el sendero, en el lugar más visible. Durante unos segundos, Mitia contempló al hombre tendido a sus pies. El viejo tenía la cabeza ensangrentada; Mitia tendió la mano y empezó a palpar. Recordó más tarde con toda claridad que en aquel momento sentía unos terribles deseos de «convencerse por completo» de si había roto el cráneo al viejo o de si únicamente le había «dejado sin sentido» por el golpe que le había asestado en la sien. Pero la sangre fluía, fluía espantosamente y en un momento inundó con un chorro caliente los temblorosos dedos de Mitia. Recordó también que había sacado del bolsillo un pañuelo blanco limpio, del que se había provisto para ir a casa de la señora Jojlakova, y lo había aplicado a la cabeza del viejo, esforzándose estúpidamente en limpiarle de sangre la frente y el rostro. Pero en unos segundos el pañuelo quedó empapado. «Señor, ¿qué estoy haciendo? —Mitia, de pronto, volvió en sí, como si despertara—. Cómo me voy a enterar de si le he roto la cabeza. Además, ¡qué importa, ahora! —añadió desesperado—. Si le he muerto, muerto está... ¡Le ha tocado al viejo y ya no hay remedio!», articuló en voz alta, y precipitándose hacia la valla, trepó, saltó a la callejuela y echó a correr. Llevaba apretado en la mano derecha el pañuelo ensangrentado y, sin dejar de correr, se lo metió en el bolsillo posterior del chaqué. Corría hasta perder el aliento, y algunos raros viandantes que se cruzaron con él por las oscuras calles de la ciudad recordaron después haber visto aquella noche a un hombre que corría como un enajenado. Volaba de nuevo a casa de Morózova. Poco antes, no bien hubo salido él de la casa, Fienia se había precipitado al aposento del portero mayor, Nazar Ivánovich, y en nombre de «Cristo, Nuestro Señor» le había suplicado aque «no dejara entrar al capitán, ni hoy ni mañana». Nazar Ivánovich, después de escucharla, estuvo de acuerdo, mas por desdicha tuvo que subir a ver a la señora, que inesperadamente había mandado llamarle, y encargó a un sobrino suyo, a quien encontró al pasar, mozo de unos veinte años llegado hacía poco de la aldea, que vigilara el patio hasta que él volviese y se olvidó de advertirle lo del capitán. Mitia llegó al portalón del patio y llamó. El mozo, a quien en más de una ocasión había dado propina, le abrió sin demora la puertecita de entrada y, sonriendo alegremente, se apresuró a comunicarle muy lisonjero que «Agrafiona Alexándrovna ahora no está en casa».

—¿Dónde está, Prójor? —Mitia se detuvo.

—No hace mucho que ha salido, cosa de unas dos horas; ha ido a Mókroie con Timofiéi.

—¿A qué? —gritó Mitia.

—Eso no puedo saberlo yo; ha ido a ver a un oficial, no sé quién, que la ha llamado desde allí y le ha mandado un coche para que fuese...

Mitia le dejó plantado y corrió como loco a a ver a Fienia.

V

SÚBITA DECISIÓN

FIENIA estaba en la cocina, con su abuela; las dos mujeres ya se disponían a acostarse. Confiando en Nazar Ivánovich, tampoco habían cerrado por dentro. Mitia irrumpió en la cocina, se precipitó hacia Fienia y la agarró enérgicamente por el cuello.

—Dime ahora mismo, ¿dónde está, con quién se encuentra ahora en Mókroie? —rugió fuera de sí.

Las dos mujeres dieron un chillido.

—Ay, se lo diré; ay, mi buen Dmitri Fiódorovich, ahora mismo se lo diré todo, no ocultaré nada —gritó a toda velocidad Fienia, mortalmente asustada—. Está en Mókroie, ha ido a reunirse con el oficial.

—¿Con qué oficial? —vociferó Mitia.

—Con el de antes, con el mismo, con el que era su oficial antes, hace cinco años, el que la abandonó y se fue —seguía diciendo Fienia.

Dmitri Fiódorovich retiró la mano con que le apretaba la garganta. Estaba de pie ante la joven, pálido como un muerto, sin decir palabra, mas por los ojos se le notaba que lo había comprendido todo de golpe, todo; media palabra le había bastado para comprenderlo todo de una vez hasta el último detalle, todo lo adivinaba. No era la pobre Fienia, desde luego, quien podía observar en aquel momento si él había comprendido o no. Permanecía en ese momento tal como se encontraba, sentada en un baúl, cuando Mitia había irrumpido en la cocina; temblaba toda ella, extendiendo los brazos hacia delante como si deseara defenderse, y en esta posición quedó como petrificada. Inmóvil, clavó en él sus pupilas llenas de miedo, dilatadas por el terror. Aquel hombre, además, tenía las dos manos manchadas de sangre. Por el camino, al correr, se las había pasado, con toda seguridad, por la frente para secarse el sudor de la cara, de modo que en la misma frente y en la mejilla derecha le habían quedado manchas rojas de sangre. Fienia podía sufrir de un momento a otro un ataque de histerismo. En cuanto a la vieja cocinera, se había levantado y miraba como loca, casi desmayada. Dmitri Fiódorovich siguió de pie un minuto poco más o menos y, de súbito, se dejó caer maquinalmente en una silla, al lado de Fienia.

Se sentó y no es que reflexionara, sino que parecía hallarse presa del miedo, como pasmado. Mas todo resultaba claro como el día: ese oficial... Mitia conocía su existencia, lo sabía todo muy bien, se había enterado por la misma Grúshenka; sabía que un mes antes, aquel hombre había escrito. Así, hace un mes, durante todo un mes se han tramado las cosas a su espalda, como un gran secreto, hasta la llegada de ese nuevo individuo, ¡y no había pensado en él! ¿Cómo es posible que no pensara en él? ¿Por qué se había olvidado entonces de ese oficial, por qué lo había olvidado no bien tuvo noticia de él? Esa era la cuestión que se le planteaba como algo monstruoso. Y contemplaba ese algo monstruoso realmente asustado, con escalofríos de miedo.

De pronto se puso a hablar con Fienia dulce y humildemente, como un niño bueno y tímido, sin acordarse para nada de que acababa de aterrorizarla, de que la había ofendido y atormentado. Interrogó a Fienia, lo hizo con una precisión extraordinaria, incluso sorprendente teniendo en cuenta el estado en que se encontraba. Y Fienia, aunque le miraba con horror las manos ensangrentadas, también le respondía a cada pregunta con una pasmosa buena voluntad y diligencia, hasta como si tuviera prisa por contarle «la pura verdad». Poco a poco fue relatándole todos los detalles hasta con cierta alegría y no con deseos de torturarle, sino como apresurándose a serle útil con todas las potencias de su corazón. Le contó hasta el último detalle todo lo sucedido aquel día, la visita de Rakitin y de Aliosha; cómo ella, Fienia, vigilaba, cómo la señora había partido y lo que había gritado a Aliosha por la ventana al darle recuerdos para Mítienka y al encargarle que le dijera «que se acordara toda la vida de cómo ella le había amado una horita». Al oír lo de los recuerdos, Mitia se sonrió y el rubor se le asomó a las pálidas mejillas. En aquel mismo momento, Fienia comentó sin miedo alguno ya por su curiosidad:

—¡Qué manos tan ensangrentadas lleva, Dmitri Fiódorovich!

—Sí —respondió maquinalmente Mitia, mirándose distraído las manos, olvidándose enseguida de ellas y de la observación de Fienia.

De nuevo se sumió en el silencio. Desde que se había puesto a correr, habían transcurrido ya unos veinte minutos. El miedo que se había apoderado de él hacía poco ya se había desvanecido, mas, por lo visto, una nueva e inflexible resolución le dominaba. De pronto se levantó de su asiento y se sonrió como si soñara.

—¿Qué le ha ocurrido, señor? —preguntó Fienia, señalándole otra vez las manos; hizo la pregunta con compasión, como si ella fuera la persona más allegada de Mitia en su desgracia.

Mitia volvió a mirarse las manos.

—Es sangre, Fienia —manifestó, contemplando a la joven con una rara expresión—, es sangre humana y, ¡oh Dios!, ¡por qué ha sido vertida! Pero... Fienia... hay una valla —miraba a Fienia como si le presentase una adivinanza—, una alta valla de terrible aspecto... Mañana, al amanecer, cuando el sol «alce el vuelo», Mítienka saltará por encima de esta valla... No comprendes de cuál se trata, Fienia; bueno, no importa... De todos modos, mañana te enterarás y lo comprenderás todo... Ahora, ¡adiós! No seré un estorbo, me retiraré, sabré retirarme. Vive tú, mi alegría... me has querido una horita, pues acuérdate toda la vida de Mítienka, ¿recuerdas?

Dichas estas palabras, salió repentinamente de la cocina. Fienia se asustó más aún, si cabe, de esta salida, que de la impresión que le había causado Mitia al entrar no hacía mucho y abalanzarse sobre ella.

Exactamente diez minutos más tarde, Dmitri Fiódorovich entraba en casa de Piotr Ilich Perjotin, el joven funcionario a quien no hacía mucho había empeñado las pistolas. Eran ya las ocho y media. Piotr Ilich, que había tomado el té en su casa, acababa de ponerse la casaca para encaminarse a la taberna «La Capital» a jugar al billar. Mitia le encontró a punto de salir.

El funcionario no pudo contener una exclamación de sorpresa al verle con la cara manchada de sangre:

—¡Santo Dios! ¿Qué le ha ocurrido?

—Vea —contestó rápidamente Mitia—, he venido por mis pistolas y le traigo el dinero. Le estoy muy agradecido. Tengo mucha prisa, Piotr Ilich, le ruego que se apresure.

Piotr Ilich cada vez estaba más asombrado: vio que Mitia tenía en las manos un montón de billetes de Banco y, sobre todo, se dio cuenta de que los tenía cogidos como nadie coge el dinero y que había entrado con ellos como nadie lo habría hecho: llevaba todos los billetes en la mano derecha, delante de sí, como si deseara que se los viesen. El muchacho que servía de criado al funcionario y que había abierto la puerta a Mitia, contaba luego que éste había entrado del mismo modo en el vestíbulo, con el dinero en la mano, o sea que por la calle lo había llevado del mismo modo. Los billetes eran todos de cien rublos, irisados; Mitia los sujetaba con los dedos manchados de sangre. A las posteriores preguntas de las personas interesadas por lo sucedido acerca de cuánto dinero había en el fajo de billetes, Piotr Ilich declaró que entonces resultaba difícil calcularlo a ojo, pero que podía haber dos mil rublos, quizá tres mil, pero que el fajo era grande, «apretado». Por lo que respecta a Dmitri Fiódorovich, según declaró también, más tarde, Piotr Ilich, «parecía que no estaba del todo en sus cabales, pero no borracho, sino como muy exaltado, muy distraído, y al mismo tiempo parecía también como concentrado, exactamente como si meditara y se esforzara por resolver algo y no pudiera. Tenía mucha prisa, respondía con brusquedad, de manera muy extraña; había instantes, en cambio, en que parecía incluso estar alegre, libre de toda pena».

—A usted le ha ocurrido algo, ¿qué le ha pasado? —volvió a gritar Piotr Ilich, examinando estupefacto a su visitante—. ¡Cómo se ha manchado así de sangre! ¿Se ha caído, quizá? ¡Mírese!

Le cogió por el codo y le puso ante el espejo, Mitia, al verse el rostro manchado de sangre, se sobresaltó y frunció airadamente el ceño.

—¡Ah, diablo! Esto era lo que me faltaba —balbuceó colérico, y pasando rápidamente los billetes de Banco de la mano derecha a la izquierda, sacó el pañuelo del bolsillo con gesto convulso. Pero también el pañuelo estaba por completo manchado de sangre (era el mismo con que había querido limpiar la cabeza y la cara de Grigori): casi no le quedaba un solo lugar blanco, y no es que empezara a secarse, sino que, hecho una bola, se había endurecido y no quería desplegarse. Mitia lo tiró al suelo, furioso—. ¡Ah, diablo! No tendría usted un trapo cualquiera... para poderme secar...

—Así, ¿sólo está manchado y no herido? Entonces será mejor que se lave —respondió Piotr Ilich—. Aquí está la jofaina, le echaré agua.

—¿La jofaina? Muy bien... Pero ¿dónde meto esto? —señaló con una estrañeza ya totalmente peregrina su fajo de billetes de cien rublos, mirando interrogativamente a Piotr Ilich, como si fuera éste quien tuviese que decidir dónde Mitia debía guardar su propio dinero.

—Métaselos en el bolsillo o póngalos aquí, sobre la mesa, no los tocará nadie.

—¿En el bolsillo? Eso, en el bolsillo. Muy bien... No, ¿sabe usted?, ¡todo esto es absurdo! —gritó, como si de repente saliera de su ensimismamiento—. Verá, primero acabemos este asunto, usted me devuelve las pistolas y aquí tiene su dinero... porque a mí me hacen falta, muchísima falta..., y no dispongo de tiempo, ni pizca...

Y, habiendo tomado del fajo de billetes de cien rublos el superior, lo tendió al funcionario.

—No tengo cambio —observó este último—; ¿no tendría usted billetes más pequeños?

—No —respondía Mitia después de dirigir otra vez la mirada al fajo; y como si no estuviera muy seguro de sus palabras, tentó con los dedos otros dos o tres billetes de la parte superior—, no, todos son iguales —añadió, y de nuevo miró interrogativamente a Piotr Ilich.

—¿De dónde le ha llegado toda esta fortuna? —preguntó el funcionario—. Espere, mandaré a mi criado que vaya corriendo a la tienda de los Plótnikov, donde cierran tarde; quizá le cambien el billete. ¡Eh, Misha! —gritó hacia el vestíbulo.

—¿A la tienda de los Plótnikov? ¡Magnífico! —gritó también Mitia, como iluminado por alguna idea—. Misha —se dirigió al mocito que acababa de entrar—, ea, corre a casa de los Plótnikov y diles que Dmitri Fiódorovich les manda saludos y que enseguida irá allí en persona... Escucha, escucha: que para cuando él llegue, tengan preparado champaña unas tres docenas de botellas, que las empaqueten como cuando fui a Mókroie... Entonces les encargué cuatro docenas —lo dijo volviéndose hacia Piotr Ilich—; ellos ya saben, no te preocupes, Misha —otra vez se dirigió al criado—. Escucha: diles que añadan queso, empanadas de Estrasburgo, salmón ahumado, jamón, caviar, en fin, de todo lo que tengan, de todo, en total por unos cien rublos o ciento veinte, como la otra vez... Escucha: que no se olviden de poner golosinas, bombones, peras, dos o tres sandías, o cuatro; bueno, no, una sandía será suficiente, y chocolate, caramelos de azúcar, confites, caramelos de café con leche, bueno, de todo cuanto me empaquetaron la otra vez para que me lo llevara a Mókroie, que suba unos trescientos rublos con champaña y todo... Eso es, que sea ahora exactamente igual. Acuérdate, Misha; si tú, Misha... Se llama Misha, ¿verdad? —se dirigió otra vez a Piotr Ilich.

—¡Un momento! —le interrumpió Piotr Ilich, que le escuchaba y le observaba con inquietud—: mejor sería que fuera usted mismo y se lo dijese, porque éste se va a armar un lío.

—Se lo armará, ¡veo que se armará un lío! Ah, Misha, y yo que quería darte un beso por el encargo... Si no te equivocas, habrá diez rublos para ti, vete corriendo... El champaña, lo más importante es que pongan el champaña, y además coñac, vino tinto y blanco, y todo eso, como entonces... Ellos ya saben lo que les pedí.

—Pero ¡escúcheme de una vez! —le interrumpió con impaciencia Piotr Ilich—. Yo digo: lo mejor es que vaya sólo a cambiar el billete y a pedir que no cierren, después irá usted y hará el encargo... Venga su billete. Andando, Misha, ¡allí de un salto y de otro aquí!

Al parecer Piotr Ilich se apresuró adrede a echar de allí a Misha, porque el mozo, no bien estuvo delante de la vista, le clavó la mirada en el rostro manchado de sangre, en las manos también ensangrentadas, con el fajo de billetes entre los dedos temblorosos, y así se había quedado, con la boca abierta de asombro y miedo, hasta el punto de que con toda probabilidad poco había comprendido de todo lo que le había encargado Mitia.

—Bueno, ahora venga a lavarse —dijo Piotr Ilich con severidad—. Ponga el dinero sobre la mesa o guárdeselo en el bolsillo... Así. Pero quítese el chaqué:

Le ayudó a hacerlo y de pronto gritó otra vez:

—Mira, ¡hasta en el chaqué tiene sangre!

—No... en el chaqué no. Sólo un poco aquí, en la manga... Y un poco aquí, donde tenía el pañuelo. Ha atravesado el bolsillo. En casa de Fienia me habré sentado encima del pañuelo y la sangre se ha filtrado —explicó en seguida Mitia con una pasmosa confianza.

Piotr Ilich le escuchaba con el ceño fruncido.

—Bonita suerte, la suya; se habrá peleado con alguien, sin duda —balbuceó.

Empezó el lavado. Piotr Ilich sostenía el jarro y echaba el agua. Mitia se apresuraba y se jabonaba mal las manos (que le temblaban, como recordó más tarde el funcionario). Piotr Ilich le mandó enseguida jabonarse mejor y frotar más. Parecía haber adquirido cierta autoridad sobre él, autoridad que iba acentuándose por momentos. Diremos, a este propósito, que aquel joven no era tímido de carácter.

—Vea, no se ha lavado las uñas; bueno, ahora frótese la cara, aquí, en las sienes y junto a la oreja... ¿Piensa usted irse con esta camisa? ¿Adónde va usted? Vea, tiene todo el puño de la manga derecha manchado de sangre.

—Sí, manchado de sangre —observó Mitia, examinándose el puño de la camisa.

—Pues cámbiesela.

—No tengo tiempo. Lo arreglaré así, vea... —prosiguió Mitia, con la misma confianza, secándose ya con una toalla la cara y las manos y poniéndose el chaqué—; doblaré el extremo de la camisa y debajo del chaqué no se verá... ¡Fíjese!

—Ahora dígame, ¿dónde se ha puesto usted así? ¿Se ha peleado, quizá? ¿Con quién? ¿Otra vez en la taberna, como entonces? ¿Otra vez con el capitán, como cuando le pegó y le arrastró por la calle? —le recordó Piotr Ilich con aire de reproche—. ¿A quién ha pegado hoy... o ha matado, quizá?

—¡Tonterías! —repuso Mitia.

—¿Cómo, tonterías?

—Déjelo —contestó Mitia, y de pronto se sonrió—. Es que acabo de aplastar a una viejecita en la plaza.

—¿La ha aplastado? ¿A una viejecita?

—¡A un viejo! —gritó Mitia, mirando a Piotr Ilich directamente a los ojos, riéndose y gritando como si hablara a un sordo.

—¡Ah, diablo! A un viejo, a una viejecita... ¿Ha matado a alguien? ¿A quién?

—Hemos hecho las paces. Nos hemos enzarzado a golpes y hemos hecho las paces. Ha sido ahí. Nos hemos separado como buenos amigos. Es un tonto... me ha perdonado... ahora ya me ha perdonado, no hay duda... Si se hubiese levantado, no me habría perdonado —de pronto Mitia hizo un guiño— sólo que, ¿sabe?, al diablo con él, ¿me oye, Piotr Ilich?, ¡al diablo, no hay que pensar en él! ¡En este momento, no quiero! —declaró tajante.

—Si se lo digo es porque no sé qué ganas tiene usted de liarse con todo el mundo... por tonterías, como entonces con aquel capitán de Estado Mayor... Acaba de pelearse y ya le falta tiempo para ir de juerga, esto retrata su carácter. Pide tres docenas de botellas de champaña, ¿para qué tantas?

—¡Bravo! Ahora, vengan las pistolas. Se lo juro, no tengo tiempo. De buena gana charlaría un buen rato contigo, querido amigo, pero no tengo tiempo. Además, tampoco es necesario, ya es tarde para hablar. ¡Ah! ¿Dónde está el dinero, dónde lo he metido? —gritó, empezando a buscar por los bolsillos.

—Lo ha puesto sobre la mesa... usted mismo... mire, ahí está. ¿Lo había olvidado? La verdad, parece que el dinero, para usted, no es más que basura o agua. Aquí tiene sus pistolas. Es extraño, esta tarde, después de las cinco, las ha empeñado por diez rublos y ahora maneja usted miles. Aquí lleva, quizá, dos o tres mil, ¿no?

—Quizá tres —se rió Mitia, guardándose el dinero en el bolsillo lateral de los pantalones.

—De este modo los va a perder. ¿Tiene usted, por ventura, minas de oro?

—¿Minas? ¡Minas de oro! —gritó Mitia con todas sus fuerzas, y soltó una carcajada—. ¿Quiere ir usted a las minas, Perjotin? Con tal que vaya usted, una dama de la ciudad le soltará enseguida tres mil rublos. A mí me los soltaba, ¡tanto es la afición que tiene a las minas! ¿Conoce a Jojlakova?

—No la he tratado, pero he oído hablar de ella y la he visto. ¿Es posible que le haya dado a usted tres mil rublos? ¿Así, sin más ni más? —Piotr Ilich le miraba con aire de incredulidad.

—Mañana, cuando el sol alce su vuelo, cuando se levante Febo, eternamente joven, alabando y glorificando a Dios, vaya usted a ver a Jojlakova y pregúntele a ella misma si me ha largado o no tres mil rublos. Infórmese.

—Ignoro qué relaciones tiene usted con ella... Si lo afirma con tanto aplomo, será verdad que se los ha dado... Ahora ya tiene usted el dinerito en el puño y, en vez de irse a Siberia, a darse la gran vida se ha dicho... ¿Y adónde se dirige usted en verdad, ahora?

—A Mókroie.

—¿A Mókroie? ¡Pero si es de noche!

—¡Lo tenía todo, me he quedado sin nada! —articuló de pronto Mitia.

—¿Sin nada? ¿Con estos miles de rublos, y sin nada?

—No me refiero a los miles de rublos. ¡Al diablo los miles! Me refiero a la naturaleza de las mujeres:

> Por su naturaleza la mujer es crédula,
> es voluble, es depravada[2].

Lo dice Ulises, y yo estoy completamente de acuerdo con él.

—¡No le comprendo!

—Qué, ¿cree que estoy borracho?

—Borracho no, algo peor.

—Tengo borracho el espíritu, Piotr Ilich, el espíritu tengo borracho, y basta, basta...

---

[2] Versos de «En memoria (de Schiller)», del famoso poeta Fiódor Ivánovich Tiútchev (1803-1873).

—¿Qué hace usted? ¿Carga una pistola?

—Cargo una pistola.

Mitia, en efecto, había abierto el estuche; destapó el cuerno de la pólvora, vertió un poco cuidadosamente en un cartucho y prensó la carga. Luego, cogió una bala, y antes de introducirla, sosteniéndola entre dos dedos, la examinó contra la luz de una vela.

—¿Por qué está mirando la bala? —preguntó Piotr Ilich, que le contemplaba con inquieta curiosidad.

—Porque sí. Por pura fantasía. Verás, si tuvieras la intención de alojarte esta bala en el cerebro, ¿no la contemplarías, al cargar la pistola?

—¿Para qué contemplarla?

—Entrará en mi cerebro; por eso me interesa ver qué aspecto tiene... De todos modos, es una estupidez, una estupidez de un momento. Bueno, ya está —añadió, después de introducir la bala y de haberla fijado con estopa—. Piotr Ilich, amigo querido, es estúpido, todo es estúpido, ¡si supieras hasta qué punto es estúpido! Venga ahora un pedacito de papel.

—Aquí tiene uno.

—No, quiero un papel liso, limpio, del que se usa para escribir. Éste irá bien —y Mitia, después de coger la pluma de la mesa, escribió rápidamente dos líneas en el papel, lo dobló en cuatro y se lo puso en un bolsillo del chaleco. Colocó las pistolas en el estuche, lo cerró con una llavecita y lo tomó con una mano. Miró después a Piotr Ilich y se sonrió caviloso largo rato—. Ahora, en marcha, vámonos —dijo.

—¿Adónde? No, espere... ¿Es que piensa usted, quizá, meterse esta bala en su propio cerebro?... —aventuró inquieto Piotr Ilich.

—¿Esta bala? ¡Qué estupidez! Yo quiero vivir, ¡yo estimo la vida! Ya lo sabes. Adoro al rubicundo Febo, de rizosos cabellos, y su ardiente luz... Mi querido Piotr Ilich, ¿sabes retirarte?

—¿Qué significa eso de retirarse?

—Dejar el camino libre. Dejárselo libre al ser amado y al que odias. Y hacerlo de modo que el ser odiado llegue a serte querido: que Dios os acompañe, iros, pasad, que yo...

—¿Usted, qué?

—Basta, vamos.

—Le digo que voy a advertir a alguien para que no le dejen ir a Mókroie —Piotr Ilich le miraba fijamente—. ¿Por qué quiere usted ahora ir allí?

—Por una mujer, hay allí una mujer, y basta ya, Piotr Ilich, ¡sanseacabó!

—Escuche, aunque es usted un salvaje, siempre me ha sido simpático... y ahora me inquieta.

—Te lo agradezco, hermano. Dices que soy un salvaje. ¡Salvajes, salvajes! Yo no hago más que afirmarlo: ¡salvajes! Ah, sí: aquí está Misha, ya me había olvidado de él.

Entró presuroso Misha, con el dinero cambiado en la tienda, e informó que los Plótnikov «estaban todos en danza», preparando las botellas, el pescado y el té; enseguida estaría todo a punto. Mitia tomó un billete de diez rublos y lo entregó a Piotr Ilich, luego tomó otro billete igual y lo tiró a Misha.

—¡No se le ocurra! —gritó Piotr Ilich—. En mi casa lo prohíbo, que esto sólo sirve para echar a perder a los criados. Guárdese su dinero, póngaselo ahí. ¿A qué viene eso de tirarlo sin más ni más? Mañana lo necesitará y tendrá que venir a verme para pedirme diez rublos. ¿Por qué se lo mete todo en el bolsillo del costado? ¡No ve que lo va a perder?

—Escucha, amigo querido, ¿vamos juntos a Mókroie?

—¿A qué voy a ir yo?

—Escucha; si quieres, ahora mismo destapo una botella, ¡brindaremos por la vida! Tengo ganas de beber, y sobre todo de beber contigo. Contigo no he bebido nunca, ¿eh?

—Bien, podemos beber en la taberna, allí iba yo ahora.

—No tengo tiempo para ir a la taberna, beberemos en la tienda de los Plótnikov, en la habitación de atrás. Te digo una adivinanza, ¿quieres?, a ver si aciertas.

—Venga.

Mitia se sacó del chaleco su papelito, lo desdobló y lo mostró al funcionario. En él se veía escrito con caracteres precisos y grandes:

«Me hago justicia por toda mi vida, ¡castigo mi vida entera!»

—La verdad, voy a advertir a alguien, ahora mismo daré aviso —articuló Piotr Ilich, después de haber leído el papel.

—No tendrás tiempo, amigo; vámonos a beber, ¡en marcha!

La tienda de los Plótnikov se hallaba situada en la esquina

de la calle, casi separada sólo por una casa de la de Piotr Ilich. Era la tienda de comestibles más importante de nuestra ciudad, pertenecía a unos ricos comerciantes y no estaba mal instalada. Se vendía en ella todo lo que podía encontrarse en cualquier tienda de la capital, toda clase de comestibles: vino «de las bodegas de los hermanos Elisiéev», fruta, cigarros, té, azúcar, café y demás. Tenía siempre tres dependientes y dos muchachos para llevar encargos. Aunque nuestra región ha venido a menos, los terratenientes se han ido y el comercio languidece, la tienda de comestibles sigue floreciendo como antes, y hasta prospera más y más de año en año: para esos artículos no faltan compradores. En la tienda esperaban a Mitia con impaciencia. Recordaban muy bien que tres o cuatro semanas antes había comprado de golpe toda clase de artículos y vinos, por varios centenares de rublos, que pagó al contado (a crédito, claro está, no le habrían facilitado nada); recordaban que entonces, como ahora, llevaba en la mano un gran fajo de billetes de cien y que los dilapidaba alegremente, sin preocuparse de los precios, sin pensar ni desear pensar para qué compraba tanta mercancía, tantos vinos y demás. Se comentó luego por toda la ciudad que aquella vez, después de ir a Mókroie con Grúshenka, «fundió en una noche y el subsiguiente día tres mil rublos, y que había regresado de la juerga sin un ochavo, pelado como le había traído su madre al mundo». Movilizó en aquella ocasión a todo un campamento de cíngaros (llegados por aquella época cerca de nuestra ciudad), quienes en dos días se las arreglaron para sacarle una enorme cantidad de dinero y para beber una enorme cantidad de vinos caros, aprovechándose de que Mitia estaba borracho... Se decía también, haciendo burla de Mitia, que éste en Mókroie había hartado de champaña a unos toscos mujíks; de bombones y empanadas de Estrasburgo, a unas mozas y mujerucas de aldea. También se pitorreaba la gente de la ciudad, sobre todo en la taberna, de la propia y pública confesión de Mitia (no se mofaban de él a la cara, naturalmente; hacerle chacota en presencia suya resultaba algo peligroso), quien había dicho que en toda aquella «escapada» sólo había obtenido de Grúshenka «el permiso de besarle el pie y nada más».

Cuando Mitia llegó a la tienda acompañado de Piotr Ilich,

encontraron ya ante la puerta una troika preparada, con campanillas y cascabeles, con la caja del carruaje alfombrada, y con el cochero Andriéi esperando. En la tienda, casi habían tenido tiempo de «arreglar» una caja con productos y sólo esperaban que llegase Mitia para clavarla y ponerla en el carruaje. Piotr Ilich se sorprendió.

—¿Cómo se te ha presentado esta troika? ¿De dónde ha salido tan pronto? —preguntó a Mitia.

—Cuando corría hacia tu casa, me encontré con Andriéi y le mandé esperar aquí, frente a la tienda. ¡No podemos perder tiempo! La otra vez hice el viaje con Timofiéi, pero ahora, tiu-tiu-tiu, Timofiéi se me ha adelantado con una hechicera. ¿Llegaremos con mucho retraso, Andriéi?

—Será cuestión de una hora, quizá se nos adelanten una hora todo lo más —se apresuró a responder Andriéi—. El coche de Timofiéi lo he preparado yo y sé a qué paso puede ir. No pueden llevar nuestra marcha, Dmitri Fiódorovich, ¡ni comparar! No nos sacarán ni una hora de ventaja, ¡se lo digo yo! —acabó con viveza el cochero Andriéi, hombre todavía joven, enjuto, algo pelirrojo, que vestía anguarina y llevaba el caftán colgado del brazo izquierdo.

—¡Cincuenta rublos para vodka, si sólo llegas una hora más tarde!

—Que no pasará de la hora, respondo yo, Dmitri Fiódorovich; ¡no nos tomarán de delantera no ya una hora, sino ni media!

Mitia, aunque se afanaba al pedir las cosas, hablaba y daba órdenes de manera extraña, desconcertado, pasando de una cosa a otra. Empezaba algo y se olvidaba de acabarlo. Piotr Ilich consideró necesario intervenir y ayudar.

—Quiero gastar cuatrocientos rublos, no menos, exactamente como la otra vez —ordenaba Mitia—. Cuatro docenas de botellas de champaña, ni una menos.

—¿Por qué tantas? ¿Para qué? ¡Alto! —gritó Piotr Ilich—. ¿Qué caja es ésta? ¿Qué contiene? ¿Es posible que lo que hay dentro valga cuatrocientos rublos?

Los diligentes empleados se apresuraron a aclararle con dulzonas palabras que en aquella primera caja sólo había media docena de botellas de champaña y «todos los objetos necesarios en el primer momento», como son entremeses, bombones, caramelos de azúcar, etc. Pero que el «consumo» principal se colocaba y se enviaría enseguida, como la otra vez, en un coche aparte, también por una troika, y que llegaría a tiempo, «a lo sumo una hora más tarde que Dmitri Fiódorovich al lugar de destino».

—No más de una hora, que no pase de una hora, y poned todos los caramelos de azúcar y de café con leche que quepan; a las mozas de allá les gustan mucho —insistía Mitia con calor.

—Caramelos de café con leche, bueno. Pero ¿qué falta te hacen cuatro docenas de botellas? Basta con una docena —dijo casi enfadado ya Piotr Ilich, que empezó a regatear, a pedir la factura, y no quería sosegarse. Sin embargo, lo único que pudo salvar fue un centenar de rublos. Convinieron en que se sirviera mercancía por un máximo de trescientos rublos.

—¡Pero, iros todos al diablo! —gritó Piotr Ilich, como si cambiara de idea—. ¿Qué me importa a mí todo esto? ¡Tira el dinero, si nada te ha costado!

—Ven aquí, intendente, ven aquí, no te enfades— y Mitia le arrastró hacia el local de la parte posterior de la tienda—. Ahora nos van a servir una botella y nos refrescaremos el gaznate. Ea, Piotr Ilich, vamos juntos, eres un tipo simpático, me gustan los hombres como tú.

Mitia se sentó en una pequeña silla de mimbre ante una diminuta mesita cubierta con una servilleta sucísima. Piotr Ilich tomó asiento ante él y al instante apareció el champaña. Les preguntaron si no deseaban los señores ostras, «ostras de primerísima calidad, las últimas que han llegado».

—Al diablo las ostras, no me gustan; además, no quiero nada —repuso Piotr Ilich descomedido, casi con ira.

—No tenemos tiempo para las ostras —dijo Mitia—, ni tampoco apetito. ¿Sabes, amigo? —añadió de pronto con vivacidad—, este desorden no me ha gustado nunca.

—¡A quién le va a gustar! Tres docenas de botellas. ¡Casi nada!, para unos mujíks; esto saca de quicio al más pintado.

—No me refiero a eso. Pienso en un orden superior. Yo no lo tengo, no hay en mí un orden superior... Pero... todo esto se ha terminado, es inútil lamentarse. Es tarde, ¡al diablo todo! Mi vida ha sido un desorden continuo y ya es hora de que ponga orden. Hago juegos de palabras, ¿eh?

—Lo que haces es delirar, y no juegos de palabras.

—¡Gloria al altísimo en la tierra,
   Gloria al altísimo en mí!

Estos breves versos me salieron del alma en cierta ocasión, y no eran versos, sino lágrimas... Los compuse yo mismo... pero, no cuando arrastraba de la barbita al capitán de Estado Mayor...

—¿Por qué te acuerdas ahora de él?

—¿Por qué me acuerdo de él? ¡Bah! Todo tiene su fin, todo se iguala, trazas una raya y se acabó.

—La verdad, no hago más que pensar en tus pistolas.

—¡También las pistolas son una estupidez! Bebe y déjate de fantasear. Yo estimo la vida, la he querido demasiado; tanto, que hasta resulta asqueroso. ¡Basta! ¡Por la vida, amigo mío, bebamos por la vida, propongo un brindis por ella! ¿Por qué estoy contento de mí mismo? Soy un miserable, pero estoy contento de mí mismo. Me atormenta ser vil, pero estoy contento de mí. Bendigo la Creación, ahora estoy dispuesto a bendecir a Dios y su Creación, pero... es necesario aniquilar un insecto hediondo para que no se arrastre, para que no envenene la vida al prójimo... ¡Bebamos por la vida, hermano querido! ¡Qué puede haber más precioso que la vida! ¡Nada, nada! Por la vida y por una reina entre las reinas.

—Bebamos por la vida y también, si quieres, por tu reina.

Se bebieron un vaso cada uno. Mitia, aunque exaltado y con su atención dispersa, estaba como triste. Habríase dicho que pesaba sobre él alguna preocupación grave, insuperable.

—Misha... ¿es tu Misha quien ha entrado? Misha, ven aquí, simpático mozo, bébete este vaso, por el rubicundo Febo, que se alzará mañana...

—¿Por qué le invitas? —gritó Piotr Ilich, irritado.

—Déjame, porque sí, porque quiero.

—¡Oh-oh!

Misha bebió el vaso, saludó y se largó.

—Así se acordará más tiempo de mí —observó Mitia—. Yo amo a la mujer, ¡la amo! ¿Qué es, la mujer? ¡La reina de la tierra! Me siento triste, Piotr Ilich, muy triste. Acuérdate de Hamlet: «Estoy triste, tan triste, Horacio... ¡Ay, pobre Yorick!» Es posible que yo sea Yorick. Soy Yorick precisamente ahora, y luego seré el cráneo.

Piotr Ilich escuchaba en silencio, también Mitia se calló.

—¿De quién es este perrito? —preguntó de súbito, distraídamente, a un empleado, al observar en un rincón un pequeño y lindo perro de lanas, de negros ojos.

—Es el perrito de Varvara Alexiévna, nuestra dueña —respondió el dependiente—; ella misma lo ha traído no hace mucho y lo ha olvidado. Habrá que devolvérselo.

—Vi uno igual... en el regimiento... —declaró Mitia, ensimismado—. Sólo que aquél tenía rota una pata de atrás... A propósito, Piotr Ilich, quería hacerte una pregunta: ¿has robado alguna vez en tu vida, o no?

—¡Vaya pregunta!

—No, verás. Quiero decir sacar algo del bolsillo de alguien, robar lo que es de otro. No me refiero al erario público, del erario todo el mundo saca lo que puede, claro está, y tú también, naturalmente...

—Vete al diablo.

—Me refiero a lo que es de otro: si lo has sacado directamente de un bolsillo, de un portamonedas, ¿eh?

—Una vez robé a mi madre una moneda de veinte kopeks, tenía nueve años. La tomé disimuladamente de la mesa y la apreté en la mano.

—Bueno, ¿y qué?

—Nada. La guardé tres días, me dio vergüenza, confesé y devolví la moneda.

—Bueno, ¿y qué?

—Naturalmente, me gané una azotaina. Pero ¿cómo se te ocurre preguntar eso, ¿no has robado tú, acaso?

—He robado —contestó Mitia, haciendo un guiño malicioso.

—¿Qué has robado? —preguntó Piotr Ilich con curiosidad.

—Una moneda de viente kopeks a mi madre, tenía nueve años, tres días más tarde la devolví.

Dicho esto, Mitia se levantó de su asiento.

—Dmitri Fiódorovich, ¿si nos diéramos más prisa? —gritó de pronto Andriéi a la puerta de la tienda.

—¿Preparado? ¡En marcha! —Mitia se sobresaltó—. Una leyenda más, la última, y... ¡Un vaso de vodka a Andriéi, ahora mismo! ¡Y una copita de coñac, además de la de vodka! Pon este estuche, con las pistolas, debajo de mi asiento. Adiós, Piotr Ilich, no guardes de mí un mal recuerdo.

—Pero mañana regresas, ¿no?

—Sin falta.

—¿Tendrá la bondad de liquidar ahora la cuentita? —saltó un dependiente.

—¡Ah, sí, la cuenta! ¡Sin falta!

Se sacó otra vez del bolsillo el fajo de billetes, separó tres de cien rublos, los arrojó al mostrador y salió apresuradamente de la tienda. Todos le siguieron, acompañándole con inclinaciones de respeto, saludándole y haciendo votos para que tuviera buen viaje. Andriéi carraspeó un poco por el coñac que acababa de soplarse y saltó a su asiento. Pero no bien Mitia iba a subir al coche, apareció ante él, como surgida de la tierra, Fienia. Se le acercó corriendo, sofocada, y juntando las manos se dejó caer de rodillas, a la vez que gritaba:

—¡Por Dios, Dmitri Fiódorovich, querido, no haga daño a la señora! ¡Pensar que yo se lo he contado todo a usted!... ¡No haga daño tampoco al otro, que fue el primero para ella! Ahora se casará con Agrafiona Alexándrovna, por eso ha venido de Siberia... ¡Por Dios, Dmitri Fiódorovich, no destruya la vida de otro!

—¡Va-a-ya, ésas tenemos! ¡Bueno, la que vas a armar allí! —masculló para sus adentros Piotr Ilich—. Ahora está todo claro, quién no lo comprende. Dmitri Fiódorovich, dame ahora mismo las pistolas si quieres ser un hombre —gritó—. ¿Me oyes, Dmitri?

—¿Las pistolas? Espera, amigo, por el camino las tiraré a un charco —respondió Mitia—. Fienia, levántate, no te estés arrodillada ante mí. Mitia no hará daño; en adelante, este hombre estúpido no hará daño a nadie. Escucha, Fienia —le dijo gritando, cuando ya había subido al coche—: no hace mucho te he ofendido, perdóname, ten compasión de este miserable... Y si no me perdonas, ¡da lo mismo! ¡Porque ahora ya todo da lo mismo! Arrea, Andriéi, ¡volando!

Andriéi azuzó a los caballos, resonaron los cascabeles.

—¡Adiós, Piotr Ilich! ¡Para ti mi última lágrima!...

«No está borracho; sin embargo, ¡qué de sandeces suelta!», pensó Piotr Ilich, siguiéndole con la mirada. Se disponía a quedarse para vigilar cómo preparaban la carga (en otra troika) con los demás comestibles y vinos, presintiendo que iban a engañar a Mitia, mas de súbito, irritándose consigo mismo, escupió y se dirigió a su taberna a jugar al billar.

—Es un imbécil, aunque tiene buen fondo... —se decía por el camino—. De ese oficial, que fue el «primero» de Grúshenka, he oído hablar. Bueno, si ha llegado... ¡Ay, esas pistolas! Pero ¡diablo!, ¿soy su ayo, por ventura? ¡Allá ellos! No pasará nada. Son unos gritones, nada más. Se emborracharán y se pelearán, se pelearán y harán las paces. ¿Acaso es ésta gente que pase a los hechos? Qué es eso de «me retiraré», «me haré justicia», ¡no hará nada! Mil veces, borracho, se ha llenado la boca con estas palabras en la taberna. Ahora no está borracho. «Tengo borracho el espíritu», todos los canallas son amigos de las frases sonoras. ¿Soy yo su ayo, por ventura? Ha debido pelearse, tenía toda la jeta ensangrentada. ¿Con quién? Me enteraré en la taberna. Y el pañuelo manchado de sangre... ¡Uf, diablo! Me lo ha dejado en casa, tirado al suelo... ¡Que se vaya a paseo!

Llegó a la taberna con un humor de perros y al instante comenzó una partida, que le distrajo. Jugó otra, y de súbito se puso a hablar con uno de los compañeros de juego de que Dmitri Fiódorovich se había hecho otra vez con dinero, unos tres mil rublos, lo había visto él mismo, y el tipo se iba otra vez a Mókroie de francachela con Grúshenka. Sus oyentes le escucharon con una curiosidad casi inesperada. Y todos se pusieron a hablar sin reírse, con una extraña seriedad. Hasta interrumpieron el juego.

—¿Tres mil rublos? ¿De dónde puede haber sacado tres mil rublos?

Hicieron preguntas. Se mostraron incrédulos con los de Jojlakova.

—¿No habrá atracado al viejo?

—¡Tres mil rublos! Algo habrá ocurrido.

—Se jactó en voz alta de que mataría al viejo, aquí lo oyó todo el mundo. Hablaba precisamente de tres mil rublos...

Piotr Ilich escuchaba y de pronto empezó a contestar a las preguntas seca y lacónicamente. De la sangre que tenía Mitia en la cara y en las manos, no dijo ni una palabra, pese a que cuando caminaba hacia la taberna pensaba referir el hecho. Empezaron la tercera partida, poco a poco cambiaron de conversación; pero, acabada esta partida, Piotr Ilich no quiso seguir jugando, dejó el taco y, en vez de cenar como tenía proyectado, salió de la taberna. Al llegar a la plaza, se detuvo perplejo y hasta sorprendido de sí mismo. Se dio cuenta de que lo que él entonces quería era ir a casa de Fiódor Pávlovich y enterarse de si había sucedido algo. «Por una cosa que resultará una necedad, despertaré a toda la gente de una casa que no es la mía y armaré el gran escándalo. ¡Bah, qué diablo! ¿Soy su ayo, por ventura?»

Con el peor de los humores, se encaminaba hacia su casa cuando súbitamente se acordó de Fienia: «¡Diablo! Por qué no la habré interrogado cuando se presentó hace poco —pensó, disgustado—; me habría enterado de todo.» Y sintió de pronto tanta impaciencia y un deseo tan vehemente de hablar con ella e informarse, que, a medio camino, dio la vuelta y se dirigió a casa de Morózova, donde habitaba Grúshenka. Llegado al portalón del patio, llamó, y el golpe que resonó en el silencio de la noche pareció volverle a la realidad, con lo que todavía se exacerbó más su irritación. No respondió nadie, todo el mundo dormía. «¡También aquí voy a armar un escándalo!», pensó ya con un malestar casi doloroso, pero en vez de irse definitivamente volvió a llamar, golpeando con todas sus fuerzas. Los golpes resonaban en toda la calle. «Pues no me voy, llamaré hasta que me abran, ¡hasta que me abran!», balbuceaba enfureciéndose cada vez más contra sí hasta exasperarse, pero al mismo tiempo arreciando con más fuerza los golpes contra el portalón.

VI

¡AQUÍ ESTOY!

D MITRI FIÓDOROVICH volaba por el camino. Hasta Mókroie había algo más de veinte verstas, pero la troika de Andriéi galopaba de tal modo que podía cubrirlas en hora y cuarto. La rápida carrera pareció tonificar a Mitia. El aire era fresco, más bien frío, en el límpido cielo brillaban grandes estrellas. Aquélla era la misma noche, y la hora también era, quizá, la misma en que Aliosha, caído sobre la tierra, «juraba frenéticamente amarla por los siglos de los siglos». Pero Mitia tenía confusa el alma, muy confusa, y aunque era mucho lo que en aquel instante le atormentaba, su ser únicamente se sentía atraído hacia ella, hacia su reina, hacia la que volaba para contemplarla por última vez. Diré sólo una cosa: su corazón no presentó batalla ni un momento. Quizá no me creerán si digo que este hombre celoso no sentía ni pizca de celos por ese nuevo individuo, por ese nuevo contrincante salido de bajo tierra, por ese «oficial». De cualquier otro que se hubiese presentado, habría tenido celos inmediatamente y, quizás, otra vez habría manchado de sangre sus terribles manos; mas por éste, por «el primero», no sólo no experimentaba celos al volar en la troika, sino ni siquiera animadversión; verdad es que aún no lo había visto. «En este caso no hay discusión posible, en este caso están los dos en su derecho; en este caso se trata del primer amor que ella tuvo y que no ha olvidado en cinco años; eso quiere decir que en estos cinco años no ha amado a nadie más; ¿por qué me he puesto yo en su camino? ¿Qué papel pinto yo aquí y qué hago? ¡Retírate, Mitia, y deja el camino libre! Además, ¿cuál es, ahora, mi situación? Ahora, todo está terminado: incluso sin el oficial, todo habría terminado aunque no hubiese venido él...»

Es en estos términos, poco más o menos, cómo Mitia habría podido expresar sus sensaciones si hubiera sido capaz de reflexionar. Pero entonces ya no podía hacerlo. Toda la resolución que le animaba se había engendrado en un instante al margen de los razonamientos; había sido experimentada y aceptada por entero con todas las consecuencias no hacía mucho, en casa de Fienia, no bien la joven empezó a explicarse. De todos modos, a pesar de la decisión tomada, Mitia sentía confusa el alma, confusa hasta el dolor: la decisión no le proporcionaba tranquilidad. Era mucho lo que quedaba a sus espaldas y le torturaba. A veces, por unos instantes, ello le parecía extraño, pues él mismo había escrito su condena en el papel: «me hago justicia y me castigo»; y tenía el papelito preparado ahí mismo, en el bolsillo; ya había cargado la pistola, ya había decidido de qué modo recibiría al día siguiente el primer rayo ardiente «del rubicundo Febo»; sin embargo, no había modo de saldar cuentas con el pasado, con todo lo que quedaba a sus espaldas y le atormentaba; lo sentía así, y esta idea, que le martirizaba, le sumía en la desesperación. Hubo un momento en que quiso hacer parar a Andriéi, saltar del coche, tomar la pistola cargada y poner fin a todo sin esperar al amanecer. Pero ese momento se desvaneció como una chispita. Además, la troika volaba «devorando el espacio», y a medida que se acercaban al término del viaje, otra vez la imagen de Grúshenka, de ella sola, se le iba adentrando en el espíritu con fuerza creciente, arrojándole del corazón todos los espectros terribles. ¡Oh, era tanto lo que anhelaba contemplarla aunque sólo fuera fugazmente, aunque fuera desde lejos! «Ahora está con *él*; bueno, pues, veré cómo está ahora con él, con su primer amor, es lo único que deseo.» Y todavía nunca había sentido latir en su pecho tanto amor por aquella mujer, fatal en el destino suyo, ni aquel sentimiento nuevo, nunca experimentado hasta entonces por él, hasta inesperado para sí mismo; un sentimiento de ternura sin límites, de autosacrificio hasta la desaparición. «¡Y desapareceré!», articuló de súbito, en un arranque de histérico entusiasmo.

Casi hacía ya una hora que galopaban. Mitia callaba; Andriéi, aunque mujik parlanchín, tampoco había pronunciado aún ni una palabra, como si tuviera miedo de hablar, y se ocupaba sólo de arrear a sus «pellejos», a su troika de caballos, magros, pero fogosos. De pronto, gritó Mitia terriblemente inquieto:

—¡Andriéi! ¿Y si ya duermen?

Se le acababa de ocurrir la idea; hasta entonces ni siquiera había pensado en una cosa semejante.

—Es de suponer que ya se habrán acostado, Dmitri Fiódorovich.

Mitia frunció el ceño, angustiado: la verdad es que si llegaba... con tales sentimientos... y estuvieran durmiendo... y durmiera ella quizá ahí mismo, a su lado... Un sentimiento maligno rebulló en su corazón.

—Arrea, Andriéi; corre, Andriéi, ¡vivo! —gritó furioso.

—Quizás aún no se hayan acostado —contentó el cochero, después de un silencio—. Según me ha referido Timofiéi, se iban a reunir muchos allí, esta noche...

—¿En la posta?

—En la posta no, sino en casa de los Plastunov, en la hospedería, donde también hay una posta, pero privada.

—Ya sé; ¿y dices que serán muchos? ¿Cómo pueden ser muchos? ¿Quiénes serán? —inquirió Mitia, muy alarmado por la inesperada noticia.

—Según me ha contado Timofiéi, todos son señores: dos de la ciudad, no sé quiénes son, Timofiéi no me lo ha dicho; dos señores de aquí, y aquellos dos, al parecer, forasteros; quizá hay alguien más, no he preguntado con detalle. Me ha dicho que juegan a las cartas.

—¿A las cartas?

—Así que quizá no duerman, si se han puesto a jugar. No creo que sean todavía las once, no serán.

—¡Aprisa, Andriéi, aprisa! —volvió a gritar nerviosamente Mitia.

—Desearía preguntarle una cosa, señor —prosiguió Andriéi, después de callar un rato—, pero tengo miedo de que se enoje usted conmigo.

—¿De qué se trata?

—Fedosia[3] Márkovna se le ha arrodillado a los pies, le ha suplicado que no haga daño a la señora ni a no sé quién más... Y como soy yo, señor, quien le conduce allí... Perdone, señor, pero es la conciencia la que me hace hablar, quizás haya dicho alguna tontería.

Mitia le agarró de pronto por los hombros.

—Tú eres un cochero, ¿no? ¿Eres un cochero? —preguntó exaltado.

—Sí, un cochero...

—Tú sabes que es necesario dejar el camino libre. Un cochero no puede cerrar el camino y decir: ¡ahí voy yo, eh, que os aplasto! No, cochero, ¡no aplastes a nadie! No hay que aplastar a nadie, no hay que envenenar la vida a las personas; y si lo has hecho, castígate... Si ya has estropeado la vida a alguien, si has hundido la vida de alguien, hazte justicia y vete.

Mitia soltó todo esto como en un acceso de histerismo. Andriéi, aunque muy sorprendido, mantuvo la conversación.

---

[3] Es decir, Fienia. El nombre completo es Feodosia.

—Es cierto, Dmitri Fiódorovich, tiene usted razón, no hay que aplastar a las personas, ni atormentarlas, como tampoco a los animales, porque las bestias también han sido creadas por Dios, como lo ha sido, digamos, el caballo. Y hay quien azota los caballos sin motivo, incluso cocheros... Y se ponen tan furiosos, que no se contienen y allá van de cabeza, directamente de cabeza.

—¿Al infierno? —le interrumpió Mitia, y se echó a reír con risa inesperada y breve—. Andriéi, alma de Dios —le volvió a agarrar fuertemente por los hombros—, dime: irá o no ira al infierno Dmitri Fiódorovich Karamázov, ¿qué opinas tú?

—No lo sé, señor eso depende de usted, porque usted en nuestra ciudad... Verá, señor, cuando el Hijo de Dios fue crucificado en la cruz y murió, descendió directamente al infierno y puso en libertad a todos los pecadores que allí sufrían tormento. Y el infierno gimió pensando que ya no habría más pecadores que allí bajasen. Entonces el Señor le dijo: «no gimas, infierno, que aquí vendrán en adelante altos dignatarios, gobernantes, jueces principales y ricachones, y te llenarás como en el pasado por los siglos de los siglos, hasta el día en que yo vuelva.» Esto es exacto, Él dijo estas palabras...

—Es una leyenda popular, ¡es estupenda! ¡Dale al caballo de la izquierda, Andriéi!

—Pues ya ve, señor, a quiénes está destinado el infierno —Andriéi dio unos azotes al caballo de la izquierda—; y en nuestra ciudad, señor usted es como una criatura... así por lo menos le consideramos... Y aunque monta usted en cólera con facilidad, señor, y esto no se puede negar, Dios le perdonará porque tiene usted un natural bondadoso.

—Y tú, Andriéi, ¿tú me perdonarás?

—Yo no tengo qué perdonarle, a mí usted no me ha hecho nada.

—Sí, por todos, tú solo por todos; ahora mismo, aquí en el camino, ¿me perdonas por lo que haya hecho a todos? ¡Habla, tú que eres un hombre del pueblo!

—¡Oh, señor! Hasta da miedo conducirle a usted, es muy extraña su conversación...

Pero Mitia no le oyó. Rezaba frenéticamente y balbuceaba para sí en una feroz exaltación:

[623]

—Señor, acéptame con todas mis faltas, no me juzgues. Déjame pasar sin tu juicio... No me juzgues, porque yo mismo me he sentenciado; no me juzgues porque yo te amo, ¡Señor! Soy vil, pero te amo: puedes mandarme al infierno, pero también allí te amaré y desde allí gritaré que te amo por los siglos de los siglos... Pero déjame también terminar de amar... aquí, déjame que termine de amar hoy, cinco horas en total, hasta que salga el ardiente rayo tuyo... Pues amo a la reina de mi alma. La amo y no puedo no amarla. Tú me ves, Señor, de parte a parte. Llegaré y caeré ante ella de rodillas; le diré: has hecho bien en seguir tu camino... Adiós y olvídate de tu víctima, ¡no te inquietes nunca por mí!

—¡Mókroie! —gritó Andriéi, señalando con el látigo hacia adelante.

A través de la pálida oscuridad de la noche, apareció de súbito la sombra negra de los edificios diseminados en una enorme superficie. El pueblo de Mókroie contaba con dos mil almas, pero a esa hora ya dormía y sólo en algún que otro lugar centelleaban entre las tinieblas escasas lucecitas.

—Más aprisa, Andriéi, más aprisa, ¡ya llego! —exclamó Mitia como poseído por la fiebre.

—¡No duermen! —articuló otra vez Andriéi, señalando con el látigo la hospedería de los Plastunov, situada allí cerca, a la entrada de la población; las seis ventanas que daban a la calle estaban vivamente iluminadas.

—¡No duermen! —repitió jubiloso Mitia—. ¡Haz ruido, Andriéi, al galope!, que suenen las campanillas, hay que llegar con estrépito. ¡Que todos sepan quién ha llegado! ¡Soy yo! ¡Aquí estoy! —gritó Mitia furiosamente.

Andriéi puso la extenuada troika al galope y llegó realmente con gran estrépito ante un alto porche, donde hizo parar a sus caballos sudorosos y medio muertos de fatiga. Mitia saltó del carruaje en el momento mismo en que el hospedero, que se disponía ya a acostarse, se asomaba al porche para satisfacer su curiosidad y ver quién llegaba armando tanto estruendo.

—¿Eres tú, Trifón Borísych?[4]

El hospedero se inclinó para ver mejor, bajó corriendo los

---

[4] Forma apocopada de Borísovich (nombre patronímico: hijo de Borís»).

peldaños del porche y con servil entusiasmo se precipitó hacia el huésped.

—Madre mía, ¡Dmitri Fiódorovich! ¿Otra vez tenemos el placer de verle?

Ese Trifón Borísych era un mujik macizo, robusto, de estatura media, cara gordinflona, aire severo e implacable, sobre todo con los mujíks del lugar, pero tenía el don de cambiar en un momento de fisonomía y darle la más servil de las expresiones cuando barruntaba que podía sacar provecho. Vestía a lo ruso, con camisa de cuello abierto por un lado y casaca, poseía buenos dineros, pero soñaba constantemente con desempeñar un papel superior. Tenía en sus garras a más de la mitad de los mujíks, y en aquellos contornos casi todo el mundo le debía algo. Arrendaba tierra de los grandes propietarios, también la compraba, y se la hacía trabajar a los mujíks en pago de deudas, de las que éstos jamás podían librarse. Era viudo y tenía cuatro hijas mayores; una ya había enviudado y vivía en casa de él con dos hijos de poca edad, trabajando como jornalera. Otra se había casado con un funcionario, un escribientillo aprovechadito, y en la pared de una de las habitaciones de la hospedería, entre las fotografías de familia, había una de tamaño diminuto que era la de dicho funcionario vestido de uniforme con charreteras. Las dos hijas menores, cuando se celebraba fiesta en la parroquia o iban a alguna parte de visita, se ponían vestidos azules o verdes a la última moda, ceñidos por atrás y con una cola de una vara, pero al día siguiente por la mañana, como los demás días, se levantaban al despuntar el alba y barrían las habitaciones con escobas de abedul, sacaban las lavazas y recogían las basuras cuando los inquilinos salían. Pese a los miles de rublos que ya había reunido, Trifón Borísych era muy amigo de despellejar al parroquiano que iba de francachela; y recordando que no había transcurrido un mes desde que en un solo día había sacado a Dmitri Fiódorovich, durante su holgorio con Grúshenka, dos centenares y pico de rublitos, si no trescientos, le recibió esta vez alegre y obsequioso, venteando una nueva presa ya por la manera como el carruaje había llegado ante el poche.

—¡Madre mía, Dmitri Fiódorovich! ¿Otra vez le tenemos entre nosotros?

[625]

—Espera, Trifón Borísych —empezó Mitia—; ante todo, lo más importante; ¿dónde está ella?

—¿Agrafiona Alexándrovna? —adivinó enseguida el hospedero, fijando en Mitia una penetrante mirada—. Sí, también ella... está aquí...

—¿Con quién, con quién?

—Con huéspedes de paso... Uno, funcionario, debe ser polaco a juzgar por el habla, es el que le ha mandado caballos para traerla aquí; el otro debe ser camarada suyo o compañero de viaje, vaya a saber; visten de paisano...

—Qué, ¿están de farra? ¿Manejan dinero?

—¡Qué van a estar de farra! Es gente de poca monta, Dmitri Fiódorovich.

—¿De poca monta? ¿Y los otros?

—Hay dos señores de la ciudad... Regresaban de Cherníaia y se han quedado. Uno, joven, debe ser pariente del señor Miúsov, pero no recuerdo cómo se llama... Al otro debe conocerle usted también: es el terrateniente Maxímov, dice que ha ido en peregrinación al monasterio que tienen ustedes junto a la ciudad y ahora viaja con ese joven pariente del señor Miúsov...

—¿No hay nadie más?

—Nadie más.

—Espera, calla, Trifón Borísych; ahora dime lo más importante: ¿qué hace ella? ¿Cómo está?

—Ha llegado hace poco y está con los demás.

—¿Está alegre? ¿Se ríe?

—No, me parece que no se ríe mucho... Hasta se la ve muy aburrida, ha estado pasando la mano por los cabellos del joven.

—¿De ese polaco, del oficial?

—Pero si no es joven ni es oficial; no, señor, no ha sido a él, sino a ese sobrino de Miúsov, al joven... se me ha olvidado el nombre.

—¿Kalgánov?

—Eso es, Kalgánov.

—Bien, ya veré. ¿Están jugando a las cartas?

—Jugaban, pero han dejado de hacerlo, han tomado té; el funcionario ha pedido licores.

—Espera, Trifón Borísych; espera, mi alma, ya veré. Ahora respóndeme sobre lo más importante: ¿no hay cíngaros?

[626]

—Ahora no se oye hablar de ellos, Dmitri Fiódorovich; las autoridades los han echado, pero hay judíos que tocan el címbalo y el violín; están en la Rozhdiéstvenskaia, de modo que se puede mandar por ellos aunque sea ahora mismo. Vendrán.

—Manda a buscarlos, sin falta, ¡manda a buscarlos! —gritó Mitia—. Y llama a las mozas como entonces, sobre todo a María, también a Stepanida y a Arina. ¡Doscientos rublos por el coro!

—Por este dinero te saco de la cama al pueblo entero, aunque todo el mundo esté ya roncando. ¿Pero es que los mujíks de aquí, Dmitri Fiódorovich, y las mozas, valen lo que usted les da? ¡Gastar una suma tan grande por esa ruindad y grosería! ¿Están hechos los cigarros para nuestros mujíks? Y tú les distes. El mujik es un bandido que apesta. Y las mozas van cargadas de piojos. Déjalos, yo haré que mis hijas se levanten por ti, y no ya por esa cantidad, sino hasta gratis; acababan de acostarse a dormir, pero las haré levantar aunque sea a puntapiés en la espalda y las obligaré a cantar por ti. ¡Y pensar que la otra vez hartaste de champaña a los mujíks, qué barbaridad!

Vana era la compasión de Trifón Borísych por Mitia: la vez anterior le había sustraído personalmente media docena de botellas de champaña, había recogido por debajo de la mesa un billete de cien rublos, lo había apretado en el puño y se lo quedó.

—Trifón Borísych, no fue un solo millar de rublos los que la otra vez derroché aquí, ¿te acuerdas?

—Los derrochó, querido, ¿cómo no recordarlo? Seguramente dejó usted en nuestra casa tres mil rublos.

—Bueno, pues hoy vengo con otros tantos, mira.

Sacó el fajo de billetes y lo acercó a la mismísima nariz del hospedero.

—Ahora escucha y fíjate: dentro de una hora llegarán vino, bocadillos, empanadas y caramelos; sin perder un momento, mandarás subirlo todo arriba. La caja que trae Andriéi, que se suba también enseguida y que se abra, que se sirva inmediatamente champaña... Y sobre todo, que haya mozas, mozas, y que no falte María...

Se volvió hacia el carruaje y sacó el estuche con las pistolas de debajo del asiento.

—¡Tu cuenta, Andriéi, toma! Quince rublos por la troika y otros cincuenta para vodka... por tu buena voluntad, por tu afecto... ¡Acuérdate del señor Karamázov!

—No me atrevo, señor... —Andriéi vaciló—; bien venidos sean cinco rublos de propina, pero no aceptaré más. Trifón Borísych es testigo. Perdone mi tontería, por favor...

—¿De qué tienes miedo? —Mitia lo miró de pies a cabeza—. ¡Pues vete al diablo, si es así! —gritó, arrojándole cien rublos—. Ahora, Trifón Borísych, acompáñame sin hacer ruido y llévame donde pueda verlos a todos sin que ellos me vean a mí. ¿Dónde están, en el cuarto azul?

Trifón Borísych miró receloso a Mitia, pero enseguida le obedeció dócilmente; le condujo con precaución al zaguán, él mismo entró en la primera gran estancia, contigua a aquella en que estaban reunidos los huéspedes, y retiró la vela. Luego introdujo despacito a Mitia y lo colocó en un ángulo oscuro desde donde se podía observar cómodamente a los que estaban conversando, sin ser visto. Pero Mitia no se quedó mucho tiempo mirando, no podía mirar: la vio a ella y el corazón se le puso a latir con fuerza, se le enturbió la vista. Grúshenka estaba sentada en una butaca, cerca de la mesa, y a su lado, en un sofá, se encontraba sentado Kalgánov, guapito y todavía muy joven; ella le tenía cogido de una mano y, al parecer, se reía, mientras que el otro, sin mirarla, discutía en voz alta y como enojado con Maxímov, que estaba sentado al otro lado de la mesa, frente a Grúshenka. Maxímov, en cambio, se reía mucho. En el sofá se hallaba sentado *él,* y al lado, en una silla adosada a la pared, había otro hombre, desconocido. El que se hallaba sentado en el sofá, medio tumbado, fumaba en pipa, y Mitia tuvo la impresión de que se trataba de un hombrecito más bien gordo y ancho de cara, sin duda de pequeña estatura y al parecer irritado. Su compañero, en cambio, el otro desconocido, parecía muy alto; pero Mitia no pudo observar nada más. Se le cortaba la respiración. No pudo permanecer allí ni un minuto; colocó el estuche sobre la cómoda, y sintiendo escalofríos en la espalda, con el corazón en vilo, se fue directamente hacia los que estaban conversando en el cuarto azul.

—¡Ay! —chilló asustada Grúshenka, la primera en verle.

[628]

EL ANTERIOR E INDISCUTIBLE

CON sus pasos rápidos y largos, Mitia se acercó a la mesa.
—Señores —comenzó a decir en alta voz, casi a gritos, pero, tartamudeando a cada palabra—, yo... yo, ¡nada! No teman —exclamó—, si yo, nada, nada —se volvió hacia Grúshenka, la cual se había inclinado, en su butaca, hacia Kalgánov y se le agarraba con fuerza del brazo—. Yo... Yo también estoy de viaje. Partiré de madrugada. Señores, a un viajero que está de paso... ¿se le permite tomar asiento a su lado hasta la madrugada? ¿Sólo hasta la madrugada, y por última vez, en este mismo cuarto?

Las últimas palabras las dijo dirigiéndose al hombrecito regordete que fumaba en pipa en el sofá. Ése, con aire de importancia, se quitó la pipa de los labios y respondió, severo:

—*Pani*[5], aquí estamos en reunión privada. Hay otras estancias.

—¡Pero es usted, Dmitri Fiódorovich! ¿Qué cumplidos son ésos? —exclamó de pronto Kalgánov—. Quédese aquí con nosotros, ¡buenas noches!

—Buenas noches, querido amigo... ¡inapreciable amigo! Siempre le he tenido en mucha estima... —contestó Mitia con vehemente júbilo, tendiéndole enseguida la mano por encima de la mesa.

—¡Ay, cómo aprieta! Por poco me rompe los dedos —dijo Kalgánov, riéndose.

—Siempre aprieta la mano así, ¡siempre! —exclamó Grúshenka, sonriendo aún con timidez; por el aspecto de Mitia, se acababa de convencer de que éste no iba a armar camorra y le contemplaba con terrible curiosidad, aunque todavía con cierta inquietud.

Había en él algo que la asombraba en grado extremo; jamás

---

5 *Pan, pani* (vocativo), «señor» en polaco; *panowie* (señores).

había esperado que en un momento como aquél Mitia hubiese hablado como lo había hecho.

—Buenas noches —terció con su dulzona voz el terrateniente Maxímov.

Mitia, a su vez, le saludó efusivo.

—Buenas noches, ¡también usted está aquí!, ¡cuánto me alegro! Señores, señores, yo... —de nuevo se dirigía al *pani* de la pipa, a quien tomaba, por lo visto, como personaje principal de la reunión—. He venido volando... Quería pasar mi último día y mi última hora en este cuarto, precisamente en este cuarto... donde adoré... ¡A mi reina!... ¡Perdón *pani*! —gritó, exaltado—. He venido corriendo y he jurado... ¡Oh, no tema, ésta es mi última noche! ¡Bebamos, *pani,* la copa de la amistad! Ahora nos servirán vino... Mire lo que he traído —de pronto sacó su fajo de billetes sin saber por qué—. ¡Permíteme, *pani*! quiero música, ruido, animación, todo como la otra vez... Pero el gusano, el inútil gusano acabará de arrastrarse por la tierra y desaparecerá. ¡En mi última noche, quiero evocar el día más feliz de mi vida!...

Casi se quedó sin aliento; quería decir muchas cosas, muchas, pero no le salían más que extrañas exclamaciones. El *pani* le contemplaba inmóvil, miraba el fajo de billetes, miraba a Grúshenka y se le veía perplejo.

—Si mi *krulieva*[6] lo consiente... —comenzó a decir el polaco.

—Qué es eso de *krulieva,* será *korolieva,* ¿no? —le interrumpió Grúshenka—. Me da risa oírles hablar así. Siéntate, Mitia, ¿qué estás diciendo? No nos asustes, por favor. ¿Verdad que no lo harás, verdad? Si no lo haces, estaré contenta de que hayas venido...

—¿Asustar, yo? ¿Yo? —gritó Mitia, levantando los brazos—. ¡Oh, pasad, pasad, no seré un obstáculo!... —e inesperadamente para todos y también para sí, desde luego, se dejó caer en la silla y prorrumpió en sollozos, vuelta la cabeza hacia la pared opuesta, rodeando fuertemente con los brazos el respaldo de la silla, como si lo abrazara.

—¡Vaya, hombre, vaya! ¡Qué raro eres! —exclamó Grú-

---

6 Pronunciación defectuosa de *korolieva,* reina.

shenka en son de reproche—. Lo mismo pasaba cuando iba a verme: de pronto se ponía a hablar y yo no entendía nada. Una vez también se echó a llorar, y ahora vuelve a hacerlo, ¡qué vergüenza! ¿Por qué lloras? *Si hubiera motivos para ello...* —añadió de pronto enigmáticamente, recalcando sus palabras con cierta irritación.

—Yo... yo no lloro... ¡Ea, buenas noches! —dio media vuelta en la silla y se echó a reír, pero no con su risa seca y entrecortada, sino con una risa silente, larga y nerviosa, que le sacudía todo el cuerpo.

—Bueno, otra vez... ¡Alégrate, hombre, alégrate! —le instaba Grúshenka—. Estoy muy contenta de que hayas venido, estoy muy contenta, Mitia, ¿oyes lo que te digo?, que estoy muy contenta de que hayas venido. Quiero que se quede con nosotros —lo dijo imperiosamente, como si hablase a todos, aunque sus palabras iban dirigidas, por lo visto, al que estaba sentado en el sofá—. ¡Quiero que se quede, ¡lo quiero! Y si él se va, también me iré yo, ¡eso es! —añadió con los ojos chispeantes.

—¡Los deseos de mi reina son ley! —articuló el *pani,* besando galantemente la mano de Grúshenka—. ¡Ruego al señor que forme parte de nuestro grupo! —dijo amablemente dirigiéndose a Mitia, quien estuvo a punto de levantarse con el visible propósito de soltar otra nueva tirada, pero le salió otra cosa.

—¡Bebamos, *pani!* —soltó, en vez de un discurso. Todos se rieron.

—¡Santo cielo! Creía que deseaba hablar otra vez —exclamó Grúshenka con cierto nerviosismo—. ¿Oyes, Mitia? —añadió con frenesí—. No saltes más, pero eso de que hayas traído champaña, está muy bien. También yo beberé, pero no puedo soportar los licores. Lo mejor ha sido que te hayas presentado tú, aquí nos aburríamos como ostras... ¿Vienes otra vez de juerga? ¡Ea, guárdate ya el dinero en el bolsillo! ¿De dónde has sacado tanto?

Mitia seguía apretando en la mano los arrugados billetes que tanto llamaban la atención, sobre todo de los dos polacos, y se los guardó presuroso y turbado. Se sonrojó. En aquel momento apareció el dueño de la casa llevando en una bandeja una botella de champaña descorchada y unos vasos. Mitia agarró la botella, pero estaba tan confuso que se olvidó de lo que debía hacer. Kalgánov se la tomó de la mano y llenó los vasos por él.

—¡Otra botella! —gritó Mitia al hospedero, y olvidándose de brindar con el *pan,* a quien había invitado tan solemnemente a beber la copa de la amistad, se echó entre pecho y espalda todo su vaso, sin esperar a nadie.

Al instante cambió de fisonomía. En vez de la expresión solemne y trágica con que había entrado, le apareció en el rostro cierto aire infantil. Fue como si de pronto Mitia se hubiese vuelto manso y humilde. Miraba a los presentes con alegre timidez, con una risita frecuente y nerviosa, con el aspecto agradecido de un perrito culpable al que de nuevo acarician y perdonan. Parecía haberlo olvidado todo y miraba a los presentes entusiasmado, sonriendo como un niño. A Grúshenka la miraba riéndose sin cesar y acercó la silla hasta la mismísima butaca en que ella estaba sentada. Poco a poco examinaba también a los dos polacos, aunque aún no los comprendía. El *pan* del sofá le impresionaba por su porte, por el acento de su habla y, sobre todo, por su pipa. «Eso no tiene importancia, bien está que fume en pipa», se decía Mitia. La cara algo fláccida, casi cuadragenaria, del *pan,* con una naricita muy pequeña, debajo de la cual se veían dos impertinentes bigotitos archidelgados y en punta, con su toque de pomada, tampoco provocaban en el ánimo de Mitia, por de pronto, ni la más leve duda. Ni siquiera la peluquita del *pan,* muy mala, hecha en Siberia, y peinada sin la menor gracia hacia adelante, sobre las sienes, le impresionó de modo particular: «Seguramente debe ser así, ya que lleva peluca», seguía observando beatíficamente. En cuanto al otro *pan,* el que estaba sentado junto a la pared, más joven que el del sofá, y que contemplaba a todos los reunidos con arrogante insolencia, a la vez que escuchaba con silencioso desdén la conversación general, si impresionó a Mitia fue tan sólo por su extrema estatura, terriblemente desproporcionada en relación con la del *pan* del sofá. «Si se levanta llegará por lo menos a los diez palmos», pensó Mitia por un momento. También le centelleó en la cabeza que aquel *pan* de alta estatura debía ser amigo y acólito del otro, algo así como su «guardaespaldas», y el *pan* pequeño, el de la pipa, mandaba al alto, naturalmente. Pero todo eso también le parecía a Mitia muy natural e indiscutible. En el perrito no fulguraba ni una chispita de rivalidad. Nada había comprendido aún en Grúshenka ni en el enigmático tono de algunas de las frases de la joven; lo único que había entendido, emocionado hasta lo más hondo de su corazón, era que Grúshenka le trataba con cariño, le había «perdonado» y le había permitido que se sentase al lado suyo. No cabía en sí de contento al verla beber unos sorbos de champaña. No obstante, el silencio que se hizo entre los reunidos le chocó y Mitia fue mirando a los presentes con una interrogadora mirada: «¿Pero, qué hacemos, aquí sentados, por qué no comienzan a hacer algo, señores?», parecía decir su mirada, que se había debilitado.

—Verá, éste no hace más que soltar mentiras y todos nos reímos —dijo Kalgánov, señalando a Maxímov, como si adivinara el pensamiento de Mitia.

Mitia clavó una rápida mirada en Kalgánov y, al instante, en Maxímov.

—¿Suelta mentiras? —se puso a reír con su seca y breve risa, como si algo acabara de alegrarle—. ¡Ja, ja!

—Sí. Figúrese, afirma que toda nuestra caballería entre 1820 y 1830 se casó con polacas; pero eso es un monumental absurdo, ¿verdad?

—¿Con polacas? —repitió Mitia, ya decididamente entusiasmado.

Kalgánov comprendía muy bien las relaciones de Mitia con Grúshenka, adivinaba asimismo lo que ocurría con el *pan*, pero nada de eso le importaba mucho, hasta es posible que no le importara en absoluto; lo que más le interesaba era Maxímov. Había llegado con él a la hostería por casualidad y ahí había visto por primera vez en la vida a los dos polacos. En cambio, a Grúshenka ya la nococía, y en cierta ocasión hasta la había visitado con alguien más; pero entonces ella no le había gustado. Sin embargo, ahora Grúshenka le miraba muy cariñosamente; antes de que Mitia llegase, hasta le había acariciado, pero él había permanecido insensible. Kalgánov era un joven de unos veinte años a lo sumo, vestía con elegancia, tenía una simpática carita blanca y una magnífica cabellera rubia. Y en aquella blanca carita había unos admirables ojos claros, azules, de expresión inteligente y a veces profunda, impropia incluso de un hombre de su edad, a pesar de que a veces el joven hablaba y miraba como si fuese un niño, cosa que no le cohibía en lo más mínimo, aun teniendo de ello conciencia. Cabe decir que era muy original, incluso caprichoso, aunque siempre se mostraba amable. A veces, en la expresión de su rostro aparecería cierto aire de inmovilidad y porfía: miraba a su interlocutor, le escuchaba, pero él, al parecer, estaba pensando obstinadamente en algo suyo. Ora se volvía blando y perezoso, ora empezaba a agitarse, a veces por lo visto, debido a causas nimias.

—Figúrense, hace ya cuatro días que lo llevo conmigo —prosiguió Kalgárov, como si arrastrara un poco perezosamente las palabras, aunque con toda naturalidad, sin fanfarronería—. Desde que su hermano le empujó del coche y lo hizo dar unas volteretas, ¿recuerda? Entonces me interesé mucho por él y me lo llevé a la aldea, pero ahora no hace más que mentir, y hasta da vergüenza ir con él. Le llevo de regreso...

—*El señor no ha visto nunca damas polacas, y cuenta cosas que no han podido suceder*[7] —observó el *pan* de la pipa, dirigiéndose a Maxímov.

El *pan* de la pipa hablaba bastante ruso, por lo menos mucho mejor de lo que hacía ver. Cuando empleaba palabras rusas, las retorcía al modo polaco.

—¡Pero si yo mismo estuve casado con una señora polaca! —repuso Maxímov con socarrona risita.

—Bueno, ¿acaso sirvió usted en caballería? ¡Era de la caballería de la que usted hablaba! ¿Y sabe montar a caballo, por ventura? —replicó enseguida Kalgánov.

—Claro, ¿sabe montar a caballo, por ventura? ¡Ja, ja! —gritó Mitia, que escuchaba ávidamente y dirigía su mirada interrogadora, cual relámpago, a cada uno de los que tomaban la palabra, como si esperase oír de ellos Dios sabe qué.

—No es eso, verá —Maxímov se volvió hacia él—. Quiero decir que las señoritas polacas... un encanto de jovencitas... no bien una ha bailado la mazurca con uno de nuestros ulanos...

---

[7] Las palabras en cursiva van en polaco, en el original, aunque con letras del alfabeto ruso. Lo mismo ocurre con las otras frases del presente capítulo.

tan pronto la ha bailado, le salta a las rodillas como una gatita... blanquita... Su señor papá y su señora mamá lo ven y lo permiten... y lo permiten, sí, señor... y el ulano, al día siguiente, va y le pide la mano... eso es... y le pide la mano, iji, ji! —se rió Maxímov al terminar.

—*¡Este pan es un canalla!* —soltó de pronto el *pan* de alta estatura, y puso una pierna sobre la otra, en sentido inverso al de hasta entonces.

A Mitia sólo le saltó a la vista la enorme bota enlustrada de aquel hombre, con la suela gruesa y sucia. En general, los dos polacos iban vestidos con ropa poco limpia.

—¡Vaya, ya le ha soltado *canalla!* ¿Por qué insulta? —se enojó de pronto Grúshenka.

—*Pani Agrippina, ese pan debió tratar en tierra polaca a gente de baja estofa y no a damas de la nobleza* —indicó el *pan* de la pipa a Grúshenka.

—*¡No te quepa duda!* —replicó desdeñosamente el alto *pan* de la silla.

—¡Vaya, hombre! ¡Dejadle hablar! Cuando la gente habla, ¿por qué molestar? Con él es divertido —contestó desabrida Grúshenka.

—Yo no se lo impido, *pani* —puntualizó de modo significativo el *pan* de la peluca, dirigiendo una larga mirada a Grúshenka; y después de callar gravemente unos momentos, volvió a chupar la pipa.

—No, no, ahora el *pan* ha dicho la verdad —terció otra vez Kalgánov, como si se tratara Dios sabe de qué—. Maxímov no ha estado nunca en Polonia, ¿cómo puede hablar de ese país? No fue en Polonia donde se casó usted, ¿verdad?

—Cierto, me casé en la provincia de Smoliensk. Sólo que antes un ulano había llevado ahí a la que había de ser mi esposa, la había llevado con la *pani* mamá, con una *tanta*[8] y además con una pariente que tenía un hijo mayor; eran todas de la mismísima Polonia, de la mismísima... y el ulano me la cedió. Era uno de nuestros tenientes, un joven estupendo. Al principio quería casarse él, pero no lo hizo porque resultó que la polaca era coja...

---

[8] Del francés *tante*, tía.

—¿Y usted se casó con una coja? —exclamó Kalgánov.

—Con una coja, señor. La verdad, los dos se pusieron de acuerdo para engañarme un poco, y ocultaron lo de la cojera. Yo creía que ella daba saltitos... siempre estaba dando saltitos, y yo me figuraba que era de alegría...

—¿De alegría por casarse con usted? —clamó escandalosamente Kalgánov con voz sonora, algo infantil.

—Sí, señor, de alegría. Pero resultó que se trataba de algo totalmente distinto. Aquella misma tarde, después de casados, me lo confesó y me pidió perdón con mucho sentimiento; me contó que, de niña, una vez saltó un charco y se lesionó una pierna, ¡ji-ji!

Kalgánov estalló en la más infantil de las risas y por poco se cae en el sofá. También Grúshenka se rió. En cuanto a Mitia, se sentía en el colmo de la felicidad.

—¿Sabe, sabe? Ahora ya dice la verdad, ¡ahora ya no miente! —exclamó Kalgánov, dirigiéndose a Mitia—. Y sepa que ha estado casado dos veces, ahora habla de la primera mujer; la segunda huyó y todavía vive, ¿lo sabía?

—¿Es posible?

Mitia se volvió hacia Maxímov rápidamente con una insólita expresión de asombro en el rostro.

—Sí, huyó, tuve este disgusto —confirmó Maxímov modestamente—. Huyó con un *misiú*[9]. Pero lo más importante fue que con anticipación me había hecho poner a su nombre toda mi aldea, todita. Tú, me decía, eres un hombre instruido, siempre encontrarás la manera de ganarte la vida. Y con esto me dejó plantado. En cierta ocasión, un respetable arcipreste comentó, hablando conmigo: tu primera esposa cojeaba, pero la segunda ha tenido los pies demasiado ligeros, ¡ji-ji!

—¡Escuchen, escuchen! —gritó Kalgánov, enardecido—. Si miente, como ocurre con frecuencia, lo hace sólo para divertirnos: eso no es una bajeza, no lo es, ¿verdad? Saben, a veces siento afecto por él. Es muy ruin, pero de una ruindad natural, ¿eh? ¿Qué creen ustedes? Hay quien se hace ruin por algo, para sacar tajada, pero él es así por naturaleza... Figúrense, por ejemplo, que según afirma (ayer discutimos sobre el tema du-

---

[9] Deformación de la pronunciación de la palabra francesa *monsieur,* señor.

rante todo el camino), Gógol le hizo salir en *Almas muertas*. Recuerden que allí el propietario Maxímov fue azotado por Nozdriov y que éste fue entregado a los tribunales «por ofensas al propietario Maxímov, y por haberle azotado hallándose borracho», ¿se acuerdan? Pues imagínense. ¡Pretende que ese Maxímov es él y que fue a él a quien azotaron! ¿Es posible? Chíchikov[10] viajaba a lo sumo al comienzo de los años veinte[11], de modo que las fechas no coinciden de ningún modo. Es imposible que entonces le azotaran. ¿Verdad que no es posible, que no es posible?

Resulta difícil comprender por qué se acaloraba de aquel modo Kalgánov, pero se acaloraba en serio. Mitia se puso de su parte sin reservas.

—¡Bueno, pero el caso es que le azotaron! —gritó riéndose.

—No es que me azotaran precisamente, sino algo así —rectificó de pronto Maxímov.

—¿Cómo, algo así? ¿Le azotaron, o no?

—*¿Qué hora es?* —preguntó con cara de aburrido el *pan* de la pipa al otro polaco, al de elevada estatura, que estaba sentado en la silla. En respuesta, éste se encogió de hombros; ninguno de los dos tenía reloj.

—¿Por qué no se ha de pasar el rato charlando? Dejad hablar. Porque a vosotros os aburre, ¿los demás han de callar? —saltó de nuevo Grúshenka, por lo visto metiéndose con ellos con intención.

Por primera vez pareció como si a Mitia algo le centellease en la mente. El *pan* contestó con visible irritación:

—*Pani, no tengo nada en contra, no he dicho nada de particular.*

—Bueno, está bien; tú sigue contando —gritó Grúshenka a Maxímov—. ¿Por qué os habéis quedado mudos todos?

—No hay nada que contar, porque todo esto no son más que tonterías —replicó enseguida Maxímov con visible satisfacción y como si quisiera hacerse rogar un poco—; además, en Gógol todo eso se da en forma alegórica, pues son alegóricos todos los nombres: así tenemos que Nozdriov no era Noz-

---

10 Personaje principal de *Almas muertas* (1842).
11 Es decir, a principios de la década de 1820.

driov, sino Nósov[12], mientras que Kuvshínnikov, ya no se parece nada al verdadero nombre, que es Shkvórnev. En cambio, Fenardi era realmente Fenardi, pero no se trataba de un italiano, sino de un ruso, Petrov, y la señorita Fenardi era guapita, de lindas piernas enfundadas en su malla, con una faldita corta de lentejuelas; sólo que, cuando daba vueltas, no se pasaba horas girando, sino únicamente cuatro minutos... y hechizaba a todo el mundo...

—Bueno, pero ¿por qué te azotaron, por qué? —vociferó Kalgánov.

—Por Piron —contestó Maxímov.

—¿Por qué Piron? —gritó Mitia.

—Por el conocido escritor francés Piron. Fue en una feria. Éramos una pandilla muy numerosa y estábamos todos en la taberna bebiendo. A mí me habían invitado y me puse a recitar epigramas: «¿Eres tú, Boileau?[13]. ¡Qué galas más ridículas llevas!»[14]. Boileau responde que se dirige a un baile de máscaras, es decir, a los baños, ¡ji-ji!, y los que me habían invitado se dieron por aludidos. Me apresuré a recitarles otro epigrama, muy conocido entre personas instruidas y muy cáustico:

> Tú eres Safo, yo soy Faon, de esto ni hay que hablar,
> Pero tú, por desdicha mía,
> No sabes cuál es el camino que lleva a la mar[15].

Aún se sintieron más ofendidos y empezaron a insultarme de manera indecente; entonces yo, por desgracia mía, quise remediar la situación y conté una anécdota de tema muy culto acerca de cómo no admitieron a Piron en la Academia francesa, y él, para vengarse, escribió su epitafio para la losa sepulcral:

---

[12] *Nozdriov*, derivado de *nozdriá*, fosa nasal, ventana de la nariz; *Nósov*, derivado de *nos*, nariz.

[13] N. Boileau (1636-1711), poeta y retórico francés.

[14] Primer verso del epigrama del célebre fabulista ruso I. A. Krilov (1769-1844) «A la traducción del poema "L'Art Poétique"».

[15] Epigrama del poeta ruso K. N. Batiushkov (1787-1855), dedicado a la poetisa A. P. Bunin («Madrigal a la nueva Safo», 1809).

Entonces me agarraron y me azotaron.

—Pero ¿por qué, por qué te azotaron?

—Por mi instrucción. ¡No son pocas las cosas por las que la gente puede azotar a un hombre! —concluyó Maxímov, lacónica y sentenciosamente.

—Ea, basta, todo eso es malo, me figuraba que sería más divertido —cortó de pronto Grúshenka.

Mitia se sobresaltó y dejó de reír al instante. El *pan* de alta estatura se levantó de su lugar, y con el aire altanero de hombre que se aburre en una compañía que no es la suya empezó a dar pasos de un ángulo a otro de la habitación con las manos a la espalda.

—¡Vaya, se ha puesto a dar zancadas! —Grúshenka le miró despectiva.

Mitia se sintió inquieto; además, se había dado cuenta de que el polaco del sofá le estaba observando con irritación.

—*Pani* —gritó Mitia—, ¡bebamos, *pani!* Y con el otro *pan* también: ¡bebamos, *panowie!*

Al instante separó tres vasos y los llenó de champaña.

—¡Por Polonia, *panowie*, bebo por su Polonia, por la tierra polaca! —gritó Mitia.

—*Con mucho gusto, pani, bebamos* —respondió con condescendiente gravedad el polaco de la pipa, a la vez que tomaba su vaso.

—Y también el otro *pan*, ¿cómo se llama?, ¡eh, noble señor, toma el vaso! —se interesó Mitia.

—*Pan* Wrublewski —le indicó el del sofá.

El *pan* Wrublewski, balanceándose, se acercó a la mesa y tomó su vaso sin sentarse.

—Por Polonia, *panowie,* ¡hurra! —gritó Mitia, levantando el vaso.

Bebieron los tres. Mitia agarró la botella y enseguida volvió a llenar los tres vasos.

---

[16] Aquí yace Pirón, que no fue nadie, ni siquiera académico (fr.). De *Mi epitafio* de Pirón.

—Ahora por Rusia, *panowie*, ¡confraternicemos!

—Ponnos también a nosotros —dijo Grúshenka—; por Rusia yo también quiero beber.

—Y yo —dijo Kalgánov.

—También yo bebería... por Rusia, la vieja abuelita —soltó Maxímov con su risita.

—¡Todos, todos! —exclamó Mitia—. ¡Patrón, más botellas!

Sirvieron las tres botellas que quedaban de las que Mitia había traído. Mitia llenó los vasos.

—Por Rusia, ¡hurra! —volvió a gritar.

Bebieron todos, excepto los polacos. Grúshenka vació el vaso de una vez. Los *panowie*, ni siquiera tocaron la bebida.

—¿Qué es esto, *panowie*? —exclamó Mitia—. ¿Ustedes no brindan?

El *pan* Wrublewski tomó el vaso, lo levantó y con sonora voz dijo:

—¡Por Rusia, en sus fronteras de antes de mil setecientos setenta y dos! [17].

—*¡Muy bien dicho!* —gritó el otro *pan*, y los dos vaciaron de un golpe los vasos.

—¡Cuidado que sois estúpidos, *panowie*! —se le escapó de pronto a Mitia.

—*¡Pa-ani!* —gritaron los dos polacos amenazadores, puestos como gallitos frente a Mitia. Sobre todo estaba colérico el *pan* Wrublewski.

—*¿Acaso es posible no amar a la propia tierra?* —proclamó.

—¡A callar! ¡Nada de reñir! ¡Que no haya riñas! —gritó imperiosa Grúshenka, dando una patada en el suelo.

Se le encendió el rostro, le fulguraban los ojos. Ya dejaba sentir sus efectos el champaña que acababa de beber. Mitia se asustó terriblemente.

—*Panowie*, ¡perdónenme! La culpa es mía, no lo haré más. Wrublewski, *pan* Wrublewski, ¡no lo haré más!...

—Cállate tú por lo menos; ¡siéntate, so bobo! —con furioso despecho arremetió Grúshenka contra él.

Todos se sentaron, todos guardaron silencio, todos se miraban unos a otros.

---

[17] Año del primer «reparto de Polonia» entre Rusia, Prusia y Austria.

—Señores, ¡yo soy la causa de lo ocurrido! —porfió Mitia, sin comprender en absoluto la exclamación de Grúshenka—. Bueno, ¿qué hacemos así, parados? ¿En qué podríamos entretenernos... Para que haya alegría, para que vuelva a haber alegría?

—¡Ah, sí, esto no es nada alegre, la verdad! —balbuceó perezosamente Kalgánov.

—¿Echamos una partidita al monte, como hace un rato?... —sugirió de pronto Maxímov, siempre con su risita.

—¿Al monte? ¡Estupendo! —asintió Mitia—. Claro, si los *panowie...*

—*¡Pozno, pani!* —repuso de mala gana el *pan* del sofá...

—Es verdad —asintió Wrublewski.

—*¿Pozno?* ¿Qué significa *pozno?* —preguntó Grúshenka.

—Quiere decir tarde, *pani;* tarde, hora tardía —explicó el *pan* del sofá.

—¡Para ellos siempre es tarde, nunca se puede hacer nada! —chilló Grúshenka, poco menos que con enojo—. Son unos aburridos y quieren que los demás también se aburran. Antes de que llegaras tú, Mitia, han estado todo el tiempo callados y poniéndome cara de vinagre...

—¡Mi diosa! —gritó el *pan* del sofá—. *Lo que dices es cierto. Te veo poco cariñosa hacia mí y por esto me siento triste. ¡Dispuesto, pani!* —terminó, dirigiéndose a Mitia.

—¡Empieza, *pani!* —repuso éste enseguida, sacándose del bolsillo el fajo de billetes y colocando dos de cien sobre la mesa.

—¡Quiero perder mucho jugando contigo, *pani!* Toma las cartas, ¡pon la banca!

—Hay que jugar con cartas del dueño de la casa, *pani* —dijo con firmeza y mucha seriedad el pequeño *pan.*

—*Es lo mejor* —corroboró el *pan* Wrublewski.

—¿Con cartas del dueño de la casa? Bien, ya comprendo, que sean del dueño de la casa. ¡Bien pensado, *panowie!* ¡Eh, cartas! —ordenó Mitia al hospedero.

El dueño trajo una baraja sin estrenar y comunicó a Mitia que habían empezado a llegar las mozas, que probablemente pronto estarían allí los judíos con sus címbalos, pero que la troika con las provisiones no había tenido tiempo de llegar.

Mitia se levantó bruscamente y se precipitó a la estancia contigua para dar órdenes. Pero allí no había más que tres mozas, y
María no estaba aún. Además, tampoco sabía él qué órdenes
dar ni por qué se había precipitado hacia aquella estancia: mandó sólo tomar de la caja golosinas, caramelos de azúcar y de
café con leche, y distribuirlos entre las mozas. «¡Sí, y vodka
para Andriéi, vodka para Andriéi! —se apresuró a añadir—.
¡Le he ofendido!» En ese momento, Maxímov, que había ido
tras él, le llamó la atención poniéndole una mano en el
hombro.

—Déjeme cinco rublos —le balbuceó al oído—; yo también
me aventuraría a jugar al monte, iji-ji!

—¡Magnífico, estupendo! ¡Tome diez, ea! —volvió a sacarse
todos los billetes del bolsillo y separó diez rublos—. Si pierdes,
ven otra vez, ven otra vez...

—Está bien —musitó alegremente Maxímov, y se apresuró
a volver al salón.

También Mitia regresó enseguida y se disculpó por haberse
hecho esperar. Los polacos ya se habían colocado en sus sitios
y habían abierto el paquete de las cartas. Su expresión era mucho más amable, casi cordial. El *pan* del sofá había encendido
otra vez la pipa y se disponía a repartir las cartas; en su cara se
percibía incluso cierto aire de solemnidad.

—*¡Tomen asiento, panowie!* —gritó el *pan* Wrublewski.

—No, yo no quiero jugar —repuso Kalgánov—, hoy ya he
perdido con ellos cincuenta rublos.

—El *pan* ha tenido mala suerte, puede que ahora la tenga
buena —comentó a su lado el del sofá.

—¿Cuánto hay en la banca? ¿Responde? —Mitia se acaloraba.

—*Quizá cien rublos, quizá doscientos, según tu puesta.*

—¡Un millón! —Mitia se echó a reír.

—*Pan* capitán, ¿no ha oído hablar del *pan* Podwysocki?

—¿De qué Podwysocki?

—En Varsovia establece la banca el que juega. Llega Podwysocki, ve miles de zloty y apuesta: va la banca. *El banquero le
pregunta: «Pan Podwysocki: ¿apuestas sobre el dinero, o sobre palabra
de honor?» «Sobre palabra de honor, pani»,* declara Podwysocki.
«Tanto mejor, pani». El banquero talla, Podwysocki recoge los

[642]

miles de zloty. *«Un instante, pani»*, dice el banquero, que abre uno de los cajones y da un millón; *toma, pan, esto es lo que has ganado.»* La banca era de un millón. «No lo sabía», replica Podwysocki. *«Pan Podwysocki*, contesta el banquero, *tú has apostado sobre palabra de honor, yo también.»* Podwysocki se embolsó el millón.

—No es verdad —dijo Kalgánov.

—*Pani Kalgánov, entre hidalgos no se habla de ese modo.*

—¡Pues sí que un jugador polaco te va a dar un millón! —exclamó Mitia, pero enseguida se refrenó—. Dispensa, *pani,* soy culpable, otra vez soy culpable; dará el millón, lo dará, por su palabra de honor, ¡por el honor polaco!, *ina hónor!* ¿Ves, cómo hablo yo en polaco? ¡Ja-Ja! Ea, pongo diez rublos en la sota.

—Pues yo pongo un rublito en la damita, la de corazón, la guapita, ¡ji-ji! —declaró Maxímov, riendo mientras adelantaba su dama; y como si quisiera esconderse de todos, se inclinó y se persignó a toda prisa debajo de la mesa.

Mitia ganó. También ganó el rublito.

—¡Doblo! —gritó Mitia.

—Pues yo, otro rublito, un simple rublo, un pequeño rublito —balbuceó beatíficamente Maxímov, sin caber en sí de alegría por haber ganado un rublito.

—¡Perdido! —gritó Mitia—. Doblo la puesta en el siete.

Le mataron también el siete.

—Déjelo —le instó de pronto Kalgánov.

—Doblo, doblo.

Mitia iba doblando las puestas y cada vez le mataban las cartas. En cambio, los rublitos ganaban.

—¡Doblo! —gritó Mitia, furioso.

—Has perdido doscientos rublos, *pani.* ¿Pones otros doscientos? —inquirió el *pan* del sofá.

—Cómo, ¿ya he perdido doscientos rublos? ¡Pues aquí van otros doscientos! ¡Otros doscientos para doblar! —y sacándose el dinero del bolsillo, Mitia iba a arrojar doscientos rublos sobre la dama cuando Kalgánov, con rápido movimiento, la cubrió con la mano.

—¡Basta! —gritó con su voz sonora.

—¿Por qué hace esto?

Mitia le miró sorprendido.

—Basta, ¡no quiero! No jugará más.

—¿Por qué?

—Porque sí. Mándelo a paseo y váyase, será mejor. ¡No le dejaré jugar más!

Mitia le miraba sin salir de su asombro.

—Déjalo, Mitia, quizá tenga razón, ya has perdido mucho —dijo Grúshenka con una extraña nota en la voz.

Los dos polacos, de pronto, se levantaron de sus sitios con aire de personas terriblemente ofendidas.

—¿*Estás bromeando*? —articuló el pequeño *pan*, fija la severa mirada en Kalgánov.

—*¡Cómo se atreve usted a hacer eso, pani!* —soltó también a Kalgánov Wrublewski, irritado.

—¡Que nadie se atreva a gritar, que nadie se atreva! —exclamó Grúshenka—. ¡Ah, gallitos!

Mitia los iba contemplando uno a uno; pero algo notó, de pronto, en el rostro de Grúshenka que le impresionó, y en el mismo instante una idea totalmente nueva le pasó por la cabeza, ¡extraña idea!

—*¡Pani Agrippina!* —comenzó a decir el pequeño *pan*, rojo de cólera.

Mas de repente Mitia se le acercó y le dio unas palmaditas en el hombro.

—Dos palabras, noble señor.

—*¿Qué deseas, pani?*

—Vamos a esa pieza, a la alcoba contigua: te diré dos buenas palabritas, las mejores, estarás contento.

El pequeño *pan* se quedó sorprendido y miró receloso a Mitia. Sin embargo, accedió enseguida, si bien con una condición ineludible: que le acompañara el *pan* Wrublewski.

—¿Es tu guardaespaldas? ¡Que venga, también hace falta! ¡Hasta es indispensable su presencia! —exclamó Mitia—. ¡En marcha, *panowie!*.

—¿Adónde vais? —preguntó Grúshenka, inquieta.

—Volveremos al instante —repondió Mitia.

Se le percibía en el rostro una expresión de audacia, de inesperado brío: muy distinta era su cara cuando había entrado en el cuarto una hora antes. Condujo a los *panowie* a la habitación de la derecha, no a la gran estancia en que se reunía el coro de las mozas y se servía la mesa, sino a un dormitorio en el que había baúles, arcones y dos grandes camas con una gran pila de almohadas en cada una, con fundas de indiana. En un rincón, sobre una mesita de tablas cepilladas, ardía una vela. El *pan* y Mitia se instalaron junto a esa mesita uno frente a otro, mientras el enorme *pan* Wrublewski se mantenía a un lado, con las manos a la espalda. Los polacos observaban a Mitia con aire severo, pero con manifiesta curiosidad.

—¿*En qué puedo servirle, pani?* —musitó el pequeño.

—Pues verá, *pani,* no voy a hablar mucho: aquí tienes dinero —se sacó del bolsillo los billetes de Banco—. ¿Quieres tres mil rublos? Pues tómalos y vete al diablo.

El *pan* contemplaba escudriñador, clavando los ojos en el rostro de Mitia.

—¿*Tres mil, pani?* —cambió una mirada con Wrublewski.

—¡*Tres mil, panowie, tres mil!* Escucha, *pani,* veo que eres un hombre razonable. Toma los tres mil rublos y lárgate al quinto infierno llevándote contigo a Wrublewski, ¿lo oyes? Pero ha de ser ahora mismo, en este mismo instante, y para toda la vida, ¿comprendes, *pani?* Para toda la vida, saldrás por esta puerta. Qué tienes allí: ¿el abrigo, una pelliza? Te lo traeré yo. ¡En un segundo te prepararán una troika, y buen viaje, *pani!* ¿De acuerdo?

Mitia esperaba confiado la respuesta. No dudaba. Una extraordinaria decisión se reflejó por unos momentos en el rostro del polaco.

—¿Y los rublos, *pani?*

—Los rublos te los voy a dar así, *pani:* quinientos, en este mismísimo instante, para el cochero y como garantía, y los otros dos mil quinientos, mañana en la ciudad, te lo juro por mi honor, ¡los sacaré de debajo de la tierra! —gritó Mitia.

Los polacos volvieron a cambiar una mirada. El rostro del *pan* empezó a cambiar en peor sentido.

—Setecientos, setecientos y no quinientos, ahora, en este mismísimo instante, ¡en mano! —pujó Mitia, presintiendo que la cuestión tomaba mal cariz—. Qué, *pani,* ¿no me crees? No querrás que te dé los tres mil a la vez. Si te los doy, mañana regresas al lado de ella... Además, ahora no tengo aquí los tres mil íntegros, los guardo en casa, en la ciudad —balbuceaba Mitia, medroso, perdiendo ánimos con cada una de sus palabras—; lo juro, los guardo escondidos...

En un segundo, un sentimiento de extraordinario amor propio resplandeció en la cara del pequeño *pan:*

—*¿No deseas nada más?* —preguntó irónicamente—. *¡Qué vergüenza! ¡Qué villanía!*

Y escupió. Escupió asimismo el *pan* Wrublewski.

—Tú escupes, *pani* —articuló Mitia como desesperado, comprendiendo que todo estaba perdido—, porque esperas sacar más de Grúshenka. ¡Los dos sois unos capones, eso es!

—*Me siento ofendido a más no poder.*

El pequeño *pan* se puso rojo como un cangrejo, y vivamente, presa de una terrible indignación, como si no deseara escuchar nada más, salió de la alcoba, Wrublewski le siguió, balanceándose, y tras ellos salió Mitia, confuso y corrido. Tenía miedo de Grúshenka, presentía que el *pan* iba a armar un escándalo enseguida. Y así fue. El *pan* entró en el salón y se plantó teatralmente ante Grúshenka.

—*Pani Agrippina, jestem do zywego dotknieky* [señora Agripina, estoy ofendido a más no poder] —exclamó, pero Grúshenka pareció haber perdido toda la paciencia, como si la hubiesen tocado en el punto más sensible.

—¡En ruso, habla en ruso, y que no haya ni una sola palabra en polaco! —le replicó gritando—. Antes hablabas en ruso, ¿es posible que lo hayas olvidado en cinco años? —estaba roja de cólera.

—*Pani Agrippina...*

—Me llamo Agrafiona, soy Grúshenka. ¡O hablas en ruso, o no quiero escucharte!

El *pan* se sofocó, herido en su honor, y, estropeando el ruso, dijo rápidamente y enfáticamente;

—*Pani* Agrafiona, he venido para olvidar el pasado y perdonarlo, para olvidar lo ocurrido hasta hoy...

—¿Cómo, perdonar? ¿Tú has venido a perdonarme a mí? —le interrumpió Grushenka, saltando de su asiento.

—Así es, *pani,* yo no soy mezquino, sino generoso. Pero *me ha sorprendido* la conducta de tus amantes. El *pan* Mitia en esa alcoba me daba tres mil rublos para que me largase. Le he escupido a la cara.

—¿Cómo? ¿Te daba dinero por mí? —se puso a gritar Grúshenka casi histéricamente—. ¿Es cierto, Mitia? ¡Cómo te has atrevido! ¿Acaso yo me vendo?

—*Pani, pani* —gimió Mitia—, ella es pura y resplandeciente, ¡yo no he sido nunca su amante! Mientes...

—¿Cómo te atreves a defenderme ante él? —vociferó Grúshenka—. Si me he conservado limpia, no ha sido por virtud ni por miedo a Kuzmá, sino para poderme mostrar orgullosa ante este hombre cuando le encontrara y para tener derecho a decirle que es un canalla. ¿Es posible que no te haya aceptado el dinero?

—¡Ah, sí, lo tomaba! —exclamó Mitia—. Pero quería los tres mil de golpe y yo le daba solamente setecientos a cuenta.

—Ahora está todo claro: ¡ha llegado a sus oídos que tengo dinero y por esto ha venido a casarse!

—*Pani Agrippina* —se puso a gritar el *pan*—, *yo soy un caballero, ¡soy un hidalgo polaco, y no un canalla!* Yo soñaba con hacerte mi esposa, pero veo a una *pani* distinta de la de antes, *caprichosa y desvergonzada.*

—¡Pues lárgate por donde has venido! Si ordeno que te echen de aquí ahora mismo, te echarán —gritó fuera de sí Grúshenka—. ¡Qué idiota he sido, qué idiota, torturándome durante cinco años! Pero no, no ha sido por él por lo que yo me he atormentado, ¡ha sido de rabia! ¡Y éste no es él! ¡Acaso él era así? ¡Sin duda es su padre! ¿Dónde te has encargado esta peluca? Aquél era un halcón, éste es un ganso. Aquél se reía y me cantaba canciones. Y yo me he pasado cinco años derramando lágrimas, yo, maldita y estúpida de mí, ruin de mí, ¡indigna!

Se dejó caer en su butaca y se cubrió el rostro con las manos. En ese instante resonó en la estancia contigua de la izquierda el coro de las mozas del lugar, que por fin se habían reunido, y rompía a cantar con una vivísima canción de danza.

—¡Esto es un aquelarre! —vociferó de súbito el *pan* Wrublewski—. Patrón, ¡echa de aquí a esas desvergonzadas!

El dueño de la casa, quien desde hacía largo rato se asomaba con frecuencia y mucha curiosidad por la puerta, al oír gritos, adivinando que los huéspedes reñían, se presentó inmediatamente en el salón.

—¿Qué chillas tú, a grito pelado? —se dirigió a Wrublewski con grosería hasta incomprensible.

—¡Animal! —bramó el *pan* Wrublewski.

—¿Yo, animal? ¿Y tú, con qué cartas has estado jugando, ahora? ¡Te he entregado una baraja y la has escondido! ¡Has estado jugando con cartas señaladas! Por unas cartas señaladas te puedo mandar a Siberia, ¿no lo sabes?, porque es como si falsificaras moneda...

Se acercó al sofá y, metiendo los dedos entre el respaldo y una almohadilla, sacó el juego de cartas nuevo, sin abrir.

—¡Aquí está mi baraja, enterita —la levantó y la mostró a todo el mundo—. Desde allí he visto cómo deslizaba la mía por la rendija y la sustituía por la suya, ¡un fullero eres tú, y no un *pan*!

—Y yo he visto a ese *pan* hacer trampa dos veces —gritó Kalgánov.

—¡Ah, qué verguenza, qué vergüenza! —exclamó Grúshenka, juntando las manos, y en verdad se puso roja de bochorno—. ¡Dios mío, a lo que este hombre ha llegado!

—Ya me lo había figurado —gritó Mitia.

Mas casi no había tenido tiempo de decir estas palabras cuando el *pan* Wrublewski, rabioso y confuso, se dirigió a Grúshenka y amenazándola con el puño le gritó:

—¡Mujer pública!

Antes de que terminara su exclamación, Mitia se lanzó sobre él, le agarró con ambas manos, le alzó en vilo y en un abrir y cerrar de ojos le sacó del salón a la alcoba donde hacía un momento había conducido a los dos polacos.

—¡Ahí lo he dejado, en el suelo! —anunció regresando al momento, sofocado por la emoción—. ¡Cómo pelea, el canalla, ¡pero no creo que vuelva de ahí!...

Cerró una hoja de la puerta y, manteniendo abierta la otra, gritó al pequeño *pan*:

—Noble señor, ¿no tendría usted la bondad de pasar también ahí? ¡Vivo, vivo!

—¡Por Dios, Mitri Fiódorovich! —exclamó Trifón Borísych—, quítales el dinero que te han ganado! Es como si te lo hubieran robado.

—Yo no quiero quitarles mis cincuenta rublos —terció de repente Kalgánov.

—¡Ni yo mis doscientos, tampoco quiero! —gritó Mitia—. Por nada del mundo se los quitaré, ¡que le sirvan de consuelo!

—¡Bravo, Mitia! ¡Estupendo, Mitia! —gritó Grúshenka, y en su exclamación resonó una nota de malignidad terrible.

El pequeño *pan*, purpúreo de rabia, aunque sin perder en lo más mínimo su altiva compostura, se dirigió hacia la puerta; de pronto se detuvo y dijo, mirando a Grúshenka:

—*Pani, si quieres irte conmigo, vámonos; si no, ¡adiós!*

Altivo, resoplando de cólera y de ambición, cruzó la puerta. Era un hombre con pretensiones: ni siquiera después de todo lo sucedido perdía la esperanza de que la *pani* le siguiera, hasta tal punto se valoraba a sí mismo. Mitia cerró tras él de un portazo.

—Enciérrelos con llave —dijo Kalgánov.

Pero el cerrojo dio un chasquido por dentro: se habían apresurado a cerrar ellos mismos.

—¡Bravo! —volvió a gritar, colérica e impaciente, Grúshenka—. ¡Bravo! ¡Es lo que se merecen!

VIII

DELIRIO

EMPEZÓ casi una orgía, un festín por todo lo alto. Grúshenka fue la primera en gritar derramando vino: «Quiero beber, emborracharme como la otra vez, ¿recuerdas, Mitia, recuerdas cómo nos conocimos entonces, aquí?» Mitia estaba como si delirase y presentía «su felicidad». Sin embargo, Grúshenka le apartaba a cada momento de su lado: «Vete, diviértete, diles que bailen, que se alegren todos, que haya jaleo de lo lindo, como la otra vez, ¡como la otra vez!», seguía exclamando.

Su excitación era enorme. Y Mitia se precipitaba a dar órdenes. El coro se había reunido en la estancia contigua. El salón en que hasta entonces habían permanecido era demasiado pequeño y, además, estaba separado en dos partes por una cortina de indiana que disimulaba una enorme cama con edredón y con una pirámide de almohadas con fundas de la misma tela.

Camas, las había en cada una de las cuatro habitaciones «buenas» de la casa. Grúshenka se acomodó junto a la puerta, allí le colocó Mitia la butaca: exactamente del mismo modo había estado sentada «entonces», el día de su primera farra en aquel lugar, y desde el mismo sitio contemplaba el coro y las danzas. Las mozas que se habían reunido también eran las mismas: acudieron los judíos con sus violines y cítaras, y por fin llegó asimismo la tan esperada troika con su carga de vinos y provisiones. Mitia no paraba un momento. No dejaban de acudir mirones, mujíks y mujerucas que ya se habían acostado a dormir, pero que se habían despertado y olisqueaban un convite extraordinario, como un mes antes. Mitia saludaba y se abrazaba con los conocidos, rememoraba fisonomías, descorchaba botellas y servía champaña a todo el mundo, sin mirar a quién. Con el champaña sólo se engolosinaban las mozas; los mujíks, en cambio, preferían el ron y el coñac, y, sobre todo, el ponche caliente. Mitia ordenó que hicieran chocolate para todas las mozas y que se mantuvieran tres samovares hirviendo toda la noche para té y ponche a disposición de todos los que llegasen: el que quisiera, que se sirviese. En una palabra, empezó algo desordenado y absurdo, pero Mitia parecía encontrarse en su elemento natural y cuanto más absurdo se volvía todo, más animado se sentía. Si en aquel momento algún mujik le hubiese pedido dinero, Mitia habría sacado sin vacilar su fajo de billetes y se habría puesto a distribuirlos a derecha e izquierda sin contar. A ello se debía, probablemente, que para velar por Mitia no dejara de dar vueltas a su alrededor, casi sin separarse de él ni un momento, el hospedero, Trifón Borísych, quien, al parecer, había decidido ya no acostarse a dormir en toda la noche, pese a que había bebido poco (un vasito de ponche y nada más), y cuidaba celosamente, a su manera, de los intereses de Mitia. En los momentos precisos le detenía con gesto dulce y servil, le sermoneaba, no le dejaba que ofreciera, como «entonces», «cigarros y vino del Rin» a los mujíks, y mucho menos dinero, ¡Dios nos libre! Se indignaba de que las mozas bebieran licores y comieran bombones y caramelos: «Son todas unas piojosas, Dmitri Fiódorovich —decía—; yo les daría un puntapié a cada una y encima les mandaría que lo tuviesen por un honor, ¡es lo único que se merecen!» Mitia se acordó una vez más de Andriéi y mandó que le llevaran un ponche. «Le he ofendido, hace poco», repetía con débil y enternecida voz. Kalgánov no quería beber; al principio, el coro de las mozas no le gustó nada; mas, después de haber tomado unas dos copas de champaña, se alegró terriblemente, se puso a dar zancadas por la estancia, se reía y lo alababa todo y a todos, canciones y música. Maxímov, feliz y achispado, no le dejaba un momento. Grúshenka, a la que el champaña también empezaba a subírsele a la cabeza, hablando con Mitia, señalaba sin cesar a Kalgánov, y decía: «¡Qué simpatiquísimo, qué muchacho más encantador!» Entonces Miria corría entusiasmado a besar a Kalgánov y a Maxímov. Oh, era mucho lo que presentía; ella aún no le había dicho nada especial y hasta, por lo visto, esperaba adrede a hacerlo; sólo de vez en cuando le lanzaba una mirada acariciadora y ardiente. Por fin le tomó de la mano y le atrajo con fuerza hacia sí. Estaba sentada en la butaca, junto a la puerta:

—Cómo entraste de aquel modo, ¿eh? ¡Cómo entraste!... Me asusté. Querías dejar que ese hombre me llevara, ¿eh? ¿Es posible que lo desearas?

—¡No quería destruir tu felicidad! —balbuceó Mitia, rebosante de dicha.

Pero ella ni necesitaba la respuesta.

—Bueno, vete..., diviértete —volvió a apartarle de su lado—, pero no te aflijas, volveré a llamarte.

Él se alejó, y ella se puso de nuevo a escuchar las canciones, a contemplar las danzas, a la vez que le seguía con la mirada donde quiera que Mitia estuviese; pero transcurrido un cuarto de hora, le hizo un signo para que se le acercase y él volvió a acudir presuroso.

—Ahora siéntate a mi lado y explícame cómo te enteraste ayer de mi venida aquí; ¿quién te dio la primera noticia?

Mitia empezó a contárselo todo, con calor, aunque con poca ilación, desordenadamente, y, cosa rara, a menudo se interrumpía frunciendo el ceño.

—¿Por qué pones cara hosca? —preguntaba ella.

—No es nada... He dejado allí a un enfermo. Si recuperara la salud... ¡por saber que se curará, daría yo diez años de mi vida!

—Bueno, que Dios le valga, si está enfermo. ¿De veras querías pegarte un tiro mañana, so tonto? ¿Y por qué? Me gustan los que son como tú, irrazonables —le musitaba ella con la lengua pesada—. ¿Así, pues, por mí estás dispuesto a todo? ¿De veras? ¿Pero es posible que tú, tontín, de verdad quisieras pegarte un tiro? No, por ahora espera, mañana te diré, quizás, una palabrita... Hoy no te la diré, mañana. ¿Preferirías que fuese hoy? No, hoy yo no quiero... Bueno, vete, ahora vete, diviértete.

Una vez, sin embargo, ella le llamó como sorprendida y preocupada.

—¿Por qué estás triste? Veo que estás triste... Oh, sí, lo veo —añadió, mirándole fijamente a los ojos—. Aunque te besas con los mujiks y gritas, yo noto algo. Ea, ponte alegre, yo lo estoy, alégrate tú también... Aquí hay una persona a la que quiero, ¿adivinas quién es?... Ay, mira: mi muchacho se ha dormido, ha pillado una turca, el encanto.

Se refería a Kalgánov, quien, realmente, se había emborrachado un poco y se había dormido por unos momentos sentado en el diván. Y no se había dormido sólo por los efectos del alcohol; de pronto, sin saber por qué motivo, se sintió triste o, como decía él, «aburrido». Habían acabado por disgustarle en gran manera las canciones de las muchachas, que poco a poco, con el mucho beber, habían empezado a mostrarse ya en demasía lascivas y descocadas. Lo mismo ocurría con las danzas: dos mozas se habían disfrazado de oso, y Stepanida, una de las más vivarachas, con un palo en la mano, a modo de domadora, las «exhibía». «Más ligera, María —gritaba—; si no, ¡te doy con el palo!» Los osos, al fin, rodaron por el suelo de madera de modo verdaderamente indecente, entre las estrepitosas carcajadas de un abigarrado público de mujerucas y mujiks, que formaban una apretada muchedumbre. «Bueno, que se diviertan, que se diviertan —decía Grúshenka sentenciosamente y con una expresión de felicidad en el rostro—; han encontrado quien dé dinero para que se diviertan, ¿por qué no lo han de aprovechar?» En cambio, Kalgánov miraba como si se hubiese ensuciado. «Toda esta diversión popular es una porquería —observó, apartándose—; éstos son sus juegos de primavera, cuando quieren conservar el sol para toda la noche estival.» Le desagradó en particular una «nueva» cancioncita, con refrán cantado y bailado a ritmo muy vivo, y que trataba de cómo un señor iba de viaje y sondeaba el corazón de las muchachas:

> Preguntaba el señor a las muchachas:
> ¿Me queréis, mozas, o no me queréis?

A las muchachas les parecía que no debían amar al señor:

> El señor me pegaría,
> y yo no le amaría.

Pasó luego un gitano, y también:

> Preguntaba el gitano a las muchachas:
> ¿Me queréis, mozas, o no me queréis?

Pero tampoco era posible amar al gitano:

> El gitano robará,
> y yo mucho sufriré.

Y así pasaron muchos hombres, que interrogaron a las muchachas; incluso un soldado:

> Pregunta el soldado a las muchachas:
> ¿Me queréis, mozas, o no me queréis?

Pero al soldado lo rechazaron con desprecio:

> El soldado llevará su macuto,
> y yo tras él...

Siguieron a continuación los versos más obscenos, que fueron cantados sin el menor rebozo y acogidos con delirante entusiasmo por el público. La historia se acabó, al fin, con un mercader:

> Preguntaba el mercader a las muchachas:
> ¿Me queréis, mozas, o no me queréis?

Y resultó que le quisieron mucho, porque, al parecer:

El mercader comerciará
y seré yo quien reinará.

Kalgánov hasta se irritó:

—Esta es una canción de ahora —comentó en alta voz—, ¡quién habrá escrito eso! No falta más que pase un empresario de ferrocarriles o un judío y que interroguen también a las muchachas: éstos vencerían a todos.

Y, casi ofendido, declaró a continuación que se aburría, se sentó en el sofá y se durmió al instante. Su linda carita, un poco pálida, se reclinó sobre la almohadilla.

—Mírale, qué guapito —decía Grúshenka, conduciendo hacia él a Mitia—; no hace mucho me entretenía pasándole la mano por los cabellos; los tiene como de lino, espesos...

Se inclinó sobre él y le besó la frente con ternura. Kalgánov abrió los ojos, lanzó una mirada a Grúshenka, se incorporó y con aire de gran preocupación preguntó: «¿Dónde está Maxímov?»

—Ya ves a quién necesita —Grushenka se echó a reír—. Siéntate un poco conmigo, hombre, Mitia, vete a buscarle a su Maxímov.

Resultó que Maxímov ya no se alejaba del lado de las mozas: sólo de vez en cuando se apartaba unos momentos para servirse una copita de licor; había bebido también dos tazas de chocolate. Se le había puesto la cara roja, la nariz purpúrea; tenía los ojos húmedos, lascivos. Acudió enseguida y anunció que «al son de una sencilla melodía» quería bailar la *sabotière*.

—Cuando yo era niño, ¿saben?, me enseñaron todos esos bailes mundanos de buen tono...

—Hala, hala; vete con él, Mitia, yo le contemplaré desde aquí.

—Yo voy a mirarle de cerca —exclamó Kalgánov, rechazando de la manera más cándida la propuesta que le hacía Grúshenka de permanecer un rato con ella.

Todos se fueron a mirar. Maxímov bailó realmente su danza, pero no despertó especial entusiasmo en nadie, excepción hecha de Mitia. La danza no consistía en otra cosa que en unos saltitos con giros de piernas hacia los lados, levantando las suelas; a cada salto, golpeaba Maxímov una suela con la mano. A Kalgánov no le gustó nada, pero Mitia hasta besó al bailarín.

—Bueno, gracias; estarás cansado, ¿eh? Qué miras ahí: ¿quieres un caramelo? ¿Quizá deseas un cigarro?

—Un cigarrillo.

—¿No quieres beber nada?

—Ya me he servido un poquito de licor... ¿No tendrían bombones de chocolate?

—Mira, hay una carretada sobre la mesa, ¡elige el que quieras, alma de palomo!

—No, yo quisiera de los que tienen vainilla... de esos que son para los viejos... ¡Ji-ji!

—No hermano; de esos especiales no hay.

—¡Escuche! —el vejete se inclinó de pronto hasta la mismísima oreja de Mitia—. Esa muchacha, María, Máriushka, ji-ji, no podría presentármela usted que es tan bueno, si es posible...

—¡Vaya lo que le apetece! No, hermano, te equivocas.

—Pero, si no hago daño a nadie —balbuceó Maxímov, desalentado.

—Bueno, está bien, está bien. Aquí, hermano, sólo se bebe y se baila, aunque de todos modos, ¡demonio! Espera... Por ahora bebe, come, canta, diviértete. ¿No necesitas dinero?

—Quizá después —se sonrió Maxímov.

—Está bien, está bien...

Mitia notaba que le ardía la cabeza. Salió al zaguán y subió a la galería de madera que circundaba una parte del edificio por el lado del patio. El aire fresco le despejó. Estaba sólo en un ángulo oscuro; de súbito se agarró la cabeza con ambas manos. Sus dispersos pensamientos se unieron de pronto, las sensaciones se fundieron en un todo y el conjunto dio luz. ¡Terrible, espantosa luz! «Si he de pegarme un tiro, ¿cuándo mejor que ahora? —pasó por su mente—. Es cuestión de ir a buscar la pistola, traerla aquí y acabar en este mismo rincón, sucio y oscuro.» Permaneció casi un minuto indeciso. Cuando volaba hacia Mókroie, no hacía mucho, dejaba a su espalda el oprobio, el robo cometido ya por él, y aquella sangre, ¡la sangre!... Pero entonces la situación era más sencilla. ¡Oh, más sencilla! Entonces todo se había terminado: había perdido a esa mujer, la había cedido; para él Grushenka había dejado de existir, había desaparecido. Oh, la sentencia le resultaba más soportable entonces; por lo menos le parecía inevitable, necesaria, pues ¿para qué iba él a permanecer en este mundo? ¡Pero ahora! ¿Acaso la situación era la misma? Ahora había terminado por lo menos con uno de los espectros, que era terrible: el «antiguo» de Grúshenka, su hombre indiscutible y fatal, había desaparecido sin dejar rastro. El pavoroso espectro se había convertido de pronto en algo pequeño, cómico; lo habían llevado en vilo a la alcoba y lo habían encerrado bajo llave. No volvería jamás; Grúshenka se avergonzaba, y en sus ojos Mitia veía ya con claridad a quién amaba ella. Bueno, ahora sólo sería cuestión de vivir y... y vivir no es posible, no es posible, ¡oh maldición! «¡Dios mío, devuelve la vida al hombre abatido junto a la valla! ¡Haz que pase de largo, ante mí, este espantoso cáliz! ¡Tú has hecho ya, Señor, milagros para otros pecadores como yo! ¡Oh, si el viejo vive, si vive! En este caso, acabaré con la vergüenza del oprobio restante, devolveré el dinero robado, lo restituiré, lo sacaré de bajo tierra... No quedarán ni huellas de la vergüenza, si no es en mi corazón, para toda la vida. Pero no, no, ¡oh, imposibles sueños cobardes! ¡Oh, maldición!»

De todos modos, creyó percibir como un destello de luminosa esperanza en la oscuridad. Se apartó a toda prisa de aquel lugar y se lanzó hacia la estancia donde se encontraba ella, corrió otra vez a su lado, ¡hacia su reina para siempre! «¿Acaso una hora, un minuto de su amor no valen toda la vida restante, aunque transcurra ésta entre los tormentos del deshonor?» Esta insólita idea se le apoderó del corazón. «¡Hacia ella, hacia ella sola, para verla, para escucharla sin pensar en nada, olvidado de todo aunque sólo sea por esta noche, por una hora, por un instante!» Frente a la entrada del zaguán, hallándose aún en la galería, se topó con el hospedero, Trifón Borísych, a quien Mitia vio sombrío, preocupado y como si le estuviera buscando.

—¿Me estabas buscando a mí, Borísych?

—No, a usted no —el posadero se turbó—; ¿por qué debería de ir yo a buscarle? Pero... ¿dónde estaba usted?

—¿Qué te pasa, que tienes una cara tan hosca? ¿Estás enojado, quizá? Espera, pronto irás a dormir... ¿Qué hora es?

—Por lo menos son las tres. Seguramente algo más.

—Terminamos, terminamos.

—No se preocupe, no es nada. Quédense cuanto quieran.

«¿Qué le pasará?», pensó Mitia, y entró presuroso en la estancia donde las mozas danzaban. Pero ella no estaba allí. Tampoco se encontraba en el cuarto azul, donde se hallaba sólo Kalgánov, dormido en el sofá. Mitia miró tras la cortina; allí estaba Grúshenka, sentada sobre un baúl, en un rincón, con los brazos y la cabeza apoyados en la cama, llorando amargamente, procurando con todas sus fuerzas dominarse, ahogando el llanto para que nadie la oyera. Al ver a Mitia, le hizo una señal para que se le acercara, y entonces le tomó la mano y se la estrechó con toda el alma entre las suyas.

—¡Mitia, Mitia, yo amaba a ese hombre! —empezó a decirle en un susurro—. Le he amado tanto durante esos cinco años, ¡todo este tiempo, todo! ¿Le amaba a él, o amaba sólo mi rencor? ¡No, a él! ¡Miento cuando digo que amaba sólo mi rencor, y no a él! Mitia, ¿comprendes?, entonces yo tenía diecisiete años, y él era conmigo tan cariñoso, tan jovial, me cantaba canciones... O quizá sólo me parecía así porque era yo una boba, una chiquilla... En cambio, ahora, ¡oh, Dios mío!, no es él, no es el mismo hombre. Tampoco la cara es la misma, no es él en absoluto. Ni le he reconocido al verle. Venía yo hacia aquí con Timofiéi y en todo el camino me preguntaba: «¿Cómo le encontraré, qué le diré, cómo nos miraremos uno al otro?...» El alma se me encogía, y ha sido como si él me hubiera echado encima un cubo de agua sucia. Me ha hablado como un maestro de escuela: con palabras tan sabias, tan importantes, me ha recibido dándose tanto tono, que me he quedado desconcertada. No había modo de que yo dijera nada. Al principio he pensado que él se sentía incómodo por la presencia de ese otro polaco tan largo. Yo estaba sentada, los miraba y me decía: ¿por qué ahora no sé hablar de nada con él? ¿Sabes?, ha sido su mujer la que le ha estropeado, aquella por la que entonces me dejó a mí y con la que se casó... Ha sido ella la que le ha cambiado. ¡Mitia, qué vergüenza! ¡Oh, me da vergüenza a mí, Mitia, me da vergüenza, ¡oh!, ¡me avergüenzo de toda mi vida!

¡Malditos años, malditos sean todos esos cinco años, malditos!

Otra vez le brotaron las lágrimas a raudales, pero no soltaba la mano de Mitia, se agarraba a ella firmemente.

—Mitia, cariño, espera, no te vayas, quiero decirte una palabrita —balbuceó de súbito, levantando la cara—. Escucha, dime tú quién es el hombre al que yo amo —en su rostro hinchado por las lágrimas brilló una sonrisa, los ojos le refulgieron en la semioscuridad—. No hace mucho entró un halcón y mi corazón dejó de latir. «Tonta de ti, si es aquel a quien amas», balbuceó el corazón al instante. Entraste tú y lo iluminaste todo. «¿De qué tendrá miedo?», pensé. Pues tú estabas atemorizado, completamente atemorizado, ni sabías hablar. «No se habrá asustado por ellos, pensé; ¿acaso puedes asustarte tú de alguien? «Es a mí a quien teme, sólo a mí». Porque Fienia te ha contado a ti, tontín, cómo había gritado yo a Aliosha, por la ventana, que había amado una horita a Mítienka, y que iba a amar... a otro. Mitia, Mitia, ¡cómo pude pensar yo, estúpida, que amaba a otro después de ti! ¿Me perdonas, Mitia? ¿Me perdonas? ¿Me quieres? ¿Me quieres?

Se levantó vivamente y le puso las manos en los hombros. Mitia, a quien la felicidad no dejaba articular palabra, le miraba los ojos, la cara, su sonrisa, y de pronto, estrechándola entre sus brazos, la cubrió de besos.

—¿Me perdonas que te haya hecho sufrir tanto? A todos os he atormentado por despecho. ¿Sabes?, al viejo le he vuelto loco por despecho adrede... ¿Recuerdas que una vez bebiste en mi casa y luego rompiste la copa? A mí no se me ha borrado de la memoria, y hoy también he roto una copa después de beber «por mi vil corazón». Mitia, halcón querido, ¿por qué no me besas? Me has besado una vez y te has detenido, miras, escuchas... ¡Vaya cosa, escucharme! Bésame, bésame más fuerte, así. ¡Si se ama, que sea de verdad! Ahora seré tu esclava, ¡esclava para toda la vida! ¡Qué dulce ser esclava!... ¡Bésame! Golpéame, tortúrame, haz de mí lo que quieras... Ah, sí, merezco que me torturen... ¡Alto! Espera, luego, así no quiero... —de repente le rechazó—. Vete, Mitia, ahora iré a beber, quiero emborracharme, iré a bailar borracha, ¡quiero hacerlo, quiero hacerlo!

Se desprendió de sus brazos y salió de detrás de la cortina.

Mitia salió tras ella como embriagado. «Ahora no importa lo que ocurra, no importa, por un solo minuto doy el mundo entero», pensó un momento. Grúshenka vació realmente otra vaso de champaña, que se bebió de un golpe y que le hizo mucho efecto. Se sentó en la butaca, donde antes, con una sonrisa de beatitud. Le ardían las mejillas, se le encendieron los labios, se le pusieron turbios los centelleantes ojos, su mirada apasionada era como un grito. Incluso Kalgánov notó como una mordedura en el corazón y se acercó a Grúshenka.

—¿Has sentido el beso que te he dado hace unos momentos, mientras dormías? —le dijo en voz baja—. Ahora estoy borracha, eso es... ¿Tú no te has emborrachado? Y Mitia, ¿por qué no bebe? ¿Por qué no bebes, Mitia? Yo he bebido y tú no...

—¡Borracho! Ya lo estoy... estoy borracho de ti y ahora también quiero estarlo de vino.

Se bebió otro vaso y a él mismo le pareció raro que sólo este último vaso le emborrachara; se emborrachó de golpe, mientras que hasta entonces se había mantenido lúcido, lo recordaba. Desde ese instante, todo se puso a dar vueltas en torno suyo como cuando se delira. Caminaba, se reía, charlaba con todos y era como si no se diera cuenta de lo que hacía. Un solo sentimiento, inmóvil y abrasador, se dejaba sentir en él a cada instante «como si tuviera un ascua en el alma», recordó más tarde. Se acercaba a Grúshenka, se sentaba a su lado, la contemplaba, la escuchaba... Ella, por su parte, se había vuelto terriblemente locuaz, llamaba a todo el mundo; de pronto hacía un signo a alguna de las mozas del coro y cuando la tenía a su lado la besaba y la dejaba volverse a su sitio, a veces se limitaba a hacerle la señal de la cruz con la mano. Un momento más y podía echarse a llorar. También la divertía mucho el «viejales», como llamaba ella a Maxímov. A cada instante acudía éste a besarle las manitas «y cada uno de los deditos», y al final bailó aun otra danza al compás de una vieja canción que cantó él mismo. Bailó con singular ardor la parte del refrán:

> El cerdito hace jriu-jriu, jriu-jriu,
> la ternerita, mu-mu, mu-mu,
> el patito, cua-cua, cua-cua,
> el gansito, ga-ga, ga-ga.

La gallinita se paseaba por la yerbecita,
tiuriu, riu-riu, cloqueaba,
¡ay, ay, cloqueaba!

—Dale alguna cosa, Mitia —decía Grúshenka—, regálale algo, que es pobre. ¡Ah, los pobres, siempre humillados!... ¿Sabes, Mitia? Voy a entrar en un convento. Sí, sí, algún día lo haré. Hoy Aliosha me ha dicho palabras que no olvidaré en toda la vida... Sí... Pero hoy es cuestión de bailar. Mañana, al monasterio, pero hoy bailemos. Quiero hacer locuras, buena gente, ¿y qué importa?, Dios me perdonará. Si yo fuera Dios, perdonaría a todo el mundo, diría: «Simpáticos pecadores míos, desde hoy os perdono a todos.» Yo iré a pedir perdón: «Perdonad, buena gente, a una pobre mujer, a una tonta, eso.» Lo que soy yo es una fiera, eso. Pero quiero rezar. Yo he dado una cebolla. ¡Una malvada como yo, y tiene ganas de rezar! Mitia, déjales bailar, no estorbes. Todos los hombres de la tierra son buenos, todos, hasta el último. Se está bien en el mundo. Aunque nosotros somos malos, en el mundo se está bien. Somos malos y buenos, somos a la vez malos y buenos... Decidme, os pregunto a todos: acercaos, yo pregunto: decidme sólo una cosa, ¿por qué soy yo tan buena? Porque yo soy buena, yo soy muy buena... Bien, pues: ¿por qué soy tan buena?

Así balbuceaba Grúshenka, cada vez más y más borracha; al fin declaró que quería bailar enseguida. Se levantó de la butaca y se tambaleó.

—Mitia, no me des más vino, aunque lo pida no me lo des. El vino no tranquiliza. Todo rueda, ahora; la estufa, todo. Quiero bailar. Que miren todos cómo bailo yo... lo bien, lo magníficamente que bailo...

La intención era seria: Grúshenka se sacó del bolsillo un blanco pañuelito de batista y con la mano derecha lo tomó por una punta, para agitarlo al bailar. Mitia empezó a ir de un sitio para otro, las mozas se callaron preparándose para romper a cantar en coro una danza a la primera señal. Maxímov, al enterarse de que Grúshenka en persona quería bailar, se puso a chillar de entusiasmo e iba a situarse ante ella dando saltitos y canturreando:

Finas las piernas, anchas las caderas,
y la colita en caracol.

Pero Grúshenka le apartó agitando el pañuelo:

—¡Chis-s! Mitia, ¿por qué no vienen? Que vengan todos... a mirar. Llama también a aquéllos, a los que están encerrados... ¿Por qué los encerraste? Diles que voy a bailar, que miren también ellos cómo bailo yo...

Mitia, con el paso vacilante de un borracho, se acercó a la puerta cerrada y empezó a golpear a puñetazos llamando a los *panowie*.

—Eh, vosotros... ¡los Podwysocki! Salid, ella quiere bailar, os llama.

—*Lajdak!* (canalla) —gritó en respuesta uno de los polacos.

—¡Pues tú ni a *lajdak* llegas! Tú no eres más que un minúsculo canallita, esto es lo que tú eres.

—Si dejarais de burlaros de Polonia —observó sentenciosamente Kalgánov, bebido también más de lo que sus fuerzas le permitían.

—¡Cállate, niño! Si le he llamado canalla, eso no significa que haya llamado canalla a toda Polonia. Un *lajdak* no es Polonia. Cállate, niño guapito, toma un bombón.

—¡Ah, qué gente! No parecen personas. ¿Por qué no quieren hacer las paces? —dijo Grúshenka, y se adelantó para bailar.

El coro retumbó: «Oh, mi casita, querida casita mía.» Grúshenka irguió la cabeza, entreabrió los labios, se sonrió, agitó el pañuelo y de súbito, tambaleándose fuertemente en el mismo sitio, se quedó pasmada en medio de la estancia.

—Estoy débil... —articuló con voz fatigada—, perdonad, estoy débil, no puedo... Perdón...

Hizo una reverencia al coro, luego siguió haciendo reverencias mirando sucesivamente a los cuatro costados y diciendo:

—Perdón... Perdónenme...

—La señorita ha bebido, ha bebido la guapa señorita —dijeron unas voces.

—Se ha emborrachado, ji-ji —explicó a las mozas Maxímov, riéndose.

—Mitia, llévame de aquí... sosténme, Mitia —dijo Grúshenka con la voz apagada.

Mitia se precipitó hacia ella, la tomó en brazos y corrió con su preciosa carga tras la cortina. «Bueno, ahora sí me voy»,

[661]

pensó Kalgánov, y saliendo del cuarto azul cerró tras sí la puerta. Pero, en la sala, el festín proseguía con gran ruido, que aún se hizo más ensordecedor. Mitia puso a Grúshenka sobre la cama y le dio un apasionado beso en la boca.

—No me toques... —le susurró ella con voz suplicante—, no me toques, mientras no sea tuya... He dicho que sería tuya, pero tú no me toques... ten piedad... Estando ésos ahí, tan cerca, no es posible. Él está ahí. Sería abominable...

—¡Obedezco! No razono... ¡te venero!... —balbuceó Mitia—. Sí, aquí sería abominable, oh, abyecto —y sin soltarla de sus brazos, se dejó caer de rodillas al suelo, junto a la cama.

—Ya sé que tú, aunque una fiera, eres noble —articuló con fatiga Grúshenka—; es necesario que eso sea honesto... en adelante lo será... y también nosotros lo seremos, para ser buenos y no fieras, para ser buenos... Llévame de aquí, llévame lejos, ¿oyes?... Aquí no quiero, sino lejos, muy lejos...

—¡Oh, sí, sí, sin falta! —Mitia la estrechaba entre sus brazos—. Te llevaré de aquí, volaremos... ¡Oh, daría toda la vida por un año, con tal de saber lo que ha pasado con esa sangre!

—¿Qué sangre? —preguntó sorprendida Grúshenka.

—¡No es nada! —respondió Mitia con rechinar de dientes—. Grúshenka, tú quieres que nuestra vida sea honesta, pero yo soy un ladrón. He robado dinero a Katia... ¡Qué vergüenza, qué vergüenza!

—¿A Katia? ¿A la señorita? No, tú no has robado. Devuélveselo, tómalo del mío... ¿Por qué gritas? Ahora todo lo mío es tuyo. ¿Para qué queremos el dinero? De todos modos lo vamos a gastar en francachelas... ¡Buenos somos tú y yo para no malgastarlo! Mejor será que nos dediquemos a labrar la tierra. Quiero remover la tierra con estas manos. Es necesario trabajar, ¿me oyes? Aliosha lo ha mandado. Yo no seré tu amante, seré tu mujer fiel, seré tu esclava, trabajaré para ti, iremos los dos a ver a la señorita, nos inclinaremos para que nos perdone y nos iremos. Si no nos perdona, también nos iremos. Llévale a ella el dinero y ámame a mí... A ella no la ames. No la ames más. Si la amas, la estrangularé... Le sacaré los dos ojos con una aguja...

—Te amo a ti, sólo a ti, te amaré en Siberia...

—¿Por qué en Siberia? Bueno, también en Siberia, si quieres, da lo mismo... trabajaremos... en Siberia hay nieve... A mí me gusta viajar por la nieve... y que suenen los cascabeles... ¿Oyes? Suenan cascabeles... ¿Dónde sonarán? Será que pasan unos viajeros... ya no se oyen.

Cerró los ojos, sin fuerzas, y de pronto pareció que se dormía por unos momentos. Una campanilla había resonado a lo lejos, en efecto, y de pronto dejó de sonar. Mitia reclinó la cabeza sobre el pecho de la mujer. No se dio cuenta de que la campanilla había dejado de tintinear, pero tampoco se dio cuenta que súbitamente se interrumpían las canciones y de que en lugar de los cantos y de la algarabía que levantaban los borrachos, se extendió por toda la casa, como repentinamente, un silencio de muerte. Grúshenka abrió los ojos.

—¿Qué ocurre, he dormido? Sí... unos cascabeles... He dormido y he visto en sueños que iba en trineo por la nieve... tintineaban los cascabeles y yo dormía, iba con mi amado, contigo, lejos, muy lejos... Te abrazaba y te besaba, me apretaba contra ti, como si tuviera frío, la nieve brillaba... ¿Sabes? Era como si la nieve brillara de noche, a la luz de la luna, y como si no me encontrara en la tierra... Me he despertado y mi amor está aquí, qué bien...

—A tu lado —balbuceó Mitia besándole el vestido, el pecho, las manos.

De pronto tuvo una impresión extraña: le pareció que ella miraba de frente, pero no a él, no a su cara, sino por encima de su cabeza, de manera fija, con una inmovilidad rara. La sorpresa, casi el miedo, se reflejó de súbito en el rostro de la mujer.

—Mitia, ¿quién nos está mirando desde ahí? —balbuceó Grúshenka de súbito.

Mitia se volvió y vio que, en efecto, alguien había corrido la cortina y, al parecer, los estaba mirando. Habríase dicho, además que no había ahí una persona sola. Mitia se levantó bruscamente y se dirigió, rápido, hacia el mirón.

—Venga acá, tenga la bondad de venir hacia donde estamos nosotros —le dijo una voz; era una voz suave, pero firme y autoritaria.

Mitia salió de detrás de la cortina y se quedó inmóvil. Toda la estancia se encontraba llena de gente, pero no de la de antes, sino totalmente nueva. Un escalofrío instantáneo le recorrió la espalda. Mitia se sobresaltó. En un momento había reconocido a todos aquellos individuos. Este viejo alto y corpulento, que lleva abrigo y gorra con escarapela, es el jefe de policía del distrito, Mijaíl Makárych. Este «tísico», gomoso y atildado, «siempre con unas botas altas tan relucientes, es el vicefiscal. «Posee un cronómetro de cuatrocientos rublos, me lo enseñó.» Y ese jovencito con gafas, de pequeña estatura... Mitia no recuerda cómo se llama, pero sabe quién es, le ha visto: es el juez de instrucción; «de la Escuela de Jurisprudencia», llegado no hace mucho. Y el de más allá es el subcomisario de policía rural, Mavriki Mavríkich; a ése sí le conoce, le conoce muy bien. Bueno, pero y los otros, los que llevan chapas de metal. ¿A qué han venido? Y hay aún dos mujíks... Ahí, junto a la puerta, están Kalgánov, y Trifón Borísych...

—Señores... ¿Qué pasa, señores? —dijo Mitia, pero de repente, como enajenado, como si no fuera el mismo, exclamó en voz alta, a pleno pulmón—: ¡Compren-n-do!

El joven con gafas avanzó hacia Mitia y empezó a decir apresurándose un poco, si bien con gravedad:

—Tenemos hacia usted... en una palabra, le ruego que se siente en este lugar, en el sofá... Tenemos la obligación imperiosa de hacerle algunas preguntas.

—¡El viejo! —gritó Mitia, exaltado—. ¡El viejo y su sangre!... ¡Compren-n-do!

Y como si las piernas no pudieran sostenerle, se dejó caer en una silla que tenía al lado.

—¿Comprendes? ¡Has comprendido! ¡Parricida y monstruo, la sangre de tu viejo padre clama contra ti! —vociferó de repente, acercándose a Mitia, el viejo jefe de policía. Estaba furioso, rojo y trémulo de cólera.

—¡Pero esto es imposible! —gritó el hombrecillo de pequeña estatura—, Mijaíl Makárych, ¡Mijaíl Makárych! Esto no es así, ¡no es así!.. Le ruego que me permita hablar a mí solo... Jamás habría sospechado de usted que se comportara de este modo...

—¡Esto es inconcebible, señores, es inconcebible! —exclamó el jefe de policía—. Miradle: de noche, borracho, con una mujer disoluta y cubierto con la sangre de su padre... ¡Esto es inconcebible! ¡Es inconcebible!

—Le suplico con la mayor insistencia, muy estimado Mijaíl Makárych, que refrene esta vez sus sentimientos —susurró apresuradamente al viejo el vicefiscal—; en caso contrario me veré obligado a tomar...

Pero el pequeño juez de instrucción no le dejó terminar; se dirigió a Mitia y profirió gravemente, con voz alta y firme:

—Señor teniente retirado Karamázov, he de declararle que se le acusa de la muerte de su padre, Fiódor Pávlovich Karamázov, asesinado esta noche...

Añadió algunas otras palabras; también el vicefiscal dijo alguna cosa, al parecer; pero Mitia, aunque escuchaba, no los entendía. Los contemplaba a todos con una mirada salvaje...

Libro noveno

INSTRUCCIÓN DEL SUMARIO

I

EL FUNCIONARIO PERJOTIN
COMIENZA A HACER CARRERA

Piotr Ilich Perjotin, a quien dejamos aporreando con todas sus fuerzas el sólido portalón cerrado de la casa de Morózova, la mercadera, consiguió, claro está, que por fin le abrieran. Al oír aquellos furiosos golpes, Fienia que tanto se había asustado dos horas antes y que aún no se había acostado debido a su agitación y a sus «cavilaciones», volvió a sentirse aterrorizada y estuvo a punto de sufrir un ataque de nervios: se imaginó que otra vez llamaba Dmitri Fiódorovich (a pesar de haberle visto partir con sus propios, ojos), pues nadie si no él podía llamar tan «insolentemente». Corrió hacia el portero, que ya se había despertado e iba a ver quién daba aquellos portazos, y empezó a suplicarle que no abriera. Mas éste interrogó al que llamaba, y enterado de quién era y que quería ver a Fedosia Márkovna por un asunto de extremada importancia, decidió abrirle al fin. Habiendo entrado en casa de Fedosia Márkovna —también en la cocina—, después de haber accedido al ruego de la joven de que el portero estuviese presente en la entrevista «para evitar malas interpretaciones», Piotr Ilich comenzó a interrogarla y en un instante comprendió lo más importante: o sea, que Dmitri Fiódorovich, al salir corriendo en busca de Grúshenka, se había llevado la mano de almirez, pero volvió sin ella, aunque con las manos manchadas de sangre. «¡Y la sangre aún goteaba, le iba goteando de las manos, goteando!», exclamaba Fienia, por lo visto creando en su conturbada imaginación ese terrible detalle. Piotr Ilich en persona había visto aquellas manos ensangrentadas, aunque no gotearan, y había ayudado a lavarlas, pero la cuestión no estaba en si se habían secado o no pronto, sino en saber adónde había corrido Dmitri Fiódorovich con aquel instrumento, si realmente había ido a casa de Fiódor Pávlovich, y qué podía inferirse con certeza de semejante conclusión. Piotr Ilich insistió circunstancialmente sobre este punto, y a pesar de que al final no llegó a enterarse de nada en firme, quedó casi convencido de que Dmitri Fiódorovich no había podido dirigirse a ninguna parte si no era a casa de su padre, donde, por tanto, debía de haber ocurrido *algo* forzosamente. «Cuando volvió —añadía Fienia, muy agitada— y se lo hube confesado todo, empecé a preguntarle: Por qué, mi buen Dmitri Fiódorovich, tiene usted las manos ensangrentadas», y al parecer él le había respondido que aquella sangre era humana y que acababa de matar a una persona. «Así lo reconoció, así me lo ha confesado aquí mismo, y de pronto huyó corriendo como un loco. Yo me senté y me pregunté: ¿hacia dónde habrá ido corriendo ahora ese loco? Irá a Mókroie, pensaba, y allí matará a la señora. Salí a toda prisa para suplicarle que no lo hiciera, creía encontrarle aún en su casa, pero delante de la tienda de los Plotnikov le vi ya a punto de partir y con las manos lavadas» (Fienia se había fijado en ello y lo recordaba). La vieja abuela de Fienia confirmó en lo que pudo las declaraciones de su nieta. Después de haber preguntado aún alguna cosa, Piotr Ilich salió de la casa más agitado e inquieto que cuando había entrado en ella.

Parecía que lo más sencillo y rápido para él habría sido dirigirse entonces a casa de Fiódor Pávlovich y enterarse de si había sucedido allí alguna cosa y, en caso afirmativo, de qué se trataba para ir después, y sólo después, cuando ya no hubiera lugar a dudas, a ver al jefe de policía, cosa ya decidida por Piotr Ilich. Pero la noche era oscura, el portalón de Fiódor Pávlovich sólido; otra vez se vería obligado a llamar con estrépito, a aquel hombre le conocía muy poco; si al fin le abrieran, después de mucho llamar, y por ventura no hubiese ocurrido nada allí, Fiódor Pávlovich, tan zumbón, iría a contar al día siguiente por toda la ciudad cómo a medianoche el funcionario Perjotin, a quien no conocía, se le había presentado en casa para enterarse de si alguien le había matado. ¡Vaya escándalo el que armaría! Y el escándalo era lo que más temía Piotr Ilich en este mundo. Sin embargo, el sentimiento que le arrastraba era tan fuerte que el hombre dio con rabia una patada en el suelo, volvió a soltar improperios contra sí mismo y emprendió al instante un nuevo camino, pero no ya hacia la casa de Fiódor Pávlovich, sino hacia la de la señora Jojlakova. Pensaba que si ésta respondía negativamente a la pregunta de si había dado tres mil rublos no hacía mucho, a tal hora, a Dmitri Fiódorovich, Piotr Ilich se presentaría sin pérdida de tiempo al jefe de policía, sin pasar por casa de Fiódor Pávlovich; en caso contrario, lo dejaría todo para el día siguiente y regresaría a su propia casa. Es evidente, desde luego, que la resolución tomada por el joven de ir, casi a las once de la noche, a casa de una dama de sociedad a quien no conocía, hacerle levantar, quizá, de la cama para formularla una pregunta pasmosa por las circunstancias en que se iba a hacer, llevaba implícitas muchas más probabilidades de provocar un escándalo que la de ir a casa de Fiódor Pávlovich. Pero así sucede a veces, sobre todo en casos semejantes al presente, con las resoluciones de las personas más metódicas y flemáticas. ¡Y en ese momento, Piotr Ilich era todo lo contrario de un hombre flemático! Recordó luego toda la vida cómo fue apoderándose de él, gradualmente, una inquietud invencible hasta llegar a torturarle y a arrastrarle contra su propia voluntad. Obvia decir que en todo el camino se estuvo reprendiendo por ir a casa de dicha dama, pero «llevaré el asunto hasta el fin, ¡hasta el fin!», se repetía por décima vez, con rechinar de dientes, y cumplió su propósito: lo llevó hasta el fin.

Eran las once en punto cuando puso el pie en casa de la señora Jojlakova. Le dieron entrada al patio bastante pronto, pero a la pregunta de si la señora ya dormía o no se había acostado aún, el portero no pudo responderle con exactitud, aparte de que a esa hora ya solía estar en la cama. «Hágase anunciar ahí arriba: si quiere recibirle, le recibirá; si no quiere, no le recibirá.» Piotr Ilich subió al piso, pero allí chocó con mayores dificultades. El lacayo no quería anunciarle; al fin, llamó a la doncella. Piotr, cortés, pero con empeño, le rogó informara a la señora de que se había presentado el funcionario Perjotin, de la localidad, por un asunto especial; y que si no se tratara de un asunto importante, ni se habría atrevido a venir; «comuníqueselo con estas palabras, exactamente con estas palabras», rogó a la muchacha. La doncella se fue. Él se quedó esperando en el vestíbulo. La señora Jojlakova, aunque no dormía aún, ya se había retirado a su alcoba. Estaba disgustada por la última visita de Mitia y presentía que, por la noche, no podría escapar de la jaqueca que en tales casos sufría. Oídas las explicaciones de la doncella, y aunque sorprendida, mandó con irritación despedir a la visita, a pesar del extraordinario interés que despertaba en su curiosidad femenina la inesperada presencia, a aquella hora, del «funcionario de la localidad» a quien ella no conocía. Mas Piotr se obstinó esta vez como un mulo, al enterarse de que se negaban a recibirle, suplicó con una insistencia poco común que le anunciaran una vez más y que transmitieran «con estas mismas palabras» que venía «por un asunto de extraordinaria importancia, y la señora, quizá, sentiría después no haberme recibido ahora». Más tarde, contaba: «Tenía entonces la impresión de precipitarme a un abismo.» La doncella le miró asombrada y se fue a informar por segunda vez. La señora Jojlakova se quedó estupefacta; reflexionó, se informó del aspecto del visitante y se enteró de que iba «muy decentemente vestido, era joven y muy cortés». Digamos entre paréntesis y como de paso que Piotr Ilich era un joven bastante guapo y él lo sabía. La señora Jojlakova se decidió a recibirle. Llevaba ya una bata de casa y zapatillas, pero se echó sobre los hombros un chal negro. Al «funcionario» le rogaron pasara al salón, al mismo en que unas horas antes se había recibido a Mitia. La señora de la casa se presentó al visitante con un aire severo, e interrogativo; sin invitarle a sentarse, le preguntó: «¿Qué desea usted?»

—Me he decidido a molestarla, señora, a propósito de nuestro común amigo Dmitri Fiódorovich Karamázov —empezó Perjotin.

Mas no bien hubo pronunciado este nombre, en el rostro de la señora se reflejó una irritación fortísima. Ahogó un chillido e interrumpió, colérica, a su interlocutor.

—¿Hasta cuándo me van a atormentar con este hombre terrible, hasta cuándo? —se puso a gritar, furiosa—. ¿Cómo se ha atrevido, señor mío, cómo se ha atrevido a molestar a una dama a la que no conoce, en su casa y a esta hora... y presentarse para hablar del hombre que en este mismo salón, hace solo tres horas vino para matarme, dio patadas en el suelo y salió como nadie sale de una casa decente? Ha de saber, señor mío, que presentaré una queja contra usted, no le voy a perdonar, y haga el favor de salir inmediatamente de aquí... Yo soy madre, y ahora mismo... yo... yo...

—¡Matarla!... ¿Así pues, quería matarla a usted?

—¿Acaso ha matado a alguien? —preguntó vivamente la señora Jojlakova.

—Consienta usted, señora, en escucharme medio minuto, y en dos palabras se lo explicaré todo —contestó firmemente Perjotin—. Hoy a las cinco de la tarde, el señor Karamázov me ha pedido prestados diez rublos en plan de amigo, y sé positivamente que carecía de dinero; pues bien, a las nueve de la noche ha venido a verme llevando ostentosamente en la mano un fajo de billetes de cien rublos, serían más o menos dos mil rublos, o quizá tres mil. Tenía las manos y la cara completamente manchadas de sangre y se comportaba como un loco. A mi pregunta acerca de dónde había sacado tanto dinero, me respondió sin vacilar que acababa de recibirlo de usted y que usted le había prestado una suma de tres mil rublos para que fuera a buscar minas de oro...

En el rostro de la señora Jojlakova se reflejó de pronto una viva y dolorosa emoción.

—¡Dios mío! ¡Ha asesinado a su viejo padre! —gritó la dama, juntando las manos—. ¡Yo no le he dado nada de dinero, nada! ¡Oh, corra, corra!... ¡No diga ni una palabra más! Salve al viejo, corra a casa del padre, ¡corra!

—Perdone, señora; ¿así, usted no le ha dado dinero? ¿Recuerda bien no haberle dado ninguna cantidad?

—¡No le he dado nada, nada! Se lo he negado porque no ha sabido estimar lo que le decía. Ha salido hecho una furia y pataleando. Se ha lanzado contra mí, pero yo he saltado lejos... Y le diré a usted como hombre a quien yo no tengo la intención de ocultar nada, que ese hombre hasta me ha escupido, ¿puede usted imaginárselo? Pero ¿qué hacemos de pie? Ah, siéntese... Perdone, yo... O mejor, corra, corra, ¡usted tiene que correr y salvar al desdichado viejo de una muerte horrenda!

—Pero ¿si ya lo ha asesinado?

—¡Ah, Dios mío, es verdad! ¿Qué vamos a hacer ahora? ¿Tiene usted una idea de lo que se ha de hacer, ahora?

Entretanto, había hecho sentar a Piotr Ilich y ella misma se le había sentado enfrente. Piotr Ilich le expuso a grandes rasgos, pero con bastante claridad, la historia del asunto, por lo menos la parte de la que él había sido testigo; le contó la visita que acababa de hacer a Fienia y le habló de la mano de almirez. Todo esos detalles conmovieron lo indecible a la excitada dama, que profería gritos y se cubría los ojos con las manos...

—Figúrese, ¡presentía todo eso! Tengo este don: lo que me represento, sea lo que sea, se realiza. Cuántas veces, cuántas, al mirar a ese hombre he pensado: este individuo acabará matándote. Y así ha ocurrido... Es decir, si no me ha matado a mí, ahora, sino a su padre, se debe con toda seguridad a la Providencia que vela por mí, y aun a que él mismo se ha avergonzado de matarme porque yo, aquí, en este lugar, le he colgado del cuello una medalla con una reliquia de Santa Bárbara, la gran mártir... ¡Cuán cerca he estado de la muerte, de la muerte! ¡Figúrese, me he acercado a él hasta tocarle, y él ha alargado todo su cuello hacia mí! ¿Sabe, Piotr Ilich? (perdone, usted ha dicho que se llama Piotr Ilich, ¿verdad?)... ¿Sabe?, yo no creo en milagros, pero esa medallita y el evidente milagro que conmigo acaba de producirse me conmueven, y empiezo a creer otra vez en lo que sea. ¿Ha oído hablar del stárets Zosima?... De todos modos, no sé lo que me digo... Y figúrese usted, ese hombre, incluso con la medallita en el cuello, me ha escupido... Claro, sólo me ha escupido, no me ha asesinado y... y ¡adónde ha ido a dar el golpe! Pero ¿y nosotros, ahora? ¿Adónde hemos de ir? ¿Qué cree usted que hemos de hacer?

Piotr Ilich se levantó y declaró que iba directamente a ver al jefe de policía y se lo contaría todo; luego ya decidirá éste lo que se ha de hacer.

—Ah, es un hombre excelente, conozco a Mijaíl Makárovich. Es absolutamente necesario que vaya a verle. Qué lucidez la de usted, Piotr Ilich, y qué bien lo ha pensado: ¿sabe?, ¡en su lugar, a mí nunca se me habría ocurrido!

—Tanto más cuanto que yo mismo estoy en muy buenas relaciones con el jefe de policía —indicó Piotr Ilich, de pie aún, por lo visto deseoso de librarse cuanto antes de aquella dama efusiva que no le dejaba despedirse y marcharse.

—¿Y sabe, sabe? —balbuceaba ella—. Venga a contarme lo que haya visto y oído... y lo que se descubra... lo que van a hacer con él y dónde le van a juzgar. Dígame, ¿verdad que en nuestro país no existe la pena de muerte? Pero venga sin falta, aunque sean las tres de la madrugada, aunque sean las cuatro, incluso las cuatro y media... Mande que me despierten, que me saquen de la cama si no me levanto... ¡Oh, Dios!, si no podré ni dormirme. ¿Y si le acompañara?...

—No, pero si usted escribiera de su puño y letra tres líneas, por si acaso, indicando que no ha dado dinero alguno a Dmitri Fiódorovich, quizá no estaría de más... por si acaso...

—¡Sin falta! —exclamó la señora Jojlakova, precipitándose entusiasmada hacia su escritorio—. ¿Sabe? Me asombra usted, sencillamente, me admira su lucidez y su habilidad en estas cuestiones... ¿Presta usted sus servicios aquí? Qué satisfacción saber que presta usted sus servicios aquí...

Mientras hablaba, trazó rápidamente en media hoja de papel de carta, y en grandes caracteres, las siguientes líneas:

«Nunca en mi vida he hecho un préstamo al desdichado Dmitri Fiódorovich Karamázov (porque a pesar de todo es ahora un desdichado) de tres mil rublos ni de ninguna otra cantidad, ni hoy ni nunca, ¡nunca! Así lo juro por todo cuanto hay de sacrosanto en nuestro mundo.

Jojlakova.»

—¡Aquí tiene la nota! —se volvió presurosa hacia Piotr Ilich—. Ahora vaya, sálvele. Es una acción muy noble la que hace usted.

Y le santiguó tres veces. Le acompañó corriendito hasta el mismísimo recibidor.

—¡Qué agradecida le estoy! No puede usted creer cuánto le agradezco ahora que haya venido a verme antes que a nadie. ¿Cómo ha sido posible que no nos hayamos conocido antes? Me sentiría muy halagada de poderle recibir en adelante en mi casa. Qué satisfacción saber que usted presta aquí sus servicios... con tanta exactitud, con tanta lucidez... Pero a usted han de estimarle en lo que vale, al fin tendrán que comprenderle, y todo cuanto yo pueda hacer por usted, créame... ¡Oh, me encanta tanto la juventud! Estoy enamorada de la juventud. Los jóvenes son la base de toda nuestra Rusia sufriente de hoy, son toda la esperanza de Rusia... ¡Oh, vaya, vaya!...

Mas Piotr Ilich ya se había apresurado a salir; de lo contrario, la señora Jojlakova no le habría soltado tan pronto. La señora de la casa, de todos modos, le había producido una impresión bastante agradable, que llegaba incluso a atenuarle un poco la inquietante sensación que él experimentaba de haberse inmiscuido en un mal asunto. Sabido es que los gustos son extraordinariamente diversos. «No es tan vieja —pensaba él con satisfacción—, hasta la habría tomado por su hija».

La señora Jojlakova, por su parte, estaba sencillamente encantada de aquel joven. «Cuánto talento, cuánta circunspección en una persona tan joven y en nuestro tiempo, y todo ello acompañado de maneras excelentes y de un aspecto agradable. Se dice que los jóvenes de nuestros días no son buenos para nada; pues aquí tenemos un ejemplo», etc. De este modo llegó simplemente hasta a olvidarse de aquel «espantoso acontecimiento», y sólo al acostarse, recordando de súbito otra vez «cuán cerca había estado de la muerte», articuló: «¡Oh, eso es terrible, es terrible!» Pero al instante quedó sumida en el más profundo y dulce de los sueños. De todos modos, no me habría extendido en semejantes detalles nimios y episódicos si la excéntrica entrevista que acabo de describir entre el joven funcionario y la viudita, no vieja aún, ni mucho menos, no hubiera servido después de base a toda la carrera de aquel joven de talento y circunspecto, cosa de la que aún se mantiene vivo el recuerdo en nuestra pequeña ciudad y de la que, quizá, digamos unas palabritas especiales cuando hayamos terminado nuestra larga historia sobre los hermanos Karamázov.

II

ALARMA

Nuestro jefe de policía Mijaíl Makárovich Makárov, teniente coronel retirado con el título de Consejero áulico[1], era un hombre viudo y buena persona. Vivía en nuestra ciudad hacía sólo tres años, mas se había ganado ya la simpatía general, sobre todo porque «sabía unir la sociedad». Nunca faltaban invitados en su casa y habríase dicho que sin ellos no habría podido vivir. Todos los días, alguien comía con él, aunque sólo fueran dos huéspedes, o uno, pero sin huéspedes no se sentaba a la mesa. No faltaban las grandes comidas, que organizaba con toda clase de pretextos, a veces incluso inesperados. No es que su cocina fuera exquisita, pero sí era copiosa; se preparaban grandes empanadas excelentes, y los vinos, si bien no brillaban por su alta calidad, se servían en abundancia. La primera pieza de la casa, destinada a billar, estaba instalada con bastante distinción, es decir, incluso con grabados que representaban caballos de carrera ingleses y que, con marcos negros, colgaban de las paredes, adorno indispensable en toda sala de billar de un hombre soltero, como todo el mundo sabe. Todas las noches se jugaba a las cartas, aunque no fuera más que en una mesita. Pero con mucha frecuencia allí se reunía también a bailar la mejor sociedad de la población, con mamás e hijas. Mijaíl Makárovich, aunque viudo, vivía en familia con una hija suya, viuda también hacía tiempo, a su vez madre de dos hijas. Las nietas de Mijaíl Makárovich eran ya dos mocitas que habían terminado su instrucción, nada feas, joviales, y aunque todo el mundo sabía que carecían de dote, atraían a la casa del abuelo a nuestra juventud mundana.

[1] Hasta 1917 mantuvo en Rusia su vigencia (con pocas modificaciones) la «Tabla de rangos» establecida por Pedro I (1722), con una rigurosa correspondencia entre los grados de la jerarquía civil y los de la jerarquía militar. El grado de «consejero áulico» (séptimo de la escala; el primero era el de «canciller») equivalía en dignidad al grado de teniente coronel (el primero, en la jerarquía militar, era el de «mariscal de campo»).

Mijaíl Makárovich no brillaba por su inteligencia, pero no desempeñaba su cargo peor que muchos otros. A decir verdad, era un hombre bastante poco instruido y hasta despreocupado en lo tocante a la clara comprensión de los límites exactos de sus atribuciones administrativas. No llegaba a comprender del todo algunas de las reformas del actual reinado[2], mejor dicho, las comprendía con algunos errores, a veces sumamente manifiestos, y ello no por alguna incapacidad propia, sino, sencillamente, por indolencia de carácter, por no hallar nunca tiempo para estudiarlas a fondo. «Por el espíritu, señores, yo soy más militar que civil», solía decir de sí mismo. Ni siquiera había llegado aún, al parecer, a formarse una idea definitiva y sólida de los fundamentos preciosos en que se asentaba la reforma agraria, y los iba conociendo, por así decirlo, de año en año, aumentando sus conocimientos prácticamente y a pesar suyo, con todo y ser un hacendado. Piotr Ilich sabía muy bien que aquella noche encontraría invitados en casa de Mijáil Makárovich, pero no sabía a quién. Y el caso es que allí, en aquellos momentos, estaban jugando a las cartas con Mijaíl Makárovich el fiscal y nuestro médico titular Varvinski, joven que acababa de llegar de Peterburgo, uno de los que habían terminado brillantemente sus estudios en la Academia de Medicina peterburguesa. El fiscal, es decir, el vicefiscal, aunque en nuestra ciudad siempre se le llamaba fiscal, Ippolit Kiríllovich, era un hombre singular, joven aún, de unos treinta y cinco años, pero muy propenso a la tisis, casado con una dama sumamente gorda, y sin hijos; era hombre de mucho amor propio e irritable; sin embargo, era de mente firme y hasta de buen corazón. Según parece, todo el mal de su carácter estribaba en que el hombre tenía de sí mismo una opinión algo más elevada de lo que permitían sus auténticas facultades. Este era el motivo de que constantemente pareciera inquieto. Se manifestaban en él, además, algunas aspiraciones vagas de orden superior, incluso artísticas, por ejemplo en lo referente a la penetración psicológica, a un conocimiento singular del alma humana, a un don

---

[2] Alusión a las reformas sociales administrativas y judiciales establecidas por el zar Alejandro II; la más importante fue la abolición de la servidumbre en 1861.

especial para reconocer al delincuente y los móviles de su crimen. Desde ese punto de vista, se consideraba un poco agraviado y postergado en su carrera; estaba convencido de que en las altas esferas no sabían apreciarle como se merecía y de que tenía enemigos. En los momento de pesimismo, amenazaba incluso con pasarse a abogado defensor en los procesos criminales. La inesperada causa sobre el parricidio de los Karamázov pareció causarle como una gran sacudida: «Esa es una causa que puede hacerse famosa en toda Rusia.» Pero esto lo digo adelantándome ya al relato.

En la estancia contigua, se encontraba también, alternando con las señoritas, nuestro joven juez de instrucción Nikolái Parfiónovich Neliúdov, llegado hacía sólo dos meses de Peterburgo a nuestra ciudad. La gente comentó después, y hasta con sorpresa, que todas esas personas, la noche del «crimen», se hubiesen reunido como adrede en la casa del poder ejecutivo. En realidad, el hecho era mucho más sencillo y se produjo de la manera más natural del mundo: a la esposa de Ippolit Kiríllovich le dolían las muelas desde el día anterior, y el vicefiscal, claro está, necesitaba ir a alguna parte para huir de los gemidos; el médico, ya por su condición misma, en ninguna parte podía pasar la velada sin jugar a las cartas. Por lo que respecta a Nikolái Parfiónovich Neliúdov, desde hacía tres días tenía ya el plan de presentarse aquella noche en casa de Mijaíl Makárovich como por casualidad, mas con la intención de sorprender repentina y arteramente a la mayor de las dos jóvenes, Olga Mijáilovna, revelándole que conocía su secreto, a saber, que aquél era el día del cumpleaños de la joven y que ella había deseado ocultarlo a nuestra sociedad para no tener que organizar un gran baile. Iba a haber muchas risas y alusiones acerca de los años de la joven, como si ella ya tuviera miedo a declararlos, y acerca de que él, en posesión del secreto, al día siguiente lo divulgaría por toda la ciudad, etc. El simpático y joven hombrecito era en este sentido muy travieso; así le llamaban nuestras damas, el travieso, lo cual, según parece, a él le gustaba mucho. Pertenecía a lo mejor de la sociedad, a una buena familia, era bien educado, de buenos sentimientos, inofensivo y siempre correcto, aunque amigo de bromear. Por su aspecto, era de pequeña estatura, de complexión débil, delicada. En sus dedos menudos, finos y palidillos, brillaban siempre varias sortijas extraordinariamente grandes. Ahora bien, en el ejercicio de su cargo adquiría una extraordinaria gravedad, como si considerara sacrosantos su significado y sus obligaciones. Tenía especial habilidad para desconectar, en las interrogatorios, a los asesinos y demás malhechores del bajo pueblo y despertaba en ellos, si no respeto hacia su persona, por lo menos cierto asombro.

Al entrar en casa del jefe de policía, Piotr Ilich quedó sencillamente estupefacto: vio, de pronto, que allí ya se sabía todo. En efecto, habían abandonado las cartas, estaban todos de pie haciendo comentarios, e incluso Nikolái Parfiónovich había acudido desde el salón de las señoritas y tenía un aire de lo más combativo y exaltado. Piotr Ilich se encontró con la pasmosa noticia de que el viejo Fiódor Pávlovich realmente había sido asesinado aquella noche en su casa, asesinado y robado. Acababan de saberlo de la siguiente manera:

Marfa Ignátievna, la esposa del Grigori abatido junto a la valla, aunque dormía como un tronco en su cama y así podía haber dormido aún hasta mañana, de pronto se despertó. Contribuyó a ello el espantoso grito epiléptico de Smerdiákov, tumbado sin conciencia en la habitación contigua, aquel grito con que siempre comenzaban sus ataques de epilepsia, ataques que habían asustado terriblemente a Marfa Ignátievna toda la vida, y producían sobre ella una influencia morbosa. Nunca había podido acostumbrarse. Medio dormida, se levantó de un salto y casi fuera de sí se precipitó al cuchitril de Smerdiákov. Pero el cuartucho estaba oscuro, se oía sólo que el enfermo había comenzado a roncar espantosamente y a debatirse. Entonces, Marfa Ignátievna se puso a gritar y a llamar a su marido, pero de pronto adquirió conciencia de que Grigori no estaba en la cama, así le había parecido a ella al levantarse. Corrió a la cama y volvió a palparla; en efecto, estaba vacía. Así, pues, él había marchado, pero ¿adónde? Salió al pequeño porche y desde allí le llamó con timidez. Como es natural, no recibió contestación, mas en el silencio de la noche le pareció oír unos gemidos procedentes de algún lugar apartado del huerto. Aguzó el oído: los gemidos se repitieron y resultó claro que procedían del huerto. «Dios mío, es como entonces, cuando Elizavieta

Smerdiáschaia», pasó por su trastornada cabeza. Bajó medrosa los peldaños y distinguió la portezuela del huerto, abierta. «Sin duda está allí mi buen hombre», pensó; se acercó a la puertecita y, de pronto, oyó con toda claridad que la estaba llamando Grigori: «¡Marfa, Marfa!», con una voz débil, agonizante, espantosa, «¡Dios del cielo, guárdanos de todo mal!», balbuceó Marfa Ignátievna corriendo en dirección de los gemidos, y así encontró a Grigori. Pero no le encontró ya junto a la valla en el mismo lugar en que el hombre había caído, sino a unos veinte pasos de distancia. Resultó que Grigori, al volver en sí, se arrastró y lo hizo, con toda probabilidad, durante largo rato, perdiendo varias veces el sentido, Marfa Ignátievna enseguida se dio cuenta de que su marido estaba cubierto de sangre y se puso a gritar como loca. En cuanto a Grigori, balbuceaba queda e inconexamente: «Le ha matado... ha matado a su padre... qué gritas, boba... corre, llama...» Pero Marfa Ignátievna no se calmaba, seguía gritando, y de pronto, viendo abierta e iluminada la ventana del señor, corrió hacia allí y empezó a llamar a Fiódor Pávlovich. Miró por la ventana y vio un espectáculo espantoso: el señor yacía de espaldas sobre el suelo y no se movía. Su bata clara y su blanca camisa estaban empapadas de sangre, la vela de la mesa proyectaba una viva luz sobre la sangre y sobre el rostro inerte de Fiódor Pávlovich. En el paroxismo del horror, Marfa Ignátievna se apartó de la ventana, se precipitó fuera del huerto, abrió el cerrojo del portalón y corrió con todas sus fuerzas hacia la casa de la vecina María Kondrátievna. Las dos vecinas, madre e hija, ya dormían, pero los furiosos golpes a los postigos y los gritos de Marfa Ignátievna las despertaron. Las mujeres se precipitaron a la ventana. Marfa Ignátievna, sin ilación, chillando y gritando, les contó lo más importante y les pidió socorro. Precisamente aquella noche dormía allí el errabundo Fomá. En un santiamén le hicieron levantar y corrieron los tres al lugar del crimen. Por el camino, María Kondrátievna recordó que, desde luego, era el grito de Grigori, quien habiéndose agarrado a la pierna de Dmitri Fiódorovich, cuando éste se hallaba ya a horcajadas sobre la valla exclamó: «¡Parricida!» «Alguien ha gritado muy fuerte y se ha callado enseguida», declaraba, corriendo, María Kondrátievna. Llegados al lugar en que yacía Grigori, las dos mujeres, con ayuda de Fomá, le metieron en el pabellón. Encendieron una luz y vieron que Smerdiákov no se había calmado todavía y seguía debatiéndose en su cuartucho, con los ojos en blanco y sacando espuma por la boca. A Grigori le lavaron la cabeza con agua y vinagre, con lo que el hombre recobró el conocimiento y preguntó enseguida: «¿Han matado al señor?» Entonces, las dos mujeres y Fomá fueron a verlo, y al pasar al huerto observaron esta vez que no sólo estaba abierta la ventana, sino, además, lo estaba de par en par la puerta de la casa que daba allí, pese a que el señor se encerraba concienzudamente cada día al anochecer desde hacía una semana y no permitía que ni siquiera Grigori fuera a llamarle por nada del mundo. Al ver aquella puerta abierta, todos, las dos mujeres y Fomá tuvieron miedo de entrar en la casa «para que no hubiera luego complicaciones». Cuando volvieron al lado de Grigori, éste mandó que fueran corriendo a avisar al jefe de policía del distrito. Así lo hizo María Kondrátievna, con lo que puso en conmoción a todos los que se encontraban en casa de dicha autoridad. Precedió en cinco minutos a Piotr Ilich, de modo que el joven funcionario apareció no ya con sus conjeturas y conclusiones, sino como un testigo ocular cuyo relato sirvió para confirmar la sospecha general en lo que se refería al autor del crimen (sospecha que Piotr Ilich, en el fondo de su alma, no quiso aceptar hasta ese último momento).

Decidieron actuar con energía. Enseguida encomendaron al comisario de policía que reuniera a unos cuatro testigos y que, observando todas las reglas pertinentes, que no voy a describir aquí, penetraran en la sala de Fiódor Pávlovich y procedieran a la investigación sobre el lugar. El médico municipal, hombre impulsivo y de ideas avanzadas[3], casi insistió para que le permitieran acompañar al jefe de policía, al fiscal y al juez de instrucción. Resumiré los hechos establecidos: a Fiódor Pávlovich lo encontraron muerto, con el cráneo roto, pero ¿con

---

[3] «Médico municipal»; en el texto: *ziemski vrach*. Los *ziemstva* eran organismos de administración local (provinciales o de distrito) establecidos en 1844. En la época en que se desarrolla la acción de los *Los hermanos Karamázov*, los empleados de los *ziemstva* solían ser considerados como hombres «nuevos», progresistas.

qué? Probablemente con la misma arma con que había sido abatido también Grigori. Dieron por fin con ella después de oír la declaración del viejo criado —al que prestaron los cuidados médicos posibles—, bastante coherente, aunque hecha con voz débil y entrecortada, acerca de cómo había sido agredido. Se pusieron a buscar con un farol junto a la valla y encontraron la mano de almirez arrojada sobre el caminito del huerto, en el lugar más visible. En la habitación en que yacía Fiódor Pávlovich no observaron ningún desorden especial, mas al otro lado de los biombos, al pie de la cama, recogieron del suelo un sobre grande, de papel grueso, como los que se usan en las oficinas, con la inscripción: «Regalito de tres mil rublos para mi ángel Grúshenka si se decide a venir»; en la parte inferior, el propio Fiódor Pávlovich había añadido, probablemente más tarde: «y a mi pollita». El sobre, con tres grandes sellos de lacre rojo, ya había sido abierto y estaba vacío: se habían llevado el dinero. También encontraron en el suelo una fina cintita color de rosa con que había estado sujeto el sobre. En las declaraciones de Piotr Ilich había, entre otras, una circunstancia que impresionó extraordinariamente al fiscal y al juez de instrucción, a saber: la conjetura de que Dmitri Fiódorovich iba a pegarse un tiro al amanecer por decisión del propio Dmitri, quien había hablado de ello a Piotr Ilich, había cargado la pistola en presencia de este último, había escrito una notita que guardó en el bolsillo, etc. Cuando Piotr Ilich, aun sin quererle creer, le amenazó con que avisaría a alguien para evitar el suicidio, Mitia le había replicado riéndose —así lo contaba Piotr Ilich—: «No tendrás tiempo.» Por tanto, era necesario darse prisa y acudir cuanto antes a Mókroie para echar el guante al criminal antes de que hubiera tenido tiempo de suicidarse, si en verdad —quién sabe— decidía hacerlo. «¡Está claro, está claro! —repetía el fiscal, presa de una extraordinaria agitación—. Eso es exactamente lo que suelen hacer los energúmenos de esa laya; mañana me mataré, pero antes de morir, venga juerga.» La historia acerca de cómo Mitia se había llevado de la tienda vinos y otras vituallas aún excitó más al fiscal. «Señores, recuerden al mozo que mató al mercader Olsufiev: le robó mil quinientos rublos y enseguida fue al peluquero a que le rizara el cabello; después, sin preocuparse siquiera de esconder el dinero, llevándolo también casi en la mano, se fue a ver mujeres.» A todos los retenía, sin embargo, la encuesta, el registro en casa de Fiódor Pávlovich, las formalidades de procedimiento, etc. Todo ello exigía tiempo, y por este motivo mandaron a Mókroie, unas dos horas antes de que partieran ellos, al subcomisario de policía rural Mavriki Mavríkievich Shmertsov, quien había llegado precisamente la víspera por la mañana a la ciudad a percibir sus haberes. Le dieron la orden siguiente: una vez en Mókroie, debía vigilar constantemente al «criminal sin provocar la menor alarma», hasta la llegada de las autoridades competentes, a la vez que preparaba testigos, alguaciles, etc. Así obró Mavriki Mavríkievich; guardó el incógnito y tan sólo dio a conocer parte del secreto a Trifón Borísovych, viejo amigo suyo. Fue entonces, precisamente, cuando Mitia encontró en la oscura galería al hospedero que le estaba buscando, y enseguida observó en la cara y en las palabras de Trifón Borísovych un cambio repentino. De este modo, ni Mitia ni los demás huéspedes se enteraron de que eran objeto de vigilancia; en cuanto al estuche con las pistolas, Trifón Borísovych lo había hurtado y puesto en lugar seguro hacía ya mucho rato. Sólo a las cinco de la madrugada, casi al amanecer, llegaron los jefes, el de policía, el fiscal y el juez de instrucción en dos coches, tirados por dos troikas. El doctor, en cambio, se había quedado en la casa de Fiódor Pávlovich con el propósito de hacer la autopsia al cadáver, pero lo que más le interesaba era el estado del criado enfermo, Smerdiákov: «Pocas veces se encuentra uno con ataques de epilepsia tan violentos y prolongados, que se repiten sin cesar durante dos días seguidos, y esto pertenece a la ciencia», declaró excitado a sus compañeros cuando éstos emprendían la marcha y le felicitaban, riéndose, por su hallazgo. Además, el fiscal y el juez de instrucción recordaron muy bien que el doctor había afirmado, en tono de gran seguridad, que Smerdiákov no llegaría vivo a la mañana.

Ahora, después de esta explicación larga, aunque, al parecer, necesaria, hemos vuelto precisamente al punto en que interrumpí nuestro relato en el capítulo anterior.

III

LAS TRIBULACIONES DE UN ALMA.
PRIMERA TRIBULACIÓN

Teníamos, pues, que Mitia estaba sentado y con salvaje mirada contemplaba a los presentes, sin comprender lo que le decían. De pronto se levantó, alzó los brazos al cielo y gritó con fuerte voz:

—¡No soy culpable! ¡De esta sangre, no soy culpable! De la sangre de mi padre, no soy culpable... Quería matarle, ¡pero no soy culpable! ¡No he sido yo!

Apenas había proferido estas palabras, cuando Grúshenka salió de detrás de la cortina y se desplomó a los pies del jefe de policía.

—¡Soy yo, yo, maldita, soy yo la culpable! —se puso a gritar con plañidos que desgarraban el alma, llorando a lágrima viva, extendiendo los brazos hacia todos los presentes—. ¡Por mí lo ha matado!... ¡He sido yo quien le ha torturado y le ha llevado a este extremo! ¡Y también a aquel pobre viejo difunto le he estado haciendo sufrir por maldad mía, y lo saqué de quicio. ¡Soy yo la culpable, la primera, la principal, la verdadera culpable.

—¡Sí, tú eres la culpable! ¡Eres tú la criminal más importante! Tú, desenfrenada; tú, corrompida, ¡tú eres la principal culpable! —vociferó el jefe de policía amenazándola con la mano, pero entonces le hicieron callar rápida y decididamente.

El fiscal hasta le agarró para hacerle callar.

—Esto ya es un completo desorden, Mijaíl Makárovich —se puso a gritar—; usted perturba realmente la instrucción... lo echa todo a perder... —añadió, casi sofocándose.

—Hay que tomar medidas, tomar medidas, ¡tomar medidas! —clamó también Nikolái Parfiónovich, enfureciéndose—. ¡Si no, es totalmente imposible!...

—¡Júzguennos a los dos juntos! —seguía gritando con frenesí Grúshenka, aún de rodillas—. ¡Ejecútennos a los dos juntos, ahora estoy dispuesta a ir con él aunque sea al cadalso!

—Grusha, vida mía, bien mío, ¡mi santa! —Mitia también se dejó caer de rodillas a su lado y la estrechó entre sus brazos—. No la crean —gritaba—, no tiene culpa de nada, ¡ni de la sangre ni de nada!

Recordó más tarde que varias personas le separaron de Grúshenka a la fuerza, que a ella se la llevaron de la estancia y que cuando él volvió en sí ya estaba sentado a la mesa. Junto a él y a su espalda se encontraban, de pie, hombres con chapas de metal. Enfrente, al otro lado de la mesa, se había sentado en el sofá Nikolái Parfiónovich, el juez de instrucción, quien procuraba persuadirle de que bebiera un poco de agua del vaso que había sobre la mesa: «Esto le refrescará, le calmará, no tenga miedo, no se inquiete», añadía con extraordinaria amabilidad. A Mitia, de pronto —así lo recordó él—, le llamaron enormemente la atención las grandes sortijas de aquel hombre, una de amatista y otra con una piedra de color amarillo claro, transparente y de reflejos magníficos. Luego, durante mucho tiempo, recordó sorprendido que aquellas sortijas le atraían de manera irresistible incluso durante las horas terribles de su interrogatorio, de modo que no podía apartar de allí los ojos, no sabía por qué, ni olvidarlas como objetos por completo inadecuados para ser tenidos en cuenta en una situación como la suya. A la izquierda de Mitia, en el lugar donde se había sentado Maxímov al comienzo de la velada, había tomado asiento el fiscal; a la derecha, en el sitio en que antes había estado Grúshenka, se acomodó un joven de sonrosada tez, con una especie de cazadora muy usada, frente al cual había un tintero y papel. Resultó ser el secretario del juez de instrucción, quien le había traído consigo. El jefe de policía, en cambio, se hallaba de pie ante una ventana en el otro extremo de la estancia, junto a Kalgánov, que se había sentado en una silla cerca de la misma ventana.

—¡Tome agua! —repetía suavemente, por décima vez, el juez de instrucción.

—Ya he bebido, señores, ya he bebido... Pero... Bueno, señores, aplástenme, ejecútenme, ¡decidan de mi destino! —exclamó Mitia, clavando en el juez la mirada fija de sus ojos desorbitados.

—Así, pues, ¿afirma usted positivamente que no es culpable

[686]

de la muerte de su padre, Fiódor Pávlovich? —preguntó el juez con voz suave, pero conminatoria.

—¡No soy culpable! Lo soy de otra sangre, de la sangre de otro viejo, pero no de la de mi padre. ¡Y lamento lo que he hecho! He matado, he matado al viejo, le he matado y le he abandonado... Pero es duro responder de esta sangre con otra, con una sangre terrible de la que no soy culpable... ¡Es una acusación espantosa, señores, es como si me hubieran dado un mazazo en la frente! Pero ¿quién ha matado a mi padre?, ¿quién? ¿Quién podía matarlo, sino yo? ¡Es portentoso, absurdo, imposible!...

—Sí, yo se lo diré... —empezó el juez de instrucción.

Mas el fiscal Ippolit Kiríllovich (es decir, el vicefiscal, pero también nosotros seguiremos llamándole fiscal en aras de la brevedad) cambió una mirada con el juez y manifestó, dirigiéndose a Mitia:

—En vano se inquieta usted por el viejo criado Grigori Vasílievich. Ha de saber que vive, ha recobrado el conocimiento, y a pesar del terrible golpe que le asestó usted, según ha declarado él y ha confirmado usted ahora, todo hace pensar que su vida no corre peligro, por lo menos según la opinión del doctor.

—¿Vive? ¡Oh, vive! —gritó de súbito Mitia, juntando las manos. Le resplandeció la cara—. ¡Dios mío, te doy las gracias por este grandioso milagro que has hecho por mí, pecador y malvado, por mi plegaria!... ¡Sí, sí, ha sido mi plegaria, he estado rezando toda la noche!... —y se santiguó tres veces. Casi se ahogaba de emoción.

—Pues verá, de ese mismo Grigori hemos recibido una declaración tan importante acerca de usted, que...

Iba a proseguir el fiscal, pero Mitia de pronto saltó de la silla.

—Un momento, señores, por Dios, un solo momento; corro a decírselo...

—¡Qué hace! ¡Ahora, en este momento es totalmente imposible! —replicó Nikolái Parfiónovich, casi chillando, y también se levantó como movido por un resorte.

Los hombres con la chapa de metal agarraron por el pecho a Mitia, quien, de todos modos, se sentó en la silla por sí mismo...

—¡Cuánto lo siento, señores! Quería ir a verla sólo por un instante... quería comunicarle que está lavada y ha desaparecido aquella sangre que me ha oprimido el corazón toda la noche, ¡y que yo no soy un asesino! ¡Señores, tengan en cuenta que es mi novia! —articuló lleno de alegría y veneración, mirando a los presentes—. ¡Oh, se lo agradezco, señores! ¡Oh, me han dado nueva vida, me han hecho renacer en un instante!... Ese viejo, señores, me llevaba en brazos, me lavaba en un dornajo cuando era yo una criatura de tres años, abandonado de todo el mundo, ¡fue un padre para mí!

—Así, pues, usted... —intentó proseguir el juez.

—Permítanme, permítanme un minuto más —interrumpió Mitia, apoyando los dos codos sobre la mesa y cubriéndose el rostro con las manos—; déjenme reflexionar un poco, déjenme respirar, señores. Todo esto conmueve de manera terrible, ¡el hombre no es una piel de tambor, señores!

—Debería de tomar un poco más de agua... —musitó Nikolái Parfiónovich.

Mitia apartó las manos de la cara y se echó a reír. Tenía viva la mirada, parecía haberse transformado en un instante. Había cambiado asimismo todo su aire: otra vez estaba allí sentado un hombre igual a todas aquellas personas, a todos aquellos antiguos conocidos suyos: era exactamente como si todos se hubieran encontrado la víspera en alguna reunión de sociedad antes de que hubiese sucedido nada. Indicaremos, no obstante, a este propósito, que Mitia, al principio de su estancia en nuestra ciudad, había sido cordialmente recibido en casa del jefe de policía, pero después, sobre todo en el transcurso del mes último, Mitia casi había dejado de visitarle, y el jefe de policía, al encontrarse con él, por ejemplo en la calle, ponía cara hosca y sólo por cortesía devolvía el saludo, de lo cual Mitia se había dado muy buena cuenta. Al fiscal aún le conocía menos, aunque había hecho varias visitas, sumamente protocolarias, a su esposa, dama nerviosa y fantástica, sin saber a ciencia cierta por qué la visitaba, y ella siempre le había acogido con afabilidad, mostrando interés por él, no se sabe por qué motivos, hasta los últimos tiempos. Por lo que respecta al juez de instrucción, aún no había tenido tiempo de entablar relaciones con él, pero se habían encontrado e incluso habían hablado un par de veces y las dos acerca del sexo femenino.

—Usted, Nikolái Parfiónovich, según veo, es un juez de instrucción habilísimo —declaró de pronto Mitia, riéndose—, pero ahora yo mismo le ayudaré. Oh, señores, he resucitado... y no tomen a mal que me dirija a ustedes sin ceremonias y con tanta franqueza. Según me parece, he tenido el honor... el honor y la satisfacción de encontrarle, Nikolái Parfiónovich, en casa de Miúsov, mi pariente... Señores, señores, no pretendo colocarme en un plano de igualdad, comprendo muy bien en qué situación me encuentro ahora ante ustedes. Pesa sobre mí... Si quien ha declarado contra mí ha sido Grigori... ¡en este caso pesa sobre mí (oh sí, claro está, ya pesa) una sospecha terrible! Es horrible, es horrible, ¡lo comprendo muy bien, se lo aseguro! Pero vamos al asunto, señores; estoy dispuesto, y ahora vamos a terminar en un santiamén, porque escuchen, señores, escuchen. Sabiendo como sé que no soy culpable, en un santiamén terminaremos, ¿no es así?, ¿no es así?

Mitia hablaba de prisa y mucho, de manera nerviosa, expansiva, y como si decididamente tomara a sus oyentes por los mejores de sus amigos.

—Así, pues, de momento escribiremos que usted rechaza de plano la acusación que se le ha hecho —especificó con aire imponente Nikolái Parfiónovich; y volviéndose hacia su secretario, le dictó a media voz lo que era necesario anotar.

—¿Escribir? ¿Quieren ustedes anotar eso? ¡Bah!, escriban, estoy de acuerdo, doy mi pleno consentimiento, señores... Pero verán... Espere, espere, escriba de este modo: «Es culpable de haber empleado la violencia, es culpable de los duros golpes asestados al pobre viejo.» Bueno, para mí mismo, en mi interior, en lo más hondo de mi corazón, soy culpable, mas esto no es necesario escribirlo —se volvió hacia el amanuense—, esto ya pertenece a mi vida privada, eso ya no es de su competencia, quiero decir las profundidades de mi corazón... Pero en lo del asesinato de mi viejo padre, ¡soy inocente! ¡Esa es una idea monstruosa! ¡Es una idea totalmente monstruosa!... Se lo voy a demostrar y enseguida se convencerán ustedes. Se van a reír, señores, ¡ustedes mismos se reirán a carcajada limpia de sus sospechas!...

—Cálmese, Dmitri Fiódorovich —recordó el juez de instrucción como si, por lo visto, con su propia tranquilidad deseara impresionar al exaltado—. Antes de proseguir el interrogatorio desearía oír de usted, si no tiene inconveniente en ello, la confirmación del hecho de que, según parece, usted no quería al difunto Fiódor Pávlovich y estaba con él en riña perpetua... Aquí, por lo menos, hace un cuarto de hora, usted no ha tenido inconveniente en declarar, si no me equivoco, que incluso quería matarle: «No le he matado (ha exclamado usted), ¡pero quería hacerlo!»

—¿He exclamado esto? ¡Oh, es posible, señores! Sí, por desgracia, quería matarle, muchas veces lo he querido... ¡por desgracia!

—Quería. ¿Tiene usted inconveniente en explicarnos qué motivos, en realidad, le llevaban a sentir ese odio hacia la persona de su padre?

—¡Qué quieren que explique, señores! —respondió Mitia con aire sombrío, encogiéndose de hombros y bajando la vista—. La verdad es que no he ocultado mis sentimientos, lo sabe la ciudad entera, los conocen todos en la taberna. Hace todavía muy poco que en la celda del stárets Zósima declaré... aquel mismo día, al atardecer, pegué a mi padre, por poco le mato, y juré ante testigos que volvería y le mataría... ¡Oh, hay miles de testigos! ¡Me he pasado un mes entero gritándolo, todos han sido testigos!... El hecho está a la vista, el hecho habla por sí mismo, hasta grita, pero los sentimientos, señores, los sentimientos ya son otra cosa. Verán, señores —Mitia funció el ceño—, a mí me parece que acerca de los sentimientos no tienen ustedes derecho a preguntarme. Ustedes están revestidos de autoridad, lo comprendo, pero eso es cosa mía, de mi fuero interno, íntima; de todos modos... ya que no he ocultado antes mis sentimientos... en la taberna, por ejemplo, y he hablado de ellos a la primera persona con que me he encontrado... tampoco ahora los voy a convertir en un secreto. Verán, señores, comprendo muy bien que en este caso hay contra mí indicios terribles: he dicho a todo el mundo que mataría a mi padre y de pronto lo han matado. ¿Quién ha de ser, si no yo, en este caso? ¡Ja-ja! Les disculpo, señores, les disculpo por completo. Yo mismo estoy estupefacto, porque ¿quién puede haberle matado, a fin de cuentas, en este caso, si no yo? ¿No es cierto? Si no he sido yo, ¿quién puede haber sido, quién? Señores —exclamó de pronto, gritando—, quiero saber y hasta exijo de ustedes que me digan: ¿dónde ha sido asesinado? Cómo lo han matado, ¿con qué y cómo? Díganmelo —preguntó rápidamente, mirando al fiscal y al juez.

—Lo hemos encontrado tendido de espaldas sobre el suelo en su gabinete, con la cabeza hendida —respondió el fiscal.

—¡Esto es espantoso, señores!

De pronto Mitia se estremeció y, apoyando el codo en la mesa, se cubrió el rostro con la mano derecha.

—Continuemos —indicó Nikolái Parfiónovich—. Así, pues, ¿qué le movía, en sus sentimientos de odio? Según parece, usted ha declarado en público que obraba impulsado por los celos, ¿es verdad?

—Sí, sí, los celos, y no sólo los celos.

—¿Discusiones por dinero?

—Sí, sí, también por dinero.

—La discusión se debía, si no estoy mal informado, a tres mil rublos que, al parecer, le faltaba a usted recibir por la herencia de su madre.

—¡Qué iban a ser tres mil! Eran más, mucho más —replicó vivamente Mitia—, eran más de seis mil, quizá más de diez mil. Lo he dicho a todo el mundo, lo he gritado en todas partes; pero yo estaba decidido a zanjar la cuestión de una vez y conformarme con tres mil. Esos tres mil los necesitaba a toda costa... de modo que el sobre con tres mil rublos que él tenía debajo de la almohada, preparado para Grúshenka, lo consideraba yo ni más ni menos como dinero que me había robado, eso es, señores, lo consideraba mío, como de mi propiedad...

El fiscal cambió una significativa mirada con el juez de instrucción a la vez que le hacía un guiño imperceptible para los demás.

—Volveremos sobre este asunto —manifestó sin pérdida de tiempo el juez—; ahora permítanos señalar y anotar precisamente este puntito: que usted consideraba como de su propiedad el dinero guardado en aquel sobre.

—Escriban, señores; comprendo, claro está, que esto es otra prueba contra mí, pero no tengo miedo a las pruebas, yo mismo hablo de lo que me perjudica. ¿Me oyen?, ¡Yo mismo! Verán, señores, al parecer, me toman ustedes por un hombre completamente distinto del que soy —añadió de pronto, sombrío y triste—. Está hablando con ustedes un hombre noble, una persona nobilísima, un individuo, sobre todo (no lo pierdan ustedes de vista), que ha cometido muchas bajezas, pero siempre ha sido y sigue siendo un ser muy noble en su interior, como tal ser, en sus profundidades; bueno, en una palabra, no sé expresarme... Precisamente lo que le ha torturado toda su vida ha sido el ansia de nobleza; ha sido, por así decirlo, un mártir de la nobleza y un buscador de la misma con un farol, con el farol de Diógenes, mientras que en toda su vida no ha cometido más que vilezas, como todos nosotros, señores... es decir, como yo solo, señores, no todos, no, sino yo solo, me había equivocado, ¡yo solo, solo! Señores, me duele la cabeza —contrajo dolorosamente las facciones de la cara—. Verán, señores, a mí no me gustaba su aspecto físico, en el que se notaba algo de deshonesto, fanfarronería y desdén por todo lo sacrosanto, mofa e incredulidad, ¡era asqueroso, asqueroso! Pero ahora que ha muerto pienso de otro modo.

—¿Qué quiere decir, de otro modo?

—De otro modo, no, pero siento haberle odiado tanto.

—¿Se arrepiente?

—No, no es que me arrepienta, esto no lo escriban. Tampoco yo soy bueno, señores, eso es; tampoco yo soy ningún adonis, y por tanto no tenía ningún derecho a considerarle repugnante a él, ¡eso es! Eso sí pueden escribirlo.

Habiendo hablado de este modo, Mitia se quedó, de pronto, extraordinariamente triste. Hacía ya mucho rato que el juez de instrucción, a medida que iba recibiendo respuesta a sus preguntas, se volvía cada vez más sombrío. De pronto, en ese instante, se produjo otra vez una escena inesperada. El caso fue que a Grúshenka, aunque se la habían llevado de aquella estancia, no la apartaron mucho; la dejaron en una habitación separada sólo por otra del cuarto azul en que se estaba efectuando el interrogatorio. Era una pieza pequeña, con una sola ventana, contigua a la gran sala en que por la noche habían bailado y se había celebrado el gran festín. Allí se encontraba Grúshenka sin más compañía, por el momento, que la de Maxímov, terriblemente abatido, terriblemente amedrentado, y pegado a ella como buscando salvación a su vera. Junto a la puerta se hallaba, de pie, un mujik con la chapa en el pecho. Grúshenka lloraba y de repente, cuando la pena ya no cabía en el alma, se levantó de un salto, juntó las manos, y después de gritar en restallante gemido: «¡Ay de mí, ay!», se precipitó fuera de la habitación hacia él, hacia su Mitia, y ello tan inesperadamente que nadie acertó a detenerla. Mitia, en cambio, al oír aquel grito, se estremeció, se levantó de un salto, profirió un alarido y se lanzó al encuentro de la joven como si no tuviera conciencia de lo que hacía. Pero tampoco esta vez pudieron reunirse, pese a que ya se veían el uno al otro. A Mitia le agarraron con firmeza de los brazos; él se debatía, procuraba escaparse, se necesitaron tres o cuatro hombres para dominarle. También la agarraron a ella y Mitia vio cómo su amada tendía hacia él los brazos, gritando, cuando se la llevaban.

Terminada la escena, Mitia se vio en el sitio de antes, sentado a la mesa, frente al juez de instrucción, y se puso a gritar dirigiéndose a este último:

—¿Qué tienen contra ella? ¿Por qué la atormentan? ¡Ella es inocente, es inocente!...

El fiscal y el juez procuraban calmarle. Así trancurrió cierto tiempo, unos diez minutos; por fin irrumpió en la estancia Mijaíl Makárovich, que se había ausentado, y dirigiéndose al fiscal dijo en voz alta, con excitación:

—La hemos apartado de aquí, está abajo. ¿No me permitirían decir aunque sólo sea una palabra a este desgraciado, señores? ¡En presencia de ustedes, señores, en presencia de ustedes!

—Con mucho gusto, Mijaíl Makárovich —respondió el juez—, en el presente caso no hay inconveniente alguno.

—Dmitri Fiódorovich, escucha, hombre —empezó a decir, dirigiéndose a Mitia, Mijaíl Makárovich, cuyo rostro conmovido expresaba una viva compasión, casi paternal, hacia el desdichado—, he sido yo mismo quien ha conducido a tu Agrafiona Alexándrovna abajo, la he confiado a las hijas del dueño de la casa y con ella está también ese viejecito, Maxímov, que no se separa de su lado. Le he hablado, ¿me oyes?, le he hablado y la he tranquilizado, le he hecho ver que tú necesitas justificarte, que conviene que ella no te estorbe poniéndote triste, pues tú podrías desconcertarte y hacer declaraciones contrarias a ti mismo, ¿comprendes? Bueno, en una palabra, le he hablado y ha comprendido. Es muy inteligente y buena, hermano; quería besarme las manos a mí, que soy un viejo; suplicaba por ti. Ella mismo me ha enviado a decirte que no te preocupes por ella, y es necesario, querido, es necesario que vuelva y le diga que tú estás tranquilo y no te sientes preocupado por ella. Tranquilízate, pues, compréndelo. Me siento culpable ante ella, es un alma cristiana, sí, señores, es un alma sumisa, del todo inocente. ¿Puedo decirle, pues, Dmitri Fiódorovich, que permanecerás tranquilo?

El bonachón dijo muchas cosas superfluas, pero la pena de Grúshenka, aquel dolor humano, le habían llegado al alma, y hasta se le asomaron las lágrimas a los ojos. Mitia se levantó y se precipitó hacia el jefe de policía.

—Perdonen, señores, permítanme, ¡oh, permítanme! —gritó—. ¡Es usted un ángel de bondad, Mijaíl Makárovich, un ángel de bondad, y le doy las gracias por ella! Estaré tranquilo, sí, lo estaré; por la bondad infinita de su alma, comuníquele usted que estoy alegre, que hasta me dan ganas de reír al saber que tiene a su lado un ángel de la guarda como usted. Enseguida pondré en claro todo esto y, no bien quede libre, correré a su lado, ya verá, ¡que espere! Señores —se volvió de pronto hacia el fiscal y el juez—, ahora les voy a abrir por completo mi alma, se lo explicaré todo; en un momento acabaremos y acabaremos alegremente, al final nos reiremos todos, ¿verdad? Pero, señores, ¡esa mujer es la reina de mi alma! Oh, permítanme decirlo, se lo descubro a ustedes... Ya veo que hablo con personas nobilísimas: ella es mi luz, mi sagrario, ¡si supieran ustedes! Ya han oído su exclamación: «¡Contigo, aunque sea al cadalso!» ¿Y qué le he dado yo, un pordiosero, un andrajoso, para que me ame tanto? ¿Soy digno yo, criatura torpe, vil, con mi ruin cara, soy digno de tanto amor, de que ella esté dispuesta a acompañarme a presidio? Por mí acaba de arrojarse a los pies de usted, ¡ella, tan orgullosa y del todo inocente! ¿Cómo no he de venerarla, cómo no he de clamar, de quererme precipitar a sus brazos como hace unos momentos? ¡Oh, señores, perdónenme! Pero ahora, ahora, ¡me siento consolado!

Cayó en la silla y, cubriéndose la cara con las manos, se puso a llorar a lágrima viva. Mas ésas eran ya lágrimas de felicidad. En un momento se recobró. El viejo jefe de policía estaba muy contento y, al parecer, también lo estaban los juristas: presentían éstos que el interrogatorio entraba en una nueva fase. Cuando hubo acompañado con la mirada al jefe de policía, que se retiró, Mitia se puso alegre sencillamente.

—Bueno, señores, ahora estoy a su disposición, completamente a su disposición. Y... si no fueran todas esas pequeñeces, enseguida nos pondríamos de acuerdo. Otra vez me refiero a las pequeñeces. Me tienen a su disposición, señores, pero les juro que es necesaria la confianza recíproca, la de ustedes hacia mí, y la mía hacia ustedes; de otro modo, no acabaremos jamás. Se lo digo pensando en ustedes mismos. Al grano, señores, al grano, y, sobre todo, no hurguen de ese modo en mi alma, no la torturen con pequeñeces, pregunten sólo cosas que afecten a la cuestión, concretas; les responderé enseguida y quedarán satisfechos. ¡Al diablo las pequeñeces!

Así exclamó Mitia. Se reanudó el interrogatorio.

IV

SEGUNDA TRIBULACIÓN

—No puede imaginarse, Dmitri Fiódorovich, cómo nos alienta con su buena voluntad... —comenzó a decir Nikolái Parfiónovich, animado y con manifiesta satisfacción que se traslucía en sus grandes ojos de color gris claro a flor de piel, extraordinariamente miopes; se había quitado las gafas hacía un momento—. Y es muy justo lo que acaba usted de indicar acerca de nuestra confianza recíproca, sin la cual, en casos de importancia como el presente, a veces, resulta hasta imposible que el inculpado se justifique en el supuesto de que realmente desee, espere y quiera hacerlo. Por nuestra parte, haremos cuanto de nosotros dependa y usted ha podido ver incluso ahora mismo de qué modo llevamos la causa... ¿Lo aprueba usted, Ippolit Kiríllovich? —añadió dirigiéndose al fiscal.

—Oh, sin duda alguna —asintió éste, si bien con cierta sequedad en comparación con el afectuoso impulso de Nikolái Parfiónovich.

Indicaré de una vez para siempre que Nikolái Parfiónovich, recién llegado a nuestra ciudad, donde daba comienzo su carrera, experimentó desde el primer momento por nuestro Ippolit Kiríllovich, el fiscal, un profundo respeto y casi se hizo amigo suyo de corazón. Debía ser el único que creía sin reservas en las altas dotes de psicólogo y orador de nuestro «agraviado en su carrera» Ippolit Kiríllovich, y creía a pies juntillas que le tenían relegado. De nuestro fiscal había oído hablar ya en Peterburgo. Por otra parte, el jovencito Nikolái Parfiónovich resultó ser, también, el único individuo del mundo entero por quien sentía verdadero afecto nuestro «agraviado» fiscal. Camino de Mókroie, habían tenido tiempo de cambiar impresiones y ponerse de acuerdo respecto a la causa que iban a iniciar, y ahora, en torno a la mesa, el espíritu sutil de Nikolái Parfiónovich cazaba al vuelo y comprendía toda indicación, todo movimiento que se esbozara en el rostro de su colega de más edad: le bastaba media palabra, una mirada, un leve guiño.

—Señores, déjenme que yo mismo hable y no me interrumpan preguntándome pequeñeces; en un momento se lo expondré todo —se acaloraba Mitia.

—Magnífico. Se lo agradezco. Pero antes de que pasemos a escuchar su comunicación, desearía que me permitiera usted precisar tan sólo un pequeño hecho, para nosotros muy curioso; me refiero a los diez rublos que ayer, a eso de las cinco de la tarde, tomó prestados a su amigo Piotr Ilich Perjotin dejando como prenda dos pistolas.

—Las empeñé, señores, las empeñé por diez rublos, ¿qué más? Eso es todo; tan pronto regresé a la ciudad, al volver de mi viaje, las empeñé.

—¿Volvía usted de viaje? ¿Había salido usted de la ciudad?

—Estuve de viaje, señores, a cuarenta verstas de la ciudad, ¿no lo sabían?

El fiscal y Nikolái Parfiónovich cambiaron una mirada.

—¿Y si comenzara usted su relato con la descripción sistemática de cuanto hizo durante el día de ayer, desde la mañana?

Permítame, por ejemplo, preguntarle: por qué se fue de la ciudad, a qué hora se puso en camino y cuándo regresó... y demás hechos...

—Podían habérmelo preguntado enseguida —repuso Mitia, riéndose sonoramente—, y creo que es necesario empezar, si quieren, no desde ayer, sino desde anteayer por la mañana; así comprenderán ustedes a dónde he ido, el porqué de mis pasos y viajes. Anteayer por la mañana, señores, fui a ver al acaudalado mercader Samsónov, de nuestra ciudad, para pedirle prestados tres mil rublos contra sólidas garantías. De pronto necesité esta cantidad urgentemente, señores, urgentemente...

—Permítame que le interrumpa —le cortó con mucha amabilidad el fiscal—. ¿Por qué tan de repente necesitó dinero y por qué esta suma, es decir, tres mil rublos?

—Ah, señores, no es necesario venir con pequeñeces: cómo, cuándo y por qué, y por qué precisamente esa cantidad y no otra, y toda esa paja... Así, ni tres tomos bastarían, ¡aún haría falta un epílogo!

Todo esto lo dijo Mitia con la familiaridad bondadosa, aunque impaciente, del hombre que desea contar toda la verdad y está animado de las mejores intenciones.

—Señores —de pronto se refrenó—, no tomen a mal mi brusquedad, se lo ruego otra vez: créanme que siento el mayor respeto por ustedes y me doy cuenta de la verdadera situación. No crean que estoy borracho. Se me ha aclarado la cabeza. Además, aunque estuviera bebido, no importaría. A mí me ocurre eso de:

> Se me pasó la curda, recobré el juicio y me volví tonto.
> Me emborraché, se me nubló la mente y me volví listo.

¡Ja-ja! De todos modos, me doy cuenta, señores, de que por ahora todavía no me está bien gastar bromas ante ustedes, por lo menos mientras no se haya aclarado todo. Permítanme que observe también mi propia dignidad. Comprendo muy bien la actual diferencia: al fin y al cabo, me encuentro ante ustedes en la situación de un delincuente, por tanto en un plano extremo de desigualdad; ustedes, en cambio, tienen la misión de observarme, no van a darme una palmadita al hombro por lo de

Grigori; la verdad es que no se debe romper la cabeza a los viejos impunemente; claro está que por él me van ustedes a poner en la sombra por medio año o quizá por un año, en una cárcel; no sé la condena que me van a imponer, aunque, será sin degradación civil, ¿verdad, fiscal? Pues bien, señores, yo comprendo esa diferencia... Pero reconozcan, también, que ustedes pueden desconcertar al mismísimo Dios con tales preguntas: ¿dónde has pisado, cómo has pisado, cuánto has pisado y en qué has pisado? De seguir así, me armaré un lío y ustedes se apresurarán a anotarlo en su escrito, ¿y qué resultará? ¡Nada! En fin, si he empezado ahora a mentir terminaré así, y ustedes, señores, como personas nobilísimas y de exquisita formación, me perdonarán. Terminaré precisamente con un ruego: olvídense, señores, de la rutina oficial de los interrogatorios, eso de empezar haciendo preguntas triviales, insignificantes, por ejemplo: cómo te has levantado, qué has comido, cómo has escupido; y «después de adormecer la atención del criminal», se le suelta una pregunta como un mazazo: «¿A quién has asesinado, a quién has desvalijado?» ¡Ja-ja! Esa es su clásica rutina, su norma, ¡en eso se funda toda su astucia! Pero con tretas de esta clase adormecerán ustedes a los mujíks, no a mí. Yo estoy al cabo de la calle, yo mismo he servido en el ejército, ¡ja-ja-ja! No se enojen, señores, ¿me perdonan la insolencia? —gritó, mirándoles con una expresión de bondad casi sorprendente—. Como es Mitka Karamázov quien lo ha dicho, se le puede perdonar; no se podría perdonar a un hombre inteligente, pero a Mitka, sí, ¡ja-ja!

Nikolái Parfiónovich escuchaba y también se reía. El fiscal, aunque no se reía, contemplaba con gran atención al acusado, no apartaba de él la mirada, como si no deseara pasar por alto ni la más pequeña palabrita, ni el más leve movimiento de Mitia, ni la más mínima contracción del rasgo más nimio de su rostro.

—Sin embargo —repuso sin dejar de reír Nikolái Parfiónovich—, no es así como hemos empezado nosotros, no hemos procurado desconcertarle con preguntas de ese tipo: cómo se ha levantado por la mañana y qué ha comido, sino que hemos comenzado hasta quizá demasiado aprisa con lo esencial.

—Comprendo, lo he comprendido y estimado; y aún estimo

más la bondad con que ahora me tratan, una bondad sin par, digna de almas nobilísimas. Los tres que aquí hemos coincidido somos nobles, y lo mejor es que todo entre nosotros se basa en la confianza recíproca de personas cultas y de buena sociedad, unidas por los lazos de la nobleza y del honor. En todo caso, permítanme ustedes considerarles como mis mejores amigos en este momento de mi vida, ¡en este momento de humillación para mi honor! ¡Verdad que esto no es ofensivo para ustedes, señores? ¿Verdad que no es ofensivo?

—Al contrario, se ha expresado usted magníficamente, Dmitri Fiódorovich —asintió, aprobatorio y con mucha gravedad, Nikolái Parfiónovich.

—Y vayan al diablo las pequeñeces, señores, todas esas pequeñeces con segundas —exclamó Mitia en un rapto de entusiasmo—; si no, no hay quien sepa cómo va a terminar el asunto, ¿verdad?

—Seguiré por completo sus razonables consejos —terció de pronto el fiscal, dirigiéndose a Mitia—; pero con todo, no retiro mi pregunta. Para nosotros es esencialmente necesario saber para qué necesitaba usted esa cantidad, o sea, tres mil rublos.

—¿Para qué la necesitaba? Bueno, pues para esto, para lo otro... en fin, para pagar una deuda.

—¿A quién, concretamente?

—¡Eso me niego de manera rotunda a decírselo, señores! Verán, no me niego porque no pueda decirlo, porque no me atreva o tenga miedo, ya que estos motivos no cuentan para nada, son verdaderas niñerías, sino por una cuestión de principio: se trata de mi vida privada y no permito que nadie se meta en ella. Ese es mi principio. Su pregunta no concierne al asunto, y todo lo que no tiene relación con el asunto afecta a mi vida privada. Quería pagar una deuda, una deuda de honor, pero no diré a quién.

—Permítanos que anotemos esta declaración —dijo el fiscal.

—Por favor. Escríbanlo así: que no lo diré de ningún modo. Escriban, señores, que considero hasta deshonroso decirlo. ¡Se ve que tienen ustedes mucho tiempo para escribir!

—Permítame recordarle, señor mío, y advertirle, caso de

que no lo supiera —dijo el fiscal en un tono muy severo de advertencia—, que tiene usted perfecto derecho a no responder a las preguntas que ahora le hagamos, y que nosotros, al contrario, no tenemos ningún derecho a insistir que nos responda si decide usted no responder por el motivo que sea. Esa es una cuestión que depende de su criterio personal. Pero es deber nuestro, en un caso como el presente, ponerle de manifiesto y explicarle el serio perjuicio que se causa usted a sí mismo negándose a proporcionar tal o cual declaración. Ahora le ruego que continúe.

—Señores, no me enfado... yo... —balbuceó Mitia, algo turbado por aquella advertencia—; verán, señores, ese Samsónov a quien entonces fui a visitar...

Como es natural, no vamos a reproducir en detalle la relación que hizo Mitia de lo que el lector ya conoce. El narrador, impaciente, quería contarlo todo desde el más pequeño detalle y, al mismo tiempo, deseaba acabar cuanto antes. Pero comoquiera que se anotaban por escrito sus declaraciones, se veían obligados a interrumpirle. Dmitri Fiódorovich lo censuraba, pero se subordinaba; se enojaba, aunque, por de pronto, sin perder su buena disposición de ánimo. Cierto es que, a veces, exclamaba levantando un poco el tono: «Señores, esto exasperaría al mismísimo Dios», o bien: «Señores, ¿saben que me irritan ustedes sin motivo?» De todos modos, aun profiriendo estas exclamaciones, no se modificaba, por el momento, su estado de ánimo amistoso y expansivo. Así contó cómo dos días antes Samsómov le había «tomado el pelo» (Mitia adivinaba ya que el viejo se había burlado de él). La venta del reloj por seis rublos para hacerse con dinero para el viaje despertó enseguida una extraordinaria atención en el juez y en el fiscal, quienes aún ignoraban el hecho: con gran indignación de Mitia, consideraban necesario anotar con todo detalle ese punto de la declaración, pues se confirmaba por segunda vez la circunstancia de que un día antes Mitia se encontraba casi sin un céntimo. Poco a poco, Mitia empezó a ponerse sombrío. Luego, después de describir su viaje en busca de Liagavi, la noche pasada en la isbá llena de tufo y demás, continuó su relato hasta el regreso a la ciudad, y ya sin que mediara ninguna pregunta especial se puso a contar con todo detalle la tortura de sus celos por Grúshenka. Lo escuchaban en silencio y con atención, se fijaron sobre todo en la circunstancia de que hubieran establecido, hacía ya tiempo, un punto de observación detrás de la casa de Fiódor Pávlovich, en el huerto de María Kondrátievna, para vigilar a Grúshenka, y también en el hecho de que Smerdiákov le facilitara noticias: eso les llamó mucho la atención y lo escribieron. De sus celos habló Mitia con calor y ampliamente; aunque en su fuero interno se sonrojaba de exponer sus sentimientos íntimos, por así decirlo, «a la vergüenza pública», procuraba, por lo visto, vencer la vergüenza para ser veraz. Mas la impasible severidad con que, durante el relato, tuvieron fijas en él las miradas el juez de instrucción y, sobre todo, el fiscal, acabó por conturbarle en gran manera: «Este pequeñajo de Nikolái Parfiónovich, con quien hace pocos días aún estuve diciendo tonterías sobre mujeres y ese fiscal enfermizo no son dignos de que les cuente lo que les estoy contando —pensó con tristeza—. ¡Qué vergüenza!» «Paciencia, resígnate y calla», concluyó su reflexión con este verso y otra vez hizo violencia sobre sí mismo para proseguir su relato. Al referir su visita a casa de la señora Jojlakova, hasta recobró un poco la alegría, incluso quiso contar una anecdotita bastante reciente acerca de esa dama, aunque nada tenía que ver con el asunto del momento, pero el juez le interrumpió y le propuso amablemente que pasara a «algo más esencial». Por fin, después de describir su desesperación y de relatar el momento en que, al salir de la casa de la señora Jojlakova, llegó a pensar incluso en «degollar cuanto antes a alguien, para obtener los tres mil rublos», volvieron a interrumpirle y anotaron que «quería degollar a alguien». Mitia dejaba que escribiesen, no decía nada. Llegó al punto en que se enteró de súbito que Grúshenka le había engañado y había salido de la casa de Samsónov poco después de que él la hubo acompañado allí, a pesar de que la propia Grúshenka acababa de decirle que haría compañía al viejo hasta la medianoche: «Si entonces, señores, no maté a Fienia, fue sólo porque no tenía tiempo», se le escapó decir en ese lugar de su relato. También anotaron esto cuidadosamente. Mitia, con cara sombría, esperó a que terminaran y se puso a referir cómo había ido corriendo a casa de su padre, al huerto; de pronto, el juez de instrucción le interrumpió, y abriendo su gran cartera, que tenía al lado, sobre el diván, sacó de ella la mano de almirez de cobre.

—¿Conoce usted este objeto? —preguntó a Mitia, mostrándoselo.

—¡Ah, sí! —se sonrió Mitia, sombrío—. ¡Cómo no lo voy a conocer! Déjemelo mirar... ¡Al diablo, no hace falta!

—Se ha olvidado usted de hablar de él —observó el juez.

—¡Ah, diablo! No se lo habría ocultado, con toda probabilidad no habría podido pasarlo por alto, ¿verdad? Sólo que se me había ido de la memoria.

—Tenga usted la bondad de contar con todo detalle cómo se armó usted con él.

—Permítanme, tendré la bondad, señores.

Mitia contó cómo había cogido la mano de almirez y había echado a correr.

—¿Pero qué fin tenía usted en perspectiva al armarse con ese instrumento?

—¿Qué fin? ¡Ninguno! Lo tomé y salí corriendo.

—Pero ¿por qué lo tomó, si no fue con algún objetivo?

Mitia apenas lograba dominar su despecho. Miró bajamente al «pequeñajo» y se sonrió con una sonrisa sombría y maligna. El caso era que cada vez se sentía más y más avergonzado por haber sido tan sincero y efusivo refiriendo la historia de sus celos a «tales gentes».

—¡Al diablo la mano de almirez! —soltó de pronto.

—No obstante...

—Bueno, la cogí para defenderme de los perros. Bueno, la oscuridad... Bueno, la cogí por lo que pudiera suceder.

—Antes, cuando salía usted de noche, ¿también se procuraba algún arma por miedo a la oscuridad?

—¡Eh, diablo, fu! Señores, ¡es imposible hablar con ustedes! —gritó Mitia en el último grado de irritación y rojo de ira, con una nota de furor en la voz; volviéndose rápidamente hacia el secretario, dijo—: Escribe inmediatamente... inmediatamente... «que tomé la mano de almirez con el propósito de ir corriendo a matar a mi padre... A Fiódor Pávlovich... ¡de un golpe en la cabeza!» Bien, ¿están ustedes contentos ahora, señores? ¿Se les ha quitado un peso del alma? —articuló, dirigiendo una mirada provocadora al juez y al fiscal.

—Comprendemos demasiado bien que acaba usted de hacer

esa declaración porque está irritado contra nosotros y porque se siente despechado por las preguntas que le formulamos, preguntas que usted considera nimias y que, en realidad, son muy esenciales —le replicó secamente el fiscal.

—¡Por favor, señores! Bien, tomé la mano de almirez... ¿Para qué se toma algo en la mano, en tales casos? Yo no sé para qué. La agarré y me fui corriendo. Nada más. Es vergonzoso, señores; *passons*[4], si no, ¡les juro que no contaré nada más!

Puso un codo sobre la mesa, con la cabeza apoyada en la mano. Estaba sentado de flanco respecto a ellos y miraba a la pared esforzándose para dominar en su interior un mal sentimiento. La verdad es que sentía unos deseos terribles de levantarse y declarar que no iba a decir ni una sola palabra más, «aunque me lleven al patíbulo».

—Verán, señores —manifestó de pronto, dominándose con dificultad—, verán. Les escucho y se me figura que estoy soñando... como sueño a veces... un sueño que veo con frecuencia, que se repite... alguien me persigue en la oscuridad, de noche, alguien a quien tengo un miedo cerval, y que me busca; yo me escondo de él donde sea, detrás de la puerta o del armario, me escondo de manera humillante; lo más grave es que él sabe muy bien dónde me he escondido, pero hace como si no lo supiera para regocijarse más tiempo con mi terror... ¡Pues eso es lo que están haciendo ustedes ahora! ¡Es muy semejante!

—¿Sueña usted cosas así? —preguntó el fiscal.

—Sí, sueño cosas de esa clase... ¿No quieren ustedes tomar nota por escrito? —Mitia se sonrió con una sonrisa forzada.

—No, no lo escribiremos, pero, de todo modos, sueña usted unas cosas muy curiosas.

—¡Ahora no se trata de un sueño! ¡Es realismo puro, señores, el realismo de la verdadera vida! Yo soy un lobo, ustedes los cazadores, y acosan al lobo.

—Esta comparación que acabas de hacer es vana... —empezó a decir con extraordinaria dulzura Nikolái Parfiónovich.

—¡No es vana, señores, no es vana! —se encrespó otra vez Mitia, si bien era evidente que se sentía algo aliviado por la explosión de cólera repentina y ya empezaba a recobrar su bon-

---

[4] ya está bien (fr.).

dad a medida que hablaba—. Ustedes pueden no creer a un delincuente o a un inculpado al que torturen con sus preguntas, pero a un hombre nobilísimo, señores, a los impulsos más nobles del alma (¡lo grito con toda valentía!), ¡sí!, a este hombre ustedes han de creerlo... no tienen derecho, siquiera, a no creerle, pero

> calla, corazón,
> ¡Ten paciencia, resígnate y calla!

Bueno, ¿he de continuar? —preguntó taciturno.

—Claro, tenga usted la bondad —le respondió Nikolái Parfiónovich.

V

TERCERA TRIBULACIÓN

MITIA empezó a hablar con más rudeza, pero era evidente que aún ponía mayor empeño en no olvidar y no pasar por alto ningún detalle de lo que relataba. Contó cómo había saltado la valla del huerto de su padre, de qué manera se había acercado a la ventana y todo lo que ocurrió, en fin, hallándose él al pie de la misma. Explicó con toda claridad y precisión, como si subrayara las palabras, los sentimientos que le conmovían en aquellos instantes, cuando sentía unos deseos terribles de saber si estaba o no en casa de su padre Grúshenka. Pero cosa rara: tanto el fiscal como el juez de instrucción le escuchaban esta vez con extrema reserva, seca la mirada, haciendo muchas menos preguntas. «Se habrán enojado y se sentirán ofendidos —pensó Mitia—; bueno, ¡al diablo!» En cambio, cuando refirió cómo, al fin, se había decidido a hacer a su padre la *señal* de que había llegado Grúshenka para que abriese la ventana, ni el fiscal ni el juez prestaron la menor atención a la palabra «señal», como si no comprendieran en absoluto la importancia que tenía en este caso, y hasta Mitia se fijó en tal circunstancia. Al llegar, por fin, al instante en que, viendo a su padre asomarse por la ventana, había sentido que el odio le quemaba las entrañas y había sacado la mano de almirez del bolsillo, se detuvo súbitamente, como adrede. Estaba sentado, mirando la pared, y sabía que los otros tenían la mirada clavada en él.

—Bien —dijo el juez de instrucción—; agarró usted el arma y... ¿qué ocurrió luego?

—¿Luego? Luego le maté... le asesté un golpe en la coronilla y le abrí el cráneo... ¡Eso es lo que ha ocurrido según ustedes, eso! —los ojos le relampaguearon. Toda su cólera, apagada, se le encrespó de súbito en el alma con una fuerza extraordinaria.

—Eso, según nosotros —replicó Nikolái Parfiónovich—; bien, ¿y según usted?

Mitia bajó los ojos y guardó silencio largo rato.

—Lo que digo yo, señores, lo que digo yo es que sucedió lo siguiente —contestó en voz queda—: no sé si fueron las lágrimas de alguien, no sé si fue mi madre la que rogó a Dios, no sé si un espíritu celeste me besó la frente en aquel instante, no lo sé, pero el diablo fue vencido. Me aparté precipitadamente de la ventana y me dirigí corriendo hacia la valla... Mi padre se asustó al verme, profirió un grito y retrocedió vivamente de la ventana, lo recuerdo muy bien. Yo atravesaba el huerto en dirección a la valla... fue entonces cuando me alcanzó Grigori, cuando yo ya me había subido a ella.

Mitia alzó por fin los ojos hacia sus oyentes, quienes, al parecer, le estaban mirando con una atención totalmente inmutable. Un estremecimiento de indignación le conmovió el alma.

—Ustedes, señores, en este momento se están riendo de mí —cortó de pronto.

—¿Por qué lo supone usted? —preguntó Nikolái Parfiónovich.

—¡Porque no creen una sola palabra de lo que digo! Comprendo muy bien que he llegado al punto capital: el viejo yace ahora con la cabeza hendida y yo, después de haber descrito con tonos trágicos cómo quería matarle y cómo había empuñado ya la mano de almirez, declaro que de pronto huí de la ventana... ¡Es todo un poema! ¡En verso! ¿Puede creer en la palabra de un guapo como yo? ¡Ja-ja! ¡Qué guasones son ustedes, señores!

Se revolvió con toda su mole en la silla, que crujió.

—¿No observó usted —interrogó de pronto el fiscal, como si no se fijara siquiera en la agitación de Mitia—, no observó, al apartarse corriendo de la ventana, si la puerta que da al patio, en el otro extremo del pabellón, estaba abierta o cerrada?

—Sí, estaba cerrada.

—¿Cerrada?

—Sí, claro; además, ¿quién habría podido abrirla? Bah, la puerta... ¡un momento! —pareció que acababa de darse cuenta de algo y casi se estremeció—. ¿Acaso han encontrado ustedes la puerta abierta?

—Abierta.

—¿Y quién puede haberla abierto, si no han sido ustedes mismos?

Mitia, de pronto, quedó terriblemente perplejo.

—La puerta estaba abierta, el asesino de su padre entró sin duda alguna por ella y, cometido el asesinato, salió por la misma puerta —respondió el fiscal de manera clara, como subrayando las sílabas—. Esto, para nosotros, está completamente claro. El asesinato se efectuó, por lo visto, en la habitación *y no a través de la ventana,* cosa que se desprende con toda claridad de la posición del cuerpo y de todos los indicios observados en la investigación hecha en el lugar. Sobre esta circunstancia no cabe ni la más mínima duda.

Mitia estaba terriblemente sorprendido.

—¡Eso es imposible, señores! —gritó, desconcertado por completo—. Yo... yo no entré... afirmo categóricamente, con toda certeza, que la puerta estaba cerrada mientras me hallé cerca de la ventana y cuando huí corriendo. Sólo llegué al pie de la ventana y sólo le vi en la ventana, sólo... Recuerdo hasta el último instante. Y aunque no lo recordara, daría lo mismo, pues las *señales* las conocíamos Smerdiákov y yo, aparte de él, del difunto; y él, sin las señales, no habría abierto a nadie, ¡a nadie!

—¿Señales? ¿De qué señales se trata? —preguntó el fiscal con curiosidad ávida, casi histérica, perdiendo en un santiamén su actitud reservada y grave.

Lo preguntó como si se deslizara tímidamente. Había presentido la existencia de un hecho importante, desconocido de él, y sintió un miedo grandioso de que Mitia no quisiera descubrírselo por completo.

—¡Y usted no lo sabía! —Mitia le hizo un guiño, sonriéndose burlona y malignamente—. ¿Y si no se lo digo? ¿Por quién enterarse, entonces? Tenga en cuenta que los únicos en conocer esas señales éramos el difunto, Smerdiákov y yo, nadie más, a no ser el Cielo, mas el Cielo no se lo dirá, es evidente. Pero el detallito es curioso, el diablo sabe lo que de él se puede sacar, ¡ja-ja! Tranquilícense, señores, se lo descubriré, lo que están ustedes pensando son tonterías. ¡No saben ustedes con quién tratan! ¡Tratan ustedes con un acusado que declara contra sí mismo, en perjuicio suyo! Sí, porque yo soy un caballero con honor, ¡pero ustedes no lo son!

El fiscal tragó todas las píldoras, no hacía sino temblar de impaciencia para conocer el nuevo hecho. Mitia explicó con exactitud y profusión de detalles todo cuanto se refería a las señales que Fiódor Pávlovich había ideado para Smerdiákov; les contó lo que significaba cada golpe en la ventana, hasta hizo una demostración reproduciendo las señales con golpes sobre la mesa; y a la pregunta que le hizo Nikolái Parfiónovich de si él, Mitia, al llamar al viejo por la ventana había hecho precisamente la señal que significaba: «Ha venido Grúshenka», respondió sin ambages que ésta era, en efecto, la señal que había hecho.

—Ya están informados. ¡Ahora construyan su edificio! —terminó Mitia, dándoles otra vez la espalda con desprecio.

—¿Y de esas señales únicamente tenían noticia su difunto padre, usted y el criado Smerdiákov? ¿Nadie más? —insistió aún Nikolái Parfiónovich.

—Sí, el criado Smerdiákov y, además, el Cielo. Anoten lo del Cielo; no sobrará escribirlo. Ustedes mismos van a necesitar de Dios.

Empezaron a escribirlo, como es lógico, pero cuando ya lo estaban haciendo, el fiscal, como si de pronto hubiera tenido una nueva idea, añadió:

—Así resulta que si Smerdiákov estaba también al corriente de esas señales y usted rechaza de plano toda acusación respecto a la muerte de su padre, ¿no será él, Smerdiákov, quien, después de llamar dando los golpes convenidos, hizo que Fiódor Pávlovich abriera la puerta y luego... cometió el crimen?

Mitia le dirigió una mirada profundamente irónica, pero al mismo tiempo con una terrible carga de odio. Se le quedó contemplando en silencio largo rato, de modo que el fiscal empezó a parpadear.

—¡Otra vez ha cazado una raposa! —articuló al fin Mitia—. ¡Le ha aplastado la cola a la miserable, je-je! ¡Le veo a usted de parte a parte, fiscal! Usted se figuraba que yo iba a saltar al momento, que me agarraría a lo que acaba de insinuarme y me pondría a decir a grito pelado: «Ay, ha sido Smerdiákov, ¡éste es el asesino!» Reconozca que usted pensaba eso, reconózcalo, entonces continuaré.

Mas el fiscal no lo confesó. Callaba y esperaba.

—Se ha equivocado, ¡no me pondré a gritar acusando a Smerdiákov! —dijo Mitia.

—¿Ni siquiera sospechar de él en absoluto?

—¿Y ustedes?

—También hemos sospechado de él.

Mitia clavó los ojos en el suelo.

—Bromas aparte —articuló sombrío—, escúchenme: desde el primer momento, casi ya cuando me acerqué a ustedes desde detrás de la cortina, pensé por un instante: «¡Ha sido Smerdiákov!» Aquí, sentado a la mesa, gritaba que soy inocente de esta sangre y me decía: «¡Ha sido Smerdiákov!» Esa sospecha no se me iba del alma. Finalmente, ahora he pensado lo mismo: «¡Ha sido Smerdiákov!», mas sólo por un segundo, al instante he pensado: «¡No, no ha sido Smerdiákov!» Eso no es cosa suya, señores!

—En este caso, ¿no sospecha usted aún de alguna otra persona? —preguntó con cautela Nikolái Parfiónovich.

—No sé quién ni qué otra persona puede haber sido, no sé si se debe a la mano de los Cielos o de Satanás, pero... ¡no ha sido Smerdiákov! —concluyó decididamente Mitia.

—Mas ¿por qué asegura usted con tanta firmeza y tanta insistencia que no ha sido él?

—Por convicción. Por impresiones recibidas. Porque Smerdiákov es de lo más bajo y cobarde que existe. Ni siquiera es un cobarde, es la conjunción de todas las cobardías del mundo montadas sobre dos piernas. Ha nacido de una gallina. Cada vez que hablaba conmigo, temblaba de miedo a que le matara, aunque yo no levantase la mano. Caía a mis pies y lloraba, me besaba literalmente estas mismas botas altas que ahora llevo, suplicándome que «no lo asustara». ¿Lo oyen? Que «no lo asustara», ¿qué palabras son éstas? Yo, incluso, le hacía regalos. Es una gallina enfermiza que sufre de caduca[5], débil de inteligencia; un chaval de ocho años le pegaría. ¿Acaso es un hombre? No ha sido Smerdiákov, que ni siquiera tiene sed de dinero; no aceptaba ni el que le daba yo... Además, ¿qué motivos podrían haberle inducido a matar al viejo? Es posible que sea su propio hijo, su hijo natural, ¿lo saben ustedes?

—Hemos oído hablar de esa leyenda. Pero también usted es hijo de su padre y, no obstante, usted mismo ha dicho a todo el mundo que quería matarle.

—¡Otra piedra en mi huerto! ¡Y una piedra baja, vil! ¡No tengo miedo! ¡Oh, señores, quizás es demasiada vileza de su parte decirme esto en mi propia cara! Y es vil, porque he sido yo mismo quien les ha hablado de esa cuestión. No solamente quería matarle, sino que podía haberlo hecho, y voluntariamente me he acusado de haber estado a punto de hacerlo. Pero el caso es que no lo he matado yo, el caso es que me salvó mi ángel de la guarda, pero esto no lo toman ustedes en consideración... ¡Y por este motivo es vil lo que hacen, es vil! ¡Porque yo no lo he matado, no lo he matado! ¿Me oye, fiscal? ¡No lo he matado!

Casi se ahogaba. En todo el transcurso del interrogatorio no había llegado aún ni una sola vez a semejante estado de agitación.

—¿Y qué les ha dicho a ustedes, señores, nuestro Smerdiákov? —preguntó de súbito, después de un silencio—. ¿Puedo yo preguntárselo?

—Usted puede preguntarnos lo que quiera —le respondió el fiscal con aire frío y severo—, lo que quiera mientras esté relacionado con la parte material del asunto, con los hechos; y no-

---

5 Sólo en raras ocasiones emplea Dostoievski el término de «epilepsia» refiriéndose a la enfermedad de Smerdiákov; a lo largo del libro utiliza la denominación vulgar *padúchaia*, derivada del verbo *pádat* (caer), que en castellano tiene su equivalencia exacta en el nombre «caduca» (o «mal caduco»), hoy poco empleado, por lo que, en general, hemos preferido traducir *padúchaia* por «epilepsia».

sotros, le repito, estamos incluso obligados a responder satisfactoriamente a sus preguntas. Hemos encontrado al criado Smerdiákov, por el que usted pregunta, tumbado en su.cama y sin sentido, con un ataque terrible de epilepsia, que se le repetía ya quizá por diez veces consecutivas. El médico que nos acompañaba ha declarado que el enfermo quizá no llegaría vivo a mañana.

—¡En este caso, ha sido el demonio quien ha matado a mi padre! —dijo Mitia sin poderlo evitar, como si hasta aquel mismísimo instante no hubiese cesado de preguntarse: «¿Ha sido o no ha sido Smerdiákov?»

—Volveremos sobre esta cuestión —resolvió Nikolái Parfiónovich—, mas ahora quizá desee usted proseguir su relato.

Mitia pidió que le dejasen descansar un poco. Se lo permitieron con mucha amabilidad. Después, siguió el relato. Pero era evidente que le resultaba penoso. Estaba extenuado, ofendido y moralmente deshecho. Añádase a esto que el fiscal, ahora ya como si lo hiciera adrede, le irritaba a cada instante agarrándose a «pequeñeces». No bien Mitia hubo descrito cómo, a horcajadas sobre la valla, había asestado un golpe con la mano de almirez en la cabeza de Grigori que se le había agarrado a la pierna izquierda, y cómo había saltado enseguida al huerto y se había acercado a su víctima, el fiscal le interrumpió y le pidió que describiera con más detalles de qué modo estaba sentado sobre la valla. Mitia se sorprendió.

—Pues, estaba sentado así, a caballo, con una pierna a cada lado...

—¿Y la mano del almirez?

—Agarrada en el puño.

—¿No la tenía en el bolsillo? ¿Lo recuerda usted con tanto detalle? Así, pues, ¿alzó usted mucho el brazo para dar el golpe?

—Probablemente mucho, ¿por qué me lo pregunta?

—¿No podría usted sentarse en la silla exactamente como entonces en la valla y mostrarnos de manera práctica, para aclarárnoslo, cómo alzó el brazo, hasta qué altura y en qué dirección asestó el golpe?

—¿No se está usted burlando de mí? —preguntó Mitia después de dirigir una altanera mirada al interrogador, pero éste ni siquiera parpadeó. Mitia se volvió nerviosamente, se sentó a horcajadas en la silla y levantó el brazo—: ¡Así pegué! ¡Así maté! ¿Qué más quieren aún?

—Muchas gracias. ¿Tendría la bondad de explicarnos, ahora, por qué en realidad saltó al huerto, con qué fin y qué tenía realmente en cuenta?

—Diablo... salté para acercarme al caído... ¡No sé con qué objeto!

—¿Hallándose tan agitado? ¿Y huyendo?

—Sí, hallándome agitado y huyendo.

—¿Quería prestarle auxilio?

—Qué auxilio... Sí, es posible también que quisiera auxiliarle, no me acuerdo.

—¿No se acuerda? Es decir, ¿ni siquiera se daba cuenta perfecta de lo que hacía?

—Oh, no, de ningún modo; me daba perfecta cuenta de lo que hacía, lo recuerdo todo. Todo, hasta el más pequeño detalle. Salté para mirarle y le limpié la sangre con un pañuelo.

—Hemos visto su pañuelo. ¿Tenía la esperanza de devolver la vida a su víctima?

—No sé si tenía esa esperanza. Sencillamente, quería cerciorarme de si vivía o no.

—Ah, ¿quería cerciorarse? Bueno, ¿y qué?

—No soy médico, no pude resolver. Huí pensando que lo había matado, pero ha vuelto en sí.

—Magnífico —terminó el fiscal—. Muchas gracias. Eso es exactamente lo que necesitaba saber. Tenga la bondad de proseguir su declaración.

¡Ay!, a Mitia ni siquiera se le ocurrió contar, pese a recordarlo, que había saltado movido por un sentimiento de piedad y que, inclinado sobre la víctima, había pronunciado incluso varias palabras de compasión: «Le ha tocado al viejo, y ya no hay remedio.» El fiscal, por su parte, infirió de lo dicho una sola conclusión, la de que el hombre había saltado «en tal momento y en tal agitación», con el fin exclusivo de convencerse a ciencia cierta de si vivía o no el *único* testigo de su crimen. Y que, por ende, debía ser extraordinaria la fuerza, la decisión, la sangre fría y la prudencia del hombre que incluso en un momento semejante... etc. El fiscal estaba contento: «Había logrado irritar a ese hombre irascible con "pequeñeces", y el hombre se había ido de la lengua.»

Mitia continuaba penosamente su relato. Pero enseguida volvieron a interrumpirle; esta vez fue Nikolái Parfiónovich.

—¿Cómo pudo usted presentarse a la criada Fedosia Márkovna, teniendo las manos tan manchadas de sangre, y también el rostro, según se vio luego?

—¡Entonces, yo ni me daba cuenta de que estaba manchado de sangre!

—Lo que dice es verosímil, así suele ocurrir —observó el fiscal, cambiando una mirada con Nikolái Parfiónovich.

—Así fue precisamente, no me di cuenta, tiene usted toda la razón, fiscal —asintió Mitia de pronto.

Pero luego seguía la historia de la súbita resolución que había tomado Mitia de «retirarse» y «dejar el camino libre a los felices enamorados». Y ya no le fue posible volver a descubrir el corazón, como había hecho hacía poco, y hablar de la «reina del alma suya». Sentía repugnancia ante aquellas personas frías, «que se le clavaban como chinches». De ahí que en contestación a reiteradas preguntas, declarara breve y secamente:

—Bueno, decidí matarme. Para qué seguir viviendo: esa solución se imponía por sí misma. Se había presentado su primer amor, el indiscutible, el hombre que la había ofendido, pero que, transcurridos cinco años, volvía cariñoso para reparar la ofensa con el matrimonio. Comprendí que para mí todo había terminado... A mi espalda, el deshonor y, además, aquella sangre, la sangre de Grigori... ¿Para qué vivir? Fui a retirar las pistolas empeñadas para cargarlas y alojarme una bala en la cabeza al amanecer...

—Y durante la noche, la gran juerga, ¿no?

—Durante la noche, una gran juerga. ¡Eh, señores! ¡Terminen ya de una vez, demonio! Yo estaba absolutamente decidido a pegarme un tiro no lejos de aquí, en las afueras del pueblo, y lo habría hecho alrededor de las cinco de la mañana; había preparado un papelito que escribí en casa de Perjotin, cuando cargué la pistola, y me lo había puesto en el bolsillo. Aquí tienen el papel, pueden leerlo. ¡Si lo cuento no es por ustedes! —añadió de súbito despectivamente.

Sacó el papel del bolsillo del chaleco y se lo arrojó sobre la mesa; los jueces lo leyeron con curiosidad y, como es de rigor, lo incluyeron en el sumario.

—¿No había pensado aún en lavarse las manos, ni siquiera para ir a visitar al señor Perjotin? ¿No tenía miedo, pues, de despertar sospechas?

—¿Qué sospechas podían ser? Lo mismo daba que sospecharan o no, de todos modos habría venido aquí y a las cinco me habría pegado un tiro, nadie habría tenido tiempo de impedirlo. De no haber sido por el caso de mi padre, ustedes no se habrían enterado de nada, ésa es la verdad, y no habrían acudido aquí. ¡Oh, eso es obra del diablo! ¡Ha sido el diablo quien ha matado a mi padre y gracias a él se han enterado ustedes con tanta rapidez! ¿Cómo han podido presentarse tan pronto en este lugar? Es increíble, ¡es fantástico!

—El señor Perjotin nos ha declarado que usted, al entrar en su casa, tenía en la mano... en las manos manchadas de sangre... su dinero... mucho dinero... un fajo de billetes de cien rublos, y que también lo vio el joven que le sirve de criado.

—Así es, señores, recuerdo que es así.

—Ahora surge una preguntita. ¿No podría usted comunicarnos —empezó Nikolái Parfiónovich con extraordinaria suavidad— de dónde sacó de pronto tanto dinero, dado que, según se desprende de la instrucción, no tuvo usted tiempo ni siquiera de pasar por su casa?

El fiscal frunció levemente el ceño al oír esta pregunta, formulada de manera tan contundente, pero no interrumpió al juez.

—No, no pasé por mi casa —contestó Mitia, por lo visto muy tranquilo, aunque mirando al suelo.

—Permítanme pues, en este caso, repetir la pregunta —continuó Nikolái Parfiónovich, como si avanzara a rastras—. ¿De dónde pudo usted sacar tal suma cuando, según ha confesado usted mismo, a las cinco de la tarde, el mismo día...?

—Necesitaba diez rublos y empeñé las pistolas a Perjotin; luego fui a ver a Jojlakova para que me prestara tres mil, que no me dio, etcétera, y así sucesivamente —cortó con brusquedad Mitia—. Ya ven, señores, me encontraba necesitado y de repente aparecieron tres mil rublos, ¿eh? ¿Saben, señores? Ahora ustedes tiemblan, los dos, pensando que quizá no les diga de dónde saqué esos rublos. Pues así es: no se lo diré, señores, lo han adivinado, no lo sabrán —manifestó, recalcando las sílabas con gran decisión.

Los jueces guardaron un breve silencio.

—Comprenda, señor Karamázov, que para nosotros es de absoluta necesidad saberlo —repuso Nikolái Parfiónovich queda y resignadamente.

—Lo comprendo, pero no lo diré.

También intervino el fiscal y recordó otra vez que el interrogado, naturalmente, puede no responder a las preguntas si entiende que así le conviene, etc.; pero teniendo en cuenta el perjuicio que el inculpado puede ocasionarse a sí mismo con su silencio y, sobre todo, teniendo en cuenta la mucha importancia de las cuestiones que...

—¡Y así sucesivamente, señores, así sucesivamente! ¡Basta, ya he oído antes esa letanía! —interrumpió otra vez Mitia—. Comprendo muy bien la importancia de la cuestión y que ése es el punto capital, pero no lo diré.

—A nosotros poco nos importa, no es nuestro interés el que está en juego sino el suyo: usted se perjudica a sí mismo —manifestó nerviosamente Nikolái Parfiónovich.

—Verán, señores, bromas aparte —Mitia levantó los ojos y miró con firmeza a los dos interlocutores—. Desde el primer momento he presentido que en este punto chocaríamos. Pero al principio, cuando he empezado mi declaración, todo eso se encontraba impreciso, como envuelto en una neblina lejana, y he sido tan cándido que he empezado proponiendo establecer «una confianza recíproca entre nosotros». Ahora me doy perfecta cuenta de que esa confianza no podía existir, porque pese a todo debíamos llegar a ese muro maldito. Bueno; ¡ya hemos llegado, claro está! ¡No puedo continuar, y basta! De todos modos, no les culpo a ustedes, ¡no pueden ustedes creerme bajo palabra, lo comprendo!

Se calló, taciturno.

—¿No podría usted, sin alterar en lo más mínimo su decisión de callar lo esencial, no podría usted, al mismo tiempo darnos aunque sólo fuera la más pequeña indicación acerca de los poderosos motivos que le han inducido a silenciar las verdaderas declaraciones en un momento tan peligroso para usted?

Mitia se sonrió tristemente y como pensativo.

—Soy bastante mejor de lo que ustedes creen, señores; les explicaré el motivo de mi silencio, les facilitaré esa indicación, aunque no son dignos de que lo haga. Si me callo, señores, es porque en esta cuestión se encuentra un motivo de deshonor para mí. En la respuesta a la pregunta: de dónde he sacado ese dinero, va incluido tal deshonor, para mí, que con él no podrían compararse ni siquiera el asesinato y robo de mi padre, si lo hubiera matado y robado yo. Tal es la razón de que no pueda hablar. La vergüenza me lo impide. Qué, señores, ¿no quieren escribir esto?

—Sí, lo escribiremos —musitó Nikolái Parfiónovich.

—No deberían de anotar lo que hace referencia al «deshonor». Si se lo he declarado, ha sido únicamente por bondad, podía no haberlo explicado; como quien dice, es un regalo que les he hecho y ustedes se dan prisa a escribirlo. Bueno, escriban, escriban lo que quieran —concluyó, despectivo y con expresión de asco—; no los temo y... mantengo mi orgullo ante ustedes.

—¿No podría usted decirnos de qué género es ese deshonor? —balbuceó Nikolái Parfiónovich.

El fiscal frunció terriblemente las cejas.

—Tse-tse, *c'est fini*[6], no se cansen. Además, no vale la pena emporcarse. Bastante me he emporcado ya con ustedes. No valen ustedes, ni ustedes ni nadie... Basta, señores, aquí corto.

Lo había dicho muy categóricamente. Nikolái Parfiónovich dejó de insistir, pero al momento se dio cuenta, por las miradas de Ippolit Kiríllovich, de que éste aún no había perdido la esperanza.

—¿No podría, por lo menos, declararnos cuál era la suma que tenía usted en sus manos cuando entró en casa del señor Perjotin, es decir, cuántos rublos tenía usted?

—Tampoco puedo declarar eso.

—Al parecer, habló usted al señor Perjotin de tres mil rublos como si los hubiera recibido de la señora Jojlakova, ¿es así?

—Es posible. Basta, señores; no diré cuánto tenía.

---

6 está terminado (fr.).

—En ese caso, tómese la molestia de describir cómo ha venido a Mókroie y qué ha hecho después de su llegada.

—Oh, sobre todo eso pregunte a todos los de aquí. De todos modos, estoy dispuesto a contárselo yo mismo.

Lo contó, pero no vamos a reproducir lo que dijo. Hizo un relato seco, superficial. No se refirió para nada a las exaltaciones de su amor. Contó, sin embargo, cómo la decisión de suicidarse desapareció en él «en virtud de nuevos hechos». Narraba sin explicar la motivación de los actos, sin extenderse en detalles. Los jueces no le inquietaron mucho esta vez: era evidente que tampoco para ellos se encontraba allí lo esencial.

—Todo esto lo comprendemos, volveremos a estas cuestiones cuando interroguemos a los testigos, lo cual, desde luego, se hará en presencia de usted —dijo Nikolái Parfiónovich, poniendo fin al interrogatorio—. Ahora permítame rogarle que ponga sobre la mesa todos los objetos que lleve encima y, sobre todo, todo el dinero que ahora posea.

—¿El dinero, señores? Como ustedes manden, comprendo que es necesario. Hasta me sorprende que no hayan sentido curiosidad por él antes. La verdad es que no habría ido a ninguna parte, estoy bajo su mirada. Bueno, he aquí mi dinero, cuéntenlo, tómenlo, creo que es todo lo que tengo.

Vació por completo sus bolsillos, puso sobre la mesa hasta la calderilla; sacó de un bolsillo lateral del chaleco dos monedas de diez kópeks. Contaron el dinero; resultó que había ochocientos treinta y seis rublos con cuarenta kópeks.

—¿Eso es todo? —preguntó el juez de instrucción.

—Todo.

—Usted, al hacer su declaración, ha tenido a bien decir que había gastado trescientos rublos en la tienda de los Plótnikov, que había dado diez a Perjotin, veinte al cochero, que había perdido doscientos aquí jugando; luego...

Nikolái Parfiónovich lo contó todo. Mitia le ayudó de buena gana. Hicieron memoria de todo lo gastado, hasta el último kópek, y lo incluyeron en la cuenta. Nikolái Parfiónovich calculó rápidamente el total.

—Con estos ochocientos rublos, al principio tendría usted, por lo visto, unos mil quinientos rublos, ¿no es así?

—Por lo visto —contestó Mitia.

—¿Cómo afirman todos, pues, que había mucho más?

—Que lo afirmen.

—Usted mismo lo ha afirmado.

—Yo mismo lo he afirmado.

—Comprobaremos aún todo esto con las declaraciones de otros testigos aún no interrogados; por lo que respecta a su dinero, no se preocupe, se guardará donde corresponde y lo tendrá usted a su disposición cuando termine todo... lo que se ha comenzado... si resulta o, por así decirlo, si se demuestra que tiene usted sobre ellos derecho indiscutible. Bien, ahora...

Nikolái se levantó de repente y con voz firme declaró a Mitia que se veía «en la necesidad y en el deber» de examinar con el mayor detalle y escrupulosidad «tanto su traje como todo...».

—Como ustedes digan, señores; si quieren sacaré los forros de todos mis bolsillo.

Y, realmente, empezó a sacarlos.

—Será necesario incluso quitarse la ropa.

—¿Cómo? ¿Desnudarme? ¡Uf, demonio! ¡Regístrenme así! ¿No sería posible?

—De ningún modo, Dmitri Fiódorovich. Es necesario quitarse la ropa.

—Como quieran —se sometió Mitia hoscamente—; pero aquí no, por favor, sino detrás de la cortina. ¿Quien hará el examen?

—Naturalmente, detrás de la cortina —respondió Nikolái Parfiónovich, inclinando la cabeza en señal de asentimiento. Su carita adquirió hasta un aire de suma gravedad.

VI

EL FISCAL DESCONCIERTA A MITIA

EMPEZÓ algo por completo inesperado y sorprendente para Mitia. ¡Jamás, ni siquiera un minuto antes, habría podido imaginar que alguien pudiera tratarle a él, Mitia Karamázov, de aquel modo! Fue algo humillante, una manifestación «de orgullo y desprecio hacia él», por parte de los otros. Pase si hubiera debido quitarse sólo el chaqué, mas le pidieron que siguiera desvistiéndose. Ni siquiera se lo pidieron, en realidad se lo ordenaron; Mitia lo comprendió muy bien. Por orgullo y desdén se subordinó en absoluto, sin decir palabra. Además de Nikolái Parfiónovich y el fiscal, pasaron al otro lado de la cortina algunos mujíks, «naturalmente, por si había que recurrir a la fuerza —pensó Mitia—, y quizás, además, por algún otro motivo».

—Bueno, pero ¿es posible que también haya de quitarme la camisa? —preguntó con brusquedad.

Pero Nikolái Parfiónovich no le respondió: estaba sumido, junto con el fiscal, en el examen del chaqué, de los pantalones, del chaleco y de la gorra, y era evidente que ambos se sentían muy interesados por el examen: «No se andan con cumplidos —pensó Mitia—, no observan siquiera las reglas más elementales de cortesía.»

—Se lo pregunto por segunda vez: ¿he de quitarme la camisa, o no? —repitió en un tono aún más seco e irritado.

—No se inquiete, ya le avisaremos —respondió Nikolái Parfiónovich en tono autoritario. Por lo menos así se lo pareció a Mitia.

Entretanto, el juez y el fiscal estaban cambiando impresiones en voz baja. En el chaqué, sobre todo en el faldón izquierdo, por atrás, se veían enormes manchas de sangre secas, acartonadas, no muy reblandecidas todavía. También había en los pantalones. Además, Nikolái Parfiónovich, en presencia de los testigos, palpó por sí mismo el cuello, las solapas y todas las costuras del chaqué y de los pantalones, por lo visto buscando alguna cosa, sin duda dinero. Lo más grave era que no ocultaban a Mitia la sospecha de que él hubiera podido ser capaz de esconder dinero cosiéndolo en las dobleces de la ropa. «Ya me tratan como a un ladrón y no como a un oficial», rezongó para sus adentros. Se comunicaban los pensamientos en presencia de Mitia con una claridad pasmosa. Por ejemplo, el secretario, muy servicial y solícito, que se encontraba también detrás de la cortina, llamó la atención de Nikolái Parfiónovich sobre la gorra; también la palparon: «Acuérdense del escribiente Gridienka —indicó el secretario—; este verano le enviaron a percibir los haberes para toda la oficina, y al regresar declaró que se había emborrachado y lo había perdido. ¿Dónde se lo encontraron?

Pues en los bordes, como éstos; los billetes de cien estaban enrollados y cosidos en los bordes de la gorra». Tanto el juez de instrucción como el fiscal recordaron muy bien el caso de Gridienka; apartaron, pues, la gorra de Mitia y decidieron que más tarde habría que volverla a examinar muy seriamente, lo mismo que toda la ropa.

—Permítame —gritó de pronto Nikolái Parfiónovich, viendo completamente manchado de sangre el puño derecho de la camisa de Mitia—, permítame. ¿Qué es esto, sangre?

—Sangre —respondió desabrido Mitia.

—Bueno, pero cuál... ¿y por qué ha doblado el puño hacia el interior de la manga?

Mitia contó cómo se había manchado el puño de la camisa al ocuparse de Grigori y que lo había doblado al lavarse las manos en casa de Perjotin.

—También hemos de tomar su camisa, es muy importante... para las pruebas materiales.

Mitia se puso rojo y no pudo contenerse.

—Entonces, qué, ¿he de quedarme desnudo? —gritó.

—No se intranquilice... Ya solucionaremos esta cuestión de una manera u otra; por de pronto haga el favor de quitarse también los calcetines.

—¿No está bromeando? ¿Es realmente tan necesario? —a Mitia le centellearon los ojos de cólera.

—No estamos para bromas —replicó, severo, Nikolái Parfiónovich.

—Qué le vamos a hacer; si es necesario.. yo... —balbuceó Mitia, y empezó a quitarse los calcetines después de sentarse en la cama.

Se sentía intolerablemente confuso: todos iban vestidos menos él; cosa rara: desnudo, hasta él mismo se sentía como culpable ante los demás, y, sobre todo, casi estaba de acuerdo en que él, de súbito, se había vuelto inferior a todos los otros, quienes ya tenían pleno derecho a despreciarle. «Si todos estuvieran desnudos, no sería bochornoso; pero cuando es uno solo y los demás miran, ¡qué vergüenza! —pensaba una y otra vez—. Parece un sueño; a veces, en sueños me he visto en situaciones vergonzosas como ésta.» Pero quitarse los calcetines hasta le resultaba una tortura: no los llevaba muy limpios, como tampoco llevaba limpia la ropa interior, y ahora todos se daban cuenta. Además, él mismo veía con desagrado sus pies; siempre le había parecido que tenía deformes los dedos gordos, sobre todo el del pie derecho, tosco, plano, con la uña doblada hacia abajo; ahora lo iban a ver todos. La insoportable vergüenza le exasperó y le hizo ya intencionadamente grosero. Se arrancó la camisa del cuerpo.

—¿No quieren aún rebuscar en otro sitio, si no les da vergüenza?

—No, por ahora no es necesario.

—Entonces, qué, ¿he de quedarme así, en pelotas? —añadió furioso.

—Sí, por ahora es necesario... Tenga la bondad de sentarse aquí; mientras tanto, puede tomar una manta de la cama y abrigarse; yo... ya arreglaré yo todo esto.

Mostrando todos los objetos a los testigos, levantaron acta de la inspección y, finalmente, salió Nikolái Parfiónovich; tras él sacaron la ropa. También salió Ippolit Kiríllovich. No quedaron con Mitia más que los mujíks, quienes permanecían de pie, en silencio, sin apartar de él la vista. Mitia se envolvió con la manta; sentía frío, pero no lograba taparse los pies, que quedaban al descubierto. Nikolái Parfiónovich tardaba mucho en volver; «me tortura esperando», «me toma por un mocoso», pensaba Mitia rechinando de dientes. «Ese cerdo de fiscal también ha salido, por desprecio, sin duda; le ha dado asco mirar a un hombre desnudo.» De todos modos, suponía Mitia que estarían examinando en otra estancia sus vestidos y que se los devolverían. Pero cuál no fue su indignación cuando Nikolái Parfiónovich reapareció con un mujik que le traía otra ropa.

—Bueno, aquí tiene usted un traje —dijo el juez con familiaridad, por lo visto muy satisfecho del éxito de sus gestiones—. Es el señor Kalgánov quien lo ofrece por este caso tan curioso, así como una camisa limpia. Por suerte, llevaba todo esto en la maleta. Puede usted quedarse con su propia ropa interior y con sus calcetines.

Mitia se encrespó terriblemente.

—¡No quiero ropa de otro! —gritó—. ¡Denme la mía!

—Es imposible.

—Denme mi ropa, ¡al diablo Kalgánov, su traje y él en persona!

Costó mucho persuadirle. Bien que mal, sin embargo, le calmaron. Insistieron en que aquel traje manchado de sangre debía «unirse a la colección de pruebas materiales», de ningún modo podían devolvérselo, «no tenían ni siquiera derecho a hacerlo... pensando en el cariz que puede tomar la causa». Mitia, al fin, lo comprendió bien que mal. Se calló, sombrío, y empezó a vestirse a toda prisa. Indicó, tan sólo al ponerse el traje, que éste era mucho mejor que el otro, y que no quería «aprovecharse». Además, le resultaba «humillantemente estrecho. ¿Qué quieren, que me disfrace con él de bufón... para que ustedes se diviertan?»

Otra vez procuraron convencerle de que también en este caso exageraba, de que el señor Kalgánov, aunque algo más alto que él, tenía aproximadamente la misma estatura, sólo los pantalones resultarían un poco largos. Pero la casaca le quedaba realmente estrecha de hombros.

—Mal rayo, hasta abrocharse es difícil —rezongó otra vez Mitia—. Y les ruego que hagan el favor de decir ahora mismo, de mi parte, al señor Kalgánov que no he sido yo quien ha pedido su traje y que me han obligado a disfrazarme de bufón.

—Él lo comprende muy bien y lo deplora... es decir, no deplora lo del traje, sino, en realidad, todo lo que ha ocurrido... —musitó Nikolái Parfiónovich.

—¡Me importa un bledo que lo deplore! Bueno, y ¿ahora adónde hay que ir? ¿O no he de moverme de aquí?

Le pidieron que pasara otra vez a «esa habitación». Mitia salió con el ceño fruncido de rabia, procurando no mirar a nadie. Vestido con un traje ajeno, se sentía por completo difamado, incluso ante aquellos mujíks y Trifón Borísovych, cuyo rostro apareció por un momento a la puerta y se esfumó: «Ha venido a echar un vistazo al bufón», pensó Mitia. Se sentó en la silla que había ocupado antes. Tenía la impresión de estar sumido en una pesadilla, de encontrarse ante algo absurdo, como si hubiera perdido el juicio.

—Bueno, y ahora qué, ¿empezará a aplicarme la pena de azotes? Otra cosa no le queda ya por hacer —dijo, rechinando de dientes, dirigiéndose al fiscal.

Hacia Nikolái Parfiónovich, ya ni quería volverse, como si tuviera a menos dirigirle la palabra. «Ha examinado con demasiada atención mis calcetines, y aun ha ordenado, el canalla, que les dieran la vuelta; ¡lo ha hecho adrede, para que todo el mundo viera qué sucia llevaba yo la ropa interior!»

—Ahora habrá que proceder al interrogatorio de los testigos —manifestó Nikolái Parfiónovich a modo de respuesta de Mitia.

—Sí —asintió caviloso el fiscal, como si estuviera también reflexionando algo.

—Nosotros, Dmitri Fiódorovich, hemos hecho lo que hemos podido en interés de usted —prosiguió el juez—; pero después de su negativa rotunda a explicarnos de dónde procede la suma que se encontraba en su poder, en este momento...

—¿De qué es la sortija que lleva? —le interrumpió de pronto Mitia, como si saliera de su ensimismamiento, señalando con el dedo uno de los tres grandes anillos que adornaban la mano derecha de Nikolái Parfiónovich.

—¿El anillo? —volvió a preguntar el juez, sorprendido.

—Sí, éste... el que lleva en el dedo mayor, con una piedra veteada. ¿Qué piedra es? —insistió irritado, como un niño terco.

—Es un topacio ahumado —Nikolái Parfiónovich se sonrió—, ¿quiere verlo? Me lo quitaré...

—¡No, no, no se lo quite! —gritó furioso consigo mismo—. No se lo quite, no es necesario... Diablos... Señores, ¡me han envilecido el alma! ¿Cómo pueden ustedes creer que si yo hubiera matado realmente a mi padre procuraría ocultárselo, recurriendo a la astucia y a la mentira, escondiéndome? No, Dmitri Karamázov no es así, no lo soportaría; ¡si yo fuera culpable, se lo juro, no habría esperado su venida aquí ni la salida del sol, como decidí al principio, sino que me habría suicidado antes, sin esperar el alba! Lo siento ahora en mi interior. ¡Veinte años de vida no me habrían enseñado tanto como esta maldita noche!... ¿Me habría comportado yo como lo he hecho esta noche, como me estoy comportando ahora mismo con ustedes? ¿Hablaría como estoy hablando, me movería como me estoy moviendo, les miraría a ustedes y a todo el mundo como estoy mirando si fuera en realidad un parricida, cuando hasta la muerte casual de Grigori me ha torturado toda la noche? ¡Y no por miedo, oh, no sólo por miedo al castigo! ¡Qué vergüenza! ¿Y quisieran que a unos guasones como ustedes, que no ven ni creen nada, a unos topos y guasones les abriera y contara una nueva infamia mía, una nueva vergüenza, aunque ello me salvara de su acusación? ¡Mejor es ir a presidio! El asesino es el que ha abierto la puerta para entrar en la casa de mi padre, el que la ha franqueado. Ese es el asesino y el ladrón. ¿De quién se trata? Me pierdo en conjeturas y me atormento, pero no es Dmitri Karamázov, sépanlo. Eso es todo lo que puedo decirles, y basta, no insistan... Depórtenme, mándenme al patíbulo, pero no me irriten más. No diré nada más. ¡Llamen a sus testigos!

Mitia pronunció su inesperado monólogo como si hubiera decidido ya de manera definitiva callar en adelante. El fiscal le estuvo observando con mucha atención, y no bien Mitia hubo terminado, dijo con toda frialdad y calma, como si se tratara de la cosa más normal:

—Precisamente, acerca de esa puerta abierta a la que acaba usted de referirse, podemos comunicarle, muy a propósito en este momento, una declaración en extremo curiosa y en alto grado importante para usted y para nosotros, hecha por el viejo Grigori Vasíliev, a quien usted hirió. Al volver en sí, el viejo nos ha comunicado con toda claridad e insistencia, respondiendo a nuestras preguntas, que cuando se hallaba en el porche y oyó cierto ruido en el huerto, decidió entrar en él por la puertecita que había quedado abierta; al hacerlo, antes incluso de distinguirle a usted corriendo en la oscuridad (huyendo, según nos ha comunicado usted a nosotros, de la ventana abierta en la que había visto a su padre), Grigori dirigió una mirada a la izquierda y vio realmente esa ventana abierta, pero al mismo tiempo vio abierta de par en par la puerta, mucho más cerca del lugar en que él se encontraba, de la que usted afirma que estuvo siempre cerrada durante todo el tiempo en que permaneció usted allí. No le ocultaré que el propio Vasíliev ha llegado a la firme conclusión, y así lo declara, de que usted había salido corriendo por la puerta, aunque, desde luego, no lo vio con sus propios ojos, pues cuando le distinguió por primera vez, a cierta distancia, corría usted ya por el huerto en dirección a la valla...

Estaba el fiscal en la mitad de su discurso cuando Mitia se levantó bruscamente de la silla.

—¡Es absurdo! —clamó frenético—. ¡Es una mentira descarada! No pudo ver la puerta abierta, porque entonces estaba cerrada... ¡Miente!

—Considero mi deber repetirle que su declaración es firme. Grigori no vacila al hacerla. Se mantiene en ella. Le hemos interrogado varias veces sobre este particular.

—¡He sido yo, precisamente, quien le ha interrogado varias veces! —confirmó con cierto calor Nikolái Parfiónovich.

—¡No es verdad, no es verdad! O es una calumnia contra mí o es la alucinación de un loco —siguió gritando Mitia—. Habrá creído verla así delirando, bañado en sangre, herido, al recobrar el conocimiento... y sigue delirando.

—Sí, pero se dio cuenta de que la puerta estaba abierta no cuando recobró el conocimiento, después de la herida, sino antes, cuando entró en el huerto después de salir del pabellón.

—No es cierto, no es cierto, ¡no puede ser! Me calumnia por rencor... No pudo haberlo visto... Yo no huí por la puerta —Mitia se sofocaba.

El fiscal se volvió hacia Nikolái Parfiónovich y le dijo en tono grave:

—Muéstreselo.

—¿Conoce usted este objeto? —Nikolái Parfiónovich colocó sobre la mesa un sobre grande, de papel grueso, de los que se usan en las oficinas, en el que se veían aún los tres sellos de lacre, intactos.

El sobre estaba vacío, roto por uno de sus lados, Mitia lo miró con los ojos desorbitados.

—Esto, esto es, por lo visto, el sobre de mi padre —balbuceó—, el que contenía tres mil rublos... Si lleva la inscripción... permítanme: «a mi pollita»... Aquí está; tres mil rublos —gritó—, tres mil, ¿ven?

—Claro, lo vemos, pero ya no encontramos el dinero, el sobre estaba vacío, tirado en el suelo, al pie de la cama, detrás de los biombos.

Mitia se quedó unos minutos como pasmado.

—¡Señores, ha sido Smerdiákov! —vociferó de súbito con todas sus fuerzas—. ¡Es él el asesino, es él el ladrón! Él es el único que sabía dónde el viejo tenía escondido el sobre... ¡Ha sido él, ahora está claro!

—Pero también usted tenía noticia del sobre y de que se encontraba debajo de la almohada.

—Nunca lo he sabido; nunca lo había visto, lo veo ahora por primera vez, sólo había oído hablar del sobre a Smerdiákov... Él era el único que sabía dónde lo escondía el viejo, pero yo no lo sabía... —añadió Mitia con la respiración entrecortada.

—Sin embargo, usted mismo nos ha declarado hace poco que el sobre lo tenía su difunto padre debajo de la almohada. Usted ha dicho precisamente debajo de la almohada; está claro que lo sabía.

—¡Así lo hemos escrito! —confirmó Nikolái Parfiónovich.

—¡Es absurdo, es insensato! Yo ignoraba en absoluto dónde estaba. Es posible que no estuviera debajo de la almohada... Yo lo he dicho así, al azar... ¿Qué declara Smerdiákov? ¿Le han preguntado ustedes dónde estaba el sobre? ¿Qué declara Smerdiákov? Eso es lo principal... Yo he mentido adrede... Les he mentido creyendo que no estaba debajo de la almohada, y ahora ustedes... Bueno, ustedes ya saben que a veces uno dice lo que le viene a la lengua y miente. Pero el único enterado era Smerdiákov, ¡él y nadie más!... ¡Ni siquiera a mí me dijo dónde estaba el sobre! Ha sido él, ha sido él; no hay duda alguna de que ha sido él quien le ha asesinado, ahora para mí está tan claro como la luz del día —exclamó Mitia cada vez más y más frenético, repitiéndose con frases incoherentes, presa de una exaltación creciente—. Compréndalo y deténganle cuanto antes, cuanto antes... ¡Ha sido él y no otro quien asesinó a mi padre cuando yo huía y Grigori yacía sin sentido, ahora está claro...! Él hizo la señal y mi padre le abrió... Porque él era el único que conocía las señales, y sin la señal convenida mi padre no habría abierto a nadie...

—Pero otra vez se olvida usted de la circunstancia —repuso el fiscal, con la misma reserva que hasta entonces, pero como si ya triunfara— de que ni era necesario hacer las señales si la puerta estaba ya abierta cuando se encontraba usted allí, en el huerto...

—La puerta, la puerta —balbuceó Mitia y se calló, fijando

en el fiscal la mirada; volvió a dejarse caer en la silla, impotente.

Todos callaron.

—¡Sí, la puerta!... ¡Es un fantasma! ¡Dios está en contra mía! —exclamó, ya sin conciencia de lo que decía, mirando ante sí.

—Ya ve —añadió gravemente el fiscal—, y juzgue ahora usted mismo, Dmitri Fiódorovich: por una parte, esta declaración sobre la puerta abierta por la que usted huyó, declaración que nos aplasta a todos, a usted y a nosotros. Por otra parte, su silencio incomprensible, tenaz y casi exasperado respecto a la procedencia del dinero que apareció de súbito en sus manos, siendo así que tres horas antes, según su propia declaración, había empeñado usted sus pistolas, para obtener sólo diez rublos. Con estos hechos a la vista, juzgue usted mismo: ¿qué hemos de creer y a qué conclusión hemos de llegar? Y no pretenda hacer de nosotros unos «cínicos fríos y unos guasones», incapaces de creer en los nobles impulsos del alma de usted... Al contrario, procure situarse en nuestro lugar...

Mitia experimentaba una agitación inimaginable, palideció.

—¡Está bien! —exclamó de pronto—. Les descubriré mi secreto, ¡les descubriré de dónde he sacado el dinero! Revelaré mi vergüenza para no tener que culparme luego ni culparles a ustedes...

—Crea, Dmitri Fiódorovich —manifestó Nikolái Parfiónovich con una vocecita enternecedoramente alegre—, que toda confesión sincera y completa, hecha en este momento, podría más tarde atenuar de manera extraordinaria su suerte, e incluso, además...

Pero el fiscal le dio un golpecito por debajo de la mesa y el juez pudo detenerse a tiempo. La verdad es que Mitia, por otra parte, ni le escuchaba.

EL GRAN SECRETO DE MITIA.
SE RÍEN DE ÉL

—Señores —empezó a decir con la misma agitación—, ese dinero... quiero confesarlo todo... ese dinero era mío.

Al fiscal y al juez hasta las caras se les alargaron; no era esto, ni mucho menos, lo que ellos esperaban.

—¿Cómo era suyo —musitó Nikolái Parfiónovich—, si a las cinco de la tarde, según ha declarado usted mismo...?

—¡Al diablo las cinco de la tarde de ese día y mi propia declaración; no se trata de eso, ahora! Ese dinero era mío, mío, es decir, robado... es decir, no mío, sino robado, robado por mí. Había mil quinientos rublos, que llevaba siempre conmigo, siempre conmigo...

—¿Pero de dónde los había sacado?

—Del cuello, señores, los saqué del cuello, miren; de este cuello mío... Los llevaba aquí, cosidos en un trapo y colgando del cuello, hacía ya tiempo, hacía ya un mes que los llevaba colgando del cuello, ¡con vergüenza y deshonor!

—Pero ¿dónde se los apropió usted?

—Usted quería decir: «robó». Llamen ahora las cosas por su nombre. Sí, considero que es como si los hubiera robado. Y ayer por la tarde ya los robé de manera definitiva.

—¿Ayer por la tarde? ¡Pero acababa de decir usted que los... obtuvo hace ya un mes!

—Sí, pero no en casa de mi padre, no en casa de mi padre, tranquilícense, no los robé en casa de mi padre, sino a ella. Déjenme contar y no me interrumpan. Es penoso. Verán: hace un mes, me mandó llamar Katerina Ivánovna Verjóvtseva, mi ex novia... ¿La conocen ustedes?

—Desde luego.

—Sé que la conocen. Es un alma nobilísima, muy noble entre las nobles, pero que me odia hace tiempo. ¡Oh, hace tiempo, hace tiempo!... ¡Y me lo merezco, merezco que me odie!

—¿Katerina Ivánovna? —preguntó el juez, sorprendido.

El fiscal también se quedó con los ojos extraordinariamente abiertos.

—¡Oh, no pronuncien su nombre en vano! Soy un canalla por sacarlo a relucir aquí. Sí, yo veía que me odiaba... hace tiempo... desde la primera vez, desde que estuvo en mi apartamento allí... Pero basta, basta, ustedes ni siquiera son dignos de saberlo, de ello no hay que hablar en absoluto... Lo único que hace falta es decir que me mandó llamar hace un mes y me entregó tres mil rublos para que los enviase a su hermana y a otra pariente suya, a Moscú (¡como si no hubiera podido enviárselos ella misma!). Y yo... eso fue precisamente en aquella hora fatal de mi existencia, cuando yo... en una palabra, cuando yo acababa de enamorarme de otra, de *ella*, de la de ahora, la que tienen ustedes abajo, Grúshenka... Entonces la traje aquí, a Mókroie, y en dos días me gasté en una francachela la mitad de aquellos malditos tres mil rublos, es decir, mil quinientos, y me guardé la otra mitad. Pues bien, son esos rublos que me guardé los que llevaba colgando del cuello, a modo de escapulario, pero ayer abrí el saquito para gastármelos en otra juerga. Los ochocientos rublos que me quedan son los que tiene usted ahora, Nikolái Parfiónovich, es lo que me queda de los mil quinientos de ayer.

—Permítame, ¿cómo se entiende eso? Usted despilfarró entonces, hace un mes, aquí, tres mil rublos y no mil quinientos, ¿no lo sabe todo el mundo?

—¿Y quién lo sabe? ¿Quién los contó? ¿A quién dejé yo que contara el dinero?

—Por favor, usted mismo ha dicho a todo el mundo que entonces dilapidó exactamente tres mil rublos.

—Es cierto, lo he dicho, por toda la ciudad y toda la ciudad lo ha repetido; todos han creído, y también aquí, en Mókroie, lo han creído, que se trataba de tres mil rublos. Sólo que en realidad, a pesar de todo, no derroché tres mil rublos, sino mil quinientos, y los otros mil quinientos me los cosí en el saquito; ésa es la verdad, señores ésa es la procedencia del dinero de ayer...

—Eso casi resulta milagroso... —balbuceó Nikolái Parfiónovich.

—Permítame que le pregunte —terció en ese momento el fiscal— si no habló usted de esta circunstancia a alguien antes... es decir, que se guardó usted esos mil quinientos rublos ya entonces, hace un mes.

—No lo he dicho a nadie.

—Es raro. ¿Es posible que no lo haya comunicado absolutamente a nadie?

—Absolutamente a nadie. A nadie, a nadie.

—Pero ¿por qué ese silencio? ¿Qué le ha inducido a hacer de ello un secreto tan grande? Me explicaré con más exactitud: usted nos ha revelado, por fin, su secreto, tan «deshonroso» a su entender, aunque en esencia (claro que hablando sólo en sentido relativo) ese acto, la apropiación de tres mil rublos que no eran suyos y, sin duda alguna, sólo temporalmente, ese acto, por lo menos a mi modo de ver, no es más que un acto en alto grado frívolo, pero no tan deshonroso, sobre todo si se toma en consideración el carácter de usted... Admitamos que es, incluso, en alto grado desprestigioso, estoy de acuerdo, pero aún no deshonroso... A lo que yo quiero llegar, en realidad, es a que sin necesidad de su confesión, han sido muchos quienes han adivinado durante este mes que ha dilapidado usted los tres mil rublos de la señora Verjóvtseva, yo mismo he oído contar esta leyenda... Mijaíl Makárovich, por ejemplo, también. De modo que, al fin, no se trata ya de una leyenda, sino de un chismorreo de toda la ciudad. Por otra parte, hay indicios de que usted mismo, si no me equivoco, ha confesado ya a alguien que ese dinero era de la señora Verjótseva... Por eso me sorprende a mí demasiado el que hasta ahora, es decir, hasta el momento presente, haya rodeado usted de un misterio tan insólito el haber separado, según palabras suyas, mil quinientos rublos, presentando ese misterio como algo horrible... Es inverosímil que un secreto como ése haya podido atormentarle tanto para poderlo confesar... pues usted ha gritado hace unos momentos que prefería el presidio a confesar...

El fiscal calló. Se había acalorado. No disimulaba su despecho, casi su ira, y había expuesto lo que se le había acumulado en el espíritu hasta sin preocuparse de dar forma bella a sus palabras, es decir, sin ilación y de manera casi confusa.

—El deshonor no está en los mil quinientos rublos, sino en

haber separado esa cantidad de aquellos tres mil —repuso Mitia firmemente.

—Qué más da —el fiscal se sonrió con irritación—. ¿Qué hay de deshonroso, a su modo de ver, en el hecho de separar la mitad de los tres mil rublos tomados por usted mismo de manera tan desprestigiosa o incluso deshonrosa, si así lo desea? Lo que pesa es haberse apropiado de tres mil rublos, no el uso que de ellos haya hecho. A propósito: ¿por qué, precisamente, tomó usted esa medida, es decir, separó la mitad? ¿Para qué, con qué fin lo hizo así? ¿Podría usted explicarlo?

—¡Oh, señores, en ese fin está toda la gravedad del hecho! —exclamó Mitia—. La separé por vileza, es decir, por cálculo, pues el cálculo, en este caso, es vileza... ¡Y esa vileza se ha prolongado todo un mes!

—Es incomprensible.

—Me sorprenden ustedes. De todos modos, me explicaré mejor; realmente, quizá resulte incomprensible. Verán, síganme bien: yo me apropio de tres mil rublos confiados a mi honor y los tiro por la ventana, me los gasto en una francachela; a la mañana siguiente, me presentó y digo: «Katia, perdón, me he gastado tus tres mil rublos.» ¿Está bién? No, desde luego, eso es ser deshonesto y cobarde, es ser una bestia, un hombre incapaz de dominarse, como una bestia, ¿verdad?, ¿verdad? Pero eso todavía no es ser ladrón. Eso no significa ser un verdadero ladrón, ¡admítanlo! ¡El hombre ha despilfarrado el dinero, mas no lo ha robado! Supongamos ahora que se da el segundo caso, aún más favorable; síganme, que yo quizá me embrolle otra vez; parece que la cabeza me da vueltas; así, pues, aquí va el segundo caso: de los tres mil rublos, dilapido sólo mil quinientos, es decir, la mitad. Al día siguiente, me presento y le llevó la otra mirad: «Katia, toma de mí, miserable y frívolo canalla, esta mitad, porque la otra la he derrochado, y como derrocharía lo que queda, vale más ponerlo fuera de peligro.» ¿Qué pasaría en este caso? Sería bestia y canalla, lo que se quiera, pero ya no sería ladrón, no sería un ladrón acabado, pues, de serlo, no devolvería de ningún modo la mitad restante, sino que también me apropiaría esta parte. En ese caso, Katia vería que si devuelvo la mitad, también devolveré el resto, es decir, el dinero malgastado, aunque deba pasarme toda la vida buscándolo, trabajando; pero lo encontraré y lo devolveré. Sería, pues, un canalla, pero no un ladrón, no un ladrón, ¡lo que ustedes quieran, pero no un ladrón!

—Admitamos que existe cierta diferencia —el fiscal se sonrió fríamente—. De todos modos, es extraño que vea usted en ello una diferencia tan fatal.

—¡Sí, veo en ello esa diferencia fatal! Canalla puede serlo todo individuo, y probablemente lo es; pero ladrón, puede serlo tan sólo un archicanalla. Bueno, yo no sé explicar estas sutilezas... Sólo sé decir que el ladrón es más canalla que el canalla, ésa es mi convicción. Escuchen; yo llevo conmigo dinero durante todo un mes, cada día puedo devolverlo, y si lo hago ya no soy un canalla, pero no me decido a hacerlo, no puedo, aunque cada día quiero decidirme y a cada hora me digo: decídete, decídete, canalla, y no llego a decidirme en todo el mes, ¡tal es la cosa! Qué, ¿está bien, a su modo de ver? ¿Está bien?

—Admitamos que no esté muy bien, puedo comprenderlo perfectamente; no lo discuto —repuso el fiscal, reservado—. Mas es preferible dejar aparte toda discusión sobre estas sutilezas y diferencias; podríamos volver al fondo del asunto si lo tuviera usted a bien. Y el fondo del asunto estriba, precisamente, en que usted aún no ha considerado oportuno explicarnos, a pesar de que se lo hemos preguntado, por qué motivo separó al principio de ese modo los tres mil rublos, o sea, malgastó la mitad y escondió la otra mitad. ¿Para qué, en realidad, escondió esos mil quinientos rublos, en qué quería utilizarlos? Insisto en esta pregunta, Dmitri Fiódorovich.

—¡Ah, sí, es cierto! —gritó Mitia, dándose una palmada en la frente—. Perdónenme, les estoy atormentando y no les explico lo esencial; de lo contrario en un santiamén lo habrían comprendido, pues es en el fin donde radica todo el deshonor, ¡en el fin! Verán, el viejo difunto no dejaba en paz a Agrafiona Alexándrovna y yo tenía celos, pensaba que ella vacilaba entre los dos; todos los días me decía a mí mismo: si de pronto ella toma una decisión, si quiere acabar con mi tortura y me dice: «Te amo a ti y no a él, condúceme al otro extremo del mundo», ¿qué hago con dos monedas de diez kopeks?, ¿cómo llevármela? ¿Qué hacer, en ese caso? Y así me perdí. Tengan en cuenta que entonces yo no la conocía bien y no la comprendía;

me figuraba que lo que ella necesitaba era dinero y que no iba a perdonarme mi miseria. Entonces, con toda malignidad, separé la mitad de los tres mil rublos y los cosí fríamente en un saquito, lo hice con cálculo, antes de emborracharme: después, cuando tuve esa parte cosida, me dispuse a emborracharme con la otra mitad. ¿Sí, eso es una vileza! ¿Lo han comprendido, ahora?

El fiscal se echó a reír estrepitosamente y el juez le hizo coro.

—A mi entender, el que se refrenara y no lo dilapidase todo es, incluso, razonable y moral —repuso Nikolái Parfiónovich, riéndose con ironía—. ¿Qué ve usted en ello de condenable?

—¡El hecho de haber robado, ésa es la cuestión! ¡Oh, Dios mío! ¡Me horrorizan con su falta de comprensión! Durante todo el tiempo que he llevado esos mil quinientos rublos cosidos sobre el pecho, me he dicho, cada día y cada hora: «¡Eres un ladrón, eres un ladrón!» Por eso he estado rabioso durante todo el mes, por eso me peleé en la taberna y pegué a mi padre, ¡por sentirme ladrón! Ni siquiera a Aliosha, mi hermano, me decidí ni me atreví a descubrirle que poseía esos mil quinientos rublos: ¡hasta tal punto me sentía infame y estafador! Pero han de saber que mientras llevé ese dinero encima, cada día y cada hora me decía también: «No, Dmitri Fiódorovich, quizá no eres todavía un ladrón.» ¿Por qué? Porque al día siguiente podía presentarme a Katia y devolverle esa cantidad. Sólo ayer me decidí a arrancarme el saquito del cuello, cuando iba de casa de Fienia a la de Perjotin, hasta aquel instante no me había decidido; y no bien lo hube hecho, desde aquel momento, me convertí en un ladrón definitivo e indiscutible. ¿Por qué? Porque al desgarrar el saquito rompí también mi sueño de ir a ver a Katia y decirle: «Soy un canalla, ¡pero no un ladrón!» ¿Lo comprenden ahora, lo comprenden?

—¿Por qué, con todo, se decidió usted precisamente ayer por la tarde? —le replicó Nikolái Parfiónovich.

—¿Por qué? Es ridículo preguntarlo: porque me condené a muerte, a matarme aquí, a las cinco de la mañana, al amanecer: «¡Qué importa (me dije) morir canalla u honrado!» Sin embargo, resulta que no, que no es lo mismo. ¿Me creerán, señores? Lo que más me ha atormentado esta noche no ha sido la idea de haber matado al viejo criado y de que me amenazaba Siberia, ¡y en qué momento!, ¡en el momento en que triunfaba mi amor y el cielo se abría otra vez para mí! ¡Oh, eso me torturaba, pero no tanto; a pesar de todo, no me atormentaba tanto como la maldita conciencia de haberme arrancado del pecho, al fin, ese maldito dinero y habérmelo gastado, la conciencia de haberme convertido ya en un ladrón definitivo. ¡Oh, señores! Se lo repito con sangre del corazón: ¡he aprendido muchas cosas esta noche! He aprendido que no sólo es imposible vivir siendo un canalla, sino que también es imposible morir... ¡No, señores, es necesario morir honrado!...

Mitia estaba pálido. Se le veía demacrado, exhausto, a pesar de su extremo acaloramiento.

—Empiezo a comprenderle, Dmitri Fiódorovich —manifestó el fiscal con suavidad y hasta con cierto aire compasivo—, pero todo esto, como usted quiera, a mi entender, no son más que nervios... tiene usted enfermos los nervios, eso es lo que le ocurre... ¿Por qué, por ejemplo, para librarse de las grandes torturas que ha sufrido durante casi todo un mes entero, no se ha presentado a la persona que le confió el dinero y le ha devuelto los mil quinientos rublos? ¿Por qué, después de haberle dado todas las explicaciones, por qué, teniendo en cuenta su situación de entonces, tan espantosa, según usted la describe, no intentar una combinación que parece bien natural? Es decir, después de haber reconocido noblemente sus errores ante ella, ¿por qué no le pedía la suma que necesitaba, suma que esa persona, dado su magnánimo corazón y viendo cuánto usted sufría, no le habría negado, desde luego, sobre todo si le hubiera firmado usted el correspondiente documento o, en último término, si le hubiera ofrecido la misma garantía que proponía al mercader Samsónov y a la señora Jojlakova? ¿No considera usted valiosa, aún hoy, esa garantía?

Mitia, de pronto, se ruborizó:

—¿Es posible que me consideren canalla hasta tal punto? ¡No es posible que hable usted en serio!... —articuló lleno de indignación, mirando al fiscal a los ojos y como no creyendo lo que acababa de oír.

—Le aseguro que hablo en serio... ¿Por qué lo duda? —se sorprendió a su vez el fiscal.

—¡Oh, qué infame habría sido! ¡Sepan, señores, que me están martirizando! Permítanme, se lo diré todo, qué le vamos a hacer; ahora ya les voy a confesar todo lo que hay de infernal en mí, pero será para avergonzarles a ustedes mismos, y se sorprenderán al ver hasta qué bajeza puede llegar la combinación de los sentimientos humanos. Han de saber que yo también había pensado en esa combinación. ¡En esa misma de que acaba de hablar usted, fiscal! Sí, señores, yo también he tenido ese pensamiento en este mes maldito, de modo que casi me había decidido a ir a ver a Katia, ¡hasta tal extremo he sido vil! Pero ir a verla, declararle mi traición, pedirle dinero (pedírselo, ¿me oyen?, ¡pedírselo!) para esa traición, para dar cumplimiento a la traición, para los gastos inmediatos que esa misma traición requiere, pedírselo a ella misma, a Katia, y huir al instante de su lado con la otra, con su rival, la que la ofendió y la odia, ¡por compasión, señores! ¡Usted se ha vuelto loco, fiscal!

—Loco no creo haberme vuelto; pero, desde luego, de momento no se me había ocurrido pensar... en eso de los celos femeninos... si en este caso ha podido haber realmente una cuestión de celos, como usted afirma... Sí, quizás haya algo de este género —se sonrió el fiscal.

—Pero eso habría sido tan infame —Mitia dio un puñetazo furioso sobre la mesa—, habría sido tan hediondo, que no encuentro palabras para expresarme. Y han de saber que ella podía haberme dado ese dinero, y me lo habría dado, seguramente me lo habría dado, me lo habría dado por venganza, por saborear su venganza, por desprecio hacia mí, porque esa mujer también tiene un alma infernal y su cólera es grande. Yo habría tomado el dinero, oh, sí, lo habría tomado, y entonces toda la vida... ¡oh, Dios! Perdonen, señores, si grito tanto es porque yo mismo he tenido esa idea hace poco, muy poco, hace dos días, precisamente cuando me ocupaba de Liagavi por la noche, y también la tuve ayer, sí, ayer, todo el día de ayer, lo recuerdo, hasta ese suceso...

—¿Hasta qué suceso? —preguntó Nikolái Parfiónovich con curiosidad, pero Mitia no llegó a oír la pregunta.

—Les he hecho una confesión espantosa —concluyó sombríamente—. Aprécienla, señores. Apreciarla es poco, no la aprecien, pero estímenla en todo su valor; si no, si todo eso pasa a lo largo de sus almas, entonces, señores, eso significará que no me respetan, eso es, y les digo que me moriré de vergüenza por haber confesado ante gentes como ustedes. ¡Oh, me pegaré un tiro! Sí, ya veo que no me creen, ¡lo veo! Cómo, cómo, ¿también quieren anotar esto? —gritó, ya alarmado.

—Sí, lo que acaba usted de decir —le respondió Nikolái Parfiónovich, mirándole sorprendido—, o sea, que hasta la última hora se sentía usted inclinado a presentarse a la señora Verjóvtseva y pedirle esa cantidad... Le aseguro que esta declaración es muy importante para nosotros, Dmitri Fiódorovich, acerca de todo este caso... y lo es también para usted, es sobre todo importante para usted.

—Tengan compasión, señores —Mitia juntó las manos—, por lo menos no escriban eso, ¡por pudor! Lo que yo he hecho ha sido como si me hubiera rasgado el alma en dos mitades ante ustedes, y ustedes lo aprovechan para hundir por la parte rasgada los dedos en ambas mitades... ¡Oh, Dios!

Desesperado, se cubrió la cara con las manos.

—No se inquiete de ese modo, Dmitri Fiódorovich —concluyó el fiscal—. Todo lo que ahora se escribe se le leerá luego, y cambiaremos según sus propias indicaciones las cosas con que no esté conforme; ahora le repetiré por tercera vez una preguntita: ¿es posible, en realidad, que nadie, absolutamente nadie, le haya oído hablar de ese dinero que llevaba cosido en una tela sobre el pecho? Le diré que casi es imposible imaginarlo.

—Nadie, ya se lo he dicho, nadie. ¡Así, no han entendido nada! Déjenme en paz.

—Como usted quiera; la cuestión ha de aclararse y tenemos mucho tiempo por delante; pero entretanto, reflexione: disponemos, quizá, de decenas de testimonios en el sentido de que usted mismo y no otra persona ha hablado y hasta ha gritado en todas partes refiriendo que había gastado tres mil rublos y no mil quinientos, y también esta vez, al mostrar el dinero que tenía ayer, dio a entender a muchos que había traído nuevamente tres mil rublos...

—Disponen ustedes no de decenas de testimonios, sino de centenares, lo han oído doscientas personas, ¡lo han oído mil personas! —exclamó Mitia.

—¿Lo ve? Todos, todos lo atestiguan. Supongo que significa alguna cosa la palabra *todos*, ¿no?

—No significa nada, yo mentí y los demás han repetido mi mentira.

—Mas ¿para qué necesitaba usted «mentir», según se expresa?

—El diablo lo sabe. Por fanfarronería, quizá... por eso de... ya ven cuánto dinero he despilfarrado... Quizá para olvidarme de ese dinero cosido... sí, era precisamente por ese motivo... Diablo... ¿cuántas veces me han hecho ya esa pregunta? Bien, mentí, y naturalmente, dicha la mentira, ya no quise rectificarme. ¿Sabe el hombre por qué miente a veces?

—Es muy difícil saber por qué miente el hombre, Dmitri Fiódorovich —repuso el fiscal con gravedad—. Sin embargo, díganos, ¿era muy grande ese saquito, como le llama usted, que llevaba colgando del cuello?

—No, no era grande.

—¿De qué tamaño, poco más o menos?

—De un billete de cien rublos doblado por la mitad.

—¿No sería mejor que nos mostrara usted los pedazos? Los debe tener en algún sitio.

—Ah, diablo... qué estupideces... qué sé yo dónde están.

—Sin embargo, permítame: ¿adónde y cuándo se lo quitó del cuello? Según ha declarado usted mismo, no fue a su casa, ¿verdad?

—Verá, me lo arranqué del cuello y saqué el dinero cuando iba a casa de Perjotin después de salir de la de Fienia.

—¿En la oscuridad?

—¿Qué necesidad había de vela? Lo hice en un momento con un dedo.

—¿Sin tijeras, en la calle?

—Me parece que fue en la plaza; ¿para qué quería las tijeras? El trapo era viejo, se rompió enseguida.

—¿Qué hizo usted luego con él?

—Lo tiré allí mismo.

—Concretamente, ¿dónde?

—Le digo que en la plaza, ¡en alguna parte de la plaza! El diablo sabe en cuál. Mas ¿para qué necesita saberlo?

—Es de extraordinaria importancia, Dmitri Fiódorovich,

¿cómo no quiere comprenderlo? ¿Quién le ayudó a coserlo, hace un mes?

—No me ayudó nadie, lo cosí yo mismo.

—¿Sabe usted coser?

—Un soldado debe saber coser, pero en ese caso ni siquiera eso se necesitaba.

—¿De dónde sacó la tela, es decir, el trapo en que cosió el dinero?

—¿No se está usted riendo de mí?

—De ningún modo, créame que no estamos nosotros para reírnos, Dmitri Fiódorovich.

—No recuerdo dónde cogí el trapo, lo tomaría de alguna parte.

—¿Cómo es posible que no lo recuerde?

—Pues no, le juro que no lo recuerdo, quizá rompí algún pedazo de ropa blanca.

—Eso es muy interesante: podría darse el caso de que mañana se encontrara en su vivienda la pieza de ropa, quizás una camisa, de la que separó usted un trozo. De qué era el trapo: ¿de tela, o de lienzo?

—El diablo lo sabe. Espere... Me parece que no lo rompí de ninguna parte. Era de percalina... Me parece haber cosido el dinero en la cofia de mi patrona.

—¿En la cofia de la patrona?

—Sí, se la hurté a ella.

—¿Se la hurtó, dice?

—Verá, me acuerdo realmente de que en cierta ocasión hurté una cofia de trapos, quizá para secar la pluma. La tomé sin decir nada, porque era un trapo que ya no servía; tenía los trozos por mi habitación... Me parece que fue precisamente en un trapo de esos donde cosí el dinero. Era un viejo trapo de percalina mil veces lavada.

—¿Ya lo recuerda usted con seguridad?

—Qué sé yo si es con seguridad. Me parece que fue en un trapo de la cofia. Bueno, ¡qué me importa!

—En este caso, su patrona podría recordar por lo menos que le desapareció esa prenda, ¿no es cierto?

—De ningún modo, ni se dio cuenta. Le digo que se trataba de un trapo viejo, no valía ni un ochavo.

—¿Y la aguja, el hilo, de dónde los sacó?

—No quiero hablar más. ¡Basta! —por fin, Mitia se enojó.

—De todos modos, también es extraño que se haya olvidado por completo del lugar de la plaza en que tiró ese... saquito...

—Manden barrer mañana la plaza y quizá lo encuentren —Mitia se sonrió—. Basta, señores, basta —añadió con voz extenuada—. Está claro: ¡no me han creído! ¡No creen ni una palabra de lo que les he dicho! La culpa es mía, no suya; tenía que haberme callado. ¡Por qué, por qué me he cubierto de lodo confesando mi secreto! A ustedes les da risa, lo veo por sus ojos. ¡Ha sido usted, fiscal, quien me ha empujado! Cántese un himno, si es capaz... ¡Malditos sean, verdugos!

Bajó la cabeza y se cubrió el rostro con las manos. El fiscal y el juez callaban. Unos momentos después, Mitia levantó la cabeza y los miró como si no pensara nada. Se le reflejaba en la cara una desesperación ya completa, irreversible, y él permaneció quieto en su asiento, callado, como inconsciente. Sin embargo, era necesario acabar la tarea: había que proceder sin pérdida de tiempo al interrogatorio de los testigos. Serían ya las ocho de la mañana. Hacía mucho rato que habían apagado las velas. Mijaíl Makárovich y Kalgánov, que habían estado entrando y saliendo durante todo el tiempo del interrogatorio, acababan de ausentarse de la habitación otra vez. El fiscal y el juez de instrucción también parecían en extremo fatigados. La mañana se había presentado desapacible, todo el cielo se veía encapotado y llovía a raudales. Mitia contemplaba maquinalmente las ventanas.

—¿Me permiten mirar por la ventana? —preguntó de súbito a Nikolái Parfiónovich.

—¡Oh, cuanto desee! —le respondió éste.

Mitia se levantó y se acercó a la ventana. La lluvia azotaba los pequeños cristales verdosos. Al pie mismo de la ventana se distinguía el camino lleno de barro, y más allá, entre la bruma lluviosa, se destacaban las hileras negras, pobres, miserables, de las isbás, que parecían aún más negras y míseras debido a la lluvia. Mitia se acordó del «rubicundo Febo» y de que quería suicidarse al aparecer el primer rayo del sol. «La verdad es que en una mañana como ésta aún habría sido mejor», se dijo con una sonrisa amarga, y de pronto, después de hacer un gesto de desaliento, moviendo la mano de arriba abajo, se volvió hacia los «verdugos»:

—¡Señores! —exclamó—. Ya veo que estoy perdido. Pero ¿y ella? Díganme, se lo suplico, ¿será posible que ella haya de perderse conmigo? Ella es inocente, ayer no sabía lo que se decía cuando gritaba que «es culpable de todo». ¡Ella no es culpable de nada, de nada! Toda esta noche he estado sufriendo mientras ustedes me han interrogado... ¿No pueden decirme qué van a hacer con ella?

—Sobre ese particular, puede estar completamente tranquilo, Dmitri Fiódorovich —le respondió el fiscal con visible precipitación—; por de pronto no tenemos ningún motivo serio para molestar en lo más mínimo a la persona por la que tanto se interesa usted. Espero que lo mismo ocurra en el ulterior decurso de la instrucción... Al contrario, en ese sentido, haremos todo cuanto esté de nuestra parte. Puede estar usted completamente tranquilo.

—Se lo agradezco, señores; ya sabía yo que son ustedes personas honestas y justas, a pesar de todo. Me han quitado un peso del alma... Bueno, ¿qué vamos a hacer ahora? Yo estoy dispuesto.

—Sí, habría que darse prisa. Es necesario proceder enseguida al interrogatorio de los testigos, que ha de hacerse sin falta en presencia de usted; por este motivo...

—¿No sería posible tomar antes una taza de té? —propuso Nikolái Parfiónovich—. ¡Me parece que nos la merecemos!

Decidieron tomar una taza de té, si lo había ya preparado abajo (dado que Mijaíl Makárovich había salido probablemente a «tomar el té»), y luego «proseguir». Dejarían para cuando estuvieran más desocupados el tomar el té y «bocadillos» con calma. En efecto, abajo habían preparado té y pronto lo subieron. Mitia rechazó primero el vaso que amablemente le ofreció Nikolái Parfiónovich, pero luego él mismo lo pidió y lo bebió con avidez. Se le veía tan exhausto que hasta sorprendía. Para él, dadas sus fuerzas hercúleas, una noche de juerga, aunque seguida luego por las impresiones más fuertes, no debía de significar mucho, al parecer. Mas el propio Mitia se daba cuenta de que apenas lograba mantenerse sentado y a veces era como si todos los objetos empezaran a moverse y a dar vueltas ante sus ojos. «Un poco más y, quizá, empezaré a delirar», pensó para sus adentros.

VIII

LA DECLARACIÓN DE LOS TESTIGOS. UN ANGELITO

COMENZÓ el interrogatorio de los testigos. Pero no vamos a proseguir nuestro relato con tanto detalle como hemos venido haciéndolo hasta aquí. Pasaremos por alto, pues, de qué modo Nikolái Parfiónovich advertía a cada uno de los testigos que debía declarar la verdad y a conciencia, y que, más tarde, debería repetir su declaración bajo juramento. Tampoco referiremos cómo, al fin, se exigió de cada testigo que firmase el acta de sus declaraciones, etc. Sólo indicaremos una cosa, y es que el punto capital sobre el que se centraba la atención a todos los interrogados era preferentemente el mismo de los tres mil rublos, es decir, si habían sido tres mil o mil quinientos la primera vez, o sea, cuando Dmitri Fiódorovich estuvo de juerga en Mókroie un mes antes, y si había traído tres mil rublos o mil quinientos la víspera, cuando la segunda juerga. ¡Ay! Todos los testigos, todos sin excepción, declararon contra Mitia y ni uno de ellos en su favor. Algunos incluso aportaron hechos nuevos, casi apabullantes, en refutación de las afirmaciones de Mitia. El primer interrogado fue Trifón Borísych, quien se presentó ante los interrogadores sin el más leve temor, al contrario, con aire de rigurosa y severa indignación contra el acusado con lo cual sus palabras resonaban, sin duda alguna, con un acento de gran veracidad y de alta dignidad personal. Hablaba poco, se mostraba reservado, esperaba que le formularan las preguntas, respondía de manera precisa y meditada. Declaró firmemente y sin ambages que la primera vez debían de haberse gastado no menos de tres mil rublos, que todos los mujíks lo habían oído decir del propio «Mitri Fiódorych» y así lo declararían. «¡Lo que se gastó nada más que con las gitanas... Con ellas solas, pasó quizá de los mil rublos.»

—Probablemente no les di ni quinientos —comenzó Mitia—. Lo que pasa es que entonces no los conté y es una pena, estaba borracho...

Mitia se había sentado esta vez de costado, de espalda a la cortina; escuchaba sombrío, se le veía triste y cansado, como si dijese: «¡Ah, declaren lo que quieran, ahora da lo mismo!»

—Se gastó con ellas más de mil rublos, Dmitri Fiódorovich —replicó con firmeza Trifón Borísych—, los tiraba sin más ni más, y ellas los recogían. Ya se sabe lo que es esa gente de uña larga y bribona, que se dedica a robar caballos; los han echado de aquí. Si no, quizá ellos mismos declararían cuánto le sacaron. Yo mismo le vi entonces en la mano una suma muy grande; no la conté, es cierto, no me dio usted ocasión para hacerlo, ésa es la verdad, pero calculando a ojo, recuerdo que había mucho más de mil quinientos rublos... ¡Ya lo creo que eran más! También nosotros hemos visto dinero, podemos juzgar.

Respecto a la suma de la víspera, Trifón Borísych declaró sin rodeos lo que le había dicho el propio Dmitri Fiódorovich no bien bajó del carruaje, a saber: que había traído tres mil rublos.

—Vaya, Trifón Borísych, no puede ser —intentó replicar Mitia—. ¿Acaso te dije tan en serio que llegaba con tres mil rublos?

—Lo dijo, Dmitri Fiódorovich. Lo dijo en presencia de Andriéi. Aún está ahí Andriéi, todavía no se ha marchado, interróguenle. Y en la sala, cuando ha agasajado al coro, ha dicho a voz en grito que iba a dejar aquí el sexto millar de rublos, lo que se ha de entender, claro está, contando los de la otra vez. Lo han oído Stepán y Semión, quizá también lo recuerde Piotr Fómich Kalgánov, que entonces se hallaba a su lado...

La declaración sobre el sexto millar fue acogida con vivo interés por los interrogadores. Les gustó la nueva variante: tres y tres son seis; por tanto, tres mil entonces y tres mil ahora, tales eran los seis mil, resultaba claro.

Interrogaron a todos los mujíks indicados por Trifón Borísych: a Stepán y a Semión; al cochero Andriéi y a Piotr Fómich Kalgánov. Los mujíks y el cochero confirmaron sin vacilar la declaración de Trifón Borísych. Fueron anotados, además, con singular interés, los datos facilitados por Andriéi acerca de la conversación que había sostenido con Mitia durante el viaje a Mókroie, cuando Dmitri Fiódorovich había preguntado: «¿Adónde iré a parar yo, Dmitri Fiódorovich, al cielo o al infierno, y me perdonarán o no en el otro mundo?» El «psicólogo» Ippolit Kiríllovich escuchó este relato con una sonrisa de persona enterada y acabó recomendando que «se juntara al sumario» la declaración relativa a dónde iría a parar Dmitri Fiódorovich.

Kalgánov acudió al interrogatorio de mala gana, taciturno, esquivo, y habló con el fiscal y con Nikolái Parfiónovich como si los viera por primera vez en la vida, pese a que se conocían desde hacía mucho tiempo y alternaban con extraordinaria frecuencia. Empezó diciendo que «no sabe nada del asunto ni quiere saberlo». Pero resultó que lo del sexto millar lo había oído y confesó que en aquel momento se encontraba al lado de Dmitri Fiódorovich. Declaró que Mitia tenía dinero en la mano, pero «no sé cuánto». Respecto a que los polacos habían hecho trampa al jugar a las cartas, declaró afirmativamente. También explicó, en contestación a preguntas reiteradas, que después de la expulsión de los polacos, Agrafiona Alexándrovna había acogido realmente mucho mejor a Mitia, y ella misma había dicho que le amaba. Hablaba de Agrafiona Alexándrovna con reserva y respeto, como si se tratara de una señora de la mejor sociedad, y ni siquiera una sola vez se permitió llamarla «Grúshenka». A pesar de la manifiesta repugnancia que experimentaba el joven para declarar, Ippolit Kiríllovich le interrogó largo rato y sólo de este modo se enteró, por Kalgánov, de todos los detalles de lo que constituía, por así decirlo, la «novela» de Mitia de aquella noche. Mitia no interrumpió a Kalgánov ni una sola vez. Finalmente, permitieron retirarse al joven, quien se alejó sin disimular su indignación.

Interrogaron asimismo a los polacos. Aunque éstos se habían acostado a dormir, no pudieron conciliar el sueño en toda la noche, y al oír llegar a las autoridades se apresuraron a vestirse y a arreglarse, pues comprendían muy bien que los llamarían, sin falta. Se presentaron con aire digno, aunque no sin cierto miedo. Resultó que el *pan* más importante, es decir, el pequeño, era un funcionario de la duodécima clase[7] retirado; había servido como veterinario en Siberia, y su apellido era Mussialovich. En cuanto al *pan* Wrublewski, resultó ser un sacamuelas que practicaba la profesión por su cuenta, lo que en ruso se llama dentista. Desde que hubieron entrado en la habitación, los dos polacos, pese a que quien formulaba las preguntas era Nikolái Parfiónovich, empezaron a responder dirigiéndose a Mijaíl Makárovich, que se mantenía aparte; por lo visto, le tomaban por el personaje de mayor rango y de mayor autoridad en aquel lugar y le llamaban a cada paso «pan pulkovnick»[8]. Sólo después de varias réplicas y advertencias del propio Mijaíl Makárovich, adivinaron que debían dirigir sus respuestas únicamente a Nikolái Parfiónovich. Se puso en evidencia que sabían hablar el ruso con mucha corrección, muchísima, aparte, a lo sumo, de la pronunciación de algunas palabras. En cuanto a sus relaciones con Grúshenka, pasadas y presentes, el *pan* Mussialovich empezó a hacer declaraciones con mucho calor y orgullo; Mitia enseguida salió de sus casillas y se puso a gritar que no permitía hablar de aquella manera, ante sí, a un «canalla». El *pan* Mussialovich, inmediatamente llamó la atención sobre la palabra «canalla» y pidió que constara en el atestado. Mitia no pudo contener su cólera:

—¡Sí, canalla, canalla! ¡Apúntenlo y anoten también que, a pesar del atestado, yo grito que es un canalla! —clamó.

Nikolái Parfiónovich, aunque hizo constar en acta lo que se le pedía, en este desagradable incidente dio pruebas de poseer un sentido práctico y una habilidad profesional dignos del mayor encomio: después de una severa advertencia a Mitia, interrumpió *motu proprio* todas las preguntas concernientes al aspecto novelesco de la causa y pasó rápidamente a lo esencial. Al fondo de la cuestión pertenecía una de las declaraciones de los *pani*, que despertó un vivísimo interés en los jueces: se trataba de cómo Mitia había querido comprar al *pan* Mussialovich en la otra estancia y le había ofrecido tres mil rublos para que renunciara a Grúshenka, setecientos en mano y los dos mil

7 La penúltima en la «tabla de rangos» (la decimotercera había sido suprimida) de la jerarquía civil (véase la nota 1 de este libro).
8 «Señor coronel», en ruso, aunque pronunciado a la polaca.

trescientos restantes «mañana mismo por la mañana en la ciudad», y había jurado con palabra de honor que ahí, en Mókroie, no llevaba esa suma, pero que tenía el dinero en la ciudad. Mitia replicó de momento, acalorado, que no había dicho lo de entregar en la ciudad al día siguiente el resto del dinero, mas el *pan* Wrublewski confirmó la declaración, y el propio Mitia, después de reflexionar unos momentos, convino de mal humor que, probablemente, había ocurrido como los *pani* afirmaban, que entonces él se encontraba excitado y es posible que hubiera hablado de aquel modo. El fiscal se fijó muchísimo en esta declaración: para él resultaba fuera de dudas (y así se hizo constar más tarde) que la mitad o una parte de los tres mil rublos de que se había apoderado Mitia, podían realmente encontrarse ocultos en algún lugar de la ciudad y quizás, incluso en algún lugar de Mókroie; de este modo se explicaba asimismo la circunstancia, delicada para la acusación, de haber hallado en poder de Dmitri Fiódorovich tan sólo ochocientos rublos, circunstancia que hasta entonces había constituido la única prueba —bastante insignificante, mas no por ello, al fin y al cabo, dejaba de serlo— en favor de Mitia. Ahora, en cambio, incluso esta única prueba se desplomaba. A la pregunta del fiscal acerca de dónde había sacado los dos mil trescientos rublos restantes para entregarlos al *pan* el día siguiente, siendo así que él afirmaba no tener más de mil quinientos rublos, aunque por otra parte habría empeñado su palabra de honor con el *pan,* contestó Mitia sin vacilar que tenía la intención de ofrecer al «polaquito», el día siguiente, no dinero, sino una cesión en regla de los derechos que poseía sobre la finca de Chermashnia, los mismos derechos que había ofrecido a Samsónov y a Jojlakova. El fiscal hasta se sonrió ante la «ingenuidad del subterfugio».

—¿Cree usted que habría aceptado esos «derechos» en vez de los dos mil trescientos rublos en efectivo?

—Con toda seguridad —contestó Mitia—. Figúrese que de este modo podía embolsarse no sólo dos mil rublos, sino cuatro ¡y hasta seis! Enseguida habría movilizado a sus abogadillos, polaquillos y judíos, y habría arrancado del viejo no ya tres mil rublos, sino Chermashnia entera.

Huelga decir que la declaración del *pan* Mussialovich fue registrada en el atestado con todo detalle, después de lo cual dejaron libres a los dos polacos. En cambio, casi no se hizo referencia a que había hecho trampa jugando a las cartas; Nikolái Parfiónovich les agradecía demasiado la declaración que habían hecho y no quería inquietarles por pequeñeces, tanto menos cuanto que, en resumidas cuentas, aquello se reducía a una riña de borrachos por juegos de cartas y nada más. Como si hubiera habido poca juerga e indecencia aquella noche. Así fue cómo el dinero, los doscientos rublos, quedaron en el bolsillo de los polacos.

Llamaron luego al viejo Maxímov, quien se presentó intimidado, se acercó dando pasos menuditos; se le veía muy desaliñado y triste. Se había pasado todo aquel tiempo refugiado en la planta inferior, al lado de Grúshenka, en silencio, «a punto de sollozar y secándose los ojos con un pañuelo azul de cuadros», según contó luego Mijaíl Makárovich. Era ella misma, pues, quien debía calmarle y consolarle. El viejecito, lloroso, se confesó enseguida culpable por haber tomado en préstamo de Dmitri Fiódorovich «diez rublos, debido a mi gran pobreza», y añadió que estaba dispuesto a devolverlos... Nikolái Parfiónovich le preguntó si había observado cuánto dinero tenía Dmitri Fiódorovich en la mano, pues lo había podido ver mejor que nadie, por hallarse más cerca, al recibir los diez rublos prestados, y Maxímov respondió de la manera más contundente que eran «veinte mil»

—¿Habría visto usted antes, en alguna parte, veinte mil rublos juntos? —preguntó Nikolái Parfiónovich, sonriéndose.

—Naturalmente, los había visto, aunque no eran veinte mil, sino siete mil, cuando mi esposa hipotecó mi pequeña aldea. Sólo me dejó que los mirara de lejos, se vanagloriaba de lo que había obtenido. Era un fajo de billetes muy grande, todos irisados. También los de Dmitri Fiódorovich lo eran...

Pronto le dejaron libre. Por fin llegó el turno a Grúshenka. Los jueces, por lo visto, temían la impresión que la presencia de la joven pudiera producir en Dmitri Fiódorovich, y Nikolái Parfiónovich le dirigió incluso unas palabras de admonición en voz baja; pero Mitia, en respuesta, inclinó la cabeza sin decir nada, dando a entender de este modo que «no habrá ningún desorden». Fue el propio Mijaíl Makárovich quien introdujo a

Grúshenka. Entró ella con el rostro severo y sombrío, casi tranquilo en apariencia, y se sentó silenciosamente en la silla que le indicaron, frente a Nikolái Parfiónovich. Estaba muy pálida, se envolvía con su espléndido chal negro y lo apretaba como si sintiera frío. En efecto, entonces empezaba a experimentar un leve escalofrío febril, principio de una larga enfermedad que sufrió luego, a partir de aquella noche. Su severo aspecto, su mirada franca y seria, el sosiego de sus gestos, causaron una impresión muy favorable en todos. Nikolái Parfiónovich enseguida se sintió hasta un poco «seducido». Él mismo confesaba más tarde, hablando de sus impresiones en ciertos círculos, que sólo en aquel momento llegó a comprender hasta qué punto era «hermosa» aquella mujer; antes, aunque la había visto en repetidas ocasiones, la había considerado siempre como una especie de «hetaira de provincias». «Tiene unas maneras como si perteneciera a la más alta sociedad», soltó una vez, entusiasmado, en una reunión de damas. Pero su declaración indignó a sus oyentes, que le trataron enseguida de «travieso», lo que le puso a él muy contento. Al entrar en la estancia, Grúshenka dirigió una furtiva mirada a Mitia, quien, a su vez, la observaba inquieto, mas el aspecto de la joven le calmó enseguida. Después de las primeras preguntas y advertencias necesarias, Nikolái Parfiónovich, balbuceando un poco, aunque conservando, pese a todo, el aspecto más cortés, le preguntó: «¿En qué relaciones se encontraba con el teniente retirado Dmitri Fiódorovich Karamázov?» A lo cual Grúshenka respondió con voz suave y firme:

—Era conocido mío, y como conocido le he recibido en mi casa el último mes.

A ulteriores preguntas dictadas por la curiosidad, respondió declarando sin ambages y con plena franqueza que si bien él «algunas horas» le gustaba, ella no le había amado y le atraía «por mi abominable maldad», lo mismo que a aquel «pobre viejo»; veía que Mitia sentía por ella muchos celos de Fiódor Pávlovich y de todo el mundo, pero esto sólo la divertía. Nunca había pensado acudir a casa de Fiódor Pávlovich, lo único que hacía era reírse de él. «Durante todo este mes, poco estaba yo para preocuparme de ninguno de los dos; esperaba a otro hombre, culpable ante mí... Pero creo —concluyó— que no tienen ustedes por qué interesarse en lo que se refiere a esta cuestión y no he de responderles nada sobre este caso, que constituye un asunto particular mío.»

Nikolái Parfiónovich obró enseguida en consecuencia: dejó de insistir en lo referente a los puntos «novelescos» y pasó sin rodeos a lo serio, es decir, a la cuestión capital de los tres mil rublos. Grúshenka confirmó que un mes antes, en Mókroie, se había gastado realmente tres mil rublos, y aunque no había contado el dinero por sí misma, había oído a Dmitri Fiódorovich que se trataba de dicha cantidad.

—¿Se lo dijo a usted a solas o en presencia de alguien más, o bien se lo oyó usted decir a otros solamente? —inquirió al instante el fiscal.

En respuesta, Grúshenka declaró que se lo había oído contar a otras personas y que Dmitri Fiódorovich también se lo había dicho a ella a solas.

—¿Se lo ha oído decir a solas una, o varias veces? —insistió el fiscal, y se enteró de que Grúshenka lo había oído contar reiteradamente.

Ippolit Kiríllich quedó muy contento de esta declaración. Ulteriores preguntas pusieron también en claro que Grúshenka conocía la procedencia de aquel dinero, es decir, sabía que Dmitri Fiódorovich lo había tomado de Katerina Ivánovna.

—¿Y no ha oído decir usted siquiera una sola vez que el dinero despilfarrado entonces no llegaba a los tres mil rublos y que Dmitri Fiódorovich se había guardado para sí la mitad de esta suma?

—No, no lo he oído decir nunca —respondió Grúshenka.

A continuación se aclaró, incluso, que, por el contrario, en el transcurso de todo aquel mes, Mitia le había hablado de su carencia de dinero, de que no tenía ni un kópek. «Siempre esperaba recibirlo de su padre», concluyó Grúshenka.

—¿Y no ha dicho alguna vez en presencia suya... sea de alguna manera incidental, sea en un acceso de cólera —preguntó de súbito Nikolái Parfiónovich—, que tenía la intención de atentar contra la vida de su padre?

—¡Oh, sí, lo ha dicho! —suspiró Grúshenka.

—¿Una sola vez, o varias veces?

—Varias, siempre en momentos de cólera.

—¿Creía usted que lo iba a hacer?

—¡No! ¡No lo he creído nunca! —respondió sin vacilar—. Confiaba en su nobleza.

—Permítanme, señores... —gritó de súbito Mitia—, permítanme decir en presencia suya una sola palabra a Agrafiona Alexándrovna.

—Diga —consintió Nikolái Parfiónovich.

—Agrafiona Alexándrovna —Mitia se levantó de la silla—, créeme en nombre de Dios: ¡de la sangre de mi padre, asesinado ayer, soy inocente!

Dichas estas palabras, Mitia volvió a sentarse en la silla. Grúshenka se levantó y se persignó devotamente mirando al icono.

—¡Dios sea loado! —exclamó con voz cálida, emocionada, y sin sentarse todavía en su asiento, añadió dirigiéndose a Nikolái Parfiónovich—: ¡Crean lo que acaba de decir! Le conozco: es capaz de despotricar por burlarse o por tozudez, pero nunca mentirá contra su conciencia. ¡Dirá la verdad a la cara, créanlo!

—Gracias, Agrafiona Alexándrovna, ¡me has reconfortado el alma! —respondió Mitia con voz temblorosa.

A las preguntas concernientes al dinero de la víspera, Grúshenka declaró que no sabía cuánto era, pero había oído cómo Dmitri Fiódorovich decía a la gente muchas veces que había traído tres mil rublos. En cuanto a la procedencia del dinero, le había dicho a ella sola que lo había «robado» a Katerina Ivánovna, a lo cual ella le había respondido que no había robo y que debía devolver la suma al día siguiente, sin falta. A la insistente pregunta del fiscal acerca de si Mitia se refería al dinero de la víspera o a los tres mil rublos gastados ahí mismo un mes antes, Grúshenka declaró que Mitia había hablado de los tres mil rublos del pasado mes y que así lo había entendido ella.

Por fin dejaron libre a Grúshenka, y Nikolái Parfiónovich le comunicó con mucha viveza que si lo deseaba podía regresar a la ciudad, aunque fuera inmediatamente, y que si él, por su parte, podía ayudarla en algo y proporcionarle un carruaje, por ejemplo, o si deseaba ella que alguien la acompañase, él... por su parte...

—Le estoy muy agradecida —Grúshenka se inclinó levemente, saludando—; regresaré con ese viejo, el terrateniente;
le acompañaré, pero de momento, si me lo permiten, esperaré
abajo hasta saber qué deciden ustedes acerca de Dmitri Fiódorovich.

Salió. Mitia estaba tranquilo y hasta se le veía muy animado,
pero sólo por unos momentos. Una extraña impotencia física
le iba dominando, tanto más cuanto más tiempo pasaba. Los
ojos se le cerraban de fatiga. Por fin se terminó el interrogatorio de los testigos. Procedieron a la redacción definitiva del
atestado. Mitia se levantó de su silla y se dirigió a un ángulo de
la estancia, cerca de la cortina, donde se tendió sobre un baúl
de la casa recubierto con un tapiz, y al instante se quedó dormido. Tuvo un sueño muy raro, que no parecía estar relacionado de ningún modo ni con el lugar ni con el tiempo. Se vio
en alguna parte imprecisa de la estepa, allí donde antes había
prestado su servicio militar; un mujik le llevaba en un carro, tirado por dos caballos; el camino estaba hecho un barrizal. Mitia sentía frío, era a comienzos de noviembre; la nieve caía formando grandes copos húmedos y, al llegar al suelo, se derretía
al instante. El mujik llevaba los caballos a paso vivo, agitando
con gracia el látigo; era un hombre de larga y rubia barba, al
que no se podía llamar viejo; tendría unos cincuenta años,
vestía un pobre caftán gris de mujik. Se acercaban a un poblado, se distinguían las isbás negras, muy negras.; la mitad había
ardido, no quedaban en pie más que los troncos calcinados. A
la salida del poblado, en el camino, se habían puesto en hilera
las mujeres, muchas mujeres, todas flacas, macilentas, con las
caras de un extraño color terroso. Una del extremo, sobre
todo, muy descarnada y alta, parecía tener cuarenta años y quizá no contaba más allá de veinte, con el rostro largo, consumido; llevaba una criaturita en brazos, que estaba llorando; ella
debía tener, sin duda, los pechos resecos, sin una sola gota de
leche. La criaturita lloraba, lloraba, extendiendo sus bracitos
desnudos con los pequeños puños amoratados de frío.

—¿Por qué lloran? ¿Por qué lloran? —preguntó Mitia al pasar volando por delante de aquellos seres.

—Es el angelito —le respondió el cochero—, es el angelito
el que llora.

A Mitia le sorprendió que ése le hubiera dicho a su modo, a lo mujik: «angelito» y no criatura. Y le gustaba que el mujik hubiera dicho «angelito»: parecía que así manifestaba más compasión.

—¿Y por qué llora? —insistió, como un estúpido, Mitia—. ¿Por qué va con los bracitos desnudos, por qué no le abrigan?

—El angelito tiene frío, tiene helada la ropita, que ya no le calienta.

—Pero ¿por qué es así? ¿Por qué? —siguió en sus trece el torpe de Mitia.

—Pues son pobres, con las isbás quemadas, sin un pedacito de pan, mendigan en un lugar quemado.

—No, no —parecía como si Mitia aún no entendiera—, dime: ¿por qué están ahí de pie madres cuyas casas se han incendiado, por qué hay gente pobre, por qué es pobre el angelito, por qué está desnuda la estepa, por qué no se abrazan, no se besan, por qué no cantan canciones alegres, por qué se han vuelto negruzcas de negra miseria, por qué no dan de comer al angelito?

Él sentía en el fondo de sí mismo que hacía preguntas tontas y absurdas, pero experimentaba un deseo irresistible de preguntar precisamente de ese modo y sentía, también, que es así como hay que preguntar. Y aún sentía, además, que en su corazón se elevaba una ternura como nunca había conocido hasta entonces, de modo que deseaba llorar, deseaba hacer algo en bien de todos para que no llorase más el angelito, para que tampoco llorase la negra y exhausta madre del angelito, para que, desde aquel momento, nadie más derramase lágrimas; deseaba hacerlo enseguida, sin esperar y, pese a todo, con toda la violenta impetuosidad karamazoviana.

«También yo estoy contigo, ahora no te dejaré, iré a tu lado toda la vida.» Oyó muy cerca esas palabras entrañables y llenas de ternura de Grúshenka. Y he aquí que el corazón se le inflama y se lanza hacia una luz. Mitia arde en ansias de vivir, de caminar por un camino impreciso, hacia la nueva luz que le llama, y pronto, muy pronto, ahora mismo, ¡inmediatamente!

—¿Qué? ¿Adónde? —exclamó, abriendo los ojos y sentándose en su baúl, como si se recobrara de un desmayo, con una sonrisa luminosa.

A su lado estaba de pie Nikolái Parfiónovich, quien le invitaba a escuchar y firmar el atestado de la declaración. Mitia adivinó que había estado durmiendo una hora o más, pero no escuchó a Nikolái Parfiónovich. De pronto se quedó asombrado al ver una almohada debajo de su cabeza, pese a que no estaba allí cuando él se había tendido sin fuerzas sobre el baúl.

—¿Quién me ha puesto esta almohada debajo de la cabeza? ¡Quién ha sido esta persona tan buena! —exclamó con una emoción entusiasta y agradecida, con una voz entrecortada, como si le hubieran hecho Dios sabe qué bien.

Aquel buen hombre quedó ignorado, habría sido alguno de los testigos, quizás el secretario de Nikolái Parfiónovich ordenó por compasión que le pusieran la almohada debajo de la cabeza, pero Mitia se sintió tan conmovido, que casi se le asomaron las lágrimas a los ojos. Se acercó a la mesa y declaró que firmaría lo que fuese.

—He tenido un buen sueño, señores —manifestó de manera en cierto modo rara, con una nueva expresión en el rostro, como radiante de alegría.

IX

SE LLEVARON A MITIA

FIRMADO el documento, Nikolái Parfiónovich se dirigió solemnemente al acusado y le leyó una «Disposición» en la cual se decía que en tal año y día, en tal lugar, el juez de instrucción tal, de la Audiencia del distrito, después de haber interrogado a fulano de tal (es decir, a Mitia) en calidad de acusado de esto y lo otro (todos los cargos estaban minuciosamente registrados), y tomando en consideración que el acusado, pese a negar su culpabilidad en los delitos que se le imputaban, no había presentado ninguna prueba de descargo, mientras que los testigos (tales y cuales) y las circunstancias (tales y cuales) le acusaban plenamente, guiándose por tales y tales artículos del Código Penal, etc., había dispuesto: para evitar que fulano de tal (Mitia) pueda sustraerse a la instrucción y procesamiento, se le encerrará en la cárcel de tal lugar, de lo que se informará al acusado, y se pasará copia de la presente disposición al vicefiscal, etc. En una palabra, declararon a Mitia que desde aquel momento quedaba detenido, que le trasladarían a la ciudad y le encerrarían en un lugar muy desagradable. Mitia, después de escuchar con mucha atención, se limitó a encogerse de hombros.

—Qué le vamos a hacer, señores, yo no les culpo a ustedes, estoy preparado... Comprendo que no podían obrar de otro modo.

Nikolái Parfiónovich le explicó con suavidad que le conduciría enseguida el subcomisario de policía rural Mavriki Mavríkievich, quien precisamente se encontraba allí...

—Un momento —le interrumpió de pronto Mitia, y, como obedeciendo a un irresistible impulso, dijo con sentidas palabras, dirigiéndose a todos los presentes—: Señores, todos somos crueles, todos somos unos monstruos, todos hacemos llorar a la gente, a las madre y a los niños de pecho, pero de todos (que quede ahora así decidido), ¡de todos, soy yo el más miserable! ¡Sea! Cada día de mi existencia, yo dándome golpes al pecho, he jurado corregirme y cada día he cometido las mismas bajezas. Ahora comprendo que quienes son como yo necesitan un golpe, un golpe del destino que los capture como un lazo y los retuerza con una fuerza externa. ¡Nunca me habría elevado por mí mismo, nunca! Pero ha retumbado el trueno. Acepto el tormento de la acusación y de mi deshonor público, quiero sufrir y con el sufrimiento me purificaré. Porque quizá llegue a purificarme con el sufrimiento, ¿verdad, señores? Sin embargo, escúchenme por última vez: ¡soy inocente de la sangre de mi padre! Acepto el castigo no por haberle matado, sino por haberle querido matar y, quizá, realmente le habría matado... Pero, de todos modos, tengo el propósito de luchar contra ustedes, se lo advierto. Lucharé hasta el fin, y luego, ¡que Dios decida! Adiós, señores, no me guarden rencor por haberles gritado durante el interrogatorio. ¡Oh!, yo era entonces tan estúpido aún... Dentro de un instante seré un preso, y ahora, por última vez, Dmitri Karamázov, como hombre aún libre, les tiende la mano. ¡Al despedirme de ustedes, me despido de la gente!...

La voz le temblaba, y Mitia realmente iba a tender la mano,

pero Nikolái Parfiónovich, que era quien se encontraba más cerca de él, retiró la suya de pronto, con un gesto casi convulsivo. Mitia lo advirtió al instante y se estremeció. Enseguida dejó caer la mano que había avanzado ya.

—La instrucción no se ha terminado todavía —se puso a balbucear Nikolái Parfiónovich, algo confuso—, proseguiremos en la ciudad y, desde luego, por mi parte estoy dispuesto a desearle el mayor éxito... para que se justifique... En realidad, Dmitri Fiódorovich, siempre me he sentido inclinado a considerarle como un hombre, válgame la palabra, más bien desgraciado que culpable... Todos cuantos aquí nos encontramos, si se me permite que hable en nombre de todos, todos estamos dispuestos a reconocerle como un joven de noble fondo, pero que, ¡ay!, se deja arrastrar por algunas pasiones más allá de lo que debiera...

Al final de estas palabras, la pequeña figura de Nikolái Parfiónovich había adquirido una actitud de extrema dignidad. A Mitia le vino de pronto a la cabeza que ese «muchacho» le iba a tomar del brazo, le llevaría a un extremo para reanudar su conversación, aún reciente, sobre «chicas». ¡Pero no son pocas las ideas extrañas, sin relación alguna con las circunstancias, que a veces se le ocurren incluso al criminal cuando le conducen al patíbulo!

—Señores, ustedes son buenos, son humanos. ¿Puedo verla, puedo despedirme de *ella* por última vez? —preguntó Mitia.

—Sin duda, pero a la vista... En una palabra, ahora ya no es posible si no es en presencia...

—¡En presencia suya, no hay inconveniente!

Condujeron a Grúshenka, pero la despedida fue breve, lacónica; no satisfizo a Nikolái Parfiónovich. Grúshenka saludó a Mitia inclinándose profundamente.

—Te he dicho que soy tuya y seré tuya; te acompañaré toda la vida, no importa dónde te manden. ¡Adiós, hombre inocente que te has perdido a ti mismo!

Le temblaron los labios, le brotaron las lágrimas.

—¡Perdóname, Grúsha, por mi amor, por haber sido causa también de tu perdición al amarte!

Mitia aún quería decir alguna cosa más, pero de pronto se interrumpió y salió. Al instante le rodearon unos hombres que no apartaban de él la vista. Abajo, frente al pequeño porche hacia el que con tanto estrépito había corrido el día anterior en la troika de Andriéi, había ya dos carros preparados. Mavriki Mavríkievich, hombre bajo y robusto, de cara fláccida, estaba irritado por algún desorden que se había producido inesperadamente, se enojaba y gritaba. En un tono de excesiva seriedad invitó a Mitia a subir a un carro. «Antes, cuando le ofrecía de beber en la taberna, el hombre me ponía una cara muy distinta», pensó Mitia al subir. También Trifón Borísych bajó del pequeño porche. Junto al portón se aglomeró la gente, mujíks, mujeres, cocheros, todos clavaban la mirada en Mitia.

—¡Adiós, buena gente! —les gritó de pronto Mitia desde el carro.

—Y perdónanos a nosotros —resonaron dos o tres voces.

—¡Y a ti también, Trifón Borísych, adiós!

Pero Trifón Borísych ni siquiera se volvió; quizás estaba muy ocupado, pues también gritaba e iba de un sitio para otro. Resultó que en el segundo carro, en el que dos alguaciles debían de acompañar a Mavriki Mavríkievich, no se encontraba aún todo a punto. El pequeño mujik a quien habían designado para conducir la segunda troika se estaba poniendo un caftán de burdo paño y discutía acaloradamente sosteniendo que no era él quien debía hacer el viaje, sino Akim. Pero Akim no estaba; habrían ido en su busca; el pequeño mujik insistía en lo suyo y rogaba esperar un poco más.

—¡Esta gente, Mavriki Mavríkievich, no tiene vergüenza! —exclamaba Trifón Borísych—. Hace tres días Akim te dio veinticinco kopeks, que te has bebido, y ahora gritas. Lo que me admira, Mavriki Mavríkievich, es que sea usted tan bueno con nuestra gentuza, ¡es lo único que puedo decirle!

—¿Para qué necesitamos la segunda troika? —intervino Mitia—. Vamos en una, Mavriki Màvríkievich, no me voy a rebelar ni me fugaré de tu lado, ¿para qué la escolta?

—Usted, señor, tenga la bondad de aprender a hablar conmigo si no ha aprendido aún; yo no soy su compañero, y haga el favor de no torturarme; además, otra vez guárdese los consejos... —le interrumpió furioso Mavriki Mavríkievich, visiblemente satisfecho de poder dar rienda suelta a su mal humor.

Mitia se calló. Se puso completamente rojo. Un instante

después, sintió de pronto mucho frío. Había dejado de llover, mas el turbio cielo estaba cubierto de nubes, un viento desapacible le azotaba en la cara. «Tendré calentura», pensó Mitia encogiéndose de hombros. Por fin subió al carro Mavriki Mavríkievich, quien se dejó caer en el asiento pesadamente, arrellanándose con comodidad, y, como si no se diera cuenta, obligó a Mitia a estrecharse mucho en su lugar. Verdad es que estaba de muy mal humor, en extremo descontento de la misión que le habían encomendado.

—¡Adiós, Trifón Borísych! —volvió a gritarle Mitia, y se dio cuenta de que esta vez no había gritado por bondad, sino con rencor, contra su propia voluntad.

Pero Trifón Borísych, orgulloso, con las manos a la espalda, clavó la vista en Mitia, le miró lleno de severidad y enojo, sin responderle nada.

—¡Adiós, Dmitri Fiódorovich, adiós! —resonó de pronto la voz de Kalgánov, surgido inesperadamente no se sabía de dónde.

Se precipitó hacia el carro y tendió la mano a Mitia. Iba sin gorra. Mitia aún tuvo tiempo de cogerle la mano y estrechársela.

—¡Adiós, hombre de corazón, no olvidaré esta generosidad! —exclamó con calor.

Pero el carro se puso en movimiento, las manos se separaron. Tintitinearon las campanillas, se llevaban a Mitia.

Kalgánov corrió al vestíbulo, se sentó en un rincón, inclinó la cabeza, se cubrió la cara con las manos y se echó a llorar; permaneció mucho tiempo sentado, llorando; lloraba como si fuera aún un niño y no un hombre de veinte años. ¡Oh, estaba casi convencido de la culpabilidad de Mitia! «¡Cómo es esta gente, qué puede uno creer de la gente después de ver estas cosas!», exclamaba sin ilación, sumido en amargo abatimiento, casi desesperado. En ese instante, ni ganas tenía siquiera de vivir en este mundo. «¿Vale la pena, vale la pena?», exclamaba el acongojado joven.

CUARTA PARTE

Libro décimo

LOS NIÑOS

Casa-Museo Dostoievski, Moscú

I

KOLIA KRASOTKIN

HA llegado noviembre. En nuestra población, el frío ha alcanzado los once grados bajo cero, cubriendo con una resbaladiza capa de hielo la desnuda tierra. Sobre el suelo helado ha caído por la noche un poco de nieve seca; el viento, «seco y punzante», la levanta y la arrastra por las aburridas calles de nuestra ciudad pequeña, sobre todo por la plaza del mercado. La mañana es brumosa, pero la nieve ha dejado de caer. No lejos de la plaza, cerca de la tienda de los Plótnikov, se levanta una pequeña casita, muy limpia por afuera y por dentro, que pertenece a la señora Krasótkina, viuda de un funcionario. Krasotkin, secretario provincial, murió hace ya mucho tiempo, casi catorce años, pero su viuda, una damita de poco más de treinta años, muy agraciada aún, vive y se mantiene «con su capital» en su limpia casita. Lleva una vida honesta y recatada, es de carácter tierno, aunque bastante jovial. Tenía unos dieciocho años cuando se le murió el esposo después de haber vivido con él sólo un año y cuando acababa de dar a luz a un niño. Desde entonces, desde el fallecimiento de su marido, se ha consagrado por entero a la educación de su hijo entrañable, el pequeño Kolia[1], y aunque le ha querido todos esos catorce años con un amor infinito, claro está que el niño le ha proporcionado muchos más sufrimientos que alegrías, pues poco menos que todos los días ha estado ella temblando y muriendo de miedo con sólo pensar que podía caer

---

[1] Diminutivo de Nikolái.

enfermo, resfriarse, hacer alguna travesura, trepar a una silla y rodar al suelo, etc. Cuando Kolia empezó a ir a la escuela y luego a nuestro progimnasio[2], la madre se dedicó a estudiar todas las asignaturas para ayudarle y repetir con él las lecciones, se esforzó por trabar conocimiento con los maestros del niño y con sus esposas, halagaba incluso a los camaradas de Kolia, escolares, los adulaba para que no la tomaran con su hijo, para que no se burlasen de él ni le pegasen. Llegó hasta tal punto que, por su culpa, los muchachos empezaron a reírse de Kolia y a molestarle llamándole el niño mimado de su mamá. Pero el muchacho supo defenderse. Era un chico valiente, «de una fuerza terrible», como pronto se dijo de él en su clase, y tal reputación se confirmó; era hábil, tenaz, de espíritu osado y emprendedor. Estudiaba bien y hasta se corría la voz de que en aritmética y en historia universal habría podido batir al mismísimo maestro Dardaniélov. Pero el muchacho, aunque miraba a todo el mundo de arriba abajo y se pavoneaba, era un buen camarada, nada orgulloso. Aceptaba la consideración de los escolares como algo que se le debía, pero era afectuoso en el trato. Lo más importante era que tenía sentido de la medida, sabía contenerse en el momento necesario, y en sus relaciones con sus superiores nunca rebasaba cierto límite último y recóndito, más allá del cual la falta ya no puede ser tolerada y se convierte en desorden, insubordinación y acto ilegal. Sin embargo, no estaba en contra de hacer travesuras siempre que se presentara la ocasión, de hacer trastadas como el último de los chicuelos, y no tanto por la diablura en sí cuanto por el afán de inventar alguna cosa, de deslumbrar, de causar sensación, de dejar chiquitos a los demás, de gallear. Tenía mucho amor propio. Había logrado incluso dominar a su madre, a la que trataba casi despóticamente. Ella se subordinaba, ¡oh!, hacía ya mucho tiempo que se subordinaba, y lo único que no podía sufrir era la idea de que el niño «la amase poco». Siempre tenía la impresión de que Kolia se mostraba «insensible» hacia ella, y a veces, derramando histéricas lágrimas, empezaba a reprocharle su frialdad. Al niño, eso no le gustaba, y cuanto más efusiones

---

[2] Centro de enseñanza de la Rusia zarista, que abarcaba los cuatro primeros grados del gimnasio.

cordiales exigían de él tanto más huraño parecía quererse mostrar, como si lo hiciera adrede. Pero en realidad, su reacción no era intencionada, sino inconsciente, fruto de su carácter. Su madre se equivocaba: él quería mucho a su mamá, lo único que no quería eran las «carantoñas terneriles», como se expresaba él en su lenguaje escolar. Su padre, al morir, había dejado un armario en el que se guardaban algunos libros; Kolia era aficionado a la lectura y se había leído ya varias de aquellas obras. Su madre no se preocupaba por ello, aunque a veces se sorprendía de que el muchacho, en vez de ir a jugar, se pasara horas enteras junto al armario, leyendo. De este modo, Kolia leyó algunas cosas que no debía de haber leído aún a su edad. De todos modos, últimamente, aunque el chico no era amigo de rebasar cierto límite en sus trastadas, había empezado a hacer tales diabluras que habían asustado no poco a la madre; no se trataba de actos inmorales, es cierto, pero sí temerarios, insensatos. Aquel verano, precisamente, en el mes de julio, durante las vacaciones, la mamita y su hijito se habían ido a pasar una semana en otra comarca, a unas setenta verstas de distancia, en casa de una pariente lejana, cuyo marido estaba empleado en la estación de ferrocarril (la más cercana a nuestra ciudad, la misma estación en que un mes más tarde Iván Fiódorovich Karamázov había tomado el tren hacia Moscú). Allí Kolia empezó observando con todo detalle la línea de ferrocarril, estudió el funcionamiento de las instalaciones ferroviarias, comprendía que con sus nuevos conocimientos podría brillar, de regreso en su ciudad, entre sus compañeros de progimnasio. Pero se encontraban entonces en aquel lugar otros muchachos con los que trabó amistad; algunos de ellos vivían junto a la mismísima estación; y otros, cerca; se reunieron unos seis o siete muchachos de doce años, dos de los cuales resultaron ser de nuestra población. Los chavales jugaban juntos, hacían travesuras, y he aquí que el cuarto o quinto día de reunirse en la estación, entre aquella tonta juventud se hizo una apuesta archiestúpida en la que se jugaban dos rublos. Kolia, casi el más joven de todos ellos y, por esto, algo despreciado de los mayores, movido por su amor propio o por una osadía imperdonable, dijo que él, por la noche, cuando llegara el tren de las once, se echaría boca abajo entre los raíles y permanecería inmóvil mientras el tren pasara por encima a toda velocidad. Verdad es que habían efectuado un estudio previo y habían llegado a la conclusión de que realmente era posible tenderse y pegarse contra el suelo entre los raíles, de modo que el tren, claro está, pasara sin rozar al que estuviese echado. Sin embargo, ¡quién era el guapo capaz de hacer la prueba! Kolia sostenía firmemente que se mantendría echado. Al principio se rieron de él, le llamaron mentiroso, fanfarrón, pero con esto no lograron más que emperrarle en sus trece. El caso era que aquellos muchachos de quince años se le habían mostrado en exceso altaneros y al principio ni siquiera deseaban tenerle por camarada, por ser «pequeño», lo cual ya llegaba a ser una ofensa insoportable. Se decidió, pues, que cuando hubiera oscurecido se dirigirían a una versta de distancia de la estación para que el tren tuviera tiempo de adquirir velocidad después de ponerse en marcha. Los muchachos se reunieron. Era una noche sin luna, no ya oscura, sino casi negra. A la hora correspondiente, Kolia se tendió entre los raíles. Los cinco restantes de la apuesta, con el corazón en el puño y, después, llenos de miedo y de arrepentimiento, esperaban debajo del talud, entre unos arbustos, junto a la vía. Por fin, se oyó a lo lejos el ruido del tren que salía de la estación. Brillaron en la oscuridad dos faroles rojos, retumbó estrepitosamente el monstruo que se acercaba. «¡Corre, sal de los raíles», le gritaron desde los arbustos los muchachos, muertos de miedo, pero ya era tarde: el tren llegó y pasó volando por delante de ellos. Los muchachos se precipitaron hacia Kolia: estaba inmóvil, echado. Empezaron a sacudirle, a levantarle. De pronto, Kolia se alzó y bajó del talud sin decir una palabra. Cuando hubo descendido, declaró que había permanecido como desmayado adrede, para asustarles, pero la verdad era que se había desmayado en realidad, como él mismo confesó a su madre, ya después de mucho tiempo. De este modo, le quedó para siempre la fama de «temerario». Regresó a su casa pálido como la pared. Al día siguiente, sufrió una ligera fiebre nerviosa, pero se sentía enormemente dichoso, satisfecho y contento. El hecho no se conoció enseguida, sino cuando Kolia ya había vuelto a nuestra ciudad; la noticia penetró en el progimnasio y llegó hasta la dirección. Pero entonces la mamá de Kolia se lanzó a suplicar por su hijo y acabó logrando que le defendiera y hablara en su favor el respetable e influyente maestro Dardaniélov, de modo que se echó tierra al asunto como si nada hubiera sucedido. Ese Dardaniélov, hombre soltero, joven aún, estaba apasionadamente enamorado de la señora Krasótkina hacía ya muchos años, y una vez, haría de ello un año poco más o menos, se había atrevido a pedirle la mano con el mayor respeto del mundo y el corazón encogido de miedo y delicadeza; pero la dama se negó en redondo, considerando su consentimiento como una traición a su hijo, a pesar de que Dardaniélov, en virtud de ciertas señales secretas, tenía, quizás, hasta cierto derecho a soñar con que no resultaba del todo indiferente a la encantadora y tierna viudita, si bien ya en exceso casta. La loca diablura de Kolia, al parecer, había roto el hielo, y a Dardaniélov, por su ayuda, se le hizo una alusión a la esperanza, cierto que lejana; más el propio Dardaniélov era un fenómeno de pureza y sensibilidad, de modo que por el momento aquello le bastaba para sentirse plenamente feliz. Amaba al muchacho, aunque habría considerado humillante adularle, y era con él severo y exigente en clase. Pero también Kolia le mantenía a una deferente distancia, preparaba las lecciones muy bien, era el segundo alumno de la clase, se dirigía a Dardaniélov con sequedad, y la clase entera estaba firmemente convencida de que en historia universal Kolia estaba tan empollado que «batiría» al propio maestro. En efecto, Kolia le hizo en cierta ocasión una pregunta: «¿Quién fundó Troya?», a lo que Dardaniélov respondió sólo en general, hablando de los pueblos, de sus desplazamientos y migraciones, de la profundidad de los tiempos, de lo mitológico, mas no pudo responder a la pregunta concreta de quién había fundado Troya, es decir, qué personas lo habían hecho, y hasta consideró, vaya a saber por qué razón, que la pregunta era ociosa y sin fundamento. Pero los muchachos quedaron convencidos de que Dardaniélov no sabía quién había fundado Troya. En cambio Kolia había leído lo que dice acerca de los fundadores de Troya el historiador Smarágdov en un libro que se conservaba en el armario de su papá. Por fin todos los chicos acabaron interesándose por la cuestión de quién había fundado Troya, pero Krasotkin no reveló su secreto y nada pudo conmover ya su fama de instruido.

Después del suceso de la línea del tren, se produjo cierto cambio en las relaciones entre Kolia y su madre. Cuando Anna Fiódorovna (la viuda Krasótkina) tuvo noticia de la hazaña de su hijo, por poco se vuelve loca de horror. Durante varios días sufrió, con intervalos, espantosos ataques de nervios, y Kolia, ya seriamente atemorizado, le dio palabra de honor de que jamás repetiría travesuras semejantes. Lo juró de rodillas ante un icono y lo juró por la memoria de su padre, como lo exigió la propia señora Krasótkina; Kolia mismo, el «intrépido», lloró «de sentimiento» como un niño de seis años, y durante todo aquel día madre e hijo se estuvieron abrazando y llorando conmovidos. Al día siguiente Kolia se despertó «insensible» como siempre; no obstante, se hizo más callado, más modesto, más severo, más pensativo. Verdad es que mes y medio más tarde volvió a estar metido en otra travesura y su nombre llegó a ser conocido hasta de nuestro juez de paz, pero la trastada tenía ya un carácter distinto, era hasta ridícula y tonta, y, según se vio luego, no la había cometido Kolia mismo, sino que el chico sólo se había encontrado mezclado en ella. Pero de esto ya hablaremos de un modo u otro más adelante. La madre seguía temblando y atormentándose, mientras que Dardaniélov se sentía cada vez más y más esperanzado, a medida que aumentaban las inquietudes de la dama. Ha de advertirse que Kolia comprendía y adivinaba en este aspecto a Dardaniélov y, claro está, le despreciaba profundamente por tales «sentimientos»; antes, incluso tenía la falta de delicadeza de poner de manifiesto su desprecio ante su madre, aludiendo de lejos que comprendía los propósitos del maestro. Pero después de lo ocurrido en la vía de ferrocarril, también en esta cuestión cambió de conducta: no volvió a permitirse hacer alusión alguna, ni siquiera la más vaga, y ante su madre empezó a hablar con más respeto de Dardaniélov, cosa que enseguida comprendió la sensible Anna Fiódorovna con infinito agradecimiento de su corazón, si bien, en cambio, en presencia de Kolia, la más pequeña palabra acerca de Dardaniélov, aunque fuera casual o dicha por algún extraño que estuviera de visita, la ponía roja de vergüenza, como una amapola. En esos instantes, Kolia miraba hacia la ventana con cara fosca o examinaba si sus botas altas necesitaban betún o llamaba furioso a Perezvón, un can peludo, bastante grande y de mala pinta, al que había recogido hacía cosa de un mes, lo había traído a su casa y lo tenía dentro, en secreto, no se sabía por qué razón, sin enseñarlo a ninguno de sus camaradas. Lo tiranizaba de manera espantosa, enseñándole toda clase de gracias y habilidades, y llevó al pobre animal hasta el punto de que aullaba cuando el chico se iba a clase y gruñía de contento cuando Kolia regresaba; entonces el perro saltaba como medio loco, se levantaba de patitas, se echaba al suelo y se hacía el muerto, etc.; en una palabra ejecutaba todas las habilidades que le habían enseñado y no ya porque se lo exigieran, sino tan sólo por impulso de su entusiasmo y de su agradecido corazón.

A propósito, se me había olvidado recordar que Kolia Krasotkin era el mismo chico a quien el pequeño Iliusha, conocido ya del lector, hijo del capitán de Estado Mayor retirado Sneguiriov, había clavado un cortaplumas en un muslo para defender a su padre, motejado de «estropajo» por los escolares.

II

CHIQUILLOS

EN aquella mañana fría y cruda de noviembre, el muchacho Kolia Krasotkin se había quedado en su casa. Era domingo, no había clases. Habían dado ya las once y necesitaba imperiosamente salir a la calle «por un asunto muy importante»; pero el caso era que en toda la casa se había quedado solo; en cierto modo como guardián, pues todos los habitantes adultos de la misma, por una circunstancia extraordinaria y original, habían debido ausentarse. En la casa de la viuda Krasótkina, enfrente de la vivienda que la propietaria, al otro lado del zaguán, había otra vivienda de dos pequeñas piezas, que ocupaba en arriendo la esposa de un médico con dos hijos suyos de pocos años. Era de la misma edad que Anna Fiódorovna y gran amiga suya; en cuanto al médico, hacía ya casi un año que había partido para Orenburg y luego para Tashkent, y desde hacía unos seis meses nada se sabía de él, de modo que sin la amistad de la señora Krasótkina, que procuraba suavizar la pena de la esposa abandonada, aquella mujer se habría consumido llorando. Y tuvo que ocurrir, para colmo de desdichas, que aquella misma noche, la del sábado al domingo, Katerina, la única criada de la esposa del doctor, de pronto, y de manera por completo inesperada para su señora, declarara que seguramente daría a luz por la mañana. Para todos resultaba casi un milagro el que nadie se hubiera dado cuenta de nada antes. La mujer del médico, estupefacta, decidió trasladar a Katerina, mientras estaba a tiempo para hacerlo, al establecimiento que para casos análogos había montado en nuestra ciudad una comadrona. Comoquiera que tenía en mucha estima a esa criada, cumplió enseguida su proyecto, la acompañó y, además, se quedó a su lado. Luego, ya por la mañana, hizo falta recurrir a la amistosa intervención y ayuda de la propia señora Krasótkina, la cual en este caso podía hacer entrar en juego sus relaciones y proporcionar cierta protección. De este modo, las dos señoras se hallaban ausentes mientras que, por otra parte, la propia criada de la señora Krasótkina, la sirvienta Agafia, se había ido al mercado, y Kolia se vio de este modo por cierto tiempo encargado de la custodia y guarda de los «pitusos», o sea, del crío y de la cría de la esposa del médico, que habían quedado solitos. Kolia no tenía miedo a montar la guardia de la casa; además, con él estaba Perezvón, al que había ordenado echarse de panza al suelo en el vestíbulo, debajo de un banco, «y no moverse», por lo que cada vez que Kolia, en sus idas y venidas por las habitaciones de la casa, entraba en el vestíbulo, el perro sacudía la cabeza y daba dos coletazos fuertes y suplicantes sobre el suelo, si bien, ¡ay!, no resonaba ningún silbido llamándolo. Kolia lanzaba una amenazadora mirada al desdichado can, que volvía a quedar como petrificado en obediente inmovilidad. Pero si algo turbaba al muchacho eran únicamente los «pitusos». La inesperada aventura de Katerina le merecía, desde luego, el más profundo desprecio, pero quería mucho a los «pitusos», medio huérfanos, y ya les había llevado un libro infantil. Nastia[3], de ocho años, la mayor de los dos pequeños, sabía leer, y el «pituso» menor, el pequeño Kostia, de siete años, estaba encantado cuando oía leer a su hermanita. Naturalmen-

---

[3] Diminutivo de Anastasia.

te, Krasotkin habría podido entretenerles de manera más divertida, es decir, habría podido colocarlos en fila y empezar a jugar con ellos a los soldados, o bien habrían podido jugar al escondite por toda la casa. Más de una vez lo había hecho ya y no desdeñaba hacerlo, de modo que hasta en su clase una vez corrió la voz de que Krasotkin en su casa jugaba a caballos con sus pequeños inquilinos, se dejaba enganchar tras el primer caballo y bajaba la cabeza, pero Krasotkin rechazó orgullosamente esa acusación manifestando que con chicos de su edad, de trece años, sería realmente vergonzoso jugar a caballos «en nuestro tiempo», pero que lo hacía para los «pitusos», pues los quería y nadie tenía derecho a pedirle cuentas de sus sentimientos. En cambio, los dos «pitusos» le adoraban. Pero esta vez no estaba él para juegos. Debía ocuparse de un asunto propio muy importante y al parecer hasta algo misterioso; mas el tiempo pasaba y Agafia, a cuya vigilancia habría podido dejar los niños, aún no quería regresar del mercado. Kolia había cruzado ya varias veces el zaguán, había abierto la puerta que daba a la estancia de la esposa del médico y había mirado con aire de preocupación a los «pitusos», quienes, por indicación suya, se entretenían con el libro y cada vez que él abría la puerta se reían en silencio con una ancha sonrisa, esperando que entrase y les organizase algo magnífico y divertido. Pero Kolia se sentía interiormente alarmado y no entraba. Por fin dieron las once y tomó la firme resolución de que si diez minutos después de la «maldita» Agafia no había regresado, él saldría de la casa sin esperarla, desde luego, habiendo hecho prometer antes a los «pitusos» que no se iban a asustar sin él, que no harían diabluras y que no llorarían de miedo. Ya con esta intención, se puso su abriguito de invierno forrado de guata y cuello hecho con la piel de algún gatito, se colgó la cartera al hombro, y a pesar de las anteriores súplicas reiteradas de su madre para que jamás saliera haciendo «tanto frío» sin calzarse los chanclos de goma, se limitó a echarles una mirada de desprecio al cruzar el vestíbulo y se quedó con las botas altas, sin chanclos. El perro, al verle vestido para salir, empezó a dar fuertes coletazos contra el suelo, poniendo nerviosamente en tensión todo el cuerpo e incluso soltó un lastimero aullido, pero Kolia, al observar tanta ardorosa impaciencia en el animal, pensó que

[767]

ello relajaba la disciplina y lo tuvo aún unos momentos más debajo del banco; sólo cuando abría la puerta que daba al zaguán, de pronto le silbó. El perro brincó como loco y se puso a saltar de contento ante él. Kolia cruzó el zaguán y abrió la puerta de los «pitusos». Ambos permanecían sentados a la mesita, como antes, pero ya no leían, sino que discutían acaloradamente. Esos niños a menudo discutían entre sí acerca de distintas cuestiones chocantes de la vida cotidiana, aunque Nastasia, como mayor, siempre vencía; sin embargo, Kostia, si no quería dar su brazo a torcer, casi siempre apelaba a Kolia Krasotkin y lo que éste decidía era aceptado como sentencia absoluta para ambas partes. Esa vez, la discusión de los «pitusos» interesó un poco a Krasotkin, quien se paró a la puerta a escuchar. Los niños vieron que estaba escuchando y prosiguieron su disputa con mayor enardecimiento.

—No creeré nunca, ¡nunca! —sostenía con calor Nastia—, que las comadronas encuentren a los niños pequeños en el huerto, entre las ringleras de coles. Ahora ya estamos en invierno, no hay coles en el huerto, y la comadrona no habría podido traer una hijita a Katerina.

—¡I-u! —silbó para sí Kolia.

—O verás: quizá sí los traen de alguna parte, pero sólo a las casadas.

Kostia miró fijamente a Nastia, la escuchaba muy caviloso y reflexionaba.

—Nastia, qué tonta eres —repuso, al fin, con firmeza y sin alterarse—. ¿Cómo puede tener un niño Katerina, si no está casada?

Nastia se sulfuró terriblemente.

—No entiendes nada —le cortó irritada—; es posible que haya tenido un marido, pero que ahora esté en la cárcel, y ella ha dado a luz.

—¿Acaso tiene un marido en la cárcel? —inquirió con gravedad el positivo Kostia.

—O verás —le interrumpió impetuosamente Nastia, olvidándose ya por completo de su primera hipótesis—, no tiene marido, en esto la razón es tuya, pero quiere casarse y se ha puesto a pensar cómo se casaría; lo ha estado pensando, pensando, y lo ha pensado hasta que ha tenido no un marido, sino una criaturita.

—Bueno, si es así ya es distinto —asintió totalmente vencido Kostia—, pero antes no lo habías dicho; así que cómo podía saberlo.

—Ea, arrapiezos —articuló Kolia, entrando en la habitación—, ¡veo que sois gente peligrosa!

—¿Perezvón te acompaña? —Kostia se rió con ancha sonrisa y empezó a llamar al perro haciendo restallar los dedos.

—Pitusos, me encuentro en una situación difícil —comenzó a explicar con gravedad Krasotkin— y tenéis que ayudarme: Agafia con toda seguridad se ha roto una pierna, pues todavía no ha regresado, esto no tiene vuelta de hoja; pero yo he de irme. ¿Me dejaréis salir?

Los niños se miraron uno a otro, inquietos, y sus rostros sonrientes empezaron a adquirir un cierto aire de preocupación. De todos modos, aún no comprendían del todo qué se esperaba de ellos.

—¿No haréis travesuras, sin mí? ¿No os subiréis al armario ni os vais a romper una pierna? ¿No os pondréis a llorar de miedo, al veros solos?

En los rostros de los niños se reflejó una angustia espantosa.

—A cambio, yo podía mostraros un objeto pequeño, un cañoncito de cobre que puede dispararse con pólvora de verdad.

Las caras de los pequeñuelos se iluminaron al momento.

—Enséñenos el cañoncito —pidió Kostia radiante.

Krasotkin hundió la mano en su cartera, y sacando de ella un pequeño cañoncito de cobre lo puso sobre la mesa.

—¡Ah, sí, enséñenoslo! Mira, va sobre ruedas —hizo rodar el juguete sobre la mesa— y puede disparar. Se puede cargar con perdigones y dispara.

—¿Y mata?

—¡A todo el mundo! Sólo hace falta apuntar bien.

Y Krasotkin les explicó dónde había que colocar la pólvora, dónde se introducían los perdigones, les mostró un pequeño orificio por el que el fuego podía comunicarse a la carga y contó que solía producirse retroceso. Los pequeños le escuchaban con enorme curiosidad. Lo que impresionó sobre todo su imaginación fue que se produjera retroceso.

—¿Tiene usted pólvora? —inquirió Nastia.

—Tengo.

—Enséñenosla también —añadió con una sonrisa suplicante.

Krasotkin abrió de nuevo la cartera y sacó un frasquito que contenía realmente algo de pólvora verdadera; en un papel doblado había unos cuantos perdigones. Incluso destapó el frasquito y se echó un poquitín de pólvora sobre la palma de la mano.

—Mirad, pero que no haya fuego cerca; si no, explotará y nos matará a todos —advirtió para causar impresión Krasotkin.

Los niños contemplaban la pólvora con un respetuoso miedo, que hacía aún más vivo el placer. Pero a Kostia le gustaban más los perdigones.

—¿Los perdigones no explotan? —inquirió.

—No explotan.

—Regáleme alguno —articuló con suplicante vocecita.

—Te regalaré unos cuantos; toma, coge, pero no los muestres a tu madre hasta que yo esté de vuelta; podría pensar que es pólvora, se moriría de miedo y os azotaría.

—Mamá no nos pega nunca con el látigo —repuso enseguida Nastia.

—Lo sé, lo he dicho sólo para que resultara bonito. Y vosotros nunca tenéis que engañar a vuestra mamá; pero esta vez, hasta que yo vuelva... Bueno «pitusos», ¿puedo irme, o no? ¿No vais a llorar de miedo, sin mí?

—Llora-re-mos —respondió Kostia, preparándose ya para soltar unas lágrimas.

—Lloraremos, ¡claro que lloraremos! —repitió medrosamente apresurada Nastia.

—¡Oh, niños, qué peligrosos son vuestros años! Qué le vamos a hacer, polluelitos, no tengo más remedio que quedarme con vosotros, vete a saber cuánto tiempo. Con la prisa que tengo, ¡uf!

—Mande a Perezvón que se haga el muerto —pidió Kostia.

—Qué le vamos a hacer, no hay más remedio que echar mano también de Perezvón. *Ici*[4], ¡Perezvón!

---

[4] Aquí (fr.).

Kolia empezó a dar órdenes al animal, que se puso a representar todo lo que había aprendido. Se trataba de un can peludo, del tamaño de un mastín corriente, con lanas de un color gris tirando a lila. Era tuerto del ojo derecho y tenía cortada la oreja izquierda, no se sabía por qué. El perro latía, brincaba, se sostenía sobre las patitas traseras, caminaba en esta posición, se tumbaba de espalda con las cuatro patas al aire y se quedaba echado sin moverse, como muerto. Mientras ejecutaba este último número, se abrió la puerta, y Agafia, la gorda sirvienta de la señora Krasótkina, mujer de unos cuarenta años, picada de viruelas, apareció en el umbral, de regreso del mercado, con la bolsa de las provisiones en la mano. Se detuvo y, con la bolsa colgando de su mano izquierda, se puso a contemplar el perro. Kolia, por más impaciente que estuviera esperando a Agafia, no interrumpió la representación, y sólo después de haber tenido cierto tiempo a Perezvón haciendo el muerto, le silbó: el perro dio un salto y se puso a brincar de alegría por haber cumplido su obligación.

—¡Oh, qué perro! —exclamó sentenciosa Agafia.

—Y tú, sexo femenino, ¿por qué llegas tarde? —preguntó Krasotkin, amenazador.

—Sexo femenino, ¡vaya con el mocoso!

—¿Yo, mocoso?

—Sí, mocoso. ¿Qué te importa a ti, si llego tarde? Si llego tarde es que ha sido necesario —farfulló Agafia, trasteando ya cerca de la estufa; pero no hablaba en un tono de voz como si estuviera descontenta o enojada, sino, por el contrario, muy contenta, alegrándose, al parecer, de burlarse un poco del jovial señorito.

—Escucha, vieja frívola —empezó a replicar Krasotkin, levantándose del diván—, ¿puedes jurarme por todo lo que hay de sacrosanto en este mundo y aún por alguna cosa más, que no dejarás de vigilar a los peques ni un momento durante mi ausencia? He de salir.

—¿Por qué te lo he de jurar? —se rió Agafia—. No necesito jurarlo para vigilarlos.

—No, has de jurarlo por la salvación eterna de tu alma. Si no es así, no me iré.

—Pues no te vayas. A mí qué me importa; en la calle está helando, quédate en casa.

—Pitusos —Kolia se dirigió a los niños—, esta mujer se quedará con vosotros hasta que yo vuelva o hasta que regrese vuestra mamá, que debería de estar aquí también hace tiempo. Además, os dará el desayuno. ¿Les darás alguna cosa, Agafia?

—Bueno.

—Hasta la vista, polluelitos, me voy con la conciencia tranquila. Tú, abuela —articuló a media voz y con gravedad al pasar por delante de Agafia—, hazme el favor de no contarles de Katerina esas estupideces que soléis contar las mujeres, respeta su edad. *Ici,* Perezvón!

—¡Vete con Dios! —le respondió Agafia, ya irritada esta vez—. ¡Qué gracioso! Te merecerías unos buenos azotes por estas palabras, ¡eso es!

III

EL ESCOLAR

Pero Kolia ya no escuchaba. Por fin, podía irse. Fuera ya del portalón, volvió la cabeza, se encogió de hombros, musitó: «¡Qué frío!», y se encaminó calle adelante; luego torció a la derecha por una callejuela en dirección a la plaza del mercado. Se detuvo frente a la penúltima casa antes de la plaza, se acercó al portalón, sacó un pito del bolsillo y silbó con todas sus fuerzas, como si hiciera una señal convenida. No tuvo que esperar más allá de un minuto; por la portezuela, salió de pronto un muchacho de unos once años, sonrosadito, que llevaba también un sobretodo de mucho abrigo, limpio y hasta elegante. Era Smúrov, niño de preparatorio (mientras que Kolia Krasotkin iba dos clases más adelante), hijo de un funcionario acomodado, y a quien, al parecer, sus padres no le permitirían tratase con Krasotkin, conocidísimo como un travieso redomado. Por lo visto, Smúrov acababa de salir a escondidas. Ese Smúrov, quizás el lector no lo habrá olvidado, era uno de los muchachos del grupo que dos meses antes arrojaba piedras a Iliusha, y fue el que entonces habló de este niño a Aliosha Karamázov.

—Hace ya una hora entera que le estoy esperando, Krasotkin —dijo Smúrov con aire decidido, y los muchachos se dirigieron a largas zancadas hacia la plaza.

—Me he retrasado —respondió Krasotkin—. Han sido las circunstancias. ¿No te azotarán por venir conmigo?

—¡Vaya idea! ¿Acaso me azotan, a mí? ¿Y se ha traído a Perezvón?

—Me lo he traído.

—¿También lo llevará allí?

—También lo llevaré allí.

—¡Ah, si fuera Zhuchka!

—No es posible que lo sea. Zhuchka no existe. Ha desaparecido en las tinieblas de lo desconocido.

—Ah, quizá se podría hacer una cosa —Smúrov se detuvo de repente—. Iliusha dice que Zhuchka también era peludo, de color gris, como el humo, lo mismo que Perezvón. ¿No podríamos decirle que es Zhuchka? Quizá se lo creería.

—Escolar, desprecia la mentira, eso en primer término; incluso con un buen fin, eso en segundo término. Y sobre todo, espero que allí no hayas hablado para nada de mi visita.

—Dios me libre, no creas que no me hago cargo de la situación. Pero con Perezvón no le consolaremos —suspiró Smúrov—. ¿Sabes? Su padre, el capitán ese, el estropajo, nos dijo que hoy le llevaría un cachorro, un auténtico mastín, con el hocico negro; cree que de este modo consolará a Iliusha, pero lo dudo.

—¿Y cómo se encuentra Iliusha?

—¡Mal, muy mal! Yo creo que está tísico. Conserva todo el conocimiento; pero cómo respira, no respira bien. El otro día pidió que le llevaran un poco a pasear; le calzaron las botas altas, se puso a andar y se desplomó. «Ah, exclamó, ya te lo he dicho, papá, que estas botas no me sirven; ya antes me costaba trabajo caminar cuando las llevaba puestas.» Creía haber caído por culpa de las botas, pero era de debilidad. No vivirá ni una semana. Le visita Herzenstube. Ahora vuelven a ser ricos, tienen mucho dinero.

—Granujas.

—¿Quiénes son granujas?

—Los doctores, toda la purriela médica en general, y naturalmente, también en particular. Yo niego la medicina. Es una institución inútil. De todos modos, investigaré todo eso. Sin embargo, ¿qué sentimentalismo es ese que se ha apoderado de todos vosotros? Según parece, vais todos los de la clase a visitarle, ¿no?

—Todos no, somos unos diez los que vamos a verle siempre, cada día. Eso no importa.

—Lo que me sorprende en todo esto es el papel de Alexiéi Karamázov: ¡mañana o pasado mañana juzgarán a su hermano por un crimen espantoso, y él encuentra tanto tiempo para sentimentalismos con los muchachos!

—No se trata de sentimentalismos. Tú mismo vas ahora a hacer las paces con Iliusha.

—¿A hacer las paces? Esa es una expresión ridícula. De todos modos, yo no tolero que nadie analice mis actos.

—¡Cuánto se alegrará Iliusha de verte! No se imagina que vayas. ¿Por qué te has negado durante tanto tiempo? —exclamó de pronto Smúrov, con vehemencia.

—Esto es cosa mía y no tuya, amiguito. Yo voy por mí mismo, porque esa es mi voluntad, mientras que a todos vosotros os ha llevado allí Alexiéi Karamázov; hay, pues una diferencia. Además, ¿qué sabes tú si voy o no voy para hacer las paces? Estúpida expresión.

—No ha sido Karamázov, no ha sido él en absoluto. Sencillamente, nosotros mismos empezamos a ir, claro, primero con Karamázov. Sin sensiblerías ni estupideces de ninguna clase. Primero fue uno, luego otro. Su padre estaba contentísimo de vernos, no tienes idea. ¿Sabes?, si muere Iliusha, se volverá loco. Ve que su hijo se le está muriendo. ¡Y está tan contento de que hayamos hecho las paces con él! Iliusha ha preguntado por ti, pero sin añadir nada más. Pregunta y calla. Pero el padre se volverá loco o se ahorcará. Ya antes se comportaba como si estuviera trastocado. ¿Sabes?, se trata de un hombre noble, entonces nos equivocamos. La culpa la tiene toda ese parricida, que entonces le pegó.

—De todos modos, Karamázov es para mí un enigma. Yo habría podido conocerle hace mucho, pero a veces me gusta ser orgulloso. Además, me he formado de él una opinión que es necesario aún comprobar y aclarar.

Kolia se calló gravemente; Smúrov también. Desde luego, Smúrov sentía por Kolia Krasotkin una gran admiración y ni en pensamiento se habría atrevido a compararse con él. En ese momento experimentaba una curiosidad inmensa, pues Kolia había aclarado que iba «por sí mismo»; había, por tanto, algún misterio, sin duda alguna, en el hecho de que Kolia hubiera decidido ir y nada menos que aquel día. Estaban cruzando la plaza del mercado, esa vez llena de carros de las cercanías, con muchas aves de corral para vender. Resguardadas bajo sus toldos, unas mujeres de la ciudad ofrecían rosquillas, hilos y demás. Tales congregaciones dominicales se denominan ingenuamente en nuestra pequeña ciudad ferias, y ferias semejantes se celebraban muchas al año. Perezvón corría con el más alegre de los estados de ánimo, desviándose constantemente a derecha y a izquierda, para olisquear algo donde fuese. Al encontrarse con otros perros, intercambiaba con ellos husmeos de rigor, de muy buena gana, según todas las reglas de la urbanidad canina.

—A mí me gusta observar el realismo, Smúrov —dijo de pronto Kolia—. ¿Te has fijado cómo los perros se encuentran y se husmean? Eso es para ellos como una ley general de la naturaleza.

—Sí, una ley muy cómica.

—Cómica no, te equivocas. En la naturaleza no hay nada cómico, por más que se lo parezca al hombre con sus prejuicios. Si los perros pudieran razonar y criticar, seguramente encontrarían tantas cosas cómicas para ellos, si no muchas más, en las relaciones sociales de los hombres, sus amos; tantas, si no muchas más; lo repito porque estoy firmemente convencido de que entre nosotros hay muchas más estupideces. Esto es una idea de Rakitin, una idea excelente. Yo soy socialista, Smúrov.

—¿Qué es eso de socialista? —preguntó Smúrov.

—Eso es que todos somos iguales, todos tenemos una opinión común, no hay matrimonios, cada uno entiende la religión y todas las leyes como le parece mejor, y así con todo lo demás. Tú aún no has crecido bastante para comprenderlo, es pronto para ti. Pero hace frío, ¿eh?

—Sí. Doce grados bajo cero. Mi padre ha mirado el termómetro hace poco.

—No sé si te has fijado, Smúrov, que en pleno invierno, cuando la temperatura llega a los quince y hasta dieciocho grados, no parece que haga frío como por ejemplo ahora, a principios de invierno, cuando inesperadamente cae una helada de doce grados, como hoy, y más si hay poca nieve. Eso significa que los hombres aún no se han acostumbrado. En el hombre todo es cuestión de costumbre; así es en todo, hasta en las cuestiones de Estado, y en las políticas. La costumbre es el motor principal. Mira, ahí, qué mujik más ridículo.

Kolia señalaba a un mujik alto, con un largo pellico y cara de buena persona, quien junto a su carro se golpeaba las palmas de las manos, enfundadas en manoplas, para hacerse pasar el frío. La larga barba rubia se le había cubierto de escarcha.

—¡Al mujik se le ha helado la barba! —gritó Kolia, con aire provocador, al pasar por delante de él.

—Se ha helado a muchos —replicó tranquila y sentenciosamente el mujik.

—No le pinches —indicó Smúrov.

—No te preocupes, no se enojará; es buena persona. Adiós Matviéi.

—Adiós.

—¿Te llamas Matviéi, pues?

—Matviéi. ¿No lo sabías?

—No lo sabía; lo he dicho al azar.

—Vaya, vaya. Eres colegial, ¿no?

—Colegial.

—Qué, ¿te azotan?

—A veces.

—¿Duele?

—A ver...

—¡Ah, la vida! —suspiró el mujik de todo corazón.

—Adiós, Matviéi.

—Adiós. Eres un muchacho simpático, te lo digo yo.

Los dos niños siguieron su camino

—Este mujik es una buena persona —dijo Kolia a Smúrov—. A mí me gusta hablar con la gente del pueblo y siempre me alegra hacerle justicia.

—¿Por qué le has mentido diciéndole que nos azotan? —preguntó Smúrov.

—Había que consolarle un poco.

—¿De qué?

—Verás, Smúrov, no me gusta que vuelvan a preguntar cuando las cosas no se comprenden a la primera palabra. A veces no hay manera de explicarlas. Este mujik cree que a los escolares los azotan y deben azotarlos: ¿qué escolar sería aquel a quien no azotaran? Si le digo sin más ni más que a nosotros no nos azotan, se asombrará y se disgustará. Claro, tú esto no lo comprendes. Con la gente del pueblo hay que saber hablar.

—Pero no les provoques, haz el favor; si no, volveremos a tener una historia como la del ganso.

—¿Tienes miedo?

—No te rías, Kolia; tengo miedo, te lo juro. Mi padre se enfadaría de verdad. Se me ha prohibido rigurosamente ir contigo.

—No tengas miedo, esta vez no pasará nada. Buenos días, Natasha —gritó a una de las vendedoras que estaba bajo un toldo.

—¿Quién te ha dicho que me llamo Natasha? Soy María —respondió chillona la vendedora, mujer que aún distaba mucho de ser vieja.

—Está bien que te llames María; adiós.

—¡Ah, tunante! ¿Apenas brotas de la tierra y ya picas?

—No tengo tiempo, ahora no tengo tiempo de ocuparme de ti, me lo contarás el domingo próximo —Kolia hizo un gesto con las manos, como si fuera ella la que le importunase, y no al revés.

—¿Qué quieres que te cuente el domingo? Has sido tú quien se ha metido conmigo y no al revés, ¡Descarado! —se puso a gritar María—. Merecerías unos buenos azotes. ¡Te conocemos ya, desvergonzado, eso es!

Estallaron en risas las vendedoras que tenían sus tenderetes al lado del de María; repentinamente, por debajo de la arcada de las tiendas municipales, apareció un hombre irritado, con pinta de dependiente de comercio; no era de nuestra ciudad, sino forastero, con un largo caftán azul, una gorra de visera; todavía joven, de cabello castaño, rizoso, y un rostro alargado, pálido, como algo picado de viruelas. Se le veía presa de una agitación estúpida y enseguida se puso a amenazar a Kolia con el puño.

—¡Ya te conozco! —exclamaba irritado—, ¡ya te conozco!

Kolia le miró fijamente. No podía recordar cuándo pudo haber tenido algún encuentro con aquel hombre. Pero no eran pocos los altercados que tenía él por las calles, no había manera de recordarlos todos.

—¿Me conoces? —le preguntó con ironía.

—¡Te conozco! ¡Te conozco! —repetía como un tonto el individuo.

—Pues mejor para ti. Bueno, no puedo entretenerme, ¡adiós!

—¿Qué bribonadas son éstas? —gritó aquel hombre cerril—. ¿Otra vez vienes con bribonadas? ¡Te conozco! ¿Otra vez haces bribonadas?

—Hermano, no es cosa tuya si hago o no bribonadas —replicó Kolia deteniéndose, sin dejar de contemplarle.

—¿Cómo, que no es cosa mía?

—Pues no, no es cosa tuya.

—¿De quién, pues? ¿De quién? Bueno, ¿de quién, pues?

—Hermano, ahora eso es cosa de Trifón Nikítych, y no tuya.

—¿A qué Trifón Nikítych te refieres?

El mozo, estúpidamente sorprendido, aunque acalorado como antes, clavó la vista en Kolia. Éste le midió con la mirada, adoptando un aire de mucha gravedad.

—¿Has ido a la iglesia de la Ascensión? —le preguntó de pronto, severa e imperiosamente.

—¿A cuál? ¿Para qué? No, no he ido —respondió el mozo algo desconcertado.

—¿Conoces a Sabániev? —prosiguió Kolia, aún más imperioso y con mayor gravedad.

—¿A qué Sabániev? No, no le conozco.

—¡Pues vete al diablo, si es así! —cortó de pronto Kolia, y volviéndose de manera brusca hacia la derecha, prosiguió con paso rápido su camino, como si desdeñara incluso hablar con un zopenco que ni siquiera conocía a Sabániev.

—¡Espera, tú! ¡Eh! ¿A qué Sabániev te refieres? —se recobró el mozo, como si volviera a sentirse agitado—. ¿De quién hablaba? —preguntó dirigiéndose a las vendedoras, mirándolas con cara de bobo.

Las mujeres prorrumpieron en risas.

—Este chico tiene mucha trastienda —comentó una.

—¿A qué Sabániev se refería, a cuál? —seguía repitiendo furioso el mozo, agitando el brazo derecho.

—Será, quizás, el Sabániev que estaba empleado en casa de los Kuzmichov, será ése —declaró de pronto una de las mujeres.

El mozo se la quedó mirando con los ojos desorbitados.

—¿En casa de los Kuzmichov? —repitió otra mujer—. Pero ése no se llama Trifón. Se llama Kuzmá y no Trifón; el muchacho ha hablado de Trifón Nikítych, así que no será ése.

—Te equivocas, no es Trifón ni Sabániev, sino Chizhov —intervino de súbito una tercera mujer, que hasta ese momento había permanecido callada, escuchando con seriedad—. Se llama Alexiéi Iványch[5], Chizhov, Alexiéi Ivánovich.

—Es cierto, se llama Chizhov —confirmó, insistente, una cuarta mujer.

El pasmado mozo dirigía su mirada ora a una ora a otra de las mujeres.

—Pero ¿por qué me ha hecho esa pregunta? «¿Conoces a Sabániev»?, ¿por qué me la ha hecho? ¡Decídmelo, buena gente! —exclamó, casi desesperado—. ¡El diablo sabe quién será ese Sabániev!

—Qué bruto eres; te están diciendo que no se trata de Sabániev, sino de Chizhov, de Alexiéi Ivánovich Chizhov, ¡te lo están diciendo! —le gritó imponente una vendedora.

—¿Qué Chizhov? ¿Cuál? Dímelo, si lo sabes.

—Uno largo, con melenas; tenía un puesto aquí este verano.

—¿Para qué diablos quiero yo a tu Chizhov? ¡Decídmelo, buena gente!

—Quién sabe para qué —intervino otra mujer—; debes saber tú mismo qué falta te hace, ya que gritas de este modo.

---

[5] Iványch, forma apocopada de Ivánovich (patronímico: hijo de Iván).

Te lo han preguntado a ti y no a nosotras, ¡so bobo! ¿Será verdad que no le conoces?

—¿A quién?

—A Chizhov.

—¡Al diablo Chizhov y tú juntos! ¡Verás la paliza que le voy a dar! ¡Se ha reído de mí!

—¿A Chizhov darás la paliza? ¡O él a ti! ¡tonto, más que tonto!

—No es a Chizhov a quien voy a dar la paliza, no es a Chizhov, mujer mala, dañina, sino al muchacho, ¡eso es! ¡Traédmelo aquí, traédmelo, que se ha reído de mí!

Las mujeres reían a carcajadas. Kolia, entretanto, caminaba ya lejos con una expresión de victoria en el rostro. Smúrov iba a su lado, volvía de vez en cuando la cabeza hacia el grupo que alborotaba. También él se sentía muy contento, aunque le asustaba la idea de verse metido en alguna historia con Kolia.

—¿De qué Sabániev le has hablado? —le preguntó, presintiendo la respuesta que iba a recibir.

—¡Yo qué sé! Ahora estarán discutiendo hasta la tarde. A mí me gusta sacudir a los tontos en todas las capas de la sociedad. Mira, allí hay otro asno, ese mujik. Acuérdate de lo que se dice: «nada hay más estúpido que un estúpido francés», pero también las fisonomías rusas se las traen. Fíjate, ¿no lleva escrito ése en la cara que es un idiota? Ese mujik, ¿eh?

—Déjale en paz, Kolia, pasemos sin decirle una palabra.

—Por nada del mundo le dejaré en paz, ahora ya me he lanzado. ¡Eh, buenos días, mujik!

Un robusto mujik, que pasaba por allí despacito y que, por lo visto, ya había empinado el codo, un hombre de cara redonda y sin malicia, con una barba canosa, levantó la cabeza y dirigió la vista al muchacho.

—Buenos días, si no bromeas —respondió sin apresurarse.

—¿Y si bromeo? —Kolia se rió.

—Si bromeas, pues bromea y que Dios te ayude. No importa, se puede hacer. Bromear es una cosa que puede hacerse siempre.

—Perdona, hermano, ha sido una broma.

—Bien, que Dios te perdone.

—Y tú, ¿me perdonas?

—De buena gana. Sigue tu camino.

—En verdad te digo que tú, sí, tú pareces un mujik inteligente.

—Más que tú —respondió el mujik de manera inesperada y con la misma gravedad.

—Lo dudo —repuso Kolia, algo desconcertado.

—Tal como lo oyes.

—A lo mejor tienes razón.

—Qué te habías creído, hermano.

—Adiós, mujik.

—Adiós.

—Hay mujiks de distintas clases —observó Kolia dirigiéndose a Smúrov, después de unos momentos de silencio—. Cómo podía saber yo que iba a dar con uno inteligente. Siempre estoy dispuesto a reconocer la inteligencia en la gente del pueblo.

A lo lejos, en el reloj de la catedral, dieron las once y media. Los muchachos se apresuraron y recorrieron rápidamente, y ya casi sin hablar, el resto del camino, todavía largo, hasta la casa del capitán Sneguiriov. A unos veinte pasos de la casa, Kolia se detuvo y mandó a Smúrov que se adelantara y llamase a Karamázov.

—Hay que husmear antes —indicó a Smúrov.

—Para qué llamarle aquí —objetó Smúrov—; entra, se alegrarán enormemente de verte. ¿Para qué trabar conocimiento en la calle, haciendo tanto frío?

—Sé muy bien por qué necesito verle aquí, donde hace tanto frío —le respondió despóticamente Kolia (cosa que hacía con mucho gusto con aquellos «pequeños»), y Smúrov se apresuró a cumplir la orden.

IV

ZHUCHKA

DANDO a su cara aires de importancia, Kolia se apoyó contra la valla esperando la aparición de Aliosha. Sí, hacía mucho tiempo ya que deseaba entrevistarse con él. Los chicos le habían hablado muchísimo de él, pero hasta entonces había escuchado aquellos relatos adoptando exteriormente una actitud desdeñosa y de indiferencia, e incluso había «criticado» a Aliosha. Pero en su fuero interno sentía unos deseos muy grandes, grandísimos de conocerle: en todo lo que había oído contar de Aliohsha, había algo de simpático y sugestivo. Aquel momento, pues, era muy importante; en primer lugar, tenía que causar una buena impresión, debía de mostrarse independiente: «Si no, pensará que tengo trece años y me tomará por un muchacho como ésos. ¿Qué interés pueden tener para él esos muchachos? Se lo preguntaré cuando hayamos estrechado nuestra amistad. Sin embargo, es una calamidad el que tenga yo tan poca talla. Túzikov es más joven y me lleva media cabeza. De todos modos, mi cara es de persona inteligente; ya sé que no soy guapo, que tengo un rostro abominable, pero la expresión es inteligente. También es necesario no mostrarse demasiado expansivo, no lanzarse enseguida a los brazos; si no, pensaría... ¡Fu, qué asco si pensara!...»

De este modo se inquietaba Kolia, esforzándose cuanto podía para adoptar un aire de total independencia. Lo que más le molestaba era su pequeña estatura; más que su cara «abominable», ¡la talla! Ya el año anterior, en su casa, en el ángulo de una pared, había trazado con lápiz una línea para señalar su estatura; desde entonces, cada dos meses acudía con el corazón palpitante para volverse a medir: ¿Cuánto habría crecido? Pero, ¡ay!, crecía terriblemente poco y eso a veces le desesperaba. Por lo que respecta a la cara, no era de ningún modo abominable, sino, al contrario, bastante agraciada, blanquita, palidita, con pequitas. Sus ojos grises, pequeños pero vivos, miraban con audacia y a menudo fulguraban encendidos por la emoción. Tenía los pómulos algo anchos, los labios pequeños, no muy gruesos, pero muy rojos; la nariz, pequeña y decididamente respingona: «¡Completamente chato, completamente chato!», balbuceaba para sus adentros Kolia cuando se miraba en el espejo, del que siempre se apartaba indignado. «¿Tendré en verdad cara de inteligente?», se preguntaba a veces, dudando incluso de que así fuera. No hay que suponer, de todos modos, que la preocupación por la cara y la estatura absorbiera por completo su espíritu. Al contrario, por cáusticos que fue-

ran los minutos pasados ante el espejo, Kolia pronto los olvidaba y hasta por mucho tiempo, «entregándose por entero a
las ideas y a la vida real», como definía él mismo su actividad.

Aliosha apareció pronto y se acercó apresuradamente a Kolia, quien, hallándose el otro aún a varios pasos de distancia, ya
se dio cuenta de que llegaba con la cara radiante. «¿Es posible
que se alegre tanto de verme?», pensó Kolia con satisfacción.
Aquí conviene indicar que Aliosha había cambiado mucho
desde que le dejamos: se había quitado la sotana y llevaba un
chaqué de corte impecable, un sombrero de fieltro y el cabello
corto. Todo ello le había hermoseado mucho y Aliosha tenía el
aspecto de un guapo mozo. Su rostro agraciado respiraba
siempre alegría, pero era, ésta, una alegría dulce y sosegada.
Kolia se sorprendió al verle salir tal como iba dentro de la
casa, sin abrigo, para darse más prisa, no había duda. Aliosha
le tendió enseguida la mano.

—Por fin ha venido usted, también; no sabía cómo le hemos estado esperando todos.

—No he podido venir antes por razones que sabrá usted enseguida. En todo caso, me alegro de conocerle. Hace tiempo
que esperaba la ocasión, he oído hablar mucho de usted
—murmuraba Kolia, un poco sofocado.

—Nos habríamos conocido aun sin haberse presentado esta
ocasión; yo también he oído hablar mucho de usted, pero aquí
ha tardado en venir, ha tardado demasiado.

—Dígame, ¿cómo están aquí?

—Iliusha está muy mal, morirá, no hay remedio.

—¡Qué dice usted! No me negará que la medicina es una infamia, Karamázov —exclamó Kolia con vehemencia.

—Iliusha le ha recordado a usted a menudo, muy a menudo;
incluso, ¿sabe?, en sueños, cuando deliraba. Se ve que sentía
por usted una gran afección, una afección muy grande, antes...
antes de aquel incidente... del cortaplumas. Aún hay otra causa... Dígame, ¿es suyo, este perro?

—Es mío. Se llama Perezvón.

—¿No es Zhuchka? —Aliosha le miró tristemente a los
ojos—. ¿Así, el otro perro ha desaparecido definitivamente?

—Sé que todos desearían encontrar a Zhuchka, he oído hablar de él —Kolia sonrió misteriosamente—. Escuche, Kara-

mázov; se lo explicaré todo; yo he venido y le he hecho llamar precisamente para explicarle el caso, antes de entrar —empezó con animación—. Verá, Karamázov; en primavera, Iliusha ingresó en la clase de preparatorio. Bueno, ya se sabe lo que es nuestra clase de preparatorio: se trata de chicuelos, de unos críos. Enseguida empezaron a tomarla con Iliusha. Yo voy dos clases más adelante y, claro está, miraba esas cosas de lejos, sin mezclarme en ellas. Vi que el muchacho era pequeño, debilito, pero no se sometía, hasta se peleaba con los otros; era orgulloso, los ojos le brillaban. A mí me gustan los que son así. Pero los otros aún se metían más con él. Lo peor era que entonces él vestía mal, los pantalones le iban cortos y las botas daban pena. Los otros también se burlaban de eso. Le humillaban. A mí eso ya no me gustó, enseguida intervine y les di una lección. Porque yo les pego y ellos me veneran, ¿lo sabe, Karamázov? —se jactó Kolia, expansivo—. Además, me gustan los críos. Ahora mismo tengo en casa a dos polluelitos colgados al cuello, incluso me han hecho llegar tarde hoy. De este modo, dejaron de pegar a Iliusha, al que tomé bajo mi protección. Vi que el muchacho era orgulloso, ya le he dicho que lo es, pero acabó sometiéndoseme como un esclavo, ejecutaba mis más pequeñas órdenes, me escuchaba como a un Dios, procuraba imitarme en todo. En los descansos entre clase y clase, enseguida acudía a mi lado y paseábamos juntos. Los domingos, también. En nuestro gimnasio se ríen cuando uno de clase superior se hace tan amigo de un pequeño, pero eso es un prejuicio. A mí me daba la gana hacerlo así y basta, ¿no es cierto? Yo le instruía, le desarrollaba; dígame, ¿por qué no he poderle formar, si me es simpático? Usted mismo, Karamázov, se ha hecho amigo de todos esos polluelitos; eso quiere decir que quiere influir sobre la joven generación, quiere educarla y ser útil, ¿no? Le confieso que este rasgo de su carácter, del que tengo noticia por lo que me han contado, ha sido lo que me ha interesado más. De todos modos, al grano: observé que en el muchacho brotaba cierta sensiblería, cierto sentimentalismo, y yo, ¿sabe?, soy un enemigo acérrimo de todas las carantoñas terneriles, lo soy de nacimiento. A eso se añadían sus contradicciones: era orgulloso y se me sometía como un esclavo, y, de pronto, los ojillos le centelleaban y no quería ni siquiera llegar a un acuerdo conmigo; discutía, se ponía hecho una furia. A veces yo exponía algunas ideas y él no es que estuviera en desacuerdo con las ideas, sino que, sencillamente, se sublevaba contra mí, porque yo respondía con frialdad a sus ternuras. Para que se corrigiera, yo me volvía tanto más imperturbable cuanto más afectuoso se mostraba él; yo obraba de este modo con intención, estaba convencido de que así debía hacerlo. Me proponía forjarle el carácter, endurecerle, formar un hombre... y he aquí que... Usted, desde luego, me comprende a media palabra. De pronto observé que estaba confuso, apenado, y no ya por mis pocas manifestaciones de afecto, sino por alguna otra cosa más fuerte, más elevada, y así un día y otro. Yo me preguntaba, ¿qué tragedia le pasará? Le acosé a preguntas y me enteré de la cosa: había conocido, no sé cómo, al lacayo del difunto padre de usted (entonces aún vivía), Smerdiákov, de quien aprendió el tonto una gatada salvaje, vil: tomar una miga de pan, hundir dentro un alfiler y arrojarla a un mastín, a uno de esos que, medio muertos de hambre, se tragan un pedazo sin masticar; el otro le dijo que observara lo que sucedía luego. Bien, prepararon una bola de pan así y la arrojaron a Zhuchka, el perro lanudo del que ahora se habla, mastín de un patio donde no le daban de comer y que se pasaba el día ladrando al viento. (¿Le gusta a usted ese ladrido estúpido, Karamázov? Yo no puedo sufrirlo.) El perro se lanzó sobre la bola de pan, se la tragó y se puso a aullar, empezó a dar vueltas y a correr, corría y seguía aullando, hasta que desapareció, así me lo contó el propio Iliusha. Me lo confesó llorando a lágrima viva, me abrazó, temblaba convulsivamente: «Corría y aullaba, corría y aullaba», era lo único que decía; el espectáculo le había impresionado. Vi que le remordía la conciencia. Me tomé la cosa en serio. Lo importante para mí era que quería corregirle ya por lo anterior, de modo que entonces fingí una indignación que no sentía, quizás, en lo más mínimo, lo confieso, procedí con astucia: «Has cometido una bajeza (le dije), eres un canalla; no lo diré a nadie, pero de momento rompo las relaciones contigo. Reflexionaré sobre el caso y te haré saber por Smúrov (el muchacho que ha venido ahora conmigo y que me ha sido siempre fiel) si en adelante seguiré tratándome contigo o si te abandonaré para toda la vida como a un canalla.» Esto le impresionó de manera espantosa. Reconozco que en aquel mismo momento sentí que había obrado con excesiva severidad, quizá, pero qué le vamos a hacer, así pensaba yo entonces. Al día siguiente le mandé transmitir, por Smúrov, que «no hablaría» más con él, como se dice entre nosotros cuando dos camaradas rompen entre sí las relaciones. Mi intención era tenerlo en la estacada sólo unos días y luego, dado su arrepentimiento, tenderle otra vez la mano. Tal era mi firme propósito. Pero no se figura usted lo que pasó: escuchó a Smúrov, y de pronto, con los ojos refulgentes, gritó: «Comunica de mi parte a Krasotkin que ahora arrojaré a todos los perros bolas de pan con alfileres dentro, ¡a todos, a todos!» «Vaya, vaya (pensé entonces), el espíritu de rebeldía se le ha despertado, hay que fumigárselo», y empecé a manifestarle un desprecio absoluto: cada vez que me cruzaba con él, le volvía la espalda o me sonreía irónicamente. Entonces se produjo aquel suceso con su padre, ¿recuerda?, y lo del estropajo. Comprenda que con todo lo que había ocurrido, estaba ya preparado para irritarse de manera espantosa. Los chicos, al ver que yo le había abandonado, se le echaron otra vez encima, le hacían burla diciéndole: «Estropajo, estropajo.» Comenzaron entonces las peleas entre ellos; siento mucho que se produjeran, pues al parecer una vez le dieron una gran paliza. Un día, en el patio, a la salida de la clase, se lanzó él solo contra todos; yo me encontraba a diez pasos y le miraba. No recuerdo haberme reído entonces, lo juró; sentí por él una pena grande, muy grande; estuve a punto de lanzarme en su defensa, era cuestión de unos segundos. Pero, de pronto, su mirada se cruzó con la mía: no sé lo que se figuró, pero sacó el cortaplumas, se arrojó contra mí y me lo clavó en el muslo, aquí, junto a la pierna derecha. No me moví; a veces soy valiente, Karamázov, lo reconozco; sólo le miré con desprecio, como diciéndole con la mirada: «¿No quieres clavármelo otra vez, en pago de toda mi amistad? Si es así, estoy a tu disposición.» Pero no lo hizo, no resistió más: se asustó, tiró el cortaplumas, se puso a llorar a voz en grito y echó a correr. Desde luego, no le denuncié y ordené callar a todos para que lo ocurrido no llegara a conocimiento de la dirección, ni siquiera dije nada a mi madre hasta que todo estuvo curado; además, la heridita era una pequeñez, un rasguño. Luego me enteré de que aquel mismo día se había peleado a pedradas y de que le había mordido a usted un dedo, mas ¡comprenda en qué estado se encontraba! Qué le vamos a hacer, yo he cometido una estupidez: cuando se puso enfermo, no acudí a perdonarle, quiero decir a hacer las paces; ahora me arrepiento. Pero el caso es que se me presentaron entonces objetivos especiales. Esa es toda la historia... De todos modos, me parece que cometí una estupidez.

—¡Ah, qué pena! —exclamó Aliosha con emoción—. ¡Qué pena que yo no haya tenido antes noticia de todas estas relaciones suyas con él! Yo mismo le habría visitado a usted hace tiempo y le habría rogado que viniera conmigo a verle. Créame, durante los accesos de fiebre a lo largo de su enfermedad, ha delirado hablando de usted. ¡Y yo no sabía que le estimara tanto! ¿Es posible que usted no haya dado con el perro, con Zhuchka? ¿Es posible? El padre y los muchachos lo han estado buscando por toda la ciudad. ¿Lo creerá usted? Enfermo, en presencia mía, Iliusha ha repetido a su padre tres veces: «Estoy enfermo, papá, por haber matado a Zhuchka, Dios me castiga.» ¡No hay manera de quitarle esa idea de la cabeza! Si ahora se encontrara ese perro, Zhuchka, y se lo mostrasen, si viera que el perro no ha muerto, que vive, creo que resucitaría de alegría. Todos confiábamos en usted.

—Dígame, ¿por qué tenían la esperanza de que yo encontraría a Zhuchka, es decir, de que iba a ser yo precisamente quien lo encontrara? —preguntó Kolia con extraordinaria curiosidad—. ¿Por qué confiaban precisamente en mí y no en otro?

—Se rumoreaba que lo estaba usted buscando y que cuando lo hubiese encontrado lo traería. Smúrov dijo alguna cosa en este sentido. Lo importante es que todos nos esforzamos en convencer a Iliusha de que Zhuchka vive y de que lo han visto en alguna parte. Los muchachos le trajeron un día una liebrecita que habían cogido no sé dónde; Iliusha la miró, se sonrió levemente y rogó que la pusiesen en libertad. Así lo hicimos. En aquel mismo momento regresaba su padre con un cachorro de mastín, creyendo consolarle; tampoco sé de dónde lo había sacado, pero aún fue peor, según parece...

—Dígame otra cosa, Karamázov: ¿qué clase de persona es

el padre? Yo le conozco, pero quisiera saber qué opinión tiene usted de él: ¿es un bufón, un payaso?

—¡Oh, no! Hay personas de sentimientos muy profundos, pero están como abatidas. Las bufonadas de estos seres son como una especie de maligna ironía contra aquellos a quienes no se atreven a decir la verdad a la cara por la humillante timidez que durante largo tiempo han experimentado ante ellos. Créame, Krasotkin, que semejante bufonería a veces es extraordinariamente trágica. Ahora para él todo lo de la tierra se ha concentrado en Iliusha, y si Iliusha muere, su padre se volverá loco de pena o se quitará la vida. ¡Creo estar casi convencido de ello cada vez que le miro, ahora!

—Le comprendo, Karamázov, veo que usted penetra en el alma de los hombres —añadió Kolia de todo corazón.

—Pues yo, al verle con el perro, he creído que traía a Zhuchka.

—Espere, Karamázov, quizá lo encontremos, pero éste es Perezvón. Le haré entrar ahora en el cuarto y quizá divierta a Iliusha más que con aquel cachorro de mastín. Espere, Karamázov, verá de lo que se entera ahora. Pero ¡Dios mío!, cómo le estoy reteniendo aquí! —gritó de pronto con mucha viveza Kolia—. Usted va sin abrigo, y con tanto frío le retengo yo en la calle. ¡Ya ve cuán egoísta soy, ya lo ve! ¡Oh, todos somos egoístas, Karamázov!

—No se preocupe; hace frío, es verdad, pero yo no suelo resfriarme. De todos modos, entremos. A propósito: ¿cómo se llama usted? Sólo conozco su nombre, Kolia; ¿qué más?

—Me llamo Nikolái, Nikolái Ivánov Krasotkin, o como se dice en términos burocráticos: Krasotkin hijo —Kolia se sonrió, pero añadió de súbito—: Desde luego, odio mi nombre, Nikolái.

—¿Por qué?

—Es trivial, suena a burocrático...

—¿Tiene usted trece años? —preguntó Aliosha.

—Voy por los catorce, los cumplo dentro de dos semanas, muy pronto. He de confesarle de antemano que tengo una debilidad, Karamázov, se lo he de confesar a usted al conocernos para que vea de una vez mi manera de ser: detesto que me pregunten cuántos años tengo; lo detesto a más no poder... y finalmente... acerca de mí, corre la calumnia, por ejemplo, de que la semana pasada jugué a ladrones con los de preparatorio. Jugué, es cierto, pero decir que jugué para mí, para mi propia satisfacción, es una solemne calumnia. Tengo motivos para suponer que eso ha llegado a conocimiento de usted, mas si jugué no fue por mí, sino por los críos, porque sin mí no sabían inventar nada. Aquí siempre se hacen correr rumores absurdos. Esta es la ciudad de los chismorreos, se lo aseguro.

—Y aunque hubiera jugado usted para divertirse, ¿qué hay de malo en ello?

—Para divertirme... ¿Jugaría usted a caballitos, para divertirse?

—Reflexione usted así —Alioha se sonrió—; la gente que va al teatro, por ejemplo, es gente mayor, y allí también se representan aventuras de toda clase de personajes, a veces también de ladrones y de guerra, ¿no es eso, lo mismo, por ventura, aunque de otro modo, como es natural? Cuando los chicos juegan a la guerra, durante los recreos, o a ladrones, su juego es también un arte en gestación, es una necesidad artística que nace en el alma de los jóvenes, y esos juegos a veces se conciben y ejecutan mucho mejor que las representaciones del teatro, con la diferencia de que al teatro se va a ver a los actores, mientras que en el juego, los niños son actores ellos mismos. Pero eso es natural.

—¿Lo cree usted así? ¿Está usted convencido? —Kolia le miró fijamente—. ¿Sabe?, usted ha expuesto una idea bastante curiosa; cuando vuelva a casa, me devanaré los sesos sobre esta cuestión. Ya esperaba yo poder aprender algo de usted, lo reconozco. He acudido a su lado para aprender, Karamázov —concluyó Kolia, en un tono de voz sincera y efusiva.

—Y yo de usted —repuso Aliosha, sonriendo y estrechándole la mano.

Kolia estaba extraordinariamente contento de Aliosha. Le impresionaba que éste le tratase de igual a igual y le hablara como hablaría a la persona «más importante».

—Ahora le mostraré un malabarismo, Karamázov, también será una especie de representación teatral —Kolia se rió nerviosamente—; a eso he venido.

—Entraremos primero a la izquierda, donde están los dueños de la casa; allí todos sus compañeros han dejado el abrigo, porque en la habitación se está apretado y hace calor.

—Oh, yo estaré sólo un momento, entraré y me sentaré un rato sin quitarme el abrigo. Perezvón se quedará en el zaguán y hará el muerto. *«Ici*, Perezvón, acuéstate y muérete!», ¿ve?, ya ha muerto. Primero entraré yo, veré la situación y luego, cuando sea preciso, silbaré: *«Ici*, Perezvón!», y verá usted que enseguida entrará volando, como loco. Lo único que hace falta es que Smúrov no se olvide de abrir la puerta en aquel momento. Bueno, ya daré yo las intrucciones necesarias y verá usted el malabarismo...

V

JUNTO A LA CAMITA DE ILIUSHA

En la habitación que ya conocemos, en que habitaba la familia del capitán de Estado Mayor retirado Sneguiriov, de quien hemos hablado anteriormente, el aire era sofocante en aquel momento y había poco sitio debido a la mucha gente allí reunida. Eran varios los muchachos que esta vez se encontraban en la estancia, y aunque todos, lo mismo que Smúrov, estaban dispuestos a negar que quien los había conducido y reconciliado con Iliusha había sido Aliosha, la verdad era ésa. En tal caso, todo el arte de Aliosha consistía en haberlos llevado, uno tras otro, sin «sensiblerías terneriles», como sin ninguna intención preconcebida, casualmente. Para Iliusha, en cambio, eso significó un enorme consuelo en sus sufrimientos. Al ver la amistad casi tierna y el interés que por él mostraban todos aquellos muchachos, ex enemigos suyos, se sentía muy conmovido. Echaba sólo de menos a Krasotkin y ello pesaba sobre su corazón como una carga terrible. Si en los amargos recuerdos de Iliúshechka había algo más amargo que todo lo demás, era precisamente aquel episodio con Krasotkin, antes su único amigo y defensor, contra quien se había lanzado con el cortaplumas. Así lo pensaba también el inteligente Smúrov (el primero en acudir a reconciliarse con Iliusha). Pero cuando comunicó a Krasotkin, con una vaga insinuación, que Aliosha deseaba ir a verle «por un asunto», Kolia le interrumpió y le paró los pies enseguida, encargándole transmitir a «Karamázov» que ya sabía cómo actuar, que no pedía consejos a nadie, y, que si se decidía a visitar al enfermo, iría cuando él creyera oportuno, pues tenía su «propio plan». Esto había ocurrido unas dos semanas antes de ese domingo. He aquí por qué Aliosha no había ido a verle personalmente, como tenía intención de hacer. De todos modos, aunque esperaba, había enviado a Smúrov a ver a Krasotkin dos veces. Pero en ambas ocasiones, Krasotkin respondía ya con una negativa impaciente y rotunda, con el encargo de transmitir a Aliosha que si éste iba a buscarle personalmente, jamás iría a ver a Iliusha y que dejaran de molestarle. Hasta ese último día no supo Smúrov que Kolia había decidido visitar a Iliusha aquella mañana; sólo la víspera por la tarde, al despedirse de él, Kolia le ordenó bruscamente que le esperara por la mañana en su casa para ir juntos a la de Sneguiriov, pero que no se le ocurriera dar cuenta de ello a nadie, pues deseaba presentarse de improviso. Smúrov obedeció. Tenía la esperanza de que Kolia llevara el perro desaparecido, Zhuchka, fundándose en unas palabras que en cierta ocasión dijo como de pasada, en el sentido de que «eran todos unos burros por no saber encontrar el perro, si es que vivía». Sin embargo, cuando Smúrov, aprovechando un momento oportuno, aludió a su presunción acerca del perro, Krasotkin se puso hecho un basilisco: «¿Me crees tan burro para que pierda el tiempo buscando perros de otros por toda la ciudad, teniendo como tengo mi Perezvón? ¿Se puede soñar con que un perro siga viviendo después de haberse tragado un alfiler? Eso son sentimentalismos terneriles, ¡nada más!»

Entretanto, Iliusha llevaba ya dos semanas sin moverse casi de su camita, puesta en un ángulo, junto a los iconos. A clase no iba ya desde el día en que se encontró con Aliosha y le mordió un dedo. Por otra parte, aquel mismo día se había puesto enfermo, si bien durante un mes poco más o menos, bien que mal, pudo pasear por la habitación y el zaguán cuando se levantaba de la camita de vez en cuando. Por fin perdió totalmente las fuerzas, de modo que no podía moverse si no era con la ayuda de su padre. Éste temblaba por él, dejó incluso de beber por completo, casi había perdido el juicio por miedo a que su hijo se muriera, y a menudo, sobre todo después de haberle ayudado a pasear por la habitación como hacía a veces, tomándolo del brazo, y después de haberlo acomodado otra vez en la camita, corría de pronto al zaguán, a un rincón oscuro, apoyaba la frente contra la pared y empezaba a sollozar con llanto convulsivo, ahogando su voz para que Iliúshechka no oyera los sollozos.

Sin embargo, cuando volvía a la habitación, generalmente se ponía a distraer y consolar a su entrañable muchacho, le contaba cuentos, anécdotas cómicas o parodiaba a distintas personas estrafalarias con quienes había tenido ocasión de encontrarse, e incluso imitaba a los animales en su manera extravagante de aullar o de gritar. Pero a Iliusha no le gustaba en absoluto que su padre le hiciera muecas y representara el papel de un bufón. El muchacho, aunque se esforzaba por disimular que eso le resultaba desagradable, comprendía con gran dolor de su corazón que su padre se encontraba humillado en la sociedad y que siempre, de manera obsesionante, se acordaba del «estropajo» y de aquel «día terrible». A Nínochka, la hermana lisiada de Iliúshechka, dulce y tímida, tampoco le gustaba que su padre hiciera muecas (en cuanto a Varvara Nikoláevna, hacía tiempo ya que se había ido a Peterburgo para seguir sus cursos); en cambio, la enajenada madrecita se divertía mucho y reía de todo corazón cuando su esposo empezaba, a veces, a representar alguna cosa o a hacer algunos gestos cómicos. Eso era lo único con que se la podía consolar; durante todo el resto del tiempo, la mujer no hacía más que refunfuñar y lloriquear, lamentándose de que ahora todos la habían olvidado, de que nadie la respetaba, de que la ofendían, etc. Pero en los últimos días, también ella parecía haber cambiado por completo. Con frecuencia empezaba a mirar a Iliusha en su rincón y se quedaba pensativa. Se había vuelto mucho más callada, más tranquila, y si se ponía a llorar, lo hacía en silencio, para que no la oyesen. El capitán de Estado Mayor observó con amarga sorpresa el cambio que en su mujer se había producido. Al principio, a ella no le gustaban las visitas de los muchachos, la enojaban; luego, los alegres gritos y relatos de los niños empezaron a distraerla también a ella, y al final llegaron a gustarle tanto que si éstos hubieran dejado de acudir, la mujer se habría sentido terriblemente desdichada. Cuando los niños contaban alguna cosa o empezaban a jugar, ella se reía y palmoteaba. A algunos los llamaba y los besaba. Sentía sobre todo especial cariño por Smúrov. En cuanto al capitán de Estado Mayor, la aparición en su casa de los niños que acudían a distraer a Iliusha, desde el primer momento le colmó el alma de entusiasta alegría e incluso de esperanza en el sentido de que Iliusha dejaría de estar triste y así, quizá, se restablecería más pronto. Pese a su mucho miedo por el pequeño, no dudó ni un instante, hasta los últimos días, de que su muchacho recobraría la salud. Recibía a los pequeños visitantes con emocionado respeto, no se apartaba de su lado, se ponía a su servicio, dispuesto incluso a llevarlos a cuestas, y lo habría hecho en verdad, pero a Iliusha tales juegos no le gustaban y los dejaron. Empezó a comprarles bombones, rosquillas, avellanas, les preparaba té y bocadillos. Es necesario indicar que durante todo este tiempo no le faltó dinero. Había aceptado doscientos rublos de Katerina Ivánovna tal como había previsto Aliosha. Luego, la propia Katerina Ivánovna, habiéndose enterado con más detalle de la situación en que se encontraban y de la enfermedad de Iliusha, visitó la casa, conoció a toda la familia e incluso logró cautivar a la semienajenada esposa del capitán. Desde entonces, la mano de Katerina Ivánovna no había dejado de mostrarse generosa, y el propio capitán, abrumado de horror al pensar que podía perder a su hijo, se olvidó de su anterior orgullo y aceptaba resignadamente la limosna. Durante todo ese tiempo, el doctor Herzenstube, por invitación de Katerina Ivánovna, acudía siempre y con toda regularidad a visitar al enfermo cada dos días, pero sus visitas resultaban de poco provecho, pese a que atiborraba de medicinas al niño. Ese día, en cambio, o sea, ese domingo por la mañana, esperaban en casa del capitán a un nuevo médico, venido de Moscú, donde era considerado una notabilidad. Le había llamado por carta Katerina Ivánovna; le había pedido que acudiera desde Moscú y tuvo que pagarle una elevada remuneración, no para que visitara a Iliúshechka, sino para otro objetivo, del que se hablará más abajo, donde corresponda; pero comoquiera que el doctor había hecho el viaje, Katerina Ivánovna le rogó visitara también al niño, de lo que se había advertido con anticipación al capitán de Estado

Mayor. En cambio, el capitán no tenía ni el menor presentimiento de la llegada de Kolia Krasotkin, a pesar de que deseaba desde hacía tiempo que se presentara, por fin, aquel muchacho por el que tanto se atormentaba su Iliúshechka. En el momento en que Krasotkin abrió la puerta, todos, el capitán y los muchachos, se habían agolpado junto a la camita del enfermo y estaban examinando un minúsculo cachorrito de mastín, nacido sólo el día anterior, aunque encargado una semana antes por el capitán con el propósito de distraer y consolar a Iliúshechka, quien seguía apenado por Zhuchka, desaparecido y, claro está, muerto. Iliusha, enterado desde hacía ya tres días de que le iban a regalar un perrito pequeño, y no uno cualquiera, sino un auténtico mastín (lo cual, claro está, era sumamente importante), por un fino sentimiento de delicadeza se mostraba contento del regalo, pero todos, padre y muchachos, veían con claridad que el nuevo perrito, quizá, no hacía sino agitar con más fuerza en el corazoncito del niño el recuerdo del desgraciado Zhuchka, por él torturado. El cachorrito se había echado y se removía al lado de Iliusha, quien, sonriendo dolorosamente, lo acariciaba con su manita delgadita, palidita, descarnada. Incluso se notaba que el perrito le había gustado, pero... con todo, Zhuchka seguía sin aparecer; con todo, no era Zhuchka; en cambio, si pudiera tener a Zhuchka y al cachorrito a la vez, ¡entonces la felicidad sería completa!

—¡Krasotkin! —gritó de pronto uno de los niños, el primero en ver entrar a Kolia.

Hubo una visible emoción, los muchachos se apartaron y se colocaron a ambos lados de la camita, descubriendo así, de pronto, a Iliúshechka. El capitán de Estado Mayor se precipitó al encuentro de Kolia.

—Entre, entre... ¡su visita nos es muy querida! —balbuceó—. Iliúshechka, el señor Krasotkin viene a verte...

Pero Krasotkin, inmediatamente después de haberle tendido con rápido gesto la mano, al instante hizo gala de su extraordinario conocimiento de buenos modales. Enseguida y en primer lugar se volvió hacia la esposa del capitán, sentada en su sillón (y en aquel momento parecía muy descontenta y rezongaba porque los niños se habían interpuesto entre ella y la camita de Iliusha, de modo que no le dejaban ver el nuevo perrito), dio, muy cortés, un taconazo y la saludó con una reverencia; luego, dirigiéndose a Nínochka, le hizo, como dama, una reverencia igual. Este acto de cortesía produjo en la señora enferma una extraordinaria y agradable impresión.

—¡Cómo se ve enseguida que es un joven bien educado! —dijo en voz alta, abriendo los brazos—. No es como nuestros otros visitantes, que vienen unos montados a cuestas de los otros.

—¿Cómo, mamita, qué quiere decir unos montados a cuestas de los otros? —balbuceó el capitán, si bien con ternura, algo inquieto por la «mamita».

—Pues así entran. En el zaguán, uno se monta a caballo sobre los hombros de otro y de este modo entran en la casa de una familia noble. ¿Qué visitas son éstas?

—Pero ¿quién, mamita, quién ha entrado de esta manera, quién?

—Mira, este chico ha entrado hoy a cuestas de ése, y el de allá sobre ese otro...

Pero Kolia ya se había acercado a la camita de Iliusha. El enfermo había palidecido visiblemente. Se incorporó en su pequeño lecho y miró a Kolia de manera fija, muy fija. Éste no había visto a su antiguo pequeño amigo desde hacía ya unos dos meses, y de pronto se quedó totalmente sorprendido: no había podido ni imaginarse que iba a ver una carita tan enflaquecida y amarillenta, unos ojos tan ardientes por la fiebre, y unas manitas tan delgadas. Con amarga extrañeza se daba cuenta de que Iliusha tenía la respiración honda y frecuente, y de que se le habían secado muchísimo los labios. Dio un paso hacia él, le tendió la mano y, casi desconcertado, articuló:

—Qué tal, viejo..., ¿cómo estás?

Pero se le cortó la voz, le faltó desenvoltura, pareció como si la cara se le contrajera de pronto y algo le tembló junto a los labios. Iliusha le sonreía dolorosamente, sin fuerzas aún para decir ni una palabra. Kolia levantó de súbito la mano y la pasó inconscientemente por los cabellos del enfermo.

—¡No será na-da! —le balbuceó en voz baja, como animándose y como sin saber por qué lo decía.

Volvieron a callar unos instantes.

—¿Qué tienes aquí, un nuevo cachorro? —preguntó Kolia de súbito, en un tono de voz totalmente insensible.

--¡Sí-í-i! —respondió Iliusha con un largo murmullo, sofocándose.

—Tiene negro el hocico, eso quiere decir que es de los que se han de tener encadenados —comentó Kolia en tono grave y firme, como si toda la cuestión radicara en aquel momento en el cachorro y en su hocico negro. Pero lo capital era que todavía estaba luchando con todas sus fuerzas para dominar la emoción que experimentaba, para no romper a llorar como un «pequeñajo», y aún no podía vencerla—. Cuando haya crecido habrá que atarlo a una cadena, lo sé muy bien.

—¡Será enorme! —exclamó uno de los muchachos del grupo.

—Claro, es un mastín; será enorme, así, como un ternero —soltaron, de pronto, varias voces.

—Como un ternero, como un auténtico tenero —intervino el capitán de Estado Mayor—; he buscado adrede uno así, de lo más bravo; sus padres también son enormes y los más bravos, así de grandes... Siéntese, haga el favor, tome asiento ahí, en la cama de Iliusha, o aquí, en el banco. Sea bienvenido: su visita nos es muy querida, la hemos esperado mucho tiempo... ¿Ha venido usted con Alexiéi Fiódorovich?

Krasotkin se sentó en la camita, a los pies de Iliusha. Aunque quizá por el camino se había preparado para empezar la conversación con desenvoltura, había perdido definitivamente el hilo de lo que quería decir.

—No, con Perezvón... Tengo un perro, Perezvón. Es un nombre eslavo. Está ahí esperando... Si silbo, entrará corriendo. Yo también tengo un perro —de pronto se volvió hacia Iliusha—. ¿Te acuerdas, viejo, de Zhuchka? —le soltó de pronto, sin más ni más.

A Iliúshechka se le contrajo la carita. El chico miró con aire dolorido a Kolia. Aliosha, de pie junto a la puerta, frunciendo el ceño y con disimulo hizo un movimiento de cabeza a Kolia para que no hablara de Zhuchka, pero Kolia no lo advirtió o no quiso darse cuenta.

—¿Dónde está, pues... Zhuchka? —preguntó Iliusha con una vocecita entrecortada.

—Ay, hermano, lo que es tu Zhuchka, ¡fu! ¡Tu Zhuchka ha volado!

Iliusha se calló, pero volvió a mirar fijamente, muy fijamente, a Kolia. Aliosha, aprovechando un momento en que ése le miró, volvió a hacerle un enérgico signo de cabeza, pero Kolia apartó de nuevo los ojos, como si tampoco esta vez hubiera observado nada.

—Se fue corriendo a alguna parte y se ha perdido. Cómo no perderse después de un bocadillo como aquél! —proseguía implacable Kolia; mientras tanto, parecía como si él mismo empezara a sofocarse por alguna cosa—. En cambio, yo tengo a Perezvón... Es un nombre eslavo... Te lo he traído...

—¡No quie-ro! —replicó de pronto Iliúshechka.

—Sí, sí, has de verlo sin falta... Te divertirás. Lo he traído adrede... es peludo, como aquél... ¿Me permite, señora, que llame a mi perro? —preguntó, dirigiéndose de súbito a la señora Sneguiriova con una emoción ya totalmente incomprensible.

—¡No quiero, no quiero! —exclamó Iliusha con un desgarro de amargura en la voz. Los ojos le brillaron con expresión de reproche.

—Usted, quizá... —de pronto el capitán se levantó del baúl, adosado a la pared, en que se había sentado—, usted quizás... en otra ocasión... —musitó.

Pero Kolia insistió sin que nada le detuviera, y, apresurándose, gritó de súbito a Smúrov: «¡Smúrov, abre la puerta!»; no bien se abrió la puerta, tocó su pequeño silbato. Perezvón entró en el cuarto como una flecha.

—¡Salta, Perezvón! ¡De patitas! ¡De patitas! —vociferó Kolia, levantándose, y el perro sosteniéndose sobre las patas traseras, se irguió frente a la camita de Iliusha.

Entonces, ocurrió algo que nadie esperaba: Iliusha se estremeció, y, súbitamente, avanzó el cuerpo con fuerza, se inclinó hacia Perezvón y se lo quedó mirando, como petrificado.

—¡Este... es Zhuchka! —gritó con voz temblorosa de dolor y de felicidad.

—¿Cuál creías que era, pues? —exclamó con todas sus fuerzas Krasotkin, con voz sonora y feliz; e inclinándose hacia el perro, lo agarró con los brazos y lo acercó a Iliusha—. Mira, viejo, ¿ves?, el ojo tuerto y la oreja izquierda cortada, exactamente las señales que tú me contaste. ¡Por estas señales pude encontrarlo! Lo encontré entonces, muy pronto. Era un perro sin dueño, ¡sin dueño! —aclaró, volviéndose rápidamente hacia el capitán, hacia su esposa, hacia Aliosha y luego otra vez hacia Iliusha—. Se había refugiado en un rincón del patio de los Fedótov, pero no le daban de comer, era un perro fugitivo, había huido de alguna aldea... Lo busqué hasta encontrarlo. Ya ves, viejo, que no había tragado tu bola. De haberla engullido, habría muerto, desde luego, ¡eso es seguro! Tuvo tiempo de escupirla, por eso vive. La escupió y tú no te diste cuenta. Pudo escupirla, pero, de todos modos, se pinchó la lengua, por esto se puso entonces a aullar. Corría y aullaba, y así tú te creíste que la había tragado. Debía aullar mucho, porque los perros tienen la piel de la boca muy sensible... más que el hombre, ¡mucho más sensible! —exclamó chillando Kolia, con la cara encendida, resplandeciente de entusiasmo.

Iliusha, en cambio, no podía hablar. Miraba a Kolia con sus grandes ojos como espantosamente desorbitados, con la boca abierta, pálida como un lienzo. Si Krasotkin, que no sospechaba nada, hubiera sabido de qué manera tan penosa y nefasta podía influir una impresión semejante sobre la salud del muchacho enfermo, por nada del mundo se habría decidido a dar una sorpresa como aquélla. Pero en la habitación tan sólo lo comprendía, quizás, Aliosha. Por lo que respecta al capitán de Estado Mayor, parecía haberse convertido en el más pequeño de los muchachos.

—¡Zhuchka! ¿Así, es Zhuchka? —gritaba con voz de bienaventurado—. Iliúshechka, es Zhuchka, ¡es tu Zhuchka! ¡Mamita, si es Zhuchka! —casi lloraba.

—¡Y yo no lo había adivinado! —exclamó Smúrov con amargura—. Bravo por Krasotkin; ya decía yo que encontraría a Zhuchka, ¡y lo ha encontrado!

—¡Y lo ha encontrado! —repitió aún alegremente alguien más.

—¡Bravo, Krasotkin! —resonó una tercera vocecita.

—¡Bravo, bravo! —se pusieron a gritar todos los muchachos y comenzaron a aplaudir.

—Quietos, quietos —Krasotkin se esforzaba para hacer oír su voz—. Os voy a contar lo que pasó, lo busqué hasta dar con él, me lo llevé a casa y enseguida lo escondí, lo encerré bajo llave y no lo mostré a nadie hasta hoy. Únicamente Smúrov se enteró hace dos semanas de que yo tenía un perro, pero le dije que era Perezvón y él no sospechó nada. Durante este entreacto, he enseñado a Zhuchka todas las ciencias, y ahora vais a ver las mañas que sabe hacer, ¡fijaros! Por eso lo he enseñado, viejo, para traértelo amaestrado y obediente, para decirte: ¡mira, viejo, cómo es tu Zhuchka ahora! ¿No tendrían ustedes un trocito cualquiera de carne? Les va a mostrar una habilidad que se van a desternillar de risa ¿Es posible que no tengan un trocito de carne, un pedacito?

El capitán de Estado Mayor se precipitó, a través del zaguán, a la parte de la isbá que ocupaban los dueños, donde se preparaba también la comida de la familia. Mas Kolia, para no perder un tiempo precioso, gritó a Perezvón con extraordinaria prisa: «¡Muere!» Y el perro empezó a dar vueltas, se tumbó sobre la espalda y se quedó inmóvil con las cuatro patas al aire. Los chicos se reían, Iliusha seguía mirando con su anterior sonrisa dolorosa, pero a quien más gustó que Perezvón hiciera el muerto fue a la «mamita». Se reía a carcajadas mirando el perro y se puso a llamarle a la vez que hacía castañetear los dedos:

—¡Perezvón, Perezvón!

—Por nada del mundo se levantará, por nada del mundo —gritó Kolia victoriosamente, con legítimo orgullo—, aunque lo llamaran todos; en cambio, le llamo yo y al instante se levanta, *Ici*, Perezvón!

El perro se levantó de un brinco y se puso a saltar y a latir de alegría. El capitán entró presuroso con un trozo de carne de vaca hervida.

—¿No estará demasiado caliente? —inquirió Kolia, expedito y práctico, al tomar el pedazo de carne—. No, no está demasiado caliente; es que a los perros no les gusta lo caliente. Miren todos; Iliúshechka, pero mira, hombre, mira, viejo, ¿por qué no miras? ¡Le he traído el perro y él no mira!

La nueva habilidad consistía en poner sobre el hocico tendido del perro, que se mantenía de pie, inmóvil, el sabroso trocito de carne de vaca cocida. El desgraciado can debía permanecer sin moverse cuanto mandara el amo, aunque fuese media hora, con el trozo sobre el hocico. De todos modos, a Perezvón no le tuvieron así más que un breve minutito.

—¡Tuyo! —gritó Kolia, y el trozo de carne en un abrir y cerrar de ojos voló del hocico a la boca del perro.

El público, huelga decirlo, expresó su más entusiasta sorpresa.

—¡Pero es posible, es posible que sólo para adiestrar al perro no haya venido durante todo ese tiempo! —exclamó Aliosha con un acento de reproche involuntario.

—¡Precisamente por eso! —respondió con la mayor ingenuidad Kolia—. ¡Quería mostrarlo en todo su esplendor!

—¡Perezvón! ¡Perezvón! —Iliusha hizo castañetear de pronto sus deditos flacuchos, llamando al perro.

—¡No te preocupes! Que salte él mismo a tu lado sobre la cama, *Ici,* Perezvón!

Kolia dio un golpe en la cama con la palma de la mano y el perro voló como una flecha al lado de Iliusha. Éste le rodeó enseguida la cabeza con ambos brazos y Perezvón en un instante le lamió una mejilla en correspondencia. Iliushechka se apretó contra él, se estiró en la camita y escondió su rostro en las crespas lanas del perro.

—¡Dios mío, Dios mío! —exclamaba el capitán de Estado Mayor.

Kolia se sentó de nuevo en la cama, mirando a Iliusha.

—Iliusha, aún puedo mostrarte otra cosita. Te he traído un pequeño cañón. ¿Te acuerdas? Ya entonces te hablé de este cañoncito y tú dijiste: «¡Oh, cómo me gustaría a mí también verlo!» Bueno, pues ahora te lo he traído.

Y Kolia, apresurándose, sacó de la cartera su cañoncito de bronce. Se apresuraba porque él mismo se sentía muy feliz: en otras circunstancias habría esperado a que hubiese pasado el efecto producido por Perezvón, pero ahora tenía prisa, desdeñaba toda demora: «ya sois felices, ¡pues aquí va aún más felicidad!» Él mismo rebosaba de dicha.

—Hacía tiempo que había echado el ojo a aquel chisme en casa de Morózov, el funcionario. Es para ti, viejo, es para ti. A él no le servía para nada, lo había recibido de su hermano, y se lo cambié por un libro del armario de papá: *El pariente de Mahoma o la Tontería Salutífera.* El librito tiene cien años, es una obra libertina que apareció en Moscú, cuando aún no había censura; Morózov es muy aficionado a estas cositas. Encima me dio las gracias...

Kolia sostenía el cañoncito en la mano, de manera que todos pudieran verlo y recrearse contemplándolo. Iliusha se incorporó y, sin dejar de ceñir a Perezvón con el brazo derecho contemplaba el jueguecito con arrobamiento. El efecto llegó a su más alto grado cuando Kolia declaró que también tenía pólvora y que podría disparar enseguida «con tal de no incomodar a las damas». La «mamita» rogó inmediatamente que le permitieran examinar el jueguecito de más cerca, deseo que fue satisfecho al instante. El cañoncito de bronce sobre ruedas le gustó lo indecible y la mujer enseguida se puso a hacerlo rodar sobre sus rodillas. A la solicitud de permiso para disparar, respondió con su consentimiento total, sin que, por lo demás, llegara a comprender qué era lo que le pedían. Kolia mostró la pólvora y la munición. El capitán, como antiguo militar, se ocupó de la carga, vertiendo la más pequeña porción de pólvora, pero rogó que la munición se dejara para otra vez. Colocaron el cañón en el suelo, con la boca mirando hacia un lugar libre; pusieron en la ranura, para provocar la explosión, tres pizquitas de pólvora y prendieron fuego con una cerilla. Se produjo un disparo impecable. La mamita se sobresaltó de momento, pero enseguida se puso a reír de alegría. Los chicos contemplaban con silenciosa solemnidad, pero quien más dichoso se sentía era el capitán, mirando a Iliusha. Kolia tomó el cañoncito y lo regaló inmediatamente al enfermo junto con los perdigones y la pólvora.

—Lo he traído para ti, ¡para ti! Lo tenía preparado hace tiempo —repitió una vez más, en la plenitud de su felicidad.

—¡Ah, regálemelo a mí! ¡Es mejor que me regale el cañoncito a mí! —comenzó a pedir de pronto la mamita como si fuera una niña. En su rostro se reflejaba una amarga inquietud por miedo a que no se lo regalaran.

Kolia se turbó. El capitán se agitó intranquilo.

—¡Mamita, mamita! —exclamó, acercándose precipitadamente—. El cañoncito es tuyo, es tuyo, pero deja que lo tenga Iliusha, porque se lo han regalado a él, pero de todos modos es tuyo: Iliúshechka siempre te lo dará para jugar, que sea de vosotros dos, de los dos...

—No, no quiero que sea de los dos, no; quiero que sea completamente mío, no de Iliusha —continuaba la mamita, disponiéndose ya a romper a llorar.

—¡Mamá, tómalo, quédatelo! —gritó de súbito Iliusha—. Krasotkin, ¿puedo regalarlo a mamá? —pidió acto seguido con aire suplicante a Krasotkin, como si temiera ofenderle al ceder su regalo a otra persona.

—¡Naturalmente! —accedió Krasotkin, y él mismo, tomando el cañoncito de las manos de Iliusha, lo entregó a la mamita a la vez que le hacía la más cortés de las reverencias. La dama hasta lloró de emoción.

—Iliúshechka, querido, ¡tú sí amas a tu mamita! —exclamó enternecida, y enseguida se puso otra vez a hacer rodar el cañón sobre las rodillas.

—Mamita, deja que te bese la mano —le dijo su esposo, y enseguida dio cumplimiento a su idea.

—¡El joven más simpático de todos es este buen muchacho! —añadió la agradecida dama señalando a Krasotkin.

—Pólvora, Iliusha, te traeré toda la que quieras. Ahora la hacemos nosotros mismos. Borovikov se ha enterado de la composición: veinticuatro partes de salitre, diez de azufre y seis de carbón de abedul; se machaca todo junto, se echa agua, se mezcla hasta formar una pasta, se hace pasar por un tambor, y ya tienes la pólvora.

—Smúrov ya me ha hablado de vuestra pólvora, pero papá dice que ésa no es verdadera —replicó Iliusha.

—¿Cómo, que no es verdadera? —Kolia se ruborizó—. A nosotros se nos enciende. De todos modos, no sé...

—No, no es eso —terció de pronto el capitán con aire de culpabilidad—. Yo dije, es cierto, que la auténtica pólvora no se fabrica así, pero no importa, también puede fabricarse de ese modo.

—No sé, usted lo sabe mejor. Nosotros la encendimos en un tarro de pomada y ardió muy bien, se quemó toda, sólo dejó una capa pequeñísima de hollín. Pero lo que quemamos nosotros era la pasta; si la hiciéramos pasar por el tambor... De todos modos, mejor lo sabe usted que yo... A Bulkin, su padre le zurró por nuestra pólvora. ¿Te lo han contado? —añadió de repente, dirigiéndose a Iliusha.

—Me lo han contado —respondió éste, que escuchaba con un interés y un placer infinitos.

—Habíamos preparado una botella entera de pólvora, él la tenía guardada debajo de la cama. Su padre la vio. Puede explotar, dijo. Y sin esperar nada le dio una zurra. Quería ir al gimnasio a quejarse de mí. Ahora a Bulkin no le dejan salir conmigo, ahora no dejan ir a nadie conmigo. A Smúrov tampoco le dejan, me he hecho famoso en todas sus casas: dicen que soy un «temerario» —Kolia se sonrió despectivamente—. Todo eso ha empezado con aquella historia del ferrocarril.

—¡Ah, también hemos oído hablar de aquella proeza suya! —exclamó el capitán de Estado Mayor—. ¿Cómo se estuvo usted allí, tendido? Es increíble que no se asustara nada cuando el tren le pasaba por encima. ¿No experimentaba una impresión de terror?

El capitán lisonjeaba en gran manera a Kolia.

—¡No mu-u-cho! —respondió negligentemente Kolia—. Pero lo que ha hecho más flaco servicio a mi reputación ha sido aquel maldito ganso —prosiguió, dirigiéndose otra vez a Iliusha. Mas, aunque al hablar todavía se esforzaba para adoptar un aire de indiferencia, no lograba aún dominarse y seguía sin encontrar el tono adecuado.

—¡Ah, también he oído hablar del ganso! —se rió Iliusha, radiante—. Me lo contaron, pero no llegué a comprenderlo todo. ¿Es posible que te condujeran ante el juez?

—Fue la cosa más tonta, más insignificante, pero sirvió para hacer de una mosca un elefante, como suele ocurrir en nuestra ciudad —empezó con desenfado Kolia—. Una vez iba yo por la plaza, y en aquel momento llevaban allí una bandada de gansos. Me detuve y me los quedé mirando. De pronto, un mozo de aquí, Vishniakov, uno que ahora está de dependiente en casa de los Plótnikov, se me acerca y me dice: «¿Por qué estás mirando los gansos?» Yo me fijo en él: era un mozo de unos veinte años, con una jeta estúpida, redonda; yo, ¿saben?, nunca desprecio al pueblo. A mí me gusta estar con el pueblo... Nos hemos quedado a la zaga del pueblo, eso es un axioma; ¿usted, según parece, se ríe, Karamázov?

—No, Dios me libre; le escucho con mucha atención.

Y el suspicaz Kolia al instante se reanimó.

—Mi teoría, Karamázov, es clara y sencilla —se apresuró a continuar Krasotkin alegremente—. Yo creo en el pueblo y siempre estoy contento de poderle hacer justicia, pero de ningún modo mimándolo, esto es una cuestión *sine qua...*[6]. Pero yo estaba hablando del ganso. Me volví hacia aquel mastuerzo y le respondí: «Pues estoy pensando en lo que estarán pensando los gansos.» Él me mira con cara de tonto perdido: «¿Y en qué piensan, dice, los gansos?» «Mira, le digo, ese carro de avena. El grano se está cayendo de un saco, y un ganso ha extendido el cuello debajo de la mismísima rueda para picarlo, ¿lo ves?» «Claro que lo veo», responde. «Bueno, digo, si ahora se hace avanzar un poquitín el carro, ¿cortará el cuello del ganso la rueda?» «Se lo cortará, no hay duda», responde, y se ríe abriendo toda la boca, derritiéndose de satisfacción. «Pues hala, mozo, le digo, venga.» «Venga», responde. No necesitamos mucho tiempo: él se puso disimuladamente junto a la brida y yo me coloqué a un lado para dirigir al ganso. El mujik estaba entonces distraído, hablando con alguien, y yo ni tuve que dirigir al ganso: él mismo tendió el cuello debajo del carro, junto a la rueda, para picar la avena. Hice un guiño al mozo, él dio un tirón a la brida y ¡cra-ac!, el ganso quedó con el cuello partido por la mitad. Lo que son las cosas: en aquel mismo segundo, todos los mujíks nos vieron y se pusieron a desgañitarse a la vez: «¡Lo has hecho con intención!» «No, no ha sido con intención.» «¡Sí, con intención!» Bueno, gritan: «¡A ver al juez de paz!» También me llevaron a mí: «Tú también, estabas aquí, me dicen, tú le has echado una mano. ¡A ti todo el mercado te conoce!» En efecto, todo el mercado me conoce, no sé por qué —añadió con amor propio Kolia—. Y allá nos fuimos, a casa del juez de paz; también llevaron el ganso. Mi mozo se asustó y se puso a berrear; cierto, lloraba como una mujeruca. El dueño de los gansos gritaba: «¡De ese modo se aplastan tantos gansos como uno quiera!» Desde luego, había testigos. El juez de paz acabó en un periquete: que se dé un rublo al dueño de la bandada, y el ganso que se lo lleve el mozo. Y en adelante, que no se permita nadie andarse con estas bro-

⁶ condición indispensable (lat.).

mas. Pero el mozo, venga llorar, como una mujeruca: «No he sido yo, dice, ha sido éste quien me ha metido en un lío», y me señalaba a mí. Yo respondí con la mayor sangre fría que no le había metido de ningún modo en el lío, que sólo había expuesto la idea en general y lo había dicho sólo como proyecto. El juez de paz Nefiódov se sonrió y se enojó enseguida contra sí mismo por haberse sonreído: «De usted (me dijo) voy a dar parte inmediatamente al director de su escuela, para que no vuelva a hacer proyectos de este genero en vez de estar estudiando y aprendiendo sus lecciones.» Al director no le dio parte, lo dijo en broma, pero la noticia realmente se propagó y llegó a oídos de la dirección: ¡ya se sabe que allí hay quien tiene las orejas muy largas! Se indignó, sobre todo, Kolbásnikov, el de clásicas, pero Dardaniélov me defendió otra vez. Ahora, Kolbásnikov está rabioso contra todos nosotros como un pollino. Te habrás enterado, Iliusha, de que se ha casado; recibió de los Mijáilov una dote de mil rublos, pero la novia es más fea que pegar a un padre. Los de la tercera clase le han compuesto enseguida un epigrama:

> A los de la tercera clase les ha asombrado
> que Kolbásnikov el cochino se haya casado.

Y así sucesivamente; es muy divertido, otra vez te lo traeré. De Dardaniélov, no digo nada; es un hombre que sabe, sabe de verdad. A los hombres como él los respeto, y no porque me haya defendido, de ningún modo...

—¡Sin embargo, le pusiste en un brete con lo de quién fundó Troya! —intervino de pronto Smúrov, decididamente orgulloso de Krasotkin en aquel momento. Mucho le había gustado el relato del ganso.

—¿Es cierto que le puso usted en un brete? —terció lisonjero el capitán—. ¿Fue por lo de quién fundó Troya? De que le había colocado en un apuro, ya lo supe. Me lo contó entonces Iliúshechka...

—Lo sabe todo, papá, ¡sabe más que todos nosotros! —intervino también Iliúshechka—. Él hace como si nada, pero es el primer alumno en todas las asignaturas...

Iliúshechka contemplaba a Kolia con una felicidad inmensa.

—Bah, eso de Troya es una tontería, una pequeñez. Yo mismo considero que esa cuestión no tiene importancia —repuso Kolia con orgullosa modestia.

Ya había logrado dar con el tono preciso, aunque, de todos modos, se sentía algo intranquilo: se daba cuenta de que se encontraba muy excitado y de que, por ejemplo, había hablado del ganso con demasiado calor; Aliosha había permanecido silencioso durante todo el tiempo del relato, estaba serio, y al susceptible muchacho poco a poco se le iba poniendo como un peso en el corazón: «¿No se callará porque me desprecie pensando que yo lo que busco es su alabanza? En este caso, si se atreve a pensar eso, yo...»

—Yo considero que esa cuestión no tiene ninguna importancia —repitió una vez más, con cierto orgullo.

—Pues yo sé quién fundó Troya —manifestó inesperadamente un muchacho que hasta entonces casi no había dicho nada, silencioso, y por lo visto, tímido, muy guapito, de unos once años, llamado Kartashov.

Estaba sentado cerca de la puerta. Kolia lo miró sorprendido y con aire de importancia. El caso era que la cuestión de «¿Quién había fundado Troya, en definitiva?», se había convertido decididamente en todas las clases en un secreto, y para penetrar en él era necesario consultar la obra de Smarágdov. Pero nadie tenía el Smarágdov fuera de Kolia. Y he aquí que una vez, Kartashov, callandito, aprovechando un momento en que Kolia se había vuelto de espalda, abrió rápidamente la obra de Smarágdov, que tenía aquél entre sus libros, y acertó a abrirlo en el punto en que se habla de los fundadores de Troya. Eso había ocurrido hacía ya bastante tiempo, pero Kartashov se sentía turbado y no se atrevía a manifestar públicamente que sabía quién había fundado Troya, temeroso de lo que pudiera suceder y de que Kolia no le pusiera en vergüenza. Pero ahora, sin saber por qué, se decidió y lo dijo. Además, hacía tiempo que deseaba hacerlo.

—Bueno, ¿quién la fundó, pues? —preguntó Kolia, volviéndose hacia el otro orgullosa y altivamente, adivinando por la cara de Kartashov que éste en verdad lo sabía y, desde luego, preparándose al instante para hacer frente a todas las consecuencias.

En el estado de ánimo general, se produjo lo que se denomina una disonancia.

—Troya fue fundada por Teucro, Dárdano, Ilos y Tros —articuló de carrerilla el muchacho, y en un momento se puso colorado, tan colorado que hasta daba pena mirarle.

Pero todos los chicos le clavaron la vista, se lo quedaron mirando un minuto entero, y luego, de súbito, todos aquellos ojos que miraban fijamente se volvieron hacia Kolia. Éste, con desdeñosa sangre fría, seguía midiendo con su propia mirada al atrevido muchacho.

—Bien, pero ¿qué hicieron para fundarla? —se dignó decir, por fin—. Además, ¿qué significa, en general, fundar una ciudad o un Estado? Y ésos, que: ¿llegaron y cada uno de ellos puso un ladrillo, quizá?

Hubo una risa general. El muchacho culpable pasó del rojo al escarlata. Callaba, estaba a punto de llorar. Kolia le tuvo aún así un minutito.

—Para hablar de tales acontecimientos históricos como la fundación de una nacionalidad, es necesario comprender antes lo que eso significa —añadió severamente sentencioso—. Por mi parte, de todos modos, doy poca importancia a esos cuentos de abuelas, y no es que me inspire mucho respecto, en general, la historia universal —añadió de pronto con negligencia, dirigiéndose ya a todos los presentes.

—¿La historia universal? —inquirió el capitán de Estado Mayor, un poco asustado.

—Sí, la historia universal. Es el estudio de una serie de estupideces humanas, nada más. Yo sólo siento respeto por las matemáticas y las ciencias naturales —añadió con empaque Kolia, a la vez que lanzaba una breve mirada a Aliosha, cuya opinión era lo único que en ese momento temía.

Pero Aliosha continuaba callando, serio como hasta entonces. Si Aliosha hubiera dicho en ese momento alguna cosa, todo habría acabado ahí, pero callaba, «su silencio podía ser despectivo» y Kolia se irritó ya por completo.

—Ahora tenemos otra vez las lenguas clásicas[7]: es una locura,

---

[7] A finales de la década de 1860 y en la de 1870 se intensificó mucho la enseñanza del latín y del griego en los gimnasios rusos, lo cual fue combatido

nada más... ¿Otra vez, según parece, está usted en desacuerdo conmigo, Karamázov?

—Sí, en desacuerdo —Aliosha se sonrió con discreción.

—Las lenguas clásicas, si desean saber la opinión que me merecen, constituyen una medida policiaca; ésa es la única razón por la que han sido introducidas —poco a poco, Kolia empezó otra vez a sofocarse—; se han introducido porque son aburridas y embotan las facultades. Nos aburríamos, pues bien: ¿qué hacer para que el aburrimiento sea mayor? Había cosas absurdas, pues bien: ¿qué hacer para que lo sean más? Y se les ha ocurrido echar mano de las lenguas clásicas. Tal es la opinión rotunda que éstas me merecen y espero no cambiarla nunca —terminó Kolia, contundente. En cada una de sus dos mejillas se hizo visible un punto sonrosado.

—Es verdad —con una vocecita sonora y convencida, asintió de pronto Smúrov, que había estado escuchando con mucha atención.

—¡Pero él es el primero en latín! —gritó repentinamente uno de los chicos del grupo.

—Sí, papá; dice eso, y es el primer alumno de latín en clase —manifestó también Iliusha.

—¿Y qué —repuso Kolia, considerando necesario defenderse, aunque le resultaba muy agradable la alabanza—. Empollo el latín porque hace falta, porque he prometido a mi madre acabar los estudios, y considero que se ha de hacer bien aquello que uno emprende; pero en mi fuero interno desprecio profundamente el clasicismo y toda esta bajeza... ¿No está de acuerdo, Karamázov?

—Bueno, ¿a qué viene eso de «bajeza»? —volvió a sonreírse Aliosha.

—Por favor, los clásicos están traducidos a todos los idiomas; si nos hacen aprender latín no es, por consiguiente, para el estudio de los clásicos ni mucho menos, sino tan sólo como medida policiaca y para embotar las facultades. ¿No es eso una bajeza?

---

como medida reaccionaria por ciertos círculos democráticos de aquellos tiempos.

—Pero ¿quién le ha enseñado todas estas cosas? —exclamó por fin Aliosha, sorprendido.

—En primer lugar, podía comprenderlo yo mismo sin que nadie me lo enseñara, y en segundo lugar, ha de saber que eso mismo que acabo de explicar yo acerca de los clásicos traducidos, lo ha dicho en voz alta a toda la tercera clase el mismo profesor Kolbásnikov...

—¡El doctor ha llegado! —exclamó de pronto Nínochka, que había permanecido callada todo el tiempo.

En efecto, ante el portalón de la casa se había detenido el coche que pertenecía a la señora Jojlakova. El capitán, que había estado esperando al doctor toda la mañana, se precipitó a su encuentro. La «mamita» se arregló un poco y adoptó un aire de gravedad. Aliosha se acercó a Iliusha y se puso a acomodarle la almohada. Nínochka, desde su sillón, observaba intranquila cómo Aliosha colocaba bien la ropa de la camita. Los chicos empezaron a despedirse de prisa, algunos prometieron volver por la tarde. Kolia llamó a Perezvón, que enseguida saltó de la cama.

—¡Yo no me voy, no me voy! —dijo precipitadamente Kolia a Iliusha—. Esperaré en el zaguán y volveré cuando el doctor haya salido, vendré con Perezvón.

Pero el doctor ya entraba. Era un personaje de imponente figura, con un largo abrigo de piel de oso, largas patillas oscuras y un lustroso mentón rasurado. Cruzando el umbral, se detuvo súbitamente como si estuviera confundido: con toda seguridad, tuvo la impresión de haberse equivocado de casa: «¿Qué es esto? ¿Dónde estoy?», musitó sin quitarse el abrigo ni la gorra de piel de gato con visera de la misma piel. La mucha gente, la pobreza del cuarto, la ropa blanca colgada de una cuerda en un ángulo, le desconcertaron. El capitán se inclinó profundamente ante él.

—Está usted aquí, señor, aquí —balbuceó servilmente—; está usted aquí, señor, en mi casa; usted venía aquí...

—¿Sne-gui-riov? —articuló el doctor con voz grave y fuerte—. ¿El señor Sneguiriov, es usted?

—¡Soy yo, señor!

—¡Ah!

El doctor volvió a examinar el cuarto con repugnancia y se

quitó el abrigo. Una importante condecoración que le colgaba del cuello brilló a los ojos de todos los presentes. El capitán cogió al vuelo el abrigo y el doctor se quitó la gorra.

—¿Y el paciente, dónde está? —preguntó en voz alta y en tono autoritario.

VI

PRECOZ DESARROLLO

—EN su opinión, ¿qué le dirá el doctor? —preguntó Kolia rápidamente—. Pero qué jeta más repugnante, ¿no es cierto? ¡No puedo soportar la medicina!

—Iliusha morirá. Me parece que eso es seguro —respondió tristemente Aliosha.

—¡Granujas! ¡La medicina es una granujada! De todos modos, estoy contento de haberle conocido, Karamázov. Hace tiempo que quería conocerle. Es una pena que nos hayamos encontrado en circunstancias tan tristes...

Kolia habría querido decir aún algo más caluroso, más expansivo; sin embargo, parecía como si algo le cohibiera. Aliosha se dio cuenta, se sonrió y le estrechó la mano.

—Hace mucho tiempo que he aprendido a respetar en usted a un ser poco común —balbuceó otra vez Kolia, turbándose y embrollándose—. He oído decir que usted es un místico y que ha estado en el monasterio. Sé que usted es un místico, pero... eso no me ha detenido. El contacto con la realidad le curará... Con las personas como usted, siempre ocurre así.

—¿Qué entiende usted por místico? ¿De qué he de curarme? —Aliosha se sorprendió un poco.

—Pues eso, lo de Dios y demás.

—Cómo, ¿acaso no cree usted en Dios?

—Al contrario, nada tengo contra Dios. Desde luego, Dios sólo es una hipótesis, pero reconozco que es necesario para el orden... para el orden en el mundo, etcétera... y si no existiera, habría que inventarlo —añadió Kolia, empezando a sonrojarse.

Se imaginó de pronto que Aliosha iba a pensar de él que

quería hacer gala de sus conocimientos y mostrar cuán «grande» era. «Pero yo no quiero de ningún modo presumir ante él de lo que sé», reflexionó Kolia, indignado. Y, de súbito, experimentó una terrible sensación de disgusto.

—Confieso que no puedo soportar las discusiones sobre todo eso —añadió resuelto—; el caso es que sin creer en Dios también es posible amar a la humanidad, ¿no le parece? Voltaire, por ejemplo, no creía en Dios, pero amaba a la humanidad, ¿no? —«¡Otra vez, otra vez!», pensó para sus adentros.

—Voltaire creía en Dios, mas, al parecer, creía poco, y, según parece, también quería poco a la humanidad —respondió Aliosha, suave, discretamente, con absoluta naturalidad, como si estuviera hablando con una persona de sus mismos años o incluso mayor que él.

A Kolia le asombró, precisamente, esa, como si dijéramos, inseguridad de Aliosha respecto a su opinión de Voltaire y el que, al parecer, dejara que fuese nada menos que él, el pequeño Kolia, quien resolviera la cuestión.

—¿Acaso ha leído usted a Voltaire? —concluyó Aliosha.

—No, no es que lo haya leído... De todos modos, he leído *Cándido,* en una traducción rusa... en una vieja y abominable traducción, grotesca... —«¡Otra vez, otra vez!»

—¿Y lo ha comprendido?

—Oh, sí, todo... es decir... ¿por qué piensa que podía no haberlo comprendido? Desde luego, contiene muchas indecencias... Yo, desde luego, estoy en condiciones de comprender que se trata de una novela filosófica y escrita para exponer una idea... —se embrolló ya por completo Kolia—. Yo soy socialista, Karamázov, soy un socialista incorregible —soltó de pronto sin que viniera a cuento.

—¿Socialista? —Aliosha se sonrió—. ¿Cuándo ha tenido usted tiempo para ello? Según me dijo, sólo tiene usted trece años, ¿no es cierto?

Kolia se sintió mortificado.

—En primer lugar, no son trece, sino catorce, dentro de dos semanas tendré catorce —repuso encendido—; en segundo lugar, no comprendo en absoluto qué tienen que ver con la cuestión mis años. Se trata de cuáles son mis convicciones y no de cuántos años tengo, ¿no es cierto?

—Cuando tenga más años, verá por sí mismo de qué modo influye la edad en las convicciones. También he tenido la impresión de que usted no habla empleando palabras propias —respondió Aliosha modesta y tranquilamente.

Pero Kolia le interrumpió con vehemencia:

—Por favor, usted quiere obediencia y misticismo. Convenga en que la religión cristiana, por ejemplo, ha servido sólo a los ricos y poderosos para mantener en la esclavitud a la clase inferior, ¿no es cierto?

—¡Ah, sé dónde ha leído esto, y a usted alguien ha debido necesariamente aleccionarle! —exclamó Aliosha.

—Por favor, ¿por qué he debido leerlo necesariamente? Y nadie me ha aleccionado, absolutamente nadie. Yo mismo puedo... Y si usted quiere, yo no estoy en contra de Jesucristo. Fue una personalidad plenamente humana, y si viviera en nuestro tiempo se adheriría de plano a los revolucionarios, quizá desempeñaría un papel destacado... Eso incluso está fuera de toda duda.

—¡Pero dónde ha podido usted meterse todas estas cosas en la cabeza, dónde! ¿Con qué tonto se ha relacionado usted? —exclamó Aliosha.

—Bueno, la verdad no se puede ocultar. Cierto motivo hace que yo, desde luego, hable con frecuencia con el señor Rakitin, pero... Eso lo había dicho ya, también, según dicen, el viejo Belinski.

—¿Belinski? No lo recuerdo. Eso no lo ha escrito en ninguna parte.

—Si no lo ha escrito, por lo menos lo ha dicho, según dicen. Se lo he oído contar a un... Pero, qué más da...

—Y a Belinski, ¿lo ha leído usted?

—Verá... no... no... no lo he leído todo, pero... he leído el lugar donde habla de Tatiana y de por qué Tatiana no se fue con Onieguin[8].

—¿Cómo, por qué no se fue con Onieguin? ¿Acaso comprende usted ya... estas cosas?

—Por favor, según parece, usted me toma por Smúrov —Kolia sonrió, irritado—. De todos modos, no vaya usted a

---

[8] «Tatiana»: heroína del poema de Pushkin «Eugenio Onieguin».

creer que soy un gran revolucionario. Muy a menudo discrepo del señor Rakitin. El que me haya referido a Tatiana, no significa que sea partidario de la emancipación de la mujer. Reconozco que la mujer es un ser subordinado y que debe obedecer. *Les femmes tricottent*[9], como dijo Napoleón —Kolia se sonrió sin que se supiera el motivo—, y por lo menos en este punto comparto plenamente la opinión de ese pseudo gran hombre. Yo también considero, por ejemplo, que huir de la patria a América es una bajeza, es peor que una bajeza: es una estupidez. ¿Para qué ir a América, cuanto también en nuestro país se puede ser útil a la humanidad? Precisamente ahora. Hay un campo inmenso de actividad fecunda. Eso es lo que he respondido.

—¿Cómo, lo que ha respondido? ¿A quién? ¿Acaso ha habido ya alguien que le ha propuesto ir a América?

—Confieso que han querido convencerme, pero yo me he negado. Desde luego, esto entre nosotros Karamázov, ¿me oye?; ni una palabra a nadie. Sólo se lo digo a usted. No tengo ningunas ganas de caer en las garras de la Tercera Sección y recibir lecciones en el Puente de las Cadenas[10]:

> Te acordarás del edificio
> que se eleva junto al Puente de las Cadenas[11].

¿Recuerda? ¡Es magnífico! ¿Por qué se ríe? ¿No creerá usted que le he estado mintiendo? —«¿Qué pasaría si se enterara que en el armario de mi padre no tengo más que un solo número de *Kólokol*[12] y que es lo único de este tipo que he leído?», pensó Kolia por un momento, pero estremeciéndose.

[9] La ocupación de las mujeres es hacer punto (fr.).

[10] «Tercera Sección»: nombre oficial de la Sección de que dependía la policía secreta en el Ministerio del Interior de los gobiernos zaristas. Dicha Sección tenía su sede junto al Puente de las Cadenas.

[11] Versos de una sátira del poeta D. D. Mináiev (1835-1889) titulada «El poblado de la sal (Relato de un obrero)». En ella se ridiculizaban unas conferencias populares de moral organizadas en Peterburgo, en el edificio de «El poblado de la sal». Pronto la sátira fue aplicada a la Sección de la policía secreta.

[12] Famosa revista editada por los revolucionarios rusos A. I. Herzen (1812-70) y N. P. Ogariov (1813-1877) en Londres (1857-65) y en Ginebra (hasta 1867). Se introducía clandestinamente en Rusia.

—¡Oh, no! No me río ni pienso de ningún modo que me haya usted mentido. Esa es la cuestión, que no lo pienso, porque todo eso, ¡ay!, es la pura verdad. Bien, dígame; ¿a Pushkin, lo ha leído? El *Onieguin*... ¿No acaba de hablar usted de Tatiana?

—No, aún no lo he leído, pero quiero leerlo. Yo no tengo prejuicios, Karamázov. Quiero escuchar una parte y la otra. ¿Por qué me lo ha preguntado?

—Por preguntar.

—Dígame, Karamázov, ¿me desprecia usted mucho? —soltó de pronto Kolia, y se irguió ante Aliosha como si se pusiera en posición de firmes—. Dígamelo sin rodeos, se lo ruego.

—¿Despreciarle a usted? —Aliosha lo miró sorprendido—. Pero ¿por qué? Sólo me da pena que una naturaleza tan magnífica como la suya, y que todavía no ha empezado a vivir, esté ya pervertida por esas burdas tonterías.

—De mi naturaleza no se preocupe —le interrumpió Kolia, no sin presunción—, pero soy susceptible, es cierto. Soy estúpidamente, burdamente susceptible. Hace un momento, usted se ha sonreído y a mí ya me parecía como si...

—Ah, me he sonreído por algo completamente distinto. Verá, me he sonreído por lo siguiente: leí, no hace mucho, las impresiones de un extranjero, de un alemán que había vivido en Rusia, acerca de nuestra actual juventud estudiantil: «Muestren (escribe) a un escolar ruso el mapa de la bóveda celeste, del que hasta ese momento no haya tenido ni la menor idea, y al día siguiente ya se lo devolverá rectificado.» Es de una falta total de conocimientos y de una presunción sin límites, eso es lo que quería decir el alemán acerca de la manera de ser del escolar ruso.

—¡Ah, pero si tiene la razón! —exclamó Kolia, riéndose a carcajadas—. ¡Es exactísimo, cabal! ¡Bravo por el alemán! Sin embargo, esa cabeza cuadrada no ha sabido ver al mismo tiempo nuestra parte buena, ¿no lo cree usted? Lo de la presunción lo admito, es cosa de juventud, es cosa que se corrige si hace falta que se corrija; en cambio, tenemos independencia de espíritu poco menos que desde la infancia, audacia de pensamiento y de convicciones, y no su espíritu de salchichero servil ante toda autoridad... Pero de todos modos, ¡el alemán lo ha dicho bien! ¡Bravo por el alemán! Aunque, de todos modos, a los alemanes habría que ahogarlos. No importa que sean fuertes en ciencias, de todos modos habría que ahogarlos...

—¿Por qué ahogarlos? —se sonrió Aliosha.

—Bueno, es posible que haya soltado alguna tontería, lo confieso. A veces soy un niño terrible, y cuando me alegro por alguna cosa no me domino y estoy dispuesto a soltar toda clase de sandeces. Escuche, usted y yo, sin embargo, hablamos aquí de nimiedades mientras ese doctor se ha atascado ahí hace mucho. Aunque es posible que también visite a la «mamá» y a esa Nínochka, lisiada. ¿Sabe?, esta Nínochka me ha gustado. Cuando yo salía, me ha susurrado: ¿«Por qué no ha venido antes?» ¡Y con qué voz me lo ha dicho, como un reproche! Me parece que es enormemente buena y digna de lástima.

—¡Sí, sí! Usted vendrá ahora con frecuencia y verá qué persona es. A usted le será muy útil conocer personas como ella para aprender a estimar muchas cosas que llegará a conocer precisamente tratando a personas así —manifestó Aliosha con calor—. Eso será lo mejor para hacerle cambiar.

—¡Oh, cuánto siento y me reprocho no haber venido antes! —exclamó Kolia con amargo sentimiento.

—Sí, es una pena. ¡Usted mismo ha podido observar qué impresión de alegría ha producido en el pobre pequeño! ¡Y cómo se consumía, esperándole!

—¡No me lo recuerde! Me revuelve usted el alma. De todos modos, me lo merezco: no venía por amor propio, por un amor propio egoísta y por ese vil despotismo de que no puedo librarme en toda la vida, aunque toda la vida me esfuerzo para lograrlo. Ahora lo veo, ¡en muchas cosas soy un canalla, Karamázov!

—No, usted es una naturaleza encantadora, aunque extraviada y comprendo muy bien que haya podido ejercer tanta influencia sobre este noble muchacho de sensibilidad enfermiza —respondió con viveza Aliosha.

—¡Y es usted quien me lo dice! —gritó Kolia—. Pues yo, figúrese, creía... ¡desde que estoy aquí ya he pensado varias veces que usted me despreciaba! ¡Si supiera cuánto estimo su opinión!

—¿Pero es posible realmente que sea usted tan susceptible? ¡A su edad! Sin embargo, figúrese, allí, en el cuarto, contemplándole cuando estaba usted contando sus historias, pensaba precisamente que debe usted ser muy susceptible

—¿Ya lo había pensado? Vaya, qué vista tiene usted, ¡caramba! Apuesto que fue cuando yo contaba lo del ganso. Entonces, precisamente, me imaginé que usted me despreciaba con toda el alma porque me apresuraba a hacerme el guapo, y hasta de pronto le odié por eso y empecé a hablar sin ton ni son. Luego (ya ha sido ahora, aquí), cuando he dicho: «Si no existiera Dios, haría falta inventarlo», me he imaginado que me apresuraba demasiado a lucir mi instrucción, tanto más cuanto que he leído esta frase en un libro. Pero le juro que si me he apresurado a mostrar mis conocimientos, no ha sido por vanidad, sino sin pensar, no sé por qué, de alegría, me parece que de alegría, se lo juro... aunque es un rasgo profundamente vergonzoso el que uno fastidie a todo el mundo por alegría. Lo sé. En cambio, ahora estoy convencido de que usted no me desprecia y de que todo eso me lo había inventado yo. Oh, Karamázov, soy muy desgraciado. A veces, sabe Dios que me imagino que todos se ríen de mí, todo el mundo, y entonces, sencillamente, estoy dispuesto a arremeter contra todo el orden de las cosas.

—Y tortura a quienes le rodean —se sonrió Aliosha.

—Y torturo a quienes me rodean, sobre todo a mi madre. Dígame, Karamázov, ¿soy ridículo, ahora?

—Pero no piense en eso, ¡no piense en eso en absoluto! —exclamó Aliosha—. Además, ¿qué significa ser ridículo? ¿Quién sabe cuántas veces un hombre es o parece ridículo? Por otra parte, hoy en día casi todas las personas bien dotadas temen en gran manera ser ridículas, y eso las hace desdichadas. Lo único que me sorprende es que usted haya comenzado a experimentarlo tan pronto, si bien hace ya tiempo que lo observo y no sólo en usted. Ahora, hasta casi los niños han empezado a sufrir por lo mismo. Es poco menos que una locura. En este amor propio se ha encarnado el diablo y se ha introducido en toda la generación, ha sido precisamente el diablo —añadió Aliosha, sin bromear en lo más mínimo, contra lo que había pensado por un momento Kolia, que le miraba fijamente—. Usted, como todos —concluyó Aliosha—; quiero decir como muchos, pero no hay que ser como todos, ésa es la cuestión.

—¿Incluso a pesar de que todos sean así?

—Sí, a pesar de que todos sean así. Por lo menos usted no lo sea. En realidad, usted no es como todos: usted ahora no se ha avergonzado de confesar lo malo y hasta lo ridículo. ¿Y quién lo confiesa, hoy? Nadie, la gente hasta ha dejado de sentir la necesidad de censurarse a sí misma. Pues bien, no sea como todos; aunque no quede nadie más distinto de los otros, aunque sea solo, no sea como los otros.

—¡Magnífico! No me he equivocado con usted. Usted es capaz de dar ánimos. ¡Oh, cómo deseaba acercarme a usted, Karamázov, cuánto tiempo hace que buscaba la ocasión de tratarle! ¿Es posible que también usted pensara en mí? ¿No acaba de decir que también pensaba en mí?

—Sí, he oído hablar de usted y también en usted he pensado... y si, en parte, ha sido también el amor propio lo que le ha movido ahora a preguntarlo, no importa.

—¿Sabe, Karamázov, que nuestras explicaciones se parecen a una declaración de amor? —preguntó Kolia con una rara voz temblorosa y como avergonzado—. ¿No es esto ridículo? ¿No es ridículo?

—No es ridículo en lo más mínimo, y aunque lo fuera no importa, porque es bueno —repuso Aliosha con una luminosa sonrisa.

—Pues ha de saber, Karamázov, que usted mismo se siente ahora un poco avergonzado de estar conmigo, confiéselo... Se lo veo en los ojos —Kolia se sonrió con cierta malicia, pero también con una expresión casi de felicidad.

—¿De qué he de avergonzarme?

—¿Por qué se ha sonrojado, pues?

—¡Ha sido usted quien me ha hecho sonrojar! —exclamó Aliosha riéndose y, en efecto, se puso completamente rojo—. Bueno, sí, estoy un poco avergonzado, sabe Dios de qué, no sé de qué... —balbuceó, algo confuso.

—¡Oh, cómo le quiero y le estimo en este momento, precisamente, porque también usted se siente algo avergonzado conmigo! ¡Porque es como yo! —exclamó Kolia lleno de entusiasmo. Las mejillas le ardían, le brillaban los ojos.

—Escuche, Kolia, con todo, usted será un hombre muy desgraciado en la vida —dijo de pronto Aliosha, como si se le hubiera ocurrido algo.

—Lo sé, lo sé. ¡Todo lo ve usted con anticipación! —asintió inmediatamente Kolia.

—En conjunto, de todos modos, bendecirá usted la vida.

—¡Exacto! ¡Hurra! ¡Usted es un profeta! ¡Oh, nosotros nos haremos amigos, Karamázov! ¿Sabe? Lo que más me entusiasma es que usted me trata exactamente como a un igual, sin embargo, no somos iguales, no, no somos iguales, ¡usted es superior! Pero nos haremos amigos. ¿Sabe? Durante todo este último mes me he dicho: «¡O nos hacemos de una vez amigos para toda la vida, o desde la primera vez nos separamos como enemigos hasta la tumba!»

—¡Y al hablar así, naturalmente, ya me quería! —Aliosha se rió alegremente.

—Le quería, le quería mucho, ¡le quería y soñaba con usted! ¿Cómo puede saberlo todo con anticipación? Ea, aquí está el doctor. ¡Dios del cielo, algo va a decir, fíjese qué cara la suya!

VII

ILIUSHA

EL doctor salía de la isbá enfundado otra vez en su abrigo de pieles y con la gorra puesta. En su cara se percibía una expresión casi de enojo y de asco como si temiera ensuciarse tocando alguna cosa. Echó un rápido vistazo al zaguán y miró con mucha severidad a Aliosha y a Kolia. Aliosha, desde la puerta, hizo una señal al cochero con el brazo, y el carruaje en que había llegado el doctor se acercó a la entrada de la casa. El capitán apareció precipitadamente tras el doctor, e inclinándose, casi retorciéndose ante él, le detuvo para preguntarle una última palabra. El pobre tenía el rostro demacrado, despavorida la mirada.

—Excelencia, excelencia... ¿es posible? —dijo sin acabar la frase, juntando sólo las manos con desesperación, aunque mirando todavía con una última súplica al doctor, como si en verdad la palabra que éste pudiera ahora pronunciar fuera capaz de modificar la condena del pobre muchacho.

—¡Qué hacer! Yo no soy Dios —respondió el doctor con

voz desdeñosa, aunque imponente por la fuerza de la costumbre.

—Doctor... excelencia... ¿Será pronto, pronto?

—Pre-pá-re-se para todo —contestó el doctor, recalcando cada sílaba, y, después de bajar, se dispuso a cruzar el umbral en dirección al coche.

—¡Excelencia, por Cristo! —volvió a detenerle, asustado, el capitán—. ¡Excelencia!... ¿Así, pues, nada? ¿Es posible que nada, absolutamente nada pueda ahora salvarle?...

—Ahora ya no de-pen-de de mí —repuso impaciente el doctor—, aunque, hum —se detuvo de súbito—, si pudiera usted, por ejemplo, en-vi-ar a su paciente... ahora y sin demorarse en lo más mínimo —el doctor pronunció estas palabras «ahora y sin demorarse en lo más mínimo» no ya con severidad, sino hasta con ira, de modo que el capitán casi se estremeció— a Si-ra-cu-sa, entonces... gracias a las nuevas condiciones cli-ma-to-ló-gi-cas favorables... podría, quizás, o-currir...

—¡A Siracusa! —gritó el capitán, como si aún no comprendiera nada.

—Siracusa está en Sicilia —terció de pronto Kolia en voz alta, para aclarar.

El doctor le dirigió una mirada.

—¡A Sicilia! Señor, excelencia —el capitán se quedó desconcertado—. ¡Pero usted ya ha visto! —movió los brazos en torno, señalándo su instalación—. ¿Y la mamita, y la familia?

—No-o, la familia no ha de ir a Sicilia, su familia ha de ir al Cáucaso, al comenzar la primavera... Su hija, al Cáucaso; a su esposa... después de una cura de aguas, también en el Cáucaso, dado que sufre reumatismo... inmediatamente después de la cura habrá que en-vi-ar-la a París, a la clínica del doctor psi-qui-atra Le-pe-lle-tier; yo podría facilitarle unas líneas para él, y entonces... podría, quizás, ocurrir...

—¡Doctor, doctor! ¡Pero usted ya ve! —el capitán de Estado Mayor volvió a abrir los brazos, señalando con desesperación los desnudos troncos que formaban las paredes del zaguán.

—Ah, eso ya no es cosa mía —se sonrió el doctor—; yo sólo he dicho lo que podía decir la ci-en-ci-a a su pregunta sobre los últimos recursos; en cuanto a lo demás... aún sintiéndolo mucho...

—No se inquiete, galeno, mi perro no le morderá —soltó Kolia en alta voz al observar que el doctor lanzaba una mirada algo medrosa a Perezvón, situado en el umbral.

En la voz de Kolia vibraba una nota de ira, Kolia había empleado *adrede* la palabra «galeno» en vez de doctor, y lo había hecho «para ofenderle», como explicó él mismo después.

—¿Qué es es-to? —el doctor levantó la cabeza mirando sorprendido a Kolia—. ¿Quién es és-te? —de pronto se dirigió a Aliosha, como si le pidiera cuentas a él.

—Este es el dueño de Perezvón, galeno; no se preocupe por mi persona —repuso Kolia, recalcando las sílabas.

—¿Zvon?[13] —articuló el doctor, sin comprender lo que significaba Perezvón.

—Sí, oye campanas y no sabe dónde. Adiós, galeno, nos veremos en Siracusa.

—¿Quién es és-te? ¿Quién es, quién? —de pronto el doctor se sulfuró terriblemente.

—Es un escolar de aquí, doctor, es un travieso, no le haga caso —dijo Aliosha rápidamente y frunciendo el ceño—. Kolia, cállese! —gritó a Krasotkin—. No haga caso, doctor —repitió, ya algo más impaciente.

—Azo-tar-le, azo-tar-le, ¡eso es lo que hace falta, a-zo-tar-le! —gritó el doctor, ya excesivamente enfurecido y dando patadas en el suelo.

—¿Sabe, galeno? ¡Mi Perezvón también muerde, sin duda! —articuló Kolia con una vocecita temblorosa, palideciendo y con ojos centelleantes—. ¡*Ici*, Perezvón!

—Kolia, si dice una palabra más, ¡rompo con usted para siempre! —gritó Aliosha imperioso.

—Galeno, sólo existe un ser en el mundo que puede dar órdenes a Nikolái Krasotkin, y es éste —Kolia señaló a Aliosha—, a él le obedezco. ¡Adiós!

Se apartó bruscamente de su sitio, abrió la puerta y se precipitó en la habitación. Perezvón se lanzó tras él. El doctor permaneció inmóvil aún unos cinco segundos, como petrificado,

---

[13] Juego de palabras. *Zvon* significa «sonido», «tañido»; *perezvón*, repique.

mirando a Aliosha; luego escupió y se dirigió a toda prisa hacia el coche, repitiendo en voz alta: «Esto, esto, esto, ¡yo no sé lo que es esto!» El capitán se precipitó para ayudarle a subir. Aliosha siguió a Kolia y entró en la habitación. Krasotkin estaba ya junto a la camita de Iliusha, quien le había cogido la mano y llamaba a su papá. Un minuto después volvió, también, el capitán.

—Papá, papá, ven aquí... nosotros... —balbuceó Iliusha, presa de una extraordinaria agitación.

Mas, por lo visto sin fuerzas para continuar, avanzó de pronto sus escuálidos bracitos y enlazó con ellos, a la vez, a Kolia y a su papá, estrechándolos cuanto podía, uniéndolos en un solo abrazo a la vez que se apretaba contra ellos. El capitán se estremeció de pronto, sacudido por un llanto silencioso, y a Kolia le temblaron los labios y el mentón.

—¡Papá, papá! ¡Qué pena me das, papá! —gimió Iliusha con amargura.

—Iliúshechka..., hijo mío, el doctor ha dicho... que te curarás... seremos felices... El doctor... —empezó a decir el capitán.

—¡Ah, papá! Si yo ya sé lo que el nuevo doctor te ha dicho de mí... ¡Si lo he visto! —exclamó Iliusha, y otra vez, con todas sus fuerzas, los estrechó a los dos contra sí, escondiendo el rostro en el hombro de su papá—. No llores, papá... Cuando yo haya muerto, toma a un buen muchacho, a otro... elige a uno que sea bueno, llámale Iliusha y quiérele en mi lugar...

—¡Cállate, viejo, te curarás! —gritó de pronto Krasotkin, como si estuviera irritado.

—Y a mí; papá, a mí no me olvides nunca —proseguía Iliusha—. Irás a verme a la tumba... Escucha, papá, entiérrame junto a la piedra grande, hacia la que íbamos juntos a pasear, y allí irás a verme con Krasotkin, al atardecer... Y Perezvón... Yo os estaré esperando... ¡Papá, papá!

Se le cortó la voz; los tres permanecían abrazados, ya sin decir nada.

Lloraba también silenciosamente, Nínochka, en su sillón y, de pronto, al verlos llorar a todos, prorrumpió asimismo en llanto la mamita.

—¡Iliúshechka! ¡Iliúshechka! —exclamó.

Krasotkin se desprendió de los brazos de Iliusha.

—Adiós, viejo, mi madre me espera para comer —dijo a toda prisa—. ¡Qué pena no haberla advertido! Estará muy intranquila... Pero después de comer, vendré enseguida a hacerte compañía, todo el día, hasta muy tarde, y verás cuántas cosas te voy a contar, ¡cuántas cosas! También te traeré a Perezvón, pero ahora me lo llevo, porque sin mí empezaría a aullar y te molestaría; ¡hasta pronto!

Salió corriendo al zaguán. No quería llorar, pero en el zaguán ya no pudo contener las lágrimas. En ese estado lo encontró Aliosha.

—Kolia, ha de mantener usted su palabra sin falta y ha de venir; de lo contrario, él sentirá una pena terrible —dijo Aliosha, apremiante.

—¡Sin falta! Oh, cómo me maldigo por no haber venido antes —balbuceó Kolia, llorando y sin avergonzarse ya de llorar.

En ese instante apareció de pronto, saliendo de la habitación, el capitán, quien enseguida cerró la puerta tras de sí. Tenía el rostro alterado, le temblaban los labios. Se detuvo ante los dos jóvenes y alzó los brazos al aire:

—¡No quiero a un muchacho bueno! ¡No quiero a otro muchacho! —murmuraba con un susurro salvaje, rechinando los dientes—. Si me olvidare de ti, oh Jerusalem, mi diestra sea olvidada, mi lengua se pegue...[14].

No terminó de decirlo, como si se atragantara, y se dejó caer de rodillas, impotente, ante un banco de madera... Apretándose la cabeza con los puños, empezó a sollozar, chillando de una manera absurda, procurando con todas sus fuerzas, sin embargo, que no se oyeran sus chillidos en la isbá. Kolia se precipitó a la calle.

—¡Adiós, Karamázov! Y usted ¿vendrá? —gritó Aliosha, de manera brusca y con irritación.

—Al atardecer, sin falta.

—¿Qué es eso que estaba diciendo de Jerusalén?... ¿A qué venía eso?

—Es de la Biblia: «Si me olvidare de ti, oh Jerusalén», es de-

---

[14] Salmo CXXXVII, 5, 6.

cir, si olvido todo lo que hay en mí de más valioso, si lo cambio por algo, entonces, que me fulmine...

—Lo comprendo, ¡basta! ¡Usted no deje de venir! *Ici*, Perezvón!
—llamó al perro ya furiosamente y se dirigió hacia su casa
dando grandes y rápidas zancadas.

Libro undécimo

EL HERMANO IVÁN FIÓDOROVICH

I

EN CASA DE GRÚSHENKA

ALIOSHA se dirigió hacia la plaza de la Catedral, a casa de la mercadera Morózova, donde vivía Grúshenka. Ésta, ya por la mañana temprano, le había enviado a Fienia con el insistente ruego de que fuera a verla. Interrogando a Fienia, supo Aliosha que la señora se encontraba presa de una especial alarma, muy grande, desde el día anterior. En el transcurso de los dos meses que se habían sucedido desde la detención de Mitia, Aliosha acudía con frecuencia a casa de Morózova, tanto por impulso propio como por encargo de su hermano. Unos tres días después de la detención, Grúshenka cayó gravemente enferma y lo estuvo poco menos que durante cinco semanas, de las que pasó una sin conocimiento. Se le había cambiado mucho el aspecto de la cara, había adelgazado, se había quedado amarillenta, aunque hacía ya casi quince días que podía salir a la calle. Pero, a los ojos de Aliosha, la cara se le había vuelto aún más atractiva, y al joven le gustaba encontrarse con la mirada de ella al entrar a verla. Era como si en aquella mirada algo se hubiera hecho más firme y reflexivo. Se manifestaba cierto cambio anímico, aparecía una decisión fija, resignada, pero dulce e irreversible. En la frente, entre las cejas, se había formado una breve arruga vertical que daba al simpático rostro su aire de meditación concentrada, poco menos que severa a primera vista. De la frivolidad anterior, por ejemplo, no quedaba ni huella. Extraño resultaba también para Aliosha el que, pese a la desgracia sufrida por la pobre mujer, novia de un detenido por un crimen espantoso casi en el mismo instante en que ella se convertía en su novia, pese a la enfermedad que luego sufrió y a la casi inevitable sentencia que era de esperar del tribunal, Grúshenka no había perdido su juvenil alegría. En sus ojos, llenos antes de orgullo, brillaba ahora cierto sosiego, aunque... aunque, por lo demás, esos ojos de vez en cuando volvían a encenderse con una llamita maligna cuando la joven sentía una vieja preocupación que en vez de ahogársele en el pecho se le había agrandado. El objeto de esa preocupación seguía siendo el mismo: Katerina Ivánovna, de la que Grúshenka, cuando yacía aún enferma, se acordaba incluso al delirar. Aliosha comprendía que ella sentía unos celos terribles de Katerina Ivánovna por Mitia, por el detenido Mitia, a pesar de que ésta no le había visitado en la cárcel ni una sola vez, cosa que habría podido hacer cuando hubiera querido. Todo ello se había convertido para Aliosha en un problema difícil, pues Grúshenka sólo a él confiaba el corazón y le pedía incesantemente consejo; en cambio él, a veces, no sabía en absoluto qué decirle.

Aliosha llegó muy preocupado a casa de la joven. Grúshenka ya estaba allí, hacía media hora que había regresado de ver a Mitia. Por el rápido movimiento con que se levantó del sillón de detrás de la mesa para avanzar a su encuentro, comprendió Aliosha que le estaba esperando con gran impaciencia. Sobre la mesa había unas cartas, servidas ya para jugar al burro. En un diván de cuero, al otro lado de la mesa, se había montado una cama en la que se encontraba semiincorporado, con bata y un gorro de algodón, Maxímov, por lo visto enfermo y débil, aunque sonreía dulcemente. Aquel viejo sin techo, desde que había vuelto de Mókroie con Grúshenka, hacía ya unos dos meses, se había quedado en casa de ella y allí estaba. Habiendo llegado entonces con Grúshenka, bajo la lluvia y con los caminos cubiertos de lodo, calado y asustado, se sentó en el diván y se la quedó mirando en silencio, con tímida e implorante sonrisa. Grúshenka, con su pena terrible y ya con calentura, casi olvidada de él durante la primera media hora después de su llegada, mientras atendía a sus ocupaciones, de pronto lo miró fijamente: Maxímov rió con una risa triste y desconcertada. La joven llamó a Fienia y le ordenó que le diera de comer. Todo aquel día estuvo Maxímov sentado en su sitio, casi sin moverse; cuando anocheció y cerraron los postigos. Fienia preguntó:

—Dígame, señora, ¿acaso se queda este señor a pasar aquí la noche?

—Sí, prepárale la cama en el diván —repondió Grúshenka.

Interrogándole más detenidamente, se enteró Grúshenka de que el hombre no tenía en verdad dónde cobijarse y de que «el señor Kalgánov, mi bienhechor, me ha declarado sin rodeos que no me recogería más, y me ha regalado cinco rublos». «Bueno, qué le vamos a hacer, quédate», decidió Grúshenka con tristeza, sonriéndole compasivamente. El viejo se sintió conmovido por aquella sonrisa; le temblaron los labios en un sollozo agradecido. Y aquel parásito errante permaneció desde entonces en casa de ella. No se fue ni siquiera cuando la joven estuvo enferma. Fienia y su madre, la cocinera de Grúshenka, continuaron dándole de comer y preparándole la cama en el diván. Después Grúshenka casi se acostumbró a su presencia, y cuando regresaba de ver a Mitia (a quien empezó a visitar no bien estuvo mejor, aun sin esperar a restablecerse por completo), para matar la pena, se sentaba y se ponía a charlar con «Maxímushka»[1] sobre toda clase de pequeñeces, con tal de no pensar en su angustia. Resultó que el viejecito a veces sabía incluso contar algo con gracia, de modo que, al fin, a Grúshenka hasta se le hizo necesario. Aparte de Aliosha, quien, sin embargo, no acudía todos los días y siempre iba por poco rato, Grúshenka casi no recibía a nadie. En cuanto a su viejo mercader, se hallaba entonces muy grave, «se iba», como decían en la ciudad, y en efecto murió una semana después de haberse visto la causa de Mitia. Tres semanas antes de morir, sintiendo próximo su desenlace, mandó llamar, por fin, a sus hijos, con sus mujeres y su prole, y les ordenó que no se apartaran ya de su lado. Por lo que respecta a Grúshenka, en cambio, Samsónov dio a sus criados la orden rigurosa de no recibirla en absoluto y de decirle, si se presentaba: «Le desea que viva mucho tiempo divirtiéndose y que se olvide de él por completo.» Grúshenka, sin embargo, casi todos los días mandaba a preguntar por la salud del enfermo.

---

[1] Variante familiar y cariñosa de Maxímov.

—¡Por fin has venido! —gritó, arrojando las cartas y saludando alegremente a Aliosha—. Maxímushka me asustaba diciéndome que seguramente ya no vendrías. ¡Ah, cómo te necesito! Siéntate a la mesa; ¿qué te apetece, café?

—No vendría mal —contestó Aliosha, sentándose—, tengo mucha hambre.

—Vaya, vaya; Fienia, ¡café! —gritó Grúshenka—. Hace mucho rato que tengo el agua hirviendo, te esperaba a ti; y trae empanadillas, pero que estén calientes. No, espera, Aliosha; a causa de estas empanadillas, se ha armado hoy la gorda. Se las he llevado a la cárcel y él, ¿lo creerás?, me las ha rechazado, no las ha comido. Ha arrojado una al suelo y la ha pisoteado. Yo le digo: «las dejaré al vigilante; ¡si no las comes antes de la noche, es que te alimenta la cólera maligna!», y me he ido. Ya ves, hemos reñido otra vez, puedes creerlo. No voy una vez que no riñamos.

Grúshenka dijo todo esto de carrerilla, agitada. Maxímov enseguida se turbó; se sonreía, bajó los ojos.

—Pero ¿qué os ha hecho reñir esta vez? —preguntó Aliosha.

—¡Jamás lo habría esperado! Figúrate que está celoso del «anterior». «¿Por qué, me dice, le mantienes? ¿Así, pues, has empezado a mantenerle?» Siempre tiene celos, ¡siempre está celoso de mí! Hasta cuando duerme y come. La semana pasada llegó a sentir celos hasta por Kuzmá.

—Pero ¿no sabía él lo del «anterior»?

—Sí, verás. Lo ha sabido desde el primer día, pero hoy, de pronto, se ha levantado y ha empezado a insultarme. Hasta es una vergüenza repetir lo que me ha dicho. ¡El tonto! Rakitka ha entrado a visitarle cuando yo salía. ¿No será que le pincha contra mí? ¿Que crees tú? —añadió como distraídamente.

—Te ama, eso es, te ama mucho. Y ahora está irritado.

—Cómo no va a estar irritado, mañana le juzgan. He ido para hablarle de mañana, porque a mí me da miedo hasta pensar en lo que va a ocurrir mañana, Aliosha. Dices que está irritado; bueno, pero no estoy yo poco irritada, también. ¡Y él me sale con el polaco! ¡Qué tonto! Esperemos que no tenga celos de Maxímushka.

—Mi esposa también se celaba mucho de mí —terció éste.

—¿De ti se iba a celar! —Grúshenka se sonrió a pesar suyo—. ¿Por quién se iba a celar, de ti?

—Por las criadas.

—Ah, Maxímushka, cállate, no estoy ahora para bromas, hasta me dan rabia. Y es inútil que eches el ojo a las empanadas, no te daré, te hacen daño, y tampoco te daré «bálsamo» del que aquí tengo. Ya ves, Aliosha, también he de ocuparme de este viejo, como si mi casa fuera un asilo, la verdad —añadió riéndose.

—Yo no merezco sus atenciones, soy un inútil —dijo con voz compungida Maxímov—. Mejor sería que dedicara sus beneficios a personas más necesarias que yo.

—Bah, todo el mundo es necesario, Maxímuchka, y vete a saber quién lo es más que otro. ¡Si por lo menos no tuviera que ocuparme de ese polaco, Aliosha! Figúrate que hoy se le ha ocurrido también ponerse enfermo. También he ido a verle. Y voy a mandarle empanadillas adrede; no pensaba hacerlo, pero Mitia me ha acusado de habérselas enviado; que se fastidie, ahora las mandaré adrede, ¡adrede! Vaya, aquí tenemos a Fienia con una carta. Lo que me suponía, otra vez es de los polacos, ¡otra vez piden dinero!

El *pan* Musalowicz le había enviado realmente una carta en extremo larga y afectada, como de costumbre, en la que solicitaba un préstamo de tres rublos. A la carta se había adjuntado un recibo por esta suma que se comprometía a pagar en el término de tres meses; debajo de la firma, había añadido también la suya el *pan* Wrublewski. Grúshenka había recibido ya de su «anterior» muchas cartas análogas, con recibos por el estilo. Había empezado ello desde su restablecimiento hacía unas dos semanas. No obstante, sabía Grúshenka que los dos polacos, mientras había estado enferma, habían acudido con frecuencia a preguntar por su salud. La primera carta que había recibido Grúshenka era larga, escrita en una hoja de gran formato, lacrado con un gran sello de familia, terriblemente oscura y ampulosa, de modo que Grúshenka leyó tan sólo la mitad y la tiró sin haber comprendido absolutamente nada. Además, no estaba entonces ella para cartas. A esa primera, siguió al otro día la segunda, con la que el *pan* Musalowicz pedía que se le prestaran dos mil rublos por un plazo brevísimo. Grúshenka dejó también sin respuesta esa segunda carta. Después siguieron ya toda una serie de cartas, una cada día, todas de palabras igualmente graves y ampulosas, pero la suma solicitada en préstamo iba descendiendo gradualmente, llegó hasta cien rublos, hasta veinticinco, hasta diez rublos; finalmente, Grúshenka recibió una carta en la que los dos *panowie* le pedían sólo un rublo y adjuntaba un recibo firmado por los dos. Entonces, Grúshenka sintió lástima y al anochecer se llegó personalmente a ver al *pan*. Encontró a los dos polacos en una pobreza espantosa, casi en la miseria, sin comida, sin leña, sin cigarrillos, entrampados con la dueña de la vivienda. Los doscientos rublos ganados a Mitia en Mókroie, se habían esfumado rápidamente. A Grúshenka no pudo menos de sorprenderle, sin embargo, que los dos *panowie* le recibieran con aires de importancia e independencia, con extraordinaria etiqueta, con altisonantes discursos. Grúshenka se reía y dio a su «anterior» diez rublos. Entonces lo explicó todo, riéndose, a Mitia, quien no se sintió celoso en lo más mínimo. Pero desde aquel momento los *panowie* se aferraron a Grúshenka y todos los días la bombardeaban con cartas pidiéndole dinero; ella cada vez les mandaba un poquitín. Pero he aquí que Mitia tuvo la idea de mostrarse ferozmente celoso.

—Yo, tonta de mí, he entrado en su casa por un minutito cuando iba a ver a Mitia, pues el *pan* ese, mi antiguo, también se ha puesto enfermo —prosiguió Grúshenka, agitada, apresurándose—. Se lo he contado a Mitia, riendo: figúrate, le digo, que mi polaco ha tenido la ocurrencia de cantarme las viejas canciones acompañándose con la guitarra, pensaba que yo me enternecería y volvería a su lado. Y Mitia me salta con sus insultos... Pues nada, ¡mandaré estas empanadillas a los *panowie*! Fienia, ¿ha traído el recado otra vez la chiquilla? Toma, dale tres rublos y envuélvele además una decena de empanadillas en un trozo de papel, que las lleve a los *panowie*; y tú, Aliosha, contarás sin falta a Mitia que se las he enviado.

—No se lo contaré por nada del mundo —contestó Aliosha, sonriendo.

—¡Bah!, ¿crees que se atormenta? Sólo hace como si tuviera

celos, adrede, pero en realidad poco le importa —repuso con amargura Grúshenka.

—¿Cómo que adrede? —preguntó Aliosha.

—Qué tonto eres, Alióshenka, ¿sabes?; con toda tu inteligencia, no comprendes nada en estas cosas, ¿sabes? Lo que me ofende no es que tenga celos de mí, siendo como soy; al contrario, me molestaría que no se celara en absoluto. Yo soy así. Los celos no me ofenden, yo misma tengo el corazón duro y soy celosa. Lo que me duele es que él no me quiere nada y ahora se hace el celoso *adrede*, eso es. ¿Acaso soy ciega y no lo veo? Ahora, de pronto, se me pone a hablar de la otra, de Katka, y me dice que si esto y lo otro, que si ha mandado llamar a un doctor de Moscú para que asista al juicio y le salve, que si ha hecho venir también a un abogado de lo mejor y más sabio. Eso quiere decir que la ama a ella, pues ha empezado a elogiármela a la cara, mirándome con sus desvergonzados ojos. Ante mí, el culpable es él, y la toma conmigo para presentarme como la primera culpable y cargarme todo el mochuelo; «tú, parece decir, andas con el polaco antes de conocerme a mí; pues bien, yo tengo derecho a seguir tu ejemplo con Katia.» ¡Esa es la cuestión! Lo que él quiere es echarme a mí toda la culpa. Se ha metido conmigo adrede, te lo digo yo, sólo que yo...

Grúshenka no acabó de explicar lo que iba a hacer; se cubrió los ojos con un pañuelo y rompió a llorar a lágrima viva.

—A Katerina Ivánovna no la quiere —dijo con firmeza Aliosha.

—Pronto me enteraré yo misma de si la quiere o no —dijo Grúshenka con una nota amenazadora en la voz, quitándose el pañuelo de los ojos.

El rostro se le había alterado. Aliosha vio con amargura cómo, de pronto, aquella cara sumisa y dulcemente alegre se había vuelto sombría y había adquirido una expresión maligna.

—¡Pero basta ya de estas estupideces! —exclamó, desabrida—. No es por eso por lo que te he llamado. Aliosha, querido, ¿qué pasará mañana, dime, qué pasará mañana? ¡Eso es lo que me tortura! ¡Y sólo me tortura a mí! Miro a todos los demás, nadie piensa en ello, a nadie le importa. ¿Piensas en ello por lo menos tú? ¡Es mañana cuando le juzgan! Cuéntame,

¿cómo le van a juzgar, mañana? Porque ha sido el lacayo, fue el lacayo quien mató, ¡el lacayo! ¡Dios Mío! ¿Será posible que le condenen por el lacayo y que nadie se levante en su favor? Al lacayo, ni siquiera le han molestado para nada, ¿no es cierto?

—Le han sometido a un interrogatorio muy riguroso —repuso Aliosha, pensativo—, pero todos han llegado a la conclusión de que no ha sido él. Ahora está muy enfermo. Está enfermo desde entonces, desde que tuvo aquel ataque de epilepsia. Está enfermo de verdad —añadió Aliosha.

—Dios mío, deberías ir tú mismo a ver a ese abogado y explicarle el caso a solas. Le han hecho venir de Peterburgo, por tres mil rublos, según dicen.

—Hemos dado esa cantidad entre los tres: mi hermano Iván, Katerina Ivánovna y yo; en cambio, al doctor de Moscú lo ha mandado llamar ella por su cuenta, le cuesta dos mil rublos. El abogado Fetiukóvich habría pedido más, pero esta causa ha despertado expectación en toda Rusia, se habla de ella en todos los periódicos y revistas, de modo que Fetiukóvich se ha decidido a venir más que nada por la fama, pues el caso se ha hecho memorable. Ayer le vi.

—¿Y qué? ¿Le hablaste? —preguntó precipitadamente Grúshenka.

—Me escuchó y no dijo nada. Declaró que se había formado ya una determinada opinión, pero prometió tener en cuenta mis palabras.

—¡Qué es eso de tener en cuenta! ¡Todos son unos granujas! ¡Le van a hundir! Bueno, y al doctor ese, al doctor, ¿por qué lo ha hecho venir ella?

—Como experto. Quieren demostrar que mi hermano está loco y que mató en un exceso de locura, sin darse cuenta de lo que hacía —Aliosha se sonrió levemente—; pero mi hermano no estará de acuerdo.

—¡Ah, eso sería verdad si él hubiera matado! —exclamó Grúshenka—. Entonces él estaba loco, completamente loco, ¡y de ello era yo, canalla, era yo la culpable! Pero el caso es que él no mató, ¡no mató! Y todos le señalan a él como asesino, toda la ciudad. Hasta Fienia ha declarado de tal modo como si él fuera el asesino. ¡Le acusan en la tienda, y ese funcionario, y quienes le habían oído antes, en la taberna! Todos contra él, todos, a gritos.

—Sí, las declaraciones se han multiplicado terriblemente —comentó Aliosha, sombrío.

—Y Grigori, el Grigori Vasílich, erre que erre afirmando que la puerta estaba abierta; se emperra en haberlo visto, no hay manera de sacarle de lo que dice; he ido a verle, le he hablado yo misma. ¡Encima, insulta!

—Sí, quizás esa es la declaración más grave contra mi hermano —dijo Aliosha.

—Y en cuanto a eso de que Mitia está loco, hasta ahora da esa impresión —comenzó a decir de pronto Grúshenka, con un aire especial de preocupación y misterio—. ¿Sabes Aliosha? Hace tiempo ya quería hablarte de esto: todos los días voy a verle y no salgo de mi asombro. Dime tú lo que te parece: ¿sabes de qué se pone a hablar siempre ahora? Habla, habla y no logro comprender nada; al principio, me figuraba que se refería a algo muy difícil de comprender, que no estaba al alcance de una tonta como yo; pero de repente se me ha puesto a hablar de un angelito, quiero decir, de una criaturita a la que no conozco; «¿por qué, pregunta, es tan pobre el angelito?» Ahora iré yo a Siberia por el angelito ése; yo no he matado, pero ¡he de ir a Siberia!» ¿A qué se refiere, cuál es ese angelito? No he comprendido absolutamente nada. Pero me he puesto a llorar al oírle hablar así, pues hablaba muy bien, y él mismo lloraba; yo también me he puesto a sollozar, entonces me ha besado y me ha hecho la señal de la cruz con la mano. ¿Qué significa todo eso, Aliosha? Cuéntame, ¿qué «angelito» es ése?

—No sé por qué Rakitin ha empezado a visitarle con frecuencia —Aliosha se sonrió—. De todos modos... eso no es cosa de Rakitin. Ayer no fui a ver a Mitia, iré hoy.

—No, eso no se debe a Rakitka, es su hermano Iván Fiódorovich quien le conturba; es él quien le visita, verás... —manifestó Grúshenka, y de pronto se quedó como cortada.

Aliosha la miró estupefacto.

—¿Iván? ¿Acaso le va a ver? Mitia mismo me ha dicho que Iván no ha ido a verle ni una sola vez.

—Bueno... bueno, ¡así soy yo! ¡Me he ido de la lengua! —exclamó Grúshenka llena de confusión, poniéndose toda roja—. Espera, Aliosha, cállate, qué le vamos a hacer; ya que he hablado más de la cuenta, te diré toda la verdad: le ha visitado dos veces; la primera fue cuando acababa de llegar, pues vino a toda prisa de Moscú, enseguida, yo aún no había empezado a guardar cama; le visitó por segunda vez hará cosa de una semana. A Mitia le mandó no hablarte de su visita, que no te lo dijera de ningún modo, y que no lo dijera a nadie; fue en secreto.

Aliosha estaba muy caviloso, reflexionaba. Era evidente que la noticia le había dejado perplejo.

—Mi hermano Iván no me habla nunca del asunto de Mitia —dijo lentamente—, y en todos estos dos meses ha sido muy poco lo que ha hablado conmigo, en general; cuando yo iba a verle, solía estar siempre descontento de mi visita, por eso llevo ya tres semanas sin visitarle. Hum... Si ha ido a ver a Mitia hace una semana, entonces... durante esta semana, en esta semana, en Mitia se ha producido realmente un cambio...

—¡Un cambio, un cambio! —repitió con vehemencia Grúshenka—. Tienen un secreto, ¡tenían un secreto! El propio Mitia me ha dicho que se trataba de un secreto, y, ¿sabes? es un secreto que no le deja tranquilo. Antes estaba alegre, también ahora lo está, ¿sabes?, cuando empieza a mover la cabeza así, a dar zancadas por la habitación y a rascarse los cabellos de la sien con este dedo derecho, yo ya sé que algo le inquieta... ¡Lo sé muy bien!... Antes estaba alegre. ¡Y también hoy lo estaba!

—Pero tú me has dicho que estaba irritado, ¿no?

—Sí, estaba irritado y también alegre. Se ponía muy irritado, pero por un minuto, luego se ponía alegre y después volvía a irritarse. ¿Sabes, Aliosha? Cada vez me asombra más: tan espantoso como es lo que le espera, y él, a veces, se ríe a carcajadas por niñerías, parece una criatura.

—¿Es verdad que te ha mandado no hablarme de Iván? ¿Te lo ha dicho así: no le hables?

—Así lo ha dicho: no le hables. Es de ti, sobre todo, de quien Mitia tiene miedo. Porque se trata de un secreto, él mismo me ha dicho que es un secreto... Aliosha, querido, ve a verle, procura enterarse de qué secreto se trata y cuéntamelo —añadió de pronto Grúshenka, suplicante—. ¡Sácame de la angustia que me atormenta, pobre de mí, y haz que sepa cuál es la maldita suerte que me espera! Por eso te he llamado.

—¿Crees que se trata de algo que te afecta? En tal caso, no te habría hablado para nada del secreto.

—No lo sé. Quizá desee contármelo, pero no se atreve. Me advierte. Existe un secreto, me dice, pero se calla cuál es.

—Y tú, ¿qué piensas que puede ser?

—¿Qué pienso? Que ha llegado para mí el fin, eso es lo que pienso. El fin que me han preparado los tres, porque Katka anda en el asunto. Todo es obra de Katka, ella es la que lo trama. «Ella es esto y lo otro», lo que significa que yo no lo soy. Él habla con segundas, me advierte de antemano. Ha decidido abandonarme, ¡ése es todo el secreto! Lo han ideado los tres juntos: Mitia, Katka e Iván Fiódorovich. Aliosha, hace tiempo que quería preguntarte una cosa: la semana pasado me declaró, de golpe, que Iván está enamorado de Katka, por eso la va a ver con frecuencia. ¿Es verdad o no, lo que me dijo? Contéstame con el corazón en la mano, aunque me partas el alma.

—No te mentiré. Iván no está enamorado de Katerina Ivánovna, creo yo.

—Bueno, ¡es lo mismo que pensé yo, entonces! ¡Él, el sinvergüenza, me miente, eso es! Y ahora, hace ver que está celoso para cargarme luego a mí toda la culpa. Pero es un tonto, ni siquiera sabe moverse por bajo cuerda, es demasiado franco... ¡Ya le enseñaré yo, ya le enseñaré! «Tú crees que yo he matado», me dice. ¡Y me lo dice a mí, nada menos que a mí, ¡a mí me lo echa en cara! ¡Que Dios le perdone! Bueno, espera, ¡mal lo va a pasar esa Katka ante el tribunal! Voy a decir allí unas palabritas... ¡Lo que es allí, lo diré todo!

Y volvió a llorar amargamente.

—Lo que yo puedo decirte con seguridad es esto, Grúshenka —declaró Aliosha, levantándose de su asiento—; en primer lugar, que él te quiere, te quiere más que a nadie en el mundo, y sólo a ti, créeme. Lo sé. Lo sé muy bien. En segundo lugar, te diré que no quiero arrancarle el secreto, y si él hoy me lo cuenta, le advertiré francamente que he prometido comunicártelo. Entonces, vendré hoy mismo a verte y te lo contaré. Sólo que... según me parece a mí... Katerina Ivánovna no tiene nada que ver en ese asunto y ese secreto se refiere a alguna otra cosa. Seguramente es así. No parece de ningún modo que se trate de Katerina Ivánovna, lo aseguraría. Y ahora, ¡adiós!

Aliosha le estrechó la mano. Grúshenka seguía llorando. Él veía que sus palabras de consuelo le merecían muy poco crédito, pero que había sido un bien para ella por lo menos haber dado rienda suelta a su pena, haber podido desahogarse. Aliosha sentía dejarla en aquel estado, pero tenía prisa. Era mucho aún lo que tenía que hacer.

II

EL PIECECITO ENFERMO

EL primero de sus asuntos le llevaba a casa de la señora Jojlakova, y allí se dirigió Aliosha apresuradamente para acabar cuanto antes y no llegar tarde a ver a Mitia. Hacía ya tres semanas que la señora Jojlakova no se encontraba bien: se le había hinchado un pie, no se sabía por qué causa, y aunque no guardaba cama, se pasaba los días en su tocador, medio tumbada sobre un diván, llevando un salto de cama muy atractivo, aunque decente. Aliosha, con inocente sonrisa, había observado un día para sus adentros, que la señora Jojlakova, a pesar de su enfermedad, casi se había puesto a presumir: empezó a adornarse con cintitas, encajes y lacitos. Él adivinaba por qué era así, si bien apartaba esos pensamientos por ociosos. Durante los últimos dos meses, la señora Jojlakova había empezado a recibir, entre sus otros invitados, al joven Perjotin. Aliosha no había pasado por la casa hacía ya unos cuatro días, y al entrar quiso ir directamente a ver a Lisa, pues era con ella con la que debía discutir algo, ya que la víspera Lisa le había enviado la doncella con el ruego insistente de que acudiera a verla enseguida «por una circunstancia muy importante», cosa que había interesado a Aliosha por diversos motivos. Pero mientras la doncella le anunciaba a Lisa, la señora Jojlakova ya tuvo noticia de su llegada por alguien, y al instante le mandó recado de que fuera a verla «sólo por un minutito». Aliosha consideró preferible satisfacer primero el ruego de la mamá, pues en otro caso ésta le mandaría llamar a cada momento mientras estuviera con Lisa. La señora Jojlakova estaba acostada en el diván, vestida como para una fiesta y, por lo visto, presa de una extraordinaria excitación nerviosa. Acogió a Aliosha con gritos de entusiasmo.

—¡Hacía siglos, siglos, siglos enteros que no le veía a usted! ¡Toda una semana, por favor! Aunque no, estuvo usted aquí hace cuatro días, el miércoles. Viene a ver a Lisa, estoy segura de que quería ir a verla directamente, caminando de puntillas para que yo no le oyera. ¡Mi querido, mi muy querido Alexiéi Fiódorovich, si supiera usted cuánto me preocupa ella! Pero de eso hablaremos luego. Aunque es lo más importante, hablaremos de ello luego. Querido Alexiéi Fiódorovich, le confío por completo mi Lisa. Después de la muerte del stárets Zosima, ¡que Dios le tenga en gloria! —se persignó—, después de él, le miro a usted como a un asceta, aunque le sienta a usted magníficamente su nuevo traje. ¿Dónde ha encontrado aquí un sastre tan bueno? Pero, no, no, eso no es lo principal, de esto hablaremos luego. Perdone que a veces le llame Aliosha, yo ya soy una vieja, a mí todo me está permitido —se sonrió, coqueta—, pero eso también lo dejamos para luego. Lo que importa es que no me olvide de lo esencial. Por favor, recuérdemelo usted mismo; si me pongo a divagar, dígame: «¿Y lo más importante?» ¡Ah, de dónde he de saber yo qué es ahora lo más importante! Desde que Lisa le ha retirado su promesa (su infantil promesa, Alexiéi Fiódorovich) de casarse con usted, usted ha comprendido, claro está, que todo eso no es más que la caprichosa fantasía de una niña enferma, largo tiempo inmovilizada en su sillón. A Dios gracias, ahora ya camina. El nuevo doctor, al que Katia ha hecho venir de Moscú para ese desdichado hermano de usted a quien mañana... ¡Bueno, para qué hablar de mañana! ¡Me muero con sólo pensar en el día de mañana! Sobre todo, por curiosidad... En una palabra, el doctor estuvo ayer aquí y visitó a Lisa... Le pagué cincuenta rublos por la visita. Pero no se trata de eso, otra vez no es eso... ¿Ve?, ahora ya me he despistado por completo. Me doy prisa. ¿Por qué me doy prisa? No lo sé. Es terrible la de cosas que ahora empiezo a dejar de saber. Todo se ha confundido para mí como en un ovillo. Tengo miedo de que usted se vaya corriendo de mi lado por aburrimiento y de que ya no vuelva a verle. ¡Ah, Dios mío! Aquí nos estamos charla que te charla y lo que hace falta en primer lugar, es el café; Yulia, Glafira, ¡el café!

Aliosha se apresuró a dar las gracias y declaró que acababa de tomarlo.

—¿Dónde?

—En casa de Agrafiona Alexándrovna.

—Eso... eso es, ¡en casa de esa mujer! Ah, es ella la que ha causado la pérdida de todos; si bien, de todos modos, no sé, dicen que se ha convertido en una santa, aunque ya es tarde. Habría sido mejor antes, cuando hacía falta, pero ahora, ¿para qué? Cállese, cállese, Alexiéi Fiódorovich, porque son tantas las cosas que quiero contarle que, según me parece, no llegaré a decir nada. Ese terrible proceso... yo iré, sin falta; me preparo, me llevarán en un sillón; además, puedo permanecer sentada, habrá quien me acompañe, y usted ya sabe que yo figuro entre los testigos. ¡Cómo voy a hablar, cómo voy a hablar! No sé lo que voy a decir. Tendré que prestar juramento, ¿no es así, no es así?

—Así es, pero no creo que pueda usted presentarse.

—Puedo estar sentada; ¡ah, usted hace que me confunda! Ese proceso, esa acción salvaje, y luego todos van a Siberia, algunos se casan, y todo ello rápidamente, rápidamente, todo cambia hasta que, al fin, nada, todos se vuelven viejos y miran a la tumba. Bueno, qué más da, yo me siento cansada. Esa Katia, *cette charmante personne*[2], ha roto todas mis esperanzas: ahora irá tras uno de los hermanos de usted a Siberia, mientras que el otro hermano la seguirá a ella, vivirá en una ciudad contigua y todos se atormentarán unos a otros. Eso me vuelve loca; además, tanta publicidad; en todos los periódicos de Peterburgo y de Moscú han hablado del caso un millón de veces. Ah, sí, figúrese que hasta han hablado de mí, han escrito que yo era la «tierna amiga» del hermano de usted; no quiero pronunciar una mala palabra; figúrese usted, bueno, ¡figúrese usted!

—¡No puede ser! ¿Pero dónde y cómo lo han escrito?

—Ahora se lo mostraré. Recibí el periódico ayer y ayer lo leí. Está aquí, en el periódico *Rumores,* de Peterburgo. Estos *Rumores* han empezado a publicarse este año; yo soy terrible-

---

[2] esa encantadora persona (fr.).

mente aficionada a los rumores, y me he suscrito, pero resulta que se me han caído encima de la cabeza; ya verá cuáles han sido los rumores. Aquí está, lea en este lugar.

Y tendió a Aliosha una hoja de periódico que tenía debajo de la almohada.

Se hallaba no ya disgustada, sino como abatida, y realmente es posible que todo se le hubiera confundido en la cabeza formando un ovillo. La noticia del periódico era sumamente característica; debía de haberle producido una impresión muy delicada, desde luego, pero la señora Jojlakova, quizá por suerte suya, en ese momento no era capaz de concentrarse en un punto, de modo que un minuto más tarde podía olvidarse incluso del periódico y pasar completamente a otro tema. En cuanto a lo de que por toda Rusia había corrido ya la fama de aquel espantoso proceso, era cosa que Aliosha sabía hacía tiempo, y en el transcurso de aquellos dos meses había tenido ocasión de leer, entre otras noticias ciertas, sabe Dios qué monstruosas noticias y crónicas acerca de su hermano, acerca de los Karamázov en general y hasta acerca de sí mismo. En un periódico, incluso se había dicho que Aliosha, lleno de terror después del crimen de su hermano, se había encerrado en un convento para vivir como un asceta; en otro lo desmentían y afirmaban, por el contrario, que junto con el stárets Zosima había descerrajado la caja del convento «y se habían fugado del monasterio». La noticia que publicaba ahora el periódico *Rumores* llevaba por título: «De la Bestiavilla[3] (ay, así se llama nuestra pequeña ciudad, durante mucho tiempo he ocultado su nombre), acerca del proceso de Karamázov.» Era una gacetilla breve y a la señora Jojlakova no se la nombraba para nada; todos los nombres, en general, habían sido omitidos. Se notificaba tan sólo que el criminal, al que iban a juzgar entre tanto ruido, un capitán, retirado del ejército, de natural insolente, holgazán y retrógrado, era muy dado a los amoríos e influía sobre todo en algunas «damas que languidecían en su soledad». Una de tales damas, «una viudita de las que se aburrían», que se ha-

---

[3] En ruso: *Skotoprigónievsk*, nombre inventado por Dostoievski (lit., «lugar donde se recoge ganado»; se añade la terminación *ievsk*, una de las terminaciones propias de los nombres de localidad rusos).

cía la joven a pesar de tener ya una hija mayor, se prendó de él hasta tal extremo que sólo dos horas antes del crimen le ofrecía tres mil rublos si huía con ella enseguida hacia las minas de oro. Pero el malvado consideró que asesinar a su padre y robarle tres mil rublos, confiando en hacerlo impunemente, era preferible a marcharse a Siberia con los cuadragenarios encantos de su aburrida dama. La festiva gacetilla acababa, como era de rigor, manifestando una noble indignación contra la inmoralidad del parricida y contra el antiguo régimen de servidumbre. Después de haber leído la noticia con curiosidad, Aliosha dobló la hoja y la devolvió a la señora Jojlakova.

—¿Cómo no voy a ser yo? —balbuceó ella de nuevo—. Fui yo, yo, quien casi una hora antes le propuse que fuera a las minas de oro, y de pronto, ¡«encantos cuadragenarios»! ¿Pero lo hacía yo con segundas? ¡El que lo ha escrito lo tergiversa adrede! Que el Juez eterno le perdone lo de los encantos cuadragenarios, como le perdono yo, pero el caso es que ése... ¿sabe usted quién es? Es su amigo Rakitin.

—Es posible —dijo Aliosha—, aunque yo no he oído decir nada.

—Es él, es él, ¡es seguro y no «posible»! Yo le eché de casa... Usted conoce toda esa historia, ¿no?

—Sé que usted le invitó a no volver a poner los pies en su casa; pero por qué, precisamente, yo... por usted, por lo menos, no me he enterado.

—¡Eso significa que se lo ha oído decir a él! Y qué, ¿despotrica contra mí, despotrica mucho?

—Sí, pero eso lo hace con todos. Mas el porqué le ha cerrado usted la puerta tampoco se lo he oído decir a él. Por otra parte, nos vemos pocas veces. No somos amigos.

—Bueno, se lo explicaré yo misma, y he de confesarle, no hay más remedio, que en un punto quizá la culpable sea yo. Sólo que se trata de un puntito pequeño, muy pequeño, tanto que quizá ni exista. Verá, mi buen amigo —la señora Jojlakova adoptó de pronto cierto aire juguetón y en sus labios se dibujó una sonrisita encantadora, si bien enigmática—; verá, yo sospecho... perdóneme usted, Aliosha, le hablo como una madre... Oh, no, no, no, al contrario, ahora le hablo como a mi padre... Porque como madre, en este caso, no resulta... Bueno, como hablaría al stárets Zósima en confesión, eso es lo más acertado, es lo que resulta mejor: hace unos momentos que le he llamado asceta; pues bien, ese pobre joven, su amigo Rakitin (¡Oh, Dios mío, no puedo guardarle rencor! Me enfado y me irrito, pero no mucho), en una palabra, ese joven frívolo, de pronto, ¡figúrese!, al parecer tuvo la ocurrencia de enamorarse de mí. Me di cuenta después, sólo después, pero al principio, o sea, hará cosa de un mes, empezó a visitarme con más frecuencia, casi todos los días, aunque ya nos conocíamos antes. Yo, sin saber nada... mas, de pronto, fue como si un rayo de luz me iluminara, y con gran sorpresa mía empecé a darme cuenta. Usted ya sabe que hace dos meses comencé a recibir a Piotr Ilich Perjotin, ese joven modesto, simpático y digno, funcionario en nuestra ciudad. Muchas veces se ha encontrado usted con él, aquí. Es un hombre digno, serio, ¿verdad? Viene cada tres días y no cada día (y qué más da, si viniera todos los días), siempre tan bien vestido; en general a mí me encanta la juventud, Aliosha, cuando tiene talento y es modesta, así, como usted; ese hombre tiene una mente casi estadista, se expresa tan bien; yo hablaré en su favor, sin falta, sin falta. Es un futuro diplomático. Casi me salvó de la muerte al venir a verme por la noche aquel día espantoso. En cambio, el amigo de usted, Rakitin, viene siempre con sus botas altas y las arrastra por la alfombra... en una palabra, empezó incluso a hacer alguna alusión hasta que de pronto, una vez, al salir, me estrechó la mano con mucha fuerza. No bien me hubo estrechado la mano, empezó a dolerme el pie. Ya antes Rakitin se había encontrado en mi casa con Piotr Ilich y, ¿lo creerá?, siempre le pinchaba, le pinchaba, la tomaba con él, no sé por qué. Yo me limitaba a contemplarlos para ver cómo se las componían y me reía para mis adentros. Un día me encontraba sola sentada; mejor dicho, no, entonces ya tenía que estar echada; un día me encontraba yo sola, echada, cuando de improviso se presenta Mijaíl Ivánovich y, figúrese, me trae unos versos muy cortitos sobre mi pie enfermo, es decir, describía en verso mi pie doliente. Espere, decían así:

> Este piececito, este piececito
> se ha puesto malo, un poquitito...

o algo por el estilo, soy incapaz de aprenderme versos de memoria, los tengo aquí; bueno, se los mostraré luego, son un encanto, un encanto y, ¿sabe usted?, no tratan sólo del piececito, sino, además de la moral, con una idea admirable, aunque ahora se me ha olvidado; en una palabra, para figurar en un álbum. Como es lógico, le di las gracias y, por lo visto, se sintió halagado. No había acabado yo aún de expresar mi agradecimiento cuando entró, de pronto, Piotr Ilich; entonces, Mijaíl Ivánovich puso una cara fosca como la noche. Me di cuenta de que Piotr Ilich le estorbaba para algo, pues Mijaíl Ivánovich, sin duda, quería decirme alguna cosa después de los versos, yo lo presentía, pero en aquel momento, entró Piotr Ilich. Le mostré los versos, aunque sin decirle quién los había escrito. Estoy segura, segurísima, de que lo adivinó enseguida, aunque hoy es el día en que no ha querido reconocerlo y dice que no lo adivinó; pero todo eso es con intención. Piotr Ilich se echó a reír y empezó a criticar: qué malos son estos versos, dijo, los habrá escrito algún seminarista; y con qué calor hablaba, ¡con qué calor! Entonces, el amigo de usted, en vez de tomarlo a risa, se puso hecho un basilisco... Dios mío, yo creía que iban a pelearse: «He sido yo, dijo, quien lo ha escrito. Los he escrito en broma, dijo, porque considero una bajeza escribir versos... Pero mis versos son buenos. A su Pushkin, quieren levantarle un monumento por haber cantado unos piececitos de mujer; mis versos contienen una idea moral; en cuanto a usted, dijo, es un reaccionario; usted carece de todo espíritu humanista, ni siente ninguno de los actuales anhelos de ilustración, el progreso le ha dejado indiferente; ¡usted, dijo, es un funcionario y deja que le unten la mano!» Al llegar a este punto, empecé a gritar y a suplicarles. Piotr Ilich, ya lo sabe usted, no es de los que se intimidan, y de pronto tomó el más noble de los tonos: lo mira burlonamente, lo escucha y le pide perdón: «No lo sabía, dijo. De haberlo sabido, no lo habría dicho, los habría alabado... Los poetas, dijo, son tan irritables...» En fin, así se burlaba, empleando el más noble de los tonos. Él mismo me lo explicó después, que todo era en son de burla, pero yo creía que hablaba en serio. Yo estaba echada, como ahora ante usted, y me pregunté: ¿sería o no un acto noble echar a Mijaíl Ivánovich por haber gritado de manera indebida en mi casa

[844]

contra un invitado mío? No sé si me creerá: yo estaba echada, cerré los ojos y me puse a pensar si sería o no acto noble echarle, sin poder decidirme; me atormentaba, me atormentaba, me latía con fuerza el corazón: ¿grito, o no grito? Una voz me decía: grita; otra me decía: no, ¡no grites! No bien me dijo esto la segunda voz, rompí a gritar y me desmayé. Menudo alboroto se armó. De pronto me levanté y dije a Mijaíl Ivánovich: siento mucho tener que decirle que no deseo recibirle más en mi casa. Así le eché. ¡Ah, Alexiéi Fiódorovich! Sé muy bien que obré pésimamente, yo mentía, yo no estaba enojada contra él ni mucho menos, pero de repente, sobre todo de repente, se me figuró que estaría tan bien aquella escena... De todos modos, no sé si lo creerá, aquella escena resultó muy natural, porque incluso lloré y luego lloré durante varios días hasta que una vez, después de comer, lo olvidé todo. Así, pues, él dejó de venir hace ya dos semanas; yo me pregunto: ¿será posible que no vuelva más? Me lo preguntaba aún ayer, y he aquí que por la tarde me traen ese número de *Rumores*. Lo leí y me quedé como quien ve visiones; bueno, quien puede haberlo escrito fue él: volvió aquel día a su casa, se sentó y lo escribió; lo envió y se lo han publicado. Ocurrió esto hace dos semanas. Ay, Aliosha, es terrible, de qué estoy hablando, ¿o no hablo quizás en lo más mínimo de lo que debería de hablar? ¡Ay, lo cuento aún sin querer!

—Hoy me es absolutamente necesario llegar a tiempo para ver a mi hermano —musitó Aliosha.

—¡Eso es, eso es! ¡Usted me lo ha recordado! Escúcheme, ¿qué es una obsesión?

—¿Qué obsesión? —se sorprendió Aliosha.

—Una obsesión judicial. Una obsesión por la que se perdona todo. No importa lo que haya hecho, se le perdona enseguida.

—¿A qué se refiere usted?

—Ahora se lo diré: esa Katia... Ah, es una criatura encantadora, encantadora, pero no puedo llegar a saber de quién está enamorada. Hace poco vino a verme, y no fui capaz de aclararlo. Tanto menos cuanto que ahora se ha puesto a hablar conmigo de cosas superficiales; en una palabra, de mi salud y nada más, y hasta adopta tal tono, que yo me he dicho: como quiera, y que Dios la guarde... Ah, sí, se trataba de la obsesión: ha venido ese doctor. ¿Sabe usted que ha venido un doctor? Claro, cómo no lo va a saber, ese que reconoce a los locos, usted mismo le ha mandado llamar, es decir, usted no, sino Katia. ¡Siempre Katia! Pues verá: hay un individuo que no está ni mucho menos loco, pero de pronto tiene una obsesión. Tiene conciencia de sí mismo, sabe lo que hace, pero al mismo tiempo está obsesionado. Pues bien, eso es lo que sin duda ocurrió a Dmitri Fiódorovich. No bien se establecieron los nuevos tribunales, se descubrió eso de la obsesión. Este es un bien que debemos a los nuevos tribunales. Ese doctor ha venido a verme y me ha interrogado acerca de aquella tarde y acerca de las minas de oro: ¿cómo se encontraba él?, me ha preguntado. Cómo no iba a estar obsesionado, llegó y se me puso a gritar: dinero, dinero, tres mil rublos, déme tres mil rublos; después se fue y mató. No quiero matar, decía, no quiero, y de pronto mató. Por eso le van a perdonar, porque se resistía, aunque lo hizo.

—Pero el caso es que él no mató —la interrumpió Aliosha un poco bruscamente. La inquietud y la impaciencia se iban apoderando de él cada vez más.

—Ya lo sé, quien mató fue el viejo Grigori...

—¿Cómo, Grigori? —exclamó Aliosha.

—Fue, él, fue él, Grigori. Quedó tumbado después del golpe que le dio Dmitri Fiódorovich; luego se levantó, vio la puerta abierta, entró y mató a Fiódor Pávlovich.

—Pero ¿para qué, para qué?

—Quedó obsesionado. Dmitri Fiódorovich le asestó un golpe en la cabeza, y cuando Grigori volvió en sí, quedó obsesionado; entonces se levantó y mató. Aunque diga que no mató, no importa, es posible que no lo recuerde. De todos modos verá: sería mejor, mucho mejor, que el asesino fuera Dmitri Fiódorovich. Sí, fue él, aunque yo digo que fue Grigori, pero sin duda fue Dmitri Fiódorovich, ¡y eso es mejor, mucho mejor! Ah, no es que sea mejor que el hijo haya matado al padre, no lo alabo, al contrario, los hijos han de respetar a sus padres; sólo digo que, de todos modos, sería mejor que le hubiera matado él porque, en este caso, no tendrían ustedes por qué afligirse, pues él mató sin tener conciencia de lo que hacía o, mejor dicho, dándose cuenta de lo que hacía, pero sin saber cómo era posible que lo hiciera. Sí, que le perdonen; eso será tan humano, y se verá el bien que hacen los nuevos tribunales; yo ni me había enterado, pero dicen que existen ya hace mucho tiempo; cuando lo supe ayer, me quedé tan sorprendida que quería mandarle llamar a usted inmediatamente; luego, si le perdonan, que venga a comer en mi casa tan pronto como salga de la audiencia; yo llamaré a mis conocidos y brindaremos por los nuevos tribunales. No creo que Dmitri sea peligroso; por otra parte, llamaré a muchos invitados, de modo que siempre se le podrá echar de la casa si se extralimita en alguna cosa; después, podrá hacerse juez de paz o algo por el estilo en otra ciudad, pues quienes han sufrido personalmente tales desgracias son los que mejor juzgan a los demás. Y sobre todo, ¿quién hay ahora que no esté sujeto a alguna obsesión? Usted, yo, todos estamos obsesionados, los ejemplos son muchos; un hombre está cantando una romanza; de pronto algo le desagrada toma un revólver y mata a quien primero encuentra, luego se lo perdonan todo. Lo leí no hace mucho, todos los doctores confirmaron el caso. Los doctores ahora siempre confirman todo. Figúrese, mi *Lise* tiene ahora una obsesión; ayer me hizo llorar, anteayer también, pero hoy he adivinado que se trata simplemente de una obsesión. ¡Oh, *Lise* me da tanta pena! Pienso que ha perdido el juicio por completo. ¿Para qué le ha llamado? ¿Le ha llamado ella, o ha venido usted a verla sin que le llamara?

—Sí, me ha llamado, y ahora voy a verla —Aliosha se levantó decidido.

—Ah, querido, mi querido, Alexiéi Fiódorovich, en eso está, quizá, lo más importante —exclamó la señora Jojlakova, prorrumpiendo de pronto en llanto—. Dios ve que yo le confío a usted sinceramente a *Lise*, y no importa que le haya llamado a espaldas de la madre. Pero a Iván Fiódorovich, a su hermano, perdóneme, pero no puedo confiarle mi hija con tanta tranquilidad, aunque sigo considerándole como el más caballeroso de los jóvenes. Pues figúrese que ha venido a ver a *Lise* sin que yo supiera nada.

—¿Cómo? ¿Qué? ¿Cuándo? —Aliosha se quedó estupefacto. Pero no se sentó y escuchó de pie.

—Se lo voy a contar, quizá le había mandado llamar por eso, pues ya no sé con qué fin le he llamado. Verá: Iván Fiódorovich ha venido a verme dos veces en total desde que ha regresado de Moscú; la primera vez vino como persona conocida a hacerme una visita; la segunda, de esto ya hace poco, vino porque supo que Katia estaba en mi casa. Desde luego, yo no pretendía que me visitara con frecuencia, sabiendo como sé lo muy atareado que está, *vous comprenez, cette affaire et la mort terrible de votre papa*[4], pero de pronto me entero que ha venido otra vez, aunque no a verme a mí, sino a *Lise,* hará de eso unos seis días; vino, estuvo cosa de cinco minutos y se fue. Yo no lo supe hasta tres días después, por Glafira, y me quedé pasmada. Llamo enseguida a *Lise,* y se ríe: él creía, me dice, que usted dormía y vino a verme para preguntar cómo seguía usted de salud. Desde luego, así fue. Sólo que *Lise, Lise,* ¡oh, Dios mío, cuánto me preocupa! Imagínese que una noche, hace cuatro días, después de que estuvo usted la última vez, de pronto sufrió un ataque de nervios, se puso a gritar, a chillar, ¡como una histérica! ¿A qué se deberá que yo no tenga nunca ataques de histerismo? Al día siguiente, otro ataque, y así al tercer día, y ayer; pues he aquí que ayer se le presenta esa obsesión. De pronto, me grita: «Yo odio a Iván Fiódorovich, ¡exijo que no le reciba usted, que le niegue la entrada en casa!» Me quedé de una pieza ante cosa tan inesperada, y le repliqué: ¿a santo de qué he de cerrar la puerta a un joven tan digno, además tan culto y tan desdichado? Porque, de todos modos, esas historias son unas desdichas y no una dicha, ¿no es verdad? Al oír mis palabras, *Lise* se echó a reír y hasta, ¿sabe?, de manera ofensiva. Bueno, yo estaba contenta pensando que la había hecho reír y que se acabarían los ataques; además, también yo quería negar la entrada a Iván Fiódorovich por sus extrañas visitas sin mi consentimiento y quería pedirle una explicación. Pero hoy por la mañana *Lise* se ha despertado, se ha enfadado con Iulia y, figúrese, le ha dado un bofetón. Eso es monstruoso, yo trato de *usted* a mis doncellas. Una hora más tarde, abraza a Iulia y le besa los pies. A mí me mandó decir que no acudiría

_____

⁴ «Comprende, este asunto y la espantosa muerte de su papá» (fr.).

más a mi lado, que en adelante jamás vendría a verme, y cuando yo misma me he presentado ante ella, se me ha echado encima besándome y llorando; besándome me ha empujado fuera de su habitación sin decirme ni una palabra, de modo que no me he enterado de nada. Ahora, querido Alexiéi Fiódorovich, en usted pongo todas mis esperanzas y, desde luego, el destino todo de mi vida está en sus manos. Le ruego simplemente que vaya a ver a *Lise*, que se entere de lo que le pasa como sólo usted sabe hacerlo y que venga a contármelo a mí, a mí, a su madre, porque, usted lo comprende, me voy a morir, sencillamente me moriré si esto continúa así o huiré de casa. No puedo más, mi paciencia es grande, pero puedo perderla y entonces, entonces ocurrirán cosas terribles. ¡Ah, Dios mío, por fin está aquí Piotr Ilich! —gritó la señora Jojlakova, resplandeciendo toda ella súbitamente, al ver entrar a Piotr Ilich Perjotin—. ¡Llega tarde! Bien, siéntese, cuente, decida de mi suerte, ¿qué dice ese abogado? ¿Pero a dónde va usted, Alexiéi Fiódorovich?

—A ver a *Lise*.

—¡Ah, sí! ¿No se olvidará de lo que le he pedido, no se olvidará? ¡Se trata de mi destino, de mi destino!

—No me olvidaré, desde luego, si es posible sólo... pero, ya me he retrasado mucho —balbuceó Aliosha, apresurándose a retirarse.

—No, venga a verme sin falta, sin falta, sin falta, y no «si es posible sólo...» ¡De otro modo, me moriré! —exclamó la señora Jojlakova siguiéndole con la vista.

Pero Aliosha ya había salido de la estancia.

III

UN DIABLILLO

AL entrar en el cuarto de Lisa, la encontró semiacostada en su antiguo sillón, en el que la llevaban cuando aún no podía andar. La muchacha no hizo el menor movimiento para dirigirse a su encuentro, pero clavó en él su fina y penetrante mirada. Tenía los ojos algo inflamados; la cara, pálida, amarillenta. Aliosha se sorprendió al ver lo que había cambiado en aquellos tres días, hasta había adelgazado. Ella no le tendió la mano. El propio Aliosha le rozó los deditos finos y largos, que la joven mantenía inmóviles sobre su vestido; luego se sentó en silencio ante ella.

—Ya sé que tiene usted prisa para ir a la cárcel —dijo Lisa bruscamente—, y mamá le ha retenido dos horas; ahora le ha estado hablando de mí y de Iulia.

—¿Cómo se ha enterado usted? —preguntó Aliosha.

—He estado escuchando. ¿Por qué me mira usted de ese modo? Quiero escuchar las conversaciones y las escucho, no hay en eso nada malo. No pido perdón.

—¿Está usted apesadumbrada por alguna cosa?

—Al contrario, estoy muy contenta. Hace un momento reflexionaba de nuevo, por trigésima vez, sobre lo bien que he hecho al retirar mi palabra y negarme a ser su mujer. Usted no sirve para marido; si me casara con usted y le diera una noticia para llevarla a alguien de quien me hubiera enamorado después, usted la tomaría y la llevaría sin falta y encima me traería la respuesta. Llegaría usted a los cuarenta años y aún seguiría llevándome tales notitas.

Ella se echó a reír.

—Usted tiene algo de maligno y al mismo tiempo de ingenuo —le dijo Aliosha, sonriéndole.

—Lo ingenuo no es avergonzarme ante usted. No sólo no me avergüenzo, sino que no quiero avergonzarme precisamente ante usted, de usted. Aliosha, ¿por qué no lo respeto? Le quiero mucho, pero no lo respeto. Si lo respetara, no hablaría sin sentir vergüenza, ¿verdad?

—Verdad.

—¿Y cree que yo no me avergüenzo ante usted?

—No, no lo creo.

Lisa volvió a reírse nerviosamente; hablaba con precipitación, aprisa.

—He mandado bombones a la cárcel para su hermano Dmitri Fiódorovich. Aliosha, ¡qué lindo es usted, si supiera! Le voy a querer enormemente por haberme permitido tan pronto no quererle.

—¿Para qué me ha llamado hoy, *Lise*?

—Quería comunicarle un deseo mío. Deseo que alguien me torture, que se case conmigo y que luego me torture, que me engañe, que se vaya y me abandone. ¡No quiero ser feliz!

—¿Se siente usted cautivada por el desorden?

—Ah, yo quiero el desorden. Siempre tengo ganas de pegar fuego a la casa. Me imagino acercándome y prendiéndole fuego a escondidas, sin falta a escondidas. Procurarían apagarlo, pero el fuego ardería. Yo lo sabría todo y callaría. ¡Oh, qué tonterías! ¡Y qué aburrido!

Hizo un gesto de aversión con la mano.

—Vive usted en la riqueza —repuso quedamente Aliosha.

—¿Es mejor, quizá, ser pobre?

—Es mejor.

—Eso se lo metió a usted en la cabeza su difunto monje. Y no es verdad. Sea yo rica y todos los demás pobres; yo comeré bombones y tomaré crema de leche, no daré a nadie. Ah, no, no, me diga nada, nada —hizo un gesto con la mano como para hacer callar a Aliosha, aunque éste ni había abierto la boca—; usted ya me ha contado todo eso antes, lo sé de memoria. Es aburrido. Si fuera pobre mataría a alguien, y si soy rica, quizá también mate. ¡Qué es eso de permanecer tranquilos! ¿Sabe?, yo quiero segar, segar centeno. Me casaré con usted, usted se convertirá en un mujik, en un auténtico mujik, tendremos un potrillo, ¿quiere? ¿Conoce usted a Kalgánov?

—Lo conozco.

—No hace más que caminar y soñar. Dice: la verdad, para qué vivir, es preferible soñar. Es posible soñar cuanto se quiera con lo más alegre, mientras que vivir es aburrido. Y el caso es que se casará pronto, incluso se me ha declarado a mí. ¿Sabe usted jugar al trompo?

—Sé.

—Bien, pues él es como un trompo: hay que hacerle dar vueltas, soltarle, y hala, hala, sacudirle con un látigo: me casaré con él y le haré dar vueltas toda la vida. ¿No le da vergüenza pasar el tiempo conmigo?

—No.

—Usted está enormemente enfadado porque no hablo de lo santo. Yo no quiero ser una santa. ¿Qué castigo imponen en el otro mundo por el pecado más grave? Usted debe saberlo con toda exactitud.

—Dios condena —contestó Aliosha, mirándola fijamente.

—Bien, eso es lo que yo quiero. Yo llegaría, me condenarían, y de pronto me reiría a la cara de todos. Tengo unas ganas terribles de incendiar la casa, Aliosha, nuestra casa, ¿sigue usted sin creerme?

—¿Por qué? Hasta hay niños de doce años que tienen enormes deseos de pegar fuego a alguna cosa y lo hacen. Es como una especie de enfermedad.

—No es cierto, no es cierto; es posible que haya niños así, pero yo no me refiero a lo mismo.

—Usted toma el mal por el bien: se trata de una crisis momentánea, de ello tiene quizá la culpa su anterior enfermedad.

—¡Pero usted de todos modos me desprecia! Yo, sencillamente, no quiero hacer el bien, quiero hacer el mal, y no es cuestión de enfermedad alguna.

—¿Para qué hacer el mal?

—Para que no quede nada en ninguna parte. ¡Ah, qué bien si no quedara nada! Sepa, Aliosha, que a veces pienso hacer mucho mal, muchísimo, de lo peor, hacerlo a escondidas durante largo tiempo, hasta que un día todo se descubra. Todos me rodearán y me señalarán con el dedo, yo me los miraré a todos. Eso es muy agradable. ¿Por qué es tan agradable, Aliosha?

—¡Bah! Es la necesidad de aplastar algo bueno, o bien, como usted ha dicho, de pegar fuego. Eso también suele ocurrir.

—Pero yo no sólo lo he dicho, sino que además lo haré.

—Lo creo.

—Oh, cómo le quiero por lo que dice: lo creo. Porque usted no miente nunca, no miente. ¿O quizá piensa que le digo todo esto adrede, para irritarle?

—No, no lo creo... aunque quizás haya algo de esa necesidad.

—Un poco, sí. Ante usted no mentiré nunca —manifestó con los ojos centelleantes.

Lo que más sorprendía a Aliosha era la seriedad con que ella hablaba: en su rostro no se percibía entonces sombra de guasa ni de burla, pese a que antes la jovialidad y el buen humor no la abandonaban ni en los momentos de mayor «seriedad».

—Hay instantes en que los hombres quieren el crimen —dijo Aliosha, pensativo.

—¡Sí, sí! Usted ha expresado mi pensamiento. Lo quieren, lo quieren todos y siempre, no sólo en unos «instantes» ¿Sabe?, en eso parece como si todos alguna vez se hubieran puesto de acuerdo para mentir y siguen mintiendo desde entonces. Todos dicen que odian el mal, pero en el fondo todos lo quieren.

—¿Sigue usted leyendo, pues, libros malos?

—Los leo. Mamá los lee y los esconde debajo de la almohada, yo se los hurto.

—¿Cómo no se avergüenza usted de destruirse a sí misma?

—Quiero destruirme. Aquí hay un muchacho que permaneció tendido entre los raíles mientras los vagones del tren le pasaban por encima. ¡Dichoso él! Escuche, ahora van a juzgar a su hermano por haber matado a su padre y todos están contentos de que lo haya hecho.

—¿Están contentos de que haya matado a su padre?

—Están contentos, ¡todos están contentos! Todos dicen que es terrible, pero en el fondo están encantados. Yo soy la primera en estarlo.

—En lo que dice acerca de todos algo hay de verdad —repuso quedamente Aliosha.

—¡Ah, qué pensamientos los suyos! —chilló Lisa, entusiasmada—. ¡Usted, un monje! No puede usted creer cuánto le respeto, Aliosha, por no mentir nunca. Ah, le voy a contar un sueño ridículo que a veces tengo: a veces veo en sueños diablos, parece que es de noche, yo estoy en mi habitación con una vela, y de pronto en todas partes aparecen diablos, en todos los rincones, debajo de la mesa; abren la puerta, y detrás de ella los hay en tropel, quieren entrar y agarrarme. Ya se acercan, ya me agarran. Yo de pronto me persigno y todos retroceden, tienen miedo, pero no se van del todo, sino que se quedan junto a la puerta y por los rincones, esperando. Entonces siento unos deseos enormes de insultar a Dios en voz alta; empiezo a hacerlo y los diablos otra vez se me acercan en tropel, muy contentos; ya vuelven a agarrarme, pero yo me persigno de nuevo y ellos vuelven a retroceder. Es terriblemente divertido, hasta la respiración se me corta.

—Yo he tenido también a veces ese mismo sueño —soltó Aliosha de repente.

—¿Es posible? —gritó Lisa, sorprendida—. Escuche, Aliosha, no se ría, esto es terriblemente importante: ¿acaso es posible que dos personas distintas tengan el mismo sueño?

—Cierto, es posible.

—Aliosha, le digo que esto es muy importante —prosiguió Lisa con una sorpresa ya excesiva—. No es el sueño en sí lo importante, sino que usted haya tenido el mismo sueño que yo. Usted no me miente nunca, no me mienta tampoco ahora: ¿es verdad lo que dice? ¿No se ríe usted?

—Es verdad.

Lisa se quedó terriblemente estupefacta y enmudeció durante medio minuto.

—Aliosha, venga a verme, venga a verme con más frecuencia —dijo de súbito con voz suplicante.

—Vendré a verla siempre, toda la vida —respondió con firmeza Aliosha.

—Sólo a usted le hablo así —añadió Lisa—. Únicamente a mí misma y a usted. A usted solo en todo el mundo. Y a usted le hablo más a gusto que a mí misma. No siento ninguna vergüenza al hablar con usted. Aliosha, ¿por qué no siento ninguna vergüenza ante usted, ninguna? Aliosha, ¿es verdad que los judíos por Pascua roban niños y los degüellan?

—No lo sé.

—Tengo un libro en el que se habla de no sé qué juicio que se celebró no sé dónde y de que un judío cortó primero todos los deditos de las dos manos a un pequeño de cuatro años, luego lo crucificó en la pared, lo clavó con unos clavos y lo crucificó; después dijo en el tribunal que el niño había muerto pronto, cuatro horas más tarde. ¡Vaya pronto! Se dice que gemía, no hacía más que gemir, y el otro lo contemplaba complacido. ¡Qué bien!

—¿Bien?

—Bien. A veces pienso que he sido yo misma la que lo crucificó. El niño está colgado y gime, yo me siento enfrente y tomo una compota de piña de América. A mí me gusta mucho la compota de piña de América. ¿Y a usted?

Aliosha la miraba el silencio. El rostro pálido, amarillento, de la muchacha de pronto se contrajo, los ojos se le encendieron.

—¿Sabe? Cuando leí lo de ese judío, me pasé toda la noche temblando y llorando. Me imaginaba de qué modo el niño debía gritar y gemir (los niños de cuatro años ya tienen comprensión), y ese pensamiento de la compota no se me iba de la cabeza. Por la mañana, mandé una carta a una persona para que viniera a verme *sin falta*. Vino, y de pronto le conté lo del niño y lo de la compota, se lo conté *todo, todo,* y dije: «eso está bien». Él se echó a reír y dijo que realmente estaba bien. Luego se levantó y se fue. En total estuvo aquí cinco minutos. ¿Me despreció, eh, me despreció? Dígamelo, Aliosha, dígame: ¿me despreció, o no? —se incorporó en su sillón, centelleantes los ojos.

—Dígame —preguntó con emoción aliosha—, ¿llamó usted misma a esa persona?

—Yo misma.

—¿Le mandó una carta?

—Una carta.

—¿Precisamente para interrogarle sobre eso, sobre lo del niño?

—No, de ningún modo para eso, de ningún modo. Pero no bien entró, se lo pregunté. Me respondió, se echó a reír, se levantó y se fue.

—Esa persona se comportó con usted muy honestamente —dijo Aliosha en voz baja.

—¿Y me despreció? ¿Se burló de mí?

—No, porque esa misma persona, quizá, cree en la compota de piña de América. Ahora, también está muy enferma, *Lise.*

—¡Sí, cree! —a Lisa le relampaguearon los ojos.

—No desprecia a nadie —prosiguió Aliosha—. Sólo que no cree en nadie. Claro que si no cree, desde luego, desprecia.

—¿También a mí, pues? ¿A mí?

—También a usted.

—Eso está bien —dijo Lisa con cierto rechinar de dientes—. Cuando salió riéndose, sentí que está bien sentirse despreciado. Está bien lo del muchacho con los deditos cercenados y sentirse despreciado... —y se echó a reír como con malignidad e irritación, mirando a Aliosha—. ¿Sabe, Aliosha, sabe? Yo desearía... ¡Aliosha, sálveme! —Lisa saltó bruscamente de su camilla, se precipitó hacia él y le abrazó con fuerza—. Sálveme —casi gemía—. ¿Acaso diré a nadie del mundo lo que le he dicho a usted? ¡Y lo que le he dicho es la verdad, la verdad, la verdad! Yo me mataré, porque todo me da asco! ¡Todo me da asco, me da asco! Aliosha, ¡por qué no me ama usted nada, nada! —terminó con furia.

—¡Yo la amo! —respondió Aliosha con vehemencia.

—¿Me llorará usted, me llorará?

—Sí.

—No porque no haya querido ser su mujer, sino simplemente, llorar por mí, ¿lo hará?

—Lo haré.

—¡Gracias! Sus lágrimas son lo único que necesito. Los demás, que me condenen y me aplasten con el pie todos, todos, ¡sin excluir a *nadie!* Porque yo no amo a nadie. Me oye, ¡a nadie! Al contrario, ¡odio! Váyase. Aliosha, ¡ya es hora de que acuda a ver a su hermano! —de pronto se separó de él.

—¿Cómo va a quedarse usted, así? —articuló Aliosha, casi asustado.

—Vaya a ver a su hermano, cerrarán la cárcel; vaya a verle, aquí tiene usted el sombrero. Bese a Mitia, ¡váyase, váyase!

Y le empujó casi a la fuerza hacia la salida. Aliosha la miraba con amarga sorpresa cuando, de súbito, notó en su mano derecha una carta, una cartita muy bien doblada y sellada. Le echó un vistazo y leyó la dirección: A Iván Fiódorovich Karamázov. Alzó rápidamente los ojos hacia Lisa, cuyo rostro se había vuelto casi amenazador.

—¡Entréguesela, entréguesela sin falta! —le ordenó frenética, temblando toda ella—. Hoy, ahora mismo. ¡Si no, me enveneno! ¡Es por eso por lo que le he llamado a usted!

Y cerró de un portazo. Se oyó el chasquido del pasador. Aliosha se puso la carta en el bolsillo y se encaminó directamente hacia la escalera, sin pasar a ver a la señora Jojlakova, olvidándose incluso de ella. Lisa, no bien Aliosha se hubo alejado, retiró el pasador, entreabrió la puerta, puso un dedo en la ranura y se lo aplastó cerrando con todas sus fuerzas. A los diez segundos, poco más o menos, libre ya la mano, se dirigió silenciosa, lentamente, hacia su camilla, se sentó, irguió el cuerpo y se puso a mirar con la mirada fija el dedito que se le había puesto algo negro y la sangre aplastada debajo de la uña. Los labios le temblaban y ella se decía rápidamente para sus adentros:

—¡Soy vil, soy vil, soy vil, soy vil!

IV

EL HIMNO Y EL SECRETO

ERA ya tarde (no es muy largo, que se diga, un día de noviembre) cuando Aliosha llamó a la puerta de la cárcel. Empezaba a oscurecer. Pero él sabía que no le pondrían dificultades para ver a Mitia. Estas cosas ocurren en nuestra pequeña ciudad como en todas partes. Desde luego, a principio del encarcelamiento y de toda la investigación previa, el acceso a Mitia para las entrevistas de parientes y algunas otras personas estaba sujeto a algunas formalidades necesarias; mas, posteriormente, aun sin que la observación de tales formalidades se debilitara, para algunas de las personas que visitaban a Mitia, por lo menos, se establecieron ciertas excepciones casi por sí mismas. Hasta el punto de que a veces incluso las entrevistas con el detenido en la estancia a ellas destinada se celebraban casi sin testigos. De todos modos, el número de tales personas era muy reducido: se trataba sólo de Grúshenka, de Aliosha y de Rakitin. Hacia Grúshenka se mostraba muy benévolo el propio jefe de policía Mijaíl Makárovich. El viejo sentía como un peso en el alma por haberle gritado tanto en Mókroie. Luego, cuando se hubo enterado del fondo del asunto, cambió por completo el concepto que de ella tenía. Y cosa rara: aun estando plenamente convencido de la culpabilidad de Mitia, le fue considerando cada vez con menos severidad después de que le hubieron encarcelado: «¡Quizás era un hombre de buenos sentimientos, pero se ha echado a perder como un sueco por la bebida y el desorden!» El horror del primer momento dejó paso en su corazón a una cierta piedad. Por lo que respecta a Aliosha, el jefe de policía le tenía en mucha estima y le conocía hacía tiempo. Rakitin, por su parte, que acudía últimamente con mucha frecuencia a visitar al preso, era uno de los jóvenes mejor relacionados con las «señoritas del jefe de policía», como él las denominaba, y todos los días les rendía visita en su casa. Además, daba lecciones en casa del inspector de la cárcel, hombre bondadoso, aunque severo en el cumplimiento de su deber. También Aliosha era un viejo y estimado conocido de ese inspector, quien se complacía en hablar con él de «cosas sabias» en general. A Iván Fiódorovich, por ejemplo, el inspector no ya le respetaba, sino que incluso le temía; se impresionaba sobre todo, por los razonamientos del otro, pese a que él mismo era un gran filósofo que «llegaba a comprender con su propia mollera», claro está. Hacia Aliosha, en cambio, experimentaba una simpatía invencible. Durante el último año, el viejo se había metido, precisamente, en la lectura de los Evangelios apócrifos y a cada momento comunicaba sus impresiones a su joven amigo. Antes, iba incluso a verle al monasterio y se pasaba horas enteras hablando con él y con los monjes sacerdotes. En una palabra, aunque llegara tarde a la cárcel, Aliosha no tenía más que dirigirse al inspector y todo se arreglaba siempre. Por otra parte, el personal de la cárcel, hasta el último de los guardas, se había acostumbrado a ver a Aliosha. La guardia, claro está, no ponía dificultades mientras se contara con el consentimiento de la dirección. Mitia bajaba siempre de su celda al lugar designado para las entrevistas cuando le llamaban. Al entrar en el locutorio, Aliosha se encontró precisamente cara a cara con Rakitin, quien ya se iba después de haberse entrevistado con Mitia. Los dos, Rakitin y Mitia, estaban hablando en voz alta. Éste, que le acompañaba al despedirse, se reía mucho, mientra que el otro parecía refunfuñar. Rakitin, sobre todo en los últimos tiempos, rehuía encontrarse con Aliosha, casi no le hablaba y hasta al saludarle lo hacía de manera forzada. Esta vez, cuando le vio entrar, frunció más que nunca el ceño y apartó los ojos hacia un lado, como si estuviera muy ocupado abrochándose su buen abrigo de invierno con cuello de piel. Luego se puso a buscar enseguida su paraguas.

—Que no se me olvide algo de lo mío —musitó, con el fin único de decir alguna cosa.

—¡Y que no se te olvide algo de los otros! —bromeó Mitia, y al instante se rió a carcajadas de su propia ocurrencia.

Rakitin se encendió repentinamente.

—¡Mejor será que eso lo recomiendes a tus Karamázov, raza de explotadores, y no a Rakitin! —gritó de súbito, temblando de cólera.

—¿Qué te pasa? ¡Si he bromeado! —replicó Mitia—. ¡Fu, demonio! Todos son así —dijo a Aliosha, señalando con un movimiento de cabeza a Rakitin, que se iba a toda prisa—. Ése ha estado aquí tranquilo, riendo, muy alegre, y de pronto se ha puesto como una furia. A ti, ni siquiera te ha saludado. ¿Habéis reñido por completo, acaso? ¿Cómo vienes tan tarde? Toda la mañana he estado no ya esperándote, sino anhelando que vinieras. Bueno, no importa. Recuperaremos el tiempo perdido.

—¿Por qué viene a verte con tanta frecuencia? ¿Os habéis hecho amigos? —preguntó Aliosha, señalando también con la cabeza la puerta por donde había salido Rakitin.

—¿Si me he hecho amigo de Mijaíl? No, qué va. Para qué, ¡es un cerdo! A mí me considera... un canalla. Tampoco comprende las bromas, eso es lo peor en gente así. No las comprenderá nunca. Es gente de alma seca, lisa y seca, como los muros de la cárcel, tal como yo los veía cuando los contemplaba al acercarme aquí. Pero es un hombre inteligente, es inteligente. Bueno, Alexiéi, ¡ahora sí tengo perdida la cabeza!

Se sentó en un banco e hizo sentar a su lado a Aliosha.

—Sí, mañana es la vista del juicio. ¿Es posible que no tengas ninguna esperanza, hermano? —preguntó Aliosha con tímido acento.

—¿A qué te refieres? —Mitia le miró de manera vaga—. ¡Ya, al juicio! ¡Bah, diablo! Hasta ahora tú y yo no hemos hablado más que de tonterías, siempre en torno a ese juicio, y de lo más importante no te he dicho nada. Sí, mañana se ve la causa, pero yo no pensaba en el juicio al decir que tenía la cabeza perdida. La cabeza no se ha perdido; pero lo que tenía dentro, eso sí. ¿Por qué me miras con este aire de crítica?

—¿A qué te refieres, Mitia?

—A las ideas, a las ideas, ¡eso es! A la ética. ¿Qué es la ética?

—¿La ética? —preguntó sorprendido Aliosha.

—Sí, creo que es una ciencia, ¿verdad?

—Sí, tal ciencia existe... sólo que... yo, lo confieso, no puedo explicarte de qué ciencia se trata.

—Rakitin lo sabe. ¡Sabe muchas cosas ese Rakitin, mal rayo le parta! Monje, no será. Quiere ir a Peterburgo. Allí, dice, se dedicará a la crítica, pero a la crítica noble. Bien, quizá llegue a ser algo útil y haga carrera. ¡Oh, esa gente es maestra en lo de hacer carrera! ¡Al diablo con la ética!

—Pero yo, Alexiéi, estoy perdido, ¡estoy perdido, hombre de Dios! A ti te quiero más que a nadie. El corazón se me conmueve cuando pienso en ti. ¿Quién era Karl Bernard?

—¿Karl Bernard? —volvió a sorprenderse Aliosha.

—No, no se llama Karl, espera, me he equivocado: Claude Bernard[5]. ¿Quién era? Trataba de química, ¿no?

—Debía ser un sabio —respondió Aliosha—, pero te confieso que tampoco de él podré hablarte mucho. Sólo he oído decir que es un sabio, no sé nada más.

—Bueno, al diablo con él, tampoco lo sé —soltó Mitia—. Será algún canalla, es lo más probable; todos son unos canallas. Pero Rakitin subirá. Rakitin es de los que pasan por una rendija, también es un Bernard. ¡Oh, esos Bernard! ¡Cómo se han reproducido!

—¿Pero qué te pasa? —preguntó Aliosha insistente.

—Quiere escribir un artículo sobre mí, sobre mi caso, y dar comienzo, así, a su papel en la literatura; por eso viene, él mismo me lo ha explicado. Piensa escribir con una determinada tendencia: «tenía que matar corroído por el medio», sostiene, según creo, y así sucesivamente, según me ha explicado. Tendrá un matiz socialista, dice. Al diablo con él; si quiere que el artículo tenga un matiz, que lo tenga, a mí me importa un bledo. A nuestro hermano Iván no le quiere, le odia; a ti tampoco te trata con muchos miramientos. Yo no le echo porque es un hombre inteligente. Sin embargo, está demasiado engreído. Hoy le he dicho: «Los Karamázov no son unos canallas, sino unos filósofos, porque todos los rusos auténticos son filósofos, pero tú, aunque has estudiado, no eres más que un plebeyo y

---

[5] Fisiólogo francés (1813-78).

no un filósofo.» Se ha reído, con algo de rabia. Yo he añadido: *de pensamentibus non est disputandum*[6]; buen chiste, ¿eh? Por lo menos yo también me he metido en el clasicismo —terminó Mitia, riendo.

—¿Por qué estás perdido? ¿No me lo acabas de decir? —le interrumpió Aliosha.

—¿Por qué estoy perdido? ¡Hum! En el fondo... si he de tomarlo todo en consideración, me da pena Dios. ¡Por eso estoy perdido!

—¿Cómo, te da pena Dios?

—Imagínate; ahí, en los nervios, en la cabeza, es decir en el cerebro, esos nervios (¡al diablo con ellos!)... Hay como unos rabitos, los nervios esos tienen unos rabitos, y tan pronto como se ponen a vibrar... quiero decir, verás, yo miro algo con los ojos, y esos rabitos empiezan a vibrar... y no bien vibran, aparece la imagen, y no aparece enseguida, sino que pasa un instante, un segundo, y se presenta así como un momento, quiero decir, no un momento (al diablo el momento), sino la imagen, es decir, el objeto o el suceso, y entonces, diablo, es por eso por lo que veo y luego pienso... Porque hay rabitos, y de ningún modo porque tengo alma y yo sea hecho a alguna imagen y semejanza, que todo eso son tonterías. Todo esto, hermano, me lo explicó aún ayer Mijaíl y sentí como una quemadura. ¡Es admirable, Aliosha, esta ciencia! Surgirá un hombre nuevo, esto lo comprendo... ¡De todos modos, me da pena Dios!

—Esto ya es algo —repuso Aliosha.

—¿Qué dé pena Dios? ¡La química, hermano, la química! No hay nada que hacer, reverendo, apártese un poco, ¡la química pasa! Rakitin no quiere a Dios, ¡no lo quiere! ¡Este es el punto flaco de toda esta gente! Pero lo disimulan. Mienten. Hacen comedia. «Bien, ¿expondrás todo esto en tu sección de crítica?, le he preguntado. «De manera clara, no me dejarán», ha contestado, riéndose. «Pero, le he preguntado, ¿qué será del hombre, después, sin Dios y sin vida futura? ¿Así, ahora todo está permitido, es posible hacer lo que uno quiera?» «¿Y tú no lo sabías?, me ha dicho. Se ha reído. «A un hombre inteligente,

---

[6] sobre los pensamientos no se discute (lat.).

dice, todo le está permitido, el hombre inteligente sabe pescar en seco; en cambio, tú, dice, has matado y has caído en la ratonera, por eso te pudres ahora en la cárcel!» ¡Me lo dice a mí, el muy cerdo! Antes, a los que hablaban así los ponía de patitas en la calle; en cambio ahora escucho. El caso es que también dice muchas cosas sensatas. Y escribe bien. Hará cosa de una semana, empezó a leerme un artículo, entonces copié tres líneas adrede, verás, espera, aquí están.

Mitia se sacó rápidamente un papelito del bolsillo del chaleco y leyó:

—«Para resolver este problema, es necesario ante todo colocar la propia personalidad en oposición a la realidad toda.» ¿Lo comprendes?

—No, no lo he comprendido —dijo Aliosha.

Miraba a Mitia con curiosidad y le escuchaba.

—Yo tampoco lo comprendo. Es oscuro y embrollado, pero resulta inteligente. «Ahora todos escriben así, dice, porque tal es el medio»... Temen el medio. También escribe versos el canalla, ha cantado el piececito de Jojlakova, ¡ja-ja-ja!

—Lo he oído decir —repuso Aliosha.

—¿Lo has oído decir? Y los versitos, ¿los has oído?

—No.

—Yo los tengo, míralos, te los leeré. Tú no sabes, es toda una historia, no te la he contado. ¡Qué granuja! Hará unas tres semanas, tuvo la ocurrencia de hacerme rabiar: «Mira, me dice, has caído en la ratonera como un tonto por tres mil rublos, pues yo me voy a meter en el bolsillo ciento cincuenta mil, me casaré con una viudita y me compraré una buena casa en Peterburgo.» Entonces me contó que hacía la corte a Jojlakova, que ésta no había brillado por su inteligencia ni cuando joven y que ahora, con sus cuarenta años, no tenía ni pizca de buen sentido. «Es muy sentimental, dice, y por ahí me la ganaré. Me casaré, me la llevaré a Peterburgo, donde fundaré un periódico.» Y se le caía de los labios una asquerosa baba de voluptuosidad, no por Jojlakova, sino por aquellos ciento cincuenta mil rublos. Me aseguraba que todo iba bien, me lo aseguraba; siempre venía a verme, todos los días: «Va cediendo», me decía. No cabía en sí de gozo. Y de la noche a la mañana me lo ponen de patitas en la calle: Perjotin Piotr Ilich ha ganado la partida, ¡bravo por él! ¡Yo hasta habría dado un beso a aquella boba por haberle echado de su casa! Bien, fue en aquellos días en que tanto venía a verme cuando compuso esos versos. «Por primera vez, me dijo, me mancho las manos, escribo versos, con vistas a seducir, o sea, para poder realizar una cosa útil. Cuando me haya apoderado del capital de la tonta, podré hacer una obra de utilidad pública.» ¡Esa gente siempre echa mano de la utilidad pública para justificar cualquier infamia! «De todos modos, me decía, he escrito mejor que tu Pushkin, porque en una breve poesía festiva he sabido introducir la preocupación cívica.» Eso que dice de Pushkin, lo comprendo. La verdad, si era realmente un hombre de gran talento, ¡por qué se limita a describir piececitos! ¡Y Rakitin no estaba poco orgulloso de sus versos! ¡Cuánto amor propio tiene esa gente, cuánto amor propio! «Al restablecimiento del enfermo piececito de mi objeto amado», ése es el título que ideó para su poesía. ¡Vaya ingenio, el de este hombre!

> ¡Oh, qué encanto el de ese piececito,
> piececito que se ha hinchado un tantico!
> los doctores van a verlo, a curarlo,
> lo vendan y lo deforman.

> No es por el piececito que yo me entristezco,
> que sea Pushkin quien lo cante:
> Me entristezco yo por la cabecita,
> que las ideas no comprende.

> ¡Comprendía ya un poquito,
> cuando la estorbó el piececito!
> Ojalá éste se cure
> para que comprenda la cabecita.

Es un cerdo, un puro cerdo, ¡pero los versos le han salido efectivos, al canalla! Y realmente ha incluido la preocupación «cívica». ¡Pero cómo se enfureció cuando le echaron! ¡Le rechinaban los dientes!

—Ya se ha vengado —dijo Aliosha—. Ha escrito una gacetilla acerca de Jojlakova.

Y Aliosha le contó en pocas palabras lo relativo a la gacetilla aparecida en el periódico *Rumores*.

—¡Ha sido él, ha sido él! —confirmó Mitia, frunciendo las cejas—. ¡Ha sido él! Estas crónicas... ya lo sé... quiero decir, ¡cuántas bajezas no se han escrito ya acerca de Grusha, por ejemplo!... Y de la otra también, de Katia... ¡Hum!

Se puso a caminar por la estancia, preocupado.

—Hermano, no puedo quedarme mucho rato —dijo Aliosha, después de unos momentos de silencio—. Mañana será un día terrible y memorable para ti: se cumplirá sobre ti el juicio de Dios... Y no salgo de mi asombro; en vez de ir al grano, me hablas sabe Dios de qué...

—No, no te sorprendas —le interrumpió con vehemencia Mitia—. ¿Quisieras que tratara de ese hediondo Smerdiákov, quizá? ¿Del asesino? Contigo, ya hemos hablado bastante de ello. ¡No quiero tratar más del hediondo Smerdiákov, hijo de la hedionda Smerdiáschaia! A él le matará Dios, ya verás, ¡y deja esto!

Se acercó agitado a Aliosha y de pronto le besó. Le resplandecían los ojos.

—Rakitin no lo comprendería —empezó a decir casi como en éxtasis—, pero tú, sí, tú lo comprenderás todo. Por eso anhelaba que vinieras. Verás hace tiempo que deseaba contarte muchas cosas aquí, entre estas desconchadas paredes, pero callaba sobre lo más importante; era como si no hubiera llegado aún el momento propicio. He esperado hasta ahora, hasta el último plazo, para abrirte mi alma. Hermano, durante estos dos últimos meses he percibido en mí un nuevo hombre, ¡ha resucitado en mí un hombre nuevo! Estaba encerrado en mí, pero jamás habría aparecido de no haber retumbado ese trueno. ¡Es pavoroso! No temo en absoluto el tener que pasarme veinte años arrancando mineral de la mina con un pico, no; lo que ahora me asusta es otra cosa: ¡que no se aleje de mí el hombre resucitado! También allí, en las minas, bajo tierra, es posible encontrar en el presidiario y asesino que tengas al lado un corazón humano y establecer lazos de amistad con él, porque ¡también allí es posible vivir, amar y sufrir! Es posible hacer renacer y resucitar en ese presidiario el corazón yerto, es posible cuidarlo años enteros y hacer salir, al fin, del antro a la luz un alma ya elevada, una conciencia sufriente, ¡es posible hacer renacer un ángel, resucitar un héroe! Y el caso es que son muchos centenares, y todos nosotros somos culpables por ellos. ¿Por qué soñé yo, entonces, con el «angelito» en un momento semejante? «¿Por qué es pobre el angelito?» ¡Aquello fue para mí como una profecía! E iré por el «angelito». Porque todos somos culpables por todos. Por todos los «angelitos», porque hay niños pequeños y niños grandes. Todos son «angelitos». Yo iré por todos, porque es necesario que alguien vaya por todos. Yo no he matado a nuestro padre, pero he de ir al sacrificio. ¡Lo acepto! Todo esto lo he comprendido aquí... mira, entre estas paredes desconchadas. Y el hecho es que hay muchos, centenares, bajo tierra con los picos en las manos. Oh, sí, estaremos cargados de cadenas, no tendremos libertad, pero entonces, en medio de nuestra inmensa amargura, volveremos a resucitar en la alegría sin la cual el ser humano no puede vivir, ni puede Dios existir, pues Dios da la alegría, es su gran privilegio... Señor, ¡que se consuma el hombre en la plegaria! ¿Cómo podía yo vivir bajo tierra, sin Dios? Rakitin miente; ¡si arrojan a Dios de la tierra, bajo tierra lo encontraremos nosotros! Al presidiario le es imposible vivir sin Dios, ¡le es más imposible aún que a quien no es presidiario! Entonces nosotros, hombres de bajo tierra, desde las entrañas de la misma, elevaremos un trágico himno a Dios, fuente de la alegría. ¡Gloria a Dios y a su alegría! ¡Lo amo!

Al pronunciar su extraño discurso, Mitia casi se sofocaba. Palideció, le temblaban los labios, las lágrimas le manaban de los ojos.

—No, todo está colmado de vida, ¡hay vida hasta bajo tierra! —prosiguió—. ¡No puedes imaginarte, Alexiéi, cómo quiero ahora vivir, qué ansia de existir y de comprender se ha apoderado de mí, precisamente entre estas paredes desconchadas! Rakitin no lo comprende, él lo único que desea es edificarse una casa y meter en ella inquilinos, pero yo te esperaba a ti. Además, ¿qué es el sufrimiento? No lo temo, aunque sea inmenso. Ahora no lo temo, antes lo temía. ¿Sabes?, es posible que me niegue a responder en el juicio... Y me parece que es tanta la fuerza de esta clase que ahora se da en mí, que lo sobrellevaré todo, todos los sufrimientos, sólo para poderme decir y repetir a cada momento: ¡soy!; sufriendo miles de tormentos, soy; retorciéndome en la tortura, ¡pero soy! Estaré atado a la picota, pero existiré, veré el sol, y si no lo veo, sabré que existe, y saber que el sol existe ya es toda una vida. Aliosha, mi querubín, me matan diversas filosofías, ¡el diablo las confunda! Nuestro hermano Iván...

—¿Qué, nuestro hermano Iván? —le interrumpió Aliosha, pero Mitia no le comprendió.

—Verás, antes no tenía yo ninguna de estas dudas, pero todo ello se escondía en mi interior. Quizá, precisamente, porque se agitaban en mi interior ideas desconocidas, me emborrachaba, me peleaba y me enfurecía. Me peleaba para ahogarlas en mí, para sujetarlas, para aplastarlas. Nuestro hermano Iván no es Rakitin, esconde en sí una idea. Nuestro hermano Iván es una esfinge y calla, siempre calla. Y a mí, Dios me atormenta. Eso es lo único que me atormenta. ¿Y si resulta que no existe? ¿Y si Ratikin tiene razón al afirmar que se trata de una idea artificial en la humanidad? En este caso, si Dios no existe, el hombre es el señor de la tierra, del universo. ¡Magnífico! Pero, ¿cómo será virtuoso, sin Dios? ¡Esa es la cuestión! Siempre vuelvo a lo mismo. Pues, ¿a quién amará, en este caso, el hombre? ¿A quién manifestará su agradecimiento, a quién elevará un himno? Rakitin se ríe. Rakitin dice que es posible amar a la humanidad aunque no exista Dios. Bueno, ese títere mocoso puede afirmarlo así, pero yo no lo puedo comprender. A Rakitin le es difícil vivir: «Vale más que te preocupes (me decía hoy) de que se amplíen los derechos civiles del hombre o de que no suban los precios de la carne; de este modo, tu amor por la humanidad resultará más comprensible y más próximo que por medio de filosofías.» Yo le he respondido: «Sin Dios, tú mismo cargarás la mano sobre el precio de la carne, si la ocasión se te presenta, y te ganarás un rublo por kópek.» Se ha enojado. Pues ¿qué es la virtud? Respóndeme tú, Alexiéi. Para mí es una cosa, para un chino es otra; se trata, pues, de una cosa relativa. ¿O no es así? ¿No es relativa? ¡Caprichoso problema! No te reirás si digo que me he pasado dos noches sin dormir pensando en ello. Ahora me asombro de que la gente viva en el mundo sin pensar para nada en esa cuestión. ¡Vanidad! Iván no cree en Dios. Él cree en una idea. Eso sobrepasa mis facultades. Pero él calla. Yo me figuro que es masón. Le he interrogado, él calla. Yo quería beber agua de su manantial, pero se calla. Sólo una vez ha soltado una palabrita.

—¿Qué te ha dicho? —se apresuró a inquirir Aliosha.

—Yo le pregunto: «Así, pues, todo está permitido?, ¿no?» Él frunce el ceño: «Fiódor Pávlovich, nuestro padre (responde) era un cochino, pero razonaba acertadamente.» Es lo único que me ha dicho. Nada más. Esto ya queda más claro que en el caso de Rakitin.

—Sí —asintió Aliosha con amargura—. ¿Cuándo ha venido a verte?

—De eso hablaremos más tarde, ahora quiero decirte otra cosa. Hasta hoy no te he hablado de Iván. Lo he ido dejando para el final. Cuando aquí se termine ese asunto mío y den a conocer la sentencia, entonces te contaré alguna cosa, te lo contaré todo. Hay una cuestión terrible... Y en esa cuestión tú vas a ser mi juez. Pero ahora no empieces a preguntar sobre todo eso; ahora punto en boca. Me hablabas de lo de mañana, del juicio; pues no sé nada, ¿querrás creerlo?

—¿Has hablado con ese abogado?

—¡Bah, el abogado! Se lo he contado todo. Es un granuja fino, de la capital. ¡Un Bernard! Sólo que no cree ni una palabra de lo que le digo. Cree que yo he matado, figúrate, se lo noto. «Entonces, ¿por qué ha venido usted para defenderme?», le he preguntado. Poco me importa esa gentuza. También han hecho venir a un doctor, quieren hacerme pasar por loco. ¡No lo permitiré! Katerina Ivánovna quiere cumplir «su deber» hasta el fin. ¡Su esfuerzo le cuesta! —Mitia se sonrió amargamente—. ¡Es una gata! ¡Es dura de corazón! Sabe muy bien lo que dije yo entonces de ella en Mókroie, que es una mujer «de gran cólera». Se lo contaron. ¡Sí, las declaraciones se han multiplicado como las arenas de la mar! Grigori se mantiene en sus trece. Es un hombre honrado, pero tonto. Hay muchas personas honradas gracias a que son tontas. Esa es una idea de Rakitin. Grigori es enemigo mío. Hay personas a las que es preferible tenerlas entre los enemigos que entre los amigos. Lo digo por Katerina Ivánovna. ¡Me temo, oh, sí, sí, me temo que en el juicio cuente lo de su reverencia hasta el suelo después de que le entregué los cuatro mil quinientos rublos! Querrá saldar la cuenta hasta el fin, hasta el último centavo. ¡Yo no quiero su sacrificio! ¡Me avergonzará ante el tribunal! ¿Cómo voy a poderlo soportar? Vete a verla, Aliosha, pídele que no lo cuente en el juicio. ¿O no es posible? Al diablo, da lo mismo, ¡lo soportaré! Por ella no siento pena. Ella misma lo quiere. Quien la hace, la paga como merece. Yo, Alexiéi soltaré mi discurso —Mitia volvió a sonreírse con amargura—. Sólo que... sólo que está Grusha, Grusha, ¡oh, Señor! ¡Por qué toma ella sobre sí, ahora, un suplicio semejante! —exclamó de pronto, con lágrimas en los ojos—. Lo que me mata es Grusha, la idea de Grusha me mata, ¡me mata! Hoy ha venido a verme...

—Me lo ha contado. La has disgustado muchísimo.

—Lo sé. Que el diablo se me lleve por mi mal carácter. ¡Me he sentido celoso! Al despedirle, me he arrepentido, la he besado. Pero no la he pedido perdón.

—¿Por qué no se lo has pedido? —exclamó Aliosha.

Mitia se rió casi alegremente.

—¡Dios te libre, mi buen muchacho, de pedir perdón alguna vez a la mujer amada por haber cometido una falta! ¡No lo pidas sobre todo a la mujer amada, sobre todo a ella, por grande que sea tu culpa! Porque el diablo sabe lo que la mujer es, hermano, te lo digo yo que por lo menos en eso de mujeres entiendo algo. Intenta confesar tu culpa ante ella; «la culpa es mía, dirás, perdona, dispensa». ¡Verás entonces la de reproches que se te vendrán encima! Por nada del mundo te perdonará franca y sencillamente; te humillará hasta dejarte como un trapo, todo saldrá a relucir, hasta lo que no ha existido; no olvidará nada, añadirá algo de su cosecha y sólo después perdonará. ¡Y eso si es la mejor, la mejor de todas ellas! ¡Recogerá las últimas migajas y todo lo pondrá sobre tu cabeza, ¡tal es la ferocidad que en ellas anida, te lo digo yo, en todas ellas, en esos ángeles sin los cuales nosotros no podemos vivir! Verás, hermano mío, te lo diré sinceramente y sin complicaciones: todo hombre decente ha de estar bajo el pie de una mujer. Tal es mi convicción; no es una convicción, sino un sentimiento. El hombre ha de ser generoso, y eso no le mancha. No mancha ni siquiera al héroe, ¡ni a un César! Pero con todo, no pidas perdón nunca ni por nada. Recuerda esta regla que te da tu hermano Mitia, a quien las mujeres han llevado a la perdición. No, mejor sería que desagravie a Grusha de alguna otra manera, pero sin pedirle perdón. ¡Yo la venero, Alexiéi, la venero! Sólo que ella no lo ve, no; todo le parece poco amor. Y me atormenta, me atormenta con amor. ¡Lo de antes no se puede ni comparar! antes me atormentaban sólo las sinuosidades infernales, pero ahora he acogido toda su alma en la mía y gracias a ella me he convertido en hombre. ¿Nos casarán? Si no, me moriré de celos. Todos los días sueño algo en ese sentido... ¿Qué te ha dicho de mí?

Aliosha le repitió lo que Grúshenka le había dicho hacía poco. Mitia le escuchó con mucha atención, le pidió numerosas aclaraciones y se quedó satisfecho.

—Así que no se enfada de que esté celoso —exclamó—. ¡Ahí tienes a la mujer! «Yo misma soy dura de corazón.» Oh, me gustan las que son así, duras de corazón, aunque no puedo soportar que me vengan con celos, ¡no lo puedo soportar! Nos pelearemos. Pero lo que es amarla la amaré infinitamente. ¿Nos casarán? ¿Los casan a los presidiarios? Esa es la cuestión. Y sin ella, no puedo vivir...

Mitia dio unos pasos por la estancia con las cejas fruncidas. Casi había oscurecido. De pronto se quedó terriblemente preocupado.

—¿Dice que hay un secreto, algo secreto? ¿Que los tres hemos tramado una conspiración contra ella y que Katka, dice ella, está en el ajo? No, hermanita Grúshenka, no es eso. ¡En eso has metido la pata, has metido tontamente la pata, como mujer que eres! ¡Aliosha, hermano del alma, qué le vamos a hacer! ¡Te voy a descubrir nuestro secreto!

Miró hacia todos los lados, se aproximó rápidamente a Aliosha, que estaba de pie ante él, y se le puso a cuchichear con aire de misterio, aunque en realidad nadie podía oírle; el viejo guarda dormitaba en un ángulo, sentado en un banco, y hasta los soldados de la guardia no llegaba ni una palabra.

—¡Te revelaré todo nuestro secreto! —susurró Mitia apresuradamente—. Quería revelártelo después, porque ¿acaso puedo decidir nada sin ti? Tú para mí lo eres todo. Aunque diga que Iván está por encima de nosotros, tú para mí eres un querubín. Sólo tu decisión importa. Quizá eres tú el hombre superior, y no Iván. Verás, se trata de una cuestión de conciencia, de una cuestión de alta conciencia; el secreto es tan importante que no podía con él y todo lo aplazaba hasta hablar contigo. De todos modos, ahora es pronto para resolver, ya que es necesario esperar la condena; cuando se haya dictado la sentencia, entonces tú decidirás sobre mi destino. Ahora no decidas; te lo voy a decir, me vas a escuchar, pero no decidas. Espera y calla. No te lo voy a descubrir todo. Sólo te contaré la idea, sin entrar en detalles, pero tú calla. ¡Ni una sola pregunta, ni un movimiento! ¿De acuerdo? Aunque, ¡Señor!, ¿qué voy a hacer yo con tus ojos? Me temo que tus ojos me dirán lo que resuelvas, aunque te calles. ¡Oh, qué miedo tengo! Escucha, Aliosha: nuestro hermano Iván me propone *huir*. No te diré los detallles: todo está previsto, todo puede arreglarse. Calla, no decidas. Huir a América, con Grusha. ¡Sin Grusha no puedo vivir! ¿Y si no dejan que se reúna conmigo, allí? ¿Casan a los presidiarios? Nuestro hermano Iván dice que no. Y sin Grusha, ¿qué hago yo bajo tierra con mi pico de minero? ¡Sólo me servirá para abrirme la cabeza! Mas, por otra parte, ¿y la conciencia? ¡Habré huido del sufrimiento! Habrá habido una indicación y la habré rechazado, habrá habido un camino de purificación y habré dado media vuelta a la izquierda. Iván dice que en América, «con buenas inclinaciones», es posible llegar a ser más útil que bajo tierra. Bien, pero ¿dónde va a alzarse nuestro himno subterráneo? América qué; ¡América es la vuelta a las vanidades! Y me figuro que granujería debe de haber también mucha en América. ¡Habré huido de la crucifixión! Por eso te digo, Alexiéi, que tú eres el único que puede comprenderlo, nadie más; para los otros, todo cuanto te he dicho acerca del himno es una estupidez, una locura. Dirán que me he bebido los sesos o que soy un imbécil. Y yo, ni me he vuelto loco ni soy un imbécil. Iván también comprende lo del himno, sí, lo comprende, pero a esto no responde nada, se calla. No cree en el himno. No hables, no hables: ya veo cómo miras, ¡ya has decidido! No decidas, ten compasión de mí, yo no puedo vivir sin Grusha, ¡espera que se dicte la sentencia!

Mitia acabó como exaltado. Tenía sujeto a Aliosha por los hombros, con las dos manos, y se lo quedó mirando a los ojos con una mirada anhelante, inflamada.

—¿Los casan, a los presidiarios? —repitió por tercera vez con voz suplicante.

Aliosha le había escuchado enormemente sorprendido, muy impresionado.

—Dime una cosa —articuló—: ¿insiste mucho, Iván? ¿Y a quién se le ha ocurrido la idea por primera vez?

—A él, ¡es él quien ha tenido la idea, es él quien insiste! No venía a verme nunca, hasta que hará cosa de una semana se me presentó de improviso y empezó sin más con eso. Insiste terriblemente. No me lo pide, me lo ordena. No duda de que le obedeceré, aunque le he abierto el fondo de mi corazón, como a ti, y le he hablado del himno. Me ha explicado cómo lo organiza, ha recogido todos los informes necesarios, pero de eso te hablaré después. Lo desea hasta de una manera histérica. Sobre todo, el dinero: diez mil rublos, dice, para que huyas, y veinte mil para América; con diez mil rublos, dice, organizaremos una evasión admirable.

—¿Y te ha mandado que no me lo comunicaras por nada del mundo? —inquirió de nuevo Aliosha.

—Que no lo diga a nadie, y, sobre todo, que no te lo diga a ti: ¡a ti, por nada del mundo! Tiene miedo, sin duda, de que te presentes ante mí como mi propia conciencia. No le digas que te lo he contado. ¡Oh, no se lo digas!

—Tienes razón —contestó Aliosha—, es imposible decidir antes de que el tribunal dicte sentencia. Después del juicio, tú mismo dicidirás; entonces encontrarás en ti a un hombre nuevo y él decidirá.

—¡A un hombre nuevo o a un Bernard, que decidirá a lo Bernard! Porque, según parece, yo mismo soy un despreciable Bernard —concluyó Mitia, con una sonrisa amarga.

—¿Pero es posible, hermano, es posible que hayas perdido toda esperanza de justificarte?

Mitia alzó con brusquedad los hombros y movió la cabeza negativamente.

—¡Aliosha, hermano del alma, ya es hora para ti! —dijo de pronto, apresurándose—. El inspector acaba de gritar en el patio, enseguida vendrá aquí. Ya no es hora para vernos, alteramos el orden. Abrázame, date prisa, bésame, hazme la señal de la cruz, hermano del alma, hazme la señal de la cruz para la cruz de mañana...

Se abrazaron y se besaron.

—Iván —articuló de pronto Mitia— me ha propuesto huir, ¡pero él mismo cree que yo he matado!

Una triste sonrisa se le dibujó en los labios.

—¿Le has preguntado si lo cree o no? —inquirió Aliosha.

—No, no se lo he preguntado. Quería hacerlo, pero no pude, me faltaron fuerzas. Pero qué más da, se lo noté en los ojos. ¡Bueno, adiós!

Volvieron a besarse apresuradamente y Aliosha ya se iba cuando Mitia le llamó otra vez, de improviso:

—Ponte delante de mí, así.

Otra vez agarró a Aliosha de los hombros, con ambas manos, con fuerza. El rostro le quedó totalmente pálido, de modo que hasta resultaba espantoso observarlo casi en la oscuridad. Se le contrajeron los labios, la mirada se le hundió en los ojos de su hermano.

—Aliosha, dime toda la verdad, como ante Dios Nuestro Señor; ¿crees que yo he matado, o no lo crees? Tú, sí, tú, ¿lo crees, o no? ¡Quiero la verdad completa, no mientas! —le gritó frenéticamente.

Aliosha tuvo la impresión de que se tambaleaba y sintió como si algo afilado le atravesara el corazón.

—¡Vamos, qué se te ocurre...! —balbuceó como desconcertado.

—¡Toda la verdad, toda, no mientas! —repitió Mitia.

—Ni un solo instante he creído que tú seas un asesino —exclamó Aliosha con una voz temblorosa que le salió de lo más hondo del pecho, y levantó la mano derecha como invocando a Dios para que fuera testigo de sus palabras.

Una expresión de bienaventuranza iluminó instantáneamente el rostro de Mitia.

—¡Te lo agradezco! —articuló con lentitud, como si exhalara un suspiro después de un desvanecimiento—. Me has resucitado... ¿Lo creerás? Hasta ahora tenía miedo de preguntártelo, ¡de preguntártelo a ti, a ti! Bien, vete, vete. Me has dado fuerzas para mañana, ¡qué Dios te bendiga! Bueno, sal, ¡ama a Iván! —exclamó como última despedida.

Aliosha salió sin poder contener las lágrimas. Una suspicacia tan enorme en Mitia, un grado tal de desconfianza incluso hacia él, hacia Aliosha, le descubrían de pronto un abismo tan profundo de amargura sin remedio y de desesperación en el alma de su infeliz hermano, que antes ni había sospechado. Una compasión profunda, infinita, se apoderó de él y le torturó instantáneamente. El corazón, lacerado, le dolía de manera espantosa. «¡Ama a Iván!», recordó de pronto estas palabras que acababa de decirle Mitia. Iba precisamente a ver a Iván. Iván le preocupaba no menos que Mitia, y ahora, después de su entrevista con este último, más que nunca.

V

¡NO ERES TÚ, NO ERES TÚ!

PARA ir a casa de Iván, tuvo que pasar por delante de la de Katerina Ivánovna. Se veía luz en las ventanas. De pronto se detuvo y decidió entrar. Hacía más de una semana que no veía a la joven. Pero en aquel momento le vino la idea de que Iván quizá se encontraba en casa de ella, sobre todo en las vísperas de un día tan trascendental. Después de llamar tirando del cordón de la campanilla, al subir la escalera débilmente iluminada por un farol chino, vio que descendía por ella un hombre en el que reconoció a su hermano al llegar a su altura. Así, pues, éste salía ya de visitar a Katerina Ivánovna.

—Ah, sólo eres tú —dijo secamente Iván Fiódorovich—. Bueno, adiós. ¿Vas a verla?

—Sí.

—No te lo aconsejo, está «agitada» y tú la desazonarías más aún.

—¡No, no! —gritó una voz arriba, desde la puerta que en aquel momento se había abierto—. Alexiéi Fiódorovich, ¿viene usted de verle?

—Sí, he estado con él.

—¿Le ha mandado a decirme alguna cosa? Entre, Aliosha; y usted también, Iván Fiódoróvich, venga otra vez sin falta, sin falta. ¿Me o-ye?

En la voz de Katia resonaba una nota tan imperiosa que

Iván Fiódorovich, después de unos momentos de indecisión, se decidió a subir otra vez junto con Aliosha.

—¡Nos ha estado escuchando! —musitó irritado como para sus adentros.

Pero Aliosha le entendió.

—Permítame que no me quite el abrigo —dijo Iván Fiódorovich, entrando en la sala—. No me voy a sentar. No me quedaré más que un minuto.

—Siéntese, Alexiéi Fiódorovich —indicó Katerina Ivánovna quedándose de pie.

Había cambiado poco en ese tiempo, pero los ojos oscuros le resplandecían con un fulgor maligno. Aliosha recordó, más tarde, que ella le había parecido extraordinariamente hermosa en aquel momento.

—¿Qué le ha encargado trasmitirme?

—Sólo una cosa —respondió Aliosha, mirándola directamente a la cara—; que tenga compasión de sí misma y que no declare nada en el juicio acerca... —se turbó un poco— de lo que hubo entre ustedes... durante su primera entrevista... en aquella ciudad...

—¡Ah, sobre lo de la reverencia hasta el suelo por aquel dinero! —le interrumpió, riendo amargamente—. Bueno, por quién tiene miedo, ¿por mí, o por él? Ha dicho que tenga compasión, ¿pero de quién? ¿De él, o de mí? Hable, Alexiéi Fiódorovich.

Aliosha la miraba fijamente, esforzándose por comprenderla.

—De usted y de él —replicó con dulce voz.

—Ah, ya —dijo ella lenta y malignamente, ruborizándose de súbito—. Usted todavía no me conoce, Alexiéi Fiódorovich —prosiguió en tono amenazador—, ni yo me conozco todavía. Es posible que después del interrogatorio de mañana sienta usted deseos de pisotearme.

—Usted declarará honradamente —repuso Aliosha—, es lo único que hace falta.

—La mujer a menudo no es honrada —rechinó ella—. Hace una hora aún pensaba que sería para mí espantoso acercarme a ese monstruo... como si se tratara de un reptil... Pero no, ¡para mí, aún es un hombre! Además, ¿ha matado, él? ¿Ha sido él quien ha matado? —exclamó de pronto, como histérica, dirigiéndose rápidamente hacia Iván Fiódorovich.

Aliosha comprendió al instante que ella había formulado la misma pregunta a Iván un momento antes de su llegada, y no por primera vez, sino por centésima vez, por lo que habían terminado riñendo.

—He ido a ver a Smerdiákov... Has sido tú, tú, quien me ha hecho creer que Mitia es un parricida. ¡Sólo te he creído a ti! —prosiguió ella, dirigiéndose a Iván Fiódorovich.

Éste se sonrió como a la fuerza. Aliosha se sobresaltó al oír aquel *tú*. No podía ni sospechar que hubiera entre ellos tales relaciones.

—Bueno, basta —cortó Iván—. Me voy. Volveré mañana.

Enseguida dio media vuelta, salio de la estancia y se dirigió directamente hacia la escalera. Katerina Ivánovna, de pronto, con un gesto imperioso, agarró a Aliosha por ambas manos.

—¡Sígale! ¡Alcáncele! No le deje solo ni un minuto —le susurró rápidamente—. Está loco. ¿No sabía que se ha vuelto loco? Tiene fiebre, ¡fiebre nerviosa! Me lo ha dicho el doctor, vaya, corra tras él...

Aliosha se precipitó tras Iván Fiódorovich, quien no había tenido tiempo de alejarse ni cincuenta pasos.

—¿Qué quieres? —preguntó, volviéndose bruscamente hacia Aliosha al ver que éste le daba alcance—. Te ha mandado correr tras de mí porque estoy loco. Me lo sé de memoria —añadió con irritación.

—Desde luego, se equivoca, pero tiene razón al decir que estás enfermo —repuso Aliosha—. Me he fijado en tu rostro: tienes aspecto de enfermo, ¡muy enfermo, Iván!

Iván caminaba sin detenerse. Aliosha le seguía.

—¿Sabes tú, Alexiéi Fiódorovich, cómo uno se vuelve loco? —preguntó Iván con una voz repentinamente sosegada, sin sombra de irritación, en la que se percibía ·la curiosidad más ingenua.

—No, no lo sé; supongo que hay muchas clases de locura.

—¿Y puede uno mismo observar que se vuelve loco?

—Me parece que en este caso es imposible observarse y verse con claridad —respondió sorprendido Aliosha.

Iván guardó medio minuto de silencio.

—Si quieres hablar conmigo de alguna cosa, haz el favor de cambiar de tema —dijo de pronto.

—Toma, para que no se me olvide, tengo una carta para ti —articuló tímidamente Aliosha y le tendió la carta de Lisa, que se había sacado del bolsillo.

Se encontraban, precisamente, junto a un farol. Iván reconoció enseguida la letra.

—¡Ah, es de aquel diablillo! —se sonrió malignamente, y sin abrir el sobre rompió la carta en varios trozos y los arrojó al viento. Los fragmentos de papel se dispersaron—. ¡No tiene aún dieciséis años, según creo, y ya se ofrece! —manifestó desdeñosamente, reemprendiendo la marcha.

—¿Cómo, se ofrece? —exclamó Aliosha.

—Ya se sabe, como se ofrecen las mujeres depravadas.

—¡Qué dices, Iván, qué dices! —protestó Aliosha amarga y vivamente—. ¡Es una criatura, estás ofendiendo a una criatura! Está enferma, está muy enferma, quizás ella también se vuelva loca... Yo no podía negarme a trasmitirte su carta... Al contrario, lo que yo esperaba era oír de ti algo... para salvarla.

—De mí nada tienes que oír. Si es una criatura, no soy yo su niñera. Calla, Alexiéi. No prosigas. Yo en eso ni siquiera pienso.

Volvieron a guardar silencio cosa de un minuto.

—Ella se pasará ahora la noche entera rezando a la Santa Virgen para que le indique cómo ha de conducirse mañana en el juicio —dijo de pronto Iván, volviendo a hablar otra vez en tono brusco y dañino.

—¿Te refieres... a Katerina Ivánovna?

—Sí. ¿Debe presentarse como salvadora de Mitia, o ha de perderle? Rezará pensando en eso, para que se ilumine el alma. ¿Comprendes? Aún no lo sabe, no ha tenido tiempo de prepararse. También me toma por niñera, ¡quiere que la acune!

—Katerina Ivánovna te ama, hermano —repuso Aliosha con un sentimiento de tristeza.

—Es posible. Pero a mí no me interesa.

—Ella sufre. ¿Por qué le dices... a veces... palabras que le infunden esperanza? —prosiguió Aliosha con tímida reconvención—. Yo sé que le has dado esperanzas, perdona que te hable de este modo —añadió.

—En estas circunstancias no puedo actuar como sería necesario, romper con ella y decírselo sin remilgos —replicó Iván, irritado—. Es necesario esperar a que se haya condenado al asesino. Si rompiera ahora, mañana, por vengarse de mí, ella perdería a ese miserable en el juicio, pues le odia y sabe que le odia. En eso todo es mentira, ¡mentira sobre mentira! Ahora, en cambio, mientras yo no le haya hecho perder todas las esperanzas, no se decidirá a hundir a ese monstruo, sabiendo cómo quiero yo sacarle de la desgracia. ¡Cuándo se dictará esa maldita sentencia!

Las palabras «asesino» y «monstruo» resonaron dolorosamente en el corazón de Aliosha.

—¿Pero cómo podría perder a nuestro hermano —preguntó Aliosha, reflexionando en las palabras de Iván. ¿Qué puede ella declarar de fatal para Mitia?

—Tú aún no lo sabes. Ella tiene en sus manos un documento escrito de puño y letra de Mitia que es una prueba matemática de que él ha matado a Fiódor Pávlovich.

—¡No puede ser! —exclamó Aliosha.

—¿No? Yo mismo lo he leído.

—¡No es posible que exista un documento semejante! —replicó con vehemencia Aliosha—. No puede ser, porque el asesino no es él. ¡No ha sido él quien ha matado a nuestro padre! ¡No es él!

Iván Fiódorovich se detuvo de pronto.

—¿Quién es el asesino, pues, según usted? —preguntó fríamente, y en el tono de su pregunta resonó hasta una cierta nota de altanería.

—Tú lo sabes —respondió Aliosha, de manera sosegada y penetrante.

—¿Quién? ¿Te refieres a esa fábula del epiléptico idiota y loco? ¿Te refieres a Smerdiákov?

Aliosha sintió de pronto que todo el cuerpo le temblaba.

—Tú lo sabes —dijo como a pesar suyo, sin fuerza. Se sofocaba.

—¿Pero quién, quién? —gritó Iván, ya casi rabioso. Había perdido todo dominio de sí mismo.

—Yo sólo sé una cosa —prosiguió Aliosha, casi con el mismo, balbuceo—. *No eres tú* quien ha matado a nuestro padre.

—¡«No eres tú»! ¿Qué significa este no eres tú? —Iván se quedó petrificado.

—No eres tú quien ha matado a nuestro padre, ¡no eres tú —repitió con firmeza Aliosha.

Hubo medio minuto de silencio.

—Ya sé sin que me lo digas que no soy yo, ¿estás delirando? —replicó Iván, sonriendo con una sonrisa pálida y forzada. Clavó su mirada en los ojos de Aliosha. De nuevo se encontraban los dos juntos a un farol.

—Sí, Iván; varias veces te has dicho a ti mismo que el asesino eres tú.

—¿Cuándo lo he dicho?... Yo estaba en Moscú... ¿Cuándo lo he dicho? —balbuceó Iván completamente desconcertado.

—Te lo has dicho muchas veces mientras has estado solo durante estos dos meses terribles —prosiguió Aliosha, con el mismo sosiego y con nitidez. Pero hablaba ya como si no fuera él quien hablase, como a pesar de su voluntad, subordinándose a un mandato impreciso—. Te has acusado y te has confesado de que nadie es el asesino, sino tú. Pero no has matado tú, tú te equivocas, no eres tú el asesino, ¿me oyes?, ¡no eres tú! Dios me ha mandado a mí a decírtelo.

Se callaron. Aquel silencio se prolongó durante todo un largo minuto. Los dos estaban de pie y se miraban mutuamente a los ojos. Los dos estaban pálidos. De pronto Iván se estremeció y agarró a Aliosha con fuerza por un hombro.

—¡Estabas en mi casa! —articuló con rechinar de dientes, en voz baja—. Estabas en mi casa por la noche, cuando él vino... Confiésalo... le has visto, le has visto, ¿no?

—¿A quién te refieres... ¿a Mitia? —preguntó estupefacto Aliosha.

—No me refiero a él, ¡a la porra ese monstruo! —vociferó furioso Iván—. ¿Acaso sabes que él viene a verme? Cómo lo has sabido, ¡habla!

—¿Quién es *él*? No sé a quién te refieres —musitó Aliosha, ya asustado.

—Sí, lo sabes... De otro modo, ¿cómo habrías...? No es posible que no sepas...

De pronto pareció que se dominaba. Estaba parado y como si meditara algo. Una extraña sonrisa le contraía los labios.

—Hermano —prosiguió Aliosha con temblorosa voz—, te lo he dicho porque crees en mi palabra, lo sé. Te he dicho estas palabras para toda la vida: *¡no eres tú!* ¿Lo oyes? Te lo he dicho para toda la vida. Dios me ha movido el alma a decírtelo, aunque desde este momento me odies para siempre...

Mas Iván Fiódorovich, por lo visto, ya había logrado dominarse.

—Alexiéi Fiódorovich —dijo con fría y burlona sonrisa—, no puedo sufrir a los profetas ni a los epilépticos; y menos aún a los enviados de Dios, eso lo sabe usted muy bien. Desde este momento rompo con usted, creo que para siempre. Le ruego me deje ahora mismo en esta encrucijada. Por esa callejuela puede usted ir a su casa. ¡Guárdese sobre todo de ir a verme hoy! ¿Me oye?

Dio media vuelta y, con paso firme, reemprendió el camino sin mirar hacia atrás.

—Hermano —le gritó Aliosha viéndole alejarse—, ¡si algo te ocurriera hoy, piensa ante todo en mí!...

Pero Iván no respondió. Aliosha no se movió de la encrucijada, junto al farol, mientras su hermano no hubo desaparecido por completo en las tinieblas. Luego, se volvió y por la callejuela se dirigió lentamente hacia su casa. Tanto él como Iván Fiódorovich se habían alojado aparte, en viviendas distintas: ninguno de los dos quería vivir en la desierta casa de Fiódor Pávlovich. Aliosha había alquilado una habitación amueblada a una familia de menestrales; Iván Fiódorovich vivía bastante lejos de su hermano, ocupaba un aposento espacioso y confortable en el pabellón de una buena casa que pertenecía a una mujer acomodada, viuda de un funcionario. Pero a su servicio y para todo el pabellón no tenía más que a una vieja, muy vieja, completamente sorda, aquejada de dolores reumáticos, que se acostaba a las seis de la tarde y se levantaba a las seis de la mañana. En esos dos meses, Iván Fiódorovich se había vuelto muy poco exigente, hasta un extremo que causaba extrañeza, y se complacía en quedarse totalmente solo. Incluso él mismo arreglaba la habitación que ocupaba y raras veces entraba en las otras piezas de su aposento. Llegado al portal de su casa y con la mano ya en el cordón de la campanilla, se detuvo. Sentía que el cuerpo le temblaba aún con un temblor colérico. De pronto soltó el cordón, escupió, dio media vuelta y echó a andar otra vez con paso rápido hacia el extremo completamente opuesto de la ciudad, a unas dos verstas de su vivienda, hacia una diminuta y ladeada casita de troncos en la que vivía María Kondrátievna, la ex vecina de Fiódor Pávlovich, a cuya cocina iba a buscar sopa; entonces, Smerdiákov le cantaba sus caciones y le tocaba la guitarra. María Kondrátievna había vendido su anterior casa y había pasado a vivir con su madre en una especie de isbá; allí, en su casa, se había instalado Smerdiákov, enfermo, casi moribundo, después de la muerte de Fiódor Pavlovich. A verle a él iba ahora Iván Fiódorovich, impulsado por una consideración repentina e invencible.

VI

PRIMERA ENTREVISTA CON SMERDIÁKOV

ERA ya la tercera vez que, de vuelta de Moscú, iba Iván Fiódorovich a hablar con Smerdiákov. Le había visto y había conversado con él inmediatamente, el mismo día de su llegada, después de la catástrofe, y le había vuelto a visitar unas dos semanas más tarde. Pero había dejado de ir a verle después de esa segunda entrevista, hacía ya más de un mes que no le veía y que casi nada había oído decir de él. Iván Fiódorovich había regresado de Moscú sólo al quinto día de la muerte de su padre, de modo que ni pudo ver el féretro: la inhumación había tenido lugar precisamente la víspera de su llegada. La causa de su retraso consistía en que Aliosha, no conociendo con exactitud la dirección de Iván en Moscú, había recurrido a Katerina Ivánovna para enviar el telegrama, y ésta, ignorando también la verdadera dirección, telegrafió a su hermana y a su tía, convencida de que Iván Fiódorovich, no bien llegara a Moscú, las visitaría. Pero Iván no fue a verlas hasta el cuarto día; desde luego, enseguida que hubo leído el telegrama, regresó volando a nuestra ciudad. Aquí, con quien primero habló fue con Aliosha y se quedó muy sorprendido de que éste no quisiera ni sospechar de Mitia y señalara directamente a Smerdiákov, como el asesino, lo cual chocaba con la opinión de toda la otra gente de la ciudad. Luego, después de haber hablado con el jefe de policía y con el fiscal, en conocimiento ya de los detalles de la acusación y del arresto, se sorprendió más aún de Aliosha y atribuyó su opinión únicamente al sentimiento fraternal llevado hasta el último grado y a la compasión por Mitia, a quien Aliosha quería mucho, como ya sabía Iván. Diremos a este propósito y de una vez para siempre dos palabras acerca de los sentimientos de Iván por su hermano Dmitri: decididamente no le quería, y si a veces sentía por él mucha compasión era siempre con una mezcla de desprecio que llegaba hasta a un sentimiento de asco. Mitia le era en extremo antipático, incluso por su aspecto físico. En cuanto al amor que por él sentía Katerina Ivánovna, Iván lo veía hasta con indignación. Sin embargo, también el primer día de su llegada se había entrevistado con el acusado Mitia y aquella entrevista no sólo no había debilitado su convicción de que su hermano era culpable, sino que, por el contrario, la había reafirmado. Le encontró entonces muy inquieto, presa de una agitación enfermiza. Mitia estaba muy locuaz, pero se distraía y se dispersaba, hablaba con brusquedad, acusaba a Smerdiákov y se embrollaba terriblemente. De lo que más hablaba era de los tres mil rublos que el difunto le había «robado». «El dinero era mío, me pertenecía —afirmaba Mitia—, incluso si se los hubiese robado tendría razón.» Apenas discutía los cargos que se hacían contra él, y si interpretaba los hechos en su favor lo hacía también de manera muy confusa y absurda, como si no deseara siquiera justificarse ante Iván ni ante nadie; al contrario, se enojaba, despreciaba orgullosamente las acusaciones, insultaba y se enfurecía. Se reía con desprecio de la declaración de Grigori sobre la puerta abierta y aseguraba que «la había abierto el diablo». Pero no podía presentar ninguna explicación coherente de ese hecho. Durante aquella primera entrevista encontró ocasión incluso de ofender a Iván Fiódorovich declarándole secamente que no eran los más indicados para sospechar de él e interrogarle quienes afirman que «todo está permitido». En general, aquella vez fue muy poco amable con Iván Fiódorovich. Inmediatamente después de aquella visita, éste se dirigió a ver a Smerdiákov.

Ya en el vagón del tren, volando desde Moscú, había reflexionado largamente acerca de Smerdiákov y de la última conversación que con él había sostenido la víspera de su partida. Muchas cosas le turbaban, muchas le parecían sospechosas. Pero al declarar ante el juez de instrucción, Iván Fiódorovich nada dijo por de pronto sobre aquel punto. Lo aplazaba hasta haberse entrevistado con Smerdiákov, quien entonces se hallaba en el hospital de la ciudad. El doctor Herzenstube y el médico Varvinski, que recibió a Iván Fiódorovich en el hospital, afirmaron sin vacilar que la enfermedad epiléptica de Smerdiákov era indudable y hasta se sorpredieron de la pregunta: «¿No habría fingido el día de la catástrofe?» Incluso le dieron a entender que aquel ataque había resultado insólito, había durado y se había repetido durante varios días, de modo que la vida del paciente se había encontrado en grave peligro y sólo en aquellos momentos, después de las medidas tomadas, podía afirmarse que el enfermo se salvaría, aunque es muy posible (añadió el doctor Herzenstube) que la razón le quede algo perturbada, «si no por toda la vida, por un largo periodo». A la impaciente pregunta de Iván Fiodórovich: «¿Así, pues, ahora está loco?», le respondieron que «todavía no en el pleno sentido de la palabra, pero se observan en él algunas anormalidades». Iván Fiódorovich decidió comprobar por sí mismo cuáles eran aquellas anormalidades. Enseguida le dieron permiso para realizar la visita. Smerdiákov se hallaba acostado en un local aparte. Al lado suyo había otra cama ocupada por un menestral de la ciudad en grave estado, hidrópico, por lo visto dispuesto ya a morir al día siguiente o a los dos días; no podía ser ningún obstáculo para la conversación. Smerdiákov contrajo desconfiadamente la cara con una ancha sonrisa al ver a Iván Fiódorovich, y de momento se sintió hasta como intimidado. Así por lo menos creyó percibirlo Iván. Pero fue sólo por un instante; durante el resto del tiempo, por el contrario, Iván se sintió casi asombrado por la tranquilidad de Smerdiákov. Ya a la primera mirada se dio perfecta cuenta de que éste se encontraba realmente muy enfermo: estaba muy débil, hablaba despacio y como si le costara mover la lengua; había adelgazado mucho, se había vuelto amarillento. Durante los veinte minutos poco más o menos que duró la entrevista, Smerdiákov se quejó de dolor de cabeza y de malestar en brazos y piernas. El seco rostro de eunuco parecía habérsele quedado muy pequeño; tenía revueltos los cabellos sobre las sienes, y en vez del tupé se le levantaba un fino mechón de escasos cabellos. Pero el ojo izquierdo, entornado y como si aludiera a alguna cosa, revelaba al Smerdiákov de antes. «Con un hombre inteligente, da gusto hablar», recordó al instante Iván Fiódorovich. Se sentó a los pies de la cama en un taburete. Smerdiákov se movió dolorosamente, pero no quiso ser el primero en hablar; callaba, y hasta parecía que no miraba ya con tanta curiosidad.

—¿Puedes hablar conmigo? —preguntó Iván Fiódorovich—. No voy a cansarte mucho.

—Claro que puedo —balbuceó Smerdiákov con voz débil—. ¿Hace mucho que ha llegado usted? —añadió condescendiente, como para animar al visitante, que se sentía turbado.

—Acabo de llegar... A ver si entiendo la que habéis armado por aquí.

Smerdiákov suspiró.

—¿Por qué suspiras, tú no lo sabías? —le soltó sin ambages Iván Fiódorovich.

Smerdiákov guardó silencio unos instantes, sin pestañear.

—¿Cómo no iba a saberlo? Estaba claro con anticipación. ¿Pero cómo saber también que acabaría así?

—¿Qué acabaría cómo? ¡No me vengas con escapatorias! ¿No predijiste que sufrirías un ataque tan pronto como bajaras al sótano? Indicaste sin rodeos que sería en el sótano.

—¿Lo ha dicho usted ya en su declaración? —inquirió con calma Smerdiákov.

Iván Fiódorovich se enojó.

—No, todavía no lo he declarado, pero lo declararé sin falta. Has de explicarme ahora muchas cosas, tato, ¡y entérate, palomo, que no te permitiré jugar conmigo!

—¿Por qué habría de jugar así, si tengo puesta en usted toda mi esperanza, como sólo se pone en Dios Nuestro Señor? —repuso Smerdiákov, también con absoluta calma, después de cerrar sólo por un momento los ojos.

—En primer lugar —empezó Iván Fiódorovich—, sé que es

imposible predecir un ataque de epilepsia. Me he informado, no me vengas con cuentos. Es imposible predecir el día y la hora. ¿Cómo pudiste, entonces, predecirme el día y la hora, y además que sería en el sótano? ¿Cómo pudiste saber que te caerías precisamente en el sótano por un ataque de la enfermedad, si no lo fingiste adrede?

—Al sótano debía de bajar de todos modos varias veces al día —repuso Smerdiákov sin apresurarse—. Exactamente del mismo modo me caí hace un año del desván. Ciertamente, es imposible predecir de antemano el día y la hora de un ataque de epilepsia, pero siempre es posible presentirlo.

—¡Pero tú anunciaste el día y la hora!

—Por lo que respecta a mi enfermedad, señor, lo mejor será que se informe preguntando a los doctores de aquí: ellos le dirán si mi ataque fue verdadero o no, y sobre esta cuestión nada más tengo que añadirle.

—¿Y el sótano? ¿Cómo supiste de antemano que sería en el sótano?

—¡Y dale con el sótano! Entonces, cuando bajé al sótano, tenía miedo y me sentía lleno de inquietudes; sentía miedo, sobre todo, porque me había quedado sin usted y no esperaba que nadie más en todo el mundo me defendiera. Bajé al sótano y me dije: «Ahora me va a dar el ataque; ahora, ¿me caeré, o no?», y a causa de ese mismo temor experimenté de pronto ese implacable espasmo de la garganta... y rodé al suelo. Todo eso y la conversación anterior que sostuve con usted la víspera de aquel día, al atardecer, junto al portalón, cuando le hablé de mis temores y también del sótano, lo he contado con detalle al señor doctor Herzenstube y al juez de instrucción Nikolái Parfiónovich, quienes lo han escrito en el atestado. Y el doctor de aquí, señor Varvinski, ha insistido ante todos en que el ataque se debió precisamente a la preocupación, a la aprensión misma de que «ahora, ¿me caeré, o no me caeré?» Y así me dio. Lo escribieron de ese modo, que lo que sucedió debía de suceder a causa precisamente del miedo que tenía y a nada más.

Dicho esto, Smerdiákov respiró profundamente, como abrumado de fatiga.

—¿Has explicado eso en tu declaración? —preguntó, algo desconcertado, Iván Fiódorovich.

Su propósito era asustarle diciéndole que daría cuenta de la conversación que habían sostenido entonces, y resultaba que Smerdiákov ya lo había declarado por su cuenta.

—¿Qué iba a temer? Que escriban toda la auténtica verdad —respondió con firmeza Smerdiákov.

—¿Y has contado también palabra por palabra la conversación que sostuvimos tú y yo?

—No; palabra por palabra no.

—¿Y que sabes simular un ataque de epilepsia, como te jactaste entonces ante mí, ¿también lo has dicho?

—No, eso tampoco lo he dicho.

—Ahora dime, ¿por qué entonces tenías interés en que yo me fuera a Chermashnia?

—Temía que se fuese a Moscú; a pesar de todo, Chermashania se encuentra más cerca.

—Mentira, tú mismo me instaste a que me marchara: «váyase, me decías, ¡aléjese del pecado!».

—Se lo decía movido sólo por la amistad que por usted siento y por fidelidad de corazón al presentir que en la casa ocurriría alguna desgracia, me compadecía de usted. Sólo que aún me compadecía más de mí. Por eso le decía: aléjese del pecado, para que comprendiera que algo malo iba a suceder en la casa y se quedara a proteger a su padre.

—¡Tenías que habérmelo dicho más francamente, imbécil! —soltó de pronto Iván Fiódorovich, irritado.

—¿Cómo habría podido entonces decirlo más francamente? Lo único que en mí hablaba era el miedo; además, usted también habría podido enfadarse. Desde luego, tenía razones para temer que Dmitri Fiódorovich armara algún escándalo y se llevara aquel dinero, que consideraba como suyo, ¿pero quién iba a suponer que acabaría con ese asesinato? Yo pensaba que se limitaría a robar los tres mil rublos que el señor tenía debajo del colchón, pero le mató. ¿Habría podido adivinarlo ni siquiera usted, señor?

—Pero si tú mismo dices que era imposible adivinarlo, ¿cómo podía preverlo yo y quedarme? ¿Qué líos son esos? —dijo Iván Fiódorovich, reflexionando.

—Podía haberlo adivinado, porque yo le dirigía hacia Chermashnia y no hacia Moscú.

—¡Cómo quieres que lo adivinara!

Smerdiákov parecía muy fatigado y otra vez guardó unos momentos de silencio.

—Habría podido usted adivinarlo ya por el hecho de que si yo insistía en que fuera a Chermashnia y no a Moscú, era porque deseaba tenerle a usted cerca, pues Moscú está lejos, y Dmitri Fiódorovich, sabiendo que no se encontraba usted lejos, no se iba a sentir tan audaz. Además, si pasaba algo, también para defenderme a mí podía usted volver rápidamente, pues le indiqué que Grigori Vasílich se encontraba enfermo y que yo tenía miedo de un ataque de epilepsia. Al explicarle lo de las señales para entrar en casa del difunto y revelarle que Dmitri Fiódorovich las conocía por mí, yo creía que usted mismo adivinaría, entonces, que él iba a maquinar alguna cosa, de modo que usted ni siquiera iría a Chermashnia y se quedaría aquí.

«Habla con mucha ilación —pensó Iván Fiódorovich—, aunque mascullando; ¿pero a qué alteración de facultades se refería Herzenstube?»

—Estás haciéndote el vivo, conmigo, ¡mal rayo te parta! —exclamó, irritándose.

—Pues yo entonces pensé que usted ya lo había adivinado todo, se lo confieso —dijo Smerdiákov con semblante ingenuo.

—¡De haberlo adivinado, no me habría movido de aquí! —gritó Iván Fiódorovich.

—Lo que yo pensaba era que usted, habiéndolo adivinado todo, se apresuraba a marchar sólo para alejarse del pecado, que huía a alguna parte para salvarse del miedo.

—¿Crees que todo el mundo es tan cobarde como tú?

—Perdone, yo creía que usted sí era como yo.

—Naturalmente, tenía que haberlo adivinado —se inquietaba Iván—, ya preveía yo que podía esperar alguna infamia de tu parte... Pero tú mientes, otra vez mientes —exclamó, recordando algo de pronto—. Acuérdate de cómo te acercaste entonces al carruaje y me dijiste: «Con un hombre inteligente, da gusto hablar.» Si me alababas, era porque estabas contento de que me fuera, ¿no es así?

Smerdiákov suspiró una y otra vez. Pareció como si a su rostro se le asomara algo de dolor.

—Si estaba contento —pronunció, sofocándose un poco— era sólo porque accedió usted a irse a Chermashnia y no a Moscú; Chermashnia, a pesar de todo, está más cerca; y aquellas palabras se las dije entonces no como alabanza, sino como un reproche. Lo entendió usted mal.

—¿En qué sentido, un reproche?

—En el de que, presintiendo semejante desdicha, abandonara a su propio padre y no quisiera defendernos, porque a mí siempre podían encartarme en el asunto declarándome sospechoso de haber robado esos tres mil rublos.

—¡El diablo te confunda! —juró Iván otra vez—. Un momento: ¿has declarado lo de esas señales, lo de los golpes a la ventana, al juez de instrucción y al fiscal?

—Se lo he declarado todo.

Iván Fiódorovich volvió a sorprenderse otra vez para sus adentros.

—Si yo entonces pensé en algo —prosigió de nuevo—, fue sólo en la posibilidad de alguna bajeza por parte tuya y nada más. Dmitri podía matar, pero yo no creía que robara... En cambio, de tu parte esperaba cualquier infamia. Tú mismo me dijiste que sabes disimular una crisis de epilepsia; ¿por qué me lo dijiste?

—Nada más que por candidez. Además, que nunca en la vida lo he simulado; lo dije sólo por decir, para darme tono ante usted. Fue estúpido. Entonces sentía yo por usted un gran afecto y le hablaba con toda sencillez.

—Mi hermano te acusa sin rodeos; dice que eres tú quien ha matado y ha robado.

—Sí, ¿qué otra cosa puede hacer él? —repuso Smerdiákov, con una expresión de amargura en el rostro y como sonriendo—. ¿Quién le va a creer después de tantas pruebas como tiene en contra? La puerta la vio abierta Grigori Vasílievich. Después de esto, ¿qué espera? ¡Bah, que Dios le ampare! Tiembla y procura salvarse...

Se calló unos momentos tranquilamente y de pronto añadió, como si hubiera reflexionado:

—El caso es que otra vez me viene con lo mismo: quiere hacer creer que ha sido cosa de mis manos, ya lo he oído decir; pero piense usted en eso de que yo soy un maestro en representar un ataque de epilepsia: ¿le habría dicho de antemano que sé representarlo si en realidad hubiera tramado algo entonces contra su padre? De haber proyectado semejante asesinato, ¿cabe ser tan estúpido para ofrecer anticipadamente una prueba como ésa contra uno mismo, y ofrecerla por añadidura al propio hijo de la víctima? ¡Por favor! ¿Tiene eso algo de verosímil? Al contrario, nunca creerá nadie que haya sido posible. Vea, nadie oye ahora esta conversación nuestra a no ser la misma Providencia; pero si usted se la comunicara al fiscal y a Nikolái Parfiónovich, lo único que haría sería defenderme: Pues ¿qué malvado puede ser éste que se muestra de antemano tan ingenuo? Todos lo comprenderán muy bien.

—Escucha —Iván Fiódorovich se levantó, impresionado por este último argumento de Smerdiákov e interrumpiendo la conversación—, yo de ti no sospecho en absoluto y hasta considero ridículo acusarte... Al contrario, incluso te agradezco que me hayas tranquilizado. Ahora me voy, pero volveré. De momento, adiós, ponte bueno. ¿No necesitas alguna cosa?

—Le estoy muy agradecido por todo. Marfa Ignátievna no se olvida de mí y me proporciona todo lo que me hace falta, es tan buena como siempre. Todos los días viene a verme gente de buen corazón.

—Hasta la vista. De todos modos, eso de que puedes simular no lo diré... y te aconsejo además que no lo declares —añadió de pronto Iván, quién sabe por qué.

—Comprendo muy bien. Y si usted no declara eso, tampoco yo diré nada de la conversación que aquel día sostuvimos ante la casa...

Sucedió entonces que Iván Fiódorovich salió apresuradamente y sólo después de haber dado una decena de pasos por el corredor sintió de pronto que la última frase de Smerdiákov contenía cierto sentido vejatorio. Estuvo a punto de volverse, pero fue sólo cuestión de un instante; y después de balbucear: «¡Tonterías!», se apresuró a salir del hospital. Sentía que, realmente, estaba tranquilo, eso era lo principal, y lo estaba precisamente por la circunstancia de que el culpable no era Smerdiákov, sino Mitia, su hermano, aunque al parecer debería de haber sido al revés. Entonces no quería examinar por qué era así y hasta le causaba repugnancia profundizar en sus sensaciones. Experimentaba el deseo de olvidar cuanto antes alguna cosa. Luego, en el transcurso de unos cuantos días, quedó ya convencido por completo de la culpabilidad de Mitia cuando tuvo un conocimiento más directo y fundamentado de todas las pruebas abrumadoras que había contra él. Había declaraciones de gente insignificante, pero casi estremecedoras, como por ejemplo las de Fienia y su madre. Respecto a Perjotin, a la taberna, a la tienda de los Plótnikov y a los testigos de Mókroie, ni siquiera había que hablar. Los detalles, sobre todo, anonadaban. La noticia acerca de los «golpes» secretos impresionó al juez de instrucción y al fiscal casi tanto como la declaración de Grigori acerca de la puerta abierta. La mujer de Grigori, Marfa Ignátievna, a un pregunta de Iván Fiódorovich, respondió sin vacilar que Smerdiákov se había pasado la noche tumbado al otro lado del tabique, «a menos de tres pasos de nuestra cama», y que, aun habiendo dormido ella profundamente, se había despertado muchas veces por los gemidos que el enfermo profería ahí al lado: «estuvo gimiendo todo el tiempo, gemía sin cesar». Cuando, hablando con Herzenstube, le dio a conocer su impresión de que Smerdiákov no le parecía en absoluto trastornado, sino únicamente debilitado, provocó sólo una fina sonrisa del viejo doctor. «¿Sabe usted de qué se ocupa ahora, de manera especial? —preguntó éste a Iván Fiódorovich—. Estudia de memoria vocablos franceses; tiene debajo de la almohada un cuaderno en el que alguien le ha escrito palabras francesas con letras rusas, ije-je-je!» Iván Fiódorovich abandonó, al fin, toda duda. Ya no podía pensar en su hermano Dmitri sin aversión. Una cosa, no obstante, era extraña; el que Aliosha siguiera insistiendo en afirmar que no había sido Dmitri el homicida, sino, «con toda probabilidad», Smerdiákov. Iván siempre había sentido que, para él, la opinión de Aliosha era de mucho peso y por este motivo ahora estaba perplejo. También resultaba extraño que Aliosha no procurara nunca hablar con él acerca de Mitia, nunca empezaba la conversación sobre ese asunto y sólo se limitaba a contestar a las preguntas de Iván. Era ésa una circunstancia que Iván Fiódorovich no había dejado de observar y que le impresionaba. Por otra parte, en aquel entonces estaba él muy absorbido por un hecho marginal: desde los primeros días de su regreso de Moscú, se había entregado de manera rotunda a su encendida y loca pasión por Katerina Ivánovna. No es éste el lugar apropiado para dar comienzo al relato de este nuevo sentimiento de Iván Fiódorovich que se reflejó luego en toda su vida: ello podría servir de trama para otra historia, para otra novela, que no sé aún si la escribiré alguna vez. De todos modos, no puedo pasar por alto, ni siquiera ahora, el que cuando Iván Fiódorovich, al caminar de noche, con Aliosha después de abandonar la casa de Katerina Ivánovna, como ya he descrito, le dijo: «A mí no me interesa», mentía horriblemente en aquel momento; él estaba locamente enamorado de ella, si bien es cierto, asimismo, que a veces la odiaba hasta el punto de que habría podido matarla. Eran muchas las causas que ahí se juntaban: conmovida toda ella por lo sucedido con Mitia, acogió como a su salvador a Iván Fiódorovich, quien de nuevo volvía a su lado. Se sentía agraviada, ofendida, humillada en sus sentimientos. Y he aquí que, de pronto, se presentaba otra vez un hombre que ya antes la quería —ella lo sabía muy bien— y del que Katerina Ivánovna ponía a una altura superior a la suya la inteligencia y el corazón. Pero la rígida joven no se entregó por entero en sacrificio a pesar de la impetuosidad karamazoviana de los deseos de su enamorado y de la fascinación que sobre ella éste ejercía. Al mismo tiempo, Katerina Ivánovna se sentía atormentada sin cesar por el remordimiento de haber traicionado a Mitia, y en los borrascosos momentos en que reñía con Iván (y eran muchos) se lo decía sin ambages. A eso fue a lo que Iván, hablando con Aliosha, denominó «mentira sobre mentira». Desde luego, había ahí mucha mentira, y eso era lo que más irritaba a Iván Fiódorovich... pero de ello hablaremos más tarde. En una palabra, durante cierto tiempo, Iván casi se olvidó de Smerdiákov. Sin embargo, dos semanas después de haberle hecho la primera visita, empezaron a torturarle otra vez los mismos extraños pensamientos de antes. Bastará decir que se preguntaba una y otra vez por qué entonces, la última noche que pasó en casa de Fiódor Pávlovich antes de su partida, había salido cautelosamente a la escalera, como un ladrón, y había escuchado lo que hacía su padre, abajo. ¿Por qué recordó luego con repugnancia aquella acción suya, por qué al día siguiente, por la mañana, ya en camino, experimentó de pronto tanta angustia y al llegar a Moscú se dijo: «¡Soy un miserable!»? Esos pensamientos atormentadores volvieron a apoderarse de él con tanta fuerza, que en cierta ocasión le vino a la cabeza la idea de que, por ellos, estaba dispuesto a olvidarse hasta de Katerina Ivánovna. Precisamente después de haberlo pensado se encontró con Aliosha en la calle. Le detuvo enseguida y le preguntó de buenas a primeras:

—¿Te acuerdas de cuando, después de comer, Dmitri irrumpió en casa y golpeó a nuestro padre? Luego, en el patio, te dije que me reservaba el «derecho de desear». Dime, ¿pensaste entonces que yo deseaba la muerte de nuestro padre?

—Lo pensé —respondió en voz baja Aliosha.

—Así era, en efecto, poco costaba adivinarlo. Pero ¿no se te ocurrió pensar entonces, también, que lo que yo deseaba era que «una alimaña se comiera a otra alimaña», es decir, que fuera Dmitri quien matara a nuestro padre y que lo hiciera cuanto antes... y que yo mismo no estaba en contra de facilitarlo?

Aliosha palideció levemente y, sin decir palabra, miró a su hermano a los ojos.

—¡Pero habla! —gritó Iván—. Quiero saber con toda el alma lo que entonces pensaste. Lo necesito; ¡la verdad, la verdad —respiraba pesadamente, mirando a Aliosha con cierto rencor anticipado.

—Perdóname, también lo pensé —balbuceó Aliosha, y se calló, sin añadir ni una sola «circunstancia atenuante».

—¡Gracias! —respondió con brusquedad Iván, y, dejando a su hermano, prosiguió a toda prisa su camino.

Desde entonces Aliosha observó que Iván empezaba a apartarse de él sin disimularlo y que hasta le había tomado antipatía, por lo cual él mismo dejó de visitarle. Pero Iván Fiódorovich, aquella vez, inmediatamente después de haberse cruzado con él, sin regresar a su casa, se dirigió de nuevo a ver a Smerdiákov.

SEGUNDA ENTREVISTA CON SMERDIÁKOV

En aquel entonces, Smerdiákov ya había sido dado de alta del hospital. Iván Fiódorovich conocía su nueva vivienda: era precisamente aquella casita de troncos ladeada, dividida en dos piezas por un zaguán. En una de las piezas se había instalado María Kondrátievna con su madre; en la otra vivía Smerdiákov. Dios sabe en qué condiciones se había alojado en aquella casa; ¿gratuitamente, o con pago de alquiler? Más tarde se supuso que se había instalado allí en calidad de novio de María Kondrátievna y que por de pronto no pagaba nada. Tanto la madre como la hija le tenían en mucha estima y le miraban como a una persona superior a ellas. Después de llamar, Iván Fiódorovich entró en el zaguán y, por indicación de María Kondrátievna, pasó directamente a la izquierda, al «aposento mejor» ocupado por Smerdiákov. En aquella pieza había una estufa con azulejos, fuertemente recalentada. Las paredes estaban recubiertas con una empapelado azul, la verdad es que roto en muchas partes, y debajo del papel, en las grietas, hormigueaban las cucarachas en espantosa cantidad, de modo que se percibía un ruidillo incesante. El mobiliario era mínimo: dos bancos contra las paredes y dos sillas junto a la mesa, la cual, aunque de madera, muy sencilla, estaba recubierta por un tapete con ramajes de rosas. En cada una de las dos pequeñas ventanillas había una maceta con geranios. En un ángulo, se veía una pequeña vitrina con imágenes sagradas. Sobre la mesa había un samovar pequeño, de cobre, muy abollado, y una bandeja con dos tazas. Pero Smerdiákov ya había tomado el té y el samovar se había apagado... Él estaba sentado en un banco, ante la mesa, y hacía unos trazos a pluma en un cuaderno. Tenía al lado un frasquito de tinta y también una palmatoria de hierro colado, aunque con una vela de estearina. Con sólo mirarle la cara, Iván Fiódorovich llegó enseguida a la conclusión de que Smerdiákov se había restablecido por completo de su enfermedad. Se le veía la tez más fresca, las mejillas más rellenas, el breve tupé rizado, los cabellos de las sienes fijados con pomada. Llevaba una chillona bata acolchada, si bien muy usada y raída. Tenía puestas sobre la nariz unas gafas que Iván Fiódorovich no le había visto nunca. Esa nimia circunstancia pareció irritar doblemente a Iván Fiódorovich: «¡Una alimaña como ésta, y con gafas!» Smerdiákov alzó lentamente la cabeza y a través de los lentes clavó una fija mirada en el visitante; luego se los quitó con calma y se levantó del banco, pero menos con deferencia que con cierto aire de pereza, con el fin exclusivo de cubrir la más elemental de las apariencias, de lo cual casi es imposible prescindir. Todo eso lo percibió al instante Iván, quien enseguida captó la actitud de Smerdiákov y, sobre todo, su mirada, decididamente rencorosa, hostil e incluso altanera: «¿A qué vienes tú aquí —parecía decir—, ya nos pusimos de acuerdo en todo la otra vez; ¿qué quieres, pues, ahora?» Iván Fiódorovich apenas pudo dominarse:

—Aquí hace calor —dijo, aún de pie, desabrochándose el abrigo.

—Quíteselo —le concedió Smerdiákov.

Iván Fiódorovich se quitó el abrigo y lo arrojó sobre un banco: tomó una silla con temblorosas manos, la acercó rápidamente a la mesa y se sentó. Smerdiákov había encontrado tiempo para sentarse en su banco antes que él.

—En primer lugar, ¿estamos solos? —preguntó Iván Fiódorovich en tono seco y vivo—. ¿No nos oirán desde allí?

—Nadie oirá nada. Usted mismo lo ha visto: nos separa un zaguán.

—Escucha, amigo: ¿qué tontería me soltaste cuando salía yo de verte en el hospital, al decirme que si me callaba lo de que eres un maestro en simular los ataques de epilepsia no dirías al juez todo lo que conversamos junto al portalón? ¿Qué significa ese *todo*? ¿A qué podías tú referirte, entonces? ¿Me amenazabas, acaso? ¿Acaso me he aliado yo contigo de algún modo o te tengo miedo?

Iván Fiódorovich dijo todo esto con ira, dando a entender de manera manifiesta e intencionada que despreciaba rodeos y fintas y que jugaba con las cartas boca arriba. A Smerdiákov le brillaron malignamente los ojos, se le puso a parpadear el izquierdo, y enseguida dio él su respuesta, si bien con la reserva y mesura que le eran habituales y como si dijera: «¿Quieres juego limpio? Bien, aquí lo tienes.»

—Pues a lo que yo entonces me refería, y por eso lo dije, fue a que usted, sabiendo de antemano que se iba a asesinar a su padre, le dejó sin defensa, y prometí no decir nada a la autoridad para que nadie pudiera sacar ninguna mala conclusión de los sentimientos de usted o, quizá, de alguna otra cosa.

Aunque Smerdiákov respondió sin apresurarse y, por lo visto, dominándose, en su voz se percibía ya algo hasta firme e insistente, maligno y provocador. Miró con insolencia a Iván Fiódorovich, a quien de momento hasta se le turbó la vista:

—¿Cómo? ¿Qué? ¿Estás en tu juicio?

—Estoy total y plenamente en mi juicio.

—¿Acaso *sabía* yo entonces nada acerca del asesinato? —gritó, por fin, Iván Fiódorovich, dando un fuerte puñetazo sobre la mesa—. ¿Qué significa «de alguna otra cosa»? ¡Habla, canalla!

Smerdiákov callaba, sin dejar de contemplar con su insolente mirada a Iván Fiódorovich.

—Habla, hediondo bribón, ¿de qué «otra cosa»? —clamó éste.

—Con lo de «otra cosa», me refería yo entonces a que usted, quizá, deseaba también muchísimo la muerte de su padre.

Iván Fiódorovich se levantó bruscamente y con todas sus fuerzas le dio un puñetazo en el hombro, proyectándole contra la pared. Al instante quedó Smerdiákov con el rostro bañado en lágrimas, y dijo:

—¡Qué vergüenza, señor, pegar a un hombre débil!

De pronto se cubrió los ojos con un pañuelo de algodón, a cuadros azules, lleno por completo de mocos, y se sumió en un quedo llanto lacrimoso. Transcurrió un minuto.

—¡Basta! ¡Deja de llorar! —dijo por fin Iván Fiódorovich en tono imperioso, sentándose de nuevo en la silla—. ¡No acabes del todo con mi paciencia!

Smerdiákov se apartó el trapo de los ojos. Cada uno de los rasgos de su fruncida cara, hasta los más pequeños, era una expresión de la ofensa que acababa de sufrir.

—¿Así, pues, pensaste entonces que yo quería matar a mi padre, de acuerdo con Dmitri?

—Yo no sabía cuáles eran entonces sus pensamientos —repuso ofendido Smerdiákov—. Por eso le detuve cuando llegaba usted al portalón, para sondearle acerca de ese punto concreto.

—¿Qué querías sondear? ¿Qué?

—Precisamente esa circunstancia: ¡si deseaba usted o no que su padre fuera asesinado cuanto antes!

Lo que más indignaba a Iván Fiódorovich era aquel porfiado e insolente tono del que Smerdiákov se empeñaba en no prescindir.

—¡Tú le mataste! —exclamó de pronto Iván.

Smerdiákov se sonrió desdeñosamente.

—Que no fui yo, lo sabe usted a ciencia cierta. Y yo pensaba que un hombre inteligente ya no tendría más que hablar sobre esta cuestión.

—Pero ¿por qué tuviste entonces de mí tal sospecha, por qué?

—Ya lo sabe, sólo por miedo. Me encontraba en tal estado que, muerto de miedo, sospechaba de todos. Me propuse sondearle también a usted, porque si usted, pensaba yo, deseaba lo mismo que su hermanito, entonces la cuestión estaba zanjada y yo iba a perecer en ello como una mosca.

—Escucha, no era eso lo que decías hace dos semanas.

—A lo mismo me refería cuando hablé con usted en el hospital, pero supuse que usted comprendía sin necesidad de palabras superfluas, y que como persona muy inteligente no deseaba una conversación franca.

—¡Vaya, hombre! Pero responde, responde, insisto: ¿en qué te basaste, con qué pude yo hacer surgir entonces, en tu alma vil, una sospecha tan baja para mí?

—Matar, por nada del mundo podía hacerlo usted mismo, ni quería hacerlo; pero desear que otro matara, eso sí lo deseaba.

—¡Y con qué tranquilidad lo dice, con qué tranquilidad! ¿Por qué motivo iba yo a desearlo, qué necesidad tenía yo de desearlo?

—¿Cómo, por qué motivo? ¿Y la herencia? —replicó vivamente Smerdiákov, venenoso y hasta vengativo—. Entonces, a la muerte de su padre, cada uno de los tres hermanos podía heredar por lo menos cuarenta mil rublos y quizá más, mientras que si Fiódor Pávlovich se casaba con esa señora, Agrafiona Alexándrovna, ésta habría puesto a su nombre todo el capital al día siguiente de la boda, pues no tiene nada de tonta, de modo que a los tres hermanitos no les habrían tocado ni dos rublos después de la muerte del padre. ¿Acaso faltaba mucho entonces para llegar a la boda? Nada, todo pendía de un hilo: le habría bastado a esa señora hacer así con el dedito meñique ante él y el señor enseguida habría corrido tras ella a la iglesia con la lengua fuera.

Iván Fiódorovich a duras penas lograba contenerse.

—Está bien —dijo al fin—; ya ves, no he saltado, no te he pegado hasta dejarte sin sentido, no te he matado. Continúa: así, pues, según tú, predestinaba yo a ello a mi hermano Dmitri, contaba con él, ¿no?

—¿Cómo no iba a contar con él? Si él mataba, perdía todos los derechos a la nobleza, se quedaba sin títulos y sin bienes, iba a ser deportado. Entonces, su parte quedaba mitad y mitad para usted y para su hermanito Alexiéi Fiódorovich después de la muerte de su padre; es decir, que no eran ya cuarenta mil rublos los que les iba a tocar a cada uno, sino sesenta mil. ¡No hay duda de que usted contaba entonces con Dimitri Fiódorovich!

—¡Vaya lo que estoy aguantando! Escucha, infame: de haber contado yo entonces con alguien habría sido contigo, pero no con Dmitri, y te juro que hasta llegué a presentir que ibas a cometer alguna infamia... entonces... ¡Recuerdo la impresión que tuve!

—Yo mismo pensé, por un momento, que también contaba usted conmigo —Smerdiákov imprimió a su cara una ancha sonrisa irónica—, de modo que con eso aún se ponía usted más en evidencia, ante mí; entonces, pues, si usted tenía tal presentimiento y al mismo tiempo se iba, era como si me dijera con toda claridad: puedes matar a mi padre, no me opondré.

—¡Canalla! ¡Así lo entendiste tú!

—Y todo a causa de Chermashnia. ¡Por favor! Se disponía usted a ir a Moscú; a todos los ruegos de su padre para que hiciera un viaje a Chermashnia respondió negándose. ¡Y de pronto accederé por una sola palabra tonta de mi parte! ¿Qué podía moverle a acceder? Si no iba a Moscú y emprendía el viaje a Chermashnia sin causa alguna, únicamente por lo que yo le había dicho, es que algo esperaba de mí.

—¡No, lo juro, no! —vociferó Iván rechinando de dientes.

—¿Cómo que no? Por las palabras que entonces le dije yo a usted, hijo de su padre, lo primero que se me debía de haber hecho era llevarme a la comisaría y despellejarme... por lo menos darme una manta de azotes sin esperar a más; pero usted, ¡por favor!, sin enojarse en lo más mínimo, atendió amablemente y con toda exactitud a la tonta palabra que le dije y se puso en marcha, lo cual era absurdo por completo, pues lo que usted tenía que haber hecho era quedarse para velar por la vida de su padre... ¿Cómo no iba yo a sacar mi conclusión?

Iván estaba sentado, la cara hosca, apoyando convulsivamente los dos puños en las rodillas.

—Sí, es una pena que no te hubiera roto los morros —se sonrió amargamente—. Llevarte a la comisaría no era posible: ¿quién me habría creído y qué pruebas habría podido presentar?; pero pegarte... ah, qué pena, no se me ocurrió; aunque están prohibidos los golpes, te habría hecho papilla la jeta.

Smerdiákov lo contemplaba casi con placer.

—En los casos corrientes de la vida —dijo en el tono sentencioso y satisfecho en que discutía a veces sobre la fe con Grigori Vasílievich y le irritaba estando de pie tras la mesa de Fiódor Pávlovich—, en los casos corrientes de la vida, los golpes están ahora en verdad prohibidos por la ley y todo el mundo ha dejado de pegar; pero en los insólitos de la vida, no ya en nuestro país, sino en todo el universo, aunque se trate de la más completa República francesa, se continúa pegando como en los tiempos de Adán y Eva, y nunca dejará de hacerse; en cambio, usted, en el caso insólito de entonces, no se atrevió.

—¿Qué haces con esto, estás aprendiendo vocablos franceses? —Iván señaló con un movimiento de cabeza el cuaderno que se encontraba sobre la mesa.

—¿Por qué no habría de aprenderlos yo para completar mi instrucción, pensando que quizás alguna vez pueda visitar esos felices lugares de Europa?

—Escucha, monstruo —a Iván, que se estremeció de pies a cabeza, los ojos le relampaguearon—, no temo tus acusaciones, declara contra mí lo que quieras; y si no te muelo a palos hasta matarte ahora es únicamente porque sospecho que eres tú el autor del crimen y te llevaré a los tribunales. ¡Aún voy a descubrir lo que has hecho!

—A mi modo de ver, será mejor que calle. ¿Qué puede usted declarar contra mí, dada mi total inocencia, y quién le va a creer? Pero si empieza, también yo lo contaré todo, pues ¿cómo no habré de defenderme?

—¿Crees que ahora te temo?

—No importa que la justicia no crea las palabras que ahora acabo de decirle, las creerá el público y usted se avergonzará.

—Eso significa otra vez, aquello de: «con una persona inteligente da gusto hablar», ¿eh? —rechinó Iván.

—Ha dado usted en el clavo. Y se portará como es debido.

Iván Fiódorovich se levantó temblando de indignación; se puso el abrigo, y sin responder nada más a Smerdiákov, sin mirarle siquiera, salió a toda prisa de la isbá. El aire fresco de la noche le despejó. En el cielo brillaba la luna. Ideas y sensaciones le rebullían en el alma en terrible pesadilla. «¡Voy ahora mismo a denunciar a Smerdiákov! Pero qué puedo declarar: a pesar de todo es inocente. Al contrario, él me acusará a mí. En realidad, ¿con qué objetivo partí entonces hacia Chermashnia? ¿Para qué, para qué? —se preguntaba Iván Fiódorovich—. Sí, claro está, yo esperaba algo, tiene razón... Y de nuevo, por centésima vez, recordó cómo la última noche en casa de su padre escuchaba desde la escalera, a hurtadillas, lo que éste hacía, pero lo recordaba ahora con tanto dolor que hasta se paró en seco como fulminado: «¡Sí, entonces yo lo esperaba, es cierto! ¡Yo deseaba el asesinato, precisamente lo deseaba! ¿Quería yo el asesinato, lo quería?... ¡Hay que matar a Smerdiákov!... ¡Si no me atrevo a matar ahora a Smerdiákov no vale la pena seguir viviendo!...» Iván Fiódorovich, sin pasar por su casa, se fue entonces directamente a la de Katerina Ivánovna, a la que asustó con su aparición: estaba como loco. Le contó la conversación que acababa de tener con Smerdiákov, hasta el último detalle. No podía sosegarse a pesar de las palabras con que la joven procuraba calmarle; iba de un extremo a otro y hablaba de manera entrecortada, extraña. Por fin se sentó, puso los codos sobre la mesa, apoyó la cabeza en ambas manos y formuló un raro pensamiento:

—Si quien mató no fue Dmitri, sino Smerdiákov, está bien claro que yo soy solidario suyo, pues le instigué. En realidad, no sé aún si le instigué. Pero si mató él y no Dmitri, desde luego, también yo soy un asesino.

Después de oír estas palabras, Katerina Ivánovna se levantó de su asiento sin decir nada, se acercó a su escritorio, abrió un cofrecito que tenía encima, sacó un papel y lo puso ante Iván. Era el documento del que más tarde Iván Fiódorovich habló a Aliosha como de la «demostración matemática» de que el asesino de su padre era Dmitri. Se trataba de una carta escrita por Mitia, estando borracho, a Katerina Ivánovna la tarde misma en que se encontró en el campo con Alexiéi cuando éste regresaba al monasterio después de la escena habida en casa de Katerina Ivánovna, a la que Grúshenska insultó. Entonces, al separarse de Aliosha, Mitia fue corriendo a casa de Grúshenka; no se sabe si la vio, pero ya de noche se encontraba en la taberna «La Capital», donde bebió sin medida. Borracho, recabó papel y pluma y garrapateó un documento importante contra sí mismo. Se trataba de una carta exaltada, redundante e inconexa, precisamente «borracha». Hacía pensar en el hombre que, hecho una cuba, vuelve a su casa y empieza a contar a su mujer o a alguno de los familiares, con extraordinaria vehemencia, cómo acaban de ofenderle, cuán canalla es el ofensor, cuán excelente persona es, por el contrario, él mismo y cómo va a dar su merecido a aquel miserable, y todo lo cuenta sin acabar nunca, sin ilación y muy excitado, dando puñetazos sobre la mesa y derramando lágrimas de borracho. El papel que le dieron en la taberna era un trozo sucio de papel de cartas corriente, de mala calidad, en cuyo reverso habían anotado una cuenta. Por lo visto, el espacio resultaba insuficiente para la verbosidad borrachina, y Mitia había aprovechado todos los márgenes de papel y, además, había escrito en forma de cruz sobre las últimas líneas, ya escritas. La carta decía:

«¡Fatal Katia! Mañana me haré con dinero y te devolveré tus tres mil rublos, ¡y adiós, mujer irascible, pero adiós también a mi amor! ¡Acabemos! Mañana pediré dinero a todo el mundo; y si no obtengo dinero de la gente, te doy palabra de honor que iré a ver a mi padre, le abriré la cabeza y le cogeré el dinero que esconde debajo de la almohada; lo único que hace falta es que Iván se vaya. Acabaré en presidio, pero te devolveré los tres mil rublos. Tú, adiós. Me inclino hasta el suelo, pues ante ti soy un canalla. Perdóname. No, es mejor que no me perdones: ¡así nos será más soportable, a mí y a ti! Prefiero el presidio a tu amor, pues amo a otra, a la que hoy has llegado a conocer demasiado, ¿cómo vas a poder perdonar? ¡Mataré al hombre que me ha robado! Me alejaré de todos vosotros, me iré al Oriente, para no conocer a nadie. De *ella* también, pues no sólo tú me torturas, también me tortura ella. ¡Adiós!

»P.S. Escribo una maldición, ¡pero te adoro! Lo percibo en mi pecho. Ha quedado una cuerda y suena. ¡Preferiría que el corazón se me partiera por la mitad! Yo me mataré, pero antes mataré al perro. Le arrancaré tres mil rublos y te los arrojaré a ti. ¡Aunque canalla ante ti, no soy un ladrón! Espera los tres mil rublos. Los tiene el perro bajo el colchón, atados con una cinta rosa. No soy yo el ladrón, y al ladrón que me ha robado le mataré. Katia, no me mires con desprecio: ¡Dmitri no es un ladrón, sino un asesino! Ha matado a su padre y se ha perdido a sí mismo para mantenerse firme y no tener que soportar tu orgullo. Y también para no amarte.

»PP.S Te beso los pies, ¡adiós!

»PP.SS. Katia, ruega a Dios para que me den el dinero. En ese caso, no me mancharé de sangre; pero si no me lo dan, ¡me hundiré en la sangre! ¡Mátame!

»Esclavo y enemigo,

»*D. Karamázov.*»

Cuando Iván hubo leído el «documento», se levantó convencido. Así, pues, quien había matado era su hermano y no Smerdiákov. Si no era Smerdiákov, tampoco era él, Iván. A sus ojos, aquella carta, de pronto, adquiría un sentido matemático. Para él no cabía ya duda alguna acerca de la culpabilidad de Mitia. A propósito: Iván nunca tuvo la sospecha de que Mitia hubiera podido matar junto con Smerdiákov, cosa que, por otra parte, no concordaba con los hechos. Se quedó completamente tranquilo. A la mañana siguiente, sólo se acordaba con desprecio de Smerdiákov y de sus burlas. Pasados unos días, hasta se sorprendía de haber podido tomar tan en serio las sospechas de este último. Decidió despreciarle y olvidarle. Así transcurrió un mes. De Smerdiákov no volvió a preguntar nada más a nadie, pero oyó decir un par de veces, como de pasada, que estaba muy enfermo y algo trastocado. «Acabará loco», comentó en cierta ocasión el joven médico Varvinski, e Iván lo retuvo en la memoria. Durante la última semana de dicho mes, el propio Iván empezó a sentirse muy mal. Fue a consultar al doctor de Moscú llamado por Katerina Ivánovna en vísperas del juicio. En ese mismo tiempo, precisamente, sus relaciones con la joven se habían hecho tensas en extremo. Eran los dos como enemigos que estuvieran enamorados uno del otro. Los retornos de Katerina Ivánovna a Mitia, instantáneos, pero fuertes, ponían ya totalmente furioso a Iván. Cosa extraña: hasta la última escena, descrita por nosotros, que se desarrolló en casa de Katerina Ivánovna, cuando acudió allí Aliosha después de haber visitado a Mitia, Iván no había oído decir ni una sola vez a la joven que dudara de la culpabilidad de Mitia, pese a sus «retornos» hacia éste, que tan odiosos le eran. También es digno de notar que Iván, sintiendo cómo día a día odiaba más a su hermano, comprendía, al mismo tiempo, que su odio no se debía a los «retornos» de Katia hacia este último, sino, precisamente, *ial hecho de ser él, Mitia, quien había matado a su padre!* Se daba perfecta cuenta de ello. Sin embargo, unos diez días antes del juicio, fue a ver a su hermano y le expuso un plan de evasión, por lo visto meditado con bastante anterioridad. Aparte de la causa principal que le había inducido a dar ese paso, tenía asimismo en ello su culpa la pequeña herida, no cicatrizada, que le había causado en el corazón una palabrita de Smerdiákov en el sentido de que a Iván le resultaba beneficiosa la condena de su hermano, pues de este modo la suma heredada del padre se elevaría para él y para Aliosha de cuarenta mil rublos a sesenta mil. Decidió sacrificar treinta mil rublos sólo de su parte para organizar la evasión de Mitia. Cuando regresaba, entonces, de visitarle, estaba extraordinariamente triste y confuso: de pronto tuvo la impresión de que quería la huida no sólo para sacrificar en ello treinta mil rublos y cicatrizar la herida de su corazón, sino, además, por alguna otra cosa. «¿Será porque en el fondo del alma soy yo también un asesino?», se preguntó. Alguna cosa distante, pero candente, le laceraba el alma. Sin embargo, lo más importante era que en todo aquel mes su orgullo tuvo que sufrir lo indecible, pero de esto hablaremos más tarde... Cuando tomó el cordón de la campanilla de su casa, después de haber conversado con Aliosha, y decidió de pronto ir a ver a Smerdiákov, Iván Fiódorovich obedecía a un sentimiento especial de cólera que le estalló repentinamente en el pecho. De pronto recordó cómo Katerina Ivánovna acababa de exclamar en presencia de Aliosha: «¡Has sido tú, tú, quien me ha hecho creer que él (es decir, Mitia) es un asesino!» Al recordarlo, Iván hasta se quedó como petrificado: jamás en la vida le había asegurado a ella que el asesino era Mitia; al contrario, le había comunicado las sospechas que tenía acerca de sí mismo cuando había vuelto de visitar a Smerdiákov. ¡Al contrario, había sido *ella,* ella le había puesto delante entonces el «documento» y le había mostrado la culpabilidad de Mitia! Y de pronto, ahora exclamaba: «¡Yo misma he ido a ver a Smerdiákov!» ¿Cuándo había ido? Iván nada sabía sobre este particular. ¡Así, pues, ella no estaba tan convencida de la culpabilidad de Mitia! ¿Y qué pudo haberle dicho Smerdiákov? ¿Qué era, precisamente, lo que le había dicho? Una ira espantosa le abrasó el corazón. No comprendía cómo media hora antes había podido pasar por alto aquellas palabras y no se había puesto a gritar inmediatamente. Soltó el cordón de la campanilla y se precipitó hacia la casa de Smerdiákov. «Es posible que esta vez le mate», pensaba por el camino.

VIII

TERCERA Y ÚLTIMA ENTREVISTA CON SMERDIÁKOV

HABRÍA recorrido la mitad del camino cuando se levantó un viento penetrante y seco, como el de aquel día por la mañana temprano, que esparcía una nieve menuda, seca y espesa. La nieve caía al suelo sin pegarse a la tierra, el viento la arremolinaba, y pronto se desencadenó una auténtica ventisca. La parte de la ciudad en que vivía Smerdiákov carece casi por completo de alumbrado. Iván Fiódorovich daba zancadas en la oscuridad sin parar mientes en la tempestad de nieve, siguiendo el camino instintivamente. Tenía dolor de cabeza, experimentaba atormentadoras punzadas en las sienes, notaba como convulsiones en las muñecas. Poco antes de llegar a la casita de María Kondrátievna, se cruzó inesperadamente con un borracho solitario, un hombrecito de pequeña estatura, que llevaba un tosco caftán remendado, caminaba haciendo eses, rezongando y blasfemando; de pronto dejaba de blasfemar y se ponía a cantar con ronca voz de borracho:

> ¡Ay, Vañka se ha ido a Píter[7],
> no le voy a esperar!

Pero siempre se interrumpía en esta segunda línea y otra vez empezaba a insultar a alguien para volver a entonar luego la misma canción. Hacía rato que Iván Fiódorovich, sin darse cuenta, experimentaba un odio terrible hacia aquel borracho; adquirió de ello conciencia repentinamente. Sintió un deseo irresistible de derribar a aquel mujik de un puñetazo. Fue cuando se encontraban uno al lado del otro, y el hombrecito, dando un fuerte traspié, chocó con todo su peso contra Iván, quien le rechazó furioso. El pequeño mujik salió despedido y cayó como un tronco sobre la tierra helada, gimió dolorosamente una vez: ¡O-oh!, y calló. Iván dio hacia él unos pasos. El hombre yacía de espaldas, totalmente inmóvil, sin sentido. «¡Se helará!», pensó Iván, y volvió a dirigir sus pasos hacia la casa de Smerdiákov.

Ya en el zaguán, María Kondrátievna, que había acudido a abrirle con una vela en la mano, le comunicó en voz baja que Pável Fiódorovich (es decir, Smerdiákov) estaba muy enfermo; no es que guardara cama, sino que casi parecía trastocado y hasta había ordenado retirar el té, no quiso beber.

—Qué, ¿alborota, quizá? —preguntó bruscamente Iván Fiódorovich.

---

[7] Denominación familiar que los habitantes de Peterburgo daban a su ciudad.

—Al contrario, está muy quieto; pero no hable usted con él mucho rato... —le rogó María Kondrátievna.

Iván Fiódorovich abrió la puerta y entró en aquella pieza de la isbá.

La habitación estaba tan recalentada como la primera vez, pero en ella se observaban algunos cambios: habían retirado uno de los bancos adosados a la pared y había en su lugar un viejo diván de cuero y madera, imitación de caoba, utilizando como cama, con almohadas blancas bastante limpias. Allí estaba sentado Smerdiákov, con su bata de siempre. La mesa se había colocado ante el diván, de modo que en la estancia quedaba muy poco espacio libre. Había sobre la mesa un grueso libro de cubiertas amarillas, pero Smerdiákov no lo leía, sino que, al parecer, estaba sentado sin hacer nada. Recibió a Iván Fiódorovich con una larga y silenciosa mirada; por lo visto no le sorprendía en lo más mínimo la visita. Había cambiado mucho su cara, había adelgazado en extremo y se había quedado amarillento. Tenía hundidos los ojos y azules los párpados inferiores.

—Qué, ¿estás enfermo de verdad? —Iván Fiódorovich se detuvo—. No voy a entretenerte mucho tiempo, ni siquiera me quitaré el abrigo. ¿Dónde puede uno sentarse, aquí?

Pasó al otro extremo de la mesa, acercó a ella una silla y se sentó.

—¿Por qué te me quedas mirando sin decir nada? He venido sólo para hacerte una pregunta, y te juro que no me iré de aquí sin que me hayas respondido: ¿ha venido a verte la señora Katerina Ivánovna?

Smerdiákov siguió callando largo rato, sin dejar de mirar sosegadamente a Iván, mas de pronto hizo un gesto de fatiga con la mano y volvió la cabeza hacia otra parte.

—¿Qué te pasa? —exclamó Iván.

—Nada.

—¿Cómo, nada?

—Bueno, sí, ha venido; a usted qué más le da. Déjeme en paz.

—¡No, no te dejaré en paz! Habla, ¿cuándo ha venido?

—Bah, hasta se me ha olvidado —se sonrió desdeñosamente Smerdiákov, y de pronto, volviendo otra vez la cara hacia

Iván, le clavó una mirada furiosa, cargada de odio, una mirada como la que le había dirigido durante la otra entrevista, un mes antes.

—También usted está enfermo, según parece. Vaya lo que ha adelgazado, tiene muy mala cara —dijo a Iván.

—No te preocupes por mi salud, y responde a lo que te preguntan.

—¿Y por qué se le han puesto amarillentos los ojos? Tiene el blanco de los ojos completamente amarillo. ¿Se atormenta mucho, quizá?

Se sonrió despectivamente y de pronto se echó a reír ya sin disimulo.

—Escucha, ¡he dicho que no me iría de aquí sin respuesta! —gritó Iván en el paroxismo de la irritación.

—¿Por qué la toma usted conmigo? ¿Por qué me tortura? —repuso Smerdiákov con voz dolorida.

—¡Eh, diablo! No estoy yo para ocuparme de ti. Responde a mi pregunta y me marcharé enseguida.

—¡No tengo que responderle nada! —Smerdiákov volvió a bajar los ojos.

—¡Te aseguro que te obligaré a responder!

—¿Por qué se intranquiliza tanto? —Smerdiákov le miró de súbito no ya con desprecio, sino casi con cierto asco—. ¿Será porque mañana empieza el juicio? A usted nada le va a suceder, ¡sosiéguese ya de una vez! Váyase a su casa, acuéstese tranquilamente a dormir, no tema nada.

—No te comprendo... ¿Qué he de temer mañana? —articuló sorprendido Iván, y de pronto sintió que, en efecto, una impresión de miedo le helaba el alma.

Smerdiákov le midió con la mirada.

—¿No com-pren-de? —repuso, despacito y en son de reproche—. ¡Ya se necesitan ganas para representar esta comedia, siendo un hombre inteligente!

Iván le miraba sin decir nada. Aquel tono inesperado, de una altanería inaudita, con que se le dirigía ahora aquel que había sido lacayo suyo, resultaba verdaderamente insólito. En un tono semejante no le había hablado ni siquiera la última vez.

—Le digo que no ha de temer nada. Nada declararé contra usted, no hay pruebas. Mire, le tiemblan las manos. ¿Por qué se le agitan de este modo los dedos? Váyase a su casa, *no es usted quien le mató.*

Iván se sobresaltó, le vino a la memoria Aliosha.

—Ya sé que no soy yo... —balbuceó.

—¿Lo sa-be? —replicó otra vez Smerdiákov.

Iván se levantó bruscamente y le agarró por los hombros:

—¡Dilo todo, alimaña! ¡Dilo todo!

Smerdiákov no se asustó en lo más mínimo. Se limitó a fijar en Iván una mirada de odio feroz.

—Bueno, pues fue usted quien le mató, ya que se pone en ese terreno —le susurró airadamente.

Iván se dejó caer en la silla como si estuviera reflexionando algo. Se sonrió con malignidad.

—¿Sigues refiriéndote a lo de entonces? ¿A lo mismo que la otra vez?

—Sí, también la otra vez estaba ante mí y lo comprendió todo, como lo comprende ahora.

—Sólo comprendo que estás loco.

—¡No se harta, aún! Estamos solos, ¿a santo de qué, digo yo, fastidiarnos el uno al otro, representando una comedia? ¿O bien quiere todavía echar sobre mí toda la culpa, a mí, y decírmelo a la cara? Mató usted, usted es el asesino principal, yo fui tan sólo su secuaz, su fiel criado Licharda, y obré ateniéndome a sus palabras.

—¿Obraste? ¿Entonces, eres tú quien le mató? —Iván se quedó helado.

Experimentó como una conmoción en el cerebro y se puso a temblar todo él con breve y frío temblor. Entonces fue Smerdiákov quien se le quedó mirando sorprendido; probablemente le impresionó, al fin, la sinceridad del susto de Iván.

—Pero ¿es realmente posible que usted no supiera nada? —musitó receloso, sonriéndole torvamente y burlón.

Iván continuaba mirándolo, parecía como si se le hubiera paralizado la lengua.

¡Ay, Vañka se ha ido a Píter,
no le voy a esperar!,

resonó de pronto en su cabeza.

[906]

—¿Sabes? Temo que seas un sueño o un fantasma que haya surgido ante mí —balbuceó.

—Aquí no hay más fantasma que nosotros dos, y además un tercero. Sin duda alguna está ahora aquí, ese tercero; se encuentra entre nosotros.

—¿Quién es? ¿Quién está aquí? ¿Quién es el tercero? —preguntó atemorizado Iván Fiódorovich, mirando en torno y buscando apresuradamente a alguien por todos los rincones.

—El tercero es Dios, la Providencia; ahora la tenemos a nuestro lado, pero no la busque, no la encontrará.

—¡Has mentido, al decir que le mataste tú! —vociferó furiosamente Iván—. ¡O estás loco o me estás exasperando como la otra vez!

Smerdiákov seguía observándole con mucha atención, sin asustarse en absoluto. No podía vencer aún su desconfianza, aún le parecía que Iván «lo sabe todo» y que lo fingía de aquel modo sólo para «echar sobre él, cara a cara, toda la culpa».

—Espere —dijo por fin con débil voz, y sacando de la mesa su pierna izquierda, empezó a doblar el pantalón hacia arriba. Llevaba una larga media blanca y una pantufla. Sin apresurarse, Smerdiákov se quitó la liga y hundió profundamente los dedos en la media. Iván Fiódorovich le miraba y de pronto empezó a temblar, presa de un terror convulsivo.

—¡Loco! —vociferó, y levantándose de un salto, se hizo atrás tan vivamente que chocó de espalda contra la pared, a la que quedó como pegado, tieso como un bastón.

Miraba a Smerdiákov con un terror demencial. Éste, sin inmutarse en lo más mínimo por el terror de Iván, seguía rebuscando en la media como si se esforzara por agarrar algo con los dedos y sacarlo. Por fin lo consiguió. Iván Fiódorovich vio que se trataba de unos papeles o de un fajo de papeles. Smerdiákov acabó de sacarlos y los puso sobre la mesa.

—¡Aquí tiene! —dijo en voz baja.

—¿Qué? —respondió Iván, temblando.

—Haga el favor de mirar —añadió Smerdiákov en el mismo tono de voz.

Iván se acercó a la mesa, tomó el fajo y empezó a deshacerlo, mas de súbito retiró los dedos como si hubiera tocado una alimaña repugnante, espantosa.

—Le tiemblan los dedos convulsivamente —observó Smerdiákov, y él mismo desenvolvió el papel.

Debajo de la envoltura aparecieron tres fajos de billetes de banco de cien rublos.

—Está todo aquí, están los tres mil rublos, no necesita contarlos. Tome lo que quiera —invitó a Iván, señalando el dinero con un movimiento de cabeza.

Iván se dejó caer en la silla. Estaba pálido como un lienzo.

—Me has asustado... con esa media... —articuló, con una sonrisa extraña.

—¿Pero es posible, es posible que hasta ahora no lo supiera? —preguntó una vez más Smerdiákov.

—No lo sabía, no. Yo pensaba que había sido Dmitri. ¡Hermano! ¡Hermano! ¡Ah! —de pronto se agarró la cabeza con ambas manos—. Escucha: ¿le mataste tú solo? ¿Sin mi hermano, o con él?

—Sólo con usted, de acuerdo con usted lo hice; Dmitri Fiódorovich es inocente por completo.

—Está bien, está bien... De mí hablaremos luego. Por qué estoy temblando de este modo... No puedo articular ni una palabra.

—Entonces era usted mucho más valiente, «todo está permitido», decía; pero ahora, ¡vaya cómo se ha asustado! —murmuró, asombrado, Smerdiákov—. ¿No desearía una limonada? Ahora mismo mandaré que la traigan. Quizá le siente bien. Pero antes habría que esconder esto.

Y volvió a señalar los paquetes con un movimiento de cabeza. Se levantó con la intención de dirigirse a la puerta para llamar a María Kondrátievna y pedirle que preparara y trajera limonada; pero buscando con qué cubrir el dinero para que aquella no lo viera, se sacó del bolsillo un pañuelo, y como también lo tenía muy sucio, tomó de la mesa el grueso libro, el único que había y en el que se había fijado Iván al entrar; lo puso sobre el dinero, apretándolo. El título del libro era: *Sermones de nuestro Santo Padre Isaac el Sirio.* Iván Fiódorovich tuvo tiempo de leerlo maquinalmente.

—No quiero limonada —dijo—. De mí hablaremos luego. Siéntate y dime: ¿cómo lo hiciste? Cuéntamelo todo...

—Por lo menos quítese el abrigo; si no, va usted a sudar.

Iván Fiódorovich, como si sólo entonces hubiera caído en la cuenta, se quitó el abrigo y, sin levantarse de la silla, lo arrojó sobre el banco.

—Pero habla, ¡por favor, habla!

Parecía que se había calmado. Esperaba, convencido de que Smerdiákov ahora lo diría *todo*.

—¿Acerca de cómo se hizo? —Smerdiákov suspiró—. Se hizo de la manera más natural, según sus propias palabras...

—De mis palabras hablaremos luego —le interrumpió otra vez Iván, pero ya sin gritar como antes, articulando firmemente las palabras y como dominándose por completo—. Cuenta sólo con detalle cómo lo hiciste. Por orden. No olvides nada. Cuenta los detalles, sobre todo los detalles. Por favor.

—Usted partió, yo caí entonces en el sótano...

—¿Por un ataque o simulaste?

—Naturalmente que simulé. Lo simulé todo. Bajé con calma la escalera, hasta abajo, y me tumbé con toda tranquilidad sobre el suelo; cuando ya estuve tumbado, me puse a gritar. Y me debatí mientras me llevaron.

—¡Un momento! ¿Y has estado simulando todo el tiempo, también más tarde, en el hospital?

—De ningún modo. Al día siguiente, por la mañana, antes de pasar al hospital, tuve un ataque muy fuerte, como no lo había sufrido hacía ya muchos años. Permanecí dos días enteros totalmente sin sentido.

—Está bien, está bien. Continúa.

—Me pusieron sobre el catre que había al otro lado del tabique; yo ya sabía que lo harían, porque siempre que estaba enfermo, Marfa Ignátievna me colocaba en su aposento, al otro lado de aquel tabique. Siempre ha sido cariñosa conmigo, desde mi nacimiento. Por la noche, yo gemía, pero débilmente. Esperaba que llegase Dmitri Fiódorovich.

—¿Cómo? ¿Esperabas que fuera a verte?

—¿A verme a mí? ¿Para qué? Esperaba que llegase a la casa, pues yo no tenía duda alguna de que acudiría aquella noche, ya que privado de mi concurso y carente de noticias, tenía que introducirse él mismo en la casa saltando la valla, como otras veces, y hacer alguna trastada.

—¿Y si no hubiera acudido?

—Entonces no habría pasado nada. Sin él, yo no me habría atrevido.

—Está bien, está bien... Habla de manera más clara, no te apresures, ¡y, sobre todo, no omitas nada!

—Yo esperaba que matase él a Fiódor Pávlovich... era seguro. Porque yo ya le había preparado... durante los últimos días... y sobre todo le había explicado lo de aquellas señales. Con el recelo y el furor que durante aquellos días se le habían ido acumulando, no había duda de que iba a penetrar en la casa recurriendo a las señales. Tenía que ser así. Por eso yo le esperaba.

—Un momento —le interrumpió Iván—. Si él hubiera matado, habría tomado el dinero y se lo habría llevado; ¿no era así como debías de razonar tú? ¿Qué te habría quedado a ti, después? No lo comprendo.

—Es que él nunca habría encontrado el dinero. Era yo quien le había hecho creer que el dinero estaba debajo del colchón. Pero no era verdad. Primero lo tuvo Fiódor Pávlovich en un cofrecito. Luego, como no confiaba nada más que en mí, en todo el mundo, le sugerí que escondiera el sobre con el dinero en la esquina, detrás de los iconos, pues nadie sospecharía que estuviera allí, sobre todo si quien lo buscase tuviera prisa. Y allí, tras los iconos, escondió el sobre. Habría sido ridículo guardarlo debajo del colchón, en el cofrecito por lo menos estaba bajo llave. Pero aquí todo el mundo ha creído que el dinero estaba debajo del colchón. Es un razonamiento absurdo. Pues bien, si Dmitri Fiódorovich hubiera cometido el asesinato, al no encontrar nada, o se habría apresurado a huir con mucho miedo de hacer ruido, como siempre ocurre con los asesinos, o habría sido detenido. En todo caso, yo siempre habría tenido la posibilidad de sacar el dinero de detrás de los iconos, al día siguiente o aquella misma noche, y llevármelo; todo se habría atribuido a Dmitri Fiódorovich. Yo siempre podía esperar que fuera así.

—¿Y si sólo le hubiera golpeado, en vez de matarle?

—Si no le hubiera matado, yo, desde luego, no me habría atrevido a coger el dinero, me habría quedado con las manos vacías. Pero calculaba también que podía pegarle hasta dejarle sin sentido, yo habría tenido tiempo de tomar el dinero y después habría hecho creer a Fiódor Pávlovich que nadie más, sino Dmitri Fiódorovich, le había robado después de golpearle.

—Espera... no lo entiendo bien. ¿Así, pues, fue de todos modos Dmitri quien le mató y tú sólo te apoderaste del dinero?

—No, no fue él quien le mató. Ya ve, hasta ahora mismo podría decirle a usted que fue él..., pero no quiero mentirle ahora porque... porque si usted, realmente, hasta ahora no había comprendido nada, como yo mismo me doy cuenta, y no fingía ante mí para cargarme cara a cara la manifiesta culpa suya, tiene de todos modos la culpa de todo, pues usted estaba al corriente de lo que se preparaba, me encargó matar y sabiéndolo todo se marchó. Por eso quiero demostrarle esta noche cara a cara que el principal asesino es, en todo, usted y no yo, a pesar de haber sido yo quien mató. ¡El auténtico asesino es usted, usted!

—¿Por qué soy yo el asesino, por qué? ¡Oh, Dios! —exclamó Iván, sin poderse contener, al fin, olvidándose de que había dejado para más tarde hablar de sí—. ¿Sigues refiriéndote, como siempre, a lo de Chermashnia? Un momento, dime, ¿qué necesidad tenías de mi consentimiento, si es que tomaste por tal mi partida hacia Chermashnia? ¿Cómo me lo explicas?

—Seguro de su consentimiento, yo ya sabía que usted, al volver, no iba a armar escándalo por la pérdida de esos tres mil rublos si las autoridades, por lo que fuese, sospechaban de mí en vez de sospechar de Dmitri Fiódorovich o me creían su cómplice; al contrario, usted me habría defendido... Y luego, cuando hubiera percibido la herencia, habría podido recompensarme durante todo el resto de la vida, porque, de todos modos, gracias a mí habría recibido la herencia; pues de haberse casado el señor con Agrafiona Alexándrovna, se habría quedado usted sin nada.

—¡Ah! ¡Tenías la intención de atormentarme también después, durante toda la vida! —rechinó Iván—. ¿Y qué habría sucedido si entonces, en vez de partir, te hubiese denunciado?

—¿Qué habría podido declarar usted, entonces? ¿Que yo le instaba a que fuese a Chermashnia? Eso no son más que tonterías. Además, después de nuestra conversación, una de dos: o se marchaba usted, o se quedaba. De haberse quedado, no habría sucedido nada, yo ya habría sabido que usted no quería que aquello sucediese y no habría emprendido nada. Pero si se iba, me aseguraba usted, con ello, que no se atrevería a denunciarme y que me iba a perdonar esos tres mil rublos. Además, no iba usted a poderme perseguir de ningún modo, pues en ese caso yo lo habría contado todo a la justicia, es decir, no que hubiera robado o matado (eso no lo habría dicho), sino que usted mismo me había incitado a robar y a matar, pero que yo no había estado de acuerdo. Yo necesitaba entonces su consentimiento para que no pudiera usted ponerme en un aprieto con nada, pues no tendría ninguna prueba; en cambio, siempre podía ponerle en un aprieto yo descubriendo de qué modo anhelaba usted la muerte de su padre, y le doy palabra de que el público lo habría creído y habría quedado usted avergonzado para toda la vida.

—¿Tenía yo tanto ese anhelo, tanto? —rechinó otra vez Iván.

—Sin duda alguna, y me permitió usted entonces que actuara al darme su conformidad con su silencio —respondió Smerdiákov mirando firmemente a Iván.

Estaba muy débil, hablaba en voz baja, fatigado, pero algo interior y secreto le animaba; por lo visto, tramaba alguna cosa. Iván lo presentía.

—Continúa —le dijo éste—, continúa explicando lo de aquella noche.

—¡Bien, continuaré! Estaba yo acostado cuando oí como si el señor lanzara un grito. Un momento antes, Grigori Vasílievich se había levantado y había salido; de pronto se puso a chillar; luego todo quedó en silencio, sumido en tinieblas. Yo estaba acostado, esperaba, el corazón me latía con fuerza, la impaciencia me devoraba. Por fin me levanté y salí; veo a la izquierda la ventana que da al huerto abierta, avanzo unos pasos más hacia allí para escuchar y enterarme de si dentro de la habitación estaba el señor vivo o no, cuando le oí agitarse y soltar ayes y oyes; así, pues, vivía. ¡Eh, me dije! Me acerqué a la ventana, grité al señor: «Soy yo.» Y él me responde: «¡Ha estado, ha estado y ha huido!» Es decir, había estado Dmitri Fiódorovich. «¡Ha matado a Grigori!» «¿Dónde?», le pregunté en voz baja. «Ahí, en el rincón», me fui a explorar aquel rincón y me tropecé junto a la valla con Grigori Vasílievich, tendido en el suelo, todo ensangrentado y sin sentido. Es verdad, pues, que ha estado Dmitri Fiódorovich, pensé enseguida, y decidí en aquel mismo momento acabar con todo repentinamente, pues aunque Grigori Vasílievich todavía viviera, nada vería hallándose en el suelo sin sentido. No había más que un peligro, y era que de pronto se despertara Marfa Ignátievna. Me di cuenta de ello al instante, pero aquel afán se había apoderado de mí de modo que hasta me faltaba la respiración. Volví otra vez junto a la ventana del señor y le dije: «Ella está aquí, ha venido, Agrafiona Alexándrovna ha venido, quiere entrar.» Se estremeció como una criaturita: «¿Dónde, aquí? ¿Dónde?», estaba admirado, pero aún no lo creía. «Ahí está, de pie, le respondo, ¡abra!» Me miró por la ventana creyéndome y no creyéndome, tenía miedo a abrir; «Ahora recela de mí», pensé. Y hasta es cómico: de pronto se me ocurrió dar en el marco de la ventana los golpecitos de la señal que anunciaba la llegada de Grúshenka, lo hice ante sus propios ojos; no creía, al parecer, mis palabras, pero no bien hice la señal, corrió a abrir la puerta. Abrió. Yo quise entrar, pero él no se movía y me impedía el paso con su cuerpo. «¿Dónde está? ¿Dónde está?» Me miraba temblando. Bueno, pensé, ¡si tanto miedo tiene de mí, malo! Y en aquel momento, casi se me doblaron a mí mismo las piernas temiendo que no me dejara entrar en su aposento o que gritara o que acudiera Marfa Ignátievna o no sé qué, ya no me acuerdo; entonces yo mismo, seguramente, estaba pálido ante él. Le susurraba: «Sí, está allí, al pie de la ventana, ¿cómo no la ha visto usted?» «¡Tráela aquí, tráela aquí!» «Tiene miedo, le digo, el grito la ha asustado, se ha escondido detrás de unos arbustos, llámela usted mismo desde el gabinete.» Fue corriendo, se acercó a la ventana, puso la vela en el antepecho. «Grúshenka —gritó—, Grúshenka, ¿estás aquí?» Gritaba, pero no quería asomarse por la ventana, no quería apartarse de mi lado debido a su mucho miedo, porque entonces tenía mucho miedo de mí y por eso no se atrevía a apartarse. «Mírela ahí, le dije (yo me acerqué a la ventana y me asomé sacando medio cuerpo), mírela ahí, entre los arbustos, le está sonriendo, ¿la ve?» De pronto me creyó, se puso a temblar, muy enamorado estaba de ella, y se asomó por la ventana. Entonces agarré yo el pisapapeles de hierro colado que tenía sobre la mesa, ¿recuerda?, pesará por lo menos unas tres libras, alcé el brazo y le di por detrás, por el canto, sobre la coronilla con todas mis fuerzas. Ni siquiera exhaló un grito. Sólo, de pronto, se deslizó hacia el suelo, mientras yo le asesté un segundo golpe y un tercero. Al tercero noté que le había roto el cráneo. Cayó repentinamente de espaldas, con la cara hacia arriba, todo ensangrentado. Miré si no me había manchado de sangre, no me había salpicado; sequé el pisapapeles, lo coloqué en su sitio, me acerqué a los iconos, tomé el sobre, saqué de él los billetes y luego lo arrojé al suelo con una cintita rosa al lado. Salí al huerto temblando. Me dirigí a un manzano que tiene hueco, usted sabe cuál es, yo hacía tiempo que me había fijado en él, tenía allí preparados hacía mucho un trapo y papel; envolví todos los billetes en el papel, luego en el trapo, y los hundí en el hueco. Allí quedaron durante más de dos semanas, los saqué después de salir del hospital. Volví a mi catre, me acosté pensando con terror: «Si Grigori Vasílievich está realmente muerto, las cosas pueden tomar para mí muy mal cariz; pero si no está muerto y vuelve en sí, todo irá muy bien, porque será testigo de que Dmitri Fiódorovich ha venido y entonces será éste quien habrá matado y se habrá llevado el dinero.» En mi confusión e impaciencia, me puse a gemir para despertar cuanto antes a Marfa Ignátievna. Por fin se levantó, vino a mi lado, pero cuando se dio cuenta de que Grigori Vasílievich no estaba allí, salió corriendo, y la oí clamar en el huerto. Entonces empezó el trajín de toda la noche, pero yo ya estaba completamente tranquilo.

El narrador se detuvo. Iván le había estado escuchando con un silencio de muerte, sin moverse, sin apartar de él la vista. Smerdiákov, en cambio, mientras contaba, sólo de vez en cuando le echaba una mirada, casi siempre dirigía los ojos hacia otro lado. Cuando terminó el relato, él mismo se encontraba evidentemente comocionado y suspiró con fatiga. La cara se le había puesto sudorosa. Sin embargo, era imposible adivinar si se sentía o no arrepentido.

—Un momento —dijo Iván, reflexionando—. ¿Y la puerta? Si sólo te la abrió a ti, ¿cómo pudo haberla visto abierta, antes,

Grigori? Porque Grigori la vio antes que tú estuvieras, ¿no?

Lo curioso era que Iván hacía sus preguntas en un tono de voz completamente pacífico, incluso completamente distinto del que había empleado hasta entonces, bondadoso, de modo que si en aquel momento alguien hubiera abierto la puerta y desde el umbral los hubiera contemplado, habría llegado sin duda alguna a la conclusión de que estaba conversando pacíficamente sobre una cuestión ordinaria, aunque interesante.

—En cuanto a esa puerta y a que Grigori Vasílievich, según dice, la vio abierta, no es más que un efecto de su imaginación —Smerdiákov se sonrió con una sonrisa contrahecha—. Tenga en cuenta que ese hombre es más terco que un pollino, se lo digo yo: no ha visto nada, pero se imagina haberlo visto y no hay quien lo apee del burro. Usted y yo hemos tenido suerte de que él se haya metido esa idea en la cabeza, porque no hay duda de que así, al final, probarán la culpabilidad de Dmitri Fiódorovich.

—Escucha —dijo Iván Fiódorovich como si otra vez empezara a perderse y se esforzara por comprender alguna cosa—, escucha... Aún quería preguntarte muchas cosas, pero se me han olvidado... Todo lo olvido y lo confundo... ¡Sí! Explícame por lo menos, aunque sólo sea esto: ¿por qué abriste el sobre y lo dejaste allí mismo, en el suelo? ¿Por qué no te llevaste el dinero en el sobre?... Cuando me lo has contado me ha parecido que decías, refiriéndote a dicho sobre, que era así como había que proceder... pero no puedo comprender por qué tenía que ser así...

—Lo hice así por cierto motivo. Pues si el hecho hubiera sido obra de un hombre enterado y de la casa, como yo, por ejemplo, que hubiera visto ya antes el dinero, que lo hubiera metido quizás en aquel mismo sobre y que hubiera visto con sus propios ojos cómo lo cerraban y escribían encima, ese hombre, de haber cometido el crimen, ¿a santo de qué habría abierto el sobre después del asesinato, con tantas prisas, sabiendo con toda certeza que el dinero se encontraba allí? Al contrario, de ser un hombre así, como yo, por ejemplo, el ladrón, se habría metido sencillamente el sobre en el bolsillo sin entretenerse en abrirlo y habría tomado soleta cuanto antes. La situación cambia tratándose de Dmitri Fiódorovich: del sobre tenía noticia sólo de oídas, él de por sí no lo había visto, y cuando, digamos, lo hubiera encontrado debajo del colchón, se habría apresurado a abrirlo para comprobar si contenía en realidad el dinero. El sobre lo habría arrojado allí mismo al suelo, sin tiempo para pensar que después sería una prueba en contra suya, pues él no es un ladrón con experiencia; antes no había robado nada de manera manifiesta, es noble de nacimiento, y si en este caso se decidía a robar era porque entendía que no robaba, sino que se había presentado a tomar lo que le pertenecía, lo cual había anunciado ya de antemano a toda la ciudad, y hasta se había jactado con anticipación en voz alta y ante todo el mundo de que iría a casa de Fiódor Pávlovich para quitarle lo que era suyo. Cuando el fiscal me interrogó, le sugerí esa misma idea sin exponérsela con claridad, sino mediante alusiones, como si yo mismo no me diera cuenta de lo que decía y como si encontrara la idea él sin la sugerencia mía; al señor fiscal hasta se le cayó la baba después de la alusión que yo le hice...

—¿Pero es posible que ya entonces, sobre el terreno, hubieras meditado todo eso, es posible? —exclamó Iván Fiódorovich sin poderse recobrar de su asombro. Otra vez miraba asustado a Smerdiákov.

—Por piedad, ¿acaso es posible meditar todo eso con tales prisas? Todo estaba pensado con anticipación.

—Vaya... vaya, ¡a ti te ayudó el mismísimo diablo! —exclamó Iván Fiódorovich—. No eres tonto, no; eres mucho más inteligente de lo que yo me figuraba...

Se levantó con la evidente intención de pasearse por la estancia. Sentía una tristeza terrible. Comoquiera que la mesa le obstaculizaba el camino y el espacio que quedaba entre ella y la pared apenas se podía salvar si no era deslizándose, sólo dio una vuelta en el mismo lugar y se sentó otra vez. El que no pudiera pasear un poco quizá le irritó, de modo que casi con el mismo furor de antes vociferó de pronto:

—¡Escucha, desgraciado, hombre despreciable! ¿Es posible que no comprendas que si no te he matado aún es sólo para poderte hacer rendir cuentas mañana ante el tribunal? Dios lo ve —Iván levantó la mano—, quizá yo también fui culpable, quizá tuve yo el secreto deseo de que... muriese mi padre, pero te juro que no soy culpable como crees y, quizá, no te instigué en lo más mínimo. ¡No, no, no te instigué! Pero da lo mismo, mañana declararé yo contra mí en el juicio, ¡estoy decidido! Lo diré todo. ¡Pero nos presentaremos juntos, tú y yo! Y digas lo que digas contra mí ante el tribunal, cualquiera que sea tu declaración, la acepto y no te temo; ¡la confirmaré yo mismo! Debes hacerlo, debes, ¡iremos juntos! ¡Así será!

Iván pronunció estas palabras solemne y enérgicamente, bastaba verle el resplandor de la mirada para darse cuenta de que así sería.

—Usted está enfermo, ya lo veo, muy enfermo. Tiene los ojos completamente amarillos —repuso Smerdiákov, pero sin ninguna ironía, incluso hasta como si le tuviera compasión.

—¡Iremos juntos! —repitió Iván—. Si no vas, da lo mismo, lo confesaré yo solo.

Smerdiákov permaneció unos instantes silencioso, como reflexionando.

—No ocurrirá nada de todo esto, y usted tampoco irá —replicó, por fin, sin apelación.

—¡No me comprendes! —exclamó Iván en son de reproche.

—Sentirá usted demasiada vergüenza si lo confiesa todo. Además, será inútil, totalmente inútil, porque yo negaré categóricamente haberle dicho nunca nada semejante y afirmaré que habla usted así por hallarse enfermo (lo cual está a la vista), o bien que se sacrifica por la mucha pena que le da su hermanito, y que inventa todo lo que diga contra mí porque toda su vida me ha considerado usted como una mosca y no como una persona. ¿Quién le va a creer, dónde tiene usted aunque sólo sea una prueba?

—Escucha, ahora me has mostrado este dinero, claro está, para convencerme.

Smerdiákov quitó el *Isaac el Sirio* de encima de los fajos de billetes y lo puso a un lado.

—Tome este dinero y lléveselo —suspiró Smerdiákov.

—¡Claro que me lo llevaré! Pero, ¿por qué me lo das ahora, si por él mataste? —le preguntó Iván, mirándole con extraordinaria sorpresa.

—No lo necesito para nada —respondió Smerdiákov con

voz temblorosa, haciendo un gesto de cansancio con la mano—. Tenía primero la idea de que con este dinero empezaría la vida, en Moscú, o mejor aún en el extranjero, éste era mi sueño, sobre todo porque «todo está permitido». Fue usted quien me lo enseñó, la verdad, pues entonces me decía muchas veces: si el Dios infinito no existe, tampoco existe ninguna virtud, ni falta que hace. Fue usted, en verdad. Y así razoné yo.

—¿Y llegaste a la conclusión por tu propia mollera? —preguntó Iván con una sonrisa forzada.

—Bajo la dirección de usted.

—¿Y ahora, pues, crees en Dios, ya que devuelves el dinero?

—No, no creo en Dios —balbuceó Smerdiákov.

—¿Por qué lo devuelves, pues?

—Basta... ¡qué más da! —Smerdiákov hizo otra vez su gesto de fatiga con la mano—. Usted mismo, entonces, a cada paso decía que todo está permitido, y ahora, ¿por qué está tan alarmado? Hasta quiere ir a declarar contra sí mismo... ¡Sólo que no ocurrirá nada de todo esto! ¡No irá usted a declarar! —concluyó otra vez Smerdiákov, con firmeza y convicción.

—¡Lo verás! —repuso Iván.

—No puede ser. Es usted demasiado inteligente. El dinero le gusta, lo sé; también le gustan los honores, porque es usted muy orgulloso; le gustan en gran manera los encantos del bello sexo, y por encima de todo, le gusta vivir en regalada abundancia sin tener que inclinarse nadie, eso sobre todo. No querrá usted malograrse la vida para siempre cargando con tanta vergüenza ante el tribunal. Usted es como Fiódor Pávlovich; de todos los hijos es usted el que más se le parece, tiene la misma alma de su padre.

—No eres tonto —dijo Iván como sorprendido; la sangre le afluyó a la cara—, antes creía que eras tonto. ¡Ahora eres serio! —observó, como si, de pronto, mirara de una manera nueva a Smerdiákov.

—Era por orgullo por lo que me creía usted tonto. Tome el dinero.

Iván recogió los tres fajos de billetes y se los puso en el bolsillo sin envolverlos en nada.

—Mañana los mostraré al tribunal —dijo.

—Nadie le creerá; ahora tiene usted bastante dinero suyo, puede haberlos tomado de su cofrecito y llevarlos.

Iván se levantó de su asiento.

—Te repito que si no te he matado ha sido únicamente porque mañana me harás falta, recuérdalo, ¡no lo olvides!

—Bien, máteme. Máteme ahora —articuló de pronto Smerdiákov de manera rara, mirando de modo extraño a Iván—. No se atreverá ni a eso —añadió, sonriéndose amargamente—, ¡no se atreverá a nada, usted que era antes un hombre tan audaz!

—¡Hasta mañana! —gritó Iván, y se dispuso a salir.

—Espere... muéstreme usted el dinero una vez más.

Iván sacó del bolsillo los billetes de banco y se los mostró. Smerdiákov los estuvo contemplando unos diez segundos.

—Bien, váyase —articuló, agitando la mano—. ¡Iván Fiódorovich! —volvió a gritar, de pronto, viéndole salir.

—¿Qué quieres? —preguntó Iván volviéndose desde la puerta.

—¡Adiós!

—¡Hasta mañana! —volvió a gritar Iván, y salió de la isbá.

La tempestad de nieve proseguía. Iván caminó de momento con paso firme, mas de pronto pareció como si empezara a tambalearse. «Esto es algo de carácter físico», pensó sonriéndose. Una especie de alegría le inundaba el alma. Sentía en su interior una firmeza infinita. ¡Era el fin de todas las vacilaciones que tanto le habían atormentado durante aquel último tiempo! La decisión estaba tomada «y ya no cambiará», pensaba con una sensación de felicidad. En aquel momento tropezó inesperadamente con algo y por poco se cae. Se detuvo y distinguió a sus pies al pequeño mujik que él había derribado, tumbado en el mismo lugar, sin sentido y sin movimiento. La nieve casi le había cubierto la cara. Iván, de pronto, lo levantó y se lo cargó a cuestas. Viendo luz en una casita, a la derecha, se acercó, llamó a los postigos y pidió al menestral que le respondió, el dueño de la casita, que le ayudara a conducir al mujik hasta la comisaría, prometiéndole por ello tres rublos. El menestral se abrigó y salió. No voy a describir con detalle cómo Iván Fiódorovich logró entonces llegar a la comisaría e instalar allí al mujik para que inmediatamente le examinara un doctor, ni cómo dio también dinero con mano generosa «para los gastos». Diré tan sólo que ello le tomó casi una hora entera. Pero Iván Fiódorovich quedó muy contento. El pensamiento le trabajaba activamente. «Si no hubiera tomado una decisión tan firme para mañana —pensó de pronto con alegría—, no me habría detenido una hora entera para ayudar al pequeño mujik, habría pasado por su lado sin importarme en absoluto que se helase... Sin embargo, ¡qué fuerzas tengo para observarme a mí mismo! —pensó en aquel mismo instante, todavía con mayor placer—. ¡Y habían creído que iba a volverme loco!» Llegado ante su casa, una duda repentina hizo que se detuviera de pronto: «¿No sería necesario ir a ver al fiscal ahora, en este mismo momento, y declarárselo todo?» Resolvió la duda dirigiéndose de nuevo a su casa: «¡Mañana, todo a la vez!», se dijo para sus adentros, y, cosa rara, casi toda su alegría, toda la satisfacción de sí mismo, desaparecieron en un santiamén. Cuando entró en su cuarto, algo glacial le rozó de pronto el corazón, como el recuerdo, o mejor, la rememoración de algo atormentador y repugnante que se encontraba precisamente en aquella estancia en aquel momento, y también antes. Se dejó caer fatigado en el diván. La vieja le trajo el samovar, él mismo se preparó el té, mas no lo probó; a la vieja le mandó que se retirara hasta el día siguiente. Estaba sentado en el diván y tenía vértigos. Se sentía enfermo y sin fuerzas. Empezó a adormecerse, pero se levantó intranquilo y se puso a caminar por el cuarto para alejar el sueño. A veces tenía la impresión de que estaba delirando. Pero no era la enfermedad lo que más le preocupaba; habiéndose sentado de nuevo, empezó a mirar, de vez en cuando, a su alrededor como si quisiera descubrir algo. Así ocurrió en varios momentos. Por fin dirigió la mirada fijamente a un punto. Iván se sonrió, pero se puso rojo de ira. Durante largo rato permaneció sentado en su sitio, apretándose fuertemente la cabeza con ambas manos, pero sin dejar de mirar de soslayo hacia el mismo punto, hacia el diván adosado a la pared de enfrente. Algo había allí que visiblemente le irritaba, algún objeto le inquietaba, le atormentaba.

IX

EL DIABLO.
LA PESADILLA DE IVÁN FIÓDOROVICH

No soy médico, pero siento que ha llegado la hora en que me es decididamente necesario explicar al lector, aunque sólo sea a grandes rasgos, la naturaleza de la enfermedad de Iván Fiódorovich. Anticipándome al relato, me limité a decir que aquella tarde se encontraba Iván en vísperas de un ataque de fiebre nerviosa que se apoderó por fin de su organismo, quebrantado hacía tiempo pese a que ofrecía una tenaz resistencia a la enfermedad. Sin saber nada de medicina, me arriesgaré a formular la conjetura de que, quizá, con un extraordinario esfuerzo de voluntad, Iván había logrado por cierto tiempo alejar la dolencia soñando, desde luego, con que podría dominarla. Se sabía enfermo, pero le causaba repugnancia estarlo en aquel tiempo, en aquellos momentos que se iniciaban, decisivos para su vida, cuando había que hacer acto de presencia, exponer la propia opinión valiente y decididamente y «justificarse ante sí mismo». De todos modos, fue una vez a consultar al nuevo doctor, llegado de Moscú, a quien había llamado Katerina Ivánovna obedeciendo a una fantasía a la que ya me he referido más arriba. Después de haberle escuchado y examinado, el doctor llegó a la conclusión de que al parecer Iván sufría hasta de cierto trastorno cerebral, y no se sorprendió en lo más mínimo de cierta confesión que éste le hizo venciendo la repugnancia que experimentaba. «En su estado, las alucinaciones son muy posibles —dictaminó el doctor—, aunque haría falta comprobarlas... De todos modos, es indispensable iniciar el tratamiento en serio, sin perder ni un minuto; de lo contrario, malo.» Pero, después de la consulta, Iván Fiódorovich no dio cumplimiento al sensato conjuro y no quiso guardar cama ni cuidarse: «Aún puedo andar, aún no me han abandonado las fuerzas; si me desplomo, será otra cosa; entonces, que me cuide quien quiera», decidió, con un gesto de indiferencia.

Estaba, pues, sentado en aquellos momentos, casi consciente de que deliraba, y, como ya he dicho, miraba fijamente cierto objeto del diván, adosado en la pared de enfrente. Resultó, de pronto, que había allí alguien y Dios sabe cómo había entrado en la habitación, pues no estaba cuando entró en ella Iván Fiódorovich al regresar de su visita a Smerdiákov. Era un señor o, mejor dicho, una especie de *gentleman* ruso, ya de cierta edad, *qui frisait la cinquantaine*[8], como dicen los franceses, con algún que otro mechón entrecano entre sus cabellos oscuros, bastante largos y todavía espesos, y con una barbita en punta. Llevaba una chaqueta marrón, de corte excelente, pero ya bastante usada, hecha poco más o menos tres años antes, pasada ya por completo de moda, lo cual explica que las personas de mundo acomodadas no llevaron chaquetas de aquel tipo desde hacía ya dos años. La camisa y la larga corbata a guisa de pañuelo eran como las que usan los *gentlemen chic*, pero, miradas de cerca, la camisa se veía algo sucia y la ancha corbata muy raída. Los pantalones a cuadros que llevaba el visitante le sentaban muy bien, pero resultaban demasiado claros y estrechos, ahora así ya no se llevan; y lo mismo podía decirse de su sombrero de fieltro blanco, verdaderamente demasiado fuera de temporada. En una palabra, su aspecto era el de un hombre distinguido, pero de muy escasos recursos. Habríase dicho que aquel *gentleman* pertenecía a la categoría de los ex terratenientes ociosos, cuya situación había sido floreciente ya bajo el régimen de servidumbre; era evidente que conocía mucho mundo y la buena sociedad, que había tenido buenas relaciones en otro tiempo, y quizá las conservaba aún, pero poco a poco, perdidos sus bienes por la alegre vida de su juventud y por la reciente abolición de la servidumbre, se había convertido en una especie de parásito de buen tono, en peregrinación por las casas de sus buenos conocidos de antes, quienes le recibían por su carácter agradable y, además, por tratarse, a pesar de todo, de un hombre decente al que se podía sentar a la mesa en presencia de no importa quién, aunque desde luego asignándole un lugar modesto. Los parásitos de ese tipo, *gentlemen* de buen carácter, que saben contar una historia, jugar una partida de

---

8 que rondaba los cincuenta (fr.).

cartas y que detestan encargarse de alguna cosa si es que se lo piden, suelen ser hombres desamparados, solterones o viudos, quizá con hijos, pero sus hijos se educan siempre en algún lugar lejano, en casa de unas tías de las que el *gentleman* casi nunca habla en buena sociedad, como si se avergonzara algo de semejante parentesco. Poco a poco se va acostumbrando por completo a vivir lejos de sus hijos; sólo de vez en cuando, por su santo o por Navidades, recibe de ellos cartas de felicitación a las que algunas veces contesta. La fisonomía de aquel huésped inesperado no habría podido calificarse de bondadosa, aunque sí de afable y dispuesta a adoptar cualquier expresión amable según fueran las circunstancias. No llevaba reloj, pero sí unos impertinentes de carey colgando de una cinta negra. En el dedo mayor de la mano derecha lucía una sortija de oro macizo con un ópalo de escaso precio. Iván Fiódorovich callaba malignamente, no quería romper a hablar. El visitante esperaba sentado realmente como un parásito bajado, a la hora del té, de la habitación que tuviera asignada arriba, para hacer compañía al dueño de la casa, pero que se calla, quietecito, al ver a éste ocupado y pensando en algo con cara fosca; de todos modos, está dispuesto a participar en cualquier amable conversación que el dueño inicie. De súbito apareció en su rostro la sombra de una repentina preocupación.

—Escucha —empezó a decir, dirigiéndose a Iván Fiódorovich—, perdona, sólo quiero recordarte una cosa: has ido a ver a Smerdiákov para hablar de Katerina Ivánovna y te has ido sin haberte enterado de nada acerca de ella, seguramente te has olvidado...

—¡Ah, sí! —exclamó de pronto Iván, y se le ensombreció la cara—. Sí, lo he olvidado... De todos modos, ahora da lo mismo, todo queda aplazado hasta mañana —balbuceó para sí—. Eh, tú —se dirigió con irritación al visitante—, ¡eso debía recordarlo yo mismo enseguida, porque era lo que me angustiaba! Por qué te has metido, ¿te figuras que voy a creer que me lo has sugerido tú y que no lo he recordado por mí mismo?

—Pues no lo creas —el *gentleman* se sonrió dulcemente—. ¿Se puede llamar creencia a la que se impone por la fuerza? Además, en el terreno de las creencias, las demostraciones, sobre todo las materiales, de nada sirven. Tomás no creyó por haber visto a Cristo resucitado, sino porque ya antes deseaba creer. Fijémonos, por ejemplo, en los espiritistas... Yo les tengo gran afecto... Imagínate, suponen que son útiles a la fe, porque los demonios desde el otro mundo les muestran los cuernos. «Eso, según ellos, es ya una demostración material, por así decirlo, de que existe el otro mundo.» El otro mundo, y demostraciones materiales, ¡ay, qué guasa! Y, en fin, aunque esté demostrada la existencia del diablo, todavía no se sabe si está demostrado que exista Dios. Tengo la intención de inscribirme en una sociedad de idealistas, para dedicarme allí a la oposición: «Soy realista, les diré, no materialista, ¡je-je!»

—Escucha —de pronto Iván se levantó de detrás de la mesa—. Ahora es como si estuviera delirando... sí, claro está, deliro... ¡Miente cuanto quieras, me da lo mismo! No lograrás ponerme furioso, como la vez pasada. Sólo que me siento avergonzado, no sé de qué... Quiero caminar por la habitación... A veces no te veo y ni siquiera oigo tu voz, como la otra vez, pero siempre adivino lo que vas a endilgar, porque *¡soy yo quien habla, yo mismo, y no tú!* Sólo que no sé si la vez pasada yo dormía o te vi despierto. Voy a mojar la toalla con agua fría y me la aplicaré a la cabeza, quizá así te esfumes.

Iván Fiódorovich se dirigió a un rincón, tomó una toalla, hizo lo que acababa de decir y con la toalla mojada en la cabeza se puso a caminar de un extremo a otro del cuarto.

—Me gusta que hayamos pasado a tratarnos de *tú* —empezó a decir el visitante.

—Tonto —se rió Iván—, a ver si crees que voy a tratarte de *usted*. Ahora estoy alegre, únicamente ocurre que me duelen las sienes... y la coronilla... Sólo que, por favor, no te pongas a filosofar como la vez pasada. Si no puedes marcharte, cuéntame, por lo menos, alguna mentira alegre. Comadrea; eres un parásito, pues comadrea. ¡Qué no haya manera de librarse de esta pesadilla! Pero no te tengo miedo. Te venceré. ¡No me llevarán al manicomio!

—*C'est charmant*[9], me llamas parásito. Sí, ese es, precisamente, mi papel. ¿Qué soy yo, en la tierra, sino un parásito? A propósito, te estoy escuchando y empiezo a sorprenderme: te lo

_____
[9] Es encantador (fr.).

juro, parece que ya comienzas a tomarme poco a poco por algo que existe en realidad y no sólo como algo exclusivamente de tu propia fantasía, como sostenías tenazmente la vez pasada...

—Ni un solo instante te he tomado por una verdad real —gritó Iván hasta con furor—. Tú eres una mentira, eres mi enfermedad, un espectro. Sólo que no sé cómo destruirte y veo que durante cierto tiempo deberé sufrir. Eres una alucinación mía. Eres la encarnación de mí mismo, aunque, de todos modos, sólo de una parte... de la de mis pensamientos y sentimientos más asquerosos y estúpidos. Desde este punto de vista, podrías resultarme incluso curioso si tuviera yo tiempo para ocuparme de ti...

—Permíteme, permíteme, te voy a confundir: no hace mucho, junto al farol, te sulfuraste contra Aliosha y le gritaste: «¡Lo has sabido por *él!* ¿Cómo has sabido que *él* viene a verme?», te referías a mí. Eso significa que por un momento has creído que yo realmente soy, lo has creído —dijo el *gentleman* sonriendo suavemente.

—Sí, ha sido una debilidad de la naturaleza..., pero yo no podía creer en ti. No sé si la vez pasada yo dormía o me paseaba. Es posible que entonces te viera sólo en sueños y de ningún modo estando despierto...

—¿Y por qué hace poco has sido tan duro con Aliosha? Es simpático; ante él me siento culpable por el stárets Zosima.

—¡No hables de Aliosha! ¡Cómo te atreves, lacayo! —Iván se rió otra vez.

—Me chillas y tú mismo te ríes, buena señal. De todos modos, hoy eres mucho más amable conmigo que la otra vez, y comprendo a qué se debe: esa gran decisión.

—¡No me hables de la decisión! —gritó hecho un basilisco Iván.

—Lo comprendo, lo comprendo, *c'est noble, c'est charmant*[10], mañana vas a defender a tu hermano y te ofrecerás en sacrificio... *c'est chevaleresque*[11].

—¡Cállate, o te muelo a puñadas!

—En parte me alegraré, porque en ese caso habré logrado

---

[10] Es noble, es magnífico (fr.).
[11] Es caballeresco (fr.).

mi objetivo: si me das de puñadas, eso significa que crees en mi realismo, pues a un espectro no se le dan golpes. Bromas aparte: la verdad es que a mí me da lo mismo que insultes cuanto quieras, pero, de todos modos, es preferible ser un poquitín más amable, incluso conmigo. ¡Vaya palabras, esas de tonto y lacayo!

—¡Insultándote a ti me insulto a mí mismo! —Iván se rió otra vez—. Tú eres yo, yo mismo, pero con otra jeta. Tú dices, precisamente, lo que yo ya pienso... ¡y no puedes decirme nada nuevo!

—Si yo coincido contigo en los pensamientos, ello sólo es para mí un honor —repuso el *gentleman* con delicadeza y dignidad.

—Sólo que siempre tomas mis pensamientos peores y, sobre todo, los más estúpidos. Tú mismo eres estúpido y vulgar. Eres terriblemente estúpido. ¡No puedo soportarte! ¡Qué hacer, qué hacer! —rechinó Iván.

—Amigo mío, de todos modos yo quiero ser un *gentleman* y que por tal me tomen —empezó a decir el visitante en un acceso de cierta ambición puramente gorrista, de antemano conciliadora y bondadosa—. Soy pobre, pero... no diré que muy honrado, aunque... por lo común, en la sociedad se acepta como un axioma que soy un ángel caído. Te juro que no puedo imaginarme de qué modo pude haber sido un ángel alguna vez. Si en verdad lo fui, hace de ello tanto tiempo que ni es pecado haberlo olvidado. Ahora estimo sólo la reputación de hombre decente y vivo como se presenta, procurando ser agradable. Quiero de verdad a los hombres, ¡oh, a mí me han calumniado mucho! Aquí, cuando me instalo temporalmente en vuestro mundo, mi vida transcurre algo así como si fuera real y eso es lo que más me gusta. Pues también yo, como tú, sufro de lo fantástico y por eso me encanta vuestro realismo terreno. Aquí, en vuestro mundo, todo está delimitado, todo es fórmula y geometría, mientras que en el mundo nuestro todo son como ecuaciones indeterminadas. Aquí me paseo y sueño. A mí me gusta soñar. Por otra parte, en la tierra me vuelvo supersticioso; no te rías, por favor: precisamente eso de volverme supersticioso me gusta. Aquí me apropio de todas vuestras costumbres: me he aficionado a frecuentar los baños públicos, figúrate, y me gusta tomarlos de vapor en compañía de mercaderes y popes. Mi sueño es encarnarme de manera definitiva, irreversible, en alguna gorda mercadera de diez arrobas y creer en todo lo que ella cree. Mi ideal es entrar en la iglesia y poner una vela de todo corazón, te lo juro. Entonces se me acabarían los sufrimientos. Entre vosotros, también me he aficionado a hacerme curar: en primavera hubo epidemia de viruela y fui a vacunarme al hospicio. Si supieras lo contento que estuve aquel día: ¡di diez rublos por nuestros hermanos eslavos!... Pero no me escuchas. ¿Sabes?, hoy no estás lo que se dice muy centrado —el *gentleman* se calló unos minutos—. Ya sé que ayer fuiste a que te visitara ese doctor..., Bueno, ¿cómo te encuentras? ¿Qué te dijo el doctor?

—¡Idiota! —le soltó Iván.

—En cambio, tú eres muy inteligente. ¿Otra vez insultas? No te lo he preguntado por interés, sino por preguntar. Si no quieres, no respondas. Mira, ahora se han generalizado otra vez los dolores reumáticos...

—Idiota —repitió de nuevo Iván.

—Tú, dale que dale, pero yo, el año pasado, tuve un reumatismo del que todavía me acuerdo.

—¿El diablo, con reumatismo?

—Por qué no, si a veces me encarno. Me encarno y acepto las consecuencias. Satanás *sum et nihil humanum a me alienum puto*[12].

—¿Cómo, cómo? Satanás *sum et nihil humanum...* ¡No está mal, para el diablo!

—Me alegra haberte dado por fin con el gusto.

—Pero eso no lo has tomado de mí —de pronto Iván se detuvo, como estupefacto—. Eso no me había venido nunca a la cabeza, es extraño...

—*C'est du nouveau n'est ce pas?*[13]. Pero esta vez obraré honestamente y te lo explicaré. Escucha: en sueños, sobre todo en las pesadillas (bueno, las que proceden de trastornos de estó-

---

12 «Soy Satanás y nada de lo humano me es ajeno» (paráfrasis de la célebre frase de Terencio: «Homo sum: nihil a me alienum puto») (lat.).

13 Eso es nuevo ¿no es verdad? (fr.).

mago o alguna cosa por el estilo), el hombre, a veces, ve escenas tan artísticas, una realidad tan compleja y verdadera, tales acontecimientos y hasta un mundo entero de acontecimientos relacionado con tal intriga y con tan inesperados detalles, desde vuestras manifestaciones más elevadas hasta el último botón de la pechera, que, te lo juro, ni León Tolstói los idearía, y, sin embargo, a veces no son escritores quienes tienen sueños semejantes, sino personas de lo más corriente, funcionarios, folletinistas, popes... En torno a esta cuestión se plantea hasta un verdadero problema: un ministro me ha confesado, incluso, que las mejores ideas se le ocurren mientras duerme. Como ahora. Aunque yo soy una alucinación tuya, digo como en una pesadilla cosas originales que hasta ahora no se te habían ocurrido, de modo que no repito ni mucho menos tus pensamientos, con todo y ser únicamente tu pesadilla y nada más.

—Mientes. Tu objetivo consiste precisamente en convencerme de que existes por ti mismo y no como mi pesadilla, mientras que ahora afirmas que eres un sueño.

—Amigo mío, hoy he elegido un método especial, luego te lo explicaré. Un momento, ¿dónde me he detenido? Sí, ya; entonces me resfrié, pero no en vuestro mundo, sino todavía allí...

—¿Dónde, allí? Dime, ¿permanecerás aquí mucho rato aún? ¿No puedes irte? —exclamó Iván con desesperación.

Dejó de pasear, se sentó en el diván, otra vez se apoyó de codos sobre la mesa y se apretó la cabeza con ambas manos. Se arrancó de encima la toalla mojada y la tiró: era evidente que no le había servido de nada.

—Tienes los nervios alterados —observó el *gentleman* con un aire desdeñosamente desenvuelto, aunque sin dejar de ser en lo más mínimo amistoso—, te enfadas contra mí hasta porque me he resfriado, aunque ello ocurrió de la manera más natural del mundo. Aquel día tenía prisa para acudir a una velada diplomática organizada por una alta dama peterburguesa que se las daba de ministro. Claro, me había vestido de frac, con corbata blanca y guantes, pero me encontraba todavía Dios sabe dónde y para llegar aquí, a la tierra, tenía aún que cruzar el espacio... Naturalmente, era cuestión de un instante; de todos modos, hasta el rayo de luz del sol tarda en llegar ocho minutos, y en mi caso, figúrate, yo llevaba frac y chaleco abierto. Los espíritus no se hielan, pero cuando uno se encarna, entonces... en una palabra, me lancé sin reflexionar, y el caso es que en esos espacios, en el éter, en las profundidades esas que hay sobre la tierra firme, hace un frío... ni siquiera se le puede llamar frío, imagínate: ¡ciento cincuenta grados bajo cero! Conocida es la broma que suelen gastar las mozas de aldea: cuando se llega a treinta grados bajo cero, proponen a algún novato que pase la lengua por el hierro de un hacha; la lengua se hiela, se pega al instante al metal, y el asno la arranca dejando en el hacha un trozo de piel ensangrentada; eso, sólo a los treinta grados; a los ciento cincuenta bastaría, creo yo, aplicar un poco un dedo y te quedarías sin él... a condición de que pudiera haber allí un hacha...

—¿Puede haber allí un hacha? —le interrumpió de pronto Iván Fiódorovich, distraído y con repugnancia. Se resistía con todas sus fuerzas a creer en su desvarío y caer definitivamente en la locura.

—¿Un hacha? —repitió el visitante, sorprendido.

—Eso digo, sí, ¿qué le pasaría allí a un hacha? —gritó de pronto Iván Fiódorovich con una obstinación furiosa.

—¿Qué le pasaría a un hacha en el espacio? *Quelle idée!*[14]. Si el objeto queda proyectado muy lejos, empezará, creo yo, a dar vueltas alrededor de la tierra, sin saber para qué, a modo de un satélite. Los astrónomos calcularán las salidas y las puestas del hacha. Gatsuk[15] las incluirá en el almanaque, y en paz.

—¡Eres estúpido, terriblemente estúpido! —dijo contumaz Iván—. Miente con más ingenio; si no, dejaré de escucharte. Tú quieres vencerme con el realismo, convencerme de que existes, ¡pero yo no quiero creer que existes! ¡No lo creeré!

—No miento, todo es verdad; por desgracia, la verdad suele ser siempre poco ingeniosa. Ya veo que esperas de mí algo grande, quizá espléndido. Es una gran pena, porque yo doy sólo lo que puedo...

—¡No filosofes, asno!

—Bueno estoy yo para filosofar, cuando tengo todo el cos-

---

[14] ¡Qué idea! (fr.).
[15] Editor del *Periódico de A. A. Gatsuk* (1876-90) y de un *Almanaque*.

tado derecho paralizado, gimo y bramo. He consultado a los médicos: saben reconocer el mal perfectamente, te explican al dedillo la enfermedad, pero no saben curar. He tenido ocasión de hablar con un estudiante de medicina muy entusiasta: «¡Si muere, me decía, por lo menos sabrá a ciencia cierta de qué enfermedad ha muerto!» Además, esa manera que tienen de mandar a los especialistas: «Nosotros, dicen, sólo reconocemos la enfermedad, pero vaya a ver a tal especialista, él le curará.» Ha desaparecido por completo el doctor de antaño, te lo digo yo, el que te curaba todos los males; ahora no hay más que especialistas y siempre se anuncian en los periódicos. Enfermas de la nariz y te mandan a la capital de Francia: allá, dicen, hay un especialista europeo que cura narices. Llegas a París, te examina: «Sólo puedo curarle, te dice, la ventana derecha de la nariz, porque las ventanas izquierdas de la nariz no las curo yo, no es mi especialidad; después de haber seguido mi tratamiento, vaya a Viena, allí hay un especialista que acabará de curarle la izquierda.» ¿Qué hacer? He recurrido a los remedios caseros. Un médico alemán me recomendó frotarme después del baño con miel mezclada con sal. Fui por el placer de acudir una vez más a los baños: me unté bien untado, y nada, fue inútil. Desesperado, escribí al conde Mattei, de Milán; me mandó un libro y unas gotas, que Dios le valga. Y figúrate: ¡el extracto de malta de Hoff me ha aliviado! Lo compré al azar, me tomé frasco y medio y me sentí como hasta para ir a bailar, me habían desaparecido los dolores. Decidí publicar en los periódicos una nota de «gracias», me lo dictaba el agradecimiento que sentía, y figúrate, entonces me encontré con otra historia: ¡ningún periódico me la ha aceptado! «Sería muy retrógrado, dicen, nadie lo creerá, *le diable n'existe point*[16]. Publíquela en forma de carta anónima», me aconsejan. ¡Pero qué nota de «gracias» puede haber, anónima! He bromeado con los empleados: «¡Lo que es retrógrado, en nuestros tiempos, es creer en Dios!; pero yo soy el diablo, creer en mí se puede.» «Lo comprendemos, bien, ¿quién no cree en el diablo?; pero no se puede publicar, perjudicaría al movimiento, quizá. ¿Si le diera un carácter humorístico?» Con carácter humorístico ya no tendría

---

[16] El diablo no existe más (fr.).

gracia, he pensado. Y no la han publicado. ¿Querrás creerlo?, todo eso me ha dejado como un peso en el corazón. A mí, debido únicamente a mi situación social, se me prohíben los mejores sentimientos, como, por ejemplo, el de gratitud.

——¡Otra vez te has metido en filosofías! ——rechinó Iván con odio.

——Dios me libre, pero es posible no quejarse alguna vez. Yo soy una persona calumniada. Tú mismo, cada tres por cuatro me sueltas que soy estúpido. Enseguida se ve que eres joven. ¡Amigo mío, no todo es cuestión de inteligencia! Por naturaleza, yo tengo un corazón bueno y alegre, «también he escrito algún vaudeville»[17]. Me parece que me tomas por un canoso Jlestakov y, sin embargo, mi destino es mucho más serio. Por no sé qué designio inmemorial que nunca he podido llegar a descifrar, estoy condenado a «negar» a pesar de carecer de toda aptitud para ello y ser sinceramente bueno. «No importa, tú niega, sin negación no habría crítica, ¿y qué revista sería la que no tuviera una "sección de crítica"? Sin crítica no habría más que "hosanna". Mas para la vida no basta la "hosanna", es necesario que la "hossanna" ésa pase por la fragua de las dudas y así sucesivamente y por el estilo.» De todos modos, en todo esto yo no me meto, no he sido yo quien lo ha creado, ni soy yo quien de ello ha de responder. El caso es que eligieron una cabeza de turco, me mandaron escribir en la sección de crítica y allí me tienes. Nosotros comprendemos muy bien esta comedia: yo, por ejemplo, exijo clara y simplemente volver a la nada. Pero no, vive, me dicen, porque sin ti no habría cosa alguna. Si en la tierra todo fuera razonable, no sucedería nada. Sin ti, adiós acontecimientos, y es preciso que los haya. Y aquí me tienes, prestando servicio y haciendo de tripas corazón para que haya acontecimientos, haciendo surgir lo irracional por mandato. La gente toma esta comedia por algo serio, lo hace así a despecho de toda su indiscutible lucidez. En ello radica su tragedia. Bueno, la gente sufre, claro está, pero... en cambio vive, realmente y no de manera imaginaria, pues el sufrimiento es la vida. ¿Qué satisfacción habría en ella, sin el su-

---

17 Palabras de Jlestiakov, personaje de *El Inspector,* de Gógol (1809-52); acto III, escena VI.

frimiento? Todo se convertiría en un interminable oficio divino: sería sacrosanto, pero aburridillo. ¿Pero y yo? Yo sufro y sin embargo no vivo. Soy la equis de una ecuación indeterminada. Soy una especie de espectro de la vida que ha perdido todo principio y fin y hasta se ha olvidado de cómo se llama. Tú te ríes... No, no te ríes, vuelves a enojarte. Tú siempre te enfadas; a ti, que te vengan con cosas de la inteligencia; en cambio yo, te repito una vez más, de buena gana daría toda mi vida sideral, todos mis títulos y dignidades a cambio de poderme encarnar en el alma de una mercadera de diez arrobas y poner velitas a Dios.

—¿Ni siquiera tú crees en Dios? —preguntó Iván con una sonrisa burlona y cargada de odio.

—Verás, no sé como decírtelo, si es que hablas en serio...

—¿Existe Dios, o no existe? —gritó Iván, otra vez con furiosa insistencia.

—Ah, ¿lo preguntas en serio? Mi querido amigo, te juro que no lo sé, y te acabo de decir una gran cosa.

—¿No lo sabes y ves a Dios? No, tú no existes por ti mismo, tú eres *yo*, ¡eres *yo*, y nada más! ¡Eres una basura, eres mi fantasía!

—Es decir, si quieres, tú y yo tenemos la misma filosofía, eso será justo. *Je pense, donc je suis*[18], esto lo sé yo a ciencia cierta; en cambio, todo lo demás, todo cuanto me rodea, todos esos mundos, Dios y hasta el propio Satanás, todo ello para mí está sin demostrar, no está demostrado si existe en sí o si es tan sólo emanación mía, un desarrollo progresivo de mi *yo*, con existencia eterna y única... En una palabra, me apresuro a terminar porque, según me parece, te dan ganas de arremeter a golpes contra mí.

—¡Mejor sería que me contaras alguna anécdota! —exclamó Iván, doliente.

—Conozco una, precisamente, sobre nuestro tema; es decir, no se trata de una anécdota, sino más bien de una leyenda. Tú me reprochas la falta de fe: «ves y no crees». Pero no soy yo el único que se encuentra en este caso, amigo mío: ahora, en nuestro mundo, todo quisqui anda soliviantado, y ello debido

---

[18] Pienso, luego existo (fr.).

únicamente a vuestras ciencias. Mientras no se iba más allá de los átomos, de los cinco sentidos y de los cuatro elementos, todo marchaba más o menos bien. De los átomos hablaron ya los antiguos. Pero cuando se supo que aquí habíais descubierto la «molécula química», el «protoplasma» y el demonio sabe qué otras cosas, los nuestros se recogieron la cola entre las piernas. Aquello fue el caos. Todo eran supersticiones y comadreos; habladurías entre nosotros hay tantas como entre vosotros y hasta un poquitín más; y, por fin, delaciones, porque también nosotros tenemos una sección especial donde se reciben ciertos «informes». Pues bien, se trata de una insólita leyenda de nuestros siglos medios (no vuestros, sino nuestros), y nadie la cree ni siquiera entre nosotros, excepción hecha de las mercaderas de diez arrobas, digo de las nuestras, no de las vuestras. Todo lo que existe en este mundo, existe también en el nuestro, éste es un secreto que te revelo sólo por amistad, aunque nos está prohibido hacerlo. La leyenda a que me refiero trata del paraíso. Había entre vosotros, en la tierra, un pensador y filósofo de nota, cuenta la leyenda, que «lo negaba todo, leyes, conciencia, fe»[19] y, en especial, la vida futura. Murió creyendo que iba a desaparecer en las tinieblas y la nada, pero he aquí que se encuentra ante la vida futura. Se quedó asombrado y se indignó: «Esto va en contra de mis convicciones», dijo. Y por estas palabras le condenaron... Bueno, perdona, yo sólo te cuento lo que he oído decir, se trata de una leyenda... Le condenaron a que recorriera en las tinieblas un cuatrillón de kilómetros (ahora, entre nosotros, todo va por kilómetros), y cuando haya recorrido este cuatrillón, le abrirán las puertas del paraíso y le perdonarán...

—¿Qué otros tormentos tenéis en vuestro mundo, aparte de lo del cuatrillón? —le interrumpió Iván con extraordinaria viveza.

—¿Qué tormentos? ¡Ah, no me lo preguntes! Antes los había de la clase que quisieras, pero ahora todo es cargar la mano sobre los morales, sobre los «remordimientos de conciencia» y esas zarandajas. Esto también nos ha venido de vosotros, de

---

[19] Palabras de Repetílov, personaje de la comedia de A. S. Griboiédov (1795-1829), *La desgracia de ser inteligente* (acto IV, escena IV).

vuestra «suavización de costumbres». ¿Y quién crees que ha salido ganando? Pues los únicos que han salido ganando son los sinvergüenzas, porque de dónde van a sentir ellos remordimientos de conciencia, si ni conciencia tienen. Los que han pagado el pato, en cambio, han sido las personas decentes, las que no han perdido del todo la conciencia y el honor... Eso es lo que pasa cuando se emprenden reformas sobre un terreno sin preparar y aun copiadas de instituciones extranjeras. ¡Son pura calamidad! Serían preferibles las calderas de antaño. Bien, ese condenado al cuartillón de kilómetros se planta, mira a su alrededor y se echa de través en el camino: «No quiero andar, ¡me niego por principio!» Toma tú el alma de un ateo ruso instruido, mézclala en la del profeta Jonás, que se pasó tres días y tres noches rezongando en el vientre de una ballena, y te saldrá el carácter de aquel pensador que se echó en el camino.

—¿Pero, sobre qué pudo echarse?

—Bah, algo habría allí sobre qué echarse. ¿No te estarás burlando?

—¡Bravo por el pensador! —gritó Iván, con la misma extraña viveza. Ahora escuchaba con inesperada curiosidad—. Y qué, ¿aún sigue echado?

—No, ése es el caso. Permaneció echado cerca de mil años, luego se levantó y se puso a andar.

—¡Vaya burro! —exclamó Iván, riéndose nerviosamente a carcajadas, como si se esforzara por comprender alguna cosa—. ¿No da lo mismo permanecer eternamente echado que andar un cuatrillón de verstas? ¿No representa esa distancia un billón de años de camino?

—Incluso mucho más; si tuviera lápiz y papel te lo podría calcular. Pero hace mucho tiempo que llegó, y es ahora cuando empieza la anécdota.

—¡Cómo, llegó!... ¿Pero de dónde sacó un billón de años?

—¡Todo te lo imaginas relacionándolo con esta tierra nuestra de hoy! Pero la tierra actual, quizá se ha repetido un billón de veces; es decir, ha envejecido, se ha cubierto de hielos, se ha resquebrajado, se ha deshecho, se ha descompuesto en sus elementos; otra vez todo quedó cubierto de agua, hasta las partes sólidas del universo, luego apareció otra vez un cometa,

[934]

otra vez el sol, y del sol se desprendió otra vez la tierra, y es posible que esta evolución se haya repetido ya, quizá, un número infinito de veces, siempre de la misma manera, hasta el último detalle. Es de un aburrimiento indecentísimo...

—Bueno, bueno, ¿y qué sucedió, cuando hubo llegado?

—No bien le abrieron las puertas del paraíso, entró, y antes de que hubiera pasado allí dos segundos (y eso reloj en mano, aunque el reloj, a mi entender, debía de habérsele descompuesto en sus elementos hacía mucho tiempo, en el bolsillo, durante el recorrido), antes de que hubiera pasado allí dos segundos, exclamó que aquellos dos segundos valían no sólo el cuatrillón de kilómetros, sino un cuatrillón de cuatrillones y hasta elevado a la cuadrillonésima potencia. En una palabra, cantó «hosanna» y exageró la nota hasta el punto de que allí, algunos, los de ideas más nobles, querían negarse a darle la mano al principio; se había hecho conservador demasiado aprisa, pensaban. Eso es propio del temperamento ruso. Repito: se trata de una leyenda. Como me la han vendido, la vendo yo. Estas son las ideas que todavía corren sobre estas materias allí, entre nosotros.

—¡Te he cazado! —gritó con una alegría casi infantil, como si por fin hubiera recordado algo—. ¡Esa anécdota sobre el cuatrillón de años es invención mía! Yo tenía diecisiete años, iba al gimnasio... Entonces ideé esta anécdota y la conté a un camarada que se llamaba Korovkin, fue en Moscú... La anécdota es tan característica, que no pude tomarla de ninguna parte. Ya la había olvidado... pero la he recordado ahora inconscientemente, ¡la he recordado yo mismo, no has sido tú quien la ha contado! Del mismo modo se recuerdan, a veces, miles de cosas inconscientemente, incluso cuando le llevan a uno al cadalso... Lo he recordado en sueños. ¡Tú eres ese sueño! ¡Tú eres un sueño y no existes!

—Por el calor con que me niegas —se rió el *gentleman*— me convenzo de que, a pesar de todo, crees en mí.

—¡En lo más mínimo! ¡Ni en una centésima parte!

—Pero crees en una milésima. Las dosis homeopáticas son, quizá, las más fuertes. Reconoce que crees, digamos, en una diezmilésima...

—¡Ni un instante! —gritó furiosamente Iván—. ¡Bien quisiera yo, de todos modos, creer en ti! —añadió de manera extraña.

—¡Ea! ¡Aquí tienes, sin embargo, un reconocimiento! Pero yo soy bueno, también en este caso quiero ayudarte. Escucha: he sido yo quien te ha cazado a ti y no tú a mí. Te he contado adrede tu propia anécdota, que ya habías olvidado, para que te convenzas definitivamente de que no existo.

—¡Mentira! El objeto de tu aparición es convencerme de que existes.

—Cierto. Pero las vacilaciones, la inquietud, la lucha en la fe y la incredulidad, a veces constituyen una tortura tan grande para una persona de conciencia, como eres tú, que vale más ahorcarse. Sabiendo, precisamente, que tú crees en mí una migajita, he sembrado en ti una desconfianza definitiva contándote esta anécdota. Te conduzco entre la fe y la incredulidad alternativamente y también en esto persigo yo mi objetivo. Es un método nuevo: cuando te hayas convencido por completo de que no existo, enseguida empezarás a asegurar ante mis propios ojos que no soy un sueño, que existo en realidad, te conozco bien; entonces sí habré conseguido mi objetivo, que es muy noble. Echaré yo en ti una minúscula semillita de fe y nacerá de ella una encina; además, tal encina que tú, subido a ella, desearás ser como «los padres anacoretas y las mujeres inmaculadas»[20], ya que, en el fondo y en secreto, eso es lo que anhelas con la mayor vehemencia; te nutrirás con langostas de los campos e irás a buscar tu salvación en el desierto.

—¿Así pues, miserable, procuras la salvación de mi alma?

—Por lo menos alguna vez hay que hacer una buena obra. Pero tú te irritas, ¡lo veo, te irritas!

—¡Bufón! ¿Has tentado alguna vez a los que se nutren con langostas de los campos y se pasan hasta diecisiete años rezando en el puro desierto, cubiertos de pelambre?

—Mi querido, otra cosa no he hecho. Uno puede olvidarse del mundo y de todos los mundos, pero a una de esas almas te agarras, porque es un brillante de lo más precioso; a veces una de ellas vale por toda una constelación, no olvides que nosotros poseemos una aritmética especial. ¡Una victoria, en esos ca-

---

[20] Título de una poesía de Pushkin (1831).

sos, no tiene precio! Entre esas personas, las hay que no te son inferiores en nada por un desarrollo intelectual, te lo juro, aunque no lo creas: en un mismo instante pueden avizorar tales abismos de fe y de incredulidad que uno podría creerles, en esos momentos, a un dedo de «dar el salto mortal», como dice el artista Gorbunov.

—Y qué, ¿te has retirado con un palmo de narices?

—Amigo mío —repuso el visitante sentenciosamente—, mejor es, sin duda, retirarse con un palmo de narices que quedarse del todo sin nariz, como dijo no hace mucho un marqués enfermo (es de suponer que le había tratado un especialista) confesándose a su padre espiritual, un jesuita. Yo estaba presente, era un encanto. «¡Devuélveme la nariz!», decía dándose golpes en el pecho. «Hijo mío (se zafaba el pater), los insondables designios de la providencia todo lo regulan, y una desgracia aparente es origen, a veces, de un provecho extraordinario, aunque invisible. Si el cruel destino le ha privado de nariz, la ventaja que de ello usted saca es que ya en toda su vida nadie se atreverá a decirle que se ha quedado con un palmo de narices.» «¡Padre santo, esto no es un consuelo! (exclama el desesperado). Yo, por el contrario, estaría encantado de quedarme cada día y en toda la vida con un palmo de narices con tal de tener la nariz en su sitio.» «Hijo mío (suspira el pater), no es posible pedir todos los bienes a la vez, y el deseo que usted manifiesta constituye ya una murmuración contra la Providencia, que ni siquiera en este caso se ha olvidado de usted; porque si usted clama, como acaba de hacerlo, que con alegría estaría dispuesto a quedarse toda la vida con un palmo de narices, indirectamente queda ya cumplido su deseo: pues, habiendo perdido la nariz es como si, por ello mismo, se hubiera quedado usted con un palmo de narices...»

—¡Eh, qué estúpido! —gritó Iván.

—Amigo mío, yo sólo quería hacerte reír, pero te juro que ésta es la auténtica casuística de los jesuitas, y te juro que todo esto ha sucedido literalmente como te he contado. El caso es bastante reciente y me ha dado no pocos quebraderos de cabeza. Aquella misma noche, el desgraciado joven, de vuelta en su casa, se pegó un tiro; no me separé de su lado hasta el último momento... En cuanto a las pequeñas garitas en que los jesuitas confiesan, constituyen en verdad mi distracción preferida en los minutos tristes de la vida. Te voy a contar otro caso ocurrido hace muy pocos días. Se presenta a un viejo pater una rubita normanda, una muchacha de unos veinte años. Era una hermosura, y qué cuerpo, qué temperamento... se me caía la baba. Se arrodilla, susurra al pater, por la rejilla, su pecado. «Qué dice, hija mía, ¿es posible que ya haya caído otra vez en la tentación?... (exclama el pater). *O, Sancta Maria,* qué estoy oyendo: ya no ha sido con el mismo. ¿Hasta cuándo va a durar esto? ¡Cómo no le da vergüenza!» *«Ah mon père*[21] (responde la pecadora con el rostro bañado en lágrimas de arrepentimiento). *Ça lui fait tant de plaisir et à moi si peu de peine!»*[22]. ¡Imagínate tú una respuesta semejante! Bueno, hasta yo tomé su defensa; aquél era el grito de la mismísima naturaleza. ¡Esto, si quieres, es mejor que la inocencia! Yo le perdoné enseguida el pecado y di la vuelta para marcharme cuando me vi obligado a retroceder sobre mis pasos: oí que el viejo, a través de la rejilla, le señalaba una cita para la noche. Ya ves, ¡el viejo era como una roca, y cayó en un abrir y cerrar de ojos! ¡La naturaleza, la verdad, se impuso! Qué, ¿otra vez pones mala cara, otra vez te enojas? Ya no sé qué explicarte para tenerte contento...

—Déjame, me golpeas el cerebro como una pesadilla obsesionante —gimió Iván dolorosamente, vencido por su alucinación—. Me aburro contigo, ¡es insoportable y torturador! ¡No sé lo que daría si pudiera echarte!

—Te lo repito, modera tus exigencias, no exijas de mí «todo lo grande y hermoso» y verás como haremos buenas migas —dijo imponente el *gentleman*—. En realidad, estás rabioso contra mí por no haberme presentado con una aureola roja, «entre rayos y truenos», con alas chamuscadas, en vez de venirte a ver vestido con tanta modestia. Sientes ofendidos, en primer lugar, tus sentimientos estéticos; en segundo lugar, tu orgullo: ¿cómo es posible, estarás pensando, que a un gran hombre semejante le visite un diablo tan vulgar? Sí, hay en ti esa fibra romántica de que tanto se ha burlado ya Belinski[23].

---

[21] Ay, padre mío (fr.).
[22] ¡Eso le proporciona tanto placer y a mí me cuesta tan poco! (fr.).
[23] Véase la nota 4, pág. 11 de la introducción.

Qué le vamos a hacer, joven. Cuando, hace poco, me preparaba para visitarte, tuve la idea de presentarme, en son de broma, bajo el aspecto de un Consejero de Estado retirado, que hubiera servido en el Cáucaso, llevando en el frac la estrella del León y del Sol, pero no me he atrevido, esa es la verdad, porque me habrías pegado por el hecho de haber osado ponerme en el frac el León y el Sol y no por lo menos, la estrella Polar o Sirius. Y tú, repitiendo que soy un estúpido. Pero, Dios mío, yo no pretendo siquiera compararme contigo en inteligencia. Mefistófeles, al presentarse a Fausto, dice de sí que quiere el mal, pero no hace más que el bien. Bueno, allá él; en cambio yo hago todo lo contrario. Yo soy, quizás, el único hombre en todo el universo que ama la verdad y desea sinceramente el bien. Yo estaba presente cuando el Verbo, muerto en la cruz, ascendió a los cielos llevando en su seno el alma del ladrón crucificado a su derecha, oí los penetrantes gritos de alegría de los querubines que cantaban y vociferaban: «Hossanna», el estrépito clamor de entusiasmo de los serafines que hacía retemblar el cielo y todo el universo. Pues bien, te juro por cuanto existe de sacrosanto, yo quería sumarme al coro y gritar con todos: «¡Hosanna!» Ya estaba a punto de volar la palabra, ya me salía del pecho... ya sabes que soy muy sensible y muy impresionable artísticamente. Pero el sentido común (oh, la propiedad más desdichada de mi naturaleza) me contuvo en los límites debidos también en aquel caso y dejé pasar el momento propicio. Porque (pensaba yo en aquel instante), ¿qué sucedería después de mi «hosanna»? Todo en el mundo se habría apagado y no se habrían producido más acontecimientos. Ahí tienes, pues, cómo únicamente por el deber de mi cargo y por mi posición social me vi obligado a ahogar en mi interior el buen impulso y seguir con mis infamias. Alguien toma para sí todo el honor del bien, a mí no se me ha dejado en suerte otra cosa que la indignidad. Pero no envidio el honor de vivir de la mangancia, no soy ambicioso. ¿Por qué de cuantos seres existen en el mundo soy yo el único condenado a las maldiciones de todas las personas decentes y hasta a los puntapiés, pues encarnándome he de sufrir a veces estas consecuencias? Sé que en esto se encierra un secreto, mas por nada del mundo me lo quieren descubrir, porque entonces, quizá, dándome cuenta de lo que se trata, soltaría el «hosanna», con el cual enseguida desaparecería el indispensable menos y en todas partes se impondría la cordura, y así, naturalmente, a todo le llegaría su fin, incluso a los periódicos y revistas, porque, en ese caso, ¿quién iba a suscribirse a ellos? Sé muy bien que, a fin de cuentas, me reconciliaré, también yo llegaré al término de mi cuatrillón y me enteraré del secreto. Pero, mientras tanto, rezongo y haciendo de tripas corazón cumplo mi cometido: procurar que se pierdan millares de seres para salvar a uno. ¡Cuántas almas no fue preciso condenar y cuántas honradas reputaciones cubrir de oprobio, por ejemplo, para obtener un solo justo como Job, de quien se valieron en otro tiempo para jugarme una mala pasada! Lo que digo, mientras no se descubra el secreto, es que para mí existen dos verdades: la de allí, la suya, que por ahora me es totalmente desconocida, y la mía. Y aún hemos de ver cuál de las dos será la más pura... ¿Te has dormido?

—¡A ver! —gimió con rabia Iván—. ¡Todo lo que hay de estúpido en mi naturaleza, experimentado hace ya mucho tiempo, triturado en mi suerte y tirado como carroña, me lo sirves ahora como si se tratara de alguna novedad!

—¡Tampoco con esto he dado en el clavo! Y yo me figuraba hasta entusiasmarte con mi exposición literaria: esa «hosanna» en el cielo no me ha salido del todo mal, ¿verdad? Y luego, ese tono sarcástico a lo Heine, ¿eh?, ¿no es cierto?

—¡No, yo nunca he sido un lacayo así! ¿Por qué, pues, mi alma ha engendrado un lacayo como tú?

—Amigo mío, conozco a un señorito ruso encantador y simpatiquísimo: es un joven pensador y gran aficionado a la literatura y a las cosas elegantes, autor de un poema que promete y que se titula: «El Gran Inquisidor»... ¡Yo no pensaba en otro que en él!

—Te prohíbo hablar de «El Gran Inquisidor»? ¿Te acuerdas? ¡Eso sí era un poema!

—¡Cállate o te mato!

—¿Que me matarás a mí? No, hombre, perdona, deja que termine lo que quería decirte. He venido precisamente para darme esta satisfacción. ¡A mí me encantan los sueños apasionados, juveniles, palpitantes por el anhelo de vivir de mis amigos! «Allí hay gente nueva (pensabas tú aún la primavera pasada al prepararte para venir aquí), se disponen a destruirlo todo y recomenzar por la antropofagia. ¡Los tontos, no me han pedido permiso a mí! A mi modo de ver, no hay que destruir nada, lo único que hace falta es acabar en la humanidad con la idea de Dios, ¡es por ahí por donde hay que poner manos a la obra! Es por ahí, por ahí, por donde hace falta empezar, ¡oh, ciegos, que nada comprenden! Cuando la humanidad rechace a Dios (yo creo que ese periodo llegará de modo paralelo a como llegan los periodos geológicos), sin necesidad de antropofagia se derrumbará por sí misma toda la antigua ideología y, sobre todo, toda la antigua moral, todo se renovará. Los seres humanos se unirán para exprimir de la vida cuanto ésta pueda dar, pero sólo para alcanzar la felicidad y la alegría en este mundo. El hombre se encumbrará con un espíritu divino, con un orgullo titánico y aparecerá el hombre-dios. Venciendo a cada hora y ya sin límites a la naturaleza, el hombre, gracias a su voluntad y a la ciencia, experimentará a cada hora un placer tan excelso que le sustituirá todas las anteriores esperanzas en los placeres celestes. Cada uno sabrá que es mortal en cuerpo y alma, sin resurrección, y aceptará la muerte orgullosa y tranquilamente, como un dios. Comprenderá por orgullo que no tiene por qué murmurar de que la vida sea sólo un instante y amará a su prójimo sin necesidad de recompensa alguna. El amor satisfará sólo el instante de la vida, pero la simple conciencia de su brevedad hará más poderoso su fuego, en tanta medida cuanto anteriormente se dispersa en las esperanzas del amor de ultratumba y sin fin»... Bueno, y así sucesivamente y por el estilo. ¡Era encantador!

Iván estaba sentado, tapándose las orejas con las manos y mirando al suelo, mas todo el cuerpo empezó a temblarle. La voz continuó:

—La cuestión está ahora, se decía mi joven pensador, en saber si es posible que semejante periodo llegue o no alguna vez. Si llega, todo quedará resuelto, y la humanidad se organizará definitivamente. Pero, comoquiera que, dada la contumacia de la estupidez humana, eso quizá no se produzca ni en mil años, a todo aquel que ya ahora tenga conciencia de la verdad le será permitido ordenar su vida tal como le plazca en consecuencia con los nuevos principios. En este sentido, para él «todo está permitido». Es más: aunque nunca llegue el periodo indicado, comoquiera que no existen ni Dios ni la inmortalidad, nada impide al nuevo hombre hacerse hombre-dios, aunque sea él solo en todo el mundo, y ya, desde luego, en su nuevo rango, saltarse con alegre corazón todos los obstáculos morales del anterior hombre esclavo, si es preciso. ¡Para Dios, la ley no existe! ¡Donde esté Dios, el lugar ya es divino! Donde esté yo, aquél será al instante el primer lugar... «Todo está permitido», ¡y basta! todo esto es muy encantador; sólo que, si quisiera hacer el granuja, ¿a santo de qué, al parecer, alzarse con la sanción de la verdad? Pero así es el hombre ruso contemporáneo: sin la sanción no se atreverá ni a hacer granujadas, hasta tal punto se ha enamorado de la verdad...

El visitante, entusiasmándose, por lo visto, con su propia elocuencia, hablaba alzando cada vez más la voz y mirando burlón al dueño de la casa; pero no logró terminar: Iván agarró de pronto un vaso de la mesa y lo arrojó con toda el alma contra el orador.

—*Ah, mais c'est bête enfin!*[24] —exclamó éste, saltando del diván y sacudiéndose de encima con los dedos las salpicaduras de té—. ¡Se ha acordado del tintero de Lutero! ¡Él mismo me considera un sueño y contra el sueño tira vasos! ¡Como una mujer! Ya sospechaba yo que sólo hacías ver que te tapabas las orejas y estabas escuchando...

De pronto resonaron unos golpes firmes e insistentes en el marco de la ventana. Iván Fiódorovich saltó del diván.

—¿Oyes? Es mejor que abras —gritó el visitante—; es tu hermano Aliosha, te trae la más inesperada y sorprendente de las noticias, ¡te lo aseguro!

—Calla, truhán, he sabido antes que tú que era Aliosha, le presentía, y si viene no es porque sí, desde luego, ¡me trae «noticias»!... —exclamó, presa de una extraordinaria agitación.

—Pero abre, hombre, ábrele. Fuera se ha desencadenado una tormenta de nieve y él es tu hermano. *Monsieur, sait-il le temps qu'il fait? C'est à ne pas mettre un chien dehors...*[25].

---

[24] ¡Ay, pero eso es una tontería, en fin de cuentas! (fr.).
[25] «Señor, ¿sabe qué tiempo hace? Con un tiempo así, no se saca a la calle ni a un perro» (fr.).

Seguían llamando. Iván quería precipitarse a la ventana; mas pareció como si algo le hubiera atado pies y manos. Ponía en tensión todas sus fuerzas como para romper sus ataduras, pero en vano. Los golpes a la ventana se hacían cada vez más fuertes. Por fin las ligaduras se rompieron e Iván Fiódorovich se incorporó bruscamente en el diván. Miró como extraviado a su alrededor. Las dos velas casi se habían consumido, el vaso que acababa de arrojar contra el visitante estaba sobre la mesa, y en el diván adosado contra la pared de enfrente no había nadie. Los golpes contra el marco de la ventana, aunque seguían resonando con insistencia, no eran ni con mucho tan fuertes como acababa de parecerle en sueños; al contrario, eran golpes muy discretos.

—¡Esto no es un sueño! No, lo juro, esto no ha sido un sueño, ¡todo esto ha sucedido ahora! —gritó Iván Fiódorovich, precipitándose hacia la ventana, y abrió el ventanillo—. Aliosha, ¡te había dicho que no vinieras! —gritó furiosamente al hermano—. Dime en dos palabras: ¿qué quieres? En dos palabras, ¿me oyes?

—Hace una hora que se ha ahorcado Smerdiákov —le respondió Aliosha desde el patio.

—Pasa al porche, ahora te abro —respondió Iván, y fue a abrir a Aliosha.

X

«ES ÉL QUIEN LO HA DICHO»

ALIOSHA entró y comunicó a Iván Fiódorovich que una hora antes, poco más, había acudido a su casa María Kondrátievna y le había declarado que Smerdiákov acababa de suicidarse. «Entró en su habitación para retirar el samovar, le había dicho, y me lo veo colgado de un clavo en la pared.» A la pregunta de Aliosha: «¿Lo ha comunicado a quien se debe?» había respondido que no lo había declarado a nadie, sino que «he venido enseguida a su casa, corriendo». Estaba como loca, explicaba Aliosha, y temblaba toda ella como una hoja de árbol. Cuando Aliosha, junto con María Kondrátievna, llegó a la isbá, a la que fue a toda prisa, Smerdiákov aún colgaba del clavo. Sobre la mesa había una nota: «Destruyo mi vida por mi propia voluntad, y deseo que no se acuse a nadie.» Aliosha dejó la nota sobre la mesa tal como la había encontrado, se fue a ver al jefe de policía, a quien puso al corriente de lo sucedido, «y de allí me he venido directamente a tu casa», concluyó, observando con atención a Iván. Mientras estuvo hablando, no había apartado de él los ojos, como muy sorprendido por la expresión de su rostro.

—Hermano —exclamó de pronto—, ¡debes estar muy enfermo! Miras y parece que no comprendes lo que te estoy diciendo.

—Has hecho bien en venir —dijo caviloso Iván, como si no hubiera oído la exclamación de Aliosha—. El caso es que yo ya sabía que se había ahorcado.

—¿Por quién?

—No sé por quién. Pero lo sabía. ¿Lo sabía? Sí, me lo ha dicho él. Acaba de decírmelo...

Iván, de pie en medio del cuarto, seguía hablando con el mismo aire de preocupación, mirando al suelo.

—¿Quién es *él*? —preguntó Aliosha, mirando instintivamente en torno.

—Se ha escapado.

Iván levantó la cabeza y se sonrió con dulzura.

—Ha tenido miedo de ti, de ti, de una avecilla. Tú eres un «querubín purísimo». Dmitri te llama querubín. Querubín... ¡El estrepitoso clamor de entusiasmo de los serafines! ¿Qué es un serafín? Quizá toda una constelación. Y quizá la constelación entera no es más que una molécula química... Existe la constelación del León y del Sol, ¿no lo sabes?

—¡Hermano, siéntate! —dijo Aliosha, asustado—, siéntate en el diván, por amor de Dios. Estás delirando, reclínate sobre la almohada, así. ¿Quieres que te ponga una toalla húmeda en la cabeza? Quizá te sentaría bien.

—Dame la toalla, la de la silla, hace un momento que la he arrojado ahí.

—Ahí no está. No te preocupes, sé dónde la tienes; mírala —dijo Aliosha después de hallar en el rincón opuesto del cuarto, junto al lavabo, una toalla limpia, todavía doblada y sin usar.

Iván se la quedó mirando con extrañeza; parecía haber recobrado la memoria súbitamente.

—Espera —se incorporó—; hará cosa de una hora, tomé esa misma toalla y la mojé con agua. Me la apliqué a la cabeza y la arrojé ahí... ¿Cómo puede estar seca? No había otra.

—¿Te has aplicado esta toalla a la cabeza? —preguntó Aliosha.

—Sí, y con ella en la cabeza me he paseado por la habitación hace una hora... ¿Por qué se han gastado tanto las velas? ¿Qué hora es?

—Cerca de medianoche.

—¡No, no, no! —se puso a gritar Iván—. ¡No ha sido un sueño! Ha estado aquí, sentado en ese diván. Cuando tú has llamado a la ventana, le he arrojado el vaso... mira, éste... Un momento, la otra vez también dormía, pero este sueño no es un sueño. Y la otra vez, tampoco lo fue. Ahora, Aliosha, suelo tener unos sueños... pero no son sueños, estoy despierto: camino, hablo y veo..., pero duermo. Mas él ha estado sentado ahí, ha estado ahí, en ese diván... Es terriblemente estúpido, Aliosha, terriblemente estúpido —de pronto Iván se echó a reír y empezó a pasear por la habitación.

—¿Quién es estúpido? ¿De quién hablas, hermano? —volvió a preguntar Aliosha, angustiado.

—¡El diablo! Me visita. Ha estado dos veces, hasta casi tres. Ha querido hacerme rabiar diciéndome que me enfado porque creo que es un simple diablo y no Satanás con alas chamuscadas, que se presenta entre rayos y truenos. Pero no es Satanás, ha mentido. Él es un impostor. Es simplemente un diablo, un pobre diablo de poca monta. Frecuenta los baños públicos. Si le desnudas, le encontrarás sin duda la cola, larga y lisa, como la de un perro danés, de una vara de longitud, pardusca... Aliosha, estás helado, has caminado mucho rato por la nieve, ¿quieres té? ¿Qué? ¿Está frío? ¿Quieres que lo mande preparar? *C'est à ne pas mettre un chien dehors...*

Aliosha corrió hacia el lavabo, mojó la toalla, volvió a hacer sentar y Iván y le envolvió la cabeza con la toalla húmeda. Se sentó a su lado.

—¿Qué me decías hoy de Lisa? —prosiguió Iván. Se volvía muy locuaz—. Lisa me gusta. Te he dicho de ella algo malo.

Te he mentido, me gusta... Tengo miedo del día de mañana, por Katia, es lo que más temo. Por el futuro. Mañana, Katia me abandonará y me pisoteará. Cree que voy a perder a Mitia por celos, a causa de ella. ¡Sí, lo piensa! ¡Pero no es así! Mañana será la cruz, pero no la horca. No, yo no me ahorcaré. ¡Sabes, Aliosha, que nunca podré quitarme la vida! ¿Por bajeza, quizá? No soy un cobarde. ¡Por la sed de vivir! ¿Por qué sabía yo que Smerdiákov se ha ahorcado? Sí, me lo había dicho *él*...

—¿Estás, pues, firmemente convencido de que aquí había alguien sentado? —preguntó Aliosha.

—Ahí, en aquel diván, en un ángulo. Tú le habrías echado. Pero sí, has sido tú quien le ha echado: ha desaparecido no bien tú te has presentado. Me gusta tu cara, Aliosha. ¿Sabías que tu cara me gusta? Y *él*, soy yo, Aliosha, yo mismo. ¡Es todo lo que hay de bajo, vil y despreciable en mí! Sí, yo soy un «romántico», él lo ha observado... aunque se trate de una calumnia. Es terriblemente estúpido, pero de eso se vale. Es astuto, astuto como un animal, sabía cómo podía enfurecerme. No hacía más que machacar diciéndome que yo creo en él y de ese modo me obligaba a escucharle. Me ha tomado el pelo como a una criatura. De todos modos, me ha dicho de mí muchas cosas que son ciertas. Nunca me lo habría confesado yo mismo. ¿Sabes, Aliosha, sabes? —añadió Iván con muchas seriedad y como confidencialmente—, ¡desearía de muy buena gana que él en realidad fuera *él* y no yo!

—Te ha atormentado —dijo Aliosha mirando con compasión a su hermano.

—¡Me ha hecho rabiar! ¿Sabes? Con mucha habilidad, ¡mucha!: «¡La conciencia! ¿Qué es, la conciencia? Es obra mía. ¿Por qué me atormento? Por la fuerza de la costumbre. Por una costumbre universal que tiene el hombre desde hace siete mil años. Desprendámonos de esta costumbre y seremos dioses.» ¡Lo ha dicho él, lo ha dicho él!

—¿Y no has sido tú, no has sido tú? —exclamó Aliosha sin poderse contener, dirigiendo una limpia mirada a su hermano—. Bueno, allá él, ¡mándale a paseo y olvídalo! ¡Que se lleve todo aquello de que ahora tú maldices y que no vuelva jamás!

—Sí, pero es malo. Se ha burlado de mí. Ha sido insolente, Aliosha —profirió Iván, estremecido por el recuerdo de la ofensa——. Pero me ha calumniado, en muchas cosas me ha calumniado. Me ha mentido a mí mismo y a la cara. «Oh, te dispones a cumplir un gran acto de virtud, declararás que has matado a tu padre, que el lacayo mató a tu padre por instigación tuya...»

—Hermano —le interrumpió Aliosha—, domínate; no eres tú quien ha matado. ¡Eso no es verdad!

—Es él quien lo ha dicho, él, y él lo sabe: «Te dispones a cumplir un gran acto de virtud y no crees en ella, eso es lo que te irrita y te atormenta, por eso eres tan vengativo.» Me lo ha dicho refiriéndose a mí. Y sabe lo que dice...

—¡Eres tú quien lo dice y no él! —exclamó Aliosha amargamente—. ¡Y lo dices estando enfermo, delirando, atormentándote!

—No, él sabe lo que dice. «Tú, me ha dicho, acudirás movido por tu orgullo, te levantarás y declararás: "Soy yo quien ha matado, no tenéis por qué poner esas caras de horror, ¡mentís! Desprecio vuestra opinión, desprecio vuestro horror."» Se refería a mí, y de pronto añade: «¿Sabes?, lo que tú quieres es que te alaben: es un criminal, dirán, es un asesino, pero qué sentimientos más generosos los suyos, ¡ha querido salvar a su hermano y ha confesado!» ¡Pero esto sí es mentira, Aliosha! —gritó de súbito Iván con los ojos relampagueantes—. ¡Yo no quiero que los siervos me alaben! En esto ha mentido, Aliosha, ha mentido, ¡te lo juro! Es por eso por lo que le he arrojado un vaso y se lo he roto contra los morros.

—Hermano, cálmate, ¡no hables así! —le suplicaba Aliosha.

—Sabe torturar, es cruel —prosiguió Iván, sin hacerle caso—. Siempre he presentido por qué venía. «Admitamos, dice, que tú querías ir movido por tu orgullo, pero de todos modos había también la esperanza de que probaran la culpabilidad de Smerdiákov y le mandaran a presidio, de que absolvieran a Mitia y de que a ti te condenaran sólo *moralmente* (¿lo oyes? ¡Al decirlo, se reía!), mientras que otros te alabarían. Pero ha muerto Smerdiákov, se ha ahorcado, ¿y quién va a creerte ahora, en el juicio, ahora que estás solo? No obstante, te presentarás, te presentarás, a pesar de todo irás, has decidido ir. ¿Pero para qué vas a ir, después de lo sucedido?» Eso es espantoso, Aliosha, no puedo soportar esas preguntas. ¡Quién se atreve a formularme tales preguntas!

—Hermano —le interrumpió Aliosha, helado de espanto, pero como esperando aún hacer entrar en razón a Iván—, ¿cómo podía hablarte de la muerte de Smerdiákov antes de mi llegada, si nadie sabía que había ocurrido ni había habido tiempo de que nadie se enterara?

—Él lo ha dicho —repuso firmemente Iván, sin admitir siquiera la duda—. Es de lo único que me ha hablado, si quieres saberlo. «Podría admitirse, dice, si creyeras en la virtud; no importa que no me crean, voy por fidelidad a mis principios. Pero tú eres un cerdito, como Fiódor Pávlovich, ¿qué te importa a ti la virtud? ¿Para qué vas a arrastrarte allí si tu sacrificio será inútil? ¡Ni tú mismo sabes para qué vas! ¡Oh, mucho daría para saberlo! ¿Y crees que ya te has decidido? Aún no has decidido nada. Te pasarás la noche entera preguntándote si vas a ir o no. Pero, de todos modos, irás, y sabes, sea lo que sea lo que vayas decidiendo, pues la resolución, desde luego, no depende de ti. Irás porque no te atreves a no ir. El porqué no te atreves, adivínalo por ti mismo, ¡resuelve el enigma!» Se ha levantado y se ha ido. Tú has llegado y se ha ido él. ¡Me ha llamado cobarde, Aliosha! *¡Le mot de l'enigme*[26] es que soy un cobarde! «¡No son tales águilas las que ascienden muy altas en el cielo!» ¡Ha añadido eso, lo ha añadido! Y Smerdiákov dijo lo mismo. ¡Hay que matarle! Katia me desprecia, lo veo hace ya un mes, ¡y también Lisa comienza a despreciarme! «Irás para que te alaben», ¡eso es una mentira feroz! Y tú también me desprecias, Aliosha. Ahora vuelvo a odiarte. ¡También odio al monstruo, también odio al monstruo! No quiero salvar al monstruo, ¡que se pudra en presidio! ¡Ha empezado a cantar un himno! ¡Oh, mañana iré, me presentaré ante ellos y les escupiré a todos en la cara!

Se levantó furioso, arrojó lejos la toalla y de nuevo se puso a dar zancadas por la habitación. Aliosha recordó las palabras que acababa de pronunciar su hermano: «Parece como si durmiera estando despierto... Camino, hablo y veo, pero duermo.» Habríase dicho que era eso, precisamente lo que es-

---

[26] El enigma (fr.).

taba sucediendo. Aliosha no se apartaba de su lado. Por un momento tuvo la idea de ir corriendo en busca del doctor, pero tenía miedo de dejar a su hermano solo: no había a quién encomendarlo. Finalmente, Iván fue perdiendo poco a poco conciencia de sus actos. Seguía hablando, hablaba sin parar, pero ya sin ilación alguna. Hasta articulaba mal las palabras y, de pronto, se tambaleó. Pero Aliosha tuvo tiempo de sostenerle. Iván se dejó llevar hasta la cama; su hermano le desnudó como pudo y le acostó. Permaneció a su lado aún unas dos horas. El enfermo dormía profundamente, sin moverse, con respiración suave y acompasada. Aliosha tomó una almohada y se acostó en el diván sin desnudarse. Antes de quedarse dormido, rezó por Mitia y por Iván. Comenzaba a comprender la enfermedad de este último: «¡Son los tormentos de una resolución orgullosa, de una profunda conciencia!» Dios, en quien no creía, y la verdad divina vencían al corazón, que aún no quería someterse. «Sí —pasó por la cabeza de Aliosha, reclinada ya sobre la almohada—, sí, habiendo muerto Smerdiákov, nadie creerá ya en la declaración de Iván; ¡pero él se presentará y declarará! —Aliosha se sonrió dulcemente—. ¡Dios vencerá! —pensó—. O renacerá Iván a la luz de la verdad o... sucumbirá en el odio, vengándose a sí mismo y a todos por haber servido a una causa en la que no cree», añadió con amargura, y volvió a rezar por Iván.

Libro duodécimo

UN ERROR JUDICIAL

Montaje teatral de *Los hermanos Karamázov* en el Gate Theatre de Nueva York

I

EL DÍA ACIAGO

AL día siguiente de los acontecimientos que he relatado, a las diez de la mañana, se abrió la sesión de nuestro tribunal de distrito y empezó el juicio de Dmitri Karamázov.

Diré de antemano, y lo diré con insistencia, que no me considero ni mucho menos con fuerzas para transmitir todo lo que sucedió en el juicio, no sólo con la debida plenitud, sino ni siquiera en el orden debido. Tengo la impresión de que si debiera de recordarlo todo y explicarlo como haría falta, necesitaría un libro entero y de los mayores. Que no se me recrimine, pues, si comunico sólo lo que más me conmovió a mí personalmente y mejor grabado tengo en la memoria. Es posible que haya tomado lo secundario por lo principal e incluso que haya omitido por completo los rasgos más destacados y archinecesarios... De todos modos, veo que es mejor no disculparse. Haré lo que pueda, y los propios lectores comprenderán que he hecho sólo lo que ha estado al alcance de mis aptitudes.

Por de pronto, y antes de entrar en la sala de la audiencia, haré memoria de lo que aquel día me sorprendió de manera singular. Después resultó que aquello no sólo me había extrañado a mí, sino a todos. Se trata de lo siguiente: todo el mundo sabía que aquel proceso había interesado a demasiada gente, que a todos les consumía la impaciencia por ver cuándo se abría el juicio, que en nuestra sociedad hacía ya dos meses enteros que se venía hablando mucho de él, se hacían conjeturas y se proferían exclamaciones. Todos sabían igualmente que el proceso se había hecho célebre en toda Rusia; sin embargo, no se figuraban que hubiera conmovido tan a lo vivo y en tal grado de irritabilidad a todos y a cada uno de los habitantes de nuestra ciudad, y no sólo de ella, sino, además, de todas partes, como se hizo patente en el propio juicio aquel día. Acudió gente no ya de nuestra capital de provincia, sino, además, de algunas otras ciudades de Rusia y, finalmente, de Moscú y de Peterburgo. Había juristas, vinieron incluso algunos altos personajes y también damas. Se agotaron en un santiamén todos los pases de entrada. Para los varones más honorables e ilustres se reservaron plazas hasta insólitas, detrás de la mesa ocupada por el tribunal: aparecieron allí varias butacas ocupadas por diversos personajes, cosa que antes nunca se había permitido en nuestra audiencia. Resultaron muy numerosas las damas; nuestras y forasteras constituían no menos de la mitad del público. En cuanto a los juristas que de todas partes acudieron al proceso, eran tantos, que ni siquiera se sabía dónde colocarlos, ya que los pases de entrada habían sido distribuidos, solicitados y prometidos hacía ya mucho tiempo. Yo mismo vi cómo al final de la sala, al fondo del estrado, se había establecido a toda prisa una separación provisional que permitiera tener dónde colocar a todos aquellos juristas, quienes se consideraron hasta felices de poder estar allí aunque fuera sin sentarse, pues detrás de la separación fueron retiradas todas las sillas para ganar sitio, y la muchedumbre allá reunida presenció de pie, muy apretadita, hombro con hombro, toda la vista de la causa. Algunas damas, en especial las de otros lugares, se presentaron en la galería de la sala muy lujosamente vestidas, pero la mayoría de ellas se olvidaron hasta de las galas. En sus rostros se leía una curiosidad histérica, ávida, casi morbosa. Una de las particulares características de todo aquel público consistía en que casi todas las damas, por lo menos su inmensa mayoría, según se vio confirmado luego por muchas observaciones, estaban de parte de Mitia y eran partidarias de que se le absolviera. Quizás ello se debía, sobre todo, a la idea que de Mitia existía como seductor de corazones femeninos. Sabían que iban a comparecer dos mujeres rivales. Una de ellas, Katerina Ivánovna, había despertado especial interés; de ella se contaban cosas extraordinarias acerca de su pasión por Mitia; inconmovible a pesar del crimen por él cometido, se relataban anécdotas inauditas. Se sacaban a relucir en particular su orgullo (casi no visitaba a nadie en nuestra ciudad) y sus «relaciones aristocráticas». Se decía que tenía la intención de pedir al gobierno le permitiera acompañar al delincuente a presidio y casarse con él en alguna parte, en las minas, bajo tierra. Con no menor emoción se esperaba que apareciese también ante el tribunal Grúshenka como rival de Katerina Ivánovna. Con apasionada curiosidad se esperaba el enfrentamiento de las dos rivales en el juicio, la orgullosa joven aristocrática y la «hetaira»; de todos modos, Grúshenka era más conocida de nuestras damas que Katerina Ivánovna. A ella, «a la que había sido la perdición de Fiódor Pávlovich y de su desgraciado hijo», nuestras damas ya la habían visto antes y todas, casi sin excepción alguna, se sorprendían de que padre e hijo hubieran podido enamorarse en tal extremo de una «menestrala rusa tan corriente, que ni siquiera es hermosa». En fin, no eran comentarios lo que faltaban. Me consta que en nuestra ciudad se produjeron incluso serios altercados de familia a causa de Mitia. Muchas damas habían discutido acaloradamente con sus esposos por sus divergencias de criterio acerca de aquella terrible causa, y es natural que, después de todo ello, los maridos de tales damas se presentaran en la sala de la audiencia no ya mal dispuestos, sino incluso irritados contra el acusado. En general, podía afirmarse positivamente que en contraposición al elemento femenino, el masculino era hostil al acusado. Se veían caras severas, foscas, y otras, que eran la mayoría, hasta rencorosas. También es cierto que Mitia, durante su estancia en nuestra ciudad, había sabido arreglárselas para ofender personalmente a muchos. Naturalmente, algunos de los visitantes estaban casi alegres y se mostraban muy indiferentes en lo tocante al destino de Mitia, pero no en lo que concernía al proceso en sí; todos estaban interesados en el desenlace y los varones, en su mayor parte, deseaban muy en serio el castigo del culpable; quizá la única excepción la constituían los juristas, para los cuales lo importante no era el aspecto moral de la causa, sino tan sólo, por así decirlo, su aspecto jurídico en el plano de las concepciones contemporáneas. Todos estaban impresionados por la llegada del célebre Fetiukóvich. Su talento era conocido por doquier, y no era la primera vez que Fetiukóvich acudía a provincias para defender causas criminales de gran resonancia. Después de su defensa, tales causas se hacían famosas en toda Rusia y eran recordadas durante largo tiempo. Se contaban también varias anécdotas acerca de nuestro fiscal y del presidente de la audiencia. Se decía que nuestro fiscal temblaba al pensar que debería de enfrentarse con Fetiukóvich; que eran antiguos enemigos ya desde Peterburgo, incluso desde el comienzo de sus carreras; que nuestro Ippolit Kiríllovich, cargado de amor propio, sintiéndose postergado por alguien ya desde su estancia en Peterburgo, creyendo que no se habían estimado en la debida forma sus capacidades, había cobrado nuevos ánimos con el proceso de los Karamázov y soñaba incluso con dar nuevo rigor, en esta ocasión, a sus mustios laureles, pero que una cosa le intimidaba y era la presencia de Fetiukóvich. Las apreciaciones acerca del temor ante Fetiukóvich, sin embargo, no eran del todo justas. Nuestro fiscal no era de los que se achican ante el peligro, sino, al contrario, de aquellos cuyo amor propio se acrecienta y cobra alas precisamente a medida que el peligro se hace mayor. Conviene indicar, no obstante, que nuestro fiscal era impulsivo en exceso y de una impresionabilidad enfermiza. A veces ponía en una causa tosca su alma y actuaba como si de la resolución que se le diese dependiera su destino personal y su fortuna. En el mundo de los juristas se reían un poco de ello, pues se debía precisamente a esa particularidad el que nuestro fiscal hubiese alcanzado cierto nombre, si no en todas partes, por lo menos en escala bastante mayor a lo que habría podido suponerse dado el modesto lugar que en nuestro tribunal ocupaba. Se reían sobre todo de su pasión por la psicología. A mi modo de ver, todos se equivocaban: nuestro fiscal, como hombre y como carácter, era más serio de lo que muchos suponían, por lo menos tal era mi impresión. El caso es que aquel hombre enfermizo no acertó a adoptar la postura necesaria cuando dio los primeros pasos en su carrera y ya no fue quién para remediar el desacierto en toda su vida.

En cuanto al presidente de nuestro tribunal, de él se puede decir que era un hombre culto, humano, conocedor práctico de su oficio y de ideas modernas. Tenía bastante amor propio, pero no se ocupaba mucho de su carrera. El objetivo principal de su vida consistía en ser un hombre progresivo. Además, estaba bien relacionado y disponía de medios de fortuna. Tomaba con bastante calor el proceso de los Karamázov, pero sólo en un sentido general, según se vio luego. Le interesaba el fenómeno, su clasificación, interpretarlo como un producto de nuestros fundamentos sociales, como una característica de la naturaleza rusa, etc. Mas en lo tocante al aspecto personal de la causa, a la tragedia, a los actores como tales empezando por el acusado, su actitud era bastante indiferente y abstracta, tal como convenía que fuese, quizá.

Mucho antes de que apareciese el tribunal, la sala estaba repleta a más no poder. La sala de la audiencia es la mejor de nuestra ciudad, es vasta, alta con buenas condiciones acústicas. A la derecha de los miembros del tribunal, situados en un estrado, se había instalado una mesa y dos hileras de butacas para los jurados. A la izquierda, se hallaba el sitio para el acusado y su defensor. En medio de la sala, cerca del lugar ocupado por el tribunal, se alzaba una mesa con las «pruebas materiales», entre las que se encontraban la blanca bata de seda de Fiódor Pávlovich, manchada de sangre, la fatal mano de almirez, presunta arma del asesino, la camisa de Mitia con la manga ensangrentada, su levita manchada también por atrás, donde se encontraba el bolsillo en que Dmitri había metido su pañuelo también ensangrentado: el propio pañuelo acartonado ya y amarillento, la pistola que cargó Mitia en casa de Perjotin para suicidarse y que Trifón Borísyich le sustrajo disimuladamente en Mókroie, el sobre escrito de los tres mil rublos preparados para Grúshenka, la fina cintita rosa que lo había atado y muchos otros objetos de los que no guardo memoria. A cierta distancia, hacia el fondo de la sala, empezaban los asientos destinados al público, pero ante la balaustrada había algunas butacas para los testigos que, hecha ya su declaración, fueran dejados en la sala. A las diez de la mañana hizo su aparición el tribunal, compuesto por el presidente, un asesor y un juez de paz honorario. Huelga decir que también se presentó inmediatamente el fiscal. El presidente era un hombre fuerte, rechoncho, de talla inferior a la media, sanguíneo de rostro; frisaría en los cincuenta años, llevaba corto su cabello oscuro, con algunos mechones entrecanos, y una cinta roja, no recuerdo de qué condecoración. El fiscal, en cambio, me pareció muy pálido, casi lívido —y esta impresión no fue sólo mía, sino general—, como si de repente, quizás en una sola noche, hubiera adelgazado, pues dos días antes le había visto en su estado normal. El presidente comenzó preguntando al ujier si habían acudido todos los jurados... Pero me doy cuenta de que no puedo seguir mi narración de este modo, ya por el hecho de que muchas cosas las oí mal, en otras me fijé poco, otras se me han olvidado, y, sobre todo, porque, como ya he dicho más arriba, si tuviera que rememorar todo cuanto se dijo y todo cuanto sucedió, no me bastaría literalmente ni tiempo ni espacio. Sólo sé que tanto una parte como la otra, es decir, tanto el abogado defensor como el fiscal, recusaron a pocos jurados. En cambio, recuerdo que entre los doce jurados había cuatro funcionarios de nuestra ciudad, dos comerciantes y seis campesinos y menestrales. No se me ha olvidado que en nuestra sociedad, mucho antes ya de que se viera la causa, preguntaban con cierta sorpresa, sobre todo las damas: «¿Será posible que una cuestión tan delicada, compleja y psicológica se someta a la fatal resolución de unos funcionarios y, en último término, de unos mujíks? ¿Qué puede comprender en este asunto un simple funcionario, y menos aún un mujik? En efecto, los cuatro funcionarios que entraron en la composición del jurado eran gente de poca monta, de escaso rango, de cabellos blancos —sólo uno era algo más joven—, poco conocida en nuestra sociedad; eran hombres condenados a vivir de un pequeño sueldo, con esposas, probablemente viejas, a las que no podían presentar en ninguna parte, y con una buena retahíla de hijos cada uno, que quizás iban descalzos; distraerían sus ocios jugando a las cartitas en alguna parte sin haber leído nunca ni un solo libro, desde luego. Los dos comerciantes tenían por lo menos cierto aire de gravedad, mas permanecían extrañamente callados y quietos; uno de ellos iba afeitado y vestía a la manera de las capitales; el otro, de canosa barbita, llevaba al cuello una cinta roja de la que colgaba una medalla. De los menestrales y campesinos nada hay que decir. Nuestros villabestianos menestrales son casi como los campesinos, incluso aran la tierra. Dos de ellos vestían también a la manera de las capitales y a ello se debía, quizá, que parecieran más sucios y lamentables que los cuatro restantes. Realmente, cabía pensar, como pensé yo mismo no bien me fijé en ellos: «¿Qué podrá entender esa gente en un asunto como éste?» No obstante, sus caras causaban una extraña e imponente impresión, casi amenazadora: eran severas y hoscas.

Por fin, el presidente declaró abierta la vista de la causa relativa al asesinato del consejero titular retirado Fiódor Pávlovich Karámazov, no recuerdo con exactitud en qué términos se expresó entonces. Se dio orden al ujier de que introdujera al acusado, y apareció Mitia. En la sala se hizo un gran silencio, se habría podido oír el volar de una mosca. No sé lo que pasó a los demás, pero a mí el aspecto de Mitia me produjo una impresión desagradabilísima. Lo peor fue que Dmitri Fiódorovich se presentó como un dandi, con un chaqué impecable. Luego me enteré de que se lo había encargado adrede para aquel día a su antiguo sastre de Moscú, que conservaba las medidas. Llevaba unos guantes de cabritilla nuevos y camisa de seda. Entró con sus largas zancadas de una vara, mirando fijamente y en línea recta ante sí; se sentó en su lugar sin manifestar ni sombra de emoción. Al mismo tiempo apareció su defensor, el célebre Fetiukóvich, y un sordo murmullo recorrió la sala. Era un hombre alto, seco, de largas y delgadas piernas; de dedos extraordinariamente largos, finos y pálidos; de cara rasurada, cabellos bastante cortos y peinados con modestia; de labios finos, que de vez en cuando se contraían con un rictus que lo mismo podía ser calificado de expresión burlona como de sonrisa. Aparentaba ser hombre de unos cuarenta años. Habría tenido una cara agradable de no haber sido por los ojos, de por sí pequeñitos e inexpresivos, pero colocados uno cerca del otro en grado extremo, de modo que quedaban separados sólo por el afilado huesecito de su nariz fina y alargada. En una palabra, aquella fisonomía tenía algo de pájaro, tan marcado que impresionaba. Fetiukóvich vestía de frac y llevaba corbata blanca. Recuerdo el primer interrogatorio del presidente a Mitia, es decir, las preguntas acerca de su nombre, título, etc. Mitia respondió con sequedad, pero de manera inesperadamente fuerte, hasta el punto de que el presidente sacudió la cabeza y le miró casi sorprendido. A continuación, se dio lectura a la larga lista de personas llamadas a comparecer para la investigación judicial, o sea, de los testigos y expertos. No se presentaron cuatro de los testigos: Miúsov, que entonces se encontraba en París, pero cuya declaración figuraba ya en la instrucción previa; la señora Jojlakova y el propietario Maxímov por enfermedad, y Smerdiákov por muerte repentina, de lo que daba fe un certificado de la policía. La noticia del suicidio de Smerdiákov provocó un fuerte rumor y comentario en la sala. Claro está, entre el público eran aún muchos los que nada sabían acerca de aquel repentino episodio del suicidio. Pero lo que sorprendió especialmente fue la brusca salida de Mitia quien, no bien notificaron lo sucedido con Smerdiákov, exclamó desde su lugar con voz que resonó en toda la sala:

—¡Al perro, muerte de perro!

Recuerdo cómo se precipitó hacia él su defensor y cómo el presidente le amenazó con tomar severas medidas si reincidía en semejante salida de tono. Mitia asentía entrecortadamente con la cabeza, pero varias veces repitió a media voz, dirigiéndose a su defensor, como si no se arrepintiera en lo más mínimo de haber lanzado aquella exclamación:

—¡No lo haré más, no lo haré más! ¡Me ha salido sin querer! ¡No lo haré más!

Como es obvio, aquel breve episodio no sirvió ni mucho menos para inclinar en favor de Mitia a los jurados y al público. Se ponía de manifiesto su carácter, que hablaba por sí mismo. Bajo aquella impresión, el secretario del tribunal leyó el acta acusatoria.

El documento era bastante breve, pero circunstanciado. Se exponían sólo las causas princiaples de que se inculpara a fulano de tal, el porqué debía ser éste entregado a los tribunales, y así sucesivamente. Sin embargo, me produjo una impresión muy honda. El secretario leía con una voz clara, sonora, precisa. Aquella tragedia parecía surgir de nuevo ante todos con especial relieve, concéntricamente, iluminada por una luz fatal e implacable. Recuerdo que inmediatamente después de la lectura, el presidente preguntó a Mitia en voz alta e imponente:

—Acusado, ¿se reconoce usted culpable?

Mitia se levantó con brusquedad de su asiento:

—Me reconozco culpable de borrachera y libertinaje —respondió con una voz otra vez inesperada, casi furiosa—, de ser vago y alborotador. ¡Quería convertirme en un hombre honrado para toda la vida en el momento mismo en que mi mala estrella me derribó! ¡Pero de la muerte del viejo, mi enemigo y mi padre, soy inocente! Del robo que se le ha hecho, no, no, no soy culpable ni puedo serlo: ¡Dmitri Karamázov es un canalla, pero no un ladrón!

Después de haber gritado esto, se sentó en su lugar, temblando todo él. El presidente le dirigió de nuevo una breve pero edificante exhortación instándole a que respondiese sólo a las preguntas que se le formulasen, a que no se lanzara a hacer exclamaciones incidentales y exaltadas. Luego ordenó pasar a la investigación judicial. Hicieron entrar a los testigos para el juramento. Entonces los vi a todos juntos. No obstante, a los hermanos del acusado se les permitió que se presentaran a declarar sin tomar parte en dicha ceremonia. Después de unas admoniciones de un sacerdote y del presidente, se llevaron a los testigos y los aislaron en lo posible unos de otros. Luego empezaron a llamarlos uno a uno.

II

TESTIGOS PELIGROSOS

IGNORO si el presidente había llegado a separar en dos grupos a los testigos de la acusación y a los de la defensa, y en qué orden se pensaba llamarlos. Seguramente todo ello estaba previsto. Sólo sé que empezaron a llamar a los testigos de la acusación. Repito que mi propósito no es describir todos los interrogatorios paso a paso. Por otra parte, mi descripción resultaría quizá superflua, pues en los discursos pronunciados por el fiscal y el abogado defensor, cuando se abrió el juicio, el alcance y el sentido de todos los datos y las declaraciones oídas fueron como resumidos en un punto con una brillante y característica elucidación; yo anoté con detalle por lo menos algunos de los pasajes de esos notables discursos y los reproduciré a su hora, así como relataré un episodio extraordinario y totalmente inesperado del proceso, episodio que se produjo de manera repentina antes ya de que se iniciaran los debates judiciales e influyó sin duda alguna sobre el terrible y fatal desenlace. Indicaré sólo que desde los primeros momentos del juicio se puso claramente de manifiesto una característica especial de este «asunto», observada por todos los presentes, a saber: la fuerza extraordinaria de la acusación en comparación con los recursos de que disponía la defensa. Así lo comprendió todo el mundo desde el primer momento, cuando en aquella imponente sala de la audiencia los hechos empezaron a agruparse, concentrarse y poco a poco cobraban evidencia tanto horror y tanta sangre. Para todos resultó claro, quizá desde los primeros pasos, que la causa ni siquiera daba pie para la discusión, que no había lugar a dudas, que en esencia no había necesidad de debate alguno, que se daría curso a la vista sólo por forma, y que el reo era culpable, manifiesta y definitivamente culpable. Creo incluso que también todas las damas, sin excepción, que anhelaban impacientes la absolución de aquel interesante acusado, estaban al mismo tiempo convencidas por completo de la culpabilidad del mismo. Es más, a mi parecer, hasta se iban a sentir defraudadas si la culpabilidad de Mitia no se confirmaba sin reservas, pues en este caso no iba a resultar de tanto efecto el desenlace cuando llegara el momento de absolver al criminal. Que lo iban a absolver era cosa, aunque parezca raro, de que todas las damas estuvieron decididamente convencidas casi hasta el último momento: «Es culpable, pero le absolverán por humanitarismo, en nombre de las nuevas ideas, de los nuevos sentimientos ahora vigentes», etc. Por eso se habían apresurado a acudir allí con tanta impaciencia. Los varones, en cambio, se sentían sobre todo interesados por la lucha entre el fiscal y el célebre Fetiukóvich. Todos estaban sorprendidos y se preguntaban: ¿qué podrá hacer con una causa tan perdida, sin nada donde agarrarse, incluso un hombre del talento de Fetiukóvich? Y por eso observaban con expectante atención y paso a paso su proeza. Pero Fetiukóvich, hasta el último momento, hasta que pronunció su discurso, se mantuvo impenetrable como un enigma. Las personas experimentadas presentían que había establecido un sistema, que ya había ideado algo, que tenía un objetivo hacia el que encaminarse, pero resultaba casi imposible adivinar cuál era dicho objetivo. No obstante, saltaban a la vista su seguridad y su confianza en sí mismo. Por otra parte, todos se dieron cuenta enseguida, con satisfacción, de que Fetiukóvich, durante su brevísima estancia en nuestra ciudad, de unos tres días en total, había sabido profundizar de manera sorprendente en la causa y «la había estudiado hasta en los más pequeños detalles». Mas tarde, se contó con delectación, por ejemplo, de qué modo había sabido «confundir» a tiempo y desconectar en la medida de lo posible a todos los testigos de cargo; sobre todo, cómo había logrado empañar la reputación moral de los mismos y, en consecuencia, sus declaraciones. Se suponía, de todos modos, que obraba así en gran parte por jugar, digamos, en aras de cierto brillo jurídico para que se viera que nada quedaba olvidado de los clásicos recursos de la abogacía, pues todos estaban convencidos de que ni con todos aquellos «deslustres» podría alcanzar ventaja alguna importante y definitiva, lo cual probablemente comprendía él mejor que nadie; debía tener, pues, alguna idea en reserva, alguna arma de defensa por de pronto aún escondida, que iba a descubrir de súbito en el instante oportuno. De momento, sin embargo, consciente de su fuerza, parecía como si jugara y retozara. Así, por ejemplo, se cebó en Grigori Vasílievich —el antiguo ayuda de cámara de Fiódor Pávlovich, el que hacía la deposición capital en lo tocante a que «estaba abierta la puerta que da al huerto»— cuando, durante el interrogatorio, le llegó el turno de hacerle preguntas. Ha de tenerse en cuenta que Grigori Vasílievich se presentó en la sala sin sentirse turbado en lo más mínimo por la majestad del tribunal ni por la presencia del numeroso público que le escuchaba; se le veía tranquilo y hasta con cierto aire de solemnidad. Hacía sus declaraciones con tanto aplomo como si estuviera conversando a solas con su Marfa Ignátievna, si bien, quizá, con mayor deferencia. Era imposible desconcertarle. Primero le interrogó largo rato el fiscal acerca de todos los detalles de la familia Karamázov. El cuadro familiar aparecía con claro perfil. Se notaba que el testigo era ingenuo e imparcial, se veía. Pese a su profundo respeto por la memoria de su antiguo señor, no dejó de declarar, por ejemplo, que éste había sido injusto con Mitia y que «no educó a sus hijos como debía. A éste, de pequeño, se lo habrían comido los piojos de no haber sido por mí —añadió refiriéndose a la infancia de Mitia—. El padre tampoco hizo bien en beneficiarse con la finca que correspondía al hijo por su madre». En cambio, a la pregunta del fiscal acerca de las razones en que se basaba para afirmar que Fiódor Pávlovich se había beneficiado con aquella finca en perjuicio del hijo, Grigori Vasílievich, con gran sorpresa para todos, no adujo datos fundamentados de ninguna clase, pero de todos modos insistió en que las cuentas hechas al hijo «no eran justas» y que a Mitia sin duda alguna «debían de pagársele algunos miles de rublos más». Indicaré a este propósito que dicha cuestión, la de si realmente Fiódor Pávlovich había dejado de pagar algo a Mitia, la planteó luego el fiscal con singular insistencia a todos los testigos a quienes podía plantearla, sin excluir a Aliosha ni a Iván Fiódorovich, pero no recibió ningún dato exacto de ninguno de los testigos; todos afirmaban el hecho, mas nadie pudo presentar demostración alguna más o menos clara. Después de que Grigori hubo descrito la escena del comedor, cuando Dmitri Fiódorovich irrumpió allí y pegó a su padre amenazándole con volver para matarle, una impresión siniestra se extendió por el público, tanto más que el viejo criado hablaba con calma, sin palabras superfluas, con su manera peculiar de decir las cosas, que resultó muy elocuente. En cuanto a la ofensa que había recibido de Mitia cuando éste le golpeó en la cara y le dejó tendido en el suelo, declaró que no estaba enojado y que le había perdonado hacía tiempo. Acerca del difunto Smerdiákov dijo, persignándose, que el muchacho tenía facultades, pero era tonto y estaba deprimido por la enfermedad, y lo peor era que no creía en Dios, y que la incredulidad se la habían enseñado Fiódor Pávlovich y su hijo mayor. Pero en cuanto a la honradez de Smerdiákov, la confirmó casi con calor y relató cómo una vez, habiendo encontrado éste un dinero que el señor había perdido, no se lo guardó, sino que lo entregó a Fiódor Pávlovich, quien «le regaló una moneda de oro»; por ello y desde entonces empezó a confiar en él en todo. Respecto a que la puerta que da al huerto estaba abierta, lo afirmó con tenaz insistencia. De todos modos, le hicieron tantas preguntas que no me es posible rememorarlo todo. Finalmente, el turno de preguntas pasó al defensor, quien empezó interrogando acerca del sobre en que «al parecer» Fiódor Pávlovich había escondido tres mil rublos para «cierta persona».

«¿Lo vio usted mismo, usted, que durante tantos años ha sido un hombre familiar para su señor?» Grigori respondió que no lo había visto ni tan sólo había oído hablar de aquel dinero en absoluto «hasta que todo el mundo se hubo puesto a hablar de él». Esta pregunta relativa al sobre, la hizo también Fetiukóvich, por su parte, a todos los testigos a quienes podía hacerla, con la misma insistencia que el fiscal preguntaba acerca de la partición de la finca, y de todos recibió asimismo una sola respuesta, la de que nadie había visto el sobre, pese a que eran muchos los que de él habían oído hablar. Desde el primer momento, todos se dieron cuenta de esa insistencia del abogado defensor en hacer dicha pregunta.

—Ahora desearía preguntarle una cosa, si usted me lo permite —dijo de pronto y de manera totalmente inesperada Fetiukóvich—; ¿de qué estaba compuesto el bálsamo o, digamos, la infusión con que se dio usted unas friegas en la cintura aquella noche, antes de acostarse, para curarse el dolor que le aquejaba, según se sabe por la instrucción previa?

Grigori dirigió una roma mirada al interrogador y balbuceó, después de unos instantes de silencio:

—Me había puesto salvia.

—¿Nada más? ¿No recuerda usted alguna otra cosa?

—Sí, plantén.

—¿Y pimienta, quizá? —inquirió Fetiukóvich.

—También había pimienta.

—Bueno, bueno. ¿Y todo eso, en vodka?

—En alcohol.

Una risa casi imperceptible recorrió la sala.

—Vaya, hasta en alcohol. Después de haberse frotado la espalda, según tengo entendido, se bebió usted lo que quedaba en la botella, mientras pronunciaba una piadosa oración que sólo conoce su esposa, ¿no es así?

—Lo bebí.

—¿Fue mucho lo que bebió, aproximadamente? ¿Por ejemplo? ¿Una copita, dos?

—Sería un vaso.

—Incluso un vaso. ¿No sería, quizá, vasito y medio?

Grigori se calló. Parecía comprender algo.

—Vasito y medio de alcohol puro, no está mal, ¿verdad?

Uno puede ver hasta «las puertas del Paraíso abiertas», no ya las que dan al huerto, ¿no le parece?

Grigori seguía callado. Otra vez una leve risa recorrió la sala. El presidente se agitó un poco en su sillón.

—¿Sabe usted con toda certeza —seguía Fetiukóvich, cada vez más penetrante— si estaba dormido o despierto en el momento en que vio abierta la puerta que da al huerto?

—Estaba de pie.

—Eso aún no es una demostración de que no estuviera usted dormido —una y otra vez risitas en la sala—. ¿Habría podido responder en aquel momento, si alguien le hubiese hecho alguna pregunta, por ejemplo, en qué año estamos?

—No lo sé.

—Y en qué año de nuestra era estamos ahora, a contar desde el nacimiento de Cristo, ¿no lo sabe?

Grigori estaba desconcertado, miraba fijamente a su verdugo. Parecía raro, por lo visto, que en realidad ignorase en qué año estábamos.

—¿Quizá sepa, sin embargo, cuántos dedos tiene en la mano?

—Yo soy un hombre sujeto a voluntad ajena —dijo de pronto Grigori en voz alta y clara—; si a las autoridades les place burlarse de mí, debo soportarlo.

Fetiukóvich pareció quedar un poco parado, mas intervino el presidente, quien recordó en son de advertencia al abogado defensor que las preguntas debían de ceñirse más a las cuestiones del proceso. Fetiukóvich, después de escucharle, se inclinó con dignidad y declaró que había terminado su interrogatorio. Desde luego, tanto entre el público como entre los jurados podía haber surgido un pequeño gusanito de duda en cuanto a las declaraciones de un hombre capaz de «ver las puertas del Paraíso» en un cierto estado de curación e ignorante, además, del año de la era cristiana en que vivimos; de modo que el defensor, de todos modos, había conseguido su objetivo. Pero antes de que Grigori se retirara aún se produjo otro episodio. El presidente, dirigiéndose al acusado, preguntó si tenía que hacer alguna observación respecto a aquellas declaraciones.

—Aparte de lo de la puerta, ha dicho la verdad en todo —contestó Mitia, gritando—. Que me quitara los piojos, se lo agradezco; que me haya perdonado el golpe, se lo agradezco; el viejo ha sido honrado toda su vida y fiel a mi padre como setecientos perros de lanas.

—Acusado, tenga cuidado al elegir sus palabras —advirtió severo el presidente.

—Yo no soy ningún perro de lanas —rezongó Grigori.

—¡Entonces soy yo el perro de lanas, yo! —gritó Mitia—. Si es una ofensa, cargo con ella y pido perdón: ¡he sido una fiera y le he tratado cruelmente! También fui cruel con Esopo.

—¿Con qué Esopo? —volvió a intervenir el presidente.

—Quiero decir Pierrot... mi padre, Fiódor Pávlovich.

El presidente, autoritario y ya con extrema severidad, conminó a Mitia una y otra vez a que eligiera con más cuidado sus expresiones.

—Se perjudica a sí mismo por la opinión que de usted van a formar sus jueces.

Con la misma habilidad procedió el abogado defensor en el interrogatorio del testigo Rakitin. Indicaré que Rakitin figuraba entre los testigos más importantes y sin duda alguna era tenido en mucho por el fiscal. Resultó que lo sabía todo, era sorprendente lo mucho que sabía; había estado con todos, lo había visto todo, había hablado con todo el mundo, conocía con todo detalle la biografía de Fiódor Pávlovich y de todos los Karamázov. Cierto que del sobre con los tres mil rublos sólo había oído hablar al propio Mitia. En cambio, describió con pelos y señales las proezas de Mitia en la taberna «La Capital», las palabras y los gestos comprometedores, y refirió la historia sobre el «estropajo» del capitán de Estado Mayor Sneguiriov. En cambio, respecto al punto especial de si Fiódor Pávlovich había quedado debiendo algo a Mitia por las cuentas de la finca, ni siquiera el propio Rakitin pudo indicar nada concreto y se limitó a soltar algunas frases vagas de carácter despectivo: «¿Quién iba a poder aclarar cuál de ellos era culpable y calcular quién debía a quién en aquel galimatías karamazoviano, donde nadie podía comprender ni precisar nada?» Presentó la tragedia del crimen que se juzgaba como producto de las costumbres atrasadas de un régimen de servidumbre y de una Rusia sumida en el desorden, desdichada por carecer de las instituciones que necesitaba. En una palabra, le dejaron que se explicara un poco.

En ese proceso, el señor Rakitin llamó la atención por primera vez y empezó a destacarse; el fiscal sabía que el testigo preparaba para una revista un artículo sobre aquel crimen, y luego en su discurso (como veremos más abajo) citó algunos pensamientos de tal artículo, cuyo contenido, por tanto, ya conocía. El cuadro expuesto por el testigo resultó sombrío y fatal, reforzaba en gran manera la «acusación». En general, la intervención de Rakitin cautivó al público por la independencia de pensamiento y su extraordinaria elevación de miras. Se oyeron incluso dos o tres aplausos espontáneos que estallaron precisamente cuando Rakitin hablaba del régimen de servidumbre y de la Rusia hundida en el desorden. Pero Rakitin, que al fin y al cabo no dejaba de ser un hombre joven, tuvo un pequeño fallo del que al instante supo aprovecharse a las mil maravillas el abogado defensor. Al responder a las conocidas cuestiones relativas a Grúshenka, dejándose llevar por el éxito que, según él mismo observaba, ya había obtenido, y por la altura moral a la que se había remontado, Rakitin se permitió expresar cierto desdén respecto a Agrafiona Alexándrovna, tratándola de «entretenida del mercader Samsónov». Luego habría dado no poco para poder retirar sus palabritas, pues a ellas se agarró enseguida Fetiukóvich para confundirle. Y todo ello porque Rakitin no suponía ni mucho menos que el abogado defensor hubiera podido estudiar la causa hasta llegar a detalles tan íntimos en un plazo tan breve.

—Permítame que le haga una pregunta —empezó el defensor, con la más amable y hasta respetuosa sonrisa, cuando le llegó el turno—: usted debe ser, naturalmente, el mismo señor Rakitin cuyo folleto, editado por la autoridad diocesana, «Vida del difunto stárets padre Zosima», lleno de pensamientos profundos y religiosos, con una magnífica y piadosa dedicatoria a Su Eminencia, he leído yo hace poco con mucho placer, ¿no es así?

—No lo escribí para que se publicara... Decidieron darlo a la imprenta luego —balbuceó Rakitin casi avergonzado, como si de pronto algo le desconcertara.

—¡Oh, eso es espléndido! Un pensador como usted puede y hasta debe hacer prueba de una gran amplitud de miras ante todo fenómeno social. Gracias a la protección de Su Eminencia su ultilísimo folleto ha alcanzado amplia difusión y ha sido de bastante utilidad... Pero lo que yo desearía saber es, sobre todo, lo siguiente: ¿acaba de declarar usted que conocía bastante bien a la señora Svietlova?

(*Nota bene.* Resultó que el apellido de Grúshenka era «Svietlova». Me enteré tan sólo aquel día, en el transcurso del proceso.)

—No puedo responder por todos mis conocidos... Yo soy joven... no hay nadie que pueda responder por todas las personas a quienes trata —manifestó Rakitin, que se puso rojo como la grana.

—¡Lo comprendo, lo comprendo muy bien! —exclamó Fetiukóvich, como si él mismo se sintiera confuso y como si se apresurara a disculparse—. Usted, como cualquier otro, podía sentirse a su vez interesado en conocer a una mujer joven y hermosa que recibía de buena gana en su casa a la flor y nata de la juventud local, pero... yo quisiera sólo precisar un punto: sabemos que hará cosa de dos meses, Svietlova estaba enormemente deseosa de trabar conocimiento con el joven de los Karamázov, Alexiéi Fiódorovich, y le prometió a usted que si le llevaba a casa de ella, vestido precisamente con la ropa monacal que entonces usaba, le daría veinticinco rublos de recompensa nada más que por acompañarle a casa de ella. Se sabe también que así lo hizo usted precisamente la tarde del día que acabó con la terrible catástrofe que ha servido de base al actual proceso. Usted condujo a Alexiéi Karamázov a casa de la señora Svietlova. ¿Recibió entonces los veinticinco rublos de recompensa? ¿Podría usted responder a mi pregunta?

—Aquello fue una broma... No veo por qué esto puede interesarle. Los acepté como broma... para devolverlos más tarde.

—Así, pues, los aceptó. Pero aún no los ha devuelto... ¿O los ha devuelto?

—Eso es una niñería... —balbuceó Rakitin—. No puedo responder a semejantes preguntas... Los devolveré, desde luego.

Intervino el presidente, pero el abogado defensor hizo saber que había terminado de preguntar al señor Rakitin, quien se retiró de escena bastante corrido. Así, la impresión de elevada nobleza que había producido su discurso había quedado mermada, y Fetiukóvich, acompañándole con la mirada, parecía decir al público: «¡Aquí tienen a los nobles acusadores!» Recuerdo que tampoco en esa ocasión faltó un incidente provocado por Mitia: furioso por el tono en que Rakitin se había referido a Grúshenka, Mitia gritó de pronto desde su sitio: «¡Bernard!» Y cuando el presidente, terminado todo el interrogatorio de Rakitin, se dirigió al acusado preguntándole si por su parte quería hacer alguna observación, Mitia gritó con atronadora voz:

—¡A mí mismo, estando ya en la cárcel, ha venido a pedirme dinero prestado! ¡Es un Bernard despreciable y carrerista, que no cree en Dios y se ha burlado de Su Eminencia!

Huelga decir que a Mitia le llamaron de nuevo al orden por el frenesí de sus expresiones, pero el señor Rakitin quedó apabullado. Tampoco resultó feliz el testimonio del capitán de Estado Mayor Sneguiriov, si bien por una causa completamente distinta. Se presentó con el traje roto y sucio, con las botas altas también sucias, y borrachito como una cuba a pesar de todas las precauciones tomadas y del «examen» previo. A las preguntas sobre la ofensa que le había inferido Mitia, se negó a responder.

—Que Dios le perdone. Iliúshechka no quiere que hable de ello. Dios me lo recompensará en el otro mundo.

—¿Quién no quiere que hable usted? ¿A quién se refiere?

—A Iliúshechka, mi pequeño: «¡Papaíto, papaíto, cómo te ha humillado!» Me lo dijo junto a la piedra. Ahora se me está muriendo...

El capitán prorrumpió de pronto en llanto y se desplomó a los pies del presidente. Se apresuraron a sacarlo de allí entre las risas del público. Falló, pues, por completo el efecto que el fiscal daba por descontado.

El abogado defensor, en cambio, siguió aprovechando todos los recursos y cada vez sorprendía y más y más a todo el mundo por el conocimiento que tenía de la causa, hasta en los más nimios detalles. Así, por ejemplo, la declaración de Trifón Borísych había causado un impacto muy fuerte; huelga decir que era en alto grado desfavorable para Mitia. Trifón Borísych había calculado poco menos que con los dedos que Mitia, en su primera visita a Mókroie, casi un mes antes de la catástrofe, había gastado por lo menos tres mil rublos «o le faltaría muy poco para llegar a esa cantidad. ¡El dinero que tiró sólo por aquellas gitanas! A nuestros piojosos mujíks no sólo les arrojaba por la calle "monedas de cincuenta kopeks", sino que les regalaba incluso billetes por lo menos de veinticinco rublos. ¡Sin hablar de lo que entonces le robaron! El que robaba no dejaba allí la señal de su mano. ¡Quién podría encontrar al ladrón, cuando el propio Mitia tiraba el dinero a manos llenas! Y ya se sabe que nuestros mujíks son unos bandidos, la conciencia les pesa poco. ¡Y lo que fue a parar a manos de las mozas de nuestro pueblo, a manos de las mozas! Se han hecho ricas desde entonces, y allí antes no había más que miseria». En una palabra, sacó a relucir cada uno de los gastos como si los hubiera sumado en el ábaco[1]. De ese modo resultaba increíble la hipótesis de que se habían gastado únicamente mil quinientos rublos y los otros habían sido guardados en una bolsita. «Los vi yo mismo, vi en sus manos tres mil rublos como tres mil soles, los estuve contemplando con mis propios ojos. ¡Como si no entendiéramos de cuentas!», exclamaba Trifón Borísych deseando con toda el alma complacer a «las autoridades». Pero cuanto el interrogatorio pasó al abogado defensor, Fetiukóvich, casi sin hacer la menor tentativa para refutar la deposición, empezó a hablar de que el cochero Timofiéi y otro mujik, Akim, durante la primera francachela en Mókroie, un mes antes de la detención del acusado, recogieron del suelo, en el zaguán, un billete de cien rublos que Mitia, borracho, había perdido: lo entregaron a Trifón Borísych y éste les dio por ello un rublo a cada uno. «¿Devolvió usted entonces aquellos cien rublos al señor Karamázov?» Trifón Borísych procuró eludir la cuestión, pero después que hubieron interrogado a los mujíks, confesó lo del billete de cien rublos, añadiendo sólo que enseguida lo había devuelto santamente a Dmitri Fiódorovich «con toda honradez, aunque el propio Mitia difícilmente podría recordarlo por estar entonces borracho perdido». Pero comoquiera que había negado el hallazgo de los cien rublos hasta que llamaron a los

---

[1] Todavía hoy, en tiendas y oficinas, es muy corriente en Rusia el uso del ábaco para sumar y restar.

mujíks testigos, la declaración que luego hizo acerca de la de-volución de la suma a Mitia bebido fue puesta muy en tela de juicio. De este modo, uno de los testigos peligrosos presenta-dos por la acusación se retiraba también dejando en el aire mu-chas sospechas y con su reputación malparada. Lo mismo ocu-rrió con los polacos, que se presentaron con aires de mucho orgullo e independencia. Declararon en voz muy alta que, en primer lugar, ambos «habían servido a la Corona», que el *«pan* Mitia»* les había ofrecido tres mil rublos para comprarles el ho-nor y que ellos mismos le habían visto mucho dinero en las manos. El *pan* Mussialowicz introducía una enorme cantidad de vocablos polacos en sus frases, y viendo que ello no hacía sino elevarle a los ojos del presidente y del fiscal, se sintió, por fin, totalmente reanimado y pasó a hablar por completo en po-laco. Pero también a ellos los cazó Fetiukóvich en sus redes: por más que Trifón Borísych, a quien llamaron otra vez, pro-curase salirse por la tangente, se vio obligado a confesar que su baraja había sido sustituida por otra, con malas artes, y que ello había sido obra del *pan* Wrublewski; confesó, asimismo, que el *pan* Mussialowicz, el que tenía la banca en el juego, había he-cho trampa. Así lo confirmó Kalgánov, que declaró a su vez, y los *panowie* se retiraron algo cubiertos de vergüenza y hasta acompañados por las risas del público.

Exactamente lo mismo ocurrió luego con casi todos los tes-tigos más peligrosos. A cada uno de ellos supo Fetiukóvich tiz-narlos moralmente y hacerlos salir con la cabeza gacha. Tanto los curiosos como los juristas no salían de su admiración; lo único que aún los tenía perplejos seguía siendo el no ver a qué resultado importante y definitivo podía conducir tanta pericia, pues todos sentían cada vez de manera más evidente y trágica, lo repito, que la acusación era irrefutable. Mas, por el aplomo del «gran mago», por la tranquilidad que el defensor manifesta-ba, seguían esperando: no en vano había venido de Peterburgo «un hombre como aquél» y no era aquél un hombre para vol-verse sin haber logrado nada.

III

EL DICTAMEN MÉDICO
Y UNA LIBRA DE AVELLANAS

EL dictamen médico tampoco ayudó mucho al acusado.
Por otra parte, al parecer, ni siquiera Fetiukóvich confiaba mucho en él, según se vio más tarde. En realidad,
el examen médico se llevó a cabo exclusivamente por insistencia de Katerina Ivánovna, que había llamado para el caso al famoso doctor de Moscú. Desde luego, la defensa nada podía
perder con ello, y en el mejor de los casos podía ganar algo.
De todos modos, se produjo una situación hasta en cierto punto cómica, debida precisamente a ciertas diferencias de criterio
entre los doctores. Los expertos fueron el famoso doctor venido de Moscú, luego nuestro doctor Herzenstube y, finalmente,
el joven médico Varvinski. Los dos últimos figuraban asimismo como simples testigos, citados por el fiscal. El primer interrogado en calidad de experto fue el doctor Herzenstube. Era
un viejo de unos setenta años, canoso y calvo, de talla media y
robusta complexión. En nuestra ciudad se le estimaba y se le
respetaba mucho. Era un médico concienzudo, un hombre excelente y piadoso, miembro de cierta asociación religiosa, la de
los «hermanos moravos», si no recuerdo mal. Vivía en nuestra
ciudad hacía mucho tiempo y se comportaba con extraordinaria dignidad. Era bondadoso y humanitario, curaba gratuitamente a los pobres y a los campesinos, él mismo los visitaba
en sus cuchitriles e isbás y les dejaba dinero para medicinas,
pero ello no impedía que fuera terco como un mulo. Era imposible hacerle cambiar de idea cuando algo se le había metido
en la cabeza. A propósito, casi todo el mundo sabía ya en la
ciudad que el célebre médico forastero, a los dos o tres días de
hallarse entre nosotros, se había permitido manifestar varias
opiniones extraordinariamente ofensivas respecto a las aptitudes del doctor Herzenstube. El caso fue que si bien el médico
de Moscú no pedía menos de veinticinco rublos por consulta,
algunas personas de nuestra ciudad se alegraron de la visita del

médico y sin regatear el dinero acudieron y recabaron sus servicios. Hasta entonces, como es lógico, a todos esos enfermos los había tratado el doctor Herzenstube, y he aquí que el famoso médico en todas partes criticaba con extraordinario desprecio las prescripciones de su colega. Llegó al fin a preguntar, no bien se presentaba a ver a un enfermo: «Bueno, ¿quién le ha puesto a usted en ese estado? ¿Herzenstube? ¡Je-je!» El doctor Herzenstube lo supo todo, claro está. Pues bien, los tres médicos se presentaron uno tras otro para el interrogatorio. El doctor Herzenstube declaró sin ambages que «la anormalidad de las facultades mentales del acusado era evidente por sí misma». Luego, después de exponer sus consideraciones, que yo aquí omito, añadió que dicha anormalidad se veía sobre todo no sólo en los numerosos actos precedentes del acusado, sino, además, en el modo de conducirse hasta en aquel mismísimo momento; cuando le rogaron explicase en qué se veía la anormalidad en aquel mismísimo momento, el viejo doctor, con toda la franqueza de su ingenuidad, indicó que el acusado, al entrar en la sala, «tenía un aspecto insólito y sorprendente dadas las circunstancias, avanzaba como un soldado con la vista fija ante sí, porfiado, mientras que habría sido más normal, para él, mirar hacia la izquierda, donde están sentadas las damas del público, pues era un gran aficionado al bello sexo y debía de pensar mucho en lo que ahora iban a decir de él las damas», concluyó el viejecito, con su manera original de expresarse. Es necesario añadir que hablaba mucho en ruso y de buen grado, pero las frases le salían a la manera alemana, cosa que, sin embargo, nunca le preocupaba, pues toda su vida había tenido la debilidad de considerar su ruso como ejemplar, «mejor incluso que el de la gente del país»; hasta era muy amigo de citar proverbios rusos, asegurando cada vez que son los mejores y más expresivos de todo el mundo. Añadiré, además, que cuando conversaba, no sé si por distracción, a menudo olvidaba las palabras más corrientes, que sabía muy bien, pero que de pronto, sin saber cómo, se le iban de la memoria. Por otra parte, lo mismo solía sucederle cuando hablaba en alemán, y en esos casos siempre agitaba la mano ante su rostro como si intentara agarrar la palabrita perdida, y nadie pudiera obligarle a proseguir su discurso antes de haberla encontrado.

Su observación en el sentido de que el acusado, al entrar, tenía que haber mirado hacia las damas, provocó un susurro juguetón en el público. A nuestro viejo le tenían en mucha estima todas las damas, las cuales sabían que el doctor, soltero empedernido, piadoso y casto, miraba a las mujeres como criaturas superiores e ideales. Pero después, su inesperada observación pareció terriblemente extraña a todos.

El doctor moscovita, al ser preguntado cuando le llegó el turno, confirmó de manera tajante e insistente que consideraba anormal y «hasta en grado superlativo» el estado mental del acusado. Habló mucho y con sabias palabras acerca de la «obsesión» y de la «manía», e infirió que, según todos los datos recogidos, el acusado ya desde unos días antes de ser detenido se encontraba bajo el efecto de una indudable obsesión morbosa, y si cometió el crimen, aun teniendo conciencia de lo que hacía, fue casi involuntariamente, sin fuerzas para luchar contra la patológica pasión moral que de él se había apoderado. Pero, además de la obsesión, el doctor diagnosticó la manía, lo cual, según sus palabras, significaba hallarse en el camino que conduce a la locura completa. (N. B: hago el relato con mis propias palabras; el doctor, en cambio, se expresó empleando un lenguaje muy docto y especializado.) «Todos sus actos han ido en contra del sentido común y de la lógica —prosiguió—. Ya no hablo de lo que no he visto, es decir, del crimen en sí y de toda esta catástrofe, pero incluso anteayer, durante la conversación que sostuvo conmigo, tenía una mirada fija inexplicable. Se reía inesperadamente cuando no había motivo alguno para reír. Se hallaba constantemente en un incomprensible estado de irritación, pronunciaba extrañas palabras: "Bernard, ética", y otras que no venían a cuento.» Pero el doctor consideraba que aquella manía se ponía de manifiesto sobre todo en el hecho de que el acusado no podía ni siquiera hablar de los tres mil rublos que, a su entender, le habían sido estafados, sin una insólita exasperación, mientras que hablaba de todos sus otros fracasos y ofensas, y los recordaba, con bastante calma. finalmente, según los informes existentes, ya antes, cada vez que trataba de los tres mil rublos aludidos, se ponía furioso pese a que, según las declaraciones, es un hombre desinteresado y desprendido. «Por lo que respecta a la opinión de mi docto cofrade —añadió irónicamente el doctor moscovita, concluyendo su discurso— en el sentido de que el acusado, al entrar en la sala, debía de mirar hacia las damas y no directamente ante sí, diré tan sólo que aparte su carácter festivo, semejante conclusión es totalmente errónea; pues si bien estoy por completo de acuerdo en que el acusado, al entrar en la sala del tribunal donde se decide su suerte, no debía de mirar de manera tan fija ante sí, cosa que en realidad puede considerarse como un síntoma de su anormal estado anímico en el momento dado, afirmo al mismo tiempo que debía de haber mirado no hacia la izquierda, donde están las damas, sino al contrario, hacia la derecha, buscando con los ojos a su defensor, en cuya ayuda radica ahora toda su esperanza y de cuya ayuda depende ahora todo su destino.» El doctor formuló su punto de vista de manera decidida y autoritaria. Pero al desacuerdo entre los dos expertos le confirió singular comicidad la inesperada conclusión del médico Varvinski, interrogado en último lugar. A su modo de ver, el acusado, tanto en aquel momento como antes, se encontraba en estado perfectamente normal, y si bien antes de su detención debía de hallarse realmente nervioso y muy excitado, ello podía derivarse de muchas y evidentes causas: los celos, la ira, las borracheras, etc. Pero semejante estado nervioso no podía implicar ninguna «obsesión» especial, a la que ahora se ha hecho referencia. En cuanto a lo de si el acusado debía de mirar a la izquierda o a la derecha al entrar en la sala, «en su modesta opinión», debía de haber mirado delante de sí al entrar en la sala, como en efecto miró, pues enfrente de él estaban sentados el presidente y los miembros del tribunal, de quienes depende ahora su suerte toda, «de modo que mirando directamente ante sí puso de manifiesto que el estado de su entendimiento era del todo normal en el momento dado», concluyó con cierta vehemencia el joven médico su «modesta» declaración.

—¡Bravo, galeno! —gritó Mitia desde su asiento—. ¡Así es!

Hicieron callar a Mitia, claro está, pero la opinión del joven médico causó un efecto decisivo tanto entre los miembros del tribunal como entre el público, pues según se vio luego todos estuvieron de acuerdo con él. Sin embargo, el doctor Herzenstube, al ser interrogado como testigo, hizo una inesperada declaración que favoreció a Mitia. Como antiguo vecino de la ciudad, conocedor de la familia Karamázov desde hacía muchos años, proporcionó una serie de datos muy interesantes para la «acusación», y de pronto, como si recapacitara, añadió:

—Con todo, este pobre joven habría podido tener una suerte incomparablemente mejor, pues era de buen corazón tanto en su infancia como después, me consta. Pero hay un refrán ruso que dice: «Si uno es inteligente, está bien; mas si se le une otra persona inteligente, aún estará mejor, pues entonces habrá dos inteligencias, y no una sola...»

—Una inteligencia es buena, pero mejor son dos —le dijo el fiscal con impaciencia, completando el pensamiento; conocía desde hacía mucho la costumbre que tenía el viejo de hablar despacio, dando rodeos, sin turbarse por la impresión que producía ni por hacerse esperar, sino, por el contrario, estimando en mucho su forzado ingenio alemán, patatero, siempre jubiloso y satisfecho de sí mismo. Al viejales le gustaban las agudezas.

—Oh, sí-í, lo mismo digo yo —repitió porfiado—; una inteligencia es buena, pero son mucho mejor dos. Mas, al lado de ese hombre no acudió otro con inteligencia, y la suya se le fue... ¿Cómo se dice, adónde se le fue? Se me ha olvidado esa palabra, adónde se le fue la inteligencia —prosiguió, agitando la mano ante los ojos—; ah, sí, *spazieren*.

—¿A pasear?

—Eso es, a pasear, lo mismo digo yo. Se le fue la inteligencia a pasear y llegó a un lugar tan apartado que se le perdió. Sin embargo, era un joven generoso y sensible, oh, le recuerdo muy bien del tiempo en que era así de pequeño, abandonado por su padre en el patio posterior de la casa, cuando corría descalzo por el suelo y llevaba unos pantaloncitos que se le sostenían sólo por un botón...

De pronto, en la voz del honrado viejo se percibió cierta nota sentimental y emocionada. Fetiukóvich se estremeció como si presintiera algo y enseguida se agarró a ese testigo.

—Oh, sí, yo también era entonces joven... Tendría... bueno, sí, tendría cuarenta y cinco años, hacía poco que había llegado a esta ciudad. Entonces el niño me dio lástima y me dije: por qué no he de comprarle una libra... Bueno, sí, ¿una libra de qué? Se me ha olvidado cómo se llama... una libra de eso que tanto gusta a los niños, cómo se llama, bueno, cómo es... —otra vez el doctor agitaba las manos—: eso que crece en los árboles, lo recogen y dan a todo el mundo...

—¿Manzanas??

—¡Oh, no-o-o! Una libra, una libra, las manzanas se compran por decenas y no por libras... no; entran muchas y todas son pequeñas, se ponen en la boca y hacen ¡cra-ac!

—¿Avellanas?

—Eso, sí, avellanas, lo mismo digo yo —confirmó el doctor con la mayor tranquilidad del mundo, como si no hubiera estado buscando la palabra—, y le llevé una libra, pues al niño nunca le había llevado nadie una libra; entonces levanté el dedo y le dije: «¡Muchacho! *Gott der Vater*»[2]; él se echó a reír y repitió: *«Gott der Vater. – Gott der Shon»*[3]. Volvió a reírse y balbuceó: *«Gott der Sohn. – Gott der heilige Geist»*[4]. Entonces se rió una vez más y dijo como pudo: *«Gott der heilige Geist.»* Luego me fui. Al tercer día pasaba yo por delante y él mismo me gritó: «Tío, *Gott der Vater, Gott der Sohn»*, y sólo se había olvidado de *Gott der heilige Geist,* pero se lo recordé y otra vez me dio mucha lástima. Mas se lo llevaron y no volví a verle. Pasaron veintitrés años, yo tenía ya la cabeza blanca; una mañana estaba sentado en mi gabinete y de pronto veo entrar un joven en la flor de la edad al que no podía reconocer, pero él levantó un dedo y dijo riendo: *«Gott der Vater, Gott der Sohn und Gott der heilige Geist!* Acabo de llegar y he venido a darle las gracias por la libra de avellanas: entonces, pues nadie me compraba nunca una libra de avellanas, sólo usted me las compró.» Enseguida me acordé de mi juventud feliz y del pobre niño descalzo en el patio de su casa, me emocioné y dije: «Eres un joven agradecido, pues te has acordado toda la vida de la libra de avellanas que te llevé cuando eras niño.» Le abracé, le bendije. Y me puse a llorar. Él se reía, pero también lloraba... pues un ruso con mucha frecuencia se ríe cuando hace falta llorar. Pero él también lloraba, lo vi yo. En cambio ahora, ¡ay!...

---

[2] *Gott der Vater:* Dios Padre (al.).

[3] *Gott der Sohn: Dios Hijo. (Idem.)*

[4] *Gott der heilige Geist:* Dios Espíritu Santo. *(Ídem.)*

—¡También ahora lloro, alemán, también ahora lloro, hombre de Dios! —gritó de repente Mitia, desde su lugar.

Comoquiera que fuese, el caso es que la pequeña anécdota dejó en el público cierta impresión favorable. Pero lo que causó más efecto en favor de Mitia fue la declaración de Katerina Ivánovna, de la que voy a hablar a continuación. En general, cuando empezaron a declarar los testigos *à décharge*[5] es decir, llamados por la defensa, la suerte pareció sonreír de verdad a Mitia y hasta —lo que es más sorprendente— de manera inesperada para la defensa misma. Sin embargo, antes que Katerina Ivánovna, fue interrogado Aliosha, quien de pronto recordó un hecho que pareció hasta un testimonio ya positivo contra un importantísimo punto de la acusación.

IV

LA SUERTE SONRÍE A MITIA

SUCEDIÓ ello de manera inesperada incluso para el propio Aliosha, quien fue llamado sin prestar juramento. Recuerdo que desde las primeras palabras del interrogatorio ambas partes mostraron hacia el testigo mucha cordialidad y simpatía. Era evidente que le había precedido una buena fama. Aliosha habló con mucha modestia y reserva, pero en sus declaraciones se traslucía netamente la cálida simpatía que experimentaba por su infeliz hermano. Respondiendo a una de las preguntas, esbozó el carácter de Mitia como el de un hombre quizá violento y de pasiones arrebatadas, pero también noble, orgulloso y magnánimo, capaz de sacrificarse si así se requería de él. Reconocía, no obstante, que en los últimos días, su hermano, debido a su pasión por Grúshenka y a la rivalidad con su padre, se encontraba en una situación insoportable. Pero rechazó hasta indignado la hipótesis de que Mitia hubiera podido matar con el propósito de robar, si bien confesó que aquellos tres mil rublos se habían convertido en la mente de su hermano casi en una manía, que su hermano los consideraba

---

5 de descargo (fr.).

como dinero de la herencia que su padre le escamoteaba y que, aun siendo una persona desinteresada, no podía hablar de ese dinero sin ponerse furioso y colérico. En cambio, por lo que respecta a la rivalidad entre las dos «personas femeninas», como se expresó el fiscal, es decir, entre Grúshenka y Katia, respondió evasivamente e incluso se negó a contestar una o dos veces.

—¿Le habló su hermano, por lo menos, de que tenía la intención de matar a su padre? —preguntó el fiscal—. Puede usted abstenerse de responder si lo considera necesario —añadió.

—De manera directa no me lo dijo —contestó Aliosha.

—¿Pues cómo? ¿Indirectamente?

—Una vez me habló de su odio personal por nuestro padre y de que temía que... en un momento de exasperación... en un momento de repugnancia... quizá sería capaz de matarle.

—¿Y al oírle hablar así, le creyó usted?

—Temo decir que le creí. Pero siempre estuve convencido de que cierto sentimiento superior le salvaría en el instante fatal, como le salvó en realidad, pues *no es él* quien mató a mi padre —terminó firmemente Aliosha, con una voz fuerte que resonó en toda la sala.

El fiscal se estremeció como el caballo de combate que oye el toque de corneta.

—Puede estar seguro de que creo sin reservas en la más completa sinceridad de sus convicciones, sin atribuirla en lo más mínimo al amor que siente por su desgraciado hermano ni confundirla con dicho amor. Conocemos ya por la instrucción previa la singular idea que tiene usted acerca del trágico episodio acaecido en el seno de su familia. No le negaré que es en alto grado especial y contradice todas las demás declaraciones recogidas por la acusación. Por ese motivo considero necesario preguntarle ya con insistencia: ¿qué razones concretas son las que le han llevado a afirmar de manera tan rotunda que su hermano es inocente y que el culpable es otra persona, a la que ha designado ya de manera precisa en la instrucción previa?

—En la instrucción previa respondí a las preguntas —repuso Aliosha con voz suave y tranquila—, pero no presenté ninguna acusación contra Smerdiákov.

—Sin embargo, ¿no le señaló usted a él?

—Le señalé basándome en las palabras de mi hermano Dmitri. Antes ya del interrogatorio, me contaron lo que había sucedido cuando le detuvieron y de qué modo declaró entonces él contra Smerdiákov. Estoy plenamente convencido de que mi hermano no es culpable. Y si no es él, quien mató, entonces...

—¿Entonces, es Smerdiákov? ¿Pero por qué, precisamente, Smerdiákov? ¿Y qué le ha convencido a usted de manera tan rotunda de la inocencia de su hermano?

—No puedo no creer a mi hermano. Sé que no me miente. Por su rostro veía yo que no me mentía.

—¿Sólo por su rostro? ¿Son éstas todas sus pruebas?

—No tengo otras.

—¿Y sobre la culpabilidad de Smerdiákov, no se basa usted en ninguna otra prueba, por pequeña que sea, no se basa más que en las palabras de su hermano y en la expresión de rostro?

—No, no tengo ninguna otra prueba.

Con esto el fiscal interrumpió sus preguntas. Las contestaciones de Aliosha habían causado una profunda decepción en el público. De Smerdiákov se había hablado ya en la ciudad antes de la vista de la causa; alguien había oído algo, alguien había indicado algo, se decía que Aliosha había reunido pruebas extraordinarias en favor de su hermano y en demostración de la culpabilidad del lacayo, y resultaba que no había nada, no presentaba prueba alguna, excepto unas convicciones de tipo moral, tan lógicas en su calidad de hermano del reo.

Mas empezó a interrogar también Fetiukóvich. A la pregunta de cuándo en concreto el acusado le había hablado a él, a Aliosha, del odio que sentía por su padre y de que podría matarle, y si se lo había oído decir, por ejemplo, durante su última entrevista antes de la catástrofe, Aliosha pareció como si de pronto se estremeciera, como si en aquel mismísimo instante acabara de recordar y comprender algo. Y dijo:

—Recuerdo ahora una circunstancia de la que me había olvidado por completo y que entonces no llegué a ver con claridad, como veo ahora...

Y Aliosha se puso a contar con animación, por lo visto habiendo dado en la idea sólo en aquel momento y repentinamente, cómo durante su última entrevista con Mitia, al anochecer, junto a un árbol, en el camino del monasterio, su hermano, golpeándose en el pecho, «en la parte superior del pecho», le había repetido varias veces que ahí tenía el recurso para restablecer su honor, que el recurso lo tenía ahí, ahí mismo, en el pecho... «Yo pensé entonces que al darse golpes en el pecho se refería al corazón —prosiguió Aliosha—, a que en su corazón podía encontrar fuerzas para salir de un terrible deshonor que le amenazaba y que ni siquiera se atrevía a confesarme. Reconozco que entonces supuse que se refería a nuestro padre y que se estremecía de vergüenza al pensar que podía acercársele y cometer con él algún acto de violencia, pero el hecho era que entonces parecía señalar algo que llevaba sobre el pecho, lo recuerdo: me vino a la cabeza la idea de que el corazón no se encuentra en aquella parte, sino más abajo, mientras él se daba los golpes más arriba, aquí, debajo del cuello, y señalaba siempre el mismo lugar. La idea entonces me pareció absurda, ¡y es muy posible que mi hermano señalara el lugar de la bolsita en que llevaba cosidos los mil quinientos rublos!...»

—¡Exactamente! —gritó de pronto Mitia desde su sitio— ¡Así es, Aliosha, así es, entonces daba yo golpes contra la bolsita!

Fetiukóvich se dirigió a él apresuradamente, suplicándole que se calmara, y en el mismo instante se puso a escuchar con la máxima atención a Aliosha, quien, arrastrado por sus recuerdos, exponía con vehemencia su conjetura, a saber, que aquella vergüenza, con toda probabilidad, consistía precisamente en que teniendo sobre sí los mil quinientos rublos que habría podido devolver a Katerina Ivánovna como la mitad de su deuda, había decidido a pesar de todo no devolverle dicha mitad y emplearla en otra cosa, es decir, en irse con Grúshenka si ésta estaba de acuerdo...

—Así es, exactamente así —exclamó en un rapto de exaltación Aliosha—; entonces mi hermano me decía que la mitad de su deshonor, la mitad (varias veces repitió: *¡la mitad!*, podría quitársela de encima enseguida, pero que hasta tal punto era desgraciado por la debilidad de su carácter que no lo haría...

¡Sabía de antemano que no podría hacerlo, que no tendría fuerzas para hacerlo!

—¿Y recuerda usted con toda seguridad, con toda claridad, que su hermano se daba golpes precisamente en esta parte del pecho? —inquirió ávidamente Fetiukóvich.

—Con toda claridad y seguridad, porque entonces se me ocurrió pensar: ¿Por qué se dará los golpes tan arriba, si tenemos el corazón más abajo? Y al instante me pareció la idea estúpida... recuerdo muy bien que me pareció estúpida... fue como un relámpago. Por eso ahora lo he recordado. ¡Como he podido olvidarlo hasta ahora! ¡Precisamente señalaba la bolsita como prueba de que tenía recursos, pero que no devolvería los mil quinientos rublos! Y al ser detenido en Mókroie gritó eso precisamente (lo sé, me lo contaron), que consideraba lo más deshonroso de su vida el hecho de que disponiendo de recursos para devolver la mitad (¡dijo la mitad!) de su deuda a Katerina Ivánovna y no parecer a sus ojos un ladrón, se decidió a pesar de todo a no devolverla y prefirió quedar ante ella como un ladrón antes que desprenderse del dinero. ¡Oh, cómo le atormentaba esa deuda, cómo le atormentaba! —exclamó Aliosha, terminando.

Claro está, el fiscal intervino. Rogó a Aliosha describir una vez más lo que había pasado e insistió reiteradamente, preguntando:

—¿Es exacto que el acusado, al darse golpes en el pecho, parecía señalar algún objeto? ¿No se limitaría a darse golpes en el pecho con el puño?

—¡No, no se daba golpes con el puño! —exclamó Aliosha—, sino que señalaba con el dedo, y señalaba aquí, muy arriba... ¡Cómo es posible que lo haya olvidado por completo hasta este mismo instante!

El presidente preguntó a Mitia si podía decir alguna cosa acerca de esa declaración. Mitia confirmó que las cosas habían sucedido como había explicado Aliosha, que había señalado precisamente los mil quinientos rublos que llevaba colgados sobre el pecho cerca del cuello, y que, desde luego, ése era el deshonor, «un deshonor que no niego, ¡el acto más deshonroso de toda mi vida!», gritó Mitia. «Pude haber devuelto el dinero y no lo devolví. Preferí quedar ante sus ojos como un ladrón;

no lo devolví, pero lo más vergonzoso era que yo sabía de antemano que no iba a devolverlo. ¡Aliosha tiene razón! ¡Gracias, Aliosha!»

Con esto terminó el interrogatorio de Aliosha. Lo importante y significativo radicaba precisamente en la circunstancia de que se había hallado aunque sólo fuera un hecho, uno solo, digamos la prueba mínima, casi únicamente un indicio de prueba, pero que a pesar de todo no dejaba de ser un pequeño testimonio de que realmente había existido aquella bolsita, de que en ella había mil quinientos rublos y de que el acusado no había mentido durante la instrucción previa cuando declaró, en Mókroie, que aquellos mil quinientos rublos «eran míos». Aliosha estaba contento; se dirigió, rojo de emoción, al lugar que le indicaron. Durante mucho rato aún repitió para sus adentros: «¡Cómo lo había olvidado! ¡Cómo pude olvidarlo! ¡Y cómo me ha venido a la memoria ahora, tan de repente!»

Empezó el interrogatorio de Katerina Ivánovna. No bien ésta apareció, se produjo en la sala algo extraordinario. Las damas echaron mano de sus impertinentes y gemelos, los hombres se agitaron, algunos se levantaron de sus asientos para ver mejor. Después, todos afirmaron que Mitia, de pronto, se había puesto pálido «como un lienzo» no bien ella había entrado. Vestida por completo de negro, Katerina Ivánovna se acercó modesta y casi tímidamente al lugar que le señalaron. Era imposible adivinar por el rostro que estaba impresionada, pero la decisión brillaba en su mirada indescifrable y sombría. Es necesario indicar que, según lo confirmaron luego muchísimas personas, estaba sorprendentemente hermosa en aquel momento. Se puso a hablar con voz suave, pero clara, que se oía por toda la sala. Se expresaba con extraordinaria tranquilidad o, por lo menos, esforzándose por estar tranquila. El presidente inició su interrogatorio con mucha circunspección, con extraordinaria cortesía, como si temiera pulsar «ciertas cuerdas» y quisiera respetar la gran desdicha. Pero la propia Katerina Ivánovna declaró sin vacilar, desde las primeras palabras, en respuesta a una de las preguntas que le formularon, que había sido oficialmente la novia del reo «hasta que me dejó él mismo...», añadió en voz queda. Cuando le preguntaron acerca de los tres mil rublos confiados a Mitia para que los enviara por correo a los parientes de ella, Katerina Ivánovna respondió con firmeza: «Se los di no para que los llevara enseguida a correos; entonces presentía que él tenía mucha necesidad de dinero... en aquel momento... Le di aquellos tres mil rublos con la condición de que los remitiera, si quería, en el plazo de un mes. No tenía por qué haberse atormentado de ese modo a causa de esa deuda...»

No voy a reproducir todas las preguntas que le formularon ni todas sus respuestas en detalle, expongo solamente el sentido esencial de sus declaraciones.

—Yo estaba firmemente convencida de que él enviaría los tres mil rublos no bien recibiera la cantidad de su padre —prosiguió, contestando a las preguntas—. Nunca he dudado de su desinterés ni de su pundonor... de su alto pundonor... en cuestiones de dinero. Él estaba seguro de que recibiría de su padre tres mil rublos, me lo dijo varias veces. Yo sabía que estaba reñido con su padre y no me cabía la menor duda, como no me cabe ahora, de que éste le defraudaba. No recuerdo que haya amenazado a su padre en absoluto. Por lo menos no dijo nada en este sentido ni profirió amenaza alguna en presencia mía. Si entonces hubiera venido a verme, le habría tranquilizado enseguida respecto a los desdichados tres mil rublos que me debía, pero ya no venía a verme... y por mi parte... yo me encontraba en tal situación... que no podía llamarle... Además, no tenía ningún derecho a mostrarme exigente con él por esa deuda —añadió de pronto, y una cierta nota de decisión resonó en su voz—; yo misma recibí de él, en cierta ocasión, una cantidad superior a tres mil rublos y la acepté a pesar de que entonces no podía ni siquiera prever si algún día tendría la posibilidad de pagarle mi deuda...

En el tono de su voz se notó como una actitud de desafío. En ese momento, precisamente, correspondió a Fetiukóvich el turno de formular preguntas.

—¿No sucedió eso aquí, sino cuando empezaron a conocerse? —interrogó con mucha prudencia Fetiukóvich, presintiendo enseguida algo favorable.

(Diré entre paréntesis que, pese a haber sido llamado de Peterburgo en parte por la propia Katerina Ivánovna, el abogado defensor nada sabía del episodio de los cinco mil rublos que

Mitia había dado a la joven ya en aquella otra ciudad ni de «la inclinación hasta el suelo». ¡Ella no se lo había dicho, se lo había ocultado! Era sorprendente. Cabe suponer sin miedo a equivocarse que ni ella misma, hasta el último instante, sabía si contaría o no dicho episodio ante el tribunal y esperaba alguna inspiración.)

¡No, jamás podré olvidar aquellos instantes! Ella empezó a contar, lo contó *todo;* el episodio íntegro que Mitia había confiado a Aliosha, lo de «la inclinación hasta el suelo», las causas de lo sucedido, la situación de su padre, la visita que ella hizo a Mitia donde él se hospedaba, sin recordar con una sola palabra, ni siquiera con una alusión, que el propio Mitia había sugerido a la hermana de ella «que le enviara a Katerina Ivánovna por el dinero». Guardó sobre ese punto un silencio magnánimo y no se avergonzó de poner al descubierto que ella misma, por impulso propio, había acudido entonces a casa del joven oficial confiada en algo... para obtener el dinero. Fue escalofriante. Yo me estremecía y temblaba oyéndola; la sala quedó en suspenso, bebiéndose cada una de las palabras. Aquello era algo sin igual; ni siquiera de una joven tan imperiosa y tan despectivamente orgullosa como ella cabía esperar una declaración con tal alto grado de franqueza, con tal espíritu de sacrificio e inmolación. ¿Y para qué, para quién? ¡Para salvar al hombre que la había traicionado y la había ofendido, para contribuir con algo, aunque fuera poca cosa, a salvarlo, produciendo una buena impresión en favor de él! Y, en efecto: la imagen del oficial entregando sus últimos cinco mil rublos —todo cuanto le quedaba en la villa— e inclinándose reverentemente ante una honesta muchacha, resultó muy simpática y cautivadora, pero... ¡se me contrajo el corazón dolorosamente! ¡Presentí que de aquello podía salir luego (y así fue, ¡así fue!) una calumnia! Con maligna sonrisa se habló después en toda la ciudad de que el relato quizá no había sido del todo exacto, precisamente en el lugar en que se contaba que el oficial había dejado salir de su aposento a la doncella «limitándose al parecer a inclinarse reverentemente». Se hacían alusiones a que algo se había «omitido». «Ya aunque no se hubiera omitido nada, aunque ésa fuera toda la verdad —comentaban hasta las más honorables de nuestras damas—, habría que ver si era muy noble para una joven proceder de ese modo, ni siquiera para salvar a su padre.» ¿Es posible que Katerina Ivánovna, con su inteligencia, con su exacerbada perspicacia, no presintiera que iban a hablar de ese modo? Sin duda alguna lo presentía, ¡y, sin embargo, se decidió a contarlo todo! Huelga decir que todas esas asquerositas dudas sobre la veracidad del relato empezaron a aflorar sólo más tarde, pero de momento todo era emoción y todo el mundo se sentía conmovido hasta lo más hondo de su ser. Por lo que respecta a los miembros del tribunal, escucharon a Katerina Ivánovna con un silencio deferente, podría decirse que hasta casi púdico. El fiscal no se permitió formular ni una sola pregunta sobre ese tema. Fetiukóvich se inclinó profundamente dirigiéndose a la joven. ¡Oh, él casi triunfaba! Había obtenido mucho: el que un hombre, movido por un noble impulso, hubiera entregado sus últimos cinco mil rublos, y que luego ese mismo hombre hubiera asesinado a su padre, de noche, para robarle tres mil, resultaba bastante incongruente. Por lo menos Fetiukóvich podría descartar ahora la acusación de robo. La «causa» quedó envuelta, de pronto, en una nueva luz. Algo simpático se produjo en favor de Mitia. Por lo que a él respecta... se contó que, durante la declaración de Katerina Ivánovna, una o dos veces hizo como si quisiera levantarse bruscamente de su asiento, pero se dejó caer otra vez en el banco y se cubrió el rostro con ambas manos. Mas cuando ella hubo terminado, Mitia clamó con voz entrecortada por el llanto, tendiendo los brazos hacia la testigo:

—¡Katia, por qué me has perdido!

Y prorrumpió en fuertes sollozos, que se oían en toda la sala. No obstante, se dominó enseguida y aún gritó:

—¡Ahora estoy condenado!

Luego quedó como yerto en su sitio, apretando los dientes y con los brazos cruzados sobre el pecho. Katerina Ivánovna permaneció en la sala y tomó asiento donde le indicaron. Estaba pálida y miraba al suelo. Los que se encontraban a su vera contaron que estuvo temblando largo rato, como presa de un ataque febril. Al interrogatorio se presentó Grúshenka.

Me estoy acercando a la catástrofe que se produjo repentinamente y que fue, quizá, lo que en realidad perdió a Mitia. Pues estoy convencido, y también los demás lo estaban, todos los juristas hablaban luego en el mismo sentido, de que, de no haber sido por aquel episodio, cuando menos se habrían admitido para el procesado circunstancias atenuantes. Pero de todo esto hablaré enseguida. Sólo diré antes dos palabras acerca de Grúshenka.

También ella se presentó completamente de negro, con su magnífico chal sobre los hombros. Se acercó a la balaustrada con su caminar suave, silencioso, balanceándose levemente, tal como suelen andar a veces las mujeres rollizas, con la mirada fija en el presidente, sin volver los ojos ni una vez a derecha ni a izquierda. A mi juicio, estaba muy hermosa en aquel momento, y de ningún modo pálida, como afirmaron luego las damas. También aseguraron que se le notaba en el rostro una expresión concentrada y maligna. Yo sólo me figuro que estaba irritada y sentía penosamente las miradas despectivas y curiosas que le dirigía nuestro público, ávido de escándalo. Aquélla era una mujer orgullosa de carácter, que no soportaba el desprecio; una de las que apenas sospechan que alguien las desprecia se sienten inflamadas de cólera y anhelan el desquite. Al mismo tiempo, claro está, se daban en ella un sentimiento de timidez y una vergüenza interior por sentirse tímida, y nada tiene de particular que su manera de expresarse fuera desigual, ora colérica, ora despectiva y acentuadamente tosca, ora con resonancias de sinceridad y cordialidad cuando se condenaba y se acusaba a sí misma. A veces hablaba como si se precipitara en algún abismo: «no importa lo que resulte, de todos modos lo diré...» Acerca de sus relaciones con Fiódor Pávlovich, declaró tajante: «Todo eso son tonterías, ¿acaso tengo yo la culpa de que se prendara de mí?» Pero un minuto después añadía: «Yo tengo la culpa de todo, yo me reía del uno y del otro, del viejo y de éste, y los saqué de quicio a los dos. Todo ha sucedido por mi culpa.» Se llegó a citar el nombre de Samsónov: «Eso no importa a nadie —repuso ella enseguida secamente, con cierta insolencia provocadora—; era mi bienhechor, me recogió descalza cuando mis parientes me habían arrojado de su isbá.» El presidente le recordó, de todos modos con mucha cortesía, que debía responder ciñéndose a las preguntas, sin entrar en detalles superfluos. Grúshenka se ruborizó, los ojos le centellearon.

No había visto el sobre del dinero, únicamente había oído

decir al «malvado» que Fiódor Pávlovich tenía un sobre con tres mil rublos. «Pero todo eso son estupideces, yo me reía y por nada del mundo habría acudido...»

—¿A quién se ha referido usted, al decir «el malvado»? —inquirió el fiscal.

—Al lacayo, a Smerdiákov, el que mató a su señor y se ahorcó ayer.

Naturalmente, acto seguido le preguntaron qué razones tenía ella para formular una acusación tan rotunda, pero tampoco Grúshenka poseía ninguna prueba.

—Así me lo ha dicho el propio Dmitri Fiódorovich, pueden ustedes creerle. Quien ha causado su perdición es la que nos separa, eso es, ella es la causa de todo, eso es —añadió Grúshenka, como si toda su persona se extremeciera de odio, y en su voz se percibió una entonación maligna.

Preguntaron a quién aludía esta vez.

—A la señorita, a esa que está aquí, a Katerina Ivánovna. Ella me invitó entonces a su casa, me convidó a chocolate, pretendía cautivarme. Vergüenza verdadera, tiene poca, eso es...

Entonces el presidente ya la interrumpió con severidad y le rogó que moderara sus expresiones. Pero el corazón de la celosa mujer ya se había inflamado; Grushenka estaba dispuesta a arrojarse aunque fuera al abismo...

—Cuando se procedió a la detención en el pueblo de Mókroie —preguntó el fiscal haciendo memoria—, todos los presentes vieron y oyeron cómo usted, llegando a todo correr de otra habitación, se puso a gritar: «¡Yo soy la culpable de todo, iremos juntos a presidio!» ¿Así, pues, también usted estaba convencida, entonces, de que él era un parricida?

—No recuerdo cuáles eran entonces mis sentimientos —respondió Grúshenka—; todo el mundo se puso a gritar que él había matado a su padre y yo sentía que la culpa era mía, que si él había matado, era por mí. Pero tan pronto como dijo que no era culpable, le creí enseguida, y también ahora lo creo y le creeré siempre: él no es hombre que mienta.

El turno de hacer preguntas correspondió a Fetiukóvich. Recuerdo que entre otras cosas se interesó por Rakitin y los veinticinco rublos «por haber conducido a casa de usted a Alexiéi Fiódorovich Karamázov».

—¿Qué tiene de sorprendente que tomara el dinero? —se sonrió Grúshenka con despectiva malicia—. Siempre venía a sacarme algo, a veces se me llevaba hasta treinta rublos al mes, sobre todo para caprichos, pues para comer o beber no necesitaba lo mío.

—¿Por qué motivo era usted tan generosa con el señor Rakitin? —saltó Fetiukóvich, pese a que el presidente empezó a agitarse en gran manera.

—Es que somos primos. Mi madre y la suya eran hermanas. Sólo que me suplicaba siempre no hablar de eso aquí a nadie, se avergonzaba mucho de mí.

Este nuevo hecho resultó por completo inesperado para todos; en la ciudad nadie lo había sabido hasta entonces, ni siquiera lo sabían en el monasterio; no lo sabía ni Mitia. Contaban que Rakitin, sentado en su silla, se puso como la púrpura de vergüenza. Grúshenka, antes de entrar en la sala, se había enterado de que Rakitin había declarado en contra de Mitia y por eso se había puesto furiosa. Todo el anterior discurso del señor Rakitin, la alteza de miras, los ataques al régimen de servidumbre y al desorden cívico de Rusia, quedaron definitivamente reducidos a la nada y destruidos en la opinión general. Fetiukóvich estaba contento: otra vez Dios había acudido en su ayuda. En conjunto, a Grúshenka no la interrogaron largo rato, aparte de que ella, naturalmente, no podía comunicar nada que representara una novedad importante. Dejó en el público una impresión sumamente desagradable. Centenares de miradas desdeñosas se clavaron en ella cuando, terminaba su declaración, tomó asiento en la sala, bastante lejos de Katerina Ivánovna. Mientras la estuvieron interrogando, Mitia había permanecido silencioso, como petrificado, con la vista fija en el suelo.

Apareció como testigo Iván Fiódorovich.

V

CATÁSTROFE REPENTINA

Indicaré que le habían llamado ya antes que a Aliosha. Pero el ujier informó entonces al presidente que a consecuencia de una indisposición súbita o de cierto ataque, el testigo no podía presentarse en aquel momento y que no bien se sintiera algo mejor estaría dispuesto a prestar declaración cuando deseara. De todos modos, nadie lo oyó y aquello se supo únicamente más tarde. De momento, su aparición casi pasó inadvertida: los principales testigos, en particular las dos rivales, ya habían sido interrogadas; la curiosidad general estaba de momento satisfecha. Se notaba incluso cierta fatiga entre el público. Había que escuchar aún a varias personas que, con toda probabilidad, no podrían comunicar nada nuevo teniendo en cuenta lo que ya se había dicho. El tiempo pasaba. Iván Fiódorovich se acercó con una lentitud sorprendente, sin mirar a nadie, con la cabeza baja, el ceño fruncido como si estuviera cavilando. Vestía de manera impecable, pero su rostro causaba una impresión penosa, por lo menos así me lo pareció a mí: había en aquel rostro algo que hacía pensar en la tierra, algo semejante al rostro de una persona moribunda. Se le veían turbios los ojos; los levantó y recorrió con ellos lentamente la sala. Aliosha se irguió de pronto en su asiento y gimió: «¡Ah!» Yo lo recuerdo. Pero fueron muy pocos quienes se dieron cuenta de ello.

El presidente empezó recordando que el testigo no había prestado juramento, que podía declarar o callar, pero que todo cuanto dijera debía corresponder a la verdad, etc. Iván Fiódorovich escuchaba y le miraba con una vaga expresión en los ojos; pero de pronto los rasgos de su cara empezaron a distenderse dibujando una sonrisa, y no bien el presidente, que le observaba sorprendido, acabó de hablar, se echó a reír.

—Bueno, ¿y qué más? —preguntó en voz alta.

Se hizo un gran silencio en la sala, pareció como si se presintiera algo. El presidente se inquietó.

—Usted... ¿quizá no se encuentra aún bastante bien? —preguntó, buscando con la mirada al ujier.

—No se inquiete, excelencia, me encuentro bastante bien y puedo contarle algo curioso —respondió de pronto con la mayor calma y respetuosamente Iván Fiódorovich.

—¿Tiene usted algo especial que comunicarnos? —continuó el presidente, todavía un poco receloso.

Iván Fiódorovich bajó los ojos, esperó unos instantes y, levantando otra vez la cabeza, respondió como si tartamudeara:

—No... no tengo. No tengo nada especial que comunicar.

Empezaron a hacerle preguntas. Él respondía como de mala gana, con forzado laconismo, hasta con cierta aversión, cada vez más y más acentuada, si bien sus respuestas, a pesar de todo, eran sensatas. Muchas cosas no las contestó, alegando ignorancia. De las cuentas de su padre con Dmitri Fiódorovich, no sabía nada. «No me ocupaba de esas cosas», contestó. Respecto a las amenazas de muerte contra su padre, las había oído del acusado. Del dinero del sobre, había oído hablar a Smerdiákov...

—Siempre lo mismo —soltó de pronto, con aspecto fatigado—. No puedo comunicar al tribunal nada de particular.

—Veo que no se encuentra usted bien y comprendo sus sentimientos... —comenzó a decir el presidente.

Se dirigía a las dos partes, al fiscal y a la defensa, invitándoles a proseguir el interrogatorio si lo consideraban oportuno, cuando Iván Fiódorovich, con voz exhausta, suplicó:

—Permítame que me retire, excelencia, me siento muy mal.

Dichas estas palabras, sin esperar la venia, dio media vuelta y se dirigió hacia la salida. Pero cuando hubo dado unos cuatro pasos, se detuvo como si hubiera reflexionado algo, se sonrió suavemente y volvió al sitio que había ocupado.

—Yo soy, excelencia, como aquella moza campesina... ya sabe... la que decía: «Si quiero, me levanto; si quiero, no me levanto.» Le llevan un vestido o no sé si una falda, para que se levante, para vestirla y conducirla al altar, pero ella repetía: «Si quiero, me levanto; si quiero, no me levanto»... Se cuenta en una de nuestras regiones...

—¿Qué quiere usted decir con esto? —preguntó severo el presidente.

—Aquí lo tiene —Iván Fiódorovich sacó de pronto un fajo

de billetes—, aquí tiene el dinero... el mismo que se encontraba en ese sobre —hizo un movimiento de cabeza señalando la mesa con las pruebas materiales— y por el que mataron a mi padre. ¿Dónde quiere que lo pongan? Señor ujier, páselo.

El ujier tomó el fajo y lo entregó al presidente.

—¿De qué modo ha podido llegar este dinero a sus manos... si es el mismo? —articuló el presidente, sorprendido.

—Lo recibí ayer de Smerdiákov, del asesino. Estuve en su casa antes de que se ahorcara. Fue él quien mató a mi padre, y no mi hermano. Fue él quien lo mató, y yo le enseñé a matar... ¿Quién no desea la muerte de su padre?...

—¿Está usted en su juicio? —soltó el presidente, a pesar suyo.

—Esa es la cuestión, que estoy en mi juicio... y en un vil juicio, exactamente igual que usted y que todos esos... ¡carotas! —de pronto se volvió hacia el público—. Han matado al padre y hacen como si estuvieran asustados —rechinó con maligno desdén—. Unos con otros fingen. ¡Embusteros! Todos desean la muerte del padre. Una alimaña se come a otra alimaña... De no haber parricidio, todos se enojarían y volverían furiosos a sus casas... ¡Quieren un espectáculo! «¡Pan y circo»! ¡De todos modos, también yo soy bueno! ¿Tienen ustedes agua? ¡Denme de beber, por amor de Cristo! —de pronto se agarró la cabeza con las manos.

El ujier se le acercó enseguida. Aliosha se levantó raudo y gritó: «¡Está enfermo, no le crean, tiene un acceso de fiebre nerviosa!» Katerina Ivánovna se levantó repentinamente de su silla y, petrificada por el horror, se quedó mirando a Iván Fiódorovich. Mitia también se puso en pie y con una absurda sonrisa contrahecha contemplaba y escuchaba ávidamente a su hermano.

—Tranquilícense, no estoy loco, ¡sólo soy un asesino! —volvió a decir Iván—. A un asesino no se le puede pedir elocuencia... —añadió de pronto, sin que se comprendiera por qué, y se sonrió con una mueca.

El fiscal, visiblemente perplejo, se inclinó hacia el presidente. Los miembros del tribunal, agitados, cuchicheaban entre sí. Fetiukóvich era todo oídos. La sala quedó inmóvil, expectante. De pronto pareció como si el presidente se recobrara.

—Testigo, sus palabras son incomprensibles e inadmisibles aquí. Sosiéguese, si puede, y cuente... si en verdad tiene algo que decir. ¿De qué modo puede confirmar esa confesión... caso de que no esté delirando?

—Ahí está el hueso, que no tengo testigos. El perro de Smerdiákov no nos va a enviar su declaración desde el otro mundo... en un sobre. A ustedes, vengan sobres, como si no bastara éste. No tengo testigos... Excepción hecha, quizá, de uno solo —se sonrió, caviloso.

—¿Quién es su testigo?

—Tiene cola, excelencia; ¡no sería reglamentaria su presencia aquí! *Le diable n'existe point!*[6]. No hagan caso, es un diablo ruin y de poca monta —añadió dejando de reírse súbitamente y como de manera confidencial—. Seguramente está en alguna parte por aquí, debajo de esta mesa con las pruebas materiales. ¿Dónde iba a meterse, si no ahí? Verán, escúchenme, yo le he dicho: no quiero callar, y él venga hablarme de un cataclismo geológico... ¡estupideces! Bueno, ponga en libertad al monstruo... se ha puesto a cantar el himno, ¡pero es porque a él le cuesta poco! Es como el canalla borracho que se pone a bramar cantando «se fue Vañka a Píter», pero yo por dos segundos de alegría daría de buena gana un cuatrillón de cuatrillones. ¡Ustedes no me conocen! ¡Oh, qué estúpido es todo eso entre ustedes! ¡Ea, tómenme a mí en su lugar! Por alguna cosa he venido yo aquí... ¿Por qué todo cuanto existe es tan estúpido, por qué...?

Y otra vez, lentamente y como pensativo, se puso a recorrer la sala con la mirada. Pero ya todo el mundo estaba conturbado. Aliosha se precipitó hacia su hermano, mas el ujier ya había agarrado por el brazo a Iván Fiódorovich.

—¿Qué pasa? —gritó éste, mirando fijamente al ujier a la cara.

De pronto le agarró de los hombros y le arrojó furiosamente al suelo. Pero la guardia ya había llegado: le cogieron y entonces él se puso a vociferar, furioso. Y siguió vociferando y gritando palabras incoherentes mientras se lo llevaron de la sala.

---

[6] El diablo no existe (fr.).

Hubo gran confusión. No voy a recordarlo todo por orden, yo mismo estaba emocionado y no podía fijarme en cuanto sucedía. Sé únicamente que luego, cuando ya se había restablecido la calma y todos comprendían lo que había sucedido, el ujier fue objeto de una severa reprimenda, pese a que explicó con abundantes razones que el testigo había estado todo el tiempo bien, que el médico le había visitado cuando una hora antes Iván Fiódorovich se había sentido indispuesto levemente, y que hasta entrar en la sala el enfermo se había expresado con absoluta normalidad, de modo que había sido imposible poder prever nada; dijo, además, que el propio testigo, por el contrario, había insistido en que quería declarar, sin falta. Pero antes de que hubiéramos podido sosegarnos un poco y sobreponernos a la emoción, inmediatamente después de dicha escena, se produjo otra: Katerina Ivánovna sufrió un ataque de nervios. Se puso a chillar estrepitosamente, a llorar, pero no quería irse; se debatía, suplicaba que no la sacaran, y de pronto gritó dirigiéndose al presidente:

—Aún he de hacer otra declaración, enseguida... ¡enseguida!... Aquí tienen un papel, una carta... ¡Tómenla, léanla pronto, pronto! Es una carta de ese monstruo, ¡de ése, de ése! —señalaba a Mitia—. Es él quien mató a su padre, ahora lo verán ustedes, ¡me escribió cómo iba a matarle! El otro está enfermo, enfermo, ¡un ataque de fiebre! ¡Hace ya tres días que le veo enfermo!

Gritaba fuera de sí. El ujier tomó el papel que ella tendía al presidente, y después Katerina Ivánovna, dejándose caer en su silla y cubriéndose el rostro, empezó a sollozar convulsiva y silenciosamente, estremeciéndose y ahogando el más pequeño gemido, temerosa de que la sacaran de la sala. El papel que acababa de entregar era la carta que había escrito Mitia desde la taberna «La Capital», la carta que Iván Fiódorovich había denominado documento de importancia «matemática». ¡Ay!, le reconocieron precisamente ese carácter matemático; de no haber sido por aquella carta, quizá Mitia no se habría perdido o, por lo menos, no se habría perdido tan horriblemente. Repito que era difícil seguir los detalles. Todavía hoy lo veo todo confuso. Es de presumir que el presidente dio a conocer enseguida el nuevo documento al tribunal, al fiscal, al abogado defensor y a los jurados. Recuerdo sólo que empezaron a interrogar a la testigo. A la pregunta de si se había sosegado, formulada con tacto por el presidente, Katerina Ivánovna contestó arrebatada:

—¡Estoy dispuesta, dispuesta! Me encuentro en perfectas condiciones de responder a sus preguntas —añadió, por lo visto temiendo aún horrores que no la escucharan por algún motivo.

Le pidieron que explicase con detalle qué carta era aquélla y en qué circunstancias la había recibido.

—La recibí la víspera misma del crimen, él la había escrito un día antes en la taberna, o sea, dos días antes de su acción. ¡Vean, está escrita en el papel de una cuenta! —gritó jadeante—. Entonces me odiaba porque él mismo había cometido una vileza y se había ido tras esa mujerzuela... y además porque me debía aquellos tres mil rublos... ¡Oh, se sentía molesto por esos tres mil rublos, a causa de su propia bajeza! Lo de estos tres mil rublos ocurrió así: les ruego, les suplico que me escuchen: una mañana, tres semanas antes de que matara a su padre, vino a verme. Yo sabía que necesitaba dinero y sabía para qué, para eso precisamente, para conquistar a esa mujerzuela y llevársela consigo. Yo sabía ya que me había traicionado y que quería dejarme y yo misma le facilité entonces ese dinero, se lo ofrecí con el pretexto de que lo mandara a mi hermana, a Moscú; y cuando se lo entregué, le dije, mirándole a la cara, que podía enviarlo cuando quisiera, «aunque sea dentro de un mes». Cómo no iba a comprender él que yo le decía claramente a la cara: «Te hace falta dinero para traicionarme con esa mujerzuela, aquí lo tienes, te lo doy yo misma, ¡tómalo, si eres bastante canalla para tomarlo!...» Yo quería probarle, ¿y qué resultó? Tomó el dinero, lo tomó, se lo llevó y lo gastó con esa mujerzuela allí, en una sola noche... Pero él comprendió, comprendió que yo lo sabía todo; les aseguro que él entonces también comprendió que al darle yo aquel dinero lo que hacía era probarle: ¿sería tan canalla que lo iba a aceptar de mí? Le miré a los ojos y él me miró a mí a los ojos y lo comprendió todo, todo, y tomó el dinero, ¡tomó mi dinero y se lo llevó!

—¡Es cierto, Katia! —vociferó de pronto Mitia—. Te miré a los ojos y comprendí que me deshonrabas, ¡y a pesar de todo

tomé tu dinero! ¡Desprecia a un miserable, desprécienme todos, me lo tengo merecido!

—Acusado —gritó el presidente—, una palabra más y ordeno que le saquen de aquí.

—Este dinero le atormentaba —siguió Katia, con un apre-
suramiento convulsivo—: quería devolvérmelo, es cierto, quería, pero también lo necesitaba para esa mujerzuela. Mató a su
padre; sin embargo, no me devolvió el dinero, sino que se fue
con ella a la aldea donde le detuvieron. Allí despilfarró también el dinero que robó a su padre, a quien acababa de matar.
Dos días antes de que lo matase, me escribió esta carta, la escribió estando borracho, enseguida me di cuenta, la escribió
por rabia y sabiendo sin duda alguna que yo no la mostraría a
nadie, ni siquiera si él llegaba a cometer el crimen. De lo contrario, no la habría escrito. ¡Sabía que yo no querría vengarme
de él y perderle! Pero léanla, léanla con atención, con mucha
atención, se lo ruego, y verán que en la carta lo descubrió todo,
lo describió de antemano: cómo mataría a su padre y dónde tenía éste el dinero. Fíjense en una frase, por favor, la que dice:
«Lo mataré, lo único que hace falta es que Iván se vaya.» Eso
significa que ya había premeditado con anticipación de qué
modo lo mataría —insinuó malévola y pérfidamente al tribunal Katerina Ivánovna. Oh, se veía que ella había leído y releí-
do la carta y la había estudiado hasta en sus más pequeños detalles—. Si no hubiera estado borracho, no me la habría escrito; pero fíjense, todo está descrito con anticipación, exactamente tal como después él cometió el asesinato, ¡ahí está todo
el programa!

Gritaba fuera de sí; desde luego despreciando todas las consecuencias que de su declaración se siguieran para ella, aunque
las había previsto como es natural, acaso ya un mes antes, pues
ya entonces, quizá temblando de cólera, se preguntaba: «¿Y si la
leyera ante el tribunal?» Ahora era como si se arrojara a un
precipicio. Creo recordar que fue precisamente en ese momento cuando el secretario leyó en alta voz la carta, que produjo
una impresión abrumadora. Preguntaron a Mitia «si reconocía
aquella carta»

—¡Es mía, es mía! —exclamó Mitia—. ¡Si no hubiera estado borracho no la habría escrito!... Por muchas cosas nos odiá-

bamos uno al otro, Katia, pero te juro, te juro que yo odiándote te amaba, ¡pero tú a mí no!

Se dejó caer en su asiento, retorciéndose las manos con desesperación. El fiscal y el abogado defensor empezaron a formular preguntas alternativas, sobre todo en el sentido de: «¿qué motivos le han inducido a ocultar antes semejante documento y a hacer una declaración en absoluto distinta por su espíritu y por su tono?

—Sí, sí, antes he mentido, no he hecho más que mentir contra el honor y la conciencia, pero yo quería salvarle precisamente porque él me había odiado y me había despreciado tanto —exclamó Katia, como enajenada—. Oh, me ha despreciado de una manera horrible, me ha despreciado siempre, y, ¿saben?, ¿saben?, me despreció desde que me incliné a sus pies por aquel dinero. Lo vi... Lo sentí ya entonces, pero no me quise creer a mí misma durante mucho tiempo. Cuántas veces le he leído en los ojos: «De todos modos, fuiste tú la que vino a ver, entonces.» Oh, él no comprendió nada, no comprendió por qué entonces acudí a verle, ¡él sólo era capaz de sospechar bajezas! Medía con su propia medida, creía que todo el mundo es como él —rechinó airada Katia, furiosa ya a más no poder—. Y si pensó en casarse conmigo fue sólo porque yo había heredado, ¡sólo por eso, sólo! ¡Yo siempre había sospechado que era por eso! ¡Oh, es una fiera! Él siempre ha creído que yo toda la vida temblaría de vergüenza por haber acudido aquella vez, y que él podía despreciarme eternamente por ello y así dominarme, ¡por eso es por lo que quería casarse conmigo! ¡Es así, todo es así! Yo he intentado vencerle con mi amor, con un amor sin fin, quería soportar hasta su traición, pero él no ha comprendido nada, nada. ¿Acaso es capaz de comprender nada? ¡Es un monstruo! Recibí esta carta sólo al día siguiente por la tarde; me la llevaron de la taberna, y aún por la mañana, por la mañana de aquel mismo día, estaba dispuesta a perdonárselo todo, ¡hasta su traición!

Naturalmente, el presidente y el fiscal procuraban sosegarla. Estoy seguro de que ellos se sentían quizás hasta avergonzados de aprovechar de aquel modo la exaltación de la joven y escuchar semejantes confesiones. Recuerdo haberles oído decir: «Comprendemos lo penoso que es para usted, créanos, podemos compadecerla», etc., pero ello no les impedía arrancar una y otra declaración de aquella mujer enloquecida en un ataque de histerismo. Por fin describió con una lucidez extrema —como aparece con tanta frecuencia aunque fugazmente, incluso en los momentos de semejante tensión— que Iván Fiódorovich casi se había vuelto loco durante aquellos dos meses, obsesionado por salvar al «monstruo y asesino» de su hermano.

—Se ha atormentado sin cesar —exclamó—, quería por todos los medios disimular la culpa de su hermano confesándome que tampoco él quería a su padre, y que quizás él mismo le había deseado la muerte. ¡Oh, es un hombre de una conciencia muy honda, hondísima! ¡Se ha torturado por su mucha conciencia! Me lo ha confiado todo, todo, venía a verme a hablar conmigo cada día como quien va a hablar con su único amigo. ¡Tengo el honor de ser su único amigo! —exclamó de pronto como en una especie de desafío, relampagueantes los ojos—. Fue dos veces a ver a Smerdiákov. Una vez, vino a mi casa y dijo: «Si el asesino no es mi hermano, sino Smerdiákov (porque aquí todos hicieron correr la fábula de que el asesino era el lacayo), quizá yo mismo soy culpable, pues Smerdiákov sabía que yo no quería a mi padre y quizá creía que yo deseaba su muerte.» Entonces saqué esta carta, se la mostré, y quedó del todo convencido de que el autor del asesinato era su hermano, lo que acabó de anonadarle. ¡No podía soportar que su propio hermano fuera un parricida! Hace ya una semana me di cuenta de que eso le había puesto enfermo. Durante estos últimos días, estando en mi casa, deliraba. Yo veía que perdía el juicio. Deliraba al caminar, así le han visto por la calle. El doctor que ha venido de Moscú le visitó anteayer a instancia mía y me dijo que estaba a punto de sufrir un ataque de fiebre nerviosa, ¡y todo ello a causa de él, a causa de ese monstruo! Ayer Iván Fiódorovich se enteró de que Smerdiákov había muerto, eso le causó una impresión tan profunda que se ha vuelto loco... ¡y todo por el monstruo, todo por querer salvar al monstruo!

Oh, ya sé que quizá, sólo una vez en la vida, ante el instante de la muerte, por ejemplo, o al subir al cadalso, es posible hablar de un modo semejante y hacer tales confesiones. Pero Katia se hallaba precisamente dominada por su carácter y en uno de tales momentos. Aquélla era la misma Katia impetuosa que en otra ocasión se había precipitado a casa de un joven libertino para salvar a su padre; era la misma Katia que, orgullosa y casta, se había ofrecido en sacrificio a sí misma hacía poco, ante todo aquel público, y había ofrecido su pudor virginal relatando «el noble proceder de Mitia» con el fin único de atenuar por poco que fuera la sentencia que se esperaba. Y ahora, exactamente del mismo modo se ofrecía en sacrificio, si bien ya por otro, y es posible que sólo en ese instante sintiera y comprendiera plenamente y por primera vez hasta qué punto aquel hombre le era entrañable. Katerina Ivánovna se sacrificaba temerosa por él, dándose cuenta de que él se perdía declarando que quien había dado muerte había sido él y no su hermano; se sacrificaba para salvarle, para salvar la fama y la reputación de Iván. Sin embargo, una idea terrible centelleó en su espíritu: ¿no calumniaba a Mitia al describir las relaciones que habían sostenido? Esa era la cuestión. ¡No, no, ella no había calumniado intencionadamente al gritar que Mitia la despreciaba por aquella profunda reverencia! Ella misma lo creía, quizá desde el momento de aquel saludo estaba profundamente convencida de que Mitia, aquel bonachón que la adoraba, ya entonces se reía de ella y sentía por ella desprecio. Y sólo por orgullo se había prendado de él con un amor histérico y doliente, por un orgullo lacerado, de modo que aquel amor más que verdadero amor parecía una venganza. Oh, es posible que aquel amor doliente se hubiera trocado en verdadero, quizá Katia no anhelaba otra cosa, pero Mitia con su traición la hirió hasta lo más hondo de su alma y el alma no perdonaba. El momento de la venganza se había presentado inesperadamente, y todo lo que durante largo tiempo se había ido acumulando con dolor en el pecho de la mujer ofendida, salía al exterior de golpe y también de manera inesperada. ¡Ella traicionaba a Mitia, pero se traicionaba a la vez a sí misma! Por supuesto, no bien se hubo expresado, la tensión cedió y Katerina Ivánovna se sintió aplastada por la vergüenza. De nuevo se apoderaron de ella los nervios, cayó, llorando y gritando. La sacaron de allí, y en el momento mismo en que se la llevaban, Grúshenka se precipitó hacia Mitia vociferando, sin que tuvieran tiempo para contenerla.

—¡Mitia! —clamó—. ¡Tu serpiente te ha perdido! ¡Ya han visto, se ha mostrado como lo que es! —gritó, sacudida por la cólera, dirigiéndose al tribunal.

A un signo del presidente, la agarraron y empezaron a llevársela de la sala. Pero ella no cedía, se debatía y se esforzaba por volver hacia Mitia. Éste profirió un alarido y también quizo lanzarse hacia ella. Los dominaron.

Sí, me figuro que nuestras damas, presentes allí como espectadoras, quedaron satisfechas: el espectáculo dio de sí. Después, según recuerdo, se presentó el doctor venido de Moscú. Al parecer, el presidente ya antes había mandado al ujier para que tomase las medidas pertinentes y se prestara ayuda a Iván Fiódorovich. El doctor informó al tribunal de que el enfermo sufría un peligrosísimo ataque de fiebre nerviosa y era necesario llevárselo de la audiencia inmediatamente. A las preguntas del fiscal y del abogado defensor, confirmó que el paciente en persona había ido a consultarle dos días antes, que él le había diagnosticado un inminente ataque de tal naturaleza, pero que Iván Fiódorovich no quiso ponerse en tratamiento. «Ya no estaba por completo en su sano juicio; me confesó que tenía alucinaciones despierto, que se cruzaba en la calle con personas ya fallecidas y que cada noche le visitaba Satanás», concluyó. Hecha su declaración, el célebre doctor se retiró. La carta presentaba por Katerina Ivánovna fue incluida en las pruebas materiales. Después de cambiar impresiones, el tribunal decidió proseguir la vista de la causa e incluir en el sumario las dos declaraciones inesperadas (la de Katerina Ivánovna y la de Iván Fiódorovich).

Pero ya no voy a describir el ulterior curso de la investigación judicial. Además, las declaraciones de los testigos restantes no pasaron de ser una simple repetición y confirmación de las anteriores, aunque, a pesar de todo, con peculiaridades características. Repito, sin embargo, que todo converge en un mismo punto en el discurso del fiscal, al que voy a pasar inmediatamente. Todos los presentes estaban excitados, electrizados por la última catástrofe, y esperaban con viva impaciencia el desenlace, los discursos de las partes y la sentencia. Fetiukóvich se hallaba visiblemente abrumado por las declaraciones de Katerina Ivánovna. El fiscal, en cambio, salía vencedor. Cuando se hubo terminado la instrucción judicial, se anunció un descanso que se prolongó casi una hora. Por fin, el presidente abrió los debates. Eran las ocho en punto de la tarde, según me parece, cuando Ippolit Kiríllovich, nuestro fiscal, dio comienzo a su discurso de acusación.

VI

DISCURSO DEL FISCAL. CARACTERÍSTICA

Ippolit Kiríllovich empezó su discurso acusatorio sacudido por un temblor nervioso, cubiertas por frío sudor la frente y las sienes, sintiendo alternativamente escalofríos y ramalazos de calor en todo el cuerpo. Así lo contaba después él mismo. Consideraba aquel discurso como su *chef d'oeuvre*[7], el *chef d'oeuvre* de su vida, su canto del cisne. La verdad es que nueve meses más tarde murió de tisis maligna, de modo que realmente habría tenido derecho a compararse con el cisne que canta su última canción de haber presentido su fin anticipadamente. En aquella pieza oratoria puso todo su corazón y cuanta inteligencia poseía, demostrando, sin que nadie se lo esperara, que anidaban en él un sentimiento cívico y los «malditos» problemas, por lo menos en la medida en que nuestro pobre Ippolit Kiríllovich podía darles cabida en sí. Lo que más cautivó de su palabra fue la sinceridad: creía sinceramente en la culpabilidad del reo; no le acusaba sólo por encargo, por oficio, sino que al exhortar a la «venganza» vibraba de verdad por un anhelo de «salvar la sociedad». Hasta nuestro público femenino, al fin y al cabo hostil a Ippolit Kiríllovich, reconoció a pesar de todo que la impresión producida por aquel discurso había sido extraordinaria. El fiscal empezó a hablar con una voz tensa y entrecortada, pero luego, muy pronto, aquella voz se hizo firme y resonó en toda la sala, y así fue hasta el fin de la peroración. Apenas hubo terminado de hablar, por poco cae desmayado.

---

7 obra maestra (fr.).

«Señores jurados —comenzó el fiscal—, este proceso ha repercutido en toda Rusia. ¿Hay algo, al parecer, que pueda asombrarnos, hay algo que pueda causarnos especial horror? ¿Nada menos que a nosotros, a nosotros? ¡Somos gente tan acostumbrada a todo esto! ¡En ello está, precisamente, nuestro espanto, en que hechos tan tenebrosos casi han dejado de ser para nosotros horripilantes! Eso es lo que ha de horrorizarnos, nuestra costumbre, y no la fechoría singular de tal o cual individuo. ¿Dónde están las causas de nuestra indiferencia, de nuestra tibia reaccioncita frente a hechos de este tipo, frente a esos signos de nuestro tiempo que nos presagian un futuro nada envidiable? ¿Están en nuestro cinismo, en el agotamiento precoz de la inteligencia y de la imaginación de nuestra sociedad tan joven, pero tan prematuramente aquejada de decrepitud? ¿O quizás en el resquebrajamiento hasta la base de nuestros principios morales, o bien, por fin, en que quizá ni siquiera se dan en lo más mínimo esos principios morales entre nosotros? Yo no resuelvo estos problemas, que son, no obstante, angustiosos, y no hay ciudadano que no deba, que no esté obligado a sufrir por ellos. Nuestra prensa, novel y aún tímida, no ha dejado de prestar ya, a pesar de todo, algunos servicios a la sociedad, pues sin aquélla no podríamos formarnos ninguna idea más o menos cabal de los horrores a que dan lugar la voluntad desenfrenada y la decadencia de la moralidad, tal como cuenta en sus páginas sin cesar a todos, y no sólo a quienes frecuentan las salas de los nuevos tribunales populares, de que nos ha hecho presente el actual reinado. ¿Y qué leemos casi todos los días? Oh, relatos contantes de tales crímenes ante los cuales incluso el proceso actual palidece y se nos presenta casi como algo ya corriente. Pero lo más grave es que la mayoría de nuestras causas criminales nacionales, rusas, son testimonio en verdad de algo general, de cierto mal colectivo que se nos ha hecho ya familiar y al que resulta ya muy difícil combatir, como ocurre con todo mal común. Ahí vemos a un joven y brillante oficial de la más alta sociedad, al comienzo de su vida y de su carrera, el cual cobardemente, callandito, sin el menor remordimiento de conciencia, degüella a un modesto funcionario que había sido su bienhechor y a la criada de tal funcionario para robarle el documento de crédito que le había firmado y al mismo tiempo el escaso dinero que pudiera quedarle: "me será útil para mis diversiones mundanas y para la carrera que me espera en el futuro". Después de degollar a las dos personas, coloca almohadas bajo la cabeza de los cadáveres y se va. En otra parte se nos habla de un joven héroe, recubierto de cruces por su valor, que asesina en pleno camino, como un vulgar bandolero, a la madre de su jefe y ángel tutelar, y ese hombre, para persuadir a sus cómplices, les asegura que "ella le quiere como a su propio hijo y, por eso, seguirá todos los consejos que él le dé sin tomar precauciones de ninguna clase". Será un monstruo, cierto, pero ahora, en nuestros tiempos, ya no me atrevo a decir que se trata sólo de un monstruo único. Hay quien no degollará a nadie, pero piensa y siente exactamente lo mismo que el otro y tiene el alma tan vil como la del criminal. Callandito, sólo con su conciencia, quizá se pregunta: "¿Qué es el honor? ¿No es un prejuicio, el miedo a verter sangre?" Es posible que griten contra mí y me digan que soy un hombre enfermizo, histérico, que calumnio monstruosamente, que deliro, que exagero. Sea, sea, ¡Dios mío, yo sería el primero en alegrarme, y cómo, de que fuera así! Oh, no me crean, considérenme un enfermo, pero de todos modos, recuerden mis palabras: ¡si en las palabras mías hay aunque sólo sea una décima, una vigésima parte de verdad, también ello es terrible! Observen, señores, observen cuántos jóvenes se suicidan en nuestro país: oh, sin que se pregunten en lo más mínimo, con Hamlet: "¿Qué habrá *allá?*", sin sombra siquiera de tales problemas, como si el capítulo sobre nuestra alma y sobre cuanto nos espera más allá de la tumba hubiera sido excluido hace tiempo de su naturaleza, enterrado y cubierto de arena. Vean, por fin, nuestro libertinaje, fíjense en nuestros licenciosos. Fiódor Pávlovich, la desdichada víctima del actual proceso, parece casi una inocente criatura comparado con algunos de ellos. Y el caso es que todos le hemos conocido, "vivía entre nosotros"... Sí, día vendrá, quizás, en que algunas mentes esclarecidas, nuestras y europeas, se ocupen de la psicología del crimen ruso; el tema lo vale. Mas dicho estudio se realizará algún día en el futuro, con calma, cuando el trágico desorden del momento presente quede en un plano más distante, de modo que sea posible examinarlo con más cordura y más imparcialmente de lo que pueden hacerlo, por ejemplo, hombres como yo. Ahora nosotros nos horrorizamos o fingimos horrorizarnos, mientras que, en realidad, saboreamos, por el contrario, el espectáculo como aficionados a las sensaciones fuertes, excéntricas, que estimulan nuestra cínica ociosidad, o bien, por fin, agitamos las manos como niños pequeños, para apartar de nosotros los terribles fantasmas y escondemos la cabeza debajo de la almohada hasta que ha pasado la visión espantosa, para olvidarla luego enseguida en las diversiones y en los juegos. De todos modos, también nosotros alguna vez debemos de empezar a tomar la vida en serio y reflexivamente, también nosotros deberemos dirigir la mirada hacia nosotros mismos como parte de la sociedad, también nosotros deberemos esforzarnos por comprender lo que en nuestra sociedad ocurre o aunque sólo sea dar comienzo a nuestra comprensión. Un gran escritor de la época precedente, al final de la más grandiosa de todas sus obras, simbolizando a Rusia entera en una audaz troika que corre al galope hacia un fin ignoto, exclama: "Ah, troika, rauda troika, quién te ha inventado!"[8], y con orgulloso entusiasmo añade que ante la troika que corre a galope tendido se apartan respetuosamente todos los pueblos. Bien, señores, admitámoslo, admitamos que se apartan, respetuosamente o no, pero según mi pecadora opinión, el artista genial acabó de este modo su obra en un acceso de ingenuo idealismo infantil o simplemente por miedo a la censura de aquel entonces. Pues, si a su troika uncieran sólo los personajes de su propia obra, los Sobakiévich, los Nozdriov y los Chíchikov, con tales caballos no habría modo de llegar a ninguna parte, por bueno que fuera el cochero. Y ésos son tan sólo caballos de antaño, que quedan muy a la zaga de los de hoy, pues los que ahora tenemos son más finos...»

En este lugar, el discurso de Ippolit Kiríllovich fue interrumpido por los aplausos. El símbolo de la troika rusa gustó por su liberalismo. Verdad es que estallaron los aplausos sólo en dos o tres partes, de modo que el presidente ni siquiera consideró oportuno dirigirse al público amenazándolo con «desalojar la sala» y se limitó a mirar severamente hacia quie-

---

8 Se trata de Gógol y de *Almas muertas* (primera parte, capítulo IX).

nes aplaudían. Pero Ippolit Kiríllovich se sintió animado: ¡jamás le habían aplaudido hasta entonces! ¡Tantos años sin quererle escuchar, y ahora tenía la posibilidad de hacerse oír en toda Rusia!

«En efecto —prosiguió—, ¿qué representa la familia de los Karamázov que, de pronto, se ha hecho merecedora de tan triste fama en toda Rusia? Quizá se me diga que exagero, pero a mi modo de ver en el cuadro de esta familia apuntan algunos elementos básicos generales de nuestra sociedad intelectual moderna; oh, no todos, y apuntan sólo en su aspecto microscópico, "como el sol en una pequeña gota de agua", pero, de todos modos, algo queda reflejado, alguna cosa se percibe. Vean a ese desgraciado viejo, disoluto y libertino, a ese "padre", cuya existencia ha terminado tan lamentablemente. Noble por su linaje, después de iniciar su carrera como un gorrista pobrísimo y de haberse hecho con cierto capitalito gracias a una boda casual e inesperada, empezó siendo un pequeño bribón y un bufón lagotero, dedicado ante todo a la usura, sin que le faltaran, es cierto, notables aptitudes mentales. Con los años, es decir, a medida que va incrementando el capitalito, se anima. La humildad y la roncería desaparecen, quedan sólo el cínico burlón, desalmado, y el libidinoso. La vida espiritual se esfuma por completo, la sed de goce es extraordinaria. Finalmente, no ve en la vida más que placeres voluptuosos, y eso es lo que enseña a sus hijos. Nada de obligaciones espirituales de alguna clase, que como a padre le corresponden. Se ríe de ellas, abandona a sus hijos pequeños en el patio trasero de la casa y se alegra de que se los quiten de su presencia. Hasta llega a olvidarse de ellos por completo. Todas las normas morales del viejo se expresan en la frase *après moi le déluge*[9]. Es el polo opuesto de lo que se entiende por un ciudadano, su aislamiento de la sociedad es total, hasta hostil: "Que arda el mundo entero mientras yo vaya bien." Y le va bien, está satisfecho, anhela vivir así aún veinte, treinta años más. Defrauda a su propio hijo, y con el dinero del hijo, con el que le corresponde por la herencia materna y que no quiere entregarle, intenta quitarle a él, a su propio hijo, la amante. No, no quiero ceder la defensa del

---

[9] después de mí el diluvio (fr.).

reo al ilustre abogado que ha venido de Peterburgo. Yo mismo diré la verdad, yo mismo comprendo cuán grande es la indignación que ese padre ha ido acumulando en el pecho de su hijo. Pero basta, basta ya de hablar de ese desgraciado viejo, ya ha recibido su recompensa. Recordemos, no obstante, que también ese padre es un padre moderno. ¿Se me dirá que ofendo a la sociedad si afirmo que es uno, incluso, de los muchos padres modernos? Ay, muchos son los padres, en nuestros días, que se diferencian de éste únicamente en no manifestarse con tanto cinismo, pues han recibido una educación mejor, son más instruidos, pero en el fondo comparten, casi, su filosofía. Admitamos que yo sea un pesimista, admitámoslo. Ya hemos convenido en que ustedes me lo perdonan. Pongámonos de acuerdo de antemano: ustedes no me crean, no me crean, yo hablaré y ustedes no me crean. Sin embargo, permítanme que me explique, algo recordarán de mis palabras, a pesar de todo. Pues bien, ahí tenemos a los hijos de ese viejo, de ese padre de familia: uno está ante nosotros en el banquillo de los acusados, de él hablaré más adelante; a los otros me referiré sólo ligeramente. De ellos, el mayor es uno de los jóvenes modernos, de brillante formación, dotado de gran inteligencia, pero que no cree ya en nada, que niega y olvida muchas cosas de la vida, demasiadas cosas, exactamente como su padre. Todos le hemos oído hablar, en nuestra sociedad ha sido acogido con los brazos abiertos. No ocultaba sus opiniones, sino al contrario, todo lo contrario, y eso hace que me atreva ahora a hablar de él con bastante franqueza, desde luego, no en su condición la persona privada, sino únicamente como miembro de la familia Karamázov. Ayer se suicidó en las afueras de la ciudad un idiota enfermizo, en extremo implicado en el actual proceso, Smerdiákov ex criado y quizás hijo natural de Fiódor Pávlovich. En el curso de la instrucción previa, ese desgraciado me contaba con lágrimas de histerismo de qué modo este joven Karamázov, Iván Fiódorovich, le había horrorizado con su desenfreno espiritual. "Según él, todo está permitido, todo lo de este mundo es lícito, y en adelante nada ha de estar prohibido; eso es lo que siempre me estaba enseñando." Al parecer, dando vueltas a esta tesis que le habían enseñado, el idiota acabó volviéndose definitivamente loco, si bien influyeron, desde luego, sobre su desarreglo mental la enfermedad epiléptica que sufría y toda esa espantosa catástrofe que se ha desplomado sobre su casa. Pero en la mente de ese idiota afloró una vez una reflexión en altro extremo curiosa, que habría hecho honor incluso a un hombre más inteligente que él, motivo por el cual la traigo a cuento: "de todos los hijos de Fiódor Pávlovich (me dijo), el que más se le parece por su carácter es él, Iván Fiódorovich!" Con esta observación pongo término a la característica iniciada, por considerar poco delicado proseguir. Oh, no quiero inferir ulteriores conclusiones y, como un cuervo, graznar presagiando al joven un inevitable futuro de malaventuras. Todavía hoy hemos visto aquí, en esta sala, que la lozana fuerza de la verdad vive aún en su joven corazón, que los sentimientos de apego a la familia no han sido todavía ahogados en él por la incredulidad y el cinismo moral, adquirido más por herencia que por una auténtica afección del pensamiento. Tenemos luego al otro hijo; oh, éste es todavía un joven, piadoso y humilde, el cual, en contraposición a la ideología tenebrosa y disolvente de su hermano, procura acogerse, por así decirlo, a los "fundamentos del alma popular" o a lo que se denomina con esta rebuscada expresión en algunos círculos de nuestra intelectualidad dada a teorizar. Vean, se arrimó al monasterio; por poco se hace él mismo monje. En él, según a mí me parece, se ha manifestado en cierto modo inconscientemente y en edad tan temprena la tímida desesperación con que tantos ahora en nuestra pobre sociedad, temerosos del cinismo y la inmoralidad de la misma y atribuyendo erróneamente todo el mal a la ilustración europea, se precipitan, como dicen ellos, hacia el «suelo natural», como si dijéramos a los brazos maternales de la tierra nativa, como niños asustados por fantasmas, y junto al pecho exhausto de la madre debilitada anhelan por lo menos conciliar tranquilamente el sueño y hasta pasar durmiendo toda la vida, con tal de no ver los horrores que les asustan. Por mi parte, deseo lo mejor para este joven bueno y de relevantes dotes, deseo que sus juveniles y elevados sentimientos, que su inclinación hacia los fundamentos del alma popular no se conviertan, más tarde, como ocurre con tanta frecuencia, en un sombrío misticismo por lo que toca a la moral, y en un chovinismo romo en lo tocante al espíritu cívico, dos tendencias que amenazan a la nación con un mal mayor aún que la corrupción precoz debida a la cultura europea mal entendida y alcanzada de gracia, como el que sufre el hermano mayor.»

Por el chovinismo y el misticismo volvieron a resonar algunos aplausos. Desde luego, Ippolit Kiríllovich se había entusiasmado; cierto, todo eso estaba poco relacionado con el proceso en sí, y nada digamos de que había resultado bastante confuso, pero eran realmente muy grandes los deseos que aquel hombre, de aspecto tísico e irritado, tenía de decir cuánto pensaba por lo menos una vez en su vida. Más tarde se dijo en nuestra ciudad que al caracterizar a Iván Fiódorovich se había dejado llevar por un sentimiento hasta falto de delicadeza, pues ése una o dos veces le había obligado a batirse en retirada públicamente en las discusiones, e Ippolit Kiríllovich, recordándolo, quiso aprovechar la ocasión para vengarse. Pero no sé si semejante opinión estaba justificada. En todo caso, lo expuesto hasta entonces no constituía más que la introducción, luego el discurso trató más directamente de la causa.

«Pero he aquí al tercer hijo de este padre de familia moderna —prosiguió Ippolit Kiríllovich—: está en el banquillo de los acusados, lo tenemos ante nosotros. También tenemos ante nosotros sus proezas, su vida y sus obras: a su hora, todo se ha puesto en claro, todo se ha descubierto. En contraposición al "europeísmo" y a los "fundamentos del alma popular" de sus hermanos, él representa en cierto modo a la Rusia natural, oh, no a toda ella, ¡Dios nos libre de que fuera toda! Y, sin embargo, en él está nuestra Rusia, la Rusia de nuestro corazón, huele a Rusia, se oye a Rusia, la madrecita nuestra. Oh, nuestro estado es aún el de la naturaleza, somos el bien y el mal en una asombrosísima mezcolanza, somos amigos de la ilustración y de Schiller, pero al mismo tiempo escandalizamos por las tabernas y tiramos de la barbita a los borrachos, compañeros nuestros de bebida. Oh, también nosotros solemos ser buenos y magníficos, pero sólo cuando es buena y magnífica nuestra situación. Es más, nos sentimos incluso arrebatados —precisamente arrebatados— por ideales notabilísimos, pero a condición de que se alcancen por sí mismos, de que nos caigan del cielo sobre la mesa y, sobre todo, que no nos cuesten nada,

nada, que nada haya que pagar por ellos. Pagar no nos gusta en absoluto; en cambio nos gusta mucho recibir, y eso en todo. Dennos, oh, dennos todos los bienes posibles de la vida (digo todos los posibles, con menos no nos contentamos) y, sobre todo, no obstaculicen en nada nuestra inclinación; entonces también nosotros demostraremos que podemos ser buenos y magníficos. No somos codiciosos, no, pero venga dinero, más, más, cuanto más dinero mejor, y verán ustedes con qué magnanimidad, con qué desprecio por el despreciable metal lo disipamos durante una noche en una desenfrenada orgía. Y si no se nos proporciona dinero, demostraremos cómo sabemos obtenerlo cuando se nos da verdaderamente la gana. Pero de esto hablaremos más tarde, procedamos por orden. En primer lugar tenemos ante nosotros a un pobre niño abandonado descalzo "en el patio trasero", como se ha expresado no hace mucho nuestro honorable y respetado conciudadano, ¡ay, de origen extranjero! Lo repito una vez más, ¡no cedo a nadie la defensa del reo! Soy el acusador, soy también defensor. Sí, también nosotros somos seres humanos, también nosotros somos personas y sabemos ponderar de qué modo pueden influir sobre el carácter las primeras impresiones de la infancia y del nidito paterno. Pero he aquí que el niño es ya un adolescente, es ya un joven, un oficial del ejército; por su conducta escandalosa y por haber desafiado a alguien en duelo, es desterrado a uno de los apartados puntos fronterizos de nuestra bendita Rusia. Allí presta servicio, allí también vuelve a sus calaveradas; y ya se sabe, a gran navío, gran singladura. Necesitamos recursos, ante todo, y he aquí que después de largas discusiones llega a transigir con su padre para saldar cuentas después de recibir una última entrega de seis mil rublos, que le son enviados. Obsérvese que entregó el correspondiente documento y existe una carta en la cual casi renuncia al resto y con esos seis mil rublos se pone fin a la disputa que sostiene con su padre respecto a la herencia. Es en ese periodo cuando tiene lugar su encuentro con una joven de relevante personalidad y culta. Oh, no me atreveré a repetir los detalles, acaban ustedes de oírlos: se trata de una cuestión de honor, de sacrificio, y yo me callo. La imagen del joven frívolo y disoluto, pero que se inclinaba ante la verdadera nobleza, ante una elevada idea, ha fulgurado a nuestros ojos con extraordinaria simpatía. Pero después de ello, súbitamente, en esta misma sala del tribunal, ha surgido también de manera inesperada el reverso de la medalla. Tampoco ahora me atrevo a lanzarme en conjeturas y me abstengo de analizar por qué ha sucedido así. Sin embargo, ha habido motivos para que las declaraciones se sucedieran como se han sucedido. La misma persona, derramando lágrimas de indignación largo tiempo contenidas, nos declara que fue él mismo, él, el primero en despreciarla por su impulso imprudente, irreflexivo quizá, pero a pesar de todo elevado, a pesar de todo magnánimo. Fue en él, en el prometido de esta joven, en quien apareció antes que en nadie más la sonrisa burlona que sólo en él la joven no podía soportar. Sabiendo que ya había traicionado (la había traicionado convencido de que ella en adelante debía soportarlo todo por parte de él, incluso la traición), sabiendo eso, le ofrece ella tres mil rublos dándole a entender claramente, demasiado claramente, que le ofrece el dinero para que pueda llevar a término su traición: "Qué, ¿los aceptarás, o no?, ¿serás tan cínico?", le dice en silencio, con su mirada condenatoria y escrutadora. Él la mira, comprende hasta el fin lo que ella piensa (él mismo ha confesado aquí, ante ustedes, que lo había comprendido todo), ¡y se apropia sin más ni más de los tres mil rublos, que despilfarra después en dos días con su nueva amada! ¿Qué hemos de creer? ¿La primera leyenda, el impulso de alta nobleza con que entrega los últimos recursos que le quedan y que le lleva a inclinarse ante la virtud, o el reverso de la medalla, tan repugnante? Lo que habitualmente sucede en la vida es que ante dos casos extremos ha de buscarse la verdad en el término medio; en el caso presente, no es de ningún modo así. Lo más probable es que la primera vez fuera sinceramente noble y la segunda fuera en no menor medida sinceramente vil. ¿Por qué? Pues precisamente por ser así, de naturaleza vasta, karamazoviana —a eso es a lo que iba—, capaz de contener todas las contradicciones posibles y contemplar de un golpe ambos abismos, el que está encima de nosotros, el abismo de los altos ideales, y el que está debajo de nosotros, el abismo de la más baja y hedionda degradación. Recuerden la brillante idea expuesta no hace mucho por un joven observador que conoce a fondo y de cerca a toda la familia Karamázov, el señor Rakitin: "La sensación de la bajeza en la caída es tan necesaria a estas naturalezas violentas y desenfrenadas como la sensación de la más alta nobleza", y eso es verdad: esa mezcla antinatural les es precisamente necesaria de manera constante, sin cesar. Dos abismos, dos abismos, señores, en un solo y mismo momento, sin eso somos unos desgraciados y no estamos satisfechos, nuestra existencia carece de plenitud. El alma nuestra es vasta, vasta como toda nuestra madre Rusia, ¡todo cabe en nosotros, a todo nos acostumbramos! A propósito, señores jurados, nos hemos referido ahora a esos tres mil rublos y me permitiré anticiparme un poco. ¿Se imaginan que ese hombre, con ese carácter, después de haber recibido ese dinero y de tal manera, pasando por tanta vergüenza, por tanto deshonor, por el último grado de la humillación, se imaginan, digo, que aquel mismo día fuera capaz de separar la mitad, coserla en una bolsita y tuviera luego la firmeza de llevarla todo un mes colgada del cuello, a pesar de todas las tentaciones y de las imperiosas necesidades que sufría? Ni cuando se emborrachaba por las tabernas ni cuando tuvo que salir volando de la ciudad para obtener dinero sabe Dios de quién, dinero que necesitaba a más no poder para apartar a su enamorada de las tentaciones de su rival, su padre, se atrevió a poner las manos en aquella bolsita. Pero, aunque sólo fuera para no dejar a su amada expuesta a las tentaciones del viejo por el que tantos celos experimentaba, tenía que haber abierto su bolsita y haber permanecido en la casa como guarda vigilante de su amada, esperando el momento en que ella le dijera por fin: "Soy tuya", para volar con ella a alguna parte, lejos del ambiente fatal en que se encontraba. Pero no, él no toca su talismán, ¿y con qué pretexto? Primero, ya lo hemos dicho, era el de que cuando ella le dijese: "Soy tuya, llévame adonde quieras", tuviera los medios necesarios para llevársela. Mas ese pretexto inicial, según las propias palabras del acusado, palideció ante el segundo. Mientras tenga sobre mí este dinero, se decía, seré un miserable, pero no un ladrón, pues siempre puedo presentarme a mi prometida, a la que he ofendido, y colocando ante ella esa mitad del dinero que fraudulentamente me he apropiado, le puedo decir: "Ya ves, he gastado en francachelas la mitad de tu dinero y con esto he demostrado que soy un hombre débil e inmoral, si quieres hasta un canalla (me expreso con el lenguaje propio del acusado), pero aunque canalla no soy un ladrón, pues si fuera un ladrón no te traería la mitad que me queda de tu dinero, sino que también me la apropiaría como la primera mitad." ¡Sorprendente explicación del hecho! ¡Ese mismo hombre furioso, pero débil, que no puede vencer la tentación de aceptar tres mil rublos con tanto deshonor, ese mismo hombre, encuentra de pronto en sí tanta estoica firmeza que lleva colgando del cuello más de mil rublos sin atreverse a tocarlos! ¿Concuerda esto, aunque sea de lejos, con el carácter que estamos examinando? No, y me permitiré contarles cómo se habría comportado en este caso el verdadero Dmitri Karamázov, incluso si en verdad se hubiera decidido a coser el dinero en una bolsita. Ante la primera tentación, digamos, para tener con qué divertir a su nueva enamorada con la que había derrochado ya la primera mitad de aquel dinero, habría descosido la bolsita, y por de pronto habría separado, supongamos, aunque sólo hubiera sido un centenar de rublos, pues para qué devolver obligatoriamente la mitad, es decir, mil quinientos; bastan mil cuatrocientos, el resultado es el mismo: "Soy un canalla, diría, pero no un ladrón, pues he devuelto por lo menos mil cuatrocientos rublos y un ladrón se lo hubiera quedado todo, no habría devuelto nada." Luego, pasado cierto tiempo, habría descosido otra vez la bolsita y habría sacado ya el segundo billete de cien rublos, después el tercero, después el cuarto, y antes de haber terminado el mes habría sacado ya el penúltimo billete de cien; habría dicho: "Devolveré un centenar de rublos, al fin y al cabo el resultado es el mismo: soy un canalla, pero no un ladrón. Me he gastado en francachelas veintinueve billetes de cien rublos, mas a pesar de todo he devuelto uno, un ladrón ni uno habría devuelto. Hasta que, por fin, dilapidado ya ese penúltimo billete, habría mirado al último y se habría dicho: "Bah, la verdad es que no vale la pena devolver un solo billete de cien, ¡mejor será que funda también éste!" ¡Es así como se hubiera comportado el verdadero Dmitri Karamázov, tal como le conocemos! En cambio, la leyenda de la bolsita constituye una contradicción tan manifiesta con la realidad, que no es posible imaginarla mayor. Cabe suponerlo todo, pero no eso. No obstante, aún volveremos sobre el particular.»

Después de haber expuesto ordenadamente todo lo que la investigación judicial había dado a conocer acerca de las disputas por la herencia y de las relaciones familiares entre padre e hijo, y después de inferir una vez más la conclusión de que, según los datos conocidos, no existía ni la más pequeña posibilidad de determinar en lo del reparto de la herencia quién había contado de menos y quién había contado de más en perjuicio del otro, Ippolit Kiríllovich hizo referencia al dictamen médico al tratar de la preocupación que aquellos tres mil rublos habían constituido para Mitia hasta convertirse para él en una idea fija.

VII

APRECIACIÓN HISTÓRICA

«En el dictamen de los médicos se nos pretende demostrar que el acusado no está en sus cabales y que es un maniático. Yo afirmo que está en su sano juicio, pero que eso es lo peor: si no estuviera en su juicio quizá resultaría mucho más juicioso. En cuanto a lo de maniático, lo admitiría, aunque precisamente en un solo punto, en aquel que el dictamen ya señala, a saber: en la idea del reo sobre los tres mil rublos que, según él, había dejado de pagarle su padre. No obstante, quizá cabe encontrar un punto de vista incomparablemente más sencillo que el de la inclinación a la locura para explicar el frenesí que se apoderaba del acusado siempre que se refería a ese dinero. Por mi parte, estoy plenamente de acuerdo con la opinión del joven médico de que el reo goza y ha gozado de sus plenas facultades mentales, sin sombra de anormalidad, y únicamente se encontraba irritado y enfurecido. Ahí está la clave del asunto: el objeto de la irritación constante y furiosa del acusado no radicaba propiamente en los tres mil rublos, en la suma en sí, sino en que existía una causa especial que provocaba su cólera. ¡Esa causa eran los celos!»

Al llegar a esta parte, Ippolit Kiríllovich expuso con toda amplitud el cuadro de la pasión del acusado por Grúshenka. Empezó por el momento en que el reo se dirigió a casa de «esa joven persona» con el propósito de «darle una paliza», expresándome con sus propias palabras, puntualizó Ippolit Kiríllo-vich, «pero en vez de pegarle, cayó a sus pies, así se inició este amor. Al mismo tiempo, echa el ojo a la misma persona el viejo, el padre del acusado, coincidencia sorprendente y fatal, pues los dos corazones se inflamaron de repente y a la vez, pese a que tanto el uno como el otro ya conocían a dicha persona y se habían encontrado con ella; se inflamaron ambos corazones con una pasión irrefrenable, karamazoviana. Sobre este parti-cular poseemos la propia confesión de la joven: "Yo —dice— me reía del uno y del otro." Sí, de pronto ella sintió ganas de reírse del uno y del otro; antes no lo había deseado, pero en-tonces le vino de repente a la cabeza esa idea y el resultado fue que los dos cayeron a sus pies vencidos. El viejo, que veneraba el dinero como a un Dios, preparó enseguida tres mil rublos sólo para lograr que ella le visitase en su morada, mas pronto fue reducido a tal estado que habría tenido por una gran dicha poner su nombre y toda su fortuna a los pies de esa mujer con tal de que accediera a convertirse en su legítima esposa. De ello poseemos firmes testimonios. Por lo que al acusado respecta, su tragedia es patente, la tenemos ante nosotros. Pero tal era el "juego" de la joven persona. Al desgraciado Dmitri Karamá-zov, la seductora no le daba ni siquiera esperanzas, pues la es-peranza, la verdadera esperanza, le fue concedida sólo en el úl-timo momento, cuando el desdichado, de rodillas ante la que tanto le torturaba, extendía hacia ella las manos teñidas ya con la sangre de su padre y rival: precisamente en esa posición se encontraba cuando fue detenido. "¡Mándenme a mí a presidio, a mí junto con él, he sido yo la que le ha reducido a ese estado, yo soy la más culpable", exclamó esa mujer en un momento de sincero arrepentimiento, cuando se procedía a la detención. Un joven de talento que se ha propuesto describir este proceso —se trata del señor Rakitin, a quien ya me he referido— define el carácter de esta heroína con unas cuantas frases lapi-darias: "Desilusión prematura, engaño prematuro y caída, trai-ción del novio seductor, que la abandona; luego la pobreza, la maldición de la familia honrada y, finalmente, la protección de un viejo rico a quien, por lo demás, todavía hoy considera ella como su bienhechor. En el joven corazón, que encerraba quizá muchas bondades, se fue acumulando la cólera demasiado pronto. Se fue formando un carácter calculador, deseoso de acumular capital. Adoptó una actitud burlona y vengativa frente a la sociedad." Esta característica nos permite comprender que la joven pudiera reírse del uno y del otro sólo por capricho, por un maligno capricho. Y de aquí que durante ese mes de amor sin esperanza, de caídas morales, de traición a su novia, de apropiación de dinero confiado a su honor, el acusado llega casi al frenesí, a la locura, debido a sus celos constantes, ¿y por quién?, ¡por su propio padre! Y lo más grave es que el insensato viejo procura atraer y seducir al objeto de su pasión con esos tres mil rublos que el hijo considera suyos, procedentes de la herencia materna, y que reclama. ¡Sí, era difícil sobrellevarlo, lo reconozco! Era como para volverse maniático. ¡La cuestión no estaba en el dinero, sino en que con aquel mismo dinero y con tan repugnante cinismo intentaban destruir su propia felicidad!»

Ippolit Kiríllovich pasó luego a cómo fue germinando poco a poco en el acusado la idea del parricidio y la fue siguiendo basándose en hechos.

«Al principio nos limitamos a gritar por las tabernas, nos pasamos todo ese mes gritando. Oh, a nosotros nos complace vivir entre nuestros semejantes y comunicarles enseguida todos nuestros pensamientos, hasta las ideas más infernales y peligrosas; nos complace explicarnos con la gente, y, sin que se sepa por qué motivos, exigimos enseguida, al instante, que esa gente nos responda con una simpatía absoluta, se interese por nuestras preocupaciones e inquietudes, nos diga a todo que sí y no ponga obstáculos a nuestras inclinaciones. De lo contrario, nos encolerizamos y ponemos patas arriba la taberna entera. (Seguía el relato de lo ocurrido con el capitán de Estado Mayor Sneguiriov.) Quienes vieron y oyeron al acusado durante ese mes, tuvieron la impresión, al fin, de que ya no se trataba, quizá, de meros gritos y amenazas contra el padre, sino que en aquel estado de exaltación no sería de extrañar que las amenazas se convirtieran en hechos. (Aquí el fiscal describió el encuentro de la familia en el monasterio, las conversaciones con Aliosha y la bellaca escena de violencia en la casa del padre, cuando el acusado irrumpió en ella terminada la comida.) No pienso afirmar con insistencia —prosiguió Ippolit

Kiríllovich— que antes de dicha escena el acusado hubiera decidido ya de manera reflexiva y premeditada acabar con su padre matándole. No obstante, la idea se le había ocurrido ya varias veces y él la tomaba en consideración sin pestañear, así lo prueban los hechos, las declaraciones de los testigos y su propia confesión. Reconozco, señores jurados —añadió Ippolit Kiríllovich—, que hasta el día de hoy he vacilado en atribuir al reo una premeditación total y consciente del crimen hacia el que se sentía impelido. Yo estaba firmemente convencido de que su alma había imaginado ya en varias ocasiones el momento fatal por adelantado, pero sólo lo había imaginado, se lo representaba sólo como posible, sin determinar aún el plazo de la ejecución ni las circunstancias de la misma. Pero he vacilado sólo hasta hoy, hasta conocer el documento fatal presentado a la audiencia por la señora Verjóvtseva. Ustedes mismos, señores, han oído su exclamación: "¡Éste es el plan, es el programa del asesinato!", así ha definido la triste carta "de borracho" escrita por el desgraciado reo. En efecto, la carta posee todo el significado de un programa y de un acto premeditado. Fue escrita dos días antes del crimen, y de este modo sabemos ahora a ciencia cierta que dos días antes de llevar a cabo su espantoso propósito, el acusado declaraba y juraba que si al día siguiente no conseguía dinero mataría a su padre con el propósito de sustraerle la cantidad que tenía debajo de la almohada, "en un sobre atado con una cintita roja; lo único que hace falta es que Iván se vaya". Óiganlo: "lo único que hace falta es que Iván se vaya", es decir, todo está meditado, las circunstancias han sido tenidas en cuenta; y qué resulta: ¡todo se ejecutó luego tal como había sido escrito! La premeditación y la reflexión quedan fuera de toda duda, el crimen debía de efectuarse para robar, así se declaró sin ambages, así está escrito y firmado. El reo no niega su firma. Dirán: lo escribió un borracho. Pero eso no disminuye en nada la importancia de la carta, sino todo lo contrario: bebido escribió lo que había meditado estando lúcido. Si no lo hubiera pensado estando lúcido, no lo habría escrito borracho. Quizá se objete, también: ¿para qué iba él a anunciar a voz en grito por las tabernas su propósito? Quien decide *premeditadamente* llevar a cabo un acto de esta naturaleza, se calla y guarda el secreto. Es cierto, pero él gritaba cuando aún no había planes ni premeditación, cuando existía sólo un deseo, cuando el propósito sólo maduraba. Luego, ya habla menos. La tarde en que escribió la carta, después de haberse emborrachado en la taberna "La Capital", estuvo callado, contra su costumbre; no jugó al billar, se mantuvo aparte, no habló con nadie, sólo echó de su asiento a un dependiente de comercio de la localidad, pero eso lo hizo ya casi inconscientemente, por la fuerza de la costumbre, pues no podía entrar en la taberna sin armar pelea. Cierto, al tomar la resolución definitiva, el acusado tuvo que pensar en el peligro que representaba el haberse hartado de gritar sus intenciones por la ciudad, cosa que podía constituir un grave indicio de culpabilidad y que podía dar pie a que le acusaran una vez ejecutado su proyecto. Pero qué se le iba a hacer, las palabras ya habían sido dichas, no había modo de retirarlas, y, finalmente, la suerte le había sacado de apuros hasta entonces, también le sacaría de apuros en esta ocasión. ¡Hemos confiado en nuestra buena estrella, señores! He de reconocer, por otra parte, que hizo mucho para evitar el minuto fatal, que aplicó muchísimos esfuerzos para no recurrir a la solución sangrienta. "Mañana pediré tres mil rublos a toda la gente —escribe en su peculiar lenguaje—; si la gente no me los da, correrá la sangre." ¡Vemos otra vez que lo escribe estando borracho y que estando lúcido lo ejecuta tal como queda escrito!»

Aquí, Ippolit Kiríllovich pasó a describir con el mayor detalle las tribulaciones de Mitia para hacerse con dinero, para evitar el crimen. Describió su aventura en casa de Samsónov, su viaje para encontrar a Liagavi, todo ello a base de documentos. «Exhausto, burlado, hambriento, vendido el reloj para poder emprender ese viaje (llevando encima, no obstante, mil quinientos rublos, ¡según dice, oh, según dice!), torturándose con los celos por el objeto de su amor dejado en la ciudad, sospechando que, estando ausente, podía ir ella a casa de Fiódor Pávlovich, regresa, por fin, a la ciudad. ¡Gracias a Dios! Ella no estaba en casa de Fiódor Pávlovich. Él en persona le acompaña a casa del protector Samsónov. (Cosa rara, de Samsónov no tenemos celos, ¡eso es también una singularidad psicológica en alto grado significativa en esta causa!) Corre luego a su puesto de observación "en la parte trasera" de la casa, y allí,

allí se entera de que Smerdiákov sufre un ataque de epilepsia, de que el otro criado está enfermo; el campo queda libre, en sus manos tiene "las señales", ¡qué tentación! A pesar de todo, se resiste; va a ver a la señora Jojlakova, temporalmente radicada en nuestra ciudad y por la que todos nosotros sentimos el mayor de los respetos. Compadecida desde hace tiempo por la suerte de él, esta dama le da el más sensato de los consejos: dejar de una vez esa vida licenciosa, ese amor escandaloso, ese vagar ociosamente por tabernas, esa estéril pérdida de fuerzas juveniles, y marcharse a Siberia, a las minas de oro: "Ahí está la salida para sus fuerzas impetuosas, para su carácter novelesco, anhelante de aventuras."»

Después de describir el resultado de la entrevista y el momento en que el acusado se enteró de pronto de que Grúshenka no se encontraba en casa de Samsónov, después de describir la furia momentánea del desgraciado y celoso hombre torturado por los nervios al pensar que ella precisamente le estaba engañando y en aquellos momentos debía encontrarse al lado de Fiódor Pávlovich, concluyó Ippolit Kiríllovich llamando la atención sobre el papel de la casualidad: «Si la criada hubiera tenido tiempo de decirle que su enamorada se hallaba en Mokroie con el "anterior" e "indiscutible", nada habría sucedido. Pero la criada estaba pasmada de miedo, juraba por Dios y todos los santos que ella de nada era culpable, y si el acusado no la mató en aquel momento fue sólo porque se lanzó precipitadamente en busca de la infiel. Ahora bien, observen que por ciego de cólera que estuviese, se llevó la mano de almirez. ¿Por qué, precisamente, la mano de almirez, por qué no otra arma cualquiera? Si durante un mes entero nos habíamos imaginado lo que iba a suceder y nos habíamos preparado para ello, es comprensible que tomemos como arma lo primero que veamos a nuestro alcance. El que un objeto cualquiera de ese tipo podría servirnos de arma nos lo habíamos estado imaginando desde hacía un mes entero. ¡Por eso lo reconocimos como arma de manera tan instantánea y tan indubitable! Por eso, a pesar de todo, no fue inconscientemente, no fue sin querer como el acusado tomó la fatal mano de almirez. Ya le tenemos en el huerto del padre, el campo está libre, no hay testigos, la noche es profunda, tinieblas y celos. La sospecha de que ella está ahí, con el otro, con su rival, en sus brazos y, quizá, burlándose de él en aquel instante, se apodera de su espíritu. Ya no se trata únicamente de sospechas, ¡qué va a ser ahora cuestión de sospechas!; el engaño está claro, es evidente: ella se encuentra ahí, en esa habitación que se ve iluminada, ella está con el otro tras los biombos, y el desgraciado se acerca cautelosamente a la ventana, mira respetuoso por ella, se resigna virtuosamente, y se va, con mucha sensatez, se aleja lo más aprisa posible del mal para que no ocurra nada peligroso y contra las buenas costumbres; ¡y pretenden convencernos a nosotros de que así fue, a nosotros, que conocemos el carácter del reo, que comprendemos en qué estado de espíritu se encontraba, un estado del que tenemos noticia clara por los hechos, sabiendo, sobre todo, que el acusado estaba enterado de cuáles eran las señales con que podía abrir enseguida la casa y entrar!» Al referirse a las «señales», Ippolit Kiríllovich interrumpió de momento su acusación y consideró necesario hablar ampliamente de Smerdiákov, con el propósito de examinar hasta el fin el episodio incidental que representaba la sospecha de que Smerdiákov hubiera cometido el asesinato, con el propósito de acabar con esa idea de una vez para siempre. Lo hizo con extraordinaria minuciosidad y todo el mundo comprendió que, pese al desprecio con que rechazó tal hipótesis, no dejaba de considerarla muy importante.

VIII

DISERTACIÓN SOBRE SMERDIÁKOV

« En primer término, ¿de dónde ha surgido la posibilidad de tal sospecha? —Ippolit Kiríllovich empezó formulando esta pregunta—. El primero en gritar que Smerdiákov había cometido el asesinato fue el propio reo, en el momento de su detención. Sin embargo, desde su grito inicial hasta el momento presente del juicio, no ha presentado ni una sola prueba que corrobore su acusación, ni siquiera ha hecho alusión alguna más o menos conforme con el entendimiento humano a una prueba de esa naturaleza. Luego, confirman dicha acusación tres personas en total: los dos hermanos del acusado y la señora Svietlova. Pero el hermano mayor del reo ha declarado su sospecha tan sólo hoy, estando enfermo, durante un ataque de enajenación mental y de fiebre nerviosa: antes, en el transcurso de todos estos dos meses, según nos consta a ciencia cierta, compartía sin reservas el criterio de que su hermano es culpable y ni siquiera había procurado presentar objeción alguna. Pero de ello trataremos de manera especial más adelante. Luego, el hermano menor del acusado nos declara, como hemos oído hace poco, que no dispone de ningún hecho para probar su idea de que el culpable es Smerdiákov, y si así lo cree es porque se basa únicamente en las palabras del propio acusado y en la "expresión de su rostro", sí, esa prueba colosal ha sido aducida dos veces por su hermano hoy mismo. Por lo que respecta a la señora Svietlova, aún se ha expresado, quizá, de manera más colosal: "Crean lo que el acusado les diga, no es hombre que mienta." Esas son las pruebas materiales que estas tres personas, demasiado interesadas por la suerte del reo, han presentado contra Smerdiákov. Sin embargo, la acusación contra Smerdiákov ha circulado, se ha mantenido y se mantiene. ¿Cabe creerlo, cabe imaginárselo?»

Ippolit Kiríllovich consideró necesario esbozar en este punto a grandes rasgos el carácter del difunto Semerdiákov, «que puso fin a su vida en un ataque de frenesí enfermizo y de locura». Lo presentó como un hombre débil de espíritu, con vagos rudimentos de instrucción, desconcertado por ideas filosóficas que no estaban al alcance de su intelecto y asustado por algunas teorías modernas sobre el deber y la obligación moral que le fueron expuestas prácticamente y en detalle, por la vida desordenada de su difunto señor y quizá padre, Fiódor Pávlovich, y teóricamente mediante varias conversaciones extrañas con el hijo mayor de su señor, Iván Fiódorovich[10], quien se permitía de buen grado tal diversión, con toda probabilidad por aburrimiento o por un afán de burla que no encontraba otra cosa mejor en que aplicarse. «Él mismo me refirió cuál era

---

[10] Iván era mayor que Aliosha (hijos los dos de una misma madre), pero el primogénito de Fiódor Pávlovich era Dmitri, según se explica al comienzo de la novela.

su estado de ánimo durante los últimos días de su permanencia en la casa de su señor —declaró Ippolit Kiríllovich—, pero lo mismo atestiguan otras personas, el acusado, su hermano y hasta el criado Grigori, o sea, todos aquellos que debían de conocerle muy bien. Por otra parte, deprimido por su enfermedad, Smerdiákov era "cobarde como una gallina". "Se me arrojaba a los pies y me los besaba", nos comunicó el propio reo en un momento en que aún no se daba cuenta de que semejante declaración resultaba poco favorable para sí mismo; "es una gallina enferma de epilepsia", dijo de él con su lenguaje característico. Pues bien, a ese hombre elige el acusado (de lo cual él mismo ha dado fe) como confidente y le asusta de tal modo que Smerdiákov, al fin, accede a servirle de espía e informador. En ese papel de escucha, traiciona a su señor, comunica al acusado la existencia del sobre con el dinero y cuáles son las señales que permiten penetrar en la casa, ¡cómo no iba a comunicarlo "me iba a matar, veía que me iba a matar", decía en el curso de la instrucción, temblando y estremeciéndose incluso ante nosotros a pesar de que el verdugo que le asustaba había sido ya entonces detenido y no podía ir a castigarle. "Sospechaba de mí constantemente; yo vivía atemorizado, estremecido, me apresuraba a comunicarle todo secreto para aplacar su cólera, para que viera mi inocencia y me dejara salir vivo de la confesión." He aquí sus propias palabras, las anoté y las recuerdo: "Se me ponía a gritar de tal modo, a veces, que yo caía de rodillas ante él." Profundamente honrado por naturaleza, el desgraciado Smerdiákov se había granjeado la confianza de su señor al hacerle entrega del dinero que éste había perdido, y es de suponer que al joven criado le torturaban lo indecible los remordimientos por traicionar a su amo, al que quería como a su bienhechor. Según atestiguan los psiquiatras más competentes, las personas que sufren de epilepsia siempre se sienten inclinadas a acusarse sin cesar y, desde luego, de manera enfermiza. Están atormentadas por su "culpabilidad" en algo y ante alguien, se acongojan por remordimientos de conciencia, a menudo incluso sin el menor motivo, exageran y hasta inventan contra sí culpas y crímenes. Pues bien, he aquí que un sujeto de esa naturaleza se hace en verdad culpable y criminal impulsado por el miedo y el terror. Además, presentía en gran manera que tal como a sus ojos se entrelazaban las circunstancias, podía sobrevenir una desdicha. Cuando el hijo mayor de Fiódor Pávlovich, Iván Fiódorovich, partió hacia Moscú poco antes de la catástrofe, Smerdiákov le suplicó que se quedara, sin atreverse, no obstante, dada su medrosa condición, a exponerle de manera clara y categórica todos sus temores. Se contentó con unas alusiones, pero las alusiones no fueron comprendidas. Obsérvese que en cierto modo veía a Iván Fiódorovich como una defensa suya, como una garantía de que mientras éste no se moviera de su casa no ocurriría ninguna desgracia. Recuerden la expresión que figura en la "carta de borracho" de Dmitri Karamázov: "Mataré al viejo, lo único que hace falta es que Iván se vaya"; es evidente, pues, que la presencia de Iván Fiódorovich constituía para todos como una garantía de tranquilidad y orden en la casa. Mas él se va y Smerdiákov enseguida, casi una hora después de que el joven señor hubo partido, sufre un ataque de epilepsia. Ahora bien, esto es archicomprensible. Recuérdese que, deprimido por muchos temores y por una especie de desesperación, Smerdiákov sentía muy viva la posibilidad de sufrir pronto un ataque de su mal, cosa que le había sucedido ya antes en los momentos de tensión y conmoción morales. Huelga decir que no es posible adivinar el día y la hora de los ataques, mas todo epiléptico puede notar en sí de antemano cierta predisposición a sufrirlos. Así nos lo dice la medicina. Y así tenemos que no bien Iván Fiódorovich sale en su coche del patio de la casa, Smerdiákov, bajo la impresión de lo que podríamos denominar su orfandad y su abandono, se dirige al sótano por motivos de servicio, baja la escalera y se pregunta: "¿Sufriré o no un ataque, y qué ocurre si me da ahora?" Debido precisamente a ese estado de ánimo, a esa aprensión, a esos interrogantes, le sobreviene el espasmo de garganta que precede siempre al ataque del epilepsia y rueda sin sentido al fondo del sótano. ¡Pues bien, hay quien se las ingenia para ver en este accidente tan natural cierto indicio, cierto síntoma de que el lacayo se ha fingido enfermo *adrede!* Pero si fuese así, surgiría enseguida la pregunta: ¿para qué? ¿Con qué cálculo, con qué fin? Ya no hablo de la medicina; la ciencia miente, dicen, la ciencia se equivoca, los doctores no han sabido distinguir la verdad de la ficción; admitámoslo, admitámoslo, pero respóndanme, sin embargo, a la siguiente pregunta: ¿qué necesidad tenía él de simular? ¿Sería, habiendo proyectado el crimen, para llamar sobre sí de antemano y cuanto antes la atención de la casa mediante el accidente? Tengan en cuenta, señores jurados, que en la casa de Fiódor Pávlovich, durante la noche del drama, hubo cinco personas: en primer lugar, el propio Fiódor Pávlovich, pero está claro que no se mató a sí mismo; en segundo lugar, su criado Grigori, pero por poco le matan a él mismo: en tercer lugar, la mujer de Grigori, la criada Marfa Ignátievna, mas presentarla como asesino de su señor resultaría sencillamente vergonzoso. Quedan, pues, dos personas a considerar: el acusado y Smerdiákov. Ahora, bien, dado que el acusado afirma no haber cometido el crimen, el asesino tuvo que ser Smerdiákov, no existe otra solución, pues no hay modo de encontrar a otra persona, no hay manera de cargar el crimen sobre nadie más. ¡Aquí tenemos, pues, de dónde ha salido esa «astuta» y descomunal acusación contra el desgraciado idiota que ayer puso fin a su vida! ¡Se le acusa única y exclusivamente porque no hay manera de encontrar a otra persona que pueda ser acusada! De haber aunque sólo fuera una sombra de sospecha contra alguien más, contra alguna sexta persona, estoy convencido de que el propio acusado se avergonzaría de imputar el crimen a Smerdiákov, y señalaría a esa otra sexta persona, pues acusar de este asesinato a Smerdiákov es un absurdo total.

»Señores, dejemos a un lado la psicología, dejemos la medicina, dejemos incluso la logica; tomemos en consideración sólo los hechos, nada más que los hechos, y veamos lo que los hechos nos dicen. Supongamos que Smerdiákov ha matado, ¿pero cómo? ¿Solo, o en connivencia con el acusado? Examinemos ante todo el primer caso, es decir, la suposición de que Smerdiákov mató solo. Claro, si mató, fue por algo, por obtener algún provecho. Ahora bien, como para matar no tenía ni sombra de tales motivos como los que tenía el acusado, o sea, odio, celos, etc., Smerdiákov, sin duda alguna, sólo habría podido matar por dinero, con el fin de apropiarse precisamente de los tres mil rublos que él había visto guardar en un sobre a su señor. Y tenemos que, proyectado el asesinato, se apresura a comunicar a otra persona —que es, a la vez, una persona interesada en grado superlativo en la cuestión, es decir, el acusado— todas las circunstancias que afectan al dinero y a las señales: dónde se encuentra el sobre, qué está escrito en el sobre, qué lo ata y, sobre todo, sobre todo, le explica lo de las "señales" que permiten entrar en la casa del señor. ¿Lo hace para entregarse a sí mismo? ¿O bien para tener un rival que quizá desee también apoderarse del sobre? Me dirán que lo comunicó por temor. Pero ¿cómo se entiende? ¿Un hombre que no vacila en proyectar un acto tan audaz y fiero y que luego lo ejecuta, comunica noticias que es el único en saber en todo el mundo y que nadie adivinaría nunca si él se callase? No, por medroso que fuera el hombre, después de haber maquinado un hecho semejante, nada del mundo le habría hecho contar a nadie por lo menos lo del sobre y lo de las señales, pues ello habría significado entregarse de antemano. Algo habría inventado, habría mentido si de él hubieran exigido noticias a toda costa, ¡pero de estos detalles no habría dicho ni palabra! Al contrario, lo repito: si no hubiera dicho nada, por lo menos acerca del dinero, y se lo hubiera apropiado una vez cometido el asesinato, jamás nadie en todo el mundo le habría podido acusar de asesinato por dinero, pues se trataba de un dinero que nadie había visto sino él, nadie sabía que hubiera aquella suma en la casa. Aunque le hubiesen acusado, forzosamente habrían considerado que él habría cometido el crimen por algún otro motivo. Pero como nadie había observado en él motivo alguno que le indujera a cometer el crimen, sino que, por el contrario, todos habían visto cómo el criado era objeto de la estima y de la confianza del señor, es natural que de él sospecharan en último término y que sospecharan ante todo de quien tuviera tales motivos y los hubiera proclamado por sí mismo, dándolos a conocer, gritando ante todo el mundo; en una palabra, habrían sospechado del hijo del asesinado, de Dmitri Fiódorovich. Smerdiákov habría matado y robado, pero habrían acusado al hijo, ¿no habría sido ello beneficioso para Smerdiákov asesino? Pues bien, ¡es a este hijo, a Dmitri, a quien Smerdiákov, después de haber concebido el asesinato, comunica anticipadamente lo del dinero, lo del sobre y lo de las señales, ¡qué lógico, qué claro!

»Llega el día del asesinato concebido por Smerdiákov y éste rueda por la escalera del sótano, *simulando* un ataque de epilepsia, ¿para qué? Con el propósito, sin duda, de que, en primer lugar, el criado Grigori, que había decidido curarse, viendo la casa sin vigilancia, aplazara su cura y se decidiera a montar la guardia personalmente. En segundo lugar, claro está, para que el señor, al ver que nadie vigilaba y temiendo de manera espantosa la llegada de su hijo, lo cual no ocultaba, redoblara su recelo y su circunspección. Y por fin, cosa esta la más importante, para que le trasladaran a él, Smerdiákov, transido por el ataque, de la cocina donde dormía solo y tenía entrada y salida independiente, al otro extremo del pabellón, al aposento de Grigori, a tres pasos de la propia cama del matrimonio, sin más separación que un tabique, como siempre venían haciendo cuando Smerdiákov sufría un ataque, por haberlo así dispuesto el señor y la compasiva Marfa Ignátievna. Allí, echado al otro lado del tabique, con el probable propósito de fingirse enfermo, empezaría desde luego a gemir, o sea a mantenerlos en vela toda la noche (como así sucedió, en efecto, según la declaración de Grigori y de su mujer), ¡y todo ello, todo ello, para poderse levantar más cómodamente a su hora y matar luego al señor!

»Se me dirá, quizá, que Smerdiákov fingía precisamente para que, hallándose enfermo, no sospecharan de él; y si comunicó al acusado lo del dinero y lo de las señales fue para tentarle y lograr que éste acudiera y cometiese el crimen, de modo que, ¿comprenden?, cuando Dmitri Fiódorovich, después del asesinato, huyese llevándose el dinero y, quizá, levantando no poco estrépito, despertando a indudables testigos, entonces, ¿comprenden?, se iba a levantar Smerdiákov, ¿y para qué? Pues sencillamente, para matar otra vez al señor y llevarse por segunda vez el dinero ya robado. ¿Se ríen, señores? A mí mismo me avergüenza formular semejantes hipótesis. Sin embargo, figúrense ustedes que no es otra cosa lo que el acusado afirma: después de mí, viene a decir, cuando yo ya había salido de la casa, había tumbado a Grigori y había alarmado a la gente, Smerdiákov se levantó, acudió, asesinó y robó. Ya no hablo de cómo pudo éste calcularlo todo de antemano, preverlo todo en detalle, es decir, prever que el hijo, irritado y furioso, se presentaría con el fin exclusivo de echar una respetuosa mirada por la ventana, y, conociendo las señales, se retiraría dejándole a él, Smerdiákov, todo el botín. Señores, yo pregunto en serio: ¿dónde está el momento en que Smerdiákov cometió su crimen? Señalen ese momento, pues sin ello no es posible presentar la acusación.

»"Es posible que el ataque de epilepsia fuera real. El enfermo se despertó súbitamente, oyó gritos y salió." Bueno, ¿y qué? ¿Observó y se dijo: "Hala, voy y mato al señor?" Pero ¿cómo podía saber él lo que había sucedido allí, lo que ocurriría, si hasta aquel entonces había estado sin conocimiento? La verdad es, señores, que la fantasía también tiene su límite.

»"Bien —dirán personas avispadas—, pero cabe que hubieran actuado los dos en connivencia, que hubieran cometido el asesinato juntos y que se hubieran repartido el dinerito, ¿no es cierto?"

»En efecto, la sospecha es importante y, en primer lugar, encontramos enseguida colosales presunciones que la confirman: uno mata y carga con toda la pena, mientras el otro cómplice está echado simulando un ataque de epilepsia nada menos que con el propósito de despertar en todos cierta sospecha, de alarmar al señor, de alarmar a Grigori. Es curioso, ¿qué motivos podían haber inducido a los dos cómplices a idear precisamente un plan tan insensato? Quizá se sugiera que no se trataba de una participación activa en lo que a Smerdiákov concierne, sino, digamos, pasiva y atormentada: el aterrorizado Smerdiákov, dirán, accedió a no oponerse al crimen y, presintiendo que le acusarían de haber dejado matar a su señor, de no haber dado la voz de alarma y de no haber ofrecido resistencia, habría obtenido previamente de Dmitri Karamázov el permiso de permanecer echado durante aquel tiempo como si sufriera el ataque, "y tú mata hasta que te hartes, yo no me meto en nada". Pero, de haber sido así, comoquiera que la crisis de epilepsia tenía que provocar la alarma en la casa, Dmitri Karamázov, previéndolo, de ningún modo podía haber aceptado semejante condición. Sin embargo, cedo en este punto, admitamos que estuvo de acuerdo; en este caso resultaría que Dmitri Karamázov es el asesino, el autor directo del crimen y su instigador, mientras que Smerdiákov no sería más que un cómplice pasivo, ni siquiera llegaría a ser cómplice, sino simple encubridor por miedo y contra su propia voluntad, cosa que el tribunal habría podido distinguir sin duda alguna; pues bien, ¿qué vemos? Apenas detenido, el acusado echa la culpa entera a Smerdiákov, le acusa a él *solo*. No le denuncia como cómplice suyo, sino como autor único del crimen: lo ha hecho él solo, afirma, él ha matado y ha robado, ¡es obra de sus manos! ¿Qué cómplices serían ésos que enseguida empiezan a acusarse uno al otro? Esto no suele ocurrir nunca. Y observen qué riesgo para Karamázov: él es el asesino principal y el otro no, el otro es sólo un encubridor que estaba acostado junto al tabique, y sobre ese hombre echa el primero toda la culpa. Está claro que el yacente puede enojarse, y aunque sólo sea por espíritu de conservación se apresurará a declarar la pura verdad: "Los dos hemos participado, dirá, pero yo no lo he matado, sólo he dejado hacer y he encubierto el hecho por miedo." Smerdiákov podía comprender muy bien que el tribunal diferenciaría enseguida el grado de culpabilidad suya y podía confiar en que si le castigaban sería en una proporción incomparablemente menor que lo que correspondería al asesino principal, quien deseaba cargarle a él la culpa. Entonces, aun a pesar suyo, habría confesado. Sin embargo, no es eso lo que hemos visto. Smerdiákov no ha dicho una sola palabra acerca de semejante complicidad, pese a que el reo le acusaba rotundamente denunciándole como asesino único. Es más: en el curso de la instrucción, Smerdiákov ha revelado de manera espontánea que fue *él mismo* quien comunicó al acusado cuanto hacía referencia al sobre con el dinero y a las señales, y que sin él, el acusado no habría sabido nada. De haber actuado en complicidad y de haber sido culpable, ¿habría comunicado esa circunstancia con tanta facilidad al juez de instrucción, es decir, habría dicho que fue él mismo quien facilitó aquellos datos al acusado? Al contrario, habría empezado a encerrarse en sí mismo, sin duda alguna habría tergiversado los hechos, habría procurado atenuarlos. Pero ni los ha tergiversado ni los ha atenuado. Así puede obrar sólo un inocente, sin miedo a que le acusen de complicidad. Y he aquí que en una crisis de depresión morbosa debida a su enfermedad y a toda esta catástrofe que se ha desencadenado, ayer se ahorcó. Al ahorcarse, dejó una nota escrita en un estilo original: "Destruyo mi vida por mi propia voluntad y deseo, que no se acuse a nadie." Qué le habría costado añadir a la nota: el asesino soy yo y no Karamázov. Pero no lo añadió. ¿Habría tenido bastante conciencia para una cosa y para otra no?

»No obstante, hace poco han traído dinero aquí, al tribunal: tres mil rublos, "los mismos, han dicho, que se encontraban en el sobre que figura en la mesa de las pruebas materiales, los recibí ayer de Smerdiákov". Pero ustedes, señores jurados, recuerdan muy bien la penosa escena que se ha producido. No me referiré a los detalles, pero me permitiré hacer dos o tres consideraciones, de las más insignificantes, si bien, precisamente, por ser insignificantes, pueden no acudir a la mente de todos o pasar sin llamar la atención. En primer lugar, e insisto: por remordimientos de conciencia, Smerdiákov habría devuelto ayer el dinero y se habría ahorcado. (Pues sin remordimientos de conciencia no lo habría devuelto.) Y, desde luego, sólo ayer noche confesó su crimen a Iván Karamázov, como éste en persona ha declarado; de otro modo ¿por qué habría callado hasta ahora? Tenemos, pues, que confesó; mas ¿por qué, vuelvo a repetir, en la nota escrita antes de su muerte no nos ha declarado toda la verdad, sabiendo que al otro día el juicio sería terrible para el acusado inocente? El dinero como tal no es una prueba. Así, por ejemplo, hace una semana me enteré, por absoluta casualidad, lo mismo que otras dos personas que se encuentran en esta sala, de que Iván Fiódorovich Karamázov había mandado cambiar en la capital de la provincia dos obligaciones al cinco por ciento de cinco mil rublos cada una, o sea por un valor de diez mil rublos. Quiero decir con esto que cualquiera puede disponer de dinero en un momento determinado y que no basta presentar tres mil rublos para demostrar sin falta que se trata de unos determinados billetes, precisamente de los que se encontraban en tal cajón o en tal sobre. En fin, Iván Karamázov, después de recibir ayer del verdadero asesino una noticia tan importante, no hace nada. ¿Por qué no se presentaba inmediatamente y lo declaraba? ¿Por qué lo aplazó todo hasta mañana? Creo tener derecho a adivinarlo: enfermo desde hace una semana, él mismo ha confesado al doctor y a sus personas allegadas que ve visiones, que encuentra a personas ya fallecidas; en la víspera del ataque de fiebre nerviosa que hoy precisamente ha sufrido, al enterarse de pronto que Smerdiákov acababa de ahorcarse, se hace el siguiente razonamiento: "Este hombre ha muerto, se le puede acusar, y salvaré a mi hermano. Dinero, tengo: tomaré un fajo y declararé que Smerdiákov me lo ha entregado antes de su muerte." Dirán ustedes que eso no es honrado; aunque se trate de un muerto, no es honrado mentir, ¿ni siquiera para salvar a un hermano? Bien, pero ¿y si ha mentido inconscientemente, si se ha imaginado que había sido así, trastornada del todo su razón por la noticia de la repentina muerte del lacayo? Ustedes han visto la escena que no hace mucho se ha desarrollado aquí, han visto en qué estado se encontraba ese hombre. Se sostenía de pie y hablaba, pero ¿dónde estaba su mente? Tras la declaración de este enfermo, se nos ha presentado un documento, una carta del acusado a la señora Verjóvtseva, escrita por él dos días antes de que se cometiera el crimen, con un programa detallado de su ejecución. ¿A qué esforzarse buscando un programa y a sus autores? El asesinato se ha perpetrado en absoluta concordancia con el programa de la carta y ha sido obra de quien lo redactó. ¡Sí, señores jurados, "se ha ejecutado tal como estaba escrito"! La verdad, la verdad, no huimos respetuosa y medrosamente de la ventana paterna, con la convicción, además, de que nuestra amada estaba con el otro. No, eso es absurdo e inverosímil. El acusado entró y terminó su cometido. Es probable que matara en un momento de sobreexcitación, lleno de ira al ver a su aborrecido contrincante; pero después de haberlo matado, lo que quizá hizo de golpe, con un solo impulso de su puño armado con la mano de almirez, y después de haberse convencido gracias a un minucioso registro que su amada no se encontraba allí, no se olvidó, pese a todo, de buscar debajo de la almohada y hacerse con el sobre que contenía el dinero, sobre que figura ahora, roto, encima de esta mesa con las pruebas materiales. Me refiero a este objeto para llamarles la atención acerca de una circunstancia a mi modo de ver archicaracterística. Si hubiera sido un criminal experimentado, un asesino impulsado únicamente por el móvil del robo, ¿habría dejado el sobre en el suelo, tal como se encontró junto al cadáver? De haber cometido el crimen Smerdiákov, por ejemplo, con el propósito de robar, se habría llevado el sobre, sin preocuparse de abrirlo al pie de su víctima; como sabía a ciencia cierta que el sobre contenía el dinero —lo pusieron y cerraron el sobre en presencia suya—, se lo habría llevado tal como estaba y en ese caso no se sabría si había habido robo. Yo les pregunto, señores jurados: ¿habría obrado de ese modo, Smerdiákov?, ¿habría dejado el sobre en el suelo? No, de ese modo tenía que obrar un asesino frenético, que ya razona poco, un asesino que no sea un ladrón, que nunca haya robado hasta ahora y que saca el dinero de la cama no como el ladrón que roba, sino como quien se lleva lo que le pertenece, y le ha sido robado por otro, pues tales eran, en efecto, las ideas de Dmitri Karamázov sobre los tres mil rublos, hasta convertirse para él en una manía. Así se explica que una vez el sobre en sus manos —antes no lo había visto nunca—, lo rompa para comprobar si contiene el dinero, y luego huye con éste en el bolsillo olvidándose hasta de pensar que deja en el suelo una acusación colosal contra sí mismo: el sobre roto. Todo ello porque Karamázov, que no Smerdiákov, no pensó, no reflexionó, ¡cómo iba a hacerlo! Karamázov escapa, oye el grito del criado que le da alcance, el criado le agarra, le detiene y cae derribado por la mano de almirez. El acusado salta de la valla y se le acerca por compasión. ¡Imagínense, nos asegura que entonces saltó y se acercó al criado por compasión, por lástima, por ver si podía ayudarle en algo! ¿Era aquél un momento oportuno para manifestar tal enternecimiento? No, él saltó en verdad para comprobar si vivía el único testigo de su fechoría. ¡Todo otro sentimiento, todo otro motivo sería antinatural! Observen que se demora con Grigori, le pasa el pañuelo por la cabeza y, convencido de que le había matado, corre otra vez como un loco hacia allí, hacia la casa de su amada. ¿Cómo no pensó que estaba completamente manchado de sangre y que le descubrirían enseguida? Pero el propio acusado nos asegura que ni siquiera prestó atención a aquellas manchas; eso se puede admitir, es muy posible, es lo que ocurre siempre a los criminales en tales momentos. Para una cosa, cálculo diabólico; para otra, falta de imaginación. Pero en aquel instante sólo pensaba: *dónde* podía estar ella. Necesitaba saber cuanto antes dónde estaba, corre a la vivienda de la amante y se entera allí de una noticia inesperada y descomunal para él: ¡había partido hacia Mókroie a reunirse con su "antiguo" e "indiscutible"!»

IX

PSICOLOGÍA A TODO VAPOR.
LA TROIKA AL GALOPE.
FIN DEL DISCURSO DEL FISCAL

LLEGADO a ese punto de su discurso, Ippolit Kiríllovich —quien había elegido, por lo visto, un método de exposición rigurosamente histórico, al que gustan recurrir todos los oradores nerviosos en su afán de hallar unos límites rígidos en que contener la impaciencia de su propio impulso— habló ampliamente del «anterior» e «indiscutible» y formuló sobre este particular varias ideas interesantes en su género. «Karamázov, furiosamente celoso de todo el mundo, parece como si de golpe se inclinara y se retirara ante el "anterior" e "indiscutible". Resulta ello tanto más extraño cuanto que antes casi no había prestado la menor atención al nuevo peligro que le amenazaba en la persona de aquel inesperado rival. Se imaginaba que se trataba aún de algo lejano, y Karamázov no vive más que el momento presente. Es probable que considerara incluso a aquella persona como una ficción. Pero habiendo comprendido en un instante, con el corazón dolorido, que si la mujer le ocultaba la llegada del nuevo rival y le había mentido hacía poco era, quizá, porque ese contrincante recién aparecido no constituía una ficción ni una fantasía para ella, sino que lo representaba todo, la esperanza plena de su vida, habiendo comprendido eso de golpe, se resignó. Bien, señores jurados, no puedo pasar en silencio tan inesperado rasgo de carácter del acusado, quien parecía incapaz de poseerlo: de pronto sintió una necesidad imperiosa de verdad, de respeto por la mujer y por los derechos de su corazón, ¡y ello en el momento en que, por aquella mujer, se había teñido las manos con la sangre de su propio padre! También es cierto que la sangre vertida en aquel momento ya clamaba venganza, pues Karamázov, perdida su alma y roto su destino terreno, aun sin querer debía de sentir y preguntarse en aquel momento: «"¿Qué significo yo y qué puedo significar *ahora* para ella, para ese ser al que quiero más que a mi propia alma, en comparación con el 'anterior' e 'indiscutible', que se ha arrepentido y vuelve al lado de la mujer a la que antes abandonó, vuelve con nuevo amor, con proposiciones honradas, con la promesa de una vida regenerada y ya feliz? Pero yo, desdichado de mí, ¿qué voy a darle ahora, qué le voy a ofrecer?" Karamázov comprendió todo esto, comprendió que su crimen le había cerrado todos los caminos y que él era tan sólo un criminal condenado al patíbulo, ¡no un hombre destinado a vivir! Esta idea le aplastó, le aniquiló. Entonces concibe un plan frenético, el cual, dado el carácter de Karamázov, debía de presentársele como la salida única y fatal de su espantosa situación. Dicha salida era el suicidio. Corre en busca de sus pistolas, empeñadas al funcionario Perjotin, y por el camino, sin detenerse, saca del bolsillo todo el dinero por el que acaba de mancharse las manos con la sangre de su padre. Oh, el dinero ahora le es más necesario que nunca: ¡Karamázov va a morir, Karamázov se va a pegar un tiro, también de esto se acordarán! No en vano somos poetas, no en vano hemos consumido nuestra existencia como vela que arde por sus dos extremos. "A su lado, a su lado, y allí, oh, allí daré un festín por todo lo alto, un festín como no se ha visto otro, para que lo recuerden y hablen de él durante mucho tiempo. Entre gritos salvajes, locas canciones y danzas de cíngaros, levantaremos la copa para brindar por mi mujer adorada y su nueva felicidad; ¡luego, ahí mismo, a sus pies, me levantaré la tapa de los sesos y castigaré mi propia vida! Algún día se acordará ella de Mitia Karamázov, verá cuánto la amaba Mitia, ¡sentirá piedad por Mitia!" Mucho colorido, mucho frenesí romántico, mucho salvaje ímpetu karamazoviano y sensibilidad, bueno, y aún otra cosa, señores jurados, algo que grita en el alma, golpea en la mente sin cesar y envenena el corazón hasta la muerte; ese *algo* es la conciencia, señores jurados, ¡es el juicio de la conciencia, con sus terribles remordimientos! Mas la pistola lo soluciona todo, la pistola es la única salida, otra no hay; y más allá no sé yo si pensaba Karamázov en aquel instante *"qué habrá más allá"*, si puede Karamázov pensar como Hamlet en qué habrá en la otra vida. ¡No, señores jurados, otros países tienen Hamlets, nosotros por ahora tenemos Karamázov!»

Aquí, Ippolit Kiríllovich presentó un cuadro detalladísimo de los preparativos de Mitia, la escena en casa de Perjotin, en la tienda, con los cocheros. Adujo una cantidad enorme de palabras, expresiones y gestos, siempre confirmados por los testigos, y aquel cuadro influyó de manera terrible sobre la convicción de los oyentes. Influyó sobre todo el conjunto de los hechos. La culpabilidad de aquel hombre que se agitaba frenético y que se despreocupaba ya de velar por sí mismo aparecía con una fuerza irrebatible. «No tenía ya motivos para velar por sí mismo —dijo Ippolit Kiríllovich—, dos o tres veces por poco lo confiesa todo, casi hacía alusiones a su crimen, sólo le faltaba hablar abiertamente (seguían aquí declaraciones de testigos). Hasta al cochero le gritó por el camino: "¿Sabe que conduce a un asesino?" De todos modos, no podía hablar con toda claridad: necesitaba llegar primero a Mókroie y una vez allí terminar el poema. Sin embargo, ¿qué espera el desdichado? Ya en Mokróie, ve desde el primer momento y, por fin, comprende sin lugar a dudas, que su "indiscutible" rival quizá no es ni mucho menos tan indiscutible; que de él, de Mitia, no querían ni aceptaban felicitaciones ni brindis por la nueva felicidad. Mas, por la investigación judicial, ustedes conocen ya los hechos, señores jurados. El triunfo de Karamázov sobre su rival apareció indiscutible, y entonces, ¡oh, entonces comenzó una nueva fase en su alma, la más espantosa de todas las fases que ha conocido y que todavía conocerá alguna vez esta alma! ¿Podemos reconocer, señores jurados —exclamó Ippolit Kiríllovich—, que la naturaleza ofendida y el corazón criminal se vengan por sí mismos con más rigor que toda justicia terrena! Más aún: la justicia y el castigo terrenos hasta hacen más soportable el castigo de la naturaleza, son incluso necesarios al alma criminal en esos momentos como único medio posible para salvarse de la desesperación, pues yo no puedo ni siquiera imaginarme el horror y los sufrimientos morales de Karamázov cuando se enteró de que ella le amaba, de que por él ella rechazaba a su "primero" e "indiscutible", de que es a él, a "Mitia", a quien llama para comenzar una nueva vida y a quien promete la felicidad, ¿y todo eso, cuándo? ¡Cuando ya todo ha terminado para él y ya no hay nada posible! A propósito, haré de pasada una observación de gran importancia para podernos explicar en su esencia la situación en que entonces se encontraba el acusado: aquella mujer, que era su amor, hasta el último momento, hasta el instante mismo de la detención, fue para él un ser inaccesible, deseado con pasión, pero inalcanzable. Mas ¿por qué, por qué no se pegó un tiro entonces, por qué renunció a su proyecto y se olvidó incluso de dónde guardaba la pistola? Pues precisamente porque aquella sed apasionada de amor y la esperanza de saciarla enseguida, allí mismo, le contuvieron. En el embrujo del festín, se acerca a su amada, que participa con él en el banquete, más encantadora y seductora que nunca; no se aparta de su lado, no se cansa de admirarla, se anula ante ella. ¡Aquella sed apasionada podía ahogar por un instante no sólo el miedo a la detención, sino incluso los remordimientos de conciencia! ¡Por un instante, oh, sólo por un instante! Yo me imagino el estado de espíritu en que se encontraría entonces el criminal sin duda alguna esclavo de tres elementos: en primer lugar, el estado de embriaguez, los efluvios del alcohol, ¡y ella, ella, enrojecida por el vino, cantando y danzando, ebria y sonriéndole a él! En segundo lugar, la esperanza remota, pero reconfortante de que el desenlace fatal aún estaba lejos, de que por lo menos no estaba cerca la esperanza de que se presentarían a detenerle, a lo sumo al día siguiente, por la mañana. Disponía, pues, de varias horas, lo cual era mucho, ¡muchísimo! En unas horas cabe trazar muchos planes. Me figuro que le sucedía algo por el estilo de lo que pasa al criminal cuando le conducen al patíbulo, a la horca: hay que recorrer aún una calle larga, larga, al paso lento de la cabalgadura, por delante de miles de personas, luego doblarán por otra calle y sólo en el término de esta otra calle se encuentra la terrible plaza. Me parece a mí que al principio del trayecto, el reo, sentado en su infamante carreta, ha de sentir precisamente que tiene ante sí una vida sin fin. Mas he aquí que, no obstante, se van alejando las casas, la carreta avanza sin parar; oh, eso no importa, la esquina de la segunda calle aún queda muy lejos; él aún mira animoso a derecha y a izquierda, mira a esos miles de personas indiferentemente curiosas que clavan en él sus ojos, y a él aún le parece que sigue siendo un hombre, como los demás. He aquí que doblan por la calle, ¡oh!, no importa, no importa, queda aún una calle entera. Y por casas que vayan dejando atrás, el reo seguirá pensando: "Aún quedan muchas casas." Y así hasta el fin, hasta la plaza misma. Así debía ocurrir también entonces, me figuro yo, con Karamázov. "Aún no han tenido tiempo de descubrir nada —piensa—. Aún es posible encontrar alguna salida, oh, aún tendré tiempo de inventar un plan de defensa, de idear la resistencia; pero ahora, ahora, ¡mi amada es tan adorable ahora!" Tiene clavados en el alma la confusión y el miedo; no obstante, encuentra tiempo para separar la mitad de su dinero y esconderlo en alguna parte, de otro modo no puedo explicarme dónde ha podido desaparecer la mitad entera de los tres mil rublos que acababa de tomar en casa de su padre, de debajo de la almohada. No es la primera vez que está en Mókroie, ya había organizado en aquel lugar una orgía de dos días enteros. Conoce aquella vieja casa de madera, grande, con todas sus dependencias y galerías. Yo supongo que parte del dinero se ocultó entonces precisamente en dicha casa, poco antes de la detención, en alguna rendija, en alguna hendidura, bajo alguna tabla, en algún rincón, debajo del tejado, ¿y para qué? ¿Preguntan para qué? La catástrofe puede sobrevenir de un momento a otro; desde luego, aún no hemos meditado cómo nos enfrentaremos con ella, ni tenemos tiempo de hacerlo, ni la cabeza, un verdadero torbellino, en condiciones; además, *ella* nos atrae, bueno, pero el dinero... ¡Ah, el dinero es necesario en todas las circunstancias! Un hombre con dinero en todas partes es hombre. ¿Les parece quizás antinatural tanta previsión en un momento semejante? Mas el propio acusado afirma que un mes antes, en un momento asimismo alarmante y dramático para él, separó la mitad de tres mil rublos y los cosió en una bolsita, y aunque eso no sea verdad, como demostraremos ahora mismo, Karamázov había tenido la idea, la había examinado. Es más, cuando afirmaba luego al juez de instrucción que había guardado mil quinientos rublos en una bolsita (que nunca ha existido), quizás acababa de inventar esta explicación por haber separado la mitad de su dinero dos horas antes y haberlo escondido en alguna parte de Mókroie, por si acaso, hasta la mañana siguiente, sólo por no guardarlo en el bolsillo, obedeciendo a una inspiración súbita. Dos abismos, señores jurados, ¡recuerden que Karamázov puede contemplar dos abismos y los dos al mismo tiempo! Hemos registrado la casa, pero no hemos encontrado nada. Es posible que ese dinero esté allí, también es posible que desapareciera al día siguiente y que se encuentre ahora a disposición del acusado. En todo caso, le detuvieron al lado de aquella mujer, ante la que se había arrodillado; ella estaba echada en la cama, él le tendía los brazos y hasta tal punto se había olvidado de todo lo demás, que ni siquiera oyó los pasos de quienes iban a detenerle. No había tenido tiempo de preparar nada aún para responder. Fueron tomados de improviso él mismo y su mente.

»Ya le tenemos ante sus jueces, ante sus jueces, ante quienes han de decidir de su destino, ¡Señores jurados, en el cumplimiento de nuestras obligaciones se dan momentos en que nosotros mismos sentimos casi miedo ante el hombre, miedo también por el hombre! Son aquellos en que percibimos en el criminal el terror instintivo que experimenta cuando ve que está todo perdido, pero aún lucha, aún tiene la intención de luchar contra nosotros. Son momentos en que todos los instintos de conservación se yerguen en él de golpe, y el reo, en su afán de salvarse, nos mira con una mirada penetrante, interrogadora y doliente, nos examina y nos estudia, escruta nuestro rostro, nuestros pensamientos, espera a ver por qué lado asestaremos el golpe y forja instantáneamente en su atribulado espíritu miles de planes; pero con todo, tiene miedo a hablar, ¡tiene miedo a traicionarse! ¡Esos momentos humillantes del alma humana, ese ir y venir del espíritu por las torturas, ese afán bestial de salvarse, son espantosos y a veces estremecen incluso al juez de instrucción y le despiertan sentimientos compasivos hacia el criminal! De ello fuimos testigos entonces. Al principio, el acusado quedó estupefacto; en su horror dejó escapar algunas palabras que le comprometían en alto grado: "¡La sangre! ¡Me lo merezco!" Mas pronto se dominó. Qué iba a decir, qué iba a responder, todo aquello eran cosas que aún no tenía preparadas, sólo estaba preparado para sostener una negación sin base alguna: "¡De la muerte de mi padre, no soy culpable!" Este es, por de pronto, nuestro parapeto; más allá quizá podamos aún preparar algo, levantar una barricada.

Adelantándose a nuestras preguntas, se apresura a aclarar sus comprometedoras explicaciones afirmando que se considera culpable sólo de la muerte del criado Grigori. "De esa sangre soy culpable, pero ¿quién ha matado a mi padre, señores quién? ¿Quién puede haberle matado, *si no yo*?" Óiganlo: ¡nos lo pregunta a nosotros, a nosotros, que habíamos acudido para hacerle a él la misma pregunta! ¿Se dan cuenta de esta frasecita anticipada "si no yo", esa astucia animal, esa candidez y esa impaciencia karamazoviana? Yo no he matado y ustedes no pueden ni pensar que he sido yo: "Quería matar, señores, quería matar —confiesa pronto (tiene prisa, ¡oh, tiene una prisa enorme!)—, mas a pesar de todo no soy culpable, ¡no soy yo quien ha matado!" Nos concede que ha tenido la intención de matar: vean, parece decirnos, cuán sincero soy, así creerán antes lo que les digo, que no he sido yo quien ha matado. Oh, en estos casos el asesino se vuelve a veces increíblemente frívolo y crédulo. Pues bien, en un momento así, se hizo la más ingenua de las preguntas como por pura casualidad: "¿No será Smerdiákov, el asesino?" Y reaccionó tal como esperábamos: se puso furioso porque nos habíamos adelantado y le habíamos cazado de improviso, cuando aún no había tenido tiempo de preparar, elegir y determinar el instante más propicio para acusar a Smerdiákov. Impulsado por su propia manera de ser, se lanzó enseguida a la posición extrema y empezó a asegurarnos con todas sus fuerzas que Smerdiákov no podía haber matado, que no era capaz de matar. Mas, no le crean, se trata sólo de un ardid: de ningún modo ha renunciado a Smerdiákov, de ningún modo, aún lo acusará, porque ¿a quién cargar el crimen si no a él?, pero lo hará en otro momento, pues por de pronto se ha malogrado la posibilidad. Señalará a Smerdiákov sólo al día siguiente, quizá, o pasados algunos días, esperando la ocasión en que pueda gritarnos: "Ya ven, yo mismo he descartado la culpabilidad de Smerdiákov más que ustedes, como recuerdan; pero ahora también yo me he convencido; ha sido él quien ha matado, ¡y no puede ser nadie más!" Por de pronto, empero, se cierra en banda ante nosotros con una negación sombría e irritada. Sin embargo, la impaciencia y la ira le sugieren la explicación más torpe e inverosímil, la de cómo estuvo mirando a su padre por la ventana y cómo se apartó de ella respetuosamente. No olviden que el acusado desconocía aún las circunstancias y el alcance de las declaraciones hechas por Grigori al volver en sí. Pasamos a la inspección y registro. Esa medida le pone furioso, pero también le reanima: no se han encontrado los tres mil rublos, se han descubierto sólo mil quinientos. Y no hay duda alguna de que es en ese momento de silencio airado y de negación cuando se le ocurre por primera vez en la vida la idea de la bolsita. Desde luego, él mismo siente lo inverosímil de su invención y se atormenta, se atormenta espantosamente para hacerla más plausible, sin saber qué imaginar para presentar una novela con visos de autenticidad. En estos casos, lo primero que ha de hacer el juez de instrucción, su principal tarea, es sorprender al acusado, no dejarle que se prepare y llevarle a manifestar sus más recónditas ideas con toda la ingenuidad que las traiciona, con cuanto tienen de inverosímil y contradictorio. Mas sólo cabe hacer hablar al criminal comunicándole de improviso y como por azar algún nuevo hecho, alguna circunstancia de colosal trascendencia, pero desconocida aún del reo e imprevisible. Nosotros teníamos ya preparado un hecho de esa naturaleza, oh, sí, lo teníamos preparado hacía mucho: era la declaración efectuada por el criado Grigori al volver en sí acerca de la puerta abierta por la que huyó el acusado. Éste se había olvidado por completo de tal puerta y no se imaginaba que Grigori hubiera podido verla. El efecto resultó colosal. El reo se levantó bruscamente y se puso a gritarnos: "¡Es Smerdiákov quien ha matado, es Smerdiákov quien ha matado, es Smerdiákov!", y así reveló su idea más recóndita, su idea fundamental, y la puso al descubierto en su forma más inverosímil, pues Smerdiákov sólo habría podido matar después de que el acusado hubo derribado a Grigori y hubo huido. Cuando a continuación le comunicamos que Grigori había visto la puerta abierta antes de caer y que al salir de su dormitorio había oído gemir a Smerdiákov al otro lado del tabique, Karamázov quedó verdaderamente anonadado. Mi colaborador, nuestro honorable e ingenioso Nikolái Parfiónovich, me contó luego que en aquel momento sintió por el reo una lástima infinita, hasta el punto de que por poco se le asoman las lágrimas a los ojos. Pues bien, es en ese momento cuando, para poner remedio a la situación, el acusado se apresura a hablarnos de la famosa bolsita: bueno, parecía decir, ¡escuchen ahora esta novela! Señores jurados, ya les he expuesto mi criterio y por qué considero toda esa invención sobre el dinero cosido en una bolsita, un mes antes, una fábula no ya absurda, sino la más inverosímil de cuantas hubiera podido buscarse en el presente caso. Aunque se hiciera una apuesta: ¿qué se puede decir y presentar como más inverosímil?, no se habría podido idear nada peor. Lo importante es que podemos poner en evidencia y hacer polvo al triunfante novelista aduciendo detalles, esos mismos detalles de que tan rica es siempre la realidad y que siempre, como si se tratara de una pequeñez insignificante e innecesaria, son desdeñados por esos lamentables e involuntarios fabulistas, quienes ni siquiera piensan en ellos. Oh, en tales momentos no están esos hombres para pensar en menudencias, su mente sólo se aplica en crear un todo grandioso, ¡y hay quien se atreve a ofrecerles semejante pequeñez! ¡Pero en eso se les caza! Se hace al acusado la siguiente pregunta: "¿De dónde sacó la tela para el saquito, quién se lo cosió?" "Lo cosí yo mismo." "Y el lienzo, ¿de dónde lo sacó?" El acusado ya se irrita, entiende que ésa es una pequeñez casi ofensiva para él, ¡y lo entiende así sinceramente, sinceramente!, créanlo. Pero así son todos los criminales. "Desgarré un trozo de mi camisa." "Magnífico. Así, pues, mañana encontraremos entre su ropa la camisa sin ese trozo de tela." Dense cuenta, señores jurados: si realmente hubiéramos encontrado tal camisa (¿y cómo no encontrarla en su maleta o en su cómoda, si la camisa hubiera en verdad existido?), habríamos tenido ya un hecho, un hecho concreto como prueba de la veracidad de su declaración. Pero el acusado no puede comprenderlo. "No recuerdo, quizá no hice la bolsita con un trozo de camisa, sino con una cofia de la patrona." "¿Qué cofia?" "Se la cogí, no le servía para nada, era un viejo trapo de percalina." "¿Lo recuerda usted con seguridad?" "No, con seguridad no lo recuerdo..." Y se enfada, se enfada, pero figúrense: ¿cómo no recordar una cosa semejante? En los instantes más terribles de la vida, por ejemplo, cuando llevan a un hombre al patíbulo, son precisamente esos detalles los que se recuerdan. El condenado se olvida de todo, pero se acordará del tejado verde de una casa que ha visto un momento durante su recorrido o de una chova colocada en una cruz. La verdad es que nuestro reo, al coser tal saquito, debía de esconderse de la gente de su casa y cuando le interrogamos tenía que haber recordado el miedo humillante y el sufrimiento experimentados cuando, con la aguja en la mano, temblaba pensando que alguien pudiera entrar y descubrirle y cómo, al primer ruido, se levantaba y se precipitaba tras el tabique (en su aposento hay un tabique)... ¡Señores jurados, por qué les cuento todos estos detalles, todas estas pequeñeces! — exclamó de pronto Ippolit Kiríllovich—. ¡Pues porque el acusado hasta ahora mismo mantiene tercamente tales despropósitos! Durante estos dos meses, desde aquella noche fatal para él, el reo no ha aclarado nada, no ha añadido ni una sola circunstancia aclaratoria real a sus primeras y fantásticas declaraciones; todo eso, según él, son pequeñeces, ¡lo que hemos de hacer es creer por su honor! ¡Oh, qué más quisiéramos que creer, estamos deseando creerle, aunque sea bajo su palabra de honor! ¿Acaso somos chacales, ávidos de sangre humana? Preséntennos aunque sólo sea un hecho en favor del acusado, señálennoslo y nos alegraremos, pero ha de ser un hecho concreto, real, no una conclusión inferida de la expresión del rostro del acusado, como su hermano ha hecho, ni la mera afirmación de que el reo, al darse golpes en el pecho, debía de señalar sin duda alguna la bolsita, y ello en la oscuridad. Nos alegraremos de que se presente un hecho nuevo, seremos los primeros en abandonar nuestra acusación, nos apresuraremos a retirarla. Pero ahora, la justicia clama, y nosotros insistimos, no podemos retirar nada.» Ippolit Kiríllovich pasó luego a la peroración final. Estaba como transido por la fiebre, evocó tonante y lleno de indignación la sangre vertida, la sangre del padre asesinado por su propio hijo «con el vil propósito de robarle». Señaló firmemente el conjunto trágico y abrumador de hechos acumulados. «No importa lo que oigan decir al defensor del reo, al abogado famoso por su talento —añadió Ippolit Kiríllovich sin poderse contener—; por elocuentes y enternecedoras que sean las palabras que aquí se pronuncien con vistas a impresionar la sensibilidad de ustedes, recuerden, a pesar de todo, que se encuentran en estos momentos en el templo sagrado de nuestra justicia. ¡Recuerden que son ustedes los defensores de nuestra verdad, los defensores de nuestra sacrosanta Rusia, de sus fundamentos, de la familia, de cuanto hay en ella de sagrado! Sí, señores jurados, en este momento ustedes representan aquí a Rusia, el veredicto que ustedes dicten no resonará sólo en esta sala, sino en Rusia entera, y toda Rusia les escuchará en calidad de defensores y jueces suyos y se sentirá reconfortada o abatida según sea la decisión que tomen. No atormenten, pues, a Rusia ni defrauden sus esperanzas; la troika fatal de nuestros destinos corre al galope y, quizá, cara al abismo. Hace ya mucho tiempo que en toda Rusia se alzan brazos pidiendo que se detenga la desenfrenada e insensata carrera. Si otros pueblos dejan por de pronto paso libre a la troika que corre a todo correr, es posible que lo hagan no por respeto, como quisiera el poeta, sino simplemente por espanto, ténganlo en cuenta. Por espanto y también, quizá, por repugnancia; y menos mal que se apartan, ¡puede que llegue el día en que dejen de apartarse, formen un sólido valladar ante la aparición desbocada y detengan por sí mismos la carrera loca de nuestro desenfreno con el fin de salvarse a sí mismos, de salvar la civilización y la cultura! Hemos oído ya voces alarmadas que nos llegan de Europa. Empiezan a resonar. ¡No las irriten, no den pábulo a su creciente odio con un veredicto que justifique el asesinato de un padre por parte de su propio hijo...»

En pocas palabras, Ippolit Kiríllovich, aunque se había ido un poco por las ramas, dejándose llevar por su entusiasmo, terminó con una exortación patética, y la verdad es que produjo un efecto extraordinario. No bien hubo terminado su discurso, se apresuró a salir y, repito, casi se desmayó en la estancia contigua. La sala no prorrumpió en aplausos, pero las personas serias estaban satisfechas. No estaban tan contentas las damas; no obstante, también ellas habían apreciado la elocuencia del fiscal, tanto más cuanto que no abrigaban el menor temor por lo que respecta a las consecuencias, pues todo lo esperaban de Fetiukóvich; «¡por fin él se pondrá a hablar y, desde luego, los vencerá». Todos miraron a Mitia: durante el discurso del fiscal estuvo callado, crispadas las manos, apretados los dientes, bajos los ojos. Alguna que otra vez había levantado la cabeza y aguzado el oído. Especialmente cuando se habló de Grúshenka. Cuando el fiscal citó la opinión que de ella tenía

Rakitin, una sonrisa maligna y despectiva se dibujó en el rostro de Mitia, quien profirió en voz bastante alta: «¡Bernard!» En cambio, cuando Ippolit Kiríllovich dio cuenta de cómo le había interrogado y atormentado en Mókroie, Mitia irguió la cabeza y escuchó con terrible curiosidad. En cierto momento pareció como si quisiera incluso levantarse y gritar algo, pero se dominó y se limitó a encogerse de hombros con desprecio. De la perorata final, concretamente de la habilidad puesta de manifiesto por el fiscal en Mókroie al interrogar al acusado, se habló luego bastante en nuestra sociedad y dio motivo a burlones comentarios sobre Ippolit Kiríllovich: «El hombre no ha podido resistir la tentación de vanagloriarse de sus aptitudes», se decía. La audiencia se suspendió por muy poco tiempo, por un cuarto de hora o, a lo sumo, por veinte minutos. Entre el público se oían conversaciones y exclamaciones. Algunas de ellas me han quedado grabadas en la memoria:

—¡Ha sido un buen discurso! —comentó en un grupo un señor, frunciendo el ceño.

—Demasiadas vueltas con la psicología —soltó otra voz.

—Sí, pero todo es verdad, ¡una verdad irrefutable!

—Sí, en ese terreno, es un verdadero maestro.

—Se ha metido a fondo.

—Y con nosotros también se ha metido a fondo, con nosotros también —añadió una tercera voz—; al principio de su discurso, ¿recuerdan?, cuando ha dicho que todos somos como Fiódor Pávlovich.

—Y al final también. Ahora que, en eso, ha mentido.

—Sí, y ha estado oscuro en algunos pasajes.

—Se ha ido un poco por las ramas.

—Ha sido injusto, ha sido injusto.

—¡Ah, no! En todo caso, ha sido hábil. El hombre ha tenido que esperar mucho tiempo, mas al fin se ha expresado, ¡je-je!

—¿Qué dirá el defensor?

En otro grupo:

—No tenía que haberse metido con el de Peterburgo, como acaba de hacer: «con vistas a impresionar la sensibilidad», ¿recuerdan?

—No, en eso no ha estado bien.

—Se ha apresurado.

—Es un hombre nervioso.

—Nosotros nos reímos, pero ¿cómo estará Mitia?

—Sí, ¿cómo estará Mítienka?

—Vamos a ver lo que dirá el abogado defensor.

En un tercer grupo:

—¿Quién es la dama gorda, con impertinentes, que está sentada en aquel extremo?

—Es la mujer de un general, divorciada; la conozco.

—Vaya, vaya, por eso lleva impertinentes.

—No vale nada.

—¡Oh, no digas! Está provocadorcilla.

—Cerca de ella, dos asientos más allá, hay una rubia que está mejor.

—Con qué habilidad le hicieron morder el anzuelo en Mókroie, ¿eh?

—Sí, no se puede negar. Ha vuelto a repetirlo. ¡Las veces que lo ha contado ya por las casas!

—Y ahora no ha podido resistir la tentación. Ha sido el amor propio.

—Hombre incomprendido, ¡je-je!

—Y susceptible. Mucha retórica, mucha frase larga.

—Sí, y ha querido asustarnos, obsérvenlo, en todo momento ha querido asustarnos. ¿Recuerdan lo de la troika? «¡Otros países tienen Hamlets, nosotros, por ahora, tenemos Karamázov!» No ha estado mal.

—Ha sido incienso para el liberalismo. ¡Tiene miedo!

—Ya, también tiene miedo al abogado.

—¿Qué dirá el señor Fetiukóvich?

—Puede decir lo que quiera, a nuestros mujíks no los va a conmover.

—¿Lo cree usted?

En un cuarto grupo:

—Lo de la troika le ha salido muy bien, ahí donde habla de los otros pueblos.

—Y es la verdad, ¿recuerdas?, lo que dice de que los pueblos nos esperarán.

—¿Por qué?

—En el parlamento inglés, la semana pasada un miembro

interpeló al ministerio respecto a los nihilistas y preguntó si no había llegado la hora de meterse en la nación bárbara para instruirnos. Es a él a quien ha aludido Ippolit, me consta. Habló de esta cuestión la semana pasada.

—Están muy lejos las chochas.

—¿Qué chochas? ¿Por qué, lejos?

—Pues nosotros, cerramos Kronstadt y dejamos de mandarles trigo. ¿De dónde lo sacarán?

—¿Y América? Ahora pueden sacarlo de América.

—Mentira.

Pero sonó la campanilla, todos se precipitaron a sus asientos. Fetiukóvich subió al estrado.

X

DISCURSO DEL ABOGADO DEFENSOR. UN ARMA DE DOS FILOS

SE hizo un gran silencio cuando resonaron las palabras del famoso orador. La sala entera clavó en él los ojos. Fetiukóvich empezó a hablar sin rodeos, con extraordinaria sencillez y fuerza persuasiva, pero sin sombra de suficiencia. Ni el más mínimo intento de ser elocuente, de hacer sonar una nota poética, de emplear palabritas que despertasen fibras sentimentales. Aquél era un hombre que se había puesto a hablar en un círculo íntimo de personas que experimentan por él cierto afecto. Tenía una voz magnífica, sonora y simpática; habríase dicho que hasta en la voz misma se percibía ya un algo de sinceridad y candidez. Sin embargo, todo el mundo comprendió al instante que el orador podía elevarse de pronto hasta lo verdaderamente patético y «llamar a los corazones con una fuerza inaudita»[11]. Se expresaba, quizá, menos correctamente que Ippolit Kiríllovich, pero sin largas frases y hasta con más exactitud. Una cosa desagradó a las damas: doblaba sin cesar la espalda, sobre todo al comienzo del discurso, no como si saludara, sino como quisiera lanzarse hacia el audito-

---

[11] De la poesía de Pushkin «Respuesta a un anónimo» (1830).

rio; además, inclinaba, por así decirlo, sólo la mitad de su larga espalda, como si aquel largo y fino lomo estuviera dotado en su parte central de una bisagra que le permitiera doblarse poco menos que en ángulo recto. Al principio del discurso habló en cierto modo dispersándose, aparentemente sin sistema, tomando los hechos como al azar, pero al final resultó un todo coherente. Su discurso podría dividirse en dos mitades: la primera constituía una crítica, era una refutación, a veces mordaz y sarcástica, de las tesis del acusador. Pero en la segunda mitad del discurso, Fetiukóvich pareció cambiar de tono y hasta de método, se elevó de golpe hasta lo patético; la sala en cierto modo lo estaba esperando y se estremeció entusiasmada. El orador abordó de frente la causa y empezó declarando que, si bien solía ejercer sus funciones en Peterburgo, no era la primera vez que se trasladaba a ciudades de provincias para defender a acusados, pero acusados a quienes él creía inocentes o cuya inocencia presentía. «Lo mismo me ha sucedido esta vez —aclaró—. Ya la simple lectura de las primeras crónicas periodísticas me sugirieron algo que me impresionó en extremo en favor del acusado. En una palabra, ante todo me interesó un hecho jurídico que, aun repitiéndose con frecuencia en la práctica judicial, nunca a mi modo de ver se ha presentado con la plenitud y con las peculiaridades tan características del caso presente. El hecho a que me refiero debería de aducirlo tan sólo al final de mi discurso, terminado mi examen: a pesar de todo, expondré mi pensamiento al principio, pues tengo la debilidad de abordar sin rodeos el tema, sin velar los efectos ni dosificar las impresiones. Quizá sea esto imprudente por mi parte, pero en cambio soy sincero. Esta idea, mi fórmula, es la siguiente: hay un conjunto aplastante de hechos contra el acusado y, al mismo tiempo, ¡ni uno de ellos resiste la crítica si se examina aisladamente, de por sí! Siguiendo después lo que se rumoreaba y lo que contaban los periódicos, confirmé cada vez más y más mi idea; de pronto fui invitado por los parientes del acusado a hacerme cargo de la defensa. Me apresuré a venir aquí y aquí ya me he convencido definitivamente. Pues, bien para destruir ese espantoso conjunto de hechos y para poner de relieve la falta de pruebas y el carácter fantástico de cada uno de los cargos aisladamente, me he decidido a tomar la defensa de esta causa.»

Así empezó el abogado defensor, y de pronto exclamó:

«Señores jurados, yo soy aquí un hombre recién llegado, sin ideas preconcebidas. He ido recibiendo todas las impresiones sin que hubiera en mí nada que las tergiversara. El acusado, de carácter violento y sin freno, no me ha ofendido nunca como ha hecho, quizás, a centenares de personas de esta ciudad, por lo que muchos se hallan de antemano predispuestos contra él. Reconozco, desde luego, que el sentido moral de la localidad está solivantado con razón: el acusado es violento y no se reporta. Sin embargo, era bien recibido en la buena sociedad local y era objeto de atenciones hasta por parte de la familia del acusador, cuyo gran talento admiro.»

(Nota bene. Estas palabras provocaron entre el público dos o tres risitas, las cuales, aunque sofocadas rápidamente, fueron percibidas por todo el mundo. En nuestra ciudad, era del dominio público que Ippolit Kiríllovich no deseaba admitir en casa a Mitia, y si no le cerraba la puerta se debía exclusivamente a su esposa, dama en extremo virtuosa y honorable, pero extravagante y caprichosa, amiga de llevar la contra a su marido en algunos casos, sobre todo en pequeñeces, y ella, no se sabe por qué razón, encontraba curioso a Mitia, quien, por otra parte, raras veces visitaba la casa.)

«Con todo, me atrevo a admitir —prosiguió el abogado defensor— que incluso en un espíritu tan independiente y en un carácter tan justo como los del señor fiscal ha podido formarse cierta errónea prevención contra mi desgraciado cliente. Oh, eso es muy lógico: el desgraciado ha hecho méritos más que suficientes para que le traten hasta con prevención. El sentimiento moral ofendido, y más aún el estético, suelen ser a veces implacables. Desde luego, en la brillante pieza oratoria de la acusación se nos ha hecho un riguroso análisis del carácter y de los actos del reo, se nos ha ofrecido una exposición rigurosamente crítica de la causa y, sobre todo, para explicarnos la esencia del caso, se nos han revelado profundidades psicológicas a las que de ningún modo habría podido llegar quien hubiera adoptado una actitud más o menos intencionada y malignamente recelosa frente a la personalidad del acusado. Pero en casos como el presente hay cosas hasta peores y más funestas que la más rencorosa y malintencionada actitud. Así ocurre, por ejemplo, si nos dejamos arrastrar, digamos, por una especie de juego artístico, por una necesidad de creación artística, como si dijéramos de invención novelesca, especialmente cuando Dios ha enriquecido nuestras facultades con abundantes dones psicológicos. Ya en Peterburgo, cuando me disponía a venir aquí, me advirtieron —y ello me constaba sin necesidad de que me lo advirtieran— de que aquí iba a encontrar por oponente a un psicólogo profundo y sutil, cualidad que le ha granjeado hace tiempo cierta fama singular en nuestro mundo jurídico, todavía joven. Pero el caso es, señores, que la psicología, si bien es cosa profunda, no deja de parecerse a un arma de dos filos (risitas entre el público). Oh, ustedes me perdonarán, desde luego, la trivialidad de mi comparación; no soy yo un maestro en el hablar con elocuencia. Sin embargo, tomemos un ejemplo, el primero elegido al azar en el discurso del fiscal. El acusado, huyendo de noche por el huerto, trepa a la valla y de un golpe dado con la mano de almirez derriba al lacayo, que se ha agarrado a una pierna. Luego salta inmediatamente otra vez al huerto y durante cinco minutos se ocupa de la víctima, procurando darse cuenta de si la ha matado o no. Y he aquí que el acusador por nada del mundo quiere creer que el acusado sea sincero cuando afirma que volvió al lado del viejo Grigori por compasión: "No, sostiene, tal sensibilidad no puede darse en un momento semejante; no es natural, el acusado saltó precisamente para convencerse de si vivía o había muerto el único testigo de su fechoría, con lo cual prueba haber cometido el crimen, pues no pudo haber saltado al huerto movido por ningún otro impulso, razón o sentimiento." He aquí la psicología; pero tomemos esa misma psicología y apliquémosla a los hechos desde el extremo opuesto, veremos que el resultado no es menos verosímil. El asesino salta por circunspección, para convencerse de si vive o no un testigo, pero ese mismo asesino acaba de dejar en el gabinete de su padre, al que ha matado, una prueba *colosal*, una prueba en forma de un sobre roto con la anotación de que contenía tres mil rublos. "Si se hubiera llevado el sobre consigo, nadie en todo el mundo se habría enterado de su existencia ni de la del dinero que contenía ni, por tanto, de que el acusado había robado." Esas son palabras del propio acusador. Así resulta que en un caso, ya ven, faltó toda circunspección, el hombre se desconcertó, huyó asustado dejando en el suelo una prueba: pero cuando unos dos minutos después golpea y mata a otro hombre, aparece al instante el sentido de la circunspección más fría y calculadora y se pone a disposición nuestra. Pero admitamos que fue así, admitámoslo: en eso radica, se nos dice, la sutileza de la psicología, de modo que en tales circunstancias soy sanguinario y perspicaz como un águila del Cáucaso y un instante después soy ciego y medroso como un miserable topo. Pero si soy tan sanguinario y tan ferozmente calculador que, después de haber matado a un hombre, salto para ver únicamente si vive o no el testigo que podría acusarme, ¿a santo de qué he de entretenerme, según parece, con esta nueva víctima mía cinco minutos enteros y correr el riesgo de que me vean nuevos testigos? ¿A qué mojar el pañuelo restañando la sangre de la cabeza de la víctima, si ese pañuelo ha de servir luego de prueba contra mí? No, si somos tan feroces y calculadores, ¿no sería mejor que, después de haber saltado, asestáramos al criado ya tendido en el suelo uno y otro golpe en la cabeza, con la misma mano de almirez, para asegurarnos de su muerte y así, eliminado el testigo, quedarnos tranquilos? Finalmente, yo salto para comprobar si vive o no un testigo contra mí y al mismo tiempo dejo en el camino otro testigo, a saber: la mano de almirez que he tomado a dos mujeres, las cuales siempre podrán reconocer dicho objeto como suyo y atestiguar que me lo llevé yo de su casa. No es que se me haya olvidado en el caminito ni que se me haya caído en un momento de distracción, de confusión: No, hemos arrojado el arma lejos, pues se ha encontrado a unos quince pasos del lugar en que fue derribado Grigori. Uno se pregunta, ¿por qué hemos obrado de este modo? Pues hemos obrado así precisamente porque sentimos una gran pena de haber matado a un hombre, al viejo criado; por eso, llenos de angustia, hemos arrojado la mano de almirez con una maldición, la hemos arrojado como arma del asesinato; ésa es la única explicación posible; ¿por qué, si no, habríamos arrojado el arma con tal impulso? Ahora bien, si podíamos experimentar dolor y pena por haber matado a un hombre, sólo era, claro está, porque no habíamos matado a nuestro padre: de haberlo asesinado, no nos habríamos acercado a otra víctima por compasión; en ese caso, el sentimiento habría sido distinto, no habríamos estado por compasiones, sino por salvarnos, y esto es así, desde luego. Al contrario, repito, le habríamos destrozado el cráneo definitivamente y no nos habríamos entretenido con él cinco minutos. La piedad y los buenos sentimientos afloraron precisamente porque la conciencia hasta aquel momento estaba pura. He aquí, pues, psicología, pero distinta. Señores jurados, adrede he recurrido yo mismo ahora a la psicología para poner claramente de relieve que de la psicología cabe inferir lo que se quiera. Toda la cuestión está en qué manos se encuentra. La psicología incita a la novela incluso a las personas más serias, y ello independientemente por completo de la voluntad. Me refiero a los excesos de la psicología, señores jurados, a ciertos abusos que de ella se hacen.»

En este momento, volvieron a oírse risitas de aprobación entre el público, siempre dirigidas al fiscal. No reproduciré en detalle todo el discurso del abogado defensor; citaré tan sólo algunos de sus pasajes, algunos de sus puntos principales.

XI

NO HABÍA DINERO. NO HA HABIDO ROBO

Hubo un punto en el discurso del abogado defensor que sorprendió a todos los presentes, y fue el de la negación rotunda de que hubieran existido aquellos tres mil rublos fatales y, por ende, la posibilidad de que los hubieran robado.

«Señores jurados —prosiguió el defensor—, en la presente causa se da una particularidad impresionante para todo individuo que se enfrenta con ella por primera vez sin prevención alguna, y es ésta: la acusación de robo y, al mismo tiempo, la imposibilidad absoluta de señalar materialmente lo que ha sido robado. Se ha robado dinero, según se afirma tres mil rublos, pero nadie sabe si esos tres mil rublos han existido en realidad. Reflexionen: en primer lugar, ¿cómo nos hemos enterado de que había tres mil rublos y quién los ha visto? Únicamente el criado Smerdiákov, el cual ha indicado que se encontraban en el sobre con unas palabras escritas. También fue él quien dio esa información, antes ya de la catástrofe, al acusado y a su hermano Iván Fiódorovich. La noticia se comunicó asimismo a la señora Svietlova. Ahora bien, ninguna de estas tres personas ha visto con sus propios ojos ese dinero, nos encontramos que lo ha visto sólo Smerdiákov; pero se plantea por sí misma una cuestión: si es verdad que ese dinero existía y que Smerdiákov lo vio, ¿cuándo lo vio por última vez? ¿Y si el señor hubiese retirado el dinero de la cama y lo hubiese guardado otra vez en el cofrecito sin comunicarlo al criado? Observen que según las declaraciones de Smerdiákov el dinero se encontraba debajo de la cama, debajo del colchón; el acusado debía de sacarlo de ese lugar, mas resulta que la cama no estaba revuelta en lo más mínimo, y así se consigna cuidadosamente en el sumario. ¿Cómo pudo el acusado no revolver en absoluto la cama y, encima, no manchar con las manos ensangrentadas las limpísimas sábanas de tela fina puestas adrede para aquella noche? Se nos objetará: ¿y el sobre del suelo? De ese sobre vale la pena hablar. No hace mucho me he quedado hasta un poco sorprendido: el eminente señor fiscal, al referirse a dicho sobre, ha manifestado él mismo —¿lo oyen, señores?, él mismo— en aquel lugar de su discurso en que califica de absurda la hipótesis de que el asesino fuera Smerdiákov: "De no haber habido ese sobre, de no haber quedado en el suelo como prueba, si el ladrón se lo hubiera llevado consigo, nadie en el mundo se habría enterado de su existencia ni del dinero que contenía ni, por tanto, de que el acusado había robado". Así, pues, ese pedazo de papel roto con unas líneas escritas, según reconoce hasta el propio acusador, constituye la única base de la acusación de robo imputada a mi cliente; "de otro modo —afirma— nadie se habría enterado de que ha habido robo ni, quizá, de que había dinero". ¿Es posible, empero, que el simple hecho de que ese pedazo de papel estuviera tirado en el suelo se tome como demostración de que había dinero y de que éste ha sido robado? "Pero —responden— Smerdiákov lo vio en el sobre"; mas ¿cuándo lo vio por última vez, cuándo, pregunto yo? Yo hablé con Smerdiákov, me dijo que había visto el dinero ¡dos días antes de la catástrofe! ¿Por qué no puedo suponer, por ejemplo, aunque sólo sea la circunstancia de que el viejo

Fiódor Pávlovich, encerrado en su casa, esperando con histérica impaciencia a su amada, tuviera la ocurrencia de sacar el sobre y abrirlo diciéndose: "Para qué quiero el sobre, a lo mejor ella no cree que haya lo que le digo; pero si le muestro los treinta billetes de cien en un fajo, harán más efecto, se le hará la boca agua"; así que desgarra el sobre, saca los billetes y lo tira al suelo con la firme mano del dueño, sin temor, claro está, de que pueda ser un cargo contra él. Señores jurados, ¿puede haber algo más verosímil que esta hipótesis y este hecho? ¿Por qué no ha de ser posible? Mas, si ha podido ocurrir algo aunque sólo sea análogo a lo que acabo de exponer, toda la acusación de robo se derrumba por su base: no había dinero, por tanto no ha habido robo. Si se dice que el sobre tirado al suelo es una prueba de que contenía dinero, ¿no he de poder afirmar lo contrario, a saber, que estaba tirado en el suelo precisamente porque ya no lo contenía y que el propio dueño lo había sacado antes? "Sí, pero ¿adónde ha ido a parar el dinero, si admitimos que el propio Fiódor Pávlovich lo sacó del sobre, teniendo en cuenta que no se ha encontrado al registrar la casa? A esta pregunta responderé, en primer lugar, que parte del dinero se halló en el cofrecito; en segundo lugar, que Fiódor Pávlovich pudo haberlo sacado por la mañana e incluso la víspera para disponer de él de otro modo, para entregarlo a alguien, para mandarlo a alguna parte, o, en fin, pudo haber cambiado de idea, pudo haber modificado radicalmente su plan de acción sin considerar necesario en lo más mínimo informar previamente de ello a Smerdiákov. Ahora bien, si existe aunque sólo sea la posibilidad de formular tal hipótesis, ¿cómo es posible acusar con tanta insistencia y firmeza al reo de haber cometido el crimen para robar, y sostener que ha habido realmente robo? De este modo entramos en el campo de la novela. Si se afirma que una cosa ha sido robada, es necesario mostrarla, o por lo menos demostrar de manera irrefutable que la cosa ha existido. Pero en nuestro caso ni siquiera la ha visto nadie. Sucedió recientemente en Peterburgo que un joven, casi un muchacho, de unos dieciocho años, pequeño vendedor ambulante, entró en pleno día en la tienda de un cambista con un hacha en la mano, mató al dueño de la tienda con una audacia insólita y se llevó mil quinientos rublos. Unas cinco horas más tarde fue detenido; se le encontraron encima los mil quinientos rublos, excepción hecha de quince que ya había tenido tiempo de gastar. Además, el empleado de la víctima, que volvió a la tienda después de cometido el asesinato, dio cuenta a la policía no sólo de la suma robada, sino del dinero de que estaba compuesta, o sea, de cuántos billetes había de cien rublos y de otros valores, cuántas monedas de oro y de qué importe; pues bien, al criminal detenido le encontraron precisamente tales billetes y monedas. A todo ello siguió el reconocimiento cabal y sincero que hizo el asesino de haber cometido el crimen y haberse llevado aquel dinero. ¡A eso sí lo llamo yo una prueba, señores jurados! En este caso sé realmente que el dinero existe, lo veo, lo toco, no puedo decir que no había. ¿Ocurre lo mismo en la actual causa? Sin embargo, el problema es de vida o muerte, está en juego el destino de un hombre. "Bien —objetarán—, pero el hecho es que el acusado aquella misma noche estuvo de juerga, tiró el dinero a manos llenas y se le encontraron mil quinientos rublos, ¿de dónde los había sacado?" Mas el hecho de que se le hayan descubierto en total mil quinientos rublos y de que no haya habido modo de encontrar ni descubrir la otra mitad de la suma, es una prueba de que el dinero podía no ser aquél, podía no haber estado nunca en ningún sobre. Por comprobación del tiempo (efectuada rigurosísimamente) se ha establecido y demostrado durante la instrucción previa que el acusado no pasó por su casa después de haber salido corriendo de la de las dos criadas para ir a la del funcionario Perjotin, ni fue a ningún otro sitio; después, estuvo siempre en compañía de otras personas, de modo que de los tres mil rublos no pudo separar mil quinientos ni esconderlos en ninguna parte de la ciudad. Son precisamente estas consideraciones las que han llevado al acusador a suponer que el dinero fue escondido en algún lugar, en alguna grieta, del pueblo de Mókroie. ¿No será, por ventura, en los sótanos del castillo de Udolf[12], señores? ¿No es fantástico, no es cosa de novela esa conjetura? Y observen que basta destruir esa única suposición, es decir, de que el dinero se escondió en Mókroie, para que vuele por los aires toda la acusación de robo, pues en

---

[12] Alusión a la novela de aventuras *Los misterios de Udolf* (1794), muy famosa en su época.

caso contrario, ¿adónde han ido a parar los mil quinientos rublos? ¿Por qué prodigio han podido desaparecer si está demostrado que el acusado no fue a ninguna parte? ¡Y con novelas de ese tipo estamos dispuestos a echar a perder una vida humana! Objetarán: "De todos modos, el acusado no ha sabido explicar de dónde había sacado los mil quinientos rublos que se le han encontrado; además, todo el mundo sabía que hasta aquella noche no tuvo dinero." ¿Quién lo sabía? Por otra parte, el acusado ha hecho una declaración clara y firme acerca de la procedencia del dinero, y si ustedes quieren, señores jurados, si ustedes quieren, nunca ha habido ni puede haber nada más verosímil que tal declaración ni más en consonancia con el carácter y el alma del acusado. El señor fiscal se ha entusiasmado con su propia novela: un hombre débil de voluntad, afirma, capaz de aceptar tres mil rublos que le ofrece tan vergonzosamente su prometida, no puede separar la mitad de dicha suma y coserla en una bolsita; al contrario, aun en el caso de que lo hubiera hecho, la habría descosido día sí día no para ir sacando billetes de cien y en un mes los habría fundido todos. Recuerden que todo eso ha sido expuesto en un tono que no admite objeción alguna. ¿Y si las cosas no hubiesen transcurrido de ningún modo conforme a la novela creada por usted, con un personaje completamente distinto? ¡Ese es el problema, usted ha creado otro personaje! Objetarán, sin duda: "Hay testigos de que despilfarró en el pueblo de Mókroie los tres mil rublos tomados de la señora Verjóvtseva un mes antes de la catástrofe, malgastándolos todos de golpe, hasta el último kopek, y que, por consiguiente, no pudo separar de ellos la mitad." ¿Pero quiénes son esos testigos? El grado de confianza que merecen ya ha sido puesto de relieve ante el tribunal. Además, en mano ajena la tajada siempre nos parece mayor. Finalmente, ninguno de esos testigos contó el dinero, todos han juzgado sólo a ojo. ¿No ha declarado el testigo Maxímov que el acusado tenía en sus manos veinte mil rublos? Bueno, señores jurados, como que la psicología es un arma de dos filos, permítanme también en este caso aplicar el otro filo y veamos lo que resulta.

»Un mes antes de la catástrofe, la señora Verjóvtseva confió al acusado tres mil rublos para que los mandara por correo, pero surge un problema: ¿es justo afirmar que los entregó de manera tan deshonrosa y humillante como se ha proclamado aquí? En la primera declaración hecha sobre este particular por la señora Verjóvtseva, lo que se decía era distinto, completamente distinto; en cuanto a la segunda declaración, no hemos oído más que gritos de cólera y de venganza, gritos de un odio largo tiempo contenido. Pero el simple hecho de que la testigo no haya dicho la verdad en su primera declaración nos da derecho a suponer que también la segunda declaración puede ser falsa. El acusador "no quiere" tocar esa novela, "no se atreve" a hacerlo (son sus palabras). Bien, tampoco yo lo haré; no obstante, me permitiré indicar que si una persona pura y de acrisolada virtud como es, sin duda alguna, la honorable señora Verjóvtseva, si una persona como ella, digo, se decide de pronto a modificar su primera declaración ante el tribunal con el propósito manifiesto de hundir al acusado, resulta también notorio que no lo ha hecho libre de pasiones, fríamente. ¿Se nos negará el derecho de sacar en consecuencia que una mujer arrastrada por su espíritu de venganza puede exagerar en muchas cosas? Sí, puede exagerar, precisamente, la vergüenza y el deshonor con que ofreció el dinero. Por mi parte, yo afirmo, por el contrario, que el dinero se ofreció de tal modo que aun podía ser admitido, especialmente por parte de un hombre tan veleidoso como nuestro acusado. Importa tener en cuenta que él pensaba entonces recibir pronto de su padre los tres mil rublos que, a su juicio, se le debían para liquidar la cuenta de la herencia. Ello era una ligereza, pero él debía a esa ligereza el convencimiento de que su padre le daría dicha cantidad, el convencimiento de que la recibiría y de que, por consiguiente, en todo momento podría enviar por correo el dinero que le había confiado la señora Verjóvtseva y liquidar, así, la deuda. Mas la acusación por nada del mundo quiere admitir que el reo pudiera separar aquel mismo día la mitad de la suma recibida y la cosiera en una bolsita: "No es ése su carácter —dice—, no pudo experimentar tales sentimientos." Pero usted mismo ha proclamado que Karamázov es hombre de vasta naturaleza, usted mismo ha hablado de los dos abismos opuestos que Karamázov puede contemplar a la vez. Karamázov es, precisamente, una naturaleza de dos facetas, de dos abismos; en el momento más desenfrenado de una orgía puede detenerse si algo le impresiona por la parte opuesta. Esa otra parte era el amor, precisamente el nuevo amor que se había inflamado entonces como la pólvora, mas para aquel amor se necesitaba dinero, el dinero era más necesario que nunca; ¡oh!, era mucho más necesario que para divertirse con la misma mujer amada. Que le diga ella: "Soy tuya, no quiero a Fiódor Pávlovich", y él la tomará, se la llevará lejos si tiene en qué llevarla. Eso, desde luego, es más importante que divertirse. ¿No iba a comprenderlo Karamázov? Y eso era precisamente lo que le ponía enfermo, esa preocupación; ¿qué tiene, pues, de inverosímil el que separara aquel dinero y lo escondiera por lo que pudiera suceder? He aquí, sin embargo, que el tiempo pasa, Fiódor Pávlovich no entrega los tres mil rublos al acusado; al contrario, éste oye decir que aquel dinero se destina nada menos que a atraer a su enamorada. "Si Fiódor Pávlovich no me devuelve ese dinero, piensa, quedaré como un ladrón ante Katerina Ivánovna." Entonces germina en él la idea de tomar esos mil quinientos rublos que sigue llevando en la bolsita, devolverlos a la señora Verjóvtseva y decirle: "Soy un canalla, pero no un ladrón." Ya tenía, pues, un doble motivo para conservar los mil quinientos rublos como las niñas de los ojos, para no descoser de ningún modo la bolsita y sacar los billetes uno tras otro. ¿Por qué niega al acusado el sentido del honor? El acusado posee ese sentido, admitamos que mal comprendido, admitamos que con frecuencia se trata de un sentido erróneo del honor, pero él lo posee, lo posee hasta la exaltación, y lo ha demostrado. El caso es, no obstante, que la cuestión se complica, los tormentos de los celos alcanzan un grado extremo, y los dos problemas, siempre los mismos, los dos viejos problemas van penetrando más y más dolorosamente en el inflamado cerebro del acusado: "Devolveré el dinero a Katerina Ivánovna, pero ¿con qué recursos me llevaré a Grúshenka?" Si no hizo más que locuras durante todo aquel mes, si se emborrachaba y escandalizaba por las tabernas, quizás era debido a que le consumía la amargura y no podía soportarla. Esos dos problemas llegaron a agudizarse hasta tal punto que, al fin, le sumieron en la desesperación. Mandó a su hermano menor a pedir por última vez aquellos tres mil rublos a su padre, mas sin esperar la respuesta, irrumpió en la casa y acabó pegando al viejo ante testigos. Después, ya no había esperanza de recibir el dinero, el padre apaleado no iba a dárselo. Aquel mismo día al anochecer se da golpes en el pecho, concretamente en la parte alta del pecho, donde tenía la bolsita, y jura a su hermano que dispone de un recurso para no ser un canalla, pero que a pesar de todo quedará canalla, pues prevé que no utilizará dicho recurso, le falta fuerza anímica, le falta carácter. ¿Por qué, pregunto yo, por qué la acusación no cree en la declaración de Alexiéi Karamázov, hecha con tanta pureza, con tanta sinceridad, tan espontánea y verosímil? ¿Por qué, en cambio, quiere obligarme a creer en un dinero oculto en algún escondrijo, en los sótanos del castillo de Udolf? Aquella misma tarde, después de la conversación con su hermano, el acusado escribe la carta fatal, esa carta que constituye el indicio más importante, el más abrumador de la acusación de robo. "Pediré dinero a todo el mundo, y si no me lo dan, mataré a mi padre y se lo tomaré de debajo del colchón; lo tiene en un sobre atado con una cintita rosa, lo único que hace falta es que Iván se vaya"; aquí tenemos un programa completo de asesinato, se nos dice, ¿cómo no va a ser él el criminal? "¡Se cumplió como estaba escrito!", exclama la acusación. Mas, en primer lugar, la carta fue escrita en estado de embriaguez y de espantosa irritación; en segundo lugar, él habla del sobre basándose únicamente en las palabras de Smerdiákov, pues no lo ha visto por sí mismo; y en tercer lugar, lo escrito escrito está, pero ¿cómo puede demostrarse que el crimen se cometió según el contenido de la carta? ¿Sacó el acusado el sobre de debajo la almohada, encontró el dinero, existía en verdad ese dinero? ¡Como si fuera por dinero por lo que el acusado se precipitó hacia la casa de su padre, recuérdenlo, recuérdenlo! Corrió como un loco no para robar, sino únicamente para saber dónde estaba aquella mujer que le tenía sorbido el seso: no fue, por tanto, ateniéndose a un programa, poniendo en práctica lo escrito, o sea, no fue corriendo para cometer un robo premeditado, sino que se precipitó a la casa de su padre repentina, casualmente, en un acceso de furiosos celos. "Bien, se objetará, pero el hecho es que después de precipitarse a la casa de su padre y de haber cometido el asesinato, robó el dinero." Pero, en fin, ¿mató él, acaso, o no? La acusación de robo la rechazo indignado: no se debe lanzar la acusación si no es posible señalar con exactitud cuál es la cosa robada, ¡eso es axiomático! Pero ¿robó el acusado?, ¿mató sin cometer el robo? ¿Está ello demostrado? ¿No será también eso una novela?

XII

TAMPOCO HA HABIDO ASESINATO

»**P**ERMÍTANME, señores jurados, está en juego la vida de un hombre y es necesario ser circunspecto. Todos hemos oído cómo la propia acusación declaraba haber vacilado hasta el último día, hasta hoy, hasta el día del juicio, en imputar al acusado intencionalidad plena y total en la ejecución del crimen; ha vacilado hasta conocer esa fatal carta "de borracho" presentada hoy al tribunal. "¡Se cumplió como está escrito!" Mas yo repito: el acusado fue corriendo en busca de su amada, fue por ella, con el exclusivo fin de saber dónde se hallaba. Este es un hecho irrecusable. De haberla encontrado en su casa, el acusado no habría ido a ninguna otra parte, habría permanecido a su lado y no habría cumplido lo que había prometido en la carta. Corrió a casa de su padre movido por un impulso casual e inesperado, y de su carta "de borracho" quizá ni se acordó, entonces. "Agarró, se me dirá, la mano de almirez", y recuerden cómo de esta mano de almirez se ha sacado toda una psicología: por qué el acusado debía de verla como un arma, tomarla como arma, etc. Sobre este particular se me ocurre una idea muy simple: ¿qué habría pasado si la mano de almirez no hubiera estado a la vista, en la alacena de la que la cogió el acusado, sino en el armario? En ese caso, el acusado ni la habría visto, se habría ido sin arma alguna, con las manos vacías, y entonces quizá no habría matado a nadie. ¿Cómo es posible, pues, basarse en la mano de almirez para demostrar que ha habido deseos de armarse e intención premeditada? Bien, se replicará, pero el acusado había estado gritando por las tabernas que mataría a su padre, y dos días antes, la tarde en que escribió su carta de borracho, se quedó quietecito y en la taberna se peleó sólo con un dependiente de comercio "porque, se añade, Karamázov no podía no pelearse". A esto responderé que si el acusado hubiera tenido la intención de cometer un crimen semejante y, por añadidura, según un plan determinado, escrito, con toda seguridad no habría reñido ni con el dependiente, y es muy probable que ni siquiera hubiese ido a la taberna, pues el alma que medita un acto de tal naturaleza busca la soledad, quiere pasar inadvertida, procura desaparecer para que nadie vea ni oiga nada, como si dijera: "Olvidaos de mí, si podéis", y con ello no sólo por cálculo, sino, además, por instinto. Señores jurados, la psicología es un arma de dos filos, y también nosotros sabemos manejarla. En cuanto a esos gritos proferidos por las tabernas durante ese mes, diremos que no es poco lo que gritan los niños o los borrachos cuando salen de las tabernas y disputan entre sí: "Te voy a matar", exclaman, pero eso no significa que lo hagan. Y esa carta fatal, ¿qué es sino una irritación de borracho, un grito del que sale de la taberna? "¡Os voy a matar, os mataré a todos!" ¿Por qué no ha de ser así, por qué no puede ser así? ¿Por qué esa carta ha de ser fatal; por qué, al contrario, no ha de ser ridícula? Pues precisamente porque se ha encontrado el cadáver del padre, porque un testigo vio al acusado en el huerto, armado y huyendo, y él mismo fue derribado por el fugitivo; en consecuencia, todo se ejecutó según estaba escrito y la carta no es ridícula, sino fatal. A Dios gracias, hemos llegado al punto clave: "Estaba en el huerto, por tanto él es quien ha matado." Con estas dos palabritas: *por tanto,* queda todo resuelto, se monta toda la acusación: "estaba, por tanto él es". ¿Y si no fuera *por tanto,* aunque él haya estado en el huerto? Oh, acepto que el conjunto de los hechos, la coincidencia de hechos, son, en verdad, bastante elocuentes. Sin embargo, examinen todos esos hechos por separado sin dejarse impresionar por su conjunto: ¿por qué, por ejemplo, la acusación por nada del mundo quiere admitir como verdadera la declaración del acusado de que huyó corriendo de la ventana de su padre? Recuerden hasta el tono sarcástico con que se ha expresado la acusación acerca del respeto y de los sentimientos "piadosos" que invadieron de pronto al asesino. ¿Y si en realidad se hubiera producido algo análogo, de modo que el acusado hubiera experimentado sentimientos de piedad, si no de respeto? "Mi madre debió rezar por mí en aquel instante", declara el acusado durante la instrucción, y he aquí que huyó no bien se hubo convencido de que en la casa de su padre no estaba Svietlova. "No pudo llegar a esta convicción mirando por la ventana", nos objeta el señor fiscal. ¿Por qué no? El hecho es que la ventana se abrió en respuesta a las señales hechas por el acusado. En aquel momento, Fiódor Pávlovich pudo haber pronunciado una palabra o pudo haber dejado escapar algún grito que convenciera al acusado de que allí no estaba Svietlova. ¿Por qué se han de admitir forzosamente las cosas tal como la acusación las imagina, tal como se ha propuesto imaginarlas? En la realidad pueden darse mil facetas que escapan a la observación del novelista más sutil. "Bien, se insistirá, pero Grigori vio la puerta abierta, por consiguiente el acusado penetró sin duda alguna en la casa y, por tanto, mató." Respecto a esa puerta, señores jurados... verán: de que esa puerta estaba abierta no tenemos más que un solo testimonio, el de una persona que en aquel momento se encontraba en tal estado que... Pero admitámoslo, admitamos que la puerta estaba abierta, admitamos que el acusado se ha cerrado en banda, que ha negado movido por un sentimiento de autodefensa, tan comprensible en su situación, admitamos que penetró en la casa, que estuvo en ella; pues bien, ¿por qué forzosamente el hecho de estar implica el de matar? Pudo haber irrumpido en la casa, haber recorrido las habitaciones, pudo haber dado un empujón a su padre, pudo, incluso, haberle pegado; pero convencido de que Svietlova no estaba allí, huyó contento de que ella no estuviera y de huir sin haber matado a su padre. Es posible que si un minuto después saltó la valla para acercarse a Grigori, a quien acababa de derribar con un golpe dado en un arranque de cólera, si saltó fue por hallarse en condiciones de experimentar un sentimiento puro, un sentimiento de compasión y pena, pues había huido de la tentación de matar, sentía puro el corazón en el pecho y alegría por no haber asesinado a su padre. El acusador nos ha descrito con una elocuencia estremecedora el espantoso estado de ánimo del acusado en el pueblo de Mókroie, cuando de nuevo el amor se abre ante él llamándole a una nueva vida y cuando él ya no podía amar porque había dejado a su espalda el cadáver ensangrentado de su padre y, tras el cadáver, el patíbulo. No obstante, el acusador ha admitido que se manifestó en el acusado el sentimiento amoroso y lo ha explicado echando mano a la psicología: "Se encuentra ebrio", nos ha dicho, es como el criminal a quien conducen al suplicio, aún ha de esperar largo rato, etc. Pero yo pregunto otra vez, ¿no ha creado usted un nuevo personaje, señor fiscal? ¿Es realmente tan hosco y desalmado, el reo, que en aquel momento habría podido pensar en el amor y en la manera de despistar a la justicia, si en verdad hubiera derramado la sangre de su padre? ¡No, no y no! No bien se descubrió que ella le amaba, que ella le llamaba consigo y le prometía nueva felicidad, oh, lo juro, él debería de haber experimentado una doble y triple necesidad de matarse, y se habría suicidado sin duda alguna de haber tenido sobre la conciencia el cadáver de su padre. ¡Oh, no, no habría olvidado dónde tenía las pistolas! Yo conozco al acusado: la crueldad feroz, pétrea, que la acusación le atribuye es incompatible con su carácter. Él se habría suicidado, no hay duda; no se mató precisamente porque "su madre rogó por él" y su corazón era inocente del asesinato de su padre. Aquella noche, en Mókroie, se atormentaba, se acongojaba sólo por haber golpeado al viejo Grigori y rezaba en su alma a Dios para que el viejo se levantara y volviera en sí, para que el golpe no fuese mortal y él no se viera, así, condenado. ¿Por qué no aceptar esta interpretación de los acontecimientos? ¿Qué prueba decisiva tenemos de que el acusado miente? El cadáver del padre, se nos objetará enseguida otra vez: si el acusado huyó sin haber matado, ¿quien asesinó, pues, al padre?

»A esto se reduce, repito, toda la lógica de la acusación: ¿quién ha matado, pues, sino él? No queda nadie, se afirma, para poner en su lugar. ¿Es esto cierto, señores jurados? ¿En verdad, en realidad, no tenemos a nadie más? La acusación ha contado uno a uno a todos cuantos estaban o estuvieron aquella noche en la casa. Han resultado cinco. Tres de ellos quedan fuera de toda duda, lo admito; son: la víctima, el viejo Grigori y su mujer. Quedan, por tanto, el acusado y Smerdiákov; pues bien, el acusador proclama con todo énfasis que si el reo denuncia a Smerdiákov es únicamente porque no queda nadie más a quien poder acusar, y que si hubiera una sexta persona, incluso el espectro de una sexta persona, el acusado dejaría inmediatamente de denunciar a Smerdiákov, avergónzandose de haberlo hecho, y señalaría a ese sexto individuo. Pero, señores jurados, ¿por qué no he de llegar yo a una conclusión totalmente opuesta? Quedan dos personas: el acusado y Smerdiákov, ¿por qué no he de decir yo que ustedes acusan a mi cliente por la exclusiva razón de que no tienen a quien acusar? Y no tienen a nadie únicamente porque han excluido de antemano y por una actitud preconcebida a Smerdiákov de toda sospecha. Cierto, contra Smerdiákov declaran sólo el propio acusado, sus dos hermanos y Svietlova, nadie más. La verdad es, empero, que existe algo más que induce a la sospecha: es la efervescencia, bien que poco clara, de cierto interrogante, de cierta sospecha en la sociedad local; se percibe cierto rumor confuso, se nota que existe cierta expectación. Finalmente, es un testimonio contra él, además, una confrontación de los hechos muy característica, aunque reconozco que es imprecisa: en primer lugar, el ataque de epilepsia el mismo día de la catástrofe, ataque que el señor fiscal, no se sabe por qué motivo, se ha visto obligado a justificar y defender con tanto celo. Luego, ese repentino suicidio de Smerdiákov la víspera del juicio. Después, la declaración no menos repentina del hermano mayor del acusado, hecha hoy mismo ante el tribunal; hasta ahora Iván Karamázov había creído en la culpabilidad del reo, y de súbito ¡trae el dinero y proclama otra vez a Smerdiákov como asesino! Oh, estoy totalmente convencido, como el tribunal y la acusación, de que Iván Karamázov está enfermo y sufre un ataque de fiebre nerviosa, estoy convencido de que esa declaración puede haber sido una tentativa desesperada, concebida además en pleno delirio, para salvar al hermano cargando la culpa al muerto. Sin embargo, ha sido pronunciado el nombre de Smerdiákov, otra vez parece oírse algo enigmático. Diríase, señores jurados, que queda alguna cosa sin decir, sin terminar. Y es posible que aún se diga. Pero dejemos de momento ese punto, volveremos a él más adelante. El tribunal ha decidido hace unos instantes proseguir los debates, mas, por de pronto, mientras esperamos, alguna observación podría yo hacer, por ejemplo, relativa a la característica del difunto Smerdiákov, esbozada con tanta sutileza y con tanto talento por el acusador.

Sin embargo, aun admirando ese talento, no puedo estar de acuerdo con la esencia de la característica. Yo estuve en casa de Smerdiákov, le vi y hablé con él; la impresión que a mí me produjo es totalmente distinta. Era débil de salud, cierto, mas por su carácter, por su corazón, oh, no, no era ni mucho menos un hombre tan débil como la acusación nos lo ha presentado. Sobre todo no encontré en él timidez, esa timidez que el señor fiscal nos ha descrito de manera tan característica. Ingenuidad, no había en él en absoluto; al contrario, observé una desconfianza terrible, escondida bajo una apariencia de candidez, y una mente capaz de darse cuenta de muchas cosas. ¡Oh!, la acusación le tomó demasiado ingenuamente por un débil mental. A mí me produjo una impresión bien definida: salí convencido de que era un ser intrínsecamente malo, de una ambición desmesurada, vengativo y abrasado por la envidia. He recogido algunos informes: Smerdiákov odiaba su procedencia, se avergonzaba de ella y con rechinar de dientes recordaba que "descendía de Smerdiáschaia", es decir, de la "hedionda". Era irrespetuoso con el criado Grigori y su mujer, que le cuidaron de niño. Se burlaba de Rusia y la maldecía. Soñaba con ir a Francia y hacerse francés. Ya antes había hablado mucho, y con frecuencia, de que para ello le faltaban recursos. Me parece que no amaba a nadie, excepto a sí mismo, pero de sí tenía una opinión sorprendente por lo elevada. Veía la cultura en llevar un buen traje, las pecheras de las camisas limpias y las botas relucientes. Considerándose (también hay hechos que lo prueban) hijo natural de Fiódor Pávlovich, podía odiar su situación, comparándola con la de los hijos legítimos de su señor: éstos, se diría, lo tienen todo, él nada; para ellos todos los derechos, para ellos la herencia, mientras que él era sólo el cocinero. Me confió que él mismo, junto con Fiódor Pávlovich, había puesto el dinero en el sobre. El fin a que dicha suma se destinaba —suma que habría podido asegurarle la carrera— le era, desde luego, odioso. Además, él veía por primera vez tres mil rublos, nada menos que en claros billetes irisados, de cien (se lo pregunté adrede). Oh, no muestren nunca a un hombre envidioso y lleno de amor propio una gran cantidad de dinero junto; y él veía por primera vez tal suma en una sola mano. La impresión del fajo de billetes irisados pudo reflejarse morbosamente en su imaginación, aunque de momento sin consecuencias. El eminente señor fiscal nos ha presentado con una sutileza extraordinaria todos los *pro* y los *contra* de la hipótesis relativa a la posibilidad de acusar a Smerdiákov de asesinato y ha insistido de manera especial en la siguiente pregunta: ¿para qué iba a simular Smerdiákov un ataque de epilepsia? Bien, pero es posible que no lo simulara, el ataque pudo sobrevenirle de manera natural, pudo sobrevenirle de manera totalmente natural y, no obstante, es posible que el enfermo volviera en sí. Aun sin recobrarse del todo, cabe que volviera en sí y despertara, como suele suceder con su enfermedad. La acusación pregunta: ¿dónde está el momento en que Smerdiákov cometió el crimen? Es muy fácil señalarlo. Smerdiákov pudo despertar y salir de su profundo sueño (pues solamente estaba dormido: después de los ataques de epilepsia, siempre sigue un sueño profundo), precisamente en el instante en que el viejo Grigori, al agarrar del pie al acusado en la valla, vociferó: "¡Parricida!" Ese grito insólito, en medio del silencio y de las tinieblas, pudo despertar a Smerdiákov, cuyo sueño en aquel momento podía no ser ya muy fuerte: como es natural, podía haber empezado a despertarse ya una hora antes. Levantado de la cama, se dirige casi inconscientemente y sin propósito alguno hacia el lugar donde había resonado el grito para ver qué pasaba. Tiene confusa la cabeza, la imaginación todavía duerme, pero él ya se encuentra en el huerto, se acerca a las ventanas iluminadas y oye del señor —que se alegra, naturalmente, de verle— una horrible noticia. La imaginación se inflama enseguida en la cabeza de Smerdiákov, a quien el señor, asustado, le cuenta todos los detalles. Y he aquí que, poco a poco, en su cerebro alterado y enfermo germina una idea, una idea terrible, pero seductora y de una lógica irrefutable: matar, apoderarse de los tres mil rublos y luego echar toda la culpa al señorito. ¿De quién van a sospechar, ahora, si no del señorito; a quién pueden acusar, si no al señorito, con la pruebas de que ha estado aquí? Una sed espantosa de dinero, de botín, pudo apoderarse de su espíritu junto con la consideración de la impunidad. ¡Oh, esos impulsos repentinos e irresistibles se presentan tan a menudo en una ocasión oportuna y, sobre todo, se presentan repentinamente a asesinos que un minuto antes ni sospechan que desean matar! Smerdiákov pudo haber entrado en el aposento del señor y ejecutar su plan. ¿Con qué arma? Pues con la primera piedra que hubiese encontrado en el huerto. Mas ¿para qué?, preguntarán, ¿con qué fin? ¿Y los tres mil rublos? ¡Podían significar su carrera! ¡Oh, no me contradigo! El dinero podía existir. Y hasta es posible que Smerdiákov fuera el único en saber dónde encontrarlo, dónde precisamente lo tenía guardado el señor. "Bien, pero ¿y la envoltura del dinero, el sobre tirado al suelo?", se objetará. No hace mucho, cuando el acusador, al referirse a dicho sobre, ha expuesto sus consideraciones tan sutiles acerca de que sólo podía haberlo dejado en el suelo un ladrón inexperimentado como Karamázov, y de ningún modo Smerdiákov, quien por nada del mundo habría dejado tras sí una prueba semejante, al oírlo, señores jurados, he notado de pronto que estaba oyendo algo que me era muy conocido. Y figúrense, esa misma consideración, esta conjetura acerca de cómo podía proceder Karamázov con el sobre, la había oído yo hace exactamente dos días del propio Smerdiákov. Es más, cuando me lo dijo, me sorprendí: tuve la impresión de que su aparente candidez era falsa, de que se adelantaba y de que me dictaba a mí tal idea de modo que yo mismo la infiriese, como si me la sugiriera. ¿No habrá apuntado la misma idea al juez de instrucción? ¿No la habrá inspirado asimismo al eminente representante de la acusación pública? Dirán: ¿y la vieja, la mujer de Grigori? Ella oyó gemir a su lado al enfermo toda la noche. Sea, le oyó, pero este argumento es en extremo quebradizo. He conocido a una dama que se quejaba amargamente de no haber podido dormir en toda la noche porque un cuzco había estado ladrando en el patio. No obstante, según se supo luego, el pobre perrito en toda la noche no había soltado más que dos o tres ladridos. Y es natural: un hombre duerme y de súbito oye un gemido, se despierta disgustado, pero vuelve a quedarse dormido al instante. Unas dos horas después se oye otro gemido, otra vez el hombre se despierta y vuelve a dormirse, y lo mismo sucede dos horas más tarde, en total unas tres veces en toda la noche. Por la mañana, tal persona se levanta y se queja de que alguien se ha pasado la noche gimiendo y de que le ha despertado sin cesar. Pero no puede tener otra impresión; los intervalos de sueño, de dos horas cada uno, los ha pasado durmiendo y no los recuerda; se acuerda sólo de dos minutos que ha permanecido despierta, de ahí que le parezca que la han tenido en vela toda la noche. Mas ¿por qué, exclama la acusación, por qué Smerdiákov no ha confesado en la nota que escribió antes de suicidarse? ¿Habría tenido bastante conciencia para una cosa y para otra no? Permítanme: la conciencia es ya arrepentimiento, pero es posible que el suicida no experimente arrepentimiento, sino desesperación. Desesperación y arrepentimiento son dos cosas completamente distintas. La desesperación puede ser maligna y encarnizada, y el suicida, al alzar la mano contra sí mismo, puede sentir un odio redoblado contra aquellos a quienes ha estado odiando durante toda su vida. ¡Señores jurados, guárdense de cometer un error judicial! ¿Hay algo de inverosímil en todo cuanto acabo de presentarles y someter a su consideración? ¿Encuentran en mi exposición un error, algo imposible, absurdo? Ahora bien, si hay aunque sólo sea una sombra de posibilidad, una sombra de verosimilitud en mis suposiciones, absténganse de condenar. ¿Y acaso se trata únicamente de una sombra? Lo juro por cuanto hay de sagrado: yo creo por completo en mi interpretación del asesinato, tal como acabo de explicar. Pero lo que a mí más me turba y exaspera es, sobre todo, sobre todo, esa idea de que en el conjunto de hechos acumulados por la acusación contra el acusado no existe uno solo que sea en lo más mínimo preciso e irrefutable, y la de que el desdichado pueda perecer, única y exclusivamente por el conjunto de tales cargos. Cierto, ese conjunto es terrible; la sangre, esa sangre que resbala por los dedos, la ropa manchada de sangre, la noche oscura en que resuena el grito estridente de ¡"parricida!", y el hombre que lo ha proferido cayendo al suelo con la cabeza abierta; y luego toda esa masa de frases, de declaraciones, de gestos, de gritos, ¡oh, todo eso influye tanto, puede ganarse una convicción, ¿pero puede ganarse, señores jurados, la convicción de ustedes? Recuerden que se les ha conferido un poder ilimitado, el poder de atar y desatar. ¡Pero cuanto mayor es el poder, tanto más grave es la responsabilidad? Yo no renuncio ni a una sola coma de lo que acabo de manifestar, pero admitamos, sea, admitamos por un momento que estoy de acuerdo con la acusación de que mi desdichado cliente se ha manchado las manos con la sangre de su padre. Eso no es más que una suposición, repito que no dudo un sólo instante de su inocencia, mas no importa, admitiré que mi acusado es culpable de parricidio; no obstante, escuchen mis palabras incluso si doy por aceptada tal suposición. Siento deseos de decirles aún algo con toda sinceridad, pues presiento que también en sus corazones y en sus mentes se está librando una gran lucha... Perdónenme, señores jurados, que invoque sus corazones y sus mentes. Pero quiero ser veraz y sincero hasta el fin. ¡Seamos todos sinceros!...»

En este punto una ovación bastante fuerte interrumpió al abogado defensor. Éste había pronunciado, en efecto, sus últimas palabras, con tal acento de sinceridad que todo el mundo tuvo la impresión de que quizá tenía realmente algo por decir y de que ello era lo más importante. Mas el presidente, al oír los aplausos, amenazó con fuerte voz que mandaría «desalojar» la sala de audiencia si se repetía «un caso semejante». Se hizo el silencio y Fetiukóvich prosiguió su discurso con una voz nueva, emotiva, completamente distinta de la que había empleado hasta entonces.

XIII

ADULTERACIÓN DEL PENSAMIENTO

«No es sólo el conjunto de los hechos lo que pierde a mi cliente, señores jurados —exclamó—, no; lo que en verdad le abruma no es más que un solo hecho: ¡el cadáver de su viejo padre! Si se tratara de un simple homicidio, ante la insignificancia, la falta de pruebas y el carácter fantástico de los hechos considerados cada uno de por sí y no en su conjunto, rechazarían la acusación o, por lo menos, vacilarían en quebrar el destino de un hombre por una simple prevención contra él, desgraciadamente muy merecida. Pero no nos encontramos ante un simple homicidio, ¡sino ante un parricidio! Eso impresiona, y en tal grado que hasta el más insignificante de los cargos imputados y la falta de pruebas dejan de parecer tan insignificantes incluso para los espíritus menos prevenidos en contra del acusado. ¿Cómo absolver a un reo semejante? Sólo faltaría que fuese culpable y que su crimen quedara impune, eso es lo que cada uno siente en el fondo, casi a pesar suyo, instintivamente. ¡Sí, es algo terrible verter la sangre del padre, la sangre del hombre que nos ha dado el ser, que nos ha amado, la sangre de quien no ha regateado su vida para mí, que desde mi infancia ha sufrido por mis enfermedades, que ha padecido toda la vida por mi felicidad y que ha sido feliz sólo con mis alegrías y mis éxitos! ¡Oh, matar a un padre semejante no es posible ni pensarlo! Señores jurados, ¿qué es un padre, un verdadero padre, qué palabra es ésta tan grandiosa, qué idea tan extraordinariamente inmensa se halla contenida en dicho nombre? Acabamos de indicar, en parte, qué es y cómo debe ser un verdadero padre. En la presente causa que ahora tanto nos ocupa y que nos estremece el alma, en la presente causa, el padre, el difunto Fiódor Pávlovich Karamázov, no correspondía en lo más mínimo al ideal de padre que ha vibrado ahora en nuestros corazones. Es una desdicha. Sí realmente, hay padres que son una desdicha. Examinemos, pues, esa desdicha de más cerca; nada hay que temer, señores jurados, dada la importancia de la decisión que se ha de tomar. Ahora menos que nunca hemos de temer y librarnos de una idea con un gesto de mano, como niños o mujeres asustadizas, según imagen del eminente magistrado de la acusación. Pero en su vehemente discurso, mi honorable adversario (adversario antes ya de que pronunciara yo mi primera palabra) ha exclamado varias veces: "No, no cederé a nadie la defensa del acusado, no la cederé al abogado defensor venido de Peterburgo, ¡soy el acusador, soy también defensor!" Varias veces lo ha proclamado y, sin embargo, ha olvidado recordar que si el terrible acusado durante veintitrés años estuvo tan agradecido sólo por una libra de avellanas recibidas del único hombre que tuvo para él una caricia en la casa paterna, no podía, por otra parte, dejar de recordar en el transcurso de los veintitrés años cómo había corrido en casa de su padre "en el patio trasero, descalzo y con los pantalones sostenidos por un botón", según se ha expresado el filántropo doctor Herzenstube. ¡Oh, señores jurados, para qué vamos a examinar de más cerca esa "desdicha" y repetir lo que ya todos saben! ¿Qué encontró mi cliente al venir aquí a ver a su padre? ¿Y por qué, por qué presentar a

mi cliente como un hombre sin sentimientos, egoísta y monstruoso? Es arrebatado, es salvaje y violento, ahora le estamos
juzgando por eso, mas ¿quién es culpable de su destino, quién
es culpable de que, teniendo buenas inclinaciones, un corazón
sensible y noble, haya recibido una educación tan absurda? ¿Le
cultivó alguien el entendimiento, fue instruido en las ciencias,
le quiso alguien con un poco de afecto en su infancia? Mi
cliente creció sin más protección que la de los dioses, o sea,
como un animal salvaje. ¡Es posible que anhelara ver a su padre después de una separación de muchos años; quizá, recordando su infancia como a través de un sueño, apartó mil veces
los repugnantes espectros que se le habían aparecido durmiendo cuando niño y deseaba con toda el alma justificar y abrazar
a su padre! ¿Y qué sucedió? Lo recibieron sólo con burlas sar-
cásticas, con recelos y argucias por un dinero en litigio; no oye
más que conversaciones y máximas repugnantes sobre la vida
corriente, las oye un día y otro día "ante la copa de coñac" y,
por fin, ve que el padre procura arrebatarle a él, al hijo, con el
propio dinero del hijo, la mujer amada. ¡Oh, señores jurados,
eso es repulsivo y cruel! Y por si fuera poco, el viejo se queja a
todo el mundo de la falta de respeto y de la dureza de corazón
del hijo, le cubre de lodo en sociedad, le perjudica, le calumnia,
¡compra los pagarés que el hijo ha firmado para meterle en la
cárcel! Señores jurados, esas almas, esas personas aparentemente crueles, violentas y sin freno como mi cliente, suelen
ser —y eso es lo más común— de corazón tiernísimo, si bien
no lo muestran. ¡No se rían de mi idea, no se rían! El señor
fiscal, cuyo talento admiro, se ha burlado no hace mucho sin
compasión de mi cliente hablando de su afición por Schiller,
por lo "noble y elevado". ¡Yo no me habría burlado de eso en
su lugar, en el lugar del acusador! Sí, esos corazones —oh, de-
jenme defender esos corazones tan pocas veces y tan injustamente comprendidos— esos corazones con mucha frecuencia
están sedientos de ternura, de belleza y de justicia, en cierto
modo como contraste consigo mismos, con su dureza y su
crueldad, lo anhelan inconscientemente, pero lo anhelan. Apasionados y crueles en apariencia, son capaces de amar por ejemplo a una mujer hasta la tortura, con un amor espiritual y elevado. Otra vez se lo ruego, no se rían de mí: ¡lo que digo es lo

que con mayor frecuencia sucede a esas naturalezas! El mal está en que no pueden disimular su pasión, a veces muy grosera; eso es lo que asombra, eso es lo que se observa, pero la vida interior del hombre no se percibe. Todas sus pasiones, al contrario, se calman rápidamente, pero junto a un ser noble y excelso ese hombre que parece insensible y grosero busca una renovación, busca la posibilidad de corregirse, de mejorarse, de hacerse elevado y honesto, "noble y elevado", ¡por burla que se haya hecho de estas palabras! He dicho antes que no me permitiría referirme a la novela de mi cliente con la señora Verjóvtseva. Sin embargo, media palabra puede decirse: lo que hemos oído aquí no hace mucho no ha sido una declaración, sino únicamente el grito de una mujer furiosa y vengativa, ¡y no era ella, oh, no era ella la persona que podía acusar de traición, porque ella misma ha traicionado! Si ella hubiera tenido tiempo para reflexionar un poco, no habría hecho tal declaración! ¡Oh, no la crean, no, mi cliente no es un "monstruo", como le ha denominado ella! El Crucificado, que ama a los hombres, al encaminarse hacia su Cruz, dijo: "Yo soy el Buen Pastor, que da su vida por la de sus ovejas, y ni una se perderá..."[13]. ¡No perdamos tampoco nosotros un alma humana! Yo acabo de preguntar: qué es un padre, y he exclamado que ésta es una gran palabra, un nombre precioso. Pero es necesario emplear esta palabra honestamente, señores jurados, y yo me permito llamar las cosas con las palabras que les corresponden, con sus verdaderas palabras: un padre como el viejo Karamázov asesinado no puede ser llamado padre, no es digno de ello. El amor hacia el padre no justificado por este último es un absurdo, un imposible. No se puede crear amor de la nada, de la nada sólo Dios crea. "¡Padres, no acongojéis a vuestros hijos!"[14], escribe el apóstol de corazón abrasado en amor. No cito ahora estas santas palabras pensando en mi cliente, las recuerdo para todos los padres. ¿Quién me ha conferido el poder de enseñar a los padres? Nadie. Pero en tanto que hombre y ciudadano, exhorto, *vivos voco!*[15]. Nuestro paso por la tierra es

---

[13] Cita libre del Evangelio de San Juan: X, 11.
[14] San Pablo, Epístola a los Efesios, VI, 4.
[15] «Llamo a los vivos.» (En latín en el original.)

breve, y aún cometemos muchos actos malos y decimos muchas malas palabras. Aprovechemos, pues, el momento propicio de nuestra comunicación conjunta para decirnos también unos a otros una buena palabra. Así lo hago yo: mientras me hallo en este lugar, aprovecho mi momento. No en vano esta tribuna nos ha sido concedida por una voluntad soberana: lo que aquí se dice, se oye en toda Rusia. No habló sólo para los padres aquí presentes, a todos me dirijo al exclamar: "¡padres, no acongojéis a vuestros hijos!" Sí, comencemos por cumplir nosotros mismos los preceptos de Cristo, sólo entonces permitámonos pedir cuentas también a nuestros hijos. De otro modo, no somos padres, somos enemigos de nuestros hijos, ellos no son nuestros hijos, sino enemigos nuestros, ¡y los hemos hecho enemigos nosotros mismos! "Con la medida con que medís, os volverán a medir"[16], esto no lo digo yo, lo prescribe el Evangelio: medid con la misma medida con que a vosotros os medirán. ¿Cómo culpar a los hijos si nos miden con nuestra propia medida? Recientemente, en Finlandia, una criada joven fue suspecta de haber dado a luz a un niño en secreto. La observaron y le encontraron un baúl del que nadie tenía noticia, en el desván de la casa, en un rincón tras unos ladrillos; se lo abrieron y sacaron el pequeño cadáver de una criaturita recién nacida y muerta por la propia joven. En el mismo baúl hallaron dos esqueletos de criaturitas dadas a luz ya anteriormente por la misma joven y matados asimismo por ella en el momento en que nacieron, y así lo confesó la criada. Señores jurados, ¿era madre de sus hijos, aquella mujer? Ella los traía al mundo, sí, ¿pero era su madre? ¿Se atreverá alguien de nosotros a aplicarle el sacrosanto nombre de madre? Seamos audaces, señores jurados, seamos incluso temerarios, hasta estamos obligados a serlo en el momento presente y a no temer ciertas palabra e ideas, como temen las brujerías las tenderas de Moscú. No, demostremos, al contrario, que el progreso de los últimos años ha influido también en nuestro desarrollo y digamos sin ambages: el que procrea todavía no es padre; padre es el que procrea y merece serlo. Oh, desde luego, existe también otro significado, otra interpretación de la pala-

---

[16] Mateo, VII, 2.

bra padre; es la que exige que mi padre, aunque sea un monstruo, aunque sea un malvado para sus hijos, siga siendo mi padre única y exclusivamente por haberme engrendrado. Pero este significado es ya, digamos, místico, no lo comprendo mediante la inteligencia y sólo puedo admitirlo a través de la fe o, mejor dicho, como un *acto de fe*, de modo análogo a muchas otras cosas que no comprendo, pero que la religión me ordena creer a pesar de todo. Mas, en este caso, que quede todo ello al margen de la esfera de la vida real. En cambio, en el marco de la realidad de la vida, que no sólo comporta derechos, sino que impone, además, grandes obligaciones dentro de dicho marco, si queremos ser humanos, si, en fin, queremos ser cristianos, estamos obligados a atenernos a convicciones sólo justificadas por la razón y la experiencia, pasadas por el crisol del análisis; en una palabra, debemos actuar como seres razonables y no como seres insensatos, como en sueños o en los momentos de delirio, para no causar daño al hombre, para no atormentar y no provocar la pérdida del hombre. Entonces nuestra obra será auténticamente cristiana, no sólo mística, sino razonable y ya inspirada en verdad por el amor al prójimo...»

En este lugar, fuertes aplausos se elevaron en muchos lugares de la sala, pero Fetuikóvich hizo un gesto con las manos suplicando que no le interrumpieran y le dejaran terminar. Enseguida se restableció el silencio. El orador prosiguió:

«¿Creen ustedes, señores jurados, que las cuestiones de este género no se plantean a nuestros hijos cuando, digamos, llegan a ser adolescentes, cuando empiezan ya a reflexionar? ¡Sí, se plantean, y no vamos a pedir de ellos una abstención imposible! La visión de un padre indigno, sobre todo en comparación con los padres, dignos, de otros niños de la misma edad, hará surgir en el ánimo de un adolescente, aunque no quiera, dolorosos interrogantes. A tales interrogantes le contestan según una norma establecida: "Él te ha traído al mundo, tú eres sangre de su sangre y debes quererle." El joven se preguntará, a pesar suyo: "¿Acaso me quería, cuando me engendró? —y seguirá preguntándose, cada vez más perplejo—. ¿Acaso fue por amor hacia mí, por lo que me dio el ser? No me conocía en aquel momento, en aquel momento de pasión quizás enardecida por el vino, ni siquiera sabía cuál sería mi sexo, y no me ha legado más que su inclinación a la borrachera, ése es todo el bien que me ha hecho... ¿Y por qué he de amarle yo? ¿Sólo por haberme engendrado y por no haberme amado nunca, luego, en toda la vida?" Oh, es posible que estas preguntas parezcan a ustedes groseras, crueles, pero no pidan de la joven inteligencia que se abstenga de lo que no puede abstenerse: "Echad la naturaleza por la puerta, entrará por la ventana"[17], y, sobre todo, sobre todo, no temamos las brujerías, resolvamos la cuestión tal como prescriben la razón y el sentido de lo humano y no las concepciones místicas. ¿Cómo resolverla? Pues del siguiente modo: que el hijo se presente ante su propio padre y le pregunte con reflexión: "Padre, dime: ¿por qué he de amarte? Padre, demuéstrame que yo he de amarte"; y si el padre es capaz de responder a las preguntas y demostrar lo que se le pide, tendremos entonces una auténtica familia normal fundada no sólo sobre prejuicios místicos, sino sobre bases racionales, justificables por sí mismas y rigurosamente humanas. En el caso contrario, si el padre es incapaz de demostrar lo que se le pide, la familia dada deja de serlo al instante: el padre no lo es para su hijo, el hijo recibe la libertad y el derecho de considerar en adelante a su padre como si no lo fuera e incluso como enemigo suyo. ¡Nuestra tribuna, señores jurados, ha de ser escuela de la verdad y de las ideas sensatas!»

Aquí, el orador fue interrumpido por unos aplausos incontenibles, casi frenéticos. Claro está, no aplaudía toda la sala, pero sí la mitad. Aplaudían los padres y las madres. En la parte alta, donde se encontraban las damas, se oían gritos y exclamaciones. Se agitaban pañuelos. El presidente empezó a tocar la campanilla con todas sus fuerzas. Se le veía irritado por la conducta del público, pero no se atrevió a mandar «desalojar» la sala, como había amenazado un poco antes, aplaudían y agitaban el pañuelo mirando al orador, incluso dignatarios instalados en los asientos especiales detrás del tribunal, ancianos que lucían estrellas en sus fraques, de modo que, cuando se apaciguó el alboroto, el presidente se limitó a repetir la ante-

---

[17] Frase del escritor e historiador N. M. Karamzín (1766-1826); figura en su ensayo *Dos caracteres* y es una traducción libre de unos versos de la fábula de la Fontaine «La gata convertida en mujer».

rior y rigurosísima amenaza de hacer «desalojar» la sala. Fetiukóvich, triunfante y emocionado, prosiguió su discurso.

«Señores jurados, recordarán ustedes la noche terrible, de que tanto se ha hablado todavía hoy, durante la cual el hijo, saltando la valla, penetró en la casa de su padre y al fin se encontró cara a cara con el enemigo y ofensor que le había dado la vida. Insisto con todas mis fuerzas: el hijo no había acudido allí, entonces, por dinero; la acusación de robo es un absurdo, como ya he explicado. Ni tampoco irrumpió en la casa para matar, ¡oh, no! Si hubiera tenido esa intención premeditada, se habría provisto anticipadamente por lo menos de un arma, pues si cogió la mano de almirez fue de manera instintiva, sin saber él mismo para qué. Admitamos que hubiera engañado a su padre con las señales, admitamos que hubiera penetrado en la casa; ya he dicho que no creo un solo instante en esa leyenda, pero no importa, ¡aceptémosla por un momento! Señores jurados, lo juro por todo lo que hay de santo: aunque no se hubiera tratado de su padre, sino de un extraño, después de haber recorrido las habitaciones y de haber comprobado que aquella mujer no se encontraba en la casa, el acusado se habría ido precipitadamente sin hacer daño alguno a su rival; quizá le habría dado un golpe, un empujón, pero nada más, pues otra cosa le habría preocupado, no habría tenido tiempo, habría necesitado saber dónde estaba ella. Mas el padre, el padre, oh, todo fue culpa sólo de la visión del padre, al que odiaba desde la infancia, del padre que era su enemigo, su ofensor y, en aquel momento, ¡su monstruoso rival! Un sentimiento irresistible de odio se apoderó de él contra su propia voluntad, le era imposible razonar: ¡todo afloró en un instante! Fue aquélla una explosión de locura y enajenación, pero también una explosión de la naturaleza que se vengaba por sus leyes eternas irrefrenable e inconscientemente, como todo en la naturaleza. Mas ni en aquel instante el homicida mató, yo lo afirmo, lo proclamo; no, lo único que hizo fue sacudir la mano de almirez con gesto de indignación y asco, sin desear matar, sin saber que mataría. De no haber tenido en el puño la fatal mano de almirez, sólo habría dado un golpe, quizás, a su padre, pero no le habría matado. Al huir, no sabía que estuviera muerto el viejo al que acababa de derribar. Un homicidio de esta naturaleza no es homicidio. Tal homicidio no es tampoco un parricidio. No, la muerte de tal padre no puede ser denominada parricidio. ¡Un homicidio semejante no puede ser calificado de parricidio si no es por prejuicio! Pero, ¿ha habido un asesinato, lo ha habido realmente?, les pregunto una y otra vez desde lo más profundo de mi alma. Señores jurados, condenamos a este hombre y él se dirá: "Esta gente no ha hecho nada en favor de mi destino, de mi educación, de mi instrucción, para que yo llegue a ser mejor, para que llegue a ser un hombre. Esta gente no me ha dado de comer ni de beber ni me ha visitado en mi desnuda cárcel, pero me han mandado a presidio. Ya he saldado mi deuda, ahora ya no les debo nada ni deberé nunca más nada a nadie. Son malos, yo también lo seré. Son crueles, yo también seré cruel." ¡Esto es lo que dirá, señores jurados! Lo juro: declarándole culpable, no harán más que aliviarle, le aliviarán la conciencia, maldecirá la sangre por él vertida, pero no sentirá haberla derramado. Al mismo tiempo, destruirán en él al hombre todavía posible, pues se hará malo y quedará ciego para toda la vida. ¿No desean ustedes castigarle terrible, amenazadoramente, con el más horroroso de los castigos que pueden imaginarse, pero al mismo tiempo salvándole el alma y regenerándole para siempre? Si es así, ¡abrúmenle con la misericordia! Verán, percibirán cómo se le estremece y horroriza el alma: "¿Podré yo soportar esta clemencia, soy digno yo de tanto amor, lo he merecido realmente?", ¡ésa será su exclamación! Oh, yo conozco el corazón de este hombre, lo conozco, es un corazón salvaje, pero noble, señores jurados. Venerará la magnanimidad de ustedes, anhela un gran acto de amor, se abrasará y renacerá para toda la vida. Hay almas que, en su limitación, acusan al mundo entero. Pero abrumen esa alma con misericordia, denle pruebas de amor y ella maldecirá de su actitud precedente, pues hay en ella una cantidad extraordinaria de gérmenes de bondad. El alma se ensanchará y verá cuán misericordioso es Dios, cuán buenos y justos son los hombres. Le estremecerá, le abrumará el remordimiento y la deuda inmensa que ha de saldar. Entonces no dirá: "He saldado mi deuda", sino: "Soy culpable ante todos los hombres y soy de todos ellos el más indigno." Con lágrimas de arrepentimiento y dolorosa ternura, que le quemarán como una brasa, exclamará:

"¡La gente es mejor que yo, pues ha querido salvarme y yo hundirme!" Oh, les es tan fácil a ustedes hacerlo, cumplir ese acto de misericordia, pues faltando, como faltaban, pruebas de toda clase con asomos de veracidad, les resultará demasiado penoso pronunciar: "Sí, es culpable." Mejor es dejar libre a diez culpables que castigar a un solo inocente, ¿oyen ustedes esa grandiosa voz del siglo pasado de nuestra gloriosa historia, la oyen? ¡Quién soy yo, insignificante criatura, para recordarles a ustedes que la justicia rusa no es sólo castigo, sino, además, salvación del hombre que ha caído! Que se atengan otros pueblos a la letra y al castigo; quede para nosotros, en cambio, el espíritu y el sentido de la ley, la salvación y la regeneración de los extraviados. Si es así, si realmente son así Rusia y su justicia, ¡adelante, Rusia!, ¡y no nos asusten, oh, no nos asusten con troikas desenfrenadas de las que se apartan con repugnancia todos los pueblos! No será la troika arrebatada la que llegue al fin, sino la imponente carroza rusa en marcha solemne y pausada. En las manos de ustedes se encuentra el destino de mi cliente, en las manos de ustedes se encuentra asimismo el destino de nuestra verdad rusa. ¡Sálvenla, defiéndanla, demuestren que hay quien puede velar por ella, que está en buenas manos!»

XIV

LOS MUJÍKS NO DIERON SU BRAZO A TORCER

Así terminó Fetiukóvich, y la explosión de entusiasmo de los oyentes fue esa vez incontenible, como una tempestad. Carecía ya de sentido procurar refrenarla: las mujeres lloraban, lloraban incluso muchos hombres, hasta dos dignatarios vertieron unas lágrimas. El presidente se sometió y se demoró algo en tocar la campanilla: «Atentar contra aquel entusiasmo habría significado atentar contra una cosa sagrada», exclamaban más tarde las damas de nuestra ciudad. El propio orador estaba sinceramente emocionado. Y he aquí que en aquel momento se levantó otra vez nuestro Ippolit Kiríllovich para «intercambiar unas objeciones». Le miraron casi con odio: «¿Cómo? ¿Qué significa esto? ¿Es él quien se atreve aún a replicar?», balbuceaban las damas. Pero aunque hubieran murmurado hasta las damas del mundo entero y al frente de ellas la esposa de Ippolit Kiríllovich, habría sido imposible detenerle en aquel instante. Estaba pálido, temblaba de emoción; las primeras palabras, las primeras frases pronunciadas por él resultaron hasta incomprensibles; se sofocaba, articulaba mal, se embrollaba. De todos modos, pronto se corrigió. Pero de este segundo discurso suyo, reproduciré sólo algunas frases.

«...Se nos reprocha haber inventado novelas. ¿Y qué nos ofrece el abogado defensor, sino pura y simplemente una novela? Sólo han faltado unos versos. Fiódor Pávlovich rompe el sobre y lo tira al suelo mientras espera a su amada. Se citan, incluso, las palabras que pronunció en aquel sorprendente caso. ¿No es eso un poema? ¿Y dónde está la prueba de que sacó el dinero, quien oyó lo que dijo? El Smerdiákov idiota y débil mental transformado en un personaje de perfil romántico que se venga de la sociedad por su nacimiento ilegítimo, ¿no constituye un poema de sabor byroniano? Y el hijo que irrumpe en la casa de su padre, que lo mata, pero que al mismo tiempo no lo mata? Eso ya ni siquiera es una novela, ni un poema, eso ya es una esfinge que plantea enigmas de tal naturaleza que ni él mismo, desde luego, resolverá. Si alguien mata, pues mata, ¿pero cómo puede ser eso de que ha matado y sin embargo no ha matado? ¿Quién es capaz de entenderlo? Se nos anuncia, luego, que nuestra tribuna es la tribuna de la verdad y de las ideas sensatas, ¡mas he aquí que desde esta tribuna de las "ideas sensatas" se proclama, como un axioma mediante juramento que llamar al asesinato del padre parricidio no es más que un prejuicio! Pero si el parricidio es un prejuicio y si cada criatura ha de interrogar a su padre: "Padre, ¿por qué he de amarte?", en ese caso, ¿qué va a ser de nosotros, qué va a ser de las bases de la sociedad, qué va a ser de la familia? El parricidio, ya lo ven, no es más que una brujería de una tendera moscovita. Los precepto más valiosos y sacrosantos de lo que constituye el sentido y el futuro de los tribunales rusos se presentan de manera tergiversada y frívola con el único propósito de alcanzar un fin, de justificar lo que no puede ser justificado. Oh, abrúmenlo de misericordia, exclama el defensor; qué más quiere el criminal,

¡háganlo, y verán mañana mismo cómo estará abrumado! Además, ¿no es demasiado modesto, el defensor, al pedir sólo la absolución del acusado? ¿Por qué no reclamar la institución de un fondo para becas que lleve el nombre del parricida y perpetuar así su proeza entre nuestros descendientes y entre la joven generación? Se rectifican los Evangelios y los preceptos religiosos: todo esto, se dice, es sólo misticismo, sólo nosotros estamos en posesión del cristianismo auténtico, comprobado ya por el análisis de la razón y de las ideas sensatas. ¡Hasta presentan ante nosotros una imagen falseada de Cristo! *Con la misma medida que medís, os medirán a vosotros,* exclama el defensor, y en el mismo instante saca la conclusión de que Cristo nos ha ordenado medir con la medida que nos van a medir a nosotros, ¡y esto desde la tribuna de la verdad y de las ideas sensatas! Nos asomamos a los Evangelios tan sólo en la víspera de nuestros discursos para poder brillar con el conocimiento de una obra, de todos modos bastante original, que puede ser útil y servir para alcanzar cierto efecto en la medida de lo necesario, ¡todo ello en la medida de lo necesario! Mas Cristo nos manda precisamente no obrar de este modo, guardarnos de obrar así, porque así es como obra el mundo malo; nosotros, en cambio, hemos de perdonar, presentar nuestra mejilla, pero no hemos de medir con la medida que nos apliquen nuestros ofensores. Eso es lo que nos ha enseñado nuestro Dios y no lo de que es un prejuicio prohibir a los hijos matar a sus padres. No vamos nosotros a corregir desde la cátedra de la verdad y de las ideas sensatas el Evangelio de Dios Nuestro Señor, al que el defensor se digna llamar únicamente "Crucificado que ama a los hombres", en contraposición a la Rusia ortodoxa, que le invoca diciendo: "¡Tú, que eres nuestro Dios!..."»

En este punto el presidente intervino para refrenar al entusiasmado orador rogándole que no exagerara, que no rebasara los límites debidos, etc., tal como suelen intervenir en casos análogos los presidentes. Además, la sala se mostraba inquieta. El público se agitaba, incluso profería exclamaciones de indignación. Fetiukóvich ni siquiera replicó; subió a la tribuna para pronunciar unas cuantas palabras llenas de dignidad, puesta la mano sobre el corazón, y en el tono de voz de un hombre que se siente ofendido. Aludió ligeramente y con irona a las «novelas» y a la «psicología», hallando la manera de citar la frase: «Júpiter, te enfadas; eso quiere decir que no tienes razón», con lo que provocó entre el público numerosas risitas de asentimiento, pues Ippolit Kiríllovich en nada se parecía a un Júpiter. Luego, a la acusación de que él permitía a los jóvenes matar a sus padres, repuso Fetiukóvich muy dignamente que ni siquiera iba a refutarla. En cambio, recepto a la «imagen falseada de Cristo» y a que no se había dignado llamar Dios a Cristo, sino únicamente «Crucificado que ama a los hombres», lo cual, se había dicho, «es contrario a la ortodoxia y no debía de ser proclamado desde la tribuna de la verdad y de las ideas sensatas», Fetiukóvich dio a entender que se trataba de una «insinuación» y que, al acudir a esta audiencia, daba por descontado por lo menos que la presente tribuna se hallaba al abrigo de acusaciones «peligrosas para mi persona como ciudadano y fiel súbdito...». Pero cuando pronunció estas palabras, el presidente también le interrumpió a él, y Fetiukóvich, inclinándose, puso fin a su respuesta acompañado de un murmullo de aprobación que resonó en toda la sala. En cambio, Ippolit Kiríllovich, a juicio de nuestras damas, estaba «aplastado para toda la vida».

La palabra fue concedida luego al propio acusado. Mitia se levantó, pero habló poco. Estaba agotado, física y moralmente. El aire de seguridad y de fuerza con que había entrado por la mañana en la audiencia había desaparecido casi por completo. Habríase dicho que en el transcurso de aquella jornada había aprendido y comprendido algo muy importante, que antes desconocía y que ya no olvidaría jamás. Se le había debilitado la voz, ya no gritaba, como al principio. Se percibía en sus palabras un nuevo acento, una nota de resignación, vencida y humilde.

«Qué puedo decir, yo, señores jurados! La hora de mi juicio ha llegado, siento sobre mí la mano de Dios. ¡Se ha terminado el hombre disoluto! Pero digo aquí como si me confesara ante Dios: "De la sangre de mi padre no soy culpable, ¡no!" Lo repito por última vez: "¡No he matado!" He sido un libertino, pero he amado el bien. A cada instante quería corregirme, pero vivía como un animal salvaje. Doy las gracias al señor fiscal, ha dicho de mí muchas cosas que yo mismo ignoraba, pero no es cierto que yo haya matado a mi padre, ¡el señor fiscal se ha equivocado! Gracias también al abogado defensor, he llorado escuchándole, pero no es cierto que yo haya matado a mi padre, ¡no había que suponerlo! En cuanto a los doctores, no les crean, estoy en mi pleno juicio, sólo en el alma tengo un gran peso. Tanto si me condenan como si me absuelven, rogaré por ustedes. Me haré mejor, lo prometo, lo prometo ante Dios. ¡Si me condenan, yo mismo romperé mi espada sobre mi cabeza y besaré luego los fragmentos! Pero perdónenme, no me priven de mi Dios, me conozco: ¡me sublevaré! Siento un gran peso en el alma, señores... ¡perdónenme!»

Casi cayó en su asiento, se le entrecortó la voz, apenas pudo articular la última frase. El tribunal pasó luego a la redacción de las preguntas que debían ser formuladas a los jurados y pidió a las partes sus conclusiones. Pero no voy a describir los detalles. Finalmente, los jurados se levantaron para retirarse a deliberar. El presidente estaba muy fatigado y por eso no les dirigió más que una breve alocución: «Sean imparciales, no se dejen impresionar por las elocuentes palabras de la defensa; ponderen su decisión, recuerden que pesa sobre ustedes una gran responsabilidad», etc. Los jurados se retiraron y hubo un intervalo en la sesión. La gente podía levantarse, pasear, cambiar impresiones, que eran muchas, tomar algo en el ambigú. Era muy tarde, cerca de la una de la noche, pero nadie se iba. La tensión era alta, los ánimos estaban tan excitados, que nadie pensaba en el descanso. Todos esperaban llenos de angustia, aunque no todo el mundo se sentía angustiado. Las damas se consumían únicamente en una impaciencia histérica, pero no sentían ningún temor: «La absolución, decían, es inevitable», y se preparaban para el momento impresionante del entusiasmo general. Reconozco que también entre la mitad masculina de la sala eran muchísimos los convencidos de que la absolución estaba fuera de dudas. Unos se alegraban; otros, en cambio, fruncían el ceño, y otros, sencillamente, ponían cara de disgusto: ¡no querían una sentencia absolutoria! En cuanto a Fetiukóvich, estaba firmemente convencido del éxito. Estaba rodeado de gente, recibía felicitaciones, le halagaban.

—Existen —decía en un grupo, según luego se contó—, existen hilos invisibles que ligan al defensor con los jurados. Se forman y se presienten ya durante el discurso. Yo los he percibido, existen. La causa está ganada, no teman.

—¿Qué dirán ahora nuestros mujíks? —soltó un señor de cara fosca, gordo y picado de viruelas, un propietario de los alrededores de la ciudad, acercándose a un grupo de señores que estaban platicando.

—No son todo mujíks. Hay cuatro funcionarios.

—Eso, también hay funcionarios —terció, acercándose, un miembro de la Diputación Provincial.

—¿Conocen a Nazáriev, a Prójor Ivánovich, ese mercader de la medalla, miembro del jurado?

—¿Por qué?

—Es un pozo de sabiduría.

—Pero si siempre está callado.

—Callar, se calla, es mejor así. Poco tiene que enseñarle a él un peterburgués; al contrario, él es capaz de dar sopas con honda a todo Peterburgo. Es padre de doce hijos, ¡imagínate!

—¿Será posible que no le absuelvan? —gritaba en otro grupo uno de nuestros jóvenes funcionarios.

—Lo absolverán, sin duda —sentenció una voz decidida.

—¡Sería una vergüenza, sería un deshonor que no le absolvieran! —exclamó el funcionario—. Admitamos que haya matado, ¡pero hay padres y padres! Además, se encontraba en tal estado de excitación... Es muy posible, en efecto, que sólo hiciera un brusco movimiento con la mano de almirez y el otro se quedara seco del golpe. Lo que sí está mal es haber mezclado al lacayo en el asunto. Eso es encillamente un episodio ridículo. Yo, puesto en el lugar del defensor, lo habría dicho así, claramente: mató, pero no es culpable, ¡al diablo todos ustedes!

—Eso es lo que ha hecho, aunque sin decir que se fueran al diablo.

—No, Mijaíl Semiónich, casi lo ha dicho —intervino una tercera vocecita.

—Perdón, señores, pero en cuaresma absolvieron aquí a una artista que había cortado el cuello a la esposa legítima de su amante.

—Sí, pero no se lo había cortado del todo.

—No importa, no importa, ¡había empezado a cortárselo!

—¿Y lo que ha dicho de los hijos? ¡Es magnífico!

—Magnífico.

—Bueno, y sobre el misticismo, ¿eh?, ¿y sobre el misticismo?

—Bah, déjense ustedes de misticismos —gritó aún alguien—; piensen ustedes en Ippolit, ¡la que le espera desde el día de hoy! Mañana mismo su esposa le sacará los ojos por Mítienka.

—¿Ella está aquí?

—¡Qué va a estar! Si estuviera aquí, aquí mismo le arañaba. No se ha movido de su casa, le duelen las muelas. ¡Je-je-je!

—¡Je-je-je!

En un tercer grupo:

—Pues a Mítienka es muy posible que lo absuelvan.

—Vete a saber, mañana pone patas arriba a toda «La Capital», se pasará diez días seguidos emborrachándose.

—¡Es un diablo!

—Bueno, el diablo es el diablo; del diablo no se ha podido prescindir, dónde iba a estar sino aquí.

—Señores, admitamos la elocuencia. Pero no se puede consentir que se abra la cabeza de los padres a porrazos. Si no, ¿adónde vamos a parar?

—Y lo de la carroza, ¿eh? ¿Se acuerdan de lo de la carroza?

—Sí, de un carro ha hecho una carroza.

—Y mañana hará de la carroza un carro, «en la medida de lo necesario, todo en la medida de lo necesario».

—La gente se ha vuelto muy lista. ¿Pero existe en nuestro país, señores, existe en Rusia la verdad auténtica? ¿O no existe en absoluto?

Sonó la campanilla. Los jurados habían deliberado una hora exacta, ni más ni menos. Reinó un profundo silencio no bien el público se hubo reintegrado a sus asientos. Me acuerdo de cómo los jurados entraron en la sala. ¡Por fin! No reproduciré las preguntas por puntos, que, por otra parte, he olvidado. Sólo recuerdo la respuesta a la primera pregunta, fundamental, del presidente: «¿Mató el acusado para robar y con premeditación?» (no recuerdo el texto). El silencio se hizo impresionante. El decano de los jurados, que resultó ser, precisamente, el funcionario joven, el más joven de todos, proclamó con voz fuerte y clara, en medio de un silencio sepulcral:

—¡Sí, es culpable!

Luego, a todos los puntos siguió la misma respuesta: culpable, sí, culpable, ¡sin la menor indulgencia! La verdad es que eso no lo esperaba nadie, casi todo el mundo estaba convencido de que por lo menos habría indulgencia. El silencio sepulcral de la sala no se interrumpía, como si todos se hubieran quedado literalmente petrificados, tanto los que deseaban una sentencia condenatoria como quienes eran partidarios de la absolución. Pero eso fue sólo durante los primeros minutos. Luego se produjo un caos espantoso. Resultó que entre el público masculino eran muchos los que estaban contentos. Había quien hasta se frotaba las manos sin ocultar su alegría. Los descontentos estaban como anonadados, se encogían de hombros, murmuraban entre sí, como si aún no se hubieran dado perfecta cuenta de lo que sucedía. ¡Pero, Dios mío, cómo se pusieron nuestras damas! Creí que iban a amotinarse. Al principio parecía que no daban crédito a sus oídos. Y, de súbito, en toda la sala resonaron las exclamaciones: «¿Qué es esto? ¿Qué significa esto?» Las damas se levantaron de sus asientos. Pensaban, sin duda, que aquello podía cambiarse y rehacerse otra vez enseguida. En aquel instante, se levantó Mitia y clamó con voz desgarradora, extendiendo los brazos:

—¡Juro por Dios y su Juicio Final que de la sangre de mi padre no soy culpable! ¡Katia, te perdono! ¡Hermanos, amigos, velad por la otra!

No terminó, prorrumpió a llorar espantosamente, a gritos que resonaban en toda la sala, con una voz nueva, distinta de la suya, inesperada, que le salía sabe Dios de dónde. En el ángulo posterior de la galería, en parte alta, retumbó un penetrante clamor de mujer: era Grúshenka. Había suplicado a alguien y de nuevo la habían dejado entrar en la sala antes ya de los debates judiciales. Se llevaron a Mitia. La proclamación de la sentencia se aplazó hasta el día siguiente. Toda la sala se levantó con gran ruido, pero yo no esperé ni escuché más. He retenido sólo en la memoria algunas exclamaciones, oídas ya en el porche, a la salida:

—Veinte años en las minas no hay quien se los quite.

—Por lo menos.

—Sí, nuestros mujíks no han dado su brazo a torcer.

—¡Y han acabado con nuestro Mítienka!

EPÍLOGO

La tumba de Dostoievski en el monasterio Nevski, Leningrado

I

PROYECTOS PARA SALVAR A MITIA

AL quinto día de la vista de la causa contra Mitia, por la mañana temprano, antes de las nueve, Aliosha fue a casa de Katerina Ivánovna para ponerse definitivamente de acuerdo acerca de un asunto muy importante para los dos, aparte de que tenía para ella un encargo. La entrevista se celebró en el mismo saloncito en que en otra ocasión Katerina Ivánovna había recibido a Grúshenka; al lado mismo, en otro cuarto, yacía abatido por su enfermedad y sin conocimiento Iván Fiódorovich. Inmediatamente después de la escena que se produjo ante el tribunal, Katerina Ivánovna mandó trasladar a su casa a Iván Fiódorovich, enfermo y sin sentido, desdeñando todos los futuros e inevitables comentarios de la sociedad y la censura de que ésta la haría objeto. Una de las dos parientes de Katerina Ivánovna que vivían con ella, partió inmediatamente para Moscú después de lo ocurrido en el tribunal: la otra se quedó. Pero aunque se hubieran ido las dos, Katerina Ivánovna no habría modificado su decisión y habría cuidado al enfermo sin moverse de su lado día y noche. Le trataban Varvinski y Herzenstube; el doctor moscovita, en cambio, regresó a su ciudad negándose a manifestar su opinión acerca del posible fin de la dolencia. Los doctores de la localidad, aunque animaban a Katerina Ivánovna y a Aliosha, no podían dar aún ninguna esperanza firme, resultaba evidente. Aliosha acudía a ver a su hermano enfermo dos veces al día. Pero esta vez había de tratar de un asunto especial, archiembarazoso, y presentía cuán difícil le iba a resultar abordarlo, aunque tenía mucha prisa: aquella misma mañana le esperaba otro asunto inaplazable en otro lugar; era necesario apresurarse. Hacía ya un cuarto de hora que estaban hablando. Katerina Ivánovna, muy pálida, se encontraba en extremo fatigada, pero, al mismo tiempo, presa de una extraordinaria y enfermiza agitación: presentía para qué, entre otras cosas, había acudido a verla entonces Aliosha.

—No se inquiete por lo que va a decidir —decía con firme insistencia a Aliosha—. De una manera u otra llegará, a pesar de todo, a esa conclusión: ¡tiene que huir! Este desagraciado, este héroe del honor y de la conciencia, no aquél, no Dmitri Fiódorovich, sino éste, el que yace al otro lado de esta puerta y que se ha sacrificado por su hermano —añadió Katia, centelleantes los ojos—, hace tiempo me comunicó ya todo el plan de la evasión. Sepa usted que él entró en contacto con ciertas personas... Ya le he comunicado alguna cosa... Verá, es muy probable que el hecho se produzca, según toda probabilidad, en la tercera etapa contando desde aquí, cuando conduzcan la partida de desterrados a Siberia. Oh, eso aún está lejos. Iván Fiódorovich ya hizo un viaje para entrevistarse con el jefe de la tercera etapa. Lo que se ignora aún es quién será el jefe del convoy, no es posible saberlo con tanta anticipación. Mañana quizá le muestre todo el plan en detalle, tal como me lo dejó Iván Fiódorovich la víspera del juicio por si ocurría alguna cosa... Fue al anochecer, cuando usted vino y nos encontró riñendo, ¿se acuerda? ¿Sabe usted por qué reñíamos, entonces?

—No, no lo sé —contestó Aliosha.

—Claro, entonces él se lo ocultó a usted: era precisamente por ese plan de fuga. Ya tres días antes me había explicado lo más importante, empezamos a discutir y seguimos discutiendo los tres días. Nos pusimos a discutir porque cuando me declaró que si condenaban a Dmitri Fiódorovich éste huiría al extranjero con aquella mujerzuela, me puse de pronto hecha una furia, no le diré por qué, ni yo misma lo sé... Oh, claro está, fue debido a aquella mujerzuela, me puse furiosa entonces por aquella mujerzuela, ¡porque también ella huiría al extranjero con Dmitri! —exclamó de pronto Katerina Ivánovna, temblorosos los labios de ira—. Al ver que me ponía furiosa por la mujerzuela, Iván Fiódorovich pensó al instante que yo me celaba de ella y que, por tanto, aún seguía queriendo a Dmitri. Entonces nos peleamos por primera vez. No quise darle explicaciones y tampoco podía pedirle perdón; me resultaba como penoso que un hombre como él pudiera sospechar que yo aún amaba a ése... ¡Y ello después de haberle dicho francamente, hacía tiempo, que no amaba a Dmitri, que no amaba a nadie más que a él! ¡Me irrité con él sólo por rabia contra aquella mujerzuela! Tres días después, precisamente cuando usted vino, me trajo un sobre sellado para que lo abriera sin demora, caso de que a él le ocurriera algo. ¡Oh, él preveía su enfermedad! Me reveló que en el sobre había los detalles de la evasión, y que si él moría o caía enfermo de peligro, debía de encargarme yo personalmente de salvar a Mitia. Al mismo tiempo me entregó dinero, casi diez mil rublos, los mismos a que en su discurso se refirió el fiscal, enterado de que Iván había mandado cambiar obligaciones. A mí me impresionó terriblemente que Iván Fiódorovich, a pesar de sentir aún celos por mí y a pesar de estar aún convencido de que yo amo a Mitia, no hubiera abandonado la idea de salvar a su hermano y me confiara a mí, ¡a mí misma!, la salvación. ¡Oh, aquello era un sacrificio! ¡No, Alexiéi Fiódorovich, usted no puede comprender aún en toda su plenitud semejante espíritu de sacrificio! Quise postrarme de rodillas a sus pies en señal de reverencia, pero se me ocurrió pensar que él lo iba a interpretar sólo como prueba de mi alegría por la salvación de Mitia (¡no hay duda de que lo habría pensado!), y sólo ante la posibilidad de que él tuviera semejante pensamiento me sentí irritada hasta tal punto que de nuevo me puse furiosa y, en lugar de besarle los pies, le hice otra escena. ¡Oh, qué desgraciada soy! Así es mi carácter, ¡un carácter terrible, desgraciado! Ya verá usted: lo haré tan bien, le irritaré hasta tal punto que acabará abandonándome por otra con la que sea más fácil vivir, como ha hecho Dmitri; pero en ese caso... no, en ese caso ya no podré soportarlo, ¡me mataré! Cuando usted entró, cuando le llamé a usted y le ordené a él que volviera, se apoderó de mí tanta rabia por la mirada de odio y desprecio que él me dirigió al entrar, que, recuérdelo, me puse a gritar diciendo ¡que *él, sólo él* me había convencido de que Dmitri era un asesino! Le calumnié adrede, para herirle una vez más, pero él nunca, nunca pretendió convencerse de que su hermano era un asesino; al contrario, ¡era yo misma, yo, la que había intentado convencerle de ello! ¡Oh, la causa de todo, de todo, es mi rabia! ¡He sido yo, yo, la que ha provocado aquella maldita escena del juicio! Él quiso demostrarme que es noble de alma, que aunque yo ame a su hermano, él no lo perdería por venganza y celos. Así se presentó ante el tribunal... ¡Yo soy la causa de todo, yo soy la única culpable!

Nunca había hecho Katia semejantes confesiones a Aliosha, y éste sentía que ella se encontraba entonces en ese grado de sufrimiento insoportable en que el corazón más orgulloso desgarra con dolor su orgullo y cae vencido por la pena. Oh, Aliosha conocía otra causa espantosa de los tormentos que ella entonces sufría, por más que Katerina Ivánovna se hubiera esforzado en mantener escondida de él dicha causa en todos los días que habían seguido a la condena de Mitia; pero a Aliosha, sin que comprendiera por qué, le habría resultado demasiado doloroso que ella decidiera humillarse tanto, que se pusiera a hablar por sí misma, de tal causa, en aquel momento. Katerina Ivánovna sufría por su «traición» ante el tribunal, y Aliosha presentía que la conciencia la impulsaba a acusarse precisamente ante él, ante Aliosha, derramando lágrimas, chillando, con una explosión de histerismo, golpeándose la frente contra el suelo. Él temía ese momento y deseaba ahorrarle a ella tan gran dolor. Por eso, tanto más difícil le resultaba dar cumplimiento al encargo que debía hacer. Volvió a hablar de Mitia.

—¡No se preocupe, no se preocupe por él, no tema! —empezó Katia otra vez, porfiada y tajante—; su actitud es cosa pasajera, le conozco, conozco demasiado su corazón. No le quepa duda de que accederá a evadirse. Tenga en cuenta, además, que no es cosa inmediata; tendrá tiempo aún para decidirse. Iván Fiódorovich para entonces ya se habrá restablecido y se ocupará de todo, de modo que yo no tendré que hacer nada. No se preocupe usted, Mitia estará de acuerdo en huir. Además, ya lo está ahora: ¿acaso puede dejar a su mujerzuela? En el penal no la dejarán entrar, ¿cómo no va a huir, él? Lo más grave, para él, es el temor que tiene a usted, teme que usted no apruebe la evasión por razones de orden moral, pero usted debe *permitírselo* generosamente, ya que tan necesaria le es su anuencia —añadió Katia, venenosa.

Se calló unos instantes y se sonrió.

—Allí habla él de no sé qué himnos —prosiguió Katia—, de una cruz que ha de llevar a cuestas, de no sé qué deuda, recuerdo que me lo contó muchas veces Iván Fiódorovich, ¡y si supiera usted comó lo contaba! —exclamó Katia de pronto, con irresistible efusión—. ¡Si supiera usted cómo amaba a ese desgraciado cuando me hablaba de él y cómo le odiaba, quizás, al mismo tiempo! ¡En cambio, yo, oh, yo escuchaba entonces su relato y contemplaba sus lágrimas con orgullosa e irónica sonrisa! ¡Oh, qué vil! ¡La vil soy yo, yo! ¡He sido yo la que le he provocado este ataque de fiebre nerviosa! En cuanto al otro, el condenado, ¿acaso está dispuesto a sufrir? —acabó con irritación Katia—. Además, ¿es él hombre para sufrir? ¡Tipos como él, nunca sufren!

Resonó ya en estas palabras cierto sentimiento de odio, de repugnancia y desprecio. Y el caso era que le había traicionado ella. «Quién sabe, quizá por sentirse tan culpable ante él en algunos momentos le odia», pensó Aliosha para sí. Deseaba vivamente que fuera sólo «en algunos momentos». En las palabras que Katia acababa de pronunciar percibió él un reto, pero no lo recogió.

—Si le he mandado llamar hoy ha sido para que me prometa convencerle usted mismo. ¿O cree usted también que huir sería deshonesto, poco digno o, cómo decirlo, poco cristiano, acaso? —añadió Katia con un reto aún más manifiesto.

—No, ¿por qué? Se lo diré todo... —balbuceó Aliosha—. Él le pide que vaya hoy a verle —soltó Aliosha de pronto, mirándola firmemente a los ojos.

Katia se estremeció de pies a cabeza y se echó levemente hacia atrás en el diván.

—A mí... ¿es posible? —musitó, palideciendo.

—Es posible ¡y es necesario! —repuso con firmeza Aliosha, animándose vivamente—. Usted le es muy necesaria, precisamente ahora. No me habría puesto a hablar de ello atormentándola antes de lo debido si no fuera indispensable. Está enfermo, está como loco, no hace más que llamarla a usted. No le pide que vaya para hacer las paces, basta que usted se deje ver en el umbral de la puerta. Desde aquel día, se ha producido en él un cambio extraordinario. Él comprende que es infinitamente culpable ante usted. No pide que le perdone: «A mí no se me puede perdonar», lo dice él mismo, pide sólo que se deje ver en el umbral...

—Usted, a mí, de pronto... —susurró Katia—, todos esos días he estado presintiendo que vendría a pedirme esto... ¡Ya sabía yo que él me llamaría!... ¡Es imposible!

—Que lo sea, pero hágalo. Recuerde que por primera vez él se ha dado cuenta de lo mucho que la ha ofendido a usted; por primera vez en la vida, hasta ahora, ¡jamás lo había comprendido con tanta plenitud! Dice: si se niega a venir, «desde ahora seré desgraciado toda la vida». ¿Lo oye? Condenado a veinte años de presidio y se dispone aún a ser feliz, ¿no da pena? Piense: visitará usted a un condenado inocente —exclamó Aliosha retador, a pesar suyo—. Tiene las manos limpias, ¡no se las ha manchado de sangre! ¡En nombre de los infinitos sufrimientos que le esperan, vaya a verle ahora! Ayúdele a enfrentarse con esas tinieblas... llegue hasta el umbral y nada más... Usted debe hacer eso, ¡debe hacerlo! —concluyó Aliosha, haciendo hincapié con insólita fuerza en la palabra «debe».

—Debo, pero... no puedo —repuso Katia como si gimiera—, él me mirará... no puedo.

—Sus miradas han de encontrarse. ¿Cómo vivirá usted toda la vida si ahora no se decide?

—Es preferible sufrir toda la vida.

—Usted debe ir, usted debe ir —insistió de nuevo Aliosha, implacable.

—Mas ¿por qué hoy, por qué ahora—... Yo no puedo dejar solo al enfermo...

—Por un minuto puede, se trata únicamente de un minuto. Si usted no va, a Dmitri le dará un ataque de fiebre nerviosa antes de que llegue la noche. No la engaño, ¡tenga compasión!

—Tenga compasión de mí —le replicó con amargura Katia, y se puso a llorar.

—¡Así, pues, irá! —dijo con firme voz Aliosha al ver sus lágrimas—. Voy a anunciarle que enseguida irá.

—¡No, no se lo diga por nada del mundo! —gritó Katia, asustada—. Iré, pero sin que usted se lo comunique, porque quizá yo no entre... Todavía no sé...

Se le quebró la voz. Katia respiraba con dificultad. Aliosha se levantó dispuesto a salir.

—¿Y si me encuentro allí con alguien? —articuló de pronto ella quedamente, palideciendo otra vez.

—Por eso es necesario que vaya ahora, así no se encontrará allí con nadie. No habrá nadie, se lo aseguro. La esperaremos —concluyó porfiado, y salió de la estancia.

II

POR UN MOMENTO LA MENTIRA
SE HIZO VERDAD

S E dirigió apresuradamente hacia el hospital en que entonces se encontraba Mitia. Dos días después de la sentencia, cayó enfermo de fiebre nerviosa y fue conducido al hospital de la ciudad, a la sección de detenidos. Pero el médico Varvinski, a ruegos de Aliosha y de muchos otros (Jojlakova, Lisa y demás), no instaló a Mitia en la sección de los detenidos, sino aparte, en el mismo cuartucho que había ocupado antes Smerdiákov. Cierto es que al final del pasillo había un centinela y la ventana tenía rejas, de modo que Varvinski podía estar tranquilo por su indulgencia, no del todo legal; era un hombre joven, bueno y compasivo, comprendía cuán duro iba a ser para una persona como Mitia encontrarse de golpe en compañía de asesinos y truhanes, y se daba cuenta de que éste necesitaba primero acostumbrarse. En cuanto a las visitas de parientes y conocidos, estaban autorizadas por el doctor, por el vigilante y hasta por el jefe de policía, todo ello bajo mano. Pero durante esos días, los únicos que le visitaban eran Aliosha y Grúshenka. Dos veces había intentado verle Rakitin, pero Mitia rogó insistentemente a Varvinski que no le dejara entrar.

Aliosha encontró a su hermano sentado en la cama, vestido con la bata del hospital, envuelta la cabeza con una toalla mojada con agua y vinagre: tenía un poco de fiebre. Al entrar Aliosha, Mitia le dirigió una mirada indefinida, pero en aquella mirada se notó por un instante como cierto miedo.

Desde el juicio, Mitia se había vuelto, en general, extraordinariamente caviloso. A veces permanecía en silencio durante media hora, como si estuviera reflexionando con dificultad y dolorosamente sobre alguna cosa, olvidando a quien se hallara presente. Si salía de su ensimismamiento y empezaba a hablar, lo hacía siempre como de manera repentina y sin referirse a lo que en realidad habría necesitado decir. A veces miraba lleno de dolor a su hermano. Con Grúshenka parecía no sufrir tanto como con Aliosha. Verdad es que con Grúshenka casi no hablaba; pero no bien ella aparecía, a Mitia todo el rostro se le iluminaba de alegría. Aliosha se sentó a su lado en la cama, sin decir nada. Esta vez Mitia le esperaba inquieto. Consideraba absurdo pensar que Katia accediera a visitarle, pero al mismo tiempo sentía que si ella no se presentaba la situación sería para él intolerable. Aliosha adivinaba sus sentimientos.

—El Trifón ese —se puso a contar nerviosamente Mitia—, el Borísych, según dicen ha demolido toda su hospedería: levanta el tillado, arranca las tablas, ha hecho astillas toda la «galería», según cuentan; está buscando el tesoro, aquel dinero, los mil quinientos rublos que yo escondí allá en opinión del fiscal. No bien hubo regresado, al parecer, empezó a disparatar. ¡Bien empleado le está a ese tipejo! Un vigilante de los que aquí tenemos me lo contó ayer; es de allí.

—Escucha —dijo Aliosha—, ella vendrá, pero no sé cuándo, quizás hoy, quizás dentro de unos días, eso no lo sé; pero vendrá, vendrá, es seguro.

Mitia se estremeció, quiso decir algo, mas permaneció callado. La noticia le afectó terriblemente. Se veía que deseaba con ansia conocer detalles de la conversación, pero que otra vez tenía miedo a preguntar: en aquel momento, algo duro y despectivo por parte de Katia habría sido para él como una puñalada.

—Verás lo que me ha dicho, entre otras cosas: que yo debía tranquilizar a toda costa tu conciencia en lo que respecta a la evasión. Si para entonces Iván no se ha restablecido, ella misma se ocupará del asunto.

—De esto ya me has hablado —observó Mitia, caviloso.

—Y tú ya se lo has contado a Grusha —repuso Aliosha.

—Sí —confesó Mitia—. Hoy por la mañana no vendrá —miró con timidez a su hermano—. Vendrá sólo por la tarde. Ayer, tan pronto como le dije que Katia maneja el asunto, se calló, contrajo los labios. Sólo balbuceó: «¡Allá ella!» Ha comprendido que la cosa es importante. Yo no me atreví a preguntar más. Me parece que por fin, ahora, comprende que la otra no me quiere a mí, sino a Iván.

—¿Es así? —exclamó Aliosha sin querer.

—Quizá no sea así. Pero hoy por la mañana no vendrá —se apresuró a explicar una vez más Mitia—, le he hecho un encargo... Escucha, nuestro hermano Iván nos supera a todos. Es él quien ha de vivir y no nosotros. Se curará.

—Figúrate que Katia, pese a lo mucho que tiembla por él, casi no duda de que se curará —dijo Aliosha.

—Eso significa que está convencida de que morirá. Es por su mucho miedo por lo que quiere convencerse de que él se pondrá bien.

—Nuestro hermano es de constitución robusta. Yo también tengo muchas esperanzas de que se ponga bien —repuso inquieto Aliosha.

—Sí, se pondrá bien. Per la otra está convencida de que él morirá. Debe sufrir mucho...

Se callaron. A Mitia le atormentaba algo muy importante.

—Aliosha, yo amo a Grusha terriblemente —declaró de pronto con voz temblorosa, cargada de lágrimas.

—Allí no dejarán que te siga —se apresuró a indicar Aliosha.

—Aún quería decirte otra cosa —prosiguió Mitia, con una voz que de pronto se volvió sonora—; si por el camino o *allí* me pegan, no me rendiré, mataré y entonces me fusilarán. ¡Y eso durante veinte años! Aquí ya empiezan a tratarme de *tú*. Me tutean los vigilantes. Toda la noche me he estado examinando a mí mismo: ¡no estoy preparado! ¡No tengo fuerzas para aceptar lo que me espera! ¡Anhelaba ponerme a cantar el «himno» y no puedo soportar que un vigilante me tutee! Por Grusha lo habría soportado todo... todo, menos las palizas... Pero *allí* no la dejarán pasar.

Aliosha se sonrió dulcemente.

—Escucha de una vez para siempre, hermano —declaró—; voy a decirte lo que pienso sobre este asunto. Ya sabes que no te voy a mentir. Escucha, pues: no estás preparado, una cruz como ésa no es para ti. Es más: una cruz tan grande de mártir ni te hace falta a ti, que no estás preparado. Si hubieras matado a nuestro padre, sentiría que la rechazaras. Pero eres inocente y semejante cruz es demasiado para ti. Por medio del sufrimiento querías hacer renacer en ti a otro hombre; en mi opinión, bastará para ti que te acuerdes siempre de ese otro hombre, toda la vida, dondequiera que huyas. El no haber aceptado ese gran martirio, hará que sientas aún mayor tu deuda, y con esa sensación constante, toda la vida, quizás hagas más para tu regeneración que si fueras *allá.* Porque allá no soportarías aquella existencia, te sublevarías y quizá, al fin, dirías sin rodeos: «Ya he pagado mi deuda.» El abogado ha dicho la verdad en este caso. Las cargas pesadas no son para todos, para algunos resultan insoportables... Esto es lo que yo pienso, si tanta falta te hace saberlo. Si por tu evasión tuvieran que responder otros: oficiales, o soldados, yo no te «permitiría» huir —Aliosha se sonrió—. Pero dicen y aseguran (el propio jefe de etapa lo dijo a Iván) que si se obra con tino es posible que la sanción no sea grande y que con poca cosa se salga del paso. Desde luego, el soborno es poco honrado incluso en el caso presente, pero sobre este punto por nada del mundo quiero juzgar, pues, en realidad, si Iván y Katia, por ejemplo, me hubieran pedido actuar para ti en esta cuestión, yo no habría vacilado en recurrir al soborno, me doy cuenta; y te lo digo para que sepas toda la verdad. Por eso no seré yo juez tuyo acerca de cómo decidas obrar. Pero has de saber que no te condenaré nunca. La verdad, ¿cómo podría ser yo juez tuyo en este asunto? Bueno, ahora me parece haberlo examinado ya todo.

—¡En cambio, seré yo quien me condene! —exclamó Mitia—. Me escaparé, estaba ya decidido sin que tú me hablaras de ello; ¿acaso es posible que Mitia Karamázov no se escape? ¡En cambio, me condenaré a mí mismo y donde vaya me pasaré la vida rezando por el perdón de mis pecados! Es así como razonan los jesuitas, ¿no? Tal como hacemos ahora tú y yo, ¿eh?

—Así es —Aliosha sonrió dulcemente.

—¡Te quiero porque siempre dices toda la verdad, sin ocultar nada! —exclamó Mitia, riéndose alegremente—. ¡Vaya, he cazado a mi Aliosha en plan de jesuita! ¡Habría que besarte por ello, como te lo digo! Bueno, ahora escucha lo demás, quiero

mostrarte la otra mitad de mi alma. Te explicaré lo que he meditado y decidido: si me escapo, incluso con dinero y pasapor-
te, incluso si llego a América, me animará aún la idea de que
no huyo hacia la alegría ni hacia la felicidad, sino hacia otro
presidio, en verdad quizá no peor que éste. ¡No peor, Alexiéi,
te lo digo de verdad, no es peor! A esa América, mal rayo la
parta, ya ahora la odio. No importa que Grusha esté conmigo,
pero mírala: ¿qué tiene de americana? Es rusa, es rusa hasta el
tuétano de los huesos, tendrá nostalgia de la entrañable tierra
natal, yo la veré a cada hora angustiada por mi culpa, con la
cruz que se ha echado a cuestas por mí, ¿y de qué es ella culpable? ¿Y soportaré yo acaso a los rústicos de aquel país, aunque
quizá todos sin excepción sean mejores que yo? ¡Odio a esa
América ya ahora! ¡Y aunque todos, hasta el último mono,
sean el no va más en mecánica o en lo que se quiera, al diablo
con ellos, no es gente como yo, de alma como la mía! ¡Yo amo
a Rusia, Alexiéi, amo al dios ruso, aunque sea yo un canalla!
¡Allí me ahogaré! —exclamó de pronto, relampagueantes los
ojos. Le tembló la voz, cargada de lágrimas—. Pues verás lo
que he decidido, Aliosha, ¡escucha! —prosiguió, ahogando la
emoción—. Llegaré allí con Grusha, y enseguida a labrar la
tierra, a trabajar donde no haya más que osos salvajes, solitarios, en algún lugar bien apartado. ¡También allí ha de haber
lugares apartados! Dicen que allí todavía hay pieles rojas, en el
límite del horizonte; bueno, pues iremos allí, con los últimos
mohicanos. Y enseguida, Grusha y yo, de cara a la gramática.
Trabajo y gramática, y así unos tres años. En esos tres años
aprenderemos la lengua inglesa como ingleses de pura cepa. Y
no bien la sepamos, ¡adiós, América! Vendremos corriendo
hacia aquí, a Rusia, como ciudadanos americanos. No te preocupes; aquí, a esta pequeña ciudad, no volveremos. Nos escon-
deremos lejos, en el norte o en el sur. Por aquel entonces tanto
yo como Grusha habremos cambiado; en América no faltará
un doctor que me haga alguna verruga postiza, no en vano allí
son todos tan buenos mecánicos. Si no, me sacaré un ojo, me
dejaré crecer barbas blancas de una vara (la nostalgia por Rusia me pondrá blanco el pelo), quizá no me reconozcan. Y si
me reconocen, que me destierren, qué más da, ¡será el destino!
También aquí, en Rusia, labraremos la tierra en algún lugar

solitario, y toda la vida me haré pasar por un americano. Por lo menos moriremos en nuestra tierra natal. Este es mi plan y es irrevocable. ¿Lo apruebas?

—Lo apruebo —contestó Aliosha, que no deseaba contrariarle.

Mitia guardó silencio unos instantes, y de pronto dijo:

—¿Qué te parece cómo amañaron las cosas, en el juicio? ¡Oh, cómo las amañaron!

—Y aunque no las hubieran amañado te habrían condenado de todos modos —repuso Aliosha, suspirando.

—¡Ya tenía harta a la gente de aquí! ¡Que Dios los guarde, pero es duro! —gimió Mitia, sufriendo.

De nuevo guardaron unos instantes de silencio.

—¡Aliosha, acaba ahora conmigo! —exclamó de súbito—. ¿Vendrá ella ahora, o no? ¡Habla! ¿Qué te ha dicho? ¿Cómo te lo ha dicho?

—Me ha dicho que vendría, pero no sé si será hoy. ¡Comprende que le es difícil! —Aliosha miró tímidamente a su hermano.

—Ya lo creo, ¡cómo no le va a ser difícil! Aliosha, con eso me volveré loco. Grusha no hace más que mirarme. Comprende. ¡Dios mío, haz que me resigne! ¿Qué reclamo? ¡Reclamo a Katia! ¿Me doy cuenta de lo que pido? ¡Desenfreno karamazoviano, impío! ¡No, no soy capaz de sufrir! ¡Soy un canalla, y está todo dicho!

—¡Aquí la tienes! —exclamó Aliosha.

En aquel instante, Katia apareció en el umbral. Se detuvo un segundo, fijando en Mitia una mirada extraviada. Mitia se levantó como un rayo, con una expresión de miedo en el rostro; palideció, pero enseguida se le dibujó en los labios una sonrisa tímida, suplicante, y de pronto tendió vivamente los brazos hacia Katia. Ésta, al verle, se precipitó hacia él; agarró las manos y casi a la fuerza le hizo sentar en la cama; ella misma se le sentó al lado sin soltarle las manos y se las apretó fuerte, convulsivamente. Varias veces los dos quisieron decir algo, pero se detuvieron cada vez para volverse a mirar en silencio, fijamente, como subyugados, con una extraña sonrisa; así transcurrieron unos dos minutos.

—¿Me has perdonado? —balbuceó al fin Mitia, y al instante, volviéndose hacia Aliosha, con el rostro desfigurado por la alegría, le gritó—: ¡Oyes lo que le preguntó, lo oyes!

—¡Por eso te he querido yo, porque tienes un corazón generoso! —exclamó de súbito Katia, a pesar suyo—. Y no soy yo quien te ha de perdonar, sino tú a mí; y tanto si me perdonas como no, quedarás en mi alma como una llaga toda la vida, y yo en la tuya, así ha de ser... —se detuvo para tomar aliento—. ¿Por qué he venido? —prosiguió con frenesí y precipitación—. Para abrazarte los pies, para estrecharte las manos, así, hasta hacerte daño, ¿recuerdas?, como te las estrechaba en Moscú, para decirte otra vez que eres mi dios y mi alegría, para decirte que te amo con locura —parecía gemir en su dolor y, de pronto, sedienta, aplicó los labios en la mano de él. Las lágrimas le brotaron de los ojos.

Aliosha permanecía callado y confuso; de ningún modo habría esperado lo que estaba viendo.

—¡El amor ha pasado, Mitia! —siguió diciendo Katia—. Pero estimo el pasado hasta con dolor. Has de saberlo para toda la vida. Pero ahora, por un breve minuto, que sea lo que habría podido ser —balbuceó ella con una sonrisa crispada, mirándose otra vez con alegría a los ojos—. Tú ahora quieres a otra, yo también quiero a otro, pero de todos modos a ti te amaré eternamente y tú también a mí, ¿lo sabías? ¿Lo oyes? ¡Ámame, ámame toda tu vida! —exclamó casi con cierto temblor amenazante en la voz.

—Te amaré y... sabes, Katia —se puso a decir Mitia, tomando aliento a cada palabra—, sabes, te quería a ti hace cinco días, aquella tarde... Cuando te caíste y se te llevaron... ¡Toda la vida! Será así, así será eternamente.

De este modo se susurraban uno al otro palabras casi insensatas y exaltadas, quizás incluso mentirosas, pero en aquel instante todo era verdad y creían con toda el alma lo que decían.

—Katia —gritó de súbito Mitia—, ¿crees que yo maté? Ya sé que no lo crees ahora, pero entonces... cuando declaraste... ¿Es posible que lo creyeras, es posible?

—¡Tampoco entonces lo creía! ¡No lo he creído nunca! Te odiaba y de pronto me aseguré a mí misma, en aquel momento... Cuando declaraba... me lo aseguré y lo creí... pero cuando terminé de declarar, enseguida dejé de creerlo. Has de saberlo todo. ¡Ya me había olvidado de que he venido para humillarme! —exclamó de pronto, con una expresión totalmente nueva en nada parecida al balbuceó amoroso de hacía un instante.

—¡Para ti es penoso, mujer! —soltó de pronto Mitia a pesar suyo, como movido por un impulso incontenible.

—Déjame marchar —balbuceó—, aún volveré, ¡ahora no puedo más!...

Se levantó, pero de pronto lanzó un grito y se echó atrás. En la estancia había entrado repentinamente, aunque sin hacer el menor ruido, Grúshenka. Nadie la esperaba. Katia dio unos rápidos pasos hacia la puerta, mas al pasar por el lado de Grúshenka se detuvo de pronto, se puso pálida como la pared y le gimió en voz baja, como un susurro:

—¡Perdóneme!

La otra la miró a los ojos y, después de esperar unos instantes, le respondió con una voz venenosa, cargada de rencor:

—¡Malas somos las dos, amiga! ¡Las dos somos malas! ¿Cómo vamos a perdonarnos una a la otra? Sálvale y rezaré por ti toda la vida.

—¡No quieres perdonar! —gritó a Grúshenka, Mitia, con frenético reproche.

—¡No tengas miedo, te lo salvaré! —balbuceó rápidamente Katia, y salió a toda prisa de la estancia.

—¿Has sido capaz de no perdonarla después de que ella misma te ha dicho: «perdóname»? —volvió a exclamar Mitia con amargura.

—Mitia, no te atrevas a reprochárselo, ¡no tienes derecho! —gritó con calor Aliosha a su hermano.

—Los que hablaban eran sus labios llenos de orgullo, no su corazón —replicó Grúshenka con repugnancia—. Que te salve y se lo perdonaré todo...

Se calló, como si reprimiera alguna cosa en su espíritu. Aún no podía recobrar la calma. Resultó que había entrado por pura casualidad, sin sospechar nada en absoluto y sin esperar encontrar lo que encontró.

—¡Aliosha, alcánzala! —pidió Mitia vivamente a su hermano—. Dile... no sé que... ¡no dejes que se vaya así!

—¡Volveré a verte por la tarde! —respondió Aliosha, y salió corriendo tras de Katia.

La alcanzó fuera ya de la valla del hospital. Ella caminaba con paso rápido, se daba prisa, pero no bien Aliosha le hubo dado alcance, le dijo rápidamente:

—¡No, ante ésa no puedo humillarme! Le he dicho «perdóname» porque quería mortificarme hasta el fin. Ella no me ha perdonado... ¡Por eso la quiero! —añadió Katia con la voz alterada, y los ojos le centellearon con salvaje cólera.

—Mi hermano no la esperaba en absoluto —murmuró Aliosha—, estaba convencido de que ella no vendría...

—No hay duda. Dejemos eso —respondió secamente—. Escuche: ahora no puedo ir al entierro con usted. Les he enviado flores para el pequeño ataúd. Aún debe quedarles dinero, según me parece. Si es necesario, dígales que en adelante yo nunca los abandonaré... Bueno, ahora déjeme, déjeme, por favor. Ya se ha retrasado usted, están tocando para la última misa... ¡Déjeme, por favor!

III

ENTIERRO DE ILIÚSHECHKA. DISCURSO JUNTO A LA PIEDRA

En efecto, llegó tarde. Le esperaban y se habían decidido ya a llevar sin él a la iglesia el pequeño y hermoso ataúd, adornado con flores. Era el ataúd de Iliúshechka, el pobre muchacho que había muerto dos días antes de la condenación de Mitia. Junto al portalón de la casa fue recibido Aliosha por los gritos de los niños, compañeros de Iliusha. Todos le estaban esperando con impaciencia y se alegraron de verle llegar, al fin. Se habían reunido unos doce en total, todos con sus carteras y bolsas de escolar a la espalda. «Papá llorará, no le abandonéis», les había encargado Iliusha al morir, y los muchachos lo recordaban. Al frente del grupo estaba Kolia Krasotkin.

—¡Qué contento estoy de que haya venido, Karamázov! —exclamó, tendiendo la mano a Aliosha—. Lo que pasa aquí es terrible. Da pena, la verdad. Sneguiriov no está borracho, sabemos con certeza que hoy no ha bebido nada, pero lo parece... Yo me mantengo firme pero esto es espantoso. Karamázov, si no es retenerle, ¿podría hacerle una sola pregunta antes de que usted entre?

—¿De qué se trata, Kolia? —Aliosha se detuvo.

—¿Es inocente, o es culpable su hermano? ¿Es él quien mató a su padre, o fue el lacayo? Creeré lo que me diga. Me he pasado cuatro noches sin dormir pensando en esto.

—Mató el lacayo, mi hermano es inocente —respondió Aliosha.

—¡Eso mismo digo yo! —gritó de pronto el muchacho Smúrov.

—¡Así, será sacrificado como víctima inocente de la verdad! —exclamó Kolia—. ¡Está perdido, pero es feliz! ¡Me dan ganas de envidiarle!

—¿Qué dice usted? ¿Cómo es posible, y para qué? —replicó sorprendido Aliosha.

—¡Oh, si algún día pudiera yo sacrificarme por la verdad! —añadió Kolia con entusiasmo.

—¡Pero no en una cuestión como ésta, no con tanto oprobio ni con tanto horror! —dijo Aliosha.

—Claro... yo quisiera morir por toda la humanidad; lo del oprobio, da lo mismo: que perezcan nuestros nombres. ¡Siento respeto por el hermano de usted!

—¡Yo también! —exclamó de pronto entre el grupo el mismo muchacho que otro día había declarado saber quién era el fundador de Troya, y una vez hubo gritado, se puso rojo hasta las orejas como en el caso anterior, como un pinzón.

Aliosha entró en el cuarto. En un ataúd azul, adornado con tul plegado blanco, yacía Iliushka, con las manitas juntas y los ojos cerrados. Los rasgos de su cara enflaquecida casi no se habían alterado y, cosa rara, casi no se notaba ninguna emanación del cadáver. La expresión del rostro era seria, parecía cavilosa. Eran hermosas sobre todo las manos, puestas en cruz, como cinceladas en mármol. Entre los dedos le habían colocado flores, y todo el ataúd, por dentro y por fuera, estaba ya adornado con flores que habían llevado a primera hora de la mañana de parte de Lisa Jojlakova. Pero también Katerina Ivánovna había mandado flores, y cuando Aliosha abrió la puerta, el capitán tenía un ramo en sus temblorosas manos y de nuevo estaba echando flores en torno a su entrañable pequeño. Apenas miró a Aliosha, que acababa de entrar; no quería mirar a nadie, ni siquiera a su mujer loca, a su «mamita», que lloraba y se esforzaba constantemente por levantarse un poco sosteniéndose sobre sus piernas enfermas para ver más de cerca a su hijo muerto. En cuanto a Nínochka, los niños la habían trasladado con su asiento al lado mismo del ataúd. Ella, sentada, apoyaba en él la cabeza y sin duda también lloraba, en silencio. El rostro de Sneguiriov tenía una expresión animada, pero como aturdida y al mismo tiempo exasperada. Había algo de locura en sus gestos, en las palabras que se le escapaban. «Pequeño mío, ¡mi querido mío, ¡mi querido pequeño!» —exclamaba a cada instante, mirando a Iliusha. Tenía la costumbre de llamar a su hijo con ternura antes de que se le muriera: «Pequeño mío, ¡mi querido pequeño!»

—Papaíto, dame también a mí florecitas, tómale de las manitas esa flor blanca y dámela —le pedía sollozando la «mamita» loca. Fuera que le gustara mucho la pequeña rosa blanca que tenía Iliusha en las manos o que quisiera guardarla como recuerdo, el caso es que la mujer se agitaba tendiendo las manos hacia la flor.

—¡No la daré a nadie, no daré nada! —gritó Sneguiriov con crueldad—. Estas flores son suyas y no tuyas. ¡Todo es suyo, no hay nada tuyo!

—Papá, ¡déle a mamá una flor! —rogó Nínochka, alzando de pronto su rostro inundado de lágrimas.

—¡No daré nada, y a ella aún menos! Ella no le quería. La otra vez le quitó el cañoncito, y él entonces se lo re-ga-ló.

El capitán estalló de pronto en fuertes sollozos al recordar cómo Iliusha había cedido entonces su cañoncito a mamá. La pobre enajenada se sumió en un llanto silencioso, cubriéndose la cara con las manos. Los muchachos, al ver al fin que el padre no dejaba el ataúd y que ya era hora de llevárselo, lo rodearon formando un grupo compacto y lo levantaron.

—¡No quiero enterrarle en el recinto! —clamó de pronto Sneguiriov—. Le enterraré junto a la piedra, ¡junto a nuestra querida piedra! Así lo mandó Iliusha. ¡No dejaré que lo lleven!

Ya antes, durante aquellos tres días, había venido repitiendo que enterraría a su hijo junto a la piedra; pero intervinieron

Aliosha, Krasotkin, la dueña de la casa y su hermana, todos los muchachos.

—¡Lo que se le ha ocurrido, enterrarlo junto a una miserable piedra como si fuera un ahorcado! —dijo severamente la vieja dueña de la casa—. En el recinto tendrá una cruz sobre la tierra. Allí rezarán por él. Desde allí se oye el canto de la iglesia, y el diácono lee con una voz tan fuerte y una pronunciación tan clara que cada vez las palabras llegarán hasta él como si leyeran sobre su tumba.

El capitán hizo al fin un gesto de cansancio, como diciendo: «¡Llevadlo donde queráis!» Los niños levantaron el ataúd, mas, al pasar por delante de la madre, se detuvieron por unos momentos ante ella y lo bajaron para que la mujer pudiera despedirse de Iliusha. Cuando la madre vio de cerca el pequeño rostro entrañable que durante aquellos tres días había estado contemplando sólo desde cierta distancia, se estremeció súbitamente y empezó a agitar de manera histérica su cabeza blanca hacia adelante y hacia atrás, por encima del ataúd.

—Mamá, hazle la señal de la cruz, bendícele, bésale —le gritaba Nínochka.

Pero la madre seguía agitando la cabeza como una autómata, y en silencio, crispado el rostro por su abrasadora pena, empezó a darse golpes con el puño en el pecho. Siguieron adelante con el ataúd. Nínochka por última vez puso los labios sobre la boca de su difunto hermano cuando lo tuvo delante. Aliosha, al salir de la casa, se dirigió a la dueña para pedirle que se ocupara de las dos mujeres que allí quedaban, pero aquélla ni le dejó terminar:

—Ya sé cuál es mi obligación, me quedaré con ellas, también nosotros somos cristianos. —La vieja hablaba llorando.

La iglesia no estaba lejos, todo lo más a unos trescientos pasos. El día se había vuelto claro, apacible; helaba, pero no mucho. Aún resonaba el tañido de las campanas. Sneguiriov corría y se agitaba, desconcertado, siguiendo el féretro: llevaba su abrigo viejo, casi de verano, que le resultaba algo pequeño y corto; iba con la cabeza descubierta y con el viejo sombrero de fieltro y anchas alas en la mano. Se le veía preocupado por algo sin solución; ora tendía una mano para sostener la cabecera del ataúd, con lo que no hacía sino estorbar a quienes lo llevaban, ora corría por los lados y buscaba un lugar en que colocarse. Cayó una flor sobre la nieve y él se precipitó a recogerla como si la pérdida de aquella flor pudiera acarrear sabe Dios qué consecuencias.

—¡Hemos olvidado la cortecita de pan, la cortecita! —gritó de pronto, con espanto.

Pero los muchachos le recordaban enseguida que había tomado la cortecita de pan poco antes de salir y la llevaba en el bolsillo. Sneguiriov la sacó al instante y, habiendo comprobado que la tenía, se calmó.

—Iliúshechka lo mandó, Iliúshechka —se apresuró a explicar a Aliosha—. Una noche, estando yo a su lado, me dijo de pronto: «Papaíto, cuando hayan cubierto de tierra mi tumba, echa encima migas de pan para que acudan los gorrioncitos, yo los oiré y me alegrará no sentirme solo.»

—Eso está muy bien —contestó Aliosha—, habrá que llevar con frecuencia.

—¡Cada día, cada día! —balbuceó el capitán, como si se reanimara.

Llegaron por fin a la iglesia y colocaron el ataúd en el centro. Los muchachos lo rodearon y permanecieron en grave actitud durante todo el oficio divino. La iglesia era vieja y bastante pobre; muchos de los iconos no tenían ornamentaciones metálicas, mas en tales iglesias parece que se reza mejor. Durante la misa, Sneguiriov se calmó un poco, aunque de vez en cuando, a pesar de todo, reaparecía en él la misma preocupación inconsciente y como desconcertada: una vez se acercó al féretro para colocar bien el paño mortuorio y la banda que cubría la frente del difunto[1]; otra vez, habiendo caído una vela del candelabro, se precipitó a ponerla en su sitio y se entretuvo en ello largo rato. Luego ya se sosegó y permaneció quieto a la cabecera del ataúd, con una expresión obtusa y conturbada en el rostro, perplejo. Después de la epístola, susurró de pronto a Aliosha, quien se encontraba a su lado, que no la habían leído *como hacía falta,* pero no explicó su idea. Cuando se cantó el

---

[1] Durante las exequias, los ortodoxos rusos cubren la frente del difunto con una cinta con representaciones religiosas.

himno querúbico, empezó a seguir a media voz, mas no llegó hasta el fin e, hincándose de rodillas, bajó la frente hasta tocar las losas de la iglesia, y así se quedó bastante rato. Por fin iniciaron el responso, distribuyeron las velas. El padre, enloquecido, volvió a agitarse, pero el grave e impresionante canto fúnebre le conmovió el alma. De pronto pareció como si se encogiera y empezó a llorar con sollozos breves y frecuentes, procurando ahogarlos al principio, ruidosamente al final. Cuando empezaron a despedirse y a tapar el féretro, lo abrazó como si se opusiera a que cubrieran a su Iliúshechka y se puso a besar repetida, ávidamente, los labios de su hijo muerto. Por fin le convencieron, y ya le habían apartado del ataúd haciéndole descender un peldaño, cuando tendió una mano con rápido gesto y tomó varias flores. Las contempló y pareció como si una nueva idea le hubiera iluminado hasta el punto de hacerle olvidar por un instante lo principal. Poco a poco se fue quedando caviloso y ya no ofreció resistencia cuando levantaron el féretro y lo llevaron a la tumba, que estaba cerca, rodeada por una reja, junto a la iglesia misma. Era una tumba cara, la había pagado Katerina Ivánovna. Después de los ritos acostumbrados, los sepultureros bajaron el ataúd. Sneguiriov, con sus flores en las manos, se inclinó tanto sobre la tumba abierta que los muchachos se asustaron, le agarraron del abrigo y tiraron hacia atrás. Pero habríase dicho que ya no tenía plena conciencia de lo que sucedía. Cuando empezaron a rellenar la tumba, se puso a señalar la tierra removida, preocupado, y hasta dijo algunas palabras, pero nadie pudo comprender nada; además, él mismo se calló de pronto. Entonces le recordaron que hacía falta desmigajar la corteza de pan y se sobresaltó terriblemente; agarró la corteza y empezó a deshacerla esparciendo los pedacitos por la tumba: «¡volad aquí, pajaritos, volad aquí, gorrioncitos!», balbuceaba inquieto. Alguno de los muchachos le indicó que con las flores en las manos le resultaba incómodo desmigajar la corteza y que podría confiarlas a alguien por unos momentos. Pero no lo hizo, hasta se asustó por sus flores como si se propusieran quitárselas, y después de contemplar la tumba con las migas esparcidas, como para cerciorarse de que ya estaba todo hecho, dio bruscamente media vuelta y con la mayor calma se dirigió hacia su casa. No obstante, cada vez iba acelerando más el paso, se daba prisa, casi corría. Los muchachos y Aliosha no le dejaban.

—¡Flores para la mamita, flores para la mamita! ¡Hemos ofendido a la mamita! —se puso a clamar de pronto.

Alguien le gritó que se pusiera el sombrero, pues ya hacía frío, pero al oírlo, Sneguiriov lo arrojó a la nieve como irritado y dijo: «¡No quiero el sombrero, no quiero el sombrero!» Smúrov se lo recogió. Todos los muchachos lloraban, y más que nadie Kolia y el que había descubierto Troya; Smúrov, con el sombrero de Sneguiriov en la mano, aunque también lloraba a lágrima viva, se las arregló para agarrar poco menos que corriendo un trozo de ladrillo que se destacaba rojo sobre la nieve del camino y lo arrojó contra una bandada de gorriones que volaban a gran velocidad. No los tocó, claro está, y siguió corriendo sin dejar de llorar. A mitad del camino. Sneguiriov se detuvo repentinamente, se quedó parado medio minuto poco más o menos, como sorprendido por algo, y de súbito, volviéndose hacia la iglesia, echó a correr en dirección a la pequeña tumba abandonada. Pero los muchachos en un instante le alcanzaron y lo rodearon por todas partes. Entonces se dejó caer sobre la nieve como sin fuerzas, como fulminado, y se debatía gimiendo, llorando a la vez que gritaba: «¡Pequeño mío, Iliúshechka, mi querido pequeño!» Aliosha y Kolia le alzaron del suelo, se esforzaban por calmarle y hacerle entrar en razón.

—Capitán, basta; un hombre valiente está obligado a soportarlo todo —balbuceaba Kolia.

—Estropeará usted las flores —añadió Aliosha—, y la «mamita» las espera; ella está en casa y llora porque antes no ha querido darle usted flores de Iliúshechka. Allí está aún la camita de Iliusha...

—¡Sí, sí, vamos a ver a la mamita! —volvió a recordar Sneguiriov—. ¡Van a quitar la camita, la van a quitar! —añadió, asustado de que en verdad pudieran quitarla.

Echó a correr de nuevo hacia su casa. Pero ya no estaban lejos y llegaron todos al mismo tiempo. Sneguiriov se precipitó a abrir la puerta y gritó a su mujer, con la que se había mostrado tan cruel no hacía mucho:

—¡Mamita querida, Iliúshechka te manda estas flores, a ti que tienes enfermas las piernas! —gritaba, y tendía hacia ella el ramito de flores que se le habían helado y roto mientras se agitaba en la nieve.

Pero en aquel mismo instante, vio ante la camita de Iliusha, en un rincón, las botas altas de su hijo una al lado de la otra, tal como acababa de colocarlas la dueña de la casa, aquellas botas viejas, desteñidas, rugosas, llenas de remiendos. Al verlas, el capitán alzó los brazos y se lanzó hacia ellas, cayó de rodillas, cogió una bota, se la acercó a los labios y se puso a besarla ávidamente, gritando: «¡Pequeño mío, Iliúshechka, mi querido pequeño!, ¿dónde están ahora tus piececitos?»

—¿Adónde te lo has llevado? ¿Adónde te lo has llevado? —clamó la enajenada con desgarradora voz.

Entonces también Nínochka prorrumpió en llanto. Kolia salió del cuarto, tras él fueron saliendo los otros muchachos. Por fin salió asimismo Aliosha.

—Dejémosles que lloren —dijo a Kolia—. Ahora es imposible consolarlos. Esperemos un rato y volveremos.

—Sí, no se puede, esto es terrible —asintió Kolia—. ¿Sabe, Karamázov? —de pronto bajó la voz, para que nadie le oyera—, siento una pena muy grande, y, si fuera posible resucitarle, daría para ello todo lo del mundo.

—Oh, yo también —dijo Aliosha.

—Qué cree usted, Karamázov, ¿hemos de venir aquí esta tarde? El hombre se emborrachará.

—Es posible que se emborrache. Volveremos sólo nosotros dos, será bastante, para pasar una horita al lado de la madre y de Nínochka; si nos presentáramos todos a la vez, volveríamos a recordarles demasiado lo ocurrido —aconsejó Aliosha.

—Ahora la dueña de la casa está preparando la mesa, será para la comida del funeral, acudirá el pope; ¿debemos volver ahora allí, Karamázov?

—Sin falta —respondió Aliosha.

—Qué extraño es todo esto, Karamázov; una pena tan enorme, y a comer hojuelas, como si nada, ¡qué poco natural es todo esto, en nuestra religión!

—Hasta habrá salmón —comentó en voz alta el muchacho que había descubierto Troya.

—Le ruego muy seriamente, Kartashov, que no vuelva a

meterse con sus tonterías, sobre todo cuando no hablan con usted y ni siquiera desean saber si existe usted en el mundo —le replicó con irritación y bruscamente Kolia.

El muchacho se puso rojo como la grana, pero no se atrevió a responder nada. Todos siguieron avanzando lentamente por el sendero, y de pronto Smúrov exclamó:

—¡Aquí tenemos la piedra de Iliusha junto a la que querían enterrarle!

Todos se detuvieron en silencio ante la gran piedra. Aliosha miró y de golpe acudió a su memoria la escena que en cierta ocasión le había contado Sneguiriov acerca de Iliúshechka; le pareció estar viendo cómo el pequeño, llorando y abrazando a su padre, exclamaba: «¡Papaíto, papaíto, cómo te ha humillado!» Sintió el alma conmovida. Con aire serio y grave pasó la mirada por los rostros luminosos y agradables de aquellos escolares, camaradas de Iliusha, y les dijo:

—Señores, quisiera decirles unas palabras aquí, en este mismo lugar.

Los muchachos le rodearon y enseguida fijaron en él sus miradas atentas, expectantes.

—Señores, pronto nos separaremos. De momento, yo me quedaré con mis dos hermanos, uno de los cuales será deportado, el otro se encuentra a las puertas de la muerte... Mas pronto abandonaré esta ciudad, quizá por mucho tiempo. Así, pues, nos vamos a separar, señores. Sin embargo, convengamos aquí, junto a esta piedra, en primer lugar, que jamás nos olvidaremos a Iliúshechka, y en segundo lugar, que jamás nos olvidaremos unos de los otros. Y sea lo que sea lo que nos ocurra en la vida, aunque no nos encontremos durante veinte años, recordaremos de todos modos cómo hemos enterrado al pobre muchacho contra el que antes arrojamos piedras, ¿se acuerdan?, allí, cerca del pequeño puente, y al que luego todos hemos querido tanto. Era un gran muchacho, un muchacho bueno y valiente, sentía el honor y la amarga ofensa hecha a su padre, contra la que se sublevó. Así, pues, en primer lugar le recordaremos, señores, toda nuestra vida. Y aunque estemos absorbidos por cuestiones de la más alta importancia, aunque hayamos alcanzado honores o hayamos caído en una gran desgracia, no olviden nunca, pese a todo, no olviden nunca lo bien que nos hemos sentido aquí, una vez, todos juntos, unidos por un sentimiento tan puro y bueno, que también a nosotros, por este tiempo, el amor hacia nuestro muchacho nos ha hecho mejores quizás de lo que somos en realidad. Palomitos míos (dejen que les llame así, palomitos, porque ahora, en este momento en que estoy mirando sus caras buenas y simpáticas, todos ustedes se parecen mucho a esos buenos pajaritos), queridos niños míos, quizá no comprendan lo que les diré porque a menudo hablo de manera muy confusa, pero de todos modos lo recordarán y más tarde, algún día, estarán de acuerdo con mis palabras. Sepan, pues, que nada hay más alto ni más fuerte ni más sano ni más útil en nuestra vida que un buen recuerdo, sobre todo si lo tenemos de la infancia, del hogar paterno. A ustedes se les habla mucho de su educación; pues bien, un recuerdo de esta naturaleza, magnífico, sacrosanto, conservado desde la infancia, quizá sea la mejor educación. El que ha acumulado recuerdos de esta naturaleza, es hombre salvado para toda la vida. E incluso si no quedara más que un solo recuerdo bueno en nuestro corazón, puede que algún día ese recuerdo nos salve. Es posible que más tarde nos volvamos malos, que ni siquiera tengamos fuerzas para resistir la tentación de cometer un acto vil, que nos riamos de las lágrimas humanas y que de las gentes que digan, como ha exclamado hace unos momentos Kolia: «Quiero sufrir por todas las personas», de esas gentes nos burlemos sin piedad. Pero, por malos que nos volvamos, y Dios no lo quiera, cuando recordemos cómo hemos enterrado a Iliusha, cómo le hemos querido estos últimos días y cómo hemos hablado ahora frente a esta piedra, tan unidos y juntos, ¡ni el más cruel de nosotros y más mordaz, si es que nos volvemos así, se atreverá en el fondo de su alma a burlarse de haber sido tan bueno y sensible en este momento de ahora! Es más, quizá precisamente este recuerdo le retenga y le prive de cometer una acción nefasta, le haga recapacitar y decirse: «Sí, entonces yo era bueno, valiente y honrado.» No importa que se ría un poco para sus adentros, que más da, el hombre se ríe con frecuencia de lo bueno y puro; lo hace sólo por ligereza; pero les aseguro, señores, que apenas se ría se dirá enseguida en su corazón: «¡He hecho mal, porque de estas cosas no hay que reírse!»

—Será así sin duda alguna, Karamázov. ¡Yo le comprendo, Karamázov! —exclamó Kolia, relampagueantes los ojos.

Los muchachos se emocionaron y también querían exclamar algo, pero se contuvieron mirando fijamente y enternecidos al orador.

—Hablo así por miedo a que nos volvamos malos —prosiguió Aliosha—, mas por qué hemos de volvernos malos, ¿no es cierto, señores? Seamos en primer lugar y ante todo buenos, luego honrados y luego no nos olvidemos jamás unos de los otros. Vuelvo a repetirlo. Por mi parte, señores, les doy mi palabra de que no olvidaré a ninguno de ustedes; recordaré, aunque sea dentro de treinta años, cada uno de los rostros que ahora me están mirando. Kolia ha dicho hace poco a Kartashov que no queríamos saber «si existe él en el mundo o no». ¿Acaso puedo yo olvidar que Kartashov existe en el mundo y que ya no se vuelve rojo como se volvió entonces, cuando descubrió Troya, y que me mira con sus ojos buenos, nobles y alegres? Señores, queridos señores míos, seamos siempre generosos y valientes, como Iliúshechka; inteligentes, audaces y generosos como Kolia (pero que se volverá bastante más inteligente cuando sea mayor), y seamos tan pudorosos, pero inteligentes y simpáticos como Kartashov. Mas ¡por qué hablo sólo de ellos dos! ¡Todos ustedes, señores, me son queridos desde ahora, a todos les incluyo en mi corazón y les ruego incluirme a mí en el suyo! ¡Y quién nos ha reunido en este sentimiento bueno y puro, que recordaremos toda la vida y querremos recordar, sino Iliúshechka, ese muchacho tan bueno, ese muchacho tan simpático, ese muchacho al que recordaremos con tanto afecto todos los días de nuestra vida! No lo olvidaremos nunca, ¡que sea eterna y buena su memoria en nuestros corazones, ahora y siempre!

—Sí, sí, memoria eterna, —gritaron todos los muchachos con sus voces sonoras, mientras que una viva emoción se reflejaba en sus rostros.

—¡Recordaremos su cara, su vestido, sus pobres botas altas, su pequeño ataúd y a su padre pecador y desdichado, y que él solo, por su padre, plantó cara valientemente a toda la clase!

—¡Lo recordaremos, lo recordaremos! —volvieron a gritar los niños—. ¡Era valiente, era bueno!

—¡Ah, cómo le quería yo! —exclamó Kolia.

—¡Niños, ah, queridos amigos míos, no teman la vida! ¡Qué hermosa es la vida cuando uno hace algo bueno y justo!

—¡Sí, sí! —repitieron entusiasmados los muchachos.

—Karamázov, ¡a usted le queremos! —gritó sin poderse contener una voz, al parecer la de Kartashov.

—Le queremos, le queremos —repitieron todos. A muchos les brillaron las lágrimas en los ojos.

—¡Hurra por Karamázov! —clamó Kolia lleno de entusiasmo.

—¡Y memoria eterna por el pequeño muerto! —añadió Aliosha, emocionado.

—¡Memoria eterna! —repitieron los muchachos a coro.

—¡Karamázov! —gritó Kolia—. ¿Será verdad, como dice la religión, que resucitaremos de entre los muertos, que volveremos a vernos los unos a los otros, que veremos a todos, y también a Iliúshechka?

—Resucitaremos sin falta, nos veremos sin falta, y con gozo y alegría nos contaremos unos a otros todo lo que nos haya sucedido —respondió Aliosha, en parte riendo, en parte entusiasmado.

—¡Oh, qué hermoso será! —exclamó Kolia.

—Bueno, ahora basta de discursos y vámonos a la comida de difuntos. No se sientan turbados de que comamos hojuelas. Se trata de algo antiguo, eterno, y en ello hay también su lado bueno —Aliosha se rió—. ¡Pero en marcha ya! ¡Ea, ahora vamos la mano en la mano!

—¡Y eternamente así, toda la vida la mano en la mano! ¡Hurra por Karamázov! —volvió a gritar Kolia, entusiasmado y una vez más.

Todos los muchachos repitieron su exclamación.

ÍNDICE

EPÍLOGO

Colección Letras Universales